福尔摩斯探案全集

被称为推理小说中的『圣经』畅销世界各地

姜忠喆／编译

辽海出版社

贰

目　　录

冒险史（下）

回　忆　录

归来记（上）

冒险史〔下〕

9. 工程师大拇指案

在我朋友歇洛克·福尔摩斯解决的案子中，有两件是通过我的介绍而引起他注意的：哈瑟利先生大拇指案和沃伯顿上校发疯案。对机智而有独立思考能力的读者来说，后一件可能更有探讨价值。但前一件，开头就很奇特，而且整个事情又很有戏剧性，因此，它很有记述价值。我相信，尽管报纸上登过好几次这个故事，但是，就像其他类似的故事一样，只不过用了半栏篇幅笼统地说了个大概，人们不会怎么去注意。尽管事情过去两年了，但当时的情景给了我很深的印象，我仍然记忆犹新。因此，我想把事实慢慢展开给朋友们，并且让大家一点一点地发现和破解案中的疑团，直至了解事情的全部真相，这样大家会有兴趣的。

故事发生在我刚结婚不久的一八八九年夏天。那时我重新开业行医，我们曾经共住的贝克街公寓里只剩福尔摩斯一个人了，我不时地去看看他，有时也劝说他去掉他那豪放不羁的习性到我家做客。我家离帕丁顿车站很近，铁路员工有病就找我看，其中一位病人久治不愈的顽疾被我给治好了后，他就到处宣传我的医术，尽量把他能够劝服的每个病人都送到我这里来医治。

一天早上，还没到七点，女佣就来敲门了，她说，诊室里有两个从帕丁顿来的人在等着。我急忙穿衣下楼。经验告诉我，铁路上来的人，一般都是病情相当严重的。我下楼后，我的老伙伴——那个铁路员工从诊室里走出来，并随手把门紧紧地关上了。

“我把他带来了，”他的大拇指朝肩头后指着，轻轻地说，“现在他没多大问题了。”

“这怎么回事？”他的举止让我怀疑他把一个怪物关到我诊所里了，所以，我忍不住问道。

“是一个新病人，”他悄悄地说，“我要不亲自把他送来的话，他会溜掉的。我得走了。大夫，我要去值班，他就交给你了。”说完，我这位忠实的介绍人没等我向他道谢，就急急地走了。

我走近诊室，看见桌旁正坐着一位先生。他衣着朴素，一顶软帽盖在我的书上。他的一只手上裹着块血迹斑斑的手帕。他很年轻，看上去还没到二十五岁，面相英俊而苍白。看上去，他正用全部的精力在抵抗着剧烈的疼痛。

“很抱歉大夫，这么早就来打扰你，”他说，“我在夜里遇上了一个很严重的事故。我是今早搭火车到这里来的，下火车后打听哪儿有好的医生时，那个好心人很热心地把我带到这里来了。我给了女佣一张名片，她把它放在旁边的那张桌子上了。”

我把名片拿了起来，只见上面印着：维克托·哈瑟利先生，水利工程师，维多利亚街 16 号甲 (4 楼)。这就是这位病人的姓名、身份和住址。“对不起，让您久等了，”我说着，坐到了靠椅上，“看得出您刚刚坐了一整夜的车，整夜坐车是一件很单调乏味的事情。”

“哦，我这一晚可不是单调乏味。”他忍不住靠在椅背上大笑不已，笑声又高又尖，让我很反感。

“别笑了！”我喊道，“镇定镇定吧！”我给他倒了杯水。

然而，他根本不听，还是大笑不已。显然，这是性格坚强的人死里逃生之后的一种失常情绪。过了一会儿，他清醒了，筋疲力尽，面色更加苍白。

“我出尽洋相了。”他喘着气说。

“哪有呢，你把这喝下去吧。”我在他的水杯里掺了些白兰地。他喝了后，苍白的脸红润了些。

“好多了！”他说，“那么，请大夫好好看看我的大拇指吧，或者说，看看我大拇指原来所在的部位。”

他把手帕解开，手掌露了出来。这模样就是铁石心肠的人也不忍心去看的！只见四根突出的手指和一片血红的海绵状断骨肉断面，这里本该是大拇指的部位，但大拇指已被齐根剁掉或硬拽掉了。

“老天！”我叫道，“太可怕了，这伤口一定流了很多血！”

“对，流了很多血。我一受伤就昏过去了，我想我一定昏了好长的时间。我醒来时，发现它还在流血，我把手帕的一端缠在手腕上，并用一根小树枝把它绷紧。”

“你包扎得很好！你真该当一名外科医生！”

“这其实也算是一个水利学问题，在我自己的专业范围内。”

“这是被很沉很利的刀砍的。”“像是用屠夫的砍刀砍的。”我边查看伤口边说。

我又说道。

“我想，这是意外事故，是吗？”

“绝对不是。”

“不是？难道有人故意这么残忍吗？”

“是的。”

“太可怕了。”

我用海绵蘸水把他的伤口擦洗干净了，最后用脱脂棉和消毒绷带包扎好。他躺在床上，虽然不时咬紧牙关，但并没有因为疼痛而动一动。

包扎好后，我问他，“现在感觉好些了吗？”

“您的白兰地和绷带让我感觉自己像换了个人似的，原先我很虚弱，现在好多了，有好多事等着我办呢。”

“我看你最好还是先别想这件事。很显然，这会折磨你的神经。”

“噢，不会的，现在不会了。我得把这事报告警察，但是，老实说，要没这个伤口作证，他们准不会相信我的，这是一件很不寻常的事，而我又没有足以证明我没撒谎的证据。况且，就算他们肯信我，我能提供的线索也是很模糊的，他们能否为我主持公道还是个问题。”

“嘿！”我喊道，“如果你真想解决问题，我倒要向您大力推荐我朋友福尔摩斯先生，你不妨先去找他。”

“噢，我听说过他，”我的病人说，“如果他能受理这个案子，我太高兴了，但同时也得报告警察。您能帮我介绍一下吗？”

“不止为你介绍，我还会亲自陪你去。”

“那就太感谢您了！”

“我们雇辆马车一起走，我想还赶得上和他一块吃早餐，现在去您能行吗？”

“行，不把我的遭遇讲出来，我就不舒服。”

“那么，我叫佣人去雇辆马车。我去去就来。”我匆匆跑上楼，简单地跟妻子解释了一下。五分钟后，我和这位新相识坐上了直奔贝克街的小马车。

不出所料，福尔摩斯正穿着睡衣，叼着烟斗，一边踱步，一边在看《泰晤士报》上的寻人、离婚等启事的专栏。他很热情地接待了我们，叫人拿来了咸肉片和鸡蛋，我们一起饱餐了一顿。吃完饭，他把我的新相识安顿在沙发上，并在他的脑袋下面塞了一个枕头，随后又在旁边放上一杯掺水白兰地。

"看来您的遭遇很不寻常，哈瑟利先生。"他说，"您随便躺着吧，别拘束。说说你的事情吧，累了就歇一下，喝口酒提提神。"

"谢谢，"我的病人说，"医生给我包扎好后，我就好多了，吃了您的这顿早餐后，我感觉全好了。我尽量少占用您的宝贵时间，现在我就开始说我那奇特的经历吧！"

福尔摩斯坐在他的大扶手椅里，一副疲倦的样子把他那敏锐热切的心情给掩饰住了。我坐在他对面，我们静静地听着哈瑟利那很不寻常的故事。

"您要知道，"他说，"我是个孤儿，还是单身汉，孤单一人住在伦敦。我的职业是水利工程师，在格林威治那家有名的文纳和马西森公司的七年学徒生涯中，我积累了干这一行的丰富经验。两年前，我学徒期满。我可怜的父亲去世后，我又继承了一笔很可观的钱。于是我决心自己开业，并在维多利亚大街租了几间办公室。

"我想，谁都知道，第一次独自开业是多么枯燥无味。这对我来说，尤其这样。两年来，我只受理过三次咨询和一件小活儿，这就是我两年来的全部业务。我总共只收了二十七英镑十先令。每天从上午九点到下午四点，我都在办公室里期待着。直到最后，我终于心灰意冷地意识到，永远都没有顾客上门了。

“然而，昨天我正想下班的时候，我的办事员通报说，有位先生有业务上的事情要找我。我接过办事员递来的名片，是莱桑德·斯塔克上校的，接着，上校走进了办公室。他中等身材，瘦得厉害，我从没见过这么瘦的人。他的整个面部瘦得只有鼻子和下巴，两颊的皮肤在凸起的颧骨上紧绷着。看来他这种憔悴的模样是天生的，并非疾病所致，因为他目光炯炯，步伐轻快，行动灵活自如。他衣着简朴整齐。他的年纪，大概是四十岁。

“‘是哈瑟利先生吗？’他说，有点德国口音，‘哈瑟利先生，有人向我推荐您，说您不只业务精通，而且为人谨慎，能够守口如瓶。’

“我给他鞠了一躬，跟别的青年一样，听到这类恭维话飘飘然起来。‘我想冒昧地问一下，是谁把我说得这么好呢？’

“‘哦，也许现在还是不告诉您的好。他还说您既是一个孤儿，又是一个单身汉，而且独身一人住在伦敦。’

“‘是这样的，’我说，‘但恕我冒昧，我不知道这和我的业务能力有什么关系，据我所知，您是为了一件业务上的事来找我的。’

“‘的确如此。您会发现我没说半句废话。我们有一件事要委托您，这事最重要的是要保密，绝对保密，懂吗？所以，我想一个独居的人应该比和家属生活在一起的人更能保密些。’

“‘你尽管放心好了，’我说，‘既然您要我严守秘密，那我一定会做到的。’

“我说话的时候，他一直紧盯着我看，我从未见过这样多疑的目光。

“最后，他说：‘这么说，您敢保证？’

“‘是的，我敢保证。’

“‘事前事后和事情进行中，完全保持缄默，嘴巴上和书面上都绝对不能提到这件事，做得到吗？’

“‘我已经向您保证过了。’

“‘那好。’他猛地跳了起来，闪电般跑到门口，推开门往外看，外面走廊上空无一人。

“‘还好！’他把门关上，‘我知道有些办事员对他们东家的事很好奇。现在，我们可以放心地说了。’他紧靠着我坐了过来，又一次用满是怀疑和探查的眼光打量我。

“看到这瘦骨嶙峋的人这么古怪，我不由反感和害怕起来，我不耐烦了，我甚至希望失去这项业务。

“‘快点说您的事吧，先生，’我说，‘我的时间很宝贵。’愿上帝饶恕我就这么脱口而出了。

“‘工作一晚五十个畿尼可以吗？’他问。

“‘可真不少。’

“‘我说的一晚上的工作，实际上可能一小时便够了，我只是想请教您有关水力冲压机齿轮脱开的事。只要你把毛病指出来，我们自己就能很快地把它修好。对于这个委托，您觉得怎样？’

“‘工作看来很轻松，报酬却很高。’

“‘一点儿不错，我们想请您今晚坐末班车走。’

“‘到哪儿？’

“‘去伯克郡的艾津，靠近牛津郡的一个小地方，离雷丁不到七英里。帕丁顿有一班车可以在晚上十一点十五分左右把您送到那儿。’

“‘很好。’

“‘我会坐一辆马车来接您。’

“‘那么，还要坐马车赶一段路了？’

“‘是的，我们那地方在乡下，离艾津车站有七英里远。’

“‘意思是午夜前我们是赶不到那儿了。我估计赶不上回程的火车了，看来，我得在你那儿过夜了。’

“‘对，我们会给您安排地方过夜的。’

“‘那很不方便，我不能在更方便的时候去吗？’

“‘我们认为，您最好晚上来。正是因为很不方便，我们才给您出这么大的价钱。这个价钱足以请动您这一行最高明的工程师了。当然，你要想推掉这笔业务，现在还来得及。’

“我想到了这五十个畿尼对我的重要性。‘我不是这个意思，’我说，‘我很荣幸能为您效劳。我只是想更清楚地了解一下，您要我做的具体是什么？’

“‘您对我们要求您一定要保证严守秘密感到好奇是很正常的，我们也不打算委托您办一件事而又不让您知道它的底细。我想，绝对不会有人偷听吧！’

“‘绝对不会。’

“‘那好，事情是这样的，您也许知道，漂白土是一种很贵重的矿产，在英国，只有一两处有这种矿藏。’

“‘我听说过。’

“‘不久以前，我在离雷丁十英里的地方买了一小块地——很小的一块地。我很幸运地发现，其中一块地里头有漂白土矿床。可是，探查之后，我发现这是个小矿床。但它的左右却连接着两个大得多的矿床——可是，这两处全在我邻居的地里。这些善良的人们，他们对此却一点儿也不知道。自然，趁他们还没发现他们土地的真正价值之前把他们的地买下来是最合算的。但遗憾的是，我缺少买地的资金。为此，我找了几个朋友秘密商量。他们建议我应该先悄悄地、秘密地开采我自己那小块矿床，用这种方法来筹集资金购买土地。现在，我们已经干了一段时间了。为了便于开采，我们安装了一台水压机。我先前说过，这台机器出了毛病，我希望能得到你的帮助。我们谨慎地保守着秘密。一旦有人知道我们曾请过水利工程师，人们会非常好奇的。那时，如果秘密泄露出去，我们就永远得不到这些土地和实现不了我们的计划了。这就是为什么要您保证别向任何人透露您今晚要到艾津去的缘故。我想我已经把一切都说清楚了。’

“‘我听明白了，’我说，‘只是有一点，水压机对你挖漂白土有什么用处？听说，漂白土是像从矿坑里掏沙砾那样掏出来的。’

“‘啊，’他不在意地说，‘我们有我们的方法，为了在搬运的时候不至于泄密，我们把漂白土压成砖坯。这是细节问题。现在我把所有秘密都告诉您了，哈瑟利先生，您看我多么信任您。’他说着站了起来，‘我们十一点十五分在艾津见。’

“‘我一定会去的。’

“‘绝对不能告诉任何人。’最后，他又用怀疑的目光久久地凝视我。然后，他用他那湿冷的手和我握别了。

“后来，当我冷静下来，您可以想象，我对这突如其来的业务有多么惊讶。当然，一方面我很高兴，因为他出的酬金比我想要的多出了十倍，而且很可能还会由此带来别的业务。另一方面，我的顾客的长相和举止给了我很不好的印象，我觉得他关于漂白土的解释不足以说明让我深夜前往的必要性，也不足以说明他为什么那么担心我跟别人提到我这项业务。不管怎样，我把一切恐惧都抛置脑后。晚饭后，驱车前往帕丁顿，接着上了火车，我按着顾客的要求一直守口如瓶。

“在雷丁，我不仅要倒车，而且必须更换车站。但是，我恰好赶上了开往艾津的末班车。

“十一点多钟，我到了那个灯光昏暗的小站。我是在那站下车的唯一乘客。除了一个打着灯笼、困倦不堪的搬运工人外，站台上非常冷清。我走出检票口，发现早上认识的那个顾客正在没有灯光的暗处等待着我。他声都没出就抓紧我的胳膊把我拽上一辆敞着车门的马车。他把车窗给拉上了，敲了敲马车的木板，马就飞快地跑起来了。”

“只有一匹马吗？”福尔摩斯突然插话问道。

“是的，只有一匹。”

“您记得它的颜色吗？”

“记得，我跨进车厢时，借着边灯看了一下。马是栗色的。”

“看上去无精打采还是浑身是劲？”

“嗯，浑身是劲，毛色非常光润。”

“谢谢，很抱歉把您的话打断了，您的故事很有趣，请接着讲。”

“就这样，我们上了路，马车至少跑了一小时。莱桑德·斯塔克上校说只有七英里远，但我总觉得，从马车的速度和所花的时间来看，至少都有十二英里的路程。一路上，他一直默默地坐在我旁边，我瞟了他几次，发现他一直紧张地盯着我。去那地方的路不太好，因为车子颠得很厉害，弄得我们东倒西歪。我使劲往窗外看，想看看我到底到了什么地方。但窗子是毛玻璃的，除了偶尔路过有灯的地方能看到一片模模糊糊的亮光外，我什么也看不清。我不时找几句话想打破一路的沉闷，但上校每次都用只言片语打发我。这样，话便谈不下去了。最后，马车从崎岖不平的路上驶到了平整的砾石路上了，接着，停了下来。莱桑德上校跳下马车，我紧随其后，突然，他一把把我拉进了敞开在我们面前的大门。我好像是才跳下马车就被拉入了大厅，甚至还来不及扫视一下房子正面。我一跨进门槛，门就在身后砰的一声重重关上了。我隐隐约约地听到了马车离去时吱吱嘎嘎的车轮声。

“屋子里漆黑一团，上校摸索着找寻火柴，一边小声地嘟哝着。这时，走廊的另一端有一扇门忽然打开了。一道长长的金色亮光向我们射过来。

灯光越来越亮，接着，我看见一个高举着灯的女人，她倾身向前打量着我们。我看得很清楚，她非常漂亮，灯光从她黑色的服装上反射出来，看得出，那是很华丽的衣料。她用外语说了起来，听口气像在问什么。当上校三言两语粗暴地应付她时，她显得很吃惊，手里的灯差点掉了下来。上校赶紧走到她身边，对着她的耳朵轻轻说了些什么，然后把她推回到她刚出来的那间房里。随后，他捏着灯朝我走过来。

"'也许得请您在这房里稍等片刻。'他说着推开了另一扇房门，这是一间僻静、简陋的小房间。房子中间有一张圆桌，上面散乱地堆着几本德文书。斯塔克上校把灯放到门旁一架小风琴的顶上。'您不会等多久的。'说着，他就隐没到黑暗中去了。

"我看了看桌上的书，尽管我不懂德文，但我还是看出其中有两本是科学论文，其他是诗集。接着我走到窗前，想看看乡间的景色，但一扇栎木百叶窗把窗子遮得严严密密。房间里静得出奇，一座时钟不知在走廊里的什么地方滴答滴答地响着，除此而外，一切死一般的沉寂。一阵不祥的感觉笼罩着我。这些德国人是些什么人？他们躲在这偏僻的乡村干什么勾当？这个地方到底是哪儿？我只知道这里距离艾津十英里左右，但它在艾津的哪个方向却不清楚。

"就这个地方的位置而言，雷丁周围其他一些大镇子可能都在这个半径范围内，所以这个地方可能并不很偏僻。然而，这里那么的静，可以肯定我们确实在乡下。我在房间里踱来踱去，轻声哼着歌壮胆，觉得我完全是为了挣那五十畿尼的酬金来的。

"突然，在这极度的寂静中，我房间的门慢慢地悄无声息地打开了。门缝里站着那个女人，她身后是黑暗的大厅，昏黄的灯光照在她那张美丽的面庞上。我一眼就看出她非常惊慌不安，她的神色让我胆战心惊。她哆哆嗦嗦地举起一只手指警告我别出声，她的眼睛就像一匹受惊的马驹一样，匆匆地向身后的暗处回望了一下。

"'我要是您我就跑掉了。'她用很蹩脚的英语飞快地对我说，随后她又试图让自己讲得平静些，'我是您我就跑掉了，我不会留在这儿，这对您没有好处。'

"'但是，夫人，'我说，'我还没做要做的工作呢，我得把机器看过了，才能离开这里。'

"'别再等了，'她接着说，'您从这扇门走出去，没人会拦您。'她见我还是笑着摆摆头，突然不那么惊慌了，她向前迈了一步，两手紧握在一起。'看在上帝的分上！'她低声说，'趁现在还来得及，快点跑！'

"但我这人天生固执，工作时遇到阻碍会更加坚定地干下去。我想到了那五十畿尼的酬金，这一趟疲惫的旅行，还有眼前看来很不愉快的夜晚，是否就让这一切毫无回报地付诸东流呢？我为什么要不完成委托给我的任务，不把我应得的报酬得到就偷偷逃走呢？就眼前看来，这个女人可能有点神经质。因此，尽管她的神态大大地震动了我，但我依然态度坚决地摇了摇头，表示我要留下不走。她还想再说些什么，这时楼上响起了很重的关门声，接着楼梯上有了些脚步声。她听了一会，举起双手做了个绝望手势，然后，和她的出现一样，她又悄无声息地突然消失了。

"进来的是莱桑德·斯塔克上校和一个身材矮胖，双下巴上长着栗色老鼠胡须的人。上校介绍说他是弗格森先生。

"'这位是我的秘书兼经理，'上校说，'顺便说一下，我记得这扇门开始是关着的，我担心穿堂风吹着您。'

"'恰恰相反，'我说，'是我自己把门打开的，我觉得这屋子有点闷。'

"他狐疑地看了我一眼，说：'那我们着手我们的事吧，弗格森先生这就和我领您去看看机器。'

"'我想，我们最好还是把帽子戴上吧。'

"'哦，没有这个必要，机器就在这屋里。'

"'什么？你们在房子里头挖漂白土？'

"'不，不。这只是我们压砖坯的地方，不过这没有关系。我们只要您检查一下机器，并告诉我们哪儿出了毛病。'

"我们一起上了楼，上校在前

面提着灯，我和胖经理跟在他后面。这是一座迷宫似的老房子，有很多的走廊、过道、狭窄的螺旋楼梯、低矮的小门，因为几代人的践踏，所有的门槛都凹陷下去了。底层的地板上没铺地毯，也没有摆放过家具的痕迹。墙上的石灰已经剥落，绿色肮脏的墙壁上冒着湿气。我尽量装作毫不介意的样子，我想起了那位夫人的警告，尽管我没把它当一回事，但我还是警惕着他们。弗格森看起来是个孤僻寡言的人，可从他所说的很少几句话里可以判断他也是位德国人。

“最后莱桑德·斯塔克上校在一扇矮门前停了下来，开了锁。这是一个方形小房间，不能三个人同时进去。弗格森留在外头，上校领着我走了进去。

“‘我们，’他说，‘实际上是在水压机里，如果谁现在把它开动，我们就倒霉了。这个小房间的天花板，实际上是下降活塞的终端，它下降到这个金属地板上时能产生好几吨压力。在外面有些横向的小水柱，柱里的水一受压就会把压力递加后传导出去。机器很容易运转，只不过转得不很灵活，使一些压力给浪费了。请您仔细检查一下，告诉我们怎样才能修好它。’

“我从他手里接过灯，开始彻底地检查机器。这是一台庞大的机器，能够产生巨大的压力。当我走到外面，往下压操纵杆时，听到飕飕声，我马上意识到这台机器里有了细微的裂痕，从而使水只能在一个侧活塞里回流。后来检查出传动杆头上的一个橡皮垫圈已经皱缩了，因而不能塞住在其中来回移动的杆套。显然这就是压力浪费的原因，我把这点给上校指了出来，他很仔细地听着，并问了几个关于应该怎么修好这台机器的问题。我给他们交代清楚后，回到了机器的主室内。在好奇心的驱使下，我仔细地打量着这个小房间。我一看就知道，关于漂白土的故事，全是胡扯。因为如果这么大的机器竟然是为了那么一个目的而设置的，岂不荒唐可笑？房间的墙壁是木制的，但地板却是由一个大铁槽构成的。地板上厚厚一层金属粉屑。我弯下腰去，想用手指捏捏，看看到底是什么东西，这时只听到一声低沉的德语惊叫，上校那张死灰色的脸正朝下盯着我。

“‘你在干什么？’他问道。

“我对他编故事引我上当感到很气愤。‘我正在欣赏您的漂白土，’我说，‘要是我知道了使用这台机器的真正目的，岂不是能给您多提供一些有关它的建议吗？’可是话一出口，我就为自己的鲁莽而后悔。他的脸色马上变了，灰色的眼睛里射出邪恶的光芒。

“‘很好，’他说，‘你会知道这机器的一切的！’他往后退了一步，砰地关上了门，并且锁上了。我冲向门使劲地拉把手，但是这门关得严严实实，任我怎么样，它都纹丝不动。

“‘喂！’我大叫起来，‘喂，上校，放我出去！’

“这时，我突然听到了一种声音，这把我给急坏了，这是杠杆操纵时的铿锵声和水管漏水的飕飕声。他开动了机器。灯还在地板上，我检查铁槽时放地板上的。借着灯光我看到黑黝黝的天花板正缓慢地、摇摇晃晃地向我压下来，我非常清楚，它能在一分钟内把我碾成肉泥。我尖声呼叫，使劲撞门，用手指抠门锁。我苦苦哀求上校，但无情的杠杆铿锵声淹没了我的声音。天花板离我脑袋只一两英尺了，我一举手就能摸着那些坚硬粗糙的表面。这时，我脑袋里突然闪过一个念头——一个人死亡时的痛苦很大程度上取决于死前的姿势。如果我趴着，天花板会落在脊椎骨上，一想到骨头压断时那可怕的脆响，我不禁浑身战栗。另一种姿势也许会好些，但我有胆量仰面躺在那里眼巴巴地望着那团要命的黑影摇摇晃晃地向我压下来吗？我已经站不直了，突然我的目光落在一件东西上，心里有了一丝希望。

“我前面说过，虽然天花板和地板是铁的，但墙壁是木制的。在我向四周瞥最后一眼时，看到了两块墙板之间有一线微弱的黄光透过来。我把一小块嵌板往后一推，亮光随之越来越亮，刹那间我简直不敢相信这儿的确是逃生之门。我立即从那儿冲了出去，魂飞魄散地躺在墙的外边。我身后的嵌板又关上了，但是那盏灯的碎裂声以及两块铁板的撞击声表明我是怎样侥幸地脱了险。

“我是被人发狂似的拉扯着手腕才清醒过来的，我发现我在一条狭窄的石头走廊上躺着，一手拿着蜡烛、一手使劲拉我的不是别人，正是那位好心的夫人。我当初不听她的警告是多么蠢啊！

“‘快！快！’她上气不接下气地说，‘他们马上就要来了，他们会发现你不在那里。哎呀，别再拖延时间了，快！’

“这回，我不敢再不听她的了。我蹒跚着站起来，跟着她沿走廊跑去，接着又跑下一个盘旋式楼梯。楼梯下面是一条宽阔的过道。就在我们刚跑到过道时，我们听到了脚步的奔跑声和两个人的叫嚷声。一个在我们刚才那一层，另一个在他的下一层，两人上下呼应。我的向导停了下来，像走投无路一般四处看了看。然后她推开了一扇门，这是一扇进入一间卧室的房门，皎洁的月光从窗户里照了进来。

"'这是您唯一的机会了，'她说，'高是高了点，但您也许能跳下去。'

"就在她说话的时候，过道的那头闪出一盏灯。莱桑德·斯塔克上校一手提灯，一手拿着把屠夫用的砍刀般的凶器气急败坏地追过来。我拼命跑过卧室，猛地推窗外望，月光下的花园恬静、芬芳、生机盎然，它就在下面顶多三十英尺的地方。我爬到窗台上，没有立即跳下去，我犹豫着，我不知道我的救命恩人和追杀我的坏蛋之间会发生什么事情，如果她有危险，我决定不管怎样都要回头帮她。我这么想着，上校已到门口了，上校想推开她闯过来，但她抱住了上校，使劲往门外推。

"'弗里茨！弗里茨！'她用英语喊着，'记住你上次给我的承诺，你答应过这种事不会再发生了。他不会说出去的！老天，他不会说出去的！'

"'你疯啦，伊利斯！'他咆哮着，竭力挣脱了她的双臂。'你会毁了我们的。他看到的太多了，你让我过去！'上校把她摔到一边，奔到窗口，沉重的凶器向我砍了过来。当时，他砍过来时，我的身子已离开窗户，但手还抓着。我感到一阵剧痛，一松手，我掉到下面的花园里了。

"我只是震荡了一下，并没摔伤，我很快站了起来，拼命跑进了矮树丛中，我知道我还没脱离危险。可是，我跑着跑着，突然感到一阵致命的眩晕和恶心。我看了看那只痛得阵阵抽搐的手，这才发现大拇指被砍掉了，血从伤口不断地涌出来。我竭尽全力用手帕把伤口裹好，这时，突然一阵耳鸣，我向蔷薇丛中一倒，昏了过去。

"我不知道昏了多久。时间一定很长，因为当我醒来时，已经星沉月落，旭日东升了。我的衣服被露水打湿了，袖子被伤口的血浸透了。伤口的剧烈疼痛使我记起了夜里的危险遭遇，一想到我可能还没摆脱危险，我马上跳了起来。但是让我大吃一惊的是，当我向四周张望时，既看不到房子，也看不到花园。我刚才躺着的是紧挨马路的一个树篱笆的角落里，前面不远是一座长长的建筑物。我走近一看，原来是我昨晚下车的那个车站。要不是有手上这个吓人的伤口，我还怀疑昨天夜里发生的一切，只不过是一场噩梦。

“我昏头昏脑地走进车站，打听早班火车的时间，得知一小时后将有一列开往雷丁的火车。我发现值班的还是我来时就在那儿的那个搬运工。我问他是否听说过莱桑德·斯塔克上校这个人，他似乎对这个名字很陌生；我问他有没有注意到昨晚等我的那辆马车，他说没有；又问他附近有没有警察局，他告诉我三英里外有一个。

“这个距离对我这个又疲劳又有伤的人来说，实在太远了。我决定回城后再报警。回到城里时才六点多一点点儿，所以我先去包扎了伤口。多谢这位医生把我陪送到这里，我把案子托付给您了，我全听您的。”

听完这段不寻常的叙述后，我们沉默了好一会儿。然后，福尔摩斯从架子上取下一个贴剪报的笨重的大本子。

“这里有则启事你们会感兴趣，”他说，“一年前几乎所有报纸都刊登过。您听我念念：

“‘寻人。杰里迈亚·麻先生，现年二十六岁，水利工程师，于本月九日晚十点离开寓所后下落不明。身穿……’

“等等，啊哈！我想，这说明上一次上校也对他的机器大检修过。”

“天哪！”我的病人叫道，“那么这验证了那位夫人所说的话。”

“绝对是那样的。很显然，上校是一个凶狠的恶棍，他绝不会让任何人来妨碍他的好事，就像那些杀人如麻的海盗一样，他们绝不会让他们俘获的船上留一个活人。好啦，现在时间宝贵，如果您还能挺住的话，我们得马上赶到伦敦警察厅去报案，然后再去艾津。”

大约三小时后，我们一起上了火车，从雷丁出发前往伯克郡的那个小村子。同行的是福尔摩斯、水利工程师哈瑟利、伦敦警察厅的布雷兹特里特巡官、警察局的便衣和我。布雷兹特里特在座位上铺开一张伯克郡的军用地图。

“就在这儿，”他说，“这个圆圈是以这个车站为圆心、十英里为半径画的。我们要找的那个地方就在这条线上的某个地方。先生，我记得您说的是十英里。”

“马车跑了整整一个小时。”

“您认为他们是在您昏迷中把您从那么老远的地方送回来的吗？”

“肯定是这样的，我模模糊糊地记得好像是被抬到什么地方去过。”

“我真不明白，”我说，“为什么他们发现您昏在花园会饶过您？难道那个恶狼因为那位夫人的哀求而心软了？”

“我想不太可能，我从没见过那么冷酷的面孔。”

“哦，我们很快就会弄清一切的。”布雷兹特里特说，“圆圈已经画好了，我们唯一要做的就是找出那个家伙所在的那一点。”

“我想我知道这点在哪儿。”福尔摩斯平静地说。

“真的吗？”布雷兹特里特巡官叫了起来，“您知道了！那好，看我们谁和您的看法一样。我想是在南面，因为那边的乡村更荒凉些。”

“我说在东面。”工程师说。

“我说在北面，”便衣说，“那一带有好几个村子都很安静。”

“我说在北面，”我说，“那一带没山，而我们的朋友说他注意到马车没上过坡。”

“嘿！”布雷兹特里特巡官笑着说，“分歧还蛮大。现在得看您了，福尔摩斯，您说谁对了？”

“你们都错了。”

“但我们不可能都错呀！”

“但你们确实都错了。你们听我说，”他把手指向圆心，“他们就在这。”

“但那十二英里的路程怎么解释呢？”哈瑟利说。

“去六英里，回六英里，这是很简单的事。您不是说那匹马毛色光亮、精神饱满吗？如果它赶了十二英里的路，怎么还能这样呢？”

“是的，这很可能是个诡计。”布雷兹特里特若有所思地说，“当然，这帮家伙是干什么的已经毫无疑问了。”

“当然毫无疑问了。”福尔摩斯说，“他们是大规模伪造硬币的罪犯，他们那台机器是用来铸造合金代替白银的。”

“我们发现这般狡猾的坏蛋干这行当有一段时间了。”巡官说，“他们大批地铸造假硬币。我们查到雷丁后就没有线索了，他们很巧妙地把踪迹给隐藏起来了。他们是老手，但这一次，是跑不掉的了。”

但这位巡官估计错了，这些罪犯又逃脱了。当我们的火车抵达艾津火车站时，一股巨大的浓烟从附近的一个小树林后面滚滚而上，美丽的田野上空像悬着一片硕大无比的鸵鸟毛。

“是房子着火了吗？”我们下车后，布雷兹特里特问道。

“是的，先生。”车站站长说。

“什么时候着的火？”

“听说是半夜起火的，先生。火越烧越大，那里都成一片火海了。”

“那是谁的房子？”

“比彻医生的。”

“请告诉我，”工程师插进来说，“这个比彻医生是个德国人，很瘦，鼻子又长又尖，是吗？”

站长大笑起来，“不是的，先生，他是个英国人，他是我们这个教区穿得最讲究的人。不过，听说倒是有位外国人和他住一起，他可能是个病人，瘦得跟牛排差不多。”

不等站长把话说完，我们就急匆匆地朝失火的方向奔去。这条路直通到一座低矮的小山的山顶。一座高大的白灰粉刷了的楼房出现在我们面前。火舌还在每扇窗、每条缝地往外窜，前面的花园里有三个消防员在灭火，但作用不大。

“就是这！”哈瑟利非常激动地喊着，“就是这沙石路！我躺过的蔷薇花丛就在那边。那边第二个窗口就是我往下跳的窗子！”

“这么一来，”福尔摩斯说，“您的仇已经报了。毫无疑问，是您的油灯被那台机器压碎时把木板墙烧着了。那时他们一心追杀你，所以当时没发觉。您现在睁大眼睛看看，您昨晚的那几位朋友在人群里不？恐怕他们已跑到一百英里以外的地方了。”

福尔摩斯的担心得到了印证。从那天直到现在，无论是那位漂亮夫人，那个阴险的德国人，还是那沉默的英国人，都杳无音信。那天清晨，有个农夫遇到过载着几个人和几只沉重的大箱子的马车，朝雷丁方向飞跑。但此后这几人就销声匿迹了，连聪明绝顶的福尔摩斯也没查找到任何有关他们下落的线索。

消防队员们发现房子里面的布局很奇怪。更使他们不安的是三楼一个窗台上竟然有截刚砍下的大拇指。到太阳快下山时，他们才算没白忙活，把这场大火控制住了。但房顶已经烧塌，整幢楼变成了废墟，除了一些扭曲的活塞和铁管外，让这位倒霉的工程师付出了巨大代价的那台机器竟不知所终。我们在一间杂屋里发现了大量镍锭和锡锭，但没找到硬币。这些情况也许解释了为什么马车上有几只沉重的大箱子。

要不是那块松软的泥土上的清晰足迹，我们这位工程师是如何从花园里来到他苏醒时所在的地方的，就可能是个永远解不开的谜。显然他是被人抬过去的。一双脚印很小，另一双脚印却大得出奇。看来，是那位不那么凶残的沉默寡言的英国人帮那个女人把失去知觉的工程师抬离险境的。

当我们坐上返回伦敦的火车时，我们的这位工程师说，“唉，我简直倒霉透了，大拇指没了，五十畿尼的酬金没了，我得到的是什么呢？”

“经验！”福尔摩斯笑着说，“要知道，这或许有间接收获的：这事传出去后，您的公司就会获得很好的声誉。”

10. 贵族单身汉案

圣西蒙勋爵的婚事及其奇怪的结局，长久以来，不再是与他这位不幸的新郎交往的上流社会人士所感兴趣的话题了。新的丑闻已经使之没有什么了，那些有意思的细节，已经把四年前的这一戏剧性的事件推到了幕后，但是，我总觉得这件案子的真相从未向大众透露过，我的朋友歇洛克·福尔摩斯曾经那么努力地查清这件事，如果我不简要地描述一下这不平常的事，那对他的业绩记录来说真是个缺憾。

那还是我和福尔摩斯都住在贝克街的时候，我结婚前几周的一天午后，福尔摩斯散步回来，见到桌子上有他一封信。那天突然阴雨绵绵，秋风劲吹，我的胳臂上由于残留着作为我参加阿富汗战役的纪念品的那颗阿富汗步枪子弹，又在隐隐作痛，我只好整天待在家里。我躺在一把安乐椅里，双脚搭在另一把椅子上，埋头看身边的一堆报纸。最后，我脑袋里装满了当天的新闻，才把报纸放下，无精打采地躺在安乐椅上，一边看着桌子上那封信的信封上端的巨大饰章和交织字体，一边懒洋洋地猜测着是哪位贵族给我的朋友写了这封信。

在他进屋时，我说："这儿有一封很时髦的书信。如果我没有记错的话，你早晨的那些来信是一个鱼贩子和一个海关检查员写的。"

"对，我的信件肯定具有丰富多彩、引人入胜的地方，"他笑着说，"平常越是普通人写来的信越有意思。可是这封信像一封不受欢迎的社交上用的传票式的信，让你不感到厌烦才怪呢。"

他拆开了信封，浏览了信的内容。

"哦，你瞧，说不定是件有趣的事呢！"

"那么不是社交性的了？"

"不，显而易见是业务性的。"

"是一个贵族委托人写来的吗？"

"嗯，英国地位最高的贵族之一。"

"老兄，我祝贺你。"

"说实话，华生，我可以肯定地对你说，对我来说，这位委托人的社会地位并没什么，我感兴趣的是他的案情。在这个案件调查中，关于他的社会地位的情况是不能少的。你最近是不是一直在很认真地阅读报纸？"

"是这样的。"我指了指堆积在角落里的报纸，无可奈何地说，"我没有别的事情可做。"

"真不错，也许你能告诉我一些新情况。我只看犯罪的消息和寻人广告栏，别的都不看。寻人启事总是很启发人。你那么留心最近发生的事，那你一定会看到关于圣西蒙勋爵和他结婚的消息吧？"

"噢，是的，我当时是怀着很大的兴趣去看的。"

"那很好，我手中这封信就是圣西蒙勋爵来的。我读给你听听，你一定要看一看那些报纸，向我提供所有关于这件事的消息。"信是这样写的：

亲爱的歇洛克·福尔摩斯先生：

据巴柯沃特勋爵告知，我可以绝对信赖您的分析能力和判断能力。因此我决定前去拜访，就有关举行婚礼时发生的令人痛心的意外事件向您请教。警察局的雷斯垂德已经受理此案。但他向我声明，他认为应当同您合作，您会对我有所帮助。我将在下午4点登门求教，若是您另外有事，望能改个时间，这件事很重要，我们见面再谈。

您忠诚的圣西蒙

“这封发自哥洛夫纳大厦的信，是用鹅毛笔写的。尊贵的勋爵不小心在他右小指外侧沾了一滴墨水。”福尔摩斯叠着信说。

“他说4点来，现在3点，再有一个小时他就来了。”

“有你的帮助，我要把这件事搞清楚。翻看一下那些报纸，按时间顺序把有关的摘录排好，我来看一下我们这位委托人的身世。”他从壁炉旁的一排参考书中抽出一本红皮书。“在这儿呢。”他说着坐下来，把书平整地铺在膝盖上，“罗伯特·活尔新额木·得维尔·圣西蒙勋爵，巴尔莫拉尔公爵的次子，啊！勋章！天蓝的底色，黑色的中带上三个铁蒺藜。他生于1846年，现年41岁，这已是成熟的结婚年龄。在上届政府中，他担任过殖民地事务副大臣。他的父亲就是那位当过一段时期外交大臣的公爵。他们继承了安茹王朝的血统，是它的直系后裔。母系血统为都铎王朝。哈！这些并没有什么指导意义。我看，华生，我还得请你提供一些实在的情况。”

“我没费力气就找到了想要找的情况，”我说，“这件事情刚发生，给我留下很深的印象。可我从前未跟你说过。我不想打扰你，我知道你正在处理一桩案子。”

“哦，你说的是哥洛夫纳广场家具搬运车的那件小事吧。现在已查清楚了，其实一开始就很明了，请你告诉我从报纸上找到什么了。”

“这是我翻到的第一条消息，刊登在《晨邮报》的记事栏中。你看看，这是几周以前。

“‘(据说)巴尔莫拉尔公爵的次子，罗伯特·圣西蒙勋爵，与美国加利福尼亚州旧金山阿罗依休斯·多莱先生的独生女哈蒂·多莱小姐的婚事，已经安排就绪，如果传闻属实，最近即将举行婚礼。’

“就这些。”

“简明扼要。”福尔摩斯说。他把他那又瘦又长的腿伸向火炉旁边。

“在同一周内社交界的一份报纸上对此事有一段更为详细的记载。啊，就在这儿：

“‘在婚姻市场上不久将会出现要求采取保证措施的呼声，因为目前自由贸易式的婚姻政策对英国同胞很不利。大不列颠名门望族大权被来自大西洋彼岸的女表亲所掌握。上周这些妩媚的入侵者在她们夺走的胜利品名单中，又多了一位重要人物。圣西蒙勋爵二十多年来从未堕入情网，现在却明确地宣布同令人一见倾心的哈蒂·多莱小姐结婚。多莱小姐是一位独生女，她优雅的体态和迷人的美貌在伟斯特伯里宫的庆典欢宴上，引起人们极大的注意。最近听说，她的嫁妆大大超过六位数字，估计还会有别的陪嫁物。近年来巴尔莫拉尔公爵迫不得已出卖自己的藏画，这是众所周知的事。而圣西蒙勋爵除了那不多的产业外，什么都没有，所以这位加利福尼亚女继承人通过这一联姻由一个女共和党员轻而易举地成为不列颠的贵妇，显然这不只是她在这方面找了个便宜。’”

“还有什么别的吗？”福尔摩斯打着哈欠问。

“噢，有好多呢。《晨邮报》上还有一条短讯说：婚礼决定从简，并将在罕诺佛广场的圣乔治大教堂举行；到时候只邀请几位至亲好友；婚礼过后，新婚夫妇及亲友将返回阿罗依休斯，多莱先生在郎凯丝特益特租赁了备有家具的寓所。两天后，也就是上星期三，有一个简单的通告，宣告婚礼已经举行。新婚夫妇将在彼德丝费尔得附近的巴柯沃特勋爵别墅欢度蜜月。这就是新娘失踪之前的全部报道。”

“在什么之前？”福尔摩斯吃惊地问道。

“在这位小姐失踪之前。”

“她是什么时候失踪的？”

“在参加婚礼后吃早饭时。”

“确实比原来想象的有趣，很富戏剧性的。”

“是的，正因为不同寻常，才引起了我的注意。”

“她们时常在举行婚礼仪式之前失踪，偶尔也有在蜜月期间失踪的。但是我还想不起来有哪一件这么干脆的，请你把细节说给我听听。”

“我先声明，这些材料是很不完整的。”

“或许我们能够把它们拼凑起来。”

“是这样的，昨天晨报上有篇谈得更详细的文章，读给你听听。标题是‘上流社会婚礼中的奇怪事件’。

“‘罗伯特·圣西蒙勋爵婚礼上所发生的奇怪的不幸事件，让他的全家十分害怕。就像昨天报纸简要报道的，婚礼仪式在前天上午举行；但直到现在，仍有不少到处流传的各种奇怪传闻。尽管朋友们尽力掩盖，公众仍对此事很关注。因此对已经成为公众谈话资料的事，故作不予理睬的态度，是不可取的。

“‘婚礼在罕诺佛广场的圣乔治大教堂举行，仪式简单，一点也不张扬。除了新娘的父亲阿罗依休斯·多莱先生、巴尔莫拉尔公爵夫人、巴柯沃特勋爵、尤斯塔丝勋爵和柯拉拉·圣西蒙小姐（新郎的弟弟和妹妹）以及埃莉西雅·惠演顿夫人外，别无他人参加。婚礼后，一行人即前往在郎凯丝特盖特的阿罗依休斯·多莱先生的寓所，那儿已准备了早饭。这时似乎有一个女人引起了某些小麻烦，目前她的姓名还不清楚。她跟在新娘和亲友身后，想要强行进入寓所，声称她有权向圣西蒙勋爵提出要求。经过好一阵子耗尽心力的纠缠，管家和仆役才把她赶走。幸亏新娘在发生这件不愉快的纠纷之前已进入室内，同亲友一起就座共进早餐，但她说突然感到不舒服，就回到自己房间了。她离席久久不归引起人们的议论，她父亲就去找她。但据她的女仆告知，她只到她的卧室一会儿，拿了一件长外套和一顶无边软帽就急匆匆下楼了。一个男仆说他看见一位这样打扮的太太离开寓所，但是不敢相信她就是女主人，以为她正和大家在一块进餐。阿罗依休斯·多莱先生确定女儿失踪后，立刻和新郎一起同警方取得联系。目前正在大力调查。也许不久，这件离奇的事情就会明明白白。可是，直到昨天深夜，这位失踪的新娘仍然下落不明。一些谣言认为新娘可能遇害。据说警方拘留了那个最初闹事的女人，认为她出于妒忌或其他动机，可能与新娘奇怪的失踪有关。'"

"就这些吗？"

"在另一张晨报上只有一小条消息，却很有启发性。"

"内容是……"

"就是找茬的那个女人，弗洛拉·梅勒小姐，实际上已被逮捕，她曾在阿里哥洛当过芭蕾舞女演员。她和新郎交往了多年，除了这没别的细节了。就现在报纸已登出的消息而言，你已经知道整个案情了。"

"这是一桩很有趣的案子，无论怎样，我都不能轻易放过它。华生，门铃响了，刚过4点，我想那个高贵的委托人来了。你就待在这吧，我希望有一个见证人，哪怕只是验证一下我的记忆力也好。"

"罗伯特·圣西蒙勋爵到！"我们的小童仆推开房门报告说。一位绅士走了进来。他的相貌不错，显得很有教养。高高的鼻梁，脸色苍白，一股傲意流露在嘴角，就像天生就爱指使别人一样。他神色镇静，眼睛睁得非常大。他的外表与年龄不太相称，但举止快捷。他走路时，有点弯腰驼背、屈膝的样子。当他拿掉那顶高卷着帽檐的帽子时，就会看到一圈灰白的头发在头部周围，头顶上的头发稀稀拉拉。他穿着很讲究：高高的硬领，黑色的大礼服，白色背心，黄色手套，漆皮鞋和浅色的绑腿。他不紧不慢地走进房间，眼睛左右看着，右手里晃动着系金丝眼镜的链子。

"你好，圣西蒙勋爵。"福尔摩斯说着站起身，鞠了一个躬。"请坐在这把柳条椅上。这是我的朋友和同事，华生医生。往火炉前靠近一点儿，让我们来谈谈这件事吧。"

"你知道这件事对我多么地痛苦，福尔摩斯先生。我清楚，你以前处理过这类微妙的案子，尽管我估计这些案子的委托人的社会地位和这件案子不可同日而语。"

"但是，委托人的社会地位是在下降了。"

“对不起，请再说一遍。”

“上次这类案子的委托人是位国王。”

“噢，是真的吗，我没想到，哪位国王？”

“斯堪的纳维亚国王。”

“怎么，他的妻子也失踪了吗？”

“你明白，”福尔摩斯和蔼地说，“就像我对你的事要保守秘密一样，我对别的委托人的事情会同样保守秘密。”

“这样很对！请原谅，我准备告诉你一切有助于你作出判断的情况。”

“谢谢，我已经看到了报纸上的全部报道。我认为可以把这些报道看作是真实的——例如这篇有关新娘失踪的报道。”

圣西蒙勋爵看了看，“是的，这篇报道所说的情况完全属实。”

“但是，无论是谁在提出他的看法以前，都需要补充大量的素材。我想我可以向你问一些我所要知道的事实。”

“请提问吧。”

“你第一次见到哈蒂·多莱小姐是什么时候？”

“一年之前，在旧金山。”

“当时你正在美国旅行吗？”

“是的。”

“你们那时候订婚了吗？”

“还没有。”

“但是往来友好吗？”

“跟她交往很高兴，她也能感觉出。”

“她父亲很有钱？”

“听说他是太平洋彼岸最有钱的人。”

“他是如何发财的呢？”

“采矿。几年前，他还什么都没有。有一天，他挖到了金矿，投资开发后，很快成了暴发户。”

“现在你谈谈你对这位年轻的小姐——你的妻子的性格的印象如何？”

这位贵族目不转睛地看壁炉，系在他眼镜上的链子摇晃得更快了。“福尔摩斯先生，你知道，”他说，“我妻子在她父亲发财之前就20岁了。在这之前，她在矿镇上生活得自由自在，总是在山上或树林里游玩，因此她受的教育不是教师给的，而是大自然赋予的。她是我们英国人常说的顽皮的姑娘。她性格泼辣、粗野而又任性，不受任何习俗约束。她性子很急，可以说是暴躁。她干起事来什么都不怕，很容易自己做出决定。另一方面，要不是我考虑她到底是一位高贵的女人，”他庄重地咳嗽了一声，“我是肯定不会让她享受我所享有的高贵称号的。我相信，她能够做出英勇牺牲，任何有损名誉的事情是她所厌恶的。”

“你有她的照片吗？”

“我随身带着。”他打开表链上的小金盒，让我们看一位非常漂亮的女人的整个面容。那并不是一张照片，而是一个象牙袖珍像。艺术家充分发挥了那光亮的黑发，又大又黑的眼睛和优美的小嘴的感染力。福尔摩斯长时间地入神地看那画像，然后关上小盒，把它递还给圣西蒙勋爵。

“那么，是这位年轻的小姐来到伦敦后，你们重叙旧情？”

“是的，她父亲同她来参加这一次伦敦岁末的社交活动。我和她会面几次后缔结了婚约，如今又和她结了婚。”

“我听说她带来了一份相当可观的嫁妆？”

“嫁妆相当丰富，和我们家族通常的情况差不多。”

“既然婚礼事实上举行过了，这份嫁妆自然归你了？”

“我还没有过问这件事。”

“没有过问是自然的。婚礼的前一天你见过多莱小姐吗？”

“见过。”

“她心情愉快吗？”

“她心情再好不过了，她一直谈着我们在未来的生活中应当做些什么。”

“真的？！非常有趣。那么在结婚那天早上呢？”

“她特别高兴，兴奋得很，至少在婚礼结束前一直是这样。”

“在这之后你发现她有什么变化吗？”

“啊，说实话，这时候我看到我从前没有看过的事。她的脾气有些急躁。不过那是件小事，不值一提，并且不可能与这个案件有什么关系。”

“尽管这样，还是请你讲讲。”

“唉，简直是孩子气。那是当我们往教堂的更衣室走去时，她手中的花束掉落了。当时她正从前排座位走过，她手里的花束掉在座位前。稍后，座位上的先生把花束拾起来递给她。看来这束花依然完好如初。可是当我和她谈起这事时，她却用很生硬的话回答我。回家途中在马车里，她似乎为这件微不足道的小事而心烦意乱，实在令人可笑。”

“真的！你是说在前排座位里坐着一位先生，那么当时在座的还有别人吗？”

“哦，是的，教堂开门的时候让他们进去的。”

“这位先生不会是你妻子的朋友吧？”

“不会，不会，我称呼他作先生是出于礼貌，他只不过是一个看上去很平常的人。我几乎没有注意到他的容貌。但是，我想，我们谈得跑题了。”

“圣西蒙夫人婚礼结束回来时，远没有她去时那么高兴。那么，当她重新回到她爸爸的居所后，做了些什么事？”

“我瞧见她同佣人在说话。”

“她的女佣人是怎么样的人呢？”

“她是美国人，叫埃莉丝，和她一起从加利福尼亚来的。”

“一个可靠的佣人？”

“或许不能这么说，在我看来她的女主人对她很随便。可是，在美国他们对这类事有不同的看法。”

“她同这位埃莉丝谈了多久？”

“噢，就几分钟。当时我正在考虑别的事。”

“你听到她们说别的了吗？”

“圣西蒙夫人谈到些‘强占别人土地’的话，她习惯谈这类俚语，我不理解她指的是什么。”

“美国的俚语有时是很形象的。你的妻子和女佣谈过这事后又做了什么？”

“她走进吃早餐的房间。”

“你陪着她走进去的吗？”

“不，她一个人。像这类小节，她从来不讲究。接着，在我们就座大约十分钟后，她赶忙站起身，说了几句道歉的话，就离开了房间。这之后一去不复返了。”

“但是，据我了解，那位女佣人埃莉丝作证说，女主人走进自己的房间，拿了一件外套披在新娘礼服上，又戴上一顶软帽，就出去了。”

“正是这样。后来，有人瞧见她和弗洛拉·梅勒一起去了海德公园。弗洛拉·梅勒就是现在那个拘留起来的女人。那天早上，她曾经在多莱的寓所里惹起了一场风波。”

“啊，是的。关于这位年轻的妇女，我想知道她的一点儿具体情况，还有你和她的关系。”

圣西蒙勋爵耸了耸肩，眉毛一扬，“我们已有多年交情了，非常友好。过去常在阿里哥洛。她对我没有可抱怨的，我对她十分慷慨。但是，福尔摩斯先生，你明白女人是怎么一回事，弗洛拉很可爱，但她性子急，对我非常迷恋。她听说我要结婚，给我写了几封恐吓信。说实话，我真的怕在教堂丢丑，所以才悄无声息地举行婚礼。我们回来时在多莱先生门前碰到她，她竭尽全力要闯进去，甚至还威胁我的妻子。但我预先估计会发生这类事情，在那里安排了两名便衣警察。他们很快就将她赶出门外，当她明白吵闹下去不会有什么好结果后，就安静下来了。”

“你妻子听到这一切了吗？”

“没有，谢天谢地，她没有听到。”

“后来，有人看到她正和这个女人在一起？”

“是的，雷斯垂德先生怎么对这件事看得这么严重呢？据他了解，弗洛拉把我的妻子诱骗出去后对她设下了可怕的圈套。”

“哦，这是一种比较确切的推测。”

“你也这么想吗？”

“我并不是说一定是这样，但是恐怕连你也认为这事不是不可能吧？”

“我认为弗洛拉连只苍蝇都不肯去伤害的。”

“可是，嫉妒能莫名其妙地改变人的性格的。请你告诉我，对于这件事，你自己是怎么分析的呢？”

“哦，真是，我到这里来是寻求解答的，不是来提出见解的。我已告诉你所有的事实。既然你问我，我也可以说，在我看来可能是由于这件事对她的刺激，以及她意识到她的社会地位一下子提高许多，这可能造成我的妻子神经有点错乱。”

“简单地说，她突然精神错乱了？”

“哦！真的，当我考虑到她放弃了——我不想谈我，但这是许多女人可望而不可即的，我不能做别的解释。”

“噢，当然，这只是一种假设。”福尔摩斯微笑着说，“圣西蒙勋爵，我想我已经掌握了全部材料。我想再问一下，你们是不是坐在早餐桌旁就能看到窗外的情况？”

“我们能看到马路另一边的公园。”

“正是这样，那么我想没必要再耽误你了，我以后会跟你再联系。”

“但愿你能够解决这个问题。”我们的委托人说着站了起来。

“我已经解决了。”

“是吗，到底怎么了？”

“我是说，这个案子已经了结了。”

“那么，我的妻子在哪儿？”

“我一会儿就能提供这一细节。”

圣西蒙勋爵摇摇头，“也许我俩的脑子还不会那么聪明。”他说着，行了一个庄严的老式鞠躬礼，就迈腿走出去了。

“承蒙圣西蒙勋爵把我和他自己的脑袋相提并论，真是不胜荣幸。”歇洛克·福尔摩斯说着笑了起来。“经过这么长时间的盘问，我想来一杯苏打威士忌和一支雪茄。在我们的委托人进门之前，我就已经做出了这件案子的结论。”

“老兄，真有你的！”

“我有好几个类似案件的记录，只是像我以前说的那样，没有一个有这么痛快。我的全部调查能帮我肯定我的推测，旁证有时是很有说服力的。用梭罗的话说，就和你在牛奶里发现一条鳟鱼一样。”

“但是，我也听到了你所听到的一切。”

“然而，你缺少对我起了很大作用的过去发生过的案例的知识。若干年前在阿伯丁有一个类似的案子。普法战争后一年，在慕尼黑又有一件很为相似的事。这就是这类案例中的一个。但是，喂，雷斯垂德来了！你好，雷斯垂德，餐具柜里有一只特大的酒杯，盒里有雪茄烟。”这位警方侦探身穿一件水手的粗呢上衣，戴着一条老式领带，显然一副水手打扮。他手里提着一个黑色帆布提包，简单地寒暄了几句后，他坐下来点燃了一根雪茄。

“出什么事啦？啊？”福尔摩斯眨眨眼问，“看你这样子，哪儿不舒服。”

“我是有些不称心。对圣西蒙勋爵这件倒霉的案子，我搞不到一点儿线索。”

“是真的吗？真叫我感到吃惊。”

“谁听说过这样乱糟糟的事。这段时间我一直忙这件事，却找不到一条可靠的线索。”

“看看，把你搞得浑身都湿透了。”福尔摩斯说着，一只手搭在他那件粗呢上衣的胳膊上。

“是的，我正在赛朋庭湖里打捞。”

“天哪，那是干什么？”

“我在找圣西蒙夫人的尸体。”

福尔摩斯仰身靠在椅子上，捧腹大笑起来。

“你没想过在特拉得尔广场的喷水池里打捞吗？”他问。

“哦，这话什么意思？”

“我觉得在这两处的寻找机会一样。”

雷斯垂德生气地瞪了我的同伴一眼，大吼着说：“好像你是个万事通。”

“唔，我刚才听了事情的经过，做出了判断。”

“真的吗？那么你认为赛朋庭湖同这件事没一点儿联系了。”

“我认为根本没有关系。”

“那么，请你解释清楚，我们在那里找到这些东西又怎么解释？”他边说边打开提包，把一件波纹绸结婚礼服，一双白缎子鞋和一顶新娘的花冠和面纱胡乱地倒在地板上。这些东西全部都是水，并且褪了色。“还有，”他说着，把一枚簇新的结婚戒指放到这些东西之上。“我可是让你来解决难题的，大师。”

“哦，是真的吗？”我的朋友说着，向空中喷出一个个蓝色的烟圈。“这些东西是你从赛朋庭湖里捞上来的吗？”

“不，是一位园艺工人在湖边发现的。这些衣服漂浮在水面上，我想尸体离得肯定不太远。”

“照你这么说，每个人的尸体都该在他衣柜旁找到。你想通过这得出什么结论？”

“我已经寻找到弗洛拉·梅勒与这桩案件有关的证据。”

“可能你办不到。”

“现在你真的这样想吗？”雷斯垂德气愤得喊叫起来。“福尔摩斯，我怀疑你的演绎法和推理不起作用。在两分钟里你就已经犯了两个大错误，这些衣服确实与弗洛拉·梅勒小姐有关。”

“这怎么说？”

“衣服上有个口袋，口袋里有个名片盒，名片盒里有张便条。这就是那张便条。”他把便条一下子扔到他前面的桌子上，“你听我念念是些什么！”便条上写的是：

一切准备就绪之后，你将会见到我。请到时候立即过来。

F·H·M

“我一直认为圣西蒙夫人是被弗洛拉·梅勒诱骗走的。毫无疑问，她和她的同谋者应该对这一失踪案负责。这就是那张用她的名字起首字母写下的便条。无疑这是在门口偷偷地塞给这位夫人并诱使她落入她们的控制之中。”

“妙极了，雷斯垂德，”福尔摩斯说着笑起来，“你真不简单，我瞧一下。”他不怎么在意地拿过那张纸条，立刻被吸引住，并且满意地叫了一声。“这的确非常重要！”他说。

“哈哈，你也发现是这么一回事了？”

“特别重要，我热烈地祝贺你。”

雷斯垂德得意扬扬地站起来，又低下头看看。“这是怎么回事？”他忍不住惊叫起来，“你看反了！”

“恰好相反，这才是正面。”

“正面？！你疯了！这面才是用铅笔写的便条。”

“你看这面，这面才像是一张旅馆的账单，我对这感兴趣。”

“我也看过，那没有什么。”雷斯垂德说。

“10月4日，房间8先令，早饭2先令6便士，鸡尾酒1先令，午餐 2 先令 6 便士，葡萄酒 8 便士。”

“我并不觉得这能说明什么问题。”

“也许你没看出什么，可它的确重要。便条也十分重要，或者说，最起码这些开头字母的签字很重要，所以我再次祝贺你。”

“我耗费的时间已很多了，”雷斯垂德说着站起来，“我坚信艰苦的工作，而不愿相信坐在壁炉旁胡编乱造的理论。再见，福尔摩斯先生，让我们比赛一下，看谁先把这个案件查清。”他把衣服塞进提包，向门口走去。

“雷斯垂德，我提醒你一点，”在他的对手告辞前，福尔摩斯懒洋洋地说，“我可以把这桩案子的真正答案告诉你，圣西蒙夫人是位传奇式的神话式人物，现在没有，过去和将来也不会有这样一个人。”

雷斯垂德脸色难看地看了我的同伴一眼，又回头看看我，在额头上轻拍了三下，庄重地摇摇头，就急急忙忙地走了。

他刚走出去，福尔摩斯站了起来，穿上外衣，“这家伙的户外工作不无道理，”他说，“所以我想，华生，我不能陪你啦，你看报吧。”

五点钟时，歇洛克·福尔摩斯离开我走了，我并没觉得寂寞，因为还不到一小时，就来了一个点心铺的店员，送来一个大平底食盒。和他一块来的那个年轻人帮他打开盒子，我立刻十分惊奇地看到一份十分丰盛的冷食晚餐摆在我们寒酸的寓所的桌面上。两对山鹬，一只野鸡，一块肥鹅肝饼和几瓶陈年的老酒。这些佳肴美酒摆放停当后，就像天方夜谭里的精灵一样，那两位不速之客突然消逝。只是说这些东西已经付过账了，他们是按照吩咐送来的，别无他话。

快到九点时，福尔摩斯脚步轻盈地走进房间，他表情严肃，二目放光，这使我相信，他做出的结论被证实了。

“他们已经摆上晚餐了。”他搓着手说。

“像是你有客人要来，他们送来了五份。”

“是的，我相信会有客人顺道来访的。”他说，“我奇怪圣西蒙勋爵怎么还没有来。嗒，嗒，你听是他的脚步声，他正在上楼。”

确实是上午来过的客人。他急忙地走进来，更起劲地晃动着他的眼镜，他那贵族气派的面容上，现出非常不安的表情。

“那么说我的信差去你那儿了？”福尔摩斯问。

“是的，我承认我对信的内容很吃惊。你有充分的证据证明你的话吗？”

“最充分的证据。”

圣西蒙勋爵一下子坐在椅子上，伸出一只手摁着前额。

“如果公爵知道他的家庭成员中有人受到这样的羞辱，他会怎么说呢？”他小声嘟哝着。

“这纯粹是一场误会，我并不认为是一种羞辱。”

“啊？你是从另外一个方面来看这些问题的。”

“我看不出有谁该受责备，我难以想象这位小姐除此以外还有什么办法，虽然她处理这件事的方法有点让人感到遗憾。在这样关键的时刻，没有母亲在跟前，是没有别人给她出主意的。”

“我被她给可耻地玩弄了，我绝不会原谅她。”

“我好像听到门铃响了，”福尔摩斯说，“对，楼梯口有脚步声。假如我对你说对这事要胸怀宽广一些的话，圣西蒙勋爵，我请来一位更适合相同见解的人。”他推开门，进来了一位女士和一位先生。“圣西蒙勋爵，”他说，“请允许我向您介绍，这是弗郎细斯·梅·末尔敦先生和夫人。我想你以前见过这位女士。”

一看到进来的人，我们的委托人从椅子上跳下来，笔直地站在那儿，双眼下垂，一只手伸到大礼服的前胸，一副尊严受到侵害的模样。这位女士赶快向前走近了几步，向他伸出手，但他仍没有抬头看她。这样做或许表示了他的决心，因为她那真诚的脸色是很难拒绝的。

“罗伯特，你生气了，”她说，“是的，我想你是完全有理由生气的。”

“你用不着向我道歉。”圣西蒙勋爵满怀妒忌地说。

“哦，是的，我明白我很对不起你。在我出走之前，我应该告诉你一声，可是我当时拿不定主意。我在这儿又看到弗郎克后，我都说不清我自己做了些什么。我纳闷自己当时在圣坛前怎么没晕倒过去。”

“末尔敦太太，在你讲明之前，我们是否该回避一下呢？”

“我是否可以谈谈我的看法，”那位陌生的先生说道，“这件事让我们保密得太过分了。就我来说，我倒愿意整个欧洲和美洲的人都来听听事情的真相。”说话的这位先生瘦长结实，皮肤晒得黝黑。他的脸刮得很干净，面部轮廓分明，举止显得很灵活。

“那么，我现在就告诉你们事情的经过。”那位女士说，“我和弗郎克是1884年在洛杉矶附近的迈圭尔营地认识的。当时，我和弗郎克订婚时，我父亲正在经营一个矿场。后来，我爸爸有一天发现了一个富矿，从那之后他就赚了好多钱财。而这时弗郎克的矿脉却渐渐缩小，最后什么都没有了。我爸爸越来越富，弗朗克越来越穷。后来，我爸爸就不准我们的婚约继续下去，他把我带到了旧金山。尽管如此，弗郎克不愿放手，接着他也到了那里，并瞒着爸爸同我见面。让爸爸知道了会很生气，所以我们就自作主张了。弗郎克说他要去赚钱，直到他像我爸爸那么有钱时再回来娶我。当时，我就发誓要等他一生，只要他活着，我就不嫁给别人。‘那我们为什么不立即成婚呢？’他说，‘这样我对你就感到放心了，用不着在我回来后要求人家承认我是你的丈夫。’哦，就这样，我们经过商量，他把一切都安排得那么妥帖，请好了一位牧师，我们当即就举行了婚礼。过后，弗郎克就离我去闯荡了。

“我再次听到弗郎克的消息是他到了蒙达那，他在雅丽萨那探矿。后来又听说他在新墨西哥。再后来我在报纸上看到一篇很长的报道，说有一个矿工营地遭到雅丽萨那印第安人袭击，弗郎克的名字被列在死亡者的名单中。看后我昏迷了过去。后来病了很长时间，爸爸以为我得了痨病，他找了整个旧金山大约一半的医生来给我诊治。一年多来，音信皆无，我确信弗郎克是真的死了。这之后，圣西蒙勋爵来到旧金山，我们到了伦敦。婚事订下后，爸爸很高兴。但是我的心早已给了可怜的弗郎克，世界上再没有一个男人能代替他。

“尽管这样，若是我嫁给了圣西蒙勋爵，当然我会尽我的义务。爱情无法勉强，但是我们却可以勉强过日子。我和他一起步向圣坛时，怀着尽我所能做他的好妻子的心愿。但是，你们可以想象我那时的感觉；就在我走到圣坛栏杆前的时候，我回头一瞥，忽然看到弗郎克站在第一排座位那里望着我。起初我以为是他的鬼魂出现了。当我再回头看时，他仍站在那儿，眼里透露出一许迷惑不解的神色，似乎在问，我见到他是高兴还是难过。我纳闷自己竟然没有昏过去。我只感到天旋地转，牧师的话，就像一只蜜蜂似的在我的身边嗡嗡作响。我不知道怎么做才好，我应当中断仪式，在教堂里闹出场风波吗？我又看了他一眼，看来他好像明白我所想，因为他把手指靠在唇边，示意我不要作声。接着我看到他在一张纸上草草地写了几个字，我明白他给我写了张便条。我在出来的路上经过那排座位时，将花束掉在他跟前，他趁捡花时悄悄地把纸条塞在我手里。纸条上只一行字，要我在他向我发出信号时，就跟着他走。当然，我绝不怀疑，我最重要的义务是向他尽责，并且决心完全按照他的要求去做。

“回家后，我告诉女佣人了。在加利福尼亚时她就认识他，并一直同他很友好。我嘱咐她不要说出去，收拾一下东西，准备好我的长外套就可以了。我清楚我应该告诉圣西蒙勋爵一声，在众人面前我无法开口，只好不辞而别，打算以后再去说清。我到餐桌入座不到 10 分钟，就看到弗郎克在窗外马路的另一边上站着。他向我招招手就走进了公园。我穿好衣服后就悄悄溜了出来，跟着他。正在这时，有个女人来对我谈了些圣西蒙勋爵的闲话，她不多的话语中透露出他在婚前也有一点儿个人隐私，但是我想方设法摆脱了她，很快就赶上了弗郎克。

“我们搭乘一辆马车，驶向他在哥登广场租住的寓所。漫长的盼望岁月过后，这回总算真的结婚了。弗郎克被印第安人在雅丽萨那囚禁，后来他越狱逃了出来，经过长途跋涉到了旧金山。他了解到我认为他已不在人间，到英国去了。他赶到这里，在我第二次举行婚礼的那天早上终于找着了我。”

“我从一张报上看到的，”这位美国人补充说明，“报纸上只有教堂的名字，没有提供女方的住址。”

“接着我们就商量怎样做，弗郎克主张彻底公开。这一切让我感到很内疚，我希望就这样消逝，永远不再见到他们中的任何一个——或者，给爸爸写个便条，告诉他我还在人间就可以了。一想到那些还围在早餐桌旁等我回去的爵士和夫人们，我心里就七上八下。弗郎克为了不让别人找到我，就把我的婚礼服和别的物品扎成一包，扔到一个旁人找不到的地方。若不是这位善良的福尔摩斯先生今晚来找我们的话，我们打算明天就到巴黎了。我难以想象他是怎样发现我们的，他明朗而善意地开导了我们，指出是我不对，弗郎克是对的，而我们这样害怕别人知道，那要犯很大的错误。然后，他提出给我一个跟圣西蒙勋爵单独交谈的机会，所以，我就立即到这里来了。好了，罗伯特，你现在什么都明白了吧。若是我让你感到痛苦，那我就太抱歉了，希望你不要把我想得太卑鄙。”

圣西蒙勋爵一点儿没有放松他那僵硬的姿态，他紧皱眉头，闭着嘴唇，听着这长长的叙述。

“对不起，”他说，“我很不习惯公开地讨论纯属我个人的私事。”

“这么说，你不会原谅我了？在我临走前，能同我握握手吗？”

“哦，若是这样能让你高兴的话，当然可以。”他伸出手，冷淡地握了一下她伸过来的手。

“我原来希望，”福尔摩斯建议说，“我们能共进晚餐。”

“我认为这个要求有点过分了，”勋爵回答道，“也许我会默默承受最近事态的发展，但请别指望我会不知痛痒地高兴。如果你们许可的话，我现在祝大家晚安。”他向大家很快地鞠了个躬，然后抬头挺胸地走出了房间。

“我相信，至少你们会给我这点儿面子吧，”歇洛克·福尔摩斯说，“和一个美国人交朋友是令人愉快的，末尔敦先生，许多人包括我在内相信，多年前的一位君王的愚笨行为和一位大臣的错误，将不会妨碍子孙们在未来的某一天成为同一国的公民，在这片国土上，飘扬着米字旗和星条旗镶嵌在一起的国旗。”

“这桩案件很有趣。”客人走后福尔摩斯说，“一件开始无法解释的事，现在十分清晰地表明，是多么简单就解释清了。再没有比这位女士叙述的事情的先后次序更自然的了。可是另外一些人，比如说伦敦警察局的雷斯垂德先生，照他看，再没有什么比这件事的结局更奇怪的了。”

“那么，你一直就一点儿都没有弄错吗？”

“对我来说，从一开始就对这两件事很清楚。一件是那位女士原本很愿意举行婚礼；另一件是，在回家后几分钟她就后悔了。那么很明显，一定早上发生了点什么事情，让她的心思发生了改变。这会是什么事呢？出了门以后，她不可能同任何人说过话，因为新郎一直陪着新娘。那么，她有没有看到什么熟人呢？假如有的话，这肯定是来自美国的人。因为她刚到这个国家，这么短的时间内不可能有人给她造成深刻的影响，以致让她只看了一眼就完全改变了她的计划。你瞧，经过一系列的去伪存真，我们得到这样的结论，就是她可能遇到一个美国人。那么，这个美国人又是谁呢？他为什么会给她带来这么大的影响？可能是情人，也可能是她丈夫。我了解，她年轻的时候是在艰难而奇特的环境中度过的。在我听到圣西蒙勋爵的讲述之前，我只了解这些。当他告诉我们以下这些情况：在一排座位里有一位男人，新娘的态度有了变化，显然是为了拿到字条而从手里丢掉花束，她求助于她的心腹女仆以及提到的侵占土地——这在采矿者的行话中意味着占据别人原来已占有的探矿权——这一很有含义的暗示，整个情况就十分清楚了。她跟一个男人走了，那么这个男人不是她的情人，就一定是她的丈夫，丈夫的可能性要大一些。"

"你究竟是怎么找到他们的呢？"

"本来可能很难找到，可是雷斯垂德老兄手里已掌握了他自己还不知道其价值的情报。当然，那几个姓名的起首字母很重要，但是比这更有价值的是，知道了这个男人在一周之内曾经在伦敦一家最高级的旅馆结过账这个事实。"

"你怎么推断出来是最高级的旅馆？"

"根据这么昂贵的价格推断的：8 先令一个床位，8 便士一杯葡萄酒，由此可知这旅馆是最豪华的。收费这么高的旅馆在伦敦并不多。我在诺森伯兰大街询问的第二家旅馆里，通过查阅登记簿，我发现有位叫弗郎细斯·H·末尔敦，在前一天刚离开。查看他名下的账目时，恰巧又发现在复写的收据上看到的那些账目。这个美国先生留下话，要求将他的信件转到哥登广场 26 号。于是，我急匆匆前往那里，幸运的是，这对爱侣刚好在家。我冒昧地以长辈的身份向他提出了一点儿意见。我告诉他们，无论从哪个方面来说，他们最好向公众，尤其是向圣西蒙勋爵表白得更清楚一些。我邀请他们到这里和勋爵见面，并且正如你所看到的，我使勋爵准时来约会。"

"可是，结局不怎么理想，"我说，"他的举止显然不够大方。"

"哎，华生，"福尔摩斯微笑着说，"若是你经历了求婚、结婚等一连串麻烦事之后，却在转眼间妻子和财富都没有了，恐怕你也不会很大方的。我想我们看待圣西蒙勋爵，不妨宽容大度些，并且感谢上帝不要让我们有一天也落到这不幸的地步。请把椅子向前靠一下，把那把小提琴递给我。我现在唯一需要解决的事情是，如何消磨这以后的凄凉冷清的秋夜。”

11. 绿玉皇冠案

有天早上我在窗前俯瞰街景，我说：“福尔摩斯，你看，有个疯子朝这边走过来了。他家里人竟然让他一个人跑出来，实在可怜。”

我的朋友懒洋洋地从扶手椅里站了起来，双手插在睡衣口袋里，从我背后往外面看了一眼。这是二月里的一个晴朗的早晨。头天下的那场雪还厚厚地积在马路上，太阳照在上面，发出耀眼的光。贝克街中心的雪被往来车辆碾成一道灰褐色的车辙，但人行道两旁那堆得高高的雪却仍然像初下时那样白，人行道虽然清扫过了，但还是挺滑的，所以行人比平常稀少了很多。从大都会车站方向向这边走过来的，除了这位孤零零的先生外，别无他人了。这位先生的异常举动引起了我的注意。

他大概五十上下，身材高大魁梧，脸庞厚实，仪表堂堂，气宇非凡。他身穿一件时髦华贵的黑色大礼服，头戴一顶发亮的帽子，脚蹬一双十分雅致的有绑腿的棕色高筒靴，珠灰色的裤子做工考究。然而，他的举止与他端庄的衣着和仪表相比，却显得非常滑稽可笑。因为他正一个劲地跑着，时不时跳一跳，好像这样能减轻他双腿的劳累一样。他一边跑，一边挥舞双手，脑袋还晃来晃去，这使他的脸扭得很难看。

“他究竟怎么了？”我禁不住问道，“他在查看街上的门牌号码吗？”

“我想他是上我们这里来的。”福尔摩斯搓着手说。

“上这里来？”

“是的，我想他是登门求教的，我看出来了。哈！他来了！”说话间，那个人已经跑到我们公寓的门口了，他急忙把门铃拉得响个不停。

过了一会儿后，他进了我们的房间，一边气喘吁吁，一边做着手势，眼睛里满是忧伤。看到他这副情形，我们笑不出来了，我们感到震惊和同情。他半天说不出话，一个劲地发抖、揪头发，十足的疯子模样。突然，他跳起来想用脑袋撞墙，吓得我俩赶紧把他拦住，把他拉到房子中间。福尔摩斯把他按坐在安乐椅上，自己也在一旁坐着陪他，轻轻地拍着他的手，并很有经验地用他那令人宽慰的语调和客人聊了起来。

“你来是想告诉我一些事情吧？”他说，“你急急忙忙地跑累了，先歇会儿，等你缓过气来，再把你的事情告诉我，我会很高兴地帮你解决的。”

那人坐了一两分钟，胸部剧烈地起伏着，他努力想把情绪稳定下来，稍后，他拿手帕擦了擦前额，抿了抿嘴，转向我们。

他说：“你们一定以为我发疯了吧？”

“我想你一定是遇到了什么麻烦。”

“唉，这麻烦——太突然，太可怕了，足以使我发疯。尽管我向来品行端正，但我可能会蒙受耻辱。每个人都有烦恼，这是上天注定的，但是这两桩事如此可怕地降临到我头上，把我弄得六神无主。这事情不仅和我个人有关，如果得不到解决，恐怕还会连累到这个国家的一些大人物。”

“先生，请镇静一下，”福尔摩斯说，“请告诉我你是谁，到底出了什么事。”

“你们也许听过我的名字，”我们的客人回答说，“我是针线街霍尔德——史蒂文森银行的亚历山大·霍尔德。”

这个名字我们的确听过，他是伦敦城里第二大私人银行的主要合伙人。究竟是什么事情让这位有头有脸的人落到如此可怜的地步呢？我们满怀好奇地等他把精神振作起来好讲述他的事情。

“我觉得事情很急，”他说，“所以当警官建议我来找你时，我就赶紧跑来了。我先坐了段火车，然后跑步到贝克街的，马车在雪地上跑得太慢了。我平常很少锻炼，所以刚才喘不过气来。现在我好多了，我尽量把事情简单明了地讲给你们听。

“当然，你们都清楚，一家有成就的银行必须善于为资金找到有利的投资之处，同时也要靠增加业务联系和储户的数目。我们投放资金最获利的方法之一是在绝对可靠的担保下，把钱贷出去。这些年我们做了不少这种交易，许多名门贵族用珍藏的名画、图书或金银餐具做抵押向我们借贷了大笔款项。

“昨天上午，我还坐在银行办公室里，我的职员递给我一张名片。我一看，吓了一跳，这人不是别人，他的名字——我只能告诉你们——是英国最崇高、最尊贵的名字。我对他的到来，感到受宠若惊，正想感谢他的大驾光临，可他开门见山地谈起正事来了，像是急着要完成一桩令人很不愉快的任务似的。

“‘霍尔德先生，’他说，‘听说你们有贷款业务。’

“‘只要抵押品值钱，我们就办理这种业务。’我回答说。

“‘我马上需要五万英镑。’他说，‘当然，我能够从我朋友那借到十倍于这数目的钱，但我情愿把它当作一桩交易，而且亲自来处理。你也知道，以我的身份，随便接受别人的恩惠是很不明智的。’

“‘我能否问一下，您需要这笔款项多长时间？’我问。

“‘下周一我能收回一大笔款项，那时我就能还清这笔贷款了，利息你说了算，对我来说，最紧要的就是马上把这笔钱拿到手。’

“‘我本该很荣幸地用我自己的钱借给您，’我说，‘如果不是因为我拿不出的话。所以，我只能以银行的名义做这笔交易，为公平起见，即使是对您，我也不得不斗胆坚持，应当要有业务上要求的担保手续。’

“‘我正希望这样。’他说着，把他椅子旁边的一个黑色四方形摩洛哥盒端了起来，‘你肯定听说过绿玉皇冠吧？’

“‘这是我们帝国最贵重的珍品之一。’我说。

“‘说得对！’他打开盒子，他说的那件华贵的稀世珍宝垫在柔软的肉色天鹅绒上面。‘这儿有三十九块大绿宝玉，光上面的金质镂花就难以估价。这顶皇冠的最低估价也是我要借的这笔钱的两倍，我打算把它放在你这儿做抵押。’

“我捧过这贵重的皮盒，茫然不知所措地看了看皇冠，又看了看这位高贵的借贷人。

“‘你怀疑它的价值吗？’他问。

“‘完全不是。我只是觉得……’

“‘觉得放在这儿不恰当吗？你放心好了，要不是我有绝对的把握能在四天内赎回它的话，我才不会这么做呢。这纯粹是一种形式而已。这做抵押够吗？’

“‘足够了。’

“‘霍尔德先生，你要知道，根据我对你的了解，我这么做是因为对你的信任。我希望不要由此引发什么流言蜚语，希望你尽可能采取一切措施好好保藏它。如果它有任何损坏，不用说，肯定是一起万众瞩目的大丑闻。所以，对它的任何损坏，后果都和把它丢失了一样严重。这些绿玉，举世无双，没有其他宝石可以替代。可我还是非常信任地把它留在你这里，周一早上我将亲自来取。'

"我一看客人急着要走，就没多说什么，马上叫来了出纳，让他点给客人五十张面值一千英镑的钞票。当我再次一个人待在办公室里时，想起对面前桌子上的这只贵重盒子的重大责任不由忐忑不安起来。它是国宝，万一有所闪失，肯定会引来令人可怕的后果。我为我当时同意负责保管它而后悔起来。然而，事已如此，我只好把它锁进我的私人保险柜里，然后继续工作。

"到傍晚，我觉得这么贵重的东西放在办公室未免太不谨慎了。此前，银行的保险柜都被人撬过，怎见得我的保险柜就不会被撬？万一这样，那太可怕了。因此，我决定此后几天，我要随身带着它，寸步不离。这样一想，我就叫了辆马车，带着皮盒回到了斯特里特哈姆街的家中。我把它拿上楼，锁在我卧室的大衣柜里，这才松了口气。

"现在我把家里的情况介绍一下，福尔摩斯先生，我希望你对所有情况都有所了解。我的马夫和男仆都不住我家，这两个可以撇下不谈。我有三个跟随我多年的女佣，都是绝对可靠而不用多疑的。不过，还有个叫露茜·帕尔的侍女，是个打杂的，虽然才来几个月，但她的优良品行让我很满意。她非常漂亮，常惹来一些爱慕者在房子周围转悠，这是她唯一的不足，但我们还是相信，她是个十足的好姑娘。"

"仆人方面的情况就这样，我自己家里人不多，很快可以讲完。我是个鳏夫，只有一个名叫阿瑟的独生子。他让我很失望，福尔摩斯先生，他真叫人伤心！这都怪我自己。别人都说是我宠坏了他，可能也是的。我亲爱的妻子去世后，他就是我唯一所爱的人了，我甚至看见他稍有不高兴都受不了。我对他从来是有求必应的，如果我以前对他严一些，也许对我俩都有好处，但我这么做也是为了他。

"很自然，我希望他将来能继承我的事业，可他不是那块料，他任性、放荡！老实说，我从不让他经手大的款项。他年纪轻轻，就早已是一家贵族俱乐部的会员，因为他风流潇洒，很快就成了一帮挥霍成性的富家子弟的死党。他又赌牌，又赌马，时不时向我要钱去还赌债。他也曾想和那帮狐朋狗友断绝关系，但在他的朋友乔治·伯恩韦尔爵士的影响下，他又一次次地被拉了回去。

“也难怪乔治·伯恩韦尔爵士这样的人能有那么大的影响力，阿瑟常把他带回家，我觉得我都被他的翩翩风度折服了。他年纪比阿瑟大，是一个玩世不恭的人。他见多识广，能说会道，而且相貌出众。然而，当我撇开他的仪容不看，冷静地审视他的为人时，他那冷嘲热讽的谈吐，他看人的眼神，都让我觉察出他是个完全不可靠的人。不仅我这么看，我的小玛丽，凭着一种女性特有的对人的直觉，也是这么看的。

“说到这里，就只剩玛丽的情况没说了。她是我侄女，五年前我兄弟去世后，我把她收养了过来，并把她当亲生女儿看待。她是我家里的阳光——温柔、可爱、美丽，很会持家，同时又具有女性应有的那种文静、温顺的品质。她是我的左右手，没有她，我真不知道该怎么办。她只有一件事违背了我的意愿。我儿子深深地爱着她，向她求了两次婚，都被她拒绝了。我想，如果说有人能把我儿子引到正路上来的话，那就非她莫属了。我相信婚姻能改变他的一切。但现在，天哪！太晚了，永远都挽不回了。

“福尔摩斯先生，现在你对我家里有些什么人都了解了吧，下面我接着讲这桩不幸的事情。

“那天晚上吃过晚饭，我们在客厅里喝咖啡时，我把这件事讲给阿瑟和玛丽听，并且告诉他们那件贵重的宝物就藏在家里，不过我没提到借贷人的名字。我能肯定露茜·帕尔把咖啡端来后就离开了房间，但她是否带上房门了，我就不敢肯定了。玛丽和阿瑟听了都很好奇，很想看看，但我想还是别动它的好。

“‘你把它放哪儿了？’阿瑟问道。

“‘放在我的衣柜里。’

“‘唔，但愿晚上别被偷走才好。’他说。

“‘柜子锁起来了。’我回答说。

“‘哦，那个柜子随便什么钥匙都能打开。我小时候就用厨房餐柜的钥匙打开过。’

“他说话经常这么随便，所以我就没拿它当回事。可那天晚上，他一脸沮丧地跟着我到了房间里。

“‘爸，’他垂着头！‘你给我二百英镑行吗？’

"'不，绝不给！'我严厉地说，'在钱上面我过去对你太慷慨了！'

"'你一向都是很好的，'他说'我非得有二百英镑不可，否则，我再也没脸到俱乐部去了！'

"'那更好！'我嚷道。

"'好是好。但你不会让我就这么离开吧，'他说，'我可丢不起这脸。我必须设法筹到这笔钱。如果你不给我的话，我就去想别的办法。'

"我当时气坏了，因为这是他这个月里第三次向我要钱了，'你别想从我这里得到一个子！'我发火了。他没再多说一句话，鞠了一躬后就走了。

"等他一走，我打开大衣柜，查看那宝物是否安然无事，然后我又锁上了。接着我在房子里四处查看，看是否一切安全，有差错没有。平时，我总是把这个任务交给玛丽的，但那晚，我觉得亲自查才放心。我下楼梯，玛丽正一个人在大厅的边窗旁。我走近她时，她关上了边窗并把插销也给插上了。

"'爸爸，'她有些不安地说，'是你允许侍女露茜今晚出去的吗？'

"'我没有。'

"'她刚从后门进来。我想，她刚才去会什么人去了，这样子很不安全，我们该制止她。'

"'你明早就给她说说吧，如果你希望我去说的话，那我就对她说好了。你肯定各处的门窗都关好了吗？'

"'都关好了，爸爸。'

"'那么，晚安。'在得到她的肯定回答后，我亲了她一下便上楼到卧室里去了，不久便睡着了。

"我尽可能把所有和这案子可能有关的事情都告诉你，如果哪点没讲清楚，你尽管提出来。"

"不，你讲得很清楚。"

“现在我要说到最重要的那段情节了。我不是睡得很死的人，何况心里有所牵挂，所以睡得更不踏实。大概凌晨两点，我被屋里的什么声音吵醒了。可我还没完全清醒，这声音就没有了，但它让我感觉好像什么地方有一扇窗户轻轻地给关上了。我侧起身全神贯注地听着，忽然间，我惊恐地听见了隔壁房间里有轻轻走动的脚步声。我害怕极了，悄悄下了床，走到卧室的门角处向外张望。

“‘阿瑟！’我尖叫起来，‘你这流氓，贼！你竟然敢碰这皇冠？！’

“我放在那里的煤气灯还亮着，我那个愁眉苦脸的孩子只穿着衬衫和裤子，他的脸色死人般苍白。我把皇冠抢到手一看，发现一个金质边处少了三颗绿玉。

“‘你这坏蛋！’我气得发疯似的喊了起来，‘你把它弄坏了！你让我一辈子都丢脸！你偷走的那几块宝石到哪儿去了？’

“‘偷？！’他叫了起来。

“‘是的，你这个小偷！’我吼叫着，使劲抓住他的肩膀。

“‘没丢什么，不可能丢什么的。’他说。

“‘这里有三块绿玉不见了，你肯定知道它们到哪里去了。你不但要当贼，还要当骗子吗？难道我没看见你正试图把另一块绿玉扳下来吗？’

“‘你骂够了吧，’他说，‘我再也受不了了。既然你这么侮辱我，这事我不会跟你说一个字的。天一亮我就会离开你的屋子自谋生路。’

“‘你只能到警局去！’我气急败坏地吼道，‘这件事我要追查到底！’

“‘你别想从我嘴里得到任何情况。’他一反常态非常激动地说，‘你要叫警察，就叫警察来好了！’

“这时候，因为我们的大声嚷嚷，所有人都被吵醒了。玛丽第一个冲了进来，一见那顶皇冠和阿瑟的脸色，她就明白一切了，只听她一声尖叫，就昏倒在地。我立刻让女佣把警察叫来了，请他们马上进行调查。当一位警官领着一位警士进屋的时候，阿瑟两臂交叉在胸前，悻悻地站着，问我是不是要告他偷窃。我说损坏的皇冠是国家的财产，并不是私事，我不得不一切按法律行事。

“‘至少，’他说，‘你不会让人马上带走我吧。我要是能离开这五分钟，对你我都有好处。’

“‘这样，你就可以逃之夭夭或者把赃物藏起来了。’我说。这时我意识到我可怕的处境，我恳求阿瑟记住，不但我，而且还有位比我高贵得多的人的荣誉都受到了威胁，很有可能导致一场轰动全国的丑闻。只要他把三颗绿玉交出来，一切都不会发生了。

"'你好好想想吧，'我说，'你是被当场抓住的，拒不认罪将会罪加一等。只有你把隐藏绿玉的地方告诉我们，才能得到宽恕。'

"'把你的宽恕留给那些恳求宽恕的人去吧。'他轻蔑地笑着回答，然后转身离开了。我见他如此顽固，只好把警察叫进来将他看住，立即作全面搜查，他的身上，他的卧室，以及每个有可能藏匿宝石的地方都搜查到了，但一无所获。不管我们如何劝诱和恐吓，但这气人的孩子还是一句话也不肯说。今天早上他进牢房了，我在办完了警方要求我办的所有手续后，便急忙赶来求教于你了。警方公开承认他们目前一无所获。你办案要多少经费我都给。我已经悬赏一千英镑。天啊，我该怎么办啊？一夜之间，我的信誉，我的宝石，我的儿子全没了。老天，这是怎么啦？"

他双手抱着脑袋，全身晃来晃去，自言自语地嘟哝着，像个有苦说不出的小孩子。

福尔摩斯静坐了几分钟，紧皱眉头，双眼盯着炉火。

"你平时客人多吗？"他问。

"不外乎我的合伙人和他的家属，偶尔还有阿瑟的朋友。乔治·伯恩韦尔最近来过几次。其他没别的什么人了。"

"你常参加外面的社交活动吗？"

"阿瑟常去。玛丽和我待在家里，我俩都不喜欢社交。"

"这对一个年轻姑娘来说，是很不寻常的啊！"

"她生性文静。另外，她已经不很年轻了，有二十四岁了。"

"这事，照你所说，她好像很为震惊。"

"非常震惊！可能比我都震惊。"

"你俩都肯定你儿子有罪吗？"

"这还有什么可怀疑的呢，我亲眼看见他手里拿着皇冠。"

"我不认为这是很充分的证据。皇冠的其他部分损坏没有？"

"嗯，它被扭歪了。"

"那你有没有想过，他只不过是想把它弄直？"

"上帝保佑你！谢谢你为他辩护，但这用不着。他究竟干了些什么？

如果他是清白无辜的，那他为什么不解释？”

“问题就在这里。如果他有罪的话，他为什么不编个谎言？他的保持沉默，我认为有两种解释，这案子有好儿个奇怪的地方。对于把你从睡梦中惊醒的声音，警察有什么看法？”

“他们认为这可能是阿瑟关他卧室房门的声音。”

“说得倒像呢！好像一个作案的人存心大声关门，非把全家吵醒不可似的。好吧，那他们对宝石的失踪是怎么说的？”

“他们现在还在敲打地板，搜查家具，希望能把它们找到。”

“他们有没有想过到房子外面看看？”

“看过了，他们劲头十足，整个花园仔细检查过了。”

“说到这里，我亲爱的先生，”福尔摩斯说，“这不是很明显地告诉了你，这件事比你或警察所认为的要复杂得多吗？在你们眼中，这只是一桩很简单的案件，但我认为它非常复杂。想想你们的分析都是些什么吧。你猜想你儿子从床上下来，冒着很大的风险走进你的卧室，打开衣柜，取出那顶皇冠，用尽力气从上面扳下来三颗宝石，再到另外的地方，把它们用任何人都无法发觉的方法藏了起来，然后又带着其余的三十六颗回到房间，尽管可能会被别人发现。现在我问你，这个分析能立住脚吗？”

“可是还能有什么别的解释呢？”这位银行家做出一个失望的姿势嚷道，“如果不是这样，他为什么不解释解释呢？”

“把事情弄清楚，正是我们要做的工作。”福尔摩斯回答说，“所以如果你愿意，霍尔德先生，我们现在就动身到你斯特里特哈姆街的家去，用一小时的时间更仔细地查看一遍。”

福尔摩斯坚持让我陪他们一同去调查，而我正好也希望一同去，我们刚刚听到的这件事激起了我的好奇心和同情心。我得承认，对银行家的儿子是不是小偷这点，我当时和这位不幸的父亲看法一致，都觉得这是明摆着的；但我仍然对福尔摩斯的判断很有信心，因为我觉得既然他对大家都接受了的解释不满意，那么一定有什么让他认为这事还有希望。在去南郊的路上，他一言不发地坐着，下巴贴到了胸口上，拉下来的帽子遮住了眼睛，他沉浸于深深的思考中。我们的委托人，由于有了一线希望，他恢复了信心和精神，甚至毫无条理地和我聊起了他业务上的一些事情。搭了一段火车，再步行了没多远，我们就到了这位大银行家的豪华的费尔班寓所。

费尔班是一座用白石砌成的相当大的房子，离马路有点远。一条双行的车道沿着一块积雪的草坪直通到两扇紧闭的大铁门前面。右边的一小丛灌木中有条狭窄的小径，这条小径不在庭院里，它是一条并不常用的公共马路。福尔摩斯让我们在门口等着，他自己慢慢地绕房走了一周，从屋前小贩们走的那条小道，绕到花园后面通往马厩的小道。他来回走了好长一段时间，霍尔德先生和我索性进了屋，在餐厅的壁炉边等他。我们默坐着的时候，房门开了，走进来一位年轻的女士。她身高中等偏上，身材苗条，漆黑的头发和眼睛在她非常苍白的皮肤的衬托下更加地黑。我好久没见过脸色苍白成这样的女性了。她的嘴唇也毫无血色，眼睛却因哭泣而红肿。她静悄悄地走进来，似乎经受的痛苦比银行家更大，她不顾我在场，径直走到她叔父跟前，用女性特有的柔情之手抚摸着他的头。

“你已经命令将阿瑟释放了吗，爸爸？”她问。

“没有，没有，我的孩子，这件事必须追查到底。”

“但我相信他是无辜的。你了解女人们的本能是怎么回事。我知道他没做错什么，这样过分地对待他，你会后悔的。”

“哼，如果他真的无辜，他为什么不解释？”

“谁知道呢？也许他因为你怀疑他而感到恼火。”

“我怎么能不怀疑他呢？当时我确实看见他手里拿着那顶皇冠。”

“哎，他只不过是拿起来看看而已。哦，相信我吧！他是无罪的。这件事就这样算了吧，别再提了。想到我们亲爱的阿瑟将要坐牢，真可怕啊！”

“我不找到绿玉就绝不罢休——绝不，玛丽，你对阿瑟的感情使你看不到它给我带来的严重后果。我绝不能就此了事，我从伦敦请了一位先生来更深入地调查此事。”

“就是这位先生？”她转身看着我问道。

“不，这是他朋友。他要我们让他一个人走走，他现在正在马厩那条小道上。”

“马厩那条小道？”她的黑眉毛向上一扬，“他指望在那里能找到什么？哦，我想，这就是他吧。我相信，先生，你一定能证明我堂兄阿瑟是无辜的。”

“我的看法和你完全一致，而且，我相信，你能帮我们证明这一点。”

福尔摩斯一边答话，一边踩在擦鞋垫上蹭掉鞋底下的雪，“我为能和玛丽·霍尔德小姐谈话而感到荣幸，我能否问你一两个问题？”

“问吧，先生，只要有助于澄清这件可怕的事，问什么都行。”

“昨天夜里你没听见什么吗？”

“我是听到叔父的大声说话才下来的，此前没听到什么。”

“你昨晚把门窗都关上了，可你有没有把它们都闩上呢？”

“都闩上了。”

“今天早上这些窗户还都闩着？”

“是的。”

“你的女仆，她有个情人吧？我知道你昨晚曾跟你叔叔说过她出去约会了来着。”

“是的，就是那个在客厅里侍候着的女仆，她也许听到了叔叔关于皇冠的谈话。”

“我明白了，你的意思是她可能把这件事告诉了她的情人，而且他俩有可能密谋偷这顶皇冠。”

“可这些空洞的推理毫无用处。”银行家不耐烦地嚷了起来，“我不是对你讲过我当时亲眼看见皇冠在阿瑟手上吗？”

“别争，霍尔德先生。我们必须追问这件事。霍尔德小姐，我想你是亲眼见她从厨房门附近回来的，是吗？”

“是的，我去看那扇门闩好没有时，我碰见她偷偷溜了进来。我也看见那个男人站在暗处。”

“你认识他吗？”

“噢！认识，他是给我们送菜的菜贩子，叫弗郎西斯·普罗斯珀。”

“他站在，”福尔摩斯说，“门的左侧——也就是，远离此门的路上？”

“是的，是这样。”

“他还是一个有木头假腿的人？”

这位年轻小姐表情丰富的黑眼珠突然有了些害怕的神色。“怎么？你真神啊，”她说，“你怎么知道这个？”她说话时面带笑容，但福尔摩斯瘦削而精神十足的脸上没有迎合对方的笑容。

“我很想现在就上楼去，”福尔摩斯说，“我很可能还得到房子外面再走一圈，不过我在上楼前最好再看看楼下的窗户。”

他很快地走过了一扇扇窗户，只是在那扇可以从大厅望到马厩小道的大窗户前停了一会儿。他打开这扇窗户，“我们现在可以上楼了。”

这位银行家的卧室是一间布置简单的小房间，地上铺着块灰色地毯，立着一个大衣柜和一面长镜子。福尔摩斯径直走到大衣柜跟前，紧盯着柜上的锁。

“是用哪把钥匙打开的？”他问道。

“就是我儿子说的——那把餐柜的钥匙。”

“它在哪儿？”

“放在梳妆台上的那把就是。”

福尔摩斯把它拿过来打开大衣柜。

“这是一把无声锁，”他说，“难怪它没吵醒你。这一定是装皇冠的盒子了，我们得看一看。”他打开盒子，将皇冠取出来放在桌上。这是一件华美的珠宝工艺品，那三十六块绿玉是我从未见过的最精美的玉石。皇冠的一边有一道裂口，角上的三块绿玉被扳掉了。

“现在，霍尔德先生，”福尔摩斯说，“这个边角和那不幸丢失绿玉的边角是对称的，我想请你试试看能不能把它掰开。”

那银行家紧张地后退了一步。他说：“我碰都不敢去碰。”

“那我来试试。”福尔摩斯猛然用足力气去掰它，但它纹丝不动。“我感觉它有点松动，”他说，“但是，不管我的手多么有劲，要掰它也很难。一个普通人是掰不开它的。好了，霍尔德先生，即使我真的把它掰开了，会有什么情况发生呢？那就会发出枪响一样的声音。你能说，这一切发生在仅离你的床只有几码远的地方，而你却没听到一点儿声音吗？

“但是事情肯定会越来越清楚的。霍尔德小姐，你是怎么想的？”

“我承认我和我叔叔一样迷惑不解。”

“当你看到你儿子时，他没有穿鞋或拖鞋，是吗？”

"除了裤子和衬衫，他什么也没穿。"

"谢谢你。我们确实从这个事件中受益匪浅，实在太幸运了。要是我们还不能把这事给弄清楚，那就完全是我们的失职了。霍尔德先生，请允许我再到外面去调查一下。"

他要求只让他一个人去，他解释说，人去多了会留下一些不必要的脚印，这会给他的工作带来很多困难。他出去了大约一个多小时，回来的时候他一脚的积雪，他的脸上依然是神秘莫测的样子。

"我想这里该看的我都看过了，霍尔德先生，"他说，"我想现在要为你做的，就是回到我的寓所去。"

"但是那些绿玉，福尔摩斯先生，它们在哪里？"

"我说不准。"

"那我永远见不到它们了！"这位银行家搓着双手大声说，"还有我儿子呢？你不是给了我希望吗？"

"我的意见丝毫未变。"

"那么，上帝啊，昨晚上我房里到底发生了什么？"

"如果你明天上午九点或七点到贝克街找我，我会很高兴地尽量把它讲得更清楚些。我希望你能全权托我办你这件事，只要能把那些绿玉找回，你别限制我的花费。"

"为了找它们，我愿意把我的全部财产拿出来。"

"很好，我会在明天上午前把这事给了结了。很可能我在傍晚前还得再来这里一趟。再见。"

我清楚地知道我的朋友现在已经胸有成竹了，至于他究竟有些什么结论，我一点儿也不知道。回家的途中，我有几次想从他嘴里探出点什么，但他老把话题引开，最后，我只好作罢。我们回到贝克街时，还不到下午三点。他急忙跑进他的卧室，几分钟后，他便扮成一个流浪汉出来了。他的衣领上翻着，磨得发亮的破外衣下系着红领带，脚蹬破旧的皮靴，俨然一个典型的流浪汉。

"我打扮得还像吧？"他边说边对着壁炉上的镜子看了看，"我真希望你能和我一起去，华生，但恐怕不行。这个案子的线索我可能找对了，也可能是捕风捉影，但到底是哪种可能，很快就会明白的。我希望几小时后就会回来。"他从餐柜里放着的大块牛肉上割下一块，夹在两片面包里，然后把它们塞进口袋就走了。

我刚喝完茶，就见他手里提着边上有松紧带的一只旧靴子很高兴地回来了。他把那只旧靴子往角落里一扔，便去倒茶喝。

“我路过这里就顺便进来看一下，”他说，“我得马上走。”

“到哪儿去？”

“噢，去西区那边。我可能得很长时间才能回来，如果我回来太晚，你就别等了。”

“事情进展怎样？”

“嗯，还行，一切顺利。我离开你后又去了一趟斯特里特哈姆，不过没进屋。那个小疑点很有意思，我绝不能轻易把它放过。我不能再坐在这里闲聊了，我得把这套下等人的服装脱下来，重新穿上我自己原来那套。”

我从他的一举一动可以看出，他有比在他话里面所暗示的更令人满意的理由。他两眼发亮，甚至菜色的脸上泛出了红晕。他匆匆地上了楼，几分钟后，大厅的门砰地一响，他又出去追捕了。

我一直等到半夜，他还没回来，我就回房休息了。他接连几天几夜追踪一个线索是常有的事，因而我对他的迟迟不归并不奇怪。我不知道他是什么时候回来的，但当我早晨下楼吃早餐时，他已经坐在那里了，只见他一手端着咖啡，一手拿着份报纸，精神很好地看着。

“对不起，华生，我没等你就先吃了。”他说，“你应该记得我们的委托人今天上午和我们的约会吧？”

“怎么，现在过九点钟了？”我回答说，“我听到门铃响了，一定是他。”

果然，来的正是我们这位银行家朋友。他身上发生的变化，让我非常震惊，因为他那天生的宽阔结实的脸庞，现在消瘦得凹了下去，他的头发也比昨天更灰白了。他非常萎靡不振地走了进来，和前一天早上那种狂暴的样子相比，他更加痛苦了，他沉重地跌坐在我推给他的扶手椅上。

“我不知道我到底做了什么缺德事，上帝要这么惩罚我。”他说，“两天前我还是个幸福和富裕的人，无忧无虑地活在这世界上，现在我竟落到了下半辈子要孤独地、不光彩地度过的地步。真是祸不单行啊，我侄女玛丽离我而去了。”

“离你而去？”

“是的。今天一早我发现她的床一夜没人睡过，她的房间也是人去楼空，大厅桌子上放着一张留给我的便条。我昨晚曾经忧伤但并不气愤地对她说，要是她和我儿子结了婚，我儿子的一切都会好起来的。也许这样说有欠妥当。她的便条里也提到了这点。”便条的内容如下：

我最亲爱的叔叔：

我感到我已经给你带来了烦恼，如果我采取了另外一种行动，这件可怕的不幸事情也许永远都不会发生。我这样一想，就不好意思再住在这儿了。我觉得我应该永远离开你。不要为我的前途担心，我有栖身的地方。更重要的是，千万别找我，这不仅是徒劳的，而且会帮我的倒忙。不管我生还是死，我永远是你亲爱的侄女。

玛丽

“她这张便条是什么意思，福尔摩斯先生？你认为她暗示想要自杀吗？”

“不，不，根本不是这么回事。这也许是最好的解决办法了。我相信，霍尔德先生，你的烦恼事马上就要结束了。”

“哈！你肯定是这样？你打听到了什么，福尔摩斯先生，你打听到什么消息了吗？那些绿玉在哪儿？”

“你不会觉得一千英镑一块绿玉的价钱太大了吧？”

“我愿意出一万英镑。”

“不用这么多，有三千英镑就差不多了。不过，还要一笔小小的酬金。你带支票簿没有？给你这支笔，开一张四千英镑的支票吧。”

这位银行家木头人般如数开了支票。福尔摩斯走到他的写字台前，取出一个小小的三角形金纸包，里头包着三块绿玉。

我们的委托人发出一声喜悦的尖叫，一把将它们抓到手里。

“你弄到手了！”他急促地说，“我有救了！我有救了！”

他非常喜悦地将失而复得的绿玉紧紧抢在胸前。

“你另外还欠了一笔债，霍尔德先生。”福尔摩斯相当严肃地说。

“欠债？”他拿起笔，“欠多少，我这就还。”

“不，不是钱。你应该给那个高尚的小伙子——你儿子——好好道歉，他把这件事揽到自己身上了，我要有这么一个儿子，我会觉得很骄傲的。”

“那么不是阿瑟拿走的？”

“我昨天就跟你说过，现在我再重复一遍，不是他。”

“你敢肯定？！那我们马上到他那里去吧，告诉他已经真相大白了。”

“他已经知道了。我弄清楚全部经过后找过他，他不愿意说实话，我替他说了，他听后不得不承认我是对的，并且给我还不清楚的几个细节做了补充。”

“我的上帝！那么，赶快告诉我到底是怎么回事吧！”

“我会告诉你的，而且我还会告诉你我为弄清事情底细所采取的步骤。让我从头讲起，首先，这话我很难说出口，你也不会相信：那就是乔治·伯恩韦尔爵士和你侄女玛丽勾搭上了。他俩现在一块逃走了。”

“我的玛丽？不可能！”

“非常不幸，这是肯定的事实。当你们把他带到你家里时，无论是你或是你儿子，都不很了解他的真实品性。他是英国最危险的人物之一——一个潦倒的赌徒，一个穷凶极恶的流氓，一个没心没肝的人。你侄女对这种人一无所知。当他对她信誓旦旦地像他以前对无数别的女人所做的那样，她自鸣得意，认为只有她一个人打动了他。这个恶魔深知如何用花言巧语去利用她，并且几乎每晚都和她幽会。”

“不，不可能有这种事！”银行家脸色灰白地叫嚷着。

“那好，现在我来告诉你前晚你家里发生的一切吧。你侄女，当肯定你已回房休息后，就悄悄溜下来在那扇朝向马厩小道的窗口和她的情人说话。因为他站了很久，所以他的脚印印透了地上的雪。她和他谈到那顶皇冠。这消息引起了他对金子的邪恶贪欲，他迫使你侄女服从他。我不怀疑她是爱你的，但是有这么一种女人，她们对情人的爱会淹没对所有其他人的爱，我想，她就是这么一个女人。他还没有说完自己的计划，她就见你下楼了，于是急忙关上窗户，并告诉你那女仆和她装木头假腿的情人的越轨行为，这确有其事。

“你儿子阿瑟和你交谈后，就上床去睡觉了，不过他因为欠俱乐部的债而心神不宁，难以入睡。半夜时分，他听见一阵轻微的脚步声从他房门走过，因此他起床向外探视，吃惊地看到他堂妹蹑手蹑脚地走过过道，直到闪进你的卧室。这孩子惊得目瞪口呆，急忙随便披了件衣服站在暗处要看个究竟。这时，他堂妹又从房间里走了出来，你儿子借着过道里的灯光看见她拿着那顶珍贵的皇冠走下楼梯，他感到非常恐慌，跑过去躲在你门口的帘子后面，从那儿他可以看到下面大厅里发生的一切。他看见堂妹偷偷打开窗户，把皇冠从窗户里递出去交给暗处的什么人，然后重新关上窗户，从他面前——他躲在帘子后面——走过，匆匆回到她房里去了。

“只要她还在场，他就不会采取什么行动，以免暴露他心爱的女人的可耻行径。但她走开后，他马上意识到这事会给你带来多大的不幸，所以他想挽救过来。他鞋都没穿，披着衣服就急奔下楼，打开窗户，跳到外面的雪地里，沿着小道追去，在月光下他看见了一个黑影。乔治·伯恩韦尔爵士正企图逃跑，但被阿瑟抓住了，两人争夺起来，你儿子抓着皇冠的一端，而他的对手抓住了另外一端。扭打间，你儿子揍了爵士一拳，打伤了他的眼睛。这时有什么东西拉断了，你儿子发现皇冠到了自己手上，便急忙跑回来，关好窗户，进了你的卧室，正在察看那扭坏了的皇冠并试图把它弄正的时候，你出现了。”

“这是真的吗？”银行家抹了一把汗说。

“正当他以为你会感谢他的时候，你却对他破口大骂，这激起了他的怒火。当时他既不能说明实际情况，又不能出卖他认为应该手下留情的人。他隐藏了她的秘密，他认为他必须要有骑士风度。”

“这就是她一看到那顶皇冠就尖叫着昏过去的原因。”霍尔德先生大声嚷道，“噢！上帝！我真瞎了眼！是的，他要求我让他出去五分钟！我亲爱的孩子是想到打斗现场去寻找那失落的绿玉。我是多么残暴无理地冤枉了他！”

“当我走进你屋子的时候，”福尔摩斯接着说，“我立即到四周仔细地察看了一番，看雪地里有什么有助于我调查的痕迹没有。我知道从前天晚上到现在没有再下过雪，并且恰好有层霜保护着脚印。我经过小贩所走的那条小路，看到脚印被践踏得无法辨别了。不过，在离厨房门稍远的地方，我发现有某个女人站在那里同某个男人谈话时留下的痕迹，其中有个脚印是圆的，这说明此人有条木制的假腿。我甚至还能断定，有人惊动了他们，因为从雪上一脚深一脚浅的脚印可以看出，那女人是很慌乱地跑回到门口的。那个装假腿的人在那里待了会儿才走开。我那时猜想这可能是那女仆和她的情人，你告诉过我他们的事情。后来调查证明确实是的。我到花园里绕了一圈，除了杂乱的脚印外，没别的什么，我想这是警察留下的，但是到了通往马厩的小道时，我看见雪地上有一段很长很复杂的脚印。

“那里有两条穿靴子人的脚印，另外让我很高兴的是，还有两条，是一个打赤脚的人的脚印。根据你曾经告诉我的情况，我立刻断定后两条脚印是你儿子留下的。头两条脚印是走出来的，而后两条是跑出来的，而且他的某些脚印盖在皮靴的脚印上，显然他是后来追上去的。我跟着这些脚印走，发现它们通往大厅的窗户，那穿皮靴的人在这里等的时候将周围所有的雪都踩得融化了，随后我到了另外一边，从小道走下去一百多码的地方。此外，我看出那穿皮靴的人曾转身过，地上的雪被踩得纵横交错，一片狼藉，好像曾有人在这里搏斗过，最后我发现那里有几滴凝住的血，这说明我没弄错。这时，穿皮靴的人沿小道跑了，那里的一小滩血，说明受伤的是他。当我跟到另一头的大路上时，看见人行道已经清扫过，线索也就此中断。

“你可能还记得，进屋时，我曾用放大镜检查大厅的窗台和窗框，我发现有人从这里进出过。我立刻分辨出，这是一只湿脚跨进来时踩的。那时我对于这里发生过什么事有了大致的了解。也就是说，一个人在窗外守候，另一个人把绿玉皇冠递出去，这情况被你儿子看见了。他去追那个贼，并和他打起来。他们都抓住了皇冠，一起使劲争夺，这才造成任何人都不能单独造成的那种损坏。他把皇冠夺了回来，但他的对手却夺去了另一小部分。我当时所能弄清的就是这些。当时的问题是，那人是谁？将皇冠拿给他的人又是谁？

“我记得有句古老的格言这么说道，当你把不可能的情况排除后，其他的，不管有多么难以相信，但必定都是真实的。我知道，你不会把皇冠拿给别人的，所以只有你的侄女和女仆们。但如果是女仆们干的事，你儿子怎么愿意自己背黑锅呢？这个推断站不住脚。而他爱他的堂妹，所以他才保守秘密，这样解释就很通了。因为这种秘密是件很不光彩的事，他就更要保密。我记得你说过曾看到她站在那窗户旁边，后来她一见皇冠便昏了过去，我的猜测就成了十分肯定的事实了。

“但是，谁是她的同谋呢？显然是她情人，只有情人在她心上可以超过她对你的爱和感恩之情。你深居简出，结交的朋友很有限，而乔治·伯恩韦尔爵士却是其中一个。我以前就知道他在妇女当中是臭名昭著的，穿皮靴夺绿玉的人肯定是他。尽管他知道阿瑟已经发觉是他，他依然认为自己高枕无忧，因为你儿子只要吐露一个字，就能危及你的家庭。

“好啦，凭着你良好的辨别力，你一定能知道我采取的第二个步骤是什么。我装扮成流浪汉到了乔治爵士的住处，结识了他的贴身仆人，得知他的主人前晚划破了头。最后我花了六个先令买了一双他主人不穿了的旧鞋。我把鞋带到斯特里特哈姆一核对，它和那脚印完全相吻合，一丝不差。”

“昨晚，我在那条小道上看到过一个衣衫褴褛的流浪汉。”霍尔德先生说。

“没错，那就是我。我觉得我已经查出了我要找的人，所以赶紧回家更换衣服。我要扮演一个微妙的角色，因为我知道必须避免起诉才不至于出现丑闻，而且我明白这个狡猾的恶棍也知道我们在这事上奈何不了他。我登门找他，一开始，自然他否认一切。但是，当我给他说过所发生的一个具体情况后，他从墙上拿下护身棒威吓我。然而，我知道我面对的是什么人，我在他举棒之前，掏出手枪对准了他的脑袋，这时他才有点理性。我告诉他我可以出钱买他手里的绿玉——一千镑一块。他显出一种十分后悔的样子，‘哎哟，真倒霉！’他说他把那三块绿玉以六百英镑的价格卖出了。我答应不告他之后，他告诉了我收赃人的地址。我找到了那个人，多次讨价还价后，我以一千镑一块的价格把绿玉赎回来了。接着我就去找你儿子，告诉他一切都办妥了。最后，我在劳累了一天后，两点钟左右上床睡觉了。”

“可以说这一天是将英国从一桩大丑闻中拯救出来的一天，”银行家说着站起身，“先生，我不知道该如何感谢你，但我不会辜负你所做的一切。你的本领实在是我前所未闻的。现在我必须赶快去见我亲爱的儿子，为冤枉了他向他道歉。至于可怜的玛丽的事，太让我伤心了。你的本领再大，恐怕也不知道她现在在哪里吧！”

“我想我很有把握，”福尔摩斯回答说，“乔治·伯恩韦尔爵士在哪她就在哪。同样，还可以肯定地说，不论她犯了什么罪，他们不久就会受到严厉的惩罚。”

12. 铜山毛榉之谜

“对那些为艺术而爱好艺术的人来说，”歇洛克·福尔摩斯将《每日电讯报》的广告专页扔在一边说，“他们常常从最不重要和最平常的现象中得到最大的乐趣。我高兴地看到，华生，我已经观察到在你认真地记录时，时常在那些案例中添枝加叶，你没有把重点放在侦破重大案件和轰动一时的审判上，而是放在那些很可能是微不足道的描述上。然而这种案件有发挥推论和逻辑综合才能的余地，我把它们列入我的研究范围。”

“但是，”我笑着说，“我的记录中不能说完全没有采用耸人听闻的手法。”

“可能是你的失误。”他说着用火钳夹起通红的炉渣，点燃他那管长长的樱桃木烟斗。当他在争论问题而不是思考时，就用这个烟斗替换那个陶制烟斗。“也许你错在想把你的每项记录都写得生动且丰富多彩，而不是将你的任务局限在因果关系的记叙上，这其实是事物唯一值得注意的特点。”

“在这个问题上，看来对你还是公正的。”我有点冷淡地说，因为我不止一次地观察到我的朋友的古怪性格中有自私的因素，这点我很反感。

“不，这不是自私自利或自狂自大，”他没有针对我的话而针对我的思想说，“若是我要求完全公正地评价我的能耐，那是因为它不是属于我个人的东西。犯罪是常有的事，而逻辑推理并不容易。因此你该认真记下的是逻辑推理，而不是犯罪。但是你把本该是讲授的课程降低为一个个的故事。”

这是一个寒冷的初春的上午，我俩在贝克街的老房子里，吃过早饭后靠着熊熊的火炉聊天。雾气浓厚，弥漫在成排的暗褐色的房子之间；街对面的窗户在这深黄色的团团浓雾中，变得阴暗，变成一片模糊不清的东西。我们的餐具没有拿走，亮着的煤气灯，照到雪白的桌布上、铿亮的瓷器和金属器皿上。整个上午，歇洛克·福尔摩斯没怎么说话，低头翻看报纸的广告栏，他没找到什么，就把不满发泄到我文笔上的缺点上来了。

“同时，”他稍微停顿了一阵，一边抽着他那长长的烟斗，一边盯着炉火，接着说，“很难有谁能指责你文笔上的危言耸听，因为在你所感兴趣的案件中有许多根本就不是法律意义上的犯罪案。我替波希米亚国王处理的那件小事，玛·萨瑟兰小姐的遭遇，歪嘴男人的难解问题以及单身贵族的不幸都不涉及法律。你尽力避免危言耸听时，说不定又会落入了烦琐的俗套。”

“结果可能是这样，”我回答说，“只是我的方式有点别致而又有趣。”

“不，我的好友，对不善于观察的人来说，根本不可能从一个人的牙齿看出这个人是个纺织工；或从一个人的右手大拇指就看出他是个排字工，他们毫不关心分析和推理的差别呢！不过就是你写得太烦琐我也不会埋怨你，因为作大案的时代已经过去了。人们，或是罪犯都没有从前的那种冒险和创新的精神了。我的职业，更是退化到一家代理处的地位，不过替人寻找丢掉的铅笔，替寄宿学校的女孩出主意罢了。总之，我的事业已无可挽回地一落千丈。今天早晨我收到一张便条，我想，这正标志着我的事业的最低点。你念念吧！”他将揉成一团的一个便条扔给我。这是昨天晚上从蒙哥塔格寄来的，内容这样写道：

尊敬的福尔摩斯先生：

有人给我找了一个当家庭教师的工作，可我急于要告诉您，我是否应该从事这项工作。若方便，我将在明天下午四点半来访。

您忠实的维奥莱特·亨特

“你和这年轻的小姐认识吗？”我问。

"不认识。"

"现在已经四点半了。"

"对，我敢肯定是她在拉门铃。"

"这件事也许比你想象的要有趣。你还记得蓝宝石事件开头的研究好像只不过是一时的兴趣，后来却成了严肃的调查。这件事也很有可能是那样。"

"唔，但愿是这样吧。我们的疑问很快就会有答案，要是我没弄错的话，来请教的人来了。"

正说着，门被推开了，一个年轻女士走了进来。她衣着朴实整齐，一副活泼、聪明伶俐的样子，脸上的雀斑就像鸟蛋上的斑纹。她动作敏捷，很像个一切都挺主动的妇女。

"您一定会原谅我来打扰您吧？"当我的同伴起身迎接她的时候，她说，"我碰到一件十分奇怪的事。由于我没有父母和别的亲人，所以我想也许您会好心告诉我怎么做。"

"请坐，亨特小姐。我将会高兴地尽力为你服务。"

我看得出来，福尔摩斯对新委托人的举止谈吐有良好的印象。他以那种探询的眼光打量了她一番，垂着眼皮，指尖顶着指尖，听她陈述事情的经过。

"我在斯宾塞·芒罗上校的家里干了五年的家庭教师，"她说，"两个月之前，上校奉命到美洲的新斯科舍的哈利法克斯工作，孩子们也跟着去了，我就没工作了。我登了待聘启示，也去应聘过，但都没成功。最后我积蓄的一点儿存款快用完了，我已毫无办法，不知道如何生活下去。

"伦敦西区有个出名的家庭女教师介绍所，叫'维斯塔维介绍所'。每星期我都去瞧瞧有没有适合我的工作。这家介绍所创办人的名字是维斯塔维，具体事务由斯托珀小姐管理。她坐在自己的小办公室里，求职的妇女在接待室等候，然后逐个进屋；她翻看着登记簿，看看是否有适合求职者的工作。

"我上个礼拜去的时候，他们把我像平时一样领进了小办公室。我发现斯托珀小姐并不是一个人在里面，她的旁边坐着一个长得异常粗壮的男人。他挂着笑容的脸上，又大又厚的下巴一层叠一层地挂到他的喉部；他鼻梁上戴着一副眼镜，目光热烈地看着走进房间的每一个女人。我刚一进去，他坐在椅子上弹了一下抬起身，很快转身面向斯托珀小姐。

"'就她了，'他说，'我看她很合适。真是好极了！'他看上去很热情，搓着两手，表现出最最亲切的样子。他的样子看上去挺和气，挺可爱。

"'小姐，您想找份工作吗？'他问。

"'是的，先生。'

"'当家庭女教师？'

"'是的，先生。'

"'工钱怎么支付呢？'

"'我以前在斯宾塞·芒罗上校家当家庭教师，每月支付4磅。'

"'哎哟，真苛刻呀，'他一边嚷着，一边在空中挥舞着那双肥胖的手，就像是那些情绪激动的人一样，'怎么会只支付这一点儿钱给一位迷人的、有学问的女士呢？'

"'先生，我没有你想象的那么有学问。'我说，'只是会一点儿法文，懂一点儿音乐、德文和绘画……'

"'啧啧，这并没有什么，主要的是您具备女人该有的气质和举止。一句话，若是说你没有我说的气质，那就不适于教育孩子，孩子们或许会在某一天在这个国家的历史中扮演很重要的角色呢！若是您具备那种气质，怎么会有人委屈自己接受三位数以下的工资呢！小姐，您要是到我家，你在我这里的薪水，从100镑开始。'

"福尔摩斯先生，要知道这待遇对我这样穷困的人来说是好得难以相信的。这位先生可能看出我当时怀疑的表情，他便掏出钱包，拿给我一张钞票。

"'我的喜好是给小姐们先付一半薪水，'他的笑容甜蜜蜜的，两只眼睛在那张布满了皱纹的脸上只剩下两条发亮的细缝，'好让她们支付旅费、添置点衣服什么的。'

“我以前从没见过这么可爱体贴的人。我那时还欠店主的账，预付的钱对我很有好处。然而，我总觉得这件事有的地方不大自然，我想多了解些情况后再表态。

“‘能告诉我您住在哪里吗？’我说。

“‘汉普郡，那是个可爱的山村地区，铜山毛榉，离温切斯特才五英里。真是个最可爱的乡村，我亲爱的小姐，那儿还有一座很可爱的古老住宅。’

“‘那么我的职责呢，先生？我很想了解一下我做什么工作。’

“‘一个孩子——一个刚刚六岁，可爱的小淘气。哎，您将能看见他用拖鞋打蟑螂的样子！啪啪！啪啪！他就打死了三个！’他靠在椅子上，眼睛已笑得眯成了一条缝。

“我对孩子的这种做法吃了一惊，听着这位父亲爽朗的笑声，让我觉得他可能是在开玩笑。

“‘这么说，’我问道，‘我唯一的工作就是照看一个小孩子？’

“‘不，不是，不是唯一的，我亲爱的小姐，’他大声地说，‘你的工作是，我相信你机灵的脑袋会认识到的，你的任务应该是，听从我个人的吩咐，当然这些常常都是一位小姐理应遵守的。就这些事情，怎样？’

“‘我愿意成为对你们有用处的人。’

“‘就是嘛！现在谈服装，我们比较热衷时尚，赶时髦，又心地善良。若是我们让您穿件什么衣裳，您不会对这怪念头有意见吧？’

“‘不会的。’我对他说的话感到有些吃惊。

“‘让你坐到这里，坐在那里，这将不致使你不高兴吧？’

“‘啊，不会的。’

“‘或者让你到我们那里之前，让你把头发剪短呢？’

“我一点儿都不敢相信自己的耳朵。我的头发，福尔摩斯先生，您看，长得这么密，还有着栗子般的特殊光泽，很有艺术性！我做梦都没想过轻易地失去它。

“‘恐怕那不可能。’我说。他那双小眼睛一直在盯着我，当我说这话时，我注意到一道阴影掠过他的脸。

“‘我认为这是最起码的！’他说，‘这是我妻子的癖好。您清楚，夫人们的爱好是必须考虑的。那么，你是不打算剪掉你的头发了？’

"'是的，先生，我实在不愿意。'我坚决地回答说。

"'啊，很好，那么这件事就算了。很可惜，您在别的方面太合适了。既然这样，斯托珀小姐，我最好再多看几位这里其他的年轻姑娘。'

"那位女经理在我俩谈话时，一直埋头整理她的文件，未说一句话；可这会儿，她瞅了我一眼，很不耐烦地看着我，那愤怒的神情可能是因为我拒绝了一笔很可观的佣金。

"'你愿不愿意将你的名字继续留在登记簿上？'她问我。

"'若是您愿意的话，斯托珀小姐。'

"'唉，说真的，这登记对你没什么用处了，你连这优厚的待遇都拒绝了，'她尖刻地说，'别指望我们能再为你找到这样的机会。再会吧，亨特小姐。'她按了一下门铃，仆人进来将我领了出去。

"嗯，福尔摩斯先生，我回到住处后，见餐柜里已没有多少食品了，桌子上又放着两三张账单，我开始自问，自己是不是干了件很糟糕的事。即便这些人有些古怪的时尚，而又希望别人依从于他们，但是毕竟准备为他们的癖好付出代价。英国有几个家庭女教师能挣到100英镑的年薪！再说，头发对我又有什么用处？好多人剪了头发后反而更神气了，也许我该加入她们的行列吧。第二天，我觉得自己在处理这个问题上犯了错误；第三天，我对这一点更认为自己是错的。在我几乎要克服我的傲气，重新前往介绍所询问那个位置是否依然空着的时候，我接到那位先生写来的亲笔信。我把它带来了，这就念给你听。"信的内容如下：

尊敬的亨特小姐：

承蒙斯托珀小姐的好意，将你的地址告诉了我，我写下此信，是询问您是否重新考虑过你的决定。我的妻子急切盼望你能来临。因为我对她说了您的情况后，她十分满意，急切盼望您能来。我们情愿每季度付给您30英镑，也就是一年120英镑，用来补偿我们的爱好给您带来的不便。其实这些要求并不是很苛刻，我妻子偏爱深蓝色，希望您上午在家时穿这种颜色的服装。你不用花钱购置，我女儿艾丽丝（她现在在费城）有一套这样的服装丢在家里，我觉得您穿了肯定合身；至于您坐到这儿或那儿，或按照指定的方式消遣，这些都不会使你感到有什么不便。

关于您的头发，这有些令人惋惜，特别是在和你短暂的会见时我就忍不住夸赞。但是我想恐怕必须坚持这一点，希望增加的薪水也许会补偿你的损失。至于照管孩子方面的职责，是很轻松的。好，望你务必前来，我会乘马车去接您的。请告诉我乘坐的火车班次。

您忠实的
杰费罗·卢卡斯托尔
于温切斯特附近铜山毛榉

“这是我刚收到的信，我已决定接受这份工作。福尔摩斯先生，我在做出这最终决定之前，很想把这件事告诉您，听听您怎么说。”

“哎，亨特小姐，既然你已经决定了，问题不就了结了吗？”

“您不会建议我不去吧？”

“我承认若是我的亲姐妹，我不会主张她去应聘的。”

“福尔摩斯先生，这到底是什么意思呢？”

“这，我没法告诉你为什么。也许你自己已经有了某种看法了吧？”

“嗯，我认为只有一种可能性，卢卡斯托尔先生看起来是个善良、脾气温和的人，可能他妻子精神不好，可他不想告诉别人，免得妻子被送进疯人院。他怕她发作，所以尽量满足她的要求。”

“很有可能是这样，这正是我感到不安的一点。他们怎么愿意花 120 英镑雇一个 40 英镑就可以雇到的人呢？这里面一定有什么特别的原因。”

“我想先把情况告诉您，若是以后请你们帮忙，您就会明白是怎么回事。我觉得有你们做我的后盾，我的胆子会壮实一些。”

“哦，你尽管带着这种想法去。我可以向你保证，这个小问题很有意思。这里有一些特征，显然是让人纳闷或是有些危险——”

“危险！您感觉到有什么危险吗？”

福尔摩斯严肃地摇摇他的头。“如果我们能够确定它，那就算不上危险了。”他说，“但是不论什么时候，白天或是夜晚，来个电报我就马上会去帮助你。”

“这就足够了。”她活泼地从座椅上站起来，面部的忧郁一扫而光。“我现在可以放心大胆地去汉普郡了。我这就给卢卡斯托尔去信，今晚就把头发剪掉，明天我就动身去温切斯特。”她对福尔摩斯说了些感谢的话，就向我俩道了晚安，急忙走了出去。

听到她敏捷、坚定的步伐走下楼梯时，我说：“她是个会照顾好自己的姑娘。”

“她正需要这样，”福尔摩斯严肃地说，“若是许多天后听不到她的消息，我就是大错特错了。”

不久，我朋友的预言得到了证实。两周过去了，我发现自己的思路经常会转向这个孤单的女孩，猜想着她是否误入了命运的歧途。超乎预料的工资、奇怪的条件和轻松的工作，这都让我无法判断这人是慈善家还是阴谋家。至于福尔摩斯，我发现他时常一坐就是半个小时，紧锁着眉头，独自出神，可是我一提到这件事时，他就把大手一挥打断我的话。“材料！材料！材料呢？”他不耐烦地嚷嚷着，“没有泥土，我怎么能做出砖块来！”可是到后来，他时常念叨着，若是他的亲姐妹绝不会让她去做这份工作。

有一天深夜，我去上床休息，而福尔摩斯准备搞一通宵化学试验——这对他来说是常有的事，他总是愿意独自一个人弯着腰在曲颈瓶或者试管上搞他的实验。次日早上，我下楼吃早餐时，发现他还是保持着那种姿势。这时，有份电报送到我们手里。他打开黄色信封看了一眼，就把电报扔给了我。

“马上查一下开往布雷得肖的火车时间。”他说，然后接着去做他的实验了。

电报简短而紧急：

明天中午请到温切斯特的黑天鹅旅馆。一定要来！我已没有办法应付了。

亨特

“你会同我一块去吗？”福尔摩斯抬起头望了我一眼，问道。

“我愿意去。”

“那么就去查一下火车时刻表吧。”

“九点半有趟车，”我查到了时刻表上的布雷得肖说，“十一点半到温切斯特。”

“那太好了，我只好把丙酮的分析实验往后推迟一下，明天我们得保持最好的精神状态才行。”

第二天十一点钟，我们已经快到英国的旧都了。福尔摩斯一路上埋头看晨报，但过了汉普郡后，他扔下报纸，开始欣赏起风景来了。这是春天的一个理想的日子，蔚蓝色的天空中点缀着朵朵飘浮的云，由西往东悠悠地飘去，阳光灿烂耀眼，然而早春天气仍然清新爽朗，让人充满活力。整个乡村，远至奥尔德肖特起伏的山峦上，青翠的新绿中到处是红色和灰色的农舍小屋顶。

“真是个清新美丽的好地方呀！”来自烟雾缭绕的贝克街的我，满怀热情地赞叹着。

但是福尔摩斯一脸严肃地摇了摇头。

“华生，你知道吗？”他说，“我和你不同的是，观察每一件事物，我总是要和自己正在调查的特殊问题联系起来。你觉得这些零零星星的房屋很美；而我看到它们时，心里唯一涌现的想法是这些房子相互隔离，在这个地方犯罪不容易察觉。”

“天哪！”我叫了起来，“谁会把这些可爱的老房子同犯罪联系起来呢？”

“但这些老房子让我怀着恐怖之感。据我以往的经验，华生，我认为伦敦最下贱肮脏的小巷里所发生的犯罪行为也不会比这美丽愉悦的乡村里发生的更可怕。”

“你说的话好吓人！”

“原因很简单。在城里，公众舆论的压力可以做出法律所不能做到的事。没有一条小巷会坏到连一个被虐待挨打的孩童的哀叫声，或一个醉鬼打人的声音都不能引起邻居们的同情和愤怒。司法部门近在咫尺，一提出控诉就可以采取行动。你再看这些零散的房子，每一座都建在自己的田地里，住在附近的多半是贫穷愚蠢无知的农民，根本不懂法律。想想看，那些凶残的暴行，暗藏的罪恶可能在这种地方年复一年地发生，没人过问。如果这位向我们求救的姑娘是在温切斯特，我不会担心什么。危险在这五英里以外的乡村。不过，庆幸的是，她个人安全并未受到威胁。”

“没有，她还能来温切斯特见我们，这说明她能抽开身。”

“一点儿不错，她还是出入自由的。”

“那么，究竟发生了什么事？你能做解释吗？”

“就我们目前所掌握的情况来看，我设想了七种不同说法。但究竟哪个是正确的，那就得根据新情况才能确定了。好啦，我瞧见天主教堂的尖顶了，一会儿，就会听到亨特小姐怎么说了。”

黑天鹅旅馆是这条大马路上有些名气的旅馆，离车站不远。在那里，我们见到了已等候在那儿的亨特小姐。她订了一个起居室，并为我们准备了午饭。

“你们来了，我真是太高兴了！”她热情地说，“非常感谢你们！我实在不知道该怎么办了，你的指点会对我帮助很大。”

“请你告诉我们碰到了什么事。”

“我会讲的，我得快一些，因为我答应卢卡斯托尔先生三点之前返回。我今天早上请假出来，他并不知道我来的目的。”

“请你将发生的事情一件件说。”福尔摩斯将他那两条瘦长的腿伸到火炉前，摆出倾听的样子。

“首先，我得说我本人并未受到卢卡斯托尔夫妇的虐待，这样讲是公正的。我真的无法理解他们，对他们的行为感到很不安。”

“怎么不能理解呢？”

“我无法理解他们这样做的原因。我可以将所发生的事情从头说起。我刚来这儿时，卢卡斯托尔先生赶着他的马车把我接到了铜山毛榉。那儿的环境真是优美，和他讲的一样，但房子很一般。那是一栋方方正正的房子，刷成白色，可被潮湿的坏气候侵蚀得全都是斑斑点点，显得很脏。房子四周有院子，三面是树林，另一面是块斜坡，它通向从这房子门前大约一百码处拐弯的南安敦公路。房子前面这块地是属于这所房子的，周围所有的树林，则是萨斯顿勋爵领地的一部分。一丛铜山毛榉长在这屋子大厅门前的正对面，所以这地方以铜山毛榉命名。

“我的雇主把我接回家，同以往一样亲切。晚上，他将我介绍给了他的妻子和孩子。福尔摩斯先生，和我们在贝克街你们的住处所猜测的并不一样，卢卡斯托尔太太神经没有问题，看上去她是个恬静的、脸色有点苍白的女人。她比丈夫小多了，我估计还不到三十岁，她的丈夫少说也有四十五岁了。从他们的谈话中，我得知，他们结婚七年了。他原来是个单身汉，前妻留下了一个女儿，现在在美国费城。卢卡斯托尔先生还私下里对我说，她女儿因对继母有一种莫名其妙的反感，所以离开了他们。他女儿可能已二十多岁了，所以我可以设想，她和她父亲的年轻妻子在一起，处境一定不舒服。

“卢卡斯托尔太太，在我看来，无论从外表和内心都很平常，既没有给人留下好感，也没有什么坏印象，她是个可有可无的人。

“但她对丈夫和孩子的热爱绝对是忠诚的。她那浅灰色的眼睛不时地看这望那，满足他们任何一点儿小小的需要。卢卡斯托尔对他的老婆也很不错，就是有时粗鲁了些。总的来说，两人比较般配。可这女人好像有难以说出的心事，因为她时常会陷入沉思，满面忧郁的样子。我不止一次地看到她在哭泣，这让我很吃惊。有时我觉得可能是孩子的性格让她难受。我从未见过这么娇生惯养、脾性坏的小家伙。他的个子比同龄人小，可脑袋又大得和个子不对称。他每天不是气急发作，就是独自闷闷不乐。这孩子唯一的爱好就是欺负比他弱小的生物。他总在谋算着怎么捉老鼠、小鸟小虫，对这他显得特机灵。算了，不说这个小家伙吧，福尔摩斯先生，他和这回事没多大联系。”

“我希望知道所有细节，”我朋友说，“不管你认为有没有联系，把你知道的都说出来吧。”

“我不会错过任何一个重要环节。这个人家让我立刻感到很不舒服的是佣人的模样和行为，这两个人是夫妻俩。男的叫托勒，长得很粗野，他的头发和胡须都灰白了，整天醉醺醺的。我到那里后，有两次看到他喝得烂醉，可卢卡斯托尔先生像是从未见过。托勒的妻子身高力大，平时和卢卡斯托尔夫人一样，很少言语，但不如她和气。这对仆人真是令人讨厌。这两个星期，我幸好大部分时间是在保育室和我自己的房间里，这两间房子靠得很近，都在那屋子的一个角落里。

“我到铜山毛榉后的生活开始很平静。第三天，卢卡斯托尔夫人吃过早餐后，对着丈夫的耳朵小声说了几句。

“‘哦，对了！’他转过脸来对我说，‘亨特小姐，我们很感谢你能谅解我们的嗜好，将头发剪短了，这并未影响你的容貌。现在我想看看你穿上蓝色服装是否合适。衣服在你房间的床上，若是你愿意穿，我们会十分感谢的。’

“放在那里等着我去穿的那件质地优良的蓝衣服，很特别，但能看出是穿过的。这衣服，我穿起来很合适，像是比量我身体做的一样。卢卡斯托尔夫妇在楼下的客厅里等着我，见到我穿着这件衣服很高兴，高兴得有点过分了。房子的整个前部都是客厅，有三扇落地长窗，很宽敞。一把椅子放在中间那扇窗户前，背对着窗外；他们让我坐在那张椅子上，然后卢卡斯托尔先生在房间的另一头来回踱步，给我讲了一个又一个我从未听说过的笑话。您想不出他有多么滑稽，我笑啊笑啊，直笑得没了力气。可卢卡斯托尔夫人显然毫无幽默感，坐在那里默不作声，她把手放在膝盖上，脸上挂满焦虑的神情。过了大约一个小时，卢卡斯托尔先生突然说该开始一天的工作了，我可以换上自己的衣服，到保育室小爱德华那里去。

“过了两天，我又和上次一样表演了一番，我再一次换上衣服，坐到那个窗前，听我的东家讲那说不完的笑话，我不由得尽情大笑。后来，他递给我一本黄封皮的书，让我朗诵给他听。他怕我的影子挡住书，把我的椅子往旁边挪了挪。我从某一章的当中开始念了差不多10分钟，忽然间正当我念到一个句子的一半时，他就叫我停下来，并去更换衣服。

“你不难想象，福尔摩斯先生，我多么难以理解这怪异表演有什么意思吧？我注意到他们总是很小心地避免让我正对窗户，所以我很想看看背后到底有什么。一开始我觉得这有点不太可能，但我很快就有了办法。我有一面小镜子刚好打碎了，我兴奋地把一小块碎片藏在我手帕里。在下一次表演中，我正在发笑的时候拿出手帕假装擦眼睛，这样我瞧到了身后的一切了。我承认我很失望，因为我什么都没能看到，至少刚开始是这样。可当我再次往我身后瞧时，我发现有个男人正站在南安敦公路对面向我这边看。他留着小胡子，倚在公路边的铁栏杆上，热情地往上看。那条公路边经常有人。我放下手帕，发现卢卡斯托尔夫人正用搜寻的目光盯着我。她没说话，可我相信她已经知道我手里有镜子，并且看见身后的一切了。她马上站了起来。

“‘杰费罗，’她说，‘路对面有个粗鲁的人正盯着亨特小姐看。’

“‘亨特小姐，那是你的朋友吧？’卢卡斯托尔先生问。

“‘不是，我在这儿谁都不认识。’

“‘天哪！太无礼了！请你转过头把他叫走。’

“‘我想，还是不理睬他的好。’

"'不，不行，那样他会常在这里走动的。请你转回身，就这样挥手让他走开。'

"我就照他们吩咐的做了，卢卡斯托尔夫人急忙把窗帘放了下来。这是一周前的事。从那天起，我不用再坐到窗户旁，不必穿那身衣服，也没有再看到那个男人站在路边了。"

"请继续说吧，"福尔摩斯说，"你讲的真有意思。"

"你会觉得我讲的事情相互间并没有什么联系，这可能说明它们本身就没有什么关联。我刚到铜山毛榉的那天，卢卡斯托尔先生就把我领到厨房旁的小屋，走近时能听到里面有链条哐当作响的声音，还有一头大动物走动的声音。

"'从这里看，'卢卡斯托尔先生让我从两块板之间的缝隙中往里看，'你看它是一个漂亮的家伙吧？'

"我从板缝中往里一看，只感觉到有两只炯炯发亮的眼睛和一个模糊的影子蜷伏在阴影里。

"'不要害怕，'我的东家看见我吃惊的样子，笑了起来，'那是我的看门犬卡罗。我说是我的，实际上只有老托勒，我的饲养员才有办法对付它。我们每天喂它一次，不能让它吃得太饱，这样就会让它总是像芥末那样，有冲劲。托勒每天晚上把它放出来，谁要是私自闯进来碰上它的尖牙齿，那只能让上帝保佑他了。看在老天爷的分上，你晚上千万别跨过那门槛，要不就会没命的。'

"这警告并不是吓唬人的，过了两个晚上，我恰巧在两点左右醒来，从窗口朝外看，外面月光明净，房前的草坪上一片银光，和白天一样。我正站在窗前陶醉在这宁静美丽的景色中，忽然间警觉到有什么东西在铜山毛榉树下移动。当它出现在月光底下时，我清楚地看到它是什么。那是条巨大的狗，有一张黑嘴巴和硕大突出的骨骼，它像小牛犊那么大，棕黄颜色，垂着下巴。它慢慢地走过草坪，在另一边的阴影里消失了。这可怕的看守让我的心里打了个寒战，我想没有一个窃贼能把我吓成这样。

“现在，我有件很奇怪的事要告诉你们，你们清楚我在伦敦就剪了头发，并把剪下的一大把头发扎成一把，藏在我的箱子底下。有一天晚上，我把小孩子安顿上床后，就开始整理我自己的零星东西来打发时光。房间里有个带抽屉的柜子，上面的两个抽屉都开着，什么都没有，可下面的那个上锁了。我把衣物装满上面两个抽屉，还有些东西没地方放，我自然对那上锁的抽屉懊恼。我忽然以为是无意间锁上的，于是我拿出一大串钥匙去试着打开它。正好第一把钥匙就配这把锁，我就把抽屉打开了。那里面只有一样东西，你们不会想得出，它竟是我的那绺头发。

“我拿起来认真地看了一番，那头发和我的一样浓密，有着同样的色泽。我的头发怎么会被锁在抽屉里呢？我双手颤抖地打开箱子，把里面的东西全部倒出来，从最底下拿出我自己的那绺头发。两扎头发摆在一块对比，我敢向你们保证，两扎头发完全一样！这不是很离奇吗？我真是莫名其妙，我把头发放回原处，没跟卢卡斯托尔夫妇说起这事，因为我觉得私自打开上锁的抽屉这件事做得不对。

“福尔摩斯先生，应该说我是个天生喜欢观察身边事物的人，我脑子里马上就对整座房子有个较清楚的轮廓。有一边的厢房根本没人住。托勒一家住处的通道对面的一扇门可以通向这套厢房，但这扇门总是锁着的。可是有一天，我从楼上下来时，碰见卢卡斯托尔先生刚从那扇门里出来，手里拿着钥匙，脸上的表情让他完全变成了另外一个人。他的脸平时是胖胖的、愉快的样子，可那天，他因发怒而两颊涨得通红，眉头紧皱着，激动得太阳穴两旁青筋毕露。他锁好那扇门后急急地从我身边走过，一言不发，也不看我一眼。

“这引起我的好奇心，当我带着孩子到场地散步的时候，我绕到了房子的那边，这样我可以看到房子这一面的窗户。那里一排有四扇窗户，其中三个布满尘土，第四扇窗上挂着百叶窗。这些窗户显然好久没人用过了。我在那里来回踱步，时而抬头瞧那些窗户，卢卡斯托尔先生从我身边走过，和平时一样快乐。

"'啊！'他说，'亲爱的姑娘，请原谅我刚才从你身边走时没同你打招呼，我刚才在处理一些事务。'

"我让他尽管放心，我并没生他的气。'顺便问一下，'我说，'好像上面有一整套空房间，其中一间的窗板是关着的。'

"他显得有些吃惊，而我似乎觉得他对我说的话有些胆怯。

"'摄影是我的一种嗜好，'他说，'我把那几间做了暗室。可是，老天爷，我们碰到一位多么细心的姑娘啊！谁会相信呢？'他用开玩笑的口气说，可他望着我的眼神不像在开玩笑，我看到的只有怀疑和恼怒。

"唔，福尔摩斯先生，自从我明白那套房里有些东西不让我知道，我就更加急切地想了解。虽说我好奇，倒不如说是责任感，一种是由于我想识破这个地方的内幕，说不定会做出什么好事的感觉。有人说这是女人的直觉，也许就是女人的本能让我有那样的感觉。不管怎么说，的确有这种感觉，我一直密切地注意，看有什么机会可以进入这套禁止入内的房间。

"直到昨天，这个机会才抓到。我可以告诉你们，除了卢卡斯托尔先生之外，托勒夫妇有时也在这空房里忙着什么。我有一次看见托勒抱着一大包东西从那房间出来。最近，他酗酒很严重，昨天晚上他喝得酩酊大醉。我上楼时，发现钥匙还插在门上，我肯定是他留在那里的。卢卡斯托尔先生和太太当时都在楼下，那孩子也和他们在一起，真是难得的好机会。我轻轻地把钥匙一转，开了那扇门，悄悄溜了进去。

"我的面前出现一条小过道，这条过道上的墙没有贴墙纸，地上也没有铺地板。过道尽头转弯的地方是一个直角，转过这个弯并排有三扇门，第一扇和第三扇门是敞开着的。每扇门里面都是一间空房，又脏又阴暗，一间有两扇窗，另一间只有一扇窗，窗户上尘土厚积，使得傍晚的光线照到那里显得很昏暗。当中一扇门关着，外面横挡着一根铁床上的粗铁杠，一头锁在墙上的一个环上，另一头是用一根粗绳绑在墙上。这扇门也上了锁，但钥匙不在那里。这扇严密封锁的门显然是和外面所看到的那扇关着的窗户在同一个房间。从它下面的微弱光线中，我仍可以看到那房间里并不很黑暗。里面无疑有天窗，可以从上面透进光线。我站在过道上，觉得有人在走动。

"这情景让我心里陡然升起一阵剧烈的无名的恐惧。福尔摩斯先生，我的神经本来就绷得紧紧的，突然失去了控制。我转身就跑，好像有只手从后面要抓住我的裙子。我沿着过道跑，冲出那扇门，一下子冲到卢卡斯托尔先生的怀里。

"'哦，'他笑着说，'原来是你。我看到门开了，想到肯定是你。'

"'真把我吓死了！'我上气不接下气地说。

"'我亲爱的小姐！我亲爱的小姐！'你想不出他那副样子有多么亲切体贴，'是什么把你吓成这样，我年轻的小姐？'

"但他说话的声音像是在哄小孩子，他做过了头，我得提防着他。

"'真够傻的，我走到那没人住的屋里去了。'我回答说，'那房子光线昏暗，多么凄凉，太可怕了，我赶忙跑了出来。啊，那里面死气沉沉的寂静得可怕！'

"'就这些吗？'他瞪着我问道。

"'怎么啦，你认为还有别的吗？'我问。

"'我把这门锁上你知道怎么回事？'

"'我确实不知道。'

"'不就是不让闲人进去吗？你明白了吗？'他还是用那无比亲切的模样微笑着。

"'若是我知道的话，我肯定……'

"'好啦，现在你已经知道了。若是你再跨过那门槛……'说到这里，他的微笑片刻之间变成了龇牙咧嘴的狞笑，一张脸像魔鬼一样瞪着我，'我就把你扔去喂那獒犬！'

"我当时吓坏了，不知道做了些什么。我飞快地从他的身边冲进自己的房间。我什么也记不起来了，在床上颤抖不已。这时我想到了您，福尔摩斯先生。没有您为我出主意的话，我就再也不能待下去了。我害怕那所房子，害怕那男人、女人、佣人和那个孩子。若是我能带你们到那儿去就好了。当然，我本来可以从那里逃走的，可我的好奇心同我的恐惧心一样强烈。我很快就有了主意，给您发个电报。我穿上外套，戴上帽子，到半英里外的邮局发了电报。回来的时候就感觉轻松多了。我靠近门时，又是一阵惊吓，害怕那条大狗被放出来。后来我想起托勒那天又喝醉了，只有他能对付这个野兽，别人不敢把它放出来。我偷偷地溜进去，一切都平安无事。一想到又能同您见面了，我兴奋得大半夜没合眼。我今天早上请假到温切斯特来没费多少周折，可我必须在三点之前赶回去，因为卢卡斯托尔夫妇要出门，整个晚上都不在家，孩子得由我照顾。好啦，福尔摩斯先生，我把这些事都跟您说了，若是您能告诉我这一切到底意味着什么，我将很高兴，更要紧的是我该怎样去做呢？”

我和福尔摩斯像着了迷一样听完这神秘的故事。我的伙伴手插在衣袋里，站了起来，在房间里来回踱步，脸上表情严肃。

“托勒是不是还酒醉未醒呢？”他问。

“是的。我听见他的老婆告诉卢卡斯托尔夫人，说她丈夫一点儿办法都没有。”

“那就好。卢卡斯托尔夫妇今晚要出门去？”

“是的。”

“他家有没有一间地下室和一把结实的大锁？”

“有，那是间藏酒的地窖。”

“亨特小姐，从你处理这件事的经过来看，可以看出你是位十分机智沉稳的姑娘。你能否再去做一件事，我认为你是很出色的，才这样问你。”

“我会尽力去做的，是什么事？”

“我和我朋友今晚大约七点钟准备到铜山毛榉。那时候，卢卡斯托尔夫妇已经走了，托勒可能还烂醉如泥，剩下的只有托勒太太了，她可能报警。若是能叫她到地窖里去干些差事，然后将地窖锁起来，那就会大大有利于这件事的进行了。”

“我一定会这样做的。”

“太好了！我们把这件事彻底查查。当然，只是有一种说得通的解释，聘用你是为了代替某个人，很明显，这个人被关在那间房子里了。至于被囚禁的人是谁，这是一清二楚的，若是我没记错的话，一定是那位据说去了美国的女儿艾丽丝。毫无疑问，你被选中是因为你的身材和头发的颜色同她很相像。她的头发很有可能患什么病之后剪短了，你自然也必须剪短。你发现那把头发完全是偶然的。在路边站着的年轻男人一定是她的一个好朋友，或是她的情人。你穿上那姑娘的衣服后就更像她了，每次见到你，他从你的笑容中，又从你的姿态中，相信卢卡斯托尔小姐确实很快乐，并以为她不需要他的关心了。到了晚上，他们就把狗放出来，是为了阻止他设法同她接触。如今，这些情况都明白了。这桩案件最令人担心的是那孩子的性格。"

"和这孩子有啥联系呢？"我脱口问道。

"我亲爱的华生，作为一个医生，你要逐步认识一个孩子的脾性就必须研究其父母。反过来不也是同样的道理吗？我研究某人的品格通常从其孩子入手。这个孩子异常残酷，不管这种性格是像我所猜疑的那样，来源于他的笑眯眯的父亲还是来源于他的母亲，这对在他们掌握之中的可怜的女孩子注定是不幸的。"

"我确实相信你是对的。福尔摩斯先生，"我们的委托人大声说，"您让我想起许多细小的事情，我相信您的判断很正确。我们不能再耽搁了，快去营救那可怜的人吧。"

"我们必须小心谨慎，因为我们面对的是一个很狡猾的家伙。我们七点钟前办不了什么事，一到七点我们就会和你在一起，很快会将这谜团解开的。"

我们说到做到。刚到七点，我们赶到了铜山毛榉，双轮马车停在路边一家小客栈里。那一丛黑的树叶像擦亮的金属一样闪闪发光，这就足以使我们认出那幢房子，即使亨特小姐没有站在这幢房子门口也能认出。

"你安排好了吗？"福尔摩斯问道。

这时从楼下的什么地方传来强烈的撞门的声音。"是托勒太太，她在地窖里。这些钥匙是照卢卡斯托尔先生的那套配的。"

"你干得真是太棒了！"福尔摩斯禁不住地赞叹道，"请你带路，我们很快就可以结束这场罪恶了。"

我们走上楼，打开那房门的锁，沿着过道往里走，直到亨特小姐所说的那道屏障前。福尔摩斯割断绳索，把那根横拦着的粗铁杠挪开，然后用那串钥匙一把一把试着开门，但都打不开。福尔摩斯的脸色很难看。

"我敢肯定我们来的不是太晚，"他说，"亨特小姐，我想你最好不要跟我们进去。现在，华生，用你的肩膀顶住它，看看我们到底能不能进去。”

那是一扇老朽的、摇摇晃晃的门，我俩一齐用力，门立刻就倒了。我们冲进去一瞧，房间里什么都没有。除了一张简陋的小床，一张小桌和一筐衣服，没有任何别的东西。上面的天窗开着，被囚禁的人没有了踪影。

“他准是耍了花招，”福尔摩斯说，“这个坏蛋猜到亨特小姐的意图，抢先把受害人转移了。”

“往哪个方向走呢？”

“从天窗走的。我们立刻就会知道他是怎样做的。”说着，他一下爬到了房顶上，“啊，这不错，”他大声地说，“房檐这儿有架长梯子，准是这样走的。”

“那怎么会呢？”亨特小姐说，“卢卡斯托尔夫妇走的时候，那梯子并不在呀！”

“他又回来搬的。我对你说过他是个聪明而又险恶的人，若是我听到的脚步声是他的，我不会感到吃惊的。华生，我想你最好还是准备好手枪。”

话音刚落，门口就站着一个又胖又结实的男人，他手上拿着一根很粗的棍子。亨特小姐一瞧，立即尖叫起来，缩着身体靠在墙角。福尔摩斯冲上前去镇静地面对他。

“你这条恶棍！”他说，“你的女儿被你藏哪儿了？”

这胖男人往四周瞧了瞧，然后抬头朝天窗方向看了看。

“我该问你这话才对！”他尖声大叫道，“你们这拨贼！奸细！盗贼！我当场捉住你们了，你们落到了我的手里，我会有办法处理你们的！”他转过身，噔噔地跑下楼，楼梯被踩得很响。

“他去牵那条大狗去了！”亨特小姐喊道。

“我有枪呢。”我说。

“最好关上前门。”福尔摩斯喊道。我们一起冲向楼下，还没到大厅，就听见大狗的狂吠声，接着是一阵凄厉的尖叫和令人恐怖的獒犬咬人的声音。一个上了年岁，红脸蛋的男人从侧门跌跌撞撞地走了进来。

“我的天呀！”他喊道，“有人把狗放出来了！它有两天什么东西都没吃了。快！快！要不然就来不及了！”

我和福尔摩斯冲出房间，转过房角，托勒紧紧跟在我们身后。只见那只饿极了的野兽正张着大黑嘴，死死咬住卢卡斯托尔先生的喉咙，而卢卡斯托尔在地上打着滚，凄惨地号叫着。我跑过去朝着狗脑袋就是一枪。它脑袋开花倒在地上，锋利的牙齿仍紧咬着卢卡斯托尔那肥大的满是皱褶的脖子。我们费了很大的力气才把人和狗分开，然后将人抬进屋里。他血肉模糊，很吓人，但依然活着。我们把他放在沙发上，让吓醒了酒的托勒去通知卢卡斯托尔夫人，我尽可能地减轻他的痛苦。我们都围着他，这时门开了，一位瘦高个子的女人走了进来。

“托勒太太！”亨特小姐喊了起来。

“是我，小姐。卢卡斯托尔先生回来后先把我放了出来，才上楼去找你们。啊，小姐，可惜你没让我知道你的计划，若不然，你就不必耗费那么大的劲了。”

“哈！”福尔摩斯机敏地注视着她说，“看来托勒太太比别人都了解得透彻。”

“是这样，先生。我是知道，并准备把我所知道的一切告诉你们。”

“请先坐下，让我们听听，我承认对这事有些地方不太明白。”

“我这就对你们讲清楚，”她说，“若是我能早点从地窖里出来，我早就对你们说了。这件事若是闹到法庭上去，请记住我是作为朋友和你们站在一起的。我也是艾丽丝小姐的朋友。

“从她父亲再婚以来，她的心里一直不舒服。她在家里没了地位，受到轻视，对什么事情都没有发言权。但她在朋友家里结识福勒先生之前，情况还说得过去。据我所知，根据遗嘱上的规定，艾丽丝小姐有自己的权利，为了家庭的和睦，她从没有提过一句关于权利的话，而是把一切都托付给她父亲。她父亲和她在一块是完全可以放心的，可一旦有了丈夫，那她肯定会要求在法律范围内得到应得的东西。因此，她的父亲打算要阻止这样的事情发生。他要和女儿签署一个字据，声明不管她是否结婚，他都有权用她的钱。由于她不愿签署，他就不停地折磨她，她终于患了脑炎，在死亡线上挣扎了六个星期。最后她挺了过来，可人已骨瘦如柴，那头美丽的头发也被剪掉了。但那个小伙子没有变心，依然对她很痴情。”

“啊，”福尔摩斯说，“谢谢你好心地把这些情况告诉我们。这事情已很清楚了，剩下的部分，我就可以这样推理了，我想于是卢卡斯托尔先生就想了一套囚禁的办法吧？”

"是的，先生。"

"把亨特小姐从伦敦请来的目的，是不是为了摆脱福勒先生那种让他们不愉快的忠贞？"

"是这样的，先生。"

"但是福勒先生一直坚持不懈，像一名好水手那样，天天等候在这房子的周围。后来，他碰见了你，用金钱或别的方法说服了你，让你相信他的利益和你的是一致的。"

托勒太太平静地说："福勒先生说话和气，而且很大方。"

"他设法让你的丈夫不缺酒喝，让你在主人不在家时准备好一架梯子。"

"先生，您说得一点儿不错。"

"我应该向你道谢，托勒太太，"福尔摩斯说，"你已经为我们扫清了一切疑问。现在，村里的外科医生和卢卡斯托尔夫人来了。华生，我们应当把亨特小姐送回温切斯特去，因为，我觉得在这里我们的合法地位难以保障。"

就这样，门前有铜山毛榉的那栋不吉利的房子的谜团解开了。卢卡斯托尔先生幸免一死，但精神早已崩溃，只是在他那忠心耿耿的妻子的护理下，他得以活下来。他们还是和两个老佣人在一起生活，可能他俩对卢卡斯托尔这家人的过去知道得太多了，使得他很难辞掉他们。福勒先生和卢卡斯托尔小姐出走后，在南安普敦特许了证书并结婚，现在福勒先生在毛里求斯岛的政府里任职。我的朋友福尔摩斯让我感到有点失望，因为亨特小姐不再是他未解的问题中的中心人物，他便对她没有进一步的兴趣了。

回忆录

1. 银　色　马

一天早晨，我同福尔摩斯一块吃早餐，他对我说："华生，我恐怕必须去一次了。"

"去一次？上哪儿去？"我有些不解地问。

"到达特门，上金斯彼安去看看。"

我对他的话不足为奇。说真的，我本来感到奇怪的是，现在整个英国到处都在谈论着一件离奇古怪的案子，可是福尔摩斯却不关心。他总是紧锁双眉，低头沉思，在屋内走来走去，又一烟斗一烟斗不停地吸着一等烈性烟叶，完全不理睬我向他提出的问题和议论。他对送报人给我们送来的各种报纸，略微扫过几眼便扔到一旁。尽管他不爱说话，我了解福尔摩斯一定是在认真地考虑什么。目前，人们面前只有一个问题迫切需要福尔摩斯超群的推理才能去解决，那就是维塞克兹杯锦标赛中的名骑的失踪和驯马师的惨死。因此，他的决定不出我所料，他准备去调查这桩神秘案件。

我对他说："要是你不嫌麻烦的话，我很愿意和您一块去。"

"亲爱的华生，能和你一块去，我简直高兴极了。我想你此行不会虚度时光的，因为这件案子挺特别，很有些独到之处。我想，我们到帕丁顿刚好赶上火车，在火车上，我把这个案子的详情再跟你谈一谈，你最好能把你那架双筒望远镜带上。"

一小时后，我们已坐在开往埃克塞特的头等车厢里，福尔摩斯那张棱角分明的脸被一顶护耳的旅行帽遮住了，他正在急匆匆地浏览于帕丁顿车站买到的几张当天的报纸。我们早就过了雷丁站很远，他把最后过目的那张报纸塞到座位下面，拿出香烟盒让我吸烟。"我们的速度不慢，"福尔摩斯瞧着窗外说，"现在列车的时速是五十三英里半。"

"我没有注意数四分之一英里的路杆。"我说道。

"我也没注意。可是你知道铁路旁边的电线杆之间相隔六十码，这样算起来很容易。你对约翰·斯德瑞格遇害和银色白额马失踪的怪事，了解一些吧？”

“我在报纸上看过有关报道。”

“对于这个案子，应当认真弄清事件的真实细节，而不能凭单纯的逻辑推理去寻觅新的证据。这桩惨案非同寻常，很让人难以理解，那么多人与本案有着切身的利害关系，真让人难以猜测、推理和假设。更使人难以琢磨的是，需要把那些确凿的事实，即无可争辩的事实同那些理论家、记者的虚构之词加以区别。我们的任务在于依据事实得出结论，并能分清案子哪些是主要的和次要的。这周二的晚上，我接到马主罗尔斯上校和警长格瑞戈里两个人的电报，格瑞戈里邀请我同他一起来破这案子。”

“星期二晚上！”我吃惊地问，“今天都是星期四早上了。怎么不昨天动身呢？”

“亲爱的华生，这是我的过失，我其实并不像你的回忆录所了解的那样，有时我会犯下许多错误。其实，我并不认为这匹英国名马会隐藏得那么久，尤其是在达特门北部那样荒凉的地方。昨天，我一直盼着能听到找到马的消息，那个偷马贼可能就是杀害驯马师的凶手。谁料想直到今天，我发现除了抓住一个叫菲茨罗伊尔·辛普森的年轻人，再没有新的进展，我要采取措施了。不过，这两天我并没有虚度。”

“这么说，你已经对案子了解得差不多了？”

“并不完全知道，但至少对此案的一些重要事实有了初步认识。我可以一一列举出来。我觉得，一个案件的最好的解决方法，就是把案情详细地讲给另外一个人听。如果我所讲的你仍然感到迷惑，我就无法从你那里得到帮助。”

我向后仰靠在椅背上，抽了口雪茄烟，福尔摩斯把身子靠过来，用他那特有的细长的食指在左掌上比画着，向我说着这次促使我们旅行的案情。

“银色白额马，”福尔摩斯说，“是索莫密种，和它驰名的祖先一样有着优良血统，始终成绩斐然。它已经有五岁口了，在赛马场上它每次都为它的主人罗尔斯上校赢得头奖。在惨案发生之前，它是维塞克兹杯锦标赛的冠军，人们在它身上的赌注是三比一，它是赛马迷最为宠爱的，白额马的支持者们也从未失望过，因此赌注是如此的悬殊，仍然有巨额的赌注押在它身上。因而，想尽办法阻止银色白额马参加下星期的比赛，显然同许多人的切身利益息息相关。

“当然，上校驯马的地方是金斯彼安，人们都知道这个事实。为了以防不测，他们对这匹名马加强了保护措施，驯马师约翰·斯德瑞格原来是罗尔斯上校的赛马师，后来因为他的体重增长才换了别人。斯德瑞格在上校那儿干了五年的骑师，七年的驯马师，平时他给人一种热情、诚实的印象。斯德瑞格手下有三个小马倌。马厩不大，里面一共有四匹马。每天晚上都有一个小马倌睡在马厩里，另外两个睡在不远处的草料棚里。这三个小伙子的品行都很好。约翰·斯德瑞格已成家，他住的小别墅距离马厩只有二百米。他有一个仆人，没有孩子，生活过得挺舒适的。那个地方很荒凉，在北边几英里之外，有几座别墅，是塔维斯托克镇的承包商盖的。向西二英里以外就是塔维斯托克镇，穿过荒野，大约也有二英里，有一个美布里马厩，属于巴克沃特勋爵，管理人叫赛拉斯·布朗。荒野之外更荒凉，只有少数流浪的吉普赛人散居着。这件惨案发生在星期一晚上，大概情况就这些。

“和往常一样，这天晚上，这些马匹经过训练，刷洗，九点钟之前就进了马厩并上了锁。两个小马倌到斯德瑞格家的厨房里用了晚饭，另外一个小马倌瑞克·亨特留下看守。女仆伊丽诺丝·巴哥斯德在九点时把瑞克的晚饭送到马厩，她送了盘咖喱羊肉。她没带任何饮料，因为马厩里的值班人在看守期间规定不能喝别的饮料，可以喝马厩里的自来水。当时天已很黑，这条小路又穿过荒野，这个女仆提着一盏灯往马厩走去。

“伊丽诺丝走到离马厩不到三十米时，被一个从暗处走出来的男人叫住。她借着提灯黄色的灯光，看到一个穿着像是上流社会的人。那人穿一件灰呢衣服，头戴一顶呢帽，脚蹬一双带绑腿的高筒靴，手里握着一根沉重的圆头手杖。她发觉那人面容苍白，神情紧张，年纪在三十多岁。

“‘请问，我这是在什么地方？’他问，‘要是没有你的这盏灯，我真的就要露宿荒野了。’

“女仆对他说：‘你已走到金斯彼安马厩旁了。’

“‘是吗，太好了！’他叫道，‘我听说有一个小马倌每天晚上都睡在马厩里，这饭不是送给他的吧，我想你不会骄傲到连买一件新衣服的钱都不想赚吧？’这人从口袋里拿出一张字条，说，‘麻烦你将这字条交给那个孩子，那么你就能得到买一件新上衣的钱！’

“女仆对他那种一本正经的表情，觉得很害怕，她急忙从他身边跑过去，直奔马厩的窗下，平时她总是把饭从窗口递进去。窗口早就打开了，瑞克坐在小桌旁等着。伊丽诺丝刚要把碰见那男人的事告诉瑞克，那个陌生人又走过来。

“‘先生，晚上好！’那人从窗外向里探着身子说，‘我和你谈谈好吗？这很有必要。’女仆在回忆这句话时，肯定地说那个陌生人手里攥着那张她曾见过的字条。

“‘你是谁？到这儿要干什么？’小马倌提高嗓门问。

“‘若是你同意的话，那么你的口袋里会多出一些东西，’陌生人说，‘我清楚你们这儿有两匹马参加维塞克兹杯锦标赛，一匹是银色白额马，另一匹是叫培尔德的马。你告诉我一点儿确切的消息，这对你没有什么损害。有传闻说在这次比赛中，培尔德会在五弗隆比赛中超过银色马一百码的距离，你们自己都把赌注押到培尔德身上，这是真的吗？’

“‘这么说，原来你是一个该死的马探子！’小马倌喊道，‘现在你就会明白，在金斯彼安我们是怎样对付这些坏蛋的！’他说着走过去把狗放了出来。女仆转身往家里跑，她一边跑一边回头看。她瞧见那个陌生人还站在那里向窗子里看。可是当那个小马倌领着猎狗走出时，陌生人却走开了，他带着猎狗在四周寻找，那个陌生的男人踪影皆无了。”

“等一会儿，”我插了一句，“那个小马倌带狗出去搜寻时，把门锁上了吗？”

“真行！华生，你真是太机灵了！”我的朋友低声说，“我也看出了这一点，所以我昨天特地往达特门发了一封电报求证此事。小马倌出去时把门锁上了，那扇小窗户人也不可能钻进去。”

“瑞克等另外两个小马倌回来后，便立刻派人送信给驯马师，详细述说了发生的事情。斯德瑞格听到这件事后，虽不明白这件事意味着什么，却显得很紧张，这件事搞得他心绪不定，以至于那天深夜一点左右，斯德瑞格夫人醒来后发现丈夫正在穿衣服。斯德瑞格对老婆说他对那几匹马放心不下，想去马厩瞧瞧，看看是否和往常一样，要不他会睡不着觉。斯德瑞格夫人听到雨点打在窗户上的滴嗒声，便劝说丈夫不要出去了，可是他没听他老婆的话，穿上雨衣就出门了。

“斯德瑞格夫人早晨醒来时，发觉丈夫还没回来，她穿好衣服匆忙向马厩跑去。她赶到那里时，看见马厩的门大开着，瑞克身子蜷缩成一团，倒在椅子上昏迷不醒，银色马不见了。就连驯马师也不知到哪里去了。女仆伊丽诺斯·巴哥斯德和斯德瑞格夫人一块去的。

“她俩赶紧去叫醒睡在草料棚中的那两个小马倌，昨晚他们两个睡得很沉，什么都没听见。瑞克不管怎样也醒不过来，他显然是被注射了烈性麻醉剂。驯马师太太及女仆和两个小马倌只好先去寻找失踪的驯马师和名马。他们登上马厩附近的小山丘往四处观望，希望能看见驯马师在驯马，但是四周除了荒野之外什么都没有，更不用提驯马师和名马了。他们发现了一样东西，灾难的阴影笼罩着他们。

“他们在离马厩大约四分之一英里远的地方发现了驯马师的大衣，又在附近的一个凹陷处找到了他的尸体。这个遭遇不幸的人，头颅像是被一种沉重的钝器击打得粉碎。他的大腿被一种很锋利的锐器割了一道整齐的伤痕。驯马师的右手握着一把沾满血迹的小刀，很显然，他同凶手激烈地搏斗过。女仆认出驯马师左手握着的黑白相间的领带是晚上到马厩来的那个陌生男人的东西。瑞克恢复知觉后也证实领带是那个人的，他并且坚信，正是那个陌生人向窗口探头时往咖喱羊肉中下了麻醉药，以至于让他无法看守马厩。那匹银色名马在山谷底部泥土上留下了蹄印，这充分说明搏斗发生时它也在旁边。令人不解的是，它却神秘地失踪了，尽管重金悬赏找它，而且达特门所有的吉普赛人都在关注着，却仍旧没有一点儿消息。最后还有一点，经过化验证明，那个小马倌吃剩的饭菜中有大量的麻醉剂；而在同一天晚上，驯马师一家人吃的是同样的饭菜，却没有什么不良反应。

“案件的整个过程就这些，我在讲述时省略了一切推测，尽量地只是叙述事实情况，不加任何修饰。我现在把警署对此案所采取的行动对你谈谈。

"受命负责此案的警长格瑞戈里是个能力不错的警官。若是他的天性中再多加一点儿想象力，他肯定会在他所从事的职业中出类拔萃的，而且还能得到提升。他赶到出事地点后，迅速逮捕了嫌疑犯菲茨罗伊尔·辛普森。如何找到他并不难，他就住在附近那些别墅里。他是个受过良好教育、出身高贵的年轻人，辛普森曾经在赛马场上挥霍了大笔的金钱，现在沦落到当伦敦体育俱乐部的马票预售员来维持生计。警方查过赌注记录本，发现在银色白额马身上他曾压下了五千英镑，结果都输光了。拘捕后，辛普森主动交代了他以前到过达特门，他说他去那儿只是为了了解那匹银色马的情况，再就是想打听一下另外一匹名马特尔勒的消息。特尔勒是由负责美布里马厩的赛拉斯·布朗看管的。辛普森对那晚的事坦然解释说他本无恶意，仅是想得到关于赛马的最新状况罢了。可是警方在向他出示了在凶杀现场找到的领带时，他脸色变得很难看，而且不能解释它是怎样落到被害人手中的。他那件淋湿的衣服说明他那天晚上冒雨外出，而他的镶着铅头的槟榔木手杖，若是用来打击别人的话也可以当作有力的武器，足以使驯马师受到那样可怕的创伤。让人难以理解的是，驯马师手中的小刀上血迹明显，因此凶手身上应当有伤痕，可菲茨罗伊尔身上并没发现伤痕。总之，情况就这些。华生，如果你能给我一些启发，那我就多谢你了。"

福尔摩斯以他那独到的分析事物的能力把情况讲述得很清楚，我听得入了迷。尽管我已经了解大概的情况，我仍然看不出这些事情互相之间有什么关系，或者说这些关系有什么重要意义。

"他们在搏斗中，斯德瑞格的刀可能划伤了自己呢。"我提出了看法。

"这种可能性不能排除，事实也许就如此，"福尔摩斯说，"要真是那样，对被告有利的证据就没用了。"

"还有一点，"我问，"警方对此怎么看呢？"

"我担心他们的结论和我们的推测不一样，"福尔摩斯又回到正题，"据我了解，警方认定，菲茨罗伊尔·辛普森先用麻醉剂使小马倌昏睡，接着他用事先设法配制的钥匙打开马厩的大门，把那匹名马牵了出来。他的目的就是想把马偷走。辛普森找不到马辔头，他干脆用领带套在马嘴上，然后推开门逃跑了。他牵着马在荒野上碰到了驯马师，或是驯马师赶到马厩发现有情况赶忙追上来，这必然会引起双方的争吵，接着双方搏斗起来，驯马师用小刀自卫，却丝毫不能伤到辛普森，而辛普森在打斗中残忍地杀害了驯马师，他用包了铅头的手杖击碎了驯马师的头。然后他把马藏到了别的地方，但也有可能名马在他们搏斗时走丢了，现在正在荒野的某个地方。这就是警察方面的意见，这个解释比较合理，警察们一致认为这案件就是这样。无论怎样，我们必须先到现场，这样才会把事实搞明白，不然的话对此案当前的情况发现不了新的信息。”

这天傍晚，我们来到了达米斯多哥镇。这个小镇就像盾牌上的浮雕一样，坐落在达特门辽阔的原野中心。车站上已有两位绅士等着我们了，一位是警长格瑞戈里，另一位则是闻名体育界的罗尔斯上校。这位誉满侦探界的警长面庞英俊，有着一副高大的身材，他的头发和胡须都微微卷曲着，一双蓝眼睛炯炯有神。罗尔斯上校身材矮小，戴着一只单眼镜，脸上的络腮胡子修剪得很整齐，他穿了一件呢子礼服，脚上穿着一双有绑腿的高筒靴子。上校看上去充满了活力。

“福尔摩斯先生，你能亲自赶来，真是太荣幸了，”上校说道，“警长已尽一切力量为我们侦查，我愿尽我的所能为可怜的斯德瑞格报仇，并且希望能重新找到我的爱马。”

福尔摩斯说：“警长，最近有新的进展吗？”

“很抱歉，我们没能找到有用的线索，”警长回答，“外面的敞篷马车是我们的，若是你同意的话，我们可以在天黑之前去现场看看，在路上我再对你说说。”

过了几分钟，我们坐在舒适的马车上赶往目的地。我一边瞧着马车轻快地穿过古老的德文郡的街道，一边听着两位侦探的交谈。警长格瑞戈里一路上滔滔不绝地介绍本案的情况和对此案的分析。福尔摩斯偶尔地插问一两句。我对他俩的交谈很感兴趣，警长把他的意见系统地说了出来，这和福尔摩斯在火车上所预料的差不多。罗尔斯上校抱臂向后倚靠着，帽子斜拉到双眼上，一言不发。

“现在种种依据都证实了菲茨罗伊尔·辛普森就是凶手，”警长说，“我个人也这么认为，但我觉得就目前的情况来说，证据还不够充足，不能完全认定凶手就是辛普森。若是情况发生了新的变化，很有可能以前的推论都要推翻。”

“斯德瑞格的刀伤又怎么说呢？”

“我们认为他是在倒下时自己划伤的。”

“我的朋友华生也是这么推测的。我们在火车上也谈到这种情况，这样的话对辛普森更为不利了。”

“那当然，辛普森平时对那匹失踪的名马很关注，那晚有人见他到过马厩，他又有一根沉重的适合做凶器的手杖，他的领带也在被害人手里。我想，我们完全可以提出诉讼了。”

福尔摩斯听了这些，摇了摇头。

“一个聪明的律师很容易就可以把它驳倒，”福尔摩斯说道，“他为什么要偷走那匹马呢？假如他想杀害它，怎么不可以在马厩下手呢？在他身上发现复制的钥匙了吗？他的麻醉剂又是从哪里弄的？另外，作为一个外地人，他又能把马藏哪里呢？还有，他要女仆转交的那张字条，又怎么解释呢？”福尔摩斯接连提出了许多问题，而且个个都击中要害。

“福尔摩斯先生，你所疑惑的那些问题其实不像你所想象的那么难。首先，他并不是个陌生人，他每年都要到这个地方小住一段时间，名马，可能藏在荒野中的某个坑穴里或废弃的矿井中；至于那把另配的钥匙，目的已经达到了，他随便可以扔在哪个地方；麻醉剂可以从伦敦带来；那张字条是一张十英镑的钞票，他的钱包中确实有这么一张十英镑的纸币。”

“那条发现的领带呢？他对这条领带又怎样解释的呢？”

“他没否认领带是他的，不过他又补充说领带早就丢失了。但有一个新的线索足以证明是他从马厩中把马给牵出来的。”

福尔摩斯仔细地听着。

“我们寻找了不少的地方，发现曾有一伙吉普赛人在星期一的夜晚来过现场，并在第二天早上离开。我们可以假设辛普森和吉普赛人是同伙，辛普森在被追赶时把马交给了吉普赛人，银色马现在应当还在吉普赛人手中。”

“很有可能是这样的。”

“我们正在整个荒原上搜寻那伙吉普赛人，我查遍了小镇四周十英里范围内的每一间马厩。”

“据说，附近不远有一家驯马厩，是这样的吗？”

“对，我们不能忽视这一点，因为那里的特尔勒是马赛中的第二号热门马，银色白额马失踪后对他们很有利。驯马师赛拉斯·布朗和可怜的斯德瑞格的关系处理得不好，传说他本人在比赛中也下了不小的赌注。另外，我们已经认真查看了马厩，什么也没有找到。”

“辛普森和那个叫美布里的马厩有什么联系吗？”

“没有一点儿关系。”

福尔摩斯一言不发地靠在座位的靠背上，谈话中断了。不久，我们的马车停在路旁一座整齐的红砖长檐的小别墅前，相距不远，穿过驯马场，是一幢长长的灰瓦房。四处是平缓起伏的荒原，铺满了枯萎的黄褐色的凤尾草，一直延伸到天边，只有塔维斯托克镇的一些高耸的尖塔偶尔把荒原遮断。再向西去，就是被几幢房屋挡住的美布里的一些马厩。除了福尔摩斯以外，我们都跳下车来。福尔摩斯仍靠在座位的靠背上，双目远望着天空，凝神沉思。我走过去碰了碰他的胳膊，他才猛然跳下车来。

“真对不起。”福尔摩斯对罗尔斯上校说。上校惊讶地看着他，发觉他的脸上放出异样光彩，尽力抑制着兴奋的心情。我依据以往的经验，知道他已经有了线索，但想不出他是在什么地方找到那线索的。

“我们现在就去犯罪现场，好吗？”警长对福尔摩斯说。

“哦，等等，我想在这里问一两个小问题——斯德瑞格的尸体已经抬回来了吗？”

“抬回来了，就在楼上。要等到明天早上才能进行验尸。”

“罗尔斯上校，他在你这儿干有几年了吧？”

“是的，我对他的印象不错，他是一个很出色的仆人。”

“警长，你把死者的遗物列出详细的清单了吗？”

“我把东西放在起居室里，若是你愿意，那就去瞧瞧吧。”

“那太好了！”

我们走进前厅，围着中间的一张桌子坐下来。警长打开了一个长方形的锡盒，把里面的一些东西展现在我们面前。里面有一把象牙柄的小刀，薄薄的坚硬的刀身上刻着“伦敦韦斯公司”字样，很精致。还有一个铝制的铅笔盒，几张纸，一截两寸的蜡头，一盒火柴，一支用欧古南根制成的ADP牌烟斗，一个海豹皮的烟袋里装着半盎司切得长长的板烟丝。另外还有一块带着金表链的银怀表和五个一英镑的金币。

“这把刀很别致，”福尔摩斯边说边拿起刀子细致地打量着，“刀上有血迹，我想这一定是死者的那把小刀吧？华生，对这样的刀子你肯定是相当熟悉的。”

“医生管它叫眼翳刀。”我说。

“我也知道。这把刀的刀刃特精致，一定是用来做细致的手术用的。一个人在雨天带他外出，又没有把它放进口袋里，这不让人纳闷吗？”

“我们在尸体周围找到了小刀的软木圆鞘，”警长说，“这根本不是一件顺手的武器，他妻子说原本放在梳妆台上，他在走出家门时把它带上了。或许在当时他觉得这是最有力的武器了。”

“有可能是这样。这些纸又怎么解释呢？”

“这三张是卖草商的收据；一张是罗尔斯上校给他的指示信；另一张是妇女服饰商开的37镑15先令的发票，开票人是邦德街莱苏丽尔太太，发票是开给威廉·德比·希尔先生的。斯德瑞格太太告诉我们，希尔先生是他丈夫的好朋友，有许多信件就寄到她那儿。

“希尔太太很有钱呢，”福尔摩斯看着发票，说道，“用22畿尼买一件衣服可不便宜，不过，查这个没有什么意义，我们去案发现场看看吧。”

我们走出房间时，正巧一个面色疲倦、身体瘦削的女人在过道上等着，她走过来拉住警长的衣袖。

“罪犯抓住了吗？你们抓住了吗？”她激动地大声喘着气说。

“正在查找，斯德瑞格太太。不用着急，福尔摩斯先生已从伦敦来到这里协助我们，这案子会很快查清的。”

“斯德瑞格太太，我敢肯定我以前在布里斯一个公园里看见过你。”福尔摩斯说。

“没有吧，先生，你一定是认错人了。”

“不对吧，我见到你时，你穿了一件镶着鸵鸟毛的淡灰色的大衣。”

女人对福尔摩斯不满地说：“先生，我压根就没有那样一件衣服。”

“哦，这就搞清楚了。”福尔摩斯向驯马师的妻子道歉，跟着警长来到附近的荒原上的一处深坑，那是发现死尸的地方，坑边的金雀花丛曾挂着一件大衣。

福尔摩斯问："我听说昨晚没有刮风，对吗？"

"是没有刮风，但是雨下得不小。"

"这么说大衣肯定不是让风吹到金雀花丛上的，是有人特意放到上面的。"

"没错，是有人故意挂到金雀花丛上的。"

"挺有意思，这事也得注意。从上星期一起有许多人来过这儿，留下了这么多脚印。"

"尸体旁原来就有一张草席，我们大家站在上面吧。"

"太好了！"

"这里有一个口袋，里面是银色的白额马的一块蹄铁，驯马师的一只长统靴和辛普森的一只皮鞋。"

"哦，警长，你真聪明！"福尔摩斯拿过布袋来到低洼处，把草席拉到一边，然后趴在席子上，双手托着下巴，伸长脖子认真查看被踩过的泥土。"嗬！瞧，我找到了什么？"福尔摩斯兴奋地喊道。这是一根烧了一半的蜡火柴，不仔细看，它那裹了一层泥的外表，像是一根小小的木棍。

"真是的，我怎么就没发现呢？"警长很是责备自己。

"蜡火柴埋在土里，很难被发现。我是特意地去寻找这东西，才找到了它。"

"怎么？！你原来就想到找到这个吗？"

福尔摩斯从袋中取出鞋子和地上的脚印一一作了比较，然后爬到坑边，慢慢地把身子挪向羊齿草和金雀花丛间。

"这儿不会再有什么值得找的东西了，"警长说，"我们在附近一百码内的地方都查找了。"

"我想也是这样，"福尔摩斯站起来说，"既是如此，我就不再找了。我想趁着天没黑对荒原上的地形熟悉一些，说不定那块蹄铁会给我带来好运。"

我朋友的工作方法，罗尔斯上校显得很不耐烦，他瞅着他的表说："警长，你能陪我一块回去吗？我要听听你对几件事的处理意见，另外，我们是否先声明一下，从参赛的名单中取消我们那匹马的名字，可以吗，警长先生？"

"用不着，不必这样做！我肯定会让它按时参赛的！"福尔摩斯的口气很坚决。上校点点头默许了。

“福尔摩斯先生，你这么说我很高兴，望你在荒原上走一走后，到可怜的驯马师家中找我们，我们再一同搭车赶回镇上去，这样好吗？”罗尔斯上校说。

我和福尔摩斯走在空旷的荒原上，上校和警长先返回去了。福尔摩斯陷入深思之中，他慢慢地走着。这时候，缓缓落下的夕阳，给广阔无垠的草原披上一层金光，晚霞映在灌木丛上，美妙极了。我们却对此不感兴趣。

“华生，我看这样吧。咱们先搁下谁是杀害驯马师的凶手的事，只谈此马的下落。现在，我们假设那匹马是在凶杀发生时或之后跑掉的，它会跑哪去呢？马不可能单独游荡在茫茫荒原，因为马天生是合群的，它一定会跑回金斯彼安或跑到美布里的马厩，这样，它一定会被别人发现，而不会毫无音讯。另外，吉普赛人一向胆小怕事，总怕警察来找麻烦，绝不可能冒这么大的风险拐跑一匹马，能不能找到买主都是个问题，我想他们肯定不会这样干。”

“但是，若真是这样的话，那匹马会藏到哪儿呢？”

“我说过，它一定是在金斯彼安或美布里，现在既然不在金斯彼安，肯定是在美布里了。按这个想法去找，看看会怎样。这片荒原的土质，警长说既干燥又硬实，通向美布里的那条路面却越来越低，你可以看到一条长长的低洼地带。案发那天晚上路面很潮湿，若是马向那个方向跑了，一定会留下蹄印。”我们的兴致不错，边走边谈，没多久，我们来到那个低洼处。福尔摩斯向左边走，他让我往右边走。我走了近五十步时，他向我招手喊我过去。原来他在前面松软的土地上发现了一行蹄印，他从口袋中掏出蹄铁一比，竟完全吻合。

“想象真是太重要了！警长若是有这方面的素质，才能会有更大的提高。我们对情况进行了假设，事实证明我们的假设没错，我们就按照假设继续下去吧！”福尔摩斯兴奋地说。

走过一段湿软的低洼地，我们又走了大约四分之一英里的干硬的草地，地形开始下斜，马蹄印又出现了，接着又中断了半英里的路程，最后我们又在美布里马厩旁找到了马蹄印。福尔摩斯先生看到了蹄印，他站在那儿脸上露出自豪的笑容。他用手指点着，有个男人的脚印清晰地出现在马蹄印旁。

我大声说:“马起初是独自跑来的。”

“看得出来,是这样,啧,这又怎么解释呢?”

原来两种足迹的方向都是金斯彼安。福尔摩斯吹了声口哨,又双眼紧盯路上的脚印,我却时不时地向一旁看看,我们的跟踪有了收获,我惊喜地发现又有相同的足迹折回原来的路。

“华生,你真行哩,若不是你,我们又得走回头路了。我们可以少走些冤枉路了,现在,我们沿着折回的足迹走吧。”福尔摩斯瞅着折回的脚印说。

我们往回走了一会儿,发现脚印在通往美布里的马厩的沥青路上消失了。在我们离马厩不远时,突然,从里面跑出来一个马夫。

马夫说:“我们这儿不准闲人逗留。”

“我只想问一个小问题,”福尔摩斯把拇指和食指插到背心口袋里说道,“若是明天早晨五点钟,我来拜访这儿的主人赛拉斯·布朗先生,是不是有些早了?”

“上帝保佑你,你真是个好人。我不能收你的钱,若是我那样做的话就会被赶走,但你尽可以去拜访他,他会接见的,他总是第一个起床。哦,你看,他来了,你自己去问他好了。”

福尔摩斯刚要从口袋里取出一个半克朗的金币,听到这话,急忙放回原处。一个面目凶狠可怕的老头一边挥舞着猎鞭一边大踏步地向门口走来。

这个有些吓人的老头喊道:“道森,你在干什么!别在这偷懒,快去一边干活去!还有你们,你们这两个年轻人来干什么?”

“先生,能允许我同你说十分钟的话吗,我将很荣幸。”福尔摩斯含笑说着。

“不行!我没空和你们闲扯!听到了吗,还不快走!不然的话,我放狗咬你们。”

福尔摩斯像是没听到这些话,他走上前去,趴在那人的耳边说了几句,那人立刻面红耳赤地狂跳起来。

“扯谎!你是在无耻地造谣!”

“先生,别激动,我们是去你的客厅慢慢商谈好呢,还是在这里当众大声吵好呢？”

“好吧，若你们不介意的话，请跟我来吧。”

福尔摩斯微微一笑，显得挺得意。

“华生，等我一会儿，我不久就回来。”福尔摩斯接着说道：“布朗先生，我完全听从你的安排。”

过了大约二十分钟，福尔摩斯和那老头走了出来，这时候天上的红霞已经暗了下来。他旁边走着的赛拉斯·布朗面容苍白，额头上满是汗珠，两只手不停地颤抖着，他手中的鞭子如寒风中摆动不止的枝条，他的神情跟先前大不一样，现在的布朗先生傲慢的神情一点儿没有了，他那畏缩不前的样子，像是福尔摩斯身后的一条狗。

“您的话我完全照办，一切都按您的指示做。”他说道。

福尔摩斯犀利得像剑一样的目光盯着他说：“千万不要出差错。”

布朗先生打着哆嗦答道：“不会出错的，我敢保证，不过我能否想别的办法呢？”

福尔摩斯低头沉思了一会儿，接着大笑着说：“不，不用想别的了！至于你要做什么，我会写信通知你，你别想要花招，不然的话，嗯……”

“啊，一定要相信我，先生，我是一个相当诚实的人！”

“好，我暂且相信你说的话。你明天听我的信吧。”福尔摩斯对吓得哆哆嗦嗦的布朗先生伸出的手毫不理会，转身同我向金斯彼安走去。

“看他一会儿傲慢得不知姓什么，一会儿又像奴才那样卑微，这样的混蛋可真少见。”在返回的路上，福尔摩斯对我说。

“这么说，那匹马一定在他那儿了？”

“这家伙原想虚张声势地把事情赖掉。可我分毫不差地说出他那天早上的行动后，他就相信我当时一直在盯梢。你也注意到那个特殊的方头脚印了吧，布朗的靴子就是那种式样。此外，这样的事当然不是下人们敢做的。我得知他总是第一个起床，据此断定他在早上发现了那匹游荡的马，便去接近它，一发现竟是那匹著名的银色白额马，他肯定是欣喜若狂。因为只有这匹马才能战败他下赌注的那一匹马，没想到唯一的敌手竟落到自己的手中。我又接着说，他开始一闪念想到要把马送回金斯彼安，走到半路又陡生歹意，想要让这马一直藏到比赛结束。这样他又折回来，并把马藏在美布里。我把这些细节都说给他听了，他只得承认了，并央求说他是一时糊涂才犯了法。”

“可是马厩不是搜查遍了吗？”

“啊，像他这样的老混子，有的是办法。”

“既然他为保护自身的利益伤害了那匹马，可现在把马还留在他手里，岂不让人担心吗？”

“我亲爱的华生，你尽管放心，他一定会像保护自己眼睛一样爱护那匹马，因为他明白受警方宽大的唯一希望就是保证那匹马的安全。”

“但是，我觉得罗尔斯上校是一个不肯宽恕别人的人。”

“这件事不取决于罗尔斯上校。我们不是皇家侦探，就没有责任把事情完全讲出来。我们尽可以按自己的意愿或多或少地说，谁也不能把我们怎么样。华生，你看出来了，上校对我们并不友好，因此我不想告诉他他的马有了下落，先和他稍微开开心。”

“除非有你的许可，我不会随便说的。”

“这同杀害驯马师的事相比，真是不值一提。”

“你打算追查凶手吗？”

“不，我想今晚我俩连夜返回伦敦去。”

福尔摩斯的话真是让人感到意外，我们来这儿才几个小时，一开始调查就干得这么漂亮，现在竟然要放手回去，我真是不明白。一路上我问了他几次，而我的朋友不肯回答回去的原因。当我们返回驯马师的住所时，上校和警长早已在客厅等着我们了。

“达特门的新鲜空气真令人心旷神怡，只可惜我和我的朋友打算连夜返回伦敦了。”

警长听了他的话张大了嘴，上校轻蔑地瞅着我们。

“这么说你们对抓住凶手已经丧失信心了，”上校耸了耸肩，又说，“先生们，我很抱歉，请你们过来做你们不能完成的事情。”

福尔摩斯淡淡地说：“抓住凶手，是难度不小，但我相信，你的马肯定会参加星期二的比赛，你不用多考虑，你只要另请骑师就行了。另外，我需要一张斯德瑞格的照片，好吗？”

警长从一个信封中抽出一张照片递给了福尔摩斯。

“亲爱的格瑞戈里，你把我需要的东西事先都准备齐了，请您在这儿稍等片刻，我想问女仆一个小问题。”

“我不得不说，我对这位从伦敦赶来的顾问深感失望，”我的朋友刚一出去，罗尔斯上校直截了当地说道，“我看不出他来这儿之后有什么进展。”

“至少他已经向你保证那匹名马会参加星期二的锦标赛。”我对上校说。

“他是向我保证过了，但愿他能找到我的马，让它参加比赛，那样的话我就不会贬低他。”

我正要驳斥上校，福尔摩斯走了进来。

“先生们，我已经准备好回到达米斯多哥镇去了。”他兴致勃勃地说。

在我们上四轮马车时，一个小马倌给我们打开车门，福尔摩斯像想起什么似的，走近小马倌问他：“你们的围场里有一群非常可爱的绵羊，谁在照料它们呢？”

“是我呀，先生。”小马倌挺神气地回答。

“最近你有没有发现它们有什么情况？”

“先生，没有什么大不了的事，只是不知怎么的，有三只绵羊的脚有点瘸了。”

福尔摩斯咧开嘴轻轻地笑了，他十分满意这个回答，得意地搓搓手。

“真是料事如神，华生，我猜测得没错。格瑞戈里，我想你最好注意一下羊群中的这一怪异现象吧。车夫，咱们走吧。”我的朋友说道。

罗尔斯上校的表情仍旧同先前一样，对我们的能力表示怀疑，但从格瑞戈里警长的表情可以看得出，他对福尔摩斯的话十分专注。

警长问：“你觉得这事情很重要吗？”

“相当重要。”

“另外，还有别的要注意的问题吗？”

“还有狗，那晚上狗是不是有怪异的反应？”

“这正是让人感到迷惑不解的地方。”歇洛克·福尔摩斯接着提醒道。

过了四天，我和福尔摩斯乘车到温切斯特去看维塞克兹杯锦标赛。罗尔斯上校如约在车站接我们，我们搭乘他的马车到城外的跑马场去。一路上，上校面色阴沉，态度冷淡。

“直到现在，我的马还是一点儿消息都没有。”上校怒气冲冲地说。

福尔摩斯的回答不紧不慢，“我想见到它时，你总该认识它吧。”

“我同赛马打交道快二十年了，还从未有人问过我这样的问题。”上校不满地说，“连小孩子也识得银色白额马的白额头和它那斑驳的右前腿。”

“赌注的赔率是多少？”

“这真让人摸不着头绪，昨天是十五比一，今天却成了三比一，你看，跌了这么多！”

“嗬！这么说有人知道了消息。”福尔摩斯说道。

马车驶到看台的围墙边，墙上贴着参加赛马的名单。

维塞克兹锦标赛

赛马年龄：限四、五岁口。赛程：一英里又五弗隆。每匹参赛马交押金五十镑。第一名除金杯外得奖金一千镑，第二名得奖金三百镑，第三名得奖金二百镑。

一、吉斯·牛顿先生的尼格罗。骑师着蓝色上衣，桃红帽。

二、伍德鲁上校的赛马巴格斯特。骑师着棕黄上衣，红帽。

三、巴克沃特勋爵的特尔勒。骑师着红色上衣，黑帽。

四、罗尔斯上校的银色白额马。骑师着黄上衣，黄帽。

五、巴哈莫兰公爵的艾丽斯。骑师着黑条纹上衣，紫帽。

六、森格里伍勋爵的拉兹波尔。骑师着灰上衣，蓝帽。

“我把一切的希望都寄托在你下的保证上了，为此我撤出了一匹已准备好的赛马。”上校说着惊奇地喊道，“什么？那是我的银色白额马吗？”

“银色白额马，5 比 4!”赌马客高声嚷着，“银色白额马，5 比 4! 特尔勒 5 比 15! 其余的，一律 5 比 4。”

“所有的马都编了号，六匹马都到场了。”我大声地说。

“六匹马都在场？我怎么看不到我的马？这里的马没有银白色的呀！”上校焦急地说。

“刚才跑过五匹马，剩下的一匹一定是银色白额马。”

我和上校正在说话时，从跑马场围栏内跑出来一匹矫健壮实的栗色马，在我们面前缓辔而过，马背上坐着那位众所周知的黄帽黄衣的骑师。

“那怎么是我的马！它身上一根白毛都没有，福尔摩斯先生，你们究竟是在耍什么把戏!"

"喂，喂，别吵了!我们来看一看它跑得怎样，"我的朋友冷静地说，他用我的双筒望远镜注视着赛马场，"太棒了，开始就这么快!看，它们过来了，已经转弯了。"

我们从马车上望去，六匹马一直跑过来的情景相当壮观。六匹马紧挨在一起，甚至一条毯子就可以把它们盖住。布朗先生训练的特尔勒和他的红衣骑师，跑在这些马的最前面。可是，当这匹马跑过我们面前时，它的力气已经耗尽了。这时候，上校的马勇猛向前，驰过终点，比它的对手早到将近六个马身长。巴哈莫兰的艾丽斯名列第三。

"这么说，那匹马真的是我最心爱的银色白额马，我不明白这是怎么一回事，"上校把一只手搭在额上望着，气喘吁吁地说道，"先生们，你们还要把秘密保留多久，请告诉我内情，好吗，福尔摩斯先生?"

"别着急，上校，你不久就会知道的，但你还得耐心一些。现在，趁它还在这里，我们一块去看看那匹马。"这时我们已经走到跑马场的围栏处，这地方只准许马主人和他的朋友进去，福尔摩斯继续说道，"你用酒精把马的前额和马腿洗一洗，你就可以看到它就是你丢失的银色白额马。"

"这真使我吃惊!"

"我在盗马者那儿找到它，便自作主张让它来参加马赛了。"

"我亲爱的先生，你真是太了不起了。

"你做的每件事都很神秘。这匹马看起来很健壮，它今天比往常跑得都快。我当初对你的才能表示怀疑，实在感到十分抱歉。你帮助我找到了马，替我做了件好事，但是你若是帮我抓到杀害约翰·斯德瑞格的凶手，那我更感激不尽了!"

"这件事，我已经做到了。"福尔摩斯慢吞吞地说。

我和上校惊奇地望着福尔摩斯，上校疑惑地问:"怎么，你抓住他了?凶手在哪里?他是谁，叫什么名字?"

"他就在这里。"

"这里，不会吧，他在哪儿?"上校更不明白了。

"此刻和我们在一起!"

上校听了他的话，气得脸都发青了。

"福尔摩斯先生，我承认你给予我很大的帮助，"上校说，"但对你刚才说的话，这不是恶作剧就是侮辱人格！”

福尔摩斯却轻轻地笑了。

“哦，上校，别生气，你一定是误解了我的意思。我向你保证，我一点儿没认为你同凶手有联系，”福尔摩斯接着说，“真正的凶手就站在你的身后。”他走过去，把手放到这匹名马光滑的脖颈上。

“怎么！是这匹马？”上校和我同时大声呼道。

“对，就是它，我得向你声明，他是出于自卫而伤人，它的罪过就减轻了许多。上校，你的所谓‘忠实的仆人’驯马师约翰·斯德瑞格根本不值得你同情和信任，请原谅我对死者说这些话。噢，现在下一场比赛又开始了，我想在下一场比赛中，稍稍赢一点儿。我们再找个适当的机会谈谈吧。”

当天晚上我们乘坐波蒙式客车返回伦敦。一路上，我的朋友详细地讲述了星期一的夜晚发生在达特门马厩的那些事，以及他对这些问题的解决办法，我和上校听得都陶醉其中了。我想罗尔斯上校和我本人有同感，那就是原来乏味的旅途变得兴致盎然了。

“同许多人了解此案的情况一样，我根据报纸报道做出的判断有误。尽管这样我从中找到了一些线索，如果没有别的细节所掩盖的话，那本来是很重要的。在我来德文郡之前，我也认为凶手就是辛普森，虽然那时的证据并不充足。而当我乘坐马车来到驯马师的房子时，我突然发现了一条重要的线索，那盘咖喱羊肉具有不小的价值。你们记得我从车上下来时出神的样子，我对自己忽略了这么明显的线索感到惊异。”

“先生，我承认直到现在我也看不出咖喱羊肉有什么值得追究的地方。”上校不解地说道。

“咖喱羊肉只是我推理锁链中

的一个环节。麻醉剂的气味虽然并不难闻，但一般菜是无法掩盖的，吃的人会很快地发现，或是根本吃不进去。可是咖喱却能掩盖这种气味。我们很难想象，辛普森为了放麻醉剂而带去咖喱，或是在他带去麻醉剂时，碰巧赶上小马倌吃的是咖喱菜，这种巧合无法让人相信。这样，辛普森的嫌疑就排除了。于是，我注意的重点就落到驯马师夫妇身上，因为只有他们才能选择当天的晚餐，麻醉剂是在菜做好以后特意给小马倌吃的，这就可以解释为何别人吃了同样的菜没有事。他们二人中，哪一个接近菜肴并且放入麻醉剂而未被女仆发现呢？

"在搞明白这件事之前，我了解到那条狗一晚上都没有叫，这真奇怪。我是从辛普森的事情中知道马厩中有一条狗的。然而，尽管有人闯入马厩，牵走了名马，那狗却一声不吭，没惊醒睡在草料棚中的另外两个马倌，这让人费解。显然，这位深夜来客是狗非常熟悉的人物。

"我从上面所述的种种迹象，得出了可以确认的结论，约翰·斯德瑞格就是偷马人，是他在深更半夜来到马厩，麻醉了自己的小马倌，把马牵走了，但是他为什么要这么做呢？有一点是可以肯定的，他的动机不良。我了解到以前的一些案子，这些案子驯马师往往把巨额赌注押给自己的马，他们采用各种欺骗的手段故意不让马夺冠。有时，在赛马中故意放慢速度而输掉，有时他们也会用更狡猾狠毒的手法，这一次驯马师到底采用的什么手法呢？我希望从死者衣袋里的东西找到答案。

"事实和我想的一样，你们不会忘记死者手中那把精致的小刀吧，我想不会有人把它当作武器使用。正像华生医生告诉我的，这小刀是准备用来做精密手术的。罗尔斯上校，你对赛马经验丰富，你应当知道，用那个小刀在马后腿踝骨的肌肉上划一道小小的伤痕，是很难看出痕迹来的。经过小手术的马将慢慢出现轻微的跛足，而这会被人看作是训练过度或是患了风湿，人们绝不会想到这是一个邪恶的阴谋。"

上校听了这些话，激动地大声叫道："这个坏蛋，十足的恶棍！"

"我们已经清楚驯马师把马牵到野外的目的。这样一匹烈性马，在受到刀刺后，一定会高声嘶叫，因而会惊醒睡在草料棚的人，因此干这事肯定得到野外下手。"

"我真是瞎了眼！怪不得他要用蜡烛和火柴了。"上校恍然大悟。

"没错，上校，你说的对。我在看过死者的东西后，非常幸运地发现了他的犯罪方法，也同时找到了他的犯罪动机。上校，你是一个阅历丰富的人，你当然知道一个人不会把别人的账单装在自己的口袋里。我从那张账单上看出案中有一个任意挥霍钱财的女人，即使一个慷慨大方的人，也不会花那么多钱给一个女人买件衣服。由此初步断定，斯德瑞格过着重婚的生活，并且另有一处房子。我曾出其不意地向斯德瑞格夫人问及此事，她显然什么也不知道。这使我很满意，说明这件事和她没有关系。我记下了账单上服饰商的地址，要了一张斯德瑞格的照片，带上它会更容易解决这位神秘的希尔先生的事情。

“从那时起，一切都逐步清晰了。罗尔斯上校，你的驯马师把马牵到一个坑穴，在坑穴里他点起蜡烛，为了不让人发现，他找到辛普森在逃走时丢掉的领带，可能是想绑马腿。到了坑穴，他走到马后面，点起了蜡烛，可是因为光的刺激，白额马受到了惊吓，出于动物的特殊本能预感到有人要加害它，便猛烈地甩起蹶子，那结实的铁蹄子正好踢中了斯德瑞格的额头。而这时的斯德瑞格为了实施那精细的手术，不顾下雨，把他的大衣都脱了，所以在他倒下去的时候，他手中的小刀不由自主地把自己的大腿划破了。我这样讲，你们听明白了吗？”

“妙极了！真是料事如神，你像是亲眼所见一样！”上校不住声地赞叹着。

“我承认，我做了一个大胆的推测。斯德瑞格是个富于心计的家伙，绝不会轻易在这匹马身上做试验的，他能在什么东西上做实验呢？我看到了绵羊，便及时地提了一个问题，没料到我得到的回答证明我的推测是正确的。

“我回到伦敦后，拜访了那位服饰商，我拿出照片给她看，她很快认出那个化名德比·希尔的阔绰的顾客，并且说他有一个打扮得十分漂亮的妻子，特别喜好豪华的服饰。我毫不怀疑，就是这个女人使斯德瑞格背上了一身的债务；也正是因为追求奢华，这个女人把斯德瑞格推上了犯罪的道路。”

“除了一个小小的问题之外，你把一切都讲得很清楚。让我有点不明白的是，那匹马到底藏到哪里去了呢？”上校神情疑虑地问道。

“啊，那匹银色马脱缰跑掉了，恰巧你的一个邻居收养了它，对于这一点，上校，我们必须宽容。如果没有错的话，我们现在到了维多利亚站的前一站了。再过十分钟，上校，若是你愿意到我们那儿吸吸烟，我很高兴把别的一些细节讲给你听，你一定会有兴致听的。”

2. 灰　脸　人

我的朋友福尔摩斯侦破过无数案子，在一些神秘案子中，他显露出了非凡的才能，由此写出来的故事让读者读来有如身临其境。在我撰写这些故事时，很自然地把他的成功写得比失败要详细得多，我这样做并不是为了顾全他的名声，而是因为，他每到山穷水尽时，他的旺盛精力和多才多能越能淋漓尽致地发挥出来——还有，福尔摩斯失败的地方，别人也不会成功，这样，故事就结不了尾。然而，很多时候，他即使出了差错，真相最终也会被他查出。我曾记录了五六件这类案子，其中最有趣的是马斯格雷夫礼典案和我现在要讲述的这一件。

福尔摩斯是一个很少为锻炼身体而进行体育活动的人，然而肌肉力量比他大的人并不多，而且在与他同体重的人中，他是我所见过的最优秀的拳击手。他把盲目的体育活动看作是浪费精力，因而除了外出办案时，他几乎是足不出户。但每到办案时，他就显得精力特别旺盛，不知疲倦。

早春的一天，福尔摩斯突发闲心，居然陪我去公园散步。那时，榆树淡绿的嫩芽刚刚冒出，栗树枝头刚吐出五瓣形新叶。两个小时的悠闲漫步，尽管没说什么话，但对两个很默契的朋友来说，是再合适不过的了。我们回到贝克街时，将近五点钟了。

“先生，”我们的小仆人一边开门一边说，“有人来找过您。”

福尔摩斯抱怨地望了我一眼。

“都是下午散步弄的！”他说，“那么，那位先生已经走了？”

“是的，先生。”

“你没请他进来吗？”

“请了，先生，他进来等过。”

“他等了多久？”

“他等了半个小时，他一直焦躁不安地在屋子里踱来踱去，不时跺跺脚。我在门外等候，但我能听到他的动静。后来，他走到过道里大声叫喊：‘他是不是不回来了？’我要他再等一下，他说：‘那我到外面去等，在这里我会憋死的，我一会儿再来。’说完他就走了，我留也留不住他。”

“好了，好了，你已经尽力。”我们走进屋里，福尔摩斯说，“华生，这真气人，我正需要接一个案子，而从这个人急不可耐的样子来看，似乎是一件很重要的案子。喂！桌上那个烟斗不是你的吧？一定是那位先生忘在这里的。嗯，很不错的欧石南根烟斗，斗柄很长，烟嘴是用烟草商们所谓的琥珀做的。不知道伦敦究竟有几只真琥珀的烟斗，据说里面包着苍蝇的那种才是真琥珀。我想他心里一定很乱，要不他不会把自己非常珍爱的烟斗忘在这里。”

“你怎么知道他非常珍爱这只烟斗？”我问。

“嗯，我想，这烟斗买来时不过七先令六便士罢了。可是，你看，它已经补了两次了，一次在斗柄上，另一次在琥珀烟嘴上。你可以看到，这两次修补用的都是银箍，费用比烟斗的原价高得多。这个人情愿修补这只烟斗，也不愿花钱买只新的，说明他一定非常珍爱它。”

“还看出别的什么吗？”我问，因为福尔摩斯把烟斗转过来翻过去地用他独特的眼光凝视着。

他举起烟斗，用他那细长的食指弹了弹，好像一位教授正讲解骨骼一样。

“烟斗有时是非常重要的，”他说，“除了表和鞋带，就属它更能显示一个人的个性。很显然，这只烟斗的主人是个身强力壮的人，他是个左撇子，有一口好牙，粗心，富裕。”

福尔摩斯几乎是不假思索地说出了这些，边说边斜着眼睛看着我，看我是否明白他的推理。

我问道：“用价值七先令的烟斗的人就一定富有吗？”

“这是格罗夫纳板烟，八便士一英两，”福尔摩斯说着，把烟斗在手心里磕出一点儿烟丝来，“用这一半的价钱就可以抽上等烟了，可见他很富有。”

“那别的呢？”

“他习惯在油灯和煤气喷灯上点烟斗。你看，这烟斗的一边都烧焦了，用火柴点是不会烧成这样的，但要是在油灯上点，烟斗边肯定会烧焦的。而且烧焦的是烟斗的右边，所以，我想他是左撇子。现在你把你的烟斗在灯上点燃，你可以看到，因为你是用右手，所以火焰很自然地就侧向左边了。你再看，他的琥珀烟嘴已经咬穿了，说明他身强力壮，牙齿很好。如果我没听错的话，他已经上楼了，我们可以研究比这只烟斗更有趣的东西了。”

他话音刚落不久，我们的门就开了，一个身材高大的年轻人走了进来。他穿着一身讲究而素净的深灰色礼服，手中拿着顶褐色宽檐礼帽。我猜他大约三十岁上下，但他实际年龄还要大些。

“对不起，”客人有些不安地说，“我想我该先敲门，但我心里乱极了，所以，请你们原谅我的冒失。”他把手放在额头上，好像头昏眼花似的，一扭身跌坐在椅子上。

“看来你有一两晚没睡觉了。”福尔摩斯和蔼可亲地说，“这比干什么都伤神，甚至比玩乐都要伤神。请问我能帮你什么吗？”

“我需要得到你的指点，先生。我不知道怎么办才好，我的整个生活好像全垮了。”

“你是来咨询的吗？”

“不单是这样，你是一位见多识广的人，我希望你能指点我。我想知道下一步我该怎么办，希望你能告诉我。”

他说得断断续续的，说话时呼吸急促，声音颤抖。我觉得他一直在抑制着内心的激动，以至于连说话都是很痛苦的事。

“这件事很难启齿，”他说，“谁都不愿意对人谈自己的家务事的。尤其是对两个完全陌生的人谈自己的妻子，更是如此。可我不得不这样做，我已经黔驴技穷了，只能向别人求教。”

“我亲爱的格兰特·芒罗先生……”福尔摩斯说。

我们的客人从椅子上跳了起来。

“怎么？”他大声说道，“你认识我？”

“如果你要隐瞒自己的身份，”福尔摩斯笑着说，“那我得劝你以后别把名字写在帽里儿上，或者你与人交谈时，别把帽里儿朝向对方。我刚才想告诉你，我和我朋友在这屋子里听到过许多稀奇古怪、神秘莫测的事情，而我们也很有幸地让许多惶恐不安的人得到了安宁。我相信我们也能帮你做到这一点。现在时间不早了，能不能请你尽快把事情的经过告诉我？”

我们的客人又把手放到额头上了，好像很痛苦似的。从他的神情姿态上看得出，他是个内向、很有自制力的人，他天性有些高傲，宁可把伤痕掩盖起来，也不愿把它们暴露。后来，他握紧拳头，做了个手势，决定不再保守秘密了，他开口说道：

“福尔摩斯先生，事情是这样的。我是个结婚三年了的人，这三年里，我们夫妇俩像别的夫妇一样相亲相爱，生活美满。我们情投意合。但现在，从上周一以来，我们中间突然有了一道障碍，而且我发现，她的生活和思想中有一些东西我竟然一无所知，就好像她是个陌生路人一样。我们疏远了，我想知道这到底怎么了。

“在继续讲下去之前，有件事得先告诉你们，福尔摩斯先生，艾菲是爱我的，请别在这方面有什么误会。她一心一意地爱着我，现在更加如此。这点我知道，也感觉到了，所以我不想在这一点上浪费口舌。男人是很容易察觉到女人是否爱他的。不过我们之间现在有了个秘密，秘密不解开，我们就永远不能像从前那样相亲相爱了。”

“芒罗先生，请你把事实告诉我。”福尔摩斯有点不耐烦了。

“我先把我知道的艾菲的过去告诉你。我刚见到她时，虽然她很年轻，只有二十五岁，但已经是个寡妇了，那时叫赫伯龙夫人。她小时候去了美国，住在亚特兰大城，在那里嫁给了赫伯龙先生。赫伯龙是个律师，业务不错。她们有个孩子，但那里流行了黄热病，她丈夫和孩子都染上黄热病死了。我见过赫伯龙的死亡证。她由此对美国厌恶起来，便返回英国，和她一位没有出嫁的姑妈一起在米德塞克斯的平纳尔住着。我得补充一点，她前夫给她留下了相当多的遗产，大约有四千五百镑。她前夫在世时把这笔钱投了资，平均每年有百分之七的利息回报。我遇见她时，她到平纳尔才六个月。我们一见钟情，几周后就结了婚。

“我是个蛇麻商人，每年有七八百镑的收入。我们在诺伯里租了套每年租金八十镑的漂亮的小别墅，日子过得很舒适。我们那地方虽然离城很近，但有着浓郁的乡村风味。别墅附近有家小旅店和两幢房子，门前田地的另一边有座孤零零的农舍。除此而外，只有到车站去的半路上才能见到房子。我的生意季节性很强，只在特定的季节才进城办事，夏天我不用进城，可以和我太太尽情地在别墅里享乐。我可以告诉你们，在这之前，我们从来没发生过任何不愉快的事。

“还有件事得先告诉你们。我们结婚时，她把她的全部财产都转到了我的账下。这不是我的主意，因为我想要是我的生意砸锅了，就糟了。但她坚持要那样，我只好接受。大概六周前，她走到我身边说：‘杰克，我把钱转到你账下时，你说过，我如果要用就随时可以向你要。’

“‘那当然，’我说，‘本来就是你自己的钱嘛。’

“‘那好，’她说，‘我现在要一百镑。’

“我听了有些吃惊，我原以为她只不过要点钱去买件新衣服什么的。

“‘你要这么多钱干什么？’我问。

“‘噢，’她开玩笑般地说，‘你说过你只是我的银行保管，你知道，银行保管是从来不问为什么的。’

“‘要是你真需要这么多钱，我当然会给你的。’我说。

“‘噢，当然，我真需要这么多。’

“‘你不告诉我用它做什么吗？’

“‘杰克，我以后会告诉你的，但现在不行。’

“我只好不再问下去了。不过，这是我俩之间第一次有事瞒着对方。我给了她一张支票后就没再想这件事。可能这和后来发生的事没有联系，但我想还是把它说出来好些。

“我刚才跟你们说过，离我们住处不远的地方有座农舍。虽然农舍与我们的别墅只隔着一块田地，但得先沿大路走一段路，再拐到一条小路上才能到达那农舍。农舍那边有片密密的苏格兰枞树，我平常很喜欢到那里散步，因为在树林中总有种心旷神怡的感觉。八个月来，这座农舍一直空着。这太可惜了，因为这是一幢漂亮的两层楼房，前面有古式的游廊，周围到处是金银花。我经常在那里逗留，并且想，如果住在这里该有多好啊！

“唉，上周一傍晚我散步去那里时，看到一辆空篷车从小路上驶了过来，同时看到游廊边的草地上有堆地毯和别的东西。显然，这房子终于有人租进来了。我走过去像个游手好闲的人那样停下来打量着，想知道离我们这么近住着的究竟是什么人。就在我朝里面张望的时候，我突然意识到楼上的一扇窗户里有一张面孔也在望着我。

“福尔摩斯先生，我看到那张脸后，背上似乎出了些冷汗。当时我们离得远，所以没能看清那张脸，只觉得那张脸怪怪的，不像人脸，这就是我当时的印象。我连忙走向前去，想更清楚地看看那个窥视我的人。可就在我向前走时，那张脸突然不见了，好像被拉到了屋里的暗处。我足足站了五分钟，仔细想着这件事，打算把我得到的印象分析一下。我说不准那是男人的脸还是女人的脸，它离我太远了，根本看不清。但那张脸的颜色留给我的印象却很深，它就像铅色的白垩土，僵硬呆板，很不自然。我心里很不安，便决心去拜访这新搬来的邻居。我走上前去敲了敲门，一个高大瘦削的女人把门打开了，这是个丑得有点吓人的女人。

“‘你想干什么？’她带着北方口音问。

“‘我是住你对面的邻居，’我边说边朝我的住处望了望，‘我看你们刚刚搬过来，因此想看看能不能帮你们做点什么……’

“‘行了，我们要你帮时会请你的。’她说完后竟然把门关上了。因为遭到如此粗暴的冷遇，我非常恼火地转身就回家了。当天晚上，尽管我竭力去想别的事情，但窗口那张怪脸和那女人粗鲁的形象总在我脑海里浮现。我决定不把这件事告诉妻子，因为她胆小而且容易激动，我不想让她分担我遭遇到的不快。然而，睡觉前，我还是把那座农舍租出去的消息告诉她了，她没说什么。

“我通常睡得很死。家里人经常笑话我，说夜里没有什么能把我吵醒。可那天晚上，也许是因为这件事情给我的刺激，也许是别的原因，我没有平常那样睡得死。我在半睡半醒中隐隐约约觉得屋里有什么在走动，稍后意识到我妻子已经穿好衣服，正在披斗篷，戴帽子。我喃喃地说了几句惊讶的话，对这种不适时的举动表示不理解。当我半睁半闭的双眼落到我妻子被烛光映照的脸上时，我一下子惊得说不出话来，我从来没见过她有这样的表情，这真让我想不到。她脸色苍白，呼吸急促，扣紧斗篷时，向床上瞥了一眼，看是否惊醒了我，她以为我还在睡梦中，于是无声无息地出了卧室。随后，我听到了大门门轴发出的嘎嘎声。我从床上坐了起来，用手指敲了敲床栏，看我是不是真的醒着。然后我从枕头下拿出表一看，才凌晨三点钟。我妻子凌晨三点出门去干什么呢？

“我坐了有二十分钟，一直不停地琢磨着这件事，想找到一个说得通的解释。我越想越觉得这事情有点不对头。正当我还在不停地冥思苦想时，我听到门轻轻关上了。我妻子上楼了。

“‘艾菲，你半夜三更到哪里去了？’她一进屋，我便问道。

“她听到我的声音便吓得失声尖叫起来，她那惊慌失措的样子让我非常痛苦，因为那声尖叫里有着难以形容的内疚感。我妻子一向坦诚而直爽，所以，当她不声不响地溜进来，听到我，她的丈夫的说话声，竟然吓得失声尖叫时，我的心凉了。

“‘你醒了，杰克！’她勉强地笑了笑，‘我还以为没有什么能把你吵醒呢。’

“‘你到哪里去了？’我板着脸问。

“‘也难怪你这样吃惊，’她说，解斗篷的手指不停地颤抖，‘我以前从没这样过。事情是这样的，我觉得有些气闷，就到外面去吸点新鲜空气。要是我不出去的话，恐怕会昏过去的。我在门外站了几分钟，现在好多了。’

“她说这番话时始终不敢看我一眼，而且声音也变了。显然，她在撒谎。我没再说什么，转身面墙躺着。我伤心极了，心中充满了种种不祥的猜测和怀疑。我妻子瞒着我的究竟是什么呢？她这次神秘地外出，究竟到了哪里？我想，如果我不弄清这些，我是不会安宁的。因为她撒过谎，我不想去问她本人了。这一夜我一直辗转反侧，想来想去，结果越想越糊涂。

“第二天我本该进城的，但心里很烦，根本没心思去照顾生意。我妻子似乎也心神不定，而且始终注意着我的脸色，她已经看出我不相信她的话，所以她也六神无主，手足无措。吃早餐时，我们一句话都没说。我吃完早餐就出去散步了，想在清新的早晨空气中好好思考这事。

“我一直走到克里斯特尔宫，在那里待了一小时，回到诺伯里时已经下午一点钟了。路过那座农舍时，我停下来朝那窗户望去，看看能否见到前一天我看到的那张面孔。我正望着，农舍的门突然打开，福尔摩斯先生，你想想我当时是怎样的惊讶吧，走出来的，竟是我妻子！

“看到她，我一下子惊呆了，我看到，她显然比我还要惊慌得多。刹那间，她好像想再退回到那座农舍里去，但当她知道已经躲不掉了时，便向我走过来，她脸色异常苍白，惊恐的眼神与挂在嘴角的微笑显得很不协调。

“‘噢，杰克，’她说，‘我刚过来想看看能否给新邻居帮点忙。你干吗这么看着我，杰克？你不会因为这个生气吧？’

“‘那么，’我说道，‘你昨晚来的就是这里啰。’

“‘你这是什么意思？’她喊道。

“‘你昨晚一定来这里了，我可以肯定这里住着什么人，你竟然深更半夜来看望他们？’

“‘我以前从没来过这里。’

“‘你怎么对我撒起谎来了？’我也喊了起来，‘你连说话的声音都变了。我瞒过你什么吗？我非进去把事情弄清不可。’

“‘不，杰克，看在上帝的面上，千万别进去！’她激动不已，气喘吁吁地说。我走到门口时，她一把扯住我的袖子，使劲把我拉住。

“‘杰克，我求你别这样。’她哭喊着，‘我保证过些天会把一切都告诉你的，你现在进屋，除了自找苦吃外，没别的好处。’我试图挣开她，但她死死地缠住我，苦苦哀求着。

“‘相信我，杰克，’她哭着说，‘信我这次吧。你绝不会为此而后悔的。你要明白，如果不是为了你好，我是不会对你隐瞒什么的。这关系到我们的整个生活。如果你跟我一起回去，一切都会好的；但你硬要闯进去的话，我们的一切就全完了。’

“她的态度是那么诚恳，又那么绝望，她的话劝阻了我。我犹豫不决地站在门口。

“‘要让我相信你，得答应我一个条件，只一个条件，’我终于说道，‘那就是从现在起停止这种神秘的行动。你有保留你的秘密的权利，但你得答应我夜里别出门，别瞒着我做什么事。只要你答应，将来不再发生这样的事，我就既往不咎。’

“‘我知道你会相信我的，’她宽慰地吁了口气，大声说道，‘我全听你的。走吧，我们回去吧。’

“她仍然拉着我的衣袖，拽着我离开了农舍。离开那里时，我回头望了望，看到楼上的窗户中那张铅灰色的脸正向我们张望着。这个怪人和我妻子之间究竟有什么关系呢？头天我看到的那个粗野丑陋的女人和她又有什么关系呢？这是一个奇怪的谜。我知道，谜底一天不解，我就一天不得安心。

“我在家里待了两天，这两天，我妻子很守信，因为，她从未迈出家门半步。但是，第三天，我有充分的证据证明，尽管她当初信誓旦旦，可她仍然没能抵挡住那神秘的吸引力，又一次背弃了她丈夫和她的诺言。

“我那天进了城，可我没像往常那样坐三点三十六的火车回来，而是坐了两点四十的火车。我一进门，女仆就慌里慌张地跑进厅堂。

“‘太太呢？’我问。

“‘我想她出去散步了。’她答道。

“我马上有了怀疑，就赶紧跑上楼，想看看她是否真的不在家里。我上楼后不经意地往窗外望了一眼，看到刚才和我说话的女仆正越过田野向农舍方向跑去。我立刻就清楚这是怎么回事了。我妻子又去那里了，并且早就嘱咐好女仆，我一回来，就赶紧去叫她。我气得发抖，跑下楼来，朝那里跑去，想把事情彻底给解决了。我妻子和女仆沿小路往回赶，但我没停下来和她们说话。这农舍里有个秘密，给我的生活蒙上了一层黑影。我发誓，不管怎样，非得把这个秘密弄个水落石出不可。我走到房前，门都没敲就转动门钮冲了进去。

“楼下一片寂静，只有厨房里的炉灶上的水壶咝咝作响，一只大黑猫盘卧在篮子里，但没有那个丑女的踪影。我跑到另一间屋，也一样空无一人。接着我又跑到楼上，楼上的房间也空空的。整个屋子里一个人也没有。屋里的家具和墙上的装饰画都很普通、粗俗，只有我从窗户中看到怪脸的那个房间布置得舒适而讲究。当我看到那个房间的壁炉台上放着一张我妻子的全身相片时，我的全部疑团化作强烈而痛苦的火焰。那张相片还是三个月前我要她拍的。

“我在那里待了一会儿，确信屋里根本没人后才离开。我心里有一种从未有过的沉重。我到家门口时，妻子在前厅等我，但我又是伤心又是恼怒，不想和她说话。我从她身旁走过，径直进了书房，我正要把门关上时，她冲了进来。

“‘杰克，很抱歉我违背了自己的承诺，’她说，‘但你如果知道事情的真相，你一定会原谅我的。’

“‘好吧，那你就把事情的真相告诉我吧。’我说。

“‘我不能，杰克，我不能。’她叫道。

“‘你要是不告诉我那个农舍里住的是谁，你送给相片的那个人又是谁，我们之间就没有信任可言。'说完，我撇下她就走了。这是昨天的事，福尔摩斯先生，从那时起我就再也没见过她。关于这件怪事，就这样。这是我们之间第一次有矛盾，我现在手足无措，根本不知道该怎么办才好。今天早晨我突然想起你，或许你能给我指点，我就急急忙忙赶来找你。如果你觉得哪一点我没有说清楚，请你问好了。不过，请尽快告诉我该怎么办，因为我实在受不了了。"

福尔摩斯和我聚精会神地听完了这离奇的故事。客人的情绪很激动，讲得断断续续的。福尔摩斯一只手托着下巴，默默地坐在那里陷入了沉思。

"请告诉我，"他终于说道，"你在窗户中看到的是一张男人的脸吗？"

"我每次看到它，距离都比较远，所以我不能肯定。"

"但这张脸给你的印象好像很不好。"

"那张脸的颜色很不自然，而且面貌呆板得很。我一走近，它就不见了。"

"你妻子向你要一百镑到现在有多长时间了？"

"快两个月了。"

"你见过她前夫的相片吗？"

"没有。他死后不久，亚特兰大着了场大火，她所有的文件都烧掉了。"

"可她有一张死亡证，你说你看到过，是吗？"

"是的，火灾过后，她拿到了一份副本。"

"你可曾遇到过在美国认识她的人吗？"

"没有。"

"她收到过美国来的信吗？"

"没有。"

"谢谢你。现在我要稍微想一想这件事。如果住在农舍里的人已经永远离开了，事情就比较难办了；但要是另外一种情况，我想这种可能性更大一些，也就是说，你昨天进去之前，住在那里的人事先得到消息，躲开了，现在，可能又回去了，这样我们就很容易把这个谜给解开。我劝你现在返回诺伯里，再仔细看看那窗户。如果你肯定里面有人，千万别硬闯进去，只要给我们发个电报就行了。我们接到电报，一小时内就能赶到你那里，事情就会水落石出的。"

"万一里面还是没人呢？"

“这样的话，我明天去你那和你商量，最重要的是，在真相没弄清之前，别再烦恼了。好，再见。”

我朋友把格兰特·芒罗先生送走后，回来对我说：“华生，我担心这事不妙，你觉得呢？”

“这事很难办。”

“是的。如果我没弄错的话，这里头恐怕牵扯到敲诈。”

“那么是谁在敲诈呢？”

“当然是在那唯一舒适的房间里住着，并把她的相片放在壁炉台上的那位。说真的，华生，出现在窗户里的那张脸很有问题。我无论如何也不会放过这个案子的。”

“你心里有底了吗？”

“是的，但只是暂时的推论。但这个推论要是弄错了那才怪呢。我想，这个女人的前夫就住在那农舍里。”

“你的根据呢？”

“除此以外，我们怎么去解释她坚决不让她现在的丈夫进去的原因呢？我想，事情大致是这样的：这个女人在美国结过婚。她前夫沾染了什么不良的恶习，或者什么可怕疾病，她最后终于忍不住了，抛弃他，回到了英国。隐姓埋名后，开始了新的生活。她再婚后已经三年了，她以为自己的处境非常安全，因为她把一张别人的死亡证给现在的丈夫看过。但她还是被她前夫找到了，或者，被某个与她前夫有瓜葛的荡妇发现了。他们给她写了封信，威胁说要来揭露她。她便要了一百镑，想以此堵住他们的嘴，但他们还是来了。当丈夫不经意地向她提起那农舍里有了住户时，她意识到追踪她的人来了。她等丈夫睡着后，跑出去，试图说服他们让她过平静的生活。因为晚上没谈妥，她第二天上午又去谈，结果出来时被她现在的丈夫撞上了。她答应他不再去那里，但两天后，由于她急于摆脱这些可怕的邻居，她又去那里谈了一次，并且带去了他们索要的相片。他们正在谈着，女仆突然跑来说主人回家了。她马上想到，丈夫一定直奔农舍而来，于是催促屋里的人溜出后门，到附近的枞树林里躲了起来。所以，她丈夫看到的是一所空房子。但如果他今晚再去，若是那房子还空着，那事情可真怪了。你说我的推论如何？”

“这完全是猜测。”

“但它把所有的事实都考虑进去了。如果我们发现了不相符合的新情况，还可以重新考虑。我们现在除了等那位朋友的电报，无事可干了。”

不过我们并没等多久。刚吃完茶点，电报就来了。

电文如下：

农舍里仍有人居住。窗里的那张脸又出现了。请坐七点钟的火车来，一切等你前来处理。

我们下车时，他已在月台上等了。借着车站的灯光，我们看到他脸色苍白，忧心忡忡，浑身颤抖。

“他们还在，福尔摩斯先生。”他紧紧拉住我朋友的衣袖说道，“我经过那里时看到里面亮着灯。我们可以彻底解决这个问题了。”

“那你打算怎么办呢？”我们走上黑暗的林荫大道时，福尔摩斯问道。

“我想闯进去，亲眼看看屋里到底是些什么人。我希望你们两位做个见证。”

“你妻子警告过你最好别揭开这个谜，你决心不顾一切地去闯吗？”

“是的，不顾一切。”

“好，我认为你是对的，弄清真相总比无休止地猜疑要好。我们最好现在就去。当然，从法律上说，我们这样做是不对的，但我认为值得一试。”

那晚天黑得伸手不见五指。我们从大路拐上一条两旁全是树篱的狭窄小路，天开始下毛毛细雨了。格兰特·芒罗先生急不可待地向前跑，我们也只好高一脚低一脚地紧跟在他后面跑。

“那就是我家的灯光，”他指着树丛中闪现的灯光低声说，“这就是我要进去的那座农舍。”

他说话时，我们已经在小路上拐了个弯，那所房子已近在咫尺。门前的地上映着一缕黄色灯光，说明门是半掩着的。楼上有扇窗户被灯光照得异常明亮。我们望过去，一个黑影正从窗帘上掠过。

“就是那个怪物！”格兰特·芒罗叫道，“你们亲眼看到了，里面有人。快跟我来，我们马上就能弄个水落石出了。”

我们走近门口，一个女人突然从黑暗中闪了出来，站在金黄的灯光中。在暗中，我看不清她的脸，只见她双臂高举，做出一副恳求的样子。

“杰克，看在上帝的面上，别这样！”她高声喊道，“我早预料到你会来的。亲爱的，你再好好想想，再相信我一次吧，你永远不会后悔的。”

“艾菲，我已经相信你太多了，”他厉声叫道，“快让开，我一定要进去！我和我朋友要彻底解决这事！”

他把艾菲推开，我们紧随在他身后。当他把门砰的一声撞开时，一个老妇人跑到他面前，想拦住他，但他一把将她推开，转眼间我们就到了楼上。格兰特·芒罗冲进有灯光的房间，我们也跟了进去。

这是间暖和、舒适、布置得很好的卧室，桌上和壁炉台上各点着两支蜡烛。墙角的书桌旁有一个人俯身坐着，看上去像个小女孩。我们一进门，她就把脸转过去了，不过我们可以看到她身穿红色上衣，手戴一副长长的白手套。她突然把脸转向我们时，我不由地惊叫了起来。她的那张脸是非常奇怪的铅灰色，什么表情都没有。这个谜一下子就解开了。福尔摩斯笑了笑，把手伸到孩子的耳后，把她的面具给扯下了。一个黑炭一样的黑女孩展现在我们面前。看到我们惊讶的样子，她高兴得露出了一排洁白的牙齿。见她那么开心，我也不禁笑了起来。可格兰特·芒罗却一手按着自己的喉咙，傻站在那里。

“天哪！”他大声喊道，“这到底是怎么回事？”

“我来告诉你吧，”他妻子镇定自若地扫视了屋里的人一眼，大声说道，“你硬逼我违背自己的意愿把一切告诉你，那么，让我们面对这个现实吧，我前夫死在亚特兰大，但我的孩子还活着。”

“你的孩子？”

她从怀里掏出了一个银盒。

“你从未见我打开过吧？”

“我以为它打不开呢。”

她按了一个小弹簧，盒盖立即打开了。里面是一张男人的相片，清秀英俊，温文尔雅，但脸上有着明显的非洲血统的特征。

“这就是亚特兰大的约翰·赫伯龙，”芒罗夫人说，“世界上最最高尚的人。为了嫁给他，我跟家里闹翻了，但我从来没有后悔过。不幸的是，我们唯一的孩子继承了他祖先的特征，而不是我祖先的。白人和黑人通婚，往往会这样，而小露西比她父亲还要黑。

“但不管黑还是白，她都是我的亲生女儿，是我的心肝宝贝。”听到这里，小女孩赶紧跑过来依偎在她母亲身旁。“我把她留在美国，”她接着说道，“是因为她身体太虚弱了，我怕她到英国后，可能会因为水土不服而害病，所以才把她交给这个忠诚的苏格兰仆人抚养。我从来没想过抛弃我的孩子。可是，自从遇到你，杰克，我深深爱上你了。我不敢把孩子的事告诉你，请上帝饶恕我吧，我只是怕失去你，所以没敢跟你说。我只有在你俩之间选一个，结果，我这懦弱的人，把自己的孩子给舍弃了。整整三年，我一直对你瞒着这件事，但我经常能从保姆那里得到消息，知道孩子一切都好。然而，我终于遏制不住想见见这孩子的愿望。尽管我知道这有危险，但我还是决定把孩子接过来，哪怕只住几个星期也好。我给仆人寄了一百镑，并把农舍的事告诉了她，让她们过来和我做邻居，这样我去看她们就方便了。我告诉仆人采取一些防范措施，要她白天让孩子待在家里，并且把孩子的脸和手都掩饰起来。这样，即使有人从窗外看到她，也不会说什么闲话，说附近有个小黑人。如果我不是太过于小心，也不至于做得这么蠢，但我实在是怕你知道事情真相而离开我。

“是你先告诉我这农舍租出去了。我本该等到早晨，但我激动得睡不着，我知道你很难惊醒，于是忍不住溜了出去。没想到被你知道了，于是麻烦就来了。第二天你又察觉了我的秘密，但你很宽容，没有追究。三天后，你从前门闯进去，孩子和仆人从后门溜了出去。今天晚上，秘密完全暴露在你眼前了。请问，你打算如何对我和孩子呢？”她握紧双手，等待回答。

足足过了十多分钟，格兰特·芒罗才打破沉默。他的回答给我留下了美好的回忆。他抱起孩子，吻了吻，然后，另一只手抱着妻子，转身走向门口。

“我们可以到家里去好好商量嘛，”他说，“艾菲，我虽然不是很高尚的人，但比你想象的要好些。”

福尔摩斯和我跟着他们走出了那条小路，然后，我朋友拉了拉我的衣袖。

“我想，”他说，“我们该回伦敦了，回去比待在这更有用些。”

那天晚上，他再也没有提起过这个案子。最后，他拿着点燃的蜡烛进了卧室才说：“华生，要是你以后觉得我过于自信，或办某个案子时不够仔细，请你在我耳边轻轻说一声‘诺伯里’，那我一定会感激不尽的。”

3. 证券经纪人的书记员

我婚后不久，在帕丁顿区买了一个诊所，诊所是从老法夸尔先生那儿买下来的。老法夸尔的诊所的业务曾有一个时期很红火，可是由于他的年龄大了，精力不好，又加上一种疾病的折磨，他的诊所来就诊的人渐渐少了。这是因为，人们都极自然地遵守一条原则：医生必须自己是健康的，才能把病人治好；如果连自己的病都治不了，人们自然不相信他的医道了。因此，我的这位前辈身体越差，他的收入就越少。当我买下这诊所时，他的收入已经从每年1200英镑降到300多英镑了。但是，我对自己正当壮年精力充沛的身体颇为自信，坚信不用几年，这个诊所的生意就会和以往一样红火了。

开业后三个月里，我一直忙于治病，见到歇洛克·福尔摩斯的次数很少。由于我抽不出时间，我就没有到他那里去，而福尔摩斯除了侦探业务的需要，很少到外面去。六月的一个早晨，吃完早饭，我坐在椅子上读《英国医务杂志》，忽然听到门铃响了，接着传来我那老伙计有点独特而高亢的说话声，这让我很感意外。

“啊，亲爱的华生，”福尔摩斯迈着大步走进房内说道，“见到你很高兴！我想，‘四签名’案件中尊夫人受到的惊吓，现在一定完全康复了。”

我热情地握着他的手说：“谢谢你的关心，我俩都非常好。”

“我希望这样，”他坐到摇椅上说道，“尽管你要照料你的病人，可我要提醒你千万别忘了我们小小的推理方法。”

“正好相反，”我回答说，“就在昨天晚上，我还把我的笔记又读了一遍，并且将它们分类进行了整理。”

“我相信，你不会认为那些资料的整理就到此为止了吧？”

“怎么会呢？我盼望这样的经历越多越好！”

“假如今天就去，怎么样？”

“好呀，要是你愿意，咱们今天就去吧。”

“到伯明翰那么远的地方，你能去吗？”

“当然可以，就听你的。”

“你的诊所让谁干呢？”

“这好办，以前我邻居有事外出，我就替他行医。他正想还我这份人情呢。”

“是吗，那太好了！”福尔摩斯向后仰靠在椅子上，他的那双锐利的眼睛盯着我，“我发现你最近身体不怎么好，夏天里感冒总是让人厌烦的。”

“上周我患了重感冒，我三天都没出门。现在，我已完全好了。”

“不错，看起来你很健康。”

“可是，我不明白你是怎么知道我生过病的？”

“我的好伙计，你清楚我的经验。”

“那么，又是靠你的推理了。”

“没错。”福尔摩斯自信地说。

“怎么说呢？”

“看看你的拖鞋。”

我低头看了看我穿的那双新漆皮拖鞋，“你到底是怎样……”我刚要说，福尔摩斯抢先在我面前开口说开了。

“你的拖鞋是新买的，你买来没几个星期。可是我发现冲着我这边的鞋底都烧焦了。起先我还以为是鞋弄湿了后，在火上烘干时烧焦的。但是鞋面上有个小圆纸片，上面写着店员的代号。若是鞋子沾过水，这代号纸片早就没了。因此你一定是靠着炉子烧焦了鞋底。一个人若是无病无灾，在六月份这样潮湿的天气里，怎么会去烤火呢？”

和福尔摩斯所有的推断一样，事情一经他的解释，一切看起来极其简单。他从我的脸上看出了我在想什么，他笑了笑，现出有点嘲讽的意味。

“我这么一解释反而显得多余了，”他说道，“只告诉结果不讲原因会给人留下深刻的印象。怎样，准备到伯明翰去吗？”

"当然去了。讲讲这桩案子好吗？"

"在火车上我再把经过讲给你听。我的委托人在外面四轮马车上等着呢！你能抓紧时间吗？"

"稍等一会儿，"我赶忙给邻居留下一张便条，跑到楼上向我妻子说明后，就赶到门外石阶上追上了福尔摩斯。

福尔摩斯朝着隔壁门上的黄铜门牌点头示意说："你的邻居也是一个医生。"

"不错，他同我一样，也有一个医疗所。"

"他那个医疗所以前就有吧？"

"和我的一样，房子一建成，两个诊所就建成了。"

"是吗，你那边来看病的比较多。"

"你说的对。你怎么看出来的呢？"

"我是从台阶上看出来的，我的朋友。你家台阶比他家的磨损得厉害。请允许我介绍一下，马车上这位先生是我的委托人，霍尔·派克罗夫特先生。哎，车夫，快些跑吧，我们得准时赶上火车。"

我坐在派克罗夫特先生对面，他是一个身材高大、气宇不凡的年轻人，表情真诚坦率，他的小胡子有点卷曲，戴一顶大礼帽，穿着一套整洁而朴素的黑衣服，这让我们一眼就瞧得出他原来是那种聪明机灵的城市青年，他们属于"伦敦佬"的那一类人，英国最有威名的义勇军团，就是由这类人组成的。在英伦三岛中，这一阶层中涌现出来的优秀运动员和教练比别的阶层都多。他那红润的圆脸庞上很自然地带着喜悦的神情。可是他嘴角下垂，这暗示着他有一种异样的悲伤。可是，直到我们坐在头等车厢，在赶往伯明翰的途中，我才知道他碰到的麻烦事。他就是因为这件事才来请歇洛克·福尔摩斯帮助的。

"我们的旅程得需要一小时十分钟，"福尔摩斯说道，"霍尔·派克罗夫特先生，你说的那些事情很有趣，请你再讲详细一些，让我的朋友听听。这对我也有用。华生，这桩案子可能有些味道，也可能没有。不过，至少能带给我们所喜欢的那种离奇、荒诞的特征，现在，派克罗夫特先生，我请你开始吧。"

我们的委托人用那双闪光的眼睛望着我。

"这件事情让人窝囊的是，我似乎完全上当了。尽管从表面看起来没有上当，但我知道已经受骗了。不过，若是因这件事情丢了饭碗，我就啥都没了，那么我真是傻透了。华生先生，我不善言辞，我把经过尽可能详细地说说。

“我以前是在德雷珀广场的考克森和伍德豪斯商行供职，不料今年春，我们就卷入委内瑞拉公债案，直到今天我还是极度失望。商行破产了，全部二十七名职员都解雇了。我在那里勤恳工作了五年，老考克森给了我一份评价很高的鉴定书。我四处找活，可是许多人同我处境一样，很长一段时间我无事可作。我在考克森商行每周有三英镑的收入，我大约蓄存了七十英镑，我就是靠这点积蓄维持生活，但不久就用光了。我到了无路可走的地步，几乎连应征广告的回信信封和邮票都买不起。我不停地往返于公司、商店之中，上下楼梯把靴子都磨破了，可是我的工作仍是没有着落。

“这时，我听说龙巴街的一家大证券商行——莫森和威廉商行有一个空缺。可以这样说，你们或许对伦敦东部中央邮政区的情况还不太了解，我可以告诉你，这是伦敦一家最富的商行，只能通过信函应征招聘广告。我把我的鉴定书和申请书都寄了出去，并没抱多大希望。没想到我竟收到了回信，信上说，如果我的仪表符合要求的话，我礼拜一就可以任新职。谁也不知道怎么选中了我。有人说，可能是经理把手伸到一堆应聘书里，随手抽出一份。不管怎样，我被幸运地选中了，我高兴极了。工资起初是一星期一镑，职位和我在考克森商行一样。

“现在我就要说到这事的蹊跷之处了。我住在汉普特街附近的波特巷17号的一个寓所。还有，就在我被任用的那天晚上，我正在抽烟，房东太太进屋时拿着一张名片。上面写着‘财政经理人阿瑟斯·平纳’。我从未听说过这个名字，而且我想不出他找我做什么。可是我还是请他进来坐一坐。他是中等身材的人，黑头发、黑眼睛、黑胡须，鼻头上发着亮光。他走路轻捷，说话急促，看上去像个珍惜时间的人。

“‘你是霍尔·派克罗夫特先生吗？’他问道。

“‘是的，先生。’我答道，拉过一把椅子让他坐。

“‘你以前是在考克森和伍德豪斯商行上班吗？’

“‘是在那儿，先生。’

“‘做的是莫森商行新录用的书记员吗？’

“‘没错。’

“‘啊，事情是这样的，我听说你在管理账务方面颇有能耐，并有许多不凡的业绩。你记得考克森的经理帕克吧，他对你总是赞不绝口。’

“‘他能这样说，我感到特别高兴。我在工作上一向勤勤恳恳，从未想过别人称赞我。’

“‘你的记忆力很不错吗？’他问我。

“‘还可以。’我谦虚地回答道。

“‘你没工作以后，对商情还关注吗？’他问道。

“‘是的。我每天清晨都要看看证券交易所的牌价表。’

“‘你真是热心呀！’他大声喊道，‘这才是敬业之道呢！你不反对我来问你一个小问题吧，请问埃尔郡股票价是多少？’

“‘一百零六英镑五先令至一百零五英镑十七先令半。’

“‘新西兰的统一公债呢？’

“‘一百零四英镑。’

“‘英国布罗肯·希尔恩股票呢？’

“‘七英镑至七英镑六先令。’

“‘太棒了！’他举手欢呼道，‘这和我了解的行情一样。我的朋友，我的朋友，你到莫森商行去当书记员，真是大材小用了！’

“你想想，他那狂喜的样子让我纳闷。‘啊，’我说道，‘别人可没这么想，平纳先生。我找份差事可难了，我很喜欢这份工作。’

“‘先生，别这么说，你理应飞黄腾达。我要告诉你，我对你的才能非常重视。我给你的职务和收入，还配不上你的才干，但和莫森商行相比，也可以说是天壤之别了。请告诉我，你准备什么时间到莫森商行去上班？’

“‘下礼拜一。’

“‘哈，哈！我想你根本不要去那儿，别去了。’

“‘不去莫森商行上班？’

“‘是呀，先生。因为到那天你会成为法国中部五金有限公司的经理，这家公司在法国城乡有一百三十四家分公司，此外，在布鲁塞尔和圣雷莫还各有一家分公司。’

“这让我吃惊不小。‘我怎么从未听说过这家公司？’我说道。

“‘这很有可能。公司的资本是向私人筹集的，一直在悄悄忙碌运行着，生意不错，根本不需要做宣传。我兄弟哈里·平纳是创办人，他是总经理，也是董事会的一员。他知道我在这儿交游甚广，让我帮他找一个有潜力，年轻而又年薪不高的小伙子。帕克找到了你，于是我今晚特地来看你。我们开始只给你较低的年薪，五百镑。’

“‘一年五百镑！’我都不敢相信。

“‘不，这只是在开始的时候，除此之外，凡是你的销售商完成的营业额，你都可以从中提取百分之一的佣金。你一定要相信我的话，这可比你的薪水还要多。’

“‘我对五金一点不通呀。’

“‘没什么，我的朋友，你精通财会呀。’

“我的精神高涨，连椅子都坐不稳当了。可是，突然一个疑问涌上来了。

“‘我可以坦率地告诉你，我对他说，莫森商行只给我一年二百镑，可莫森商行是稳定的。说实在的，我对你的公司不了解……’

“‘说得对，实在精明！’他看起来喜形于色，喊道，‘我们需要的就是这样的人。你是不会被人劝服的，这很好。看，这是一百镑的钞票，若是你愿意成交，那你就把它当作预支收入吧。’

“‘行，我愿意，’我说道，‘我什么时间去任职呢？’

“‘明天下午一点到伯明翰去，’他说道，‘我口袋里有一张便条，你可以拿着它去见我兄弟。你可以到这家公司的临时办公室科波莱森街126号乙去找他。当然，你的上任必须要得到他的认可，但这件事很不成问题的。’

“‘说实话，我真不知怎样来感谢你，平纳先生。’我说道。

“‘我的朋友，没什么。这是你应得的。可是你必须办清楚一两件小事，这不过是手续上的事。你手边有一张纸，请你在上面写上：我完全自愿担任法国中部五金有限公司的经理，年薪不少于五百镑。’

“我照他说的做了，他把这张纸条放进口袋里。

“‘还有一件小事情，’他说道，‘你对莫森商行的事如何应付呢？’

“我把莫森商行的事差点忘了。‘我写信辞职就可以。’我说道。

“‘我不希望你这样做。你知道，为你的事，我和莫森商行的经理争执过。我去打听关于你的事，他相当无礼，责问我为何要把你从商行骗走等等。我忍耐不住地说：‘若是你要用有才能的人，就应当给他们优厚的收入。’他说：‘我们把他从贫民窟中解救出来，他一定会领我们的低薪，也不会去拿你们的高薪。’我说：‘我和你赌五个金镑，若是他接受我们的聘用，那么你就不会再听到他的音讯了。’他说：‘走着瞧吧！我一定会赢的。’他就是这么说的。’

“‘这个无礼的家伙！’我喊道，‘我们从未谋面，我为何非要他照顾不可呢？若是你不愿意让我给他写信，我自然不想写了。’

“‘好！就这样吧！’他从椅子上站起来说道，‘好，我很高兴替兄弟找到了你这样有才干的人。这是你的一百镑预支薪金，这是那封信。请把地址记下来，科波莱森街126号乙，请记住约好的时间，明天下午一点钟。朋友，晚安，祝你一切顺利！’

“这就是我能记起的两人谈话的全部内容。华生医生，你可以想象，我为交了这样的好运有多么高兴。我暗自庆幸，半夜了还未睡着。第二天我乘火车到了伯明翰，因而我有充足的时间去赴约。我把我的行李放在新大街的一家旅馆里，然后，我就按照他告诉我的地址去寻找了。

“我比约定的时间早了一刻钟，可是我想，这应当不会有什么问题。126号乙是夹在两商店中间的一个通道，尽头是一条弯曲的石梯，石梯的尽头有不少套房，租给一些公司或自由职业者当办公室。墙上写着租户的名牌，却没有法国中部五金有限公司的名牌。我惊恐地站了一会儿，想弄明白整个事件可能是一个精心策划的骗局，这时，过来一个人向我打招呼，他很像昨晚我见到的人，同样的身形和嗓音，可是胡子刮得很光，头发的颜色也比较浅。

“‘你是霍尔·派克罗夫特先生吗？’他问道。

“‘是的，’我说道。

“‘呀！等的正是你，你比约定的时间提前了一点儿。我今天早晨收到我哥哥的一封来信，对你很是夸赞。’

“‘就在刚才，我正在寻找你的办公室。’

“‘我们上周刚租到这几间临时办公室，由于工作繁忙，我们还未来得及挂公司的招牌。请你跟我来，我们把公事谈谈。’

“我随他走上高楼的最顶层，就在楼顶的石棉瓦下面，有两间空荡荡、满是尘埃的小房子，里面既无窗帘，又无地毯，他领我进去。我注意到屋里只有一张小桌子、两把松木椅子和一个废纸篓，哦，在桌子上放着一个账目本，这就是全部的摆设。除此之外，什么都没有，这和我想象中的宽敞明亮的办公室、干净整齐的桌椅、一排排的职员在忙碌地工作等情景一点也不一样。

"'请别泄气，派克罗夫特先生，'我的新伙伴看出我脸上露出不快的神情，说道，'罗马城也不是一天建成的，我们资金雄厚，但从不在办公室里摆阔气。请随便坐，把那介绍信递给我吧。'

"我把信交给他，他特别认真地看了一遍。

"'我哥哥阿瑟对你的印象很深刻，'他说道，'我明白他知人善任，而且不会看走眼。他很信赖伦敦人，而我信赖伯明翰人，但这次我接受了他的建议，你已被正式录取了。'

"'我的工作是干什么呢？'我问道。

"'你的工作是管理巴黎的大货栈，把英国产的陶器源源不断地运往法国的一百三十四家代售店。我们这个周就会备齐这批货，在这几天内你要在伯明翰做些有用的事。'

"'干什么呢？'

"他没有回答我，从抽屉里取出一本很大的红皮书来。

"'这是一本巴黎工商行的名录，'他说道，'每个人的名字后面都有行业的名称。你把它带回去，把五金商行的名字和他们的地址都抄下来。这对我们大有用处。'

"'一定照办，但为什么不用分类表呢？这样会省去好多时间。'我建议道。

"'这些分类表不可靠。他们的分类和我们的不一样。快点抄吧，请在礼拜一十二点把单子交给我。派克罗夫特先生，再见。若是你继续表现得热情而能干，你会了解公司是一个好的东家。'

"我夹着那本大书回到旅馆，心里感觉矛盾重重。一方面，我已被正式录用了，而且我的兜里还装着预支的一百镑的薪水；另一方面，这个办公室很不像样，公司也没有招牌，以及其他一些让人一目了然的情况，这使我对东家的经济情况印象不好。可是，不管怎么说，我拿了人家的钱，就得坐下来抄录。整个星期日我都在埋头苦干，可是到了礼拜一我才抄到了字母 H。我就去找我的东家，最后在那间像是被洗劫过的屋子里找到了他。他对我说要一直抄到礼拜三，然后再去找他。我到星期三也没抄完，又苦干到星期五，就是昨天。于是我把抄好的东西带去交给哈格里·平纳先生。

"'很是谢谢你，'他说道，'我可能把这项任务的艰难低估了。这份单子对我很有用。'

"'我花了很多的时间，'我说道。

"'现在，'他说，'我要你再抄一份家具店的清单，这些家具店都出售瓷器。'

"'好吧。'

"'你在明天晚上七点钟来我这儿，告诉我你工作的进展情况。望你别太过于劳累，忙碌了一天之后，你到戴斯音乐厅去听两个小时的音乐，这对你是有益处的。'他说这话时带着笑容，我一瞧，吓得毛孔都竖了起来，因为他嘴里左上边第二个牙齿上胡乱地镶着金牙。"

歇洛克·福尔摩斯高兴地搓着两只手，我有些惊讶地望着这个遭难的年轻人。

"华生医生，你觉得好奇怪，"他说道，"我把当时的情况解释给你听，我在伦敦时，答应那人不再去莫森商行，他就笑逐颜开，我无意中看见他的第二个牙齿上胡乱镶着金牙。这两个地方我都看到了同样的金牙，声音和形体一样，只有那些可用剃刀或假发掩盖的地方才有不同。因此，我敢断定，他们"哥俩"其实是一个人。也许人们会想到双胞胎的兄弟可能长得相似，可他们绝不可能在同一个牙上镶上一样形状的金牙。他很有礼貌地把我送出来，我来到街上，真不知怎么办。我回到旅馆，在凉水盆里洗了头，费尽心思想这件事。他为什么要让我到伯明翰来呢？他为何比我早到呢？他又为何自己给自己写同一封信呢？想来想去，这些事让我太伤脑筋，怎么也搞不明白。后来我突然冒出一个念头，在我看来一团迷雾的事情，对福尔摩斯可能易如反掌。我正好赶夜里的火车到城里，今天一早，我就赶来拜访福尔摩斯先生，并请你们二位同我一块儿到伯明翰去。”

这位股票经纪人的书记员谈完他的经历后，我们都没吭声。后来，歇洛克·福尔摩斯瞅了我一眼，向后仰靠在座垫上，脸上显出一种满足的神情，又像是一个品尝家饮进一口美酒一样。

“真有趣，是吗？华生，”他说道，“这里面有些地方让我很有兴趣。我们到法国中部五金有限公司的临时办公室去拜访一下平纳先生吧，对咱俩来说，那一定是一次别开生面的经历。”

我问道：“我们怎么样才能见到他呢？”

“这很简单，”霍尔·派克罗夫特兴奋地说，“我就说你俩是我的伙伴，没工作想找个事做，这样，我带你们见见总经理不就可以了吗？”

“行，这样可以，”福尔摩斯说道，“我愿意见见这位绅士，看看这到底怎么回事。我的朋友，是什么让你能够想到这么好的主意？或许会……”他说到这里，他啮咬着指甲，有些茫然地瞧着窗外，一直到我们到达新大街，他没再说一句话。

这天晚上七点钟，我们三个走到科波莱森街那家公司办公室所在地。

“我们来得早也白搭，”我们的委托人说道，“很明显，除了他和我约好时间来这里之外，这房间是空着的。”

福尔摩斯说：“这挺让人费解。”

“哎，你们看，在我们前面走的就是他呀。”这位书记员喊起来。

顺着他的所指，我们看到一个穿着干净、身材短小、长得黑黑的人在街边匆忙地走着。我们看见他时，他正从满是马车和公共汽车的大街穿过，向街边卖晚报的小孩子买了一份报，而后拿着报纸，走进门里。

霍尔·派克罗夫特喊道：“快跟我来，他进去的就是那个办公室，我会把事情办得轻松些。”

我们随他一块儿爬到五楼，来到一间房门虚掩的房间前，书记员轻轻敲了敲门。里面传出请我们进去的声音。我们进去时，看到一个空荡荡的，没有什么摆设的屋子，和派克罗夫特说的一样。在街上看见的那个人正坐在仅有的一张桌子旁，那张晚报放在桌子上。他抬头望我们时，我觉得他的面部表情极其难过，仿佛碰到了生死关头时极度害怕的样子。他的额角冒着汗珠，脸就像死鱼肚子一样白，两眼圆睁，一动不动地盯着他的书记员，像看一个陌生人一样，我从我们委托人惊讶的脸上看出，这绝不是他老板平常的神情。

霍尔说："平纳先生，你的脸色很不好！"

"嗯，我有些不舒服，"平纳舔了舔干燥的双唇，竭力让自己心平气和起来，"你带来的两位先生是干什么职业的？"

"我来介绍一下，这位是伯明翰·哈里斯先生，那位是本地的普赖斯先生，"我们的委托人机灵地答道："他们是我的朋友，都有着丰富的经验，不过他们没工作了，希望能在公司里找点事做。"

"可以，怎么不可以！"平纳脸上挤出一点笑容，而且提高嗓门说："我们会为你们尽可能地着想的，哈里斯先生，你有什么特长吗？"

福尔摩斯说："我是一个会计师。"

"不错，我们正需要一个会计呢，普赖斯先生，你的专长呢？"

"我是一个书记员。"我说道。

"我们公司会尽可能地聘用你们，我们会通知你们。现在呢，我想安静安静，你们先走吧。"

他说这话时嗓门特大，像是很不耐烦。福尔摩斯和我交换了一下眼色，霍尔·派克罗夫特朝桌前走近了一步。

他说道："平纳先生，你可能忘了，我是来这儿听候你的吩咐的。"

"是这样，派克罗夫特先生，是这样，"平纳的腔调显得较沉稳，"你在这儿等一会儿，你的朋友也可以等一会儿，若是你们有耐心的话，三分钟后我一定听候你们的吩咐，"他有礼貌地站起身，朝我们点了点头，从屋子另一端的门走了出去，随手关上了门。

"现在怎么办？"福尔摩斯小声地说，"他是不是逃跑了？"

派克罗夫特答道："不会吧。"

"怎么不会呢？"

"那扇门通里面的房间。"

"有没有出口？"

"没有。"

"里面有家具吗？"

"昨天里面还没有。"

"那么他在里面做什么呢？这桩事情真让我不明白，这个叫平纳的家伙是不是吓呆了？到底什么事把他吓得乱哆嗦呢？"

“他肯定以为我们是侦探。”我提醒道。

“会是这样的。”派克罗夫特大声应和着。

福尔摩斯摇了摇头。“我们走进屋里时他已经脸色惨白了，他不是见了我们才吓成那样的，”福尔摩斯说道，“有可能……”这时套间门那边传来一阵响亮的“嗒嗒”声，福尔摩斯止住了要说的话。

“他怎么自己在里面敲门？”书记员喊道。

打门声又传了出来，比刚才的还响。我们都抱着等待的心情盯着那扇关着的门。我瞅了福尔摩斯一眼，看到他脸色严肃、异常兴奋地前倾着身子。突然里面又传来一阵低低的喉头发出的咕噜声，接着又是一阵打击木器的咚咚声。福尔摩斯猛地往前冲去，撞击那扇门。门已从里面闩上了。我们同他一样用力地撞门。门的合页断了一个，接着又断了一个，然后门砰的一声倒了。我们冲进里面的房间时，发现屋里没人。

我们一时都愣住了，可是不一会儿我就发现靠近屋角还有一个门。福尔摩斯奔过去把门推开，看见地板上扔着一件外衣和背心，门后的挂钩上挂着法国中部五金公司的总经理，他用自己的裤子上的背带绕着脖子自尽了。他的膝盖弯曲着，脑袋被挂得同身体成了一个可怕的角度，他的脚后跟仍咚咚地敲着木门，原来是这声音打断了我们的谈话。我立刻抱住了他的腰，把他举起来了，福尔摩斯和派克罗夫特把那有弹性的裤子背带解下来，背带早已勒进了他的皮肤里。我们把他弄到了外间。他躺在那里，脸色土黄，青紫的嘴唇随着他微微的喘息而抖动着，样子和五分钟前大不相同，非常吓人。

“华生，你看他还能活过来吗？”福尔摩斯问。

我弯下腰，对这人进行检查。他的脉搏跳动缓慢并时而停下来，可是呼吸越来越长，他的眼帘在微微抖动，白白的眼球露了出来。

我说道“他原来危在旦夕，但现在已经活过来了。请把那扇窗户打开，再把凉水瓶递给我。”我解开他的衣领，往他的脸上倒了些凉水，然后给他做人工呼吸。“现在只是时间问题了。”我从他的身旁挪开，说道。

福尔摩斯双手插在裤袋里，低着头站在桌旁。

“我现在就找警察去，”他说道，“他们过来后，我们就把这桩案件交给他们。”

“唉，我还是弄不清楚，”派克罗夫特挠着头，喊道：“无论他们把我叫来做什么，可……”

“哼！现在一切都很明白了！”福尔摩斯不耐烦地说，“重要的这是最后的突然行动。”

“怎么，你对这件事情已明白了吗？”

“这是很明了的事情，华生，你觉得呢？”

我抖了抖肩膀。“我得承认我对这摸不清头绪。”

“哦，若是你们把这些事情认真想一想，就能得出一个结论。”

“到底会得出怎样的结论呢？”

“好，整个事情的关键有两点。第一点是他让派克罗夫特写了一份声明，表示愿意为这家可笑的公司任职，你们还看不出这是什么意思吗？”

“我没有注意到这一点。”

“他们为何让他写这份声明呢？这不合常规，像这类安排职员的事口头说一下就行了，这次却不一样了。我年轻的朋友，难道你没有看出来？他们急于得到你的笔迹吗？”

“怎么一定要我的笔迹呢？”

“不错，解决了这个问题，我们的案子就大有进展了。为什么呢？只有一个解释得清的理由，就是有人模仿你的笔迹，就想法花钱买你的笔迹样本。另外一点，同第一点连起来，就可以相互说明了。那就是平纳让你别辞职，肯定是让那家大企业的老板相信，有一位他从未见面的霍尔·派克罗夫特先生会在礼拜一早上到商行上班。”

“是这样呀！”书记员喊道，“我真是傻透了！”

“现在来看他为何要搞到你的笔迹吧。如果有人冒名顶替你去上班，那人的字迹和你递交的申请书的字迹不同，这出戏就无法唱了。但是假设那个家伙很快学会模仿你的笔迹，他到那公司就轻松多了，因为那家公司没有人见过你本人。”

“没有一个人见过我，”霍尔·派克罗夫特垂头丧气地说道。

“不错。当然，最重要的一点还是不让你改变主意，也不让你接触知情人，以免让你知道有人冒名顶替你在莫森和威廉斯公司上班。他们预先付了你一笔高薪，把你支到中部地区，交给你许多工作，让你没有空回伦敦，若不，你可能会戳穿他们的把戏。这些事很明白的。”

“可是这个人为何要装作他自己的哥哥呢？”

“啊，这也没什么不明白的。他们只有两个人。一个坏蛋已用了你的名字进了莫森商行，另一个就跑去雇了你，又发现他还少了一个人做你的老板，看得出他们不想第三个人参与这桩阴谋。他尽可能地改变形象冒充他哥，努力让你认为他哥俩一模一样。若是你没看见他的金牙，就不会怀疑他了。”

霍尔·派克罗夫特握紧双拳在空中挥舞着。“老天爷呀！”他喊道，“在我受骗的时候，那个冒牌货在莫森商行干了些什么呢？福尔摩斯先生，我该怎么办呢？”

“我们得赶快给莫森商行发一份电报。他们每周六十二点关门。”

“没关系。那儿会有警卫和看门人……”

“哎，是的，他们有一支常备警戒队，用来保护很多贵重的证券。我听城里人说过这回事。”

“很好，我们给这家商行发一个电报，看看是否一切正常，是不是有一个叫霍尔·派克罗夫特的书记员在那里上班。上面说这些都是再明白不过的事。但我感到不解的是，为何其中一个坏蛋看到我们就跑出去上吊了呢？”

“报纸！”我们身后传来嘶哑的声音。那个叫平纳的人已坐起身，脸色惨白，眼睛里露出点生气，他用手抚摸着脖子上一道宽宽的红色勒痕。

“报纸！这就对了！”福尔摩斯激动地喊道，“我真是个傻瓜！我一心想着我们的来访，怎么没考虑到报纸。谜底肯定就在这纸上。”他把报纸在桌上摊开，欣喜若狂地叫起来。“华生，看这儿，这是伦敦的报纸，早版的《旗帜晚报》。我们需要的就在这，看这标题：‘城里抢劫案。莫森和威廉斯商行发生凶杀案。有预谋的大抢劫。罪犯落网。’给你，华生，这不正是我们想知道的吗？请你大点声给我们念一念。”

这段报道在报纸上占的位置，说明这是城里的一桩大案，内容如下：

“今天下午伦敦发生一起恶性抢劫案，一人被害，凶犯已落网。不久前，莫森和威廉斯这家著名的存有百万镑以上的巨额证券公司，设置了警卫人员。经理考虑到他承担的责任重大，便置备了最新的保险柜，并在楼上设了一名武装警卫日夜看守。公司上周一招收的新职员霍尔·派克罗夫特，不是别人，正是臭名远扬的伪币制造者和大盗丁顿。该犯与其弟刚服 5 年苦役获释。尚未查明他如何用假名获取这家公司的任用，但因此弄到了各种钥匙的模子，彻底弄清了保险库和保险柜的分布情况。

按莫森商行惯例，周六中午职员放假。因此，当伦敦警察厅的警官图森看到一个人拿着毛毡制的手提包走出来时，便感到纳闷。他跟在那人身后，最后，尽管罪犯拼命抵抗，图森警官在警察波洛克的协助下，终于将他抓获。并当即查明这是一起胆大包天的抢劫案。从包里搜出价值近十万英镑的美国铁路公债券，另外尚有矿业和其他公司的巨额股票。在对房屋的检查时，发现遇难的警卫的尸体被弯曲着塞进一个大保险箱里，如果不是警官图森行动果断，尸体在周一前不会被人发现。

该警卫的颅骨被人从后面用火钳砸碎了。不容置疑，一定是丁顿借口遗忘了什么东西而进入大楼的，他杀死了警卫，迅速地将大保险柜里的东西抢光，带着赃物逃跑。其弟同他常常一块儿作案，但目前的调查证实，其弟并未参与，警方正尽力查访其弟的下落。”

“好了，我们在这方面可以为警方省去许多麻烦，”福尔摩斯看了蜷缩在窗下面容惨白的人一眼，说道：“人类的本性是难以琢磨的，你瞧，就连一个坏蛋和杀人犯也如此重感情，弟弟得知哥哥要枪决便要轻生。现在，我们要马上采取行动。派克罗夫特先生，我和华生医生留在这里看守，麻烦你把警察叫来。”

4. 不祥的信函

一个冬天的黄昏，我和好友歇洛克·福尔摩斯对坐在壁炉的西侧，他对我说，“华生，这儿有几份文件值得你读一读。这些文件和‘格洛里亚斯科特’号三桅船奇案有关。那个治安官老德雷佛就是因为读了这些文件被惊吓致死的。”

福尔摩斯从抽屉中取出一个颜色暗淡的小纸筒，解开上面的绳带，递给我一张石青色的纸，这是一张字迹潦草的短简，写的是：

The supply of game for London is going steadily up [it ran] .Headkeeper Hudson,We believe,has been now told to receive all orders for fly paper and for preservation of your henpheasant′ slife.

[按字面意思可直译为：伦敦的野味供应正在稳步增长。我们相信负责人郝格森已经被告知接受所有的粘蝇纸的订货单，并保存你们的雌雉的生命。——译者注]

读完这张莫名其妙的短笺，我抬起头，看见福尔摩斯正在瞧我脸上的表情，还抿着嘴发笑。

“你像是有些弄糊涂了吧？”他说道。

“我瞧不出这样的一份短笺怎么会把人吓死。在我看来这内容只是思维混乱的人胡言乱语罢了。”

“说得对。但令人可悲的是那位体格结实的老人，读完这封短笺后，竟如手枪射中的靶子一样，应声倒地，一命呜呼了。”

“你这样说倒让我感到好奇，”我说道，“可是你刚才为什么说会值得我一读，这是个怎样的案子呢？”

“没有什么难的，这是我一手承办的第一桩案子。”

我一直都在设法询问我的伙伴，让他说说起先是什么缘故使它下定决心转向侦探犯罪活动的，但是他一直没有兴致谈这些。他俯身坐在扶手椅上，将文件平铺在膝盖上，点燃烟斗吸了一阵子，仔细地翻看着那些文件。

“你从来没听我谈起过维克多·德雷佛吧？”他问道，“他是我在大学两年生活中结识的唯一好友。华生，我不善于交际，总是喜欢独自愁眉苦脸地待在房里，训练自己思想的方法，因此极少和同龄人交往，除了击剑和拳击，我没有别的体育爱好，而那时我的学习方法同别人的迥然有别，我就没必要同他们交往。我同德雷佛的相识挺有意思，有天早上我到小教堂去，他的狗咬伤了我的脚踝骨。后来呢，这样一件意外的事促使我俩成了好朋友。

“起初，我俩的交往平淡无奇，但却令人难忘。我在床上躺了十天，德雷佛常来看望我。开始时他闲聊几分钟就走了，再不久，我们交谈的时间延长了。那个学期结束前，我们已成了莫逆之交。他的精神饱满、血气方刚，在许多方面，我俩有的情况恰恰相反，但我们也有共同之处。当我发现他和我一样不合群时，我们的关系更加密切。后来他请我到他的父亲那里去，他的父亲住在诺福郡的敦尼索普村，我欣然同他前往，到那里度了一个月的假期。

“老德雷佛是个治安官，又是个声名显赫的大地主。敦尼索普村在布罗德市郊外，是朗麦尔北部的一个小村落。一座面积很大、老式的栎木梁砖瓦房便是他家的宅子，一条通道穿过门前，两旁是茂盛的菩提树。附近有许多沼泽地，那是狩猎野鸭的好场所，更是垂钓的好去处。宅子中有一个小而别致的藏书室，我听说，是从原来的房主手中随房屋一起买下来的。此外，有一位手艺不错的厨子照顾我们的一日三餐。我在那个月里住得很舒适，那样的环境里，再挑剔什么就有点过分了。

“老德雷佛的老婆已去世了，我的朋友是他的独生子。

“我听说，老德雷佛原来还有一个女儿，但在去伯明翰的旅途中，患白喉病死了。我对老德雷佛很有好感。他没有渊博的知识，但他的体力和记忆力特强。年轻时，他远游过许多地方，所见所闻，他仍能记忆犹新。从外表看，他的体格结实，身材健壮，一头灰白蓬乱的头发，饱经风霜的褐色面孔上一双蓝眼睛闪出近乎凶残的眼光。他在乡里以和蔼、慈善著称，据传他在法院审理案件时也以宽大为怀。

“我住到他家不久，一天吃过晚饭后，我们坐在一块品尝味道鲜美的葡萄酒，小德雷佛把话题忽然转到了我所擅长的那些观察和推理的习惯。

那时我已经将这种方法归纳成系统的理论，当时我还没有意识到这将对我的一生起到相当大的作用。这位老人显然认为他的儿子过分夸大了我的一点雕虫小技，认为我有些言过其实。

“‘哦，亲爱的福尔摩斯，’他爽朗地笑道，‘我本身就是一个现成的题材，那么，你能从我的身上判断出一点什么东西吗？’

“‘单纯地从你身上看不出多少东西，’我回答道，‘但是，我能推测出过去的一年内，你曾受到过袭击。’

“这位老人嘴角上的笑意不见了，他大吃一惊，两只眼睛紧盯着我。

“‘啊呀，确实是这样，’他说道，‘维克多，你是知道的，’老人转向他的儿子继续说道，‘我们把来沼泽地偷猎的那伙人赶走以后，他们就发誓要杀死我们，爱德华·霍利先生成了偷袭的第一个牺牲品。自从发生这件事之后，我一直小心提防着，你是怎样知道这件事的呢？’

“‘从你的漂亮的手杖上，’我答道，‘从那上面刻的字看出来的，你买它不到一年。可是这只手杖让你花了不少的功夫，你在手杖头上凿了个洞，灌上熔化的铅，把它做成了一件可怕的武器。我相信这是你担心某种危险来临而采取的预防措施。’

“‘还有别的吗？’他轻轻一笑问道。

“‘您在年轻的时候经常参加拳击比赛。’

“‘是这样。你是怎么知道的，是不是从我被打塌的鼻子上看出来的？’

“‘不是，从您的耳朵上就能看得出，你的耳朵扁平宽厚，那是拳击家的特征。’

“‘还有呢？’

“‘你以前做过艰苦的采掘工作，我从你手上的老茧可以看出来。’

“‘是的，我确实是靠开采金矿发家致富的。’

“‘你曾经去过新西兰。’

“‘没错。’

“‘你还去过日本。’

“‘很正确。’

“‘你曾和一个名字缩写为J·A的人交往密切，可是到后来，你却极力想把他彻底忘掉。’

“这时老德雷佛先生迟缓地站起身，他的那双蓝色的眼睛瞪得圆圆的，用奇怪而疯狂的眼神盯着我，紧跟着一头向前栽倒，他的脸撞在桌上的硬果壳堆里，昏迷过去。

“华生，你可想而知，当时那种情形，我同他儿子不知所措。好在过了不久，他恢复了知觉，因为我们给他解开衣领，把冷水浇到他脸上后，他喘了一口气就坐了起来。

“‘啊，孩子们，’他强作笑脸说，‘但愿我没有吓着你们，从外表看我很强壮，可我的心脏却很弱，一点点的惊吓就会使我昏倒。福尔摩斯先生，我不清楚你是如何得出这些推论的，就我个人而言，那些实际存在的侦探也好，虚构出来的侦探也好，同你相比，他们就成了一些小孩子了。这可以成为你谋生的本领，可以当作一生的职业，你要记住我这个饱经沧桑的老人的话。’

“华生，我请你相信这句话。在当时，我的业余爱好仅仅是作一些推理，首先使我想到这个爱好可以成为我谋生的职业的，就是这位老人的话，以及他对我的能力的夸张评价。但是，在当时我只有对主人的突然昏倒深感内疚不安，根本不可能想别的。

“我不安地说：‘我希望刚才冒昧说出来的话没有伤害你！’

“‘啊，不错，你的话像是一柄利剑一样刺到我的痛处，我想问一下，你是怎么知道这些的，你到底了解多少情况呢？’，他的眼睛依然残留着惊吓的眼神，认真而又像是开玩笑地说。

“‘这件事情没有什么难的。’我解释道，‘那天我们划小艇，你在捉鱼时卷起了袖子，我在你的胳膊上清晰地看到刺青的J·A字样，笔画虽有点模糊，字迹周围隐约可见墨迹，这说明你想要把字迹抹掉。从这点可以推断，这两个缩写的字母你原本很熟悉，后来由于某种原因，又尽力地要忘记它。’

“‘你的眼睛真是厉害呀！’他放心地松了一口气说，‘正像你所说的那样，可是，以前的事我不再去谈论了。在一切灵魂之中，我们的旧相知的阴魂是最凶恶的。我们到弹子房安静地吸支烟吧。’

“从那天以后，虽然老德雷佛仍旧对我很亲切，但谁都能看出他带着一分疑虑，小德雷佛自然觉察到了。‘你可把我父亲吓坏了，’小德雷佛埋怨道，‘他现在连自己都搞不清，你到底知道哪些事。’据我看来，老德雷佛不愿透露他心中的疑虑，但他的这个念头愈发强烈。我确信是我的到来让他不安，因此我决定向他们告辞。不料，就在我离开的前一天，发生了一件后来被证明是极其重要的事情。

“那天我们三个人正坐在花园草坪上晒太阳，欣赏着布罗德奇妙的景致，这时一个女仆走过来，说道，‘老德雷佛先生，外面有一个人想要求见你。’

“‘他叫什么名字？’我的东道主问道。

“‘他没告诉我。’

“‘那么，他来干什么呢？’

“‘他说你认识他，他要同你当面谈一些话。’

“‘好吧，把他领过来。’不多一会儿，一个瘦小干瘪的人走进来，此人面容猥琐，步履拖沓，穿着一件敞怀的夹克，里面套着一件红花格子的衬衫，夹克的袖口上有一块柏油污痕，下身穿一条棉布裤子，一双长筒靴子已经破旧得不像样了。他那瘦削的棕色脸庞上露出狡诈的笑容和一排歪斜的黄牙。他的双手满布皱纹，半握着拳头，这是水手一种常有的姿态。就在他无精打采地穿过草坪走近我们时，我听到老德雷佛的喉咙中发出一种类似打嗝的响声，他从椅子上跳下来。转身跑进屋里。不多时，他又跑了回来。当他经过我们身边时，我闻到了一股浓烈的白兰地酒味。

“‘嘿，朋友，’他说道，‘找我有什么事吗？’

“那个水手站在那里，两眼迷惑地望着老德雷佛，他还是咧着嘴微笑。‘怎么你连我都认不出了吗？’那个水手问道。

“‘唉，我想起来了，你一定是郝格森了！’老德雷佛惊讶地说。

“‘你终于认出我了，先生，我正是郝格森，’那个水手答道，‘光阴过得真快，我上一次见到你，到今天已有三十多年了。你现在过着富足美满的生活，而我仍是穷困潦倒。’

“‘你是知道的，我怎么会忘记过去的时光呢？’老德雷佛大声说着，走到水手跟前，低声交代了几句，然后提高嗓门说道，‘你先到厨房里吃点东西，放心吧，我肯定会帮你安排一个舒适的位置。’

“‘谢谢你的好意，先生，’水手将他额前的头发向后拢了拢说，‘我刚刚从航速 8 海里的不定期货船上下来，在那船上我已干了两年，这一次人手少，需要休息一段日子。我没有别的办法，我只好去找贝尔朵斯先生

或是来找你了。'

"'啊！'老德雷佛高声叫道，'怎么，你清楚贝尔朵斯先生的下落吗？！'

"'感谢上帝，先生，我的老朋友在哪儿，我全都知道，'那个人狞笑着说，之后就匆匆跟着女仆往厨房走去。老德雷佛含含糊糊地向我们解释说，他们是在去采矿的路上认识的，和这人曾同船而行。说完这话，他就丢下我们，自己转身回到屋里。约莫过了一个小时，我们走进屋里时，见到老德雷佛直挺挺地醉倒在餐室的沙发上。这件事在我的心中留下一个恶劣的印象。因此，第二天我离开敦尼索普村时，一点也不觉得留恋。因为我觉得，我住在他家，只会使我的朋友感到为难和不安。

"这些事情全都发生在我漫长假期的第一个月里，我又回到了伦敦的住所，花了七周的时间做了一些有机化学实验。然而，在深秋的某一天，假期即将结束时，我收到了小德雷佛的一封电报，他请我去敦尼索普村，并说他很需要得到我的帮助和指教。我毫不犹豫地放下手头的杂事，即刻乘车赶往那儿。

"我到车站时，他坐在一辆单人双轮马车上等我，我发现他已失去了平日那种谈笑风生、开朗豪爽的性格，身体也变得特别消瘦，看得出这两个月来，他备受折磨和煎熬。

"'我爸爸病得不行了。'他一见面就对我迫不及待地说。

"'这真不幸！'我说，'到底发生了什么事？'

"'他患了中风，是因为精神上受到剧烈的刺激造成的。从今天早晨起，他就一直处于病危状态，不知他现在是不是还活在世上。'

"华生，你能想象出来，我听到这个意外的消息后多么的吃惊。

"'这是由于什么事情引起的呢？'我问道。

"'啊，这正需要去解决。你赶

紧上车，我会详细地说给你听的。你还记得你离开的前一天来的那家伙吗？’

“‘怎么不记得呢。’

“‘你知道那天来的是个怎样的人吗？’

“‘不知道’。

“‘那是个地地道道的凶神恶棍，’他大声叫道。

“我一脸迷惑地看着他。

“‘是的，他是个十足的恶棍，自从他来之后，我们家就没有过片刻的安宁，一点都没有。从那天晚上起，我父亲再没有开心过，他的心碎了，生命近乎枯竭，这全都因为那个该死的郝格森！’

“‘他到底有什么来头？’

“‘这正是我想要设法了解的。我爸爸是个仁爱宽厚的长者，怎么会有什么把柄落到那个恶魔的利爪中呢？！不过现在就没事了，你的到来让我兴奋极了，我相信你的推理判断的能力，福尔摩斯，我相信你一定会替我想出一个最好的解决办法。’

“我们的马车奔驰在去往布罗德的乡间小路上，前方是低垂的夕阳，隐现在晚霞之中。透过左边的一片小树林，我们已经看清治安官家的屋顶上高高的旗杆和烟囱。

“‘起初我父亲让这个人作园丁，’小德雷佛说，‘这家伙很不满意，过些日子提升为管家之后，他似乎成了这里的主宰，他整天游荡，为所欲为。女仆经常向我的父亲抱怨，他酗酒成性，满口脏话，下流卑鄙。我父亲只好提高她们的薪水作为补偿。这个恶棍时常拿着我父亲最好的猎枪，划着小船去打猎。而且他在为所欲为时，脸上总是带着讥讽、目空一切的神情。若是他年龄同我相仿，我会毫不客气地把他打倒在地至少三十次。福尔摩斯，我在这段时间里，拼命克制自己，压抑自己的愤怒，现在不由得自问，如果我当时能克制自己，情况会好一些。’

“‘唉，我家的情况越来越糟糕。郝格森这家伙太无礼了。有一次，他竟当着我的面傲慢地回答我的父亲，我气坏了，抓住他的肩膀，把他推了出去。他那双恶毒的眼睛透出一种可怖的神情，然后默不作声地溜走了。没过几天，这个恶棍不知和我父亲作过什么交涉，第二天一早，父亲就来找我，让我去向那个坏蛋道歉。结果你可能想到，我拒绝了，并问父

亲怎么能容忍这个恶棍对我们家这么放肆嚣张。’

“‘啊，亲爱的孩子，你说的对，但你不晓得现在的处境呀。维克多，不管发生了什么事情，我一定会把这一切告诉你。你不想让你年迈的父亲伤心吧？我父亲对我说道。

“‘父亲的情绪非常激动，他一整天都把自己关在书房里，我从窗户中看到他在忙着写什么东西。

“‘就在那天晚上发生了一件让我欣慰的事情，郝格森说他要走了，听了这话，我感到浑身轻松多了。我们吃过晚饭后在餐室里闲谈，他喝得醉醺醺地走了进来，用沙哑的声音说出他的打算。’

“‘他说：“我在诺福克住够了，我现在要去汉普郡找贝尔朵斯先生。我敢说，他会像你见到我一样高兴。”

“‘郝格森，我希望你不是带着对这儿的不满离开这的。我父亲谦卑地说，这让我浑身的血液沸腾起来。

“‘他还没有当面向我赔礼道歉！’那恶棍瞅了我一眼，绷着脸说。

“‘我父亲转过身，郑重地对我说，“维克多，你得承认你对这位尊敬的朋友失礼了。”

“‘我的反应是强硬的，说道，“正好相反，我认为，我们对这个魔鬼太宽容了。”

“‘郝格森听后恼怒极了，他说道：“伙计，你是这么看我的吗？那么好极了，我没必要再待下去了。朋友，咱们走着瞧！”

“‘他灰溜溜地走出屋，过了半个小时他收拾好东西从我家走了。我爸爸却对他的走异常地担惊受怕。我听到爸爸整夜整夜地在屋里不安地走来走去，而就在他渐渐恢复信心时，致命的打击终于落到他的头上。’

“‘这又是怎么一回事呢？’我着急地问。

“‘整个事情很奇怪。我父亲昨天傍晚收到一封信，信封上盖着布丁汉姆的邮戳。父亲看了信后，双手不停地拍打着脑袋，像一个神经不正常的人一样开始在房间里转圈子。后来我扶着他坐到沙发上时，他的嘴和眼皮都歪到一边去了。我看出他是中风了，便立即请来了福特的汉姆医生。他和我一块把爸爸扶到床上，但是他失去知觉的身体病重加快，一点好转的迹象也没有，我想，他很难再清醒过来。

“‘小德雷佛，你不是在吓唬我吧？’我大声说道，‘那封信里究竟写

了什么可怕的东西，以至于发生这样的悲剧？’

“‘其实里面什么都没有。这正是我无法琢磨的地方。里面的内容缺乏逻辑，荒唐。但是，上天啊，我担心的事真的发生了！’

“他说这些话时，我们的马车已经拐进了林荫道，借着落日的余晖，我们看到，房子里的窗帘都放下了。当我们走到门口，见一位身着黑衣的绅士走了进来，我的朋友脸色更悲伤了。

“‘医生，我父亲什么时候故去的？’小德雷佛问。

“‘你刚走，他就不行了。’

“‘他清醒过吗？’

“‘临终之前，他清醒过片刻。’

“‘他留下什么话了吗？’

“‘他只是重复地念叨那些纸都在日本柜子的后抽屉里。’

“我的朋友和医生一块走向死者的房间，我独自一人留在书房，脑海中不停地思考这件事情的来龙去脉，心情也从未像现在这样沉重过。老德雷佛阅历丰富，曾是个拳击手、旅行家，还采过金，他怎么可能受那个令人讨厌的水手的指挥呢？另外，他为什么听到我提到他手臂上模糊的缩写字母竟会昏过去，而收到一封布丁汉姆的来信后会吓死呢？我想起了布丁汉姆在汉普郡，也就是贝尔朵斯先生居住的地方，那个混蛋一定到那里去敲诈他了。这么说，这封信就有可能是那个叫郝格森的水手寄来的，他在信中可能已经检举了老德雷佛的秘密。这信也可能是贝尔朵斯先生写来的，在信中他警告老德雷佛，说一个以前的同伙要揭发他们。这些是非常清楚的事情，那么又怎么会像小德雷佛所说的那样，荒诞无聊呢？可能是他看错了，信的内容真像他所说的，这封信一定有什么特别的秘密，使得字面和实际的意义完全不同。我想，我必须读读这封信。若是信中真的隐藏了秘密，我是能够破解出来的。我没有点灯，一直在黑暗中反复考虑这个问题。约莫过了一个小时，一位脸上满是泪痕的女仆提着一盏灯走进来，我的朋友小德雷佛紧随其后。小德雷佛脸色十分苍白，但显得比较镇定，他手里拿着现在摊在我膝头上的几张纸。他坐在我的对面，把灯移到桌边，然后递给我一张青灰色的纸，就是你现在看到的这张纸。上面潦草地写着：‘伦敦的野味正在稳步增长，我们相信负责人郝格森已经被告知接受所有的粘蝇纸的订货单，并保存你们的雌雉的生命。’

“我在头一次读这封信时，脸上疑惑的表情同你一样，我又认真地读了几遍，发现正如我所预料的那样，那上面怪异的语句隐藏着别的含义。如‘粘蝇纸’和‘雌雉’这类词组是事先约定好的暗语。这种暗语可以任意约定，如果没有确切依据，无论如何也猜测不出其中的含义。但我不相信情况就是这样，而郝格森这个词的出现恰好符合我的推测。我认为这封短信出自贝尔朵斯之手，而不是那个混蛋水手。我又试着把句子倒着来读，却发现‘生命’和‘雌雉’等词组毫无意义。我又试着隔一个词读一个，可是无论是‘the of for’，还是‘supply game london’都没有意义。

“我没有泄气，几次试验过后，我终于打开了迷宫的钥匙。我看出从第一个词语起，每隔两个单词一读，就能够连成一篇足以让老德雷佛陷入绝境的短笺。

“信的内容简短、扼要，是警告老德雷佛的，我当即把它读给我的朋友听。

‘The game is up,Hudson has told all.Fly for your life!’

(意思是：一切都完了。郝格森已经全都说了。你赶快逃命吧！)

“维克多·德雷佛用颤抖的双手捂着脸说：‘我想就是这样。这是耻辱，这比死更令人难堪。但是这“负责人”和“雌雉”两个词又是什么意思呢？’

“这几个词在信中本没有什么意思，但如果我们设法找出那个寄信人，这些词就对我们很有利。你瞧，他开始写下的“the...game...is 等等是已预定好的词，然后再在每个词之间填入两个词，以便让别人看不出具体意思。他很自然用到经常出现在头脑中的词语。我敢有把握地说，写信的人热衷于打猎，也可能酷爱饲养家禽。你对贝尔朵斯的情况了解吗？’

“‘呀，经你这么提醒，我想起来了’，他说道，‘我那可怜的爸爸，每年一到秋天时，就会收到贝尔朵斯的邀请，让我们到他那里一起去打猎。’

“‘这么说，此信一定出自他的手了。’我说，‘现在我们得搞明白一个问题，那个水手究竟掌握了一个怎样的秘密。这个郝格森是拿什么威胁两个有权有名望的人。’

“‘唉，福尔摩斯先生，我担心这是件丢人的坏事！’我的朋友叫道，‘不过我对你没有什么好隐瞒的。这就是我父亲在得知郝格森的检举临近时写下的声明。我遵照医生告诉我的话，在日本柜子里找到了这份声明。我自己实在没有力气也没有勇气去读它了，请你把它读读吧。'

"华生，这几张小纸片是小德雷佛交给我的，我现在像当初在旧书屋里读给他听一样，再读给你听听。你看，这几张纸上写道：'格洛里亚斯科特号三桅帆船航海日记。该船于1855年10月8日从法尔梅恩启航，同年11月6日在北纬15度12分，西经15度14分沉没。'里面的内容是用信函形式记载的，全文如下：

"'我最亲爱的儿子，既然我的余生无法逃脱即将来临的耻辱，我将不加掩饰地说，真正让我痛苦的不是我害怕法律，害怕失去在本郡的职位，害怕相识的人轻视我，而是想到你要为我蒙受耻辱。你是那么地爱我，尊重我，这更让我感到不安。但是，如果我一直担心的灾祸真的降临，那么我希望你认真读一读这份东西，这样你就了解我因为这件事而应受到怎样的惩罚。另一方面，如果事情没有暴露(愿万能仁慈的上帝恩准)，这份东西又落到你的手里，我恳求你，看在上帝的分上，看在你已故去的亲爱的母亲的分上，看在我们父子间的恩情上，把它烧了，永远忘记吧。

"'你读到这些话语时，我知道事情已败露了，而我也会被关押起来。也很有可能我因为心脏不好撒手西归。但无论出现哪种情况，再隐瞒下去已经没有任何意义。我下面要说的话千真万确，以求得到宽恕。

"'亲爱的孩子，我的名字不叫德雷佛，年轻时，我的名字叫詹姆斯·阿米塔奇。说这个你就明白了我那次昏厥的原因了。我指的是几周前，你的那位大学同学对我说的那番话，我有些怀疑他知道我用化名的秘密。作为阿米塔奇，我曾在伦敦一家银行工作，后来因为犯法，我被法庭判处流放。孩子，请不要过分责备我。我欠下了赌债，我必须得偿还。我用不属于我的钱偿还了。我原想在被察觉到之前将亏空补上。可是不幸的厄运落到我的头上，我所指望的那笔款项没能到手，而银行又提前查账，因此我的亏空就暴露了。这桩案件放到现在可以宽大一些，而三十年前的法律比现在要严酷得多。结果，我在二十三岁生日那天，作为重犯同其他三十七名罪犯一起被押上了格洛里亚斯科特号帆船，要被流放到澳大利亚去。

"'那是1855年的事了，当时正处在克里米亚战争期间。原来运送罪犯的船只大部分被调去运货物了，因此政府只好用不太合适的船来遣送犯人。格洛里亚斯科特号帆船原来是做中国茶叶生意的，样式陈旧，船头重而船身宽，早被快速帆船代替了。这船载重量为五百吨，船上除了三十八名囚犯外，还有二十六名水手，十八名水兵，一位船长，三个船副，一名医生和四个狱卒。我们离开法尔梅思时，船上大约有一百人。

"'运送囚犯船的囚室的隔板大都是用厚厚的橡木制成的，而这艘临时改装的囚室隔板非常薄，而且不结实。当我们被带到码头时，我注意到了一个特别的人，他关在和我相邻的船尾的囚室里。他是一个面容清秀的年轻人，没长胡须，鼻子细长，下巴结实，他始终一副得意的神情，走起路来昂首阔步，最引人注目的是他的个子，他至少有六英尺半高，一般人的头只能到他的肩膀。能在众多忧郁而消沉的面孔中，看到一张充满活力而坚定果断的脸，那真幸运。看到这样一张面孔，犹如暴风雪中送来了温暖的炉火。他能和我作邻居，真让我高兴。在一个夜深人静的晚上，我的耳边突然传来几句低低的说话声，我回头一瞧，原来他设法在我俩之间的隔板上挖了一个洞，这更让我暗自欣喜。

"'他说道："喂，朋友！你叫什么名字？犯了什么罪？"

"'我对他说了我的情况，又询问他是谁。

"'他回答说："我叫杰克·布仑特加斯德，我可以向上帝发誓，在我们分手之前，我会给你带来好运的。"

"'我听说过他的案子，在我被捕之前，他的案子曾在全国引起轰动。他出生在一个富足家庭，人又聪明能干，但却沾染上了骗人的坏习惯，他从伦敦的一些富商手中骗取了大笔钱财。

"'这时候，他不无得意地说："哈，亲爱的朋友，你还记得这桩大案子。"

"'我说："记得，怎么不记得呢？"

“‘他说：“那么，你能想起我这案子有什么奇特的地方吗？”

“‘我说：“这桩案子本身有什么特别的吗？”

“‘他说：“我那次作案弄到了二十五万英镑，知道吗？”

“‘我说：“人们都说你捞到了这么多钱。”

“‘他说：“这笔钱财并没有被警察找到，你清楚吗？”

“‘我答道：“不清楚。”

“‘他又问：“喂，朋友，你想得出这笔巨款在哪儿吗？”

“‘我如实说：“我想不出来。”

“‘他突然大声说：“这笔巨款还在我的手里，你知道吗，我拥有的金镑数，比你脑袋上的头发还多呢！伙计，你手里要是有很多钱，又善于理财，那你想干什么就干什么呗。唉！我不想说一个随心所欲的人，会甘心情愿地待在这个脏得满是臭货的破船上等死吧？不，先生，不会的！咱们要设法自救，还要去搭救同船的难友。凭《圣经》起誓，只要你相信我，我一定会救你逃脱苦难。”

“‘他当时就这么说的。开始我以为他不过是开个玩笑，并没怎么当回事。过了不长的时间，他又对我试探了一番，并且很像回事地向我起誓，告诉我在这只船上的确正在酝酿着一个逃脱的计划。在上船之前，已经有十二个人加入了这个谋划，他们推选布仑特加斯德为首领，他用金钱为前景铺宽了道路。

“‘布仑特加斯德说：“我有一个搭档，他是个难得的好人，非常诚实可靠，我把那笔钱放在他那儿。你知道这人在哪里吗？他就是这条船上的牧师，就是身上穿着那件神圣的黑色上衣的牧师，他的身份是实实在在的，而他箱子里的钱足够买通全船的人。现在，所有的水手都听他的，他用现钱把这些人都收买过来了。他还买通了两个狱卒和二副美勒，要不是他认为船长不值得收买，他说不定把船长都买来了。”

“‘我问他：“我们要做些什么呢？”

“‘他说：“你不知道吗？我们要让一些士兵的衣服被血染得比裁缝做的还鲜红。”

“‘我接着说：“但是他们有武器啊！”“‘他说：“这怕什么，我们也会有的，我们每人配两把手枪。再有全部的水手做后盾，若是还不成功，咱们就该送进女子寄宿学校了。今天，你和你左边囚室的那个人谈谈，看看他是否可靠。”

“‘我按他说的做了。通过交谈得知，我左邻的囚室是个叫伊文斯的年轻人，他犯的是伪造货币罪，判的刑罚和我一样。如今这个人，也更名换姓，成为英国南方的富人。他自然愿意参加这次行动，因为只有我们自己才能挽救我们悲惨的命运。所以，我们的船横渡海湾之前，全船的犯人只有两个人没有参加这次秘密行动。一个是因为胆小，我们不敢相信他，另一个正患黄疸性肝炎，对我们毫无用处。

“‘开始的时候，我们的确没有遇到任何阻碍。水手们是群无赖，干这种勾当正适合他们。那个冒牌的牧师不断地进出囚舱给我们壮胆。他背着一个看起来像是装满经文的黑书包，不辞劳苦地来往联络。到第三天时，我们每个人的手里都有一把锉刀，两把手枪，二十发子弹和一镑炸药了。那两个狱卒早就成了布仑特加斯德的心腹了，船上的二副也成了他的帮手。在这条船上，我们的敌人就是船长、两个船副、两个狱卒以及马田中尉和他的十八个士兵，另外，还有那位医生。事情已经安排得很周密了，但绝不能掉以轻心，我们决定在夜间趁他们放松警惕时发动突然袭击。后来动手的时间意外地提前了，事情是这样的：

“‘这条船航行后的第三个星期的一天晚上，医生到下舱给一个犯人看病。当他把手伸到犯人床铺下面时，竟摸到了手枪的轮廓。若是他默不作声地走开，我们的计划就会全部泡汤。幸好，他是一个没有胆量的人，他惊叫一声吓得面无血色。他的病人立刻明白了发生的事情，一把将他抓住，堵上了他的嘴巴。这位可怜的医生未来得及报警就被绑在床上。我们从医生进来时打开的通往甲板的门一拥而上。两个哨兵被打死，一个班长赶忙跑过来，还未明白发生了什么事就被干掉了。

“‘另外两个哨兵守着进入官舱的门，他俩由于枪中未装子弹没法向我们射击，就打算装上刺刀同我们搏斗，我们当然利索地送他俩上了西天。我们一窝蜂地冲进船长室时，从里面传来一声枪响，推门一瞧，只见船长已倒在地上，他的脑浆把钉在桌子上面的大西洋航海图都弄脏了，那个假冒的牧师手里提着一把冒烟的枪，站在尸体的旁边。水手们已经把两个船副捆绑起来。我们的行动漂亮地宣布成功了。

“‘船长室在官舱的隔壁，我们都跑到了官舱里，坐在长靠椅上畅谈起来，我们为能重新获得自由而欣喜若狂。冒牌的威尔逊牧师从官舱的货箱中搞来一箱葡萄酒。我们从中取出二十瓶褐色的葡萄酒，敲碎瓶颈，将酒倒进酒杯，正要举杯庆贺时，突然一阵枪声在我们身边炸响，官舱中立刻硝烟弥漫，根本看不清别人的脸。等到烟雾散尽时，这里已是血肉模糊了。威尔逊和其他八个人中弹倒地垂死挣扎，血和褐色的葡萄酒在桌子上流淌着，那情景我至今想起来都觉得恶心。我们当时吓得不知怎么办，幸亏布仑特加斯德反应快，要不我们都完了。他像一头迅猛的公牛似的，大吼一声冲了出去，其余活着的人都跟着他冲出了门。我们赶到舱外时，看到中尉和他手下的十个士兵站在船尾上子弹。官舱桌子正上方正对着一个旋转的天窗，将窗子稍微打开一点，他们就能从窗口向我们射击。我们趁他们未来得及重新射击时，冲了上去，他们当然拼死抵抗，但我们还是不到五分钟就结束了战斗。那时，整个帆船变成了屠宰场！布仑特加斯德像一个愤怒的魔鬼一样，把一个又一个士兵像小鸡一样提起来，然后不管死活都扔到海里。有个受了重伤的中士，在海里出人意料地游了很长时间，直到有个人实在看不下去了，开枪打死了他。战斗结束后，船上的敌人只剩下两个狱卒，两个船副和一个医生。

"'我们对如何处置剩下的敌人，发生了争执。大多数人为重获自由而欢喜着，不愿再动手杀人。杀死手持武器同我们抵抗的士兵是一回事，但容忍别人冷酷无情去杀人又是一回事。我们五个犯人和三个水手说，不愿再看到有人被杀害，但布仑特加斯德和跟随他的一伙人对此无动于衷。他说，我们若是想以后的日子平平安安，唯一的机会就是不留一个活口，他不愿意看到将来会有证人出来告他们。由于意见不同，我们险些被关押起来，后来他终于答应我们，若是我们愿意，可以乘坐小艇离开这里。我们对这种血腥的罪恶的勾当早已厌恶透了，我们知道在这次杀人之后，将还会有更残忍的悲剧发生，于是我们答应了他的建议。他给我们每人一套水手服、一桶淡水、一桶腌牛肉，一小桶饼干和一个指南针。布仑特加斯德留给我们一张海图，让我们说自己是一艘失事航船上的水手，我们船是在北纬 15 度，西经 25 度的地方沉没的。讲完后他割断缆绳放任我们随波漂去。

"'亲爱的儿子，接下来我要告诉你的是这个故事中最惊险的情节了。骚乱发生时，水手们曾经落帆逆风行驶，我们离开后，他们又扬起风帆，乘着东北风航行。我们的小船随平稳起伏的波涛前进。我们这些人只有我和伊文斯受过较好的教育。我和他坐下来研究我们所在的地点计划着我们怎样行驶。这是一个需要谨慎对待的问题，因为向东七百英里是非洲海岸，向北约五百英里是佛德角群岛。由于风向转北，我们基本上认为驶上塞拉利昂比较好一些，我们便掉转船头向北方驶去。这时候，我们已经看不到三桅帆船的船身了，只能看到它那高高的船桅。我们向它眺望着，突然那只船上升起一股浓密的黑色烟柱，直冲云霄，像是悬挂在空中的一棵怪树。几秒钟后，我们的耳边传入一声震耳欲聋的巨响，待到烟雾散尽时，“格洛里亚斯科特”号帆船已经消失得没影了。我们立刻掉转方向，尽全力向帆船方向驶去。在那里，海面上缭绕的烟尘诉说着帆船刚遭遇的惨状。

“‘我们花了很长的时间才赶到那里。起初，我们怕来不及了，救不出什么人了。我们看到的，只有一条支离破碎的小船和一些残桅断板在海面上漂浮。帆船出事的地方，令人失望的是竟没有看到一个活人的影子。我们掉转船头离去时，忽然听到有人在呼救，我们发现不远处的一块残板上直挺挺地躺着一个临死的人。我们赶紧把他救上船，这是一个叫郝格森的水手，他被烧伤，一点力气都没有了，连句话都说不出来了。直到第二天，这个年轻人才把发生的事情告诉我们。

“‘原来，我们走后不久，布仑特加斯德就对剩下来的五个被关押的人动手了，他先开枪杀死了那两个狱卒，然后把他们扔进大海里，三副和他们的下场一样。布仑特加斯德亲自下到中舱，手持屠刀割断那个医生的喉咙。五个被押的人中，只剩下勇敢机智的大副了。他见布仑特加斯德手持屠刀血淋淋地走过来，就挣开了事先设法弄松的绑绳，迅速地跑到甲板上，一头钻进了尾舱，十二个犯人紧跟着他冲过来，大副坐在火药桶旁手拿一盒火柴，那桶火药已经打开了盖子，这条船上共有 100 桶火药。大副厉声说，若是有人敢动他一根汗毛，他就让全船的人上西天。他的话还未说完就发生了大爆炸。郝格森认为火药桶不是大副用火柴点着的，而是其中的一个囚犯开枪点燃了。不管是谁点着的，总之“格洛里亚斯科特”号帆船同那些劫船的犯人就此永远消失了。

“‘亲爱的孩子，简短地说，涉及那个悲惨事件的过程就这些。第二天，我们这些人被一艘开往澳大利亚的双桅帆船“科德斯波”号救了。该船的船长没有盘问就相信我们是遇难客船的幸存者。后来，“格洛里亚斯科特”号运输船作为航海上的失事被海军部记录在案，真相却始终没人知道。“科德斯波”号顺利地航行一段时间后，我们在悉尼上了岸，我同伊文斯更名换姓去采矿，矿上的人来自不同国家，我们很轻易地掩盖了过去的身份和经历。以后的事，我不用细说了。我们后来都发了财，到各地游玩了一番后，我们就以富有的殖民地居民的身份回到英国，购置产业。这二十多年来，我们一直过着平静的生活，我们不愿回顾过去那段可怕的经历。但是我们没料到，那个水手找到了我们，我一眼就认出他就是我们从帆船的残板上救起的那个人。我看见是他来了，心情坏透了。真不知道他是怎么找到我们的，他利用我们惧怕的心理，对我们威胁勒索。如今，我亲爱的孩子，你应该明白我为什么要极力讨他欢心了吧，你多少能理解我当时怎样恐惧的心理了吧。他虽然离开我到另一个和我有同样经历的人家去了，可是他依然在恐吓我。’

“‘我在写这些字时手已经哆嗦个不停，字迹几乎看不清写的什么，贝尔朵斯先生写来的密信说，那个叫郝格森的混蛋已经检举了那件往事。上帝啊，救救我们这些可怜的人吧！’

“以上就是那天晚上我读给小德雷佛的故事。华生，这真是一个富有戏剧性的案子。我的好友经历了这飞来横祸后，伤心得心都要碎了，他干脆到德兰伊去种茶树了，据说干得不错。至于那个水手和贝尔朵斯的音信，自从那封警告信后，再没有一点音讯了。没有人向警察局举报过这桩事，所以一定是贝尔朵斯把郝格森的威胁当真了。曾有人见过郝格森在周围潜伏过，警局认为他杀害贝尔朵斯后就畏罪逃走了。我的看法却正相反，一定是贝尔朵斯认为郝格森要举报他的罪行，百般无奈之下杀死了郝格森，之后携带所有的钱财逃往国外去了。这些就是本案的大致情况，华生，若是这些事对你的笔记有益的话，我很愿意让你写出来。”

5. 马斯格雷夫礼典

歇洛克·福尔摩斯的性格与常人有点不同，作为他的朋友让我烦恼的是他在思维方面敏捷过人，条理清楚，穿着干净朴素，但他的生活习惯乱七八糟，让和他同住的人心里挺烦。我自己在这方面也有许多不足。在阿富汗时乱成一团的工作，再加上狂放的性情，让我养成马虎的习惯，这与一个医生很不相称。但我对这有个起码的限度。我看到有人把烟卷放在煤斗里，把烟叶塞在波斯拖鞋里，一些尚未回复的信件被他用一把大折刀插在木制壁炉台中间时，我觉得自己绝不会这样做。另外，我一直认为，练习手枪是户外的运动，可福尔摩斯若是来了兴致，就坐在扶手椅里，拿着他的手枪和一百匣子弹，抱着维多利亚女王的爱国主义精神，在对面墙上留下星罗棋布的弹痕，我深深觉得，他这样做既不能改变房间内的气氛，也无法改善房屋的外观。

我们的房间里时常塞满了化学药品和罪犯的遗物，这些东西放到了无法预料的地方，比方说放在黄油盘里，或者放在不容易发现的地方，他的文件最让我头疼。他很不喜欢销毁文件，尤其是那些同过去办案有关的文件，他一两年才认真地去归纳处理它们一次。他只有在事业上取得显著的成就时，才会有精力这样做，这在我以往零碎的记录里提到过。但是这种热情维持不了多久，他又会对此显得冷淡，他热衷于看书和每天拉拉小提琴，要不就坐在桌旁的沙发里一动不动。这样，一天天地过去了，他的文件越积越多，屋里每个角落都堆满了一捆捆的手稿，他从不烧毁，而除了它们的主人外，谁也没权把它们挪到别处。

这年冬季的一个夜晚，我们一起坐在壁炉旁，我向他建议，既然他现在把案件的摘要抄进备忘录，结束之后，花两个小时，就会把房间收拾得舒服一些。他没法反驳我的正当的要求，有些不高兴地走进卧室，一会儿又提着一只铁皮大箱子走回来。他把箱子放在地板当中，拿个小凳蹲坐在大箱子前，猛地打开箱盖。我看到箱内三分之一装着用红带子绑成的一小捆一小捆的文件。

“华生，这里面有许多文件。”福尔摩斯顽皮地望着我说道，“如果你清楚这里面装的是什么文件，就会让我把它们拿出来，而不会让我把别的文件装进去了。”

我问：“这些都是你早期办案的记录吗？我一直想对这些案件做做笔记。”

“好的，我的朋友，这都是我在成名前办的案子。”福尔摩斯小心翼翼地拿出一捆捆的文件。“这些并不是个个都完成得圆满，华生，”他说道，“这里面有好多很有趣的事。这份是塔尔顿凶杀案报告，这是范贝星酒商案、俄国老妇历险案、铝制拐杖奇案，还有瘸子里科里特和他恶妻的案件。啊，这有一件，这才是桩有些离奇的案子呢。”

他把手伸到箱子的底部，拿出来一个木盒，盒盖可以推动，很像装儿童玩具的盒子。他从里面抽出来一张皱巴巴的纸，一把老式的铜钥匙，一只上面缠着一个小线团的木钉和三个锈迹斑斑的金属圆板。

“哎，我的朋友，你猜这些东西是做什么的？”福尔摩斯看到我脸上的表情，笑着说。

“这看上去是一些古怪的收藏品。”

“非常古怪，而围绕这些发生的故事，更会让你感到惊奇不已呢。”

“怎么，这些东西有段历史了吗？”

“不仅有段历史，它们本身就是历史啊。”

“这怎么说呢？”

歇洛克·福尔摩斯把它们一件一件地拿出来，摆到桌子边上，然后带着满足的表情坐在椅子上看着那些东西。

他说道：“这些东西是为我回忆马斯格雷夫礼典一案用的。”

我以前多次听他说起这件案子，可是未能了解得更详细一些。我对他说：“若是你详细地告诉我，就好了。”

“这些东西就这样乱糟糟地放在这里啦？”福尔摩斯调皮地大声说，“华生，你的整洁又不能实现了。我好高兴在你的案例记载中，能把这桩案件加进去。这件案子在国内犯罪记载中相当特殊，我相信，在国外也极其罕见。若是搜集我那些不值一提的成绩，却不记载这个案件，那就有点可惜了。

“你还记得‘格洛里亚斯科特’号帆船事件吧，我对你说过那个倒霉的人的遭遇，我同他谈话，第一次让我想到从事的职业，并且真的把侦探当成我的终身职业。你看我如今声名远扬，不管是大众，还是警方，都把我当作遇到疑难案件的最高上诉法院。我们认识不久后，我接手了被你命名为“血字研究”的那个案子，虽然那时的业务不怎么红火，但也有不少人向我求助破案了。你难以想象开始时，我有多么困难，我历经了许多努力才取得成功。

“我刚来到伦敦时，住在大英博物馆附近的蒙塔街，闲着没事，就专心致志地研究各门科学，以备以后有所成绩。那时经常有人求我破案，这些大都是我的老同学们介绍的。因为我在念大学的后几年，人们对我和我的推理方法很关注。马斯格雷夫礼典案是我接手的第三件案子。那一系列怪异事件使人兴致高昂，侦破结局证明这桩案子极其重要，让我有信心在侦探行业迈出了一大步。

“雷金纳德·马斯格雷夫和我在同一所学院学习，我同他只是见面点点头。他在同学中并不受欢迎，因为他觉得自己了不起。但我觉得他的自大，其实是想掩饰他那天生的自卑感。他有些贵族子弟的气质，瘦身材，高鼻子，大眼睛，说话不紧不慢，举止从容。他的出身确实是英国一家最古老的贵族的后代。但是在十六世纪时，他们作为这个家族次子的后代从北方的马斯格雷夫家族中分出来，定居在苏塞克斯西部，他们家的赫尔斯通庄园是那一地区仍然有人居住的最古老的建筑。他的出生地看起来对他影响很大，我每次瞧见他苍白而庄重的面孔和他头部的姿势，就不免把他与那些灰色的拱道、直棂的窗户以及封建古堡的遗迹联想到一块。我俩聊过一两次，我记得他不止一次地说对我的观察和推理方法感兴趣。

“我们分别四年后，有一天早晨他突然到蒙塔街来找我。他的变化不大，着装像一个上流社会的人（他讲究穿戴），仍然保持着他以前那种与众不同的安静文雅的风度。

“我同他亲热地握着手，问道：‘马斯格雷夫，你这几年很好吧？’

“他说：‘你可能听说过我那可怜的父亲去世了，他是两年前走的。从那之后，赫尔斯通庄园自然得让我管理了。我又是我们那一区的议员，整天很忙。但是，福尔摩斯，我听说你正把你让我们敬佩的特殊才能应用到生活中去，是吗？’

“我说道：‘不错，我靠这点本事吃饭了！’

"'听你这样说我很高兴，因为我现在正需要你的指教。我在赫尔斯通遇到了一些怪事，警察什么都没有查出来。这确实是件很不平常难以说清的案子。'

"华生，你知道我听他讲述时有多么兴奋，我有几个月没干什么了，我急切盼望的机会就要来到了。我内心深处早就相信自己能在别人失败的地方获得成功，现在终于有了让我一试身手的机会了。我大声说道：'请讲述得详细些。'

"雷金纳德·马斯格雷夫在我对面坐下来，点燃了我递给他的香烟。他说：'你知道我没结婚，我在赫尔斯通庄园有很多的佣人，因为那是一座杂乱偏僻的旧庄园，需要这些人去照料。我不想辞退他们，在猎野鸡的季节里，我常在家中聚会，每次都留客人住几天，没有人是不行的。我家里雇了八个女仆，一个厨师，一个管家，两个男仆和一个小听差。当然，花园和马厩由另外一些人照料。

"'在这些仆人中，干的年数最长的是管家布伦顿。我父亲当初雇他时，他是一个不怎么好的小学教师。可他有个性，精力充沛，很快就得到我们全家人的器重。他身材魁梧，仪表堂堂，额头很高，他和我们相处了二十年，但年龄不足四十。他有许多优点和非凡的才能，他会说几国语言，几乎各种乐器都会演奏，让人不解的是，像这么有才华的人长期安心于做一个仆役。不过，我想他是安于现状，不愿意做别的事情。凡是来我们家的人都记得住这位管家。

"'这个各方面都不错的人也有缺点，他有点风流，您想呀，像他这样的人在偏僻的乡村做个放荡公子并不困难。他刚结婚时没出现这样的事，他妻子去世后，他就给我们惹了很多麻烦。几个月前，他与我家的二等女仆雷切尔·豪厄尔斯订了婚，我们原来希望他这次能收敛一些，没料到他把雷切尔抛弃了，同猎场看守班头的女儿珍妮特·特雷杰丽丝好上了。雷切尔有着威尔士人容易激动的性格，她是一个好姑娘。她为这事得了脑膜炎，直到昨天才能走动。同她病前相比，现在的她成了长着一双黑眼睛的幽灵。这是我们赫尔斯通庄园发生的第一件戏剧性的事情。不料接着又发生了第二个戏剧性的事件，我们暂时把前一件抛在脑后。第二件事情是以管家布伦顿不光彩的事情和被解雇引起的。

"'事情是这样发生的。我说过那管家特别聪明，可惜毁掉他的正是这份聪明，因为他的聪明使他对与他根本无关的事情产生了无法满足的好奇心。若不是意外的发现，我不会清楚他的好奇心会那么重。

“‘我说过，我们的庄园很凌乱。上周四的晚上，我吃过晚饭后，傻乎乎地喝了一杯特浓的咖啡，我在床上一直躺到凌晨两点，一直未能入睡。于是我就点上蜡烛，准备继续看那本我没有读完的小说。可是我把这本小说忘在了弹子房，于是我便披上晨衣去那里取那本书。

“‘到弹子房去，我得先下一段楼梯，然后再走过一段走廊，这条走廊通向书房和枪库。我往走廊尽头望去，忽然看见书房的门敞着，门里露出了微弱的亮光，我看到这很惊讶。我记得就寝前，我关上了书房的灯，并关上了房门。我先是想到一定是盗贼在里面。赫尔斯通庄园的走廊的墙壁上装饰着一些古代武器。我从中挑选了一把战斧，然后，我放下蜡烛，轻手轻脚地穿过走廊，往门里看。

“‘原来是管家布伦顿待在书房里。他穿着整齐地坐在一把安乐椅中，膝盖上摊着一张纸，看上去像是一张地图，手托着额头，沉思的样子。我惊讶地站在那里，悄悄地察看他在做什么。桌子边放着一支小蜡烛，我借着那微弱的光线，看到他衣服穿得整整齐齐。突然，他从椅子上站了起来，往写字台走去，打开锁，拉开一个抽屉。他从里面取出一份文件，又回到那把椅子上，把文件平铺在桌边蜡烛旁，接着很像回事地研究起来。望着他那样坦荡自如地察看我们家的文件，我不由地恼怒起来，往前迈步站在门口，他一见我，脸就变得铁青，赶忙把刚才偷看的那张航海图一样的东西塞进怀里。

“‘我说：“好嘛！你就这样报答我们对你的信任。干脆，明天你就离开这儿吧。”

“‘他无精打采地一鞠躬，什么也没说从我身边溜走了。桌子上蜡烛依然亮着，借助烛光，我瞅了一眼布伦顿从写字台里拿出来的文件。我惊讶地发现，那文件毫无用处，只是一份抄录了怪异的古老仪式中问答的纸。这种仪式叫“马斯格雷夫礼典，”是我们家族特有的。过去几百年来，凡是马斯格雷夫家族的人，到成年时就要举行这种仪式。这只是我们家族的私事，就像平常用的私人图章一样，这东西可能对考古学家有点作用吧。

“我说：‘我们还是来谈谈那份文件吧。’

“‘若是你觉得有必要的话，’他停顿了一下继续说，‘好，我接着用布伦顿留下的钥匙重新把写字台锁好，转身刚要离开时，我的管家突然站在我面前。

“‘他的情绪不稳，声音嘶哑地喊：“马斯格雷夫先生，这个脸我不能丢，先生，尽管我身份低贱，但我平生极重面子，让我这样丢脸就要了我的命。若是你断了我的生路。我的死由你来承担，我会这么办的。先生，若是你不肯留我，那么请看在上帝的分上，让我向你申请在一个月内离开好吗，就像是自愿辞职一样。马斯格雷夫先生，辞职没有关系，我不愿意你当着熟人的面将我赶走。”

“‘我对他说：‘布伦顿，你的行为很恶劣，你不配那么多的照顾。不过，你在我们家干的年数太长了，我不想让你在众人面前丢面子。不过一个月时间有些长了，一周内走吧，随便找个理由都可以。”

“‘他绝望地说：“先生，别只给我一周的时间，给我两周的时间吧。”

“‘我再次说：“就一周。你该觉得这对你已是足够宽容的了。”

“‘他绝望地低着头，无精打采地走了。我吹灭了蜡烛，回到了自己的房里。

“‘接下来的两天里，布伦顿表现得恪尽职守，任劳任怨。我没提出这件事，只是好奇地看他怎样保全面子。可是到了第三天，他没有像往常那样吃完早饭到我那问候一天的工作。我离开饭厅后，恰巧碰到了女仆雷切尔·豪厄尔斯。我说过这位女佣人刚刚大病初愈，面无血色，于是我劝她别再去干活了。

“‘我说：“你应该躺在床上休息，身体好了再干别的。”

“‘她带着很奇怪的神情看着我，我有些怀疑她的脑病是不是又犯了。她说她已经够结实了。接着，我告诉她我们要听医生的话，她现在还不能干活，我让她到楼下把布伦顿找来。

“‘她说：“管家已经离开这儿了。”

“‘我问她：“他上哪儿了？”

“‘她说：“他走了，谁都没有看见他到哪儿去了。他没在房间，他走了！”雷切尔说着便靠在墙上，发出一阵阵尖声狂笑，看到这种突如其来的歇斯底里的发作，我吓坏了，赶忙叫人帮忙。佣人们把姑娘搀进屋里，我询问布伦顿的下落，她边哭泣边尖叫着。不用问，布伦顿真的失踪了。他昨夜没有在床上睡过，从他前夜回房之后，再也没有人看见过他。也查不清楚他是怎样走出住宅的，因为早晨门窗都是闩着的。除了他常穿的那套黑衣服不见了之外，他没有拿衣服、表，甚至钱钞都未动。他把长筒靴子留下来，却把拖鞋穿走了。让我纳闷的是，管家布伦顿夜里去哪里了呢？他现在情形怎样呢？

“‘我们在整个庄园从地下室到阁楼到处找他，连他的影子也未发现。我说过这是一套像迷宫一样的老房子，特别是那些现在已经没人居住的老厢房。我们把所有的房间都找遍了，仍然不见他的踪迹。我难以相信他竟会丢弃所有财产离开，他现在会到什么地方去呢？我把当地警察叫来，仍旧不起作用。前天晚上下过雨，我们又到庄园四周的草坪和小道上寻找，仍然空手而归。这件事就这样，可后来又有新的变化，我们的注意力离开了这个疑团。

“‘那个女佣连着病了两天，时而神志不清，时而可怕地惊叫，我请了一个护士在夜里照料她。在布伦顿失踪后的第三天夜里，护士看到病人睡得很安静，她就在扶手椅上睡着了。清晨醒来一看，病床上没有人，窗户敞开，那姑娘不见了。护士赶紧把我叫醒，我带领两个佣人立刻动身去找那个失踪的姑娘。她的去向容易辨认，我们就沿着她在窗下的足迹找，很快穿过草坪，来到小湖边。脚印在通向庄园处的石子路旁就不见了，这个小湖的水足有八英尺深，当我看到那个可怜的疯姑娘的足迹消失在湖边时，我们当时的心情可想而知了。

“‘我们马上采取行动，打捞、寻找尸体，但是又是什么都没找到。不料，却捞出一包怎么也想不到的东西来，那是一个亚麻布口袋，里面装着一些陈旧生锈和褪去光泽的金属片，以及一堆暗淡无光的水晶和玻璃制品。除了捞到这些怪异的东西外，再没有别的了。我们昨天费尽心思地到

处搜寻、打听，但仍对这失踪的两个人的下落一无所知。区警局的警察们已尽了最大努力，只好抱着一线希望来找你。’

“‘华生，你知道我当时是多么急切地倾听他这接连发生的怪异事件，想把它们串到一块，并理出有关事件的主线来。管家不见了，女仆也不见了，女仆曾爱过管家，但后来又有理由仇恨他。姑娘有着威尔士血统，性格暴躁易怒。管家失踪后，她就变得激动异常，她把装着破东西的口袋投进湖里。这些因素都需考虑到，但是没有一个因素触及问题的实质。现在只知道结果，而不知事件的起因是什么。

“我说道：‘马斯格雷夫，你的管家不顾丢掉职业道德去冒险偷看的那一份文件，我得看看。’

“‘没有什么可看的，我们家族的礼典很可笑。’马斯格雷夫回答道，‘说起来它是前人留下来的，还能有可取之处。你想看的话，我这儿抄了份礼典问答词。’

“华生，马斯格雷夫拿给我的就是这份文件，这就是他的家族每个成年人都必须记住的古怪问答词。一块儿听听。

“‘它属于谁的？’

“‘属于那个已经离去的人。’

“‘谁将得到它？’

“‘那个即将来到的人。’

“‘太阳在哪里？’

“‘在橡树上面。’

“‘阴影在哪里？’

“‘在榆树下面。’

“‘怎么测到它？’

“‘向北十步，再迈十步，向东五步，再迈五步，向南两步又走两步，向西一步又走一步，就在下面。’

“‘我们该拿什么去换取它？’

“‘拿我们所有的一切。’

“‘我们为什么应该拿出去呢？’

“‘因为要守信用。’

“马斯格雷夫说：‘原件并没署日期，但可以看出，文字用的是 17 世

纪中叶的拼写法。但是，我觉得这对破这桩案子不会有什么帮助。’

“我说道：‘不一定，它可以帮助我们解开另一个谜，比原来的疑团更有趣。解决了这个谜，另一个谜就不难破解了。马斯格雷夫，请原谅我这么说，你的管家真是个很机灵的人，比他主人家十代人都头脑灵活。’

“‘我对你说的话不明白，’马斯格雷夫说，‘我觉得这份文件没有丝毫重要的意义。’

“‘我认为这份文件很重要，我敢说布伦顿同我的看法一样，他可能在那天夜里，你逮住他之前已见过这份文件了。’

“‘这很有可能。我们从未把它当回事地去珍藏它。’

“‘据我猜想，他最后一次只是想记住它的内容而已，在你进来的时候，他正用各种地图和原稿对照，一时害怕，赶紧把那些东西塞进他的衣袋里。’

“‘正是这样。但是他和我们家族的这种旧习俗有何关系呢？而这个毫无价值的家礼有何意义呢？’

“‘我觉得查清这个问题，不会有多大的困难，’我说道，“若是你愿意，我们乘坐去苏塞克斯的头班火车，在现场把这事深入调查一下。’

“‘我俩当天下午就去了赫尔斯通。也许你见过这座著名的古建筑物的照片和记载，这里我就不再详细介绍了，只想说那是座L形的建筑物。长的一排房是比较接近近代样式的，短的一排房是古代遗留房屋的中心，别的房子都是从这里扩展出去的。在这古老房屋的中部那低矮笨重的门楣上，刻着1607年这个日期。但是行家们普遍认为，那房梁和石造构件的实际年代还要古老一些。老房屋的墙壁既高又厚，窗户都很小，这一家人在上一世纪盖了一排新房用于起居，旧房早已用做库房和酒窖。建筑物的四周环绕着茂盛的古树，宛如一个幽静的小花园，我的委托人所提到的那个紧挨林荫路的小湖，离房屋约有二百米。

“‘华生，我敢担保，这几个谜不是孤立的，其实是一个谜，若是我清楚地理解‘马斯格雷夫礼典’，就一定会抓住线索，借此查清同管家布伦顿和女佣豪厄尔斯两人有关的案情。于是我尽力地完成这件事。这个管家为何急于掌握那些古老仪式的语句呢？是因为他想看出其中的秘密，这秘密从来未受到这家历代人的重视。布伦顿巴望着从这秘密中牟取私利。那么这到底是个怎样的秘密呢？它会对管家的命运产生怎样的影响呢？

“我读了一遍这礼典，便觉得有眉目了，这种测量法肯定是从礼典中的语句提醒的某个地点得来的，若是能找到这个地点，我们就能破解这个奥秘，马斯格雷夫的先辈认为必须用这种独特的方式让后人记住这个秘密。要动手做这件事，我们已得知两个方位提示：一棵橡树和一棵榆树。橡树在房屋的正前方，车道的左边，我平生第一次看到这么古老、这么高大的树。

“‘这棵橡树在起草礼典的时候就有吗？’我们坐着马车经过橡树时，我问。

“‘可能在诺耳曼人征服英国时，这棵树就存在了，这棵橡树有二十三英尺粗呢。’

“‘你知道那棵榆树在什么地方吗？’

“‘哦，知道。’

“‘那老榆树没有了，新榆树倒有许多。’

“‘我很想瞧瞧那棵老榆树的具体位置。’

“我们乘坐的是单马车，我的委托人没有带我进屋，他直接把我带到草坪的一个坑洼处，那就是老榆树原来生长的地方。这地方位于橡树和房屋的正中间位置。我的调查有了希望。

“我问他：‘这棵榆树的高度我们也许不可能知道了吧？’

“‘我可以现在就告诉你，这棵树高六十四英尺。’

“‘你是怎么知道的呢？’我惊讶地问他。

“‘我年少时的家庭教师常让我做三角练习，总是要我测量高度，那时我就测算过每棵树和每幢建筑物的高度。’

“真是出乎意料的好事，我的数据来得比我想象的还快啊。

“‘请告诉我，’我问他，‘那管家对你提到过榆树的事吗？’

“雷金内德·马斯格雷夫惊讶地瞧着我。他回答说：‘让你这么一提醒，我想起几个月前，布伦顿在和马夫争论时，确实问过我榆树的高度。’

“这真是太妙了，华生，我的想法可以证明是正确的，我抬起头望了望太阳，这时太阳已偏西，再过大半个钟头，就会偏到老橡树最顶端的枝头上空的位置。这样礼典中提示的一个条件落实了。可是榆树的阴影肯定是指阴影的长度，怎么不可以用树干做标杆呢？于是在太阳偏过橡树顶时，我寻找着榆树阴影最远端在哪个位置。”

我说："那肯定是极其复杂的，福尔摩斯，那棵榆树早就没了。"

"不错，但是我清楚，布伦顿能找到，我也能找到，这并不困难。我随着马斯格雷夫走进他的书房，削了一个木钉，我把一根绳子绑在木钉上，每隔一米打一个结，然后，又拿了两根钓鱼竿绑在一块，高度正好是六英尺。我和我的委托人回到老榆树原先生长的地方。太阳正好落到橡树顶。我把钓鱼杆插在地上，记下阴影的方向，测量出阴影的长度为几英尺。

"计算起来也不难。竿长六英尺时投影为九英尺，树高六十四英尺时投影是九十六英尺。当然，钓竿阴影的方向就是榆树阴影的方向。我比量出这段距离，结果快到了庄园的墙根。我在那地方钉下木钉。华生，当我发现离木钉不足两英寸处有个锥形的小洞，你可以想到我当时兴奋极了。我明白这是布伦顿丈量时做的标记，我正在做和他同样的工作呢。

"我们从这一点开始步测，我先用袖珍指南针定下方向，然后沿着庄园墙壁向北走二十步，再钉下一个木钉做标志。接着我谨慎地向东走了十步，向南走四步，恰好来到老房子的门槛。我按照礼典暗示的地点，向西迈两步，就走到石板铺的甬道上。

"华生，我以前从来未那样失望过。在那一会我甚至认为我的计算犯了实质性的错误。西沉的太阳把甬道的路面照得通亮，我瞧见铺在路面上的那些已经被路人磨光的灰色石板仍旧被水泥牢固地铸在一起，显然好多年来未被人挪动过。看来布伦顿未在这地方动手。我敲了敲石板，发出的声音到处都一样，石板下面根本没有裂缝。幸运的是，马斯格雷夫终于领会我这样做的用意，和我一样来了精神。他拿出手稿来核对我计算的结果。

"'在下面，'他提高嗓门喊道，'你忘了一句话：就在下面。'

"我原想我俩要动手挖掘呢，他这么一说我明白自己想错了。我大声说：'这么说甬道下面有个地下室吗？'

"不错，地下室和这些房屋一样久远，就在下面，我们从这扇门进去。'

"我们沿着弯曲的石阶走了下去，我的同伴划亮一根火柴，点着了放在角落里的一个木桶上的提灯。顿时，我们就看清了我们要找的地方，可以看出最近几天没人来过。

"这里被用作堆放木材的仓库已很久了，出乎意料的是乱丢在地面上的短木头，现在已让人堆在两旁，以便给中间腾出一块空地来。这块空地上有块沉重的大石板，石板中央有一个生锈的铁环，铁环上缠着一条厚厚的黑白格子布围巾。

"'天啊！'我的委托人惊叫道，'这是布伦顿的围巾，我看到他戴过这条围巾。这个坏蛋在这里做什么？'

"在我的建议下，叫来了两个当地警察，然后我抓紧围巾，用力想把石板提起来。可是我仅仅挪动了一点。最后在一位警察的帮助下，我才费力地把石板挪到一边。石板下露出一个黑洞，我们一块向下望着。马斯格雷夫跪在窖旁，提着灯伸进去探照着。

"出现在我们面前的是一个小地下室，深约七英尺，长宽约四英尺，两边各放着一个箍着黄铜箍的木箱，箱盖已经打开，锁孔中插着一把古怪的老式钥匙。箱子外面积尘很厚。由于受到蛀虫和潮湿的侵蚀，箱子的木板已经烂穿，里面长满了青灰色的木菌。箱子的底部散落着一些显然是古代硬币的金属圆片，除了我现在手里拿的这些，别的什么也没有。

"但是，我们当时根本顾不上这个旧木箱，因为我们的目光都集中在蜷缩在箱子旁的东西上。那是一个穿着一身黑衣服的人，蹲在那里，前额抵着箱子边，两条胳膊抱着箱子。这个姿势让他全身的血液都集中到了脸上，让人难以辨认这个扭曲的、猪肝样的面容到底是谁。我们把尸体拉上来，从他的身材、衣着和头发来看，这死者就是我的委托人家里的管家。这个家伙已经死了好几天，他身上没有任何伤痕，不知道他是怎样弄到这个样子的，尸体被运出地窖后，我们仍然面临着一个难题，这个难题和我们刚开始遇到的难题一样难以搞清。

"华生，我承认直到如今，我仍然对我的那次调查感到失望。我原

以为只要找到马斯格雷夫仪式中提到的地方，我就会解开这个疑团。可我现在找到了这个地方，却仍然没搞清楚这个家伙怎么落到了这个下场的；那个失踪的姑娘在这件事情上又做了什么呢？我在墙角的一个小木桶上坐着，仔细地思考着这个案件。

“华生，你知道碰到这样的事情我会怎样处理。我替这个管家设身处地想一想。首先我估摸一下他的智力水平，努力想着自己落到那一步会怎样做。在这种情形下，事情并不怎么难，我想布伦顿是个很聪明的人，不用去想他考虑问题会出现什么‘人为误差’。他知道那儿藏着宝物，便在那儿准确地找到了，但石板太重，一个人无法挪动。这怎么办呢，就得找个人来帮助，在庄园以外找信得过的人吧，这得冒被人发现的危险，最好的办法就是在庄园内找个助手。向谁求助呢，他想到了那姑娘表露出的重归于好的意图，于是大献殷勤，又约好一块行动。他俩可以在夜间来到地下室，一块用力掀开石板。我追述着他们的行动，像我亲眼看见一样。

“但是，要想搬开这块石板，对于一个男人和一个女人，还是吃力得很。就连我和那粗壮的苏塞克斯警察一块去搬也不觉得容易呀。他们挪不动石板怎么办呢？换了我会怎样去做呢？我站起身，认真地查看了地面乱放的短木头。我马上见到了我预想中的东西。一根长约三英尺的木料，木头的一端有明显的缺痕，另外有几块木头塞进空隙里，直到这个空当可以让一个人爬进去，才竖起一块木头顶住石板，不让它掉下来。因为石板重量全部压在这根木头上，所以这块木头落地的一端便有了一个缺痕。这样我的证据是确凿的。

“我现在要告诉你的是那天夜里发生的事情。看得出，这地窖能让一个人钻进去。女仆一定在上面等着。布伦顿在地窖里打开木箱，把箱子里面装的东西递上去。后来，情况发生了变化。

“我估计，可能是那个性情暴躁的凯尔特姑娘感觉到这个时候可以任她摆布这个对她三心二意的男人，于是郁积在心中的复仇怒火突然冒了出来，当然也可能是木头突然滑倒，石板自己落下，把布伦顿关死在自找的石墓之中，而她的过错只是掩盖事实未上报，或者是她突然把顶木推开，让石头落回洞口……不管怎样，在我眼前出现了一个女人抓着宝物，拼命往曲折的阶梯跑着，对身后传来的粗声闷气的叫喊声，和那双手疯狂捶打石板的声音，根本不理会。那块石板慢慢地把她的负心人活活地闷死了。

“这就是她第二天清晨脸色苍白、精神崩溃到了怪笑不止的原因。箱子里到底装的是什么？这些东西同她又有怎样的关系呢？显然，箱子里一定是我的委托人从湖里打捞上来的古金属和水晶石了。她找到了一个机会就把这些东西扔进湖里，以销毁罪证。

“我一动不动地在那里坐了大约三十分钟，思考着整个案子，马斯格雷夫依然站在那里，面色苍白，手中的提灯晃动着，向洞内看着。

“‘这些是查理一世时期的硬币，’他从木箱中取出几枚金币说，‘你瞧，我们把礼典写成的时间推算得很正确。’

“‘我们再找找查理一世时代别的东西。’我突然想到了礼典开头两句问答可能有什么含义，便大声喊，‘让我们瞧瞧你从湖里捞出的口袋里装的东西是什么吧。’

“我们来到他的书房，他把那些破烂东西摆在我的面前。我一开始看到那些东西认为它们并不重要，因为那金属几乎已经变成了黑色，那些石块也黯淡无光。但是，我拿起一块儿用衣袖擦了擦，它在我的手中，竟然像火星一样闪闪发光。那件金属制品双环形的样子，由于扭曲变形了，不再是原来的形状。

“‘你不会忘记吧，’我说，‘英王查理一世死后，保皇党还在英国进行武装反抗。当他们最后被迫逃亡时，他们可能把许多贵重的财宝埋了起来，打算到太平时期再回来挖取。’

“‘我的祖先拉尔夫·马斯格雷夫爵士是著名的保皇党党员，在查理二世流亡期间，还是查理二世的得力助手呢。’我的朋友说道。

“‘是嘛，这就对了！’我说，‘现在我认为这才是我们找到的最后的环节。我得祝贺你获取了这宗财宝。虽然来之不易，这可是一件价值连城的宝物啊，而作为历史珍品，它的意义就更是不可估量。’

“‘这会是什么东西呢？’马斯格雷夫惊奇地追问着。

“‘知道吗，这可是英国的一顶古代的王冠。’

“‘王冠！真不敢相信！’

“‘一点没错。想想礼典上的话吧！它是怎么说的？“它属于谁？是那个离去的人的。”这一定是指查理一世被处死说的。接着是“谁应该得到它？那个即将来到的人。”这是指查理二世说的，因为他到赫尔斯通庄园来已经是预料之中的事情。我认为，不容置疑，这顶破损得不成形状的王

冠原来是斯图亚特帝王戴过的。’

“‘它怎么会落进湖里去了呢？’

“‘哦，这个问题就需要耗费功夫来说了。’说着，我尽可能地把我自己整个的推理过程和论证叙述了一遍，直到夜色渐深，明月高悬。

“马斯格雷夫把那堆遗物放回亚麻布袋，问道，‘那为什么查理二世回国后未把王冠取走呢？’

“‘是啊，你一下子就说准了我们永远无法解决的问题。也许是知道这个秘密的马斯格雷夫在这个时候去世了，出于疏忽，他把这个做暗示指南用的礼典留给后人，却没有点明其中的含义。从那时起世代相传，却没人发现秘密，直到那个管家揭开了秘密，并在冒险中丧生。’

“华生，这就是马斯格雷夫礼典的故事。这顶王冠现在还留在赫尔斯通庄园，不过在得到王冠之前，他们经历了法律有关的一些周折，花了一笔钱才留下的。我相信，只要你一提到我的名字，他们一定愿意把王冠拿出来让你看看。那个失踪的姑娘，直到现在也没有人知道她去了哪儿，大概她已经离开英国，带着犯罪的记忆逃到国外的某个地方去了。”

6. 雷盖特之谜

1887 年春天，我的伙伴歇洛克·福尔摩斯由于长期操劳过度，身体累垮了，还未能完全恢复。大家都还记得荷兰——苏门答腊公司的案子和莫佩图依斯男爵的庞大计划案。这两个案子涉及不少政治和金融方面的事情，收进这本集子里不太适合。不过，这两桩案子又间接导致了另外一个很古怪、很复杂的案件，让我的朋友有机会展示了他的又一种新式武器。在他一生与犯罪活动进行斗争的过程里，这样的武器，他有许多。

我翻看了一下笔记，发现那天是 4 月 14 日。那天我收到了一封来自里昂的电报，电报里说福尔摩斯在杜朗旅馆病倒了。不到 24 个小时，我匆忙赶到了他的病房，发现他的病不是很重，这才放心。由于他为一个案子连续调查达两个月之久，每天工作至少 15 个小时(他还跟我说，他不止一次地夜以继日连续工作五天)，他那钢铁般的身体终于支撑不住，垮了下来。他可怕的疲劳连胜利的喜悦都无法让他恢复。在他的大名传遍了整个欧洲，各地发来的贺电在他房间里堆积如山的时候，我发现他的情绪很低落。三个国家的警察接连受阻，而他获得了成功；他识破了欧洲最高超的骗子要尽的种种诡计。就是这样的好消息，仍然不能把他从极度劳累中振奋起来。

三天后，我们一块回到了贝克街。我伙伴的身体状况不好，需要换个地方休养，而对我具有诱惑力的是，能趁着明媚春色到乡间去住上一周。我的老朋友海亚特上校在阿富汗时，经常请我为他治病，他不止一次地邀请我到萨里郡的雷盖特去坐客，他在那儿买了一栋房子。最近一次，他邀请我时说，若是我的朋友福尔摩斯能和我一块去的话，他会特别热情地招待他的。我把这层意思委婉地告诉他，福尔摩斯得知主人是单身汉，在那里可以自由活动时，他同意了我的建议。于是，从里昂回来后过了一个星期，我们就来到上校的家里。海亚特上校是位优秀的老军人，见多识广。正像我所预料的，他很快发现福尔摩斯同他有许多共同的地方。

我们去那里的当天晚上，吃过饭后，大家一起坐在上校的藏枪室里。福尔摩斯在沙发上伸着手脚，我同海亚特正在看他收藏的东方武器。

“我想起来了，”上校猛地说道，“我要拿一支手枪到楼上去，以防碰到万一。”

“万一？”我说。

“是的，我们这里不久前发生了一件吓人的事情。我们这一带的大户老阿克顿，上周有人闯进了他家。尽管没造成多大的损失，可那几个人没能抓住。”

“发现线索了吗？”福尔摩斯望着上校问。

“一直没有。福尔摩斯先生，你刚刚办完一桩国际性的大案，这桩发生在乡间的小案子，你不会注意的。”

福尔摩斯谦虚地摆摆手，对上校赞美他的话，他感到挺高兴。

“还有别的特殊的地方吗？”

“我想没有。那些小偷在书房里乱翻了一遍，费了不少力气，什么也没拿到。整个书房被翻个底朝天，抽屉拉了出来，书籍也被翻得七零八落的。结果丢失的只有一本蒲柏译著的《荷马史诗》、两支镀金烛台、一方象牙镇纸、一个橡木做的小温度计和一团线。”

“好奇怪呀，怎么就偷这些五花八门的东西？！”我叫了起来。

“唉，那伙人是碰到什么就拿什么。”

躺在沙发上的福尔摩斯哼了一声。

他说：“地方警察应当能从中得到一些线索。这件事很像是……”

我竖起一个手指警告他说：“我的好伙计，你是来这里休息的。请你千万不要在神经还过度疲惫时又去搞新的案子。”

福尔摩斯把肩耸了耸，顽皮地看了上校一眼，然后我们的话题转到了无关紧要的事情上面。

然而，我这个医生所采取的防范措施似乎注定无效，第二天早上这个案子自动找上了门，怎么也推辞不掉了。我们的乡间之行没料到会发生根本性的变化，这是我俩谁都没有想到的。我们正在吃早饭时，上校的管家突然没有礼貌地冲了进来。

“先生，您听到消息了吗？”他上气不接下气地说，“是坎宁罕家，先生！”

“又是盗窃吧！”上校擎着咖啡杯大声说。

“是凶杀！”

上校吃惊地叫了一声。“天啊！”他说，“那么是谁被害了？是治安官还是他儿子？”

“先生，谁都不是。被害的是马车夫威廉。子弹穿过他的心脏，他不能再说话了。”

“究竟是谁向他开的枪？”

“先生，是一个盗贼。他很快逃得没影了。盗贼刚爬进厨房的窗户，威廉就看到了。为了保护他主人的财产，威廉把命丢了。”

“这事啥时候发生的？”

“昨天晚上，大概是12点钟，先生。”

“啊，我们等一会儿过去瞧瞧。”上校说着，冷静地坐下来继续吃早饭。管家出去后，上校补充说：“这事很不幸。老坎宁罕是我们这一带的体面人物，人又正派。发生了这样的事，他肯定伤心透了，威廉是个好仆人，已经在他家干了好多年。这一定是闯进阿克顿家的恶棍干的。”

“就是偷了那些乱七八糟的东西的人吗？”

“正是。”

“噢！我要说的其实很简单，这件事乍看起来着实让人有些奇怪，是吧？一伙在乡间行窃的盗贼是该变换新的作案地点，绝不会在同一个地点几天内两次破门行窃。昨天晚上当你说要采取预防措施时，一个念头从我脑子里闪过：这个教区大概是全英国最不会引起盗贼注意的地方。由此可见，我还要学许多未知的东西。”

“我想，这是本地的小偷干的，”上校说，“若真的是这样，阿克顿家和坎宁罕家是这里最大的人家，他们一定会光顾的。”

“这两家也最有钱吗？”

“哦，是这样的，但他们两家打官司好几年了，我想他们一定耗掉了不少钱财。老阿克顿称自己拥有坎宁罕家一半的地产，律师们一直在处理这件事。”

“若真是当地一个恶棍作的案，将他查出来并不难。”福尔摩斯打了个哈欠说，“好吧，华生，这事我不想参与。”

这时，管家突然推开门说：“先生，弗雷斯特警官请求见见您。”

一位聪明机灵的年轻警官走进屋里。他说：“上校，早上好。希望我没有打扰您们，但我听说贝克街的福尔摩斯先生在这里。”

上校朝我朋友那挥手一指，警官急忙点头致意。

“福尔摩斯先生，也许你愿意光临指教。”

“华生，命运在同你作对呀，”福尔摩斯笑着说，“警官，你进来的时候，我们正在谈这个案子。或许你可以给我们介绍一些详情。”当他以习惯的姿态仰靠在椅子背上时，我知道我无法限制他了。

“在阿克顿的案子里我们没能找到任何线索，但我们却在这个案子里找到了一些。毫无疑问，这两桩案子是同一伙人干的。有人看见了作案的人。”

“是吗？”

“是的，先生。凶手在开枪打死了可怜的威廉·柯万之后，就马上像鹿一样逃跑了。从卧室的窗户中，坎宁罕先生看到了他，亚力克·坎宁罕先生也从后面的走廊上看到了他。警报发出的时候是11点45分。当时坎宁罕先生已经上了床，亚力克先生正穿着晨衣在抽烟。他俩都听到了车夫威廉叫‘救命’，亚力克急忙跑下楼去看出了什么事。后门开着，当他走到楼梯底层时，他看到有两个人在外面扭打。其中一个人开了一枪，另一个倒在地上。凶手穿过花园，越过篱笆逃走了。坎宁罕从他的卧室望去，见那个家伙跑到大路上，一会儿就看不见了。亚力克止住脚步，想救活那个垂死的人，那个恶棍趁机逃跑了。除了知道凶手是一个身材中等，穿着一身黑衣服的人之外，还没有找到与他长相有关的线索。我们正在尽力调查。若他是个外乡人，我们会很快把他查出来。”

“威廉在那里做什么？临死前他有没有说什么话？”

“他一个字也没有说。他同他母亲住在仆人们住的地方。他对主人特别忠诚，所以我估计他是想到主人的房子里看看一切是否正常，因为阿克顿家发生的事情让每个人都提高了警惕。那凶手刚刚把锁撬开，推开门，威廉就碰上了他。”

“在出去之前威廉对他母亲有没有说些什么？”

“他母亲年岁大了，耳朵不好使，我们什么都没能问出来。这桩惨案几乎把她吓傻了，她平时就不怎么精明。我这儿有一条重要的线索。是这个！”

他从笔记本里取出一角撕破的纸，把它平摊在膝盖上。

“这是从死者的拇指和食指之间发现的。看样子，这是从一张挺大的纸上撕下来的。您可以看到，纸上写着的时间同他遇害的时间一样。您看，可能是凶手从他手中撕走了另外一部分，或是他从那里夺过来一角。这张纸条读起来似乎是一种与人约会的便条。”

福尔摩斯拿过那张小纸片。只见上面写着——

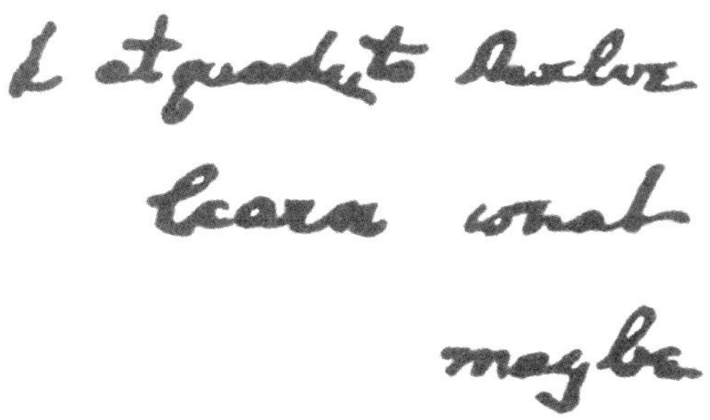

警官继续说，“如果这真是约会，我们可以这样认为：威廉·柯万虽然忠厚老实，但可能同盗贼有勾结。他可能是在那里守候盗贼，帮他闯进屋，后来他们因为某件事闹翻了。”

“这字体倒是非常有趣，”福尔摩斯将长纸条仔细地看了后说，“这比我原来想象的要难得多。”他双手抱头思索着，那位警官发觉他的案子竟让伦敦来的神探这么伤神，情不自禁地乐了。过了一会儿，福尔摩斯开口说：“刚才你说盗贼和这仆人之间也许有关系，这纸条也许是一个人给另外一个人的密约信，这的确是个独到的见解，很有可能。可这上面的字体……”他双手抱头沉思了一会儿。当他再次抬起头时，我异常惊讶地发现他脸上泛着没生病前的红光，双目炯炯有神。他和以前那样精力旺盛了，他猛地蹿了起来。

他说：“我告诉你们吧，我想悄悄去看看，了解一下这个案子的详情。它有一些地方很有趣。上校，若是你允许的话，我想离开你和华生，跟这位警官一块去跑一趟，来验证一下我的一两点看法。我过半个小时就回来。”

过了一个半小时，警官独自一人回来了。

“福尔摩斯先生正在外面的田地里走来走去，”他说，“他让我们四个人一起去看看那房子。”

“上坎宁罕家吗？”

“是的，先生。”

“去干什么呢？”

警官耸了耸肩后说：“我也不大明白，先生。我暗地里跟你们说，我看福尔摩斯的病还没有完全好，他显得很古怪，有些过于激动。”

我说：“我想你用不着大惊小怪，我时常发现，当他糊涂不清时，他就知道结果了。”

“有人会说，他的调查方式简直是神经质。”警官嘟哝着说，“不过，他现在正急匆匆地要去检查，上校，准备好了吗，我们最好马上出发吧。”

我们看到福尔摩斯低着头，双手插在裤袋里，正在田野里踱来踱去。

“这件事情已经变得越来越有趣。”他说，“华生，你发起的这次乡间旅行已经取得明显的成功。我度过了一个愉快而充实的早晨。”

上校说：“我明白，你已经到过犯罪现场了。”

“是的，警官和我一块验看了现场。”

“发现什么了吗？”

“嗯，我们找到了一些很有趣的东西，我们边走边聊吧。首先，我们看了那个可怜人的尸首。他的确和警官所说的一样，是用左轮手枪打死的。”

“那么，你对这有什么怀疑吗？”

“啊，最好是把每件事情都好好查一查。我们的侦察并不是徒劳的。后来我拜会了坎宁罕先生和他的儿子，他俩能够指出凶手逃跑时越过花园篱笆的确切地点。这相当重要。”

“那当然。”

“后来，我们又去看望那不幸人可怜的母亲，因她年岁大，身体不好，我们未从那儿得到一点消息。”

“那么，你调查的结果到底是什么？”

“结果是我认为这不是一起平常的犯罪案。或许我们现在这次访问可使案情清楚一些。警官，我相信我们都同意一点，死者手里抓着的那张纸条上写的时间，正好与他被害的时间一样。”

“它应当给我们提供了一个线索，福尔摩斯先生。”

“它是给我们提供了一个有利的线索。就是写那纸条的人让威廉·柯万从床上爬起来的。可那张纸撕去的部分呢？”

“我认真地查找了，结果没有找到它。”警官说。

“它是从死者手中撕去的。为什么有人那么着急地要得到它呢？因为这是他的罪证。撕下来的那部分呢，他很有可能揣在口袋里，他没想到会有这一角留在死者手中。若是我们能找到撕去的纸条，这显然对我们破解疑团有很大的帮助。”

“是的，可我们还没有捉住罪犯，怎能把手伸进他的口袋里呢？”

“啊！对啊，是应当让我们仔细想一下。这一点，也是很明显的。这张纸条是写给威廉的，把它交给威廉的人绝对不是写条子的人，否则，他完全可以把其中的内容亲口告诉他。那么，是谁把便条交给死者的呢？它有没有可能是通过邮局寄来的呢？”

“我已经询问过了，”警官说，“昨天下午，威廉在邮局中收到了一封信，可是他已将信撕毁了。”

“太好了！”福尔摩斯用手拍了拍警官的背，提高嗓门说，“你已经见过那个邮差了。同你在一块工作很愉快。好了，我们到那个仆人住的地方去。上校，若是你愿意，我会把犯罪现场指给你看。”

我们走过被害者居住的漂亮的小屋，走上一条两旁长着橡树的林荫道，来到一所华丽的安妮女王时代的老宅子，宅门的门楣上刻有弥普拉克的日期。福尔摩斯和警官领着我们兜了一个大圈，然后来到侧门前。门前有一个花园，花园的尽头是篱笆，而篱笆的外面就是大路。有一个警察正站在厨房门口。

“警官，请把门打开，”福尔摩斯说，“小坎宁罕先生是站在楼梯上瞧见两个人撕打的。老坎宁罕先生就在那个窗口，左边第二个。他看见凶手逃进了左边的矮树丛。父子俩对矮树丛这一点，说得很肯定。接着，亚力克先生便跑到外面，跪在受伤者旁边。你们看，这儿的地面有多硬，根本没给我们留下别的痕迹。”福尔摩斯正说话时，有两个人绕过屋角，从花园的小路走过来。他们中，一个年岁较大，面容倔强，脸上的皱纹很深，目光阴沉沉的；另外一个人则是位打扮入时漂亮的青年，他神情活泼，满脸笑容，衣着华丽，与我们为之而来的案子形成鲜明的对比。

“你们还在调查这件事吗？”他对福尔摩斯说，“我原来还以为你们伦敦人个个都尽善尽美呢，但你们做事的效率不太快哟。”

“是啊，你总得给我们一点时间吧。”福尔摩斯快活地说。

“这当然需要时间啦！”年轻的亚力克·坎宁罕说，“我一点都看不出有别的线索。”

“只有一个线索，”警官答道，“我们认为，只要能找到……天哪，福尔摩斯先生！您这是怎么啦？”

我那可怜的朋友的脸上突然出现了极吓人的表情。他的眼睛往上翻，脸痛苦地变了形状。他忍不住哼了一声，脸朝下跌倒在地。看到他突然犯病，疼得这么厉害，我们全都吓坏了，急忙把他抬进厨房，让他在一张大椅子上躺着。他大口大口地喘着气，过了一会才重新站起来，为自己虚弱的身体向大家难为情地道歉。

“华生可以告诉你们，我刚从一场大病中恢复过来，”他解释说，“这种无法预料的神经疼痛很容易发作。”

“让我派马车送你回去吧？”老坎宁罕问。

“不用了，我既然已经来了，就想把一个小问题搞清楚，这问题挺简单。”

“什么问题？”

“嗯，在我看来，这位可怜的威廉来这的时候，那个贼人还未进屋子，看来你们不是想当然地认定，门虽然被撬开了，盗贼却没有进屋。”

“我并不这么认为，”坎宁罕先生严肃地说，“那时我儿子亚力克还没有睡。若是有人在屋里走动，他一定会听到的。”

“你当时坐在什么地方。”

“我正在更衣室里吸烟。”

“哪一扇窗户是更衣室的？”

“右边最后一扇窗户，紧挨着我父亲的卧室。”

“你们两个人的房间里都亮着灯吗？”

“那当然。”

“现在我有几个奇怪的疑点。”福尔摩斯微笑着说，“一个盗贼，或者说一个有经验的盗贼，一看灯光就知道这家还有两个人没睡，竟然有意闯进屋里，这有点奇怪吧？”

“他肯定是个相当沉着老练的家伙。”

“那是当然，若这不是一桩古怪案子，我们就没有必要请你来指点了。”年轻的亚力克先生说，“可是，你刚才认为盗贼在威廉捉住他之前就进了屋，我认为这看法很可笑。若真是那样，这屋子还能不被弄乱，东西被偷走吗？”

“这就要看什么东西了。”福尔摩斯说，“你不要忘了，我们是和一个很不一般的盗贼在较量。比方说，你们可以想想，他从阿克顿家偷了些古怪的东西，是什么呢？一个线团，一方镇纸，还有一些我不清楚的零星东西。”

“福尔摩斯先生，我们把一切都交给你了，”老坎宁罕说，“我们完全听您和警官的吩咐。”

“首先，”福尔摩斯说，“我想请你自己出一笔资金，必须你亲自出，因为若是让官方同意这笔钱得过段时间，再说这些事情他们不会马上办理的。我这儿拟好了一个草稿，请你签字吧。我想，五十英镑就可以了。”

“五百英镑我也愿意出。”治安官说着便接过了福尔摩斯递过来的纸和笔。他看了一遍后说：“这写得有点问题。”接着，又补充了一句。

“我写得太仓促了。”

“你看你开头写道：‘鉴于礼拜二凌晨十二点差三刻发生了一起入室抢劫未遂案等等，事实上却发生在十一点三刻。”

我看出了这样的失误，我感到很痛心，因为我知道福尔摩斯对这一类的疏忽很敏感的。把事实搞清一直是他擅长的，可能是最近这场病把他弄糊涂了。眼前的小事足以向我表明，他还没有康复。他显然很不好意思，警官扬了扬眉头，亚力克·坎宁罕则哈哈大笑起来。很快，这位老绅士纠正了写错的地方，然后把纸还给了福尔摩斯。

“赶快送去复印吧，”老坎宁罕说，“我觉得这是一个不错的想法。”

福尔摩斯小心地把那张纸放进他的笔记本里。

他说：“现在我们最好一起去各个房间看一看，以证实这古怪的盗贼没拿走别的东西。”

进屋之前，福尔摩斯仔细地检查了那扇被撬开的门。可以看得出，门是被人用一把凿子或锐利的刀子插进去把锁撬开后打开的。我们清楚地看到利器插进去后在木头上留下的痕迹。

“你们不用门闩了吗？”他问。

“我们认为没有那个必要。”

“你们养狗了吗？”

“养了，但狗被拴在房子的一旁了。”

“佣人们什么时候就寝？”

“大约 10 点。”

“据我了解，威廉通常也在这个时间休息，是吗？”

“是的。”

“让人纳闷的是，他刚好在这天晚上起来了。坎宁罕先生，若是你领着我们看一下各个房间，我将感到好高兴。”

我们迈过一条铺着石板的走廊，走廊的一端是间厨房，另一端是通向二楼的木楼梯。木楼梯顶部的平台与一条从前厅通过来的装饰得较为华丽的楼梯正对着。走过这个平台，就是几间卧室和客厅，这儿有坎宁罕先生和他儿子的卧室。福尔摩斯慢慢地走着，认真察看着房子的构造。从他的表情中，我可以看出他在追踪着一条线索，但并不知他是否已查出苗头。

“我的好先生，”坎宁罕先生急躁地说，“这没有什么必要。我的卧室在楼梯口，再过去一点就是我儿子的卧室。请你判断一下，这个贼怎么会让我们没有察觉？”

“你应当到房子四周看一看，找找新的线索。”他儿子阴险地笑着说。

“我还是请你们再迁就我一会儿。比方说，我想瞧瞧从卧室的窗户能看到前面有多远的地方。我想，这是你儿子的卧室吧，”福尔摩斯推开门说，“他坐在里面抽烟时，发出了警报，是吧！它的窗户朝哪个方向？”他穿过卧室，推开里面的门，看着另一间屋子。

“你现在总该满足了吧？”坎宁罕先生尖刻地说。

“谢谢，我想该看的我已经都看过了。”

“那么，若是你认为真的有必要的话，你们可以到我房间里去看看。”

“若是不太打扰你的话，那就走吧。”

治安官耸了耸肩膀，领着我们走进他的卧室。卧室的家具摆设很简单、朴素。当大家走向我们走过的床边时，福尔摩斯把身子探到前面，没留神把一些东西碰翻在地上。玻璃瓶摔得粉碎，水果也滚了一地，把我吓了一跳。

“华生，看你弄的，”福尔摩斯冷静地说，“你把地毯都弄脏了。”

我急忙弯腰去拾水果，心里清楚我朋友这样做一定有他的缘由。别的人赶忙过来收拾，把桌子扶了起来。

警官突然叫道：“嗨！他去哪里了？”

福尔摩斯不知上哪去了。

“你们请在这儿等着，”亚力克·坎宁罕说，“我看这人脑子有病，父亲，你跟着我，看看他到底上哪去了！”

他俩走出了房间，只留下上校、警官和我三个人相互不解地望着对方。

“依我看，我比较倾向于赞同亚力克先生的看法。”警官说，“也许是这场大病搞的，可我又觉得……”他的话还未说完，我们突然听见一阵尖锐的叫声：“救命啊！救命啊！杀人啦！”我听出那让我胆战心惊的声音是我朋友发出的。我疯狂地从房间里冲到楼梯口。这时的喊叫声变成了嘶哑的、含糊不清的咕噜声，我听得出那是从我们第一次进去的那间房子里传出的。我箭步冲进去，一直跑到里面的更衣室。正好看见坎宁罕父子正把福尔摩斯掀翻在地，小坎宁罕正用双手掐住福尔摩斯的脖子，老坎宁罕正拧着福尔摩斯的一只手腕。我们三个人马上把坎宁罕父子拽开，福尔摩斯摇摇晃晃地站起来，脸色苍白，很明显他已经筋疲力尽了。

“警官，快把这两个人抓起来。”福尔摩斯喘着气说。

“他们犯了什么罪呢？”

“他们谋杀了马夫威廉·柯万。”

警官不可思议地望了望四周，疑惑地说道：“哦，不会吧，福尔摩斯先生，你说的这话不是真的……”

“唉，先生，你看看他们的脸色就明白了。”福尔摩斯简短地说。

的确，我还从来没有见到过这种自认为有罪的面部表情。那个老的呆若木鸡，布满皱纹的脸上现出沉痛懊恼的表情。另一个人呢，他的儿子已经失去了原来的笑容满面的神情，一双黑眼睛里露出凶狠的目光，俊朗的面容已经扭曲得变了样。警官没有再说什么，走到门口，吹响了警笛，两名警察应声而至。

“坎宁罕先生，我必须这样做，”他说，“我相信这一切也许是一场可笑的误会，不过，可是您想干什么？放下！”他抬手打去，亚力克正要举起来的左轮手枪被打掉在地板上。

“别乱动！”福尔摩斯从容地用脚踩住手枪说，“审判的时候会用得着它的。我们真正需要的，就是这个。”他拿起一张揉成团的纸说。

“这是死者手中的那张纸条被抢走的那一部分呢！”警官叫道。

“一点儿没错。”

“这是在哪里找到的？”

“在我认为它应当出现的地方。我一会儿会把整个案子讲给你们听。上校，我想，你和华生最好先回去，我顶多过一个小时就会回去。我和警官要审问罪犯，你们会在吃午饭时见到我。”

歇洛克·福尔摩斯很守信用。大约一点钟，我们在上校的吸烟室里又见到了他。和他一起来的是位身材矮小的老绅士。福尔摩斯向我介绍说，他就是阿克顿先生，第一件盗窃案就发生在他家里。

“我对你们诉说这个小案子时，希望阿克顿先生能在场，”福尔摩斯说，“他会对这个案子很感兴趣。我亲爱的上校，你是否后悔接待了一位这样爱惹事的客人呢？”

“恰好相反，”上校热情地答道，“我能有机会跟你学学破案经验，非常难得。我承认这完全不是我所预料的，我一点儿都不能解释最终的结果。真的，一点儿都看不出来。”

“我想我的解释可能会让你们失望的，可是无论是对我的朋友华生，还是对关心我工作的人，我的经验从来不保密。可是，由于我刚刚在更衣室里遭受了袭击，我希望能喝点白兰地定定神，上校，就在刚才，我用尽了所有的力气。”

“我想你神经痛的毛病不定什么时候又发作了吧？”

歇洛克·福尔摩斯开心地大笑起来。他说：“我等一会儿说说这件事。这件案子，我会按顺序讲一讲，并且会把几点促使我下了决心的地方告诉你们。若是你们有不明白的地方，问我好了。

“在侦察艺术中，最重要的一点就是要能从大量的事实中找出哪些次要哪些重要。不然，你的精力就不能集中起来。对这个案子，我一开始就认为案子的重点是死者手中握着的那张碎纸片。

“在我说出这个问题之前，我提醒你们注意，假如亚力克·坎宁罕说出的那些话是真的，若是凶手开枪杀了威廉·柯万后就马上逃走了，那样，凶手显然没时间从死者手中撕去纸片。假设纸条不是凶手撕下来的，那一定是亚力克·坎宁罕本人干的，因为在那个老人赶到楼下时，几个佣人早已到了现场。这一点很简单，但警官却忽视了。这是因为他一开始就认为这桩案子与乡绅无关。我的观点是从来不持任何偏见，只尊重事实，就这样，我调查时就怀疑亚力克·坎宁罕在这桩案件中所扮演的角色了。

“于是，我很仔细地查看了警官拿给我的那张纸角。我认识到这是一份极其重要文件的一部分。”

“字体看上去很不规则。”上校说。

“我亲爱的先生，”福尔摩斯大声说道，“无疑这是两人轮流写出来的。你们瞧，‘at’和‘to’中的字母‘t’写得劲力十足，而‘quarter’和‘twelve’中的字母‘t’又是多么软弱无力。你们只要比较一下，就会马上看到真相。你们简单地分析这四个单词，就会极有把握地说，‘learn’

和‘maybe’是出自那个笔锋刚劲的人写的，而‘what’是一个软弱无力的人写的。”

“天啊，这真是明摆着的事情！”上校叫道，“这两个人为什么要用这种方式来写同一封信呢？”

“这显然是一种犯罪行为，其中的一个人并不相信另外的那个人。于是他决定，不管什么都必须两个人一起动手。并且可以这样认为，那个写‘at’和‘to’的人一定是主谋。”

“你如何知道这一点的呢？”

“我们只要比较一下这两个人的笔迹就能知道这一点。另外，我们还有更充足的理由。假如你们认真查看一下这张纸，你们就会得出这样的结论：那个笔锋刚劲有力的人先写完他要写的单词，留出空格让另外那个人去填写。这些空格并不是个个都富余，你们瞧，另外一个人把‘quarter’一词写在‘at’和‘to’之间时就显得有些挤。这说明‘at’和‘to’是先写好的。无疑，先把那部分写出来的人就一定是主谋。”

“太有意思了！”阿克顿先生大声叫道。

“但这只不过是很明显的事。”福尔摩斯说，“我们现在要说的重要一点就是，也许，你们不太清楚，专家们往往能很精确地根据一个人的笔迹推算出他的年龄来。在一般的情况下，可以很有把握地断定一个人的岁数。我所说的‘在一般的情况下’，是由于在患病和体弱时也能有老年人写字的特征，即使生病的人很年轻也可能有这种情况。在这个案子中，只要看看一个人的笔迹是粗壮有力的，而另外一个人的笔迹软弱无力，可也写得能看清楚，不过是在‘t’字上少写了一横，我们就可以推断，其中一位是个年轻人，另外一个虽不是十分衰老，岁数也挺老了。”

“好极了！”阿克顿先生又大声叫道。

“另外还有一点，比较微妙有趣。这两个人的笔迹有某些相似之处，这说明两人有血缘关系。对你们来说，最明显的是你们所看到‘e’写得像希腊字母‘ε’，而在我眼里，有许多细小的地方能说明这一点。不容置疑，单从书写的风格上来看，这两种笔迹是出自一家人之手。当然了，我现在讲给你们听的，只是我检查这张纸所得到的一些主要的结果。此外，还有二三十种推论结果，专家们也许对这些感兴趣。所以我脑海里对这些结果一次次地加深了印象，这封信就是坎宁罕父子写的。

“我得出了这个结论后，接着去做的事情是查清犯罪经过，看看它们能给我多少帮助。我同警官一块去了那座房子。看到了我所要见到的情况。我敢肯定，死者身上的伤口是被左轮手枪在四码开外处射中的，因为死者的衣服上并没有火药的痕迹。这样一来，亚力克·坎宁罕所说的什么凶手在同仆人搏斗中开了枪等等，显然是说谎。另外，在凶手是从哪儿逃到大路上去的这件事上，父子俩的说法也很不一致。很巧，这个地方有一条宽沟，沟底很潮湿，可是在沟的附近并没有发现什么脚印，因此我绝对相信坎宁罕父子又一次地说了谎话，至于现场根本就没有生人来过。

“现在，我就只剩下考虑他们的犯罪动机了。为了搞清楚这一点，我必须先搞清楚在阿克顿先生家所发生的第一起盗窃案的起因。从上校口中得知，阿克顿先生，你同坎宁罕父子正打着一场官司。于是，我马上就会想到，他们闯进你的书房的目的，就是想偷取对你们的官司极其重要的文件。”

“说得很对，”阿克顿先生说，“他们的目的就是这样。我有足够的理由要求得到他们目前财产的一半。若是他们找到了那份证据，他们就会胜诉。但幸运的是，那份文件放进了我律师的保险箱里。”

“你们觉得怎么样，”福尔摩斯笑着说，“这是一次危险而鲁莽的尝试，我觉得这似乎是年轻的亚力克干的。他们没有找到任何东西，干脆见到什么拿什么，故意造成一种假象来蒙骗大家，让我们认为那只是一起普通的盗窃案。显然，这一点很清楚，但仍然有许多地方含糊不清。首先，我必须先找到那半张被撕走的纸条。我相信是亚历克从死者手中扯去的，也确信他一定是放进了睡衣的口袋里。不然，他会把它放到什么地方呢？唯一的问题就是，它是否还在睡衣口袋里。这是很值得下一番功夫去寻找的。为了这个目的，我们一块儿到他们家里去了。

“你们可能还记得，坎宁罕父子在厨房门口见到我们。这时，最重要的是不能向他们提起这张纸条的事。否则，他们会毫不迟疑地毁掉那一份重要证据。就在警官要对我们把这张纸条说出来的时候，我装作突然患病倒在地上，才把话题岔开。”

“我的天呀！”上校大笑道，“原来是这样，你突然发病原来是装出来的，害得我们担惊害怕。”

“从职业的观点来讲，这一手干得太漂亮了！”我大声说道，惊奇地看着我身边这位经常用变幻不定的手段把我弄得晕头转向的人。

“这是一门经常用得着的艺术，”他说，“我醒来后，又略使小计，让老坎宁罕写下了‘twelve’这个词，用来和那张纸条上的‘twelve’进行比较。”

“唉，我真是傻透了！”我嚷嚷道。

“我知道，你当时对我的身体很是关心，”福尔摩斯笑着说，“你当时特别着急，为这我心里感到过意不去。后来我们一块上了楼。我走进那个房间，见那件睡衣挂在门后，于是，我就故意碰翻桌子，转移他们的视线，然后溜回去翻找睡衣的口袋。果真，那张纸就在一件睡衣的口袋里。我刚刚拿到那张纸，坎宁罕父子俩突然进来扑到我身上。我相信，若不是你们及时赶来救我，我可能当场就被他们弄死了。真的，那个年轻人的手已经卡住了我的喉咙，他的父亲拧着我的手腕，要从我的手中将那纸条夺回去。你们看，他们感觉到我已经知道了一切，原来万无一失的感觉变成了极度的绝望，结果他们只好做最后的挣扎了。

“后来，我同老坎宁罕谈了几句，问他犯罪的动机是什么。他挺老实，他承认自己的儿子是个十足的坏蛋，若是他拿到了那把手枪的话，他就一定会杀死一个人，别人或自己。老坎宁罕感觉到案情对他很不利，把一切都坦白交待了。原来，那天晚上坎宁罕父子俩闯进阿克顿先生家时，威廉悄悄地跟在他两个主人的后面，威廉就这样掌握了他们的秘密，后来威胁要控告他们，进行敲诈。然而，对亚力克这样险恶的人物玩这一套把戏，威廉不知天高地厚。亚力克天才地看出来，震惊当地的盗窃案正是清除一个他所害怕的人的好机会。于是，他们把威廉诱骗了出来，杀害了他。只要他们把那纸条完整地搞到手，并且对他们作案的细节稍加注意就完全不会引起别人的怀疑了。”

“可是，那张纸条呢？”我问。

歇洛克·福尔摩斯把这张撕走的纸条放在我们的面前。

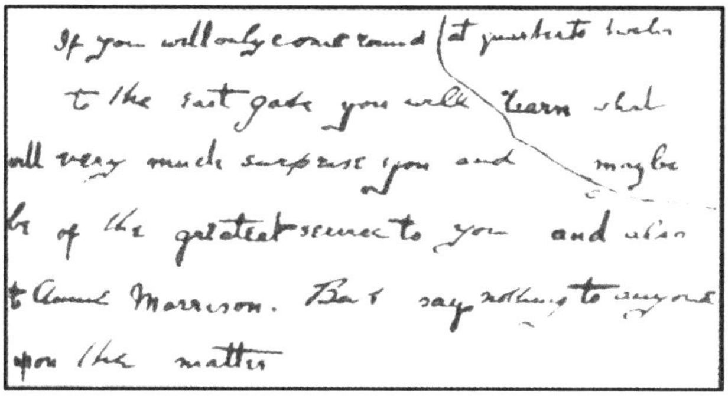
If you will only come round at quarter to twelve to the east gate you will learn what will very much surprise you and maybe be of the greatest service to you and also to Annie Morrison. But say nothing to anyone upon the matter

（如果你十二点三刻到东门口，你将知道一件极为意外，并且对你和安尼·莫里森都有极大好处的事情。但千万别向别人提起这事。）

“这正是我所要找到的东西。”福尔摩斯说，“当然，我们现在还不知道亚力克·坎宁罕，威廉·柯万和安尼·莫里森到底有什么关系。但从事件的结局可以看出，这是个安排得很巧妙的圈套。我相信，当你们发现字母‘p’和字母‘g’的尾端都具有相同的特点时，你们一定会感到高兴的。那个老人写‘i’时，不点上面的那一点，这是很特别的。华生，我看我们在乡间的休养已收到很好的效果，明天我们回到贝克街时一定会精力旺盛的。”

7. 驼　背　人

在我结婚后的一个夏天夜晚，我在壁炉旁坐着，一边抽着最后一斗烟，一边冲着手中的小说打盹，这是由于白天的工作已经耗尽了我的精力。我的老婆已经到楼上去了，刚才前厅的大门上传来了上锁的声音，佣人们要睡觉了。我从椅子上站了起来，磕烟斗中的烟灰，突然听到一阵门铃声。

我看了看表，已是十一点三刻了。这么晚了，不会有客人来访了吧？说不定是个病人，更有可能是个需要彻夜护理的病人。我不情愿地走到前厅，打开大门。让我感到惊奇的是，是歇洛克·福尔摩斯站在门外的台阶上。

“哦，华生，”他说：“这个时候来找你，希望你不要觉得太晚。”

“快请进来，我的好朋友。”

“你好像感到非常惊讶，这也难怪！我想，你现在放心了吧！你抽的还是阿卡迪亚那种混合烟！我从你外衣上落下的蓬松的烟灰就知道。华生，你让人们一望就能看出你习惯穿制服。若是你不改一下把手帕塞在衣袖里的习惯，就永远不会是一个合格的平民。对了，今晚我能在这儿睡吗？”

“怎么不能呢。”

“你对我说过，你有一间专给男客人住的房间。我看今晚不会有别的客人住在里面吧，你的帽架告诉我不会有人。”

“若是你能在这里休息，我感到特别的高兴。”

“谢谢，那么帽架上那个空的挂钩，我就占用了。真抱歉，刚才你们家来过大英帝国的工人。他不是来修下水道的吧？”

“不是，他是来修煤气的。”

“呀，你的油布地毯上的两个鞋钉印是他的鞋子留下的吧，你看，就在灯光照着的地方。我非常愿意和你一块抽斗烟，晚饭我已在滑铁卢吃过了。”

我把烟丝袋递给他，他在我对面坐下来，不作声地吸了一会儿烟。我心里很明白，他这么晚了还上我这儿，肯定有极其重要的事情，于是，我静下心等着他说话。

他很神气地望着我说：“我看你最近事务特别多。”

“是这样，我忙了整整一天，”我回答说，“可能你认为我这么说话很傻，但你是怎么看出来的呢？”

福尔摩斯笑出了声。

“我可爱的华生，我的长处就是我了解你的习性。”他说，“若是你出诊的地方离得近，你走去就可以了；离得远，自然要坐马车。看你穿的鞋子，一点不脏，这说明你常常坐马车出诊，你最近肯定很忙。”

“说得太对了！”

“这没什么复杂的，”他说，“一个擅长推理的人推断出的结局，会让他周围的人欣赏。这是因为那些人总是忽略一些小细节，而这些小细节正是推理的基础。我的好朋友，你写的那些文章之所以能和我一样有成果，原因是你在写作时总是夸大事实，故意把一些情节先不透露给读者。我现在面临的情况就和那些读者一样，有一桩案子让我费尽心思。我已经掌握了一些线索，但还缺乏一两点让我的理论更加完善的理由。不过我会找到的，华生，我一定会找到的！”福尔摩斯双目炯炯有神，他瘦削的双颊略微泛出红光，但这仅是一刹那间的事。等我再次朝他看时，他的表情又像印第安人一样严肃了，这种表情让许多人认为他有点像台机器。

“这个案子有一些值得注意的地方，”他说，“我甚至可以说是罕见的地方，我已经对这个案子进行了调查，这案子快要结束了。若是你能在最后一步上助我一臂之力，那就帮我的大忙了。”

“我很愿意给你帮忙。”

“你明天和我一道去阿尔德肖特好吗？”

“可以，我想杰克逊会代替我行医的。”

“太好了。我准备乘坐上午 11 点从滑铁卢车站开出的火车。”

“若是这样，我就有空准备了。”

“要是你不觉得困，我就给你说说这个案子的情况以及我们怎样去做。”

“你没来的时候我在打盹，现在已经很清醒了。”

“我尽可能简短地说说案件，绝不漏掉一个细节。或许你已经看到关于这个案子的报道了。现在我调查的是驻在阿尔德肖特的皇家芒斯特步兵团巴克莱上校假定被杀案。”

“我还从来没有听说过这桩案子。”

“这桩案子目前除当地外，还没引起人们足够的兴趣，这是两天前发生的，我讲给你听听。

“就像你所知道的，皇家芒斯特步兵团是大不列颠军队中有名的爱尔兰兵团。它在克里米亚战争和平定印度叛军战役中两次建立了奇功，又在其他战场上建立功勋。这支军队直到本周一的夜晚一直由詹玛姆·巴克莱上校指挥。上校是位经验丰富、勇敢的老军人。他从普通的士兵做起，在平定印度叛军的战役中，由于作战勇猛而被提升为这个团的指挥官。

“巴克莱上校在当军士的时候就成婚了。他老婆的闺名叫南希·德瓦尔，是该团前掌旗军士的女儿。因此，我们可以想象，当时这对年轻的夫妇在新的环境中会受到一些社会排挤。但是，他们好像很快地适应了环境。我听说巴克莱夫人很受该团女眷们的欢迎，她丈夫也受到了军官们的爱戴。另外，我再说一句，她是个很漂亮的女人，尽管他俩结婚近三十年了，她的容貌仍然美丽迷人。

“巴克莱上校的家庭生活看来一直很不错。墨菲少校向我透露了大量的情况，并一再向我保证，他从来没有听说过这对夫妇之间有什么不和。总之，他认为巴克莱上校爱他妻子胜于他妻子爱他。巴克莱上校得每天同她在一起，不然他就会坐立不安。另外一方面，虽说她对他很忠诚，但有些缺少女人的柔情。这并不影响他俩在军团一直被公认为是一对模范中年夫妇。从他俩的夫妻关系上看，人们一点也看不出有什么会引起以后的悲剧的。

“巴克莱上校的性格似乎有点特别。平时他是一个活泼潇洒的老军人，但有时也相当粗暴，有报复心。但他的这种脾性从来没有对他的妻子发过。还有一点，我同五位军官谈过，其中有三个人和墨菲上校都注意到同一件事——上校时常会流露出奇怪的情绪消沉的样子。少校说，当巴克莱上校在餐桌旁和人兴奋地说笑时，似乎有一只无形的手很快地将他的微笑抹去。有时，他一连几天都处在这种状态中，情绪低落，意志消沉。他和别的军官有一点不同的是，他很迷信。他的迷信表现在他不喜欢一个人独处，尤其是在天黑以后。他的这种孩子气的天真自然会引起人们的种种议论和猜测。

“皇家芒斯特步兵团的第一营，驻扎在阿尔德肖特已经有好几年了。那些有妻室的军官都住在军营外面。上校多年来一直住在一所叫作‘兰静’的小别墅里。这座别墅单门独院，距离西边的大道不到30码。他们雇用了一个车夫和两个女佣。由于巴克莱上校没有孩子，平时也几乎没有客人住在他家里，所以整个“兰静”别墅中只有上校夫妇和三个佣人。

“我们现在来谈谈上周一晚上九点到十点之间“兰静”别墅里发生了怎样的事。

“看起来，巴克莱夫人是一位罗马天主教徒，她对圣乔治慈善会非常关心。慈善会是瓦特街的小教堂举办的，专门向穷人施舍旧衣服。那天晚上八点钟，慈善会要开一个会议。巴克莱夫人很快地吃了晚饭，准备去开会。临出门前，车夫听到她对上校说了句家常话，并说不用多长时间就回来。于是，她去叫住在旁边一座别墅里的莫里森小姐，同她一块去。会议进行了四十分钟，9点15分，巴克莱夫人回到家里，在经过莫里森小姐家的门口时，两人才分手。

"'兰静'别墅里有一间屋子作清晨的起居室。它的对面是公路，一扇折叠式的大玻璃门通向草坪。那块草坪宽30码左右，一堵上面装了铁栏杆的矮墙把它与公路隔开。巴克莱夫人回到家的时候就进了这个房间。房间里的窗帘没有拉下来，这是由于房间晚上很少使用，可是巴克莱夫人那天和平时不同。她亲自点上了灯后按响铃，让女佣简·斯图瓦特给她倒杯茶。上校一直坐在餐厅里，听到老婆回来了，他就到清晨的起居室去找她。车夫看见上校穿过走廊，走进那间屋子。上校再也未能活着出来。

"过了十分钟，巴克莱夫人要的茶被送了上来，但女佣走到门旁时，却惊讶地听到主人夫妇正在大声地争吵。她敲了敲门，没有人反应；她又扭了扭门的把手，却发现门已经从里面上了锁。她不由自主地跑去告诉了厨娘，这两个人和车夫一块来到走廊。他们听到主人夫妇仍在争吵。他们证实，当时只听到巴克莱夫妇二人的声音。巴克莱的声音很低，又总是断断续续的，所以他们谁也无法听到他说了什么。但夫人的声音格外大。当她的嗓门提高时，他们就听得清清楚楚。她一再叫着：'你这个懦夫！现在怎么办？还我青春！我不愿意再和你生活在一块了！你这个懦夫！懦夫！'她说的就是这些。到了最后，仆人们突然听到那男人发出一声可怕的叫喊声，接着又听到了'扑通'倒地的声音，那个妇人发出一声撕心裂肺

的尖叫声。尖叫声一声声地从屋里传出，车夫知道悲剧已经发生了，便想冲进去，却怎么也没办法撞开门，那两个女佣吓得不知所措，根本帮不上忙。车夫突然想起了一个主意，从前门跑出去，绕道来到落地窗前的草坪上。落地窗的一扇开着，我听说它在夏季总是开着的。车夫毫不费劲地从窗户爬了进去。女主人停止了尖叫，昏迷不醒地躺在长沙发上，那个不幸的军人直挺挺地躺在血泊中，翘着的双脚搭在单人沙发的扶手上。他的头倒在靠近火炉挡板的一角的地上。

“瞧见上校已经没救了，车夫自然先会想到把门打开，但他碰到了一个无法想到且很奇怪的难题。钥匙不在门的里侧，他翻遍了整个屋子都没找到。他只好再次从窗户爬出去，找来一个警察和一个医生来帮忙。这位夫人在昏迷状态中被抬进了自己的房间，她自然是重大的嫌疑犯。上校尸体被抬到了沙发上，接着又对悲剧发生的现场进行了认真的检查。

“这个不幸的老军人所受的致命伤，是脑后一条两英寸长的伤口，显然是被某种钝器猛然一击造成的。至于凶器是什么，不难猜出，靠近尸体旁的地板上就有一根式样古怪的骨柄雕花硬木棒。上校喜欢收藏各种各样的武器，都是他从一些打过仗的国家带回来的。警察估计，这根木棒是他的战利品之一。佣人们一致说以前从未见过这根木棒，若是它混杂在室内无数乱七八糟的物品中，人们很容易忽视它。在屋里警察并未发现别的重要线索，只有一件事令人难以解释：那把找不到的钥匙既不在巴克莱夫人的身上，也不在受害人身上，在屋里怎么也找不到。最后他们从阿尔德肖特找来一个修锁的，才打开了门。

“华生，我是周二早晨受墨菲少校的邀请，去阿尔德肖特协助警察调查的。当时的案情就是如此。我相信你一定认为这个案子很有趣，但我的调查很快就让我认识到，这个案子似乎比我开始想象的更不一般。

“我在检查那个房间之前先询问了佣人，听到的结果和刚才对你说的一样。只有女佣简·斯图瓦特回忆起了一个值得注意的细节。你还记得，她听到争吵声后，就到楼下叫来另外两个佣人。她说，她开始一个人在门外时，主人夫妇的声音压得很低，她几乎听不到什么，只是从他们说话的声调，判断出他们是在争吵，而不是听出他们在说什么话。就在我的追问下，她想起了也听到女人曾两次提到‘大卫’这个词。从这一点，我可以稍微推敲一下他们突然争吵的原因。你记得，上校的名字叫詹姆斯。

“这桩案件中有一件事给佣人们和警察留下了极为深刻的印象，那就是上校扭曲变形的脸，不止一个人看到他的脸后惊吓得昏了过去。他惊恐万状的样子，一定是预见到了自己的结局。这也符合警方的看法，即上校可能已经看出他老婆要害他。死者脑后的伤口和这种看法不一样，他有可能转过身想要躲避这一击。巴克莱夫人因患急性脑炎，暂时神志不清，所以无法从她那里了解到具体情况。

“我从警察那里得知，那天晚上和巴克莱夫人一起出去的莫里森小姐，也不知道是什么事引起巴克莱夫人回家后大发脾气的。

“华生，搜集到这些事实后，我抽了好几斗烟考虑，想把那些重要的情况和那些偶然的情况区分开。毋庸置疑，这桩案件中最不可思议的一点是那怎么也找不到的房门钥匙。钥匙肯定是让人拿走了，但这个人既不是上校，也不是上校的老婆。这是很清楚的。据此，一定有第三者进了屋子，第三者只会从窗户爬进去。我觉得，认真查看房间和草坪或许会发现这位神秘人物留下的某些痕迹。你知道我的调查方式，华生。在这次调查中，我用尽了各种方法。幸运的是，我找到了痕迹，这些痕迹同我所期待的并不一样。房间里确实进来过一个人，他是穿过大草坪从大道走过来的。我找到五个他留下的非常清晰的脚印：一个在大道上，就在他翻过矮墙的地方；两个在草坪上；另外两个不怎么明显，是他爬进去时，在窗户边弄脏的地板上留下来的。他显然是从草坪上跑过去的，因为他的脚尖印比脚跟印深得多。但让我惊奇的不是这个人，而是他的同伙。”

“他的同伙！”

福尔摩斯从口袋里掏出来一大张薄纸，认真地把它摊在膝盖上。

“你瞧这是什么东西？”他问。

纸上是某种小动物的爪印。它有五个很清楚的爪指，长长的爪尖，整个痕迹有一个点心匙那么大。

“这是一条狗吧？”我说。

“你听说过有狗能爬到窗帘上去的吗？我在窗帘上发现了清晰的爪痕。”

“那么，可能是只猴子？”

“这不像是猴子的爪印。”

“那它到底是什么呢？”

“这个东西既不是狗也不是猫，既不是猴子也不是我们所熟悉的任何动物。我试着从这些爪印的大小画出这个动物的样子。这是它站着不动时的四个印。你瞧，它的前爪和后爪之间的距离最少有 15 英寸。加上脖子和脑袋的长度，你就可以知道这个动物起码有 2 英尺长。若是有尾巴，它或许还能长一些。你现在再来看别的尺寸。这动物曾在这走动过，我们比量出它每步之间的距离为 3 英寸。从这，你就可以看出，这种动物身体很长，腿很短。尽管它没有留下什么毛，但它的大体长相和我所描述的差不多。它能够爬上窗帘，食肉动物才有这个特点。”

“你如何知道它是食肉动物？”

“窗户上挂着一只金丝雀笼子，那个小动物爬上去像是去捉那只鸟。”

“它会是什么动物呢？”

“唉，若是我能叫出它的名字，这个案子就很容易破了。总的来说，这可能是只类似黄鼠狼、鼬鼠之类的鼬类动物，但要比我们见过的这类动物大。”

“可这与案件有什么关系呢？”

“这一点，我还没有搞清楚。不过，你能够看出，我们已经知道不少情况了。我们已经知道屋里点着灯，窗帘没有拉上，有一个人站在大道上看巴克莱夫妇争吵。我们也清楚，他领着一只奇怪的动物跑过了草坪，走进屋里。接下来，他可能打了上校，也有可能上校见到这个人后，惊吓得摔倒在地，头撞在炉角上碰破了。最后，我们还知道了一个奇怪的事情，这位神秘的人离开房间时，随身带走了那把钥匙。”

我说：“你的这些发现，把案件搞得有些复杂了。”

“没错。这些情况确实说明，这桩案子比原来推断的更复杂。我把这件事又考虑了一遍，最终得出一个结论，我得从另一个角度调查此案。对不起，华生，我要耽误你休息了，明天去阿尔德肖特的路上我再把余下的情况告诉你。”

“谢谢，可是你已经把我的兴致提上来了，你还是接着讲吧。”

“我们可以这样肯定，巴克莱夫人晚上七点半从家里出来时，仍同丈夫很融洽。我记得曾告诉过你，她虽然不是特别的温柔体贴，但是车夫听到她和丈夫说话的口气很和气。我们同样可以肯定，她一回到家中，就走到那间她不大可能见到她丈夫的房间，她和所有情绪激动的女人一样，吩咐仆人为她准备茶水。接下来，当上校进去见她时，她就突然激动地责备上校。从七点半到九点，肯定发生了什么事情，让她完全改变了以往对丈夫的感情。在这一个半小时内，莫里森小姐始终和她在一起。那么可以肯定，她会知道一些情况。

“原来我猜测，这位年轻的小姐可能会和这位老军人有种说不清的关系，而在当时她向巴克莱夫人说了这回事。这个猜测就能解释巴克莱夫人为什么怒气冲冲回到家，也能够解释莫里森小姐不承认发生过任何事。这样，佣人们听到的可能是关于这方面的事。但是，巴克莱夫人提到了大卫，人们都知道上校对妻子很忠实。这与第一种看法不相符。更别说还有第三者悲剧式的闯入了，这可能和上述的看法毫无联系。这样看来，很难做出正确的选择，但总的来说，我赞同否定上校和莫里森小姐有什么关系，可我更加确认，这位小姐对巴克莱夫人为什么憎恨丈夫是知情的。我选择了简单的办法，去拜访了莫里森小姐，向她询问有关的情况，我敢肯定她清楚这些事实，我要让她明白，若是不弄清楚这件事，她的朋友巴克莱夫人可能会因涉嫌谋杀而受审。

“莫里森小姐是一个瘦小而文雅的姑娘，她有淡黄色的头发，两只眼睛满含羞涩。她很聪明。我把一切告诉她之后，她坐在那儿默想了一会儿，然后果断地转向我，说出了一些很值得注意的话，我简单地转述给你。

“‘我答应过朋友，绝对不把这件事说出去，既然答应了，我就得守信用。’她说，‘可是，我亲爱的朋友因病不能说话为自己辩白，并因此可能要被指控谋杀，若是我的确能帮助她的话，我想，我情愿违背诺言，把周一所发生的事情全都告诉你。’

“‘八点三刻左右，我们从瓦特街回家。在路上，我们要经过哈德逊街，这是一条非常宁静的大街。街道只有一盏靠左边的路灯，在我们走近路灯时，迎面走来一个人。他的肩上背着一个箱子似的东西，背驼得很厉害。看上去他已经残废了，头向下低，走路时两腿弯曲。我们从他身边走过时，他借着灯光朝我们望了一眼，突然停了下来，发出一种可怕的惊呼声：“我的天啊，是南希！”巴克莱夫人的脸一下子变得惨白，若不是那个可怕的人扶助她，她就要跌倒了。我正要叫警察，可是令我不解的是，巴克莱夫人很客气地同那个人说起话来。

“这三十年来，亨利，我一直以为你已经死去了。”巴克莱夫人声音颤抖地说。

“我的确已经死了，”那个人回答说。他说话的那种腔调，听起来让人惊讶。他的脸色阴郁、可怕，他那种仇恨的眼神至今还常常出现在我的梦中。他的头发和胡子已经变得灰白，脸皱得像一个干枯了的苹果。

“巴克莱夫人对我说：‘亲爱的，请你先走几步，我有几句话要和这个人说，你用不着害怕。’她竭力想说得轻松一些，可她的脸色依然是死人一样苍白，双唇颤抖得几乎不能说话。

“我按照她说的向前走了几步，剩下他们在一块谈了一会儿。然后，她沿街走了过来，两眼冒着愤怒。我瞧见那个可怜的残废站在路灯下，恼怒地把拳头在空中挥舞着。巴克莱夫人一直没说话，直到我家门口，她才拉着我的手，请求我别把刚才看到的事告诉别人。

“她说那是她以前认识的一个人，现在落魄了。我答应她不会向别人说出，她亲了亲我，以后我就没再见到她了。我现在把真相都告诉你了。若是说我对警察掩盖了这件事，我是没有考虑到我亲爱的朋友所面临的危险。我现在知道了，把一切的事情全都说出来，只能对她有利。”

“华生，这就是莫里森小姐对我说的话，但你可以想到，这对我来说就像黑夜中看到了一丝光明。原来不连贯、互不相接的线索立即有了意义，我对这个案件的过程已有了一个大致的了解。我接着要做的，就是要找到同巴克莱夫人交谈的那个神秘的人。若是他还在阿尔德肖特，那么找到他并不是件困难的事。这地方的人不多，一个残疾人会引起人们的注意。我找了一天，也就是在今天傍晚，华生，我找到了这个人。他就住在巴克莱夫人碰到他的那条街上。他叫亨利·伍德，到这儿才来了五天。我装作查户口的官员，同他的房东太太聊了好一会儿。这个人靠给人变戏法为生，每天到黄昏的时候就去各个士兵俱乐部给人表演节目。他那只箱子里装着一只动物，房东太太有些怕那只动物，她以前从来没见过那个东西。据房东太太说，这个人用那只动物来表演节目。房东太太所能提供的就这些。她还说，像他这样说话怪腔怪调的残疾人，竟能活到今天，真是不可思议。最近这两个晚上，她听到他在卧室里呻吟哭泣。至于收入，他倒是不缺，他在交押金时，交给女房东的却是一枚像弗罗林[①] 的破银币。华生，她把那银币拿给我，那是一枚印度的卢比。

“我亲爱的朋友，你现在可以看出，我为什么要找你了。有一点是明显的，那两个女人与这个人分手之后，他就远远地尾随她们。他从窗外看到巴克莱夫妇在争吵，便冲了进去，结果他装在箱子里的那只动物溜了出来。这是可以肯定的。这个世界上只有他一个人能告诉我们，那个房间里到底发生了什么事。”

“那么，你准备去问他吗？”

“是的，我需要一个证人。”

“那么，你是想让我做见证人啦？”

“若是你同意的话，那是自然了。假若他能够把事情说个明白，那就最好了。要是没有别的办法，只有提出申请拘捕他。”

“可是，我们赶到那里时，他还在吗？”

“你尽管放心好了，我已经采取了必要的措施。我派了我在贝克街所雇佣的一个孩子看守他。不管他走到哪里，孩子都会跟着。我们明天在哈德逊街找到他，华生。若是现在还不让你睡觉，我就是犯罪了。”

第二天中午，我们赶到了案发现场，在我的同伴的引导下，很早就去了哈德逊街。尽管福尔摩斯善于掩饰自己的感情，我还是很容易地看出，福尔摩斯在竭力控制他兴奋的情绪。我自己也很兴奋，既觉得好奇又觉得好玩。

“就是这条街道，”我们拐进一条两旁都是二层砖瓦房屋的小街时，福尔摩斯说道，“啊，辛普森来汇报了。”

“福尔摩斯先生，他正在里面。”

① 英国1849年铸造的二先令银币。——译者注

一个小个子的街头流浪儿跑过来，大声叫着。

“辛普森，棒极了，”福尔摩斯亲热地拍着他的脑袋说，“华生，你看，就是这幢房子。”福尔摩斯递过去一张名片，说有要事来拜访，接着，我们就见到了想要见到的这个人。尽管天气很热，这个人蜷缩在炉旁，这间小屋竟热得像个烤箱一样。这个人弓腰曲背，身体在椅子中缩成一团，给人一种难以形容的丑恶形象。但是，当他向我转过脸来时，一张黝黑而憔悴的脸上却依稀可见当年的风采。他的那双黄浊的眼睛怀疑地怒视着我们，他既不说话，也没有站起身，只是用手指了指面前的两把椅子，让我们坐下来。

“我想，你就是前几天从印度来的亨利·伍德先生吧。”

福尔摩斯和气地说道，“我们想跟你谈谈巴克莱上校之死的事。”

“这和我有什么关系呢？”

“这正是我要搞明白的。我想让你知道，若是这件事情弄不清楚，你的老朋友巴克莱夫人可能会因谋杀罪而受审。”

这个人猛然吃了一惊。

“我不清楚你是谁，”他叫道，“你是怎样知道这些事情的，但你敢发誓，你对我所说的每一句话都是真的吗？”

“那当然。警方在等待她恢复知觉后，就要逮捕她了。”

“我的天啊！你是警察吗？”

“不是。”

“那么这件事情同你有什么联系呢？”

“伸张正义是每个人都义不容辞的责任。”

“你们要相信我的话，她是冤枉的。”

“这么说，凶手是你了？”

“不，不是我。”

“那么，到底是谁害死了巴克莱上校？”

“是万能的上帝。不过，你记住，我真想亲手砸碎他的脑袋。如果我真的那么做了，那么，他死在我的手里也罪有应得。如果不是他问心有愧，自己摔死了。我敢断定，我会杀了他，用他的血来洗刷我心头的冤屈。我也没有什么可隐瞒的，好的，我要把事情真相讲一讲，这件事我是问心无愧的。

“事情是这样的。你们现在看到我的背像头骆驼，肋骨也都变了形，但是在当年，亨利·伍德是117步兵团最帅的小伙子。我们当时驻扎在印度的一个叫布尔提的兵营里。就在前几天刚刚死去的巴克莱当时是个军士长，和我在一个连队。团里掌旗军士的女儿南希·德瓦尔是个出了名的美女，她那时多么有朝气呀！有两个男人深深地爱上了她，但她只爱其中的一个。你们看到我这个蹲在炉旁的可怜虫，再听我说我年轻时英俊漂亮她才爱我，你们一定嘲笑我了。

“可是，尽管她心里爱着我，她父亲却要把她嫁给巴克莱。那时的我是个做事不顾后果的冒失鬼，而巴克莱受过良好的教育，就要被提升为军官了。那姑娘却对我特真心，若不是印度发生了叛乱，我就会娶她了，那时国家乱得一团糟。

“我们全团被困在了布尔提。被困在一起的还有半个炮兵连，一个锡克教士兵连，以及许多平民和官兵家眷。当时约有一万叛军包围了我们，他们就像一群凶恶的猎狗围在一只猎物的周围张牙舞爪。在被围困的第二个星期里，我们的饮用水没有了。那时候，尼尔将军的纵队正在向内地开来，我们急切地想同他们取得联系。这是我们得救的唯一希望，因为我们不能指望带着全部的妇女和儿童冲出重围。在危难时刻，我主动提出闯出去向尼尔将军求援，我的请求应准了。由于巴克莱比别人都清楚那一带的地形，我特地找他商量这事，他画了一张路线图给我，以便我顺利穿过叛军的防线。这天夜里十点钟，我出发了。那时城里有一千多人的生命等着我的救援，可是那天晚上我从城墙上爬下去的时候，心中只挂念一个人。

“我按照那张路线图，经过一条干涸的河道，原本指望它能掩护我绕过敌人的岗哨。可是，当我刚爬到河道的拐弯处，很快就被六个人包围住了，他们蹲在黑暗中等着我。一会儿，我就被揍得昏了过去，手脚都被捆了起来。可是，我真正的创伤在心上，而不是我的头，因为在我苏醒过后，从他们的谈话得知，给我画路线图的人通过一个土著仆人，把我给出卖了，我不太懂他们的话，也听明白了。

“行了，我不想再详细地讲这段往事了，你们现在知道巴克莱是个什么货色了。第二天尼尔将军率兵解放了围困在布尔提的人，但不幸的是，叛军撤退时把我一起带走了，这一去我有很多年没再看到一个白人面孔。我受尽了折磨，想方设法地逃跑，但都被抓回去重受折磨。你们看我现在这样子就是他们干的好事，一些叛军带着我逃到了尼泊尔，又到了大吉岭。那里的山民们杀死了那些叛军，让我当他们的奴隶。我设法再次逃出后，没有往南走，而是向北一直到了阿富汗。我在那里流浪了好多年，最后又回到了旁遮普。我在那里的大多时间是同土著人生活在一起，我学会了变戏法，用来维持生计。像我这样一个可怜的驼背人回英国有什么用呢？让我在以前的熟人面前丢脸吗？即使我渴望复仇，我也不愿回去。我宁肯我的老伙计们和南希都以为我早已阵亡了，也不愿让他们看到我还活在人间，像个黑猩猩一样拄着拐杖蹒跚走路。他们都认为我不在世上了，我也希望他们这么想。我听说巴克莱在军队里升得很快，娶了南希，就是这样，我也不愿意说出真相。

“人老了不免会有思乡之情。这么多年来，我做梦都想念英国绿油油的田野和森林。后来我终于决定，在临死之前再回来看看故乡。我省吃俭用，攒足了盘缠，终于回到故乡。于是，我来到这个驻军的地方。我了解军队的生活，知道怎样让他们开心，怎么从他们身上挣点钱维持生活。”

“你讲的故事很是感人，”歇洛克·福尔摩斯说，“我听说你碰见了巴克莱夫人，又彼此认识了对方。后来，你是不是尾随她到家，从窗外看到他们夫妇争吵着，她正在当面斥责他的种种恶行。你就情不自禁地跑过草坪，翻窗爬了进去。”

“我是这样做的，先生。可是他一看到我，脸色就异常难看，我以前还从未见过那样难看的脸色。接着他就倒下了，脑袋碰到炉子的挡板上。我从他的脸上就清楚地看出跌倒之前，他就死了。他一看到我，像是被子弹射穿了他那颗作恶的心脏。”

“以后又发生了什么事？”

“后来南希就昏倒了，我赶忙从他手中拿起开门的钥匙，准备打开门找人帮忙。可是我又一想，这件事对我不利，若是我被抓住，过去的一切就暴露了。我就急忙把钥匙放进了口袋，丢下我的手杖去捕捉爬下了窗帘的泰迪，我把它捉住放进箱子里，然后尽快地跑远了。”

“泰迪是谁？”福尔摩斯问。

这个人弯下腰，身子向前拉开屋角里一只小笼子的门。立刻就有一只漂亮的棕红色小动物溜了出来。它的身子瘦长而柔软，长着四条鼬鼠样的腿，一个细长的鼻子和一双好看的红眼睛。我以前未见过别的动物有这么好看的眼睛。

“这是一只猫鼬！”我叫道。

“对，有些人这样称呼它，但也有人叫它獴。”驼背人说，“我叫它捕蛇专家。泰迪捕捉眼镜蛇动作极快。我这里有一条拔掉了毒牙的蛇，泰迪每天晚上在军人俱乐部里进行捕蛇表演。你还有别的要问吗？”

“好吧，若是巴克莱夫人碰到严重麻烦，我们也许会来找你。”

“若是那样，我肯定会出面的。”

“如果不是那样，我们不想再把死者生前的丑事重新翻出来。尽管他品德恶劣，这三十年来。他的内心一直为这件坏事受着良心的责备。仅这一点，你也该满意了吧。啊，你看，街对面走来的不是墨菲少校吗？伍德，再见吧，我想了解一下昨天以来又发生了什么事情。”

少校还没有走到街的拐角处，我们很快赶上了他。

“哎，福尔摩斯，”少校说，“我想你一定听说这件事，我们在瞎折腾。”

“怎么说？”

“刚刚结束验尸。法医证明上校的死是由中风引起的。你瞧，这个案子原本太简单了。”

“是呀，不能再简单了。”福尔摩斯笑着说：“华生，走吧。我想，在阿尔德肖特没有别的事了。”

我们向车站的方向走去时，我问他，“还有一点，我不明白，她丈夫的名字叫詹姆斯，另外一个人的名字叫亨利，那么那妇人所说的大卫指的谁呢？”

“哎呀，华生，如果我真是你所描述的那种高明的推理家。那么，我就会从这一个词推想出整个案情。那很明显是个指责的字眼。”

“指责的字眼。”

“对呀。你不会不知道，大卫有一次也像詹姆斯·巴克莱中士那样做了恶事。你可还记得乌利亚和拔示巴这个小故事吗？若是《圣经》的知识有些遗忘了，你可以在《撒母耳记》中的第一章和第二章去找找这个故事。①”

① 据《圣经》中《撒母耳记》第二章第十一节记载：以色列国王大卫诱奸了其将军乌利亚的妻子拔示巴，并使她怀了孕。大卫怕丑事暴露，便让乌利亚回家探亲，但乌利亚没有回家。最后，大卫便把乌利亚派到前线打仗，让其战死疆场。——译者注。

8. 住院的病人

我大致翻了翻我记录下来的一连串内容不连贯的回忆录，想找个能体现我朋友歇洛克·福尔摩斯非凡智力的例子，但总是找不到一个特别恰当的。因为，一方面，很多案子的侦破，是福尔摩斯巧妙运用他的分析推理法和他独特的调查研究法的结果，但案子本身却往往是平淡无奇、微不足道、没有介绍的价值的；另一方面，也有这种情况，虽然有些曲折离奇的案子他参与了调查，但他在调查过程中起的作用又不是令我极为满意。我曾写过一个叫《血字研究》的案子，后来又写了一个关于“格洛里亚斯科特”号三桅船失事案，这些都是能让历史学家永远感到惊奇的惊险案例。现在我要讲述的案子，虽然我的朋友在其侦破中没起十分关键的作用，但它的案情却是古怪离奇的，不应该把它漏掉不说。

那是七月里的一个闷热的阴雨天，我们把窗帘放下了一半，福尔摩斯蜷卧在沙发上，反复地看着早上来的一封信。因为我在印度服过兵役，养成了一种怕冷不怕热的习惯，尽管温度计显示气温有华氏九十度，但我没感觉到有什么难过。不过当天的报纸很乏味，议会休会了，好多人都避暑去了。我也希望能离开伦敦，到森林或到南边海域铺满卵石的沙滩上去游玩，但因为手头一直很紧，我不得不把假期往后推迟。而对福尔摩斯来说，乡下或海滨他都不感兴趣。他只喜欢待在这个五百万人口的城市里，对城里那些悬而未决的案子的每一个小小的传闻或猜疑都特别关心。而对大自然，他却毫无兴趣——除非他要到野外去抓罪犯。

看到福尔摩斯正全神贯注地思考，顾不上说话，我便把那枯燥无味的报纸扔到一旁，靠在椅子上，也陷入了沉思。忽然，福尔摩斯打断了我的思绪。

“你想得不错，华生。”福尔摩斯说道，“用这种方法解决争端，确实很荒唐。”

“太荒唐了！”我大声叫道，猛然惊讶起来，他怎么知道我在想什么呢？我坐正身子，疑惑不解地望着他。

“你怎么知道我在想这个，福尔摩斯？”我喊道，“这太让我吃惊了。”

福尔摩斯见我这么迷惑不解，不由放声大笑起来。

“你还记得吗？”他说道，“不久前，我曾为你读过一段爱伦·坡写的故事，他在那个故事中提到了一个善于推理的人，他能够洞察他同伴心里头没有说出来的想法。当时你还认为这纯属作者巧妙的虚构。我说我也能看透别人的心思时，你还怀疑呢。”

“我没说过不相信你呀！”

“你只是没说出来而已，我亲爱的华生。但这一切全通过你的眉宇表露出来了。因此，当我看到你把报纸扔到一边，沉思起来的时候，我感到很高兴，因为有机会推测你在想什么了。为了证实我有没有猜中你的想法，就把你的思路给打断了。”

我对他的解释还是不满意。

“在你给我读的故事里，”我说道，“那人推理都是根据观察对象的动作去推理的。如果我没记错的话，那个人在被石头绊了一下之后，抬头看了看天上的星星，此外还有别的什么动作，但我却是一动不动地坐在椅子上的，你又是怎么看出来的呢？”

“你自己没发觉而已。人的五官是表达感情的工具，你的五官自然也不例外。”

“你是说，你是从我的五官看出我的心思的？”

“对，从你的五官，特别是你的眼睛。也许你自己都不记得你是怎样陷入沉思的了。”

“是的，我忘了。”

“还是让我来告诉你吧。首先引起我注意的是你扔报纸的动作，你扔掉报纸后，茫然地坐了有半分钟的样子。后来，你紧盯着那张新配了镜框的戈登将军画像看，我从你脸部表情的变化中看出你已经在思考了，不过你想得不是很投入。接着，你又把目光转移到那张放在你书架上的没装裱的亨利·瓦德·比彻的画像上。然后你又看了下墙壁，你的意思很明显，你是在想，要是这张画像也配上镜框，那就正好在墙上的那个空处挂上，和戈登并排挂在一起。”

“你果真把我的心思给看穿了！”我惊叫道。

“到目前为止，我还从未看走眼过呢——随后，你的思绪又回到了比彻身上，你全神贯注地盯着他的画像，好像要从他的相貌琢磨出什么似的。后来，你的眉头舒展了，可还是继续凝视着比彻，你的脸上显出沉思的样子，可见你是在追忆他的经历。我想你一定是想起了他在内战期间代表北方所担当的使命，因为我记得，你曾对他的不公平的遭遇表示愤慨，你一直对此耿耿于怀，所以我知道你盯着比彻时肯定想到了这些。过了一会儿，我发现你的目光移开了画像，我想你又在想内战的事了。当你双唇紧闭，双目炯炯有神，双拳紧握，我想你肯定正好想象到敌对双方在这场你死我活的战争中奋勇拼杀的场面。可这时，你的脸色又渐渐阴了下来，你摇了摇头，显然你是想到了战争的残酷、可怕，以及无辜死伤了的人们。你的一只手慢慢移到了你的旧伤疤上，嘴角露出一丝微笑，我知道，你当时是在想用战争去解决国际争端是多么的荒唐可笑。我也认为这很荒唐可笑——我感到很高兴，我的推论完全正确。”

“完全正确！”我说道，“不过，虽然你已经解释得一清二楚了，但我仍然对此感到很惊讶。”

“这其实很简单，华生，老实说吧，要不是你那天有所怀疑，我是不会打断你的思绪的。你看，今晚有些风，我们一块到街上去散散步怎样？”

我早就在这小屋里待腻了，于是立刻高兴地同意了他的提议。我们到舰队大街和河滨大道逛了三个小时，欣赏着芸芸众生潮汐般千变万化的生活场景。福尔摩斯的独到见解和他对细节的敏锐观察力以及他巧妙的推理能力，都让我很感兴趣。我们返回贝克街时，已经是十点钟了。有一辆四轮轿式马车停在我们的寓所门前。

“哈！我看这是一位医生的马车，一位很普通的医生！”福尔摩斯说道，“他刚开业不久，不过他的生意倒蛮不错。我想，他是来找我们帮忙的，我们回来得真是时候！”

由于我熟悉福尔摩斯的观察方法，所以能跟上他的思路。马车里面的灯下挂着一只柳条篮子，篮里面装有各式医疗器械。我知道福尔摩斯正是根据这些医疗器械的种类和新旧程度作出判断的。楼上我们的窗户里亮着灯，这说明这位医生确实是来找我们的。我暗暗有些奇怪：是什么事使得我这位同行这个时候还来找我们呢？于是我紧跟着福尔摩斯走进屋里。

一个脸色苍白、面颊尖瘦、长着土黄色络腮胡子的人见我们回来了，立刻就从壁炉旁的椅子上站了起来。他的年龄顶多四十岁，但他面容憔悴、气色很差。生活差不多耗尽了他的精力，赶走了他的青春。他举止羞怯腼腆，像一位敏感的绅士。他站起来时，扶在壁炉台的那只白皙纤长的手却不像是一个外科医生的手，倒像是艺术家的。他的衣着质地朴素，颜色暗淡——黑色的礼服大衣，一条深色的裤子和颜色不怎么鲜艳的领带。

“晚上好，医生，”福尔摩斯愉快地说道，“我很高兴我们没让你久等。”

“你问过我的车夫了吗？”

“没有，我是从桌上点着的蜡烛看出来的——你请坐吧——我能帮你什么忙吗？”

“我是珀西·特里维利医生，”我们的客人自我介绍道，“我住布鲁克街 403 号。”

“噢，你就是《原因不明的神经损伤》这篇论文的作者吧？”我问道。

他听我说起他的论文，高兴得脸都红了。

“我很少听到别人谈论这部著作，出版商说这本书销路不好，我还以为没人知道它呢。”客人稍停了一会儿问道：“我想，你也是医生吧？”

“我是个退了役的外科军医。”

“我对神经病学很感兴趣，我希望能对它进行专门的研究。不过，一个人先得解决他的生存问题。当然，这是题外话。福尔摩斯先生，我知道你时间很宝贵，但在布鲁克街我的寓所里，最近发生了一连串奇怪的事。今晚，事情更严重了，我觉得不能再耽搁下去了，所以赶来请你帮忙出出主意。”

歇洛克·福尔摩斯坐了下来，点燃了烟斗。

“你来请我帮忙，这让我感到非常荣幸。”福尔摩斯说，“请你详详细细地把那些让你感到不安的事情说给我听。”

“其中有那么一些事情是不值得说的，”特里维利说道，“一提起这些事我就惭愧。不过，这确实让人感到非常的莫名其妙，而且它最近变得更复杂起来，我只好把事情都说出来，让你给我出出主意。

“首先我得谈谈我大学生活里的一些事情。我曾在伦敦大学读书，不是我自己吹牛，我的教授们都认为我是一个很有前途的学生。毕业后，我在皇家大学的一个附属医院里担任了一个不是特别重要的职务，继续致力于我的研究课题。我是一个幸运的人，我对强直性昏厥病的研究引起了人们极大的兴趣。我写了一篇刚才你朋友提到的那个有关神经损伤的专题论文，并因此获得了布鲁斯·比克顿奖金和奖章，我相信，那时人们都认为我很有前途。

“可是我最大的困难就是缺少资金。你们是知道的，一个医生要想出名，他就得在卡文迪广场区十二条大街中的一条开业，而这需要一笔巨额的房租和设备费。除了这笔启动资金外，他还得有笔钱去维持自己的生活，还得租一辆漂亮的马车和马。而这，只能让我望而却步。我想用十年的时间，节衣缩食也要积笔钱去挂牌行医。然而，一件意想不到的事情突然给我带来了希望。

“有一位名叫布莱尔斯的绅士拜访了我。我们以前不认识。一天早上，他突然来到我的住处，开门见山地说出了他的来意。

“‘你一定就是那位取得过卓越成就、最近荣获大奖的珀西·特里维利先生吧？’他问我。

“我点了点头。

“‘请你坦诚地回答我的问题，’他继续说道，‘这样对你大有好处。你很有才华，会成为一个有成就的人的，你明白吗？’

“听他这么一说，我不禁高兴了起来。

“‘我会如实回答你的问题的。’我说道。

“‘你有不良的嗜好吗？比如说酗酒。’

“‘我没不良嗜好，也不酗酒。先生！’我大声说。

“‘好！这就好！但我有些奇怪，既然你有这样的资本，你为什么不开业行医呢？’

“我莫名其妙地耸了耸肩，摇摇头。

“‘哦，对了！我忘了！’他连忙说道，‘这一点都不奇怪，虽然你很有才华，但你却没钱，是吗？如果我资助你在布鲁克街开业，你愿意吗？’

“我很吃惊地瞪大两眼望着他。

“‘嗯，这不只是为了你，也是为我自己的利益，’他大声说，‘我老实对你说吧，如果你愿意开业的话，我就资助你，我有几千英镑要投资出去，我认为投资在你身上比较合适。’

“‘这是为什么？’我赶紧问他。

"'是这样的，这和其他投资一样，只不过更保险一些。'

"'那么，你要我做什么呢？'

"'我自然会告诉你的，我为你租房子、置办家具、雇用女仆为你管理一切。你只要安心坐在诊室里给病人看病。我会给你零用钱和一切需要用的东西。但你要把你赚取的钱的四分之三给我，你自己得四分之一。'

"这就是那个叫布莱尔斯的人向我提出的奇怪的建议。福尔摩斯先生，我们是怎样协商、又是怎样成交的，我就不跟你细说了，怕你听得厌烦。后来，我在报喜节[①]那天搬进了他给我租的寓所，并且照他提出的条件开始营业。他也搬过来，作为一个住院的病人和我住一起。他的心脏功能很衰弱，需要经常治疗。他把二楼两间最好的房子占为己有，一间作起居室，一间作卧室。他脾气很怪，深居简出，几乎从不会客。他的生活没一点规律。当然，有一件事除外——他每晚很准时地到诊室里查看我的账目，我赚的每一畿尼诊费他都给我留下五先令五便士[②]，其余的他就全部拿走，锁进自己房里的保险箱中。

"我可以十分肯定地说，对于这项投资，他是永远不会后悔的。因为从一开始生意就很好。我成功地处理了好几个病例，再加上我所在的附属医院的声望，我很快就出了名。这几年来，我把他变成了一个大富翁。

"福尔摩斯先生，我过去的事情和我同布莱尔斯先生的关系，就说到这里了。现在我跟你说最后一件事，就是这事让我今晚来求你帮忙的。

"几个礼拜之前，布莱尔斯先生到楼下来找我。我觉得他当时的心情好像很激动。谈话中，他提到了伦敦西区发生的一些盗窃案，我记得，他当时的激动有点过分，他说我们应该立刻把门窗加固闩牢，一刻也不能耽误。在那个星期里，他一直坐立不安，不时向窗外探望，连午餐前短时间散步的习惯也取消了。他的一举一动，让我感觉他在惧怕着某个人或某件事。可是，当我问他这个事时，他就变得粗鲁无礼。后来，我就不提这事了。随着时间的推移，他的恐惧渐渐消失了，他又恢复了常态。可是最近

① 报喜节：每年的三月二十五日为报喜节，报喜天使加百列将耶稣降生的事告诉圣母玛利亚的节日。——译者注。

② 一畿尼为二十一先令，一先令为二十便士，四分之一畿尼就是五先令五便士。——译者注

发生的一件事让他又一次变得可怜又可鄙起来。

“事情是这样的：两天前，我收到了一封奇怪的来信，信上没地址，也没日期，现在我来把它读给你听：

> “‘一位侨居在英国的俄罗斯贵族急欲到珀西·特里维利医生处就医。几年来，他深受着强直性昏厥病的折磨，而特里维利医生治疗这种疾病取得了人所共知的成就，病人准备明晚六点一刻左右前来就诊，如果特里维利医生方便的话，请在家等候。’

“这封信引起了我的兴趣，因为对强直性昏厥病的研究最困难的问题就是很难找到病例。你可以想见，当小听差在指定的时间里领进那位病人时，我在诊室里有多么的兴奋和不安。

“病人是一个身材瘦小的老人，人也很拘谨，但是很普通——不像是我们想象中的那种俄罗斯贵族。不过他的同伴却给我留下了很深刻的印象。那是一个漂亮高大的年轻人，黝黑的脸上带着凶相，有一副赫拉克勒斯[1]的身板。老人是他搀着胳膊进来的，他把老人扶到椅子跟前，动作特别体贴入微，单看他的外表，你是很难预料到他会这样的。

“‘亲爱的医生，请原谅我们的冒昧，’他用英语跟我说道，说话时有点口齿不清，‘他是我父亲，他的健康对我来说是件很重要的事情。’

“我被他的孝心感动了，我说，‘我给他诊治时你愿意在诊室里陪着吧？’

“‘哦，不，绝对不行，’他惊叫起来，‘我受不了。我要看到父亲病发时那种可怕的样子，会发疯的。我的神经已经很脆弱了。如果你允许，我想在你给我父亲治病时，我到候诊室去等着。’

“我答应了他的要求，年轻人就离开了。我和病人一起研究他的病情，并作了详细的记录。

他智力平平，回答问题时也常常含糊其词，我想他可能是不大熟悉我们的语言。然而，正当我给他写病历的时候，我很惊讶地看到他笔直地坐在椅子上，面无表情，肌肉僵直，两眼直勾勾地盯着我——他又犯病了。

---

① 赫拉克勒斯：希腊神话中主神宙斯之子，力大无穷。——译者注

“我前面说过，对于病人，我最初的感觉是又同情又害怕。后来，职业的兴趣占了上风。我赶紧测量了病人的脉搏和体温，试了试他肌肉的僵硬程度，又检查了他的反应能力。他的所有症状和我以前诊断过的病例没什么两样。过去我治疗这种病例使用过烷基亚硝酸吸入剂，效果不错。现在是再次验证它的疗效的好机会。可惜药瓶放在楼下的实验室中，于是，我把病人丢在诊室里，自己跑下楼取药。找药大概用了五分钟时间，然后我上了楼。可是诊室里人影都没有，病人不知道哪儿去了。我感到非常的奇怪。

“我马上跑到候诊室，他儿子也不在了。前门已经关上了，但没上锁。我那个接待病人的小听差是一个新来的小伙计，不机灵。平时他老待在楼下，我按铃后他才跑上来领病人出门。他说他什么也没听到，所以这件事情就成了一个谜。过了一会，布莱尔斯散步回来了，但我不敢跟他说这件事，因为，那段时间，我尽量跟他少说话。

“我还以为我再也不会见到那个俄罗斯病人和他儿子了。所以，今晚，昨天也是这个时间，当他俩又来我的诊室时，你们可以想象，我惊讶成什么模样了。

“‘对于昨天的不辞而别，我非常抱歉，医生，’我的病人说道。

“‘我承认，我对此非常奇怪。’我说道。

“‘嗯，事情是这样的，’他说，‘我每次清醒过来的时候，对犯病前发生的事总记不大清楚。我昨晚清醒过来，觉得自己是在一间陌生的房间里，而你又不在，我就迷迷糊糊地站起来，走到街上去了。’

“‘我呢，’他儿子接口说道，‘看到父亲走出了诊室，就以为你给他看完病了，直到回到了家中，我才知道事情的真相。’

“‘好了，’我笑了笑，说道，‘除了你们的不辞而别让我有些奇怪外，别的倒没什么。所以，先生，要是你愿意到候诊室去的话，我是很乐意再继续进行昨天突然中断的诊治的。’

“我和那位绅士谈了大概半个小时的病情，后来，我开给他一个处方，随后，他就在他儿子的搀扶下走了。

“我跟你们说过，布莱尔斯先生一般是在这个时段出去散步的。没过多久，他散步回来后，就上了楼。接着，我就听到他从楼上飞奔下来，像一个被吓疯了的人一样冲进了我的诊室。

“‘是谁进过我的房间？’他叫喊道。

“‘没人进去过。’我回答。

“‘你撒谎！’他怒吼着，‘你自己上去看看吧！’

“我不介意他说话时的粗暴态度，因为他怕得快发疯了。我跟他一起走上楼，他把浅色地毯上的几个脚印指给我看。

“‘难道这是我的脚印吗？’他喊道。

“地上的脚印要比他的大得多，而且显然是不久前才留下来的。你知道，今天中午下过一场大雨，而前来就诊的就那父子俩。因此，肯定是那位要求在候诊室里等候的那个年轻人出于某种尚不明白的原因，趁我忙着给老人诊断时，闯进了布莱尔斯的房间。尽管房里的东西没丢失也没动过，但这些足迹足以证明一定有人进来过。

“虽然这事确实让人恼火，但布莱尔斯先生表现出来的激动不安却有点异乎寻常。他竟然坐在扶手椅上不停地叫嚷，我没法让他平静下来。不过，我来找你，是他的主意，我也觉得该请你帮忙，于是我就来了。这件事虽然没他估计得那么严重，但里头肯定有什么名堂。如果你能和我坐我的马车去一趟，即使我不敢指望你把这古怪的事给弄清楚，但至少可以让他平静下来。”

福尔摩斯全神贯注地听着这长长的叙述，看得出来，他对这件事很有兴趣。尽管他的脸仍然是毫无表情，但他的双眼却眯得只剩一条缝了。从他的烟斗袅袅上升的烟雾随着这位医生的故事中的离奇情节的发展而变得越来越浓。来拜访我们的客人刚结束他的叙述，福尔摩斯就二话不说地站了起来，他把我的帽子递给我，又从桌上抓起他自己的帽子，跟着特里维利医生向门口走去。不到一刻钟，我们便来到了布鲁克大街这位医生的寓所前。一个小个子听差把我们领进了门，然后我们便踏上了宽阔的铺着地毯的楼梯。

可就在这时，楼上的灯突然灭了，我们不得不停住脚步，一个尖细、颤抖的声音从黑暗中传了过来。

“站住！我警告你们，我手上有枪，你们要胆敢再往前走一步，就别怪我不客气了！”

“布莱尔斯先生，你这样真是太无礼了。”特里维利医生高声说。

“哦，原来是你呀，医生，”楼上的人松了一口气，“可另外两位先生是好人吗？”

我感觉他正在黑暗中仔细打量我们。

“不错，不错，不是坏人，”那人终于又说话了，“你们可以上来了，刚才我实在是太无礼了，请原谅。”

他边说边把楼上的汽灯点亮了。一个长相奇怪的人站在灯光下，从他的表情和说话的声音看上去，他的神经确实很紧张。他很胖，而且以前比现在还要胖很多，因为他的脸颊就像猎犬的双颊一般，耷拉着两只松弛的肉袋。他脸色苍白，因为激动，他那稀稀的土黄色头发竖了起来。他手上拿着一把手枪，见我们上来了，他赶紧把手枪塞进了口袋。

“晚上好，福尔摩斯先生。”他说，“很感谢你能来这儿。现在我很需要得到你的指教。我想特里维利医生把有人非法闯入过我房间的事告诉你了，是吗？”

“是的。”福尔摩斯说，“布莱尔斯先生，你知道那两个人是什么来历吗？他们为什么要骚扰你？”

“唉，”这位长住在特里维利医生这里的住院病人不安地说，“这谁知道呢？我无法回答你的问题，福尔摩斯先生。”

“你是说你不知道吗？”

“请到这里来，来吧，请赏脸进来好吗？”

他把我们领进了他的卧室。这是间宽敞的卧室，“福尔摩斯先生，或许特里维利医生已经告诉你了，我不是个很有钱的人。我这一生只投过这一次资，我不想把钱存入银行，我不相信任何银行家。福尔摩斯先生，我告诉你一个不能让外人知道的秘密吧，我所有的钱都在这箱子里头。所以你可以想象，那些家伙闯入我的卧室让我有多担心！”

福尔摩斯满脸疑惑地望着布莱尔斯，摇了摇头。

“你要是成心骗我的话，我就没法帮你。”福尔摩斯说道。

“可我把一切都告诉你了。”

福尔摩斯厌恶地摇了摇头，转身说道，“晚安，特里维利医生。”

“你不给我出出主意吗？”布莱尔斯大声喊道。

“我对你出的主意就是对人要说真话，先生。”

一分钟后，我们就到了外面的大街上，向家走去。我们穿过了牛津街，快到哈力街时，福尔摩斯才开口说话：

“华生，真对不起，让你陪我为这么一个笨蛋白跑了一趟。不过，也不算是白跑，这案子还有一点味道。”

“我没有看出来。”我老实承认。

“嗯，很明显，有两个或者更多人，至少有两个人，因为某种原因，决心一定要找到布莱尔斯这个家伙。我敢肯定，那个年轻人进入过两次布莱尔斯的卧室，而他的同伙则用一种非常巧妙的手段缠住了医生。”

“但那强直性昏厥病是怎么回事？”

“那只是骗人的把戏而已，华生，我没向我们的神经病专家暗示这点，这种病很容易假装，我自己都装过。”

“那么事情究竟怎么回事？”

“他们两次出现，布莱尔斯两次都不在家。他们之所以选择候诊室里没别的病人在场的时候来看病，显然是有目的的，但，不巧的是，这时间正好也是布莱尔斯散步的时间，这说明他们还不了解布莱尔斯的生活习惯。如果他们是为了偷盗钱物的话，肯定会翻找一下。但东西没被翻动，而且，布莱尔斯的眼神显示，他被吓得魂不附体了。显然，他知道这两个不速之客是他以前结下的仇人，但他由于某种原因，故意隐瞒不说。不过，最迟不过明天，他就会吐露真相的。”

“但，不会有别的情况吗？”我说道，“尽管这几乎不大可能，但你还是可以推测的，会不会是特里维利医生自己居心不良，闯进了布莱尔斯的卧室，然后再编造出这么一个患强直病的俄罗斯贵族父子的故事呢？”

我借着煤气灯光看到福尔摩斯因为我的这种想法，嘴角露出了一丝微笑。

“我亲爱的朋友，”福尔摩斯说，“我开始也是这么推测的，但我很快相信了那个医生的话。那个年轻人在楼梯地毯上留下的脚印让我不用去看他留在卧室的脚印就知道，那个年轻人确确实实是存在的——那人穿的是方头鞋，而布莱尔斯的是尖头鞋，而医生的鞋又比它短了三英寸——可见医生并没有撒谎。好了，话就说到这里吧，我们可以去睡觉了。要是明天早上布鲁克街不发生点什么那才怪呢。”

事情真的被福尔摩斯说中了，而且颇具戏剧性。第二天早上七点半，福尔摩斯穿着睡衣，在晨光中走到我的床边把我叫醒了。

“外面有一辆马车在等着我们呢，华生。”福尔摩斯说。

"哦？怎么了？"

"还是布鲁克街的事。"

"是什么事？"

"也许是个悲剧，也许不是，"福尔摩斯边说边拉起了窗帘，"你看看这个吧，这是从笔记本上撕下来的，上面是一行潦草的铅笔字：'请看在上帝的分上赶快过来吧。珀西·特里维利。'我们那位医生朋友在写这张便笺时，肯定是遇到麻烦事了。跟我走吧，华生，情况非常紧急。"

一刻钟过后，我们又一次来到了医生的诊所，他惊慌失措地跑来迎接我们。

"天呐！事情竟然会这样！"他双手按着太阳穴，大声叫道。

"出什么事了？"

"布莱尔斯上吊自杀了！"

福尔摩斯打了一个呼哨。

"他昨晚上吊自杀了。"

医生把我们领进了那间候诊室。

"我也不知道该怎么办，"他大声说，"警察现在正在楼上。我被吓坏了。每天早上，他都要让女仆给他倒杯茶的，可今天七点钟，女仆走进去，发现这个不幸的人已经吊死在屋里头。他把绳子系在那盏笨重的煤气灯的钩子上，接着他踩在昨天指给我们看的那个箱子上吊死了。"

福尔摩斯站着沉思了片刻。

"要是你没意见的话，我想上楼去调查调查。"福尔摩斯说。

我们两人往楼上走去，医生跟在我们后面。

我们一进卧室，就迎面看到了一幅可怕的景象。我前面提到过布莱尔斯肌肉松弛的样子，现在他吊在那里晃动时，那种样子更难看了——简直不像人样了。他的脖子被拉得长长的，像拔光了毛的鸡脖子，与他身体的肥大相比，非常滑稽。他只穿着件长睡衣，睡衣底下直挺挺地伸着他那双丑陋的脚板和肿胀的脚脖子。尸体旁边，站着位干练的侦探，他正忙着在笔记本上记着什么。

"啊，见到你真高兴，福尔摩斯先生。"他见福尔摩斯来了，马上很高兴地说。

"早上好，兰诺尔。"福尔摩斯跟他打着招呼，"我想，你该不会把我当作闯进这个屋子的罪犯吧？你了解了这个案子之前发生的一些事情吗？”

“嗯，我了解了一些。”

“你有什么看法？”

“我想，死者早就吓得魂飞魄散了。床上的压痕很深，说明他在这张床上睡了好一阵子。你知道的，通常自杀是发生在早晨五点钟左右，这也可能就是他上吊的时间了。看来，他是考虑了好久才自杀的。”

“根据肌肉僵硬的情况判断，他死了有三个小时了。”我说道。

“你发现屋里有什么异样吗？”福尔摩斯问道。

“在洗手池里找到了一把螺丝起子和一些螺丝钉。他在夜里抽过不少烟，这四个雪茄烟头就是从壁炉上捡到的。”

“啊，”福尔摩斯说道，“你找到雪茄烟嘴了吗？”

“没有，我还没找到。”

“那么，他的雪茄烟盒呢？”

“找到了，就在他外衣口袋里。”

福尔摩斯打开烟盒，拿出一支雪茄烟闻了闻。

“嗯，这是一支哈那烟，而壁炉上的那些是荷兰从它的东印度殖民地进口的特殊品种。这种雪茄里头都混有稻草，并且烟末比别的牌子的要细。”福尔摩斯拿起烟头，掏出口袋里的放大镜仔细检查。

“其中有两支是用烟嘴吸的，另外两只则不是。有两根烟头是用一把不太利的小刀削下来的，另外两根则是被尖锐的牙齿咬下来的。这绝不是自杀，兰诺尔先生，这是一起精心谋划的残忍的谋杀案！”福尔摩斯说道。

“不可能！”警长大声说道。

“为什么？”

“如果是谋杀，他们没必要用这么笨拙的方法把他吊死。”

“这就是我们要调查的了。”

“他们是从哪儿进来呢？”

“从前门。”

“早上门是锁着的。”

“门是在他们走后锁上的。”

“你是怎么知道的？”

“我发现了他们留下的痕迹，你们稍等一会儿，我马上就能进一步给你们说明情况。”

福尔摩斯走到门口，转了转门锁，把门锁仔细检查了一番。接着，他又取出插在门背后的钥匙也看了看。随后，他又依次对床铺、地毯、椅子、壁炉台、死者的尸体和绳索进行了检查。最后，他终于结束了检查，在我和警长的帮助下，割断了绳子，把死者放在地上，用床单盖好。

“这条绳子是哪儿来的？”他问道。

“是从这上面割下来的，”特里维利医生从床底下拖出一大卷绳子，说，“他身边总带有这些东西，因为他很害怕火灾，万一楼梯着火，可以从窗户逃出去。”

“这个东西倒是为凶手们省了许多事，”福尔摩斯若有所思地说，“好了，案情已经很清楚了，如果不出意外，我到下午就能告诉你案子的原委了。我想拿走布莱尔斯放在炉台上的那张相片，它能帮助我破案。”

“但是，你还没跟我们说事情是怎么的呢？”医生高声叫道。

“啊，事情其实很明显，”福尔摩斯说，“凶手一共有三个，一个老头，一个年轻人，和另一个不明身份的人，前面两个，不用我说了，他们就是那对假装的俄罗斯贵族，关于他们的情况，我可以详尽地跟你们说一说。他们是由这所房子里的内应放进来的。我给你提一个建议吧，警长，你应该立刻去逮捕那个小听差。据我所知，他是最近才到这个诊所里当听差的。是吗，医生？”

“可是，那个小家伙已经不见了，女仆和厨师刚才还找过他。”特里维利医生说道。

福尔摩斯耸了耸肩。

“不过他在这个案子里只是一个小角色。”福尔摩斯说，“另外三个人是踮着脚尖上楼的，那个老人走在最前面，年轻人在中间，那个来历不明的人跟在最后面……”

“哦，我亲爱的朋友。”我叫了起来。

“嗯，那些重叠的脚印说明了这一切，我看出这是他们昨晚留下的。他们上楼到了布莱尔斯的门前，他们见房门上锁了后，就用一根铁丝转动门上的钥匙孔，从钥匙孔上的划痕你们可以轻易地看出他们是从什么地方使的劲了。

“他们进入卧室后做的第一件事就是塞住布莱尔斯的嘴巴。他或者是睡得很死，或者被吓傻了，总之没喊出声。不过，这墙壁很厚，你们可以想到，即使他有可能喊一两声，别人也听不见。

“显然，他们把他控制住后，就讨论了一番，这种讨论就像审判一样。他们讨论了相当长的一段时间，因为在这段时间里，他们抽完了那几支雪茄。老头在那边的柳条椅上坐着，他是用雪茄烟嘴抽的烟。年轻人坐在那边，他把烟灰都磕在衣柜的对面，另一个人则踱来踱去。我想，这时的布莱尔斯一定是坐在床上的，不过这一点，我还不敢完全肯定。

“他们讨论好后，就把布莱尔斯吊了起来，他们早就决定要把他吊死了，而且，把用来作绞架的滑轮都带上了，我想，那些螺丝钉和那把螺丝起子就是为了安装绞架滑轮用的，但他们看到吊钩后，就省去了不少麻烦。他们把布莱尔斯吊死后就离开了，而他们的同伙，那个小听差随后把门锁上了。”

以上这些是福尔摩斯根据现场的蛛丝马迹推测出来的结论，我们一个个尽管听得很起劲，而他也把情况一一给我们点明，但我们还是跟不上他的思路。福尔摩斯把他的推测说完后，警长便急急忙忙抓小听差去了，而我和福尔摩斯则返回贝克街用早餐。

“我下午三点再回来。”吃过早饭后，福尔摩斯对我说，“警长和神经病医生到时会来找我，我希望在这之前能把案子中几个还不清楚的小问题查清楚。”

警长和那个医生在约定的时间来了，但福尔摩斯到三点三刻才回来。不过，他一进门，我就从他的表情上看出，事情办得很顺利。

“警长，有什么好消息吗？”

“那个小听差已经抓住了，先生。”

“太好了，我也找到其他人了。”

“你找到他们了？！”我们三人同时惊叫了起来。

“是的，至少他们的底细已经弄清了，果然不出所料，那位所谓的布莱尔斯结下的仇家在警察总署都很有名。他们是彼德，海沃尔和莫菲特。”

“他们是抢劫辛顿银行的那伙强盗！”警长大声叫道。

“对，正是他们。”福尔摩斯说道。

“这样一来案子就一清二楚了。”警长说道。

可我和特里维利却迷惑不解地面面相觑。

"你们还记得那起抢劫辛顿银行的案子吧。"福尔摩斯说道，"作案的一共有五个人——这四个，还有一个叫卡特莱特的。他们杀死了银行管理员托宾，抢走了七千英镑。这是1875年的事，当时他们五人全都被捕了，但因为证据不足，根本无法结案。最后，这伙抢劫犯中最坏的那个家伙，就是这个布莱尔斯——他原名叫萨顿——把他们出卖了。由于他的出卖，卡特莱特判了绞刑，其他三人都判了十五年的徒刑。几天前他们被提前了几年释放出来。你们可以想象得到，他们有多想把出卖他们的人找到，为他们死去的同伙复仇。他们设法找了他两次，但都扑空了。特里维利医生，你还有什么不明白的吗？"

"我想，你已经把一切事情都讲得很清楚了，"特里维利医生说道，"我现在明白了，那天他那么惶恐不安，一定是因为他在报纸上看到了那几个人被提前释放的消息。"

"完全没错，他所说的盗窃案只不过是幌子罢了。"

"那他为什么不告诉你事情的真相呢？"

"哦，我亲爱的先生，他知道他的那些老伙计们的报复心非常强，所以他想尽可能不让人知道他的真实身份。何况他的历史是卑鄙无耻的，他不可能自己泄露秘密。不过，他虽然很无耻，但他依然受法律的保护，警长，我可以肯定，你会看到，尽管法律没让他得到应有的保护，但仇还是会替他报的。"

上面这些就是那个神秘的住院病人和布鲁克街医生的情况。那三个凶手行凶逃走后就一直杳无音讯。据警察局推测，他们是搭乘"诺拉克兰依娜"号逃跑的，这条不幸的船和所有船员几年前在葡萄牙海岸波尔图以北几十海里的地方遇难了。对那个小听差的起诉，也因为证据不足而不了了之，这件被人们称为布鲁克街疑案的案件，至今没向公众详细报道过。

9. 希腊译员

和歇洛克·福尔摩斯亲密无间地相处了那么多年，可我从来没听他提到过他的家人，也很少听他说起他早年的生活。他对这些事情一直缄口不谈，让人觉得他不近人情，甚至认为他是个孤僻的怪人，只有头脑，没有感情。他对女性敬而远之，也不想结交新的朋友，这两点都足以表明他感情冷淡，即使这样，也不能永远不谈他的家人呀。到后来，我只好把他看作是世上没有任何亲人的孤儿。但是，有一天，使我非常惊奇的是，他和我谈起了他的哥哥。

那是一个夏天的傍晚，我们喝完茶后海阔天空地聊天，从高尔夫球俱乐部聊到黄赤交角变化的原因，最后又聊到了返祖现象和遗传适应性这个话题上。我们谈论的中心是：一个人的独特才能有多少是天生的，有多少是后天训练得来的。

“就你本人来说，”我说：“根据你告诉过我的情况来看，你的观察力和独到的推理能力显然是你后天系统训练的结果。”

“在某种程度上是这样，”他若有所思地说：“我祖先都是些乡绅，一直过着他们那个阶层的人习惯了的生活。但尽管如此，我能有今天也应该归功于我的血统，我祖母是法国画家维内的妹妹，我可能从她那里继承了不少好东西，因为，血液中的艺术成分可以演变成种种很奇特的遗传方式。”

“那你怎么知道这是遗传的呢？”

“因为我哥哥迈克罗夫特在这方面的才能比我强多了。”

“这真是件大新闻，既然他比你厉害，那警方和公众怎么从来没听说过他呢？”我这么问他，意思是，你只不过是因为谦虚才认为你哥哥比你更强的。福尔摩斯听了笑了笑。

“亲爱的华生，”他说，“有人说谦虚是一种美德，但我不这么认为。每个人都应该实事求是地看待一切事物，过于贬低自己就跟过于吹嘘自己一样，都是有背真理的。所以，既然我说他能力比我强，就是真的比我强。”

“他大你几岁？”

“七岁。”

“那他怎么没一点名气呢？”

“哦，他在他圈子里还是很有名气的。”

“什么圈子？”

"嗯，比方说，在第欧根尼俱乐部。"

我从没听说过这个俱乐部。我不由露出了一丝惊讶的神情。歇洛克·福尔摩斯把表掏出来看了看。

"第欧根尼俱乐部是伦敦最古怪的一家俱乐部，而迈克罗夫特又是这家俱乐部里最古怪的一个人。每天下午四点三刻到七点四十他总待在那里。现在六点，你要是有兴趣在如此美好的晚上出去散散步，我会把这古怪的俱乐部和古怪的迈克罗夫特介绍给你的。"

五分钟后，我们到了街上，向摄政广场走去。

"你一定有些奇怪，"我朋友说，"迈克罗夫特为什么不把他的能力用来搞侦探。事实上，他当不了侦探。"

"可你刚才还说……"

"我是说过，他的观察力和推理能力确实比我强。如果侦探这门艺术，自始至终只需坐在安乐椅上就行了，那我哥哥肯定会成为有史以来最伟大的侦探。但他既没有干这行的兴趣，也没干这行的时间，他甚至宁愿自己的推理是谬论，也不想花点力气去证明自己是对的。我经常请教他，他指点给我的，事后又总证明是正确的。但是，在案子提交到法官或陪审团之前，需要出示案情细节时，他就无能为力了。"

"那他干的不是侦探？"

"根本不是，侦探是我谋生的职业，而在他只是业余爱好。他有超群的数学才华，常常在一些政府部门查账，迈克罗夫特住蓓尔美尔街，每早步行去政府上班，傍晚回家，每天都这样。没有别的活动，也不到别的地方去，唯一的去处就是他住处对面的第欧尼根俱乐部。"

"我想不起有这么一个俱乐部。"

"你可能是不知道。你知道吗？伦敦有很多生性羞怯或愤世嫉俗的人，他们不大合群。但他们并不反对到舒适的地方去坐坐，看看最新的杂志什么的。第欧根尼俱乐部就是这些人成立的，它所有的会员都是伦敦城里最孤僻、最不爱交际的人。会员们互不打听彼此的情况，除了会客室，无论在什么样的情况下，会员之间都不准交谈。如果有谁违规三次，引起了俱乐部委员会的注意，谈话者将被开除出去。我哥哥是俱乐部的发起人之一，我也觉得这俱乐部的气氛很好。"

我们边走边说，从圣詹姆斯大街的尽头一直走到蓓尔美尔街。福尔摩斯在离卡尔顿大厅不远的一个门口停了下来，提醒我别再说话，然后领着我进了大厅。隔着门上的玻璃，我看到了一个宽大豪华的房间，里面各人坐在各人的位置，一个个都在看报。福尔摩斯领着我进了一间小房屋，从这里可以看到蓓尔美尔街。然后，他离开了一会儿，回来时带了个人进来，我知道这个人准是他哥哥。

迈克罗夫特比他弟弟要高，也比他壮实。他很胖，脸庞虽然蛮大，但也有着他弟弟所特有的那种鲜明醒目的轮廓。他浅灰色的眼睛透着一种奇特的光芒，好像在冥思苦想似的，这种眼神，我只在他弟弟全神贯注时才见过。

“很高兴认识你，先生，”他边说边向我伸出他那像海豹掌一样宽阔厚实的手，“自从你给歇洛克作传以来，我无论到哪里都能听到人们提起他。顺便提一下，歇洛克，我还以为你上周会来找我商量曼诺庄园的案子呢。我当时想，你可能有些力不从心。”

“不，我已经解决了。”我朋友笑着说。

“是亚当斯干的吧？”

“当然是他。”

“我早知道是他。”他俩在窗旁坐了下来。迈克罗夫特说：“对于想研究人类的人来说，这是最理想的地方，这儿可以看到各种各样的人物。比方说，向我们这边走过来的那两个人。”

“你是说那个台球计分员和他旁边那位吗？”

他们所说的两个人在街对面站住了。其中一个人的背心口袋上有些滑石粉的痕迹，这是我看到的唯一暗示台球的标志，另外那人个子矮小，皮肤黝黑，帽子在后脑门上扣着，腋下夹了好几个包。

“我看他是个老兵。”歇洛克说。

“才退伍不久。”他哥哥说。

“在印度服的役。”

“是个军士。”

“是皇家炮兵队的。”歇洛克说。

“他是个鳏夫。”

“但有一个孩子。”

“不止一个，我亲爱的弟弟，他不止一个孩子。”

"得了，"我笑着说，"你们说得未免太玄了点儿。"

"你来看，"歇洛克说，"这人有点当官的气势，皮肤又被晒得黑黑的，说明他当过兵，而且不是普通士兵，而且他从印度回来不久。"

"你看他还穿着大家所说的那种炮兵靴，这表明他退伍不久。"迈克罗夫特说。

"他的走姿不像骑兵，他习惯戴帽子——这从他眉毛上方的皮肤颜色较浅可以看得出来。何况他的体重又不像个工兵，所以，他是炮兵。

"他脸上那悲恸的样子说明他失去了某个亲人。从他自己出来买东西这一点来看，他应该是失去了妻子。他那些东西都是给孩子买的，那个拨浪鼓说明其中一个孩子还很小，并且表明他妻子是在产后不久去世的；而他腋下还夹了本小人书，说明他还惦记着另一个孩子。"

我这时才明白我朋友为什么说他哥哥的观察力比他自己还要强了。歇洛克看了我一眼，笑了笑。迈克罗夫特从一只玳瑁盒取出鼻烟，又用一块红色大丝巾把落在衣服上的烟灰揩掉。

"我说歇洛克，"他说，"我这有件事很适合你干。这是件很不寻常的事，虽然这给我提供了进行推理的好机会，但我又没时间把它追查到底。如果你愿意听……"

"我亲爱的哥哥，我非常愿意。"

迈克罗夫特在自己的笔记本上匆匆写了几个字，按了一下铃后，把纸条交给了侍者。

"我已经让人去请梅拉斯先生了，"他说，"他就住我楼上，我们比较熟悉。他一有麻烦就来找我。据我所知，他有希腊血统，是位了不起的语言学家。他靠在法院当译员，并给那些住老桑伯壮街旅馆的有钱的东方人当向导为生。我看，还是让他自己把他那奇特的遭遇讲给你们听吧。"

几分钟过后，一个矮小壮实的

人走了进来。虽然他说起话来像个受过良好教育的英国人，但他那橄榄色的脸和漆黑的头发都表明他是南欧人。他热情地和歇洛克·福尔摩斯握了握手，听说这位专家很想听自己的遭遇，他那双黑眼睛不由闪烁出欣喜的光芒。

“我说的事恐怕连警察都不信，真的，”他忧愁地说，“这样的事他们从没听过，所以他们也不信世上竟会有这样的事发生。但我明白，如果我不弄清那个脸上贴胶布的可怜人的结果，我的心是无论如何都平静不下来的。”

“你说吧。”歇洛克·福尔摩斯说。

“现在是星期三的晚上了，”梅拉斯说，“嗯，这事发生在两天前，星期一的晚上。也许你哥哥告诉你了，我是个译员，能够翻译所有的语言——或者说几乎所有的语言——但因为我生在希腊，而且取了个希腊名字，所以主要翻译希腊语。多年来，我一直是伦敦很不错的希腊语翻译，每个旅馆都熟悉我的名字。

“经常有人在意想不到的时候来请我去当翻译，或者因为一些外国人遇到了麻烦，或者因为一些游客到得比较晚，需要我的帮助。所以，星期一晚上，当一位穿着时髦的年轻人拉蒂摩先生找到我家，请我陪他坐马车外出时，我一点儿也不意外。他说，他有位希腊来的朋友找他有事，这位希腊朋友只会说希腊语，所以他只好请我当翻译。他说他在肯辛顿住，离这儿有段路。他看起来很急，我们一到街上，他就飞快地把我推上马车。

“我上马车不久就有了怀疑，我发现我坐的不是一般的四轮马车。它比伦敦街头常见的那些寒碜的四轮马车宽敞得多，里面装饰旧是旧些，但挺讲究。拉蒂摩先生在我对面坐着，我们穿过查林十字广场和谢夫特斯贝里大街，来到了牛津街。我刚想说这样去肯辛顿是兜圈子，但我同伴的奇特举动打消了我的念头。

“他掏出一根模样吓人、灌了铅的圆头短棒，来回舞了几下，好像是试试它的分量和威力。然后一声不作地把短棒放在他座位旁边。接着，他拉上了两边的窗子。为防止我看到外面的情景。我惊讶地发现窗子竟蒙着纸。

“‘梅拉斯先生，很抱歉挡住了你的视线，’他说，‘因为我不想让你知道我们去哪里，否则，我们可能会有些不便。’

"你们可以想象得到，我听了后有多吃惊。他是个身强力壮、膀大腰圆的年轻人，即使他没有拿武器，我也根本不是他的对手。

"'拉蒂摩先生，你怎么能这样做，'我结结巴巴地说，'我得告诉你，这样做是非法的。'

"'这有些失礼，'他说，'但我们会给你补偿的。我得先警告你，梅拉斯先生，今晚不管什么时候，要是你企图报警或做任何不利于我们的事情，都是非常危险的。请记住，没人知道你在哪里，不管是在这辆马车还是在我家里，你都逃不出我手心的。'

"他说话的声音不大，但很刺耳，听起来挺吓人。我默默地坐着，揣测他究竟为什么要用这种奇特的方式绑架我。但不管怎样，我是反抗不了的，只有任人宰割了。

"马车跑了两小时，我根本不知道我们是去哪里。有时，马车碾过石子时发出的声响表明我们是在石子路上；有时，马车不声不响地向前行驶，表明我们是在柏油马路上。除了这些声音上的变化外，再没其他东西能让我猜出我们在哪里。两边的窗子蒙着纸，根本不透光，马车前面的玻璃窗也拉上了蓝色窗帘。我们是八点十五离开蓓尔美尔街的，到马车终于停了下来时，已经十点五十了。拉蒂摩拉开窗帘，我看到了一个低低的拱形大门，上面亮着一盏灯。我匆匆跳下马车时，大门打开了，我走进院子，模模糊糊地看见那里有块草坪，旁边还有好多树。但我不能断定那是私人花园住宅还是真正的乡下。

"屋里有盏彩色的煤气灯，拧得很小，屋子倒是很大，墙上挂了好多画。昏暗的灯光里，给我们开门的是个身材矮小的中年人，长相委琐，两肩向前佝偻着。他转身向着我们时，有道亮光闪了闪，我才发现他戴了眼镜。

"'是梅拉斯先生吗，哈罗德？'他问。

"'是的。'

"'好，好！梅拉斯先生，我希望你没对我们产生坏印象，我们需要你。如果你和我们合作，我们会报答你的。但你要是想耍我们，那就走着瞧吧。'他说话时显得很紧张，声音颤抖着，还夹有格格的干笑声。不知怎的，我觉得他比那个年轻人还要可怕。

"'你们让我做什么？'我问。

“‘你只要向那位拜访我们的希腊绅士问几个问题，然后把他的答复告诉我们就行了，不过，你得照我们所说的去做，不然……’他又格格地干笑了一声，‘我们会让你生不如死的。’

“他边说边打开了一扇门，带我走进一间摆设异常豪华的屋子，屋内用来照明的却是一盏拧得很小的灯。这是个大房间，铺着软绵绵的质地很好的地毯。几张蒙着丝绒的椅子，一个高大的白色大理石壁炉台，壁炉台的一侧还有一样像是日本铠甲的东西。灯的正下方有一把椅子，那个年纪大一点儿的示意我坐到那把椅子上去。年轻人出去不久，突然从另一扇门又进来了，一个身穿肥大睡衣的人跟着他慢慢向我们走来。当这个人走到昏暗的灯下时，我才看清他的长相，这一看把我吓得魂飞魄散。他的脸死人一样苍白，神色憔悴，一双鼓鼓的明亮的大眼显示他尽管体力不支，但意志却很坚强。比他虚弱的身体更让我吃惊的是，他脸上很可怕地贴着横七竖八的胶布，他的嘴，更是让一块大胶布给封上了。

“‘石板拿来了吗，哈罗德？’年纪大一点的那个人见那个怪人有气无力地瘫坐到椅子上，大声叫道，‘松开他的手了吗？把铅笔拿给他吧。梅拉斯先生，你来问问题，让他把答案写下来。你先问他是否准备在文件上签字。’

“那个人的眼睛里立刻喷射出怒火。

“‘绝不！’他用希腊文在石板上写道。

“‘没有商量的余地吗？’我按那个恶棍的话问道。

“‘除非我亲眼看到她在一位我认识的希腊牧师的主持下结婚。’

“年纪大一点的那个恶棍又阴险地格格笑了笑。

“‘那么你知道后果是什么吗？’

“‘我什么都不在乎。’

“‘上面只是我们这种奇特的半说半写式问答的一些片断。我被迫一再问他是否愿意妥协下来，在文件上签字，而他一次次愤怒地拒绝了。但是，很快，我就想了个好办法。我开始在每个问题后加上我自己的一些话。我开始只加了一些无关紧要的话，想看看他们能否察觉出来。当我发现他们毫无察觉时，我就玩起了更危险的游戏。我们的谈话大致是这样的：

“‘你固执下去是没好处的。你在伦敦有亲人吗？’

“‘我不在乎。我在伦敦举目无亲。’

“‘你得把命运抓在自己手上。你在这儿多久了？’

“‘随便它吧。三个星期了。’

“‘这财产永远不属于你了。他们怎么折磨你？”

“‘绝不能让它落到恶棍手上。他们不给我东西吃’

“‘你签字就有自由。这是哪里？’

“‘我不会签字的。我不知道。

“‘你也不为她想想？你叫什么名字？’

“‘我要听她亲口对我说。克拉狄德斯。’

“‘你签完字就能见到她。你从哪里来？’

“‘那我就甘愿不见她。雅典。’

“要是再给我五分钟，福尔摩斯先生，我就能在他们眼底下弄清一切事情，或者我的下一个问题就能问个大概了，可就在这时，房门突然开了，走进来一个女人。因为光线太暗，我没能看清她的长相，只觉得她个子很高，体态优雅，一头黑发，穿着件宽松的白色睡袍。

“‘哈罗德，’她用蹩脚的英语说道，‘我一天也不能待了。这里太孤独，只有……啊，上帝，是保罗！’

“她最后那两句话是用希腊语说的。话音刚落，那个人猛地把嘴巴上的胶布撕掉了，尖声叫道：‘索菲！索菲！’一面扑到女人的怀中，然而他们只拥抱了一下，那个年轻人抓住女人，把她推出了房间；而那个年纪大一点的则毫不费力地抓着那虚弱的受害者，从另外一道门把他拖了出去。一时间，屋里就剩我一个人。我猛地站了起来，心想也许能发现点什么，好清楚自己是在哪里。幸好我没这样做，因为当我抬头四处张望时，那个年纪大的恶棍已经回到房门口了，他两眼紧盯着我。

“‘好了，梅拉斯先生，’他说，‘你都看见了，我们是完全信任你才让你介入我们的私事的。我们原本不想麻烦你的，我们原来有位懂希腊语的朋友，但他突然有事回东方去了，所以我们只有找人替他。我们听说你水平不错，就很荣幸地请了你。’

“我点了点头。

“‘这是五英镑，’他边说边向我走来，‘我希望你别嫌少。但是得记着，’他轻轻拍了拍我的胸脯，格格地笑着说，‘要是你向任何人提起了这件事——我是说任何人——那么，你就是自寻死路！’

“我简直形容不出这个丑恶的家伙让我感到有多厌恶和恐惧了。灯光这时照到他身上了，所以我比较清楚地看到了他。他脸色憔悴枯槁，一撮蜡黄的胡须又细又稀。说话时脸向前伸，嘴角和眼帘不停地抖动，像是患了舞蹈症。我不由想到，或许他那断断续续的怪笑也是某种神经病的症状。然而，最让人害怕的是他那双眼睛。他的眼睛是铁灰色的，目光冷酷、歹毒、凶残。

“‘我们会知道你有没有把事情说出去的。’他说，‘我们有办法知道。马车现在在外面等着，我朋友会送你回去的。’

“我被领着匆匆过了大厅，上了马车。我出来时又看到了草地和树木。拉蒂摩紧跟着我上了车，一声不响地又坐在了我对面。窗子也像来时一样关得紧紧的。我们默默地行驶着，半夜过后，马车终于停下了。

“‘梅拉斯先生，就在这下车吧。’拉蒂摩说。‘这儿离你家还很远，但没办法，我只好很抱歉地让你在这下车。你要是想跟踪我的话，那你是自寻苦吃。’

“他边说边开了车门。我刚下马车，车夫就挥起鞭子，驾着马车飞快地驶去了。我惊恐地环视四周，发现我正站在荒野中，周围是黑黝黝的金雀花丛。一边的远处有一排房屋，楼上的窗户里亮着灯；另一边是铁路的红色信号灯。

“把我带到那儿的马车早已不见踪影了。我站在那里呆呆地四望着，想弄清我到底在哪儿。就在这时，我看到黑暗中有个人正向我走来。等他走近，我才看清原来是个铁路搬运工。

“‘你能告诉我这是哪里吗？’我问。

"'旺兹霍斯荒地，'他说。

"'哪儿能坐火车回城呢？'

"'向前走一英里就能到克拉窠中转站，'他说，'你刚好能赶上去维多利亚车站的末班火车。'

"'福尔摩斯先生，这就是我的冒险经历。除了我刚才告诉你的那些事情外，我既不知道那是什么地方，也不知道和我说话的人是谁。但我知道那里进行的是某种肮脏的勾当，我想尽力帮那位可怜人。第二天一早我把事情告诉了你哥哥，后来又向警察报了案。"

这段离奇的经历听完后，我们都默坐在那里，谁也没吱声。歇洛克看了一眼他哥哥。

"采取了什么措施没有？"歇洛克问。

迈克罗夫特拿起桌上的《每日新闻》报，上面登着：

> 今有一不通英语之希腊绅士保罗·克拉狄德斯自雅典来此，已告失踪；另有一希腊女士索菲也告失踪。如有知情者相告，定当重谢。X2473号。

"今天每个报纸都刊出了这个广告，但没任何回音。"迈克罗夫特说。

"希腊使馆怎么说？"

"我问过了，他们一点也不知情。"

"给雅典警察总部发过电报吗？"

"我家就数歇洛克精力最充沛了，"迈克罗夫特转身对我说，"这个案子就交给他了。如果有消息，请告诉我。"

"那当然，"我朋友站起来答道，"我一定会告诉你和梅拉斯先生的。至于眼下，梅拉斯先生，我要是你的话，一定会多加小心的，他们一看广告，就知道一定是你把他们给卖了。"

回家的路上，福尔摩斯说，"今晚我们不虚此行。有不少很有趣的案子就是通过我哥哥转到我手上来的。刚才我们听到的这个案子，虽然可能只有一种解释，但还是很有特点。"

"有希望查出来吗？"

"有，我们已经知道了这么多情况，如果还查不出来，那就怪了。听了刚才那些情况，你自己也有一些想法吧？”

“模模糊糊有点吧。”

“那你是怎么看的？”

“依我看，这个希腊姑娘显然是那个叫哈罗德·拉蒂摩的英国人拐来的。”

“从哪里拐来的？”

“也许是从雅典。”

歇洛克·福尔摩斯摇了摇头。“那个年轻的英国人连一句希腊话都听不懂，而那姑娘却能说一口比较好的英语。由此我们可以推断，她在英国有一段时间了，而他没有去过希腊。”

“那么，我们可以假设她是来英国玩的，而那个哈罗德劝她和自己私奔。”

“这种可能性最大。”

“后来，她哥哥——我想他们之间肯定是这种关系——从希腊赶来干涉，不幸落入了那青年和同伙的手中。他们绑架了他，企图用暴力逼迫他在一些文件上签字，让他把姑娘的财产转给他们，因为姑娘的哥哥可能是这笔财产的托管人。但姑娘的哥哥不干。为了和姑娘的哥哥谈判，他们只好找了翻译。他们曾用过一位翻译，现在又选中了梅拉斯先生。姑娘并不知道她哥哥到英国了，直到两天前才很偶然地发现了。”

“完全正确，华生！”福尔摩斯大声说，“我想事实跟这差不多。你看，我们胜券在握了，就怕他们会突然使用暴力。只要我们来得及，就能把他们捉拿归案。”

“可那房子怎么去找呢？”

“嗯，如果我们的推理正确，而且那个姑娘确实叫索菲·克拉狄德斯，我们就能找到她。这是我们的希望所在，因为这儿没人知道她哥哥。有一点是很明显的，哈罗德和这位姑娘相处了有一段时间了，至少有那么几星期。因为她在希腊的哥哥都知道了这事，而且还从雅典赶来了。如果他们这段时间一直住在一个地方，我哥哥的广告一定会给我们带来一些消息。”

我们边走边说，回到了贝克街的寓所。福尔摩斯先上了楼。他打开房门时，不由吃了一惊。我越过他肩膀一看，也吃了一惊，他哥哥迈克罗夫特正坐在安乐椅上抽烟。

“进来吧，两位。”看到我们一脸的惊讶，他和蔼地笑着说，“没料到吧，歇洛克？可不知道为什么，我被这个案子给吸引住了。”

“你是怎么来的？”

“我坐双轮马车赶过了你们。”

“那一定是有新情况罗？”

“我的广告有回音了。”

“啊！”

“你们刚走几分钟就有了回音。”

“什么样的回音？”

迈克罗夫特·福尔摩斯拿出一张纸说：“在这儿。写信的是个身体虚弱的中年人，用的是一支宽尖钢笔。信纸是淡黄色的印刷纸。”信是这样的：

> 先生：
>
> 我看到了您今天登在报纸上的广告，特告诉您我非常熟悉那位女士的情况。如果您能屈驾光临寒舍，定将此女之惨史相告。她现在住在贝肯罕姆区的默特斯。
>
> 您忠实的
>
> J. 达文波特

“信是从下布力克斯顿寄出的。”迈克罗夫特·福尔摩斯说，“歇洛克，我们要不要现在就坐车去他那里了解情况？”

“我亲爱的哥哥，救那哥哥的命比了解他妹妹的情况更重要。我看我们该去苏格兰警局，请格雷格森警长和我们一起去肯窠姆。我们已经知道这个人很危险了，每分每秒都至关重要。”

“最好顺路叫上梅拉斯先生，”我建议道，“也许我们需要个翻译。”

“好主意，”歇洛克·福尔摩斯说，“让人叫辆四轮马车来，我们立刻就走。”他边说边打开桌子抽屉，把手枪拿出来放进口袋。他见我在看着他，便说：“根据我们所了解的情况看来，我们正在和一伙很危险的歹徒打交道。”

快天黑时，我们赶到了蓓尔美尔梅拉斯先生家，但他刚被一位年轻先生请走。

“你知道他去哪儿吗？”迈克罗夫特·福尔摩斯问。

“不知道，先生，”开门的女人说，“我只知道他和那位先生是坐马车走的。”

“那位先生没通报姓名吗？”

“没有。”

“那位先生是不是身材高大，长相英俊，皮肤黝黑？”

“哦，不是的，先生。那位先生个子不高，比较瘦，戴眼镜。他很讨人喜欢，说话的时候一直在笑。”

“快走！”歇洛克·福尔摩斯突然叫道，“情况非常紧急。”我们坐马车赶向苏格兰警局时，他又说道，“这几个人又把梅拉斯带去了。他们那晚和他打交道时就发现他比较懦弱，所以觉得他好欺负。他们显然需要他做翻译，但事后，他们就很可能会借口他背叛了他们而干掉他。”

我们原来希望坐火车去贝肯罕姆可以和他们的马车一起到达，甚至比他们先到。但我们赶到苏格兰警局后，花了一个多小时才找到格雷格森警长，办完允许进入民宅的法律手续。我们四人赶到伦敦桥车站时是九点三刻了，十点半到贝肯罕姆车站后，又坐了半英里马车才赶到默特斯。这是一个阴森森的大宅院，单门独户，离马路有一段距离。我们在这里下了车，一起沿车道向房子走去。

“窗户里什么光都没有，”警长说，“好像这房子根本没人住。”

“我们的鸟儿已经飞走了，只剩下了这空空的鸟巢。”福尔摩斯说。

“你为什么这么说？”

“一辆满载行李的马车离开还不到一个钟头。”

警长笑着说：“借着大门口的灯光我看到了车辙，可你凭什么说载满了行李呢？”

“你看到的可能是驶进来的同一辆车，但离开时的马车车辙要深得多，显然车上装了很多东西。”

“这方面你比我强，”警长耸耸肩说，“但这扇门很难打开。让我来试试，看里面有没有人能听到我的叫门声。”

他使劲地拨拉门环，又用力拉门铃，但毫无反应。歇洛克·福尔摩斯离开一会儿后又返了回来。

“我已经打开一扇窗户了。”歇洛克说。

看到我朋友开窗的那巧妙办法，警长说：“福尔摩斯先生，幸亏你是自己人，要是你与我们作对的话，那我们可惨了。不过，在某些情况下，我想我们是可以破门而入，进到民宅里去的。”

我们一个个爬进窗户。这座大房子显然就是梅拉斯先生上次来过的地方。警长点亮提灯，我们借着灯光看到了梅拉斯提到过的两扇门、窗帘、灯和日本铠甲。桌上摆着两只玻璃杯，一个空白兰地酒瓶和一些残杯冷炙。

“什么声音？”歇洛克·福尔摩斯突然问道。

我们都站在那里静静地听着。从我们头顶上面的什么地方传来了一阵低低的呻吟声。福尔摩斯急忙跑进了大厅。呻吟声是从楼上传来的。他率先冲上楼，警长和我紧跟其后，身体肥胖的迈克罗夫特也尽可能快地跟在了后面。

二楼楼梯口有三个门，那可怕的声音是从中间那个门里传出来的，时而是低低的呻吟，时而是尖利的哀号。门被锁着，但钥匙却没拔走。歇洛克打开门冲进去后又立刻用手卡着喉咙退了出来。

“是炭火，”他叫道，“等烟散了之后再进去。”

我们向屋内望去，发现里面唯一的亮光来自正中央一个小铜鼎上摇曳的蓝色火焰，它在地板上划出一个青灰色的光圈。黑黑的墙边隐隐约约有两个蜷缩着的人。一股可怕的毒气从里面冲了出来，把我们呛得喘不过气来，一个个连连咳嗽。歇洛克跑到楼顶猛吸了口新鲜空气，然后冲进房间，推开窗，把铜鼎扔到花园里去了。

“我们马上就能进去了，”他跑到外面喘着气说，“蜡烛在哪里？我看火柴在那种空气里可能划不着。迈克罗夫特，你在门口举着灯，我们进去救人！”

我们冲了进去，把两个中毒的人拖到了有亮光的过道上。他们都昏死过去了，嘴唇乌青，面部肿胀、充血，眼睛鼓了出来。这两个人的脸都变形得很厉害，如果不是他的黑胡子和肥胖的体形，我们根本就认不出其中一个就是几小时前和我们在第欧根尼俱乐部分手的那位希腊译员。他的手脚被人捆得紧紧的，一只眼睛上有被毒打的痕迹。另一个人也被捆住了手脚，他身材高大，已经憔悴得不像人样，贴了一脸的奇形怪状的胶布。我们把他放到地板上时，他已经停止了呻吟。我一眼就看出，对他来说，我们来得太晚了。但梅拉斯先生还活着。给他服了阿摩尼亚和白兰地后，不到一小时，他就睁开了双眼。我知道我已经把他从死神那儿拉回来了。

梅拉斯简单地向我们介绍了一下情况，与我们的推论完全一致。那个去找他的人一进他家，立刻从衣袖拿出一根护身棒，威胁说要干掉他，然后又一次绑架了他。那个奸笑的恶棍留给我们这位可怜的语言学家的印象实在是太可怕了，只要提起那恶棍，他就会吓得面无人色，浑身颤抖。他很快就被带到了贝肯罕姆，第二次充当翻译，这一次比上次更富有戏剧性。那两个英国人威胁他，要他按他们所说的去做，不然就马上杀了他。最后，当他们看到所有的威胁都毫无作用后，又把他囚禁了起来。最后，他们用棍子打昏了他，此后的事情，梅拉斯就不知道了。他醒转过来时首先看到的是我们在俯身救他。

这就是那位希腊译员的奇案，其中有些事情至今还是个疑团。我们从答复我们广告的那位先生那里了解到，那位不幸的小姐来自一个富有的希腊家庭，到英国来看望几个朋友时，遇到了那个叫哈罗德·拉蒂摩的年轻人。拉蒂摩控制了她，并且最终说服了她一起私奔。她的朋友们得知此事后大吃一惊，为洗脱干系，连忙给她在雅典的哥哥报信。她哥哥一到英国，就不慎落入了拉蒂摩和他那个叫威尔逊·肯普的同伙手上。而那个肯普是个声名狼藉的坏蛋。这两个坏蛋发现他不懂英语，对他们没用，便把他关了起来。为得到他和他妹妹的财产，用毒打和饥饿逼迫他签字。他们把他关在屋里，不让姑娘知道。为防万一姑娘碰巧见到她哥哥时把他认出来，还故意贴了他一脸的胶布。然而由于女性的敏感，译员第一次在那儿的时候，她第一次见到她哥哥便把他认了出来。但这可怜的姑娘自己也是阶下囚，因为在那院子里，除了一对赶马车的夫妇外，再没有其他人了，而马车夫夫妇又都是那两个坏蛋的帮凶。他们见秘密被揭穿，而姑娘的哥哥又软硬不吃，他们便带着姑娘逃离了他们租来的那套房子，并在离开前先报复了那个竟敢反抗他们的人和那个出卖他们的译员。

几个月后，有人从布达佩斯给我们寄来了一则从报纸上剪下来的奇闻，说有两个英国男人和一个妇女一起旅行，在那里出了事。两个男人都被刺死了，匈牙利警方认为他们是争风吃醋，互相残杀而死。不过，福尔摩斯却不这么认为。他至今一直相信，要是能找到那位希腊姑娘，人们就能弄清她是怎样给她哥哥和她自己报仇的。

10. 海军协定

我结婚那年的七月让我永世难忘，因为在这个月里我有幸和福尔摩斯一起侦破了三起重大案件，研究了他的破案方法。这三个案子是：《第二处血迹》《海军协定》和《疲倦的船长》。第一个案子因为事关重大，跟王国的王公贵族有所牵连，所以多年来一直没能公之于众。但，这个案子在所有福尔摩斯的案件中最能充分体现他的分析方法的价值了。同时，它也是给人印象最深的一个。我至今还保留着福尔摩斯向巴黎警署的杜布克先生和格但斯克的著名的专家弗里茨·冯沃尔鲍叙述案情真相的谈话记录。他们为这个案子费了不少神，但到头来却是白忙活了。这个案子恐怕要到下个世纪才能公之于众。所以，我现在只好先把我记录的第二个案子发表出来。这个案子在过去一段时间里也事关国家命运，案情非常独特。

我学生时代有个名叫珀西·费尔普斯的密友。他和我差不多大，但比我高两级。他聪明过人，获得过学校设立的一切奖励。因为成绩特别好，毕业时，获得了去剑桥大学继续深造所需的奖学金。我记得他有几个贵族亲戚。小时候我就听说过他舅舅霍尔德赫斯特勋爵——一位著名的保守党政客。这些亲戚不但没让他在学校沾光，相反，我们还因此常常在运动场上捉弄他，用玩具铁环撞他的脚踝，并引以为乐。不过，他走上社会后，就沾光了，我好像听说他凭着自己的才干加上他舅舅的权势，在外交部谋到了一个美差。后来我慢慢把他忘了，直到接到下面这封从沃金布里尔布雷寄来的信才又想起有这么一个人，信里这么写道：

亲爱的华生：

我相信你还记得"蝌蚪"费尔普斯，那时我在五年级，你在三年级。你可能也听说我凭借舅父的力量，弄到外交部去工作了，而且很受信任和尊敬。然而，一件可怕的事突然从天而降，毁了我的前程。

我现在不想告诉你这个事件的详细经过。如果你答应我的请求，那么我可以亲自讲给你听。我神经错乱了九个星期，现在刚刚恢复，身体还很虚弱。你能请你的朋友福尔摩斯先生来一趟我这里吗？尽管警局说这事只有不了了之，但我还是想听听福尔摩斯先生对本案的看法。请你一定把他请到，尽快来我这里。我在这惊恐不安中的生活，真是度日如年。请你跟他解释一下，我之所以没及时向他请教，并不是我不相信他的才能，而是因为我大难临头，神志不清。现在我头脑已清醒过来，但我仍然不敢想得太多。因为我现在还很虚弱，我怕旧病复发。你一定也看出来了，这不是我的亲笔信，而是由我口述，别人代笔的。请你一定把福尔摩斯请来。

你的老校友珀西·费尔普斯

看完信后，我的心情久久不能平静，他一再请求我邀福尔摩斯去他那里，他的态度真让人同情。我被他感动了，决定一定帮他把福尔摩斯请到——当然，我知道福尔摩斯很喜欢侦探，只要有人相信他，他总是乐于助人的。我和我妻子一致认为，应该赶快把这事告诉福尔摩斯，一分钟都耽误不得。所以吃了早餐，还没一小时，我就赶到了贝克街的老住处。

福尔摩斯身穿睡衣坐在靠墙的桌旁，正全神贯注地做着化学试验。一个曲线形大蒸馏瓶在酒精灯上烧着，瓶里的液体猛烈地沸腾着，蒸馏出来的液体滴入一个两升的量具中。我走进来时，他头都没抬。看来他的试验一定很重要，所以我便坐在扶手椅上等。他看看这个瓶子又看看那个瓶子，每个瓶子都用吸管吸出几滴液体，最后拿出一支装满了某种溶液的试管放到桌上。他右手拿着一张石蕊试纸。

"华生，你来得正好，"福尔摩斯说，"如果这张试纸还是蓝色，那就一切正常。如果它变红了，那溶液就能置人于死地。"他把纸浸入试管，试纸立即变成了污浊的暗红色。"嘿！果然如此！"他大声叫道，"华生，我这里的事马上就完了。烟叶在波斯拖鞋里，你去拿吧。"他转身走到书桌旁，草草地写了几份电报，交给小听差，然后抱腿屈膝地坐在我对面的椅子上了。

“刚才是一件很平常的谋杀案，”福尔摩斯说，“不过，我想，你给我带来的案子肯定有趣多了。华生，你是无事不登三宝殿的，到底出什么事了？”

我把信递给他，他仔细地看了起来。

“这信没给我们透露多少情况，是吗？”福尔摩斯把信递还给我时说道。

“几乎什么都没说。”我说道。

“不过笔迹倒有点意思。”

“但这笔迹不是他的。”

“确实不是他的，这是女人的字。”

“是男人的字。”我大声说道。

“不，这是女人的字，这是个不同寻常的女人写的。你看，我们的调查还没开始。就已经知道委托人和一个人有密切关系。而这个人，无论从哪方面看，都与众不同。我已经对这个案子很有兴趣了。如果你没意见，我们马上就动身去沃金看那位倒霉的外交官和照他口述、代他写信的女人。”

我们很幸运，正好赶上了滑铁卢车站的早班火车，不到一小时，我们便来到了沃金的冷杉和南树丛中。布里尔布雷是一所坐落在一片开阔的土地上的孤零零的大宅第。从车站步行到那儿只有几分钟的路程。我们递进名片后，被领进了一间摆设雅致的客厅里。过了几分钟，一个很壮实的人很热情地招呼我们。他是个快四十岁的人了，但脸颊红润，目光欢快，让人感觉出他还是个天真无邪的顽童。

“很高兴你们能来，”他边和我们握手边说，“珀西盼了你们一早上。啊，我那可怜的老朋友，他是不会放过任何希望的！他的父母要我来接待你们，因为他们一提这事就很伤心。”

“我们还不知道事情的详细情况。”福尔摩斯说道，“我看你不是他们家的人吧。”

我们的新相识吃了一惊，低头看了下后，就大笑了起来。

“你是看到我项链坠上的姓名缩写‘JH’了吧！”他说道，“我还以为你有什么特异功能呢。我叫约瑟夫·哈里森，费尔普斯快和我妹妹安妮结婚了，我可以算是他的一个姻亲吧。你们会在费尔普斯的房间里看到我妹妹的，她不辞辛苦地照料他两个月了。我们现在就去他房里吧，费尔普斯急着要见你们。”

费尔普斯的房间和会客室在同一层楼上。这房间布置得既像居室，又像卧室，到处都摆着鲜花。一位脸色苍白、身体虚弱的年轻人躺在长沙发上。沙发靠近窗户，浓郁的花香和初夏宜人的空气从开着的窗户飘了进来。一个女人在他身旁坐着，她见我们进来，便赶紧站起身。

“我要回避吗，费尔普斯？”她问。

费尔普斯抓住她的手不让她走。

“你好！华生。”费尔普斯亲热地说道，“你留着胡须，我差点认你不出了。我想你一定也认不出我了。这位，我想，就是你那大名鼎鼎的朋友歇洛克·福尔摩斯先生吧？”

我简单地给他们做了介绍后，和福尔摩斯一起坐下了。那个壮实的中年人走了出去，但他妹妹因为手被费尔普斯拉着，只好留了下来。她是一个很令人注目的女人，身材略微有些矮胖，显得不很匀称，但她有非常漂亮的橄榄色面容，一双乌黑的意大利人的眼睛，一头乌云般的黑发。与她那艳丽的容貌相比，她未婚夫苍白的面孔越发显得憔悴和虚弱。

“我不想浪费你们的时间，”费尔普斯从沙发上坐起来说道，“老实跟你们说吧，我是一个幸福而有成就的人，而且，就快要结婚了，但一件突如其来的事情把我的前程给毁了。

“华生可能跟你说了。我在外交部工作，因为我舅父霍尔德赫斯特勋爵的关系，我很快就提升到机要部门任职。我舅父是本政府的外交大臣，他交给我的一些重要任务，我总完成得很出色，我是凭才智赢得他的充分肯定和信任的。

“大约十个星期前，也就是五月二十三日，他把我叫到他的私人办公室里，称赞我工作干得很出色后，把一件新的重要任务交给了我。

“他从写字台里拿出一个灰色的纸卷说道：‘这是英国和意大利签订的秘密协定的原本。遗憾的是，报上已经透露出一些传言。因此，重要的是，不能再泄露任何消息。法国和俄国大使馆正不惜一切代价来打探这些文件的内容。如果不是非常需要抄一份副本，我是不会从我的写字台里把它拿出来的。你办公室里有保险柜吗？’

“‘有，舅舅。’

“‘你就把协定锁到你的保险柜里吧。我先叮嘱你一下，你必须到别人都下班走了再抄写，以免被别人偷看。你抄好后再把原件和副本锁到保险柜里，明天早上一起交给我本人。’

“我拿好文件就……”

“对不起，请稍停一下，”福尔摩斯说道，“当时就你们两人在场吗？”

“是的。”

“是在一个大房间里吗？”

“房间有三十英尺见方。”

“你们是在房中间谈的话吗？”

“对，差不多在中间。”

“说话声音不大吗？”

“我舅父说话的声音一向很小，而我几乎没说话。”

“好了，”福尔摩斯眯上双眼说，“你继续讲吧！”

“我完全遵照他的叮嘱行事，耐心等待其他几个职员离开。有个叫查尔斯·戈罗特的还有点公事没办完。于是我让他一个人留在办公室里，而我自己先去吃晚餐了。我回来时，他已经走了。我急忙从保险柜里拿出文件，想尽快抄完。因为我知道约瑟夫——就是你们刚才见到的哈里森先生——正在城里，要乘晚上十一点的火车回沃金，我也想尽可能赶上这趟火车。

“我把这份协定拿出来一看，就觉得它确实很重要，舅父并没有夸张。不用细看，我就知道内容是有关我们大不列颠王国对三国同盟的立场的。这份协定同时还预定了一旦在地中海的法国海军跟意大利海军相比占完全优势时，我国要采取的对策。协定涉及的问题纯属海军方面。协定最后是协商双方高级官员的签名。我大概翻了一下后，就坐下来抄写。

“这是份用法文写成的文件，很长。有二十六项条文。我用最快的速度抄，可到九点只抄了九条，我当时想，看来是赶不上十一点的火车了。由于劳累了一整天再加上晚饭没吃好，我感到昏昏欲睡，头脑昏沉，很想喝杯咖啡清醒清醒一下脑袋。楼下有个看门人，他整夜都守在小门房里，按惯例，他应该给每个加夜班的职员用酒精灯煮咖啡。所以，我就按铃召唤他。

“令人奇怪的是，应召而来的是一个女人，她是个身材高大、长相丑陋的老婆婆，腰里系着围裙。她说她是看门人的妻子，在这里打杂。我便叫她去煮咖啡。

“我又抄了两条，更困了，便站起来在屋里走了几圈，活动活动了一下双腿。可咖啡迟迟没有送来。我想知道这是为什么，便打开门，想下楼去看。从我抄写文件的办公室出来就是条笔直的走廊，光线很暗，是我办公室惟一的出口。走廊尽头是一条转弯的楼梯，楼梯下面的过道旁就是看门人的小门房。楼梯中间有个小平台，小平台右边另有一条楼梯通向侧门的走廊。这个侧门是专供仆役用的，也是职员们从查尔斯街来上班的捷径。”

“请继续说吧，你说的我都记清了。”歇洛克·福尔摩斯说。

“请您注意，下面就是这个案子的关键所在了。我走下楼梯，看见看门人正在门房里酣睡，酒精灯上的咖啡已经烧开溢到地板上了。我提开壶，熄灭了酒精灯，正想伸手去把那个睡着了的看门人摇醒，忽然他头顶铃声大作，他一下子就惊醒了过来。

“‘费尔普斯先生！’他迷迷糊糊地望着我说道。

“‘我是来看咖啡煮好了没有的。’

“‘对不起，我煮着煮着就睡着了。’他看了看我，又抬头看了看仍在颤动着的门铃，感到非常惊奇。

“‘先生，既然您在这儿，那么，是谁在按铃呢？’他问道。

“‘按铃！’我叫道，‘按什么铃？’

“‘刚才的电铃是从您办公室按的。’

“我的心猛地一惊，这么说，有人到我办公室去了。可我那份至关重要的协定就放在桌子上。我发疯似地跑上楼，可走廊里一个人都没有。福尔摩斯先生，我办公室也没有人。一切和我离开时一样，只是我抄写的那份文件原本被人偷走了，桌上只剩下抄本。”

福尔摩斯笔直地坐在椅子上，搓着双手。看得出来，他对这个案子已经很有兴趣了。他低声问道：“请问，当时你怎么办呢？”

“我马上想到小偷一定是从侧门上下楼的。如果他走的是正门，那我肯定能碰到他。”

“他会不会一直藏在办公室或走廊里呢？你不是说走廊的光线很暗吗？”

“这绝不可能。无论办公室还是走廊，都没有藏身的地方，连只老鼠都藏不住。”

“谢谢，请接着说吧。”

“看门人见我大惊失色的样子，知道出大事了，就跟着我一起上了楼。我们顺走廊奔向通往查尔斯街的陡峭的楼梯。楼底的侧门关着，但没上锁。我们推开门冲了出去。我记得下楼时附近的钟敲了三下，时间是九点三刻。”

“这一点很重要。”福尔摩斯边说边把这个时间记在了衬衫袖口。

“那晚天很黑，下着毛毛细雨，查尔斯街一个行人都没有，但街尽头的白厅路却还和往常一样，车辆行人络绎不绝。我们急得帽子都没戴，就沿人行道跑了过去，在右手边的拐角处，站着一个警察。

“‘出了盗窃案，’我气喘不停地说，‘有人从外交部偷走了一份很重要的文件。你看见有人从这里走过去吗？’

“‘我在这里刚站了一刻钟，先生。’警察说，‘我只看见过去一个人，她是一个高高的老婆婆，披着条佩兹利披巾。’

“‘哦，那是我老婆！’看门人大声说，‘没别的人过去吗？’

“‘没别的人了。’

“‘这么说，小偷肯定是从左手边的拐角逃走了。’看门人扯着我的袖子说。

“但我不相信他，我以为他是想把我引开。于是，我问警察：‘请问那个女人是往哪边走的？’

“‘我不知道，先生，我只注意到她走过去，但没特别留意她往哪边走了。不过，她好像走得很急。’

“‘她走多长时间了？’

“‘嗯，没走几分钟。’

“‘不到五分钟吗？’

“‘对，不到五分钟。’

“‘别浪费时间了，先生，现在每分钟都很重要，’看门人大声叫道，‘请相信我，这事绝不是我老婆干的。我们还是去这条街的左端去吧。好，你不去我去。’他说着，就向另一头跑。

“我马上追上去，扯住他的衣袖。

"'你住哪里？'我问他。

"'布里克斯顿的艾维巷十六号。'他回答道，'但你别太武断行事了，费尔普斯先生。我们到这条街的左端或许能打听到什么。'

"我想，就照他的意见去做也没什么坏处。于是，我们两个和警察急忙往那边跑。只见街上车水马龙，人来人往，个个行色匆匆地想在这细雨之夜早点回家，没有一个闲人能告诉我们谁曾经走过。

"我们只好返回外交部，把楼梯和走廊搜查了一遍，但什么也没发现。通往办公室的走廊铺着一种米色漆布，如果有人走过，很容易在上面留下脚印。我们检查得很仔细，但半个脚印都没找到。"

"那天晚上一直都下雨吗？"

"雨大概是从七点钟开始下的。"

"那么，那个女人是九点钟左右进的办公室，她穿着沾了泥的靴子，怎么会没留下脚印呢？"

"很高兴你能这么问。当时我也这么想。原来这个打杂的女工有个习惯，总是在看门人房里脱掉靴子，把布拖鞋换上。"

"我明白了，所以，尽管那晚下了雨，但她没留下脚印，是吗？这一连串的细节很重要。你们接下来又做了些什么呢？"

"我们接着仔细检查了一遍办公室。我的办公室没有暗门，两扇窗户离地面有三十英尺高，而且插销也从里面插上了。地板上铺着地毯，不可能有地道。天花板是用普通白灰刷的，我敢拿性命担保，他只能从唯一的房门逃跑。"

"壁炉是怎样的？"

"那里没有壁炉，只有一个火炉。电铃在我写字台的右边。按铃得到我写字台的右边去按。但罪犯为什么要按铃呢？这真奇怪。"

"这确实有些奇怪。你们下一步又做了些什么呢？我想，你们检查过房门，看那位小偷有什么痕迹留下没有，比如烟蒂、手套、发夹或别的什么小东西，是吗？"

"没有你说的东西。"

"没闻到什么气味吗？"

"唉，这我们可没想到。"

"在这样的案子里，即使是现场的一点烟味对我们也是很有帮助。"

“我是不吸烟的，因此，哪怕是一点点烟味，我都能闻出来。但办公室一点烟味都没有。唯一有嫌疑的就是看门人的老婆，那个叫坦盖太太的女人，就她从外交部慌里慌张地走出去，看门人也不知道她为什么走得这么匆忙，他只知道他老婆平常也是在这个时间回家的。警察和我都认为，如果文件确实被她拿走了，我们最好趁她还没把文件脱手赶快把她抓住。

“这时警察局已接到报案，侦探福布斯先生立即赶过来了，信心十足地接下了这件案子。我们租了一辆双轮双座马车。半小时就到了看门人告诉我们的那个地点。坦盖太太的长女给我们开了门。她说她母亲还没回来，她让我们在客厅等候。

“十分钟过后，有人敲门了。这时我们犯了个严重的错误——这只能怪我们自己——我们没亲自去开门，而是让那个姑娘去开的。我们听到她说：‘妈妈，家里来了两个人，正等着要见你。’接着，我们听到一阵急促的脚步声走进过道。福布斯猛地把门推开，我们跟着跑往后面的房间，也就是厨房，但那个女人先跑了进去。她带着敌意望着我们。后来，她认出了我，随即一脸的诧异。

“‘天哪，这不是外交部的费尔普斯先生吗？！’她叫道。

“‘喂，你以为我们是谁？你为什么要躲我们？’福布斯问。

“‘我还以为你们是旧货商呢，’她缓了一口气，‘我们和一个商人有纠葛。’

“‘你别骗人了吧，’福布斯说，‘我们认为你从外交部拿走了一份重要文件，想在这里处理掉。你必须跟我们去警察局接受调查。’

“她提出抗议，不肯去，但我们不管，我们叫来一辆四轮马车，三个人都坐了进去。临走前，我们先把厨房检查了一遍，特别是火炉，看她抢先跑到这里后有没有把文件扔进火里，但是，火炉里没一点碎屑或灰烬的痕迹。我们一到警察局，就把她交给女搜查员搜查。我焦急地等着，好不容易等来了女搜查员的报告，但报告说没搜到文件。

“我到这个时候才真正意识到我的处境有多可怕，在这之前，我只顾着找文件，根本没想会有什么后果，我一直以为能很快找到文件的，根本没考虑到万一找不到，后果会是怎么样。直到看了女搜查员的报告后，我才猛然想起事情的后果。我的处境很不妙。华生可能跟你说过，我在学校时，是个胆怯又敏感的人，我的性格就是这样。我想到了我舅舅和他在内阁里的同僚，想到我给他带来的耻辱，给我自己和亲友带来的耻辱，我自己成为这个离奇的意外事件的牺牲品倒没什么，糟糕的是外交利益事关重大，绝不允许出一点意外事故的。我的前途算是毁了，很不体面地毁了。我不知道我当时做了些什么。我想一定出了不少洋相。我模模糊糊地记得当时有几个同事围着我，尽力安慰我。有个同事陪我一起乘车到滑铁卢，把我送上了去沃金的火车。本来要把我送到家里的那位同事，看到我邻居费里尔医生和我坐同一趟车，便把我送到火车上就走了。费里尔医生对我照顾得很周到，多亏他这样照顾我，否则我就不止是在火车站那次昏厥了。到家时，我差不多成了一个语无伦次的疯子了。

“你可以想象，当费里尔医生按铃把我家里人从睡梦中叫醒，他们看到我这副模样有多难过。可怜的哈里森小姐和我妈妈几乎肝肠寸断。费里尔医生把在车站从侦探嘴里听到的事情缘由跟我家里人讲了一遍。但她们还是悲痛得要命，因为她们知道，我这病一时半会是好不了的。她们让约瑟夫将他那间心爱的卧室腾出来，改做我的病房。福尔摩斯先生，我在这房里躺了九个星期了，不省人事，脑子里头一片混乱。如果不是哈里森小姐的精心照料和医生的关心，恐怕我现在不能和你们说话了。哈里森小姐白天照看我，另外还雇了位护士晚上守护我，因为我神经病一发作，什么事都能做出来。我的头脑逐渐清醒过来，到三天前，我的记忆力完全恢复——有时我想它要是不恢复该有多好。我首先给经手这个案子的福布斯先生发了封电报。他到这里告诉我说，虽然想尽了一切办法，却找不到任何线索。一开始用各种手段问看门人和他老婆，但一无所获；随后警方又怀疑那个年轻的戈罗特，戈罗特就是那晚下班后还在办公室里待过很长一段时间的那个人，实际上他只有两点可疑，一是他走得晚，二是他有个法国人的姓名。不过，在他走之前，我还没开始抄那份协定；虽然他有法国血统，但他和我们一样有着英国人的习惯和感情，找不出什么确凿的根据把他牵连进去——后来，案子就不了了之。福尔摩斯先生，现在我就看你的了。如果你也让我失望的话，那我的名声和地位就永远地断送了。”

由于说话较多，费尔普斯感到很累了，将身子往后靠到了垫子上。哈里森马上给他倒了一杯镇静剂。福尔摩斯双目微闭，头向后仰地坐在那里默默不语，不熟悉的人会认为他漫不经心，但我知道他此刻正在非常紧张地思考着。

“你讲得很明白，”他终于开口道，“我需要了解的你几乎都说了。但是，有一个最重要的问题，我想问你一下，你有没有把你执行这项特殊任务的事告诉过谁？”

“谁也没告诉过。”

“哈里森小姐也没告诉吗？”

“没有。我在接受命令和执行任务的这段时间里，没有回沃金。”

“也没有你的亲友碰巧去看你吗？”

“没有。”

“你的亲友中有人知道怎么去你办公室吗？”

“有，我曾经告诉过他们。”

“当然，你没跟别人讲过有关协定的事，我这么问是白问了。”

“我没对别人讲过。”

“你了解看门人吗？”

“我只知道他原来是个老兵。”

“在哪儿服的役？”

“嗯，好像听说他曾经在科尔斯特里姆警卫队待过。”

“谢谢你。我想我能从福布斯那里得到一些情况。官方侦探是很善于搜集情况的，只不过他们不善于利用而已——啊，这玫瑰花多可爱啊！”

他绕过长沙发，走到开着的窗前，伸手把一根低垂着的玫瑰花枝扶起，欣赏着那红花绿叶。在我看来，这是他性格中一个新的方面，我还从未见过他对自然界里的东西表现出这么强烈的爱好。

“天下的事没有比宗教更需要推理的了。”他把背斜靠在百叶窗上说，“推理法可以逐步演绎成一门精密的学科。按照推理法，据我看来，我们对上帝仁慈的最高信仰，应该寄托于鲜花之上。此外的一切东西：我们的能力，我们的希望，我们的食物，它们首先是为了生存的需要。而花就不一样了，它的香气和色泽都是生命的点缀，而不是生存的条件。这些非凡的品格只产生于仁慈。所以我再说一遍，鲜花能够给我们带来很大的希望。”

珀西·费尔普斯和哈里森小姐听了福尔摩斯的这番议论后，感到非常的惊奇和失望。福尔摩斯拿着玫瑰沉思了几分钟，哈里森小姐终于忍不住打破了沉寂。

“你说这个迷案有希望解决吗？福尔摩斯先生。”她用有些刺耳的声音问道。

“哦，这个迷案！”福尔摩斯愣了一下后，才重新回到现实，说，“嗯，如果说这案子不复杂，那肯定是胡说八道。不过我向你们保证，我会深入调查这件事，并把我所了解的一切情况告诉你们。”

“你有线索了吗？”

“你们已经给我提供了七个线索，当然，我得先检验检验，才能知道哪条线索有用。”

“你有怀疑对象了吗？”

“我怀疑我自己。”

“什么？！”

“我怀疑我的结论下得太快了。”

“那就赶紧回伦敦去检验你的结论吧。”

“你的建议很好，哈里森小姐。”福尔摩斯站起来说道，“我想，华生，我们没有更好的办法了。费尔普斯先生，你别抱太大的希望。这件事很复杂。”

“我希望很快听到你的消息。”费尔普斯很急切地说。

“好，我明天还会在这个时候来看你的。虽然到时未必能给你带来什么好消息。”

“愿上帝保佑你成功。”费尔普斯叫道，“我知道你会尽力的，这下我又有希望了。哦，顺便说一下，我接到了霍尔德赫斯特勋爵的来信。”

“啊！他信上说了些什么？”

“他的口气冷淡，但并不严厉。我想肯定是因为我在养病，他才没严厉地责怪我。他只反复说事关重大，又说除了我恢复健康，有机会补救我的过失，否则，我的前程——当然他是指我被革职——就全完了。”

“嗯，他这样说是合情合理的，考虑得很周到，”福尔摩斯说道，“走吧，华生，我们还要在城里干上一天呢。”

约瑟夫·哈里森先生用马车把我们送到了火车站，我们很快搭上了去朴次茅斯的火车。福尔摩斯上车后就沉思起来，一直没说话。直到过了克拉彭枢纽站，他才开口说话：“从这些高架铁路进入伦敦真是件愉快的事，因为你可以居高临下地看到下面这样的房子。”

我以为他是在开玩笑，因为这景色实在太难看了，但他立即解释了起来：“你看，那片大房子，孤零零地矗立在青石上，就像铅灰色海洋中用砖瓦砌成的小岛一样。”

"那是些寄宿学校。"

"那是灯塔，我的伙计！未来的灯塔！每座灯塔里都装有千百颗光辉灿烂的小种子，将来，英国在他们这一代将更加明智富强。我想，费尔普斯他不喝酒吧？"

"我想他是不喝酒的。"

"我也这么想，但我们应该把一切可能都预料到。这可怜的人真是倒霉透了，现在就我们能帮他了。你觉得哈里森小姐怎样？"

"她是个性格刚强的姑娘。"

"对，她也是个好人，要不就是我看走眼了。她和她哥哥是诺森伯兰附近一个铁器制造商仅有的两个孩子。费尔普斯是去年冬天旅行时，和她订的婚，她哥哥陪着她来和费尔普斯的家人见面，正巧赶上了这件不幸的事，她便留下来照顾未婚夫，她哥哥约瑟夫·哈里森觉得这里蛮好，便也留了下来。你看，我已经做了些单独的调查。不过今天，我们还有许多事要调查。"

"我的医务……"我说。

"啊，要是你觉得，你的业务比我的案子重要的话……"福尔摩斯有些不高兴地说。

"我是说我的医务可以搁一两天，因为现在是一年里最清淡的时候。"

"太好了，"福尔摩斯说，他又高兴了起来，"那我们就一起调查这个案子吧。我想先去拜访福布斯。他或许能讲出我们需要的一切细节，然后我们就知道该如何入手了。"

"你不是说，你已经有几个线索了吗？"

"对，我们已经有了几个线索，但得进一步调查才能知道它们是否有用。没有犯罪动机的案件是最难查办的。不过这个案子并非没有犯罪动机。谁能从中得到好处呢？法国大使、俄国大使、那位可以把协定出卖给其中任何一个大使的人，还有霍尔德赫斯特勋爵。"

"霍尔德赫斯特勋爵！"

"对，一个政治家出于需要，会不顾一切地借机销毁这样一份文件的。"

"霍尔德赫斯特勋爵不是一个有光荣履历的内阁大臣吗？"

"这只是怀疑，但我们也不能忽略这一点。我们今天就去拜访这位高贵的勋爵，看他能不能告诉我们一些情况。你还不知道吧，我的调查已经开始了。”

“已经开始了？”

“对，我在沃金站给伦敦各家晚报都发了一份电报。每家晚报都将刊登这样一份广告。”

福尔摩斯交给我一张纸，这是一张从日记本上撕下来的纸，上面用铅笔写着：

五月二十三日晚九时三刻，有马车送一客人到查尔斯街外交部门口或附近，请知情者将马车号码告知贝克街221号乙，赏金十镑。

“你能肯定那个小偷是乘马车来的吗？”

“即使不是也无妨。如果真像费尔普斯说的那样，办公室和走廊都没有藏身之地，那么小偷一定是从外面进来的。你想，当时外面下着雨，他离开几分钟后就进行了检查，并没有在漆布上发现湿漉漉的脚印，那么，他乘车来的可能性很大，不只是很大，我可以肯定，他一定是乘马车来的。”

“你说得好像有道理。”

“这是线索之一，它可以让我们得出某种结论。当然，还有那铃声，这是本案最奇怪的地方。为什么要按铃呢？难道那个贼真那么嚣张吗？还是有人和贼一起进来，故意按铃以防止小偷行窃，或者他是无意碰到铃的？或者……”他又陷入刚才那种紧张的思索中了，我对他的心情是很了解的，他一定是突然又想到了某种新的可能。

我们下车时，已经是下午三点二十分了，在小饭馆匆忙吃过午餐，立即赶往伦敦警察厅。因为福尔摩斯已经给福布斯打过电报，所以他正在警局等着我们。这人个子不高，生得獐头鼠目，说话态度尖酸刻薄。待人一点都不友好。特别是他听了我们的来意后，对我们更冷淡了。

“福尔摩斯先生，我早就听说过你的行为，”他尖酸刻薄地说，“你经常利用警方给你提供的各种情报，然后自己去破案，让警方丢脸。”

“恰恰相反，”福尔摩斯说，“我过去破获了五十三个案子，但只有四个案子署过我的名，其余的四十九个案子的荣誉全让给了警察。你并不知道这些，你还年轻，没有经验，我并不怪你。不过，你要是想有所进步的话，你最好和我合作而别跟我作对。”

“我很高兴你能给我指点一下，”这位侦探改变了态度说道，“到目前为止，我对这个案子还是一筹莫展。”

“你都做了些什么？”

“一直在监视看门人坦盖，不过他离开警卫队时名声很好，我们也找不出什么可疑的地方。但他老婆是一个坏家伙，我想，她肯定对此事知道很多，并不像她假装的那样。”

“你跟踪过她吗？”

“我们派了一个女侦探跟踪她。坦盖太太喜欢喝酒，女侦探趁她高兴时陪她喝过酒，但没从她嘴里套出点什么。”

“我听说她和一些旧货商有些纠葛。”

“是的，不过她把欠他们的钱已经还清了。”

“还账的钱是哪里来的？”

“钱的来路很正常，看门人刚领到年薪，而他们又不像手头宽裕的样子。”

“那天晚上费尔普斯先生按铃要咖啡，是她上去应承的，对此她是怎么解释的呢？”

“她说她丈夫很累，她只是想替他代劳。”

“嗯，这与她丈夫在椅子上打瞌睡这个后来发现的情况是很相符的。如此说来，这个女人除了品行不好外，也没什么别的罪证了。你有没有问，为什么那天晚上她走得那么匆忙，连巡警都注意到她的慌张神情了？”

“她说那时比平常晚了些，所以急于回家。”

“你有没有给她指出来，你和费尔普斯先生至少比她晚动身二十分钟，但还是比她先到？”

“她解释说，那是因为我们坐的双轮双座马车比公共马车快。”

“她是怎么解释她到家以后为什么要先跑到厨房去？”

“她说，那是因为她的钱放在厨房里，她想取出来付给旧货商。”

“她对每件事都做了解释。你有没有问她，她离开现场时，有没有遇到或看见什么人在查尔斯街上徘徊？”

“她说除了警察外没看见别的人。”

“嗯，你还行，对她盘问得很彻底。你还采取了别的什么措施吗？”

“这九个星期来我一直在监视职员戈罗特，但是没发现什么，没看出他有什么嫌疑。”

“还有什么？”

“没了，我们现在一筹莫展，因为什么证据都没有。”

“你有没有去想电铃为什么会响？”

“嗯，我得承认，这个问题把我难住了。这个作案的人，胆子够大的，偷了东西，还敢发出警报。”

“是的，这确实很古怪。谢谢你给我们提供这些情况。如果我知道是谁干的这件事，一定会通知你去抓的。华生，我们走吧。”

“我们现在该去哪里？”离开警察局时，我问他。

“去拜访霍尔德赫斯特勋爵，这位现任内阁大臣和未来的英国首相。”

我们赶到唐宁街时，霍尔德赫斯特勋爵正好还在办公室。福尔摩斯把名片递进去后，勋爵立刻按旧式礼节接待了我们，他让我们在壁炉两旁豪华的安乐椅上坐着，而他自己则在我们中间的地毯上站着。勋爵身材修长、轮廓分明，面容和蔼，一头卷发过早地变成了灰白色，整个人看上去器宇非凡，果然是一位显贵的贵族。

“久闻你的大名，福尔摩斯先生，”他微笑着说，“我想我知道你的来意，因为本部只有一件事能够引起你的关注。可否问问你是受谁的委托来办理这个案子的？”

“我是受珀西·费尔普斯先生之托。”福尔摩斯答道。

“哦，是我那不幸的外甥！你应该理解，正是由于我们有亲属关系，所以我更不能对他有丝毫包庇。我担心这意外事件对他的前途很不利。”

“如果能够把这份文件找回呢？”

“嗯，文件找回了，事情就好办了。”

“霍尔德赫斯特勋爵，我想问你一两个问题。”

“我很乐意奉告。”

“你就是在这里吩咐费尔普斯抄写那份文件的吧？”

“是的。”

“别人偷听不到你们的谈话吧？”

“毫无偷听的可能。”

“你是否向别人透露过，你打算叫人抄写那份文件？”

“绝对没有。”

“你敢肯定？”

"当然。"

"嗯，既然你没透露消息，费尔普斯也没有，也就是说根本没有第三者知道这件事，那么盗贼来到办公室就纯属偶然啰。他见办公室没人，就顺手偷走了文件。"

这位内阁大臣笑了，他说："你说的这些我是回答不了了。"

福尔摩斯沉思了一会。"还有更重要的一件事，我想问你一下，"他说，"听说你担心这份协定的内容一旦泄露出去，就会产生极其严重的后果。"

这位内阁大臣表情丰富的脸掠过一丝阴影，说道："后果当然极其严重。"

"已经产生严重后果了吗？"

"还没有。"

"比如说，要是这份协定已经落到法国或俄国外交部手上，你会得到消息吗？"

"能得到，"霍尔德赫斯特忧郁地说。

"现在事情已经快过去十个星期了，但你一直没有听到什么消息，这就说明，因为某种原因，协定还没有落到法、俄外交部手中。"

霍尔德赫斯特勋爵耸了耸肩。

"福尔摩斯先生，你认为盗贼偷走这份协定只是为了装进柜子，或者把它挂起来吗？"

"也许他是在等待机会，想卖个好价钱。"

"但他再等一些日子，那份文件就一文不值了。因为再过几个月，这份协定就会公之于众。"

"这一点非常重要，"福尔摩斯说道，"当然，我们还可以假设，盗贼突然病倒了……"

"比如说，神经失常了，是吗？"内阁大臣飞快地扫了福尔摩斯一眼，问道。

"我可没这么说，"福尔摩斯冷静地说道，"霍尔德赫斯特勋爵，我们已经耽搁你不少宝贵的时间了，现在，该向你告辞了。"

"祝你成功地查出罪犯，不管他是谁。"内阁大臣把我们送出门外，向我点头说道。

"他是一个杰出的人，"我们走到白厅街时，福尔摩斯说道，"不过他要保住他的官职还得作一场斗争才行。他谈不上富有，而且开销很大。我想你也注意到了他的长筒靴子是换过底的吧。现在，华生，我不想再耽误你的医务工作了。除非我那份寻找马车的启事有了回音，要不我今天就无事可做了。不过，你明天要是能和我一起乘今天我们坐过的那趟火车到沃金去，我将感激不尽。”

第二天早晨我如约见到了他，和他一起坐上了去沃金的火车。他说他的广告毫无回音，案子也毫无进展。他说话时，脸绷得紧紧的，因此我从他的面容判断不出他是否对这个案子的现状感到满意。我记得，他当时谈的话题是贝蒂荣测量法，他对这位法国学者赞不绝口。

费尔普斯由于哈里森的精心照料。看起来比昨天好多了。我们一进门，他就毫不费力地从沙发上站起来欢迎我们。

“有消息吗？”他迫不及待地问。

“就如我所预料的那样，我没带什么好消息来。”福尔摩斯说道，“我见到了福布斯，也见到了你舅舅，还调查了一两个也许能发现一些问题的线索。”

“你的意思是，你还没有失去信心，是吗？”

“是的。”

“上帝保佑你！听你这么说真叫人高兴，”哈里森小姐激动地说，“只要我们不失去信心和耐心，就一定能查个水落石出。”

“你没什么消息告诉我们，但我们却有消息要告诉你。”费尔普斯重新坐到沙发上说。

“我想，是很重要的消息吧？”

“是的，昨晚我又遇到一件很危险而且很严重的事。”费尔普斯表情严肃，心有余悸地说，“你可能不知道，但我开始觉得，我不知不觉被一个罪恶阴谋给瞄准了，他们的目标不仅是我的荣誉，而且还有我的性命。”

“啊！”福尔摩斯叫道。

“这简直令人难以置信，尽管我知道，我从没和人结仇，但从昨晚的事来看，的的确确是有人要谋杀我。”

“请讲给我们听听吧。”

“昨天晚上，头一次没人在这里护理我，我自己一个人睡——我感觉非常好，我想我不需要别人伺候了。但我晚上还是点着灯。嗯，大约凌晨两点钟，我正睡得迷迷糊糊，突然被一阵轻微的声响惊醒。那是老鼠咬木板一样的声音。我躺在床上仔细听了一会，还以为就是老鼠呢。后来声音越来越大，突然从窗上传来一阵刺耳的金属摩擦声。我惊得坐了起来，知道这是怎么回事。头一阵声音是有人从两扇窗户的缝隙间插进工具撬窗的声音，第二阵是拉开窗闩的声音。

“接着那声音停了十分钟左右，好像那人在等，看那些响声是不是把我惊醒了。后来，我又听到了轻轻的吱吱声，窗户慢慢地打开了。因为我的神经已经清醒了，我再也忍不住了，便跳下床，猛地拉开了百叶窗。一个人正蹲在窗旁。转眼间他就逃得不见踪影。他头上系着蒙面布，把面孔的下半部都蒙住了，所以我没能看清他是谁。我唯一能肯定的，就是他手上拿着凶器，那是一把长刀，他转身逃跑时，我清楚地看到刀光闪了一下。”

“这是个重要的情况，”福尔摩斯说道，“请问你后来怎么办了？”

“要是我身体好一些，我一定会跳出窗去追他。但我那时只能按铃把家人叫醒。这就耽误了一些时间，因为铃是安在厨房里的，而仆人们又都睡在楼上。不过，我使劲喊叫，叫来了约瑟夫，他又把其他人给叫醒了。约瑟夫和马夫在窗外的花圃里发现了脚印，但因为最近天气很干燥，他们追踪到草地上，就再也找不到脚印了。然而，路边的木栅栏上，有个地方有一些痕迹，他们说，好像有人从那儿翻过去，翻越时把栏杆尖都碰断了。因为我想最好还是先听听你的意见，就没有报告给本地的警察。”

费尔普斯讲述的这段经历，显然让福尔摩斯想起了什么。只见他从椅子上站了起来。激动地在房间里踱来踱去。

“真是祸不单行，”费尔普斯笑着说道，显然，昨晚的事让他受惊了。

“你确实有点危险，”福尔摩斯说道，“你看能和我一起去宅院四周散散步吗？”

“嗯，可以，我想晒晒太阳。约瑟夫也一块去吧。”

“我也去。”哈里森小姐说道。

“你还是别去的好，”福尔摩斯摇头说道，“我想请你就留在这里。”

哈里森小姐不高兴地坐回原来的椅子，而她哥哥则和我们一起出了门。我们走过草坪，来到了这位年轻的外交家的窗外。正如他所说，花圃上的确有些痕迹，但已经模糊不清，无从辨认了。福尔摩斯俯身看了一会儿，接着就耸耸肩站起身来。

“我看谁也不能从这些痕迹上发现什么，”他说，“我们到宅子四周都走走，看看盗贼为什么偏偏选中了这间屋子。我想，这间客厅和外室的大窗户应该更方便他进去。”

“但那些大窗户从大路上可以看得很清楚。”约瑟夫·哈里森先生提醒说。

“哦，是的，不过这里有一扇门，他可以从这里进去嘛。这扇门是干什么用的？”

“这是供商贩进出的侧门。晚上是上锁的。”

“以前发生过类似的事情吗？”

“从来没有。”费尔普斯回答道。

“你房子里头有金银餐具或其他能招引小偷的东西吗？”

“没有，我房子里头没什么贵重东西。”

福尔摩斯把双手插进衣袋，以一种从未有过的漫不经心的神情在房屋周围遛来遛去。

“顺便说一下，”福尔摩斯对约瑟夫·哈里森说道，“听说你发现一处地方，那个人是从那儿翻过去的。你带我们去看看！”

这个矮胖的中年人把我们带到了那个地方，那里有一根木栅栏的末端被人碰断了。上面还耷拉着一小段木片。福尔摩斯把它折断，拿在手上仔细看着。

“你认为这是昨晚碰断的吗？这痕迹看来很旧了，是吧？”

“啊，可能是的。”

“这儿也没有翻过栅栏跳到外边去的脚印，我看在这儿找不到什么线索，我们还是回卧室去商量怎么办吧。”

珀西·费尔普斯被未来的大舅子搀扶着，走得很慢。而福尔摩斯和我很快就走过草坪，回到了卧室里开着的窗前，把他们远远落在后面。

“哈里森小姐，”福尔摩斯很严肃地说，“你得整天守在这里别动。不管发生什么都别离开，这非常重要。”

“福尔摩斯先生，既然你这么吩咐了，那我一定照办。”哈里森小姐惊奇地说。

“你睡觉前，请从外面把房门锁上，自己拿着钥匙。请答应我一定照这样做。”

“可是珀西呢？”

“他要和我们一起去伦敦。”

“那我留在这里吗？”

“这是为了他好。你可以帮他很大的忙。快点，你快答应吧！”

她很快点了点头，答应了，这时那两个人刚好走进屋来。

“你为什么愁眉苦脸地坐在这里，安妮？”她哥哥说，“出去晒晒太阳吧！”

“不了，谢谢你，哥哥。我的头有点痛，这屋子挺凉爽的，我待在这里更好。”

“福尔摩斯先生，你现在有何打算？”我们的委托人问。

“啊，我们不能因为昨晚那件小事而耽搁了我们要调查的大事，我想，你要是能和我们一起回伦敦，会对我有很大的帮助的。”

“马上就走吗？”

“对，你要是方便的话，越快越好，一小时后就走怎样？”

“我现在就可以走了，不过，我真能帮上你的忙吗？”

“非常可能。”

“我今晚住在伦敦吗？”

“我正打算建议你这样做。”

“那么，如果那个人晚上再来拜访我，那他就会扑空了。福尔摩斯先生，我们全听你的，你有话就说吧，你是不是也想让约瑟夫和我们一起去，以便有人照顾我？”

“没这个必要，你知道的，我们共同的朋友华生是个医生，他会照顾你的。如果你决定了，那我们在这里吃了午餐后就动身进城。”

一切都按他的建议安排妥当了，哈里森小姐也按福尔摩斯的意见，找了个借口留在这间卧室里。我真不知道福尔摩斯在玩什么花招，他是想让这位姑娘离开费尔普斯吗？费尔普斯因为已经恢复了健康和将要参加的行动，而高高兴兴地和我们在餐室里吃午餐。但是，福尔摩斯却让我们大吃一惊——他和我们一起到了车站，把我们送到车上后，竟不慌不忙地向我们声明，他不打算离开沃金了。

“在我走之前，还得弄清楚一两件小事。”他说，“费尔普斯先生，你不在这里，在某种程度上，就是帮了我的大忙。华生，答应我，到伦敦后，你一定得和费尔普斯一同乘车到贝克街去，直到等到我回来为止。好在你们两人是老校友，一定有许多话要说。今晚费尔普斯先生可以在我的卧室里睡。我明早坐八点钟的火车到滑铁卢车站，我想，能赶上和你们一起吃早餐。”

“那我们要在伦敦调查的事怎么办呢？”费尔普斯沮丧地问。

“我们明天再调查。我想我现在留在这里很有必要。”

“请你回到布里尔布雷后告诉他们，我明天晚上回来。”我们的火车快要开动时，费尔普斯喊道。

“我不一定回布里尔布雷。”福尔摩斯答道。我们的火车站离开站台时，他高高兴兴地向我们挥手致意。

费尔普斯和我一路上都在猜福尔摩斯为什么留下不走，但谁也说不出一个令人满意的答案。

“我猜想，他是想找出昨晚那事的线索，如果真有盗贼的话，我想，那绝不是一个普通的盗贼。”

“那么，你自己是怎么想的呢？”

“老实说，你要说我神经过敏也好，但我肯定，在我周围正进行着某种秘密的政治阴谋，并且由于某种我不知道的原因，那些家伙想暗杀我。你可能会觉得这有些夸张和荒谬，但你考虑一下事实吧！那家伙为什么来撬这没什么可偷的卧室的窗户，他为什么拿了把长刀呢？”

“你肯定那不是用来撬门的撬棍吗？”

“不，不是的，绝对是一把刀，我很清楚地看到刀光闪了一下。”

“他为什么要来暗杀你呢？”

“啊，问题就在这里了。”

“好，如果福尔摩斯也这么认为，那我们就知道他为什么不走了。不是吗？假设你的想法是对的，他要是把昨晚那个威胁过你的人抓住了，那他就向找到偷海军协定的人这个目标前进了一大步。但假如你有两个仇人。一个偷了你的文件，另一个要杀你那就太荒谬了。”

“但福尔摩斯说他不回布里尔布雷去。”

“我认识他不是一天半天的事，”我说，“我从没有见过他无缘无由地就去做什么事。”说到这里，我们便转入了其他话题。

我这一天累得疲惫不堪。久病之后的费尔普斯依然虚弱，他的不幸遭遇使他容易激怒，紧张不安。我尽力讲一些我在印度和阿富汗的往事，讲一些社会问题和一些能给他消愁解闷的事，想让他开心，但都无济于事。他总是念念不忘那份丢失的协定，他时而惊异，时而猜测，时而思索，想知道福尔摩斯正在做什么，而霍尔德赫斯特勋爵采取了哪些措施，我们明天早晨又会听到什么消息。入夜之后，他由激动不安变得痛苦异常。

“你很信赖福尔摩斯吗？”

“我亲眼见他出色地办过许多案子。”

“但他还从未侦破过像这样毫无头绪的案子吧？”

“哦，不，他侦破过比这案子的线索还要少的案子。”

“但没有比这更关系重大的案子吧？”

“这我就不清楚了。我只知道，他曾给欧洲三家王室办过极其重要的案子。”

“但你很了解他，是吗？他是个琢磨不透的人物，我不知道怎么去理解他。你认为他有希望成功吗？你认为他有把握侦破这个案子吗？”

“他什么也没透露。”

“这不是一个好兆头。”

“恰恰相反。我曾经注意到，他每次失去线索了，就会坦率地承认失去了线索。他只在查到了一点线索，但又没有十分的把握时，才特别的沉默寡言。现在，我亲爱的朋友，别为这事而心神不安了吧，这于事无补。我劝你还是赶快上床睡觉，不管明天早上的消息是好是坏，都能精神饱满地去应对。”

我终于说服他上床睡觉，但从他激动的样子可以看出，他是不会睡得安稳的。他的这种情绪也影响了我，我在床上辗转了半夜，不能入睡，福尔摩斯为什么留在沃金呢？他为什么要哈里森小姐整天在病房里待着？他为什么那么小心谨慎，不让布里尔布雷的人知道他要留在他们附近呢？我绞尽脑汁，仔细盘算着这些问题，想找到一个合适的答案，但作了无数个推论，一个比一个不能成立……最后，才渐渐入睡。

我睡醒的时候，已经七点钟了，便立即起身到费尔普斯房里，只见他一脸的憔悴，看来他昨夜是整晚没睡。他第一句话就是问福尔摩斯回来没有。

“他既然答应了，”我说道，“那他一定会准时回来的。”

果然不出所料，八点刚过，就有辆马车飞快地驶到了门前，福尔摩斯从车上跳了下来。我们站在窗前，发现他左手缠着绷带，面色严肃而苍白。他走进公寓，过了一会儿才来到楼上。

“他好像很垂头丧气。”费尔普斯喊道。

我也这么认为，我说：“这个案子的线索，毕竟还是在城里。”

费尔普斯呻吟了一声。

“我曾经对他的回来抱有很大的希望，”费尔普斯说，“但事情看来并不妙，昨天他的手还好好的，这到底怎么了？”

“福尔摩斯，你受伤了吗？”我的朋友走进屋里时，我问道。

“唉，这都怪我笨手笨脚，把皮给擦伤了，”他一面点头向我们问候，一面回答道，“费尔普斯先生，你的这个案子和我过去查办过的案子相比，是最难破的了。”

“你是不是有点力不从心了。”

“这是一次非同寻常的经历。”

“从你手的绷带来看，你遭遇过险情，”我说道，“你能告诉我们到底发生了什么事吗？”

“等吃完早餐再说吧，我亲爱的华生。我今天早晨从萨里赶了三十英里路呢。大概，我那份寻找马车的启事还没有回音吧？好了，好了，我们不能指望一切都顺利。”

餐桌已经摆好了，我正想按铃，哈德森太太就把茶点和咖啡送来了。几分钟过后，她又送上三份早餐。我们一起围着桌子坐下，福尔摩斯狼吞虎咽地吃了起来，而费尔普斯则闷闷不乐，垂头丧气。

福尔摩斯把一盘咖喱鸡的盖子打开说道，“哈德森太太很善于应急，虽然她会做的菜很有限，不过她和苏格兰女人一样，知道什么人爱吃什么菜。华生，你盘子里是什么菜？”

“一份火腿蛋。”我答道。

“太好了！费尔普斯先生，你喜欢吃什么，咖喱鸡还是火腿蛋？要不，你揭开看看吧。”

“谢谢你，我什么也不想吃。”费尔普斯说道。

“嗯，吃吧！多少吃一点吧。”

“谢谢你，我实在是没胃口。”

“那，那么，”福尔摩斯调皮地眨了眨眼睛，说道：“我来帮你把盖子揭开吧。”

福尔摩斯刚把盖子打开，费尔普斯就发出一声尖叫，面色苍白得像菜盘一样，坐在那里呆呆地望着菜盘。

原来盘里面放着一个蓝灰色小纸卷。他一把抓起来，双眼直勾勾地盯着它，然后又把它按在胸前，高兴地尖声喊叫，发疯似地手舞足蹈起来，然后又倒在一张扶手椅中，由于过分激动而软弱不堪、筋疲力尽。我们怕他昏厥过去，马上给他灌了点白兰地。

“好啦！好啦！”福尔摩斯轻轻拍着费尔普斯的肩膀，安慰他说，“这么突然地把它放到你面前，把你给高兴坏了吧？不过华生知道我的性格，我总是忍不住地想把事情戏剧化一点。”

费尔普斯抓着福尔摩斯的手吻个不停。

“上帝保佑你，先生！”他大声叫道，“你挽救了我的荣誉。”

“好啦，你知道，这同样关系到我的荣誉，”福尔摩斯说，“我办案失败就跟你丢掉海军协定一样，都是不愉快的。”

费尔普斯把这份珍贵的文件揣进他上衣里面贴身的口袋。

“尽管我不想再一次打扰你吃早餐，但我还是很想尽快知道你是怎样把它弄到手，在哪里找到的。”

歇洛克·福尔摩斯匆匆把火腿蛋吃完，喝了一杯咖啡后，站起身点上烟斗，然后又坐到椅子上。

“事情是这样的，”福尔摩斯说道，“和你们在车站分手后，我漫步到了风景优美的萨里区，最后在一个名叫里普利的小村子的客店里喝过茶，给水壶灌满水，买了一块夹心面包放在口袋里，把准备工作做好了。我一直等到傍晚，才返回沃金，当我走到布里尔布雷旁边的公路上时，天快黑了。

“我一直等到路上没有一个行人了——我想，那条公路可能一向没多少人走——才爬过栅栏，摸到屋后面。”

“你怎么不走大门呢？那扇门一天到晚都是开着的啊！”费尔普斯突然喊道。

“是开着的，但我故意不走大门。我选了个长着三棵枞树的地方，在这些枞树的掩蔽下，我走了过去，屋子里的人是看不到我的。我蹲在旁边的灌木丛中，从一棵树后面，爬到另一棵树后面——你看，我的裤子的膝盖部位都磨破了。——一直爬到你卧室窗户对着的那丛杜鹃花旁边才又蹲下来，等候事情的发展。

“你房子里的窗帘还没有放下，哈里森小姐坐在桌旁看书。等她合上书，关好百叶窗，走出卧室时，已经是十点一刻了。

“我不止听到她关门的声音，还清楚地听到她用钥匙锁门的声音。”

“钥匙？”费尔普斯突然喊道。

“是的，我事先交代过哈里森小姐，让她睡觉前，从你的卧室外面把门锁上，并亲自保管钥匙。她完全照我的话去做了，可以肯定地说，如果不是她的合作，我就不会找到你上衣口袋里的那份文件了，后来她走开了，灯也熄了。我还是在杜鹃花丛里蹲着。

“虽然夜色很好，但蹲在那里真不好受。那种激动的心情，就跟渔人在河边守候鱼群一样。我等了好长一段时间，华生，这几乎和我们在查‘斑点带子案’时，在那间死气沉沉的屋子里等候的时间一样长。沃金教堂的钟声一刻钟一刻钟地响过去，我不止一次地想放弃这种等候。但是，终于在凌晨两点钟左右，我突然听到拉开门闩和钥匙开锁的声音。很快，供仆役出入的门开了，约瑟夫·哈里森先生走到了月光中。”

“约瑟夫？！”费尔普斯又突然打断了福尔摩斯。

“他光着头，但肩上披着件在紧急情况下可以用来做蒙面布的黑斗篷。他蹑手蹑脚地走到墙壁下的阴影中，走到你卧室的窗户旁，用一把薄薄的长刀插入窗框，把窗闩给拨开了。然后他撬开窗户，又把刀子插进百叶窗的缝中，把百叶窗也打开了。

“从我藏身的地方可以清楚地看到屋里的情况和他的一举一动。他点燃壁炉台上的两支蜡烛，把门这边地毯的一角卷了起来，然后弯腰取下一块小方木板，那是管道工修煤气管道接头时用的，这块木板盖着丁字形煤气管接头，有条管子从这里通往厨房，供气给厨房。约瑟夫就是从这个隐秘的地方把文件取出来的。随后他把木板重新盖好，又把地毯铺平，吹灭了蜡烛，他没想到我在窗外正等着他，所以一下子就撞进我怀里。

“这位约瑟夫先生比我想象的还要凶狠得多！他举起刀向我扑过来，我不得不抓住他，在我占上风之前，他划伤了我的手指。我们结束搏斗后，他由于被我打肿了一只眼，看起来像是一个穷凶极恶的人，但他听从了我的劝告，交出了文件。文件到手后，我便放他走了。不过我今早给福布斯发了份电报，把事情告诉他了。如果他动作快，把约瑟夫给抓住了，那就太好了。不过，我想，他很有可能抓不到人，这正是政府希望的，还有，霍尔德赫斯特勋爵、珀西·费尔普斯先生都宁愿约瑟夫逃跑，也不愿让这个案子送到法庭上去审理。”

“我的天啊！”弗尔普斯呻吟道，“这是真的吗？在我非常痛苦的这十个星期里，这份被盗走的文件真的一直和我在同一间屋子里吗？”

“正是这样。”

"那么约瑟夫，他是一个恶棍和盗贼了！"

"哼！约瑟夫是一个从他外表看不出的非常阴险的危险人物。从他今早对我所说的那番话看来，他很有可能在股票交易中亏得血本无归，为了扭转亏空，他什么事都做得出来。作为一个极端自私的人，一有机会，他是不会顾及他妹妹的幸福和你的名誉的。"

珀西·费尔普斯坐回他的椅子上，说道："我的头都昏了，你的话让我更晕头转向。"

"你这个案子最大的困难，"福尔摩斯说教似地说，"就在于线索太多。一些毫不相干的线索把真正的线索给遮住了。我们面前的事实很多，但我们只能把那些有用的选出来，按顺序依次串起来，再重新推敲事情的每个环节。我开始对约瑟夫产生怀疑的根据是，那天晚上你本来是要和他一块回家的，而他又对外交部很熟悉，何况又顺路，所以我很自然地就想到他一定会来找你。后来，我听你说有人急于潜入那间卧室。我想，只有约瑟夫才有可能把东西藏在那间卧室里——你对我们说过那天你和医生一起回家时，是怎样让约瑟夫搬出卧室的——我的怀疑由此就变成了肯定。特别是头一晚没人陪你，就有人企图潜入室内，这说明那家伙很熟悉房间里的情况。"

"我简直是有眼无珠！"

"这个案子的过程是这样的：约瑟夫·哈里森从面向查尔斯街的那个旁门走进外交部，因为他熟门熟路，所以径直进了你的办公室，那时你已到楼下去了，办公室里空无一人，他便按起电铃来，就在按电铃的时候，看到了桌上的文件。他觉得这是弄到一份很有价值的国家文件的好机会，他便把它揣进了口袋，接着马上离开了现场。你应该还记得，铃声响了几分钟后，从瞌睡中醒过来的看门人才提醒你铃声有问题。这几分钟是足够他逃跑的了。

"他乘第一班车回到了沃金，检查了赃物后，他认定这是份非常值钱的文件，便把它藏到了他认为很安全的地方，想过一两天再取出，卖给法国大使馆或其他他认为可以卖个好价钱的地方。但你的突然回家，让他措手不及地就被迫搬出了那间卧室。此后，屋里一直至少都有两个人在，他没办法拿出他的宝贝。这简直把他急得要发疯了。不过，他终于等来了机会。他本想潜入那间卧室，但你却醒着，把他的计划给破坏了。你还记得吧，那天晚上你没有服用平常服的那种药。"

“我记得。”

“我想，他一定在那药里头做了手脚，因此他以为你一定会毫无知觉的。当然，我知道，不管什么时候，只要他认为能不被发现，便会去取那份文件的。你离开卧室当然是他求之不得的好机会。我让哈里森小姐整天待在屋子里，就是不让他趁我们不在时先下手。我一方面让他误以为没有危险，一方面，像我刚才所说的那样监视着卧室里的动静。我早就知道文件十有八九是藏在卧室里的，但我不想拆开所有地板和墙壁去搜寻，我要让他自己给我拿出来，这就省事多了。你们还有什么地方不清楚吗？”

“第一次他本来可以从门里进去，但他为什么偏偏要撬窗户呢？”我问道。

“从门里进去，他得先绕过七间卧室，另一方面，他从窗户可以毫不费力地跳到草坪上。还有什么问题吗？”

“你不认为，”费尔普斯问道，“他有行凶的企图吗？那把刀子只能作凶器用啊。”

“可能有吧，”福尔摩斯耸了耸双肩回答道，“我唯一能肯定的是，约瑟夫·哈里森先生绝不是一个肯发善心的人。”

11. 最后一案

我是怀着悲痛的心情写下这最后的案件的，我的朋友歇洛克·福尔摩斯是位杰出的天才，从第一次把我们组合在一起的《血字的研究》，到《海军协定》一案——由于他的介入，成功地防止了一场严重的国际纠纷——尽管写得不很连贯，而且也不够详细，但我已经尽力了。我和他一起经历过不少奇异的事，我原来打算写完《海军协定》就封笔，而对这件足以让我惆怅一生的案子只字不提。现在，事情过去两年了，这种惆怅之情丝毫未减。然而，最近詹姆斯·莫里亚蒂上校发表了几封信，为他兄弟辩护。所以，我除了将事实真相公之于众外，另无选择了。我是唯一完全了解事情真相的人，现在到了公布的时候了，再保密下去是不行了。据我所知，此事被报道过三次，头一次是1891年5月6日的《日内瓦杂志》，第二次是 1891 年 5 月 7 日英国各报纸刊载的路透社电讯，最后一次就是我上面提到的几封信，是最近发表的。头两次报道都过分简略，而最后一次，我要特别申明，这是对事实的完全歪曲。我有责任把莫里亚蒂教授和歇洛克·福尔摩斯之间发生的事实真相公布出来让大家知道。

读者也许还记得，自我结婚及婚后行医以来，我和福尔摩斯之间那种极为密切的关系在某种程度上变得疏远了。不过，他需要助手参与调查时，仍然会来找我。但这种情况越来越少。我发现，在 1890 年，我只记了三个案子。这年的冬天和 1891 年初春，我在报上看到了福尔摩斯受法国政府聘请，承办一件很重大的案件的消息。我接到了他的两封信，一封发自纳尔榜，一封发自尼姆。我还以为他会在法国待一段时间呢，然而，出人意料的是，1891 年 4 月 24 日晚上，他走进了我的诊所里，尤其让我吃惊的是，他看上去比以前苍白和消瘦了许多。

"没错，最近我比过去累多了。"他见我吃惊的模样，没等我发问，就抢先回答了，"我最近有些麻烦。你不介意我把你的百叶窗关上吧？"

我用来看书的那盏灯在桌上摆着，房间里只有这点灯光。福尔摩斯沿着墙壁走了过去。关上了两扇百叶窗，把插销插紧了。

"你是害怕什么东西吧？"我问。

"是的，我害怕。"

"怕什么？"

"怕被气枪袭击。"

"我亲爱的福尔摩斯，这到底怎么了？"

"我想你很了解我，华生，你知道我不是胆小的人。但如果一个人大难临头还不承认，那就是有勇无谋了。能给我一根火柴吗？"

福尔摩斯点燃香烟，深深地吸了一口，好像他很喜欢香烟的镇定作用似的。

"请原谅，这么晚还来打扰你，"福尔摩斯说，"而且，我还得请你破例一次，让我从你的花园后墙翻出去，离开这里。"

"这到底是怎么回事？"我问道。

福尔摩斯伸出手，借着灯光我看到他有两个指关节受了伤，还在流血。"你看，我不是疑神疑鬼吧，这就是证据，我的手都差点弄断了。你妻子在吗？"

"她到朋友家去了。"

“真的吗？如此说来，就你一个人在家啰？”

“是的。”

“那我就可以毫无顾虑地请你和我一起到欧洲大陆去旅行一趟了。”

“到什么地方？”

“嗯，什么地方都行，我无所谓。”

“这一切都很奇怪，福尔摩斯还从没漫无目的地度什么假期，但他那苍白憔悴的面容显示他的神经已经紧张到了极点。他从我的眼神中看出了我在想什么，所以就把两手的手指交叉在一起，胳膊肘支在膝上，开始向我解释。

“你可能从没听过有个莫里亚蒂教授吧？”他问道。

“从没听过。”

“他真是天下少有的怪才啊！”福尔摩斯大声说，“伦敦到处都是他的势力范围，但谁都不知道他。可见他有多么精明和狡猾。可以这么说，华生，如果我战胜了他，如果我能为社会除掉这个败类，那么，我会觉得我的事业达到了顶峰，我就可以就此罢手，过一种比较安定的生活了。有件事别跟别人说，近来为斯堪的那维亚皇室和法兰西共和国办的那几个案子，给我创造了好条件，我可以去过我所喜爱的那种安静的生活了，并且能够集中精力去研究我的化学。不过，华生，我一想到莫里亚蒂这个大坏蛋还在伦敦街头胡作非为，我就安心不下，我就不能若无其事地坐在安乐椅上。”

“他到底干了些什么？”

“他的履历非比寻常，他出身好，受过很好的教育，有着非凡的数学天赋。他二十一岁就写了名震欧洲的一篇关于二项式定理的论文。因为这篇论文，我们的一些小学院都聘请他做数学教授。本来他的前途是不可限量的，但他继承了他的先人的极为凶恶的本性，再加上他聪明绝顶，所以，他是一个非常危险的人物。大学区中不时有他的劣迹流传，他只好被迫辞去了教授的职务，想在伦敦作军事教练。人们顶多就知道他上面这些情况，我现在把我自己了解到的事情告诉你吧。

“你是知道的，华生，对于伦敦的那种高级的犯罪活动，我是最清楚不过了。最近几年来，我一直觉得在那些犯罪分子背后隐藏着某种势力，它总是庇护那些犯罪分子，阻碍法律发挥它的最大作用。尽管我经手的案子五花八门——伪造案、凶杀案，什么都有，但我感觉到，在这些案子背后都有一个共同的幕后人，而且，在那些我没经手的，或警方未破获的案件中，我发现，也有这么一个人存在。这些年来，我想方设法要把这股黑暗势力的操纵者查出来。现在，我终于查出来了——我抓住了线索，紧追不舍，经过无数次的曲折迂回才知道他原来就是这位著名数学家、退职教授莫里亚蒂。

“他是犯罪界的拿破仑。伦敦城里有一半的犯罪活动都是他策划的，几乎所有的仍未侦破的案件都是他的杰作。他是个怪才、哲学家、思想家。他有个聪明绝顶的脑袋。他像蜘蛛一样，趴在蛛网中心动也不动，但对蛛网上每丝每缕的颤动都了若指掌。他很少亲自出手，他只坐在家里出谋划策。他手下有很多人，而且组织严密。如果有人想请人作案，偷文件、打家劫舍或暗杀某人，只要给教授传个信，这些犯罪活动就会很周密地完成。即使他的手下被逮住了，也有人拿钱保他，或请律师为他辩护。而操纵这些活动的幕后人物却从未被捕过，甚至从未被怀疑过。华生，这就是我了解到的他们组织的状况，华生，为揭露和破获这个组织，我不惜倾尽全力。

“可这个教授异常狡诈，防范严密，尽管我想尽了一切主意，还是找不到可以把他送上法庭的证据。华生，你是知道我的能力的，经过三个月的努力后，我不得不承认，我的对手在智力上和我旗鼓相当。尽管我厌恶他的罪行，但我也佩服他的能力。不过，他终于露出马脚了——一个很小很小的马脚——但因为我盯他盯得特别紧，所以这个小马脚给他带来了大麻烦。我趁机在他周围布下了法网，现在一切就绪，就等收网了。三天后，也就是下周一，教授和他的几个主要助手，就会被警察一网打尽。那时，将进行本世纪最大的刑事审判，四十多个悬案将会水落石出，而他们全都会处以绞刑。不过，我们的行动稍有差错，即使是他们死到临头了，仍可以从我们手上溜走。

“唉，要是莫里亚蒂教授对我们的行动毫无察觉，那就万事大吉了。不过那家伙实在太狡猾了，我在他周围设网的每个步骤，他都清楚。他一次又一次地想脱网而逃，但都被我挡了回去。我告诉你，我的朋友，如果把我和他暗中较量的经过详细地记录下来，那一定是斗智斗勇的侦探史上最精彩的一页。华生，我还从未和对手这么较量过。他做事很漂亮，而我只比他厉害那么一点点。今天早上，我完成了最后的部署，再过三天事情就了结了。正当我坐在屋里通盘考虑这件事时，我的房门推开了，莫里亚蒂教授突然出现在我面前。

“我向来都是镇定自若的，华生，但我得承认，当我看到站在门槛那里的那个让我耿耿于怀的人时，我不由吃了一惊。我对他的容貌记得很清楚。他个子特别高，很瘦，前额隆起，两眼深陷，脸刮得干干净净，面色苍白，看上去有点像苦行僧，但依然保持着某种教授风度。他的肩背由于学习过多，有些驼，他的脑袋向前倾着，而且左右轻轻地摇个不停，样子非常古怪。他眯缝着双眼十分好奇地打量我。

“‘你的前额没有我想象的那么发达，先生，’他终于开了口，‘把子弹上了膛的手枪揣在睡衣口袋里是非常危险的。’

“事实上，他一进来，我就意识到我有多大的危险。因为对他来说，杀人灭口是他摆脱困境的唯一方法。所以我匆忙从抽屉里拿出手枪偷偷放入口袋，而且隔着睡衣对准了他。听他这么一说，我只好把手枪拿出来，张开机头，放到桌上。他依然眯缝着眼，笑容可掬，但他眼神中有种表情让我为有支枪在手里头而暗自庆幸。

“‘你还不了解我。’他说道。

“‘恰恰相反，’我答道，‘我认为我对你了解得很清楚。你请坐吧。如果你有话要说，我可以给你五分钟时间。’

“‘我要说的，你早就知道了。’他说。

“‘如此说来，你也知道我的回答了。’我回答道。

“‘你不肯让步吗？’

“‘绝不让步。’

“他猛地把手插进口袋，我一把抓起桌上的手枪。可他掏出的只不过是一本备忘录，上面潦草地写着一些日期。

“‘一月四日你破坏了我的行动；’他说，‘二月十三日你又碍了我的手脚；你在二月中旬给我制造了很大的麻烦；三月底你把我的计划给彻底破坏了；四月末，我发现由于你的步步紧逼，我有被逮捕的危险。我现在是忍无可忍了！’

“‘你想怎样？’我问道。

“‘你必须住手，福尔摩斯先生？’他摇着脑袋说，‘你知道，你真的必须就此作罢！’

“‘过了下周一再说吧。’我说道。

"'哼！'他说道，'我相信，像你这么聪明的人明显知道这事只能有一个结局。那就是你必须住手。你做事太绝了，我们只能请你住手。看到你把事情搅成这个样子，简直让我无地自容。老实跟你说吧，如果我被迫采取什么极端措施，那是很令人痛心的。你笑吧，先生，我敢向你保证，那真是令人痛心的。'

"'干我们这行危险是不可避免的。'我说道。

"'这不是危险，'他说道，'而是不可避免的毁灭。你挑战的不只我一个人，而是一个强大的组织，尽管你聪明过人，但你低估了这个组织的雄厚力量。你最好靠边站，福尔摩斯先生，不然你会被踩扁的！'

"'恐怕，'我站起来说，'由于我们谈得太久了，会把我别的事情给耽搁了。'

"他也站起来，默不作声地望着我，痛苦地摇了摇头。

"'好，好，'他终于说，'这很可惜，不过我已尽力了。你的把戏我清楚得很。下周一之前你毫无办法。这是一场你死我活的决斗，福尔摩斯先生。你休想把我送到被告席上，我告诉你，我绝不会到被告席上的。你是打不败我的。你放心好了，除非同归于尽，否则你是毁不了我的。'

"'你过奖了，莫里亚蒂先生，'我说道，'让我回敬你一句，跟你说吧，只要能把你干掉，为了社会的利益，即使是与你同归于尽，我也无怨无悔。'

"'我答应与你同归于尽，但不是你毁灭我。'他咆哮着，然后转身出了屋。

"'这就是我和莫里亚蒂教授那场奇异的谈话，老实说，它让我很不愉快。他把话说得那么平静，明白，好像他真的会那么干似的，一个简单的恶棍是做不到这样的。当然，你会奇怪，我为什么不找警察去防范他。告诉你吧，找了也没用，他会派他的手下来害我的，我有充分的证据，证明他会这样做的。"

"你已经遭到袭击了吗？"

"我亲爱的华生，莫里亚蒂教授是不会浪费任何机会的。今天中午我到牛津街处理一些事情，刚走到本廷克街和韦尔贝克街交叉的十字路口的拐角处，一辆双马货车闪电般向我猛冲过来。幸亏我反应快，一下跳到了人行道上，才躲过了这一难。货车没撞着我后，很快地冲过了马里利本巷不见了踪影。经历了这次事故，我便只在人行道上走。华生，当我走到维尔街时，一块砖从一家屋顶上掉了下来，在我脚旁摔得粉碎。我让警察检查了那个地方，屋顶上堆了些修房用的石板和砖瓦，警察说那块砖是风刮下来的。虽然没有证据，但我心里清楚，肯定是有人要害我。这以后，我便叫了辆马车，把我送到了蓓尔美尔街我哥哥家，我在那里待了一天。刚才，我上这儿来的路上，又被人用大头棒袭击。我把他打倒在地，警察把他拘留了。因为我的手打在那人的门牙上，所以把指关节给打破了。不过，我知道，被拘留的那个家伙和那个退职的数学教授间的关系，警察是查不出的。我敢断定，那教授这时正在十英里外的黑板前讲课呢。华生，你听到这些，对我一到你家就把百叶窗关上，又请你允许我翻后墙而不是走前门离开这里，以便不被人发现，这些举动，不会再感到奇怪了吧？”

我一向很钦佩福尔摩斯的无畏精神。今天发生的这一系列事件，没有一件不让人感到恐怖，但他说起来却心平气静，这更让我钦佩得五体投地。

“你在这儿过夜吧？”我问他。

“不，我的朋友，在这儿过夜会连累你的。我已经有了计划，一切会顺利的。事情已经发展到不用我帮忙也可以将那帮不法之徒全都逮捕的地步了，我要做的，就是以后的出庭作证。因此，在逮捕他们之前的这几天，我最好还是离开这里，这样更方便警察的行动。要是你能和我一起去欧洲大陆旅行一趟，那简直太好了。”

“我最近没什么病人，”我说，“而且又有个愿意帮忙的邻居，我很乐意陪你去。”

“明天早上就动身，行吗？”

“我听你的。”

“好，那事情就这么定了，华生，我们不能有一丝一毫的疏忽，因为我们正在与全欧洲势力最大、最狡诈的犯罪集团作殊死斗争。好了，注意！不管你想带上什么样的行李，行李包上都别写发往哪里，并且今晚就派一个可靠的人送到维多利亚车站。明早你雇一辆双轮马车，但得吩咐仆人别雇前两辆主动上来揽生意的马车。你跳上马车后，把地址写在纸条上递给车夫。上面写着驶往劳瑟街斯特兰德的尽头，并让他别把纸条扔掉。你要事先把车费给付了。车一停，你马上穿过街道，在九点一刻得赶到街的另一边。那里有一辆四轮轿式的小马车等着你，赶车人披着深黑色斗篷，斗篷的领上镶有红边。你上了车，就能很快赶到维多利亚车站，搭上开往欧洲大陆的快车。”

“我在哪里和你碰头？”

“在车上。我们订的座位在从前往后数的第二节头等车厢里。”

“那么，我们是在车厢碰头？”

“是的。”

我想留他住下，但他非要走。显然，他是怕在这里住下会给我招来麻烦。他急急忙忙给我讲完我们明天的计划，就起身和我一起走到花园。他翻过墙，跳到了莫蒂默街，打了个呼哨，把马车唤来了，我听到了马车驶走的声音。

第二天早上，我完全遵照他的吩咐行事，非常的小心谨慎，以防雇来的马车是人家专门设下的圈套。我吃过早饭后，选了辆双轮马车，立即驶往劳瑟街。到那后，我飞奔着穿过这条街。一位披着黑斗篷、身材特别魁梧的车夫正驾着辆四轮马车等着我，我一跨上车，他就扬鞭策马，驶向维多利亚车站。我一下车，他就调转马车，疾驰而去。

到此时为止，一切都进行得非常顺利。我的行李已经在车上放着了。我毫不费力就找到了福尔摩斯指定的车厢，因为只有一节车厢上标着“预定”字样。现在我只担心一件事，那就是福尔摩斯还不见人影。我看了看车站的大钟，只差七分钟便要开车了，但我还是没能在旅客和送别的人群中找到我朋友那瘦长的身影。我见到一位上了年纪的意大利传教士在使劲地说着蹩脚的英语，努力想让搬运工明白他的行李是要托运到巴黎去的。我看他们谁也听不懂谁，便上前帮了点忙，因此耽搁了几分钟。我又向四周打量了一番后，返回了车厢。令我吃惊的是，那个搬运工竟然不管票号与座位对不对，便把那位年纪很大的意大利朋友领到了福尔摩斯的座位上，尽管我一再跟他说这是别人的座位，要他别乱坐，但无济于事，因为我说意大利语比他说英语还要糟糕，因此我只好无可奈何地耸了耸肩，继续心急如焚地往外张望，企图在最后关头能看到他的出现——我一想到他今天没来可能是因为昨天晚上遭到了袭击就不寒而栗——火车上每个车厢的门都关上了，汽笛也已经关上了，这时，突然……

“我亲爱的华生，”一个声音说道，“你还没跟我说早安呢。”

我大吃一惊地回头一看，那位老传教士已经把脸转向了我。顷刻之间，他那满脸皱纹就消失了。鼻子变高了，下嘴唇不突出了，嘴也不瘪了，呆滞的双眼重新变得炯炯有神，佝偻的身体伸直了。接着，整个身躯突然萎缩起来——老传教士突然变成了福尔摩斯。

“天啊！”我叫了起来，“你简直吓死我了！”

“没办法，我只有这么严密防范，”福尔摩斯小声说，“我一直被他们紧盯着。啊，你看，那不就是莫里亚蒂教授吗？”

福尔摩斯说话时，火车已经开动了。我向窗外望去，只见一个高个子男人气急败坏地从人群中挤了出来，不停地挥手，好像要叫火车停下来似的。不过，他已经太晚了，我们的列车一瞬间就驶出了车站。

“你看，由于我们作了防范，所以终于顺利地脱身了。”福尔摩斯满面笑容地说着，接着站起身，脱下化装的黑色传教士衣帽，把它们装入手提袋里。

“你看今天的晨报了吗？华生？”

“没有。”

“那么，你不知道贝克街的事啰？”

“怎么了？”

“他们昨晚放火烧了我们房子，不过没造成很大的损失。”

“天啊！福尔摩斯，他们太无法无天了！”

“从那个用大头棒袭击我的人被捕后，他们就找不到我了。不然他们不会以为我已回家了。不过，他们早就把你监视起来了，这就是莫里亚蒂来车站的原因。你来的时候，没留下什么纰漏吧？”

“没有，我从头到尾都是按照你的吩咐去做的。”

“你是坐那辆四轮马车来的吗？”

“是的，他在那里等我。”

“你知道那个马车夫是谁吗？”

“不知道。”

“那是我哥哥迈克罗夫特。办这种事，最好还是用自己人。来吧，我们现在来商量一下怎样去对付莫里亚蒂。”

“我们都坐到快车上，何况轮船又和它联运，我想，我们已经成功地把他甩掉了。”

“亲爱的华生，我曾说过这人的智力和我旗鼓相当，但你显然还未理解这句话的意思。如果我是他的话，你会认为我会被这样小小的麻烦难倒吗？不会吧？那你怎么能小看他呢？”

“他又能怎样呢？”

“我能做到的，他也能做到。”

“那么，要是你的话，你会怎么办？”

“定一辆专车。”

“那来不及。”

“绝对来得及。这趟车会在坎特伯雷站停车，平时至少要等上一刻钟才能上船。他会在码头上把我们抓住。”

“说不定别人还以为我们是罪犯呢。不如我们等他一到就先下手为强，把他给抓住？”

“那我三个月来的心血就白费了。他是让我们抓住了，但他的手下就会因群龙无首，趁乱四下逃掉的。但如果不抓他，那等到了下周一，我们就可以把他们一网打尽了。不行，绝不能提前逮捕他。”

“那怎么办？”

“我们在坎特伯雷站下车。”

“然后呢？”

“然后我们再横穿英格兰，到

纽黑文去，再从那里去迪埃普。莫里亚蒂一定会认为我会直接去巴黎，他会在那里认准我们托运的行李，在车站等上两天。华生，我们得买上两个毡睡袋，以便从容自在地穿过卢森堡和巴塞尔一直游到瑞士。”

按照计划，我们在坎特伯雷站下了车。下车后我们才发现要等上一个小时才有车去纽黑文。看着那辆载着我全套行装的行李车疾驰而去，我心里沮丧极了。突然，福尔摩斯扯了扯我的衣袖，指着远处。

“你看，他追上来了。”福尔摩斯说。

远方，一缕黑烟从肯特森林中升起，一分钟后，一列火车转过弯，向车站驶来。我们刚在一堆行李后藏好身，那列车就鸣着汽笛隆隆驶过，一股热气向我们迎面扑来。

那列火车飞快地越过了几个小山丘，不见了。

“他走了。”福尔摩斯说，“你看，他毕竟还是比我差一点点。他要是能完全推断我是怎么想的，并采取相应的措施，那就非常了不起了。”

“如果他追上我们，他会怎么做呢？”

“毫无疑问，他一定会对我下毒手的，不过，鹿死谁手还不知道。现在我们的问题是在这提前用餐，还是到纽黑文再找饭馆？不过，到纽黑文再吃的话，我们就得饿一段时间的肚子。”

我们当晚到了布鲁塞尔，在那儿逗留了两天，第三天我们到了施特拉斯堡。周一早上福尔摩斯给伦敦警察厅发了封电报，当晚我们回到旅馆，就见到了回电。福尔摩斯赶紧拆开电报，看完后骂了一声，把电报扔进了火炉。

“我早料到这点就好了！”福尔摩斯叹了一口气说道，“让他跑了。”

“是莫里亚蒂吗？”

“警察局把他的手下全抓住了，但就是没抓到莫里亚蒂，他逃走了。唉，也是的，我一走，别人自然不是他的对手，怪只怪我高估了伦敦警察厅的能力了。华生，我看你最好还是回到英国去。”

“为什么？”

“因为你现在跟我在一起非常危险。那家伙的老巢被人端了，如果他回伦敦，他就是自投罗网。我很清楚他的性格，他现在肯定想报仇。在那次和我简短的谈话中，他已经说得很清楚了。我知道这个人是说的到做的到的。因此我只好建议你回去行医。”

多年来，我不仅是他的老朋友，还曾多次协助他办过案，所以，我很难接受他这个建议。为此，我们在施特拉斯堡饭店争论了半个小时，但是晚上我们还是一起上路，平安到了日内瓦。

我们一路游玩，在隆河峡谷度过了难忘的一周。接着，又从洛伊克起程，翻过了仍然积着雪的吉米山隘，最后，穿过因特拉肯，到了迈林根。这是一次非常愉快的旅行，山下一片嫩绿，到处春光明媚；山上却白雪皑皑，仍然是寒冬。但我清楚得很，福尔摩斯的心头一直被阴影笼罩着。无论是欢腾的阿尔卑斯山村，还是在渺无人烟的山隘，他都用警惕的目光仔细审视每个经过我们身边的人。从他这点我可以看出，无论我们走到哪儿，都有可能被跟踪上。

我记得，我们通过吉米山隘时，正好好地在阴森森的道本尼山边界走着，突然一块大石从右方山脊上咕咚一声掉了下来，滚落到我们身后的湖里头去了。福尔摩斯立刻跑上山脊，站在高高的峰顶四处张望。尽管我们的向导一再跟他解释，说这里每到春天都会发生山石坠落的现象，这是很正常的，但福尔摩斯还是不信，他默不作声地对我微笑着，那神情好像他对这事早就预料到了。

尽管他十分警惕，但并不沮丧消沉。恰恰相反，我还从未见过他这么精神抖擞过。他一再跟我说，要是他能为社会除掉莫里亚蒂这个祸害，他会高高兴兴地把他的侦探事业结束。“华生，我想我这一生还是做了些事的，”福尔摩斯说，“如果我就在今晚死去，也没什么愧疚的。由于我的努力，伦敦的治安好多了。在我经手的一千多个案子中，我敢说，我都是尽了力的。华生，我对社会上那些由人为造成的浅薄问题不感兴趣了，相反，我对大自然却有了兴趣。华生，等我把这位欧洲最危险、最厉害的罪犯逮住后，我就罢手不干侦探了。你的回忆录也就可以收尾了。”

我将尽量简明扼要地把这个故事讲完。我本来不想细细讲述这件事的，但我又有责任不把一切细节遗漏。

五月三日，我们来到了荷兰迈林根的一个小村镇，在老彼德·施太勒经营的“大英旅店”住下了，店老板非常聪明，他在伦敦格罗夫纳旅馆干过三年侍者，能说一口流利的英语。第二天下午，店老板建议我们翻过山岭到那边的罗森洛依去过夜，临行前，他还特别交代，要我们别错过了半山腰的莱辛巴赫瀑布，不妨绕一点路去看一看。

莱辛巴赫瀑布又高又险。融雪汇成的急流，在这里注入万丈深渊，激起的水雾团团上升，像失火的房屋冒出的滚滚浓烟。瀑布的上端是一个巨人的豁口，两边耸立着乌黑发亮的山岩，瀑布越往下越窄，奔腾的乳白色的水流泻入深不见底的山谷，发出经久不息的巨响。密密的水帘不断地晃动着向上升腾、翻卷，发出嗞嗞的响声，让人头昏目眩。我们站在岩石边凝视着下方拍击着黑岩的浪花，倾听着谷底传来的隆隆轰鸣声。

人们为了能观看到瀑布的全景，在半山坡上开了条小路。不过，这条小路被瀑布截断了，游客只好原路返回。我们刚转身往回走，突然看到一个瑞士少年拿着一封信跑了过来。信封上的地址是我们刚离开的那家旅店，信是店主写给我的。信上说，我们刚离开不久，店里就来了位患晚期肺结核病的英籍中年妇女。她在达沃斯普拉茨过的冬，现在去卢塞恩旅游访友。没想到在店里突然咯起了血，很有生命危险。病人很希望能有位英国医生为她治疗。好心的店老板又在附信中说，由于病人拒绝瑞士医生替她治疗，而他自己要对生病的客人负责任，所以只好请我回去。对于这样的请求，我没有理由置之不理，这毕竟关系到一个同在异国他乡的女同胞的生命。但要我离开福尔摩斯，我又有点不放心。最后，我们商量了一会儿，决定留下那个送信的瑞士少年给他做伴，而我一个人返回迈林根。福尔摩斯说，他要在这里再看一会瀑布后，再漫步翻山去罗森洛依，我们傍晚的时候在那里会合。我转身下山时，看到福尔摩斯正背靠山石，双手抱臂，俯视着飞泻的瀑布。没想到，这竟是我看他的最后一眼。

我走到坡下扭头回望时，瀑布已经看不见了，不过山腰上通往瀑布的那条蜿蜒崎岖的小道仍然可以望得到。我记得当时有个人在这条小道上飞快地往山上跑，他看起来像是个精力充沛的人，很快，他黑色的身影就消失在绿荫丛中。我因为当时有急事在身，根本就没考虑他可能会是什么人。

大约一个小时后，我才回到迈林根。店老板施太勒在旅店的门口站着。

“怎么样了？”我急忙走上前去说道，“她的病情没有恶化吧？”

施太勒对我的问话感到莫名其妙，我见他这个样子，立刻感到大事不好。

“这信是你写的吗？”我把口袋里的信掏出给他看，“旅店里真的住了位生病的英国女人吗？”

“这不是我写的！”他大声说，“但信封上的地址却写着我的店子……哈，我知道了，这肯定是那个高个子英国人写的，他是你们走后才到的，他说……”

我没等他说完，便惊慌失色地往山上跑。跑向我刚下山的那条小道。下山我只用了一个小时，但这时是上山，全是上坡路，尽管我没命地跑，但赶到瀑布边时，已是两个小时过后了，瀑布周围根本没有福尔摩斯的踪影。我大声喊着他的名字，但回答我的只是四周山谷的回音。

找到福尔摩斯的登山杖后，我不由不寒而栗起来。这表明他并没到罗森洛依去，他就是在这条一边是绝壁，一边是深谷的三英尺宽的小道上遭到那个该死的莫里亚蒂的袭击的。那个瑞士少年也不见踪影，也许他拿了莫里亚蒂的赏钱后，就离开了这两个对手。他走后发生了什么事呢？有谁能告诉我呢？

我被这事吓傻了，在那里站了一两分钟后，才竭力镇定住自己，我想到了福尔摩斯的推理方法，想尽力用它去查明到底发生了什么事。天哪，这太容易了。我们分别的时候，不是站在小道尽头的，他的登山杖说明了我们曾在的位置。道旁微黑的土壤由于水花的不停溅洒，始终是松软的，即使一只鸟落下去也会留下爪印的。在我脚下，有两排脚印清晰地一直通向小道的尽头，并没有返回的脚印。在离尽头几码远的地方，小道被践踏得一片泥泞。瀑布边上的荆棘和羊齿草被弄得乱七八糟地倒在泥水中。我趴在水花四溅的瀑布边仔细查看——在我离开旅店时，天就快黑了——此时我只能看到黑色绝壁上闪闪发亮的水珠和山谷深处高溅的浪花。我大声呼叫，但我听到的只有瀑布的轰鸣。

不过上天有眼，我终于找到了我的朋友和搭档的临终遗言。前面说过，他的登山杖斜靠在小径旁一块凸出的岩石上。我在这块岩石的顶上看到了一件闪闪发光的东西，我伸手把它拿下来一看，原来那是福尔摩斯经常带在身上的银烟盒。就在我拿起烟盒时，原先被它压着的叠成小方块的纸飞落了下来。我捡起打开一看，原来是三张从笔记本上撕下来的纸，上面是写给我的信。信的内容简洁明了，字写得刚劲有力，好像是从容不迫地坐在书房里写下的一样，这完全体现了福尔摩斯的个性。

信是这样写的——

我亲爱的华生：

承蒙莫里亚蒂先生的好意，才有机会写下这几行字，他正等着彻底解决我和他之间的矛盾。他已经把摆脱英国警察和查到我们行踪的方法给我讲了个大概，他的这些方法，证明他确实有我评价的那么聪明。我一想到我能为社会把他这个祸害给除掉就十分高兴，尽管这恐怕要给我的朋友们，特别是你，我亲爱的华生，带来悲痛。不过，我跟你解释过，我的人生已经到了至要关头，对我来说，这是个很令人心满意足的结局。我现在坦白跟你说了吧，我一看到迈林根的来信，就知道这是一场骗局，我让你走开，是因为我相信，这事是迟早要解决的。请告诉帕特森警长，他给那个犯罪团伙定罪时所需的证据放在以 M 开头的文件夹里，里头有个写着"莫里亚蒂"的蓝色信封。在离开英国时，我已经把我微薄的产业交付给我的哥哥迈克罗夫特了。请代我问候你的夫人，我的朋友。

你忠诚的歇洛克·福尔摩斯

剩下的事几句话就能说清了，专家们现场检查的结果表明，他们两个进行过一场搏斗，在搏斗中，两人双双跌落深谷，由于谷底水流湍急，两人的尸体都找不到了。当代最危险的罪犯和最杰出的人民卫士永远地葬身在这个深不见底的谷中了。那个瑞士少年也从此销声匿迹了，显然，他是莫里亚蒂的帮凶。至于那个犯罪团伙，相信大家还记得，由于福尔摩斯搜集到了他们犯罪的所有证据，而被彻底铲除了。但他们的幕后领袖莫里亚蒂，在诉讼过程中很少提及，这是因为某些人想以庇护莫里亚蒂的方式来诋毁福尔摩斯，但，他们是白费心机，福尔摩斯在我心中永远是世上最好、最机智的人。

归来记（上）

1. 空 屋

1894年，发生在伦敦的一件案子引起了全伦敦人的注意，令人敬佩的罗诺德·阿德尔在莫名其妙的情况下被人谋杀，案子发生的时候正值春季，上流社会也为之震惊。大家对警方调查公布的详细案情都知道了，但事实上，有很多细节被删掉了。理由是起诉理由十分充足，没有公开全部证据的必要。直到现在，十年快过去了，我才有了一个机会补充破案过程中一些短缺的环节。这是个耐人寻味的案子，但是这个案子那令人意想不到的结局比故事的趣味性更重要。我一生中经历过许许多多的冒险事件，这个案子的结局最让我震惊和诧异。这么长时间过去了，我一想起它来就感到毛骨悚然，并且重新体验那种高兴、惊奇而又怀疑的心情，那种心情像潮水一样涌向我，完全把我的神志淹没了。让我向那些读者大众说一句话，我知道他们关心我偶尔谈起的一个非凡人物的言行片段，我要说的是：不要怪我没让他们分享我所知道的一切，假如不是他曾亲自下令禁止我这样做，我会把这当作首要义务。就在上个月3号这项禁令被取消了。

我对刑事案发生浓厚兴趣是因为我和福尔摩斯的密切交往。这是完全可以想象得到的，就在他失踪以后，那些公开发表的疑案，我都仔仔细细读过，从无遗漏。为了个人兴趣，我不止一次用他的方法来解释这些疑案，尽管不是很成功，可是，所有的疑案都没有像罗诺德·阿德尔的惨死吸引我。当我根据审讯时提出的证据判决未查明的某人或某些人蓄意谋杀的罪时，我更清楚地意识到福尔摩斯的去世给社会带来的损失。我敢肯定，在这件怪事中，有几点一定会非常吸引他。作为欧洲首屈一指的刑事侦探，凭他训练有素的观察能力和敏捷的头脑，绝对能够弥补警方力量的不足，而且能够促使他们提前行动。我整天巡回出访，脑子里总想着这件案子，却总找不出一个自认为是理由充分的解释。我宁愿冒着讲一个陈旧故事的风险，重述一遍在审决结束时已公布过的案情。

罗诺德·阿德尔是贵族后裔，他是澳大利亚某殖民地总督梅鲁斯伯爵的第二个儿子。他的母亲从澳大利亚回国来做白内障手术，和儿子阿德尔还有女儿希尔达一块住在公园路427号。阿德尔经常在上流社会出入，就人们所知的，他并没有仇人，也没有什么恶习。他曾经同卡斯特尔斯的伊迪·伍德利小姐有过婚约，但就在几个月前，经双方同意，他们解除了婚约之后也并没有看出阿德尔有多少留恋之情，他把自己的时间都消费在一个狭小的圈子里，这个圈子里充满了保守的气氛，他选择这样的生活，与他天性冷漠，习惯于无变化的生活有极大关系。但是，1894年3月30日夜里10点20分，这个悠闲懒散的青年受到死神突如其来的拜访。

罗诺德·阿德尔酷爱打纸牌，他一打起牌来，就停不住，但是一般下的赌注，从来不会很大，否则有损他的贵族身份。他有鲍尔温、卡文狄希和巴格特尔三个纸牌俱乐部的会员证。就在他被害的那天晚饭后，他还在卡文狄希俱乐部玩了一盘惠斯特。那天下午他也在那儿打过牌，那天同他一起打牌的莫瑞先生、约翰·哈代爵士和莫兰上校可以证明他们那天玩的是惠斯特，那天他们每人的牌好坏都差不多，阿德尔那天牌运稍差，大概输了有五镑，但不会更多，他继承了一笔十分可观的财产，所以这样的输赢对他不会有太大的影响。他差不多每天都在打牌，不是在这个俱乐部就是在那个俱乐部，他打得非常小心谨慎，而且经常是不赢他就不会离开牌桌的。证词中还有一条，就在几个礼拜以前，他和莫兰上校对家，一口气赢了可德菲·米尔纳和马尔莫洛勋爵大概有四百二十镑之多。在调查报告中有关他的近况也就这些。

被害那天晚上，他离开俱乐部回到家中时是夜晚整十点钟，他母亲和妹妹都不在家，大概她们都上亲戚家串门去了。女仆供述说，看见他进入二楼的前厅——就是他常当作起居室的那间屋子，女仆说她事先已在屋里生好了火，因为有烟冒出来，她就把窗户打开了。直到11点20分的时候，梅鲁斯夫人和女儿回来之前，院里一点动静都没有，梅鲁斯夫人回来后，想进她儿子屋中道声晚安，她发现房门已经锁上了。母亲在外边无论怎么叫喊、敲门都不见有回答。情急之下，母亲叫人把门撞开了，只见这个可怜的青年躺在桌子旁边，脑袋已经被击碎，是一颗左轮手枪子弹。他死的模样非常可怕，但是在屋中看不见任何武器。桌上有两张十镑的钞票和总共十一镑十先令的金币和银币。这些钱被码成了十小堆，数目多少不等。另外还有张纸条，上面记着若干数目字和几个俱乐部朋友的名字，由这个可以推测出在遇害前，他正在计算打牌的输赢。

在现场的详细检查只是使得案情变得更加错综复杂。第一，没有任何理由说明为什么这个年轻人要从屋里把门插上。所以很可能是凶手把门插上了，然后从窗户逃跑了。由窗口到地面的距离大概至少有三十英尺，窗下的花坛里正开满了番红花，但从花丛和地面来看，似乎并没有被人踩过，在房子和街道之间的一道狭长的草地上也没有任何被破坏的痕迹。所以，很明显的一点是年轻人自己把门插上了。如果是有人能用左轮手枪从外面对准窗口放一枪，造成如此的致命伤，此人必定是一个出色的射击手。另外就是，公园路是一条繁荣的大道，行人车马川流不息，距这些房子不到一百码的地方就有一个马车站。这儿已经出了人命，还有这样一颗像所有铅头子弹一样射出后就会开花的左轮子弹和它造成的立刻致死的创伤，但在当时居然没有人听到枪声。公园路奇案的所有这些情况，由于寻不出任何动机而变得那么复杂，因此，正如我在前面所提过的，没有人听说年轻的阿德尔有任何仇人，他屋里的金钱和贵重物品也没人动过。

我一整天都在反反复复思考这些事实，我竭尽全力想找出一个能够解释得通的理论来发现最省力的途径，我的亡友称之为所有调查的起点。就在傍晚，我漫步走过公园，大约就在六点钟左右时，我走到了公园路与牛津街连接的那一头。一帮闲人正聚在人行道上，他们都抬起头看着一扇窗户。他们看见我来，纷纷给我指出了我特地要来瞧的那所房子。一个戴着墨镜的瘦高个子正在讲他自己对案子的推测观点，其他人都围着他们，我很怀疑他是个便衣侦探，我尽量往跟前凑过去，想听听他的见解，但是我觉得他的议论听起来实在是荒谬，我感到很厌恶地从人群中退了出来。就在这时候，我的身体撞在了后面一个有残疾的老人身上，一下把他抱着的几本书碰掉在了地上，记得就在我帮他拾起那些书的时候，我看见其中有一本书名是《树木崇拜的起源》。这使我判断这个老人一定是个穷藏书家，专门收集一些不见经传的书籍作为职业或者作为爱好。我很为这意料不到的事感到愧疚，但是很不巧的是我碰掉的这几本书显然在它们的主人眼里是十分珍贵的东西。他愤怒地吼了一声，然后一转身就走掉了，我看见他微驼的背影和灰白的连鬓胡子逐渐消失在人群当中。

我曾好多次观察公园路 427 号，但似乎这对弄清楚我所关心的问题没有任何帮助。这间屋子和大街之间只隔着一道半截是栅栏的矮墙，高不过五英尺，所以任何人想进花园都非常容易。但那扇窗户很高，几乎完全够不着，因为墙外面没有水管或者别的什么东西可以帮助身体轻巧的人爬上去。我比以前感到更加迷惑不解，只好折回肯辛顿。我在书房中还没坐到五分钟，女仆走进来告诉我说有人要见我。令我感到异常吃惊的是，来者并非别人，就是那个行为怪异的旧书收藏家。他那张轮廓分明而干瘦的脸隐藏在灰白的须发中，他的右臂下挟着他心爱的书，至少不下十来本。他用一种奇怪而嘶哑的声音说道："没想到是我吧，先生。"

我承认我的确没有想到是他。"我感到十分的过意不去，先生，就在刚才我一瘸一拐在您后边跟着走，碰巧看见您走进这所房子。我心里想刚才也许对这位绅士的态度有些粗暴，所以就跟进来看一看，我没有丝毫的恶意，我是来感谢你替我把书捡起来。"

"你真是太客气了，这么点小事您不必放在心上，"我说道，"我能问一下您是如何认出我来的？"

"尊敬的先生，说句冒昧的话，我可算您的街坊，我的小书店就在教堂街拐角的地方。我想大概您也收藏书籍吧，先生，这里有《美国鸟类》《克图拉斯》《圣战》——十分的便宜，几乎每一本都很便宜。如果再买五本书就可以正好把那书架第 2 层的空格填满。现在看起来不太整齐，对不对，先生？"我听了他这番话，就回过头去看了看后面的书橱。就在我回过头的时候，我看见福尔摩斯就隔着书桌站在那儿对我微笑着。我站起身，很吃惊地盯着他看了足有好几秒，然后我好像要晕过去似的，这可是我平生头一回，也是最后一回，的确我感到有一片白雾在我眼前打转，白雾消失了，我才发现我的领口被解开了。嘴唇上还有白兰地的辛辣味道，福尔摩斯正把身子俯在我的椅子上，一只手拿着随身带的扁酒瓶。

"亲爱的华生，"一个非常熟悉的声音在我耳边响起，"我感到十分抱歉，我根本就没想到你会如此经受不住。"

我双手紧紧抓住他的胳膊。"福尔摩斯！"我大声地喊道："难道真的是你吗？难道你真的还活着？你怎么能够从那可怕的深渊中爬出来呢？""等一会儿，"他说道："你现在真觉得有精神谈这事了吗？你看我这多此一举的戏剧性的出现给你带来了多么大的刺激。"

"我已经没事了，可是说句心里话，福尔摩斯，我实在不敢相信自己的眼睛。天啊！世界上有那么多的人，为什么偏偏是你站在我的书房中。"

我又抓起他的一只袖子，伸手摸他那只精瘦有力的胳膊。“但是，不管怎么样，你只是个鬼，”我说道：“我亲爱的朋友，见到你我实在太高兴了，快坐下来，告诉我你是如何从那可怕的峡谷中逃生出来的。”

他就在我的对面坐下来，还跟以前一样若无其事地点燃一根烟。他把全身都裹在一件只有卖书商人才穿的破旧的长长外套里，桌子上摆着那堆白发和旧书，比起从前，福尔摩斯显得更加清瘦、更加机警，但那张鹰一样的脸上略显苍白，使我们可以看出来他的生活有些不太规律。

“华生，我现在感到非常的高兴，因为我能够重新伸直腰了，”福尔摩斯说道：“让一个高个子长时间保持弯腰驼背的状态实在是一件很痛苦的事情，至于说我为什么要这样做，如何向你解释，华生，我亲爱的老朋友，咱们，如果你愿意和我合作的话——在我们面前还需要一个晚上的艰险工作。也许最好是等这项工作完成之后，我将把全部的真实情况向你说明。”

“亲爱的福尔摩斯，如果可能的话，我很想现在就知道情况。”

“今天晚上你是否愿意同我一块出去？”

“一切由你安排，你说在什么时候，在什么地方都行。”

“真幸运，还像过去那样默契。咱们出发前还有点时间吃点晚饭。好吧，先说说那个峡谷吧。我逃出那峡谷并没费多大劲，根本没遇到过什么困难，理由其实很简单：我根本就没有掉下去。”“你真的没有掉下去？这可是我根本没有想到的？”“真的华生，我根本就没有掉下去。我写给你的便条可完完全全是真的。当我看到模样阴险的莫里亚蒂教授就站在那条通向安全地带的窄道上的时候，我根本不怀疑我的末日已经到了。就在他的灰色眼睛中，我感觉到一个很无情的意图。于是我就和他交谈了几句话，得到他很有礼貌的许可，写了封短信，也就是后来你收到的那封信。我把信、烟盒还有手杖都留在那里，就沿着那条窄道一直往前走，莫里亚蒂仍然紧紧跟随着我，我走到路的尽头，就发觉无路可走了。莫里亚蒂并没有掏出武器，却突然向我冲过来，紧紧把我抱住。他明白他的一切都完了，只是急着对我进行报复。就在瀑布边上，我们两个人扭打成一团。我懂一点儿日本柔道，过去有好几次我都用上了这一手。我从他的两臂中钻了出来，他喉咙里发出一声可怕的吼叫，疯狂地用脚踢着，两只手向空中乱抓着。虽然他费了很大的气力，但是仍然无法保持身体的平衡，终于掉进了悬崖，我探头一看，看见他坠下去很长距离，最后撞在一块岩石上，又被弹起来，最后掉在水中。”

我很吃惊地听了福尔摩斯边吸烟边做出的这段解释。

“但是应该有脚印才对呀！”我大声喊道：“我亲眼看见那条路上有两个人一起往前走的脚印，往回时却一个都没有。”“事情的真相就是这样的。就在教授掉进深渊的一刹那间，我竟然想到命运为我安排了再巧不过的机会。我明白不仅莫里亚蒂一个人曾发誓要置我于死地。至少还有三个人，他们要向我报复的欲望只会由于他的死亡而显得更加强烈。他们都是些危险分子。他们三个人中，肯定会有一个来找我。另一方面，假如全世界的人都以为我死了，那么这几个人就会轻易随便地行动，这样很快就会露面，如此我就能很快消灭他们。到了那时，我就可以放心地向世人宣布，我仍然活在人世。大脑活动起来是如此迅速，我相信在莫里亚蒂还没有沉入莱辛巴赫瀑布下的深潭底下之前，我已经完全想出了好主意。

“我站起身来，探头仔细观察后面的悬崖。就在你那篇我在后来读得津津有味的生动描述中，你曾断言那是绝壁。应该说，你说的并不完全对。悬崖上仍然有露在外面的几个窄小的立足点，而且有一块很像岩架的地方。想要一直爬上那么高的峭壁显然是不可能的，再想顺着几条湿漉漉的窄道走出去而不留下任何脚印似乎也是不太可能的事情。当然了，我也可以像过去那样，把鞋倒穿。但是，在同一方向出现三对脚印，无疑会使人想到这是骗人的手法。所以，总的看来，最好还是冒冒险爬上去。这可不是一件让我很高兴的事，华生，瀑布在我的脚下隆隆作响，我不是个富于幻想的人，但是有一点不假，我听见莫里亚蒂的声音从深渊中冲着我喊叫，有好几次当我的手没抓住身边的草丛或是脚从精湿的岩石中滑下来的时候，我想我完了。但是我拼命往上爬，终于爬上一块有几英尺宽的岩架，岩架上长着柔软的绿苔，就在那儿，我可以很舒服地躺下而不被人看到，亲爱的华生，在你和你的随从正在同情心的驱使下毫无效力地调查我的死亡现场的时候，我就躺在岩架上。

“你离开那里回到旅馆，带着你那完全错误的结论，到了最后，就剩下我一个人。我认为我的遭遇到此该结束了。但是却发生了非常突然的事故，让我预感到可能还有叫我吃惊的事情将要来到。有一块巨大的岩石由上而下落下来，只听轰隆一声从我身边擦过去，砸在下面的一条小道上，又蹦起来掉进深渊。我当时还以为是偶然掉下的石头。过了一会儿，我抬头看见昏暗的天空中探出一个人头。这时又落下一块石头，砸在我躺着的地方，离我的头部不到一英尺。当然了，这意味着什么就十分清楚了。莫里亚蒂并非单人行动。就在他要对我下手的时候，还有一个帮手在守望，我一眼就看出了这帮手是个很危险的家伙。他躲在我看不见的地方亲眼目睹了他的朋友淹死和我逃走时的情况。他一直在那等着，然后就绕道上了悬崖顶，试图实现他朋友不能得逞的打算。

“我想这一切并没有花费我多少时间，华生。我还从崖下看到那张冷酷的脸不停地朝下张望，这是一个预兆，说明不一会，还会有另一块石头将要落下来。我朝着崖下的小路往下爬。我不认为自己在当时能够很轻松地爬下去，这比往上爬还要困难一百倍。可是我已没工夫想这个危险，因为就在我两只手抓着岩架边沿、身体保持悬空状态的时候，又有一块石头从我头顶‘呼’的一声掉落下来。当我爬到一半的时候，老天保佑，我不偏不倚正好掉在那条窄道上，我被摔得是头破血流，我爬起身来迅速地奔逃，在山路里我趁着夜色大概行走了有十英里。一个礼拜以后，我到达佛罗伦萨，这样一来，保证世界上没有人知道我的下落。在当时，我要寻找一位最值得信赖的人，他是我的哥哥迈克罗夫特。我想再三地向你道歉，我亲爱的华生。但是我当时必须要做的一件事情是让大伙都以为我已经死了。你也不例外，假如你不相信我已经死了，你肯定也不会写出一篇那么让我信服的关于我的不幸结局的故事来。就在这三年中，我曾数次提笔要给你写信，但我总担心你对我的深切关心会不小心泄露我的秘密。也正是因为这个原因，今天傍晚的时候，当你碰掉我的书的时候，我只好避开你，因为我的处境十分危险，如果当时你稍微露出一点惊奇或激动，就有可能引得别人注意我的身份而酿成可悲的、无法弥补的结果。至于我的哥哥迈克罗夫特，我必须得到他的帮助，让他给我搞到钱，这样的话，我必须把我的秘密告诉他。在伦敦，事态的发展并非我想象的那样顺利，因为就在莫里亚蒂匪帮案的审理中，有两个最危险的成员漏掉了，使这两个与我不共戴天的仇人至今逍遥于法外。我在西藏旅行了大概有两年的时间，所以我常常去拉萨找大喇嘛消磨时间。然后，我路经波斯，游览了麦加圣地，又到喀士穆对哈里发作了一次有趣而简短的访问，而且我把拜访的结果告诉了外交部。在回到法国以后，我花了大概有几个月的时间来研究煤焦油的衍生物，这项研究是我在法国南部蒙特利埃的一个实验室里进行的。最后，我很满意地结束了这项研究，后来我又听说我的仇人如今只剩下一个在伦敦，我便准备回来。这时候，我听说了公园路奇案，这个消息加速了我的行动，不仅仅因为这件案子的是非曲直吸引我，关键是我找到了难得的机会，当然是对我个人而言。我立即回到伦敦贝克街自己的家中，我的到来吓得哈德森太太歇斯底里大发作。迈克罗夫特把我的房间和我的纪录照原来的样子保存着。就这样，我亲爱的华生，就在今天下午两点钟，我发现自己就坐在我原来屋中的那把旧椅子上，满怀希望见到我的老朋友华生也坐在对面他一向常坐的那把椅子上。”

这个离奇的故事是我在四月里的那天晚上听到的。如果我没有亲眼见到那个我以为永远也见不到的瘦高的体形和热情的面孔的话，这个故事就纯粹是无稽之谈。我也不明白他是如何知道了我居丧的消息的，他以动作代替言辞表示了他的慰问。“工作可以医治悲伤，”他说，“就在今天晚上，我给咱俩安排了一件工作，如果我们能够成功地完成它，就不白在世上活一回。”我想让他讲得再详细些，但是无济于事。“在天亮前，够你听和看的，”他回答说道：“咱俩有三年的往事可供叙谈，但只能谈到九点半，就要进行这次空屋历险。”

就像他说的那样，到了九点半钟，我发现自己正挨着他坐在一辆双座的马车上，我的口袋中装着手枪，心中充满了历险的激动。福尔摩斯表现得十分冷静镇定，他一言不发，街灯的亮光忽明忽暗地照射在他严峻的脸庞上，他皱眉沉思，嘴唇紧闭。我也无法预知在伦敦这个充斥着罪犯的黑暗的丛林中究竟能搜寻到什么样的野兽，但是从福尔摩斯，这个狩猎能手的脸上，我看到的却是阴沉的神态，我绝对相信这根本就是一次十分冒险的行动。他那苦行僧似的脸上时不时露出讥讽的微笑，可以想象得到我们搜寻的对象凶多吉少。

我的猜想是我们要去贝克街，但当马车行至卡文狄希广场拐角的地方时，福尔摩斯叫马车停下来。我注意到他在下车时眼睛向左右探望了一下，接着就在走过的每条街的拐角上又极其细心地提防着后边有没有人跟踪。我知道，我们走的这条路线是独一无二的，福尔摩斯对伦敦的偏僻小道十分熟悉。他十分迅速地而且很有把握地穿过一连串我从来都不知道的小巷和马厩。到最后，我们出现在一条小路上，两边都是一些阴暗的老房子。我们顺着这条小路到了曼彻斯特，然后又到了布兰福特街，在这里他快速拐进一条窄道，又穿过一扇木栅栏门进到一个无人的院子。他用钥匙打开一所房了的后门，我们一块走进后，他便把门关上了，屋里边漆黑一团，非常明显这是一所空房间。地板没有铺地毯，在我们的脚下吱吱作响，我伸手摸到一面墙，上面糊的纸已经裂成一片片的纸条向下垂着。福尔摩斯用手指抓住我的手腕，我感觉他的手指冰凉，当他领我走过一条长长的过道，直到我隐约能看见门上面那扇昏暗的扇形窗才停下来。在那儿福尔摩斯突然向右转，我们俩便进入了一间正方形的大空房，四个角很暗，只有正当中有一块地方被远处的街灯照得有点亮。附近没有街灯，窗户上积了厚厚一层灰尘，所以我们只能看清彼此的轮廓。我的同伴用一只手搭在我的肩上，把嘴凑近我的耳朵。

“亲爱的华生，你清楚我们身处何处吗？”福尔摩斯压低嗓音悄悄地对我说。

我睁大眼睛尽量透过模糊的玻璃想看清外面的景物，“也许那边就是贝克街。”

“你说的一点没错，”福尔摩斯回答道：“这就是正对咱们寓所的卡姆登私邸。”

“咱俩来这里究竟要做什么？”

“亲爱的华生，只有从这儿才可以清楚地看到对面的高楼。请你靠北窗户一点儿，千万小心别暴露自己。再看看咱们的老寓所——你的那么多神话故事难道不都是从那里开始的吗？三年过去了，我要看看我是否丧失了使你惊奇的能力。”

我依他所言，慢慢地向前移动，当我向十分熟悉的窗户望去时，我的视线落在了那扇窗户上，我很吃惊地叫起来。窗帘已经放下了。屋里的灯亮着，照亮的窗帘上很清楚地映出屋里正坐着一个人：那头的姿势，宽阔的肩膀，轮廓分明的面部，看了绝不会弄错。那东西转过去的脸，如同我们祖父母辈喜欢装上框子的一幅剪影，十分像福尔摩斯本人，我十分惊奇，忙用手探过去，想弄清楚他是否还在我的身边，我感觉到他的身体由于发笑而不停颤动。

福尔摩斯大声说道：“看到了吗？”

“天啊！”我高声叫道，“这简直是太妙了！”

“亲爱的华生，我相信我产生变化莫测手法的智慧并没有因岁月的流逝而枯竭，也许因为常用而显得过时吧。”他说道。我从他的话中，听出了这位艺术家对自己的创作感到颇为满意和骄傲，“的确有几分像我，对吧？”

“我完全可以发誓说那就是你。”

“这一节应该感谢奥斯卡·莫尼埃先生，是他一连花了好几天的时间为我做模子、塑蜡像。其余的一切都是今天下午我在贝克街自己安排布置的。”

我紧张地说：“难道你认为有人在偷偷监视你的寓所？”

“你说的没错，的确有人在监视我的寓所。”福尔摩斯胸有成竹地说。

我赶紧问：“他是谁？”

“那是我的老敌人，他们的头目此时还在莱辛巴赫瀑布下面。你可别忘了这些家伙知道我仍然还活在这个世界上。也只有他们才知道。他们始终不死心，认为我肯定会回寓所，就不停地对我进行监视。就在今早上他们看到我到达伦敦。”

“这些，你都是如何知道的？”“当时我无意间从窗口往外看，我看到一个家伙，多年的经验告诉我，他一定是他们派来监视我的人，这是一个对我构不成危害的家伙，他姓巴克尔，以杀人抢劫为生，他是个很出色的犹太琴演奏家。我没把他放在眼里，但我担心的是，隐藏在他背后暗中操纵他的那个人。这人是莫里亚蒂的知心朋友，号称伦敦最狡猾、最危险的罪犯，也就是那个从悬崖上往下投石头的人。华生，今晚一直跟踪的就是他，但是他却根本不知道，其实是咱们在暗中跟踪他。”我的朋友的计划终于渐渐显露出来了：从这个很近便的隐蔽所，监视者正被人监视，追踪者反被人追踪。那边窗户上那个消瘦的影子其实只是个诱饵，而我们俩是猎人，我们俩沉默着一同站在黑暗之中，盯着在我们面前匆匆来去的人影。福尔摩斯一动不动地站着，我能够看出他正处于一种很紧张的戒备状态，正专心致志地盯着过往的行人。这是一个寒冷喧嚣的夜晚，风呼呼地刮过长长的大街，发出一阵一阵的呼啸声音，大街上来来往往的人很多。他们都紧裹着外衣和围巾。我有一两次似乎看见了曾刚刚见过的模样相同的人影，特别是注意到有两个人，他们似乎是在附近的一家门道里避风。我提醒福尔摩斯注意这两个人，但是他很不耐烦地叫了一声，然后又目不转睛地望着大街。他时而局促不安地挪动脚步，手指不停地敲着墙壁。可以看出，他开始担心他的计划不像他希望的那样有效，到了最后，将近午夜的时刻，街上的人渐渐少了，他有点无法控制自己的情绪，在屋子里走来走去。我正要和他说点什么，抬眼望了望对过亮着的窗子，我大吃一惊，我抓住福尔摩斯的手臂，朝前面一指，“影子动了！”我失声叫道。窗帘上的影子已经改变原来的坐姿，而是背朝着我们。三年过去了，他的脾气依然是那样粗暴，依然对比他智力低的人表现出强烈的急躁情绪。他说道：“它当然已经动了，亲爱的华生，难道你一直认为我是个少有的笨蛋，只会支起个一眼就能认出的假人，希望靠它来欺骗几个号称欧洲最狡猾的人？咱们待在屋中近两个钟头，哈德森太太已经把蜡像改变了几乎有八次，每一刻钟一次。她站在蜡像前边移动它，这样就避免被人看见她自己的影子，噢！”福尔摩斯倒吸了一口气。在暗淡的光线中，我见他把头伸向前方，他的全身由于注意力的集中而紧张起来。窗外大街上空空荡荡没有一个人。那两个可怜的家伙也许还蜷缩在门道里，但是，这时我已经看不清他们了。四周一片静悄悄，除了我们对面那正中显出人影的明亮的黄色窗帘之外，什么都看不见。在一片静寂的氛围中，我的耳边又响起那种细微的咝咝声。过了一会儿，他拽着我的胳膊退到黑暗的屋角，用他冰凉的手指捂着我的嘴，我感觉到他的手指在剧烈颤抖，我从来没有见过我的朋友如此激动，那隐藏在黑暗中的大街依然荒凉、安静地躺在我们面前。

可是，我突然发觉他那超人的感官似乎已经觉察到了什么东西。一阵轻微的蹑手蹑脚声传入我的耳膜，这个声音并不是从贝克街的方向传来，而是从我们藏身的这所屋子后面传来。一扇门打开又关上了。过了一会儿，在走廊中响起了蠕动的脚步声。这本是想竭力压制的脚步声，却在空屋中造成刺耳的回响，福尔摩斯靠墙蹲下来，我也照样蹲下身来，手中紧握着我的左轮手枪。朦胧中，我看到一个不太清楚的人影，他在门外站了有片刻，然后弯下腰带有威胁性的、偷偷走进屋里。这个人影离我们还不到三码。我已经做好了等他扑过来的准备。才想起他根本不知道我们在这儿。他从我们身边走过，悄悄靠近窗子，轻轻地把窗户推上去有半英尺。当他跪下来靠着窗口的时候，街上的灯光不再被积满灰尘的玻璃所遮挡。他的脸暴露无遗。他由于兴奋而忘乎所以，两眼闪亮，而且不停抽搐，他是个上了年纪的人，鼻子瘦小而突出，前额又秃又高，还留着一大把灰白胡子，他头戴一顶可以折叠的大礼帽，他把它推在后脑勺上。他的脸又瘦又黑，全是凶悍的皱纹，他手中拿着一根像是手杖的东西，当他把它搁在地板上的时候，发出了金属的铿锵声。然后他从外套的口袋中掏出一大块东西，摆弄了一阵，最后只听咔嗒一声，好像把一根弹簧或者枪栓什么的挂上了。他仍然跪在地板上，弯腰将全部力量压在什么杠杆上，紧接着发出一阵旋转和摩擦声，最后又是咔嗒一声，就看他直起腰，我看清楚他手里正拿着一支枪，枪的形状非常特别，他拉开枪膛，把什么东西放了进去，然后啪的推上枪栓。他俯下身去，把枪筒架在窗台上，我看见他灰白的胡子坠在枪托上，闪亮的眼睛盯着瞄准器。当他把枪托贴紧右肩的时候，我就听见一声满意的叹息，并且看到那个令人惊异的目标——黄窗帘上的人影毫无遮拦地暴露在枪口前方。他停顿了一下，然后扣动了扳机，嗄的一声怪响，紧接着是一串清脆的玻璃破碎声，就在那一瞬间，福尔摩斯像老虎一样从射手的背上扑过去，把他摔倒在地，他翻起身，用尽力气掐着福尔摩斯的喉咙。我用手枪柄照他头上就是一下，他又倒在了地板上。就在我扑上去把他摁到时，我的朋友吹响了警笛，人行道上马上响起跑步声；两个穿制服的警察和一个便衣侦探从大门冲进屋内。

“是你吗，雷斯垂德？”“是我，福尔摩斯先生，我自己把任务接过来了，很高兴看见你回伦敦来，先生。”“我认为你需要有点非官方的帮助。在一年当中有三件谋杀案破不了可是不行的，雷斯垂德。你处理莫尔齐的案子不像你平时那样——就是说你处理得还不错。”

大伙都已经站起来了。我们的囚犯正在大口喘气。他两边分别站着一个身材高大的警察。这会儿已经有些闲人开始在街口聚拢，福尔摩斯走到窗前把窗关上，又把帘子放下。雷斯垂德把两支蜡烛点燃，警察也打开了他们的提灯。我们能够清楚地看看这个囚犯了。

这是一张精力充沛、奸诈万分的面孔。他有着哲学家的前额和酒色之徒的下颌，似乎他天赋之才，是好是坏姑且不论。但是，只要看一下他那下垂、讥消的眼睑，那冷酷的蓝眼睛，那凶猛、挑衅的鼻子和那咄咄逼人的浓眉，谁都可以认出这都是造物主最明显的危险信号。他根本不看别的人，他只盯着福尔摩斯的脸。眼中充满了仇恨和惊异。“你是个魔鬼！”他不住地咆哮，“你这个狡猾的魔鬼！”

“哦！上校！”福尔摩斯边说边整理弄乱了的领子，“就如同戏里常说的：‘不是冤家不碰头。’自从在莱辛巴赫瀑布的悬崖上承蒙关照后，我就没有再看见你。”

上校似乎有些精神恍惚，他的眼睛仍然盯着我的朋友。他嘴里不停地咕哝着：“你这个狡猾的魔鬼。”

福尔摩斯耸耸肩膀说道：“上校，我还没有很好地介绍你呢，先生们，他就是塞巴斯蒂恩·莫兰上校，以前曾在女王陛下的印度陆军中服役，他是我们东方帝国所造就的最优秀的射手，上校，我想我这样说是完全正确的，你在猎杀方面的成绩堪称举国无双吧？”

莫兰上校听到我的伙伴这样说，目露凶光地盯着我的伙伴。他那散发着野性的眼睛和倒竖的胡须使自己就像一只老虎。

“我感到很奇怪呀，莫兰上校，我这个如此简单的计策竟然使你这么老练的猎手受骗。”福尔摩斯说道：“这本是你非常熟悉的办法才对，你不是也曾在一棵树下拴上一只小山羊吗？然后自己举着来复枪躲在树上，等这只作为诱饵的小山羊把老虎引来，然后射杀它。如今这个空屋成了我的树，你就是我想要打的那只虎。你也许还有几支备用的枪，以此来防止好几只老虎的出现，或者是你自己万一没有瞄准好，而这是完全有可能的。”福尔摩斯说着，用手指指周围的人，“这些人就是我的备用枪。这是个确切的比拟。”

听到这儿，莫兰上校一声怒吼向前冲过来，但是被那两个强壮的警察拽了回去。他脸上表现出的愤怒表情，看了真让人害怕。“我不得不承认，”福尔摩斯继续说道：“我没有想到你也会利用这间空屋和这扇方便的前窗。我估计你在街上行动。那里有我的朋友雷斯垂德和他的随从在等着你。除了这一点以外，一切都在我的预料中。”

莫兰上校把脸转向官方侦探。

“你可能有，也可能没有逮捕我的正当理由，”他说道，“但至少你没有理由让我受这个人的嘲弄。假如我现在处于法律的掌握中，那就一切都按照法律办吧！”雷斯垂德说道：“你说得倒是很合理，福尔摩斯先生，就在我们走之前，你还有什么别的要讲吗？”福尔摩斯早就把那只威力极大的气枪从地板上拾起来，正在仔细看它的结构。“真是一件稀罕的武器啊，”他说，“无声而且威力极大，我知道这个双目失明的德国技工冯·

赫德尔，这支枪是他为莫里亚蒂教授特制的。我知道有这么一支枪已经好几年了，虽然以前，没有什么机会摆弄它。雷斯垂德，这支栓，还有这些子弹，就交给你们来保管吧。”雷斯垂德说道：“你就放心交我们保管吧，福尔摩斯先生，你还有什么话吗？”

“我想知道你准备以什么罪名来控告他？”福尔摩斯说。

“这不是明摆着是企图谋杀您吗？”

福尔摩斯赶快说：“雷斯垂德，这可不行，我根本不想在这件事情上出面。这场成功的逮捕，功劳应归于你，雷斯垂德，我祝贺你！你以一贯的智勇双全抓住了他。”

“哦，亲爱的福尔摩斯先生，你应该说的更清楚一些，抓住了他！抓住了谁？”

“就是这个警察们一直在寻找的，神秘的莫兰上校，他于上月三十日把一颗开花子弹装在气枪里，然后对准公园路 427 号二楼正面的窗口开了一枪，罗诺德·阿德尔就这样被打死了，就是这个罪名，雷斯垂德。现在，华生，如果你能忍受从破窗口吹进的冷风，不妨就到我书房中抽一支雪茄，坐半小时，这样可以让你消遣放松一下。”

我们的老屋子，在迈克罗夫特的监督和哈德森太太的照管下，并没有改变多少样子。我一进屋，就注意到屋中的整洁程度确实很少见，原来的标志都没被动过：这一角是做化学实验的地方，放着被酸液弄脏了桌面的松木桌，那边架子上摆着一排大本的剪贴簿和参考书，这都是很多伦敦人想烧掉的东西。我环顾四周，挂图、提琴盒、烟斗架、装烟丝的波斯拖鞋都历历在目，屋中已经有两个人：一个是我们进来时，对我们笑脸相迎的哈德森太太，另一个就是那个假人。

福尔摩斯问道：“哈德森太太，我嘱咐你做的，你都做了吗？”

“是的，先生，一切都已按您的意思完成了！”

“太好了，你完成得非常好，你看见子弹打到什么方向去了吗？”

“子弹穿过假人的头部，然后撞到墙上，这是我从地毯上捡到的，给您吧！

福尔摩斯接过子弹，然后递给我，说：“这是一颗铅头左轮子弹，真是巧妙，有谁会发现这样的东西是从气枪中打出来的呢？好吧，哈德森太太，我非常地感谢你的帮助。现在，华生，请你回到老位子上，我想和你认真地讨论一下。”

福尔摩斯从容地把那件旧礼服大衣脱掉。把那件搭在蜡像上的灰褐色的睡衣穿上。福尔摩斯又恢复了往日的模样。

福尔摩斯微笑着用手摸着蜡像破碎的前额说道：“这个老猎手的确身手不凡，正打准蜡像头部正中部位，不偏不倚击穿大脑。在印度的时候，他号称最好的射手，我认为在伦敦也很少有他这样出色的射手。你以前听过他的名字吗？”

“没有。”

福尔摩斯幽默地说：“这才是真正的出名！詹姆士·莫里亚蒂的名字在过去你也不曾听说。他可是本世纪的一位大学者，劳驾你把架子上那本传记索引拿下来给我。”

福尔摩斯把身子靠在椅背上，轻轻晃动着腿，口中喷出乳白色的雪茄烟雾，一边懒懒地翻着记录。

“我在M部收集的这些材料很不错。你不论把莫里亚蒂摆在哪里都非常出众。这里有放毒犯莫根，有遗臭万年的梅里丢，还有那个在查林十字广场的候诊室把我左边犬齿打落的马修斯。最后这个就是今晚见到的莫兰上校。”

说完，他把本子递到我手中，只见上面写着：

塞巴斯蒂恩·莫兰上校，一八四零年在伦敦出生，曾在伊顿公学、牛津大学读书。他是原英国驻波斯公使奥古斯塔斯·莫兰爵士的儿子。在班加罗尔工兵一团服过役，曾经参加过乔瓦基战役、阿富汗战役，在查拉西阿布、舍普尔、喀布尔服过役。著作：《喜马拉雅山西部的大猎物》（1881），《从林中三月》（1884）。地址：管道街。俱乐部：英印俱乐部，坦克维尔俱乐部，巴格特尔纸牌俱乐部。

福尔摩斯用清晰的笔迹在这页的空白边上注着：伦敦第二号危险人物。

“这实在太让人惊奇了，”我递还本子给他，“这个人原本是个很体面的军人呢。”

“的确如此，”福尔摩斯微笑着回答道：“他在某种程度上干得非常出色，而且他很有胆量。在印度一直流传着莫兰如何爬进水沟去追赶一只受伤的吃人猛虎的事迹。华生，当一些树木长到一定高度时，会长成难看的古怪形状。这个人就是一个很好的例子。我有个观点：个人在发展中再现了历代祖先的发展全过程，像这样突然地变好或者变坏，显示出他的家系的某种影响，他几乎成了他的家史的缩影。”

“你这个想法真是很怪诞。”

“也许你说得对，我的观点是有些怪诞，不管怎么说，莫兰上校开始堕落了。他在印度尽管没有任何当众出丑的事情，但是仍然没法待下去。他退伍后回到伦敦，名声依然很坏。就在这个时候，他被莫里亚蒂教授看中了，他曾一度是莫里亚蒂的参谋长。莫里亚蒂很大方地给他钱花，但是只利用他做过一两件非常高级的案子。你也许还能记得一八八九年在洛德的那个斯图罗特太太被害的案子吧。记不起了吗？我敢肯定莫兰是其中的主谋，可惜的是找不出一点证据来，上校在做这件事时隐蔽得非常巧，当莫里亚蒂匪帮被破获的时候，我们都没办法控告他，你也许还记得，就在那天我到你寓所去看你。为了提防气枪。我不是关上了百叶窗吗？也许你认为我当时有些想入非非。但我明白自己究竟在做什么，因为我知道有这样一支很不平常的枪，而且知道使用它的人是全世界第一流的射手。咱俩在瑞士旅行的时候，他同莫里亚蒂一直跟踪咱俩，毫无疑问，就是他让我在莱辛巴赫悬崖上渡过了那很不愉快的五分钟，当我在法国的时候，我就十分留意报纸上登的一些犯罪新闻，因为不把他抓捕归案，我始终不能安心，当我看到罗诺德·阿德尔被害的消息时，我觉得我的机会终于来了，就我了解的一些情况看，这不很明显是莫兰上校干的吗？他先和这个年轻人一起打牌，然后从俱乐部一直跟他到家，对着敞开的窗子打死了罗诺德·阿德尔。光凭这种子弹就完全可以送他上绞架。我立刻返回伦敦，却被那个放哨的发现了，他当然会向上校汇报我出现的情况。上校也不能不把我的突然出现同他所犯的案子联系到一起。他心里肯定万分惊恐。我猜他会立刻想法把我除掉。而且是用那支奇特的枪，我故意在窗口留下一个明显的靶子，而且预先通知伦敦警厅可能我需要他们的帮助（就是躲在那门道里的两位），然后我们找到那个在我看来是万无一失的监视点，绝没想到他会挑上那个地方来袭击我，亲爱的华生，还有什么需要我解释的吗？”

我说：“还有一点我不明白，就是莫兰上校谋杀罗诺德·阿德尔的动机是什么。”

“哦，亲爱的华生，在这一点上，我们只能推测了，在这方面，逻辑性最强的头脑也会出错，各人可以根据现有的证据做出自己的假设，你我的假设都可能对。”

“那么，看来，你已经做出了假设。”

“说明案件的事实并不困难，从证词中可知道莫兰和年轻的阿德尔合伙赢了一大笔钱。不消说，莫兰作了弊——我早听说他打牌作弊。我相信就在阿德尔遇害的那天，阿德尔发现莫兰在作弊。很可能他私下里和莫兰谈过。还恐吓要揭发莫兰，除非他自动退出俱乐部并答应从此不再打牌。对于靠打牌骗钱为生的莫兰来说，把他开除出俱乐部等于毁掉自己，所以莫兰把阿德尔杀了，那时候阿德尔正在计算自己该退还多少钱，因为他不愿意从搭档的作弊中获利。他锁上门是为了防他母亲和妹妹突然进来打扰他。我这样解释还说得通吗？”

“我认为你说出了事情的真相。”

“这将在审讯时得出证明，或者遭到反驳。同时，不管发生什么，莫兰上校不会再打搅咱们了。冯·赫德尔这支了不起的气枪将为伦敦警察厅博物馆增色不少。福尔摩斯先生又可以献身于调查伦敦错综复杂的生活所引起的大量有趣的小问题了。”

2. 诺伍德的建筑师

“用刑侦专家的眼光来看，”福尔摩斯先生说道，“自从莫里亚蒂教授死后，伦敦变成了一座十分无趣的城市。”

“我想没有多少市民会同意你的看法。”我回答道。

他笑着说道：“对，对，我不应该这样自私。”然后把椅子从餐桌边移开，“当然了，这对社会是很有益的，除了可怜的专家无事可做外，无人受损失，在那个人正活动的时候，你几乎能在每天晨报上发现很多可能发生的情况。而且，在通常哪怕只有一点点极小的线索，一个模糊的迹象，已足够告诉我们这个狠毒的匪首在何方？就像蛛网边缘有轻微的颤动，会使你联想到隐藏在网中央的那只可恶的蜘蛛。对于掌握了线索的人来说，哪怕是很小的随意的暴行或者目的不明的行凶，都有可能和生活连成一个整体。对于一个研究上层黑社会的学者来说，欧洲所有别的首都都不具备伦敦的有利条件。可现在……”他耸耸肩膀，用很幽默的方式表示对他自己也花了不少精力而造成的现状感到不满。

我现在说话的时候，福尔摩斯已经回国好几个月了。我照着他的意思，转让了我的诊所，搬到了贝克街的旧寓所。一个姓弗纳的年轻医生把我在肯顿开的一家小诊所购买下来。他毫不犹豫就付了我冒昧提出的最高价。真让我感到奇怪。几年以后，当我发现他实际是福尔摩斯的一位远亲，钱事实上是他筹措的时候，我才恍然大悟。

就在我们合作的那几个月中，时光并非像他说的平淡如水。因为我粗略翻了一下我的笔记，就挑出了其中发生的前穆里罗总统文件案和荷兰轮船“弗里斯兰”号的案件，后者差点让我俩丧命。不过福尔摩斯性格中有冷静、自重的一面，一向不喜欢任何形式的赞美。他使用最严厉的规定约束我不说一句关于他功绩的话。我已经解释过了，直到现在才撤销了这方面的禁令。

在发了一通古怪的议论后，福尔摩斯先生靠在椅背上，悠闲自得地打开报纸，这时，一阵吓人的门铃声吸引了我们的注意，之后便是一阵激烈的敲门声，如同有人用拳锤门。门开了，我听到有人冲过过道，冲上楼来的急促脚步声。没过一会儿，有一个脸色苍白、头发散乱的年轻人，疯狂冲入屋内，双眼满是激愤，浑身发抖，他环顾四周后看见我们，在我们的逼视下，他似有歉意。

他大声说道：“两位先生，实在对不起，哪一位是福尔摩斯先生，请千万别责怪我，我就要病了，我便是那个倒运的约翰·赫克托·麦克法伦。”

他这种自我介绍的方式很特别，但是从我同伴的表情来看，并没有引起多大震动，福尔摩斯似乎毫无反应。

“亲爱的麦克法伦先生，还是请抽支烟吧，”他说完就把烟盒递向青年，“小伙子，根据你现在的状态，我的朋友会开一张镇静剂的处方给你。最近天气比较闷热，假如你觉得心情稳定了一些，请在那边椅子上坐下，慢慢告诉我们你是谁，有何事。好像我应该认得你，但是，除了你是一个独身者、律师、同济会成员，哮喘病患者如此显而易见的事实外，说实话，我对你并不了解多少。”

因为我太了解我朋友的智慧，所以我很容易领会他的推理，从这个年轻人的穿着、随身携带的物品以及他表链上的护身符和他喘息的声音，我的朋友做出了推测。可是这却使年轻的委托人惊得瞠目结舌。

他说：“对极了，您说的正是我。另外，我还是伦敦最不走运的人。看在上帝的分上，您可别不理我。福尔摩斯先生，假如在他们逮捕我之前，我没有把话讲完，请您给我足够的时间，让我把话讲完，把所有事实告诉您。如果我知道有您在外边为我活动，我会十分高兴地走进监狱。”

“逮捕你？！”福尔摩斯耸耸肩说：“这真是一件太……太有趣的事情了。那么你将因什么罪名被捕呢？”

“谋杀诺伍德的约纳斯·奥德克先生。”

“哦，”他说道，“早饭刚吃过时，我还和我的朋友华生医生说大概社会上一切轰动的案件都从报纸上消失了呢。”

我们这位年轻的客人伸出抖动的手把福尔摩斯膝盖上放着的《每日电讯报》拿起来。“如果您看过电讯报的话，先生，那您一定看出我今天到底为什么来找您了。我觉得几乎每个人都在谈论着我的名字和灾难。”他把报纸翻到刊登新闻的那一版。“在这里，假如您同意，我给您念一念。听，福尔摩斯先生，这是标题：‘诺伍德的神秘案件——著名建筑工程师失踪——疑为纵火谋杀案——犯罪线索’，那就是他们正追查的线索，先生，我明白它一定会引到我身上。我在伦敦桥站下车就被跟踪了，他们只等向我发逮捕证了。这会让我的母亲非常伤心的——一定会的！”在紧张的惊骇之中，他用力扳着自己的手，在椅子里来回晃动着。

我这才有机会仔细打量这个可怜的男人：他有一头淡黄色的头发，眉清目秀，但似乎有些疲倦，两只蓝色的眼睛带着惊恐的神色，脸刮得很干净，神经质的嘴角显得没有主见，年龄大约在二十岁左右，他的衣着举止颇像个绅士，从他那浅色的夏衣口袋中露出一卷签证的证书，能够说明他的职业。

“咱们要利用这一段时间，”福尔摩斯说道，“亲爱的华生，麻烦你拿起报纸念一下刚才说的那一段好吗？”

就在我们委托人引述的大标题下有一段带暗示性的叙述，我念道：

“昨晚深夜或今日凌晨，诺伍德发生了一起意外事件，估计是严重的犯罪行为。约纳斯·奥德克先生，独身，52岁，住在锡登罕路终之幽谷山庄，因习性孤僻而闻名，平时少言寡语，很少交际，近年已经退出建筑业，但屋后仍存有贮木场。昨晚十二点左右，贮木场发生火灾，消防车不久就赶到。因为木柴干燥，火势很猛，无力扑救，直到堆积的木材燃尽才熄，到现在为止，起火原因似乎很偶然，但另外有现象显示或系严重犯罪。火灾现场没有看见主人，确实让人感到惊奇。经查实，才知户主已长久失踪，检查卧室，床上没有人睡过，保险柜门被打开，有若干重要文件散落于地上。最后发现室内曾有激烈格斗的迹象，并见有少量的血和一根橡木手杖，柄上沾有血迹。现在查明，那夜奥德克先生曾在卧室待客，手杖即来客所有。这个深夜来访者是年轻的律师约赫克托·麦克法伦，正是中东区格莱沙姆大楼427号的格雷姆——麦克沙法伦事务所的合伙人。警方确信已经找到说明犯罪动机的有力证据，总而言之，此事有着惊人发展，毋庸置疑。”

福尔摩斯把眼睛闭上，两手指尖相对，听了这篇令人吃惊的报道。

“这案子确实有几点值得注意，”他慢慢地说：“麦克法伦先生，我想先问一下，既然听起来有充足的证据来逮捕你，为什么你还是自由的呢？”

“福尔摩斯先生，我和父母一同住在布莱克希斯多林顿寓所，但昨天晚上因为有事要为约纳斯·奥德克先生办一下，就在诺伍德的旅馆住下来了，从那里到他家把事办了。我是在火车上看到报上您刚听到的新闻，才知道发生了什么事情。我立即明白自己处境不妙，就赶来托您办理这件案子，我知道如果我在城里的办公室或家中，准会被逮捕的。我怀疑在伦敦车上就有人跟踪我——哎呀！有什么人来了？”

这时门铃响了，立刻又从楼梯那边传来沉重的脚步声。过了一会儿，我们的老朋友雷斯垂德出现在房门口。他的身后还站着两名身穿制服的警察。

我们这位不幸的委托人站了起来，脸色有些苍白。

“由于你蓄意谋杀诺伍德的约纳斯·奥德克先生，我们正式逮捕你。”

此时的麦克法伦做出一个绝望的手势向我们求救。

福尔摩斯赶忙说："等一等，雷斯垂德先生。再过半个小时不会有什么问题的。这位绅士正要给我们讲这桩十分有趣的事情经过。这也许能帮助我们把事情搞清楚。"

"我认为弄清它并不存在多少困难。"雷斯垂德很冷酷地说。

"不过假如你同意的话，我倒有兴趣听他讲一讲。"

"好吧，先生，我拒绝你的任何要求都十分困难，因为在过去你帮助我们一两次，就我们伦敦警察厅方面，还欠你一份人情呢。"雷斯垂德说，"我必须同嫌疑犯在一起，而且不得不警告他：他所说的将成为呈堂证供。"

"这可再好不过了，"我们的委托人说，"我请您一定要听我讲，并希望你相信我讲的绝对真实。"

雷斯垂德看了一下表。"我给你半小时。"他说道。

"我必须先说清，"麦克法伦说，"我对约纳斯·奥德克先生一点儿都不了解。他的名字我很熟悉，因为多年前，我父母就认识他，但他们后来疏远了。因此，昨天下午大约三点钟时，当他走进我城里的办公室时，我感到很惊奇。在他讲明来意后，我更觉得惊奇。他手中拿着几张从笔记本上撕下的纸页，那纸上写满了潦草的字——就是这几张——他把它们放在我桌上。

"'这是我的遗嘱，麦克法伦先生，我要你按照正式法定的格式写出来，你写吧，我就坐在这儿。'

"于是我便开始抄那份遗嘱。当我看到他除了留下一些财产之外，把别的所有财产全留给我的时候，您完全可以想象得出我的惊讶。他是个如同小雪貂似的怪人，有着白白的眉毛。当我抬头看他时，发现他正用一双锐利的灰眼睛盯着我。他脸上的表情似乎很开心。就在我读到遗嘱中的条文时，我简直无法相信自己的眼睛。后来，他解释说，他是个独身者，毫无牵挂，年轻时，他和我父母是朋友，而且觉得我是一个值得信任的年轻人，所以把钱交给我很放心。在当时，我只能说一些感激之类的话。遗嘱写好之后，签了字，证人由我的书记担当。就是在这张蓝纸上写的。我说过，这些小纸条只是草纸。奥德克先生接着告诉我，还有一些凭据——租约、房契、抵押契据、临时凭证等，应当让我看看。他说只有当这全部都办完他才放心，并且说，要我带上这份遗嘱去诺伍德。在他家安排一下所有的事。‘记住！孩子，在一切没完成之前，不要对你父母讲，咱们先不讲，好给他们一个小小的惊喜。’他坚持如此，还要我答应一定要做到。

“你可以想象，我当时不愿拒绝他的所有要求，他成了我的保护人，我打心眼里想完美地实现他的愿望。我决定打电报回家，说我手头上有重要的事情，不能确定多晚才回家。奥德克先生表示他希望我能在九点钟同他一起共进晚餐，因为九点前他可能还没有到家。他住的地方很难找，我九点半才到他家。我发现他……”

听到这里，福尔摩斯赶紧问：“你且等一等！是什么人来为你开的门？”

“一个中年女人，我想他大概是女管家。”

“说出你名字的，大概就是她吧？”

“对，”麦克法伦说。

“请继续讲。”

麦克法伦用手拭拭额上的汗，继续讲道：“这女人把我领进一间起居室，里边已经摆好了简单的晚饭。后来，奥德克先生领我到卧室里，在那儿摆着一个保险柜。她打开柜门，拿出一大摞文件。我们仔细看了一遍文件，在 11 点和 12 点之间才看完。他说不让我们打扰女管家。于是在他的建议下，我从窗口出去，那窗户一直是打开着的。”

“窗帘有没有放下来？”福尔摩斯问。

“这个我记得不太清楚了，不过我当时记得是放下一半。为了打开窗户，他拉上了窗帘。我找手杖，但没找到。他说：‘不要紧，孩子，我希望你常来，我会保管你的手杖，下次来取就可以。’当我离开时，卧室的保险柜正开着。桌上还摆放着小包小包的字据。天色已晚，我无法回布莱克希斯，就在安纳利·阿姆斯旅馆过了一夜。其余我一概不知，今天看报，才知道这可怕的事情。”

“你还有疑问吗？福尔摩斯先生。”雷斯垂德说，在他听完青年人诉说后，我见他有几次扬起了眉毛。

“我想在去布莱希斯之前基本已没有了。”

“你想说是在去诺伍德之前吧！”雷斯垂德说。

“是，我说的是诺伍德。”福尔摩斯说，脸上带着微笑，有些莫测高深，依据经验，雷斯垂德知道他脑子像把锋利的剃刀，能切开任何他认为坚固不摧的东西。他只是不愿承认这一点。我看见他好奇地望着我的朋友。

“福尔摩斯先生，”他说，“过会我想同你讲几句话。好吧，麦克法伦先生，我的两个警员就在门口，外面有辆四轮马车在等着。”这个可怜的小伙子站起来，眼中充满祈求地向我们最后看了一眼，走出屋门。警察带他上了马车，雷斯垂德留了下来。福尔摩斯看着手中那几页草纸遗嘱，脸上露出非常感兴趣的样子。

“这遗嘱很有特点，雷斯垂德，你说呢？”他把手中的草纸递出去。

“我能看出有些蹊跷，有几处印得不清。”他说。

福尔摩斯说：“你的看法是什么？”

雷斯垂德反问：“你如何解释？”

“这显然是在火车上写的。清楚的地方说明火车在站上，不清楚的部分说明火车在行进。最模糊的地方说明火车正在过岔道口。有经验的专家能立刻断定，这是在一条郊区铁路干线上写的。因为只有在大城市附近才能接连不断地遇到岔道。如果他在旅途的全部时间都在写遗嘱的话，那肯定是一趟快车，在诺伍德和伦敦桥间只停了一次。”

雷斯垂德似乎很佩服地笑起来。

“福尔摩斯先生，对问题的分析，你实在比我强。”他说，“你说的这些与案子有多大关系？”

“这完全可以证明这份遗嘱是约纳斯·奥德克在昨天的旅途中拟好的。一个人竟以如此不严谨的态度来写一份这么重要的文件。你难道不觉得奇怪吗？这说明他根本不重视这份遗嘱，只有根本不想让自己所立遗嘱生效的人才能这么做。”

“这相当于在同时给自己下了一张死亡判决书。”雷斯垂德说道。

“哦，你是这样认为的吗？”

“你难道不这样想吗？”

“可能性很大，不过，我还不太清楚这个案子。”

“如果这样一件案子都不清楚，还有什么比这更清楚的，有个年轻人突然得知某个老人要死了，他马上可以继承一笔财产。他该如何去办呢？他不想告诉任何人，安排了借口在晚上去拜见他的委托人。等到屋中最后的第三者睡着了。在单独的屋里杀了他的委托人，把尸体放在木材堆中烧毁，然后离开到旁边的旅馆。卧室中和手杖上的血迹很少，可能他想这点血也不能留下。凶手希望在毁了尸体后，就能掩盖杀害委托人的所有迹象，因为那些痕迹迟早会暴露出来，这不是再明显不过的吗？”

“雷斯垂德，我感觉你所讲的有些太明显了，”福尔摩斯说，“你没有想象力，但是，设身处地地想一想，你会挑选立遗嘱的晚上行凶杀人吗？你难道不认为立遗嘱和杀人两事联系得如此紧密是很危险的吗？还有，你会选择有人知道你要来，正是这里的佣人开门让你进去的这样的时机吗？最后，你会费尽心机地隐蔽尸体，却把自己的手杖留下来作为自己罪行的证据吗？雷斯垂德，你肯定会认为这都是不可能的。”

“我想，福尔摩斯先生，你我都应该清楚一个罪犯总是心情紧张、慌里慌张，常常做出头脑冷静的人完全可以避免的错误来，他很有可能不敢再回那屋里去，你还会给我另一个更符合事实的推测吗？”

福尔摩斯说：“我可以很容易地给你举出几种推测来。比如，有一个可能的甚至是非常可能的推测，我可以把它当礼物送给你，老人让那年轻人看那些昂贵的证券，因为窗帘只放下了一半，一个碰巧经过的流浪汉通过窗子看到他们，年轻人走了，流浪汉进来，看到手杖，便拿起手杖把奥德克先生打死了，然后燃掉尸体跑掉。”

“可是，为什么流浪汉要把尸体烧毁呢？”

“我也可以反问你，那麦克法伦为什么要这样做呢？”

“无非是为了掩盖证据。”

“也许流浪汉也不愿意别人知道有谋杀案吧。”

“可为什么流浪汉不顺手牵羊，拿走一些东西呢？”

“因为那些字据都是无法转让的。”

“好吧，福尔摩斯先生，你完全可以找寻你的流浪汉，在你找寻的时候，我们是不会放过这个年轻人的，将来会证明咱俩谁的观点是正确的，有一点请注意，福尔摩斯先生，就我们所知道的，没一张字据被动过。我们的罪犯大可不必把它们拿走，因为他是法定继承人，在任何情况下都能拿到。”

我的伙伴好像被这样的话刺激了一下。“我不愿意否认当前所有的证据在某种程度上有利于你的推测，”他说道，“我只是想说也许还有其他可能的推测。正如你讲的那样，将来自然会有分晓，再见吧，今天我可能顺便去诺伍德，看一看你的进展如何。”

侦探走了之后，福尔摩斯从椅子上站起来，带着人们常常面对有兴趣的事情才有的那种神情，开始为这天的工作做准备。“华生，我刚说过，我开始行动的地方是布莱克希斯。”他一边说一边匆匆穿上外衣。

“可为什么不是诺伍德呢？”

“在案件中，我们发现有两件接踵而至的怪事，警方正在犯一个错误——他们的注意力全集中于第二件事，因为他也确实存在犯罪的可能性。但我认为，应该是从没法解释的一件事下手。就是那张很不平常的遗嘱。它马马虎虎地确定，而且交给一个预料不到的继承人来继承，在这一点上如果搞清楚了，那么接下来的事情就好办多了。

“亲爱的朋友，我认为你没办法帮忙，我单独行动也不会出现什么危险的，当晚上我看见你时，我会告诉你我为了那位寻求保护的年轻人做了些什么。”

但当我的同伴回家的时候，已经很晚了，从他那焦急和憔悴的脸上，我能很明显地看出他的所有希望都落空了。他已经拉了大概有一小时的提琴，琴声显得阴沉单调。他想使出全部力气安定自己的烦躁心情。到了最后，他猛然放下了琴，详细地讲述他失败的经过。

“这一切都错了，华生，简直是错误到了极点，我在雷斯垂德面前装得无所谓，但是从我真心来说，我相信这一次他找对了正确的路，咱们走错了。我的直觉指向一方，所有的事实却指向另一方。恐怕英国陪审团的智力还远远未达到这种高度，导致了他们宁肯接受我的假说，而不顾雷斯垂德的证据。”

“你去过希莱克希斯了吗？”

“对，华生，你说的没错，我到了之后，不久就发现那死去的奥德克是一个必须需要重视的恶棍。麦克法伦的父亲告状寻找儿子。他的母亲在家。她是一个长着蓝眼睛、个子低矮、愚昧无知的妇女，害怕和愤怒使她不停地发抖。当然，她认为她儿子根本不可能犯罪。但她对奥德克的遭遇没有惊异，也不觉得可惜，恰好相反，谈起奥德克时，她总会流露出憎恶的样子，等于她不自觉地支持警方的证据。因为她儿子如果听过她如此谈论奥德克，会自然而然地使他产生痛恨之心而行凶。'奥德克以前与其说是人，还不如说是一个狠毒的怪物，'她说，'年轻的时候，他就一直是个怪物。'

"'那时您就认识他吗？'我说。

"'事实上，他是最早向我求婚的人。幸亏我有眼光，离开了他，和一个比他穷一点，但绝对比他好的人结了婚。就在我和奥德克订婚后，听人讲到他如何把一只猫放进鸟舍里。他的这种残酷的举动让我极度厌恶，再也不愿和他有任何来往。'她从写字台抽屉里抽出一张照片，照片上那张脸被划得支离破碎。'这是我的相片，'她说，'就在我结婚那天，他把它弄成这样寄了来诅咒我。'

"'但是，应该清楚，'我说，'至少他现在原谅你了，因为他的所有财产都给了你儿子。'

"'我和我儿子都不会要奥德克的所有东西，不管他是活是死，'她十分严肃地大声说道，'上天有灵，福尔摩斯先生。上帝已经惩罚了这个坏蛋。到时候上帝同样会证明我儿子身上没有他的血。'

"我试图追查别的一两个线索，结果却发现有几点恰恰与我们的假设背道而驰，最后我放弃了，到了诺伍德。

"幽谷庄那里是一座现代化的大别墅，全体由烧砖制成，前方是庭园和种了一丛全是桂树的草地。右边是火场现场的贮木场，从那里到大路还有一段路。这是我画在笔记本上的简易图。左边这窗子是奥德克的房间，站在路上可以望进屋里。你知道吗，雷斯垂德并不在，这是我今日仅有的一点安慰，但是他的下属警长尽到了主人之谊。他们才发现了一个莫大的宝藏，他们一上午都在灰烬中找寻。除了烧焦的残骸外，还找到了几个变了色的金属图片。我仔细查看了它们，那原来是一男裤纽扣，我甚至辨认出其中一颗的标记：'海安姆'，这是奥德克裁缝的姓，接着我检查草坪，想找到别的痕迹和脚印，可干旱的天气使一切都像铁般坚硬。什么也找不出来，只能看出像是一具尸体或一捆什么东西被拖过那蜡树的矮篱，方向正向着木料堆。这当然符合警方的推测。我在草坪上爬来爬去，背上晒着八月的阳光，一个钟头后我才站起，还是跟这之前一样不明究竟。

“在院子里没有收获，我就进去检查卧室，里面没多少血迹，只是沾了一点而已，颜色却很新鲜。手杖已被人动过，上面有很少的血迹，那手杖确实是麦克法伦的，他也已承认。地毯上可看出他及奥德克的脚印，没有第三者的，这又让警方占了上风。

“我找到过一点点希望，不过终至成空。我检查了保险柜，其中大部分东西已取出放在桌上，那些字据都放在封锡套里，有一两个已被他们打开，在我看来，那都没有多大价值。从银行存款上也看不出奥德克先生境况有如何优裕，但我觉得并非所有的字据都在。有几处提到一些凭据——可能更值钱些，但我无法找得出来，当然如果可以证实这点，雷斯垂德的话就会显得自相矛盾。难道会有什么人去偷那些明知不久将会继承的东西吗？

“我检查了好多地方，都没找到线索，最后被迫在女管家身上去碰碰运气。勒克辛顿太太是个矮个子，皮肤黑黑的，很少说话，有一双充满了怀疑总是斜着看人的眼睛。我相信只要她愿意说什么，她一定能说出些什么有用的来。但是她像木头人一样三缄其口。是的，她在九点半让麦克法伦先生进屋，她很后悔不该让他进来，她十点半去睡觉，她的房间在那一头，无法知道这里发生了什么。麦克法伦先生把他的帽子及一根她相信是他的手杖放在门厅，她被火警惊醒。她的主人一定是被谋杀的。哦，他有仇人吗？谁没有仇人呢？人人都有仇人，不过奥德克先生很少与人交际来往，只接见找他办事的人。她见过那些纽扣，由此断定是他昨晚穿的衣服上的。因为一个月没有降雨，木材堆非常干燥，所以烧得很快。她到贮木场时，除了大火之外什么都没看到，她和所有的消防员都能闻到肉烧焦的味道。她压根就不知有什么字据，也不清楚奥德克先生的私事。

“喏，亲爱的华生，这就是我经历失败的过程，但……但是……”他突然握紧拳头，似乎恢复了自信，“我明白所有情况都不寻常，我也确实知道一切都不是很对。女管家知道更重要的情况。但我问不出来。她那愤怒、哀怨的眼神，只表明她自知有愧于心。不过说多了也没什么好处，除非运气找上门，否则这件诺伍德的失踪案不会出现在咱们的探案记录中了。”

"那年轻人的外表肯定足以感动陪审团的吧？"我问。

"这是个很危险的论点，亲爱的华生，还记得那个大谋杀犯贝尔特·司蒂芬斯吗？你难道曾经见过比他态度更温和、更像教会学校孩子似的年轻人吗？在1887年，他曾经要咱们帮他摆脱罪名。"

"这倒是事实。"

"除非咱们找到一个可能的假设来，否则，麦克法伦就完蛋了。在这个马上可以控告他的案件中，你找不到任何一点漏洞，进一步的调查结果反而加强了本案的证据。我想到了，那些字据中还有些很奇怪的地方。或许可以作为一次调查的起因呢！我翻看银行存折的时候，发现没剩下什么东西。主要是过去一年有几张开给柯尼利亚斯先生的大额支票。我很想了解柯尼利亚斯先生，他居然和这位重要的建筑师有如此大的交易。或许他和本案有关，柯尼利亚斯多半是个掮客，但是我没有找到和那几笔大款相符合的票据。既然如今没有其他迹象，所以我必须向银行查问那兑现支票的绅士，但是朋友，我担心此案会以雷斯垂德将咱们的委托人吊死而告终。这对于伦敦警察厅无疑是一场胜利。"

我不晓得那个夜晚福尔摩斯到底睡了有多长时间，就在我下楼吃早餐的时候，看见他容颜憔悴，他那发亮的眼睛由于黑黑的眼圈显得更明亮。在他椅子附近的地毯上到处都是烟头和当天的晨报，在餐桌上还摊着一份电报。

"华生，你看这究竟是怎么回事？"他把电报扔给我。

电报来自诺伍德，全文如下：

> 刚刚获得重要证据，麦克法伦已定罪，奉劝尽早放弃此案。
>
> 雷斯垂德

"听上去和真的一样。"我说道。

福尔摩斯说："这是雷斯垂德自以为得志的小胜利，"他脸上泛起一丝苦笑，"可是，也许还不到放弃这案子的时候。无论如何，任何新证据都如同一把双刃刀，它可不一定是向雷斯垂德猜测的方向切下去的。先吃早饭吧！华生，咱们一块去看看有什么可以做的。今天我只有你的陪伴和精神援助了。"

我的同伴自己还没吃早饭。他在紧张的时候就不愿吃东西，这是他的一个特性。我曾见他因体力透支，直到因营养不良而昏倒。“我现在实在没有精力来消化食品。”他的这句口头禅是用来回应我从医学角度提出的规劝。因此，这天他没吃早餐就同我一起出发到了诺伍德，并没有引起我的诧异，有一群好奇的人围在幽谷庄外。这郊外的别墅和我想象中的一样。雷斯垂德从里边迎出来，胜利使他容光焕发，得意扬扬。“啊，福尔摩斯先生，我已证明你们错了吧，找到一个流浪汉了吗？”他高声说道。

“我还没有得出什么结果。”福尔摩斯答道。

“但是我们昨天的结论，现在证实是正确的，你得承认这次我们是走在前头了，福尔摩斯先生。”

“你脸上的表情说明发生了不平常的事情。”

雷斯垂德听了大笑起来。

“你和我有一个相同点，就是不喜欢落于人后，”他说道，“一个人不可能一帆风顺，对不对，亲爱的华生？先生们请到这边来，我想我能够完全说明本案的罪犯正是约翰·麦克法伦。”

他把我们领着走出过道，来到那边一间昏暗的门厅。

“这个地方是年轻人麦克法轮犯罪之后肯定要来取帽子的地方。”他说道，“现在请看看这儿。”他突然戏剧性地划了一根火柴，照出白灰墙上的一点血痕，他把火柴凑近些，我看到不仅只有血迹，而且有一个印得很清晰的大指印。

“请用您的放大镜看看吧，福尔摩斯先生。”

“我正用它看呢。”

“你知道没有两个完全相同的大拇指指纹。”

“我听过类似的话。”

“那好吧，请你将墙上的指纹和今天早上从麦克法伦的右手拇指上取来的蜡指纹比一比吧。”他将蜡指纹和血痕举起，这时不用放大镜也能看出是由同一拇指上印出来的，很明显我们的委托人没指望了。

“这是有着决定作用的。”雷斯垂德说。

我随和道：“你说的对，是具有决定性的。”

福尔摩斯用一种很肯定的语气说：“对！是具有决定性的！”我转过头看着他，我发现他的表情正在发生着意外变化，面部因为惊奇而不停抽动。他的眼睛像星星一样闪亮，好像在竭力忍着阵阵狂笑。

“哎！哎！”他终于说道，“有谁能够想到？光看外表多么不可靠，一点都不假！看上去那么好的年轻人！我们应从这件事上吸取教训，不要轻易相信自己的眼力，对吧！雷斯垂德。”

“对的，咱们当中有的人就是有点太自信了，福尔摩斯先生。”雷斯垂德说。这个人的傲慢真是令人生气，但是我们不好说出口来。

“那年轻人从墙上挂钩上取帽子的同时，用右手大拇指按了一下墙，真是天意！这个动作看起来是多么自然的动作，假如你细心地想一想。”福尔摩斯看上去非常镇静。但是就在他说话时，那无法抑制的兴奋使他浑身都在发抖。

“顺便问一问，雷斯垂德，是谁发现了这惊人情况的？”

“是女管家勤克辛顿太太提供给夜勤警士的。”

“夜勤警士当时在哪儿？”

“他一直待在出事现场那个卧室中不让动里面的东西。”

“可是昨天你们怎么就没有发现这血迹呢？”

“嗯，我们当时没有什么特别的原因非要仔细检查这门厅不可。再说了，你看，这里并不显眼。”

“你说得非常对，确实并不很明显，我想这血迹很有可能昨天就在墙上吧？”

雷斯垂德向福尔摩斯望去，好像在想这是不是个疯子，我承认对福尔摩斯那高兴的样子和任性的表达自个儿的意见也很惊奇。

“我不知你是否认为麦克法伦为了增加罪证，他在深夜从监狱里跑出来过。”雷斯垂德说，“我可以请世界上任何一位专家来鉴定这是否是他的拇指印。”

“毫无疑问，这是他的。”

“这就足够了，”雷斯垂德说，“我是个很实际的人，福尔摩斯先生，在没有找到证据时，我是不会轻易下结论的，如果你有什么要说的，就请到起居室来找我。我要在那里写报告。”

福尔摩斯已经基本上恢复了平静，但是从他的表情中似乎仍然可以看出，他心里正觉得可笑。

“哎，事情怎么会发展得这么糟，是不是，华生？不过这其中有些很奇妙之处，咱们的委托人还有一点儿希望。”

“你这样说我是很高兴的，”我出自内心地说，“刚才我认为他差不多没希望了。”

“我不愿听到这样的话，亲爱的华生，事实上在咱们的朋友极看重的证据中，有一个十分严重的缺陷。”

“哦？是什么？”

“就是这点：我记得在昨天我检查门厅时，墙上并没有血迹。华生，现在咱们就到有阳光的地方去散散步吧。”

在花园中，我陪他一起散步，脑子里非常地乱，心中却觉得热乎乎的。那是因为有希望存在。福尔摩斯按照顺序依次把别墅的每一面都看了看，很有兴致地检查了这房子，在他们的带领之下走进屋中。他从地下室开始一直到阁楼把整个建筑都看了一遍，大多数的房间还没有摆设家具。但他仍然仔仔细细地检查了这些房间，最后到了顶屋的走廊，那里有三间空的卧房。他突然又高兴起来。

“这案子确实很有趣，华生，”他说道，“我认为现在该是对我们的朋友雷斯垂德说真话的时候了。他嘲笑过咱们，也许咱们可以还敬他了。如果我对此案的判断证实是正确的话。有了，有了，我想我已经知道应该用什么方法了。”

当福尔摩斯找到雷斯垂德的时候，他仍然在起居室里奋笔疾书。

“我知道你正在写关于此案的报告。”福尔摩斯说道。

“对，我是在写关于此案的报告。”

“你难道不认为这样有点太仓促了吗？我认为你有些证据不足呢！”

雷斯垂德对福尔摩斯一向是非常了解的，对于他说的每一句话，他都很在意，绝不会轻易忽略他的话，他把笔放下，心中感到十分好奇，他带着同样好奇的眼神看着福尔摩斯。

“你这究竟是什么意思，福尔摩斯先生？”

“我只是想说还有一个很重要的证人你还没有见到。”

“你能够把他们明确地提出来吗？”

“我想我能够。”

“那就请你赶紧提出来吧。”

“我将尽我的全力去做，你有几名警士？”

“能马上召集到的有三个。”

“简直太棒了！”福尔摩斯兴奋地说，“他们的身体强壮吗？嗓门够不够大？”

“这些条件都具备，但是我实在搞不明白他们的嗓门大小和这有什么根本联系。”

“或许我应该在这里帮你解释一下有关问题，”福尔摩斯说，“那三个警士，我需要马上见到他们，我要做一下尝试。”过了大概有五分钟，三名警士已经集合在大厅了。

“就在外面的小屋有一大堆麦秸，”福尔摩斯说，“劳驾三位现在出去搬两捆麦秸进来，我想这些有助于我找出我需要的证人。谢谢你们，华生，我相信你口袋里装有火柴，现在，雷斯垂德先生，请你们陪我到顶楼的平台上去。”

我已经说过，在那间空卧室外有一条宽宽的走廊。福尔摩斯让我们在走廊一头集合。三名警士在那里咧嘴笑着；雷斯垂德望着我的朋友，他的脸上不断闪过惊讶、期待和讥笑。福尔摩斯站在我们面前，活像一个正在变戏法的魔术师。

“我想提出这样一个要求，能否让你的一个警士去提两桶水来好吗？把麦秸放着挨着墙，现在一切就绪了。”

雷斯垂德有些生气了，他的脸色开始变红。“我搞不懂你是不是在开我们的玩笑，歇洛克·福尔摩斯先生，”他说道，“假如你明白了什么，你完全可以讲出来，用不着做这种毫无意义的举动。”

“我向你保证，亲爱的雷斯垂德，我想我所做的事情完全是有道理的，你是否记得，就在几小时前，你好像已经占上风了。你和我开了点玩笑，那你就不让我来点排场吗？华生，先打开窗户，划根火柴，把麦秸点燃，好吗？”我按照他的命令办了，那烧着的干麦秸啪啪直响，冒出火来，有一股白烟因在走廊里，被过堂风吹得飘飘忽忽。

“现在再看看能不能给你找那证人来，雷斯垂德，请各位同我一起叫‘着火了’好吗？来一、二、三——”

“哦，着火啦！”我们一起高声地喊起来。

“太谢谢了，请再来一次。”

“着火啦！”

“先生们，再来一次，一齐来！”

“着火啦！”这样一喊，大概全诺伍德都能听到。

喊叫声刚刚停息，就发生了令人惊讶的事情。在走廊尽头那边看起来很完整的墙上，突然开了一扇门，有一个短小、干瘦的人从门中冲出来，好像有一只兔子从它的洞中蹦出。

“实在太好了，”福尔摩斯很沉静地说道，“亲爱的华生，一切都明白了，现在你应该明白我所做的事情是多么的有道理，我是个多么聪明的人啊！你应该完全相信我。现在要做的是往麦秸上浇桶水。好了！雷斯垂德，现在请允许我为你做介绍，这就是你那位失踪已久的最主要的证人约纳斯·奥德克先生。”

雷斯垂德眼中充满惊讶地望着这个陌生人，走廊的光映得他不停地眨眼，他盯着我们看，又看看还在冒烟的火堆。

那是一张极其可恶的脸：奸猾、邪恶、凶狠，长着一双充满疑问的浅灰色的眼睛。

雷斯垂德终于一脸茫然地发问了：“这究竟是怎么回事？你这些时间在干什么？”

奥德克瞧着侦探愤怒的样子感到很害怕，很不自然地笑了一声。

“我又没有害过人。”奥德克说。

“没有吗？你绞尽脑汁想要把一个无罪的人送上断头台，假如没有这位先生，没准你就成功了。”

这个坏家伙开始哭泣起来。

“先生，你实在是不了解情况，我只是想开个玩笑而已。”

“啊！开玩笑？我保证你笑不出来，带他下去，在起居室等我去。”

在三个警士把奥德克带走之后，雷斯垂德继续说道：“福尔摩斯先生，刚才在警士面前，我无法启齿，但在华生医生面前，我勇于承认这是你做得最出色的一件事，虽然我不明白你是怎么做出正确结论的。你救了一个无辜者的性命，而且避免了会毁掉我在警界声誉的一场丑闻。”

福尔摩斯微笑着拍了拍雷斯垂德的肩膀。

“这不但对你的声誉无损，我的好先生，相信你还会发现你的名声大振呢。只要稍加改动你写的报告，他们会发觉妄想骗警官雷斯垂德的双眼有多么大的困难！”

“你不想让你的名字出现在报告里吗？”

“完全不，工作就等于奖励，等将来我允许这位热衷于历史的学者再次拿起笔的时候，我也许会受到赞誉的——嗯，华生！好吧，现在就让咱们来看看这只老鼠隐藏的地方吧。”

离这过道的尽头大约有六英尺的地方，曾经被抹着灰的板子隔了一小间，在隔墙上面很精巧地安了一扇暗门，小屋里完全靠屋檐上缝隙漏下的一点光来照明。里面有几件家具，还存放了食品和饮水，和一些书报放在一起。

就在我们向外走的时候，福尔摩斯说：“建筑师的有利条件帮助了他。他可以自己准备一间密室而不需要任何帮手——当然啦，他的女管家不算在内，我应该立即把她也放入你的猎物袋里。”

“你的建议我完全接受，但是你怎么知道有这样一个处所呢？福尔摩斯先生。”

“首先，我判断他就躲在房子内，就在我第一次经过这走廊时，我发现它比楼下那相同的回廊短了六英尺，那样一来，他的藏身之地就很清楚了。我也预料到他没那么勇敢，能在火警时仍保持不动。当然，我们也可以冲进去抓他，但我认为把他逼出来更有意思。再者，雷斯垂德，你上午戏弄了我，也该由我来迷惑你一次作为回报了。”

“嗯，先生，你确实向我报复了。但你究竟是如何知道他是藏在屋里的呢？”

“那个拇指印，雷斯垂德，你当时说它是决定性的，在完全相反的意义上，它果真是决定性的。我知道在前天，那里还没有这个指印，我非常注意细节，你也许知道这一点了，而且那天我检查大厅，那墙上实在是什么都没有，因此，那指印是在夜里印出的。”

“但是这是怎么印上去的呢？”

“很容易，那晚他们把分成小包的字据用火漆封起来的时候，约纳斯·奥德克让麦克法伦在其中一个封套上的热火漆上用大拇指按一下来粘牢它，那年轻人很自然地尽快那样做了，我相信恐怕连他自己也给忘了，很可能这事是碰巧发生的，奥德克自己当时并没想要利用这一点。后来在密室里，他在思考这案子的时候，忽然想到可以利用这指印来造出一个可以证明麦克法伦有罪的凭证。他只需从那个大漆印上取下指模，用针刺出足够的血涂在上面。在夜里自己或让女管家打印在墙上就好了。这是世上最简易的事，如果将他的秘密文件检查一下，也就是两个带入密室的文件，你一定可以找到那有指印的火漆印。我可以打赌。”

“妙极了！”雷斯垂德赞叹道，“实在妙极了，听你这样一说，一切都真相大白了。但是福尔摩斯先生，这个大骗局的目的又是什么呢？”

我感到简直太有趣了，这位态度轻慢的警探怎么忽然变得像小学生问老师问题一样。

福尔摩斯胸有成竹地说：“解释这个问题实在很容易。那个在楼下等候的绅士是位狡猾、狠毒、记仇的人，你明白麦克法伦的母亲曾拒绝过他的求婚吗？你不知道？我早对你说过你应当先去布莱克斯希斯，再去诺伍德。到了后来，这种情感上的伤害在他邪恶狡诈的心中生成了怨恨，他一生致力于报复，但没有找到机会，最近一两年，情况变得不利于他——大概是暗中进行的投机失败，他发觉自己处境不妙，决定要骗取他的大额支票，我想这个人就是他本人，只是用了另一个名字而已。我还没追究过这些支票，但我相信它们已全用那个名字存在了外地小镇的银行中，奥德克去那里进行一种双面人的生活，他谋算着以后更名改姓，取出这笔钱，接着去另外的地方重新开始生活。”

“嗯，绝对有可能。”

“在他认为，如果他可以做出这样一个假象，就是他被旧日情人的独子谋杀，他就可以销声匿迹，同时又对旧情人进行了报复，这个毒辣的计划真是杰作，他如一个大师般实现了它。那张遗嘱是为了造成一个显著的犯罪动机，要麦克法伦偷偷来见他而不告诉父母，故意藏起手杖，卧室外的血迹，木料场中的尸影和纽扣——这一切都令人惊服。他布下天罗地网，仍很牢固，但他缺少艺术家所具备的那种适可而止的天赋，他画蛇添足，想把已套在这不幸青年脖上的绳索拉得更紧些。最后他毁了一切，下楼去吧，雷斯垂德，我还要问他几个问题。”

那个恶棍坐在自己的起居室里，两边分别站着一个警士。

“那只是个玩笑，我的先生——一个恶作剧，没有别的企图，”他不断哀告，“我保证，先生，我藏起自己只是想象失踪会造成的影响。我相信你不至于认为我会使年轻的麦克法伦受到什么伤害吧！”

“那一切要由陪审团来决定，”雷斯垂德说，“无论如何，即使不判谋杀未遂，你也难逃密谋的控告。”

“你大概将要看到你的债主要求银行冻结柯尼利亚斯先生的存款了。”福尔摩斯说。

奥德克大吃一惊，回过头凶恶地盯着我的同伴。

“我要多谢你呀！”他说，“总有一天我会报答你的恩赐的。”

福尔摩斯幽默地耸耸肩，微笑了一下。“我想今后几年你不会有时间做别的了，”他说，“顺便问一下，除了裤子以外，你还丢了什么进木材堆？一条死狗？兔子？或是什么别的？你不愿说吗？哎，你太不客气了！没关系，我想两只兔子足够解释那血迹和烧黑的骨灰了。华生，假如你要写一下经过的话，不妨说就是兔子吧。”

3. 孤身骑车人

从 1894 年到 1901 年底，福尔摩斯都比较忙。我可以肯定地说，这八年里，由官方查办的疑难案件每一宗他都帮过忙，另外在几百宗私人案件的侦破中他也帮了很大的忙。这其中有复杂的案子，也有特别的案子。多年的侦探成绩突出得令人惊叹，不过也有个别无法预料的错误，我将这些案子很细致地记录下来，其中许多案子我也参与了。所以，您可以想到，我要将这些复杂的案件说出来，真的很费事。那么我只有依照我原来的办法，选取那些结果有趣又出人意料的案子而不选择那些作案手段凶狠残忍的案子。因此，我马上就把维奥莱特·史密斯小姐即查林顿孤身骑车人那个案子讲给大家听，这件案子到最后，让人很感意外，竟然成了悲剧。当然，这件事不会给我那早已闻名天下的朋友的能力和智慧造成什么负面影响。这件事也有其与众不同的地方，它和我收集的那些案件实录并不一样。

我翻看了我 1895 年的记录，我们是在 4 月 23 日认识奥莱特·史密斯的。当时，福尔摩斯对于她的到来感到很不高兴，因为他那时正在专心地办理一宗很复杂的疑难案件，而且这宗案子和很出名的烟草大王约翰·文森特·哈登所受的奇怪伤害有关。福尔摩斯向来注意精细准确和做事专心，最厌烦在他忙于工作时有人打扰他。但是他向来性格不固执，再加上这位来访者美貌与智慧并存，让人不能将她的求助拒绝。他多次重申他没有时间，但这根本不起任何作用。对于这位诚心诚意来访的姑娘福尔摩斯必须听完她的苦处，她才肯罢休。福尔摩斯无计可施，只好笑着说“请坐”，并让她说出她的烦心事。

“我想这事和你的健康没有关系，”福尔摩斯眼睛敏捷锐利，对她说，“你很喜欢骑车，精力一定很充沛。”

她很惊讶，紧接着看着自己的双脚，我看到了她鞋底的一边磨出了毛，显然是被自行车的脚蹬子磨的。

“我的确常骑车，先生，我今天到此就和这事有关。”

福尔摩斯将姑娘一只脱下手套的手拿起来非常仔细地打量了一番。

“我想你不会介意的，我是例行公事。”说着他将姑娘的手放下了，“我差点错认为你是打字员，你一定是搞音乐的。华生，你有没有留心这两种职业都有勺形指端？只是她的脸上有种风采。”他让她将脸慢慢向亮处转去，“这种风采打字员不具备，这位女士也许钢琴弹得不错。”

“是的，我是教音乐的，福尔摩斯先生。”

“看你的脸色，我想你在乡下教音乐吧。”

“的确，先生，在法罕姆不远的萨里边界。”

“那个地方很漂亮，不禁让人想起了很多有意思的事，华生，你还记得我们在那附近抓住那个造假币的阿奇·斯坦福德吗？那么，维奥莱特小姐，你在那里遇到什么麻烦事吗？”

这位姑娘很详细、平静地向我们诉说了这件奇异的事情：

“福尔摩斯先生，我爸爸已经去世了，他叫詹姆士·史密斯，原来在老帝国剧院做过乐队指挥。我还有个叔叔，除了这个叔叔、我以及我母亲在这世上外，我就没有亲人了。他叫拉尔夫·史密斯，在二十五年前就去了南非，长期以来毫无音讯。父亲死后，我们生活得贫苦，但是突然一天有人说《泰晤士报》上有一个寻人启事正在寻找我们的下落。你能想到吗？我们是多么兴奋，因为我们想一定有人留下了一笔遗产给我们。很快我们就和报上那位登了名字的律师联系上了，同时还认识了两位从南非探亲回来的先生，卡卢塞斯和伍德利。他们自称和我叔叔是朋友，他们对我说我叔叔几个月前在约翰内斯堡去世了，临终时希望他们找到我们并帮助我们。我们大惑不解，拉尔夫叔叔活着的时候不曾关心我们，怎么死后却又要找人照顾我们呢？卡卢塞斯先生说那是因为我叔叔听说我爸爸死了，觉得应该照顾我们。”

“对不起，请问是在什么时候见的面？”

“去年十二月，大约四个月前。”

“请继续说下去。”

“我感觉那个伍德利让人烦得不得了，这个年轻人很差劲，没有修养，长着一双很胖的脸，有红胡子，头发很多梳在额头两侧，并且还向我挤眉弄眼。我非常厌烦他，我想西利尔一定不想我和这样的人认识。”

“噢，西利尔是他的名字！”福尔摩斯笑道。

美丽的姑娘笑了笑，红着脸说：“是的，福尔摩斯先生，西利尔·莫顿。我们打算今年夏末结婚，他是电气工程师。噢，我怎么讲起他了呢？我要说的是可恶的伍德利先生，不过年纪偏大的卡卢塞斯先生让人喜欢，尽管他皮肤看上去发黄，脸却刮得很干净。他沉默寡言，不过他行为很有礼貌，待人谦和，他询问了一下我们的情况，知道我们并不富裕，就说想让我去教他独生女儿音乐。他女儿刚十岁，我说我不想和我母亲分开，他说我可以每个周末回来看她，还许诺一年可以给我一百镑的丰厚报酬。因此我就答应了，我来到距法罕姆约六英里的契尔顿农庄。他夫人已经过世，有一位叫迪克逊太太的女管家帮他照顾这个家。她年纪大，办事稳重、诚实，让人敬佩。他的孩子也很讨人喜欢。卡卢塞斯先生为人和蔼，也懂音乐，晚上我们在一起很高兴。每到周末我都回去。

“因为伍德利先生的到来使我原本快乐的生活变得不快乐，他才到这里一个星期，但是我感觉有三个月之长。他很霸道，尤其是对我更加无礼。他用各种方法说爱我，并自吹自擂说他自己多么富有，假如我能嫁给他，那么我就会得到伦敦最有价值的钻石。最后，因为我对他始终不予理睬，在一天晚饭后，他将我一把抱住，他非常有力，还说假如我不吻他，他就不放开我。正好卡卢塞斯从外面回来，就将他拽开了，为此他们吵起来了，伍德利动手将卡卢塞斯打倒了，脸上还出了个口子，这样伍德利就走了。第二天卡卢塞斯向我道歉，并说不会再让我受此侮辱，自从那以后，我就再没和伍德利先生见面。

“福尔摩斯先生，我下面就要说到我今天来的本意。每星期六下午我都会骑车去法罕姆车站，坐十二点二十二分的火车去城里。契尔顿农庄向外通的路很偏僻，大约有一英里的路特别荒凉，一侧是查林顿石南的灌木丛，另一侧则是查林顿庄园外圈的树林。没有比这更荒凉的路了，在这条路上，是很难见到马车或农民的。两周前，我像往常一样经过时，不经意地往后望了一眼，却看见在离我二百码的地方有人也骑车子行着。他看起来像个中年男人，留着黑黑的短胡子。到法罕姆时，我回头一看那人已不在后面，因此我没在意。但是福尔摩斯先生，就在我周一返回来时，我又在同一段路看见了那个人，你能想到我有多么惊疑，以后的周六周一都一样，他仍旧跟着我，这使我特别吃惊。他总是保持着一段距离，也不和我交谈，但这的确让人不解。我将此事和卡卢塞斯先生说了，他看起来很在乎我说的事，还告诉我说他已经预订了一匹马和一辆很轻便的马车，这样我就不会一个人走那段路了。

“按照原来的计划，马和轻便马车在这个星期是应该送来的。但是结果却令我失望，我没办法只好又骑车去车站了。事情发生在今天早晨，我又像平时一样骑车到查林顿石南灌木地带，我特地往后面看了一眼，那个家伙又出现在那里。他一直骑在我的后面，我一时之间看不清楚他的脸，我敢说他不是我认识的人，他身上套着一身黑衣服，头上还戴着一顶布帽子。我唯一看清楚的是他脸上那黑色的胡子。我不再担心这个人会做出什么样的举措，我下定决心要弄明白他是谁，他到底想干什么。我放慢车速，他也跟着放慢了车速。后来我索性停了下来，没想到他也停了下来。我突然灵机一动，我看到路边有一个拐弯的地方，于是我就猛骑进了拐弯处，我停下来等他也骑进拐弯处。但他一直没有骑过来。我重新骑了回去，向转弯处张望。他却不见了，连他的踪影也没有发现。要知道，这地方没有岔路，他不可能溜走。”

福尔摩斯端坐了一下身子然后微笑着说：“这件事倒是有点儿趣味。从你转弯到你发现他不见了相隔多长时间？”

“大概有两三分钟吧。”

“可以肯定的是他没有时间按原路回去。你是说那里没有岔路吗？”

“是的。”

“这很简单，他肯定从路旁的小路走了。”

“应该不是从石南灌木地带这一边，要不然我能够看到他的。”

“我们不难推测出他的去向，他一定是朝查林顿庄园那一边儿去了，要知道查林顿庄园就在道路的不远处。还有其他情况吗？”

“就这些吧，感谢你，尊敬的福尔摩斯，要不是你的指导，我真不知道该怎么办才好。真的非常感激你。”

福尔摩斯没有对她这一番话表态，他沉默了一下。

“和你订了婚的那位先生现在在什么地方？”他沉默了一会儿才说出这句话。

“他现在在肯尼迪的米德兰电气公司工作。”

“这是不是他给你的一个惊喜呢？”

“我非常了解他，就算他给我一个惊喜，但我还是能认出他来的。”

“还有其他人追求你吗？”

“在我认识西利尔之前有过几个。”

“后来呢？”

“那个该死的伍德利也算一个吗？”

“再也没有了吗？”

她美丽的脸庞立刻显出了为难之色来了。

“是谁呢？”福尔摩斯不放过任何可疑之处。

“可能是我自作多情吧，我感觉到我的雇主卡卢塞斯先生好像挺喜欢我的。我在他家教他的女儿，他也在一旁，我有时还给他弹伴奏。虽然他没有向我表白，但我还是能够感觉到的。”

“嘿！”福尔摩斯正儿八经地问，“他以什么为生？”

“他并不缺钱花。”

“他有四轮马车或者马匹吗？”

“没有，但他好像很有钱。他每个礼拜都会进城两三次，他十分关注南非的黄金股票。”

“史密斯小姐，我希望你一有新情况就通知我。我现在忙得很，但我不会疏忽你的案子的。以后，你如果要采取什么新的行动一定要事先告诉我，好吧，就到这里吧，祝你好运。”

“史密斯小姐这样年轻貌美当然不乏追求者，”史密斯小姐走后，福尔摩斯又啪哒啪哒地抽起烟斗来了，他的话也多了起来，“这个追求者有点怪了，什么地方都可以追求，但他偏偏选择在偏僻的乡间道路上追求，此案还真有点的味道。”

“你念念不忘的是那个总在同一个地方出现的人，对不对？”

“不错，摆在我们面前必须解决的问题是要查清楚谁租用了查林顿庄园。但是，卡卢塞斯和伍德利到底是什么关系呢？为什么他们都迫不及待地查找拉尔夫·史密斯的亲属？令人不可思议的是，卡卢塞斯宁肯出高价雇佣史密斯，但不愿买一匹马。要知道，他家到车站的距离是六英里，华生，你难道觉得它不奇怪吗？”

“你应该去那些地方好好瞧瞧。”

“我最近忙得厉害，你又不是不知道。这可能是一个毫不起眼的恶作剧，我不会为这件事情耽误我的其他大事情。你别误会，我不是自私。事情还没有发展到那个程度，你星期一早一点到法罕姆，你隐蔽的地方最好选择在查林顿石南地带，小心谨慎，千万别乱了阵脚。查出是谁租用了查林顿庄园，立刻回来告诉我，就这样吧，也祝你好运。”

史密斯小姐早就告诉了我们，她星期一坐九点五十分从滑铁卢车站开出的火车去乡下。于是，我用最快的速度搭上了九点十三分的火车。在法罕姆车站，我不费吹灰之力就问明了查林顿庄园石南地带。查林顿庄园石南地带就是史密斯小姐经常遇险的地方，道路的一边是开阔的石南灌木地带，另一边是古紫杉树树篱环绕着的一座花园。花园里面有参天大树。花园里有一条石头铺成的大道，石头上爬满了苔藓。大门两侧的石柱顶上有着斑驳的纹章图案。树篱边有好几个出口，有小路穿过。站在道上看不清里面的建筑物，四周的环境显得十分沉闷、颓废。

石南地带上开满了一丛丛黄色的金雀花，开得很鲜艳。我就在一丛灌木丛后隐蔽了起来。我所处的这个环境不错，位置也不错，能看到庄园的大门，也能看到两边长长的一段路。我刚隐蔽好，大道上就出现了一个骑自行车的人朝我来的方向骑去。骑车人一袭黑衣，脸上留着黑胡子。他到了查林顿庄园的尽头就跳下车来，把车推进树篱的一个出口，就不见了。

过了一会儿，史密斯小姐骑着自行车从火车站回来了。她骑到查林顿树篱时四下张望了一下，然后继续前进。又过了一会儿，那个黑衣人从藏身处推着车出来了，骑上自行车去追史密斯小姐。史密斯小姐轻松地骑着自行车在广阔的原野上行驶着。而那个黑衣男人却压着腰板伏在车把上，别扭地骑着车子。这时，史密斯小姐回头看了他一眼，有意识地放慢了车速，黑衣男人也放慢了速度，她停了下来，他也停了下来，他们只隔着两百码远的距离。史密斯小姐突然骑着骑着就转过了车头，朝着黑衣男人猛冲了过来，但是那个黑衣男人反应也极快，飞快地掉头走了。史密斯小姐没有追下去，她重新回头继续骑车前进，不再理睬那个追随者。追随者也转过身来，仍然保持原来的距离，直到转过弯从我的视线中消失。我一直待在藏身处没有动，过了一会儿那个黑衣男人又回来了。这次他神态轻松，他在庄园的大门口下了车。他在树丛中站了几分钟，举起双手，在胸前折腾了几下，接着他又骑上车从我身边经过，顺着马车大道往庄园深处骑去。我立刻穿过石南灌木地带，透过树林看了过去。我隐隐约约可以看到远处古老的灰色建筑和高耸入云的烟囱，只是那条马车道穿过一片浓密的灌木丛，我再也看不到那个黑衣男人的去向。

但是，我认为自己今天这一上午过得挺好的，收获不少，掌握了一些实际存在的情况。我心满意足地走到了法罕姆。我在法罕姆没有得到任何有关查林顿庄园的情况，我反而被人介绍到一家大公司去了。我后来又从当地一个房地产经纪人那里得知了查林顿庄园的一点儿情况。那个人告诉我，查林顿一个月前就租了出去，租它的是一个非常有钱的老先生，他叫威廉逊。我再也没有从那个人口中探听到半点儿有关威廉逊先生的情况，那个人不肯再说下去。

回到贝克街，时间已经是晚上了，我兴致勃勃地向福尔摩斯述说了我这一天的经历，我以为我的辛苦和收获能够换来福尔摩斯的嘉许和赞扬，没想到他却给了我一脸怒色，他非常气愤地说：“华生，你不应该选择那个地方藏身。藏得那么远，你能够看到什么呢？最好的位置是树篱后面，藏在那里就很方便了，要看清谁都非常容易。你为我提供的情报价值并不高。史密斯小姐说她不认识那个人，但我敢说她一定认识，不仅认识而且还很熟。这是有事实可以证明的，那个人不敢靠近她，为的是避免让她看清他的真实面貌。你说他弯腰压伏在自行车把上，这就更加说明他是刻意要掩饰自己的真实身份，你瞧你，都干了些什么！”

我忍不住冲着他喊了起来：“你要我怎么做！”

“你不应该错过那间离查林顿最近的酒店。酒店里什么人都有，既然什么人都有，那么不管什么事情都会有人议论，你能够打听到更多的情况。你说租用查林顿庄园的是一个叫威廉逊的老先生，我可是一点印象都没有啊，一大把年纪的人，绝不可能在史密斯小姐急速反追之下身手敏捷地逃脱。你也不要太悲观了，你的确做了一些实实在在的事情，因为事实摆在眼前，你此行证明了史密斯小姐所言不虚。黑衣人和庄园有某种联系，查林顿庄园早在一个月前，被威廉逊租用了。是不是这样？下一步，我们一起再去调查那些我们还不清楚的线索吧，华生，我们可是好搭档啊！”福尔摩斯脾气就这么古怪，我没有责怪他。

第二天一大早，我们收到了史密斯小姐一封来信，她在信中也提到了我那天所看到的事情，但这封来信最重要的地方却在附言中：

尊敬的福尔斯先生，你一定会为我保密的。我此时此刻的心情跟卡卢塞斯向我求婚而被我婉言拒绝的心情一样难受。卡卢塞斯先生的绅士风度让我深信他对我的爱慕是真心的。我不得不将我跟西利尔订婚的事实告诉了他，他心平气和地接受了我的拒绝。

“漂亮的史密斯小姐也有苦恼的事情了。”福尔摩斯重新将信折叠好，沉思了一会儿，又说，“这个案子并不是我们想象的那么简单。事情还会戏剧性地发展下去。乡村的风景一直浮现在我的眼前。我有机会欣赏查林顿庄园周围的风景了，我现在就动身。”

我绝对想象不出这次福尔摩斯的查林顿庄园之行是如此滑稽。他很晚才回到贝克街，晚上回来的福尔摩斯跟下午出去的福尔摩斯大不一样，这表现在外表上——此时此刻的福尔摩斯脸上是伤痕累累。那副鼻青脸肿的难堪样子，让我实在忍不住大笑。他也笑了起来。

“你知道的，华生，我一直少于锻炼，今天这一趟算是进行了一次永难忘怀的纪念性锻炼吧。我的拳术还能够勉强自卫，如果我的拳击力量再强一点儿，我恐怕就不会是现在这一副模样。”

我边笑边问他到底遇到了什么事。

福尔摩斯仍然笑着说：“我去了那个我曾提醒你注意的乡村酒店，在那里进行了一次暗访。在酒吧间里，多嘴的酒店老板回答了我一直想知道的问题。威廉逊是个白发白须的老头子，庄园里还有几个仆人跟他住在一起。有谣言说他曾经当过牧师，好像现在他还保留着牧师的职位。但是他自从住进查林顿庄园后发生在他身上的两件事情，让我觉得他不像牧师。我特地查询过一个跟他有关的牧师机构，得到的结果是，以前是有一个叫威廉逊的牧师，但是曾做过不道德的事情。我还从酒店老板口中得知，查林顿庄园每个周末都会有一个聚会，赴会的人都是一些不三不四的家伙。有一个长着红胡子的名叫伍德利的家伙是每周必到的人。我们刚谈到他，他就走了进来，原来他在外面偷听我们说话已经有很长一段时间了，我们的谈话他差不多全听到了。他一进来就气势汹汹地问我是谁？想干什么？有什么企图？他劈头盖脸地在我面前胡说八道了一通，冷不防，他就一拳打在了我的脸上，结果是他受的伤比我还重——我的拳头也不是吃素的。

很抱歉，我这次调查成绩并不比你上次好。”

在星期四的一大早，我们又收到了史密斯小姐的来信。信中内容：

尊敬的福尔摩斯先生，我要告诉你的是，我要辞掉卡卢塞斯先生给我的工作。虽然他给我的报酬十分诱人，但是我还是决定要辞掉这份工作。我再也忍受不了这个令我十分难堪的环境。我星期六回到伦敦就再也不会回去了。卡卢塞斯先生现在准备了一辆马车，但是对于我来说，它是多余的，我再也不会经过那条偏僻危险的小路了。我感谢卡卢塞斯先生对我的特殊照顾。关于我离开的具体原因，和卡卢塞斯先生制造的难堪处境有关，更和那个令人作呕的伍德利先生有关。他的外貌原来就长得十分丑陋，现在让我细看更加丑陋了，丑陋得令我恶心。我并不是特意要咒他，他给我的印象就是这样的。他好像出了车祸，一身都缠上了纱布。他那个丑陋的样子是我从窗户上看到的，幸运的是，我没有和他见面。他进了庄园，马上就跟卡卢塞斯先生谈了起来，过了很久，卡卢塞斯一脸恼怒地走出房间。伍德利一定住在附近，他不住在卡卢塞斯先生家里。我今天早上又在灌木丛中看到了他阴险的身影。一看到他那丑陋阴险的外表我就想作呕。卡卢塞斯先生怎么会和这种人来往呢？谢天谢地，这个星期六就是我告别这些苦恼事情的大好日子。

“从这封信中我看到了史密斯小姐的危险，这是个潜在的危险，史密斯小姐直到现在都还没有意识到这一点。我们不能眼睁睁地看到一个善良、纯真的姑娘遭遇危险。史密斯小姐肯定会在这个星期六遇到大麻烦。我们不能再让这件事情朝着危险的方向发展了。星期六再忙我们也要抽出时间去保护史密斯小姐。”福尔摩斯非常激动地说完了这一席话。

事实上，我一直没有把这件事情当成一个不容忽视的案子，要不是福尔摩斯的提醒，我还会认为它只是一件荒诞、古怪的奇事而已。我认为总是跟随史密斯小姐的那个黑衣男人并不是一个非常恐怖阴险的歹徒，要知道，他骑车尾随史密斯小姐总是保持着一段若即若离的距离，史密斯小姐返身相追的时候，他又匆忙而逃的事实就可以证明这一点。至于那个混蛋伍德利我就很难揣测他的行为了，骑车的黑衣男人的真实身份到底是什么，他到底要对史密斯小姐干什么？我从福尔摩斯那一脸冷峻的神情和他把手枪放进口袋的动作就可以看出这个案件一定隐伏着暴力倾向。

大雨清洗着黎明前的黑暗，阳光普照的时候，天空万里无云，清新的空气缠绕着这个明媚的早晨。乡村的早晨给了我们一个惊喜。我们在宽阔、多沙石的乡村道路上走着，贪婪地呼吸着新鲜的空气，倾听着林中的鸟声，闻着路旁的花香。查林顿庄园离我们越来越近了，它掩藏在古老的橡树林里。事实上，庄园的历史比老橡树更加古老。福尔摩斯手指前方，前方是一条长长的道路，这条道路在石南灌木丛和树林之间延伸。在前方有一个黑点正在向我们靠近。福尔摩斯和我几乎同时看出了是一辆单马马车在向我们这个方向靠近。福尔摩斯担心地说了一句："我还多准备了半个小时的时间，如果那是她的马车，那她肯定是在赶最早的火车了。我们必须快点，要不然她很快就会经过查林顿。"

当我们走到大路上来的时候，那辆马车已经没有了踪影，我们坚信它已经过去了，很可能是刚刚过去不久。我们急步奔向前方去追那辆马车。福尔摩斯的速度在我的意料之外。我早被他抛到后面了，我搞不懂一向不锻炼的福尔摩斯脚力怎么这样出奇地好。突然，他在我前面一百米的地方停了下来。正在这个时候，弯路上闪现出一辆空马车，猛急地朝我们冲了过来。拉车的马狂奔而来，缰绳长长地拖到了地上。

"我们来迟了，我们来迟了！"当我不停地喘着疲劳的大气奔到福尔摩斯的身边时，他后悔地喊道，"我太愚蠢了，竟然没有料到她会坐早一点儿的火车！这绝对是劫持，华生，是劫持！拦住马车！好，看看我还能弥补多少损失？"

我们拦住了马车，跳了上去。福尔摩斯扬鞭勒马，用力一提，那匹拉车的大马竟然被福尔摩斯提起了前蹄，他猛力向前一甩，把马车方向掉转过来，向它来时的方向狂奔而去。马车把我们带到了庄园和石南灌木丛之间的路段上。我扯住福尔摩斯的手说道：“不错，就是他！”这时，在我们的对面，一个骑车人正向我们冲过来，他把全身的重量都压到车把上，弓着身子，拼命地踩着自行车，速度快得出乎我们的意料。他突然抬起那张胡子拉碴的脸，看到我们向他驶来，便从车上跳了下来。他的脸色苍白，眼睛却射出逼人的光芒。他瞪着我们和马车，一脸惊讶之色。

“听到没有，你们给我停下来！快从车上下来！听到我的命令没有？这马车怎么会在你们的手上？”他首先把自行车挡在大路中间，接着掏出了一把手枪，“该死的，我的子弹可是没有长眼睛的啊！想死吗？”

福尔摩斯将缰绳丢给我，飞快地从马车上跳了下来。

“真是幸会！维奥莱特·史密斯小姐在哪里？”福尔摩斯直奔主题。

“你问我，我还要问你们呢。马车都在你们的手上，除了你们还有谁知道她的下落呢！”那个人气愤地反问。

“马车是我们在路上拦住的，我们乘上这辆马车是要去救史密斯小姐。”

“天啊！事情到了这个地步，我还有什么办法能挽救她呢？”他悲痛欲绝了起来，“一定是他们干的，该死的伍德利和那个混蛋牧师！你们快点啊！不要再耽误一分一秒了。她现在危险得很！”

他紧握着那把手枪，急匆匆地奔向树篱的一个出口，福尔摩斯也掏出了手枪。我安排好马车后，也紧跟而至。

“看他们是从这里逃走的，”他指着一条坑坑洼洼的小道上的一行杂乱足迹说，“别慌！什么人在那里？”

我们顺着他的手指方向看过去，只见一个十七八岁的年轻人被五花大绑地捆在灌木丛旁，他的额前有一道吓人的裂缝血污，他双眼紧闭，嘴巴张开着。我赶忙看了他的伤势，他已经昏过去了，裂缝还没有伤到脑颅骨。那个黑胡子男人惊呼道：“他是马车夫彼特，他是给史密斯小姐赶车的。这两个混蛋连无辜的马车夫都不放过。我们赶快去找史密斯小姐吧。一个无辜的人他们都下如此毒手，那么史密斯小姐就不知道要怎样遭受他们的折磨了。”说完，他带头向前边曲折的小道狂追了过去，我们看到前面不远有一座庄园，那就是查林顿庄园。福尔摩斯突然在庄园前的灌木丛前止住了脚步。他说道："他们没有逃到庄园的房子里。左边有他们的脚印，啊！就在那桂树丛旁边。"就在这个时候，前面茂密的绿色灌木丛中传来了女人的尖叫声，这是一种惊恐万状的大叫，只叫了一声，便没有再叫起了，紧接着是一阵窒息的咯咯声。

"在这里！这里！他们都在滚球场，"黑胡子男人疯狂地叫了起来，"这些该死的家伙，我不会放过他们的！"

黑胡子带着我们冲进了一块古树环绕的林间绿草地。草地北边的一棵大橡树前站立着三个人。其中有史密斯小姐。她的嘴被一块白布堵塞住了，低着头，眼看就要昏倒在地上。她对面站着一个满脸长满红胡子的年轻人，样子十分丑陋恐怖，他的身材高大，正得意忘形地扬着马鞭在向史密斯小姐示威。中间站立着一个白发白须的老头子，一身牧师的打扮，他正把祈祷书合上，很明显他在为红胡子年轻人主持婚礼仪式，仪式刚刚结束。他在一旁奸笑着向红胡子男人祝福。

"他们这算什么婚礼呀！"我气愤地说道。

黑胡子男人带着我们疯狂地朝他们扑去。

我们奔跑的声音实在是太猛太急了，红胡子男人和那个老牧师都惊讶地朝我们望过来。这时，我看见老牧师露出了嘲笑，他向我们颇具讽刺性地低了一下头，然后嬉皮笑脸地望着我们。红胡子男人更是目中无人，竟然用马鞭指着我们放肆地大笑。

"你别把自己搞得太神秘了，我们可没有你那么虚伪，为什么不扔掉你脸上的假胡子以真面目示人呢？伪君子卡卢塞斯先生，你看到这个场景是不是很痛苦呢？"

我们这时才知道我们身边的黑胡子男人是乔装打扮过的卡卢塞斯。卡卢塞斯扯下了他脸上的假胡子，他的真实面目是一张刮得干干净净的浅黄色长脸。他迅速把枪口对准了红胡子男人，红胡子男人大怒，扬着马鞭冲向了卡卢塞斯。卡卢塞斯冷笑道："谢谢你的记忆和眼力，伍德利，你这个该死的家伙。我没少警告过你，你竟敢侮辱史密斯小姐。你很不幸运。"

"不幸运的人是你，史密斯小姐和我已经举行了婚礼了！"

"你真该死！上帝！"

卡卢塞斯扣动了扳机，一颗愤怒的子弹打进了伍德利的胸口，伍德利的胸前鲜血立刻迸溅而出，他魁梧的身躯倒了在地上。老牧师威廉逊怪骂了一句，突然他的手上多了一把左轮手枪，他正准备向卡卢塞斯瞄准，可福尔摩斯拔枪的速度比他的速度更快。

福尔摩斯严肃地说道："举起手来，别乱动！扔掉你手中的枪！华生，你把枪收起来！卡卢塞斯你也把枪给我。对，就这样，我们都不希望有人像红胡子先生那样倒在地上不起来了。"

"你是什么人？"

"歇洛克·福尔摩斯，很抱歉，这是一个令人讨厌的名字。"

"噢，真没有想到啊！"

"我这个名字的确有点臭名远扬的味道，威廉逊先生你暂时忍一忍吧，等下警察来了，你就舒服多了。嗨！对，我是在叫你！"福尔摩斯看到林间空地上有一个吓得缩住了身子的马夫，他冲着马夫喊了一声，"你马上骑快马把我这张条子送到法罕姆去，交给警察局的警长，让他赶快来吧。"

我不得不佩服福尔摩斯在危难之时，箭在弦上之际力挽狂澜的能力。威廉逊和卡卢塞斯在福尔摩斯面前不得不显现出他们稍逊一筹的一面。形势渐渐好转，伍德利被威廉逊和卡卢塞斯抬进了房子里，我为史密斯解开了绑在她身上的绳索，取出了她嘴里的布团。我也为伍德利做了一个紧急检查。我公布了伍德利没有性命之忧的消息。

听到这个消息，卡卢塞斯立刻从椅子上蹦了起来，他怒吼着："该死的，我一定要他去见上帝，上帝不会饶恕他的。"

福尔摩斯对卡卢塞斯说："你别冲动。上帝一直都没承认伍德利和史密斯的婚礼，关于威廉逊先生的牧师职责我们大可不必相信。他根本就不算一个牧师。"

"你别诬蔑我圣洁的牧师印象！"老头儿吼叫着。

"你早就不是牧师了。"

"我以前是牧师，我现在仍然有权利行使牧师的权力。"

"你这是耍赖。结婚证书在什么地方？"

"伍德利他们有结婚证书，在我的身上。"

"那是你们伪造的。法律条文上早就有规定，任何强迫的婚姻都不能算是婚姻，正规的婚姻是受法律保护的，我不知道你以前在当牧师的时候都是怎样为别人主持婚礼的，你和伍德利会受到应有的法律制裁。卡卢塞斯，你不应该借你的手枪出气。"

“福尔摩斯先生，我必须告诉你这一切。我也必须告诉你我是多么爱史密斯小姐，我爱史密斯小姐，所以才会做出这些愚蠢的事情来。当我知道伍德利、威廉逊要加害我心爱的史密斯小姐时，我是多么地担心她啊！伍德利在南非可是一个出了名的恶棍。于是，我决定要用自己的实际行动来保护她，我聘用了她，这是我的借口。在她赶去车站的那一段道路，在她经过查林顿庄园时，都有我的身影，我必须保护她。要知道，伍德利这个恶棍时时刻刻都在打史密斯小姐的鬼主意。我总是和她保持一段距离，我戴上了假胡子，我这样做是为了不让她认出我来。我可不想让善良、天真、纯洁的史密斯小姐发现我在跟随她，要不然，她就不会再接受我的聘用了。”卡卢塞斯悔恨地说道。

福尔摩斯问他：“你把危险告诉她不更好吗？”

卡卢塞斯回答：“你不知道这样做的后果，史密斯小姐一定会离我而去，我是多么希望每天能看到她那张美丽的脸庞啊！”

我忍不住说道：“卡卢塞斯先生，你不觉得你这样很自私吗？你为史密斯小姐着想过没有？”

“我承认你所说的事实。因为我太爱她了，我必须这么做。我一想到大恶棍伍德利、威廉逊时刻在打她的鬼主意，我就更加觉得我必须这样做。我一收到电报后，就知道我一直担心的事情就要发生了。”

“什么电报？”福尔摩斯追问。

卡卢塞斯在左边口袋掏出了一份电报。

他递给了福尔摩斯。

电报的内容就只有四个字：

老人逝世。

福尔摩斯冷冷说道：“我现在终于明白你们的关系，我也明白你们的所作所为了。电报是伍德利、威廉逊发出行动的信号。现在警察还没有来，就聊聊你们曾经的勾当吧。”

威廉逊老头子又忍不住怪骂了几声。

老恶棍大声对卡卢塞斯说：“鲍伯·卡卢塞斯，你只要敢说出我们的秘密，你的下场会像杰克·伍德利一样，或许比他更惨，我不会让你好受的。我们没有破坏你跟史密斯小姐的好事，就是很给你面子了，你别不识好歹。你别多管闲事。”

福尔摩斯的烟斗是随身携带，在我看来，福尔摩斯那个陪伴了多年的烟斗就是深思的象征，他啪哒地吸了一口烟斗，对老恶棍威廉逊说：“你千万别让自己的内心受到良心的谴责，既然这样，那就让我来讲一讲吧，你们曾经的勾当我现在是一清二楚，最开始是你们三个人一起从南非回来导演这场闹剧的，我所说的三个人大名就叫：威廉逊、卡卢塞斯、伍德利，对不对？”

威廉逊分辩说：“你在胡说八道，我根本就没有去过南非，我还不认识他们两个人，如果一定要说我认识他们，那是两个月前那次见面。”

卡卢塞斯这时说道：“他说得没错。”

“不错，不错，我就知道威廉逊先生是一个洁身自好的人，嘿嘿，他没干过的事情他一定会讨回公道的，能知道这点就最好，我就希望他这样明辨是非，对不对，威廉逊先生？不过等一下你就不会这么嚣张了。卡卢塞斯和伍德利两个人在南非认识了拉尔夫·史密斯。拉尔夫老得快要死去了，你们也知道，史密斯小姐是他的唯一遗产继承人，他让他侄女继承他的遗产。对不对？”

卡卢塞斯用沉默的方式回答了福尔摩斯，而威廉逊却依然在大骂福尔摩斯。

福尔摩斯接着往下说：“你们一开始就在打史密斯家族的主意。你们还知道拉尔夫不会立下遗嘱。”

卡卢塞斯说：“他是一个文盲。”

福尔摩斯接着说：“就这样你们来到了英国，找到了这位史密斯小姐。你们最初的计划是：财色两分，一个娶她，另一个取遗产金。不知怎么搞的，伍德利幸运地被选中了做丈夫。对不对？”卡卢塞斯说：“我们在旅途中打牌，以史密斯小姐做赌注。我输了。”

“喔，是这么一回事。于是你找个借口把史密斯小姐雇到你家教音乐，让她当家庭教师。你给伍德利创造机会，让他主动向她求爱。她了解到伍德利心术不正，不愿和他交往，但是你却深深爱上了她，你再也不能容忍那个恶棍骚扰她。”

“是这样的，福尔摩斯先生。”

“你们为这件事大吵了一架。你们不欢而散。伍德利决定独自引诱史密斯小姐上当。”

“尊敬的威廉逊先生，你难道不觉得福尔摩斯似乎也参加到我们的行动当中来了吗？他比我们更清楚其中的事情，我们的事情再也瞒不下去了。”卡卢塞斯惨笑着大声说道，“不错，我和伍德利因为意见不合就大吵了一架，而且还打了起来。事后他就突然失踪了，后来我才知道他认识了被开除的威廉逊牧师。他们住在一起，他们住的地方正是史密斯小姐去火车站的必经之地。这绝对是一个危险的信号，我是深爱史密斯小姐的，我绝不会让别人伤害她，尤其是大混蛋伍德利这个卑鄙无耻的家伙，我一直在暗中保护她。我也时常和伍德利以及威廉逊来信，为的是想探听他们的计划。就在两天前，伍德利带着这封电报来找我，他告诉我拉尔夫·史密斯已经去世了。他要求我履行当日的诺言，我不肯。他知道我爱着史密斯小姐，他又出了一个馊主意，那就是劫持史密斯小姐，他只要拉尔夫的遗产金。我大骂了他一顿，他也回骂了我。我知道史密斯小姐的麻烦大了，这个周六她就要回城里去了，我为她准备了一匹轻便马车送她去车站，但是我不放心，于是我就骑自行车跟在她后面保护她。可是，她早已经出发了。我还没赶上，祸事就发生了。福尔摩斯先生和他的同伴赶着她的马车回来，我就知道事情糟糕极了。”

福尔摩斯又啪哒一声抽了一口烟，然后轻松地敲了敲烟斗，说道：“事情本来早就该弄清楚的，华生，当你告诉我黑衣男人在灌木丛中背着你在胸口折腾了几下，重新整理了一下自己所穿的服饰的时候，我就应该料到这一切。好了，这个案子就到此结束吧，不过，你们千万别误会，我说这话并没有代表警长和法官，我只是针对我来说的，因为我的侦破任务已经完成了。你们瞧，前面大路上来了三个全副武装的警察。华生，伍德利和那个小马车夫彼特的伤势应该不会严重到明天就去见上帝吧，你是医生，你有救死扶伤的能力，他们就交给你了。喔，别忘了，还有无辜的史密斯小姐，也麻烦你再施妙手了。我们不妨向她的未婚夫西利尔发一份电报，我希望他们早日团圆，早日举行婚礼。卡卢塞斯先生你将功赎罪了，应该祝贺你，在法庭上你如实告诉法官事情真相，我相信你会有好运的，至于伍德利、威廉逊他们两个，我就不敢想象他们的后果了。”

福尔摩斯一回到贝克街又开始了他繁重的工作，案子很多，都希望他能够相助破案。他根本没有时间打探史密斯小姐劫持案的审判结果。后来是我打探到告诉他的：维奥莱特·史密斯小姐，的确继承了一大笔遗产，她嫁给了有名的肯尼迪电气公司副总裁西利尔·莫顿先生。伍德利和威廉逊因绑架和故意伤害罪分别被判处十年徒刑和八年徒刑。卡卢塞斯的处罚我不大清楚，但我想他顶多判个一两年吧，或许没判这么久也说不定。

福尔摩斯探案全集

被称为推理小说中的『圣经』畅销世界各地

姜忠喆／编译

辽海出版社

叁

目　录

归来记（下）

魔犬之谜

恐　怖　谷

归来记（下）

4. 修道院公学绑架案

在贝克街福尔摩斯居住的房子里，有很多非比寻常的人物从这里进进出出、来来往往，但是最让福尔摩斯和我难忘的是教育学者桑尔尼克夫特·霍克斯坦布尔的第一次来访。桑尔尼克夫特·霍克斯坦布尔在伦敦教育界非常有名气，是个受人尊敬的著名教育学者。那天他的来访简直就是雷厉风行，我和福尔摩斯还没有来得及做好迎接他的准备，他就急匆匆地踏进了房间里。他长得十分威严，他给我们的第一印象是性格坚毅。当他走到桌子旁边的时候突然身子一晃就昏倒在地上了。我们都为他这一行为大吃了一惊。

我们赶忙奔到霍克斯坦布尔的身边，小心翼翼地把他扶了起来，让他坐到沙发上，福尔摩斯飞快地拿了一个枕头垫在他的头下，我慌忙地找来白兰地凑到了他的嘴边。我们看清了他此时此刻脸色的恐怖程度。因为劳累，他的整张脸都爬满了深深的皱纹，眼睛深陷在眼窝里，浓浓的忧郁缠绕在双眼四周，胡须粗长，乱七八糟地生长。满身都散发着风尘仆仆的气息。蓬头垢面就是霍克斯坦布尔给我们的第一印象。

福尔摩斯问道："华生，他怎么了？"

我伸出右手摸到了他的右手腕，我全神贯注地为他诊脉。我对福尔摩斯说："他显然是太劳累了，他的精力都快消磨完了，可怜的人！"

福尔摩斯从霍克斯坦布尔先生的口袋里掏出一张火车票，说道："瞧，从英格兰北部的麦克尔顿到伦敦的往返火车票。你看时间，很显然，他出来得挺早。"

霍克斯坦布尔在沙发上躺了一会儿，脸色渐渐好转了起来。他的眼睛也慢慢睁开了，一脸倦色地望着我们。

"对不起，真的很抱歉，福尔摩斯先生，我差不多有一天一夜没有吃东西了，时间非常紧急，我再也不敢耽误一分一秒。喔，我希望你能为我准备一点儿填饱肚子的东西，面包、蛋糕之类的都可以。让你见笑了，我的肚子现在饿得很。非常感激你对我的热情招待。尊敬的福尔摩斯先生，我之所以这样十万火急地赶来见你，是希望你能够和我一同回去，我的这个案子非常需要你的帮助。”

“别急，你先休息吧！”

“不，不，福尔摩斯先生，你别担心我，我现在好多了，谢谢你对我的关心。真的，我希望你能够和我乘坐下一趟火车到麦克尔顿去。”

福尔摩斯没有答应他的请求。

福尔摩斯告诉他：“我的朋友华生医生会告诉你我们现在很忙。我根本抽不出时间去干别的事情。要知道我手头里有两件大案正等着我处理呢。如果不是非常非常重大的案件，我是不会跟你走的。”

霍克斯坦布尔一听这话就着急了，他忍不住大声说道：“霍尔德黄瑞斯公爵的独生爱子被劫案不重大吗？”

“谁？霍尔德黄瑞斯公爵，他不是前任内务大臣吗？”

“不错，就是他。关于这个案子我们想尽了千般办法不让它流传到外界，但最终还是泄露了出来，难道你到现在都还不知道吗？”

福尔摩斯赶忙从文件柜里取出一份黄皮文件。他翻开一看，忍不住读出声来：“‘霍尔德黄瑞斯，第七世公爵、嘉德勋爵、内务大臣，’官衔挺大的嘛！他在内阁中资格挺老的。1888 年和爱斯·查理·爱波多尔爵士女儿结婚。从 1900 年开始担任哈莱姆郡的郡长。他是老萨尔特尔勋爵的继承人和独生子。拥有三十万英亩土地。在兰开夏和威尔士有房地产。居住地：卡尔顿住宅区，哈莱姆郡，霍尔德黄瑞斯府邸。他为国家做的贡献挺大的，不愧为国家的功勋人物！”

“霍尔德黄瑞斯公爵不仅有权有势，而且也很有钱。他有多少英镑，我们都猜不出，反正多得不可想象。关于这个案子，公爵大人亲口对我说，只要能够告诉他，他的独生爱子被劫持到什么地方了，他马上会奖给告诉他消息的人五千英镑，能够告诉他，是谁劫持了他的独生爱子，另外奖赏一千英镑。”

福尔摩斯插科打诨着说道：“华生，这个报酬可不低啊！我们似乎好久没有到贝克街大酒店喝酒了，看来有希望了，我们不妨陪霍克斯坦布尔先生走一趟吧！报酬归报酬，事情归事情。霍克斯坦布尔先生，告诉我到底是怎么一回事，我希望你能够心平气和地详细说出案件的有关事情。你报案的时间似乎迟了三天，我从你的胡子上可以看出来，你的胡子此时此刻很糟糕。”

霍克斯坦布尔吃了几块三明治又喝了两杯牛奶，精神开始焕发起来。他的嘴唇再也不像刚见面时那么干涩了，一切都开始好转起来。

“我首先要从我的修道院公学说起，它是一所预备学校，我是创建人也是校长。我写过一本教育专著，在伦敦教育界我也算得上小有名气的人。修道院公学的教学成绩一直都很好。我不是吹牛，在英国，我这所修道院公学是最出色的预备学校。我这里招收的学员都是一些贵族王室子弟，他们都相信我的能力。也就是在前不久吧，霍尔德黄瑞斯公爵和他的一等秘书王尔德先生亲自把公爵的独生爱子、继承人、十岁的萨尔德尔勋爵交我管教。这是一件多么令人高兴的事啊，但是这就是我悲惨命运的开始，出人意料的事情发生了。

“五月一日萨尔德尔勋爵来上学了。正值夏季学期的开始。萨尔德尔在学校里表现得很好，团结同学，尊敬师长，人缘极好，很多人都很喜欢他。他离不开在学校认识的伙伴们。我不想在背后谈论他家里的事情，这样很不道德，但是为了便于你破案，我必须为你提供我所知道的情况和线索。萨尔德尔并不喜欢他的家，因为公爵和公爵夫人分居了，公爵夫人居住在法国南部。关于这件事很多人都知道。萨尔德尔非常爱他的母亲，自从他心爱的母亲离开后，他一直都不快乐，公爵只好把他送到我这所学校里来。很快，他就舍不得离开我们了。

“最后一次看到他是在五月十三日夜晚。他的房间在二楼，是个里间，要走过另一间有两个孩子住的较大的房间才能到达。住在较大房间的两个孩子后来告诉我，他们没有察觉到出事那天晚上萨尔德尔房间有什么动静。可以肯定，萨尔德尔没有从这儿走出来。他的窗户是开着的，窗上有一棵粗大的常春藤连到地面。

“第二天，也就是星期二上午七点整，我们发现他不见了，他的床有睡过的痕迹。临走前，他穿戴整齐，他穿的那套衣服就是我们的校服，黑色伊顿上衣和深灰色的裤子。没有痕迹说明有人进过屋子，如果有喊叫和厮打的声音一定听得到，要知道，住在他隔壁房间的两个孩子一向都很警惕。

“那两个孩子跑来告诉我说萨尔德尔不见了，而且连德语教师黑底格也不见了。黑底格的房间在二楼最后一个房间，他的窗户和萨尔德尔的窗户方向是一致的。黑底格的床铺也睡过，但是他显然是匆匆忙忙离开的，因为地板上胡乱散落着衬衣和袜子。他是顺着常春藤下去的，在草地上有他的清晰足痕，他往常放在草地旁小棚子的自行车在那天晚上也一同不见了。

“黑底格来到我创办的这所学校已经有两年了，他以前的工作评语很好，可是他是一个性格内向的人，师生们都不大喜欢他。我们都不知道黑底格到哪里去了，我们也不敢胡乱判断黑底格劫持了萨尔德尔勋爵。我们不敢轻视这件事情，便马上把这个消息告诉了公爵。我们多么希望能够在霍尔德黄瑞斯府邸看到可爱的萨尔德尔勋爵了，我们是多么希望我们这样给公爵大人报信是多此一举，虚惊一场啊！但是事与愿违，听到这个消息后，公爵大人陷入了痛苦忧愁的深渊。我为这件事差不多快要滴尽最后一滴血了，福尔摩斯先生，我真心希望你能帮助我！”

歇洛克·福尔摩斯全神贯注地听完了这位不幸校长的叙述，马上陷入了沉思中。他的整张脸顿时没有表情，他在沉思的时候都是这样的，这已经成了他的习惯。很显然他已经十分关注这件事情，他取出了他的工作笔记本记下了几件重要的线索。

福尔摩斯十分严肃且庄重地说道：“你应该在案发当时马上就来找我，才不至于让案情发展到这种艰难的地步。你的观察能力并不强，你错过了常春藤和草地上的线索。”

“很抱歉，先生，我也不想这样，这是霍尔德黄瑞斯公爵的意思，他不愿让外人知道这件事，他不想把这件事情弄得让全世界的人都知道。”

“警方那方面的进展如何？”

“很糟糕，警方的调查让公爵大人失望极了。有人向他们提供了一条线索，说在附近的火车站上看到过一个孩子和一个青年人搭乘早班火车离开了。警方立即派人追踪，但是调查的结果是，他们和这起案件没有一点瓜葛。我的心情糟糕极了，我匆匆忙忙搭早班火车来找你。”

“是不是在追踪这条虚假线索的时候，当地的调查十分地放松？”

“是的，先生。”

“太可惜了，白白浪费了最好调查的案发头三天的时光。”

“我不能否认这是我的不明智之举。”

“我不能再耽误下去了。这个案件引起了我极大的兴趣，我希望你能够再向我提供一些线索，这个孩子跟德语教师黑底格关系怎么样？”

“黑底格不知道萨尔德尔的情况。”

“萨尔德尔是他的学生吗？”

“不是，我听别人说，萨尔德尔从来就没有和黑底格说过一句话。”

“真不可思议。萨尔德尔有自行车吗？”

“没有。”

“另外还丢了一辆自行车吗？”

“没有。”

“一定没丢吗？”

“是的。”

“照你这么说，黑底格不是在深夜时分劫持萨尔德尔骑车出走的，对吧？”

“我想是这样的。”

“那么你认为是怎么一回事？”

“这辆自行车很可能是个幌子。自行车极有可能藏到某个地方去了，然后两个人徒步走掉。”

“也有可能是这样的，但是拿自行车作幌子似乎不可能，你觉得呢？棚子里还有别的自行车吗？”

“还有几辆。”

“如果他想让人知道他们是骑车出走的话，他应该还会再藏起一辆。对吧？”

“是的。”

“我也这样认为。虽然用藏起一辆自行车做幌子的说法解释不通，但是我可以从这辆自行车的去向开始调查。我不想问的是，萨尔德尔失踪的前一天有人来看过他吗？”

“没有。”

“他收到过什么信没有？”

“有一封。”

“是谁寄来的？”

“公爵大人。”

“你经常拆看他的信？”

“不。”

“那么，你怎么知道是公爵寄来的呢？”

“信封上有他家的家徽，笔迹是公爵特有的刚劲笔迹。”

“什么时候收到这封信的？”

“出事的前一天。”

“他收到过法国寄来的信吗？”

“从来没有。”

“我这样问的目的你早就知道了，我的意思就是说萨尔德尔不是被劫走，就是自愿出走。如果他是自愿出走的话，那么他受外界唆使的可能性极大。也就是他是在别人的唆使下才出走的。如果没有人来看他，教唆一定来自信中，所以我要弄清楚是谁和他通信。”

“这个我可帮不了你。因为我只知道公爵大人和他通过信。”

“公爵是在萨尔德尔失踪那天给他写信的。那么他们的父子关系很亲近吗？”

“公爵从来没有和谁亲近过。他整天想的是怎样处理国家大事，一般的情感，他根本不看重，不过公爵大人非常喜爱萨尔德尔勋爵。”

“萨尔德尔对他母亲的感情一定很深吧？”

“是的。”

“萨尔德尔曾经这样说过吗？”

“没有。”

“公爵大人呢？”

“哎，他更没有。”

“你是怎么知道的呢？”

“公爵大人的秘书詹姆斯·王尔德先生曾经和我私下谈过。”

“我现在知道了。公爵写给萨尔德尔的那封信找到没有？”

“没有，他把信带走了。福尔摩斯先生，我们应该出发了。”

“你再等一会儿，我先去一个地方，马上就回来。霍克斯坦布尔先生，假如你要往学校打电报，你最好再督促一下您周围的人们继续调查关注这起案子，一刻都不能放松。我会在你的学校附近悄悄地做点儿工作，或许痕迹尚未完全消失，我们不会让你白跑这一趟的。”

我们用最快的速度来到了霍克斯坦布尔先生创办的修道院公学。学校四周的环境很好，一阵拂人的微风吹走了我们一路的疲劳。这个时候，天已经黑了。在霍克斯坦布尔家客厅里的桌上放着一张名片，管家轻声在霍克斯坦布尔先生耳朵里说了几句，主人的脸色立刻洋溢出激动的神情。

霍克斯坦布尔对我们说：“公爵大人来到了这里，我和王尔德先生在书房，我要把你们介绍给他。”

对于霍尔德黄瑞斯公爵我早已经是久仰大名、如雷贯耳了。他是一个身材魁梧、器宇轩昂的人。华丽的服饰将他的贵族气质衬托得恰到好处，他的鼻子有些弯长，嘴唇微薄，他的脸庞比较清瘦，脸色惨白得吓人，典型的山羊胡须又长又稀，有几根被风吹到了背肩上去了，他没有拨弄归位。这就是霍尔德黄瑞斯公爵给我们的第一印象，样子有点冷酷。站在他身边的是一个年轻人，我料到他就是公爵的私人秘书王尔德了。他长得没有公爵魁梧，但看上去非常机警，他那双深蓝的眼睛给人的感觉就是他非常感伤。

霍尔德黄瑞斯身边的一等秘书王尔德先生对霍克斯坦布尔博士说道：“博士，你这样自作主张私自去请歇洛克·福尔摩斯来接手这个案子，你跟公爵大人说了没有，有没有得到公爵大人的允许，你的行动简直就是太出人意料了。”

“但是你应该看到警方对这件案子已经束手无策了。”

“公爵大人既然让警方调查过这个案子，这就说明警方的办案能力很令公爵大人满意。”

“但是王尔德先生，你不觉得你的看法太——”

“霍克斯坦布尔博士，这里面的情节难道连你也忘了吗？公爵大人的意思是尽量避免外界的舆论，你这是故意要捅漏子吗？”

王尔德咄咄逼人，霍克斯坦布尔博士愤愤不平地说道：“这好办得很。福尔摩斯先生明天早上就可以乘早班火车回伦敦。”

福尔摩斯知道博士在生王尔德的气，于是便说道：“这样太难为博士了。这里的环境优美，我倒有心情作一次愉快的旅行，不过住宿方面，就随便由博士安排了。”

霍克斯坦布尔先生左右为难了起来，他不知道该让福尔摩斯留下还是送福尔摩斯回伦敦，他的脸色立刻尴尬了起来，这时公爵解了他的围，他说：“霍克斯坦布尔博士，的确你应该事先跟我打个招呼，也让我有一个准备，既然你现在请来了福尔摩斯先生，那么我们就请他帮忙吧。福尔摩斯先生如果不介意的话，我倒希望你能够和你这位一直形影不离的同事到霍尔德黄瑞斯府做客，怎么样？”

“非常感激公爵大人的盛情邀请。留在案发现场可能更有利于我破案。”

“既然这样，好吧，福尔摩斯先生。你想了解什么情况，只要我们知道的，会如实相告的。”

福尔摩斯说：“我想我还是有机会到贵府拜访你的。我现在想问你的是，你想到过你儿子为什么失踪吗？”

“没有，先生。”

“很抱歉，我无法避免提起使你痛苦的事。你认为这件事情和公爵夫人有关系吗？”

他想了一会儿，才说：“我想不会。”

“好的。这样劫持孩子的原因就可以下定论了，这是一起恶性绑架案。你有没有遇到向你勒索金钱这方面的事情呢？”

“没有，先生。”

“案发那天你曾经给你儿子写过一封信。”

“不是在案发那天，是案发前一天。”

“嗯。他在案发那天收到你写的信，是这样吗？”

“不错。”

“你在信中有没有写什么令他情绪变坏的话语？”

“没有，先生，我没有那样写。”

“信是你亲自发的吗？”

公爵正要回答，这时王尔德插话说：“公爵从来不自己寄信。那信是我寄出去的，怎么，有问题吗？”

“你敢肯定你亲自寄了信？”

“这不是废话吗？”

“那一天公爵写了多少封信？”

“三十封左右吧，我的书信往来是大量的。难道和这次案子有关吗？”公爵问道。

“其中还是有一定关系。”

公爵继续说：“我早让警方把注意力转到了法国南部。虽然我相信我夫人不会唆使孩子做出这样荒诞的举措，可是这孩子十分自负，有那个德语教师在一旁添风加火，他极有可能跑到我夫人那里去。霍克斯坦布尔博士，再见，我们该回霍尔德黄瑞斯府了。”

福尔摩斯还想问霍尔德黄瑞斯公爵一些问题，但是公爵却在这个时候提出要回自己府邸，很显然，他不想谈到他的家庭私事，他也不想让人知道有关于他的隐秘私事。他一直在掩饰他的过去，福尔摩斯没有继续强人所难。

霍尔德黄瑞斯公爵和他的秘书王尔德离开修道院后，福尔摩斯马不停蹄地开始调查案发现场。

我们一丝不苟地深入调查了萨尔德尔的单人房间，没有调查出什么可疑线索。这令我们深信，萨尔德尔一定是从窗户出走的。黑底格的房间和财物没有为我们提供更多的线索。他窗前的常春藤被攥断了，毫无疑问，黑底格是从这条常春藤爬到地面上的，在草地上有他清晰的脚痕，他是在

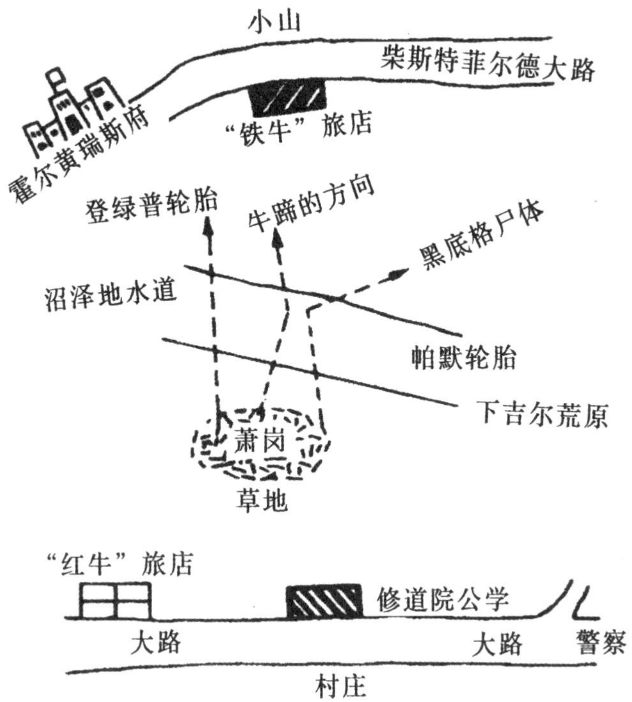

夜晚逃走的。

福尔摩斯一个人在外面调查，直到十一点半才回到霍克斯坦布尔博士为我们提供的房间，我不知道他从什么地方搞到了一张这个地区的行政地图。他把地图铺开在床上，蜡烛就放在地图的中心处。他让我和他仔细地观察这张行政地图。

他对我说："我对这个案子已经很感兴趣了。从案情来看，地图上有些地点是值得关注的。我们现在是从头开始工作了。我们要破获这起绑架案，一定绕不过也避免不了要接触那些奇怪的地形。"

"来，我们来瞧瞧吧。修道院公学是这块颜色较深的地方，我在这个地方画上一个圆圈。这是一条大路。它是东西向的，经过学校门口。学校的东西两面一英里内没有小路。假设他们是从大路出走的话，那么只有这一条路了。"

"不错。"

"我们的运气不错，我掌握了在出事那天晚上他们没有走过这条路的情况。在我画圆圈的这个地方，有一个乡村警察从十二点到六点都在站岗。这里是东面的第一个交叉路口，这个站岗的警察告诉我，他一直没有离开过他的岗位，他非常肯定地对我说，不管是大人还是小孩，只要是经过这条路他就能够看见。我相信他。东边这一方面没事了，来，我们瞧瞧西边。这里有一个旅店，店名是‘红牛’，老板娘得了病。她派仆人去梅克尔顿镇请医生，可是医生出诊看另一个病人去了，要到第二天上午才能过来。旅店的人并不知道医生什么时候会来，所以旅店的人整个晚上都很留心，他们一直在等待医生的到来，并且一直有个人守望着大路，他们都敢肯定没人从他们守望的大路上走过。现在西边也没事，这样可以看出，他们根本就没有走大路。”

我出其不备地问他：“那么自行车呢？”我一直都没有忘记自行车。

“别忙，我们会谈到自行车的，让我们推理下去吧：假设他们没有从大路上走掉，那么一定是穿过乡村向学校的北面或者南边去了。这样会有两种不同的情况发生。从地图上我们能够看出，学校的南面是一大片田野，因为中间有石墙拦开，所以自行车不可能从这里骑过，不是不可能，而是根本就骑不过，我们不用考虑南边了。现在只剩下北面了。这里有一片小树林，叫‘萧岗’，再远一点儿有一大片起伏的荒野，地名叫下吉尔荒原。荒原前后长十英里，地势渐渐陡峭。霍尔德黄瑞斯府在这片荒野的一边，从大路走有十英里，从荒野田地走只有六英里。那里是一块非常荒凉的平原，平原上有几户农家，走到柴斯特菲尔德大路之前什么也看不见了。北面有一个教堂，几户农家和一座旅店。再往远处去，山变陡了，我们应该在北面寻找。”

我又问了一次：“我们不应该疏忽自行车，对不对？”

福尔摩斯有点生气地说道：“我不疏忽任何一条线索，哪怕它只有一根缝衣针那么细小。一个好的自行车手不一定非要在大路上才能骑车。荒原密布着很多交叉小路，月光明亮。咦，谁来了？”

我们的门被敲得非常急，紧接着霍克斯坦布尔博士走了进来，他兴冲冲地拿着一个打板球时才戴的帽子，帽顶上有白色的 V 形花纹。

他冲着我们欢呼：“哈，哈，又发现了一条线索！感谢上帝！萨尔德尔勋爵的出走路径我已经知道了。这是他的帽子。”

“在什么地方找到的？”

“在吉卜赛人的大篷车上，他们在这片荒原曾经住过一宿。他们是星期二才走的。今天警方追上了他们，对他们进行了严格的检查，找出了这个帽子。”

“他们是怎样解释的呢？”

“他们支支吾吾地说不出一个所以然来，他们说是星期二早上在荒原上捡到的。这伙混蛋，他们一定知道萨尔德尔在哪里！警方认为他们与此案有关，全部都抓到警察局审问去了。”

博士走后，福尔摩斯对我说：“这条消息不赖，它让我们更加坚信只有在下吉尔荒原这一块地方才能找出答案。警方除了抓走那些吉卜赛人外，的确没有丝毫进展。华生，你看，有一条水道横穿这块荒原。地图上已经标出来了，有的地方水道变宽成为沼泽，尤其在霍尔德黄瑞斯府邸和学校之间的一片地区。这几天的天气都十分干燥，到别处去找痕迹是徒劳的，但是在这一带，极有可能找到留下的痕迹，好了，今天的调查研究就到这里，明天一大早我们一起出去再找找新线索。”

第二天，天还没有全亮的时候，我第一眼就看到了福尔摩斯高瘦的身子站在我的床边。他的皮鞋有露水，很明显，他早就出去了。

福尔摩斯对我说：“我一起来就到那片窗前的草地和自行车棚以及‘萧岗’检查了一下。华生，今天我们可要忙得很了。”

福尔摩斯的兴致和脸色都不错，眉头也不再紧锁了，一脸的惬意，烟斗啪哒啪哒地喷出了烟雾，那个神情再也不是愁眉苦脸的福尔摩斯了。看到他那样，我的心情顿时也拨云见雾般好了起来，因为这几天心里实在是太压抑了，福尔摩斯比我更压抑，他一向是个有办法的人。

但是事情并不像我想象得那么简单，刚刚开始我们就遇到了困难。我们信心百倍地走过了覆有泥炭的黄褐色的荒原，然后又穿过数不清楚的坑洼小路，最后来到一片宽阔的绿色沼泽上，沼泽的前面不远就是霍尔德黄瑞斯府邸了。假设是福尔摩斯经常的推理途径，他首先假设萨尔德尔回家了，他一定会经过这儿，经过这儿就一定会留下痕迹，但事实上地上并没有留下任何人的足迹。福尔摩斯的眉头又开始紧锁了，出现在我们面前的是羊群的蹄痕，在一二英里以外的一片地方有牛的蹄印。除此之外，再也没有任何线索了。

福尔摩斯仍然很沉得住气，他看看前面广阔的荒原，说道："我们到前面去瞧瞧吧，或许会发现新的线索。看，快看！这是什么？"我们的前方有一条很狭隘的黑油油小道。在小道的中间是湿润的泥土，小道上清晰地留下了自行车的轨迹。我忍不住呼叫："哈！找到了，找到自行车的轨迹了。"可是福尔摩斯却大摇其头，他满脸困惑。

他说："虽然是自行车的轨迹，但却不是那辆自行车的轨迹。我非常熟悉车胎的轨迹，这种轨迹是邓禄普牌自行车的车胎，外胎是加厚的。修道院公学的数学教师爱维林告诉我，德语老师黑底格的车胎是帕默牌的，这不是黑底格的自行车走过的痕迹。"

"难道这是萨尔德尔的？"

"只要我们能够证明萨尔德尔有自行车，我们就不排除这种可能。但是我们做不到这一点。你瞧，这辆自行车的轨迹说明骑车人是从学校方向骑过来的。"

"或许是往学校去的？"

"不是这样的，华生。轨迹这么深，那一定是承担重量的后轮压出来的。这里有几道后轮的轨迹和前轮的交叉痕迹，前轮的轨迹压得不深，因此被埋住了，这足以证明是从学校来的。关于这条线索我们先记到脑子里去吧，我们不妨再回头去看一看。"

我们重新走了回来，大概走了几百米，来到一块沼泽地，自行车的轨迹就不见了。我们在小道上继续走，来到了一处有泉水滴答作响的地方。这里又有自行车的轨迹，但是差点被牛蹄的痕迹抹掉了。再往前走就没有痕迹了。那条小道一直通向学校后面的那片小树林，也就是那个叫"萧岗"的地方，车子一定是从小树林里出来的。我们在这里停住了调查的脚步，陷入了沉思之中。

良久，福尔摩斯才开口说道："我想这个罪犯是一个很机灵的家伙，他一定是把自行车的外胎换了，给别人制造一连串的假象。看来这个家伙是一个颇有心计的人。我们先把这个问题暂时放在这里吧，我们的注意力不应该离开那片湿地，我们有很多地方还没有查看过呢！"

事情发展得越来越有利于我们的调查了，我们坚持不懈地在那片湿地上继续观察，在湿地的低洼处出现了一条坑洼的小路。在小路上，福尔摩斯终于发现了帕默轮胎的痕迹。这个发现令我们的精神陡然振作起来。福尔摩斯一脸喜色，笑道："错不了了，华生，这一定是黑底格的自行车轨迹。"

"这下可好了，福尔摩斯。"我也十分高兴。

"这仅仅是刚刚开始，来吧，不要破坏这个重大线索，我们跟着轨迹走吧，会有新发现的。"

我们沿着轨迹前进，前方是一块块的小湿地，自行车的踪迹清晰可见。

福尔摩斯分析："很明显，黑底格一定是骑得很快，这里的轨迹能够说明这个问题，前后轮胎压下的轨迹一样深，这就说明黑底格把全身重量都压在了车把上，他的确骑得很猛很急。啊！他的自行车摔倒了。"

在自行车留下的痕迹上，有宽大、形状不规则的痕迹延伸了几米远。紧接着是几个脚印，接着轮胎的轨迹又出现了。

我在一旁告诉他："车是向一边滑倒的。"

福尔摩斯从地上捡起了一束压坏了的金雀花给我看，花上溅满了紫红色的污点，我大吃一惊，在小道的青草上也溅满了已经凝结的血污。

福尔摩斯说："华生，闪开！不要把脚印留在上面！据我推测，他受伤后摔倒了，挣扎着站起来后，又继续骑车，但是我们没有发现有另一辆自行车的痕迹。牛蹄印在另一边的小路上。他被公牛抵死了？不，不可能！这儿根本就没有牛蹄印。华生，我们还要顺着血迹和自行车的轮印继续追查下去，我们一定能抓住这个人。"

我们继续追踪，突然，看见潮湿而光滑的小道上有一条突然拐了弯的轮迹。我搜索着，然后看到有件金属制品在密密的荆豆丛中闪着光。我们从里面拉出一辆自行车，轮胎是帕默牌的，脚蹬子有一只弯了，车前部全都是血迹，让人感到害怕。有一只鞋从矮树丛的另一边露出来，我们拨开树丛，看到那个惨遭毒手的骑车人躺在那儿。他一脸络腮胡子，戴着眼镜，只是有一个镜片不知哪去了。他是因为头颅骨被击碎后才死亡的。身受重伤后还能骑这么远，这不是一般人能做到的。他穿着鞋，但没穿袜子，上衣敞开着露出一件睡觉穿的衬衣。不用问，死者肯定是那个德语教师黑底格。

福尔摩斯小心翼翼地把尸体翻转了一下，仔细地检查了一遍，什么也没有发现。他皱起眉头，沉思了片刻。看来这具尸体并没有帮助我们发现些什么。

他终于说话了："华生，我也不知道下一步该干些什么，我想我们要抓紧时间继续调查，我们用的时间太长了。另外，我们应该赶紧通知警察发现了尸体。并且还要保护这具尸体。"

"我可以帮你通知警察。"

"可是你得留下来帮我，瞧！那边有个挖泥煤的人。把他叫来，让他去通知警察。"

我把挖泥煤的人领过来，福尔摩斯给霍克斯塔布尔博士写了张便条，交给那个挖泥煤的人，他马上出发了。

福尔摩斯说："华生，今天上午我们发现了两条线索。一是发现死者和死者安装着帕默牌轮胎的自行车。第二是发现安装着邓绿普牌加厚轮胎的自行车。在展开调查之前，我们好好想想，我们该怎样利用已经掌握的情况，尽快把案件调查清楚。首先我希望你明白这一点——孩子并没有受到强迫。他跳出窗户后，一个人或许是和另外一个人一起走的。这一点可以肯定。"

我赞成他的看法。

"那么，我们谈谈那个遇难的德语教师。这个孩子是穿好衣服跑掉的。所以说明他事先知道要干什么，但这个德语教师连袜子都没穿就走了，他一定是遇到了紧急情况。"

"事情肯定是这样的。"

"他为什么急着出去呢？因为他在卧室里看到这个孩子跑掉了，所以他想把孩子追回来。他骑上他的自行车去追赶孩子，不幸的是，在追赶的路上遭遇不测。"

"好像是这样的。"

"现在继续设想一下当时发生的事情：他遇害的地方离学校有五英里，他不是中枪后死的，而是被击碎头颅而死。这个杀手一定强壮有力。这一点就足以证明一定有另外一个人和孩子在一起。一个善于骑自行车的人追了五英里才追上他们，说明他们跑得很快。我们在凶杀现场只发现了几个牛蹄印。其余什么痕迹都没有。另外我探查了现场，发现五十码之内根本没有路。看来另外一个骑自行车的人与此案无关，更何况那里也没发现什么。”

“福尔摩斯，你的假设根本不能成立。”我喊道。

他说：“对，你说得很对。事情不可能像我刚才说的那样，所以有些地方我分析错了，这一点你也发现了。但是究竟错在哪里了？”

“可能是摔了一跤，然后碰碎了颅骨。”

“在长满草的湿地上，能发生这种事吗？”

“我没有更好的解释方法。”

“别泄气，我们处理过比这复杂得多的难题，这个案子不算什么。现在关键是，我们要充分利用我们已经了解的情况。那辆装有帕默车胎的自行车或许能让我们发现一些新情况。”

我们沿着自行车留下的痕迹，向前走了一大截路。荒原也逐渐陡了起来。山坡上到处长满了长长的石南草，我们又越过一个水渠。痕迹没有让我们发现新的情况。在邓绿普轮胎痕迹消失的地方，一条路横在了我们面前。一头通向几英里外的霍尔黄瑞斯府邸，另一头通向隐隐约约能看到的村庄。这正是地图标出的柴斯特菲尔德大路。

我们来到一家外表又脏又乱的旅店，店门的招牌上画着一条蓄劲待发的公牛。福尔摩斯突然呻吟了一声，为了防止摔倒，他扶住了我的肩膀。他的脚以前也扭伤过，但是我一直找不到好的治疗方法。门口蹲着一个皮肤黝黑，嘴里叼着一支黑色泥烟斗的中年人。福尔摩斯艰难地跳到他面前。

福尔摩斯说：“你好，卢宾·黑斯先生。”

这个乡巴佬抬起头，那双狡猾的眼睛里流露出怀疑，反问道：“你是干什么的，你怎么会知道我的名字？”

“你的名字在招牌上写着嘛。一看你就像店老板。你店里有没有马车这类的交通工具？”

“没有。”

“我的脚疼得不能站地。”

“那就不要站。”

“可是我没法走路啊。”

“那你就单脚蹦着走。”

卢宾·黑斯先生的态度很恶劣，但福尔摩斯却一点儿也不生气。

他说：“朋友，帮帮忙，我行动确实很困难。不管用什么方法，只要能往前赶路就行。”

不尽情理的店主说：“我为什么要帮你呢？”

“我有急事要办。我愿意花一镑金币，租你的自行车用一下。”

店主人一听说给钱，便来了兴趣。

“你要去什么地方？”

“霍尔德黄瑞斯府。”

店主人看看我们沾满泥土的衣服，然后用一种嘲讽的口吻说：“你们大概是公爵的手下吧。”

此时此刻的福尔摩斯一副宽厚的老实模样。

“他很乐意接待我们。”

“为什么？”

“因为我们给他带来一个好消息，是有关他失踪的儿子的消息。”

店主人显得有些吃惊。

“好消息？你们找到他儿子了吗？”

“有人在利物浦看到过他。警察随时都可能找到他。”

店主人长满胡须的面孔上表情由阴沉变得温和了。

他说：“我没有理由像别人那样祝福他。因为我曾为他赶过马车，他对我不好。把我解雇时，连句像样的话都没有。但是我听说小公爵有了下落。我也替他高兴。你们去公爵府送消息，我可以帮助你们。”

福尔摩斯说：“我们要先填饱肚子，然后你把自行车借给我们。”

“我没有自行车。”

福尔摩斯掏出一镑金币。

“我确实没有自行车，不过，我可以借给你们两匹马。”

福尔摩斯说：“行，等我们吃完饭再找您借马。”

当厨房里只剩下我们两个人的时候，福尔摩斯扭伤的脚突然奇迹般地好了。由于一天没吃饭，吃这顿饭的时间长了一些。福尔摩斯不知又在思考什么，他在屋里来回踱着步，并不时望着窗外发呆。窗户对面是一个又脏又乱的院子。有座铁炉摆放在院子的角落里，有个肮脏的小孩正在炉边干活儿。马厩在另一边。福尔摩斯从窗边走回来坐到椅子上，突然，他跳了起来，嘴里喊道：

“天啊！这回我搞清楚是怎么回事了！是的，一定如此。华生，你今天看到过牛蹄印吗？”

“看见过，确实有一些。”

“在什么地方？”

“喔，湿地上，小路上，还有黑底格遇难的附近都有牛蹄印。”

“确实如此，华生，你在荒原上看见牛了吗？”

“在我的记忆里，没有看见过牛。”

“华生，整个荒原上没有一头牛，但是我们却看到那么多牛蹄印，真是不可思议。”

“是的，确实有些想不通。”

“华生，你仔细再想想，在小路上你见过牛蹄印吗？”

“看到过，这点我可以肯定。”

“你能记起牛蹄印的形状吗？”他把面包屑排列成—：：：：：——“有时是这样的。”—：.：.：.——“偶而是这样。”—∴∴——“你能记清这些形状吗？”

“不，我做不到这一点。”

“但是我可以。我保证牛蹄印就是这些形状。但是我们只能在有时间的情况下才能回去验证一下。很可惜，我当时没下结论，太轻率了。”

“你得出了什么结论？”

“一头能走、能跑、能飞驰的怪牛，你相信吗？华生，我敢肯定，一个乡村客店老板制造不出如此高明的骗局。这个问题似乎可以解决了，但是那个孩子还在铁炉边。我们悄悄过去，看看能发现些什么。”

马棚看样子快要塌了，里面有两匹鬃毛又脏又乱的马。福尔摩斯抬起其中一匹马的前蹄看了一下，哈哈大笑，然后对我说：“华生，你瞧，马掌是旧的，掌钉却是刚钉上去的。这个案子的确有意思，我们去铁炉那边看看。”

那个孩子看到我们走过来，装作没看见，继续在干活。福尔摩斯的眼睛来回扫视着地上的烂木头和铁块。忽然传来一阵脚步声，原来是店老板赶来了。他眉头紧皱，目露凶光，黝黑的面孔，由于恼怒变成了紫色。他气势汹汹地朝我们走来，手里拿着一根包着铁头的木棍，我看见他这个架势，不由得想掏枪。

“你们这两个该死的侦探！在这儿搞什么鬼？”他对我们喊道。

福尔摩斯冷冷地回敬道：“卢宾·黑斯先生，你大概有什么见不得人的事吧。”

店主人努力克制着自己的情绪，假装出来的笑容，使他的脸更加可怕。

他说：“您可以在这儿搜查，但是必须得经过我同意后才行。我不想再看见你们，请马上付账离开。”

福尔摩斯说：“黑斯先生，我们只不过想借用一下你的马，并没有什么恶意。我看路不太远，我们还是走着去吧。”

“从左边那条路走，到公爵府大约有二英里。”他凶狠地盯着我们，直到我们走出他的客店。

我们一转弯就停了下来，因为店主人看不到我们了。

福尔摩斯说：“我觉得越来越冷，我们不能离开这个旅店。还是孩子们说得对，旅店里比较暖和些。”

我说：“我相信卢宾·黑斯知道事情的真相。他是我所见过的最坏的恶棍。”

“嘿，他在你眼里就这么坏吗？那两匹马，那个铁炉，还有这个‘红牛’店都很有意思。我们还是仔细地观察观察吧。”

我们背后是一个长长的斜山坡，大块的灰色石灰石零星地分布在上面。我们往山上走去，我无意中看见一个骑自行车的人从霍尔黄瑞斯府方向飞驰而来。

福尔摩斯边按我的肩膀边说：“蹲下，华生。”

我们还没来得及蹲下，那个人已经从我们面前骑过去了。透过飞扬的尘土，我在他过去的一瞬间看到一张激动的面孔——苍白的脸上，每一条皱纹都露出惊惧，嘴张着，眼睛盯着前方的路。我们终于看清了那人，是王尔德。

“华生，公爵的秘书有什么好看的。”

我们绕过一块块石头，不一会儿来到一处可以观察旅店的地方。门边靠着王尔德的自行车。旅店里静悄悄的，看不见任何人。天快黑了，我们在朦胧中看到旅店的马棚里挂着两盏汽灯。不一会儿传来嗒嗒的马蹄声。马蹄声沿着柴斯特菲尔德大路的方向急促地响起，很快就听不见了。

福尔摩斯低声说：“‘红牛’旅店确实有不可告人的秘密。”

“酒吧间在另一个地方。”

“是的，这是人们常说的私人住所。王尔德先生这么晚了在那个黑窝里干什么？他和谁在约会？华生，要想把这件事查得更清楚点的话，我们得冒次险。”

我们两个悄悄地下了山坡，沿着大路，猫着腰来到旅店门前。自行车依然靠在墙边。福尔摩斯划了根火柴去照自行车后轮，当他看清后轮是加厚的邓绿普牌轮胎时，他轻轻地笑了。我们头顶上的窗户亮着灯。

“华生，我得看看窗户里有什么。不过，我得站在你的肩膀上才能看到。”

我弯下腰，用手扶住墙，他踩在我的肩膀上，但是他没等站直就下来了。

他说：“华生，咱们已经工作了很长时间。我们能得到的情报差不多都弄到手了。我们尽量早点动身，因为去学校要走很远的路。”

一路上，他很少开口讲话。到了学校门口却转身往麦克尔顿车站走去。他在那里发了几封电报。然后又返回学校，去安慰霍克斯坦布尔博士。那位教师的死亡令博士很悲伤。他到我屋里来时，仍像早晨出发时精力那么充沛。他说：“亲爱的华生，一切都顺利，明天晚上之前我保证能解决这个神秘的案件。”

第二天早上十一点钟，福尔摩斯和我已经到了霍尔德黄瑞斯府。仆人领着我们经过伊丽莎白式的门厅，走进公爵的书房。在这里，我们又见到了王尔德先生——文雅而有礼貌，但他掩饰不住昨天夜里的极度恐慌。他诡秘的眼睛和颤抖的笑容告诉了我们这一点。

“你们是来见公爵的吧？很抱歉，不幸的打击使公爵的身体一直不舒服。昨天下午霍克斯坦布尔博士给我们拍来电报，告诉了我们您发现的情况。”

“王尔德先生，我有急事要见公爵。”

“但是公爵还没起床。”

“那我到卧室去拜见他。”

福尔摩斯向这位秘书坚决地表明见不着公爵他是不会走的。

“好吧，福尔摩斯先生，您在这里等着，我去请公爵。”

当这位高贵的贵族出现时，我们已经等了一个多小时。我觉得他突然老了许多，面色死灰，步履蹒跚。和我们打过招呼后，一脸庄严地坐在书桌旁，苍白的胡须垂在桌上。

但是福尔摩斯却盯着站在公爵椅子边上的秘书。

“公爵，为了我们谈话方便，我想请王尔德先生出去。”

王尔德恶狠狠地盯着福尔摩斯，脸色越发苍白了。

“公爵您要是愿意……”

“是的，是的，你最好照福尔摩斯先生的话去做。”公爵不耐烦地打断他然后又说，“福尔摩斯先生，有何贵干。”

福尔摩斯等秘书退出去把门关好后，才说：“公爵，是这么回事，霍克斯坦布尔博士对我和华生大夫承诺：找到小公爵后可以得到一笔赏金，我想从您嘴里得到证实。”

“是有这么回事，福尔摩斯先生。”

“谁要能确切地说出小公爵的下落，他会得到五千英镑。”

“是这样。”

“要是说出绑架小公爵人的名字，可以另外再得一千英镑。”

“对。”

“这一项要求包括绑架您儿子的人和那些同谋，是吗？”

公爵显得很不耐烦，连声说道：

"是的，是的，歇洛克·福尔摩斯先生，你要是把这些事情都做到了，就能拿到那笔可观的赏金。"

福尔摩斯一向收费很低，看到他贪婪地搓着两只手，我感到非常惊奇。

他说："公爵，我想您的支票本就带在身上吧。如果我得到一张六千英镑的支票时，我会很高兴。最好您到城乡银行牛津街支行把钱存进去。那是我的开户行。"

公爵直挺挺地坐在椅子上，面目严峻，冷冷地看着福尔摩斯。

"福尔摩斯先生，你不是在开玩笑吧，我没有白给人钱的习惯。"

"公爵，我是认真的，没有开玩笑的意思。"

"那么，你是什么意思呢？"

"再明白不过了，我可以得到这笔报酬。我知道你儿子的下落，而且还知道是谁绑架了他。"

公爵的苍白胡须在惨白的面孔下愈发白得怕人。

他呼吸急促地说："他在什么地方？"

"或者这么说吧，他在离您花园大门两英里的'红牛'旅店里。"

公爵无力地靠住椅子。

"你要控告谁？"

歇洛克·福尔摩斯接下来的回答令人吃惊。他快步走向公爵，并按住了他的肩膀。

他说："公爵，我就控告您，现在麻烦你给我开张支票！"

公爵当时的表现令我永远难忘。他两手紧握着，从椅子上跳起来，好像突然陷入了绝境，然后，他费了很大劲，才控制住自己的情绪。他坐下来，用两手捂着脸，好久没有说话。

他终于开口了，手仍然捂着脸："您都知道了吗？"

"我看见昨天晚上您和他们在一起。"

"除了你们俩，其他人知道吗？"

"我没对任何人讲过。"

公爵颤抖着打开支票本，无可奈何地拿起钢笔。

"福尔摩斯先生，我说话算话。我给你开支票，尽管情况对我不利。

当初答应付给报酬的时候，我没有想到事情会是这样的结局。福尔摩斯先生，你和你的朋友做事都很小心，是吗？”

“您的话我有些弄不明白。”

“福尔摩斯先生，我说明白一点儿吧。如果只有你们两个知道这件事，我希望你们不要张扬出去，我应该付给你们一万二千镑，对吗？”

福尔摩斯摇着头笑了笑。

“公爵，事情不能这么简单就了结吧，要考虑一下德语教师的死亡问题。”

“王尔德毫不知情，你不能让他受到牵连。德语教师是被那个凶残的恶棍杀死的。”

“公爵，我是这样认为的。当一个人犯下罪行时，而又引起另外一个罪行的发生，这个人在道义上也有责任。”

“福尔摩斯先生，从道义上讲，应该是这样的。但从法律的角度考虑，对一个不在凶杀现场的人，是没有理由受到法律制裁的。更何况他非常痛恨凶杀。王尔德一得到消息便对我什么都说了。他很悔恨和杀人犯有交往。出事后，他们就绝交了。喔，福尔摩斯先生，你一定得帮帮他！一定要挽救他！你听见了没有？”公爵控制不住自己的情绪，脸上也抽搐起来，两只拳头挥动着，在屋里走来走去。过了很长时间他才冷静下来，踱到书桌旁坐下后说：“你对任何人都没讲此事，便直接来了这里，我很赞赏你这样做。至少现在我们可以商量对付流言的办法了。”

福尔摩斯说：“是的，公爵，我们只有彼此坦诚，才能做到这一点。我尽可能地帮助你，但是我必须详细了解情况。我知道您说的王尔德先生，不是杀人犯。”

“杀人犯已经逃掉了。”

歇洛克·福尔摩斯微笑了一下。

“公爵，我想您如果听过我的名声，就不会对我隐瞒事情的真相。昨天晚上十一点钟，警方根据我提供的消息逮捕了卢宾·黑斯先生。今天早晨我离开学校之前，收到了当地警长的电报。”

公爵仰了一下身，然后惊奇地看着福尔摩斯。

他说：“你好像很有本事。卢宾·黑斯被捕了？听到这个消息，我很高兴，但愿对詹姆士的命运没有影响。”

“您的秘书？”

“不，先生，是我的儿子。”

这种坦率的回答令福尔摩斯吃了一惊。

“坦白地说，这些情况我一点儿都不了解，请公爵说得详细些。”

“我可以都告诉你。我同意你的看法，对无可挽回的局面，不管我多么痛苦，只有说出事情的真相，才是最好的解救办法。詹姆士的无能和强烈的嫉妒心，把我逼上了绝路。福尔摩斯先生，我年轻时，我和一位姑娘以一生只有一次的热情相爱着。我向她求婚，结果她以婚姻会妨碍我的前途为由，拒绝了。如果她还在人世的话，我绝不会和别人结婚。但是，她死了，留下了这个孩子，我担负起抚养孩子的责任。我不能告诉别人我们之间的父子关系。我使他接受了最好的教育。他长大后，我把他留在身边。我没想到，由于我的疏忽，他知道了实情，从此他滥用我给他的权力，并在他力所能及的范围内，公开我和他的关系。把他留在身边，造成了我婚姻的不幸。他一直憎恨萨尔特尔。在这样的情形下，我仍把詹姆士留在身边，你一定会问我为什么这样做。因为从他身上我看到了他母亲的影子。为了他的母亲，我没完没了地受着折磨。詹姆士使我回想起他母亲所有的可爱之处。因为这点我不能让他走。我很担心他会伤害阿瑟，也就是萨尔德尔。为了安全起见，我把他送到了霍克斯坦布尔博士的学校。

“黑斯是我的佃户，而詹姆士是收租人。正因为如此，他们之间有了来往。黑斯是个恶棍，詹姆士喜欢结交下流朋友。因此，他们关系很密切。在黑斯的帮助下，詹姆士劫持了萨尔德尔。出事的前一天，詹姆士打开了我写给萨尔德尔的信，并以公爵夫人的名义在里面塞了张便条。要萨尔德尔在学校附近的小林子‘萧岗’见他。这样，萨尔德尔便来了。我刚才告诉你的情况，都是詹姆士亲自向我供认的，那天傍晚，他骑着自行车去小林子中会见萨尔德尔。他对萨尔德尔说，他母亲在荒原上等着见他，只要半夜到小林子去，便会有人骑马带他去见母亲。可怜的萨尔德尔上当了。萨尔德尔到了那后，黑斯在等着他，并特意为他准备了一匹小马。他们一同出发了。詹姆士昨天才听说，当天晚上有人在追赶萨尔德尔他们。当时，黑斯用棍子袭击了追他的人，并把他打死了。然后，黑斯把萨尔德尔劫持到他的旅店，把他关在楼上，由黑斯太太照管。黑斯太太虽然很善良，但是行动受到了她凶残丈夫的限制。

“福尔摩斯先生，这就是两天前，我第一次见到你之前的情况。我当时知道的并不比你多，你一定会问詹姆士为什么这样做。因为詹姆士对我的继承人，有许多无法解释和难以想象的憎恨。在他眼里，只有他才应该继承我的全部财产，并且怨恨使他得不到继承权的法律。他急切地要求我公开我们之间的父子关系，以获得继承权。他使用各种手段阻止萨尔德尔成为我的继承人，要我在遗嘱里写明他是我唯一的合法继承人。我永远不愿意招来警察处置他，这点他很清楚。他绑架了萨尔德尔，想要挟我，按照他的意图去做，结果没有成功，因为事情很快败露了。

“你发现了黑底格的尸体使他罪恶的计划毁灭了。詹姆士得知这个消息，大为惊恐。昨天下午我们坐在这间书房里，霍克斯坦布尔博士拍了封电报。电报的内容使詹姆士显得极为忧伤和激动，这使我的怀疑变成了肯定。于是我责备了他的所作所为。他向我坦白了一切。为了给他的同谋保住性命的机会，他哀求我把这个秘密再保守三天。我总是对他让步，他马上赶到旅店通知黑斯出逃。并给了他一笔钱。由于白天去旅店会引起人们的猜测，好不容易等到天黑了，我急忙去看我亲爱的儿子——萨尔德尔。是遵守诺言呢，还是违背我的意愿？我左右为难，最后我决定让孩子在那里再待三天。由黑斯太太照顾他的生活。如果向警察报告孩子的下落，警察肯定会追查凶手是谁，杀人犯被捕后肯定会连累詹姆士。福尔摩斯先生，我按照您的要求，把事情的真相全部告诉了您。您是否也会和我一样信守诺言呢？”

福尔摩斯说：“我能做到这点，公爵，我必须提醒您，对罪犯做出让步，帮助凶手出逃，王尔德资助杀人犯逃跑的钱是您给的。所有这些都将使您在法律面前非常不利。”

公爵先生默认了福尔摩斯的说法。

“这的确是一件严重的事情。在我看来，你迁就大儿子而把小儿子留在危险的地方，这种做法，更应当受到指责。”

“他们郑重地对我承诺……”

“您怎么能相信这些人的话！您敢肯定小公爵不会再次被绑架吗？为

了对您犯罪的长子做出让步却把自己无辜的幼子置身于虎口。我为小公爵感到不平。”

高傲的霍尔德黄瑞斯公爵受到这样的指责，心里很不舒服。他拉长了脸想要发火，但是他的过错使他没有开口。

“我可以帮您，但是你必须先答应让您的仆人遵照我的命令去做件事。”

福尔摩斯对仆人说：“公爵命令你立刻驾车去‘红牛’旅店把萨尔德尔勋爵接回家。这件事你很乐意做吧？”

仆人兴高采烈地走出去后，福尔摩斯说：“既然我们掌握了主动，有些事就可既往不咎。只要凶手得到惩罚，我没有理由四处张扬这件事。至于黑斯，他是死有余辜，我不想为他做些什么。公爵您可以做到让他保持沉默，这样对你对他都有好处。警方认为，他是为了钱才绑架这个孩子的。如果黑斯只向警方供认了这些，那么，我不会帮助他们了解事情真相。公爵，如果詹姆士·王尔德先生再留在你身边，会给您惹很大的麻烦。这是我对您的忠告。”

“福尔摩斯先生，我清楚这一点。我们已经谈好，他将到澳大利亚独自生活，永远不再回来。”

“公爵，既然您说过您婚后的不幸，是由詹姆士引起的。那么詹姆士离开后，为了萨尔德尔，为了您的家庭，我建议您应当和公爵夫人重新开始生活。”

福尔摩斯站起来说：“这件事情可以结束了，我们在短暂的时间里得知了这么多事情的真相，确实值得庆幸。我还希望弄明白一件小事。黑斯给马钉上冒充牛的蹄迹的铁掌，是不是从王尔德那里学来的？”

公爵显得非常惊奇，站着考虑了一会儿，然后把我们带进一间布置得像博物馆的大房子里。他领我们走到坐落在角落里的玻璃柜前，让我们看上面的铭文。

“此铁掌从霍尔德黄瑞斯府邸的护城壕中挖出。铁掌底部呈连趾形状，供马使用。用来迷惑敌人。大概属于中世纪霍尔德黄瑞斯家庭经常征伐的男爵所有。”

福尔摩斯打开柜子摸了一下铁掌，他的手指留下一层薄薄的新鲜泥土。

“谢谢您，这个铁掌是我在英格兰北部看到的第二件有意思的东西。”

“那第一件有意思的东西是什么呢？”

福尔摩斯小心地把支票折起放到笔记本里。他非常爱惜地拍了一下笔记本说：“我是个穷人。”然后把笔记本放进他贴胸的口袋里。

5. 黑 彼 德

我的朋友在1895年的时候身体和精神都特别好，这种情况我还从来没有见过。他的名气一天比一天大，太多的案子使他忙不过来。我哪怕打个小手势或使个眼神给光临我们寒舍的某些头面人物，便会受到责备，原因是不够谨慎。福尔摩斯像一个伟大的艺术家，把工作当成一种乐趣来追求，除了霍尔德尼斯一案外，他很少为自己伟大的功绩而索取高额报酬。他特别讨厌帮助那些有权有钱的人，在这些人面前他显得特别清高，或者说是非常倔强，因为他对这些人的案子不感兴趣，而有时候他常常连着好几个星期为一些普普通通的当事人奔波忙碌，尽职尽责地帮助他们，因为他们的案子离奇古怪，有时还有动人的故事发生。这无疑激发了他的想象力，使他的才智得到了考验和体现。

1895年是令人难忘的一年，在这一年中福尔摩斯经办了一系列稀奇古怪的案子。对红衣主教托斯夫突然死亡的著名调查（这项工作是在教皇陛下特别指示下进行的）和抓获那位臭名远扬的养金丝雀的威尔逊（伦敦东区从此又少了个祸害），就是其中的代表作。随后又发生了彼德·卡里船长之死的疑案，也称伍德曼李庄园惨案。如果把歇洛克·福尔摩斯先生的破案记录算全的话，就必须把这桩非同一般的案件加进来。

记得是7月的第一个星期，我朋友经常不回家。一到这时候，我就知道他手头肯定有案子。那几天，有几个长得让人讨厌的野蛮人来访，并不时地问一些有关巴斯尔船长的问题，我马上想到这是福尔摩斯不想让人知道他那令人生畏的身份，而在某处乔装改扮、隐姓埋名地办案。福尔摩斯在伦敦至少有五个不同的住处。在这些住处里，他可以随时改变自己的身份。他没有透露他正在办理的案子，既然如此，我只能不闻不问。有一天他没有吃早饭就出去了。我刚坐下来吃饭，就看见他头戴礼帽大踏步走进来，腋下夹着的雨伞像一把有倒刺的短矛。

“福尔摩斯！你就这样带着那把破伞在伦敦转悠吗？我的天，我真不敢想象。”我大声叫了起来。

“我一路跑到肉店，然后又跑了回来。”

“肉店？”

“是啊，我亲爱的华生，早餐前锻炼一下身体是非常有益的。现在我的胃口好极了，我敢打赌，你肯定猜不出我今天早上进行了什么样的锻炼。”

“我没有兴趣猜那些无聊的事情。”

他边倒咖啡边笑着悄悄对我说：“要是你刚才在阿拉迪斯肉店的后面，你就会看见一位穿着衬衫的绅士正把雨伞当成武器，疯狂地去戳一只挂在天花板上的死猪。我没费什么劲就把死猪戳穿了，我太高兴了。你难道不想试一试吗？看起来，你的精力和我一样旺盛。”

“我，我才懒得动呢！真弄不明白你在搞什么名堂。”

“因为我觉得这与伍德曼李惨案有关。”

“我可以进来吗？”这时有人打断了我们的谈话。

“啊，霍普金斯，欢迎欢迎。昨晚收到你的电报后，我一直在恭候您。和我们一起吃点儿东西吧。”

我们的客人三十岁左右，虽然身着素雅的花呢衣服，但仍保持着那种穿制服时的笔挺，这就显得他非常干练和机警。我认出他是福尔摩斯寄予厚望的年轻警探，全名叫斯坦莱·霍普金斯。我们这位著名的业余侦探的科学办案方法，使这个年轻人像小学生一样对他充满了钦佩和敬意。看样子霍普金斯遇着麻烦事了，神情十分沮丧，一进门就坐了下来。

“先生，不用了，我已经吃过早饭了。我昨天来伦敦汇报，晚上没有回去。”

“你汇报的案件现在怎么样了？”

“先生，失败了，完全失败了。”

“一点儿也没有进展吗？”

“丝毫没有。”

“啊！上帝，不管怎么说，我一定得查查这个案子。”福尔摩斯说。

“福尔摩斯先生，您知道，这个案子本来给了我一个很好的机会，但我却没有把握住，现在您查这个案子，我太高兴了。看在上帝的份儿上，帮人帮到底，您去我那里帮我好吗？”

“没问题，这个案子的侦察报告和已经掌握的证据我刚才都仔细看过了。顺便问一下，在作案现场发现的那只烟丝袋，上面有没有可追查的线索？对此，你有什么样的看法？”

霍普金斯好像吓了一跳。

“先生，那海豹皮做的烟丝袋里，有死者的名字缩写字母，这肯定是他自己的烟丝袋。另外说一下，他以前捕过海豹。”

“可是他并没有烟斗。”

“是的，先生，在现场我们没有找到烟斗。他的确极少抽烟，这些烟丝大概是为朋友准备的。”

“就算是吧，如果我来处理这个案子，我会把烟丝袋作为调查的起点，这是我的一点看法。你把这个案子发生的经过和主要情况再简单介绍一下。因为我的朋友华生医生对这个案子一无所知，我也想进一步了解案情。”

斯坦莱·霍普金斯从他的口袋里掏出一张纸条，举着对我们说：“这是份可以说明死者彼德·卡里船长一生的年谱。船长生于1845年，现年五十岁，他捕捉海豹和鲸鱼可算得上是个老手，几乎没有失手过。他当上丹迪港的捕豹船“海上独角兽”号的船长是在1883年，一连几次出海都收获颇丰。为了给自己留下个美好的回忆，在1884年，也就是第二年，他就离开了海上。之后，他开始了好几年的旅行生活，直到买下了一个名叫伍德曼李的小庄园，旅行生活才算结束。他在庄园里住了六年，一星期前遇害。这个庄园位于苏塞克斯郡，靠近弗雷斯特住宅区。

“在日常生活中，他算是个严格的清教徒，他性格怪僻，不爱说话。有些时候与人格格不入，这显得他很特殊。他有一个妻子，一个二十岁

的女儿，还有两个女仆。他经常喝得醉醺醺的。一喝醉了，就打人。他经常在半夜把妻子和女儿打得在院子里四处躲藏，直到全村人被惊醒，把他制服后为止。为此，他家的气氛很压抑，女仆们受不了这种压抑，便经常辞掉工作。

“有一次，老牧师到他家中指责他的行为不端，他就殴打老牧师，因此遭到传讯。福尔摩斯先生，你很难遇到比彼德·卡里更残暴的人，总而言之，他不是个好人。据说，他当船长时性格就十分暴躁。他皮肤特别黑，留着一把又浓又密的黑胡子，周围的人都很怕他，他的同行都叫他黑彼德。邻居们对他也是又恨又怕，一见着他都绕道走，唯恐避之不及。自从他遇害后，我还没有听谁说过一句惋惜的话。

“福尔摩斯先生，死者有个小木屋，这点在调查报告中提到过，可能您的朋友还没有听说过这一点。小木屋只有一间，长十六英尺宽十英尺，离他家大约有几百码吧。他天天晚上在小木屋里睡，可能由于怀旧的缘故，他把小木屋叫作‘小船舱’。这个‘小船舱’对于别人来说是块禁地，唯一的一把钥匙装在他自己的口袋里，像铺床、收拾屋子之类的杂活从不用女仆插手，都是自己干。木屋的四壁都有窗户，但在人们的记忆中，那挂着黑色窗帘的窗户从来没有打开过。其中有一扇对着马路的窗户。当晚上木屋里面亮着灯时，路过的人们便猜想着黑彼德是不是又在里面喝酒，并对它指指点点，案件调查中几点明确的情况就是从窗户得来的。

“福尔摩斯先生，有一个名叫斯雷特的石匠您还记得吗？他在出事的前两天夜里，大约是一点钟的时候，从弗雷斯特住宅区往家走。路过小木屋时，由于好奇，他透过树丛朝亮着灯的窗户望去，看到一个人头部的侧面像，而且还非常清楚。这个人留着短胡子，并向前翘着。他对我发誓说，这个人绝不是彼德·卡里，因为船长没有那样的胡子，这一点他非常熟悉。我对石匠的话表示怀疑，因为马路离窗户挺远，不可能看那么清，况且他还在酒店里喝了两个小时的酒。谋杀是在星期三发生的，而石匠说的是星期一的事。

“星期二那天，彼德·卡里又喝醉了，那张通红的脸使他看上去像一头凶暴的野兽。他在他家的周围来回走着，嘴里还不知骂些什么，家里的女人一听到他的声音便不寒而栗，在他回来之前都溜之大吉了。他像往常一样，深夜去了小木屋。凌晨两点，他的女儿听到了从木屋方向传来一阵令人毛骨悚然的喊叫声。他女儿晚上睡觉没关窗户，听得比较清楚，但她没有放在心上，因为她父亲喝醉之后经常大喊大叫。有个女仆看到木屋门开着的时候，已是早晨七点钟了。因为黑彼德令人望而生畏，所以一直到中午才有人壮着胆子去悄悄地看他到底怎么样了。到了门口，那屋里的惨象把人们吓坏了，一个个掉头飞跑。回村后，有人报告了警察。不到一小时，我赶到木屋现场，接手这个案子。

“当我把头探进小木屋时，我也吓了一大跳。福尔摩斯先生，您知道我平时办事非常冷静，但这一次我确实不能保持冷静。墙壁和地板上都是血，简直像个屠宰场，成群的绿头苍蝇嗡嗡地飞着。让人感到恶心。这个‘船舱’确实名副其实。屋子一头有张床，旁边有个水手柜，墙上有图表和地图，还贴着一张‘海上独角兽’号的油画，非常醒目。在一个架子上居然还摆着一排航海日记。看着这一切，人们仿佛真的置身于船长的舱里。但屋里的惨象，又把人们拉回到现实中。一把钢制的鱼叉穿过船长的胸膛，深深地扎进身后的木墙上，让人觉得他像一只被钉在硬板上的硬壳虫。当然，他早死了，他那张因痛苦而扭曲的脸，显得胡子更加向上翘着。人们都在小声议论着，猜想他为什么被杀。

“福尔摩斯先生，我运用了您常用的方法——不许任何人搬动任何东西，然后把屋外的地面和屋里的地板都做了详细的检查。但结果令我失望，没有发现任何脚印。”

“你真的可以确定你没有发现脚印？”

“先生，我可以对着圣经向您发誓，确实没有发现脚印。”

“霍普金斯，你听说过会飞的动物会作案吗？我经手过许多案子，有一点可以肯定，那就是只要罪犯有两条腿，他一定会留下脚印。真难以想象，一个运用科学方法的侦探，会在一间溅满血迹的屋子里没有发现任何线索，由此可以看出，你并没有仔细检查现场所有的东西，再狡猾的罪犯都会留下一些蛛丝马迹。”

年轻的警长被我朋友一番讥讽后，脸红一阵，白一阵，皱着眉头对我们说：“福尔摩斯先生，我当时太蠢了，居然没想到去找您，可是现在说什么都晚了。当时屋里确实有几样值得特别注意的东西。那把用来谋杀的鱼叉便是其中之一。从现场看，那把鱼叉应该是被人从架子上一把抓下来的。架子上还有两把鱼叉，只有放第三把鱼叉的地方空着。鱼叉的木柄上刻着‘SS，海上独角兽号，丹迪港’的字样。由此可以推测，凶手和死者发生过激烈的争吵，愤怒中，凶手顺手操起置人于死地的武器——鱼叉。由于彼德·卡里穿着衣服，而且凶杀发生在凌晨两点。因此，我们可以推断死者与凶手有约会，桌上的一瓶罗姆酒和两只用过的杯子也说明了这一点。”

“你分析得不错，这两个推断都分析得很有道理。屋里除了罗姆酒外还有其他酒吗？”福尔摩斯问道。

“有，水手柜上面的小酒柜里还摆着白兰地和威士忌。这些酒瓶没被打开过。显然没有人喝过，因此，这些没喝过的酒对我们用处不大。”

“话别这么说，我看小酒柜还是比较重要的。”福尔摩斯说，“好了，关于酒就到此为止吧，你再给我们讲讲其他你认为与此案有关的物品吧。”

“桌上放着一只海豹皮烟丝袋。”

“它在桌子的什么位置上？”

“在桌子的正中央，我已经把它仔细检查过了，袋子翻口里面有‘P.C.’样的字母，里面有半盎司水手们常抽的味道辛辣的烟丝，做袋子的海豹皮上还有毛，没有加工过，上面还有根小皮绳可以把它系住。”

“太好了！还发现了什么？”

斯坦莱·霍普金斯从口袋里掏出了一个外面已经磨得起了毛的黄色笔记本，翻开后，可以看见里面的纸张也发黄了，这说明它存在的时间已经很长了。笔记本的第一页上有人名的字母缩写“J.H.N.”和日期

“1883”。福尔摩斯把它摆在桌上，非常仔细地检查着。我和霍普金斯的目光也越过他的肩膀，盯着笔记本。笔记本的第二页上印有“C.P.R.”三个字母，再翻后面，连着都是数字，再往后翻，在写有国家和地名的地方后面都有一些令人不解的符号和数字。

“对于这些符号和数字你有什么看法？”福尔摩斯问。

“这些符号和数字容易让人联想到交易证券的一些凭证。我认为‘J.H.N.’或许是某个证券拥有者的名字缩写。‘C.P.R.’也许是另外一个人的名字缩写。”

福尔摩斯说：“想一想，加拿大太平洋铁路的简称是不是也是‘C.P.R.’？”

斯坦莱·霍普金斯一拍自己的脑门，小声地骂着自己真愚蠢。

“您说的对极了！”他大声嚷嚷着。“我们只要弄清楚‘J.H.N.’三个字母代表什么，问题就迎刃而解了。我查过证券所的所有凭证，发现在1883年证券所所有经纪人名字缩写都不是‘J.H.N.’，可我觉得‘J.H.N.’是个突破口。福尔摩斯先生，这三个字母也许就是凶手的代码，这一点您必须得考虑到。另外，我认为记录大量有价证券的笔记本应该算作案发现场的重要物证，请告诉我们这次凶杀的真正起因吧。”

案情的发展完全不是福尔摩斯想象中的那样，他脸上的表情说明了这一点。

“我同意你的看法，”他说，“这本没有在调查报告中提到的笔记本，使我的想法有了一些转变。我得重新考虑这个物证的重要性。对了，你追查过笔记本里记录的证券了吗？”

“现在正在取证。我认为这些有价证券的主人也许都在南美洲，因为距离较远，可能得花相当一部分时间，才能查出这些证券拥有者的姓名及他们的简历。”

福尔摩斯想从那个发黄的笔记本中发现些什么，他一直在用放大镜仔细研究着。

“这儿有点不干净。”他说道。

“先生，我对您提起过，笔记本是从沾有血迹的地板上拾起来的。”

“血迹在笔记本的什么部位？上面还是下面。”

“是下面，也就是与地板接触的那面。”

“这就说明在凶杀之后，笔记本才落在地板上的。”

“您分析得对极了，福尔摩斯先生。而且我还敢肯定，这个笔记本是凶手在忙于逃跑时不小心跌落的，它掉的位置说明了这一点。”

“我猜想你没有在案发现场找到这些证券，对吧？”

“确实如此。”

“你是否有证据可以证明，这是一起谋财害命的案件吗？”

“因为屋里的东西仿佛没有被翻过的痕迹，所以我没有证据证明这一点。”

“有意思，真有意思，”福尔摩斯嘴里念叨着，突然他问，“现场是不是还有把刀子？”

“是的，先生，确实有把刀子，它就在死者的脚旁边，刀还在刀鞘里放着。刀子是死者的遗物，他的太太证明了这一点。”

福尔摩斯低着头不知在想些什么。

“我认为我有必要去现场调查一下。”福尔摩斯开口说道。

“太感谢您了，福尔摩斯先生，您这个决定终于让我可以松口气了。”斯坦莱·霍普金斯又跳又叫，兴奋得不知该干什么好了。

“走吧，咱们该出发了。”福尔摩斯对年轻的警探摆了摆手。

“霍普金斯，你去叫辆马车。华生，如果你能和我一起去，那就再好不过了。本来一个星期前就该去，那样将对我们的案件有重大突破，但是现在去还来得及，在现场也许还能发现点什么。”

十五分钟后，我们在弗雷斯特住宅区边上的一个驿站下车，穿过一片被叫作“不可逾越”的森林地带，这也是英国的堡垒，这片树林有几英里长。森林中的树木较为稀疏，建在附近的钢铁厂把树都砍去炼铁了。荒凉的树林里，零落地长着几棵小树，这片曾经抵当萨克逊侵略长达六十年之久的树林永远成为历史。在那片还有些绿意的山坡上，有一片不大的空地，一间又长又矮的石头房坐落在上面。一条拐来拐去的马车道伸向那间石屋。在大路边上有一幢三面被灌木丛包围着的小屋，屋门和挂着窗帘的窗户正对着路，这就是死者的家。

斯坦莱·霍普金斯领着我们进了房子，并向被害人的太太——一位表情黯淡的妇女，介绍了我们。她那张略带菜色的瘦脸上，爬满了皱纹。布满血丝的眼睛深处流露着恐惧，这是对长期苦难生活的控诉。一位面色苍白的金发姑娘站在老妇人旁边，这是被害人的女儿。

“我的爸爸被人杀死了，这我很高兴，我从心底感激那个凶手。”姑娘丝毫不怕我们对她指责些什么。黑彼德确实太不像话了，把自己的家搞得乱七八糟，让人觉得特别不舒服。当我们走出来，在太阳下长长地舒了口气的时候，才觉得被害者的妻子、女儿以前活得太压抑了。

我们沿着一条被死者踏出的所谓的路走向那间小木屋。

小木屋很简陋。墙、靠门的窗户和屋顶都是木头的，屋的最里面也有扇窗户，斯坦莱·霍普金斯拿出那把从死者身上找到的钥匙正要开门，却突然像发现了什么，他停住手，脸上露出不解的神情。

“这锁被人撬过。”他说。

正在检查窗户的福尔摩斯过去一看，门的确被撬过，那划过的痕迹，表明了门被撬的时间不长。

“这个撬门的人很笨，想从窗户爬进去，但是他失败了。”

“撬门的事非同小可，昨天晚上我离开时，门还好好的，我发誓。”警探说道。

我提醒他说：“是不是哪个村民因为好奇或者无聊来撬门？”

“这不可能。”警探一口否定，“村民根本就不敢到这里来，更别说想撬门闯进小屋了。福尔摩斯先生，您对撬门有什么看法？”

“我想我们来得正是时候。”

“您的意思是这个撬门的人就在附近，并且还会再出现，是吗？”

“我想他应该还会再来，他第一次来的时候根本没想到门会锁着。他想用一把小刀把门撬开，但是他没弄开门上的锁。他再来时会怎样呢？”

“带上容易撬开锁头的工具等天黑了再来。”

“我们的想法不谋而合，我们必须在此等着他出现，要不我们就是笨蛋了，现在我们进屋瞧瞧。”

地板和墙上的血迹没有了，但家具还保持着原来的位置。福尔摩斯用了两个小时仔细地检查了每样物品。没有发现重要线索，这从他脸上能看出来。

“霍普金斯，你动过这个架子上的物品了吗？”

“我摸都没摸过。”

“肯定有什么重要的物品被偷走了。你们看这个地方，比其他地方要干净一些，小偷拿走的也许是书或盒子之类的东西。现场我已经勘查完了。好了，华生，你陪我去树林散散步吧。我也放松放松。霍普金斯，你再待一会儿，看看能否见着我们想见的人。”

当我们布置好了圈套，已是晚上十一点多钟了。霍普金斯想把小屋门打开诱敌，但福尔摩斯认为那样做不妥当。只要有一把比较坚硬的刀，就能撬开锁头。福尔摩斯出了个主意说，我们应该在第一扇窗户外面的灌木丛中躲起来。这样，只要来的人点灯，我们就能躲在暗处看清他究竟想干什么。

世界上最枯燥无味的事就是守候，不过这让人觉得有点刺激，想想就要到手的猎物，心情一阵紧张，深夜里悄悄潜来的是什么猎物呢？如果是一只老虎，要和它进行艰险的搏击之后，才能将它抓获。如果是一只进行偷袭的豺狼，它只能攻击那些懦弱的人和没有任何防范的人。我们躲在灌木丛里，静静地等待着猎物。晚归村民的交谈声和疲惫的脚步声引起了我们的警惕，但是这些声音很快就没了。从远处传来的教堂钟声，告诉我们夜已经很深了，这时下起了小雨，我们头上的树叶在黑夜中被雨打得很响。

教堂的钟声告诉我们已经两点半了，这是天亮前最黑的时候，突然一种非常尖锐的响声，打破了寂静。声音是从大门方向传来的，我们的心都提到了嗓子眼。有人从马车道上走过。紧接着夜又恢复了寂静。过了很长时间后，我还怀疑刚才是不是一种幻觉。突然尖利的金属摩擦声和重物的打击声打破了黎明前的黑暗，我们都在想这个人不笨，选择这个时间撬锁，这回或许是因为技术和工具都比上回好吧，居然把锁头撬开了。随着火柴的划亮，蜡烛的点燃，使我们透过窗帘能看清屋内的一切。

这位神秘的撬锁者是个瘦小的年轻人，大约二十出头，在蜡烛光的照射下，那黑色的胡须把他的脸映衬得更加惨白。我清楚地看见他在不停地颤抖，蜡烛光也随着一起颤抖，我还从来没见过如此胆小之人。从他身上你能深刻体会胆战心惊的含意。他头戴便帽，上着诺福克式的上衣，下着灯笼裤，十足的一个绅士。他还在不停地抖着，一双贼眼惶恐地四处打量，这一切都被我们清楚地看到了。他哆哆嗦嗦地把蜡烛放在桌子上，随后走到一个角落，他在我们的视线中消失了。我们开始行动了，这时他突然又折了回来，手里拿着从航海日志中抽出的一个大本子。他把发抖的身体靠在桌上，手不停地飞快地翻着那个大本子，突然他停了下来，看起来是找到了他想要找的东西。他看了一眼后，做了一个显得非常恼火的手势，把大本子合上，又小心地放回了原处，并吹灭了蜡烛。他刚一打开门，霍普金斯便抓住了他的脖领。当他弄明白是怎么回事时，我听到他颤抖着发出了一声长叹，看样子他很害怕。蜡烛又重新亮了，那个可怜的家伙缩着身子，把自己发抖的身体拼命地往黑暗里躲，不料他碰到了水手柜，然后就一屁股瘫在了上面，这时他显得很无奈。

“嗨，朋友，你是干什么的？这么晚了你来这儿想找点儿什么东西？”警探问他。

这个人努力想把自己发抖的身体停下来，但是没有做到。然后望着我们挤出一点儿笑容来，但这笑比哭还难看。“你们是侦探吧，”他可怜地笑着问道，“你们要是认为我与彼德·卡里船长被害一案有关的话，那你们就冤枉我了。我可以发誓，我和这件凶杀案没有任何关系，我是清白的。”

霍普金斯说：“我们不会冤枉任何一个好人，这点你放心，请你先告诉我们你的尊姓大名。”

“约翰·塞普桑·内立根。”他机械地回答着。

福尔摩斯和霍普金斯对视了一下，然后点了点头。

“这么晚了，你来这儿的目的是什么？”

“你们能让我相信你们吗？不，我没理由相信你们，因此，我对你们什么都不能说。”

“如果你拒绝回答我们的问题，那么在法庭上吃亏的是你”。

年轻人不说话了，看样子他在权衡利弊，是说还是不说。

“那好吧，我回答你们，”他说，“我不是不愿意告诉你们，而是我有难言之隐，可是现在我又不得不说。道生和内立根公司你们几个是否有所耳闻？”

霍普金斯显然没听说过，但他的表情告诉了我。福尔摩斯却显得有些兴奋。他说：“是那两个亏损了一百万英镑的西部银行家吗？这两个无能之辈毁了康活尔郡一半的家产后，内立根就消失了，再也没人见过他。”

“对极了，我是内立根的儿子。”

我们好不容易才获得了一些可靠的线索，可一个被自己的鱼叉钉在墙上的船长与躲债的银行家之间，似乎有些风马牛不相及。但是不管怎样，我们还是认真地听他讲下去。

“我父亲是主要的当事人，道生当时已经洗手不干了。这件事给十岁的我带来的是羞耻，害怕，而又无可奈何。在人们眼里我父亲是个小偷，把所有的证券都卷跑了。但事情并不是人们想象的那样。我父亲一直认为，只要证券到了兑换期，一切都会真相大白，而且债权人的钱都会还给他们的。我父亲趁法院的传票还没有送到他手中的时候，便坐小游船去挪威避难了。他走之前的晚上和我妈妈告别时的情景，如今我都记得很清楚。他给我们留下一张清单，上面列着他所带走证券的名称、数额。并且发誓说他一定会回来还自己一个清白。可是他一走就音信皆无。我和母亲都认为他和所有的一切都被大海吞没了。我们家有一位可靠的商人朋友，不久前，他在伦敦交易市场上发现了我父亲带走的一部分证券，你们能想象出我们听说这个消息的心情吗？吃惊，喜悦还夹杂些愤怒。在这几个月里，我苦苦地追查着我父亲那些证券的下落，老天不负有心人，我终于打听到这些证券的最初卖主，他就是彼德・卡里船长。

“我对这个人进行了明察暗访。我发现我父亲渡海去挪威避难时，他所当船长的那艘捕鲸船正好从北冰洋往回返。那是一个多风之秋，强劲的南风不停地刮着。我猜想彼德・卡里船长的船在北方碰到了我父亲的小游艇，如果我猜得没错的话。那么我父亲是死是活呢？我父亲的证券如何会在市场上出现？怎样证明我父亲并没有出售它们？因为我父亲带走这些证券的时候，不是为了自己挣钱，我带着一大堆的疑问来找这位彼德·卡里船长。

“我万万没有想到，在苏塞克斯的这间小木屋里，唯一的知情人——船长被人杀了。我从案情的进展调查报告中得知，当时那艘捕鲸船航海日志还在这间小屋里。于是我就想得到它。如果航海日志中记载了 1883 年 8 月里发生的事情，那么有关我父亲的生死问题也就全明白了。由于我没有充分准备，结果昨天没打开门，也没得到航海日志。今天我做了充分的准备，结果比较幸运，门被我撬开了。我找到了那本航海日志，但是有关 8 月份的那几页不知被谁撕了。我非常失望和生气，准备再进一步调查时，被你们抓住了。”

“你说完了吗？”霍普金斯问。

“完了，我把一切都对你们说了。”说这句话时他有些心虚，不敢与我们对视。

“你真的再没有别的话要对我们说了吗？”

他沉默了一段时间后，然后说：“是的，先生，没什么可说的了。”

“在昨天晚上之前，你到过这间小屋吗？”

“绝对没有。”

霍普金斯举起那本封面沾有血迹的笔记本，指着第一页上人名的字母缩写“J.H.N.”问他，“对于这个人名简写字母，你怎么解释？”

他可怜地用手捂着脸，全身不停地颤动。他那刚刚振作了一点的精神被彻底摧垮了。

他哭丧着脸说：“你从什么地方得到它的，我还以为它掉在饭店里了，我不知道，什么都不知道。”

“够了。”霍普金斯严厉地制止他再说下去。“你现在最好保持沉默，把你的话留着跟法官说吧，现在你要做的事就是随我去警察局。福尔摩斯先生，您和您的朋友来这儿帮我，我不胜感激。看来你们这趟是白跑了，你们即使不来，我自己也能抓住这个家伙，不管如何，我都要再次感谢你们。我已经在勃兰布莱特旅店为你们准备了休息的地方，咱们现在一起走吧。”

在第二天早晨，由旅店返回伦敦的时候，福尔摩斯问我："华生，你认为这个案子处理得怎么样？"

"这个案子对你来说是不尽如人意，是吗？"

"华生，你错了，这个案子的结局我是百分百的满意。不过霍普金斯处理方法有些欠妥，这很令我失望。作为一个侦探，对每一个案件都要考虑是否还有别的可能情况。并且要给自己留一个回旋的余地。这是刑事案件侦破中首先要考虑的问题。"

"那么这件凶杀案第二种可能性是怎样的呢？"

"这个问题现在不好说，目前还什么都不知道，但我会顺着我发现的线索追查下去。"

他抓起一封信拆开。"嗨，伙计，在贝克那里有几封信在等着我呢。"说完，他高兴地笑了。

"太棒了！华生，第二种可能性终于被我发现了。电报纸你带着吗？替我拍两封电报：'莱特克利夫大街，海运公司，萨姆纳。明天上午十点派三个人来。——巴斯尔。'这是我的别名。"福尔摩斯解释道，"另外一封是：'布立克斯顿，洛德特四十六号，警长斯坦莱·霍普金斯。有紧要的事情找你，请你务必于明日上午九点半到我这，如果你不能赴约，请电告我——歇洛克·福尔摩斯。'好了，华生，我终于可以把这件让我头痛了十天的凶杀案放到一边去了，我敢打赌，明天你能看到这起凶杀案的最后结局。"

斯坦莱·霍普金斯准时赴约，看起来他兴致很高，可能是办案成功带来的喜悦吧。我们彼此招呼了一下，就一起享用哈德森太太为我们准备的丰盛早餐。

福尔摩斯问他："你真的相信，你的办案结果完美无缺吗？"

"是的，我相信，我还从来没有办过这么完美的案子。"

"可是我认为这个案子的最终结果还没有出来。"

"福尔摩斯先生，您刚才的话让我很不理解，还有什么事情没有结果呢？"

"你对这件凶杀案的各个疑点都能有一个合理的解释吗？"

"这没有问题。在案发的当天内立根搬进勃兰布莱特旅馆。他住宿的理由是打高尔夫球。为了进出方便，他在一楼开了个房间。当天晚上，他在那幢小木屋里见到船长，因为话不投机，船长没有告诉他父亲的下落，于是他们吵了起来。他在盛怒之下，顺手操起一把鱼叉把船长刺死了。然后，他感到害怕了，毕竟他杀了人，他在惊慌中逃出了小木屋，没留神把笔记本掉在了案发现场。这笔记本是他向彼德·卡里调查那些不同证券的来源时要用到的。您有没有发现有些证券打了勾，而有些证券没打勾。伦敦市场上出现的是打了勾的证券。那些没打勾的证券可能还在彼德·卡里手里。据小内立根自己的供词说，他想把那些证券找回来，替他父亲还债。他杀人潜逃后，由于心里害怕，好几天不敢去销毁罪证。但他为了他所需要的，他不得不硬着头皮，再次光临小屋。案情的发展和结局就是这么简单，你认为不是这样吗？”

福尔摩斯不置可否地笑了笑。

“霍普金斯，我认为案件里还有个疑点，就是刚才你分析的事情没有发生过。你试着用过鱼叉吗？没有？那好，我亲爱的警官，你应该考虑每一个细节。华生医生可以对你说，我做了一上午实验。用鱼叉叉东西，胳膊需要很大力气，动作熟练，这可是一件难事。可在这个案子中，鱼叉深深扎进木墙，这说明鱼叉出手时速度很快。那位瘦弱的年轻人能够做到这一点吗？是这个人和黑彼德在深夜喝罗姆酒吗？两天前石匠看见屋里的侧影是他的吗？霍普金斯，我觉得凶手另有其人，是一个非常壮实、力气很大的人。”

福尔摩斯分析案中的疑点时，霍普金斯的脸色越来越难看。他那种破案成功的喜悦正在迅速消失。不过没有铁一样的证据时，他是不会同意福尔摩斯的观点的。

“福尔摩斯先生，你得承认，那天晚上内立根在凶杀现场。笔记本是个有力的证据。不管你分析得再怎么合理，我的证据能让法庭认可。话又说回来，福尔摩斯先生，我认定的罪犯已经归案，但是您分析的那个凶手在什么地方？”

福尔摩斯严肃地对他说：“现在上楼的可能就是凶手。华生，你把枪放在顺手能摸到的地方。”随后他起身把一张有字的纸条放在墙边的桌子上。他说：“一切准备就绪。”

门外响起了沙哑的谈话声，随后哈德森太太推门进来说，有三个人想见巴斯尔船长。

“让他们排好队，按顺序单独进来。”福尔摩斯说。

第一个进来的人长得比较顺眼，花白蓬松的连鬓胡子把他的脸映衬得很红润，但是个子挺矮。福尔摩斯从衣袋里掏出一个信封。

“你怎么称呼？”他问。

“詹姆士·兰卡斯特。”

“兰卡斯特，非常对不起，船上已经满员了。这是半个英镑，您拿着，很感谢您能来这里。请您到里屋去等几分钟，好吗？”

进来的第二个人也没有被雇佣。他叫休·帕迁斯，长得又瘦又长，头发很短。由于营养不良，腮帮子上没有一点儿肉。他同样拿到半英镑，去里屋等候消息。

第三个人进来了，他的长相很有特点，那张凶恶的面孔有些像哈巴狗，一团蓬松的头发和胡须恰如其分地点缀在其间。下垂的浓眉下一双眼睛贼溜溜地乱转。他向福尔摩斯敬了个礼，然后手里转动着帽子站在了一边，此人一看就是一个标准的水手。

“怎么称呼？”福尔摩斯问。

“柏特立克·开恩斯。”

“以前叉过鱼吗？”

“叉过，我都出了二十六次海了。”

“您是在丹迪港当叉鱼手吧？”

“非常正确，您猜得很对，先生。”

“还想再出海叉鱼，冒冒险吗？”

“非常乐意。”

“您希望薪水是多少呢？”

“我想，每月八英镑就可以了。”

“你能马上就出海工作吗？”

“没问题，拿上鱼叉就可以工作。”

“您有什么材料能证明您是叉鱼手？可不可以让我看看。”

“有，可以，先生。”他掏出一卷皱巴巴，并且带有油迹的旧表格。

福尔摩斯接过来仔细看了一下立即又放到他手上。

“您完全符合我的条件，”他说，“去那边桌子上的合同书上签个字吧，您被录用了。”

这个长相凶恶的水手蹒跚着走到桌子跟前，把笔拿了起来。

“先生，在这个空白处签我的名字吗？”他边看合同书边问。

福尔摩斯猛地扑了过去，用两只手掐住了他的脖子。

“这就可以了。”他说。

就在福尔摩斯铐住这个长相凶恶的水手的同时，水手如同一头激怒了的公牛般吼叫起来。随后我就发现福尔摩斯和那个水手在地上扭打着。这人简直像头牛，一身蛮劲，如果霍普金斯和我不及时出手的话，即使福尔摩斯铐住他，他还是能迅速地打倒福尔摩斯。“不许动，”我喝道，随后我用冰冷的枪抵住了他的太阳穴，直到这时他才明白反抗是多余的。我们费了很大的劲，才把他绑起来。

福尔摩斯说：“很抱歉，霍普金斯，炒鸡蛋可能得重新热一下。不过，你要明白当你的案子画上了一个完美的句号时，你的胃口可能会更好。”

斯坦莱·霍普金斯惊奇得嘴都合不拢了。

他红着脸，有点口吃地说：“福…福尔摩斯先生，我该说什么好呢？在整个案件侦破过程中，我出尽了洋相。有一点我应该记住：您永远是我的老师。虽然我目睹了您刚才所做的一切，但我还是有点摸不着头脑。”

福尔摩斯宽厚地说：“行了，行了，经验都是一点一滴积累起来的。这次给你的启示是：永远不能排除第二种可能性。年轻的内立根吸引了你的注意力，真正的凶手柏特立克·开恩斯却逃脱了你的视线。”

被绑起来的水手不合时宜地打断了谈话。

他用嘶哑的声音说：“各位警长，你们抓我，我没有怨言，但是我希望你们分析案情的用词要恰当。谋杀和杀人是两个不同的概念。我可以正确地告诉你们：我只是杀了彼德·卡里，而不是谋杀。”

“我相信不是谋杀，你接着说。”福尔摩斯说。

“我死到临头了，也没有必要骗你们。我非常熟悉彼德·卡里。那天晚上他拔出刀子，我操起了鱼叉，在当时不是鱼死就是网破，结果，他被我杀死了。也许你们认为这是谋杀。至于让黑彼德的刀子捅进我的心脏，或是上绞刑架，结果都是死。这对我来说没什么区别。”

“你是因为什么原因去小木屋的呢？”福尔摩斯问。

“说来话长，我可以坐一会儿吗？这样会舒服一些。那是在 1883 年 8 月，彼德·卡里是‘海上独角兽’号船长，我是叉鱼手。当时我们正避开北冰洋的巨大冰块往回返，天不作美，我们遭遇了一个星期的南风。一只被吹到北方的小船被我们救起，船上唯一的人，是第一次出海。我们当时都猜想他所乘的大船已经遇难，只有他乘小船去挪威逃命。总而言之，他上了我们的船。这个人和船长密谈了很久。他随身带的物品只有一个铁皮箱子，没有人知道他叫什么，而且第二天他就不见了，好像什么事都没发生过。当时有人猜测这个人不是自杀，就是失足落水。只有我了解这件事的真相，我知道他去了哪里，我在值夜里第二班时，看见那个可怜的人被船长捆住脚，扔进了大海。两天后，谢特兰灯塔出现在我们的视野里。

“这件事我对任何人都没提起过，我想看看以后会发生什么事情。我们回港后，把这件事瞒了过去，一个陌生人失足落水，谁也没有必要知道些什么。彼德·卡里不久就洗手不干了。我多方打听，才知道他的下落。我想他杀人的动机，是为了铁箱子里的东西，而且我还自信地认为他会用钱堵住我的嘴。

“一位在伦敦见过他的水手，告诉了我他的地址，我决定去找他要点钱花。头天晚上，他很知趣，答应给我一笔钱，使我不用再出海受罪。我们谈好两天之内把事情办妥。我第二次去时，他已有几分醉意，脾气也很暴躁。我们坐下来，边喝边聊些往事。他喝得越来劲，我越觉得事情有些不妙。果然他脸色一沉，目露凶光，对我又叫又骂，并且想拔刀捅死我。我先下手为强，顺手拿起架子上的鱼叉，在他拔刀之前把他干掉了。天啊，他死前凄厉地叫了一声。当时我也喝多了，看什么东西都不清楚。我身上溅满了血，我站在那里，不知该怎么办。过了好长时间，一点动静都没有，我四下看了一下，发现那只我和彼德·卡里都想得到的铁箱子在架子上放着，于是我鼓足勇气带走了它。我真傻，我竟然忘了拿桌上的烟丝袋。

“我现在告诉你们另外一件你们不知道的事。我刚出小屋，就听见一阵脚步声。我马上躲在灌木丛中。一个人贼头贼脑地走进了小屋。'妈呀！'这个人大喊一声，转身没命地跑了，一会儿就不见了，我不认识他，也不知道他来这儿的目的。至于最后，我走了十英里坐上火车，悄悄地回到了伦敦。

"等我撬开铁箱时，才看见里面除了一些证券外什么都没有，但我不敢把证券出手。黑彼德没有给我钱，我连家都回不去了，只能流浪于伦敦街头。我看到招聘叉鱼手的广告，待遇挺好，而且我的手艺也能派上用场。于是我就去了海运公司。然后他们让我来这儿找你们。我的事情讲完了。我替天行道，杀死了黑彼德，法庭应该感谢我，因为我替他们省了一根麻绳。"

"你交代得很清楚，"福尔摩斯说完点着烟斗，"霍普金斯，我觉得你应该把凶手送到他应该去的地方，这个房间太小，再说也不是牢房。"

霍普金斯说："福尔摩斯先生，太感谢您了，但是我还没弄清，你是如何发现真凶的。"

"我只是运气比较好，抓住了正确的线索而已。假如我早发现那个笔记本，没准也会误入歧途的。那惊人的力气，会熟练地使用鱼叉，海豹皮烟丝袋、罗姆酒等这一切都把我引向了一个方向——一个捕过鲸鱼的水手。至于'J.H.N.'三个字母只是个巧合。我们在木屋里没找到烟斗，彼德·卡里平时也不抽烟，所以烟丝袋不可能是他的。还记得我曾经问过你，木屋里还有其他酒吗？你说：'有，还有白兰地和威士忌。'没出过海的人是不会放弃白兰地和威士忌而喝罗姆酒的，所以，我断定凶手是个海员。"

"您是怎么发现真凶的呢？"

"亲爱的警官，这时案情就很明朗了。假如作案的是水手，那肯定和死者在'海上独角兽'号一起工作过。而黑彼德没有在其他船上做过事。我打电报询问丹迪港。三天后，我拿到了1883年'海上独角兽'号水手的全部名单。当柏特立克·开恩斯这个名字出现在我眼前时，我的侦破工作就快要结束了。我想他应该在伦敦，并且想尽快离开英国。于是我在伦敦东区打出了北冰洋探险队的招牌，用高薪作为诱饵，结果鱼儿上钩了！"

"好极了！"霍普金斯叫道，"太棒了！"

福尔摩斯说：“你马上释放小内立根，并且应该向他赔礼认错。铁箱子也应该物归其主，那些被死者卖出去的证券不可能再收回来了。警官先生，你可以把罪犯带走了。如果审判罪犯时需要我出庭作证，请你通知我，我和华生在挪威的详细住址以后再告诉你。”

6. 米尔沃顿

尽管这件事情已经过去了很长时间，但是现在让我说出来，仍然有些提心吊胆，在过去那漫长的岁月里，我不能透露一点有关这件事的内容。现在主人公已不在人世了，在不至于对任何人的名声有影响的前提下，我才能有所保留地进行讲述。这件事是我和歇洛克·福尔摩斯先生所办案件中最奇怪的。假如我隐去部分内容，请读者多多谅解。

福尔摩斯和我在冬季的一个夜晚出去散心。大约六点钟左右才回来。福尔摩斯打开灯看到桌上放着一张名片。他拿起看了一眼，哼了一声，随手把它扔在地上，并且踩了一脚。我过去拾起来念道：

查尔斯·奥格斯特斯·米尔沃顿

阿倍尔多塔

韩姆斯德区

代理人

“他是什么人？”我问：

“流氓，伦敦最大的流氓。”福尔摩斯边说边把腿放在壁炉前。“名片背后还写着什么？”

我翻到背面，念道：

“六点半来拜访——C.A.M.”

“他马上就要到了。华生，当你看到蛇那吓人的眼和邪恶的扁脸时，你一定会有种说不清的恶心，并且会远远地离开它，对吧？米尔沃顿在我眼里就是这种阴险的毒物。我与五十多个杀人犯交锋过，其中最坏的罪犯给我的感觉，也没他那样令我感到可恶。但由于工作关系，我又不得不约他到这来。”

“我倒要见识一下，看他到底有多么可恶。”

“别急，华生，听我慢慢对你说。他诈骗的方法和手段堪称一绝。有很多人在帮他，尤其是那些被他知道隐私的女人更是不得不违心地帮他，甚至上帝也帮他。这个人笑里藏刀，他一而再、再而三地敲诈她们，直至榨干她们的油。凭这个家伙的能耐，在其他行业中也能发达。大伙都晓得，他乐意花大价钱收买有钱有权人的信件，这是他诈骗的手段。权贵们的男女仆人和混迹于上层社会的流氓，为了得到钱都向他提供信件。一些妇女的感情和信任常常给了这些无耻的流氓。他出手很大方。我曾听说他为买一张只有几个字的纸条而付给那个仆人七百英镑，结果他拆散了一个贵族家庭。只要社会上有什么风吹草动，米尔沃顿都会知道。在这个城市的许多人都怕他在某一天会敲诈到自己头上。他之所以无法无天，为所欲为，是因为他有钱和独特的诈骗手段。有时他像一个贪婪的赌徒，选择最佳时机，将手里的牌打出去。我说过，他是伦敦最大的流氓。一个喝醉酒打老婆撒气的暴徒怎能和他相提并论呢？他带着罪恶的计划，有条不紊地进行敲诈，目的只有一个——挣钱。”

我从没见到福尔摩斯谈论一个人时，带有这么强烈的厌恶之情。

“应该把这个流氓推上法庭受审。”我说。

“他虽然触犯了法律，但那些把名声看得比什么都重要的女人，是不会控告他的，因此，他现在仍然逍遥法外。假如他敲诈了一个无辜的人，我们一定不会坐视不管。我们要用一些特殊的办法来对付他，因为他很狡猾。”

“你把他约到我们这儿来是什么意思？”

“因为一个无辜的人受到了敲诈。她叫意娃·布来克维尔，是一位贵族小姐，在城里颇有名气，这个漂亮的女孩子在三个月前才进入社交圈子，两个星期后她将和德温考伯爵完婚。这个流氓不知从谁手里买了几封信——那是写给一个年轻的穷乡绅的。这封信本来没什么大不了，但这个恶棍一插手，就足以破坏这场幸福的婚姻。这个流氓扬言，如果不拿出一大笔钱给他，那么他会把这封信交给她的未婚夫。她求我做她的代理人，去和米尔沃顿谈条件。”

大街上响起马车的声音。我向窗外看去，一辆豪华的双驾马车刚好停在楼下。那对栗色骏马的皮毛在灯光下显得油光光的。车门开了，一个穿着黑色羊皮大衣的人下了车，他身材不高但很粗壮。一分钟后他站到我们屋里。

查尔斯·奥格斯特斯·米尔沃顿大约五十岁出头，皮肤保养得很好，由于身材的缘故，脑袋显得比较大，金边眼镜后面的两只小眼睛发着狡黠的光，假装仁慈的脸上堆满假笑。他的声音也给人一种虚假的感觉。他走到福尔摩斯面前，伸出一只胖手，嘴里还念叨：第一次来没见到我们，他表示很遗憾。福尔摩斯冷冷地看着他，没有去握那只胖手。米尔沃顿尴尬地笑了笑，然后脱下皮大衣，仔细地叠好，放在椅背上，坐了下来。

他指着我问：“这位先生是谁？谈话方便吗？”

“这是我的朋友和同事——华生医生。”

“那就好，福尔摩斯先生。我是为您的当事人考虑，我不想让太多人知道这件事。”

“我已经和华生医生谈过了。”

“那么我们就谈条件。您作为意娃小姐的代理人，是不是想告诉我她已经同意了？”

“同意什么？”

“用七千英镑买回我手里的信。”

“可以用其他方法解决吗？”

“亲爱的先生，我很不喜欢和别人讨价还价。我强调一下，假如十四号前我拿不到钱，那么十八日的婚礼将会泡汤。”他得意地挤出一丝令人作呕的微笑。

福尔摩斯沉思了一会儿，说：

“你不要高兴得太早了，我已经了解这些信写了什么。意娃小姐会接受我的建议——向他未婚夫坦白过去发生的事，来求得未婚夫的谅解。”

米尔沃顿哈哈大笑。

他说：“看样子，您根本不了解伯爵。”

福尔摩斯流露出困惑的表情，看来他确实不了解伯爵。

他问："这些能危害到意娃小姐什么呢？"

米尔沃顿答道："这些信对意娃女士很不利，她信的内容，让人非常爱看，我相信，德温考伯爵看了信后会很不舒服。既然咱们意见不一致，再谈下去也没多大作用。这只是一笔生意。如果你认为这些信到了伯爵手里对意娃女士并没有多大影响，那么花钱从我手里买信，就是傻瓜干的事。"说完，他拿起衣服准备告辞。

福尔摩斯气得恨不得打他一顿，脸色也很难看。

他说："别着急走，这个问题确实微妙，我们不能让谣言中伤意娃小姐。"

米尔沃顿又坐回了原处。

他自言自语地说："你只能照我说的去做，这是意料之中的事。"

福尔摩斯对他说："两千英镑就可以使意娃女士倾家荡产，这点我可以做证。她没有办法给你那么多钱，希望你能按照我说的数目把信卖给我，你从她身上确实诈取不了更多的钱。"

米尔沃顿嘴角露出略带讥讽的笑容。

他说："意娃女士的家产底细我也很清楚，一个女子的亲友为她出力的最佳时机是什么时候？是结婚。送给新娘一件贵重的礼物，他们也许会考虑一番。但是买这些能给他们带来更多欢乐的信，他们是会答应的。"

福尔摩斯说："那倒未必。"

米尔沃顿从大衣里拿出一本厚厚的东西，说："看呀，多么可怜的人！请你们往这儿看，如果这些小姐们再不拿钱出来，我只能对她们说抱歉。"他又举起一封印有家徽的便条，对我们说："如果她不肯将她的钞票分给我一点，那么这封信就会被她丈夫看到。不过，明天早上之前你们是不会知道她的名字的。你们知道贵族麦尔兹女士和中尉多尔金为什么取消婚礼吗？就因为那位女士不肯拿出解决问题的一千二百英镑，多可惜呀，一对才子佳人，就这样散伙了。我真没想到你对当事人的前途和荣誉不闻不问，漠不关心，居然和我讨价还价，你太令我失望了。”

福尔摩斯说：“她确实拿不出那么多钱，鸡飞蛋打的下场对谁都不好，我劝你最好还是接受我的建议。”

“福尔摩斯先生，你又错了，现在我手头有八九件事，到了收钱的时候，假如她们知道意娃女士得付这么高价钱收回信的时候，我敢肯定，她们会主动找我和谈的，您明白我在说什么吗？”

福尔摩斯忽地站起来，对我说：“华生，快把门关住，别让他跑了！先生，我倒要看看你本子里有什么秘密。”

米尔沃顿以极快的速度窜到了墙边，背靠着墙。

他从上衣口袋里面掏出一把手枪，对我们说：“亲爱的福尔摩斯先生，我早就想到你会动手的，像你这样的代理人我常遇到。但这对你们有什么好处？坦白地说，我早就做好了防备。你们不要逼我动手。另外，我不会将所有的信件都带在身上，只有傻瓜才这么做。先生们，我还得到韩姆斯德区去拜访另外两个人，再见。”说完他走过来拿起大衣，用枪指着我们倒退着走到门口，我准备拿椅子砸这个流氓，福尔摩斯制止了我。米尔沃顿站在门口，不无讽刺地给我们鞠了个躬，然后关上门，离开了这里。

福尔摩斯将手插在裤袋里，下巴垂在胸前，坐在火边一动不动，眼睛呆呆地看着火光。整整有半个小时，他一句话也没有说。他站了起来，看样子像拿定了什么主意。然后走进了卧室，过了一会儿从卧室里走出一位青年工人，留着一把山羊胡子，显得十分俏皮。他在灯边点着烟斗后得意地对我说：“华生，我这身打扮不错吧，我出去一趟，一会儿回来。”接着他就走了，我清楚，他找查尔斯·奥格斯特斯较量去了，这场较量会用这么特殊的方法进行，实在出乎我的意料。

福尔摩斯就凭着这身打扮，在韩姆斯德区调查了好些天，但我不知道他到底在干些什么。他终于在一个刮着狂风、下着大雨的夜晚回来了。他恢复了以前的模样，坐在火前，冲我得意地笑着说：

"华生，你看我像快要结婚的样子吗？"

"不像，你怎么会快要结婚了？"

"说出来，你会替我高兴的，我已经订婚了。"

"亲爱的朋友，我祝——"

"未婚妻是米尔沃顿的女仆。"

"真不可思议，怎么回事，福尔摩斯？"

"华生，我为了得到情报才这样做的。"

"有点过分了吧？"

"不过分，我只能这么做，在女仆的眼里，我是一个名叫埃斯柯特的管道工。每天晚上我都和她出去约会。从她嘴里我得到了我所需要的情报。现在，时机已经成熟，我对米尔沃顿家是了如指掌。"

"福尔摩斯，你的未婚妻怎么办呢？"

他无奈地苦笑了一下。

"亲爱的华生，我别无选择，这就像赌博，你必须出好每一张牌。不过还好，我的情敌会在适当的时候取代我的。多么美妙的天气呀！"

"美妙？你喜欢这种鬼天气？"

"这种天气非常适合于我工作，华生，今晚我去米尔沃顿家。"

他慢慢地说出这句话，口气非常坚定。去米尔沃顿家？多么可怕的决定。一旦行动失败，那将会带来不可想象的恶果——被捕、饱受折磨、上法庭，然后身败名裂。

我大声警告他："上帝呀！你想过失手后的后果吗？"

"亲爱的华生，后果我已经考虑过了。我是经过深思熟虑后才做的这个决定，这也是没有办法的办法，我这样做是伸张正义。虽然触犯了法律，但我想你会同意的。我只是想拿走并毁掉那些害人的东西。"

我迅速地考虑了一下。

我说："我们这次行动是正义之举。因为我们只是去拿回那些害人的东西。"

"既然是正义的，那么我得考虑一下我的安全问题。如果我把自己的安全置之度外，竭尽全力去帮助一个女士，那样我才算一个真正的绅士。"

"但你将引起别人的误会。"

“是的，我承认这点。但这事确实危险，我们只有把这些信件拿回来，才能制止这个恶魔无休止的敲诈。这个意娃小姐很可怜，既没有钱，又没有可信赖的亲友。今晚，我们必须拿回这些信件，否则明天这个恶魔会使意娃女士身败名裂的。我现在是孤注一掷了，这是我和米尔沃顿之间的生死较量。你已经看到，第一次交锋我输了，但是知耻而后勇，这次交锋我会赢的。”

我说：“我们是不得已而为之。我们什么时候出发？”

“你可以不去。”

我说：“我们是同生死、共甘苦的朋友，我既然做出了决定就不会改变。假如你不同意我和你一块儿去，那么我就去告发你。”

“在那里你插不上手的。”

“先别那么肯定，谁也不知道究竟会发生什么事。不管怎么说，我去定了。自尊和声誉人人都有。”

福尔摩斯看起来有些烦躁，在眉头舒展开的时候，搂着我的肩膀说：“那好吧，我亲爱的朋友，你就和我一块去吧。我们在一起生活了好几年，假如咱们一起死了，说明咱俩有缘分。华生，实话对你说，我一直想犯一次特别有意义的罪。现在，我的愿望可以实现了。瞧！”他拿出一个干净的皮套子，里面装着些发亮的工具，“这是质量最棒的盗窃工具。有镀锋镍的撬棍，镶金刚石的玻璃刀，开锁用的万能钥匙，还有用来照亮的灯。有了这些顺手的工具，我们一定能成功。你有走路不发出响声的鞋吗？”

“我有双胶底鞋。”

“太好了！有面罩吗？”

“我可以用黑布加工两个。”

“太好了，你简直是个天才。现在，你开始做面罩吧。现在是九点半，时间还早，我们先吃点东西吧，十一点我们必须到达车尔赤住宅区，然后再步行十五分钟到阿倍尔多塔，半夜之前我们就可以动手了。如果顺利的话，我们两点之前就能拿着信回来。”

福尔摩斯和我身着晚礼服，看样子像两个戏迷正往家赶。在牛津街我们拦住一辆双轮马车，把我们拉到韩姆斯德区。抵达后，付了车钱。由于风很大，很冷，我们披上了外套，沿着荒地边往前走。

福尔摩斯说："这次行动一定要小心，书房的保险柜里锁着我们想要的东西，他卧室的前边就是书房。不过，这家伙睡得跟猪一样死。我的未婚妻阿格萨说，主人叫不醒，一直成为仆人们的笑谈。他有个白天不离开书房的忠实秘书。这是我们选择晚上动手的原因。还有一条不停地走来走去的恶狗。最近两晚我到深夜才离开阿格萨，她锁住了狗，以便我能利索地走掉。这就是那栋大房子，我们在这儿把面罩戴好，这儿一点灯光都没有，人们大概都睡了，一切都顺利。"

我俩戴着黑色面具，仿佛成了伦敦城里最好斗的人。我们悄无声息地接近了那栋大房子。房子有好几个窗子和门，在另一边还有一个带瓦顶的阳台。

福尔摩斯低声说："卧室在那边，这扇门正对着书房。这儿虽然容易下手，但门上加了锁，打开它肯定会惊动别人的。来，到这边来，这有间花房，门正对着客厅。"

福尔摩斯把门弄开后，我们轻轻地走了进去，并把门关好，现在我们已经成了非法入侵他人住宅的罪犯。温暖的空气夹杂着花草的浓香扑鼻而来，令我们有些窒息。在黑夜中，他抓住我的手，快速地穿过一些灌木。福尔摩斯在黑暗中能够分辨物体，这是他长期锻炼的结果。他领着我又进了一扇门，我觉得我们进了一个大房间，房间里有股雪茄烟味，这说明抽烟的人刚离开不久。他摸索着穿过家具，又进了一扇门。之后，顺手关好门，我的手触摸到墙上挂着的上衣，我知道现在的位置是在过道里。我们穿过通道后，福尔摩斯打开了右边的那扇门，这时有样东西扑向我们，我吓坏了，但当我认定那是猫时，就突然想笑。在这个房间里也有一股浓烈的烟草味，而且房里还点着火。福尔摩斯和我蹑手蹑脚地走了进去，把门又轻轻关好。这时我们已经站到了米尔沃顿的书房中间，卧室就在对面。

火光很亮，把屋里的东西都照得很清楚，这时没有了开灯的必要，即使比较安全的话。壁炉边挂着的厚窗帘挡住了我们在外面见到的那个凸窗。通往阳台的门在壁炉另一侧。屋里有张书桌，后面有把被火光照得发着亮光的红色皮转椅。书桌对面是个书柜，上面摆着一尊半身大理石雕像。在书柜和墙的中间，发现了我们要找的东西——一只高高的绿色保险柜，柜门被火光照得闪闪发亮。福尔摩斯走过去，看了看，紧接着又溜到卧室门旁，直到确认听不到任何声音才又走回来。这时，我突然发觉通向外面的门是条很好的退路，我检查那门时发现既没有上闩又没有上锁，我高兴坏了，及时告诉了福尔摩斯，他对我的行动不理解，而他的反应也出乎我的意料。

他在我耳边轻轻地说："我们得抓紧时间，你这样做不好。"

"那我该干什么？"

"站在门边放哨，有人来，就把门闩上，那样我们可以从来路撤退。如果那条通道上有人来时，我们事情已经办完了，就可以从这个门出去；事情没有办完我们就躲在窗帘后面，懂吗？"

站在门边的时候，觉得刚才的恐惧感没有了，随之而来的是一种庄严的感觉，这是在我们捍卫法律尊严时没有的。虽然今天我们触犯了法律，但我们是为了帮助其他人才这么做的，我们把这次行动当成了一项神圣的使命，这使得我们富有骑士精神。正因为如此，我们这次行动才显得伟大而有趣。我丝毫没有犯罪的感觉。福尔摩斯打开他的工具袋，冷静地、准确而又熟练地选择他所需要的工具。如同一个医生在做一项复杂的外科手术。福尔摩斯怀着巨大的喜悦，在解剖着那只吞噬了许多女人名声的绿色怪物。我站在门边警惕地盯着其他两个门，生怕有人突然闯进来。福尔摩斯集中精力做他的工作，时而拿起撬棍，时而放下万能钥匙，动作非常娴熟。绿门被拨开时，嗒的响了一声，借着火光，我看见许多被火漆封着的纸包放在里面，纸包上还有字。福尔摩斯拿起一包，借着火光仔细观看，但却看不清，只好拧亮他带来的灯。我们不敢打开电灯，因为米尔沃顿的卧室就在对面。福尔摩斯突然停了下来，像是听见了什么动静，他迅速地关上柜门，收拾起工具，拿起大衣，然后奔向凸窗的窗帘。并示意我也过去。

这时，我听见门"砰"的一声开了，随后就响起沉重的脚步声，有人正向我们走来。脚步声到了屋外的走道上就停了下来，这时，有人打开了电灯，随后门又咣的一声关住了，我们闻到了一股辛辣的烟味。有人在离我们几码远的地方，不断地走来走去。最后他停止了走动，我们听见椅子被重物压的嘎吱声，紧接着又传来钥匙在锁中的啪嗒声和沙沙的纸张声。

我轻轻地分开我面前的窗帘向外偷看。福尔摩斯在往外偷看的时候，压住了我的肩膀。米尔沃顿离我们太近了，甚至伸出手就可摸到他。我们没有想到他刚才不在卧室里，而在吸烟室或者台球室吸烟，因为我们没有发现那儿有窗户。首先映入眼帘的是一颗长着几根稀疏花白头发的硕大脑袋。头顶秃了一块，在灯光下放着亮光。他把自己埋在红皮椅子里，两条短腿搁在桌子上，嘴里还叼着一支雪茄烟。他身着红色军服式的吸烟服，领子是黑绒的。看来他不准备马上离开这里。

我觉得我的手被福尔摩斯重重地握了一下，好像在说，要保持镇静不要惊慌。我不知道他是否有把握渡过这道难关。米尔沃顿可能随时发现保险柜的门被人撬开过。我心里暗想，如果他发现柜子被打开过，我就冲出去，用大衣捂住他的头，并按着他，接下来让福尔摩斯去收拾他。但是他低着头慢慢地翻动着文件。这时我猜想他看完文件抽完烟，就会睡觉去。但是米尔沃顿的动作引起了我们的兴趣。

米尔沃顿在不停地看表，他站起来又坐下，样子显得十分不耐烦。这时阳台上传来微弱的声音，我没想到这么晚了，还会有人来。米尔沃顿精神一振，放下他手里的文件，很端正地坐在椅子上，紧接着响起了轻轻地叩门声。

他站起来打开门对敲门者说：“你怎么迟到了半个小时？”语气中流露出不满。我们现在才明白他为什么深夜不去休息，而且还没锁门。我听到一阵衣服细微的摩擦声。米尔沃顿的脸转向我们时，我们已经合住了窗帘。听到他坐到椅子上的声音，我又轻轻地把窗帘拉开条缝，往外观看。他还叼着雪茄，一位瘦瘦的妇女站在他的对面。她戴着黑色布巾，下巴处系着斗篷，皮肤在明亮的灯光下显得有点儿黑。她情绪激动，浑身颤动着，呼吸也有些急促。

米尔沃顿说：“亲爱的，为了等你，我到现在还没有睡。你就不能在别的时间来吗？我希望这次你不会令我失望。”

那位妇女摇摇头。

“不能就不能吧，伯爵夫人很难缠，你终于有机会和她一争高低了。恭喜你。你为什么激动？对了，你快要胜利了。现在谈我们的事吧。”说完，他从书桌抽屉里拿出一个笔记本，“你准备卖包括伯爵夫人达尔伯在内的五封信吧？只要是好货，我是乐意出大价钱的。啊！怎么是你？”

这位妇女默默地揭开面纱，并解开了斗篷。出现在我们面前的是一副绝美的面孔，一双闪亮的眼睛发着坚定的光芒，薄薄的嘴唇上带着可怕的微笑。

她开口了：“是我，一个被你毁了一生的女人。”

米尔沃顿笑了，声音里充满了恐慌。他说：“你真不开窍，你为什么要逼我那样做呢？我不愿让我的利益受到损害，但是人活着都不容易，你该让我如何是好呢？你完全可以付清那笔钱，但是你没那样做。”

“因此，你为了钱，把信给了我丈夫。这封信使他对我失望了，他伤心得快要死了。你明白吗？他非常高尚，现在我都不配为他系鞋带。昨天夜里，我在这儿向你下跪，希望你能良心发现，但是你却无动于衷。你抖什么，害怕了吗？没想到我会来找你吧，昨天晚上，你教会了我如何面对一个无耻的流氓。查尔斯·米尔沃顿，还有话要说吗？”

他站了起来，极力掩饰自己的恐慌，对她说：“你不要吓唬我，仆人们只要听见我大声说话，就会进来抓住你，在我发火之前，你最好马上离开，我会原谅你的莽撞行为。”

这位妇女把手放在胸前，像是在祈祷，薄薄的嘴唇上，挂着将要杀人的微笑。

“我不会让你去把别人搞得身败名裂，也不会再让你拆散别的幸福的家庭。我要干掉你这条毒蛇，你这恶棍、流氓、狗，吃我一枪，一枪，再一枪！”

她手里拿着只小手枪，发着寒光，复仇的子弹一颗又一颗射进米尔沃顿的胸口，枪口离胸口很近，只有两英尺。他向后倒去，手里还紧紧抓着文件。他摇摇晃晃，试图站起来，但是他又中了一枪，这次他彻底倒了下去。我听见他喊了一句“你打死我了。”然后就没动静了。这个妇女看看他，在他脸上狠劲踹了几脚，直到确认他真的死了。这位妇女——正义的复仇者，这才转身离开。

当时我们干涉的话，也救不了他。当这位妇女向米尔沃顿开枪时，我想冲出去，但福尔摩斯拽住了我的手。我明白福尔摩斯的意思：这事与我们无关，正义战胜了邪恶，不要忘了我们的目的和责任。那位妇女前脚刚离开书房，福尔摩斯后脚就迈到另一扇门前，并转动了一下门锁的钥匙。这时传来急匆匆的脚步声和嘈杂的说话声，看来，房里的人全被惊醒了。福尔摩斯沉着地走向保险柜，双手把一捆捆信件扔进了壁炉，直到扔完为止。这时有人敲门并转动把手。福尔摩斯迅速回头看了一眼，看见那封预告米尔沃顿死期的信，还在桌子上并沾满了血迹。福尔摩斯把它也扔进了壁炉。他拔出通向外面那扇门的钥匙，我们跑了出去，在外面又把门闩住。他说：“从这边走，我们翻墙离开。”

我回头一看，这栋大房子灯光通明，前门开着，花园里闹哄哄的，一个个人影正沿着小道追去。警报传得如此之快，出乎我的意料。当我们走到阳台时有个人发现了我们，边喊边追过来。福尔摩斯对这儿很熟，我跟着他飞快穿过树林，追我们的人也是气喘吁吁。一座六英尺高的墙挡住了我们的路，福尔摩斯一下就翻过去。当我翻的时候，我的脚被人抓住了，我顺势踹了他一脚，翻过墙头后，脸朝下摔在树丛中，福尔摩斯把我扶起来，然后我们一起飞速地穿过韩姆斯德荒地。

我们一口气跑出足有两英里，直到听见后面没有追逐者的脚步声了，这才放下心来，我们安全了。

我已经把这次具有特殊意义的伟大事件记录下来。第二天上午，我们吃完早饭后正在抽烟，这时仆人把满面严肃的伦敦警察厅的雷斯垂德探长领了进来。

“早上好，福尔摩斯先生，请问，你现在有空吗？”他问道。

“就是再忙也得接待你呀。”

“如果您有空的话，我想请您帮助我们调查一个非常奇特的案子，时间是昨天晚上，地点是韩姆斯德区。”

福尔摩斯说：“啊！这是一起什么性质的案子？”

“谋杀——一起让人吃惊的谋杀案。你一向热衷于对这类案件的侦破，怎么样，去阿倍尔多塔帮帮忙吧。说句实话，这个米尔沃顿确实是个恶棍，我们监视他有一段日子了。还了解他用高价收买一些信件，来进行敲诈。凶手没有拿走一点儿值钱的东西，只是烧了一些信件，由此推断，凶手可能是有地位的人。他们的目的只是防止那些信件对无辜的人造成伤害。”

“他们？作案的不止一个？”福尔摩斯问。

“是的，罪犯有两个，其中一个差点被当场捕获。我们采集了他们的脚印，向目击者了解了他们的长相，我们一定能抓住他们。第一个人身手敏捷跑得很快，第二个人被花匠抓住后，经过一番厮打后也逃跑了，这个人身体强壮，中等身材，方下巴，粗脖子，有络腮胡，还带着黑色面具。”

歇洛克·福尔摩斯说：“描述得不够细致，你不会认为华生是凶手吧。”

雷斯垂德用一种玩笑的口吻说：“我确实在描述华生。”

福尔摩斯说：“雷斯垂德，恐怕我爱莫能助，在我眼里，米尔沃顿是个最最危险的恶棍。他钻了法律的空子，使他没有受到应有的惩罚。因此，从某种意义上讲，复仇是在所难免的。不要再浪费口舌了，我十分同情那些可怜的女人，而米尔沃顿是死有余辜。这是我不协助侦破案件的原因。”

福尔摩斯好像忘记了那起他曾亲眼目睹的杀人案件，一上午只字未提。我看见他在那儿发呆，仿佛在努力回想着什么事。我们正在吃午饭时，他突然站起来对我大声说：“天啊！华生，我终于想起来了，快戴上帽子和我一起去！”我们跑出贝克街，到了牛津街。接着又往前走，快到摄政街广场时，我看见路左边的商店橱窗里，挂满了社会名流和美女的大幅照片。福尔摩斯紧盯着其中的一张，我顺着他的目光看去。看到一位身着盛装的、庄严的皇家女子头戴高高的镶钻石的冕状头饰。我仔细看着那略带弯曲的鼻子，浓浓的眉毛，端正的小嘴和那刚毅的下巴。当我读到这位妇女的丈夫——一位伟大的政治家和那古老而高贵的名衔时，我惊呆了。福尔摩斯和我对视了一下，当我们转身离开时，他放一个手指在嘴唇前，示意我对此事一定要保持缄默。

7. 六座拿破仑半身像

一天夜里，苏格兰场的警长雷斯垂德前来拜访我们。他常常到我们这里来，歇洛克·福尔摩斯也非常欢迎他的到来，因为他每次来访都能让福尔摩斯知道一些警察总部的情况。除了听雷斯垂德所讲的一些消息之外，福尔摩斯对这位探长在处理的一些案件细节也非常感兴趣，每次都是非常专心地听着，有时也利用自己丰富的见识与经验，帮雷斯垂德探长提一些意见和启发，不过他从不勉强对方。

这天夜间，雷斯垂德将天气和报纸上的新闻谈了之后，就默不吭声地抽着闷烟。福尔摩斯奇怪地看着他。

福尔摩斯问道："手上有什么特殊的案子吗？"

"噢，没有，福尔摩斯先生，没有什么不同寻常的案子。"

"说给我听一下嘛。"

雷斯垂德爽朗地笑起来。

"算啦，福尔摩斯先生，瞒着你也没什么用。我现在确实有事。但这事太荒谬了，我甚至不知道应不应该给你讲。但是话说到底，这件事虽然不大，可是非常奇怪，我清楚你所感兴趣的也都是那些稀奇怪异的事情，但我认为，华生医生更应该去管这件事。"

我问："有关疾病吗？"

"是一种疯病，一种十分奇怪的精神病。你可以想象到吗？在经过许多年之后的今天，竟然还有对拿破仑恨之入骨的人，到处砸他的像。"

福尔摩斯躺在靠背椅上，说："这确实是与我无关。"

"没错，我早就如此说过。可是，当打碎别人拿破仑像的这个人冲到别人家中时，就应该将他送到警察局去，而不是考虑该不该把他送到大夫那儿去那么简单。"

福尔摩斯又将身子坐直说道："冲到别人家里去！这确实挺有意思的，

将详细过程说给我听听吧。”

雷斯垂德将笔记本拿出来，翻开看了几页，好像怕遗漏什么。

他说：“四天前有人来报了一件案子。是发生在莫斯·哈德逊商店里的事情，他在肯宁顿大街开了一家出售图片和塑像的小商店。店员刚从柜台走开一下，就听到有什么东西被击碎的声音。他马上跑回柜台去，看见与其他几件艺术品一块搁在柜台上的一座拿破仑石膏半身像被击碎在地上。他立刻追到大街上，可他们并没有注意这个人，并且也没有注意这个人身上有任何能辨认的特征。这件事情从表面上看像是那种经常发生的没有一点点意义的流氓行为。事情原原本本地报告到警察那里了。这座石膏像最多可以卖几先令，因此事情的全过程真像是一个恶作剧，没有调查的价值。

“可是第二件事却比这严重多了，并且也更加古怪。这件事是昨天夜间发生的。

“有一位著名的医生也住在肯宁顿大街上，距莫斯·哈德逊的商店仅几百码远。这位医生名叫巴尼科特，他开了一家规模非常大的医院在泰晤士河南岸，但是他的房子和重要诊所都在肯宁顿大街上，另外还有一个分诊所和药房在两英里外的下布利克斯顿街。拿破仑是这位巴尼科特大夫的崇拜对象，关于这位法国国王的书籍、画像、遗物被他摆在家里，到处都是。几天前，他又买回两座拿破仑的半身石膏像，是从莫斯·哈德逊商店中买的，那是法国雕塑家笛万的一件成名之作的复制品。他将其中的一座搁在肯宁顿街住宅的大厅之中，另外一座放在下布利克斯顿街诊所的壁炉架子上。今天早上巴尼科特医生下楼的时候感到非常吃惊，因为他发现在夜间有人来过他的住宅，但是仅仅丢失了大厅中的那座石膏像，其他什么也未丢失。石膏像拿到屋子外边，摔到花园墙壁上了，那些碎片还在墙脚下边呢。”

福尔摩斯将两只手搓了搓，说道：“这的确非常奇怪。”

“我早料到你会对这感兴趣的，但是我还没讲完。十二点钟，巴尼科特大夫要到他的诊所去。等他到那儿的时候，他看见诊所的窗子在夜间被人打开，房子中另一座拿破仑的半身像也被打碎了，从这两件事情中，我没有找到做出这种恶作剧的流氓或者说精神病患者的一点点线索，福尔摩斯先生，现在你已明白了一切事情吧。”

福尔摩斯说：“事情虽然有些奇怪，但还谈不上离奇。你能告诉我，巴尼科特医生那两座被打碎的半身像，与莫斯·哈德逊商店被打碎的那座是绝对一个模样吗？”

“都是同一个模子做出来的。”

“这点可以表明：打碎这些拿破仑半身像的人并非是对拿破仑恨之入骨的人。仔细想想，这位国王的塑像在伦敦有无数个，就算有人对别人的崇拜偶像有逆反心理，为何偏选择三座同一个模子里做出来的塑像出气呢？如果是碰巧也太奇怪了吧。”

雷斯垂德说：“开始，我也有如此的想法。但是，一直以来这个莫斯·哈德逊都在那个区卖塑像，这三座塑像在他的店里已经放了很久。尽管你说的是对的，伦敦的塑像有许许多多，可是也许那个区仅仅有这三座塑像。因此，那个地方的一个精神病人就选择了这三座塑像。华生医生，你认为呢？”

我回答道：“偏执狂有许多种表现，没有什么限制。法国心理学家们曾称一种表现为偏执的意念，这种人的不足仅表现在一些微不足道的事情上，但在其他的事情上没有一点点异常。假如一个人读了过多有关拿破仑的书籍，或是他的家庭遗传给他以前的战斗造成了一些心理缺陷，就有产生某种‘偏执的意念’的可能性，然后在这种心理的影响下，做出一些莫名其妙的事情来。”

福尔摩斯摇了摇头说：“我的好华生，这是没有理由的，就算有天大的‘偏执的意念’，也不可能使这位有意念的偏执狂找出这些半身塑像的具体位置。”

“那你觉得该如何解释呢？”

“解释？我用不着。但我明白一点儿，这人的做法尽管有些奇怪，可是仍然有他的原因。例如，在巴尼科特医生家的大厅中，由于一点点响声都可以吵醒他们全家，因此他把塑像拿到外边去打碎；但在诊所里，由于那儿不会被任何人发现，所以打碎塑像就在原地。这一事情，从表面上看太不引人注意，但想一想从前我所办理过的一些案件，最初的时候都是从不起眼的小线索开始，所以哪怕再小的事我也不可以把它认为是没有用的事，华生，你应该不会忘记那件发生在阿贝内蒂家的可怕事情开始是如何让我注意到的吧！只是发现夏天芹菜在黄油中会沉得非常深而已。因此，雷斯垂德，我不可以小看你关于这三座打碎的半身塑像的案子。如果你愿意告诉我一些这件古怪离奇的事情的新进展，我将会对你感激不尽。”

我的伙伴想弄清楚的这件案子的进展比他意料中的快多了，凄惨多了。第二天清晨，我在卧室中换衣服的时候，响起了轻轻的敲门声，福尔摩斯手中拿着一份电报进来了。他放开嗓门地读给我听：

请马上来康辛顿区彼特街１３１号。

雷斯垂德

我问："发生了什么事？"

"不清楚——任何事情都有发生的可能性。但是我觉得肯定是有关半身塑像的事有了新的进展。假若真的如此，我们这位专砸半身塑像的家伙又该在伦敦另外的地方去表演他的绝技了。华生，咖啡在桌子上，马车已经叫好了，就停在门口。"

三十分钟以后，我们来到了彼特街。这条小巷子在伦敦一个非常繁华地区的附近，没有一点点活力，死气沉沉的。一百三十一号就在那排整洁华丽的住宅中间。马车驶到那儿的时候，我们发现住宅前边的栅栏外边有许多非常好奇的人们。福尔摩斯吹起口哨来。

"天啊！一件谋杀案发生了。不然伦敦的报童是不可能将脚步停住的。瞧那个人，双肩拱起、脖子伸得长长的模样，那不可能不是发生了谋杀案。华生，这里究竟怎么啦？最上边的台阶被冲洗过，但其余的台阶却没有。嗯，脚印却挺多的！雷斯垂德站在前边的窗户那儿，我们马上就可以清楚一切。"

警长神情非常严肃地将我们领到客厅中。客厅中有一位老头子正情绪激动地来回踱着步子，他还未洗漱，身穿法兰绒晨衣。雷斯垂德对我们介绍说，住宅的主人就是他，中央新闻辛迪加的贺拉斯·哈克先生。

雷斯垂德说道："又是有关拿破仑半身像的案子。福尔摩斯先生，昨天晚上，你似乎对这件事非常感兴趣，但今天事情已发展为相当严重，因此我觉得你或许会更有兴趣来这瞧瞧。"

"可是到底严重到何种程度呢？"

“严重到有关人命的程度。哈克先生，请你将这件事情详细地给这两位先生讲一遍好吗？”

身穿晨衣的老头子扭过头对着我们，过分忧伤的表情充满他的脸。

他说：“这事真的非常离奇。我这一生都在采编别人的新闻，现在我自己却成了一则非常好的新闻的主角，不过我却懵懵懂懂，说不出任何东西。如果我作为新闻记者到这里来，我便可以采访我自己，晚报上也将会多两栏报道。可现在呢，我一次又一次地给不同的人讲着这条重要的消息，自己却没能好好地利用它。歇洛克·福尔摩斯先生，我久仰你的大名，如果你可以将这件奇怪的事解释好，这样无论我对你叙说多少次，我也算有些收获。”

福尔摩斯坐在椅子上专心地听他说着。

“事情的根源似乎就是由于我在四个月之前买回来的那座拿破仑半身塑像。这个半身塑像是我从哈定兄弟商店买回来的，并不值钱，从那时就放在这间屋子中。那个商店就是海耶大街车站附近的第二家。由于我的工作是新闻采编。所以经常整晚不睡觉，今天也如此。清晨三点钟的时候，我正在楼上的书桌旁坐着，忽然，有声音从楼下传来。我细心地听了一段时间，可是那声音很快就消失了，因此我觉得是外边响起的声音。

后来，大概五分钟之后，又传来特别恐怖的尖叫声。福尔摩斯先生，那是我有生以来所听到的最凄惨的尖叫声，我一生都忘不了。当时，我真的被吓呆了，有一两分钟不知所措。后来，我手握壁炉通条冲下楼去。来到这个房间，马上就发现窗户打开了，而且看到壁炉架上放着的半身塑像没有了。我确实不明白，小偷为何要偷走一座石膏像，这个东西一点价值也没有。

“你也能发现，无论什么人要从这扇开着的窗子出去，他只需迈一大步就能到门前边的台阶上边，这个小偷肯定就是如此做的。随后，我将门打开，在黑暗中向外边走去，但是地上有一具尸体，险些将我绊倒。我冲到屋子中，拿了一盏灯，后来才看清楚地上躺着的那个倒霉的人——有一个非常大的洞在他的脖子上，旁边有许多血。他仰面躺在地上，膝盖是弯曲着的，张着大大的嘴，那样子非常可怕。我立刻吹响警哨，但接下去发生的事情我却不清楚，因为我昏倒了。当我苏醒的时候，我已在大厅中，这位警察在我身边。”

福尔摩斯问：“那个死尸是什么人？”

雷斯垂德说道：“他的身份没有什么物品能证明出来。他的尸体你可以到殡仪馆去看，不过到现在为止，我们还未查出任何线索。被害人三十岁未到，身材非常高，皮肤被太阳烤得黝黑黝黑的，身体非常结实。他穿着十分破旧的衣服，但给人的感觉却不像个做工的。他旁边那滩血中还有一把半角折刀。我不清楚这把刀到底是杀人的凶器还是被害人自己的东西。被害人的衣服口袋里没有别的东西，仅有一个苹果，一条绳子，一张价值一先令的伦敦地图和一张相片——这就是那张相片。”

一眼就可以看出相片是用小照相机拍出的快照。相片中的人非常瘦，像猴一般，浓浓的眉毛，显出几分机灵，脸的下半部分向外凸得非常厉害，用狒狒来形容他再合适不过。

福尔摩斯将照片认真地看了之后问道：“那座半身塑像找到了吗？”

“在你们到来以前就有消息传到我们这里来。在坎姆登街一间空房子的花园中找到了塑像，但已经打成了碎片。现在我正想到那儿去瞧瞧。你们也一块去吗？”

“去，但是我还想先在这儿再看看。”福尔摩斯在地毯和窗户上细心地查看着。“此人要么是腿相当长，要么就是身手非常敏捷。窗子外边与地面的距离相当的高，因此爬到窗台上再将窗户打开还是有一定难度的，但是跳出去可简单多了。哈克先生，你想与我们一块去瞧瞧砸碎的塑像吗？”

这位新闻工作者，此时精神颓废地坐在写字台前边。

他说：“尽管我知道这件事情在第一批晚报上已作过详细报道。可是我自己还应绞尽脑汁地写些东西。我相信我的运气！你们应该没有忘记顿卡斯特看台倒塌的那件事情吧？当时，我是唯一一个站在看台上的记者，可是我当时被吓呆了，一个字也写不出来，我的报纸也成了唯一没有报道那条新闻的报纸，而这次写发生在我家的凶杀案我又写得太迟。”

我们离开那所房子的时候，他已经“唰唰”地写起他的新闻来了。

半身塑像砸碎的地方与那座屋子仅几百码的距离。此时，我们才第一次看到这座法国国王的半身塑像，虽然它让这个不知名的人无休止地发狂和憎恨。半身塑像被打成了碎片，散落在草丛之中。福尔摩斯捡起几块碎片，细心地查看着。从他那专心致志的表情和深沉的神态中，我看出他发现了一点线索。

“发现什么了吗？”雷斯垂德问。

福尔摩斯将肩耸了耸，说：“我们前边的路还非常遥远，但是……但是……我们已找到了一些能行事的线索。在那个古怪的罪犯眼中，一座没有丝毫价值的半身塑像比一个人的性命还贵重，这是其一。其二，如果砸碎塑像是他唯一的目的，可是他既不在那个房间，也不在房子附近将它砸碎，这件事是不是有些古怪呢？”

“或许，当时他无意中碰到其他的人一时慌了神，甚至他在做什么，他都不知道。”

“不排除这种可能性，可是我想特别提醒你一下这座屋子的位置，塑像被砸碎的地方就在这座屋子的花园中。”

雷斯垂德向周围瞧了瞧，说：“这座屋子中没有人住，因此他清楚在花园中没有人会发现他。”

“非常正确，可是街的那端有一座有住人的屋子，他到这边来时肯定发现了。只要他拿着塑像，哪怕向前走一点点，也会使他被人看见的危险性增大，由此可见他为何不将半身塑像在那儿砸碎呢？”

雷斯垂德说：“我也不知道如何解释。”

福尔摩斯将头顶上的路灯指了指。

“这之中的理由是——这里，他能将自己做的一切看得清清楚楚，但在那里绝对不可以。”警长说：“没错！就是这样的。现在我记起来了，砸碎巴尼科特大夫家半身塑像的位置也是距灯光挺近的地方。福尔摩斯先生，这个问题我们该如何解释呢？”

“记下来，将它记在备案录中。或许，以后我们还会遇上此类情况。雷斯垂德，你觉得接下去我们该如何做？”

“我认为，调查清楚死者的身份是澄清案件最现实的方法。这个挺容易的，等我们将他的身份查清楚，以及与他有关系的人查清楚，我们就可以有一个好的开始，能知道他昨天夜间来彼特街的目的，和在哈克先生家碰到他而且杀害他的凶手是谁。你认为呢？”

“很对，不过我处理这桩案件的方法不是这样的。”

“那你的方法是怎样的呢？”

“噢，让我的思路影响你没有必要。我提议我们各按各的方法行事。在行事过程中，我们可以将彼此不同的见解进行交流，这样就能相互补充。”

“这个主意好。”雷斯垂德说。

“假如你去彼特街，看到哈克先生，你代我转告他，我觉得昨天夜间到他家去的那个人是一个相当可怕的杀人狂，他憎恨拿破仑已到了疯狂地步。这对他写作是有利的。”

雷斯垂德用双眼注视着他：“你的真正想法不是这样的。”

福尔摩斯轻轻地笑笑：“不是吗？或许不是吧，可我相信哈克先生和中央新闻社的订户们都会对此非常感兴趣。好啦，好啦，华生，我们今天还有许多事情等待处理呢。雷斯垂德，但愿今天晚上六点钟我可以在贝克街看到你。死者口袋中发现的这张相片，我要暂时保留一些日子。假如我的推测对了，或许，今天夜间我会请你配合我去冒点小风险。晚上再见，祝你平安！”

歇洛克·福尔摩斯与我一块到海耶街去了，我们停在了哈定兄弟商店前边。哈克先生就是在这里买的那座半身塑像。一位年纪不大的店员对我们说，到下午时，哈定先生才回来。但他来的时间不长，这里的情况他都不清楚。失望和懊丧充满了福尔摩斯的脸。

他无可奈何地说：“华生，我们不会每件事都顺利的。哈定先生必须到下午才回来，我们也就下午再来吧。你或许也已明白，我正准备将这些半身塑像的来历查出来，看看它们不幸的遭遇是不是有什么特殊的原因。

现在，我们到肯宁顿大街找莫斯·哈德逊先生去，希望能从他那得到一点点线索。”

我们在马车上坐了一个钟头，到达了这位艺术品商人的铺子。哈德逊先生的个子虽然又矮又小，但很壮实，满面红光，脾气有些急躁。

他说：“没错，先生。就是在我们的柜台上打碎的。如果我们的商品可以让什么流氓随意砸碎，那么我们纳税又有何意义呢？没错，先生，我卖给了巴尼科特大夫两座塑像。竟然有如此荒谬的事情发生。我想肯定是无政府主义者所为。也唯有那些无政府主义者才会去干砸塑像这种事。这些共和党人讨厌至极！你问我这些半身塑像是从什么地方进的？我不明白这与砸碎塑像有何联系。不过，既然你非要弄清楚，我就说给你吧，我的货都是从斯蒂普尼区教堂街的盖尔德公司进的。在这二十年来，这家公司一直都非常有名气。我进了多少货呢？其实就三个，三个就是二加一。巴尼科特大夫买了两个，剩下的一个居然被人大白天在我柜台上给打碎了。你问我见过相片上的这个人吗？不，我没见过。可是，我似乎对他有些面熟。对了，他是贝波。他可能是意大利人，四处做些零碎活，也曾在我的店中做过。他懂雕刻，懂镀金，能做框子，还会做许多零碎活。上个礼拜这个家伙离开我这里，从此以后，我就与他失去了联系。我不清楚他来自什么地方，也不清楚他去了什么地方。他在我这里的时候，我非常满意他干的活。他是在塑像被打碎的两天前离开的。”

我们离开商店的时候，福尔摩斯说：“从莫斯·哈德逊这里，我们只能了解到这些线索。我们知道，肯宁顿和康辛顿两件案子中都有贝波这个人，说明这十英里路的马车我们还没有白坐。华生，现在，我们将去这些半身塑像的发源地——斯蒂普尼区的盖尔德公司。我相信在那儿可以找到一些线索。”

我们从伦敦的繁华地区疾驰而过，经过旅馆区、戏院区、学院区、商业区和海运公司云集的地区，最后到达一个城镇，这个城镇非常大，有十多万人口，位于泰晤士河畔。这里到处洋溢着欧洲流浪者的气息，因为那些分租房屋中全住的这些人。在以前伦敦的有钱商人们居住的宽广大街上，我们终于找到了那座雕塑工厂。有一个非常大的院子围在工厂外边，里边放满了石碑之类的物品。工厂里边有一间非常大的房间，里边有五十多个工人正在忙碌着，有的在做雕刻，有的在做模子。经理是位德国人，金黄的头发，高高的个子。他非常有礼貌地接待了我们，而且福尔摩斯所问的任何一个问题，他都做了清楚的回答。他将账目查看了一番，发现用笛万的大理石制作的拿破仑半身塑像有好几百座，一年前被莫斯·哈德逊买去的三座和哈定兄弟买去的三座就是这几百座中的。这六座与其他的塑像是一模一样的。他真的搞不清楚别人为何要打碎它们。他甚至感到这件事情太滑稽了。他们是以六先令的价钱批发的，不过零售价可以卖到十二先令，甚至更多。塑像是从两个模子中造出来的，分别是左右两边脸，做好后再将两个石膏半面模片合到一块，就制成了一个完整的塑像。经常是意大利人做这些事，我们刚刚到过的那间房子就是工地。塑像完工之后再搁在走廊中的桌子上风干，一切完毕之后，再包装起来。这位经理能够告诉我们的就这么多。

可是，在见到相片时，这位经理就异常激动。他非常气愤，满脸通红，眉头紧锁，一双日耳曼人的蓝眼睛却有些光泽。

他大声吼道："哦，这个流氓！对，我非常清楚他。一直以来我们公司的声誉都非常好，仅来过一次警察，也就是这个家伙惹的祸。那件事发生在一年以前。他将一个意大利人在大街上给杀伤了，回到这儿一会儿，警察随后就到，而且从这里将他逮捕。贝波就是他的名字，他的姓我不清楚。这样一个品行恶劣的人被我雇用了过来，算我倒霉。但话说回来，他做事还挺好的，是个不错的助手。"

"他是判的什么刑？"

"被杀伤的人并没死，因此仅判了他二年的刑。现在，我相信他早就被释放了，不过他已没有脸在这里出现。他还有一个表弟在我们这里。他绝对可以告诉你他在什么地方。"

"不，不，"福尔摩斯大声说道，"不要把这件事告诉他的表弟，一个字也不能告诉。就帮帮忙吧。这件事非常重要，我调查一下就感到事情非常严重。刚刚你翻账本的时候，我发现那些塑像卖出的时间是去年七月三日。你可不可以告诉我贝波被捕的时间？"

经理回答说："我翻一下工资表就能给你一个大概的时间。"他翻看工资表几页之后，说道："没错，五月二十号是最后一次给他结工钱。"

福尔摩斯说："非常谢谢。我觉得我没必要耽误你太多的时间，打搅你啦。"最后，他叮嘱经理我们来查问的事不要告诉其他人，后来，我们又向西边驶去。

我们直到下午非常晚的时候，才匆匆忙忙地走到一家餐厅吃便饭。一个报童在餐厅的门口叫喊着："凶杀案，康辛顿凶杀案，精神病杀人了。"报纸上的报道说明哈克先生最终还是将他的报道刊登了出来。报道占用了两栏的版面，将事情的全过程做了大肆渲染，并且词句非常的优美。福尔摩斯将报纸搁在调味品架子上边，边吃饭边看。他忘形地哈哈大笑了两次。

他说："华生，太绝了，你听这些语句：

'我兴奋地对大家说，对这次案件的看法是一致的，因为官方经验丰富的雷斯垂德先生和有名的侦探专家歇洛克·福尔摩斯先生都同时得出了一样的结论，也就是这件以悲惨而结局的滑稽事件，绝对是因为那人精神有问题造成，而并非故意谋杀。唯有用精神有问题才可以说明这件事情。'

"华生，如果你知道怎样利用它，报纸就能成为十分珍贵的工具。假如你吃完了，我们就马上到康辛顿去，看从哈定兄弟商店的经理那儿可不可以得到什么线索。"

创建这家大商店的人是一个又矮又瘦又小的男人，精明能干，做事敏捷，头脑灵活，很会说话。

"没错，先生，这则消息我已在晚报上看到了。哈克先生是我们的顾客。那座半身塑像是我几个月以前卖给他的。我们一共从斯蒂普尼区的盖尔德公司进了三座这样的半身塑像，现在都被别人买走了。究竟是谁买走的？我只需翻看一下销售账目就能马上告诉你。没错，就在这里写着的。你已见过的哈克先生买去了一座，契斯威克区金链花街的约沙·布朗先生买去了一座。另外一座是瑞丁区下丛林街的桑德福先生买去的。没见过，你这张相片上的人，我从未见过。如果见过的话，我会永远记得他的，因为他的长相太难看了。我们的店员中有无意大利人？有，先生，有好几个意大利人是我们店中的搬运工和清洁工。他们若是想偷看销售账本是非常难的。不过也没有把账本藏起来的必要。对呀，对呀，这件事确实也太离谱，但愿你调查出什么结果之后可以对我说一下。"

哈定先生在讲这一席话时，福尔摩斯记住了一些事情，并且我觉得他对事情的进展特别满意。不过他什么也没有说，只说我们必须马上回去，不然就会拖延与雷斯垂德先生的约会。他说得非常对，当我们匆忙到达贝克街的时候，那位大侦探早就在那儿等着了，看得出他非常心烦，他不停地在屋子中走来走去。从他那严肃的神情中可以看出，这一天的工作，他的收获非常大。

他问道："怎么样？福尔摩斯先生，有什么收获？"

我的伙伴回答道："我们忙碌了一整天，不过是有许多收获。零售商和批发制造商我们都找到了。现在，我能从源头调查清楚每一座半身塑像。"

"半身塑像！"雷斯垂德大声说道："算啦，算啦，歇洛克·福尔摩斯先生，你用你的方式行事，我没有理由去干涉，可是我觉得你这一天的成效没我的大。被害人的身份我调查清楚了。"

"没搞错吧？"

"并且犯罪的缘由也调查清楚了。"

"太棒了！"

"我们有一个专门负责意大利区的警官，名叫萨弗伦·希尔。被害人脖子上挂着的是天主教徒的信物，另外他的皮肤有些黑，我断定他也许是从欧洲南部来的。希尔警官一见到死尸就看出是他。这个人来自那不勒斯，名叫彼德罗·维努奇，是伦敦出了名的亡命之徒，并且和黑手党有关系。你清楚，黑手党是一个机密的政治组织，他们维持党规的方式就是谋杀。你现在能看出案情有些头绪。此外那人是意大利人的可能性也非常大，并且同是黑手党的成员，或许他违背了黑手党的党规。彼德罗一直在后边跟踪他，衣袋中放着的就是那个人的相片，这是为了防止杀错人。他跟在那人后边，见他走入了一所住宅，于是在外边守候他，后来在打拼过程中不幸将自己的命给葬送了。歇洛克·福尔摩斯先生，你认为如何？”

福尔摩斯兴奋地击着掌，称赞道：“太棒了！雷斯垂德，太棒了！不过你还是没有给我说明那些半身塑像被砸碎的事。”

“半身塑像！你只记得那些半身塑像。那仅仅是一件微不足道的事，简单的偷窃，大不了关上六个月。现在，我们关键要调查的是凶杀案，我能对你这样说，我已查清楚了所有的线索。”

“接下去如何做呢？”

“接下去就非常容易了，我要与希尔一块到意大利区去，按照片找出那个人，接下来再用谋杀罪逮捕他。你愿和我们一块去吗？”

“我不去。我觉得我们能更加简单地做完我们的事情。当然我也没有十足的把握，由于事情全都在乎于——在乎于一个我们完全无法掌握的因素。不过希望非常大——可以说已掌握了三分之二——如果今夜你与我们一块行动，我能协助你抓到他。”

“是意大利区吗？”

“不对，我觉得在契斯威克区抓到他的可能性会更大一些。雷斯垂德，如果今夜你与我一块到契斯威克区去，明天，我就能与你一块到意大利区去，耽搁一个晚上是没问题的。现在我们大家最重要的就是睡几个钟头的觉，因为我们出发的时间是十一点钟，并且也许会需要一整晚上的时间。和我们一块吃晚饭吧，雷斯垂德，吃完之后你就在沙发上睡觉。华生，请你给送快信的人打个电话，让他立刻到这里来，我马上要送出一封非常重要的信。”

福尔摩斯到阁楼上去，翻找放在里边的旧报纸合订本。他下来时，眼中充满了得意的目光，不过他并未对我们说起他翻查到了什么。关于我自己，因为我紧跟着追查这个纷繁复杂的案子各个方面，因此虽然目前还不知道最终我们会如何，但是我仍然非常清楚福尔摩斯正等待着这个古怪的罪犯去砸余下的两座半身塑像。我记得契斯威克区有一座。非常清楚，当场捕获他是我们此行的目的。我伙伴的聪明才智，我不可不敬佩，为了使罪犯误以为他能接着作案而不会受到制裁，我的朋友在晚报上登了一则虚假的消息。我一点都未觉得意外，当福尔摩斯叫我带上手枪的时候。他自己也带上了他最钟爱的装了子弹的猎枪。

十一点钟时，门口停了一辆四轮马车，我们一块乘车到哈默史密斯桥对面的一个地方去。到达之后，我们叫车夫在外边等着我们，后来，我们走了一段时间，来到了一条僻静的大道上，大道两边耸立着华丽的住宅，每所住宅都有独立的花园。在街灯的照耀下，我们发现它们中间有一家的门牌上挂着“金链花别墅”的牌子。很明显主人已经睡觉了。因为四周一片漆黑，只有一圈朦朦胧胧的灯光从大厅门上的气窗中透出来，投射到花园的小路上。我们藏身的地方，就是把花园和大道隔开的木栅栏在花园中投下的一条深深的黑影。

福尔摩斯小声地说道：“我们或许会等好长时间。感谢上帝，今夜是个晴朗的夜。虽然我们不可以用抽烟来消磨时间，但是，我们胜利的可能性非常大，因此吃这么一点儿苦也值得。”

让人没有想到的是，我们等待的时间比福尔摩斯想象中的短多了，并且了结的方法也非常偶然，非常古怪。起初丝毫没有有人要来的预兆，花园的大门偶尔被推开，一个行动敏捷的黑色人影如猴一般穿过花园的小路。我们发现这个黑影迅速地从气窗射在地上的亮光上穿过，在屋子的黑影中消失。许久许久都是寂静一片。我们都屏住呼吸，随后有细微的嘎吱声传来。有人推开窗子。嘎吱声没有了，随后这家伙打算到房子里边去。我们发现房子中亮了一下深色的提灯。很明显在那儿他没有找到他想要的东西，因为我们后来又发现第二个窗户和第三个窗户又分别亮了一下那种灯光。

雷斯垂德小声说：“我们到开着的那扇窗户那儿去，待他从里边出来的时候，就能捉住他。”

可是还未等我们采取行动，那个家伙就出来了。等他走到气窗亮光射到的那个地方时，我们发现有一个白色的东西夹在他的腋下。他向周围提心吊胆地瞧了瞧，发现街上没有一个人，没有丝毫的响声，他的胆子又大了一些，他背朝着我们，将手中的东西放下。随后传出一声响亮的“啪哒”声，接着又传出一阵嘎嘎声。这个家伙专注地忙他自己的事时，福尔摩斯如猛虎一般向他扑了过去，雷斯垂德与我马上一起扭住他的一只胳膊，将手铐扣住了他。等我们将他扭转过来的时候，一副尖嘴猴腮的丑陋面孔出现在我的眼前，他正是我们手中相片上的这个人，他脸上的肌肉在抽搐着，注视着我们的目光充满了仇视。

可是福尔摩斯并不在意我们抓到的这个人。他在台阶上蹲着，专心致志地查看着这个人从房子中偷出的物品——一座拿破仑的半身塑像，与我们那日清晨见到的没什么区别，并且同样被打成了碎片。福尔摩斯将每一块碎片都拿到灯光下仔细地观察，可是每一片都与其他的碎片一模一样，没有丝毫不同的地方。他刚刚查看完毕，屋中客厅里的灯就亮了。门推开，一位慈祥、胖胖的人站在我们前边，他身着衬衫和长裤，他正是房子的主人。

福尔摩斯说："如果我没猜错的话，你就是约沙·布朗先生吧？"

"没错，先生，你肯定是歇洛克·福尔摩斯先生啦？你叫送快信的人送来的那封信我收到了，随后就严格照你的要求去做。我们将所有的门都从里边锁死，静待着事情的发生。你们能捉住这个流氓，我非常高兴。请你们进屋喝点茶吧。"

不过，雷斯垂德急需将凶手送到一个难以逃脱的地方去，因此，几分钟之后，他就把门外守候着我们的那辆出租马车喊了过来，在返回伦敦的路上，凶手什么也没说，一直以仇视的目光注视着我们。有一回，我的手挨他有些近，他就像饿狼似地向我抓过来。我们在警察局待了几分钟，将他的搜查结果了解了一番。从他身上仅找到几个先令、一把装在刀鞘中的长刀子，刀把上沾有许多新鲜的血迹。

我们离开时，雷斯垂德说："请放心，希尔警官对这些流氓都非常了解，他的姓名马上就会知道。你瞧，我当初说他们与黑手党有关系是对的。但是，福尔摩斯先生，我仍然对你能如此绝妙地捉到他而表示感谢，不过我仍有些不清楚这其间的细节问题。"

福尔摩斯说："现在已是深夜，不便于解释。另外，还有一些问题没有搞彻底，况且这桩案子有让人深究到底的必要。如果明晚六点钟，你能到我家来，我绝对保证，就算此刻你没有搞清楚这桩案子的本质，到时你也会知道的。这桩案子非常有特色，在刑事案件中能称得上是举世无双的。华生，如果我允许你接着记录我处理的一些案件，我敢保证这桩有关拿破仑半身塑像的奇异案子绝对可以使你的叙述增添光彩。"

第二天晚上，雷斯垂德到我们这里来的时候，凶手的情况已弄清许多了。凶手的名字叫贝波，姓氏不清楚。在意大利区他是有名的游手好闲的恶棍。他非常善于雕刻，以前有段日子也曾经正经地挣过钱，可是后来却变得不务正业，到监狱做过两次客，一回是由于偷窃，一回就是我们都知道的杀伤他的一个同胞。他的英语讲得非常棒。他打碎这些半身塑像的真正缘由还未搞清楚，因为有关这些问题他都避而不答，不过警方觉得这些塑像是他亲手制作的可能性非常大，因为他在盖尔德公司的时候，做的就是这些事。虽然我们几乎已清楚这些情况，但是出于礼貌，福尔摩斯还是专心地听着。我由于太了解他，因此能显然地看出他在想其他的事情，并且我还看出他一贯的神情中有些许的担心和期盼。后来，他突然从椅子上站了起来，眼中充满了光泽。传来了门铃的声音，随后又有脚步声从楼梯上传来，走进来一个面色红润、满脸灰白连鬓胡子的老头子。一只已不流行的手提包被他提在右手中，走到屋子中后，他把包搁在桌子上边。

“歇洛克·福尔摩斯先生在这里吗？”

我的伙伴微微一笑，并点了点头，然后说：“你应该是瑞丁区的桑德福先生吧？”

“没错，先生。很抱歉，火车出了点故障，所以来迟了。你在给我的信中提到过我买的半身塑像。”

“没错。”

“你的信在这儿。信中你说：‘我想购买一座笛万的拿破仑半身塑像的复制品，愿意将你手上的那座出十镑买下来。’没错吧？”

“没错。”

“我接到你的信觉得非常奇怪，因为我搞不懂你是如何知道我有这样一座半身塑像的。”

“你肯定会觉得奇怪，不过理由非常简单。哈定兄弟公司的哈定先生告诉我们，你是他们最后一座塑像的买主，而且将你的地址给了我。”

“哦，原来如此。他对你说是多少钱卖给我的吗？”

“这倒没有。”

“尽管我不算太有钱，可我非常诚实。我是花十五先令买下这座塑像的。我觉得在我收你十镑以前有必要让你明白这点。”

“桑德福先生，你真是个好人，不过既然我已经把价钱定下了，我就不能悔改。”

“福尔摩斯先生，你非常慷慨。我照你的吩咐，已经将塑像拿来了，就在这里！”他把手提包打开，将塑像拿到桌子上。因此，我们总算见到了一座完好的半身拿破仑塑像。在此之前，我们仅见过碎片。

福尔摩斯将一张纸条和一张十镑的钞票从衣袋中掏出来，搁到桌子上。

“桑德福先生，请你在这张条子上签个字，他们两位可以充当证人。这就证明我真正有支配这座塑像的权力，我是一个做事非常讲原则的人，况且谁也无法预料这个世上将来会发生什么事。非常感谢，桑德福先生。给你钱，祝你做个好梦。”

我们的客人离开以后，我开始注意歇洛克·福尔摩斯的动作。他从抽屉中找出一块洁净的白布，在桌子上边铺好。接着将刚买的半身塑像放在白布的中央，然后拿出猎枪，朝着拿破仑塑像的头用力地砸下去，转眼间，塑像就成了一些碎片。福尔摩斯马上趴在桌子上边查看塑像的碎片。过了一会儿，他兴奋地大声喊着，将一块碎片举起来，有一个圆圆的，颜色挺深的，如布丁上的葡萄干的东西嵌在上边。

他大声说着：“各位先生们，请让我向你们对著名的鲍吉亚斯黑珍珠作一下介绍。”

雷斯垂德和我在一时之间都呆住了，接着我们禁不住地拍起手来，就如看到一部电影的高潮部分一样。福尔摩斯没有一点点颜色的脸上也有了些许的红润，还对我们深深地鞠了躬，像戏剧大师对观众的喝彩致谢那样。也就在这种情景之下，他才可能暂时停止一下他的理性思维，有喜欢接受别人称赏的正常表情显露出来。他原本高傲冷漠的本性，曾经那般地讨厌世俗的荣誉，此刻朋友真心流露出来的惊喜和称赞却将他深深地感动了。

他说：“很对，先生们，世界上现存的最著名的珍珠就是这颗。我真幸运，竟然可以从一系列的推测，从珍珠丢失的地点——达柯尔饭店科隆那王子住过的起居室——一直追查到六座拿破仑半身像的制造地——斯蒂普尼区盖尔德公司，终于在最后一座中将它找到。雷斯垂德，你应该不会忘记这颗宝贵的珍珠丢失时引发的轰动吧，当时警方费尽周折也未能调查清楚。他们还向我请教过，可是我也没法解决。当时王妃的女佣成了怀疑的对象，她是一个意大利人。我们调查到在伦敦她有个兄弟，不过他们之间是何种关系我们并未查出来。女佣名叫卢克莱齐亚·维努奇，我相信两天之前被杀死的那个彼德罗便是她的兄弟。我从旧报纸中的日期得知，贝波由于打架被捕的前两天就是珍珠丢失的日子。贝波被捕的地点就是盖尔德公司的厂房，当时厂中正在制作这六座半身塑像。现在，你们能弄清楚事件发生的顺序了，不过你们的行事方式与我是相反的。当时，贝波已将珍珠搞到手，很有可能是从彼德罗那儿偷出来的，或许与彼德罗是同伙，另外，说成是彼德罗和他妹妹的中间人也有可能。不过关于这一点我们搞不搞明白也无所谓。

“关键是他将这颗珍珠带在身上，并且当时警察正在追他。当他到达工作地方时，清楚仅剩下几分钟的时间将这颗价值连城的宝贝藏起来，不然就会被警察收走。当时，这六座拿破仑石膏像正搁在走廊中，进行风干，其中还有一座没有硬。贝波是一个老练的工人，他立即在湿石膏像上边捣了一个小洞，将珍珠藏到里边，然后再将塑像修理成原样。这种藏东西的方法真是太妙了，一般人是不可能想到的。可是贝波在监狱中整整待了一年，与此同时，这六座半身塑像分别被卖到了伦敦不同的地方。他也不清楚那颗珍珠在哪一座塑像里边。将石膏像进行摇摆也是没有用的，因为珍珠被湿石膏给死死粘住了，因此唯有将石膏像打碎才可以找到珍珠。贝波并未灰心，并且聪明地、耐心地接着找寻。他从在盖尔德公司上班的表弟那里知道了那六座半身塑像的购买零售公司。他运用他的聪明头脑将工作固定在莫斯·哈德逊公司，因此那三座塑像的去向就清楚了。不幸的是这三座塑像中并没有那颗珍珠。后来他得到一个意大利雇员的帮助，又知道了另外三座塑像的去向。一座在哈克先生家。在那儿他的同伙跟踪了他，这个人觉得珍珠的失踪他应负责。后来在扭打的过程中，他将他的同伙杀死了。”

我问：“假如这个家伙是他的同伙，为何又将他的相片带在身上呢？”

“带上相片是为了方便找到他，因为这个人或许要在其他人那儿询问贝波。这是个非常明显的道理。我断定贝波在杀了他的同伙以后，或许就会更快地行动，决不会拖延。因为他害怕警察会知道他的机密，因此要在警察到来之前处理好一切。不过，我不能肯定他是不是将珍珠从哈克的那座半身塑像里边找到了，而且我也不能肯定他找的就是珍珠，不过我敢肯定他在找寻什么东西，因为他每次将半身塑像搞到手，都会在走过几间房子之后，找一个有灯的花园才将它打碎。如果哈克的那座半身塑像仅是三座里的一座，这样珍珠在其中的机遇也仅是我对你们讲的那样是三分之一。余下还有两座，毫无疑问，他会先去找在伦敦城中的那一座。我提前通知房屋的主人，为防止发生什么不幸的事。后来我们到那里去之后，一切都顺利地进行完。显然，这个时候我已非常明白我们查找的就是鲍吉亚斯珍珠。死者的名字将这些事情连到了一块。现在只剩下瑞丁区的那一座半身塑像，并且珍珠肯定在那座像里边。我将你们作为证人从塑像的主人那儿将塑像买了过来——珍珠便在这里。”

我们坐在那儿好长一段时间都不知所措。

雷斯垂德说：“福尔摩斯先生，你侦破的案子我见得多了，可是这桩案子的侦破算得上最绝妙的。我们苏格兰警场的人并不会去嫉妒你，不会的，先生。我们全将你作为一种自豪。只要你明天到苏格兰警场去，无论是年纪大的还是年少的警察，每一个都会快乐地和你握手，表示敬意的。”

福尔摩斯说：“非常感谢！非常感谢！”他将头扭过去，脸上出现了从未有过的神情，那是被世间的真情感动的神情。但几秒钟之后，他又回到了原样——沉静且又现实的思想者。他说：“华生，将珍珠锁到保险柜中去，另外顺手将孔克——辛格顿虚假案的文件取出来。再会，雷斯垂德。假如你再碰到什么新的情况，我会非常高兴并尽我的全力帮助你。”

8. 金边夹鼻眼镜

这里存有三本厚厚的笔记，故事都是1894年发生的。如果要我从这些故事里面选出一些最有趣的、最能表明我朋友特殊才华的故事，说起来真有些不容易。我从头到尾翻了一下，这里面有可怕的红水蛭案件，有银行家克罗斯倍被害案件，有阿得尔顿惨案，有英国古墓奇异葬品的失踪案，还有非常出名的史密斯—莫梯继承权案件。在这些案件中福尔摩斯因为追捕到了布洛瓦街的杀人凶手贺芮特，受到了法国总统的感谢，也得到了法国勋章。虽然这些都是写故事的好材料，但是我认为这些都不如约克斯雷旧居的案件，这里面有许多令人心悬的故事情节，像青年威洛比·史密斯的被害，让人一想起就不由得心惊肉跳。

这个故事发生在11月底，那天天气非常恶劣，狂风夹着暴雨。深夜，福尔摩斯和我坐在一起，他静静地用一个高倍的放大镜辨认一张纸片上的残缺字迹，我也默默地看一篇新出版的外国科学论文。屋里安静温馨，外面狂风肆虐，暴雨急骤。说起来也令人奇怪，我心里突然感觉到在这城市中心，周围数十英里之内全是高楼大厦的地方却不比那些郊外田野中的小土堆更坚固。在整个大自然面前，整个伦敦是那么弱小，我深深地意识到对于人类这是个多么可怕的威胁。

我站起来从窗上向外望去，远处出现了一缕灯光，照得有水的马路闪闪发光，这时，从牛津街的尽头驶过来一辆单骑出租马车。

福尔摩斯收拾好东西也站起来说："华生，幸亏我们今晚留在家里。我的收获很大，虽然这都是些费心的工作。好了，这些也不过是15世纪后半世纪的某所修道院的材料。喂，你仔细听，这是什么声音？"在杂乱的风雨声中，传过来嗒嗒的马蹄声，还有车轮声。我从窗外看到了刚才的马车在我们的门前停了下来。

我看到一个人从马车里走了下来，"他要干什么？"我惊奇地问。

“他是来找我们的。赶快把大衣、围巾、套鞋、雨伞拿出来。赶快，不过，如果他是来找我们的，就一定会等我们。亲爱的华生，现在已是深夜了，别人早就睡了，你先去开门，我收拾一下东西。”

我下楼打开门，让那个人进来，原来是那个被福尔摩斯一直很器重的年轻侦探——斯坦莱·霍普金。

福尔摩斯看到我进来，急迫地问道：“他是谁，让他进来了吗？”

看到他跟在我后面，福尔摩斯站在楼梯上面笑着对他说：“亲爱的朋友，快上来吧，在这样的恶劣天气里，希望你心情愉快。”

他随着我来到楼上，雨衣在灯光的照射下闪闪发光。他脱下雨衣，我随手把它挂在衣架上，福尔摩斯看他有点发冷，让他坐在火炉旁，并把炉火捅得旺旺的。

然后，福尔摩斯拿了一支雪茄递给他，对他说：“亲爱的霍普金，这样的夜晚，你先喝点饮料，暖暖身子，然后再说说你今天来的目的。”我给霍普金端了一杯开水，往里面加了点柠檬递给他说：“这可是一剂良药呀！”

霍普金喝了点水，放下杯子说：“亲爱的福尔摩斯先生，我有重要的事找你，我今天下午一刻也没闲着，对了，你看了晚报没有？”

“我今天看的，都是15世纪以前的事情。”

“不过，不看也没有关系，那一小段报道一点都不符合事实。今天我去过现场，约克斯雷位于肯特郡，它距离凯瑟姆七英里，离铁路线三英里。三点十五分我接到电话就过去了，走到的时候是五点钟，我仔细地调查了现场，回来的时候恰好是最后一列火车，然后我从查林十字街雇了一辆出租马车来到你这儿。”

“你是不是没有弄清楚这个案件？”

“是的，这就是我今天来的目的。我觉得这个案子乱极了，当然，表面上看起来挺简单的。可是，我实在想不通，这个人被害的原因是什么？院子里没有一个人有理由害他。但是他的的确确是死了，而且还是他杀。”

福尔摩斯听了，燃了一支雪茄，然后陷入了沉思。

过了一刻钟，他说：“请你把事情的经过谈一谈吧。”

斯坦莱·霍普金说：“事情的经过对我来说一点意义都没有，不过，我还是说一遍给你听：大约几年前，一位六七十岁名叫考芮姆的教授买下了这座名叫约克斯雷旧居的住宅。这位教授知识丰富，学问很深，邻居都很喜欢他。但他身体有病，一天中只有一半的时间拄着手杖出来走走，或让园丁用轮椅推着他到处看看，另一半的时间只能躺在床上。他的家里有四个佣人，一个是管家马太太，她是一位年龄较大的妇女，一个是年轻的女佣人苏珊·塔尔顿，第三位就是死了的教授的秘书威洛比·史密斯先生，他是一个刚刚大学毕业的年轻人，他的工作是把教授的口述记录下来，帮教授查查资料和有关的书籍。他对工作认真负责，教授也很满意。他行为很端正，性格也很温和，没有仇人。还有一个是推轮椅的园丁，莫提迈尔，是个军人，曾参加过克里木战争，现在从军队里领取抚恤金。那两个女佣品行也很端正，和他也没有什么过节。但他还是被别人谋害了。”

狂风怒吼，雨点啪啪地打着窗户。我和福尔摩斯两人同时向火炉靠了靠。这位年轻的侦探看了看我们俩，又接着说了下去。

“考芮姆教授只顾他的工作，对于工作以外的事一概不理。他过着简直与外界隔绝的生活。那几位仆人也都和他一样，几个星期都没走出大门一步。史密斯来了没多长时间，他甚至连一个邻居都不认识。每天，他除了工作外没有别的事可干，过着和教授差不多的生活。那两位妇女也好几个星期没走出这个园子了。园丁莫提迈尔也是一个好人，他住在花园一侧的三间简陋的农房里，花园的大门上有个门闩，任何人任何时候都能进来。而且它距离从凯瑟姆到伦敦的大路只有一百码远。

“事情发生在上午的十一点多，当时，考芮姆教授还没起来，因为他有一个习惯，每当天气不好的时候，他总是在床上多待一会儿，所以那天他午后才起床。女管家起来后一直在干活。女佣人苏珊·塔尔顿在楼上的卧室里收拾窗帘。那天，她听见威洛比·史密斯从他的卧室兼起居室出来，从过道里走到楼下的书房里，书房正好位于苏珊脚下的那一间，所以，她能够清楚地听到一切。她只听见一声开门声，没有听见关门声。她依旧干着她的活，突然从书房里发出了极其可怕的叫喊声。那声音沙哑、绝望，使人心惊胆战。由于声音过于凄凉，她没有听出是男是女。后来，她又听见有脚步声传出来，之后又恢复了安静。她惊讶极了，也害怕极了，过了好一会儿，她才镇定下来，悄悄地走下了楼。她把书房的门推开，看见有一个人直挺挺地躺在地板上，这人正是威洛比。开始她并没有发现伤口，她蹲在地上正想把他拉起来，却发现鲜血从他的脖子上流下来，脖子上有一个很小但很深的洞。我调查时发现他的颈动脉已被切断了，行凶工具是一把象牙小刀，这是教授书桌上用来封文件的，当时就放在不远的写字台上。

“开始苏珊以为史密斯已经死了，所以她用冷水瓶朝他的前额上倒水。刚倒了一点，威洛比却睁开了眼睛，然后，他艰难地说了一句奇怪的话：‘教授，是她。’苏珊向我说了几遍这句绝对是威洛比的原话。苏珊说当时威洛比还想说些什么，但只举了举右手，什么话都没说出来，然后放下手就死了。

“这个时候，管家马太太也到了现场，不过，她再也没有机会听威洛比的遗言了。看到这些，她就留下苏珊看着现场。自己急忙跑到楼上教授的床前。她发现教授此时还穿着睡衣躺在床上，吓得脸色发白。因为他也听到了可怕的声音，我跟他说了威洛比的遗言，但他也解释不出来‘教授，是她。’究竟是什么意思。他认为这可能是威洛比说的胡话。教授在案发后立即报了案，是当地的警察打电话给我的，在我去之前，案发现场一点没动。福尔摩斯先生，我实在是琢磨不透，所以想请你发挥你的头脑，运用逻辑推理一下，只有你才能破解此案，条件和人物就是这些。”

我亲爱的福尔摩斯先生故意戏谑地说道：“不，这里面还缺少一个人物，就是歇洛克·福尔摩斯先生。不过，霍普金先生，你先说说你对这件案子的意见。”

“对了，福尔摩斯先生，我画了一张简略图，从上面可以大致看出各房间的位置及各处设置。这样，你会更加明白我的叙述。”

他拿出那张简图，递给福尔摩斯。我也站起来，去看那张简图。

霍普金又往下说道："这张图非常简略，我只是画了一些我认为重要的地方，不过，其他的地方能根据我的叙述想象出来。我们先来设想凶手沿着花园的小道，从后门走进书房。当然也可以从别的地方，不过这是通往书房的最短的一条路。凶手作案以后，他一定是按原路逃走的。因为书房的另两个出口，一个被苏珊在下楼的时候锁上了。另外一个是和教授的卧室相连。所以，我一开始调查，就留意了花园的小道，小路下面非常湿润。但是，我在观察的时候，却看不出足迹。看来这个凶手一定很狡猾。因为他只沿着小道旁边的草地走过，草被踩倒了。而且这肯定是凶手踩的，因为在下雨之后，园丁和仆人都没有去过那里。"

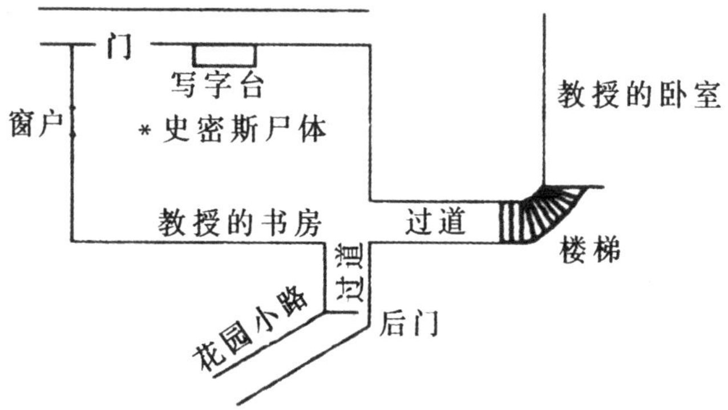

这时，福尔摩斯打断谈话，问道："喂，请停一下，这条小道向外通往何处？"

"通往从凯瑟姆到伦敦的大路。"

"这条小路有多长？"

"大概有一百码的样子。"

"那出了大门，有没有足迹呢？"

"没有足迹，因为大门附近都是砖铺的路。"

"那么，大路上呢？"

"从凯瑟姆到伦敦的大路，都被人踩成了烂泥。"

"唉，这就没办法了。那么花园小道旁边的足迹是进去时还是出来的时候踩的？"

"我仔细看了，但是没有分辨出来。"

此刻，福尔摩斯先生有点急了。

他说："是的，我承认雨也大，风也猛，把线索全都给冲掉了。这是连我都没办法的事。霍普金，我想问你一下，在你无可奈何的时候，你最想干的事是什么？"

霍普金没有回答福尔摩斯，他又继续说道："福尔摩斯先生，我还要告诉你一些情况。我敢肯定，威洛比一定是被杀死的。我仔细看过，刀口是在他脖子的左边，而且这刀是从后面向前刺过去的。这足以能排开自杀的可能性。"

"是不是他自己摔倒在刀子上？"

"不可能，刀子放在离尸体几英尺之外的写字台上。"

"我敢保证一定有人走进了这间书房，所以，我仔细检查了通往书房的过道。这过道是用椰子毛编的垫子铺的，但垫子上一点儿痕迹也没有。我也调查了书房，书房里没有多少家具。有一个写字台，下面是一个柜子。柜子中间有个小柜，用锁锁着。两边是抽屉，上面没有锁。抽屉里放的都是平常用的东西，小柜子里放了些特殊文件，但一点动过的样子都没有。教授看了一下说没有丢任何东西。

"不过，我在检查尸体的时候，从死者的手里发现了一件东西，不知是不是一个重要的证据？"

说着，霍普金站起来从他的口袋里掏出一个小纸包，小心翼翼地打开，从里面拿出一副金边夹鼻眼镜，而且眼镜的一端垂着一条已断成两截的黑丝带。

他一边向福尔摩斯递去一边说："这副眼镜一定是凶手的，因为威洛比·史密斯的视力很好，而这是一副度数很高的近视镜。"

福尔摩斯接过眼镜反复看了几遍。然后，他把这副眼镜戴在了自己的鼻梁上，拿起一本书，试着看了几行字，然后站起来，走到窗前，向外望了一会儿。这才摘下来，把它拿到了灯光下，仔细观察起来。看了一会儿，他莫明其妙地哈哈大笑起来，笑完，他在桌子旁坐了下来，拿起笔和纸，写了几行字，写完，把纸片扔到了坐在一旁的霍普金面前。

福尔摩斯说："我想我写的这些对你有点用处。"

霍普金拿起纸，大声念道：

“如果这副眼镜的主人是凶手，那她一定是一位有身份的贵族妇女。而且她是一个宽鼻子，眼睛距离鼻子很近，额头上有皱纹，面容没有表情的冷酷女人。也许她的肩膀不太宽。从眼镜上看这个人可能最近几个月至少两次去过同一个眼镜店，伦敦的眼镜店很少，如果想找她是很容易的。”

霍普金念完后惊奇极了。其实，我也一样。但福尔摩斯只是轻轻地笑了一下，说：“从这副眼镜得出上面的结论并不难。这么精致的一副眼镜再加上威洛比临死时说的话，可以推断出这一定是个女人。说她高贵，也有一定的理由，你们想想，一个带金边眼睛的人穿着一定不会很差。这副眼镜中间的夹子很宽，这说明了这个妇女的鼻子短而粗。不过，这一点我不能太肯定。至于她的眼睛距离鼻子很近，这一点是跟我对照的，我戴上这副眼镜，我的眼睛却不在镜片的中心，我的脸是长的，所以，我得出了那个结论。你们想想，一个近视得这么厉害的人，看东西总是喜欢眯着眼睛，这样时间一长，额头上肯定会有皱纹。”

“是的，你的推论很有逻辑，但是你怎么知道她在最近几个月内至少两次去过同一家眼镜店？”我问。

“这个嘛，”福尔摩斯边看眼镜边说，“你们看，眼镜的夹子衬是个软木，以防压痛鼻子。这副眼镜上，一块软木已经褪色了，也有点磨损，另外一块是新的，显然这是块新换的。但这块旧的，装上也不会超过两个月。况且两块软木是相同的，所以我想这肯定是在同一家眼镜店换的。”

这时，霍普金激动地握住福尔摩斯的手说：“上帝啊！你说得好极了，这些证据全都摆在我的面前，但是我却不知如何运用。我是不是需要到伦敦的各家眼镜店去一趟？”

“我想你还是去一趟最好。你还有话对我说吗？”

"没有了，我把我知道的全告诉你了，现在，你知道的也许比我知道的要多了。在门口的大路上，在火车站附近，我都调查过，连半点线索都没得到。这件案子里面凶手行凶的目的，的确令我头痛。"

"关于这个问题，只有弄明白这个案子才有结果。要不然，明天我们去看一下。"

"啊，那太好了，福尔摩斯先生，明天早晨六点钟有从查林十字街开到凯瑟姆去的火车。大约八九点钟就会到达约克斯雷旧居。"

"好，我们就乘这趟火车过去。我对这个案件也有些兴趣，调查一下也无妨，好了，朋友们，我们现在需要的是睡觉。霍普金先生，壁炉前面的那个软绵绵的沙发，睡在那儿肯定很舒适。到此为止，明天的事明天再说。"

第二天，天亮了，风不刮了，雨也不下了，但天气依然很寒冷，那苍白的太阳光吝啬地照射在泰晤士河及两边污浊的沼泽地上。终于走完了那段令人不舒服的路程，我们在离约克斯雷旧居三英里的地方下了火车。在等马车的这段时间里，我们慌慌张张地吃了几口饭。赶到约克斯雷旧居的时候，早已有当地的一位警察在大门里等我们了。

"威尔逊，发现了线索没有？"霍普金问。

"没有，先生。"那人回答。

"有没有人报告说看见了什么可疑的人？"

"也没有，在火车站调查的警察也说没看见生人。"

"那么附近的旅店有没有和本案有关的人或情况？"

"都问过了，也没有。"

"这儿距离凯瑟姆很近，即使有人待在凯瑟姆或者是到火车站也不会被人注意的。福尔摩斯先生，这就是我对你说的那条小道，昨天，这上面一点痕迹都没有。"

"你说的草地上的足迹是在这条道的哪一边？"

"噢，在这边。"霍普金边说边指，"是在这小道和花坛之间的空隙中。现在已经不明显了，我昨天看的时候还挺清楚。"

福尔摩斯弯下腰来仔细看了一下草地，说："果真如此，的确有人从这上面走过。看来，这个人非常狡猾，她不从小路上走，也不从小路的另一边走，而是从这边的草地上走。”

“的确如此，这个人非常小心谨慎而且头脑也不简单。”

福尔摩斯想了一会儿，然后问道：

“你能肯定她是从这条小路上走出去的吗？”

“没有别的路通往外面，除了这条路。”

“那她一定是从这段草地上经过的了。”

“一定是这样，福尔摩斯先生。”

“看来这件案子很曲折，这个凶手的确不简单，我碰上对手了。喂，这小路离书房还有多远？花园的这扇小门是经常开着的吗？如果是，那个人一定是从这扇门里进来的。不过，她进来的时候肯定没有杀人的想法，因为她根本就没有带武器，她杀人的时候，肯定是一时心急，顺手拿起写字台上的刀子。她从过道经过时，没有在椰子毛的垫子上留下任何可疑的痕迹，然后走进书房，至于在那里待了多长时间，杀人之前干了什么，我们无法知道。”

“对了，福尔摩斯先生，有件事我忘了告诉你。那个女管家马太太说她在出事之前的一刻钟左右，曾在书房里打扫过卫生。”

“这就说明了这个女人在书房里没待多长时间，那她进屋之后都做了些什么呢？她杀人之前肯定在写字台旁，要不然她不会拿到小刀的。为什么在写字台旁呢？为了抽屉里的东西？抽屉没有锁，肯定没有值得她拿的东西。那她一定是为了这个小柜子里的东西。哎，这柜子上有道痕迹，是被什么东西划的？华生，快拿火柴来照一下。霍普金，你怎么把这一点忘了呢？”

福尔摩斯仔细观察了这道轻微的划痕，这道划痕在钥匙右边的铜片上，大概约有四英寸，小柜上面有一点漆被弄掉了。

“福尔摩斯先生，这道划痕我知道，你知道钥匙孔边上划痕是少不了的。”

“但这个划痕很明显，肯定是划过没多久。你来看，这铜片上划过的地方还发光呢！它跟以前的划痕是不一样的。在放大镜下面看更明显了，看，这条划痕两旁的油漆都卷了起来。喂，让马太太过来一下，我有话要问。”

一个胖胖的中年妇女忧郁地走过来。

“马太太，你昨天打扫卫生时，是不是擦了这个柜子？”

“没错，先生。”

“那你发现了这个划痕吗？”

“没有，先生。我昨天擦过这个地方。”

“对，昨天你擦的时候肯定没有划痕，要不然，划痕两旁的油漆会擦掉的。这个柜子上的钥匙在谁那儿？”

“钥匙在教授那儿，教授总是把它挂在自己的表链上。”

“那是一把什么样的钥匙？”

“那把钥匙是车布牌的。”

“好了，我的问题问完了，马太太，你可以离开了。现在，我能想象出来这是怎么一回事了。那位凶手，悄悄地来到书房，走到柜子前，想把柜子打开，也许打开了，也许还没打开，这时候，威洛比正好来到了书房，看到有人进来，凶手急忙抽回钥匙，无意之中在钥匙孔旁了划一下。她见威洛比过来，便顺手拿起写字台上的小刀，向威洛比刺去，没想到这一下就把威洛比刺死了，她没想到要杀人，但她的确是杀了人。她吓跑了，至于她想要的东西，她拿没拿走，我不能确定。但她是从哪儿逃走的呢？喂！苏珊呢？”

“我在这儿，先生，你有什么话吗？”

“苏珊，你听见喊叫声以后，她能从这个过道里逃走吗？”

“不能，先生，如果有人从这个过道里走过，我能看得见，况且这扇门也没开。”

“那你是说这边的出口是不可能逃走了，对，那一个过道是不是通往教授的卧室？那里没有出口吧？”

“绝对没有，先生。”

“喂，霍普金，快，我们去看看这房子的主人，我想这是最重要的一点。这段过道也是用椰子毛编的垫子铺着的。”

“可是我实在想不通这椰子毛垫子和案子有什么联系？”

“我也没说它们之间有联系，我只是感觉这对案子是有作用的。赶快走吧，给我介绍一下教授。”

我们走过了这条和通向花园的那条差不多长的过道，来到了一个楼梯旁，上了楼，来到了一扇门前，霍普金敲了敲门，推开了，我们走进了教授的卧室。

这是一间很大的房间，里面到处是书，除了书，没有别的东西。在屋子的正中间，放着一张单人床。此时，教授正躺在床上，头后面用枕头高高地垫着。我看了看教授，教授的相貌奇怪极了。他瘦得皮包骨头，眼睛深深地陷在眼眶中，眉毛很浓，但都往下垂，头发和胡子全都变成了白色。此时，一支烟卷在他的乱蓬蓬的胡须中发出一闪一闪的亮光。整个卧室都充满了让人厌恶的烟草味。福尔摩斯向他伸出了手，教授也伸出了手，我看到教授的手上因长期抽烟，都变成了黄色。

介绍完之后，教授声调缓慢地说："福尔摩斯先生，你也来一支烟吧，这可是亚历山大港的埃俄尼弟斯专为我制造的。每个礼拜我都让他寄来一千支。我知道您要说这是件不好的事情，可是，我实在没有别的更好的办法。因为除了工作，只有这烟草来陪我了。"

福尔摩斯真的抽了一支，他边抽烟边四下里观看屋子。

教授又继续说道："唉，真是太不幸了，多好的一个年轻人啊！现在突然就失去了，人可真是生死难料啊！他是那么认真负责，是难得的一个好助手，现在，我也没法工作了。福尔摩斯先生，你对此案有什么想法？"

"目前为止，我还没有一点儿办法。"

"福尔摩斯先生，您一定要帮我们破这个案子。我是个连思考能力都没有的废人，您想象得出来，受到这种打击，实在让我无法忍受。还好，您来了，我听说过您是位神探，那这件事就拜托给您了。谢谢！"

此刻，福尔摩斯在屋子里到处走了走，他并没有留意教授说了些什么。我看了看福尔摩斯，他一支接一支地抽着，看来，这亚历山大烟卷，是有诱惑力的。

老教授又说道："您不知道，这件事情对我的打击有多大。现在，我正在深入研究天主教派的理论。对叙利亚和埃及的科普特寺院的文献也有所分析，这些都是有价值的。但是，现在我什么都干不了了，我失去了帮助我的人，唉，真是太可怜了。咦，福尔摩斯，你比我还厉害，一会儿就吸了这么多烟。"

福尔摩斯这才停止观察，对教授笑了笑。

他又取出一支烟，然后用上一支剩下的烟头点着，对教授说：“我是一个警探，我不想占用你更多的时间，影响你休息。我只想问你一下，考芮姆教授。我知道在威洛比受害的时候，你还躺在床上。但是威洛比的最后一句话：‘教授，是她’，到底是什么意思？你能回答我吗？”

教授无力地摇摇头。

他说：“也许是威洛比的一句胡话，也许是苏珊这个不懂事的女孩子没听清，把它理解错了，反正，我是不明白那是什么意思。”

“教授，那您对这件事有什么看法呢？”

“这也许是一个无法解释的事件，更有可能是自杀，我也只不过是随便说说，现在的青年都有些私事，比如像爱情这一类的事，这都是我们所无法理解的。也许这样解释比谋杀更能让人接受。”

“但是死者手里的眼镜是怎么一回事呢？”

“我也解释不好，您知道我是专门研究学问的，对现实中的问题不大理解。不过，咱们都知道，现实中的爱情都是有所表示的。啊，先生，请再抽一支烟。我很高兴你也喜欢这种烟。你知道，当一个人不想活的时候，他会把自己心上人的东西当作宝贝一样拿在手中的。这位警探说草地上有脚印，其实这种推测并不能代表什么。还有那把刀子，有可能是这个青年自杀后扔出去的。唉，反正我也说不清楚，只是猜测罢了。”

福尔摩斯听了教授的这一番话，感到有些奇怪，不过，他没表现出来。然后，他又继续在屋里走来走去，一心一意地思考着问题，并且吸了很多的烟。

大约过了一会儿，他走过来对教授说：“考芮姆教授，你能告诉我在那个柜子里都有什么东西吗？”

“没有什么东西，只不过是家里人的一些证件，还有我妻子的一些来信，我以前的学位证书，我这里有钥匙。你如果感兴趣，可以去看一下。”

福尔摩斯从教授手中接过钥匙，仔细地看了一下，没有去开柜子，却把钥匙还给了教授。

说：“我想现在柜子里的东西对我来说也没多少用处。好了，现在就不打扰你了，我们先到花园里待一会儿，好好地整理一下头绪。再好好地考虑一下你的话。考芮姆教授，谢谢您为我们提供了情况。很不好意思，占用了您的休息时间，下午我再过来和你讨论一下案子的问题。”

我看了一下福尔摩斯，他好像对此案一点都不在乎。我们在花园里沉默了好久。

我忍不住了，问他：“你对这个案子有把握吗？”

他说：“我也说不准，不过，我抽过的烟会帮助我们。”

我奇怪极了，用眼睛瞪着他问：“亲爱的朋友，你——”

“再过几个小时你就会明白了。如果此方法不行，也没什么坏处。另外，我们还可以根据眼镜这条线索。哎，马太太在那儿，走，我们和她聊一会儿，我想，这样做对我们是有好处的。”

我很早就看出来了，如果福尔摩斯下一点功夫，是能讨得很多女人喜欢的。果然，没多长时间，他就像马太太的老朋友一样无话不说了。

这时，马太太说：“你说的非常对，福尔摩斯先生。一有不高兴的事发生，他就抽很多烟。有时候是一支接一支不停地抽，整个房间简直像充满了雾一样，就像伦敦的雾。而那个秘书威洛比也抽烟，但和教授相比，抽得就不算多了。唉，我真不明白，对于教授来说，抽烟是好还是坏。”

福尔摩斯说：“但是吸烟可以影响人的食欲。”

“先生，这一点我不大明白。”

“我是说，教授抽了那么多的烟，他吃的饭一定很少。”

“这一种看法我不赞成，教授吃的饭有时多有时少。”

“那他今天早饭是不是吃得很少或者没吃？上午抽了那么多么烟，午饭也不会多吃了。”

“但是，先生，你错了。今天早晨教授吃得很多。自从我来以后，是第一次看见他有这么好的食欲，而且，中午他又要了许多肉排。真让人琢磨不透。唉，我就不同了，自从昨天看见了死去的威洛比，见到食物我就有些恶心。也许世界上什么样的人都有。教授和我就是两种人。”

整个上午，我和福尔摩斯都是在花园里度过的。警探斯坦莱·霍普金去村子里调查情况了。回来后对我们说他听村子里的几个孩子说昨天在凯瑟姆的大路上，看见一个中年妇女，那妇女的样子和福尔摩斯说的差不多。但是福尔摩斯听了，并不大在意。此时，他好像一个悠闲散步的人。

真的，我从来没看见过他以前像今天这样，对案子竟如此不放在心上。中午吃饭的时候，苏珊一边端菜，一边说："昨天早晨，威洛比好像出去散步了，大约半个小时就回来了，回来后惨案就发生了。"

我看得出来，我的朋友福尔摩斯对这个话题很感兴趣。他一边吃饭，一边仔细地听着。吃完，他看了一下表，站起来说："哎，两点了，朋友们，到时候了，我想我们该上楼和教授谈谈了，问题马上就会解决了。"

教授也刚刚吃完饭，马太太的话果然不错，一大盘子的牛排都被教授吃完了。他听到我们过来，把头转向我们，一刹那，我看见教授的眼睛里闪烁着奇异的光。这时，我突然感觉到教授有点不简单。他已经起了床，坐在靠着火炉的一个有扶手的椅子上悠然地吸着烟。

"亲爱的福尔摩斯先生，这个案子进展得怎么样了？"

他边说边把烟递向福尔摩斯。福尔摩斯伸手去接烟，可是，他一不小心把烟盒打翻了，烟卷落了一地，我一看，只好也跪在地上帮他拣。此时，我看见福尔摩斯拣得很慢，而且边拣边向地上仔细地看着。当我们拣完站起来的时候，我看见福尔摩斯脸色红润，眼睛里闪烁着奇异的光芒。这是福尔摩斯在临战时特有的表情，以前我曾看到过一次，那次也是在最危险的时刻。

他平静地说："不错，我已经清楚了。"

霍普金和我都不相信自己的耳朵，不约而同地瞪向他。

老教授抬起他那瘦骨嶙峋的脸，脸上的肌肉不停地哆嗦着，同时也露出了轻蔑的笑容："是吗？在外面的园子里。"

"不，就是在这间屋子里。"

"这间屋子！什么时候？"

"此时此刻！"

"尊敬的福尔摩斯先生，请你要尊重自己的工作，这是人命关天的事，你是不是太随便了。"

"考芮姆教授，我得出的每个结果，都已经过仔细的调查，没有根据我是不会说的。但关于你在这个案中的问题，我还有点不明白，希望你能合作，对我们说出来。不过故事的开头还是由我来说吧，中间你可以插上一两句。"

“昨天，有一位高贵的妇女从花园小道旁的草地上走进你的书房，她的目的不是杀人，而是柜子里的材料。手里有一把和你同样的钥匙，但不是你那一把。因为我上午已看过，你的钥匙上没有柜子上的划痕所造成的轻微褪色。所以，事先，你并不知道这个小偷。”

老教授猛抽了一口烟，然后又吐了出来，说：“我愿意听下去，这太有趣了。接着说这位女士的情况和行动吧。”

“你别着急，我会说下去的。她用钥匙打开柜子，也许开了，也许没开，这个时候，你的秘书进来了，他看见有小偷，当然就上前去抓。那妇女一时心急，顺手拿起眼前的小刀刺向秘书，不想一刀却刺死了他。不过，我认为这是误杀。因为她进来时根本没带武器，没想到要杀人。但事情出乎她意料之外，她心里恐惧，一心想着逃走。但她的眼镜在打斗过程中被威洛比抢去。她是个高度近视者，丢了眼镜什么都看不清，她看见一个过道，就沿着跑过去了。她以为这条过道就是她来的时候的那一条。因为这两条道路都用垫子铺着。当她走到尽头时，才发现自己走错了路。再退回去已经不可能了，但她又不能长时间待在那儿，只好硬着头皮向前走。她上了楼，推开房门，来到你的卧室里。”

老教授听了，惊奇地张大了嘴巴，眼睛一眨不眨地瞪着福尔摩斯，他的手使劲地抓着扶手，心里充满了恐惧，但他仍然装作平静地笑了笑说：

“福尔摩斯先生，你的推论好极了。但是你要明白，当时我是在这屋子里的，那天我一刻也没有离开。”

“考芮姆教授，这一点我非常清楚。”

“那你是说我根本就没有注意那女人的到来。”

“我可没这么说。但是，你做了些什么，我希望你能说出来。”

教授突然大笑起来，笑完之后，他故作惊讶地说：“我？我做了什么？”

福尔摩斯看他不见棺材不掉泪，就对他说：“既然您不愿说，还是由我来说吧！她进来后，你看到了她，她也看到了你，你没有抓她，而是把她藏了起来。”

教授听了这些话，他愤怒了，猛地站起来，朝着福尔摩斯大声叫道：“你简直在说疯话。我藏她，那你把她找出来！”

福尔摩斯转过身来到屋子墙角的一个很高的书柜旁，冷静地说："女士，请您出来吧。"

果然，书柜柜门自动打开了，一位中年妇女慌慌张张地走了出来，她在我们面前站起来，然后用不自然的外国语调说："不错，不错，你分析得对极了。"此时，教授像泄了气的皮球，一下子蔫了下来。

那妇女满身的尘土和蜘蛛网，但仍然掩饰不住她那高贵的神态，她的长相和身材正如福尔摩斯说的那样，唯一的不同就是她的下巴突出，看起来有种顽强的精神。她站在那儿眯着眼睛，她长得不算漂亮，但表现出来的那种镇静和坚强，使我们不得不佩服。

斯坦莱·霍普金走上前就想给她戴手铐。但被她严肃地拒绝了。老教授无助地靠在扶手椅上，浑身哆嗦着，神情沮丧地望着她。

她说："先生，我知道我被捕了。其实在里面我已听得一清二楚，我知道你们已了解事情的真相。是我杀死了那个秘书。是的，我是误杀的，情急之下，我拿了一样东西，我并不知道我拿的就是刀子。我说的都是事实。"

福尔摩斯说："夫人，我相信你。喂，你是不是不舒服，你的脸色不太好。"

她的脸色微黄，再加上上面沾有尘土，看上去难看极了。她慢慢地移到床边坐下说："是的，我心里难受极了，我快不行了。但是我要把我的故事告诉你们。我是这个老教授的妻子，我们都是俄国人。"

老教授脸色发红，激动地喊道："安娜，上帝保佑你，上帝保佑你！"

她轻视地瞪了教授一眼，说："塞尔吉斯，我知道你过得也并不快乐，你内心充满了自责，你害了多少人，我相信你也不会好过的。你什么时候死，这是你的事。但，在我结束生命之前，我一定要把我的话说完。”

接着，她又向我们说道：“先生们，你们不知道，我们结婚的时候，他那时已经是五十岁的老头子了，而我才只是个什么都不懂的二十多岁的傻姑娘。那时我还在俄国一个城市的大学里念书。唉，我不想说出那个地名。”

这时，教授又向那女人喊道：“安娜，上帝保佑你，你别说了。”

那妇女没有理她，而是接着说：“我们是超前的无政府主义者、革命家。我们的队伍很大，人数也多。后来由于一个警长被害，我们中有许多人被抓了去。而他却为了逃命，也为了那笔奖赏，告了密，背叛了我们。我们全都被抓了去。有的判了死刑，有的被遣送到西伯利亚。我就是被遣送到西伯利亚中的一个。在这期间，我得知我的丈夫带着那笔沾满血迹的钱来到了英国，过上了舒适安逸的生活。你们知道，我和我的伙伴是不会放过他的。所以，我刑满释放后就来到了这儿。”

教授听了，浑身颤抖起来，他艰难地从烟盒中抽出了一支烟。然后说道：“安娜，你找到我了，你处罚我吧。以前，你对我是多么的好。”

那女人又说道：“先生们，他还有更大的罪状，在我们的队伍中，有个同志，也就是我现在的男朋友，他品德高尚，一心只想着别人。而且他渴望和平，反对暴力。我敢说他从来没有使用过暴力，甚至还写信劝说我们，不要使用暴力，你们知道，如果有了这信件，就可以证明他无罪。我的日记也记录了我当时的感受及看法，也可以证明他无罪。但是，我的丈夫却发现了这些，所以他就偷偷地藏了起来，并且极力证明我的朋友应该判死刑。幸运的是，我的那位朋友没有被判死刑，而是被流放到了西伯利亚，现在在一个盐矿做苦工。你们仔细想想，这么一个好人却受着那样的苦，谁能忍心？”

她想站起来，但她的努力却失败了，她痛苦地闭了一会儿眼睛，然后继续说：“我要把话说完。我被释放以后，就努力地寻找我的信件和日记，因为只有这些东西，才能救我的朋友。我经打听才知我的丈夫在英国。我来到英国，经过长时间的调查，才找到他的住处，我知道他还保存着那些东西。因为他有一次写信到西伯利亚，信中曾提到过我日记中的内容。我非常了解，他是个卑鄙无耻的小人，他绝对不会把日记给我的，所以我想了一个办法。我曾请过一位私人侦探到这儿做我丈夫的秘书，他在这儿干了没多长时间，发现了我要的东西全在小柜子里，但他不愿意再做下去，所以只给了我钥匙样和这座房子的平面图，并给我说书房上午没有人，秘书和我丈夫全在楼上住。我想了想，便壮了胆子自己来到这里。可是，事情并不像我想象得那样顺利。信件和日记是拿到手了，但在我锁柜子的时候，那个青年回来了。那天早晨在路上我曾向他打听过考芮姆的住处，但那时我并不知道他就在这儿工作。”

福尔摩斯听完后说：“现在我明白了，威洛比的遗言是什么意思了。威洛比散步回来后把遇见的女人告诉了考芮姆，所以他的意思是：‘杀害他的正是他和教授说过的那个女人。’

那妇女面容苍白，心里好像非常难受，她强硬地打断福尔摩斯的话说：“先生，让我说完。我知道我杀了人，所以急忙逃跑，是的，因为丢了眼镜，看不清楚，我走错了路，我只好来到这个房间，我见到了我的丈夫。开始他要告发我，后来我告诉他，如果他告了我，我就会把他所做的都告诉我的队伍的领导者，让他也活不了。正因为这样，我俩的生命互相牵制，他才不得已把我藏起来，把送来的饭分一半给我，我们商议过了，只要警察一走，我就偷偷地溜掉，并且永远不再回来，没想到还是被你发现了。我这样做并不是为了我自己的生命，我保住我的命是想救我的朋友。这是我最大和唯一的希望。”

她从胸前拿出一个包裹，对福尔摩斯说：“只有这个包裹才能救我的朋友，先生，在上帝的面前，我把它交给你，希望你能将它交给俄国大使馆。这是我的心愿。我……”

“扶住她！”福尔摩斯大声喊道并一步跳到她面前，从她手中夺下了一只小药瓶。

但她还是倒在了床上，断断续续地说道：“已经晚了，我已经把药吃完了。现在，我头晕。我要死了！先生，我再一次请求你……一定要……把那个小……包裹……交给……俄国大……使馆。”我们在回来的路上，福尔摩斯对我们说：“其实，这个案子很简单。从一开始这副眼镜就是线索，但那时我没有把握是否能根据这个线索破案。从眼镜可以知道戴眼镜的人是个高度近视者，离了眼镜，什么都看不清。当我看到那块走过的草地时，我就想，除非她还有一副眼镜，否则她不会那么小心的。为此，我又考虑到另一种可能，她没有走出这座房子。我又发现那两个过道相同，所以考虑到她可能会走错路。当我来到教授的房间时，我仔细观察了教授的房间。我发现他屋子里的地毯是钉死的，下面不会藏有活门。我又看了一下书柜，发现其他地方都堆满了书，唯有书柜没有，我想这可能是一扇门，但是我不能确定。所以我抽了很多烟，故意把烟灰洒在暗褐色的地毯上。后来咱们一起来到花园，当时我还记得你惊奇的眼神。在花园里，我又向马太太打听教授的饭量。这两天教授的饭量突然增加了，这更使我怀疑饭并不是他一个人吃的。最后，我们来到楼上，我故意打翻烟盒，在拣烟的时候我发现书柜前面的烟灰被人踩过，所以我推论中午她可能从躲藏的地方——即书柜后面出来过。所有的故事就是这些。好了，查林十字街到了，霍普金，你是不是要到警察总部去一趟，庆祝你得到了胜利。我和华生要到俄国使馆去一趟，再见，亲爱的朋友。”

9. 失踪的中卫

在贝克街时，我和福尔摩斯经常会收到一些内容离奇的电报，对于我们，这本来是很平常的事。但是七八年前收到的一封电报给我的印象非常深刻，那是二月的一天早上，天气非常阴沉。电报是给福尔摩斯的，他接到电报看了大约十几分钟，也不懂其中的意思，电报的内容是这样的：

请等我。万分不幸，右中卫失踪。明日急需。

欧沃顿

福尔摩斯仔细瞧了瞧，说：“这封电报是十点三十六分在河滨发的，从电报的内容来看，这个欧沃顿先生的心情非常不平静，因此话语意思不明白。不过我相信很快他就会来到这里，说明事情的前因后果。”那个时候，我们非常清闲，因此，即使是鸡毛蒜皮的小事，也能引起我们的注意。

我深有体会，无事可做的平淡生活可真让人难以忍受，尤其对于福尔摩斯，他聪明过人，头脑复杂，如果让他无事可做，那简直比杀了他还难受。以前，他总是服用人造的兴奋剂来刺激他的头脑。现在，在我的管制下，他不再服用这种药了，其实他也知道这种药对他的工作没有任何好处。但是我心里明白，他虽然停了药，但他的病并没有好，只是深深地潜伏了下来。就是说在某些时候，可能会重新发作。如果那样，真是可怕极了，福尔摩斯会变得面容憔悴、阴险，让人无法猜透。现在，这个叫欧沃顿的人给他带来了工作，这使我也放下心来。因为对于我的朋友，有难度的挑战是他最好的精神食粮，无所事事才是他的痛苦。

果然不出所料，没多久，那个人就来了。他递过他的名片，我看见名片上写着：剑桥、三一学院、西锐利·欧沃顿。这是个英俊潇洒的年轻人，长得又高又胖。他进门的时候，宽宽的身体刚好能进得来。他看起来精神不太好，眼睛大而无神。

他边打量边问："谁是歇洛克·福尔摩斯先生？"

我的朋友说："我就是。"

"福尔摩斯先生，我先去过伦敦警察厅，拜访了霍普金侦探。他让我来找您。他对我说，只有您才能帮我，所以我就来到了这儿。"

"请坐吧，您发生了什么事？"

"福尔摩斯先生，我可真不幸，简直把我急死了。您知道高夫利·斯道顿这个人吧？他可是我们全队的主力，绝对不能少了他。他是我们队的核心、灵魂。不管是传球、运球，还是抢球，都是无人能比的。现在，我真的一点儿办法都没有了。福尔摩斯先生，您帮帮我，告诉我该怎么办。当然后备人员还是有的，像莫尔豪斯、斯蒂文逊，但是他们都不合格，莫尔豪斯是前卫队员，但他总是老想着进去夺球，不想守在边线上。他的定位球虽然踢得很好，但他把握不住机会，没有硬拼的精神，这样，牛津的队员莫尔顿或约翰逊，就会抓住他的缺点。斯蒂文逊虽然跑得快，但他既不会踢落地球，也不会踢空球，这样的队员要他有何用。福尔摩斯先生，您一定要帮我把高夫利·斯道顿找回来，否则，我这次非输不可。"

我的朋友聚精会神，有滋有味地听着这个年轻人的讲话，这年轻人怕我的朋友不理解，不时地用手势比画着。他刚一停止说话，福尔摩斯就拿起桌子上的“S”字母的资料翻了一下，却没有发现要找的人。

他说：“这儿有阿瑟·H·斯道顿，他是制造假币的。还有一个叫敦利·斯道顿，已被绞死了。唯独没有高夫利·斯道顿，先生，请你告诉我他是干什么的？”

那个年轻人惊奇地瞪大眼睛。

他说：“福尔摩斯先生，你怎么会不知道高夫利·斯道顿呢？那您也肯定不知道西锐利·欧沃顿了？”

福尔摩斯微笑着点了点头。

这年轻人说：“神探先生！在英格兰和威尔士的球赛中，我的球队是最优秀的，英国人没有人不知道，尤其是高夫利·斯道顿。我是大学生队的领队，您不知道没关系。但是您不能不知道高夫利·斯道顿。他是最优秀的中卫，曾被好几个队邀请过，像著名的剑桥队、布莱克希斯队，国家队也请过他。福尔摩斯先生，以前您不住在英国吗？”

福尔摩斯看着这位可笑的年轻人，说道：“欧沃顿先生，您和我的生活环境不同，你的生活朝气蓬勃，而我虽然和各层次的人都有关系，唯独和体育界没有接触，尤其是英国最出名的、最使人感到愉快的业余体育运动。您的光临，说明我真的应该接触一下你们的活动。好了，下面请您慢慢地告诉我，我到底怎么才能帮助你？”

欧沃顿听了他的话，无奈地耸了耸肩，他习惯体力劳动，对于脑力劳动，还真有点力不从心。他想了一会儿，才开始给我们讲述他的故事，不过，这之中仍然有很多重复和模糊，在这里我就把它们去掉了。

“福尔摩斯先生，事情是这样的。我是英国剑桥大学橄榄球队的领队，而高夫利·斯道顿是我们队最优秀的中卫队员。明天晚上我们就要进行一场比赛，对手是牛津大学队。我们是昨天到达这儿的，就住在班特莱旅馆。晚上十点钟的时候，我去看了一下队员，让他们赶快休息。你知道我们必须要有充足的睡眠。但是，我发现斯道顿心神不宁，好像不舒服。我问他有什么事，他说没什么，只是有点头疼，我嘱咐他要多休息，向他道了声晚安就走了。大约过了半小时，旅馆的服务员对我说曾有个看起来非常贫困的人来找高夫利，说有他的一封信。那时他已经休息了，所以服务员只好把信送到他的房间里，高夫利读了信后，就猛地倒在椅子上，好像突然受了什么打击。那个服务员怕出事，想来叫我，但被高夫利阻止了。后来高夫利喝了水就下了楼，和那个送信的人说了几句话，然后两人就匆匆忙忙地走了。今天早上我才知道他不见了，也不知道他去了哪儿。你知道，高夫利爱球如命，如果没有比他生命更重要的事，他绝不会离开球队的。”

福尔摩斯听得入了迷。

过了一会儿，他问：“你发现他不见后，你是怎么做的？”

“我发现他不见后，就立即给剑桥拍了电报，向他们打听他的消息。但是他们说高夫利没有回去。”

“他有可能回剑桥吗？”

“有，那时还有一趟末班车，开车时间是十一点十五分。但是没有人见过他。”

“后来你又怎么做的呢？”

“我又给蒙特·詹姆士爵士拍了电报。”

“蒙特·詹姆士爵士，他是谁？”

“是高夫利最近的一个亲戚，好像是他的叔父，你知道，高夫利无父无母，是个孤儿。”

“这也许对此事有帮助，蒙特·詹姆士可是英国的富翁。”

“我也曾听高夫利这么说过。”

“高夫利是他唯一的亲戚？”

“是的，还是他的继承人，蒙特·詹姆士老爵士现在已经快八十岁了，而且还有很严重的风湿病，听人们说他可能活不长了。但这个人非常吝啬，他从来没有给过高夫利一分钱。”

“蒙特·詹姆士给你消息了吗？”

“没有。”

“假如高夫利是去了他叔父那儿，那走的原因是什么呢？”

“昨天晚上，高夫利心里好像有事，所以一直心绪不宁。他如果对我说了，还有可能是关于爵士遗产的事。但据我所知，高夫利很可能得不到这笔遗产，因为，他从不喜欢那个爵士，也不愿意去他那儿，要是爵士不要他去，他绝不会去的。”

“不过，我们可以假设一下，如果高夫利真的去了蒙特·詹姆士爵士那儿，你能够解释那个非常贫困的人吗？还有高夫利的急躁不安。”

西锐利·欧沃顿陷入了沉思，他无力地摇了摇头。

福尔摩斯见他这副模样，便说：“既然如此，我也非常乐意帮你。今天天气不错，我们就出去调查一下吧。况且你们还要参加比赛。但不管是什么样的情况，都应该弄清楚。他不明不白突然离开他心爱的球队，一定发生了什么重要的事情，并且使他脱不开身。好吧，让我们先去你们的旅馆问一问有什么新线索。”

我的朋友心平气和，很快使那个年轻人平静下来。一会儿，我们就来到旅馆，在服务员的带领下，我们走进高夫利的房间。福尔摩斯向服务员打听他所知道的关于高夫利的一切。服务员告诉他昨天晚上向高夫利送信的人既不像一个绅士，也不像一个仆人，而是一个生活拮据、穿着破烂的家伙。年龄大约在五十岁左右，头发、胡子稀疏发白。他来的时候心情似乎很激动、也很慌张，给他信的时候手哆嗦着。高夫利和那老头交谈的时候，服务员说他好像听到了“时间”二字。后来，他看到他们匆匆忙忙地出了旅馆。那时正好是十点半。

福尔摩斯坐在高夫利的床上问服务员：“你值白班还是夜班？”

“我值白班，下班时间是十一点半，先生。”

“那么值夜班的服务员有什么情况吗？”

“没有，先生。”

“昨天你一整天都在上班吗？”

“是的，先生。”

“昨天有什么关于高夫利的情况吗？”

“昨天有一封他的电报。”

“电报？是吗？这是一个很重要的情况，大约是几点钟的事？”

“好像是六点钟左右。”

“高夫利接到电报时在哪里？”

“就在这间房子里。”

“那时你在场吗？”

“在，我看着他拆开了电报，并且等他读完，问他是否要回电报。”

“他回电报了吗？”

“是的，他回了电报。”

“那么，是你帮他发的回电？”

“不是，是他自己回的。我一直站在那儿等他写完。

但当他写完后却对我说：‘服务员，不麻烦你了，我自己去发吧。’然后，他自己就去了。”

“那他是在你面前写的回电了，他是用什么笔写的？”

“当时我没注意，先生。”

“那他是不是用的这个桌子上的电报纸？”

“是的，先生。他就是用的最上面的两张。”

福尔摩斯从床上站起来，走到桌子前拿起了电报纸，然后走到窗前，认真地辨认上面的痕迹。

过了一会儿，他失望地说：“真遗憾，他用的不是铅笔。”他把电报纸丢在桌上，对我说：“华生，你知道，他如果用铅笔写，字迹肯定会印在下面的纸上，可是，在这张纸上却没有。哎，他好像是用粗尖的鹅毛笔写的，这样，吸墨纸上绝对会有痕迹。”他急忙跑到吸墨纸前拿起吸墨纸，

高兴地叫起来：“果然不错，你们看，这上面有痕迹。”他拿过一条吸墨纸，走到我们面前，让我们看。的确如此，那上面有模模糊糊的字迹。

欧沃顿高兴地大声说道：“快拿来放大镜，用放大镜看。”

福尔摩斯说：“不用了，不用了，这是薄纸，从反面就能辨认出是什么字了。”

他翻过吸墨纸，仔细辨认了一会，读到：

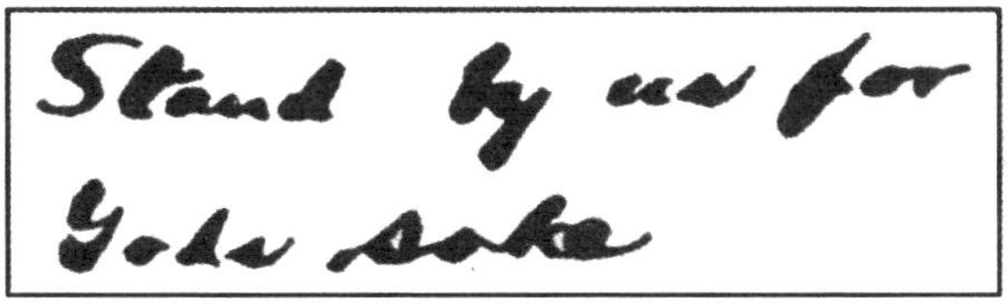

（译为：请看在上帝的分上支持我们！）

“这一句是高夫利·斯道顿失踪前三四个小时所拍的电报中的最后一句话。”

那封电报模模糊糊地只能看清这些，上面有好几个字我们无法辨清。但从能看得清楚的那些内容可以看出，高夫利一定发生了很严重、很危险的事情。且从这里可以看出，这之中肯定有另外一个人能够帮助他。电报中的“我们”就说明了这一点。但是不是那个看起来贫困、脸色苍白，而且很焦急的老头呢？如果不是他，那么还有谁呢？高夫利和那个老头又是什么关系呢？他们究竟遇到了什么样的危险？发生危险的地方又在哪儿呢？所有的问题都摆在了我们面前，我们的工作就是解决这所有的问题。

于是，我对他们说：“我们应该先调查清楚这封电报是发给谁的。”

福尔摩斯说：“是应该这样做，亲爱的华生，你的方法不错，但是你知道，做这件事可不容易。到邮局去翻找别人的电报稿存根，邮局里的人可不愿意这么做。因为这是一件非常麻烦的事。是否能找到一些好的方法呢？欧沃顿先生，我能看一下桌子上高夫利的文件吗？”

福尔摩斯在欧沃顿的允许下，开始快速而又极认真地翻阅起来，但没有发现有用的东西。

不久，他抬起头来说：“这些东西没有能帮上忙的。对了，我顺便问一下，你的朋友高夫利的身体状况怎么样，头脑不会有问题吧？”

“身体一向很健康，头脑也没什么问题。”

“那他生过病吗？”

“从来没有，不过他曾在比赛中胫骨被踢伤过，还有一次因滑倒膝盖受了一点儿伤，不知这些算不算病呢？”

“你真的了解他吗？或许他有什么难言的病。我想把这两份材料带回去研究一下，以便将来能用得着。行吗？欧沃顿先生。”

“等一下，等一下！”门口传来了焦急而严厉的声音。我们同时抬起头向门口望去，只见一个古里古怪的小老头从门口走了进来。他的黑色上衣已经洗得发白了，系了一条白色的领带，戴着宽边的礼帽。这身打扮看上去非常土气，就像一位殡仪馆的工人。虽然他衣服破旧，打扮得也有点滑稽，但他说话却非常有力。他看到我们都在看他，便焦急地说道："先生，你是干什么的，你可没有权力动这些文件。”

这时，福尔摩斯对他说："我是一个私人侦探，我翻阅这些文件是想调查一下高夫利失踪的原因。”

“你是私人侦探，是谁请的你？”

“是这位先生，”福尔摩斯指着欧沃顿说，“他是高夫利的朋友，球队的领队。”

小老头又问欧沃顿："先生，你是高夫利的朋友，你叫什么名字？”

“西锐利·欧沃顿。”

“西锐利·欧沃顿，是不是你给我发的电报？我就是蒙特·詹姆士爵士，我收到电报后就急忙乘倍斯瓦特公共汽车赶来了。是你请的这个侦探寻找高夫利的？”

“是的，先生。”

“但你准备好费用了吗？”

“我想如果找到高夫利，他一定会付钱的。”

“那只是如果，你可知道另一种如果，找不到怎么办？”

“如果真的找不到，我想他的家人会付……”

“你错了，这是绝对不可能的，你们休想从我这里拿走一个便士——半个便士也不行。”那老头急促而生硬地说道，“侦探先生，你弄清楚，我是高夫利的唯一亲人，但我是不会付钱的，我从来不会为这种事而浪费一分钱。他也许能继承我的财产，但至少现在他不会得到的。侦探先生，你不能随便翻他的那些资料，如果那儿有值钱的东西，丢了或不见了，这个责任你能负得起吗？”

我的朋友歇洛克·福尔摩斯有点气愤，但他仍然平静地对那老头说：“先生，你既然说了这种话，那好吧。我想问你一下，对于高夫利的失踪，你有责任吗？”

“一点儿没有。先生，他已经不是小孩子了，他应该对自己负责。现在他失踪了，‘找到他’这个责任已完全与我无关了。”

福尔摩斯气极了，他讽刺道：“你的意思我完全明白，但是我们的意思你却不明白。其实人们一直把高夫利当作一个穷人。现在他失踪了，也许被劫持，那绝不是因为他自己有钱的原因。蒙特·詹姆士爵士，我清楚地告诉你，如果真是强盗绑架了你的侄子，那是因为你的财产，你的富有，全英国没人不知道。”

福尔摩斯的一番话使这个让人讨厌的小老头的脸红一阵白一阵。

但他除了羞愧，更感到害怕：“真的吗？那太可怕了，真不可思议世界上竟有这样的坏蛋！高夫利不会出卖我吧？他可是一个懂事的孩子，从来不向我要钱，他是个坚强的孩子。不过，我还得防备着，我今晚就要把钱存进银行。尊敬的侦探先生，我还是求求你一定把高夫利找回来，不然我心里会不安的。至于钱吗？您尽管向我要，五英镑、十英镑都可以。”

这个葛朗台似的吝啬鬼，站在这里除了让人讨厌之外毫无用处，因为他除了知道高夫利是他侄子之外，其余的一无所知。我们巧妙地把蒙特·詹姆士爵士劝走了。不得已，我们只好回到那唯一的线索——电报上，福尔摩斯拿起那份残文和我一起出了旅馆。欧沃顿也去和他的队员解决有关比赛的问题了。

我们找到离那个旅馆最近的邮局，到邮局门口时，福尔摩斯说：“华生，别紧张，我们可以尽力试一下。唉，如果有证明，那就好办多了。但是现在没证明，我想邮局所要面对的人很多，不会留意我们的相貌的，我们赌一次。”

我们走进邮局，他对格栅后一名正在写东西的年轻妇女平静地说：

“小姐，打扰您一下，昨天我发了一封电报，现在还没收到回电，我想起来了，可能是有点错误，好像忘了在后面写名字了。能帮我查一下吗？”

她问：“您什么时候发的？”

“大约六点多一点。”

“发给谁的？”

我刚要说话，福尔摩斯用手势制止了我，然后，他用肯定的口气小声地说：“电报上的最后一句话是‘请看在上帝的份上支持我们！’拜托您给我找一下，因为我急需回电。”

很快，这个妇女从下面抽出一张存根，说：“就是这一张，上面没有名字。”随后，她把存根递给我们看。

福尔摩斯也装作后悔的样子说：“我说我怎么没有收到回电，原来我真的没有写名字。谢谢你，小姐，祝你早安。”

等我们来到大街上，福尔摩斯得意地笑了。

我问他：“事情有进展吗？”

“是的，我们太幸运了。华生，你知道吗？在进邮局的大门之前，我想到了七种能看到存根的办法，没想到第一个方法就成功了。”

“你得到的内容有用吗？”

“当然，它让我知道了该从哪儿调查此事。”

随后，他叫了一辆出租马车，我们到了帝国十字街火车站。

我问：“我们要去很远的地方吗？”

“不错，我们去剑桥，因为这个电报是发到剑桥的。”

在路上，我问我的朋友：“对这个案子，你是怎么想的？由我们解决的案子还从来没有一个像这个案子似的，出事的原因竟这样不明了。是因为蒙特·詹姆士爵士的遗产吗？”

“亲爱的华生，我不否认，但也不这么认为，当时我说那番话，是因为我实在不能忍受那个小气的小老头。”

“的确让人讨厌。但这件事你是怎么考虑的呢？”

“我们可以谈谈。你要清楚地知道，这件事偏偏发生在比赛前一天，而且失踪的是一个能决定输赢的球员。当然，这也许是一个巧合。据我所知，业余比赛是不准许设赌的，但有些社会上的人也许不听，就像那些赛马场的人在马上下赌注一样。这是我的第一个看法。第二种看法意思更明显，高夫利现在虽然很穷，但他毕竟是富翁的继承人，劫持他为了得到赎金，这也并不是不可能。”

“但是这两种解释都和电报没有关系呀。”

“不错，所以电报还是我们目前最重要的线索。因此我们现在要到剑桥去了解关于这封电报的情况。我希望在天黑之前有个结果，至少要有一定的进展。”

当我们到达剑桥的时候，天快黑了。福尔摩斯和我下了火车就租了一辆马车，然后直接到了一个叫莱斯利·阿姆斯昌的大夫家。莱斯利·阿姆斯昌就是那封电报上的名字。没多久，我们就在一栋豪华的楼房前停了下来。我们下了马车，看到这条街道非常热闹繁华。我们顾不得欣赏，急忙走到这座房门口，一个仆人把我们领了进去，过了好长时间，我和我的朋友才被允许走进这个医生的诊室。

“莱斯利·阿姆斯昌”这个名字对我来说很陌生，尽管他是著名的剑桥大学的负责人之一，而且还是欧洲大名鼎鼎的学者，在很多科学领域中都有很高的造诣。我不了解是因为我和医学界之间的接触太少了。但不管怎样，此刻我面前的这位大夫倒是给了我很深的印象，一张方方正正的胖脸，眉很浓，眼睛大但很忧郁，下巴生硬，像是大理石做成的。看来这是个性格倔强、冷酷无情，头脑聪明，不容易对付的人。我的朋友递上他的名片，然后，我们坐在了一旁的沙发上。

莱斯利·阿姆斯昌大夫很随便地看了一眼，然后抬起他那没有表情的脸，说：

“歇洛克·福尔摩斯先生，我听说过你的名字，对你的职业也了解一点，但是我却不喜欢这种职业，甚至有些反对。”

我的朋友平静地说：“社会上的罪犯是要有人来调查的。”

“是的，您的职业是有人支持。但是，这些事情警方都能做得到。像你这种私人侦探，经常调查别人的私事，本是别人的隐私，你却把它调查出来，我觉得这样是不道德的。最重要的是还经常打扰非常忙的人，就像现在，我的时间是用来写论文的。”

“大夫，你的话有些是对的，不过，最后你会明白的，这次谈话是有价值的。我还顺便解释一下，我的职业并不像你说的那样，我是根据别人的需要来调查别人的秘闻和家庭生活，但我不会把别人的隐私宣扬出去。这种事情如果落入警方的手里，那就不一样了。今天来，我是向你了解高夫利·斯道顿先生的一些情况的。”

“高夫利·斯道顿？他发生了什么事吗？”

“你认识他吗？”

“认识啊，我们是好朋友。”

“他失踪了，你不知道吗？”

“失踪？真的吗？”这个胖大夫平静地说着，脸上仍然没有任何变化。

“他是昨天离开的，到现在为止没有任何消息。”

“他不是小孩子，他会回来的。”

“可是，明天他们就要比赛了。”

“我最讨厌这种孩子似的比赛，我关心他，是因为他是我的朋友，我喜欢他这个人。对于什么比赛，那与我无关。”

“现在我想知道关于高夫利的一些情况，你知道他现在在哪儿吗？”

“不知道。”

“他昨天来过这儿吗？”

“没有。”

“高夫利没有生病吧？”

“他身体十分健康。”

“他生过病吗？”

“从来没有。”

“那好，你能解释这张单子是怎么一回事吗？”说着，福尔摩斯从包里拿出一张收费单据递给大夫。原来这是上个月高夫利付给阿姆斯昌大夫的一些医药费。是福尔摩斯从高夫利的资料中找到的。

此时，阿姆斯昌生气极了，说道："福尔摩斯先生，对于这件事，我不想作过多的解释。"

福尔摩斯重新把单据放回笔记本里。然后他说："好吧，你现在不想解释，有一天你会解释的，也许是当着众人的面。我刚才已经说了，别的警探可能会传出去，但是我绝对不会。我想你是个聪明人。如果你仔细考虑一下，你就应该把事情的经过告诉我。"

大夫气得大叫起来："我说过，我什么都不知道。"

"高夫利在伦敦给你写过信吗？"

"没有。"

福尔摩斯故意叹了一口气说："唉，现在邮局太不负责任了！昨天下午六点高夫利从伦敦发的紧急电报给你，但是你没收到，我得向有关部门反映一下，这邮局应该好好地整治一下。可真让人着急，我想那封电报肯定和他的失踪有联系。"

阿姆斯昌大夫猛地从桌子后面站起来，愤怒的脸由黑色变成了紫红色。

他火冒三丈地说："先生，请你出去，我不想再看见你。你可以转告你的当事人蒙特·詹姆士爵士，从此我和他本人及代理人毫无关系。"说完他使劲地摇铃。"约翰，送客。"这时，一个胖胖的仆人把我们"请"出了大门。走到街上，福尔摩斯却哈哈大笑起来。

他说："阿姆斯昌是个性格倔强的人，如果让他解决著名学者莫阿蒂大夫留下的问题，他一定能够出色地完成。华生，现在天这么晚了，而且这里又没有亲戚朋友。你知道，弄不清楚这件事我是不会离开的。现在就在这附近租间房子，然后再买些需用的东西，这些事你去办，我抓紧时间再调查一下。"

我在旅馆等他，直到九点多他才疲惫地回来。他精神不好，一看就知道没有进展。他饿坏了，把桌子上的凉饭全都吃光了。然后，他点了一支烟。正要开始他那心烦时的工作——谈些幽默而又富有哲学性的意见时，我们听到了窗外的马车车轮声。我们同时来到了窗前，只见昏暗的路灯下，一辆由两匹灰马拉着的马车停在了阿姆斯昌大夫家门口。

福尔摩斯说："这个马车是六点半出去的，三个小时后回来。三个小时可以走十或十二里路，每天出去一次或者两次。"

"这是很平常的大夫出诊嘛。"

"不错，但对于高傲的阿姆斯昌就不同了。他是大学的讲师和会诊医师，看病对他来说是比研究更难的题目，平常的小病他是不会看的，外出更不可能，况且又是这么远的地方，这之中一定有不可告人的秘密。"

"你可以去问一下那个马车夫。"

"亲爱的华生，我开始就是这么想的，也这么做了。但是使我想不到的是那人简直不可理喻，他不但不告诉我还放狗出来。看来和人关系闹僵，连狗也不喜欢我了。我只好向一个看起来非常和善的当地人打听到一些情况，是他把阿姆斯昌每天的情况告诉我的。"

"你没想到要跟踪马车去调查一下吗。"

"亲爱的华生，我正是这么做的，我见马车还没走远，急忙从旁边租了一辆自行车，拼命地蹬，终于跟上了马车并和他保持一定的距离。我跟着马车出了城，走在乡间的路上。但这时却发生了一件使我心里不舒服的事。那大夫的马车停下来，他下了车走到我面前，对我嘲笑说他看到路太窄，所以停下来让我的自行车先通过。没办法，我只好往前骑，但当我停下来再往回看的时候，马车已经不见了，我找了半天也没有找到。现在，你也看到了，是我先到了旅馆，他才回到家的。也许，这件事和高夫利的失踪并无关系。但是，我觉得凡是和阿姆斯昌有关的人和事，都值得注意，尤其是他那种态度，老使我感觉他是做贼心虚。"

"好，那我们明天继续跟踪。"

"我们两个？你想象得太简单了，现在我们对这里人生地不熟。我今晚走过的路都非常平直，连个可以隐藏的地方都没有，况且，我们的对手又那么狡猾。先发个电报给欧沃顿，问问他伦敦有什么情况吗。但我们还是要抓住阿姆斯昌这条线索。我敢发誓，他肯定知道高夫利的下落，如果他真的知道，我们一定要让他说出来。华生，你知道我办事从不半途而废。"

第二天，我们又失败了。后来，我们收到了一封信，福尔摩斯看完后，笑了起来，并随手递给了我。我看到：

先生：

我敢保证，你们跟踪我是你们在浪费时间。我可以告诉你，我的马车后面有个窗户，你在后面我看得一清二楚。但是，如果你坚持，我也没办法，不过我告诉你，你这样做，只会对高夫利有害。如果你真的想帮他，唯一要做的就是回伦敦，告诉老爵士，你找不到高夫利。否则，在剑桥你会一无所获的。

莱斯利·阿姆斯昌

福尔摩斯说："阿姆斯昌这个人不容易对付，但越是这样，我越不愿放弃。"

我说："亲爱的福尔摩斯，你看，他要上车了，他还向着咱们的窗户看了一眼呢，今天，让我去试着跟踪他，怎么样？"

"亲爱的华生，不能去，我知道你细心、机灵，但你绝不是他的对手。还是我去吧。不过，你如果感到闷，可以出去走走，逛一下这个城市。或许，晚上我能够把好消息带回来。"

但是，我的朋友并没有把好消息带回来，他带回来的只是疲劳和失望。

"华生，那个大夫又赢了，他可真够狡猾的。但幸运的是，我已经知道了他所去地方的大概位置。今天，我在那一带的村庄里转悠了半天，和那儿的人们聊了好长时间，可就是没有打听到那个四轮马车到底去了哪儿。唉，今天，有伦敦来的电报吗？"

"有，我先把它打开了，内容如下：'向三一学院的吉瑞姆·狄克逊要庞倍。'但这到底是什么意思呢？"

"很简单，是咱们的朋友欧沃顿回答的，我向他提出了一个问题。他让我们向狄克逊先生要一个叫庞倍的东西。华生，有伦敦比赛的消息吗？"

"有，今天晚上报道了。三场有两场平局，有一场牛津赢了一分。报道的最后一段是这样写的：'穿淡蓝色运动衣的球队失利的原因就是，世界上最优秀的、多次参加过国际比赛的高夫利·斯道顿没有参加比赛，从而影响了全队的发挥，前卫线实力不行，进攻防守也没有合作好。'"

福尔摩斯说："正如欧沃顿说的那样。但是，对我来说，其实我和阿姆斯昌的看法一样，这样的比赛和我无关。华生，今天就到这儿吧，我们必须要好好睡一觉了。明天，还有很多事要做。"

第二天我起来后，看到福尔摩斯边烤火边用针管做皮下注射。我吃了一惊，他的体质太差了，竟然还在注射兴奋剂，我感到我以前的努力都白费了。我惊讶而生气。他看了看我，抱歉地笑了笑说："亲爱的华生，我会没事的。在这需要挑战的时刻注射一点兴奋剂是不能称作吸毒的。好了，现在好好地饱餐一顿，待会儿，我就要上战场了。今天，我们一定要跟踪到底，不找到他的老巢我绝不罢休。"

吃完早饭，他下了楼，从马房里牵出一条黄白相间、又肥又矮的狗，向我介绍道："这就是狄克逊的庞倍，它是这儿最出名的追踪犬，你别看他相貌丑陋，又矮又胖，但它跑得可不慢。"

福尔摩斯怕狗跑得快，拿了一条皮带拴在了它的脖子上。然后，我们走出了院子。

福尔摩斯牵着狗在阿姆斯昌的门口马车停的地方让狗闻了一下。过了一会儿，那狗大叫了一声奔向大街，然后，沿着大街向城外跑去，我们两个在后面跟着狗拼命地追，不一会儿，我们就飞奔在了乡间的路上。

我急喘着问："福尔摩斯，这办法能行吗？"

"这是最实用的办法。我今天早上在大夫的马车轮子上洒了一些茴香油，这头追踪犬闻到这种味道，一定不会放过的，即使天涯海角，就是大夫再狡猾，也不可能甩掉这条追踪犬。"

我们正说着，那狗突然拐了弯，从大路上跑到了一条满是野草的小路上，大约过了半英里，才走到了一条宽阔的大路上，这条路就是那条通往城里的大路，大路通向城南，如果向北走就能走到我们出发的地方。

福尔摩斯说："他这样做是故意迷惑我们的，在村里我说怎么打听不到他的四轮马车，原来他根本就没去过村里。阿姆斯昌费心设计的这个路程一定有什么不可告人的事情。快，后面他的马车来了，不能让他发现我们。"

福尔摩斯牵着那条不听使唤的狗急忙跳进了一扇篱笆门，我随着他们也跳了进去。就在我们刚藏好的时候，那马车就从草丛旁边的路上过去了。我看见马车里面的阿姆斯昌大夫双手抱着头，脸色很难看，精神也不太好。福尔摩斯同我一样也看出了大夫的沮丧。

他说：“可能要发生什么不幸的事了。不过，待会我们就知道了。走，庞倍，到我们目的地去。”

田野里的那间茅屋就是我们这几天费尽心思要调查的对象。庞倍围着茅屋乱转、乱叫。草丛中间有一条被四轮马车轧过的小路一直通向大路。福尔摩斯和我走进用篱笆围成的小院，把狗拴好，来到了小屋的门前。听到里面有低低的哭泣声。福尔摩斯敲了敲门，但好久没人答应。我们俩迟疑地看了一眼，突然发现后面有马车驶来，我一看，那正是阿姆斯昌大夫的马车。

福尔摩斯说道：“大夫又来了，这次我们一定在他进去之前把事情弄明白。”

说着，他推开门，我们来到屋里，里面低沉的哭泣声变得更清楚了。我们顺着声音来到楼上，然后推开了半敞的门，眼前一片凄凉的景象：

床上躺着一个年轻漂亮的少妇，脸色苍白安详，一双美丽的蓝眼睛直直地瞪视着，头发蓬乱但仍然美丽。可惜，她死了。床边跪着一个青年男子，他趴在床上，悲伤地哭着，他已完全陷入了痛苦之中，根本就没有觉察到我们的到来。福尔摩斯走到他身后，用手拍了拍他的肩膀，他才扭头看了看我们。

“你是不是高夫利·斯道顿先生？”

“没错，但是你已经来晚了。她已经死了。”

说完，这个悲伤的青年大哭起来。他太悲痛了，所以把我们当作了那个看病的大夫。福尔摩斯正要说话，这时，楼梯上传来了阿姆斯昌大夫的脚步声，他推开门，我们看到了他那张气愤、悲伤的面孔。

他严厉地说：“先生们，你们得逞了。可是我们就不同了，我们悲伤、痛苦，你们满意、快乐，是吧？可是你们卑劣的行为却让人难以饶恕。”

福尔摩斯态度也非常严厉，他说：“阿姆斯昌大夫，对不起，我想你并不了解我们。你能不能先下楼来谈一谈。”

阿姆斯昌大夫犹豫了一下，还是和我们一起来到了楼下。

他说："有什么话就直说吧。"

"尊敬的莱斯利·阿姆斯昌大夫，我首先明确地告诉你，我并不是蒙特·詹姆士爵士的代理人，也不会做他的代理人。我是一个侦探，寻找失踪的人是我的任务。但这件事不存在犯罪问题，所以对我来说已没有多少意义。事情既然到了这种地步，我也无话可说，你放心，我绝对不会张扬的。"

此时，阿姆斯昌突然走到我们面前，紧紧地握住福尔摩斯的手。

他说："对不起，先生。我还以为你是蒙特·詹姆士爵士派来的呢，是我错怪了好人。既然这样，我也不必再隐瞒了。事情是这样的：一年前，高夫利曾在伦敦住了一段时间。这期间，他深深地爱上了房东那善良漂亮的女儿，并与她结了婚，他们幸福美满。但是，你知道那个古怪的老头——蒙特·詹姆士爵士。如果高夫利的事情让他知道。他肯定不会再把遗产给高夫利的。我了解高夫利也很喜欢他，所以我尽心尽力地帮助他，并为他守口如瓶，不让外人知道。所以就帮高夫利在这儿找了一间茅屋，现在这事除了我和我的那个忠实的仆人知道，别人都不知道。但是，好人总是多磨难。高夫利的妻子得了不治之症。高夫利的心里痛苦极了，他还要参加比赛，我为了不让他分心，所以发了一封电报安慰他，但我并没有告诉他真实的病情。他也回了一封电报让我尽力帮他。但她的父亲却把真实情况告诉了他，所以，他知道了病情不顾一切地从伦敦赶了回来，一直跪在妻子的床前。直到今天，他的妻子死了。福尔摩斯先生，这就是整个事情的经过。先生们，我相信你们都是好人！"福尔摩斯听完，也紧紧地用手握住了大夫的手。

我和福尔摩斯走出那间令人窒息的小屋，心情久久不能平静，过了好一会儿，我的朋友才淡淡地说："华生，我们走吧！"

10. 格兰其庄园

1897 年冬末，那是一个有霜的清晨，天刚刚亮的时候，我感到胳膊被谁在推着，我睁开双眼，才看见是福尔摩斯。他将一截蜡烛握在手中，脸上充满了焦急的表情，他弯下腰对我喊道：“快，华生，快点儿！事情非常紧急。别问什么事，穿好衣服马上走！”

十分钟之后，我们坐上了马车。在静悄悄的大街上，马车飞快地向查林十字街火车站直奔而去。天空已出现了鱼肚白，伦敦在乳白色的晨雾笼罩之中，不时能隐隐约约地看见上早班的工人，福尔摩斯用厚厚的大衣把自己严严地裹住，一句话也不说，我也如此。因为天气确实太冷，况且我们还未吃早饭。

我们在火车站上喝了杯热茶，进入车厢找到座位坐下之后，此时才觉得身上不太冷了。这是开往肯特郡的列车，旅途中福尔摩斯不断地说着，我仅能认真地听。他把一封信从衣袋中取了出来，大声念道：

肯特，玛尔舍姆，格兰其庄园

下午三点三十分

亲爱的福尔摩斯先生：

我这有一桩非常特别的案子，我希望你能够马上协助我处理掉。因为你擅长侦破此类案件。目前只是把那位夫人放开了，现场其他所有的东西都没有动过。我恳请你立刻赶来，因为把优斯塔斯爵士一个人留下是非常不好的。

你诚实的朋友　　斯坦莱·霍普金

福尔摩斯说：“霍普金总共有七次找我去现场，每回的确是特别需要我的协助。我想他的案件你肯定全都记到你的记录本中了。不过我相信你特别会选材，这使你叙述方面的缺陷得到了弥补。可是你看待所有问题的出发点都是从写故事的角度考虑，却不从科学的破案方面去写，由此一来，这些具有代表性案例的示范性就没能体现出来。侦破的技巧与细节都被你一笔带过了，而将那些扣人心弦的故事情节进行详细的描述，你此种写法，仅能激起读者一时的兴趣，而没能使读者受到一点点启发与教育。”

我有些不愉快，说道：“那么你为何不自己去写呢？”

“亲爱的华生，我确实要写的，你清楚现在我没有空，不过我想，到我的晚年会出版一本教科书，写入所有的侦探艺术与技巧。现在，我们要侦查的似乎是一桩谋杀案。”

“这么说，你觉得优斯塔斯爵士已经被害了？”

“我觉得是如此。霍普金的信表明他的心情特别激动，但是他并不是一个容易动感情的人。我觉得肯定是有人死了，等我们去验尸。假如是自杀，他没必要找我们的。信中提到过夫人被放开，似乎是惨案发生的时候，把她锁到她的房间里去了。华生，这是发生在上流社会中的案子，你瞧信纸的质量非常好，上边有家徽的图案，是用E、B两个字母组成的，案子的发生地是一个非常优美的地方。霍普金从不轻易给人写信，是昨天晚上十二点之前发生的凶杀案，所以今天上午肯定特别忙。”

“你是如何知道的呢？”

“将火车往返以及处理事情的时间算一算就非常清楚了。凶案发生之后先要找当地的警察，警察还要到伦敦警察厅去报告，霍普金还要到现场去，然后写信给我，这最少也需一个晚上的时间，太好了，已经到了齐赛尔贺斯特火车站，我们不清楚的问题立即就会清楚。”

我们风风火火地在狭窄的乡村小路上走了两英里路之后，到了一座庭园的大门前边。一位守门的老人迎接我们，帮我们把大门打开，这里的确发生了惨案，从他憔悴的脸上可以看出来。一走入华丽壮观的庭园，就看见形成一条林荫道的两排老榆树，路的尽头是一座不高但宽敞的房子，有帕拉弟奥式的柱子在正面。房子显得特别古老陈旧，在它的中间部分有茂密的常春藤覆盖着。不过从高大的窗子能够发现，这座房屋经过改造，而且有一面全都是新建的。年轻机敏的霍普金正站在过道中等待我们的到来。

“福尔摩斯先生，华生医生，你们的及时赶到让我非常高兴。如果事情不急，我是不会这样贸然求援的。夫人现在已清醒过来，所有的事情她都说得十分明白了。因此我们也没有太多的事要去做。路易珊姆那帮流氓你还记得吗？”

“什么？不就是那三个姓阮达尔的家伙吗？”

“没错，爸爸与两个孩子。这起案件肯定是他们所为。两个礼拜以前他们在西顿汉姆做过案，别人看见后，向我们报了案。这么短的时间，他们再次行凶，太无人道，绝对是他们所为。一定要将他们绞死！”

“这么说优斯塔斯爵士已经死了？”

“没错，铁棍打破了他的头部。”

“在途中车夫对我说，爵士名叫优斯塔斯·布莱肯斯特尔。”

“是的。肯特郡的首号富翁便是他。此刻夫人在洗手间里，太不幸了，如此恐怖的事情被她碰到，我最初见到她时，她完全是一个快要死的人。最好你先去见见她，让她给你讲一下。然后我们再一块到餐厅去瞧瞧。”布莱肯斯特尔夫人是个非常不平凡的女人，她仪态优美、风度高雅、面容漂亮，像这样的女人我见得并不多。她皮肤白皙、头发金黄、眼睛是深蓝色的，配上她那端庄的容颜，真称得上是倾国倾城。但是这件倒霉的事情让她苍老、憔悴了许多。她的一只眼睛是红肿的，由此可见，精神和肉体上的痛苦一起折磨着她。她的女佣是一个神情严峻身材高高的女人，正在夫人的眼睛上用稀释了的醋不断地擦拭着。夫人在睡椅上躺着，显得非常疲惫。我刚刚进屋的时候就看出来了，她那敏锐且极富洞察力的目光和脸上机警的表情显示出这件惨案并没有把她的智慧和勇气压倒。她穿的晨服是蓝白相间的，非常宽大，一件镶有白色金属片的黑色餐服放在她的身边。

她厌烦地说道：“霍普金先生，我将所发生的一切事情都告诉你了。你可不可以代我重说一次呢？但是，假如你觉得有必要的话，我可以再说一次。他们到餐厅去过了吗？”

“我觉得还是请夫人再讲给我们听听为好。”

“既然这样，我就再说一次吧，我一想起餐厅中的尸体就觉得十分可怕。”她不停地发抖，双手捂住脸，这时她宽大的晨服袖子滑了下来，她的前臂露了出来。福尔摩斯吃惊地叫道：“夫人，你许多地方都受了伤！到底是怎么回事？”我发现有两块红肿的伤痕在夫人那洁白的、圆滑的前臂上边。她马上用衣服将它掩住。说道：“没事。这与昨晚的惨案无关。你与你的朋友都请坐吧，我会告诉你们一切的。

“我是优斯塔斯·布莱肯斯特尔的太太。我们已经结婚一年了。但这是一场不幸的婚姻，我想这一点无须掩饰。就算我不说，你也会从我的邻居那知道。关于婚后我们俩的关系，或许我也该负一些责任。我是在澳大利亚长大的，而且生活环境非常自由，也不守旧，但这里的英国式生活太拘谨，讲究礼节，让我感到压抑。但主要的原因是由于另外一件别人都知道的事情引起的，那便是：布莱肯斯特尔爵士经常酗酒滋事。和这种人一起生活，哪怕是一个钟头，也会让人觉得心烦。他将一个活泼好动的女人一天到晚地拴在身旁，你可以想象一下那是多么残忍的事吗？如果谁认为不应该结束这场不幸的婚姻那么就是对神圣的亵渎，是对道德的败坏。你们荒谬的法律只会给国家带来一场灾难，上帝会阻止一切不道德的行为。”她将身体从睡椅上坐直，面颊通红，有愤怒的光芒从她青肿的眼中放射出来。那位神情严肃的女佣有力且又温和地把夫人的头扶到了靠垫上，她愤怒激亢的语调慢慢地变成了激动的低泣。歇了一会儿她又接着说道：

“昨天晚上，所有的佣人们如以前一样到这幢屋子新建的那边睡觉去了。这幢屋子的中心部分包括起居室、后边的厨房和我们楼上的卧室。我的女佣娄瑞沙在我们卧室上边的阁楼中住。这个中心部分没住其他的人，住在新建的那边的佣人们不会被任何声音给吵醒的。强盗们肯定非常了解这些情况，不然的话他们一定不会如此胆大妄为。

“大约在十点三十，优斯塔斯爵士休息了。当时所有的佣人都已回到了他们自己的房间中。只剩我的女佣还未休息，她待在阁楼上自己的屋子中等待吩咐。我在休息之前，一定要亲自到四处瞧瞧，是否一切都收拾好了，这早成为我的习惯。因为优斯塔斯非常大意。我常常先去厨房、食品室、猎枪室、弹子房、客厅，最后去餐厅，我走到餐厅的窗户前，还有厚窗帘挂在窗户上边，突然我感到有一阵风吹到了我的脸上，这才发现窗户没关。我将窗帘向旁边一拉，一个宽肩膀的中年人正站在眼前，他似乎才到屋中来。餐厅的窗户是法国式的，又高又大，可以当作通向草坪的门。当时我手里拿着我的卧室中的蜡烛台，在蜡烛昏黄的光下，我发现这个人身后，还有两个人正准备往里爬。我非常害怕，就退后了一步，这个人马上朝我扑过来。他先将我的手腕抓住，接着又将我的脖子死死地掐住。我正准备喊人，他便在我的眼睛上用力地打了一拳，将我打倒在地。我肯定是昏倒了一段时间，因为当我清醒过来的时候，发现他们早已弄断了叫仆人的铃绳，将我紧紧地绑在餐桌一端的一把橡木椅子上。我被捆得特别紧，丝毫不能动弹，嘴被手绢堵住了，不能喊人。就在此时，我不幸的丈夫到餐厅来了。很明显有一些奇怪的声音传到了他的耳中，因此他是有备而来。他身穿睡衣和睡裤，手中握着他喜欢用的黑刺李木棍。他向强盗扑去，但是那个年长的男人早就弯着身子拿起了炉栅上的通条，在爵士靠近时，他用力地朝爵士头部打去。爵士仅哼了一下便倒在地上了，再也没有动一下。我再次昏了过去，我昏迷的时间大约仍是几分钟。我苏醒时看到，他们从餐具柜中拿刀叉，还拿出了一瓶酒，每人手里拿着一个玻璃杯。我曾说过，其中一个强盗留有胡子，年纪较大，另外的两个是还没有成年的小孩。他们也许是一家人——父亲领着两个孩子。他们在一块小声嘀咕了一会儿，后来走近我瞧瞧捆我的绳子紧不紧。然后，他们离开了，而且将窗户顺手关上了。足足十五分钟之后，我才把手绢从我的口中弄出来，这时我才叫来女佣将我松开。另外的佣人们也都听见了，我们立刻报警，警察又马上与伦敦联系。先生们，这些就是我所知道的一切，但愿以后不会让我再次说起这段悲惨的经历。”

霍普金问：“福尔摩斯先生，有什么要问的吗？”

福尔摩斯说：“我不愿再让布莱肯斯特尔夫人觉得心烦，也不愿占用她太多的时间。”接着他对女佣说：“在我到餐厅去之前，希望你能说说你见到的情况。”

她说：“这三个人还未到屋子里来的时候，我便早已发现了他们。当时，我正在我卧室的窗户旁边坐着。借着月光，我发现有三个人在大门旁边。可是当时我并未太在意，一个多钟头之后，传来了女主人的呼喊声，我才跑下楼去，发现了我可怜的女主人。正如她自己说的那样，爵士躺在地板上边，满屋子溅着他的血和脑浆。我想她吓昏了过去就因为这些事，她被缚在那里，衣服上沾了很多血点。如果不是这位澳大利亚阿得雷德港的玛丽·弗莱泽女士，也就是这位格兰其庄园的女主人布莱肯斯特尔夫人的性格坚强，那她肯定已没有了生活下去的信心。先生们，你们盘问她的时间也太长了，她现在应该回到她的房间中去，好好地睡一觉。”

这个瘦弱的女佣如母亲一样温和地把她的手扶在女主人的肩上，将她搀扶走了。

霍普金说：“她俩在一起都几十年了。是她从小将这位夫人照料大的，一年前夫人离开澳大利亚，她也与夫人一起到英国来了。她的姓名是娄瑞沙·瑞特，现在已经找不到这样忠实的女佣了。福尔摩斯先生，请从这边走。”

在福尔摩斯的脸上，起初那种浓厚的兴趣已经没有了，我清楚这是因为案情太简单，使它失去了吸引力。由此看来，余下的事仅是抓凶手，但是抓一个普通的凶手干吗叫他来呢？此时我的伙伴眼中显露出了烦恼，正如请一个知识渊博的专家去看病，但看见病人仅是普通的小病时所出现的那种心烦。但是格兰其庄园餐厅的景象确实奇异，绝对能引起福尔摩斯的注意，而且可以把他刚刚消失的兴致再次地激起来。

这间餐厅非常宽敞高大，橡木做的天花板上雕刻了许多的花纹，四周的墙壁上绘制着一排排鹿头和古代武器，有橡木嵌板在墙壁的下端。高大的法国式窗户就在门的对面，在右边有三扇小窗户，阳光可以由这儿照进来，在左边有一个特别大、特别深的壁炉，上边的壁炉架又大又厚。壁炉旁边有一把橡木椅子，看上去显得特别沉重，两侧有扶手，下边有横木，有一根紫红色的绳子系在椅子的花棱上，绳子从椅子的两侧穿过与下边的横木相连。在给夫人松绑时，解开了绳子，可是绳子上的结并未解开。我们后来才注意到这些细节。因为我们所有的注意力都集中在壁炉前躺在虎皮地毯上的尸体上。被害人身体健壮，身材高大，年龄大约四十岁左右。他在地上仰面躺着，呲着的白牙和他又短又黑的胡须形成了鲜明的对比。他双手放在头前边，并紧紧地握在一起，他的双手上横放着一根短粗的黑刺李木棍。他的面孔黑黑的，鼻子似鹰钩，原本长相挺俊美的，但是现在面孔已扭曲，狰狞可怕。很明显听到响声时他在床上，因为他身着绣花睡衣，而且特别华丽，一双没穿鞋的脚露在裤腿外边。他的头部伤得非常厉害，鲜血溅得满屋子都是，可以看出要了他命的那一击是多么的残忍。那根特别粗的通条就在他的身边，由于猛烈的打击使它变成了弯曲的。福尔摩斯将通条和尸首查看了一番。后来他又说："这位年长的阮达尔，肯定是一个力气十分大的人。"

霍普金说："正是如此。我这里有关于他的部分资料，他是一个十分粗鲁的人。"

"我们如果去抓他容易吗？"福尔摩斯问。

"没有丝毫的困难。一直以来我们都在调查他的去向，有人说他以前去了美国。既然我们清楚这些人还未离开英国，我相信他们绝对跑不了。这件事已经告知了每个港口，我们在傍晚之前通缉捕获他们。但是让我搞不明白的是，他们既然明知夫人可以说出他们的长相，而且我们也可以认出他们，他们为何还去做这样的傻事呢？"

"人们会这样想：这些强盗一定会将布莱肯斯特尔夫人杀死灭口。"

我提醒他说："或许他们没有想到夫人昏倒一会儿又醒了过来。"

"这种可能性确实挺大的。假如当时他们认为她完全昏死过去了，这样他们或许会放过她。霍普金，有关于这个爵士的传闻吗？我似乎听说过关于他的一些怪事。"

"他没醉时心地善良，可是当他醉了就成了一个纯粹的恶棍。他一醉就如中了邪，任何事都可以做出来。虽然他有钱有地位，但是据我了解，他很少参加社交活动。听说他将狗泡在煤油中，然后用火烧，并且那是夫人的狗，费了许多周折之后才把狗风波给平息下来。还有一回他用水瓶去砸女佣娄瑞沙·瑞特，这也引起了一场风波。总之，这个人死了才好。你在瞧什么？"

福尔摩斯在地上蹲着，聚精会神地查看着绑过夫人的那根红绳子上的结和强盗弄断的那个绳头。

他说："拉一下这绳子，厨房中的铃声应该是非常响的吧。"

"这你说错了，没有谁听得见。因为厨房在这幢房子后面。"

"为何强盗会如此清楚这个情况呢？他为何敢大胆地拉这根铃绳呢？"

"福尔摩斯先生，你这个问题问得很好。关于这个，我也想过许多次。强盗肯定对这栋房子特别熟悉，清楚这儿的习惯。他绝对清楚佣人们休息特别早，清楚厨房中的铃声佣人们不可能听到。因此他一定与哪个佣人有勾结。这是非常明显的。但是那八个佣人都是品德优良的。”

福尔摩斯说：“假如每个佣人的情况都大致相同，那就该对主人向她头上砸水瓶的那位产生怀疑。不过如此一来，就会对女佣忠实侍候的女主人也一起怀疑。但是这一点并不重要。你将阮达尔抓到之后搞清同谋或许十分容易。我们需要验证夫人所说的情况，我们能从现场的实物中去验证。”他走到窗户前边，将那扇法国式的窗户推开，瞧了瞧后说道：“窗户下边的地面特别硬，这里不可能有任何痕迹留下。壁炉架上的蜡烛确实燃过。”

“没错，他们是借着这些蜡烛的亮光离开的。”

“他们将什么东西拿走了？”

“并未拿什么东西，仅将六个盘子从餐具柜中拿走了。布莱肯斯特尔夫人认为优斯塔斯爵士的死让强盗们不知所措，因此顾不上抢劫。否则的话，他们肯定会将这栋房子劫掠一空。”

“此种说法非常在理，听说他们喝了一点儿酒。”

“那肯定是为了壮胆。”

“就是这样。餐具柜上的三个玻璃杯还未动过吧？”

“还未动，还照老样子放着。”

“我们瞧瞧。喂，这是什么？”

三只杯子并排一块，每只杯子都盛过酒。有一只杯子中还剩有一点葡萄酒的渣滓。酒瓶和酒杯在一块，瓶中还有大半瓶酒，有一个长长的挺脏的软木塞在旁边。瓶塞的样子和瓶上的灰尘表明凶手喝的酒不是普通的酒。

福尔摩斯猛然间改变了他的态度，他的神情不再是那般冷漠，我又发现他炯炯有神的两眼中放射出兴奋的光芒。他将软木塞拿起，仔细地查看着。

他问：“他们如何将这瓶塞拔出的？”

霍普金将半开的抽屉指了指。有几条餐巾和许多的拔塞钻放在抽屉中。

“布莱肯斯特尔夫人并未提起过用拔塞钻的事？”

“没提到过，或许是这些强盗开酒瓶时，她正昏倒在地。”

"事实上他们并未用拔塞钻，或许用的是小刀上带的螺旋，而且这个螺旋没有一英寸半长。细心地看看软木塞的上端就清楚了。螺旋插入了三次之后才将软木塞拔出来。实际上用拔塞钻将瓶塞卡住，不费力便可以拔出来。你将这个人抓到时，就会知道他身上有一把多用小刀。"

"说得太好了！"霍普金说。

"但是这些玻璃杯能说明什么呢，我不明白。布莱肯斯特尔夫人的确亲眼见到这三个人喝酒，对吗？"

"没错，这一点她记得非常准确。"

"算了，这个事情就说到此吧。还有什么要说的吗？但是，霍普金，你要相信，这三个玻璃杯特别不一般。什么？你没发现什么不一般的地方？这样，就不说它了。或许一个人有某些专业的知识和能力，就不想利用现有简洁的解释，从而去寻找更加复杂的答案。可是，或许玻璃杯的事纯属巧合。行，霍普金，再会吧！看来我不能帮你的忙了，对你而言，似乎案子已经非常明白了。捕获阮达尔或者有什么新的事情，请你告诉我。我相信你马上就可以顺利地了结这件案子。华生，我们走，我觉得我们回家后能更好地做些事情。"

回家的途中，我发现福尔摩斯脸上的表情特别复杂。一会儿他竭力驱散困乏，开朗地说笑；一会儿又愁容满面，紧锁双眉，目光恍惚；由此可见，他又在回想格兰其庄园富丽的餐厅。就在我们的火车从一个郊区的小站慢慢地滑过时，他却莫名其妙地跳到站台上去了，并且顺手将我也拉下火车。转弯之后，已经看不见火车，他说："好伙伴，很抱歉，使你感到惊讶了，因为有一个想法忽然在我心中产生了，华生，无论如何，这起案件我非管不可。我这样做是纯粹受我本能的控制。事情搞反了，全反了，我敢保证是搞反了。但是夫人讲的情况找不出破绽，女佣的证词又非常清楚，甚至细节也非常正确。哪些是我怀疑的呢？三个酒杯，就是那三个酒杯。假如我不把事情当作理所当然的，不被那些编造的谎言把我的思维搅乱，假如现在我再去查看那些东西，是否会得到更多的收获呢？我相信绝对会的。华生，我们先在这条凳子上坐一会儿，等去齐塞尔贺斯特的火车吧。现在我对你讲我的证据，但是你必须先将这种想法从心中排除掉，就是相信女佣和女主人所讲的一切都曾经发生过。千万不可以让这位夫人惹人喜欢的性格影响你的判断力。

“我们假如冷静地想一想，夫人说的话中有些细节是能引起我们怀疑的。两个礼拜之前那伙强盗们已经在西顿汉姆搞得鸡犬不宁。他们的行为和相貌早已登在了报纸上，因此谁若要编造一个有盗贼的事件，毫无疑问的就会想到他们。实际上，已经搞到了许多财物的强盗常常都会轻轻松松地享乐一番，绝对不可能再轻易去冒任何风险。此外，强盗们通常不可能那么早去打劫，也不可能用打昏一个女人的方式来阻止她叫喊，实际上，打她，只会使她喊叫得更厉害。还有，假如强盗的人多，对付一个人绰绰有余时，他们不可能去杀人。另外，他们通常都特别贪婪，可以拿走的东西，全会拿走，不可能只拿一点点。最后一个疑点，强盗们通常喝酒是一点也不剩，不可能留下大半瓶酒不喝。华生，有如此多异常的事。你有什么想法呢？”

“这些情况合到一块，当然非常可疑，但是就其每件事的本身而言又是有可能的。我觉得最不可理解的是为何将夫人捆在椅子上。”

“我也没有完全搞明白这一点。华生，合理的解释应该是他们要么杀死她，要么将她藏到一个看不见他们逃走的地方。可是，无论怎样讲，这位夫人所说的话中有虚假的成分。另外，还有酒杯的问题。”

“酒杯又有什么问题呢？”

“你认为可能是有三个人用杯子喝酒吗？”

“怎么不可能？三个杯子都有酒沾在上边。”

“没错，但是仅有一个杯子中有渣滓。这一点你是否注意到了？你是如何看的呢？”

“倒酒的时候，最后一杯有渣滓是非常可能的。”

“错了。酒瓶中是一满瓶酒，因此不可能前两杯非常清，后一杯非常浊。解释有两种，一种是：第二个杯子倒满之后，将酒瓶用力地摇动之后，再倒第三杯，所以有渣滓。可是似乎这种可能性不大。没错，绝对是不可能如此的。”

“那么另一种可能呢？”

“只有两个杯子用过，然后将两个杯子中的渣滓都倒在第三个杯子中，因此造成了假象，似乎那儿还有第三个人在喝酒。这样，一切的渣滓不就全在第三个杯子中了吗？没错，我觉得肯定是这样的。假如对于这个细小的情节我恰好做出了与事实相符合的解释，这样的话就说明夫人和她的女佣都在有意对我们说谎，我们应该不相信她们所说的每一个字，所以，这起案子马上成了一起非常复杂的案子。她们对凶手的掩护绝对有充分的理由，所以我们不可以对她们有什么依赖，这就需要我们自已想办法去搞清楚当时的情况。目前，我就是这样想的。华生，开往齐塞尔贺斯特的火车来了。”

对于我们的返回，格兰其庄园的人们觉得十分惊诧。斯坦莱·霍普金已到总部汇报去了，因此福尔摩斯走入餐厅，将门从里边闩上，专心致志地查看了两个钟头。他由逻辑推理所得出的结论，终于从这之中找出了可靠的证据。他在一个角落里坐着专心地观察着。我紧随着他，也进行着仔细地观察。窗户、窗帘、地毯、椅子、绳子，一个一个地细心地查看，认真地思索。爵士的尸体已经搬走了，其他的东西还是我们早晨看到的那样。最让我意想不到的是，福尔摩斯居然爬到牢固的壁炉架子上去。那根铁丝上边仍有那根断得只剩下几英寸的红色绳头，在他的头顶高高地悬着。他仰着头向绳头瞧了好长一段时间。为了和绳头更近一些，他将一条腿跪在墙上的一个木托座上边。这样他与那根断了的绳子仅有几英寸的距离，但是引起他注意的却是托座本身，而不是绳子。过了一会儿，他心满意足地跳下来。

他说：“华生，好啦，这起案子我们处理完了，这是我们遇到的最不寻常的一起案子。唉，我真笨啊，差点犯了一个特别严重的错误！目前，除了几个细节没有搞得十分明白之外，其余的事实过程都已搞清楚了。”

“你知道凶手是谁了？”

“华生老兄，凶手只有一个。不过是一个十分难以对付的人。他如一头狮子般强壮，他轻轻一下就可以将通条折弯。他有六英尺三英寸高，如松鼠一般灵活，他的手特别灵巧，另外有一个特别聪明的脑袋，因为他是这整个巧妙故事的编造者，我们碰到的是这个特殊人物别出心裁的杰作。但是却有破绽留在了铃绳上边，原本铃绳是不可能露出破绽的。”

“我仍有些不明白。”

“华生，假设你想拉断铃绳，你觉得绳子应该从什么地方断呢？应该是在与铁丝相接的地方，为何这根绳子断的地方离铁丝有三英寸远呢？”

“由于那儿磨损了！”

“没错。我们可以检查的这一端是磨损了的。这个人特别狡猾，故意用刀子将绳子的一端磨损。但是另一端却并未磨损。从这儿你看不见，可是从壁炉架上瞧去，那一端切得特别齐，没有丝毫磨损的痕迹。你应该明白这是怎么回事。此人想得到一根绳子，但是担心铃一响就会发出警报，因此他不能将绳子拉断。他该怎么办呢？他爬上壁炉架，仍然抓不到，因此又将一条腿跪在托座上，因为托座上的灰尘留下了痕迹。他取出他的小刀将绳子切断了。我至少还差三英寸才可以够着那个地方，所以我推测我比他矮三英寸。你瞧橡木椅子座上的是什么痕迹？”

“血迹。”

“的确是血。此点足以证明夫人说的都是谎言。强盗作案时，如果她是坐在椅子上，那么这血迹又该作如何解释呢？她坐到椅子上边肯定是在她丈夫死了以后。我敢说，也有同样的血迹在那件黑色的衣服上。华生，我们并未失败，而是获胜了——是从失败起步，用胜利结局。我要与保姆娄瑞沙说几句话。为了了解我所想要的情况，我们交谈时绝对要特别小心。”

澳大利亚籍女佣娄瑞沙非常引人注意，她很少说话，生性多疑，并且毫不懂礼。福尔摩斯用非常友好的态度对待她，聆听她的叙述时非常温和，一会儿以后，她终于信任他了。她坦白了她对已经死去了的男主人的憎恨。

“没错，先生，他把水瓶对着我扔过来。有一回我听到他骂夫人，我对他说如果夫人的兄弟在这里的话，他便不敢骂了。因此他抓起水瓶就对着我扔了过来。如果不是夫人阻止他，或许他会接着扔上十几回。他经常虐待夫人，但夫人为了顾及脸面而不和他争吵。而且夫人从不告诉我她受到怎样的虐待。今天早晨你见到夫人手臂上有伤痕，夫人不愿告诉我这些，但我清楚那是用别针扎的。这个该死的恶棍！虽然他已经死了，但我还是如此地咒骂他，请上帝饶恕我吧！当初我见到他时，他显得特别和蔼可亲，不过那已是一年多以前的事，可我们俩觉得像过了十几年一样。那时夫人刚来伦敦不久。在此之前她从未出过门，那是她第一次离家旅行。

夫人被爵士的封号、金钱和虚伪的伦敦气派打动了芳心。夫人没有走对路，遭到了噩运，真的难为她了。来伦敦后的第二个月，我们就与他相识了。我们来时是6月份，那么与他相识就是7月份。去年1月份他们举行了婚礼。噢，她又下楼到起居室来了，她一定会看见你的，不过你绝对不可以提太多的问题，因为所有的这些使她够伤心的了。”

女佣和我们一块到起居室中去了。布莱肯斯特尔夫人还是躺在那把睡椅上边，精神比刚才好了一些。女佣又开始帮夫人将青肿的眼睛进行热敷。

夫人说：“我希望你不再询问我。”

福尔摩斯非常温和地说：“不会的。布莱肯斯特尔夫人，我不会无端给你增添痛苦，我希望你能安静下来，因为我清楚你遭受的痛苦已够多的了。假如你可以把我作为你的朋友一样信任，我对你的诚意将会由事实中得到证实。”

“怎样表示我对你的信任？”

“把真实的情况告诉我。”

“福尔摩斯先生！”

“布莱肯斯特尔夫人，隐瞒是不起任何作用的。我的名气你或许听说过吧。我用我的人格保证，你所说的全都是虚构的。”

布莱肯斯特尔夫人和女佣同时盯着福尔摩斯，夫人脸色惨白，畏惧的目光从她双眼中流露出来。

娄瑞沙怒吼着：“你是个可恶的家伙！你敢说夫人说的是谎话？”

福尔摩斯从椅子上站起来了。

“你没有别的要告诉我吗？”

“该说的我都说了。”

“布莱肯斯特尔夫人，好好想想。坦白一些会更好。”

过了一会儿，夫人漂亮的面孔上露出了左右为难的神情，随后又是一种坚决的神情，最终，她再次陷入了一种茫然不知所措的神态。她幽幽地说：“我看到的全告诉你们了。”

福尔摩斯将他的帽子拿起，耸了耸肩说：“很抱歉。”我们没再多说什么，就离开了这间起居室，走出了这栋房子。有个水池在庭院中，我的伙伴朝水池走去。水池几乎全封冻了，可是为了养活一只天鹅，在水面上打了一个洞。福尔摩斯朝水池看了一眼，就向前边的大门走去。他在门房中快速地给霍普金写了一封短信，并让看门人送走了。

他说："事情或许会成功，也或许会失败。不过为了证明我们这趟没有白来，我们绝对要帮霍普金做点什么。我们要做什么现在我还不能告诉他。现在我认为我们应该到阿得雷德——南安普敦航线的海运公司办公室去，这个公司大约在波尔莫尔街的尽头。还有另外一条航线是从英国通向南澳大利亚的，但是，我们还是先到这家较大的公司去一下。"

公司经理接到福尔摩斯的名片之后，马上接见了我们，福尔摩斯所需要的情况立即就得到了。1895 年 6 月去英国港口的航船只有一条。这条船名叫"直布罗陀磐石"号，是这家公司的船只中最大最好的。将旅客的名单查阅之后，阿得雷德的弗莱泽女士和她女佣的名字都找到了。这只船现在正准备开往南澳大利亚，在苏伊士运河以南的某个地方，它现在的样子基本和 1895 年时差不多，唯有一个变化——被任命为新造的"巴斯磐号"号船的船长是大副杰克·克洛克，两天之后这只船将从南安普敦起航。船长住在西顿汉姆，或许待会他就会来公司接受任务，假如我们想等就能见到他。

福尔摩斯先生并非愿意见他本人，不过想对他以前的表现和品行做一些了解。

经理认为他的工作表现是无可挑剔的。他比船上的任何一个船员都干得出色。关于为人方面，他也是可信赖的。可是下船之后，却是一个粗鲁、妄为的家伙，脾气暴躁，极易激动，但是他实在、热忱、心肠好。福尔摩斯将主要的情况作了了解之后，我们就从阿得雷德——南安普敦海运公司离开了，坐马车来到了伦敦警察厅。但是他并未进去，而是坐在马车中，眉头紧锁思索着什么。过了一阵儿，他让马车夫把马车赶到查林十字街的电报局，发了一份电报，然后我们就回到了贝克街。

我们进屋之后，他说："华生，我们不可以这样做。一发出传票就没有办法挽救他了。以前有一两回，我深切地感到，因为我查出凶手而造成的害处要比凶案事件本身所造成的害处大许多。现在我已明白需要谨慎行事，最好我把英国的法律哄骗一下，而不去把我的良心哄骗。我必须先将情况了解之后，才能采取行动。”

霍普金来时已接近傍晚了。他的事情进行得不很顺利。

“福尔摩斯先生，我觉得你称得上是个魔术师。有时候我感到你有神仙一般的能力。你如何知晓丢失的银器在水池下边呢？”

“我并不清楚。”

“可是你叫我查看水池。”

“你将那些银器找到了？”

“都找到了。”

“我非常高兴帮助你。”

“但是，你并未帮助我。你让事情更加难办了。盗走银器又扔在旁边的水池中，这是何种强盗呢？”

“当然这种做法是相当奇怪的。我仅仅想到：不为银器却偷了银器的人，他偷的目的就是为了制造骗局，肯定急着扔掉银器。”

“为何你会有这样的想法产生呢？”

“我只是觉得有这样的可能性而已。强盗们从窗户那儿逃出之后，见到前边有一水池，水池的冰面上还有一个洞，这不是藏东西的最佳场所吗？”

斯坦莱·霍普金大声说：“哦，藏东西的最佳场所！没错，没错，我清楚一切了！当时天还未黑，街上有行人，他们拿着银器担心被别人发现，因此他们将银器沉入水池中，打算无人时再回来取走。这个解释非常合理，福尔摩斯先生。”

“没错，你的解释太好了。不可否认，我的想法毫无边际，可是，你绝对相信他们不可能再找到这些银器。”

“没错，先生，没错。但是这全是你的功劳。不过我受的挫折却相当大。”

“挫折？”

“没错，福尔摩斯先生。今天上午阮达尔那帮强盗在纽约被捕。”

“哎呀，霍普金！这当然与你说的昨天晚上他们在肯特郡行凶有矛盾了。”

“正是如此，绝对不相符合。但是，除了阮达尔这伙人，还有另外三个一伙的强盗，有可能是新强盗，警察还没有听说过。”

“是的，有这种可能性。你打算如何做？”

“福尔摩斯先生，我若不将案子查个真相大白，我不会心安的。你有何启示给我吗？”

“我都告诉你了。”

“告诉我什么了？”

“我说出那是个骗局。”

“为何是个骗局，福尔摩斯先生，为何？”

“当然，这的确是个问题。不过我仅给你提供个想法而已。或许你会认为此种想法有些道理。你不在这儿吃饭？好吧，再会了，请告诉我们你的进展情况。”

晚饭吃过以后，收拾完桌子，福尔摩斯又说起了这起案子。他点上烟斗，换上拖鞋，把脚搁到壁炉旁边。他突然看了一下表。

“华生，我觉得事情会有新的进展。”

“什么时候？”

“就是现在，几分钟之内。我猜想你绝对认为刚刚我对霍普金的态度不好。”

“我相信你的判断。”

“华生，你说得太好了。你应该如此看，我所了解的属于非官方情况，他所了解的是属于官方的。我有权做出自己的判断，但是他没有。他必须将他调查到的一切都报告给伦敦警察厅，否则的话，他就是失职。在一个还未定论的案子中，我不愿他的地位处于不利，因此我将我所了解的情况保留了，等到确定我的想法之后再说。”

“何时确定呢？”

“已经到时候了。现在请你看这场离奇戏剧的最终结局。”

楼梯上刚一传来声音，就有人推开了我们的屋门，来者是一个标致的年轻男人。他非常高，留着黑色的胡须，眼睛是深蓝色的，黑黑的皮肤，敏捷的步伐，这足以证明他不仅身体壮实而且十分灵敏。他顺手把门关好，随后便站在那儿，双手握成拳，胸脯快速地起伏着，他将心中激烈的感情努力压制着。

“请坐，克洛克船长，我的电报你接到了吗？”

我们的客人在一把扶手椅上坐了下来，用疑惑的目光注视着我们。

“你的电报我收到了，而且按照你的规定时间赶来。我听说你到办公室去过。我是无路可逃了。先谈最坏的事吧！你决定如何处治我？你讲呀！你不会坐在那里与我做猫抓老鼠的游戏吧！”

福尔摩斯说：“华生，递一支雪茄给他。克洛克船长，先抽一支烟，你应将自己的感情控制住。假如我将你看成凶手，我就不可能坐在这里与你一块抽烟，这一点你必须相信。把一切都坦白告诉我，我们能想些办法。你如果要花招，我就要毁了你。”

“你究竟要我做什么呢？”

“将昨天夜里格兰其庄园的事原原本本告诉我。我警告你，原原本本、不添加什么也不减少什么地说出来。许多事情我已调查清楚了，假若你有丝毫的保留，我便到窗口吹警哨，到时我也救不了你。”

这位船长思索了一下，然后在他的腿上用黧黑的手拍了一下。

他说道：“我相信你是一个言出必行、讲信用的人，我将全部过程都告诉你。不过首先我要申明一点：与我本人有关的，我绝不后悔，也不害怕，我能将这样的事再做一遍，而且问心无愧。那个可恶的家伙，他有几条命，我就将他杀死几回！可是，与夫人——玛丽·弗莱泽有关的，我不想用夫人这个该诅咒的名称称呼她。为了她，我愿意用我的生命为代价换来她一个美丽的笑容。每当我想到使她陷入困境，我便坐立不安。但是，我又有什么其他的办法呢？先生们，我把我的事情告诉你们，然后请你们好好地为我想一下，我有何退路吗？

“我将从头说起。你似乎都知道了，因此我猜想你知道我们是在‘直布罗陀磐石’号上相识的，她是旅客，我是大副。从第一次我见到她开始，她就占据了我的整颗心。随着航行天数的增加，我爱她也越深，在值夜班的时候，我曾多次地在黑暗中跪在甲板上，俯吻着甲板，仅仅因为我看见她从那里走过。她与我的交往不深。她对我与普通的男人一样，但我并未埋怨什么。一切只是我在单相思而已。我们分离的时候，她依然没有丝毫的挂念，但我却怎么也洒脱不起来。

“第二次我航海归来之后，听到了她结婚的消息。当然她与她心爱的人结婚是情有可原的。她是有权力享受爵位、金钱的。她生来就有享受一切美好和高贵东西的权力。我并不为她的结婚而感到悲伤。我并不是一个自私的人。相反的，我特别高兴，她找到了幸福，远离了一个穷光蛋的水手。我对玛丽·弗莱泽的爱就是这样的。

“我没有料到还可以见到她，从上次航行之后我被提升了，但新船还未下海，因此我要与我的水手们在西顿汉姆待上两个月。有一天，我走在乡村的一条小路上，碰到了她的老女佣娄瑞沙·瑞特，娄瑞沙原原本本地把她和她丈夫的一切事情都告诉我了。先生们，我对你们说，我简直被这给气疯了。那个酒鬼，连吻她的鞋跟都不配，居然敢动手打她。后来我与玛丽相见了，再后来我又与她相见了一次。从那以后她不再见我了。可是有一天我接到通知要在一个礼拜以内出海，所以我打算在出发之前再见她一次。娄瑞沙常常帮我的忙，因为她心疼玛丽，她如我一样憎恨那个家伙。娄瑞沙把她们的生活习惯告诉了我。玛丽常常在楼下她的小房间中看书看到深夜。昨天夜间我偷偷地来到那儿，轻轻地敲着她的窗户。开始她不愿给我开窗，不过，她内心是爱我的，我清楚她不愿意让我晚上在外边挨冻。她小声对我说，让我绕到前边的大窗户那儿，我绕过去发现窗户没关，我走进餐厅。我再次听她亲口说出了让我感到特别愤怒的事，我也又一次地诅咒那个虐待我心爱的人的恶魔。先生们，上帝可以作证我们俩仅仅站在窗户后边而已，我们绝对没有做什么见不得人的事，就在此时，那个家伙发疯一般向我们冲过来，用不堪入耳的话骂她，而且用手里的棍子向她的脸上打去。我立即跳过去抓起通条，我们两人没命地厮打着。请瞧我的手臂，他第一棍就将我打着了。接下去该我打，我如打烂南瓜一样把他打死了。你想我会后悔吗？不，如果他不死，我就得死，关键是，如果他不死，玛丽可能就会死，我怎么可以把玛丽留在一个恶棍的手中呢？我杀死他的全过程就是这样。我错了吗？先生们，如果你们两人之中，有一个处在我当时的情景之中，又该如何处治？

“他打玛丽时，玛丽大叫了一声，楼上的娄瑞沙听见叫声，马上下楼来了。有一瓶酒在餐具柜上，我打开，倒了一点儿在玛丽的口中，因为她害怕得快死。后来我自己也喝了一口。娄瑞沙特别冷静，是她为我们想的点子，我们把现场搞成了强盗杀人的样子。娄瑞沙给她的女主人讲了许多遍我们虚构的故事，然后我爬上去将铃绳切断。然后我将玛丽捆在椅子上，并将绳子的尾部搞成磨损的样子，否则的话，别人会对强盗为何上去割绳子产生怀疑的。然后我带走了一些银器，把庄园扮成遭到抢劫的样子。后来我就离开了，而且商定好十五分钟之后报警。我将银器扔进了水池中，就回西顿汉姆去了，我觉得这是我这一生中做的最大的好事。这便是事实，所有的事实，福尔摩斯先生，是否决定要逮捕我呢？”

福尔摩斯好一阵儿没有说话，静静地抽着烟。后来他向我们的客人走去，而且将他的手握住。

他说："我想到的你都说了。我清楚你所说的每一句话都不是假的。能从墙上的托座上抓到铃绳也只有杂技演员或水手，椅子上的那种绳结也只有水手打得出来。这位夫人也仅仅在那一次航海旅行中与水手有交往，她既然竭力为这个水手作掩护，证明她与这个水手有相同的社会地位，也可以看出她爱这个水手。因此你应明白，一旦我将正确的线索找到了，抓你也并非难事。"

"我原来想着我们的计谋警察永远也不能破。"

"警察永远不可能，我也相信。克洛克船长，尽管我知道你的行动是在受到了特别严重的挑衅以后才做出的，但是后果是严重的。我不可以断定你的自卫是不是能说是合法的。这个决定权在大英帝国陪审团的手中。不过我特别同情你，所以你能在二十四小时之内逃离这个地方，我敢说无人阻拦你。"

"这样就什么事也没有了？"

"绝对不可能有任何事。"

水手气得满脸通红。

"一个大男人怎能做这样的事情，我多少也知道一些法律，我清楚因此玛丽会被称作同谋而受到法律的制裁。你认为我会让她承担责任而我却逃走吗？不！福尔摩斯先生，无论他们怎么处理我都没问题，但是看在上帝的分上，请你帮忙让玛丽不受到制裁吧。"

福尔摩斯第二次向这位水手伸出手。

"我只是考验你一下，这回的试探你又经受住了。但是，非常大的责任都要由我来承担，我已对霍普金有过启示，要是他不会动脑筋，那就没问题。克洛克船长，是这样的，我们会依照法律的适当形式加以处置的。克洛克船长，你是罪犯。华生，你是一位英国陪审员，你是陪审员的最佳人选。我是法官。陪审员先生们，证词你们都听清了。你们觉得这名罪犯是否有罪？”

我说：“没有罪，法官大人。”

“人民的回答就是上帝的回答。克洛克船长，你被无罪释放了。如果法律没有将其他的受害者找出来，我保证你没有任何危险。一年以后，你可以重新回到这位夫人身边，但愿我们今天晚上做出判决的正确性可以从你和她的未来中得到证实！”

11. 第二块血迹

我本来想用《修道院公学绑架案》这一篇来结束对我朋友歇洛克·福尔摩斯非同寻常的惊险探案故事的叙述。我之所以这样做并不是因为我所掌握的福尔摩斯探案资料越来越少，更不是担心我的读者们对我朋友歇洛克·福尔摩斯侦探生活不感兴趣。要知道，我目前所掌握的福尔摩斯探案还有很多从来没有向读者透露过。事实上我无权向外界透露这些案件实情，真正对这些案件实情有发言权的是福尔摩斯。他一直反对我发表他的探案经历。他不爱出风头的性格就注定他一生必定过着淡泊名利的生活。他的立场非常坚定，我不得不把我已经答应过读者在条件允许的情况下发表《第二块血迹》的事实告诉了他，我的口才他很不欣赏。我面对的是一个沉默寡言的人，我为《第二块血迹》编造了很多发表的理由。他可能觉得和我争执发不发表《第二块血迹》这个问题既无聊又浪费他的工作时间吧，于是他让步了，他同意了我的做法。

那年深秋一个星期一的大清早（恕我不能说出准确的事发日期），我们在我们的小房间里接待了两位闻名欧洲的人物。一位是两次连任英国首相的贝林格勋爵，他是一个非常庄重、严肃的人。另一位是英国外务大臣特里芬尼·霍普，他是英国当前政界出类拔萃的知名人士。他专门负责欧洲事务，在英国有很高的声望，他是英国最有前途的政治家。霍普先生长得五官端正，谈吐文雅，年纪还不到中年。这两位国家重臣一进门后就迫不及待地打量起福尔摩斯来。我看到他们满脸是焦急和慌乱，他们的目光都落在福尔摩斯身上，似乎福尔摩斯身上有他们需要的答案。

霍普先生焦急地对福尔摩斯说道："尊敬的福尔摩斯先生，令人非常担心的事情发生在今天早上八点钟。事情非常重大，我马上向首相大人汇报了。他想到你或许能够帮忙，于是我们就急忙来找你来了。"

"你没有报警吗？"

贝林格首相立刻接口，说："这件事情非同小可，它不是一般的案子。万一有一个差错，后果将不堪设想。一报警，事情早晚都会被大家知道，我们并不想得到这样的结果。"

"首相大人，你为什么这样说？"

"霍普先生丢失的是一份国家机密文件。万一泄露了国家机密，那么它将影响欧洲的和平。这不是在夸张它的负面影响，事实上的确如此。如果不通过秘密渠道追回这份国家机密，报不报警也就不重要了。事实摆在眼前，盗窃者的企图就是要将这份文件广而告之。"

"我知道了。特里芬尼·霍普先生，请你详细地述说一下文件是怎样被盗的。"

"福尔摩斯先生，我必须告诉你的是，这份文件是一位外国国王寄给内阁的一封信，我们收到它是在一个星期之前。这封信非同小可，我觉得放在哪里都不保险。没办法，我只好每天晚上都把它带回我的家中，锁进我卧室的文件盒里。昨天晚上我特地看了一遍，它还安全地藏在文件盒里。但是今天早上我一起床检查时，它就不在了。要知道，文件盒昨晚一直放在我卧室梳妆台的镜子旁边。我和我的妻子睡得很清醒，昨天晚上没有人进入我们的卧室。可是现实很残酷，文件的确不在文件盒里了。"

"你吃晚餐的时间是在什么时候？"

"七点半。"

"你什么时候熄灯休息？"

"我妻子出去看戏，我一直在等她。我们十一点半才回卧室。"

“照你这么说，文件盒有四个小时处在无人看守的状况了？”

“有进入卧室特权的只有两个人，一个是我的仆人，另一个是我妻子的仆人。他们跟随我们许多年了，都很忠诚。他们不知情，一点儿都不知情。”

“有谁知道这封信呢？”

“家里只有我一个人知道。”

“你夫人也知道吧？”

“她不知道。文件被盗后我才告诉她。”

贝林格首相嘉许地朝霍普先生点了点头。

贝林格首相说：“我一直很信任霍普先生。霍普先生对待工作向来都是一丝不苟的，他一直以国家大事为重。”

霍普先生谦逊地说道：“贝林格首相你过奖了，这份文件由我保管之后，我从来没有在我妻子面前提过这封信。”

“她能猜得出来吗？”

“那是不可能的事情。福尔摩斯先生。”

“你没有丢失过文件吗？”

“从来没有。”

“在英国到底还有多少人知道这封信？”

“内阁成员都在昨天的时候知道了有这封信。每次召开内阁会议，首相大人都要求大家严守秘密。上帝！现在我把国家机密给弄丢了！”他说着，疯狂地把双手插进了浓密的卷发中。端正的脸庞因为痛苦、忧虑而扭曲了。在我们的眼里，霍普先生是个情绪过于激动的人。过了一会儿，他又恢复了他原来的神情。他开始心平气和了起来，他说：“在英国只有内阁大臣和三个官员知道，我敢保证。”

“国外呢？”

“我深信，除了那位写信的国王外，国外根本就不会有第二个人知道这封信。我始终坚信，他没有告知他的手下大臣。他是秘密寄过来的。”

福尔摩斯皱了几下眉头。

“霍普先生，我要搞清楚这封信的全部内容。它到底有多大的负面影响？”

贝林格首相和外务大臣霍普先生互相快速地递交了一下眼色。马上贝林格首相就严肃了起来。

“哦，是这样的，那封信的信封是淡蓝色的，又长又薄，上面有红色的火漆，印着一只威猛的狮子。信封上的字大而醒目，收信人是……”

福尔摩斯打断了霍普先生的话，他说：“很抱歉，霍普先生，我关注的是信的内容，请原谅我的无礼。”

“很遗憾，福尔摩斯先生，对于你这个要求，我有权力不回答。要知道，这可是国家机密，重大得很。不是随便哪个人都可以知道。要是你能够找到这封信，我们的祖国不会忘记你的，英国政府也不会亏待你。”

福尔摩斯脸色舒展了起来。他严肃地对两位英国重臣说：“大家都很忙，你们为国家大事而忙，而我却要忙于我接手的各种案件的破获工作。每个人都在争分夺秒地工作。我们都不例外。对不起，我们都不要浪费彼此的时间了。”

贝林格首相听了福尔摩斯这番话忍不住勃然大怒，整个人像一座马上就要喷吐的火山，他指着福尔摩斯的鼻子说：“我说，福尔摩斯先生，我认为你缺少个人修养。”立刻他觉察到自己的失礼，很快又心平气和了起来。就这样，彼此沉默了三分钟。

“福尔摩斯先生，很抱歉，我为我刚才的失礼向你道歉。我们是应该按照你所说的去做。我们信任你的为人和能力。”

霍普先生也说：“贝林格首相大人的看法我赞同。”

“我们对你和你的同事华生都是百分百的信任，因为你们是优秀的爱国主义者。我们之所以这样谨慎行事，担心的是国家的前途，希望你们两位能够理解我们。”

“我们和你们两位国家大臣一样热爱祖国。”

“这是封外国某国王写给英国内阁的密信。他非常不满我国的殖民地扩张政策。他急急忙忙就写完了这封信，可以这么说，这是一封他自己的抗议书。经过我们的严密调查，他的手下大臣对这件事毫不知情。这封信写得很失他国王的尊贵身份，有些词句写得太过火，有言过其实的痕迹。要是泄露了信中的内容，一定会引起英国人民对那位国王的强烈不满。事态将非常严重，谁也不能阻止因为这件事而引发一场荒诞的爱国战争。”

福尔摩斯立刻在纸上写了一个名字，交给了首相大人。

“不错，是他。这封信关系到英国人民乃至欧洲人民的生命和财产，形势严峻得很。”

“你们把事态情形告诉那位国王了吗？”

“我们早给他发了一份密码电报。”

“这样他的心愿就达到了，他巴不得我们英国处于这种处境呢。”

“不是这样的，我们想他也应该觉察到了他会为这件事情付出惨重代价的，要是这封他亲笔写的信公布于众，他和他的国家即将遭受的打击会比我们国家更惨重。”

“照你这么说，这封信公布出来获利最大的人又是谁呢？盗信人有何企图？”

“福尔摩斯先生，这就不得不牵扯到复杂的国际关系中去了。目前的欧洲局势处于一触即发的时刻，战争随时都有可能爆发。欧洲现在存在着两大军事阵营，美国处于中立。只要英国加入任何一个军事阵营，这场战争的胜败立刻就会决定下来。清楚了吗？”

“我现在搞清楚了这个居心叵测的人有何险恶用心和卑鄙企图。他首先是这位国王的仇敌，他想看到的结果就是挑拨英国对他们国家发动战争，借英国之手消灭那位国王。”

“就是这样。”

“假如这封信落到一个敌人的手里，他会把它交给谁呢？”

“欧洲任何一个国家的军事大臣都会接受这份大礼的。此时此刻或许这封信正在赶往目的地的途中呢。”

特里芬尼·霍普先生低下了头，绝望地叹息了一声。贝林格首相安慰地在他肩膀上拍了几下，轻声说道：“你也不要太悲伤了。这不能都是你的错，你已经尽力了。福尔摩斯先生，事情就是这样，现在我们能够做些什么弥补工作？”

福尔摩斯有点左右为难了。

“贝林格首相大人，事态的后果真是如你所说的那样会爆发灾难性的战争吗？”

“我是这样认为的。”

“很抱歉，我们英国应该准备应付这场战争了。”

“福尔摩斯先生，也不至于像你所说的那样吧。”

“我心里有底，我来分析一下案发情况吧。霍普先生和他夫人在晚上十一点半回到卧室，然后一直睡到第二天早晨七点钟。在这段时间里，盗窃者不可能偷盗成功，案发的准确时间是在昨晚七点半与十一点之间，极有可能是在七点半左右。偷盗者非常熟悉霍普先生家的环境，他（她）早就知道信放在哪儿，自然而然，会有尽快偷到手的欲望。信偷走后，盗窃者马上会把信送给需要这封信的人。事实摆在眼前，目前我们在做着大海捞针的工作。不是吗？”贝林格首相点了点头。他说：“福尔摩斯先生，你的推理很正确，正如你所说的，我们目前在干着大海捞针的工作。”

福尔摩斯接着说：“我们不妨假设一下，拿走这封信的女仆或者男仆……”

“不可能，他们对我忠心耿耿，不会干这种事情的。”

“你曾经对我讲过，你的卧室在三楼，没有门通向外面，要是有人进屋一定会被立即发现的。毫无疑问，拿走这封信的一定是你家里的人。这个人偷走信之后一定会交给国际间谍或秘密特务的。幸运的是我对这些人非常熟悉。有三个人是专干这一行的头头。我必须去调查一下，瞧瞧他们是否都在。假如有哪位昨晚不在的话，这份文件就有着落了。”

特里芬尼·霍普先生问道：“他为什么不在呢？他可以把信交给某国驻伦敦的大使馆。”

“他们不会这样做的。这些国际间谍特务一直都是单独行动，他们跟大使馆关系不好。”

贝林格首相脸色又好转了起来，他对福尔摩斯说道：“福尔摩斯先生，你的能力以及你的见识我都十分欣赏。但愿如此吧。那些间谍特务一定会谨慎地把这份重要的机密文件小心翼翼地交给他们的总部。这件事情就麻烦你了，福尔摩斯先生。一有情况，我们立即联系！”

贝林格首相和外务大臣霍普先生一脸严肃地离开了我们的房间。

我们送走这两位闻名欧洲的政治家后，我们房间的气氛并没有轻松下来。福尔摩斯把他那象征思考的烟斗咬得更紧了。烟雾非常浓密，一直缠绕在他的头顶上久久不散。我在看晨报报道前一天在伦敦发生的一桩凶杀案。福尔摩斯在这个时候发出了一声呼叫，他停止吞云吐雾了，他一脸正色地说道："这的确有点让我束手无策，我还没有碰到过这么糟糕的案子。不过，我的自信心一直让我无畏困难，这就足够了。现在那封机密要信一定还在伦敦。盗信者的目的当然是想敲诈一笔不菲的金钱，他们很聪明，英国政府不会吝惜这笔赎信金的。我不排除这个盗信者一直在等待愿意出更高价钱买走这封信的买主，他狡猾得很。我想不外乎这三个家伙：奥伯斯坦、拉·罗塞尔、爱德瓦多·卢卡斯。我不会放过他们的。"

我忍不住又多看了一眼手中的晨报。

"你说的是住在戈德芬大街的爱德瓦多·卢卡斯吧？"

"不错。"

"他的情况非常不妙！"

"怎么？"

"他昨天晚上在家里被人杀了。"

当他听到我说出卢卡斯昨晚在家被人杀死这条消息的时候，他惊异的目光一直没有离开过我，紧接着我手里的报纸被他一手夺了过去，他全神贯注地看着那篇报道：

西敏寺的谋杀案

昨晚在戈德芬大街十七号发生了一桩奇特的谋杀案。案发地点是在一排18世纪幽静的老式住宅里。它位于泰晤士河和西敏寺之间，在它的旁边坐落着议会大厦。爱德瓦多·卢卡斯先生在这座精致的楼房里居住了许多年。卢卡斯先生是社交界的知名人士，他的人缘极好，他是一个受人尊敬的人。卢卡斯先生三十四岁，未婚，家中只有一位上了年纪的女管家普林格太太和一位男仆米顿。普林格太太睡在顶楼，睡得很早。男仆米顿当晚不在家，去罕姆尔斯密看望一位朋友去了。晚上十点之后，屋里只有卢卡斯先生一人。在这段时间里到底发生了什么事情还在调查之中。十一点四十五分，巴瑞特警官巡逻经过戈德芬大街时，发现十七号门半掩着。他首先敲了敲门，没有人作声。然后他又看到了客厅里有灯光，于是他就走进过道又敲起客厅的门来。可是依然无人作声答应。于是他就推开客厅的门，走进了客厅。此时此刻的客厅里一片狼藉，家里的摆设全倒在房间的一边，一把椅子倒在屋子的正中央。旁边倒着死去的卢卡斯，他手里还紧紧握着椅子腿。凶器是一把印度匕首，直接从墙上用作装饰的刀鞘里拔出来的，插进了卢卡斯先生的心脏，卢卡斯先生遇害了。杀人动机似乎不是抢劫，因为屋里的贵重物品并没有被拿走。警方正在全力以赴地调查这桩凶杀案。

良久，福尔摩斯才问我："华生，你对这起凶杀案有什么想法？"

"太巧了，真是巧得天衣无缝。"

"我不这样认为。我怀疑有三个间谍和霍普先生家文件被盗案有关，卢卡斯就是他们当中的一个。但这个时候他却惨遭横祸。我认为这绝不是偶然的巧合。里面一定大有文章。卢卡斯的被杀肯定和机密文件被盗有某种关系。"

"警察可能已经知道了。"

"不可能，他们的调查结果还没有这么快就出来，他们的调查范围一直没有离开戈德芬大街。目前他们还肯定不知霍普先生家文件被盗，现在他们不知道，将来也会不知道。也就是现在在侦探文件被盗案的只有我俩。我之所以怀疑卢卡斯，是因为卢卡斯家离霍普先生的家最近，而另外两个间谍头子奥伯斯坦、奥塞尔的住宅和霍普先生的家隔着一条大街的距离。卢卡斯占有地理位置上的绝对优势。但这两件事情前后发生在几个小时内，这一点也许就非常重要了。嗯，看看是谁来了？"

这时我们的房东哈德森太太走进屋来，她递给我们一张名片，是一张女士的名片。福尔摩斯扫了一眼，舒展了一下眉头，然后交给了我。

他对哈德森太太说："麻烦你请希尔达·特里芬尼·霍普夫人上楼来。"

同样是前后相隔一段时间，我们的房间也发生了两件大事。首件事当然指的是首相大人和外务大臣的采访，现在马上又要接待伦敦第一美女霍普夫人的来访了。我对于这个贝尔敏斯特公爵的小女儿的美貌早有耳闻了，现在终于有机会和她见面了，我真感到荣幸。但是，今天她的到来给我们留下的深刻印象恰恰不是她的美貌。她的脸颊虽然非常可爱，但由于过分激动而显得苍白，眼睛虽然明亮，但却显得焦虑不安，敏感的小嘴因为竭力克制自己而紧闭着。

“福尔摩斯先生，是不是我丈夫来找过你？”

“嗯，是这样的，夫人。”

“福尔摩斯先生，我恳求你不要将我来这里的事告诉他。”

福尔摩斯冷冷地回答了她，但并没有忘记请她坐下。

“夫人，你这样站着难道不觉得累吗？恕我直言吧，你的请求，我只能尽力而为地答应。”

霍普夫人轻盈地走向扶手椅。她身材高挑，走起路来婀娜多姿，风采无限。

霍普夫人一坐下来就表现出她心事重重、坐立不安的神态，她轻声说道：“福尔摩斯先生，我会毫不隐瞒地告诉你我的苦恼事情，我也希望你能够毫不隐瞒地为我解答一些我不清楚的事情。我很爱我的丈夫，我丈夫也很爱我，但他关心国家大事胜过关心我。他在我面前从来不谈国家大事。我今天才知道我丈夫遇到了大麻烦了，他告诉我他丢了一份文件。因为这份文件跟国家大事有关，他并没有详细地告诉我到底丢了一份什么样的文件。我想知道这件事情到底是怎么一回事。我知道，知道这件事情的人不多，可以说很少，但是我知道你清楚这件事。我是真心实意愿为我丈夫分担痛苦，分担忧虑。请你告诉我到底偷走了一份什么样的文件？”

“夫人，你的这个请求我回答不了。”

她痛苦地叹息了一声，低头用手捂住了脸。

“很抱歉，我只能这样回答你的请求。如果霍普先生认为有必要告诉你这件事情，他早就告诉你了。我因为是调查这件案子的侦探，他才不得不告诉我。这件事情非同小可，不是每个人都可以知道的。你还是去问你的丈夫吧。”

“事实上我问过他了，他还是像平常那样，在我面前不谈国家大事。我实在是没有办法才来找你的。你哪怕给我一丁点儿的提示，我也会感到满足的。”

“你想得到哪方面的提示？”

“我丈夫的政治生涯会不会由于这件事而受到影响？”

“如果能够找回那份丢失的文件，自然会没事，但是找不回的话，后果将是不堪设想！”

“上帝！”她做了个祈祷的手势，好像心中悬挂的石头终于落下。

“福尔摩斯先生，我还想向你请教一个问题。我丈夫发现文件丢失时，震惊地说漏了一句话。我从他的话中听得出来，丢失这份文件可能会在公众中引起可怕的后果。”

“既然他这么说了，我也不否认。”

“到底会造成什么样的后果呢？”

“请恕我不能相告。夫人。”

“好吧，我也不再浪费你宝贵的时间了。福尔摩斯先生，我不会责怪你的。我是非常信任你才来找你的，我知道你不会告诉别人我来拜访过你，对不对？”

她走到门口时又回过头来看了我们一眼。她那美丽而焦虑的面容，那惊恐的眼神和那紧闭的小嘴给我留下了最后的印象。最后她离开了。

我们目送霍普夫人离开我们的房间。福尔摩斯又啪哒地抽了一口烟，笑着对我说道："华生，你猜猜看霍普夫人到底在搞什么鬼呢？她到底有什么企图？”

“她不是早就告诉我们了，我们从她的表情中可以看出她说的是真的。”

“你太小看她了，华生。我们从她的表情不但可以看出她的不安，而且还可以看出更多的问题。最起码我们可以看出她对这件事情十分关注。”

“你说得不错。”

“还有，她三番两次地请求我们不要把她今天拜访我们的事情告诉给任何人，尤其是她丈夫霍普先生。你难道就不觉得这件事情很蹊跷吗？她今天来访所坐的位置，是一个偏角，她一开始就给她自己定了位，她在竭力隐瞒一些事情。”

“我也有这种感觉。她的确是心事重重。”

“女人的动机的确很难揣测。你应该没有忘记那个玛伽特女人吧？我那时怀疑她正是因为同样的原因。而且我正是从她鼻子上没有擦粉解开那个疑团的。我们不能小看这种女人，她们的一举一动都十分可疑。等一会儿再和你继续讨论。”

“你要出去吗？”

“嗯，我现在要去一趟戈德芬大街，我要去和那些警察聊聊。依我看来机密文件被盗案一定不能缺少爱德瓦多·卢卡斯这个人物。至于事情最终又会有什么变化，我就不妄加推测了。我必须去掌握一些线索，这样对破获这桩机密文件被盗案有很大帮助。”

一连几天，我朋友福尔摩斯一直在为这桩大案奔波劳累着。他干劲十足，虽然大案的破获还没有什么进展，但他依然信心百倍。他把全部精力都投进破案当中去了。在我看来，这是机密文件被盗案的一个好前兆，福尔摩斯以往就是用这种方式迎接挑战的。回到贝克街的房子里，他不在我面前谈论这桩案子。我对于这起案件的发展情况是从报纸上了解到的。报纸报道，卢卡斯的男仆约翰·米顿有涉案嫌疑，不过后来调查结果显示，约翰·米顿与此案无关。法医的调查显示这是一桩故意谋杀案，凶手不知道是谁。作案的动机也不明白。死者卢卡斯生前生活富裕，社交广泛，认识各种各样的人。经缜密调查，死者卢卡斯生前十分关心国际政治，评论起国际政治形势来头头是道。他还跟好些国家的领导人关系密切。死者卢卡斯和女人的关系很混乱，可是双方之间的交往不深。他给人们的印象是一个风流倜傥的绅士。关于他的死一直令人不可思议。

死者卢卡斯的男仆米顿一度成为警方破获这起凶杀案的焦点人物，以为他就是杀人凶手。警方这样做其实是迫于无奈，他们除了把米顿当作犯罪嫌疑人外别无其他办法。但是事实胜于雄辩。男仆米顿那天晚上的确去看望罕姆尔斯密的朋友，他的朋友可以作证。男仆米顿离开他朋友家的时间是案发时间。男仆米顿不可能有分身术，分别在同一时间身在两个地方。在警方询问后，米顿作了一个简要的回答，案发的那天晚上，他是十二点回到主人卢卡斯家的。他是第一个发现卢卡斯被杀的人，第一个报警的人也是他。卢卡斯对他一直很好。他在卢卡斯家干了三年了，他很敬重卢卡斯先生。案发当晚，女管家睡得很熟，她什么也没有听到。假如有客人来，卢卡斯会亲自开门相迎的。

那几天我就是这样通过报纸的报道了解机密文件被盗的另一条线索

的。我和福尔摩斯都坚信，机密文件被盗跟卢卡斯被杀案有极大的联系。事情发展到第四天早晨，情况有了很大变化。报上刊登了从巴黎发来的长电报。

【据《每日电讯报》报道】巴黎警方刚刚有了重大发现，解开了发生在伦敦西敏寺区戈德芬大街爱德瓦多·卢卡斯被谋杀的谜团。卢卡斯先生是在他房间里被人用匕首刺死的。当时曾怀疑过死者的男仆，但因为他不在案发现场而无罪释放。昨日有几位仆人向巴黎警方报告有位太太精神失常。她的名字叫亨利·富纳耶太太，住在奥斯特利兹街的一幢小别墅里。她得了严重的精神分裂症，根据警方调查，富纳耶太太星期二刚从伦敦回来，而且有证据证明她和西敏寺凶杀案有关。在核对照片后，警方已经证实亨利·富纳耶先生就是爱德瓦多·卢卡斯。死者由于某种原因在伦敦和巴黎过着双重生活。富纳耶太太是克里奥耳人，她的嫉妒心十分强烈。西敏寺凶杀案极有可能是富纳耶太太在精神失控的情况下制造的。这桩凶杀案震惊了整个伦敦。关于她星期一晚上都干了些什么，警方正在调查。富纳耶太太已经列入了谋杀富纳耶先生的犯罪嫌疑人之中。又有人报告，星期二早晨在伦敦查林十字火车站曾经有一个长得跟她非常像的女人，那个女人外貌奇异、动作放肆粗鲁，引起了人们的特别注意。富纳耶太太现在住在医院，医生向警察反映，她的精神分裂症已经十分严重，她根本就不能回忆她曾经干过些什么事。另外又有证据证明富纳耶太太就是杀害富纳耶先生的人，案发当晚有人看见一个长得非常像她的女人站在戈德芬大街，朝富纳耶先生的房子看了几个小时。这些都只是警方的推测。此案还在严密的调查当中。

福尔摩斯听我一个字一个字地把这篇有点头绪但又十分模棱两可的报道念完了。我问他："福尔摩斯，对此你有什么想法？"他站起身来，沉思了一会儿，然后才说道："对我而言，这则从巴黎寄来的电报对我们的帮助不大。"

“但是卢卡斯先生的死因还是查清楚了啊！”

“卢卡斯的死只是一个特殊的意外。我关注的不是他的死，我关注的是那份机密文件，我必须对英国负责，说得更远一些，我必须对欧洲人民负责。前几天最大的收获是没有发生什么事情，我收到了很多政府给我寄来的时事报告文件，欧洲一直风平浪静，表面上这封信还没有被国外某些战争狂人搞到手，但是实际上它已经寄往需要这封信的人手中去了。但这种可能又不能成立。这封信到底有没有寄出去呢？如果没有寄出去，又在谁的手中？我一直被这个问题困扰着。卢卡斯死在案发当晚，这是不是一个偶然现象呢？他到底见过这封信没有？他和这封信有多大联系呢？假如这封信曾经掌握在他手里，怎么在他的文件柜里又找不到呢？他那位得了精神病的妻子到底把信拿走了没有？假如拿走了，是不是在她巴黎的家里呢？我又该如何让巴黎警方不怀疑我而又能够十分顺利地搜查她的家？我们有很多困难要去面对，要去克服。呦！又有好消息吗？”他接过送信人递给他的纸条，急急忙忙看了一眼，然后说道：“警长雷斯垂德又有了进展。华生，我们去西敏寺走一趟吧。”

卢卡斯的旧宅坐落在戈德芬大街左侧，这座建筑看上去比较陈旧，虽然有点窄但却非常美观大方，它依然保存着一定历史时期的韵味。魁梧的雷斯垂德在窗户上探出头来向我们招了招手。我们进了门和他见了面，他对福尔摩斯非常尊敬。在案发现场，保留下来的作案痕迹已经所剩无几，唯一保留下来的是地毯上那块难看的、形状不规则的血迹。地毯不大，形状是正方形，放在房间的中央，四周是用小方木块拼成的旧式地板，擦得很干净。壁炉上方挂了各式各样的武器，那天晚上使用的凶器就是其中的一把。其他的家具摆设都十分考究和精致。

雷斯垂德问道：“你看过巴黎的情况吗？”

福尔摩斯“嗯”的一声回答了他。

“巴黎警方似乎把这个案子给破了，应该是八九不离十吧。巴黎警方的推测就是：富纳耶夫人从巴黎赶到伦敦看富纳耶先生，也就是卢卡斯。富纳耶没有想到他妻子会来，要知道，他妻子是一个深居简出的人，富纳耶对于她的到来感到十分惊讶，但是他让她进了屋。富纳耶太太怪富维耶先生不回巴黎的家，让她一个人在家里独守空房。于是两人就吵了起来，两个人互不相让，最后肯定是有人先动了手。在争打当中，富维耶太太精神分裂症突然发作，不经意在近手处取出匕首刺死了富维耶先生。富维耶先生临死的时候还挣扎过。这些被推倒的椅子，以及他手里始终拿着的一把椅子，就是他们争打的最后结果。事情就是这样。”

福尔摩斯反问他：“你找我来干什么呢？”

“噢，噢，我们又必须牵扯到另外一件事情当中去了，当然这是一件会让你兴趣盎然的怪事。不过，它和这起谋杀案没有什么关系。”

“你说吧，是什么事？”

“案发后，我们接到报警，立刻就赶到了案发现场。我们立刻封锁了案发现场。案发现场保管得非常严密，警力充足，我们警方不分日夜地巡守现场。今天早上，因为已经埋葬了死者，现场的调查也已结束了。在收拾房间的时候，我们翻开这块地毯，结果发现……”

“发现了什么？”

福尔摩斯追问雷斯垂德。

“当时我们发现这个情况的时候也表现得十分惊异。看见地毯上那块血迹了吗？肯定有很多血从那里渗了下去，是不是？”

“不错。”

“要是白色的木板上相应的地方没有任何血迹，你会不会觉得很蹊跷？”

“白色木板上相应的地方不可能没有血迹！”

“我早料到你也会不相信这个事实。但事与愿违，那上面的确没有血迹。”

他一手就把地毯的一角翻了上来，果然白色木板上没有血迹。

“但地毯的反面和正面一样被血渗透了，地板上不可能没有血迹。”

雷斯垂德见闻名英国的侦探高

手也被这件事情难住了，忍不住得意地笑了起来。

“事情并不像你想象的那样。地板上还有一块血迹的，但它的位置和第一块血迹不一样。你仔细瞧瞧。”雷斯垂德又用同样的手法翻开地毯的另一角，那块白色的老式地板上露出了一大片深红色的血迹。“噢，福尔摩斯先生，这又如何解释呢？”

“其实这件事并不复杂。这两块血迹的位置原本是相同的，只是地毯被人移动过了。你看这地毯是方形的，而且是活动的，所以把它转动一下并不难。”

“福尔摩斯先生，我们警察想知道的并不是这些简单的事，我们一看就明白，我也知道把地毯转过来，血迹正好一致。但是对我来说，最重要的是哪个人动了这块地毯，为什么要转动它？”

福尔摩斯好大一会儿没有说话，他心里太激动了。

他平静了一下说：“雷斯垂德，我问你一下，门外过道上的那位警察没有离开过这里吧？”

“没有。”

“好，那你出去单独地问他一下，因为你一个人去问，他才有可能说实话。你一开始就骂他狗胆包天，竟随便让一个陌生人进来，并且让那个人单独留在这个房间里。但是你千万不能问他是否有人来过。因为这样他有可能不承认。你去骂他一下，语气要生硬，告诉他如果抗拒不说，对他是没有好结果的。”

“我敢肯定，除非他没做，否则我绝对能让他坦白。”

雷斯垂德说完，就匆匆忙忙走了出去。不一会儿，就从外面传来了他的怒吼。

“华生，这下有好戏看了。”福尔摩斯得意扬扬，刚才的沉默被现在的喜悦心情所代替，继而形成一种难以抑制的生命活力，他立即掀开地毯，趴在地上，用手抚摸地毯下的每一块木板。我惊奇地看着他，突然，他的手停住了，他使劲地一掀，把这块木板从一边翻了过来，地上露出了一个小黑洞。福尔摩斯立即伸过手去，但是他什么也没有摸着，他沮丧地哼了一声。

过道上传来了雷斯垂德的脚步声。福尔摩斯立即让我放好地毯。我刚刚弄好，雷斯垂德就进来了。他看到福尔摩斯正无所事事地站在那儿，像是在专等着他似的。便说：“福尔摩斯先生，不好意思，让你等了这么长时间。你说得没错，那家伙把他做的都说了。麦克佩森，你到这边来，把你做的事从头到尾讲给这两位先生听。”

那位站在外面的警察满脸懊丧地走了进来。

“长官，我真的不知道事情居然会这样。昨天晚上那位小姐说她走错了门，然后我们就谈了一会儿。你知道一个人待在这儿是很闷的。”

“后来发生的事呢？”

“她跟我说她从报纸上知道了这件案子的经过，不料今天却误走到这里。那位小姐看起来非常高贵，她说她想看一下现场。我想她是一位贵族小姐，又那么体面，所以就答应了她。但是她一发现地毯上的血迹就昏倒了，我用水也没有把她弄醒。后来我就到街上的‘常春藤商店’买了一瓶白兰地。但是当我回到这里时，那位小姐已经不见了。我想她肯定是感到害羞，偷偷地走掉了。”

“当时那块地毯被人动过吗？”

“我买了白兰地回到这里时，地毯是有点不平，但我以为是那位小姐跌倒时弄的，也没有多想，就把它弄平了。”

“麦克佩森，你不应该欺骗我。”雷斯垂德声色俱厉：“你别以为你做了什么事别人不会发现，要想人不知，除非己莫为。幸亏这儿没丢东西，否则，你真的会进监狱。福尔摩斯先生，不好意思为这点小事麻烦你，当时我以为这是两块不同的血迹呢。”

“这件事确实很迷惑人。喂，这位警察，那位小姐来过几次？”

“一次，绝对是一次。”

“你问她叫什么名字了吗？”

“没有，她说她是来应聘打字员的工作，只因为走错了门，所以才会来到这里。但是她是个高贵、体面，一看就让人喜欢的小姐。”

“是不是个子很高，长得非常漂亮？”

“是的，非常漂亮，简直和天上的仙女一模一样。而且说话非常温柔，声音甜美，能让人陶醉。她对我说：‘哦，长官，你让我看一下吧，这件事太奇怪了。’”

“我想她也只不过是好奇，看一下也没关系的，所以就让她进去了。”

“她穿了一件什么样的衣服？”

“是一件一直垂到脚部的连衣裙。”

“她是什么时候来的？”

“天要黑的时候，我出去买白兰地时，看见街上的路灯刚开始亮。”

福尔摩斯问完，对我说：“华生，我们走吧，这儿已没事可做了。不过，别的地方倒有很重要的事。”

福尔摩斯和我出门的时候，雷斯垂德仍守在那里，那个做错事的警察殷勤地为我们打开了门。当时，福尔摩斯故意把手里拿着的东西举了举。那位警察看到它，惊奇地大叫一声：“上帝啊！”福尔摩斯听到他的叫声，急忙用手势制止他不要再说了。随后把东西装进了胸前的口袋里。我们刚走到大街上，福尔摩斯就忍不住哈哈大笑起来。他得意地说：“亲爱的华生，这件事简直太有趣了。故事已接近尾声了。与别的案子不同的是，这是一个喜剧结尾。特里芬尼·霍普先生的锦绣前程不会为此而断送，那位粗心的郡主也不会因为这件事情而心绪不安，首相也不必再费心处理欧洲复杂的局势了。华生，只要我们的计策好，没有一个人会为此而担心的。”

我对这位聪明朋友的敬佩又增进了一层。

我问他：“事情已弄清楚了吗？”

“亲爱的朋友，现在话还不能这样说，因为还有几个小小的疑点。不过，到了白厅住宅区，很快就会弄明白的。”

一会儿，我们就到了欧洲事务大臣的住宅。福尔摩斯要求见一下希尔达·特里芬尼·霍普夫人。

我们刚走进客厅，那位夫人就气愤地嚷道：“福尔摩斯先生，您怎么能这样做事呢？我早已向您说过，我让您保密我们之间的事，千万不能让我的丈夫知道我拜访过你，以免让他知道我在插手他的事。唉，先生，你真的不该到这儿来。”

“夫人，我是不得已才来的。你知道，我是为了那份非常重要的文件。所以，我现在只有求你，夫人，请把那封信交出来吧。”

那位夫人一听这话，猛地站了起来，她怒火冲天，脸色通红，身体晃了几晃。这时，我真的有些担心她会晕倒，但是，她还是镇定下来，愤怒地说："福尔摩斯先生，您，您的话太让我伤心了。"

"夫人，你这样做，受害的只是你自己。还是把信交出来吧。"

"请你们出去！管家，管家。"她嚷着就要去按手铃找管家。

"希尔达夫人，请不要按门铃，你要仔细考虑一下，我们会极力掩盖这件丑闻的，希望您能合作，否则，我真的不敢保证您的名声。夫人，还是把信交给我吧，只有这样，我才能把事情处理好。如果您拒绝跟我合作，那我也就不客气了，说不定会把你给揭发出来。"

希尔达夫人此刻像一个狂傲的女王一样虎视眈眈地站在那里，眼睛一眨不眨地瞪着福尔摩斯。她的手没有离开铃，但是她并没有按响。

"福尔摩斯，你是在威胁我，是不是？这就是你今天来的目的吗？原来威胁女人就是你最大的本事。好，你说你了解了一切情况，那么你说出来。"

福尔摩斯和颜悦色地说："夫人，你别激动，坐下来慢慢说。我真担心你会摔倒的，还是先坐下来吧，要不然我就坚持不说。"

"福尔摩斯先生，有话你就快说，你只有五分钟的时间。"

"希尔达夫人，我只要一分钟。我已经知道您和爱德瓦多·卢卡斯见过面，并且把文件交给了他。昨天您又到那儿去了一次，而且很巧妙地又把文件取了回来。"

此刻，希尔达夫人脸色由红变白，她努力地控制自己的情绪，然后生硬地说："你发疯了，福尔摩斯先生，你说的是疯话！"

福尔摩斯一言不发地从口袋里掏出了一块小纸片。那是一张相片的一部分——面孔部分，确切地说，是希尔达夫人的面孔部分。他拿着它让希尔达夫人看了看说："我把这个让那个警察看了，他说你正是昨天晚上去那儿的女士。"

希尔达夫人无可奈何地闭了一会儿眼睛。

"希尔达夫人，请把信交出来，我知道它就在你这儿。我和你都不想有麻烦，对不对？我只想把那份文件交给你丈夫，否则后果可不是你我所能想象的。"

"福尔摩斯先生，我最后对你说一句，你简直荒唐极了！"

福尔摩斯一下从椅子上站起来，边按铃边说："希尔达夫人，你这样固执，你会后悔。看来我努力掩盖的一切都要被曝光了。”

他看见管家进来了，便问：“特里芬尼·霍普先生在不在家？”

“先生，他不在，不过，他会在十二点三刻到家。”

福尔摩斯看了一下表，说：“华生，特里芬尼·霍普先生很快就会回来的，我们在这儿等一会儿。”

管家刚离开，希尔达夫人就跪在了福尔摩斯的面前，她摊开双手，由于伤心、痛苦，她的面容显得很憔悴。她泪流满面地哀求道：“福尔摩斯先生，我求求你不要把这件事告诉我的丈夫，我太爱他了，我不能失去他，也不愿意让他伤心。如果他知道了这件事，肯定会很伤心的。福尔摩斯先生，看在上帝的面上，你饶恕我吧！是我错了。”

福尔摩斯把希尔达夫人扶了起来，对她说：“夫人，我非常高兴，你能回心转意。此刻，我们要抓紧时间了，快把信交给我。”

希尔达夫人快步走到写字台旁，迅速地拉开抽屉，拿出了一个淡蓝色的长信封。

“福尔摩斯先生，这就是那封信。真的，我没看这封信，从来没有。”

福尔摩斯小声嘀咕着：“我们要赶快想个办法。如何才能安然无恙地把它放到文件盒里呢？对，文件盒呢？快把文件盒拿来。”

“在卧室里。”希尔达夫人小跑着进了卧室，不一会儿，就捧着一只红色的盒子出来。

福尔摩斯激动极了：“太好了，夫人，真是天助我也。”

福尔摩斯接过小盒子，看了一眼说：“快，把它打开，当然，您是有钥匙的，快，打开它。”

希尔达夫人迅速从口袋里掏出一把小钥匙，把文件盒打开。里面满满的一盒文件，福尔摩斯从里面拿出了一叠文件，把那个淡蓝色的信封夹在了中间，然后又把那些文件放了回去。关上盒子锁好后，又让希尔达夫人把文件盒放回了原处。

福尔摩斯和我都松了一口气，说：“好了，我们现在要做的就是等他回来了。不过，希尔达夫人，我想请你趁现在难得的最后几分钟，把你要这样做的目的告诉我们。”

希尔达夫人痛苦地说：“福尔摩斯先生，我向你保证，我之所以这样做，是因为我太爱我的丈夫了。如果我的事被他知道，他永远都不会原谅我的。况且我也不愿意因为我而把他的名誉和前程毁掉。福尔摩斯先生，求求你帮助我们，我们的幸福就掌握在你手里了。”

“希尔达夫人，把事情的经过说出来吧！时间不多了。”

“福尔摩斯先生，整个事件都是因为我的一封信，那封信是我在没结婚的时候写的。当时我是一时感情冲动才写了那封既草率又愚蠢的信。其实那封信也没什么，但我的丈夫他不会这么认为的。如果让他知道了，我们之间就会失去一切。这么多年了，我以为信早已消失了。没想到卢卡斯竟然告诉我信在他那儿，并说要把信交给我的丈夫。我害怕极了，我求他不要这么做。但是他却提出了一个条件，就是要我从文件盒内拿出那份他描述的文件。也就是那封蓝色的信件，原来我丈夫的下属人员之中有间谍，所以卢卡斯才知道有这么一封信。我考虑了好长时间，才决定把文件拿给卢卡斯，用它来交换我的那封信。”

“并且付诸了行动，是不是？”

“对，我不能毁了我的幸福。再说，当时我根本不知道会存在这么严重的政治问题。所以，我拿了我丈夫的钥匙，让卢卡斯给我复制了一把。我打开文件盒取了文件，然后来到了戈德芬大街。”

“后来发生了什么事？”

“我按我们之间说好的方法敲了门，很快卢卡斯就开了门。他把我领进屋子，当时我故意没有把门关好，因为我怕卢卡斯另有什么企图。我记得我敲门的时候门外好像有个女人。我们很快就把文件和信交换了过来。就在这时，门外传来了急促的脚步声，好像有人过来了。卢卡斯听到有人来，迅速地把文件塞在了地毯下面的木板洞里。接下来却发生了一场极其可怕的厮杀。门外的那个女人手里拿着一把刀子，进来恶狠狠地对卢卡斯说：‘我终于等到了，捉到了你们，你背着我和别的女人幽会，今天，我不会饶恕你的。’卢卡斯也抓起一把椅子和那个女人打了起来。我拿着信不敢再待在那个可怕的房间。那天晚上，我心里高兴极了，因为我拿回了那封信。第二天早晨，我看到了卢卡斯被害的消息，就知道他是被那个女人杀死了。

“第三天早晨，我才知道我做了一件多么严重的错事，我再也高兴不起来了。我的丈夫发现文件丢失后，痛苦极了。我想把我做的一切都告诉他，但是又怕提及我那封信，所以我不能向他坦白。我只好去找您，想问一下我的错误到底有多严重，会不会对我丈夫的前程造成影响。当我明白事情真的很严重时，我就想着要把文件拿回来。那天我看见卢卡斯把文件藏在了脚下那块木板下，紧接着他就被那个女的杀了，所以，我知道文件一定还在那儿。我在那儿徘徊了两天，直到昨天晚上，才鼓起勇气进了那幢房子。我是怎样拿到文件的，我想您一定知道了。我把文件拿回来后，却不知道怎么办才好，我想把文件放回去，却又怕引起我丈夫的怀疑。我的天哪，我听到我丈夫的脚步声了。他来了！"

外务大臣看到福尔摩斯，激动地问道："福尔摩斯先生，是不是事情已经解决了？"

"大概可以这么说了。"

"啊，真是太感谢了！"外务大臣脸上布满了喜悦的神情，"今天，我请了首相吃饭。可以让他来分享一下你们的劳动成果吗？他虽然很坚强，可是自从丢了文件，也是吃不下饭，睡不好觉。好了，现在好了。雅科布，把首相请过来。"

然后，他又对夫人说："亲爱的，对不起，这都是一些政治问题，待会我们到餐厅和你一起用餐。"

首相从容地走了进来，但是仍然掩饰不住他那内心的激动，他声音有些发颤：

"福尔摩斯，是不是有好消息了？"

福尔摩斯说："现在还不能确定。但你们放心，我已经调查过了，至少你们任何人都没有危险。"

"福尔摩斯先生，这不是我们想要的结果，只有找到文件，我们才能真正从困扰中解脱出来。"

"我已经知道了那份文件的藏身之所。我想来想去，觉得那份文件绝对不会离开这所房子。"

"福尔摩斯先生！"

"如果那份文件离开了这所房子半步，也许早已被人拿来公布了。"

"可是那份文件藏在这所房子的什么地方呢？"

“在它应该在的地方。”

“文件盒内？”

“除了文件盒内，还能有什么地方呢？”

“福尔摩斯先生，你别开玩笑了，我们现在可没有这份心情。我敢跟你打赌，文件盒内绝对没有那份文件。”

“从星期二早晨到现在，你有没有检查过文件盒？”

“没有，因为我早已检查过了，确定没有那份文件。”

“也许是您一时大意，没有发现它。”

“这是绝对不可能的。”

“我想我亲眼看一下才能相信你说的话。因为以前也发生过同样的事情。也许它是和其他文件混在一起了。”

“那份文件是在最上面放着的。”

“可能是有人动了文件盒，把文件弄乱了。”

“但是我把文件盒拿了出来，一个一个检查过的。”

首相见他们争执不出结果，对他们说：“这个问题只要把文件盒拿过来一看就能解决。”

大臣按了一下手铃，然后对仆人说：

“雅科布，你去把我的文件盒拿过来。福尔摩斯先生，您很固执。好，我就让您检查一下，让事实证明一切。”

接着，他用他的钥匙打开了文件盒，一份文件一份文件地翻着，突然，他的手停住了。

“我的上帝啊！这太不可思议了！”

首相一下子从他的手中夺过了那只淡蓝色的信封。

“一点儿也没错，正是它，和原来一模一样，没有人动过它。霍普，我们应该庆贺一下。”

“亲爱的福尔摩斯先生，真是太感谢你了！您真是一个了不起的神探，一个高明的魔术师。但是你是怎么知道它就在这里的呢？”

“因为别的地方都没有。”

“太让人兴奋了。我要把这个好消息告诉我的妻子。”大臣飞快地跑了出去，高声地大叫着：“希尔达、希尔达，你不用担心了。”

福尔摩斯笑了，首相困惑地看着福尔摩斯，问道：“先生，事情肯定没这么简单。这到底是怎么一回事呢？”

福尔摩斯神秘地笑了一下，扭过了头，不再去看那张疑惑的脸和那双犀利的眼睛。

“对不起，我们有权保持沉默。”他边说边拿起帽子，向我示意了一下，离开了一派喜悦气氛的外务大臣府邸。

魔犬之谜

1. 手杖的主人

歇洛克·福尔摩斯先生有个习惯，除了整夜不眠之外，早晨起来总是很晚。这天早晨，他坐在桌旁吃早餐时，我站在壁炉前的小地毯上，拿起了头天晚上那位客人遗忘的手杖。这是根用槟榔子木做的既精致又沉重的手杖，顶端有个疙瘩。紧挨顶端下面是一圈宽约一英寸的银箍，上面刻着"赠给皇家外科医学院学士杰姆士·摩梯末，C.C.H. 的朋友们赠"，还刻着"1884 年"。这手杖同旧式的私人医生常用的既庄重又坚固实用的手杖一样。

"华生，你是怎么看它的呢？"

我没想到背对着我坐在桌旁的福尔摩斯，竟会知道我在摆弄手杖。

"你的后脑勺长着眼睛吧，你是怎么知道我在干什么呢？"

他说："你瞧，我的眼前放着一把多么亮的镀银咖啡壶。只可惜我们对手杖的主人此行的目的不清楚，你从手杖上能看出什么吗？"

我尽力用他的推理方式想着说："看得出摩梯末先生是一位功成名就资格较老的医学界人士，他很受人们敬重。"

"对！说得太好了！"福尔摩斯夸赞着。

"我觉得他出诊时多半是步行的，像是一位乡村医生。"

"你是怎么看出来的呢？"

"这根手杖已磕碰得挺厉害，显然他用它走了不少路。"

福尔摩斯点点头。

"另外，这上面还刻着'C.C.H. 的朋友们，'我猜想，这可能是他曾给当地一个猎人会的会员们做过外科治疗，他们赠送了这根手杖。"

"华生，你进步得真快，我不能不说，你在记录我那些微不足道的成绩时，低估了你自己的潜力。我真的由衷地感谢你给我的支持。"福尔摩斯真诚地说。

听着他的话，我心里很是宽慰。

他从我手里拿过手杖，凝神看了几分钟，又用放大镜认真看着。

“看来挺有趣，”他笑着说，“手杖上有一两处给我们的推论提供了依据。”

“我说的完全对吗？没漏掉什么吗？”我有些自负地问。

“怎么说呢，华生，并非完全对，我看这根手杖像是一家医院送给这位医生的。他曾从一家城市医院转到乡村去行医，说不定这个礼物是在那时送给他的，那两个字头‘C.C.’是放在‘医院’一词之前的，这很自然让人联想到‘查林十字医院’。”

“看来你说的是有可能的。”

“我的看法和你不太一样，他不会是个主任医师，那样他就不会迁到乡村去了。他也可能是个地位稍高于医学院学生的普通医生，年岁不到三十岁，和蔼可亲，又有点马马虎虎，他还有一条比普通猎犬大、比獒犬小的狗。华生，我这样说和你的结论不一样，你不生气吗？”

我有点不相信地笑起来。

他吸了几口烟接着说：“据我的经验看，这个世界上只有不贪图名利的人才会放弃都市生活到乡村去。只有马马虎虎的人才会在你的屋里等了一个小时以后不留下自己的名片，反而留下了自己的手杖。”

我对他的分析默认了，问他：“那狗呢？”

“他的狗时常紧跟它主人的后面，由于这根木杖很重，狗只好咬住它的中央，那上面的牙印看得很清楚。”

他说着站了起来，在屋里来回走着。他在向楼外突出的窗台前站住了。他的语调里充满了自信。

我好奇地问：“对这一点，你怎么这么肯定呢？”

“这没什么，我已经看见那只狗正在咱们大门口的台阶上。狗的主人按铃的声音也传了上来。这位杰姆士·摩梯末医生会向犯罪问题专家请教什么呢，请进！”

走进来的客人出乎我的意料，不像一个典型的乡村医生。他穿的那件干这一行人爱穿的衣服已经很脏了，裤子都磨损了。他长得又高又瘦，鼻子长得像只鸟嘴，两只灰色的眼睛离得很近。他有着贵族般的慈祥风度，可是他的后背有些弯曲，走路时向前探着。他刚进来，眼光落在福尔摩斯拿着的手杖上，他欢呼一声跑过去。“我太高兴了，我都忘了它丢哪里去了，我宁愿失去整个世界，也不愿意失去这根手杖。”

“我想这是查林十字医院给你的礼物吧。”福尔摩斯说。

“是那里的两个朋友在我结婚时送的。”

“哎呀！真糟糕！”福尔摩斯摇着头说。

“为什么糟糕？”摩梯末医生惊讶地眨着眼睛。

“你把我们几个小小的推论都打乱了。您说是在结婚的时候，是吗？”

“是的，先生，我成家后就离开了医院。”

歇洛克·福尔摩斯用手势请我们的陌生客人在椅子上坐下，说道：“摩梯末医生，你这次来一定有什么事需要我帮忙吧？”

2. 巴斯克维尔的灾祸

杰姆士·摩梯末医生说：“是的，我的口袋里有一篇旧手稿，确切地说是1742年写的。”说着，摩梯末医生把它掏了出来。

“这是查尔兹·巴斯克维尔爵士交给我的，不幸的是三个月前，他忽遭惨死。我是他的朋友，又是他的医生，了解他是个经验丰富、意志坚强的人。他把这份祖传的家书看得很重，并预感到自己会有那样可悲的结局，结果真的发生了。”

福尔摩斯接过手稿，把它平铺在膝盖上。

看了一会儿，他说："读起来像是一份记载什么事的记叙文。"

"对，是关于一件在巴斯克维尔家族流传的传说。"

"我想你来找我是为了当前重要的事情吧？"

"这事的确太重要了，急切需要在短时间内解决。这手稿与这件事联系密切。我把它读给您听听。"

接着，摩梯末用高亢而又嘶哑的声音朗读着一个古老而又奇特的故事：

"关于巴斯克维尔的猎犬一事有过许多说法，我写下来的目的是因为我相信这样的事一定发生过。我是修果·巴斯克维尔的直系后代，这件事是我从我父亲那里听来的，而我父亲又是直接听我祖父说的。你们知道了这件事，也不用为前辈们落得的恶果而恐惧，只要自己将来品行端正就可以了。

"据说是在大叛乱时期，这所巴斯克维尔大厦本为修果·巴斯克维尔所占用，他是个卑俗粗野、最目无上帝的人。这位修果先生爱上了在巴斯克维尔庄园附近的一个庄稼人的女儿。在米克摩斯节那天，修果先生趁她父兄不在就和五六个下流的朋友一起把那姑娘抢了回来，关在楼上一间小屋子里。夜里，修果就和朋友们在楼下围坐着狂欢痛饮起来，楼上那位可怜的姑娘在极度恐惧的情况下从窗口出来，攀缘着爬满墙的蔓藤由房檐下面一直爬下去，然后穿过沼地直往她家跑去，庄园离她家约有九英里。

"很快，修果离开客人去找那个姑娘时发现笼中之鸟已经逃走了。随后他像中了魔似的冲下楼来，一到饭厅就把大餐桌掀翻了，大嚷大闹道一定要追上那个丫头。那些纵酒狂欢的浪子们被他的暴怒吓得目瞪口呆。有一个特别凶恶的家伙大叫着说应当把猎狗都放出去追她，修果便高呼马夫备马，并把犬舍里的狗全都放出去，把那少女丢下的头巾给那些猎狗闻了闻就一窝蜂地轰了出去，这群狗在一片狂吠声中向月光照耀着的沼地上狂奔而去。

"过了一会儿，这些浪子们才明白过来，十三个人全体上马追了下去。他们跑了一二英里遇到一个沼地里的牧人，得知少女、猎犬还有修果·巴斯克维尔骑着黑马从这里过去了，还有一只魔鬼似的大猎狗一声不响地跟在他的后面。他们继续赶路。可是不久他们就看到那匹黑马嘴里流着白沫，鞍上没人，缰绳拖在地上。他们感到恐惧极了，但还得继续前进。他们的马匹紧靠着，慢慢地走着，最后终于赶上了那群猎狗，它们竟挤在一条深沟的尽头处，竞相哀鸣，直瞪瞪地望着前面。

“这帮人勒住了马，大多数人已不敢前进了，只有三个继续向山沟策马走了下去。前面出现一片宽阔的平地，中间立着两根大石柱。月光很亮，那因恐惧和疲惫而死的少女躺在空地的中央。修果·巴斯克维尔的尸体躺在她的旁边。令他们毛骨悚然的是，站在修果身旁撕扯着他喉咙的那个可怕的东西，样子像猎狗，却比猎狗大得多。正当他们看着那畜生撕扯修果的喉咙时，它突然张开闪亮的眼睛和直流口涎的大嘴向他们转了过来，三个人吓得大叫，急忙拨马逃命。据说其中一个当晚就吓死了，另外两个也落了个终身精神失常。

“我的儿子们啊，这就是那只猎狗的传说的来历。不可否认，在咱家的人里，有的死得突然、凄惨而又神秘。望你们要多加小心，千万不要在夜晚降临时轻易进入沼泽地。”

摩梯末医生读完这篇怪异的记载之后，直望着福尔摩斯，又从衣袋里掏出一张报纸。

“福尔摩斯先生，这是一张今年 5 月 14 日的《德文郡记事报》，是一篇有关几天前查尔兹·巴斯克维尔爵士死亡的简短叙述。”

我们的客人重新放好眼镜，又开始读了起来：

“最近，查尔兹·巴斯克维尔爵士之暴卒，使本郡不胜哀悼。他虽在巴斯克维尔庄园居住时间不长，但其厚道与慷慨已深得周围群众之敬爱。众所周知，查尔兹爵士曾在南非投机致富，后来带着变卖了的资产返回英伦。有些谣言说他准备重建他的庄园，然而此计划因其本人逝世而中断。查尔兹爵士并无子嗣，他曾公开表示，在他有生之年整个乡区将得到他的资助。他对本地及慈善机构的捐助，本报常有登载。

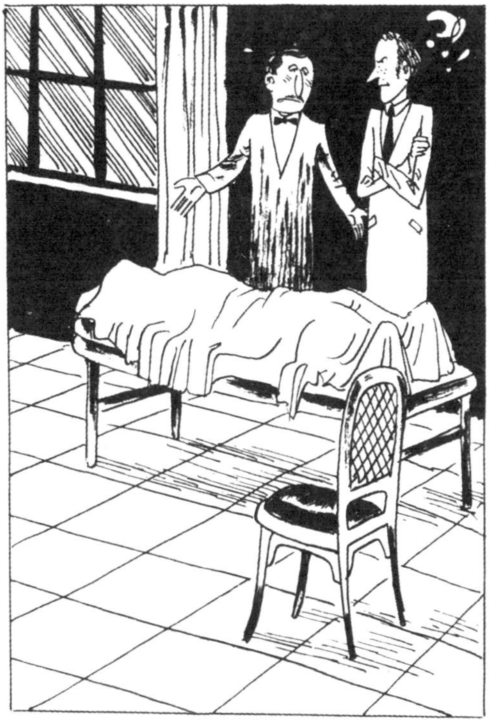

“验尸结果尚未能将与查尔兹爵士之死亡相关的情况弄清。查尔兹爵士虽有许多财产，但个人生活却很简单。庄园之中的仆人只有白瑞摩夫妇二人。据死者的朋友和私人医生杰姆士·摩梯末证明：查尔兹爵士健康不良，心脏呼吸困难和有着严重的神经衰弱。

“案件实情甚为简单，查尔兹伯爵有一种习惯，每晚在就寝前须沿巴斯克维尔的水松夹道散步。5月4日，他曾声称第二天要去伦敦，并让白瑞摩准备行李。这晚他照常出去散步后，再也没有回来。他的管家白瑞摩连夜出去寻找主人，最后在夹道的尽头发现了他的尸体。有一件尚未澄清的事实是，白瑞摩说，他主人的足迹在过了通往沼地的栅门后就变了样，像是用足尖走路了。查尔兹爵士的身上找不出遭受暴力袭击的痕迹，但他的面容变形到几乎难以辨认的程度。尸体解剖证明，他是因为呼吸困难和心脏衰竭而死。法院验尸官呈缴了一份与医生证明相符的判断书。另外，如果不能最终消除邻里相传的荒诞故事，再为巴斯克维尔庄园找个住户就很困难了。据了解，爵士最近的亲属就是他弟弟的儿子亨利·巴斯克维尔先生了。据说这位年轻人在美洲。现已进行调查，以便通知他来接受这笔巨额财产。”

摩梯末把报纸叠好，放回口袋里。

“福尔摩斯先生，这些都是关于查尔兹·巴斯克维尔爵士死亡的情况。”

“真得感谢您，”歇洛克·福尔摩斯说，“你说的这段新闻包括全部公开的事实吗？”

“是这样的。”

“再告诉我一些内幕吧！”他的表情冷静得像个法官。

“这样的话，”摩梯末医生情绪激动起来，“我就会把没有告诉任何人的事情都说出来了。公众若是知道了，巴斯克维尔庄园就真的没人敢住了。但对于您，我没有理由不彻底地说出来。

“沼地上的住户离得近的人交往比较多。我同查尔兹·巴斯克维尔爵士就经常见面。他喜欢独处，可是他的病把我们俩拉到了一起，对科学的共同兴趣又使我俩亲近起来。

“在这几个月里，我发觉查尔兹爵士的神经系统已经紧张到极点了。他深信着我读给你的那个传说，一到晚上说什么也不肯到沼地上去。他不止一次地问过我，在夜间出诊时是否看到什么奇怪的东西，有没有听见猎狗的嚎叫。他说这话时，声调都变了。

“我记得很清楚，在他死亡三个星期前的一天傍晚，我驾马车到他家去，碰巧他正在正厅门前。我站到他面前后，发现他极恐怖地盯着我身后。我猛然转过身，看到了一个像大牛犊似的黑东西飞快地跑过去。我陪着他待了一晚上，为了解释他所表现的情绪，他就把我刚来的时候读给您听的那篇记载托我保存了。我劝他到伦敦住几个月，他也已经准备 5 月 5 日去，可 5 月 4 日悲剧就发生了。

“就在查尔兹爵士暴死的当晚，总管白瑞摩发现以后，立刻派马夫把我接了去。我顺着水松夹道仔细察看了一番，验证了所有在验尸过程中提到过的事实。最后，我又细心地检查了查尔兹爵士的尸体，确实没有任何伤痕。但是在验尸的时候，白瑞摩曾提供了一个不真实的证明，白瑞摩说在尸体周围地上没有任何痕迹。我却在离尸体不远的地方发现了清晰的足迹。”

“是男人的还是女人的足迹？”

摩梯末奇怪地望了我们一会儿，声音低低得像耳语似地说：“福尔摩斯先生，那是个极大的猎狗的爪印！”

3. 疑　案

照实说，我听了这些话吓得浑身发抖，医生的声调也变了，他被自己讲述的事情深深激动着。福尔摩斯双目炯炯有神，探着身，颇感兴趣地问：“您看到的那爪印，别人怎么就没见到呢？”

“那爪印离尸体大概有20码，我想若是我不知道传说中的事情，可能不会发现它。”

“沼地里看羊的狗多吗？”

“有很多，它不是看羊狗，它大极了。”

“它接近尸体了吗？”

“没有。”

“那个夜晚。天气怎么样，下雨了吗？”

“没有下雨，但天气又潮又冷。”

“夹道是什么样的？”

“种着两行密实的水松老树篱，中间有条小路，小路两旁各有一条约六英尺宽的草地。”

“我想那树篱有一处是被栅门切断了吧？”

“是有一处，那是扇对着沼地开的栅门。除此之外，再没有别的开口了。”

“摩梯末医生，请告诉我你所看到的脚印是在小路而不是在草地上吗？”

“是的，脚印是在栅门那一面的路边上。”

“还有一点，栅门是关着的吗？”

“关着的，还上着锁呢。”

“门有多高？”

“四英尺左右。”

“您在栅门上看到什么痕迹了吗？”

“没有什么特别的痕迹，沙砾地上只有查尔兹爵士的脚印。”

歇洛克·福尔摩斯突然喊道：“要是我在那里该多好，这个案件会给犯罪专家提供很好的研究机会。唉，摩梯末医生，您怎么不早些时候叫我呢，现在那些痕迹一定被雨水和爱凑热闹的农民的木鞋抹去了。”

“先生，我已向您说明了不愿带您去的原因，而我不想把真相让别人知道。另外，这事让人毫无办法。”

“您觉得这是一件奇怪的事情吗？”

“有一点，自从悲剧发生之后，我听到过一些离奇的事情。”

“举个例子说说吧。”

“我知道在这吓人的事情发生之前，有人曾在沼地里看到过和巴斯克维尔所说的怪物形状相同的动物。他们异口同声地说那是一只会发光的大家伙，狰狞得像魔鬼一样，跟传说之中的可怕的猎狗相符。现在，敢在夜晚走过沼地的人可真是大胆的了。”

“像您这样具备科学知识的人，也会相信这种神怪的事吗？”

摩梯末医生如实回答：“我不知道该相信什么。”

福尔摩斯耸耸肩说：“至今为止，我只与人世间的罪恶做斗争，对于要接触万恶的神，可能力不从心了。您说的脚印是实实在在的吧。”

“那只大猎狗凶猛得足以撕碎人的喉咙，它确实像是妖魔。”

“摩梯末医生，您已经想得超乎寻常了，这种看法对查尔兹爵士的死毫无用处。我怎样才能帮助您呢？”

摩梯末医生看了看他的表说：“福尔摩斯先生，查尔兹爵士的侄子亨利·巴斯克维尔将在一个小时零一刻钟内抵达滑铁卢车站，我们该怎么办呢？”

“他是继承人吗？”

“对了，查尔兹爵士死后，我们对这个年轻人进行调查后发现他一直在加拿大务农。据了解他是个很好的人。”

“有没有别人申请继承财产？”

“没有了，在他的亲属中，我们唯一能追溯到的另一个人就是罗杰·

巴斯克维尔了，他是查尔兹爵士的三弟，他是家中的坏种，长得同修果很像。他闹得在英格兰站不住脚了，逃到美洲中部，后来病死在那里。亨利是巴斯克维尔家仅存的子嗣，我想如果查尔兹爵士在死前还来得及说话，他会警告我，不要把这个古老家族的最后一人带到这个致命的地方来。我个人对这事很关心，所以才将这案件向您提出来，并征求您的意见。”

福尔摩斯考虑了一会儿，说：“简单地说，您认为有一种魔鬼般的力量，使达特沼地变得让巴斯克维尔家人无法安居，是吧？”

“有些迹象已经说明是这样的。”

“如果这种神怪的说法肯定的话，这青年人在伦敦就会像在德文郡一样倒霉。一个魔鬼，怎能只会在本地施展魔术呢？”

“福尔摩斯先生，若是您亲身接触到那些事，就不会这么说了。据我理解，您的意思是说，这个青年在德文郡和在伦敦一样安全。他就要到了，您说该怎么办呢？”

“先生，我建议您接到亨利·巴斯克维尔爵士后，先不要告诉他这件事。”

“那么，我该怎样去做呢？”

“摩梯末医生，如果你能在明天十点钟来找我，你能和亨利·巴斯克维尔爵士一块来，那对我的未来计划会有所帮助。”

“我一定会这样做。”摩梯末医生带着一副心不在焉的样子匆匆走了。当他走到楼梯口时，福尔摩斯又把他叫住了。

“摩梯末医生，再问您一个事，您说在查尔兹爵士死前，曾有几个人在沼地里看见过那个鬼怪吗？”

“有三个人看见过。”

“后来又有看见的吗？”

“我还没有听说过。”

“谢谢您，摩梯末医生，走好。”

福尔摩斯带着安静的、内心满足的神情回到座位上，这表示他已找到合乎口味的工作了。他问我：“要出去吗，华生？”

我点了点头，说：“是的，如果留在这对你有帮助，我就不出去了。”

“不，我的伙伴，采取行动的时候，我会求助于你的。这事有些特别，我想在黄昏前一个人将这有趣的案件琢磨一下。你路过布莱雷商店时，让他们送一磅浓烈的板烟来好吗？”

我知道，闭门独处权衡点滴证据或确定重要的线索，对我朋友来说极为重要。因此我就把时间全部消磨在俱乐部里了。直到将近九点钟时，我才又回到贝克街去。

我推开门，见屋里像是着了火似的满是烟，连台灯的灯光都看不清了。透过烟雾，我模模糊糊地看到福尔摩斯穿着睡衣蜷卧在安乐椅中，口里衔着黑色的陶制烟斗，周围放着一卷一卷的纸。我被呛得咳嗽起来。

“冻着了吗，华生？”他说。

“没有，这屋里的烟浓得让人无法忍受。”

“那么，就打开窗户吧！我看得出来，你整天待在俱乐部里吧？”

“是呀，你是怎么知道的呢？”

“华生，我看你带着轻松愉快的神情，想同你开开心。一位绅士在泥泞的雨天出门，回来后身上仍干干净净，他一定是整天坐着。这不是很明显的事吗？”

“对，是很明显。”

“你知道我到哪儿去了？”

“你不是待在这里没动吗？”

“恰好相反，我去德文郡了。”

“你的‘魂灵’去了吧？”

“说得对，我的肉体一直坐在这儿。可我的‘魂灵’在远远飞走的时候，我喝掉了两大壶咖啡，抽了许多的烟草。你走了之后，我派人去斯坦佛警局取了绘有沼地这一地区的地图，我的‘魂灵’在这张地图上转了一天。我自信对那个地区的道路已很了解了。”

“我想这是张很详细的地图吧？”

“很详细。”他把地图打开后放在膝盖上，“这里就是与我们特别有关系的地区。中间的地方就是巴斯克维尔庄园。”

“周围是树林环绕的吗？”

“是的。那条水松夹道虽然没有注明，但一定是沿着这条线伸展下去的。沼泽地在它的右侧。这一小堆房子就是格林盆村，摩梯末医生的住宅就在这里。在半径五英里之内，你看得到，只有很少几座零星散布的房屋。这里就是赖福特庄园。这里有一所注明的房屋，可能就是那个叫斯台普吞的住宅。这里是两家沼地的农舍，高陶和弗麦尔。你瞧，在这些分散的各点之间和周围延伸着的凄凉的沼地，就是悲剧的发源地，也许由于我们的参与，这儿会发生更多的故事呢。”

“这肯定是个荒无人烟之地。”

“不错，这儿若有魔鬼真想插足人间事情的话……”

“你怎么也倾向于神怪的说法了。”

“魔鬼的代理人说不定是血肉之躯呢？咱们面临的两个问题是：第一，犯罪事实是否发生过；第二，这究竟是什么性质的犯罪，又是怎么进行的？当然啦，若是摩梯末医生顾虑正确的话，那么我们的调查工作就不用进行了。但如果不是那样的话，咱们再来探索这桩案情。咱们把窗户关上吧，我总觉得浓厚的空气能使人们思想集中，当然我还没有到非钻进箱子里去才能思考的地步。这桩案件，你是怎么想的。”

“白天的时候我想了不少，真是太难琢磨了。”

“这桩案子确实有其独特之处。它有几个突出的地方。譬如说，那足迹的变化，对这一点，你是怎样看的呢？”

“摩梯末说过，那人在那一段夹道上用足尖走路的。”

“他真是个傻瓜，一个人怎会沿着夹道用足尖走路呢？”

“那该怎样解释呢？”

“他是在拼命地奔跑，在逃命，一直跑到心脏破裂趴在地上死去为止。”

“他为逃避什么才跑的呢？”

“问题的症结就在这。种种迹象说明，这人在开始奔跑之前就吓得发疯了。”

“你怎么能这么说。”

“据我想象，恐惧的原因是来自沼泽地。只有一个吓得魂飞魄散的人才会不向房子而向相反方向跑。他边跑边呼救着，而他所跑的方向根本不能得到救助。他当晚是在等人，为什么他要在水松夹道而不在自己的房间里等人呢？”

“你认为他是在等人吗？”

“那里地面潮湿，夜里又很冷，像他那样身体虚弱年岁又大的人，怎能在沼泽地站了五分钟或十分钟，这是摩梯末医生根据雪茄烟灰得出的结论。你觉得这是自然的事吗？”

“可是他每晚都出去散散步呀！”

“我并不认为他每晚都在通向沼地的门前等待。相反，他是在躲避沼地的。那天晚上他在那里等过人，第二天他就要到伦敦去。事情已有眉目了，华生，前后变得相符了。轻松一下，请把我的小提琴拿来，明天早晨等着与摩梯末医生和亨利·巴斯克维尔爵士见面时，再探讨吧。”

4. 亨利·巴斯克维尔爵士

我同福尔摩斯早早吃过早餐，等候着客人的到来。我们的委托人比较守时，刚到十点，摩梯末医生就来了，年轻的准男爵跟在他后面。准男爵约有三十岁，长得短小精悍，一双黑眼珠，眉毛浓重，有着一副显得坚强而好斗的面孔。他看上去很结实，上身穿着红色苏格兰服装，显出他是个久经风霜、酷爱户外活动的人。同时，他有着沉着自信的绅士风度。

摩梯末医生介绍说："这就是亨利·巴斯克维尔爵士。"

还未等福尔摩斯开口，亨利爵士带着敬意说："福尔摩斯先生，即使我的朋友没有带我来见你，我自己也会来的。我知道你是善于解决问题的。今天早上，我就遇到了一件如何也想不明白的事。"

"亨利爵士，请坐，您是说到了伦敦后遇到了一些奇怪的事吗？"

"没有什么大不了的事，福尔摩斯先生。若是把它叫作信的话，今早我收到这样一封信。"说着亨利爵士把一张纸放在桌上。

我们探身看去，见是一张质地平常、灰色的信纸。收信地址是"诺桑勃兰旅馆"，字迹凌乱，邮戳盖着"查林十字街"，发信时间为前一天晚上。

"谁知道你要去诺桑勃兰旅馆呢？"福尔摩斯目光敏锐地望着我们的来客。

"没有人知道呀。这是我见到摩梯末医生后才决定的。"

"那么，摩梯末大夫一定是去过那里了吧？"

"没有，"医生说，"我以前和一个朋友住在一块，我们并没有讲过要到这家旅馆去。"

"嗬，像是有谁很关心你们的行动。"他从信封里拿出一页叠成四折的信纸。打开后平铺在桌上。信纸中间有一行用铅印字贴成的句子，写着：

如果你看重你的生命的价值或还有理性的话，请远离沼地。

信纸上，只有"沼地"两字是用墨水写成的。

"如今，"亨利·巴斯克维尔爵士说，"福尔摩斯先生，也许您会告诉我这究竟是什么意思，是谁对我的事感兴趣呢？"

"摩梯末大夫，您怎么看这件事呢，您总得承认这封信里绝没有什么神怪吧？"

"先生，我觉得寄信的人倒是带着神秘的样子。"

亨利爵士急促地问道，"怎么回事，你们俩对我的事看上去比我知道的多得多。"

"您等会儿就知道我们所了解的情况了，亨利爵士，"福尔摩斯接着说："目前我们只谈这封一定是昨天傍晚凑成的有趣的信吧，对了，华生，有昨天的《泰晤士报》吗？"

"在墙角放着呢。"我说。

"麻烦你拿来，劳驾你翻到专登主要评论的一面。"他迅速地从上到下看了一遍，"这篇重要的评论谈的是自由贸易，让我给你们读一读其中一段吧。

'也许你还会被花言巧语哄得相信，保护税会对你的本行买卖或是工业具有鼓励意义，但若从理性出发，由长远来看，此种立法肯定会使国家远离富足，减低进口总价值，并降低此岛国之一般生活水平。'

"华生，你对这事怎么想的呢？"福尔摩斯兴奋地叫了起来，很满意地搓搓手，"你不认为这是一种很让人钦佩的能力吗？"

摩梯末医生饶有兴趣地望着福尔摩斯，而亨利·巴斯克维尔则是神情茫然，他说道："我不大懂税务这一类的事，再说这和短信，有点儿不相干吧？"

"正相反，亨利爵士，我认为我们正好贴题呢。华生对我采用的方法了解得比较多。但恐怕他也不会看出这个长句子的重要性。"

我在一旁说："是的，我看不出两者之间有多少联系。"

"可是，华生，两者之间的联系显而易见，短信中的各个单字都是由这个长句子抽出来的。例如：'你''你的''生''命''理性'等，这些字你还看不出是从哪里弄来的吗？"

"对呀！您可真聪明！"亨利爵士喊了起来。

"若是你对这还有怀疑的话，'远离'和'价值'这几个字是由同一处剪下来的，这事实足以消灭怀疑了。"

"是这样，没错。"

"福尔摩斯先生，这真让我意想不到。"摩梯末医生惊异地说，"我相信这些字是从报纸上剪来的，但我真佩服您竟能指出是哪份报纸，还说是剪自一篇重要的社论，真了不起，您是怎么知道的呢？”

“大夫，您能区别黑人和爱斯基摩人的头骨吧？”

“当然能了，那些区别很明显，眉骨隆起，面部的斜度，颚骨的线条……”

“这也是我的癖好啊。在我看来，《泰晤士报》里所用的小5号铅字和半个便士一份的晚报所用的拙劣的铅字之间，也存在着差距。对犯罪专家来说，区别报纸所用的铅字，是最基本的知识了。《泰晤士报》评论栏采用的字形很特殊，因而我不会认为是别的报纸。这封信是昨天贴成的，这就很可能是从昨天的报纸里找到这些文字的。”

“我明白了，福尔摩斯先生，这么说剪这封短信的人是用一把剪刀……”亨利爵士若有所悟地说。

“用的是剪指甲的剪刀，”福尔摩斯说，“您能看得出那剪子的刃很短，因为用剪子的人在剪下‘远离’这个词时用了两下。”

“是这样。这么说，有一个人用一把剪刀剪下这封短信所用的字，然后用浆糊贴上去……”

福尔摩斯说：“用胶水贴的。”

“是用胶水贴在纸上的。但为什么‘沼地’这个词和其他的不同呢？”

“因为他在报纸上找不到这个词。别的字都是报纸里的常用字，‘沼地’这个词就不常见了。”

“可能是这样，福尔摩斯先生，您从这封短信里看出什么别的东西吗？”

“有一两个迹象可供研究。他为了抹掉所有的线索，耗费了苦心，这住址就写得很潦草。《泰晤士报》除了受过很高教育的人看之外，很少有人接触。因此，我们可以断定写信的人受过相当高的教育，但他假装没文化。他极力让别人看不出他的笔迹，你看，那些字不是贴成一条直线的，有些贴得比别的字要高得多。生命这个词，贴得就很不是地方。这可能说明剪贴的人粗心或是慌张。但我觉得，这写信的人对这件事很看重，他不像是个粗心大意的人。若是他慌张的话，这就会引出一个新问题，他为何要慌张呢？他可能是怕被人撞见吗，他到底怕谁呢？”

“我们真是在胡猜测了。”摩梯末医生说道。

“嗯，不如说是在比较各种可能性，我们选择的是最实际的，运用科学的想象是我们进行思考的出发点。现在，我敢肯定一点，这封信是在一家旅馆里写成的。”

“您有什么根据吗？”

“您仔细检查一下，笔尖和墨水都曾给写信的人添了不少麻烦。在写一个字的当儿，笔尖就两次挂住了纸面，溅出了墨水。这么短的一个地址，墨水就干了三次。这说明瓶中的墨水很少了，私人的钢笔和墨水很少是这样的，而旅馆中的墨水大多是这样。所以，咱们能到查林十字街附近的各旅馆去检查一下纸篓，只要能找到那份被剪破的《泰晤士报》剩下的部分，我们就能找到发出这封怪信的人了。哎呀，这是什么啊？”

他把眼睛贴在信纸上检查着，一会儿，又扔下了信纸，说：“没有什么，这是半张空白信纸，上边连个水印都没有。咱们对这封奇异的信能找到的东西就这些了。亨利爵士，你来伦敦以后，还发生过什么奇怪的事情吗？”

“没有，福尔摩斯先生。我想还没有。”

“您没觉得有人在注意您的行动吗？”

我们的客人说：“见鬼，盯我的梢干什么？我真像是走入了一部离奇惊人的小说里似的。”

“我们要谈的就是这个问题。在谈这个问题之前，你没有什么要告诉我们的吗？”

“哦，这要看你们认为什么事情值得讲了。”

“我觉得与日常生活相违背的事情都值得提出来。”

亨利爵士笑着说；“我不怎么知道英国人的生活，我的大部分时光是在美国和加拿大度过的。你不会认为丢了一只皮鞋也算是日常生活的一部分吧？”

“您丢了一只皮鞋吗？”

“是的，福尔摩斯先生，今天早晨我丢了一只棕色高筒皮鞋，那鞋是我昨晚刚从河滨路买来的，放在门外，而今早只剩一只了。”

“你还没有穿过，为什么要把它放在外面去擦呢？”

“那双高筒皮鞋还未上过油，我就把它放在外边了。”

“这么说，昨天您一来住就买了一双棕色皮鞋吗？”

“我买的东西多着呢，既然我要到那里去做个乡绅，就得穿得像样一些，谁知道花六英镑买的鞋竟丢了一只。”

“被偷去的似乎是没多大用处的东西，”歇洛克·福尔摩斯说道“现在我想还是让摩梯末医生，把昨天给我们讲过的全部案情叙述出来吧。”

对于摩梯末医生的讲述，亨利·巴斯克维尔爵士全神贯注地听着，不时地发出惊奇的声音。

在冗长的叙述结束之后，他说：“看来我继承的遗产含有宿怨，当然了，这只猎狗的事，我小时候就听说过，但我以前并未把它当真。这次，我伯父的去世，真让我内心不安，我无法搞清这是怎么一回事。这是该警察管的事呢，还是该牧师去管。”

我们三个默默地听着他的话。

“这封寄到旅馆的信，我想可能与此事有关系。”

“看来有人对于沼地上发生的事，要比我们知道得多。”摩梯末医生说。

福尔摩斯说：“另外，我觉得那个人对你并无恶意，他可能只是提醒你注意。”

“也许是他们想把我吓跑，以便于达到他们的目的。”

“这不排除，摩梯末医生，很感激您向我介绍了一个具有几种可能性的问题。亨利爵士，眼前你面临一个必须决定的事情，您是到巴斯克维尔去好呢，还是不去的好呢？要知道那里可能会有危险。”

“您所说的危险，是来自我家的那个恶魔呢，还是来自人为的呢？”

“这正是我们要解决的事情啊。”

“我肯定要去的，哪怕它是地狱里的魔鬼，也不能阻挡我回到家乡去。”

亨利爵士坚定地说着，他的面孔也变得暗红起来。看得出来，他的家族暴躁的脾气，在他的身上没有消失。

他接着说：“对这个事情，我愿意在经过独自思考后再作决定。先生，现在已是十一点半了，我要赶回我的旅馆去。如果两点的时候您和您的朋友能和我们共进午餐，我会告诉您我的看法。现在，我们告辞了。”

“我给你叫一辆马车好吗？”我热情地说。

“这事让我太激动了，我想走一走。”

他的同伴说：“我很高兴和你一起散步。”

两位客人走下楼去后，福尔摩斯的兴致猛然提高了许多。

他催促着我说：“华生，快穿戴好你的鞋帽，准备出去。”接着我们慌忙走下楼梯来到街上。在牛津街上，我们看见摩梯末医生和亨利爵士走了约有200码远。

“要不要我跑去叫住他们？”我问道。

“千万别这样，我们俩散步多好呀。”福尔摩斯说着加快了脚步，使我们和他俩之间距离缩短了一半。

然后，我们跟在他们身后，保持着100码的距离。就这样，我们随着他们从牛津街转到了摄政街。当我们的两位朋友站住向商店的橱窗里望着时，我们也这样做着。过了一会儿，他兴奋地叫了一声，顺着他那热切的眼神，我看到停在街对面的双轮马车里坐着一个男人。

“华生，来呀，就是那个人，你看清了吗？”

马车缓慢地前行着，一刹那间，我看到了生着一绺浓密的黑须和一双炯炯逼人的眼睛的面孔，在马车的侧窗中向我们转过头来。突然，那个人让马车沿着摄政街飞奔而去。福尔摩斯想找辆马车跟上去，可是看不到空车，便紧跑着追赶了上去，可是那马车跑得太快了，已经看不见影了。

福尔摩斯终于喘着气脸色发白，恼怒地站住说：“真糟糕，华生，你应当记住这件事，作为我无往而不利的反证吧。”

我不解地问：“那人是谁呀，是盯梢的吗？”

“还不能断定，从掌握的情况看，巴斯克维尔一来城里，就让人紧紧盯住了。要不怎么有人知道他住在诺桑勃兰旅馆呢？他们第一天盯他的梢，以后还会的，你看见没有，在摩梯末大夫说那个传说时，我到窗前去过两次。”

我说：“是的，我看见了。”

“我是在向街中寻找假装闲逛的人，可我没能发现，这家伙很精明。华生，不管他是个好人或是坏人，我觉得他有阴谋，有能力。他真狡猾，他为自己准备了马车，以免引起别人的注意。他这样做有个好处，若是他们坐上一辆马车，他就能尾随他们了。”

“可惜咱们没有记下车号。”我惋惜道。

“我亲爱的华生，虽然我显得有些笨拙，你以为我真的连车号都忘记了吗？”

“No.2704 就是咱们要找的车号，但是眼下对我们并没有作用。”

“我看不出在当时你还能干些什么。”

“我后悔自己应当不慌不忙地雇一辆马车，保持距离跟在马车后面。当我们跟着那个人来到巴斯克维尔住处时，再看他往什么地方去。可我太急躁了，先暴露了自己，失去了目标。”

我们一边谈着一边顺着摄政街慢慢走着，摩梯末医生和亨利男爵早就不见了。

“咱们再跟下去也没意义了，华生，你能认出车中人的面貌吗？”福尔摩斯看着我说。

“我只能认出他的胡须来。”

“那一绺胡子除了能掩饰他的相貌外，别无用处，不谈这个了，咱们进去吧。”说着，他带我走进一家本区的佣工介绍所，受到经理的热情欢迎。

“维尔森，您不会忘记我曾有幸地帮您忙的那桩小案子吧？”

“先生，怎么会忘呢。您挽救了我的名誉，还救了我这条命呢。”

“我亲爱的伙伴，您过奖了。维尔森，我记得您的手里有一个叫卡特莱的孩子，有些才干。”

“是呀，先生，他还在这里呢。”

“把他叫出来，行吗？我希望把这五镑的钞票换成零钱。”

不多一会儿，一个颇神气而又相貌机灵的孩子站在那里，怀着由衷的敬意注视着这位大侦探。

“把那本首都旅馆指南递给我，”福尔摩斯说，“卡特莱，在查林十字街附近，有二十三家旅馆的名称，你看到了吗？”

“先生，我看到了。”

“你要挨家进那些旅馆。”

“好的，先生。”

“你对他们说，你要看看昨天的废纸。说你要找一份送错了的重要的电报。而实际上你要找的是一张被剪子剪成一些小洞的《泰晤士报》。这里有一份，就是这一篇，你能认出它来吗？”

“能的，先生，您说的我明白了。”

“我再给你二十三个先令，你每进一家旅馆，给客厅看门人一个先令。在二十三家旅馆里你也许看到大多数的废纸昨天都已烧掉或运走了，但也可能会有几家能将一堆废报纸拿给你看，你就在废纸堆里找那张《泰晤士报》，也有可能找不到。再给你十个先令，以备急需，傍晚前向贝克街我的家里发个电报，告诉我查找的结果。”

对这个十四岁的孩子吩咐完后，福尔摩斯对我说：“咱们现在唯一要做的就是打电报查清那个马车夫了，车号是No.2704，在去旅馆之前咱们到证券街的美术馆去看看吧。”

5. 三条断了的线索

我们走进证券街的一家美术馆，福尔摩斯全神贯注地观看着近代比利时大师们所作的绘画。离开美术馆直到诺桑勃兰旅馆，他一路上只谈艺术，其实他的艺术见解很粗浅。

“亨利·巴斯克维尔爵士在楼上正等你们呢。”账房说道，“他让我把您们领上去。”

福尔摩斯回答说：“看看你们的旅客登记簿，可以吗？”

“可以。”

我们从登记册上看出，继巴斯克维尔之后又来了两拨客人。一拨是来自新堡的肖菲勒斯·约翰森一家，另一拨是来自奥吞州亥洛基镇的欧摩太太及女佣人。

“约翰森是我认识的那个吧，”福尔摩斯对守门人说，“他头发花白，是个律师，走路一瘸一拐。”

“错了，先生，这可是个好动的绅士，年纪没有您大，他是个煤矿主。”

“您一定把他的职业弄混了吧？”

“先生，不会的，约翰森在我们这旅馆已经住了好多年了，我们都很了解他。”

“行了，欧摩太太，我似乎记得这个名字，请原谅我的好奇心。”

“她丈夫曾做过葛罗斯特市的市长，她是个病魔缠身的太太，每次进城都来我们这里住的。”

“谢谢，这位太太不会是我的熟人了。”

我们一起上楼时，福尔摩斯低声说：“华生，刚才所问的问题已说明了一个重要的事实，那些对亨利爵士感兴趣的人，并没有住在这个旅馆。他们也担心被别人发现。”

当我们快要走到楼顶的时候，正遇上亨利爵士迎面走来。他气得脸都红了，手里拎着一只满是尘土的旧高筒皮鞋。

他向我们说话的口音都重多了，“太不像话了，这旅馆的人像是在欺负我，又拿了我的皮鞋，他们开玩笑找错人了，我才不怕呢，福尔摩斯先生，他们未免有点太过分了。”

“还在找您的皮鞋吗？”

“唉，先生，我现在又丢了一只旧的黑皮鞋。”

“怎么，这是真的……”

“我一共有三双鞋，一双棕色的新鞋，一双黑色的旧鞋，还有我现在穿的漆皮鞋。昨晚他们拿跑了一只棕色皮鞋，今天又偷了我一只黑的。喂，找到没有，别光站着瞪眼。”

亨利爵士冲着走过来的一个惊慌失措的德国服务生喊着。

“没有，先生，我都问过了，什么也没打听到。”

“好吧，在黄昏前把鞋给我找回来，不然的话，我立刻离开这旅馆。”

“先生，您要忍耐一下，我保证一定能找到。”

“但愿能找到，在这个贼窝里怎能再丢东西，福尔摩斯先生，请原谅我拿这样的小事烦扰您了……”

“我倒认为这事很值得注意。”

“您对这件事是怎么看的呢？”

“我不敢说已经了解了。您的这件案子很复杂，把这件事与您伯父的死联系起来就会发现太曲折离奇了。不过我们已掌握了几条线索，迟早总会找出正确的线索的。”

我们愉快地共进午餐。饭后，福尔摩斯在起居室问巴斯克维尔有什么打算。

“我准备周末到巴斯克维尔庄园去。”

“你的决定是理智的。”福尔摩斯说道，“我完全可以证明，你在伦敦已经被人盯梢，在这样大的城市里，很难搞清这些人是谁。若是他怀有恶意的话，有可能给你造成不幸。摩梯末先生，你不知道你们今早从我家出来后，就被人盯梢了吗？”

摩梯末医生大吃一惊，说：“被盯梢了？被谁？”

“不幸得很，这正是我需要解决的事。在达特沼地，你的邻居和熟人中，有没有留着又黑又长胡子的人？”

“我想想看，对了，查尔兹爵士的管家白瑞摩留着连腮黑胡子。”

“啊，白瑞摩在哪个地方？”

“说不定他在伦敦呢，让我们证实一下他是否在庄园里。”

“您怎么证实呢？”

“我们发一份电报，写上‘是否已为亨利爵士备好了一切？’发到巴斯克维尔庄园，交给白瑞摩。再发一封电报给庄园最近的格林盆的邮政局长，就写‘发白瑞摩先生的电报务交本人。如不在，请回电通知，诺桑勃兰旅馆亨利·巴斯克维尔爵士。’这样的话，咱们晚上就能知道白瑞摩是否在工作岗位上了。”

“这办法太好了，”巴斯克维尔说道，“但是，摩梯末大夫，白瑞摩是个怎样的人呢？”

“他是已故管家的儿子，他们负责看管这所庄园迄今已有四代了，据我所知，他和他老婆挺受人尊重。”

巴斯克维尔说道：“事情很明了，我们家的人没有住在庄园里，这些人太舒服了，什么事都不做。”

“这是实情。”

“白瑞摩从查尔兹爵士的遗嘱里得到好处了吗？”福尔摩斯问。

“他们夫妻俩各得了五百镑。”

摩梯末医生在一旁说：“查尔兹爵士的遗嘱里，也给我留下一千英镑呢。”

“真的吗？还有谁得到了呢？”

“有很多小笔款项是分给一些人的，另外大批钱财捐给公共慈善事业。余产全部归亨利爵士。”

“余产有多少呢？”

“七十四万英镑。”

“真没想到会有这么大的金额。”福尔摩斯惊奇地扬起了眉毛。

“查尔兹爵士很富有，在我们检查他的证券之前，并不知道他究竟有多少钱。原来他的全部财产价值约有一百万英镑。”

“天啊！一个人见了这样大的数额，当然要拼命赌他一场了。可是摩梯末医生，请原谅我的假设，假如我们这位年轻的朋友发生意外的话，谁来继承这笔财产呢？”

“传给远房的表兄弟戴斯门家的人了。杰姆士·戴斯门是威斯摩兰地方的一位牧师。”

“您见过杰姆士·戴斯门先生吗？”

“见过，他拜访过查尔兹爵士。他是个稳重可敬的人，过着圣洁的生活。我还记得他拒绝接受查尔兹爵士任何产业，虽然查尔兹爵士曾执意让他接受。”摩梯末医生郑重地说。

“这个没有什么爱好的人竟要成为查尔兹爵士的继承人吗？”

“他将成为产业的继承人，这是法律所规定的。”

“亨利爵士，冒昧地问你，你立过遗嘱了吗？”

“没有，福尔摩斯先生，我还没想过呢。但我觉得钱财不该与爵位和产业分开。没有足以维持的产业，又怎能恢复巴斯克维尔家的威望呢？”

“说的对，你该立即到德文郡，但千万别单独去。”

“摩梯末医生同我一块儿回去吧。”

“我想，摩梯末大夫有医务在身，他家离您的家也远，尽管他对您怀有天大的好意，但也不能总跟着你，你必须另找一个可以信赖的人。”

“福尔摩斯先生，您可以去吗？”

“事情如果到了紧急的时候，我一定会去，但是你知道，我有着广泛咨询的业务，也不可能离开伦敦。所以，我想只有我的朋友华生大夫，才能形影不离地陪伴和保护您。”

这个意想不到的建议让我真不知怎么办才好。我还没来得及回答，巴斯克维尔抓住了我的手，热情地摇起来。

他高兴地说：“华生大夫，我真是太感谢您了，您了解我的处境，对于这件事你知道的和我一样多，你能陪我到庄园去，我将永远铭记在心。”

我对即将投入的冒险，充满了好奇，同时我被福尔摩斯的恭维和准男爵以诚相待的真情感动着。

“行，我愿意去，”我说道，“我觉得这很值得。”

福尔摩斯嘱咐我道：“你得及时地向我报告，如果危难降临，我将告诉你如何行动。我想星期六咱们就准备动身吧？”

接着我们商定星期六坐由帕丁顿开来的十点三十分的那趟车去德文郡。

我们正要站起来告辞的时候，巴斯克维尔突然发出兴奋的欢呼，他冲向屋角，从橱柜下面拖出一只棕色的长筒皮鞋。

他喊着：“这正是我丢的鞋。”

“这真是一件奇怪的事，”摩梯末医生说，“我已在这屋里查找过了。”

“是呀，我到处都找遍了。”巴斯克维尔说，“这一定是我们在吃午饭时，服务生放在那里的。”

那个德国服务生被叫了过去，很遗憾，他对这件事也弄不太清楚。仅仅两天，不明不白的神秘事件一个紧接着一个，真让人替亨利爵士的未来担忧。在我们坐车回去的路上，福尔摩斯沉默不语，他紧皱双眉，面孔严峻，他的心情和我一样，在努力思考着一些能解释这连续发生的怪事的推想。整个下午直到深夜，他都静静地坐着，沉浸在烟草和深思之中。

快要吃饭时，邮递员送来了两封电报。

第一封信写着：

倾悉，白瑞摩确在庄园。巴斯克维尔。

第二封写着：

依照指示去过二十三家旅馆，未能找到剪破的《泰晤士报》。很抱歉。卡特莱。

“唉，华生，我的两条线索都完蛋了。再没有比不顺心的案子更气人的了。咱们得赶紧想办法。”

“咱们还可以去找那个给盯梢人赶车的马夫嘛。”我提醒到。

“没错。我已发了电报要求执照管理科查清他的姓名和地址，听，门铃响了，有人送结果来了。”

让我俩欣喜的是，推门走进来的举止粗鲁的家伙，就是我们要找的那个人。

“我就是 No.2704 车的车夫，我接到总部通知，说一位绅士要找我，我直接从车场就到这儿了，您对我有什么不满意的吗？”

“老弟，请别误解，”福尔摩斯说，“正相反，若是你能耐心地回答我的问题，我就会给你半个金镑。”

车夫听了这句话，咧着嘴笑着说：“真不错，我碰到好运了。先生，你要问我什么呢？”

“我先问问你的姓名和地址，以后找你的时候方便一些。”

“约翰·克雷顿，住在镇上特皮街 3 号；我的车是从滑铁卢车站附近的希波利车场租来的。”

福尔摩斯记下他的话说：“克雷顿，请你把今天早上监视这所房子而后又跟踪那两位绅士的那个乘客的情况说一说吧。”这车夫吃了一惊，迷惑不解地站在那儿。

“这件事不用我多说什么，看来你知道的和我一样多”，马夫说，“是这样的，那位绅士对我说，他是个侦探，并嘱咐我不要对别人讲。”

“老弟，你不要多隐瞒什么，这事情很严重。你刚才说你的乘客是个侦探吗？”

“他是这么说的。”

“他都怎么说的。”

“他是提到了他的名字。”

福尔摩斯以快乐的眼神迅速地瞟了我一眼。“他真冒失，竟告诉了他的姓名。他叫什么名字呢？”

车夫说：“他说，他叫歇洛克·福尔摩斯。”

听了这话，我看到这个大侦探从未那样吃惊过，接着，他又纵声大笑起来。

“华生，真是太有意思了，”他说，“我认为他是个很机灵的人。这次他可把我搞得真够瞧的，他的名字叫歇洛克·福尔摩斯，是吗？”

“先生，这就是那个绅士的姓名。”

“知道了，请告诉我他在什么地方搭上你的车和这之后的事吧。”

“九点半的时候，他在特莱弗嘎广场叫了我的车，他说他是个侦探，并给了我两个金镑叫我整天绝对服从他，我们先到了诺桑勃兰旅馆，在那里一直等到那两个绅士出来并雇上马车。我们尾随着他们的马车，一直跟到这儿。”

“就是这个大门。”福尔摩斯说道。

“这一点我不敢肯定，我的乘客什么都知道。我们停在街上等了一个半小时。后来有两位绅士从我们旁边步行过去后，我们就顺着贝克街跟踪下去，并沿着……”

“这我知道了。”福尔摩斯插言道。

马夫继续说：“当我们走过摄政街约有四分之三时。我车上的绅士打开车顶滑窗，大喊着让我赶到滑铁卢车站。我的马车不到十分钟就到了。在他要走开的时候，他转过身对我说他叫歇洛克·福尔摩斯。”

“原来是这样。以后你再没见过他吗？”

“他进了车站后，再没有见到。”

“这个叫歇洛克·福尔摩斯先生长得什么样呢？”

马车夫搔着头皮想了想说：“我看他可能有四十岁，中等个，比你矮两三英寸。他穿得像个绅士，脸色苍白，蓄着黑胡须。我知道的就这些。”

“他眼睛的颜色呢。”

“我说不出来。”马夫有些为难地说。

“别的你还能记起什么来吗？”

“先生，就这些了，记不起来了。”

“好吧，先给你半个金镑，以后如果你能带来更多的消息，我可以再拿半镑给你。晚安。”

“先生，谢谢您，晚安。”

约翰·克雷顿格格地笑着走了。福尔摩斯耸耸肩向我转过头来。

他苦笑着说：“咱们的第三条线索又断了。这个坏蛋，他摸清咱们的来路，知道亨利·巴斯克维尔爵士曾找过我，在摄政街认出我，怀疑到我记下马车的号数，一定会去找马车夫的。这一回咱们可真找到一个值得干一场的对手了。希望你在德文郡的运气能比在这儿好一些，我真有些担心。”

“对什么担心呢？”

“对派你去的这件事呗。这事很棘手，又很危险。但愿我能高兴地看到你平平安安地回来。”

6. 巴斯克维尔庄园

在约定好的日子，亨利·巴斯克维尔爵士和摩梯末医生事先准备好了。福尔摩斯和我一块坐车到车站去，他向我又作了些指示和建议。

他说：“我不愿说出一些想法来影响你，华生，我等着你能尽可能详尽地将各种情况报告给我，至于归纳整理的事，让我来干吧。”

“哪些情况呢？”我问道。

“只要是与此案有关的任何事实，无论是多么间接的，尤其是爵士和他的邻居的关系，或是与死者有关的任何新问题。前些天，我做过无用的调查，唯一肯定的一件事是下一个继承人的确善良纯朴，根本不会是他干的。我们剩下的只能是围绕在亨利·巴斯克维尔周围的人们了。”

“把白瑞摩夫妇辞掉好吗？”

“别这样做，否则就要犯大错了。如果他们是清白的，就太不公正了。若是他们有罪，反而逃脱了。咱们得把案情中提到的一个马夫，两个沼地的农民列入嫌疑人之中。另外，摩梯末医生当然是诚实的，但关于他的太太，咱们一无所知。生物学家斯台普吞，还有他的妹妹，据说是位动人的女郎。还有赖福特庄园的弗兰克兰先生，也情况未明。这些都是该去考虑的。”

“我将尽力而为。”我点点头说。

“你最好带着武器去。”福尔摩斯关切地嘱咐。

“我带了，还是那支左轮手枪。”

“你那支枪，一定要日夜带在身旁，千万别粗心大意。”

摩梯末医生已经订下了头等车厢的座位，正在月台上等我们呢。

他在回答福尔摩斯的问题时说：“没有，我们什么消息都没有。有一件事，我敢担保，这两天我们每次出去都留心观察了，没有被人盯梢。”

“那么，你们俩总是在一块的吧。”

“除了昨天下午外，我到外科医学院陈列馆去看了一个下午。”

巴斯克维尔在一旁说：“我到公园去看热闹了，并没有发生什么麻烦。”

“亨利爵士，不管怎样，你千万要谨慎，我请求你不要独来独往，否则你就很难解除危险。你找到另一只高筒皮鞋了吗？”

“先生，再也找不到了。”

火车沿着月台徐徐开动时，福尔摩斯再次嘱咐道：“亨利爵士，要记住摩梯末大夫给我们读的那个古老传说中的一句话——不要在黑夜降临、罪恶势力逞强时走过沼地。”

当我们已远离月台时，我回头望去，见福尔摩斯那瘦高、严肃的身影，依然一动不动地站在那儿，注视着我们。

这次旅行既迅速又令人高兴，很快，我和我的两位同伴更加亲密了，有时还和摩梯末医生的长耳黄犬嬉戏。火车行进几小时后，年轻的巴斯克维尔热切地向外眺望着，枣红色的牛群在树篱围得好好的地里吃草，青葱的草地和极其茂密的菜园说明，这里的气候湿润而又易于获得丰收。他认出了这是德文郡熟悉的风景。

亨利爵士兴奋地喊道：“华生大夫，我曾到过世界上很多地方，还从未见过一个地方可与这里相比。”

我说道：“我还从未见过一个不赞美故乡的德文郡人呢。”

“德文郡可是个人杰地灵的地方。”摩梯末医生说，“你看亨利爵士，他有着凯尔特人的圆圆的头颅，里面充满着凯尔特人的强烈的感情。亨利爵士，您以前看到巴斯克维尔庄园时，还很年轻是不是？”

“不是，我父亲去世时，我还是个十几岁的孩子，那时他在南面海边的一所小房子住，所以我从来没有到过这所庄园。我父亲死后，我就直接到美洲的一个朋友那儿去了，对于庄园，我和华生大夫同样感到很新鲜，我真想看看沼地。”

“你的愿望很快就能实现了，沼地就要到了。”摩梯末医生一边说着一边向车窗外指着。

在那被切割成无数绿色方格的田野和顶端连成低矮曲线的树林那边，

远远地升起了一座灰暗苍郁的小山。山顶上参差不齐的缺口，远远望去如梦中的景色。巴斯克维尔坐在那儿盯了好久。他第一次看到这怪异的、处处引起人们对它们深深回忆的地方。他穿着苏格兰呢服装，说话时带着美洲口音，坐在一节普通的火车厢的角落里，面孔黝黑而富于表情。他那浓浓的眉毛、神经质的鼻孔和栗色的大眼睛里显示着自尊、豪迈和力量。如果在那骇人的沼地里发生什么危险，他一定会勇敢地承担起责任。

火车在路旁的一个小站上停了下来，我们下了车。在低矮的白色栏杆外，有一辆用两匹短腿小马拉着的四轮马车在那里等着。我们的到来显然是件大事，站长和脚夫都向我们围了上来。让我惊奇的是，这个恬静、朴实的地方，竟有两个穿黑制服的人站在出口处。他们背着来复枪，两眼直勾勾地瞧着我们走过去。马车夫是个矮小的家伙，他向亨利爵士行了个礼。几分钟之后，马车沿着宽阔的灰白大道飞驰起来。起伏不平的牧草地，在大道两侧向上隆起。穿过浓密绿荫的缝隙，可以看到一些墙头和古老的房屋。宁静的村庄后面出现了阴暗的沼地，中间还有几座参差不齐的小山。

四轮马车又转入旁边的一条岔路，曲折上行。我们一直往上走着，过了一座花岗石的窄桥，沿着一条奔腾的急流向前奔去。水流汹涌奔腾，在灰色的乱石之间怒吼而过。道路在密生着矮小的橡树和枞树的峡谷中，沿着小河蜿蜒而上。在每一个转折处，亨利爵士都要高兴地欢呼，在他看来什么都是美丽的，可我总觉得这一带乡间有一种凄凉的味道。小路上铺满了枯黄的树叶，在我们经过时，又有些树叶从头顶上飘落下来。

“啊！”摩梯末医生叫了起来，“那是什么？”

前面出现了满是石南一类常青灌木的陡斜的斜坡，在那最高的地方有一个骑在马上的士兵，面孔黝黑而严峻，他的马枪伸向前方，作着随时准备放射的姿态。他在监查我们所走的这条道路。

“波金斯，那是干什么的？”摩梯末医生问道。

车夫转过身来说：“先生，是这样，王子镇一个犯人逃走三天了，狱卒们监视每一条道路和车站，直到现在还没找到他。这儿的住户都挺担心的。”

“我知道，如果谁知道下落，谁就能拿到五镑的赏金呢。”

“是啊，老爷，但和被人割破喉咙相比，这五镑钱就没有什么了。您不知道那可不是一般的罪犯，他是个胆大妄为的人。”

“他究竟是谁呢？”

“他叫塞尔丹，就是那个在瑙亭山杀人的凶手。”

我对那案子印象很深，他的罪行恶毒，全部暗杀的过程暴行累累，因而此案引起福尔摩斯的兴趣。后来人们因为他的行为极其残暴，怀疑他脑子不正常，减免了他的死刑。

我们的马车爬上了斜坡的顶巅，面前出现了广袤的沼地，上面点缀着很多圆锥形的石冢和凹凸不平的岩岗。一股冷风从沼地上吹来，我们都打起了寒战。那个内心对摈弃他的人们充满憎恨的魔鬼似的人，说不定在哪条沟壑潜藏着。

这时候，夕阳斜照，映照得水流像金丝一般。我们的前面，赤褐色和橄榄色斜坡上那到处布满巨石的道路却显得荒凉萧瑟。我们向下面俯身望去，忽然看到一处像碗似的凹地，那里长着小片小片橡树和枞树，在树林的顶上伸出了两个又细又高的塔尖。车夫用鞭子指了指说：“这就是巴斯克维尔庄园。”

庄园年轻的主人站了起来，双颊泛红、目光炯炯地望着。过了一会儿，我们就到了寓所门口。大门两侧各有一根久经风雨侵蚀的柱子，柱顶装有石刻的巴斯克维尔家的野猪头。门房对面是一座新的建筑，刚建了一半，是查尔兹爵士首次用从南非赚来的黄金来兴建的。

一进大门就走上了一条小道。这时车轮因走在枯叶上沉静下来，老枯树的枝丫在我们的头顶上交织成一条昏暗的拱道。穿过车道，我们看到远处有一所房屋幽灵似地发着亮光，亨利爵士不由得颤抖了一下。

他低声地问：“是在这儿发生的吗？”

"不是在这，在水松夹道那边。"

亨利爵士面色忧郁地向四周眺望着说："这地方真让人害怕，难怪我伯父遭受大难了。我决定在半年之内在厅前装一行一千瓦的天鹅牌和爱迪生牌的灯泡，到那时这地方您就认不出来了。"

道路通向一片宽阔的草地，房子就在我们面前了。中央是一幢坚实的楼房，前面突出着一条走廊。房子前面爬满了常春藤，楼顶上有一对古老的塔楼，开有枪眼和很多瞭望孔。在塔楼两侧各有一座翼楼，屋顶上的烟囱喷出了一条黑色的烟柱。

"亨利爵爷，欢迎您到巴斯克维尔庄园来！"一个高个子的男人从走廊的阴影中走了出来，打开四轮马车的车门。在厅房的灯光前面，又出现了一个女人的身影，她走出来帮助那个人拿下亨利爵士的行李袋。

摩梯末医生向他的朋友们说他要回家去了。亨利爵士挽留他在这儿吃晚饭。他说："我太太在等着我呢，以后有什么事，尽管来找我。"

亨利爵士和我走进厅堂，身后传来沉重的关门声。我们所在的房间高大华美，在高高的铁狗雕像后面是巨大的旧式壁炉，木柴在里面燃烧着。我俩一边伸出手烤火取暖，一边向四周看着，狭长的窗户上装着古老的彩色玻璃，在中央吊灯柔和光线的照耀下，一切都显得幽暗而阴郁。

亨利爵士说道："这就是我们家住了五百年的大厅，一想到这就让我感到沉重。"

他向四周环顾时的面孔燃起孩童般的热情，可是墙上长长的投影和黑乎乎的天花板在他的头顶上像是张开了似的。白瑞摩把行李送进我们的居室后又回来了。他以受过良好训练的仆役所特有的服从的态度，站在我们的面前。他高高的身材，有着一副白皙而出色的面貌。

"爵爷，您愿意马上吃饭吗？"

"准备好了吗？"

"很快就准备好了。爵爷，您未做出新安排之前，我和我的妻子愿意和您住在一起，您得了解，在这种新的情况下，这座房子需要一些佣人。"

"什么是新的情况？"

"爵爷，"白瑞摩恭敬地说："查尔兹爵爷过着隐居生活，我们还照顾得了他，而您必然将会对家事加以改变，得需要许多佣人。"

"怎么，你和你的妻子要辞职吗？"

"爵爷，这当然要在您觉得很方便的时候才行。"

"如果我一来，你就要断掉这条好几代人的家庭联系，我真的感到太遗憾了。"

我察觉到管家白皙的面孔上显得有些激动。

"爵爷，我也这样觉得，我妻子也是一样。说实话，我们敬爱的查尔兹爵士，他的死，我们很难过，这里周围的环境，处处让我们内心不得安宁。"

"你是怎么想的呢？"

"爵爷，我想以后做点生意，查尔兹爵爷慷慨大量，想着我们的生计。不说这些了，爵爷，先去看看你的房间吧。"

在这古老的厅堂的上部，有一周装有回栏的方形游廊，要通过一段双叠的楼梯才能上去。由中央伸出两条长长的甬道一直穿过整个建筑，所有寝室的门都开向两条甬道。

饭厅是晦暗阴郁的地方，这是一间长形的屋子，有一段台阶把屋子由中间分隔成高低不等的两部分，较高的部分为家中人进餐之所，另一部分则给佣人使用。在一端的高处建了一处演奏廊，若是一排燃烧的火炬把屋子照亮，房内的感觉会柔和一些，而现在让人感到压抑。

我们勉强地吃完饭，然后就径直到新式的弹子房去吸了一会儿烟。

亨利爵士对我说："说实话，这真不是一个让人觉得愉快的地方，总让人感到有点不对劲，难怪我伯父单独住在这心里不安呢。咱们今晚早点休息，兴许明早会愉快些。"

在上床之前，我拉开窗帘向外眺望了一番。这扇窗子开向厅前草地，再远一些又有两丛在风中摇摆的树。

我虽然有些疲倦，可辗转反侧怎么也无法入睡。古老的房屋死一般地沉寂，远处的报时钟一刻钟一刻钟地响着。突然，在死寂的深夜里，一种妇女啜泣的声音传进我的耳鼓，清晰而又响亮，像是一个不能忍受折磨的人强忍着哽噎的喘息。我在床上坐了下来，静静地听着。这声音不可能是来自远处的，可以肯定，就是在这所房子里。这样过了半个小时，除了钟的敲打声之外，这间屋里再没有别的声音。

7. 梅利瑟宅邸的主人斯台普吞

第二天清晨，新鲜的景色多少消除了我们初到庄园时产生的阴郁印象。当巴斯克维尔爵士和我吃早饭时，阳光透过盾徽形的窗玻璃折射进一片片柔弱的光泽。如果说这就是那个让人压抑的房间，真有些让人不敢相信。

“我觉得这只能怨我们自己，与房子无关，”亨利爵士说，“昨晚咱们过来时又累又冷，自然会留下沉闷的印象。现在，感觉就不一样了，精神愉快多了。”

我没有顺着他的话说下去，回答道：“昨天夜里，你听到有妇女在哭泣吗？”

“真是让人纳闷，我在半睡半醒中确实听到过哭声。后来就听不见了，我就以为自己是在做梦。”

“是个女人的哭声，我敢肯定地说。”

“这件事，咱们得问个明白。”他摇铃叫来了白瑞摩，问他是否听到了昨夜的哭声。听了主人问话，总管脸色更苍白了。

他回答道：“爵爷，这房里只有两个女人，一个是我老婆，我敢保证，不是她发出的哭声；另一个是女仆，她睡在厢房里。”

可是后来证明他竟在撒谎。吃过早饭后，我在长廊上恰巧遇到了白瑞摩太太，阳光正照着她的脸，她是个身材高大的胖女人，嘴角带着严肃的表情，可是她的两眼无可掩饰地红着，她用红肿的眼睛望了我一下。不用说，夜间哭的就是她了。她为什么要哭得那么伤心呢？她丈夫又居然冒着被人发现的危险否认事实。难道我们在摄政街所看到的那辆马车里的乘客是白瑞摩吗？他第一个发现了查尔兹爵士的尸体，也只有他才能介绍死者的有关情况。我怎样才能弄清这一点呢？显然，我该去找格林盆的邮政局长，弄清那份试探性的电报是否真的当面交给了白瑞摩。结果无论怎样，我至少得向福尔摩斯提供些情况。

早餐之后，亨利爵士要看很多文件，因此这段时间我就出门了。我沿着庄园的边缘走了四英里，来到一个荒凉单调的小村，村中有两所房子较其余房子高大，一所是客栈，另一所是摩梯末家。

我没想到邮政局长还是本村的食品杂货商，他对那封电报记得很清楚。

“先生，我完全按照指示叫人将电报送交白瑞摩先生的。”他肯定地说。

“谁去送的？”我问。

“我的孩子杰姆士送去的。杰姆士，是你上星期把电报交给住在庄园的白瑞摩先生，是吧？”

“没错，爸爸，是我送的。”

“是他亲手收到那封电报吗？”

“我没能亲手交给他，当时他正在楼上呢，于是我就把电报交给白瑞摩太太，她说马上就送上去。”

“你看到白瑞摩先生了吗？”

“没有，先生，我跟您说他在楼上。”

“你并没有看到他，怎么能知道他在楼上呢？”

听了我的问话，邮政局长有些愤怒地说：“他老婆自然会知道他在什么地方！到底收没收到电报，你应该去质问白瑞摩先生自己。”

这件调查要想继续下去已无望了，尽管福尔摩斯用了巧计，我们仍是不能确定白瑞摩去没去过伦敦。如果他真的是跟踪刚刚回到英伦的新继承人的人，他是受人的指使，还是另有个人的阴谋呢？爵士家的人对他会有好处吗？《泰晤士报》的警告信是否是他干的？唯一解释得通的就是亨利爵士猜测过的那种动机，他想将主人吓跑独吞庄园。这一解释，又不怎么合理。福尔摩斯曾说，在一长串惊人的侦探案中，再没有比这更复杂的案子了。我沿着灰白的道路走着，心里默默地祷告着，愿我的朋友早点来这儿吧！

忽然，一阵跑步声和唤着我名字的声音打断了我的思路，我转身望去，以为是摩梯末医生，没料到追我的竟是一个矮小瘦削的陌生人。他大约三四十岁的样子，胡子刮得很干净，面貌端正，头发淡黄，下巴尖瘦，穿着一身灰衣服，戴着草帽，肩上挂着一只植物标本匣，手里拿着一只绿色的捕蝶网。

“我相信您一定会原谅我的仓促无理，华生大夫。”他喘着气跑到我跟前说：“我想您从咱们的朋友摩梯末医生那儿可能已经听到过我的姓名了，我就是住在梅利瑟的斯台普吞。”

“您的木匣和捕蝶网已经告诉我了，我早就知道斯台普吞先生是一位生物学家，可是您怎么能认出我呢？”我不解地问。

“是这样，在我拜访摩梯末大夫时，您正从他的窗外走过，于是他就指给我看了。我也要走这条路，于是我先上来作个自我介绍。亨利爵士的这趟旅行一切都好吧？”

“很好，谢谢您。”我说。

“查尔兹爵士惨死之后，我们都担心新来的准男爵不会住这里。对有钱人来说屈尊隐居在这样一个地方，有点不值得。当然，这用不着我多说什么。我想亨利爵士对这件事担忧过吗？”

“您一定听过关于威胁这一家族魔鬼般的猎狗那个传说吧？”

“我听说过了。”

“这儿的农民对传闻相信极了！他们每个人都发誓说，在这片沼泽里曾见过这样一只大狗。”他认真地说，“这件事给查尔兹爵士影响很大，以至于后来发生了那样悲惨的事。”

“他怎么会那样呢？”

“他一看见狗就神经紧张到对他有病的心脏以致命打击的程度。我想在他临死的那天晚上，在水松夹道里，他一定是看到了类似的东西。我热爱这个老人，过去我就担心会发生什么灾难，再说他的心脏很虚弱。”

“您是怎么知道这件事的呢？”

“我的朋友摩梯末大夫对我说的。”

“您认为查尔兹爵士是因为一只狗的追赶而吓死的吗？”

“我想是这样。歇洛克·福尔摩斯先生对这件事怎么认为的呢？”

他的问话让我屏住了呼吸，但瞧着他那温和的面孔和沉着的目光，又觉得他并非故意使我惊讶。

“华生大夫，要想让我们假装不认识您，那是很难做到的。我们早已看过您那些侦探记述了。摩梯末大夫对我谈起您时，他也对您很敬佩。如今您来到这里，一定是因为福尔摩斯对这件事感兴趣，我自然想听听他对这件事的看法。”

“很抱歉，我恐怕回答不了这个问题。”

“冒昧地问一下，他是否要亲自来这儿呢？”

“他正在集中精力搞别的案子，还不能离开城里。”

“真可惜！他的参与或许会给我们带来希望。您在进行调查时，如果有我效劳的地方，请尽管差遣好了。我会尽可能地提出建议或协助您的。”

“谢谢您的好意，我并不需要什么协助，我不过是来拜访我的朋友。”

“好呀，您这样做很对，”斯台普吞说，“我是多管闲事，以后再不提这些事了。”

我们走过了一条狭窄多草的小路，曲折迂回地穿过沼地。右侧是陡峭的乱石密布的小山，多年前已被开成了花岗石采石场，正对着我们的一面是暗褐色的崖壁。

“顺着这条沼地小路慢慢走一会儿，就能到梅利瑟了，”斯台普吞说，“或许你能腾出一小时的时间来吧，我很愿意把我妹妹介绍给您。”

听了他的邀请，我首先想到应该去陪伴亨利爵士，可是很快又想起摆满他书桌上的文件和证券，对这我又无法帮助他。况且福尔摩斯还曾特意说过，对沼地上的邻人们要加以关注。因此，我和他一起转入了小路。

“这片沼地真是个奇妙的地方，”斯台普吞向四周环顾着，说：“我虽然在这儿住了两年，但当地居民还认为我是新来的呢，我们搬来的时候，查尔兹爵士也刚过来不久。我喜欢观察乡间的每一部分，所以我知道的就比别人多。比如说北面的大草原，中间矗起了几座奇形怪状的山，您能看出它的奇特之处吗？”

“这像是个少有的能纵马奔驰的好地方。”

“您自然会这样想，这种想法已不知葬送了多少条生灵了。您瞧见那些密布着绿色草地的地方了吗？”

“看见了，那地方比别的地方更肥沃呢。”

听了我说的话，斯台普吞大笑起来。

他说：“那就是大格林盆泥潭。在那里只要一步不小心，不管是人是畜都会丧命的。昨天我还看见一匹小马跑进去再没出来。在干燥的月份，穿过那里也危险。这几场秋雨之后，那里就更可怕了。但我能找到通往泥潭中心去的道路，并能活着回来。天哪，又有一匹小马陷进去了。”

这时，我看到那绿色的苔草丛中，有个棕色的东西正在上下翻滚，脖子扭来扭去向上伸着，随后发出一阵痛苦的长鸣，可怕的吼声在沼地里回音不断。我吓得浑身都凉了，可斯台普吞的神经似乎很坚强。

他说：“真惨，两天之内就葬送了两匹马，在干燥的天气里，它们习惯往那里跑，大格林盆泥潭真是个坏地方。”

“您不是说您能穿过去吗？”

“这里有一条小路，我已经找到了，不过只有动作灵敏的人才能过去。”

“您为何要进入那可怕的地方呢？”

“啊，您看到那边的小山了吗？那多像一座周围无法通过的小岛。那个地方一定生长着稀有植物和蝴蝶呢。”

“哪天我也去碰碰运气去。”

听了我的话，他的脸上现出惊讶的表情。

“快别这样想吧，那样就等于是我害死了您，”他说道，“我担心你不能活着回来，我是靠着复杂的路标才走到那里去的。”

“那是什么？”我突然喊了起来。

一声既长又低、凄惨得无法形容的呻吟声传遍了整个沼地，但说不出是从哪里发出来的。起初是模糊的哼哼声，接着又变成深沉的怒吼，再后来又传来忧伤而有节奏的哼声。

斯台普吞好奇地望着我说：“沼地真是个奇怪的地方。”

“那究竟是什么东西呢？”

“农民们说巴斯克维尔的猎狗在寻找它的猎物。以前，我曾听到过一两次，可是声音从未有这么大。”

听着那吓人的声音，我的心里好害怕。在这广大的原野上，除了有一对大乌鸦在我们身后的岩岗上呱呱大叫之外，别无动静。

“您是生物学家，怎能也相信这传闻？”我说道，“您认为这种声音从什么地方发出来的呢？是从污泥干沉还是地下水往上冒，或是别的原因。”

“我想都不是，那是动物发出的声音。”

“也可能是。您听过鹭鸶叫吗？”

“从来没听过。”

“在英伦这是一种很稀有的鸟，几乎都绝种了，在沼地可能还有。刚才我们听到的就是这种鹭鸶的叫声。”

“这声音是我一生中最可怕、最奇怪的了。”

“唉，这真是个神秘可怕的地方。你看小山那边，您说那些是羊圈吗？”

我指着远处的山坡上，一堆堆石头围成的圆圈问道。

“不，那是我们可敬的祖先的住处，史前时期住在沼地里的人很多，后来就没人在那里住过了，咱们看到的还和他们离开房子前一样。那些是他们的缺了房顶的小屋。若是能到里面走一趟的话，说不定能看到他们的炉灶和床呢。”

“规模真像个市镇。那是什么时候的人在那里住呢？”

“大约在新石器时代，他们在这些山坡上放牧，他们还学会了开掘锡矿。对面的壕沟，就是挖掘的遗迹。华生大夫，您会发现沼地一些很特别的地方。请等一会儿，一定是赛克罗派德大飞蛾。”

正说着，一只不知是蝇还是蛾的东西飞过了小路。这时，斯台普吞以少有的力量和速度扑了过去。让我吃惊的是，那只小动物竟向大泥潭飞去，我的朋友却挥舞着他那绿色的网兜，敏捷地曲折前行着。我怀着既羡慕又担忧的心情，站在那里望着他像一只大飞蛾一样跳跃着。一阵脚步声从身后传来，我转过脸，看到离自己不远处有一个女子。她是从梅利瑟方向来的，因为一直被沼地的洼处遮挡着，所以直到离得这么近才发现。

我相信面前的这位小姐是斯台普吞小姐，因为在这沼地里女人太少了。她确实是个少见的美人，应当属于不平凡的那个类型。她同她的兄长斯台普吞的相貌迥然不同。她生就一副高傲而美丽的面孔，五官端正，身段优美，再加上高贵的衣着，就像是沉寂的沼地小路上的一个仙女。我转过身来的时候，她正在看她的哥哥，随后她快步向我走了过来。

我摘下帽子刚想说几句礼貌的话，她却对我说道："快回去，马上回伦敦去。"

她的眼睛向我发出火焰般的光芒，一只脚不耐烦地在地上跺着。

我惊讶地望着她问："我为何要回去呢？"

"我不能解释。"她压低嗓音恳切地说，"看在上帝的面上，照我所说的去做吧，再也不要来沼地。"

"我刚来呀，怎能……"

"您这个人哪！怎么说你呢，你看不出这个警告是为你好吗？"她叫了起来，"回伦敦去，今晚就动身，一定要离开这里！嘘，我哥哥来了！关于我的话，不要提一个字。麻烦您把这杉叶藻那边的兰花摘给我好吗？我们的沼地上兰花特多，可惜您来得晚了，看不到这里的美丽之处了。"

这时，斯台普吞不再追那只小虫了，大喘着气，面孔通红地来到我们身边。

"贝莉，是你！"他的语调并无诚意。

"杰克，你跑得很热吧。"

"是呀，我刚才在追一只大飞蛾，那是只在晚秋时才可见到的。真可惜，没有捉到！"他说话时一双小眼睛不时地朝我和那女子脸上看着。

"看得出，你们已经自我介绍了。"

"是啊，我正对亨利爵士说，他来得太晚了，沼地上的美丽之处已看不到了。”

“啊，你以为这位是谁呀？”

“我想他一定是亨利·巴斯克维尔爵士。”

“不对。”我说道，“我不过是个卑微的普通人，我是华生医生，爵士的朋友。”

她那富于表情的面孔因懊恼而泛起红晕。“我们竟然在误会中谈起天来。”她说道。

“没关系，你们谈话的时间并不长呀。”她哥哥说话时仍怀疑地看着我们。

“我没把华生大夫当作客人，而是把他当作本地住户和他谈话。既然来了，您不想看一看梅利瑟的房子吗？”她以邀请的口气对我说。

不多一会儿，我们就到了沼地上的一座苍凉孤独的房子前，从前这是牧人的农居，可现在已变成一幢新式的住宅。四周被果园环绕着，那些树大多矮小，发育不良。一个干瘦、衣着陈旧的老男仆把我们让了进去。里面的屋子很大，室内布置得整洁而高雅。我从窗口向外望着，那绵延无际的花岗岩般的沼地，向着远方地平线起伏着。我纳闷，这位受过高等教育的男子和这个美丽的女士怎么来这儿居住呢？

“选了个怪里怪气的地方，可我们在这儿过得很快乐，”他像是看出了我心里在想什么，“不是吗？贝莉？”

“很快乐。”她很勉强地说。

斯台普吞说：“我曾在北方办过一所学校，那种工作对我这种性格的人来说，不免枯燥乏味，但能和青年们生活在一块总是愉快的。可后来，我们的运气不好，学校里发生了严重的传染病，死了三个男孩，学校遭到这次打击后，我的资金几乎全部赔了进去。关闭学校后，由于我对动物学和植物学强烈爱好，这里又可以提供很多材料，我和我妹妹一样深爱着大自然研究工作。我说的这些，是不是您所了解的？”

“我曾想过这里的生活对你适合，对你妹妹却有些枯燥乏味了。”

“不，我并不觉得枯燥。”她赶紧说。

“我们有书，有关注的事业，还有着有趣的邻居。摩梯末医生在他那一行里可有学问了！可怜的查尔兹爵士也是可亲的同伴。我们对他很了解，并深深地怀念他。今天下午我是否该去拜访一下亨利爵士？”

“我想，他见到您会很高兴的。”

“那么，最好顺便说一下，等他方便的时候，我再去吧。华生大夫，我收集了许多鳞翅类昆虫，您愿意上楼看看吗？等您看的时候，午饭就准备好了。”

我不想在这儿久留，那阴惨的沼地，不幸的小马和那令人毛骨悚然的声音都给我的心灵蒙上一层忧伤的色彩。我急于要回去看看我的委托人，他怎么样了，斯台普吞小姐真诚的警告不是要对他说吗？我婉拒了使我留下来吃午饭的邀请，说了一会儿话后，我马上踏入归途，顺着来时的那条长满野草的小路走了过去。

我没费多少力气地沿着原路走着，还没走到大路，就惊异地看到斯台普吞小姐正坐在小路旁的一块石头上。她由于经过剧烈运动，脸上泛出美丽的红晕。

“华生医生，为了截住你，”她叉着腰说，“我连帽子都没戴就一口气跑过来了，我想对您说声抱歉，我竟把您当成亨利爵士了。请把我说的话都忘了吧，这些话别放在心上。”

“斯台普吞小姐，这些话我是忘不了的，”我对她说，“我很关心我的朋友亨利爵士的安全，您为什么让他赶紧回伦敦去了呢？”

“这只是女人的一时之念罢了，华生大夫，以后您对我了解更深的时候，就会知道我的一言一行并不都能说出个所以然来。”

“不对。我记得您那时的眼神，那发抖的音调。请您对我如实地说吧，斯台普吞小姐，我一到这里就感到周围满是疑团。生活已经变得像格林盆泥潭一样了，到处都是一片片的绿丛，人们会在那里陷入泥地，却没有一条脱身的道路。告诉我吧，这究竟是怎么一回事？”

她的脸上闪过一缕犹豫不决的神情，就在要回答我的时候，她的两眼马上又变得坚决起来。

“华生大夫，您想得太多了，”她说道：“我哥哥同查尔兹伯爵交情很深，得知他的噩耗后，我们都非常震惊。在这悲剧发生之后，我感觉他所表现的恐惧是事出有因的。现在这家人的后代要来这儿住，我自然感到很是担忧，觉得灾难会降临他的身上，因而我说了那些话。”

“您所说的危险是什么呢？”

“您不知道那个猎狗的故事吗？”

“我并不相信那个谣言。”

“可是我相信。如果您能劝说亨利爵士的话，就让他永远别到那是非之地。四海之大，上哪儿不能安身呢？”

“亨利爵士既然来了，就不怕那个危险的地方。除非您再详细地说说，不然他绝不会离开那里的。”

“很抱歉，我说不出更多的了，因为我根本就不知道任何具体的东西。”

“我再问您一个问题，斯台普吞小姐，你怎么不愿意当你哥哥的面说那些话呢？这里面另有隐情吗？”

“我哥哥盼望着这座庄园有人住下来，那样的话会给穷人带来好处。如果他知道我说那些话，他会大发雷霆呢。现在我已经尽了我的责任，我得回去了。不然，他找不到我，就会怀疑我来和你见面了。再见吧！”说完，她转身走了。

我望着她消失在乱石之中的身影，怀着莫名的恐惧转身向巴斯克维尔庄园走去。

8. 华生医生的第一份报告

在无可奈何的情况下，我赶回了巴斯克维尔庄园。从那之后，我按照事情发生的前后，给福尔摩斯写了一份又一份的报告。

下面就是其中之一——

亲爱的福尔摩斯：

相信你已从我先前发出的信和电报中及时地了解了那个极荒凉角落里所发生的一切。一个人在那儿待得越长，对沼地的印象就越深刻，它是那样广大而又具有可怕的魔力。只要你一到了沼地的中心，你就看不到近代英国一点的痕迹了；另一方面，你到处会看到史前人的房屋和劳动成果。当你在斑驳的山坡上看到用灰色岩石建成的小屋时，你就会忘记所处的时代。我不是个考古学家，可是我能想象得出，那些史前人一定是不喜争斗而受人压迫的种族，因而到了这谁也不愿居住的地方。

诚然，这些描述对你这样讲求实际的人来说毫无意义，会感到乏味。还是把话题转到亨利·巴斯克维尔爵士的事情上吧。最近发生了一件惊人的事，我一五一十地对你说吧。首先，你得了解与之相关的一些事。

其中之一就是沼地的那个逃犯现在已经跑了，这对本区的居民来说可以睡得安心了。在他逃跑以来的两周内，无人知道他在哪儿。当然了，任何一所石间小房都可以藏身。至于食物呢，沼地里有不少羊可以捕杀。这些就不多交代了。

我们这里一块住着四个身强力壮的男人，因此我们还能很好地照顾自己。坦白地说，让我心中不安的是斯台普吞一家。他住的地方孤立无援，家中只有一个女仆、一个老男仆和他们兄妹二人，而这个哥哥并不强壮。若是那个逃犯闯进来，后果不堪设想。亨利爵士建议马夫波金斯到他们那边睡，以防万一，而斯台普吞毫不在意。

亨利爵士对斯台普吞小姐表现出相当大的兴趣，他肯定有左右她的力量，因为我曾看到，她在谈话时不断地望着他，像是她所说的话需要征求他的同意似的。我相信他待她很好。她一开始就很关心亨利爵士，试图善意地警告他离开沼地。

斯台普吞拜访巴斯克维尔的第二天早晨，他又带领着我俩去看关于放荡的修果传说中的出事地点。在沼地里走了好几英里才到，那地方的确荒凉凄惨，因而有了那段故事。我在两座乱石岗中发现了一条短短的山沟，顺着这条山沟走过去，就到了一片开阔多草的空地。到处长着白棉草，空地中央矗立着两块大石头，顶端已被风化成了尖形，这个景象与传说中的相符。亨利爵士不止一次地认真问过斯台普吞是否相信那个魔犬真的会干预人间的事。斯台普吞回答得很小心，看得出她是尽量少说，可能是考虑到对男爵情绪的影响，可她很害怕使我们感到他对这件事的看法也和一般人一样。

在归途中，我们在梅利瑟吃了午饭，亨利爵士和斯台普吞小姐就是在那里结识并相互爱慕的。在我们回家的路上，他还一再提到她，从那天起，我们几乎天天都和他们兄妹见面。人们一定会认为，男爵同斯台普吞结合起来，她哥哥肯定会高兴的。可是我不止一次地看到过，每当亨利爵士对他的妹妹稍加注视时，他的脸上就露出强烈的反感，并想尽办法避免他俩有独处的机会。

你曾指示过我，永远不准亨利爵士单独出门，可是在我们所处的种种困境之外再加上爱情的问题，可真难办多了。他俩在一块的时候，我总不能在边上执行你的命令吧，那我就没人理了。

星期四那天，摩梯末和我们一块吃饭，他说他欣喜地在一座古坟里拾到一块史前人的颅骨。真没见过像他这样的热心人！后来斯台普吞兄妹也来了，在亨利爵士的恳求下，这位医生领我们到水松夹道去了，他给我们讲了查尔兹爵士遇难前后的经过。我们在两旁各有一条狭长草地的小路边散步边走着，我在心中想象着事件发生的实况，查尔兹爵士就是顺着这条阴森的夹道奔跑的。我们也找到了老爵士留下烟灰的地方，我总觉得这一切扑朔迷离，背后肯定隐藏着阴谋。

自上次给你写信后，我又认识了赖福特庄园的弗兰克兰先生，他住在离我们约四英里的地方。他是一位头发银白的长者，面色红润，性情暴躁。他关注英国的法律，并为诉讼法花去很多钱。他所以与人争论，是想获得争论时的快感。他特别精通旧采邑权法和公共权法，他有时利用他的知识维护弗恩·沃西村居民的利益，但有时又来反对他们。据说目前他手中还有多宗未了的诉讼案，说不定诉讼案会耗尽他的财产。到那时他既不会害人也不会帮助人了。他是个业余天文学家，有一架上乘的望远镜，一到晚上，他就爬到屋顶上，用它向沼地上眺望，希望能发现那个逃犯。听说他最近要控告摩梯末医生，因为摩梯末医生私自掘出了一具新石器时代的颅骨。这位弗兰克兰先生确实很有趣味。

下面我再给你讲一些关于白瑞摩的重要事情。你从伦敦发来的试探性电报什么也没证明。我把事情的真相告诉了亨利爵士，他马上把白瑞摩叫过来，问他是否亲自收到那封电报，他说是的。

亨利爵士又问是那孩子亲手交给他的吗？白瑞摩像是很惊讶，他稍稍想了一会说：“不是，当时我正在楼上小屋里，是我老婆给我送回来的。”

“是你亲自回的电报吗？”

“没有，我告诉我老婆应当怎么说，她下楼照我的意思办了。”

当晚，白瑞摩重新提起这个问题，说道：“我不太明白，亨利爵士，今早您问我的话，是我做错了什么事让您失去对我的信任吗？”

亨利爵士对他说绝无此意，并把自己大部分的旧衣服给了他。他在伦敦新置办的东西已全部运来了。

白瑞摩太太生得胖而结实，很拘谨，几乎是带着清教徒式的严峻，你很难想象出一个比她更难动感情的人来了。自从第一天晚上，曾听到她伤心地啜泣后，我以为白瑞摩性格残暴，但昨晚的奇遇消除了我的全部怀疑。

昨天晚上，大约在深夜两点，我被屋外偷偷走过的脚步声惊醒了。我打开门偷偷地往外瞧，有一条长长的黑影投射在走廊的地上，穿着衬衫和长裤，光着脚。我从他的身体轮廓可以断定，他就是白瑞摩，看那样子鬼鬼祟祟不可告人。

我曾告诉过你，那环绕大厅的走廊是被一段阳台隔断了的，在阳台的另一侧又继续下去。我一直等到他走得不见了之后才跟踪下去，当我走近阳台的时候，他已走到了走廊的尽头了，走进一个房间。

这些房间现在既无陈设又无人住，以至于他的行动就显得神秘，灯光很稳定，他一动不动地站着。我屏住呼吸向屋里偷看。

白瑞摩在窗前弯腰拿着蜡烛，靠近窗玻璃，头部侧面朝着我，当他向漆黑的沼地注视时，表情既焦急又严肃。几分钟后，他不耐烦地弄灭了蜡烛。我赶快回到房间，正要入睡时，我听到什么地方有拧锁头的声音。我搞不清这个房间正在进行一个怎样的事，我相信迟早会水落石出的。今天早晨我曾和亨利爵士长谈了一次，根据昨晚所做的观察，我们已做出了一个行动计划，这在下篇里再告诉你吧。

9. 华生医生的第二份报告

亲爱的福尔摩斯：

从担当起这个使命起，我就没能给你提供多少消息，而事情的发展愈来愈复杂了。在我最后的那篇报告里，我提到白瑞摩在窗前的事，这回我已准备了相当多的令人吃惊的材料。我把全部的情况都告诉你，你自己去判断吧。

在那天夜里跟踪白瑞摩的第二天早饭以前，我到那间房子去察看了一下，西面那扇窗户和别的窗户都不同，在这里可以俯瞰沼地，而且距离最近，也只有从这儿才能一直望到沼地。由此推断，白瑞摩一定是在沼地上找什么东西，或是什么人，因为要达到这种目的只有这个窗户适用。如果那是他在搞什么恋爱把戏的话，会让他的妻子惴惴不安，他的确是个相貌出众的家伙。我回到自己房间后听到的开门声，可能是他出去赴约去了。也许这种猜测是无聊的。

无论怎样，我得把这件事秘而不宣地承担起来。早饭后，我就把这听到的事告诉了男爵，没料到他并没有觉得吃惊。

他说："我早就知道白瑞摩在夜里经常走动，我曾想同他谈谈这件事。我也听到过两三次，时间和您说的差不多。"

"也许他每晚都要到那窗前去一趟呢。"我提醒道。

"也许是。咱们得跟踪一下，若是福尔摩斯在这里，他会怎么干呢？”

“我相信他一定会像您所建议的那样行动，去看看他到底干了什么。”

“咱俩干脆一块干吧。”亨利爵士情绪高涨起来。

“那样的话，他一定会有所发觉的。”

“这个人有点聋，无论如何咱们得抓住这个机会。咱们今晚就一起坐在我的屋里，等他走过去。”他说着高兴得搓着双手。

准男爵已和拟订修筑计划的建筑师以及来自伦敦的营造商、来自普利摩斯的装饰匠和家具商都联系过了，因此不久这儿就会有巨大的变化。我们的朋友显然怀有远大的理想，并决定不辞辛苦地来恢复这个大族的威望。这所房子重新布置后，所差的就是一位夫人了。他没有料到他为之着迷的斯台普吞小姐，会给他带来不安和烦恼。

亨利爵士准备行动了，但我担心此行会去沼地，就劝他还是不要轻举妄动。说福尔摩斯郑重地指示我，不能让他单独到沼地去。

亨利爵士把手扶在我的肩上说：“我的伙伴，虽然福尔摩斯聪明绝顶，他能知道我到沼地后发生的事情吗？我相信您绝不愿意做一个妨碍别人的人吧。”

我不愿让他单独行动，但他已下了决心，拿起手杖先走了。我不能让自己的良心遭受责备，于是，我马上朝着梅利瑟宅邸的方向出发了。

我以最快的速度沿着道路匆匆赶去，一直到我走到沼地小路分岔处才看到亨利爵士。我爬上一座小山，从山上我居高临下地观望一切——就是那座插入采石场的小山。从山上我看到亨利爵士正在沼地上走着，身边有一位女人，肯定是斯台普吞小姐，显然他俩是约好的。他们一面并肩徐徐而行，一面说话。她的双手做着很急促的手势，似乎对自己所说的话很认真。他们俩在那儿聚精会神地谈着话，我突然发现一个绿色的东西在空中浮动着。那绿色的东西是装在一根杆子的顶端的。拿着杆子的人正在坎坷不平的地方走着，那人正是拿着捕蝶网的斯台普吞。

就在这时，亨利爵士突然将斯台普吞小姐拉近身旁，他的胳膊环抱着她，她似乎力图挣脱，并抗议似地举起一只手。随后我就看到他俩一跳就分开了。原来是受到了斯台普吞的搅扰。他狂奔着向他俩跑去，那只捕蝶网可笑地在他身边摆动着。他在那对爱侣面前激怒得手舞足蹈起来，像是在责骂亨利爵士，爵士在解释，他变得更加暴怒了，那位女人并未向她哥哥解释，站在一旁高傲地看着。后来，斯台普吞转身向他妹妹招了招手，她犹豫不决地看了亨利爵士一眼，就和她哥哥并肩走了。那生物学家的手势表明，他对她同样的愤怒。亨利爵士慢慢地沿着来路，垂头丧气地走回去了。

我不知道这究竟是怎么回事。我沿着山坡跑了下去和准男爵在山脚下相遇。他的脸色气得通红，显然他对我跟着他极感气愤。

对于他的恼怒，我把一切都解释给他听了，我的坦白冲淡了他的怒气。他终于发出了悔恨失望的哭声。

他向我倾诉了这求婚不成的烦恼，并问我："你见过她哥哥以前也像个疯子吗？"

"我没有见过。"

"我敢说：他在装傻。直到今天，我一直认为他是个头脑清醒的人，但我怎么也想不出，我有什么做的不对的地方吗？"

我对他说："没有，别多想了。"

亨利爵士很委屈地诉说着他求婚不成的烦恼，他说他俩是一见钟情，可她哥哥从不让他俩待在一起，今天他们终于有了单独谈话的机会，可还是碰上了那不近情理的哥哥。

他告诉我斯台普吞小姐不许他谈爱情，只是一次次重复说这是个危险的地方，让他马上离开这里，永远别回来，否则她永远不会快乐。亨利爵士说："我对那女士怎么了，我怎敢使她不高兴啊？难道因为我自以为是个准男爵，就可以为所欲为吗？结局你看见了，他和她一起走了，而我呢，简直被弄得莫名其妙了。

华生，你能告诉我这是怎么回事吗？”

我当时虽然提出了一两种解释，说实在的，连我自己都没真正弄清其所以然来。

当天下午，斯台普吞又亲自来访，他是为了自己早晨的态度而专程来道歉的。两人在亨利爵士的书房中经过长时间的交谈，结果消除了裂痕，并且约好下星期到梅利瑟去吃饭。

事后，亨利爵士跟我谈起书房谈话的内容。斯台普吞说他妹妹是他生活中的一切。这是很自然的事，而且他能这样重视她，男爵挺高兴，他们一直生活在一起，而且他是极其孤独之人，只有她陪伴着，他才心安，一旦想到要失去她，他多难过伤心呀，以至于看到男爵要将她夺去时，他大为震惊，无法控制自己的情绪。

福尔摩斯，我再来说一下那夜半哭声和白瑞摩太太满面泪痕的秘密吧。这些事经过我两夜的努力就彻底弄清了。

我先前已和亨利爵士约好，一块在他的房间里开始午夜的行动。第一天晚上将近凌晨三点时，除了楼梯上端的大钟报时外，再没有别的声音，之后我们就睡着了。第二天夜里，我们捻小了灯头坐在那里等待，功夫不负有心人，我们终于听到过道里咯吱咯吱的脚步声。

我们听着那脚步声悄悄地走了过去。然后准男爵轻轻推开门，我们就开始了跟踪。我们轻轻地走到了另一侧的厢房，刚好能看到他那蓄着黑须的、高高的身影。他弯腰伛背，用脚尖慢慢走过了过道，走进了上次进去的那个门口。我们迈开小步走了过去，幸好那人聋得厉害，又在全神贯注地干自己的事，他没有察觉我们的行踪。最后，我们走到门口偷偷一望，见他正弯腰站在窗前，手里拿着蜡烛，他的面孔紧压在窗玻璃上。

准男爵按捺不住走进屋里，白瑞摩吓得猛地离开了窗口，在我们面前浑身发抖地站着。他脸色苍白，惊恐的眼睛胆怯地望着我们。

“白瑞摩，你在这里干什么？”

“爵爷，我没干什么，我四处走走，是看看窗户是否上了插销。”

他说话时，手中的蜡烛不停地跳动着。

“白瑞摩，告诉你，你必须说实话，免得再添麻烦。别说谎话，你在窗前干什么来着？”

那家伙两手扭在一起，无可奈何地望着我们。

“爵爷，我没做坏事，我不过是把蜡烛靠近窗户！”

“你为什么要把蜡烛拿近窗口呢？”

“亨利爵士，别问我了，这是我个人的事，与别人无关。”

我灵机一动，便从管家抖动着的手里把蜡烛拿了过来。

“他一定是拿它作信号用，咱们看看有没有回应的信号。”我说着像他一样地拿着蜡烛，注视着黑沉沉的外面。我只能模糊地辨别出重叠的黑色的树影和无垠的沼地。后来，我大声欢呼起来，在正对着暗黑的方形窗框中央的远方，忽然在夜幕里出现了一个小小的黄色光点。

我喊道：“在那儿！”

“爵爷，不是，那什么也不是！”管家急着说，“我向您保证，爵爷……”

“华生，把光移开，你瞧，那个灯光也移开了，”准男爵喊了起来，“你这个老家伙，你在搞什么阴谋，你的同伙是谁？”

管家的面孔竟然变得无所谓，“这是我个人的事，与您无关，我不想说。”

“那么，你不要在这里当管家了，走吧。”

“很好，爵爷。我该走的时候一定走。”

“你真不知羞耻，你家的人和我家的人在这所房子相处了一百年了，而你现在还要想法来害我。”

“爵爷，不是在害您呀！”一个女人的声音传来。白瑞摩太太站在门口，脸色比她丈夫更加苍白，样子显得异常慌张。

她穿着裙子披着披肩，急匆匆地说：“约翰！约翰！是我把你连累到这种地步，这都是我干的，亨利爵士，这完全是我的缘故，是我恳求他那样做的。”

“这究竟是怎么一回事？”

“我那不幸的弟弟正在沼地里挨饿呢，我们不能让他在我们的门口饿死。这灯光是告诉他食物已准备好的信号，他那边的灯光正是送饭的地点。”

“这么说，你的弟弟就是……”

“爵爷，就是那个逃犯塞尔丹。”

“这是真的，爵爷。我说过我不能告诉您，而现在您全听到了，您会清楚的，即使有阴谋，也不是要对您使坏的。”

他就是这样对窗前灯光做了解释。亨利爵士和我都惊讶地盯着那个女人。难道他和那罪犯真的是亲姐弟吗？

“爵爷，是真的，我就姓塞尔丹，他就是我的弟弟。他小的时候，我们太纵容他了，无论什么事情都随着他的意思，弄得他认为这个世界是为了他快乐才存在的。因此他就应当在这世界里为所欲为。后来，他又交上坏朋友，就变坏了，玷污了我们家的名声。他的罪行越来越重，离送上断头台不远了。爵爷，可是对我来说，他永远是那个我曾抚育过的一头卷发的孩子。他之所以敢从监狱逃出来，是因为他知道我们住在这，能给予他帮助。有天夜晚，他拖着疲倦而饥饿的身体来到这儿，狱卒在后面紧追不舍，我们只好把他领了进来，给他饭吃。后来，爵爷，您就来了，我弟弟认为他在沼地里会更安全一些，于是就到那里藏起来了。在每隔一天的晚上，我们就在窗前放一会灯火，看看他是否还在那里，如果有回答信号的话，我丈夫就给他送去一些面包和肉。我们每天都希望他快走，可他仍在那里。这件事不能怨我丈夫，应该怪我，因为他是因为我才干那些事的。”

听得出，这女人的话说得都是实情。

“白瑞摩，这是真的吗？”

“亨利爵士，这完全是真实的。”

“好吧，我不怪你做了这事，忘掉我刚才说的话吧。你们现在回自己的屋里去，明早再谈这件事吧。”

他们走了以后，我们又向窗户望去。

准男爵打开窗户，寒风吹着我们的脸。在深黑的远处，那个小小的黄色光点依旧在亮着。

“可能他放出亮光的地方只能从这里看到。”

“也许吧，那亮光离咱这多远呢？”

“我看是在裂口山那边。”

“也不过一二英里罢了。”

“恐怕还没有那么远呢。”

“白瑞摩送饭去的地方不会很远，那个坏蛋正在蜡烛旁等着呢。华生，我真想抓住那个坏蛋。”

当时我的脑子里也产生了同样的想法。那人对社会来说是个不该宽恕的罪犯。如果我们借这个机会把他送回让他不再加害于人的地方，那不过是我们尽了责任。像他这样有着残暴天性的人，说不定别人要付出代价呢。

“我也去。”我说道。

“那您得穿上高筒皮鞋，带上左轮手枪。我们得赶紧出发，那家伙会吹灭蜡烛跑掉的。”

不到五分钟我们就出门了。在秋风低吟和落叶沙沙中，我们匆忙穿过黑暗的灌木丛。夜晚的空气里带着潮湿和腐朽的气味。我们刚走到沼地时，就下起了雨。那烛光依然在前面闪烁着。

“您带武器了吗？”我问道。

“我带了一条猎鞭。”爵士说。

“咱们最好是出其不意地抓住他，那可是个不要命的家伙，小心点。”

准男爵说：“华生，在这样的黑夜，罪恶逞能时，我们会干得很出色。”

像在回答他的话一样，沼地里忽然发出一阵奇怪的吼声，就是我在大格林盆泥潭边缘上曾听见过的那样。先是一声长而深沉的低鸣，接着是阵阵怒吼，然后又是凄惨的呻吟。一会儿，又响了起来。准男爵抓住我的衣袖，他的脸在黑暗中变得惨白。

“天哪，那是什么东西呀，华生？”

“不知道，我曾听见过一次，那是来自沼地的声音。”

说着，声音消失了，死一样的沉寂紧紧地包围了我们。

“华生，这是猎狗的叫声。”准男爵胆怯地说着：“他们把这声音叫什么呢？”

我不解地问“谁呀？”

“那些乡下人啊！”

“他们没有文化，管他们把那声音叫什么。”

“华生，告诉我，他们怎么说的？”他又重复了一遍。

我犹豫了一会，说：“他们说那是巴斯克维尔猎狗的叫声。”

他咕哝了一会，又沉默了。

“是一只猎狗，那声音像是从几里地外传来的，我想是从大格林盆那个方向传来的。”

“嗯，是从那儿。”

“华生，你不认为那是猎狗的叫声吗？我又不是小孩，您不用担心，对我说实话吧。”

“我上次听到时，正和斯台普吞在一起。他说那可能是一种怪鸟的叫声。”

“不对，那是猎狗。我的上帝呀，那故事难道是真的吗？华生，您相信吗？”

“不，我一点都不信。”

“这事在伦敦可以当作笑料，但在这阴森森的沼地里，听着那叫声，就完全是另一回事了。我的伯父死后，他躺着的地方，旁边就有猎狗的足迹，这不很凑巧吗？我自认我不是个胆小鬼，可您摸摸我的手！”

他的手冰凉得像一块石头。

“您明天就会好起来的。”

“那叫声已深印进我的脑海了。您认为咱们该怎么办呢？”

“咱们别去追了，回去吧。”

“不，咱们是出来捉人的，一定得干下去。咱们在搜寻罪犯，但说不定有一只魔犬在追踪咱们呢。来吧，就是所有洞穴的妖魔都到沼地来，咱们也别害怕。”

在黑暗中，我们跌跌撞撞地向着那个黄色的光点缓缓前进着。

我们终于看出它是在什么地方了。一支流着蜡油的蜡烛被插在一条石缝里，两面都被岩石挡住，这样既可避免风吹，又不容易让别人发现。

一块突出的花岗石遮住了我们。于是我们就在它后面弯着腰，从石头上面望着那个作为信号的灯光。可我们并未发现旁边有人。

“咱们现在怎么办呢？”亨利爵士悄悄地说道。

“在这里等着，他一定在烛光的附近。”

我的话刚说完，蜡烛附近的岩石后便探出一张可怕的黄面孔，一张满脸横肉、肮脏不堪、野兽般的面孔，乱蓬蓬的头发，粗硬的长须，像是古代住在山边洞穴中的野人。他小而狡猾的眼睛，可怕地向左右黑暗中窥探。

显然有什么东西已引起了

他的怀疑。说不定是因为他还有什么和白瑞摩私订的暗号，我们不知道，也许是那家伙感觉出事情的不妙。我们考虑到他可能会窜开，就立刻跟了上前去。那罪犯尖声痛骂了我们一句，便打过来一块石头，我们闪身一躲，那块小石头打在大石头上。当他跳起来转身逃跑时，我一眼看见这家伙矮胖而强壮。我们从小山头冲过去，那人已由山坡那面疾驰而下，他一路上用山羊似的动作跳来跳去。

我们两个跑得都不慢，可是无论如何也追不上他。月光下，我们看见他在一座远处小山侧的乱石中变成了一个移动着的小点。我们跑得疲惫极了，他却离我们越来越远，最后看不见了。

就在这时发生了一件意想不到的事。当时我们从石头上站起来，放弃追捕行动要回家了。月亮低悬，明亮的月光衬托出一座花岗岩的嶙峋的尖顶。我们看到一个男人的身影站在绝顶上，恰似一尊漆黑的铜像。据我判断，那是一个又高又瘦的男人。他两腿分叉地站着，低着头，两臂交叉，像是冲着眼前满布泥浆和岩石的荒野正在考虑什么问题。他不是那个罪犯，他的身材要高得多。我不禁惊叫了一声，并把他指给亨利爵士看，可是就在他转身抓我手臂时，那人不见了。

我原想向那儿走去，把那岩岗搜索一下，可是离得太远了。亨利爵士因为听到他的家族传说中那可怕的叫声后，神经紧张得厉害，不敢再冒险了。他并没有看到岩顶上那个孤独的人。他还不能体会那人的怪异的出现和他那傲然的神气给我的震撼。

“是个狱卒，从这家伙逃脱之后，沼地里到处都是他们。”他说道。

也许他的解释是对的。令我们丧气的是，我们没能胜利地带回那个俘虏。

亲爱的福尔摩斯，我已经尽我所能了，把所能告诉你的都写出来了。当然我们已经有了一些进展，已摸清了白瑞摩的行为的动机。但是神秘的沼地和那里的居民依旧让人琢磨不透。我盼望着你最好早些来我们这儿，同时我也争取澄清一些事。

寄自巴斯克维尔庄园

十月五日

10. 华生医生日记摘录

除了给福尔摩斯写的报告及时地寄出外，我几乎每天都在写日记，来增强对事态的印象。我找几段日记来回顾一下当时的情形吧。

十月十六日——今天浓雾重重，并且露出荒漠起伏的沼地来，远处突出的岩石，由表及里沉浸在阴郁的气氛中。亨利男爵由于昨夜的惊恐，心情非常压抑，我的心情也感到异常沉重，总觉得有一种危险向我们逼近。

我们的周围正在进行着一件有计划的罪恶的活动。这庄园中前一个主人的死，验证了这个家族中传说的真实性，农民们也一再声称见到了沼地里出现的怪兽。我两次亲耳听到一只猎狗在远处嗥叫，这是超乎自然的事吗？一只魔犬，它留下了爪印，又能吼叫惊天，这真不可想象。斯台普吞和摩梯末也许会信这套话，庄稼人把那狗说成是妖怪还不够，甚至形容它口、眼都冒着地狱之火。福尔摩斯绝不会相信这说法的，我也不相信。事实归事实，我曾两次在沼地里听到那吼声。可是，这样一只大猎狗是从哪里来的呢？吃什么？白天为什么没有人见到它呢？

暂且放下这只猎狗不提，在伦敦发现的那个“人”总是事实吧！马车里的那人，警告亨利爵士的信，至少是真的吧，那个朋友或敌人究竟在哪儿，在伦敦吗？跟踪到我们这里来了吗？……会不会是我们看到的在岩岗上站着的那个陌生人呢？

我只看到了他一眼，可有几点我是可以肯定的，他绝不是我在这里所见过的人，他的身形比斯台普吞高得多，比弗兰克兰瘦些，他不会是留在家里的白瑞摩。一定还有一个人在尾随我们。只要抓住这个人的话，我们的困难都会解决了。

我的第一种想法是准备把整个计划都告诉亨利爵士，另一种想法，我认为最聪明的想法是自己干自己的，不和任何人谈起。亨利爵士的神经已受到了强烈的刺激，我不能再增加他的焦虑，我必须单独行动了。

今天早饭之后，又发生了一件小事。白瑞摩要求同亨利爵士单独谈话。他俩在书房里关起门来谈了一会儿。我知道所谈的是什么事。过了一会儿，准男爵打开房门把我叫了进去。

"白瑞摩认为在他自愿说出秘密后，我们去追捕他弟弟的做法是不公平的。"他告诉我。

管家就站在我们的面前，面色苍白，可是很镇定。

"爵爷，我说的话可能过分了些，若是这样的话，请您原谅我，"他说道，"今早我听见你们回来并去追捕塞尔丹时，感到很吃惊。那个可怜的人，不用他再给我添麻烦了，也真够他苦熬一阵的了。"

"如果你真是自愿地告诉我们的话，事情就另当别论了，"亨利爵士说，"实际上是你太太迫不得已才告诉我们的。"

"我一直没料到您竟会利用这一点，亨利爵士……我真没想到。"

"这个人对社会来说是个危险分子。沼地里到处都是孤立无援的人家，而他又是个无法无天的人。比如斯台普吞家吧，只有他一个人保护家。除非塞尔丹被关进监狱，否则谁也无法安宁。"

"爵爷，他绝不会闯进任何人家的，反正他在这里再不会妨碍别人了，我向您保证，过不了几天他就要到南美。爵爷，我恳求您不要让警察知道他还在沼地里。他们已经放弃了对那里的搜捕，他可以一直藏到准备好船只为止。爵爷，我恳求您，什么都不要对警察说。"

“华生，你的看法呢？”

我耸耸肩说：“若是他离开英国，会给纳税人减去一桩负担呢。”

“他会不会在临走前行凶作恶呢？”

“他不会的，爵爷，我们为他准备好了所需要的一切。他若是再发疯，就会暴露藏身之所的。”

“这是实话，我答应你，白瑞摩……”亨利爵士说道。

“上帝保佑您，爵爷，我从心眼里感谢您！如果他再被捕，我妻子一定活不成了。”

“华生，我想咱们是在帮助别人犯罪吧？他刚才说的话，让我觉得干脆别检举那人了。算了吧，白瑞摩，你可以走了。”

那人一边断断续续地说了些感谢的话，一边转身，犹豫了一下又转过身来。

“爵爷，您对我们太好了。有件事，我早就该说出来，这是我在验尸之后才发现的。这事我没对任何人提过，这是件同查尔兹爵士死亡有关的事。”

我和亨利爵士都站了起来。“你知道他是怎么死的吗？”

“不，爵爷，这个我不清楚。”

“那么，你知道什么了呢？”

“我知道他当时要和一个女人见面。”

“和一个女人见面，那女人叫什么？”

“她的名字我没法告诉您，爵爷，我可以告诉您她姓名的字头是L·L。”

“白瑞摩，你是怎么知道的呢？”

“亨利爵士，您伯伯在那天早晨收到一封信。他时常收到一些向他求助的信。可那天，他只收到一封信，那信是从库姆·特雷西地方寄来的，那是女人的笔迹。”

“是吗？”

“爵爷，要不是因为我太太的关系，我恐怕记不起这件事了。几个礼拜前，她在清理查尔兹爵士的书房时，在炉后发现了一封烧过的信纸的灰烬，信已大部分烧成了小纸片，只有信末的一条还算完整，还能看出字迹，上面写着：‘您是一位君子，请千万将此信烧掉，请在十点钟时到栅门那里去。L·L.’”

“那张字条还在你那儿吗？”

“没有了，爵爷，我们一动它就粉碎了。”

“查尔兹爵士收到过同样笔迹的信件吗？”

“这个没注意，爵爷，这封信因为是单独寄来的，所以我才注意到它。”

“你搞不清L·L是谁吗？”

“不知道，爵爷，我知道的就这些，如果咱们能找到那个女士的话，咱们就能知道查尔兹爵士的死是怎么一回事了。”

“白瑞摩，这么重要的线索，你怎么一直不说？”

“爵爷，那正是我们的累赘刚刚来到之后。另外，我们爱戴查尔兹爵士，这事兜出来对我们那位可怜的主人没有好处，再说牵扯到一个女人……”

“你认为这一点会有损他的名誉吗？”

“嗯，我想不会有什么好结果。爵爷，您现在对我们这么好，我不能再对不起您，就如实说了。”

“太好了，白瑞摩，你可以走了。”管家走了之后，亨利爵士转身向我说：“华生，咱们得把整个事情弄清楚，有人肯定知道事情真相，咱们得找到她。您觉得该怎样办呢？”

“得马上把全部经过告诉福尔摩斯，这样有价值的线索，他不来这儿，才是件怪事呢。”

我立即回到自己的屋里，给福尔摩斯写了关于今早谈话的报告。我明白他最近忙，从贝克街寄来的信很少，而且写得又短，无疑他的精力全神贯注在那封匿名恐吓信上了。他若是在这里该有多好啊。

十月十七日——今天大雨下了一天，房檐水滴沥沥。我想起那个身处荒凉、寒冷沼地里的罪犯，他现在所吃的苦也足以赎罪了吧。傍晚时分，我穿上雨衣雨鞋，在湿软的沼地里走出去很远，雨打在我的脸上，风在我的耳旁呼啸，坚硬的高地都变成了泥淖了。我终于找到了那黑色的岩岗，就是在这岩岗上，我看到那个孤独的监视人，我从它那嵯峨的绝顶，一眼望到远近光秃秃阴惨的高地。在远处的山沟里，巴斯克维尔庄园的两座细长的塔楼，隔着雾气，半隐半现地矗立在树林高处。除了那些密布山坡上的史前期的小房外，这里要算是我能见到唯一的人类生活的迹象了。

我往回走时，摩梯末驾着双轮马车赶了上来。他一向很关心我们，几乎每天都到庄园看我们生活得好不好。他让我上车，我就搭他的车回家了。他的那条小长耳犬自从有一次乱跑到沼地后，就一直没有回来。我尽可能地安慰了他。

“摩梯末，我想这里凡是乘马车到达的住家，您大多都认识吧。”

“没有不认识的。”

“那么，您能告诉我，哪些妇女姓名的字头是L·L呢？”

他想了几分钟说，“据我所知，有一个住在库姆·特雷西的叫劳拉·莱昂丝的女人，姓名的开头是L·L。”

“她是谁啊？”我问道。

“她是弗兰克兰的女儿。”

“什么？就是那个老顽童弗兰克兰吗？”

“是呀，她和一个到沼地来的叫莱昂丝的画家结了婚。可那个人是个下流的坏蛋，他遗弃了她，据我所知，过错可能并不完全在一方。她的父亲对她的事从来不管，父女俩不和，弄得她陷入窘迫的境地。”

“那她如何生活呢？”

“老弗兰克兰会给她不多的资助，因为他自己被那些乱事拖累得够呛了。她的事传出之后，此地有些人设法帮助她，斯台普吞和查尔兹都帮了忙，我也送给她一点钱，以便让她做起打字的营业来。”

我不便对摩梯末多说什么。明早我准备到库姆·特雷西去。若是能见到那位艰难度日的劳拉·莱昂丝太太的话，就会有助于调查工作。我一定发展到像蛇一样聪明了，因为当摩梯末问到很不便回答的问题时，我随便问了一些无关紧要的事，把话题岔开了。

在这狂风暴雨的凄惨的天气里，只有一件值得记载的事，那就是我刚才和白瑞摩的谈话。

今天摩梯末在这吃了晚饭，饭后他和准男爵玩起牌来。白瑞摩到书房来给我送咖啡，我趁机问他：“你的好亲戚走了吗？”

“先生，我不知道。但愿他已经走了，因为他在这里只能给人添麻烦。三天前，我给他送了最后一次饭，之后再没听到他的情况。”

“那一次你见到他了吗？”

“没有，先生，可是我再到那里去时，食物已经不见了。”

“这么说，他一定还在那里呢。”

“先生，除非是另外那人拿去的，他可能走了。”

我盯着他问道：“这么说，你是知道还有另外一个人，你见到他了吗？”

“没见到他，但沼地里确实还有一个人。”

“那你是怎么知道的呢？”

“是塞尔丹告诉我的，先生，一周前或是更早一些的时候，他也在藏着呢。先生，和您老实说吧，为这事我很是伤脑筋。”他突然带着真挚的情感说。

“你听我说，白瑞摩，我来这里是帮助你的主人，没有别的目地。你究竟是因为什么伤脑筋呢？”

白瑞摩犹豫了一会儿，像是后悔不该随口说出，他突然对着向沼地而开的窗户挥手喊了起来：“先生，这些不断发生的事，我敢肯定那里正在进行着一个可怕的阴谋，先生，我真希望亨利爵士能回到伦敦去。”

“使你这样惊恐不安的有什么事实根据吗？”

“您看查尔兹爵士的死，验尸官所说的话，就已经够糟糕的了。那夜间沼地发出的怪声，谁敢在晚上从那里经过呢？还有藏在那里的人，他在等待什么呢？对巴斯克维尔家的人来说，绝不是好兆头。”

“关于沼地里的那个陌生人，你能告诉我什么吗？塞尔丹说过什么吗？他发现那人干了什么勾当吗？”

“塞尔丹看到过一两次，他是一个很阴险的家伙，什么情况也不暴露。他原以为他是警察，后来发现他另有企图。据他看来，那人像是上流人物，可他搞不准那人究竟在那儿干些什么。”

“那人住在什么地方呢？”

“他说住在山坡上古老的房子里，就是古代人住过的小石头房子。”

“可他是怎么吃饭的呢？”

“塞尔丹发现有一个为他服务的小孩，给他捎去所需的东西，那小孩是到库姆·特雷西去寻找他所需要的东西的。”

“太好了，白瑞摩，这个问题咱们改日再谈吧。”管家走了以后，我透过模糊的窗玻璃，望着外面被大风横扫的树顶联成的高低不一的轮廓线。这样恶劣的天气，在石屋里的感觉不用说了。多么强烈的恨，才能使一个人在这种时候藏在那种地方，是怎样的急不可待的目的，让他如此不辞辛劳，我决定要在明天尽可能地解开谜团。

11. 岩岗上的人

来巴斯克维尔庄园后有段日子了，我已明确了两个极为重要的事实。一个就是库姆·特雷西的劳拉·莱昂丝太太曾给查尔兹爵士写过信；另外一个就是潜藏在沼地里的人，可以在山边的石头房里找到。

昨天傍晚，摩梯末医生和亨利爵士玩牌一直玩到很晚，我及时地把了解的事告诉了准男爵。今天吃早饭时，我刚把我的发现告诉他，并问他愿不愿意和我一块到库姆·特雷西去。起初他急于要去，后来，我们俩人都觉得若是我单独去会更好一些。因为访问的形式越是郑重其事，我们了解的情况就会越少。于是，亨利爵士留在家里，我心里稍感不安地去寻找新的线索了。

马车到了库姆·特雷西后，我叫波金斯把马匹安置好，然后就去探访那位女士了。我很快就找到了她的住所，一个女人很随便地把我领进屋，当我走进客厅时，一位坐在一架雷明吞牌打字机前的女士赶忙站起来，笑容可掬地表示了欢迎。当她看出以前没见过我时，便恢复了原样，重新坐下来，问我来访的目的。

莱昂丝太太给人的第一印象是她非常漂亮。她的两眼和头发都是深棕色，脸颊上虽有不少雀斑，可丝毫不影响她的美丽。起先我对她的美丽不由暗暗赞叹，但接着我发现她的表情粗犷，眼神生硬，嘴唇又有些松弛。

我说道："我有幸同您的父亲认识。"

听了我笨拙的介绍，那女人没有什么感觉。

"我和我父亲之间没什么关系，"她说道，"我不欠他什么，他的朋友也不是我的朋友。若不是已故的查尔兹爵士和一些别的好心肠的人的帮助，我早就饿死了，我父亲根本不把我放在心上。"

"我是因为有关已故的查尔兹爵士的事才到这里来找您的。"

听了我的话，女士的脸庞吓得苍白起来，雀斑因而更加明显了。

“我能告诉您什么呢？”她的手指神经质地玩弄着她那打字机上的标点符号字键。

“您认识他，是吗？”

“我刚才说过了，我感激他对于我处境的关心，让我能够自立生活。”

“您和他通过信吗？”

女士迅速抬起头，棕色的眼睛里闪着愤怒的光芒。她厉声问道：“您为什么要问这些问题呢？”

“我是避免让事情传出去，弄得无法收拾。”

她沉默了一会，之后带着不顾一切挑战的神色说：“好吧，我回答您提出的问题。”

“您给查尔兹爵士写过信吗？”

“我的确给他写过一两次信，感谢他的关心和帮助。”

“您还记得寄出的日期吗？”

“记不起来了。”

“您和他见过面吗？”

“见过，他来库姆·特雷西时会过一两次面。他是个做好事不愿抛头露脸的人。”

“您说他很少和别人接触，他又是怎么知道你的困难的呢？”

她没加思索地回答了这个我认为有点难度的问题。

“我的可悲的经历，有几位绅士知道了，一个是查尔兹爵士的近邻和密友斯台普吞先生，他的心肠太好了，他把真相告诉了查尔兹爵士。”

我知道查尔兹爵士曾有几次邀请斯台普吞负责分发救济金，这个女人成为受益者不足为奇。

“您写过信请查尔兹爵士同您见面吗？”我继续问道。

莱昂丝太太的脸又红起来了。她生气地说：“先生，这真是令人不快的问题。”

“太太，我很抱歉，可是我不得不问。”

“我就回答吧，肯定没有。”

“在查尔兹爵士惨死的那天也没有过吗？”

她红润的脸色马上变得死灰起来。她哆嗦的嘴唇已经说不出“没有”来了，这一点，我看得出来。

我对她说：“可能是您忘记了，我还能记得那封信中的一段，您是这样写的：‘您是一位君子，请您千万将此信烧掉，并在十点钟时到栅门那里去。’”

我发觉我的话让她快晕过去了，但她尽全力让自己镇定下来。

“天下难道没有一个真正的君子吗？！”她的呼吸变得急促起来。

“您冤枉查尔兹爵士了。他确实把信烧了，但有时烧了的信还可以认出来，您承认您写过这封信吗？”

“我写过，是我写的，”她喊道，同时把满腹的心酸倾泻而出，“我没有理由为这事感到羞耻，我希望他能帮助我，我很想同他亲自见面，我是有求于他才请求与他见面的。”

“但是又怎么约在那样一个时间里呢？”

“是这样，那时我刚得知他第二天就要去伦敦，一去也许几个月。当时由于别的原因，我又不能到那里去。”

“为什么要在花园里会面而不到房子里面去拜访呢？”

“先生，一个女人在夜晚又怎能单独到一个单身汉的家里去呢？”

“噢，您到那里之后，发生了什么事了吗？”

“我并没有去。”

我有些生气地提高嗓门：“莱昂丝太太！”

“我可以发誓，我没有去，有一件事让我不能去了。”

“那是件什么事呢？”

“是一件私事，我不能说。”

“这么说，您承认查尔兹死去的时间和地点正是你们要相会的地方，而您又没有前往那儿。”

“这是实情。”

我又问了几个问题，可再也问不出什么来了。

最后我结束这次毫无结果的拜访，站起来说：“莱昂丝太太，由于您不肯把您所知道的事情说出，您已经把自己置于危险的地步，您得负严重的责任。若是警察来调查的话，您的嫌疑就更大了。您既然是清白的，当初又为何否认在那一天您曾写过信给查尔兹爵士呢？”

“因为我觉得那事没有什么，我如实地说出，就会被牵连到一件丑闻中去。”

“那么您为什么迫切地要求查尔兹爵士毁掉您的信呢？”

“如果您已经读过那封信，您该知道因为什么。”

“我并没有读过信的全部啊。”

“您却引用了其中的一部分。”

“我只引用了附笔，我说过那信已经烧得难以辨认。您为什么要让爵士烧掉这封信呢？”

“这是件纯属私人之间的事。”

“更重要的原因恐怕是您要避免公开的追究调查吧。”

“不，如果您曾听说过关于我悲惨经历的话，你就知道我曾草率地结过婚，我过着被丈夫不断迫害的生活，而法律又不能惩罚他，我只好逆来顺受。我听说只要我能支付一笔钱就可以重获自由，可以过着自尊、幸福的日子。我就写信请求查尔兹爵士帮助我，如果我亲口讲这事，他一定会资助我的。”

“您为什么又没有去呢？”

“因为就在当时，我又从别处得到帮助了。”

“那么，您为何没写信给查尔兹爵士解释呢？”

“若不是第二天早晨我在报上看到那个不幸的消息，我一定会这样做的。”

这个女人的叙述前后相符，几乎找不出破绽来。我只能调查一下她是否在悲剧发生前的日子，向法院提出离婚诉讼。

看来，她说的是实情，若是她真的乘马车去巴斯克维尔庄园的话，她得第二天清晨才能回库姆·特雷西，这样一次远行是无法守住秘密的。但我还是怀疑，从她的表情里可以看出她还有事瞒着我，为什么她每次都要竭力否认而又迫不得已地回答……对这些问题的解答并不是她解释给我听的那样简单。

在回去的路上，我看到一座山接着一座山，山上有许多古时人们生活的遗迹。我想起站在黑岩岗上的人，不妨以此作为线索，把看到过他的那个地方进行搜寻。我应该从那里查看沼地里每一幢小房，直到找到为止。如果那人暗地追踪我，必要时我会用手枪逼着他。若是我找到那小房子，那人不在的话，不管等多久，我都要等他回来。在伦敦，福尔摩斯让他溜走了，在我的师傅失败之后，我能将他查出来，真是个大胜利。

我们就要时来运转了，不能总是运气不佳。给我们带来好运的不是别人，而是弗兰克兰先生。他胡须花白，面色红润，正站在冲着大道的花园门口。

“华生大夫，”他兴致勃勃地喊道，“您得让您的马歇会了，进来喝一杯酒祝贺我吧。”

我听到过这老头如何对待他女儿的事，对他实在没有好感，我正急于要把波金斯和马车遣回家，这可是个好机会。我下了车，给亨利爵士写了个便条，说明我要在晚饭时分散步去。然后，我就跟着弗兰克兰先生走进了他的餐厅。

“先生，这可是我一生中大喜的日子，”他不停地格格地笑着，“我已了解了两桩案子。我一定要教训一下这里的人们，这儿竟还有不怕打官司的人呢。我已证实了有一条公路整整穿过老米多吞的花园的中心，咱们得教训教训这帮大人物了，让他们知道，不能随便践踏平民的权利！我还封闭了一片弗恩·沃西家的人常去野餐的树林，我不能让他们随处乱钻乱扔。华生大夫，我真是太高兴了。”

“您得到什么好处了吗？”

“什么也没有，我感到骄傲的就是做这件事时，没有考虑到个人的利益。我的行为完全是由对社会的责任感所推动的。譬如说，弗恩·沃西家的人今晚就有可能把我扎成草人烧掉，上回他们这样做时，我就报告了警察，可是县里的警察真丢人，他们没有保护我。弗兰克兰对女王政府的诉讼案，不久就会引起社会上的注意了。我告诉过他们，他们那样对我总有一天要后悔的，我的话果然应验了。”

我问道：“怎么就能这样呢。”

老头自命不凡地说：“本来我要告诉他们一件迫切要知道的事。可是，我不会帮助那些坏蛋的。”

我本来一直想找个脱身的借口，不想听他闲扯，可是我又希望多听一些。我很清楚这老顽童的怪脾气，只要你一表现出强烈的兴趣，他就会产生怀疑不再说了。

“那是一件偷猎的案子吧？”我装作漠不关心地问道。

“老兄，是一件比这重要得多的事啊！沼地上那个犯人怎么样了？”

我吃了一惊，“您知道吗？他在哪里呢？”

“我不知道他在哪里，但我能帮助警察把他抓住。您没想过抓这个人的办法就是先找出他从哪里弄到食物，再根据这条线索去找到他吗？”

我听了他的话很有些纳闷，问道：“您是怎么知道他在沼泽地里呢？”

“我亲眼看见过那个给他送饭的人。”

我替白瑞摩担忧起来。被这样一个好管闲事的老头抓住把柄，可是件令人心烦的事。可是他接着说的话让我的心平静下来。

“您知道吗？他的食物是一个小孩给他送去的。您感到吃惊吧？我每天都从屋顶上的那架望远镜里看到他，他每天都在同一时间走过同一条路呢。”

还好，我抑制住了自己对这件事的兴趣。一个小孩，白瑞摩曾说过，那个人是由一个小孩给送东西的。弗兰克兰发现的是他的线索，而不是那逃犯的线索。如果我从他那里了解到更多的事，就可以不用疲惫不堪地去追踪了。我还必须对此保持淡漠态度。

“我想那可能是个沼地牧人的儿子在给他父亲送饭吧。”

我没料到我的话竟让这老顽固冒起火来。他两眼满是恶意地望着我，灰白的胡子像猫一样，他指着外面广袤的沼地说：“先生，您看到那边黑色的岗岩了吗？您看到远处那长满荆棘的矮山了吗？那是整个沼地里岩石最多的部分。难道那是牧人们落脚的地方吗？”

我依着他的意思回答，我是因为不了解情况才那样说的。我的服输，让他高兴得话多了起来。

“先生，您可以相信，我是在有充分理由和根据时，才提出一个肯定的意见的。我一再地看到过那孩子拿着他那卷东西，每天一次……等一等，华生大夫，是我眼花呢，还是在那山顶上有什么东西在动呢？”

大约有几里远的样子，在暗绿的和灰色的背景衬托下，我清楚地看到了一个小黑点。

“先生，来呀！”弗兰克兰边喊边向楼上冲去，“您亲眼看看，然后再判断吧。”

那望远镜是一个装在一只三脚架上的庞大的仪器，放在平坦的铅板屋顶上。弗兰克兰把眼凑了上去，兴奋地喊着：“华生医生，快来，不要等他过了山呀！”

果真，一个肩上扛着一小卷东西的孩子，正费力地慢慢向山上走着。当他走到最高点时，一瞬间我看到了那个衣衫不整的陌生人。他向四周鬼鬼祟祟地望着，像是怕被人跟踪。后来就不见了。

“哈，我说得没错吧？”

“看上去那个小孩像有什么秘密使命。”

“至于是什么使命，就连一个县里的警察也能猜出来，可我谁也不想泄露，华生大夫，你一定要保守秘密！”

“我听您的。”

“他们对待我太不像话了，无论如何我也不会帮警察的忙的。他们要管的是我本人，而不是那群混蛋要烧掉的草人。华生，来继续庆祝我取得的胜利，您不要走哇！”

我谢绝了他的一切恳求，并婉拒了他要陪我散步回家的想法。在望得见我时，我一直顺着大路走，然后我突然离开大道，穿过沼地，向那孩子消失的那座山上走去。我今天碰上这么好的运气，绝不能因为缺乏精神和毅力错过命运之神送到眼前的机会。

在我抵达山顶时，太阳已经就要落下去了，脚下的山坡向阳的一面变成了金绿色，而另一面则完全被灰暗的阴影笼罩了。在极远的天际线上，呈现出一抹苍茫的暮色，在暮色中突出的就是奇形怪状的贝利弗和维克森岩岗。在无边无际的大地上，毫无动静。一只灰雁或许是一只海鸥在高高的天空上飞翔。在广大无边的苍穹和荒芜的大地之间，它和我就好像是这里仅有的生物了。荒漠的景色，孤独的感觉和神秘而又急迫的使命让我不禁打起寒战来。就在我下面的一个山沟里有一些环绕成圈的古老石屋，中间有一栋能使人免于日晒雨淋的屋顶。我一看到它，心跳就不由得加快了，这一定是那个人的藏身之地。我的脚终于踏上了他那藏身之所的门槛了。

我小心翼翼地慢慢走近小屋时，找到了斯台普吞高举着捕蝶网缓缓走近落稳了的蝴蝶的感觉。这地方确实被用作居住之所。乱石之间有一条隐约可见的小路，通向破烂得要塌的、当作门用的开口。那个神秘的人一定藏在这里，现在说不定他在沼地里游荡呢。冒险的感觉让我大为振奋，我把烟头扔在一旁，手握着左轮手枪，迅速地走到门口。其实我根本不用走这么快，屋里空荡荡的。

屋里虽然没有人，可是有很多迹象表明，我没有找错地方，这里一定是那个人住过的地方。一块防雨布包着几条毛毯，放在新石器时代的人曾睡过觉的那块石板上。在一个粗陋的石框里还有一堆烧过的灰烬，旁边放着一些厨房用具，还有半桶水。一堆乱七八糟的空罐头盒，说明那人已经住了些时候了，屋角还有一只金属小杯和半瓶酒，看来这人挺有兴致。小屋的中央有一块平平的石头被当桌子用了，上面有个小布包。我忽然看到下面还有一张写着字的纸条，是用铅笔写成的："华生医生曾到库姆·特雷西去过。"

我手里拿着这张纸，在那里足足站了一分钟之久。这张纸条说明这个神秘的人跟踪的不是亨利爵士而是我了。也许就是他派那孩子监视我，这就是他写的报告，也许我来沼地的一切行动他都报告上去了。我感到有种看不见的网在向我拢来。

既然有了一份报告，就可能还有第二份，于是我就在屋里到处找起来。可是毫无踪影，也没发现住在这个怪地方的人有何特点和意图的迹象。只有一点可以确定，他对生活的舒适不大在意。我看了看开着大口的屋顶，再想想那天的倾盆大雨，更深切地了解到他的意志是多么的坚强。他是我的敌人还是保护我们的朋友呢？我下定决心，决不离开小屋。

外面，太阳已经离地平线很近了。夕阳下，一切都显得美好、恬静，但我看到这景色的时候，并未感到内心的平静，我的神经在悸动，但是决心已定，我坐到小屋的暗处，耐心地等着小屋主人的到来。

过了一阵，我终于听到他走来了，远处传来了皮鞋走在石头上所发出的"得得"声——他一步步地愈走愈近了。我退回到黑暗的屋角里，手里紧握着左轮手枪，我决定在能看清这人之前不暴露自己。

那声音停住一段时间，这说明他站住了。后来脚步声又向前走来，一条黑影由小屋的开口处投射了进来。

“亲爱的华生，这真是个美丽的黄昏。”一个极为熟悉的声音传过来，“我觉得您在外边要比待在里面舒服多了。”

12. 沼地的惨剧

我屏住了呼吸，简直不敢相信自己的耳朵。后来脑子清醒了些，也能够说话了，同时沉重的压力瞬间在我心头消失了。

“福尔摩斯！”我跳起来喊道，“福尔摩斯！”

他在外面说：“快出来吧，小心你那手枪别走火。”

我在粗糙的门框下面弓着身子，只见他坐在外面的一块石头上。当他看到我吃惊的表情时，他灰色的眼睛兴奋得转动起来。他又黑又瘦，面孔被太阳晒成了棕色，看上去很粗糙。他身穿苏格兰呢的衣服，头戴布帽，打扮得和来沼地上旅行的人一样。他还是保持着个人的清洁习惯，下巴刮得光光的。

“我活了大半辈子，感到最开心的事就是在这里看到你！”我摇着他的手说。

“我想这也是你感到最惊奇的事吧？”

“嗯，我承认。”

“其实我和你一样，我一点也没想到你会找到我这儿，更不知你藏在屋里了。我离小屋不到二十步时才察觉呢。

“是看出我的脚印吧？”

“不是，华生，我恐怕没有这个能力，如果你真的让我察觉不到，你就得把纸烟换个牌子，我在外面看到一个烟头，上面印着‘布莱德雷，牛津街’我就知道我的朋友华生一定在附近。不用问，你大胆冲进空屋时，把烟头扔掉了。”

“说得对。”

“我想到这些，又知道你向来值得敬佩的坚韧刚强的性格，我就想你一定在暗中坐着，握着你那支手枪等着屋主人回来。你把我当作那逃犯了吗？”

“我并不清楚你是谁，可是我决心要弄清这一点。”

“华生，好极了！是不是在你捉逃犯的那天晚上，我不小心站在初升的月亮前面被你瞧见了吧？”

“没错，就是那次我看见你了。”

“你一定找遍所有的小屋，才找到这间石屋吧？”

“不，我看到了你雇用的那小孩了，是他指给我搜寻的方向。”

“那你是在那个老绅士的望远镜上看到的吧。开始我看到那镜头上闪闪发光还弄不清什么东西呢。”他起身往小屋里望了一眼，“嗬，卡特莱又给我送来吃用的东西了，这张纸是什么？原来你已到库姆·特雷西去了，是吗？”

“去了。”

“去找劳拉·莱昂丝太太吗？”

“对了，是去找了。”

“干得不错。咱俩的目标一致，但愿咱俩的钻研结果凝聚到一处，会对这案子有充分的了解。”

“嘿，你能在这里，我打心眼里高兴，这个神秘的案子和重任，我实在承受不住了。你究竟是怎么来到这里的呢？我以为你在贝克街搞那件匿名恐吓信的案子呢。”

“我正希望你这么想呢。”

“福尔摩斯，原来你在利用我，并不信任我呀！”我听了他的话，又气又恼地喊道：“我想在你的眼里我不至于就这样吧！”

“我亲爱的伙伴，这桩案子和别的案子一样，你对我的帮助无可估量，你觉得我捉弄了你，那就请你原谅吧。我之所以要这样做，一部分是因为我考虑到你冒的危险，我才亲自来侦破这个案子。如果我与亨利爵士和你在一块，我相信咱们的看法一样。只要我一出面，就等于向对手发出警告，让他们多加小心了。我这样把自己做个不为人知的角色，随时准备在紧要关头全力以赴。”

“你为什么把我蒙在鼓里，不告诉我呢？”

“因为这对我毫无帮助，我还有可能被人发现。你不仅要来告诉我点什么，又要给我带来应用之物，这样咱们就要冒更大的危险了。我把卡特莱带来了，就是佣工介绍所的小家伙，我的一些简单的需要，都是他送来的，一块面包和一副干净的硬领。我还需要什么呢？他等于给我添了一双勤快的脚和一双额外的眼睛，这对我来说真是无价之宝。”

“这么说，我写的报告都白费了！”我想起在写报告时的辛苦和当时骄傲的心情，声调都颤抖起来。

“怎么会呢，这就是你的报告，我都反复地读过了。这报告在路上只耽搁一天。我得向你在处理这桩极复杂的案子时所表现的热情和智慧致以崇高的敬意。”

听了福尔摩斯赞扬的话，我起初有些不舒服的心平静下来。他说得对，要想达到我们的目的，这样做再好不过了。

他看到我脸上的表情由阴转晴后说道：“现在你把访问劳拉·莱昂丝太太的情况告诉我吧。说实话，若是你今天没去的话，明天我就可能要去了。”

这时候夕阳已落，暮色笼罩着整个沼地。天气变得凉起来，我们俩走进小屋里取暖。我们在暮色之中坐在一起，我把和那女士谈话的内容告诉了福尔摩斯，他极感兴趣，某些地方我得重复两遍，他才满意。

当我谈完后，他说道：“这事很重要，它把这桩案子里所联结不上的缺口给填上了。也许你已知道了，这位女士和斯台普吞的关系可亲密了。”

“我一点都不知道他俩的关系！”

“这事毫无疑问。他们常见面，常通信，彼此很了解。如今，这一点让咱们手里多了一件有力的武器。只要咱们用这一点对他妻子做做工作……”

“他的妻子？”

“是的，我可以告诉你一些情况。那个在此地叫斯台普吞小姐的女士，实际上就是他的妻子。”

“福尔摩斯，你说的是什么话呀，他怎么会让亨利爵士爱上那女人呢？”

“亨利爵士已堕入情网，你曾看到过，他曾尽力避免亨利爵士向那女人求爱。我再说一次，她的确是他的老婆，而不是他的妹妹。”

“斯台普吞为何要搞这一场煞费苦心的骗局呢？”

“他早就看出来了，让她扮成一个未婚女子对他有用得多。”

我的全部猜测，我那模糊的怀疑突然变得具体起来，这个戴草帽拿着捕蝶网的人，他的身上有着狠毒的心肠……

“这么说咱们的敌人就是他，在伦敦跟踪咱们的也是他吗？”

“我已经看清了他的阴谋。”

“那封警告信一定是那女人发出的啦？”

“是的。”

一桩萦绕已久，似有似无的极为可怕的罪行已在黑暗之中隐隐约约地现出来了。

“可是，福尔摩斯，你是怎么知道那女人是他的妻子呢？”

“他第一次和你见面时，曾经不由自主地把他身世中真实的一段告诉了你。我敢说，他肯定为他说出的话后悔过。通过教育部门就能弄清在教育界工作过的人，他从前在英格兰北部当过小学校长。我稍微作了一下调查，就搞清了曾有一所小学，在落败的情况下垮了台，校长和他老婆却不知去向。他们的长相和这里看到的很相似。我知道那个失踪的男人热爱昆虫学，无疑他肯定是斯台普吞了。”

夜色渐渐深了起来，我们的谈话继续着。

我问：“这个女人真是他妻子的话，那么怎么又插进来一个劳拉·莱昂丝太太呢？”

“这个问题，你了解得比我清楚。我没有听说过她和她的丈夫要离婚，假如她曾计划着要离婚，并把斯台普吞当作未婚男子，要嫁给他呢？”

“她若知道这是个骗局呢？”

“这样的话，这个女士就对我们有用了。明天咱们就去找他。唉，华生，你不觉得你自己失职了吗？你本该待在巴斯克维尔庄园啊。”

最后一抹晚霞消失了，紫色的天空中，闪烁着几颗半明半暗的星星。

“福尔摩斯，还有一个问题，”我站起来说道，“他为什么要这样做，他的目的是什么呢？”

在回答这个问题时，福尔摩斯放低了音调说：“这是谋杀，华生，是件残忍的蓄意谋杀。细节就别问了。就像他的网围住亨利爵士一样，我的网正紧紧罩着他，再有你的参与，他已经逃不脱了。现在我担心的只有一个，说不定这家伙提前下手。华生，你必须回到庄园去，细心照顾好亨利爵士。你来小屋做得很对。但你有更重要的任务。”

突然，一阵可怕的尖叫声冲破了沼地上的平静。这恐怖的喊声让我的血液几乎都凝结了。

“我的上帝，到底发生了什么呀！”我叫了起来。

福尔摩斯猛地站了起来，我看到他那健壮的身体站在小屋门口，探头向黑暗中望去。

“嘘，不要出声。”他轻声说道。

起初那喊声是由黑暗的平原上一个很远的地方传过来的，现在已显得愈来愈近，越来越大。

“是哪个方向？”福尔摩斯低声问，他也深受震惊了，“在哪儿，华生？”

“我想在那边吧。”我向黑暗之中指出。

“不，是那边。”

凄惨的喊声划破了寂静的夜，愈来愈大，越来越近。混在一起的还有一种新的声音，深沉的咕咕哝哝，既悦耳又可怕，一起一落地低吟着。

“是猎狗！”福尔摩斯喊了起来，“赶快，咱们恐怕已经来不及了！”

他马上迅速地在沼地上跑了起来，我紧跟着他。突然间，在我们的前面，那片碎石凹凸不平的地方发出一声最后绝望的惨叫，然后就是模糊而又沉重的咕咚一声。我们停住脚步，周围的一切静悄悄的。

福尔摩斯茫然地听着，接着像个神经错乱的人一样跺着脚，把手按在额上。

“咱们来得太晚了，华生，他战胜了咱们。”

“不会的，谁胜谁败还说不定呢！”

“我怎么就不采取行动呢，我真笨，华生，你怎么就不顾你应保护的人的后果呢！如果真的发生了悲剧，我们对他不客气了。”

我们在黑暗之中向前乱跑，不时地撞在乱石上，又上气不接下气地跑上了小山，再顺着另一个斜坡冲了下去，一直朝着那可怕的声音传来的方向奔去。每到高处，福尔摩斯都焦灼地往四周望一望。

“你瞧见什么东西了吗？”

“什么也没有看到。”

“可是你听听那是什么声音？”

在我们的左边，一阵低低的呻吟传进我们的耳鼓。那面有一条岩脊，尽头是陡峭的崖壁，由那里向下，可以看到一片多石的山坡。在那高低不平的地面上，平躺着一堆黑乎乎的东西，我们跑近时，看清原来是个趴在地上的人，他的头可怕地窝在身下，身体向里蜷曲着，像是要翻跟斗。他的样子很特别，我不敢相信刚才那声音是他灵魂脱壳时发出的。那个趴着的人一言不发，纹丝不动。福尔摩斯抓住他提了起来，惊恐地大叫了一声，这正是亨利爵士的尸体！

他身上穿的那一套红色的苏格兰呢制成的衣服，就是我们和他在贝克街第一次见面时穿的。福尔摩斯追悔不迭地呻吟着。

“这个畜生！畜生！”我紧握双拳，喊着，“我不能原谅自己，是我让他遭受惨祸。”

“华生，我的罪过比你大。我竟不顾我们的委托人的性命，这给我的打击太大了。”

“把他致死的那只猎狗在哪呢？还有斯台普吞呢，他在哪里呢？他得对这件事负责任。”

“我保证会让他负责的。伯侄两人都被他间接地杀死，现在咱们得设法证明人畜的关系，老天在上，不管那家伙多狡诈，我们一定要抓住他。”

这突如其来的灾难，使我们心里感到异常沉重。后来，月亮升起后，我们爬上山岩的绝顶处向黑暗的沼地望着。

我朝着斯台普吞家所在的方向大骂着：“咱们干脆现在把他抓起来。”

“条件还不成熟，那家伙狡猾到了极点，我们走错一步，那混蛋就会溜走。”

“那么，咱们怎么办呢？”

“看来只有给可怜的朋友办后事了。”

我们俩一同下了陡坡，向尸体走去，泪水模糊了我们的眼睛。

福尔摩斯在尸体旁弯下身，突然他跳了起来，大笑着抓住我的手乱摇着。他喊着：“胡子，这人有胡子！”

我不解地望着他，问：“有胡子？”

“这是我的邻居，那个逃犯，不是准男爵。”

我赶紧把死尸翻过来，一看他那突出的前额和野兽般的深陷的眼睛，我就明白闪露在我面前的是逃犯塞尔丹的面孔。

我立刻就明白了，准男爵曾告诉我把他的旧衣服送给了白瑞摩。白瑞摩把这些衣服转送了出去，以便让塞尔丹逃跑。塞尔丹身上穿的靴帽、衬衣都是亨利爵士的。这家伙死得并不冤。我兴奋地把事情的经过告诉了福尔摩斯。

“真有趣，是这身衣服导致这混蛋死亡，”他说道，“问题很简单，那只猎狗事先闻了亨利爵士用的东西后，才被放出来进行追踪的。可塞尔丹在黑暗中怎么会知道那狗跟在他身后呢？”

“他听到后面有狗的声音吧？”

“单纯一只猎狗的声音，并不会让这个逃犯吓得冒再度被捕的危险狂呼求救的。根据他的声音判断，那狗在追他以后，他一定拼命地跑了好长的一段路，他是怎么知道的呢？”

“那狗怎么单单今晚被放出来呢？它很少在沼地里乱跑，斯台普吞只有在认为亨利爵士会到那里去才会把它放出去。”

“那个疑问很快就能解答了。咱们对这个坏蛋的尸体怎么办呢？”

“在与警察取得联系之前，先把他放进一间小屋去。”

正说着，沼地上有一个人朝我们走来，他一看见我们便停住了，然后又向前走过来。

“啊，华生大夫，是您吗？真没想到这么晚在沼地里看到您。怎么，有人受伤了吗？这不会是咱们的朋友亨利爵士吧！”他慌张地走过我们的身旁，弯下腰，猛吸了一口气，口吃地说：“谁，这是谁呀？”

“是塞尔丹，从王子镇逃跑的那个人。”

斯台普吞面色苍白地转向我们，他竭力克制着惊慌和失望的表情，死盯着我和福尔摩斯。

“天哪！他是怎么死的？”

“看样子他像是在这些岩石上摔断了脖子。听到喊声时，我们正在沼地里散步。”

“你为何只替亨利爵士担心呢？”我忍不住地问了一句。

“因为我已经约他来了，但他并没来，当我听到沼地里的喊声时，自然担心他的安全了。”他的眼光从我的脸上转向福尔摩斯，问道：“这个可怜的家伙是怎么死的呢？”

“他长期在野外生活把他逼得发疯了。他疯狂地在沼地里奔跑，最后自己摔死了。”

“这个说法最合理，”斯台普吞叹了一口气说，“福尔摩斯先生，您是怎么认为的呢？”

我的朋友欠身还了礼，说道：“您的眼力真不错。”

“华生大夫来了后，这里的人就知道您会来的。您碰巧赶上看到这出悲剧。”

“是这样，我相信我的朋友的解释是正确的，我明天就要带着不快的回忆回伦敦去了。”

“怎么，您明天就回去吗？”

“我是这样想的。”

“您不想把我们搞不清的事搞出一些眉目来吗？”

福尔摩斯漫不经心地说：“这桩案子办得很不顺心，我们负责调查工作的人需要的是事实，而不是凭主观愿望得到成功的。”

斯台普吞又邀请我们到他家里去，我们谢绝了。我们离开生物学家径直向巴斯克维尔庄园走去。广漠的沼地里，只剩下那个遭遇惨剧的人躺在山坡上。

13. 设　网

我们走出沼地后，福尔摩斯对我说：“咱们就要抓住他了，这家伙真厉害！发现杀错人了，竟还能镇定自如。华生，咱们还从没遇到过比他更难斗的对手呢。”

“我感到很遗憾，他竟看到了你，你认为他会如何行动呢？”

“他也许会更加谨慎，也可能不顾一切地动用其他手段。”

“咱们可以马上逮捕他嘛！”

“亲爱的华生，仓促行动对咱们没有好处。如果他是通过一个人来进行活动，咱们还可以找到证据，但如果在大白天里拉出条大狗来，想把绳子套住狗的主人，就不那么容易了。”

“咱们有证据呀。”

“有什么呀，咱们的证据不过是猜测罢了。假如咱们的证据就是这样一段故事和所谓的‘证据’，那咱们太让人笑话了。”

“查尔兹爵士的死不就是证据吗？”

“他是吓死的，身上毫无伤痕。哪里有那狗牙的痕迹呢？再说，猎狗是不会咬死尸的。”

“这么说，今晚的事不能证明了吗？”

“今晚，咱们没见到那只猎狗，尽管听到了它的声音，可是并不能证明那狗跟在人的后面。”

“那我们现在怎么办呢？”

“希望劳拉·莱昂丝太太能帮助咱们，我想我们很快就会赢的。”

在回巴斯克维尔庄园的路上，福尔摩斯叮嘱我不要把今晚的事告诉亨利爵士，因为明天他同斯台普吞的约会凶多吉少，得有充足的准备。

“他们也和我约好了。”

“华生，必须让他单独去，那样就容易安排了。”福尔摩斯让我谢绝邀请。

福尔摩斯的到来让亨利爵士高兴极了，他早就盼着大侦探来这儿了。但他对我的朋友空手而来感到惊疑，不久，我们给他匀出了日常用具。吃夜宵的时候，我们把准男爵应该知道的都尽量讲给他听了。白瑞摩夫妇知道后，那个逃犯的姐姐痛哭起来。

准男爵边吃边说：“我曾接到斯台普吞一封信，让我今晚到他那里去，可我得恪守我的诺言，绝不单独外出。”

福尔摩斯冷淡地说：“您不知道我们曾担心您摔断了脖子呢。”

"这是怎么回事？"亨利爵士瞪大眼睛吃惊地问。

"那个家伙穿的是您送给管家的衣服。说不定警察会来找你的麻烦呢。"

"恐怕不会，先放下这事，咱们的案子有结果了吗？"

"我想，不久就会搞清楚的，这是一件很复杂的案子，有几点要弄明白。"

"我们在沼地里听到了那猎狗的叫声，您要是能给那只狗戴上笼头、套上铁链，那可就是前所未有的大侦探了。"

"只要您肯帮助，我就一定能给它戴上笼头，制服它。"

"您让我干什么我都干。"

"很好，我可得要求您别盲目去做。"说完，他凝神地注视着我头顶以上的地方。灯光照在他的脸上，他像一尊古代雕像似的。

他一边挥手指着挂满对面墙上的一排肖像说："请谅解我冒昧品评一番吧，华生总说我不懂艺术，那不过是嫉妒我罢了。你们瞧，这些人像画得多好呀。"

"您这样说我很高兴，"亨利爵士用吃惊的眼光望着我的朋友，"我对马或阉牛要比对一张画关心多了，对这不敢充内行。没想到您还对这玩意很有兴趣。"

"我能一眼看出是谁画的——那张穿着蓝绸衣服的女人像，肯定是莫奈画的；那个戴假发的胖绅士则出自瑞诺茨的手笔。这些都是您家里人的画像吗？"

"这些都是。"

"您对这些前辈的人名都记得吗？"

"白瑞摩曾详细地告诉我了，我想我还能背得出。"

"那个拿着望远镜的绅士是谁呀？"

"那位是巴斯克维尔海军少将，他曾在西印度群岛罗德尼部下任职。穿着蓝色外衣，手拿一卷纸的威廉·巴斯克维尔爵士，在庇特任首相时当过下议院委员会的主席。"

"我对面的那位穿着黑天鹅绒斗篷、挂着绶带的骑士是谁呢？"

"唉，他就是那个怪异传说的根源，品质恶劣的修果，魔犬的传说就是从他开始的。"

“你们瞧，他看上去既安详又和气的样子，可他的眼神充满了阴险毒辣。”

“他一定是修果，没错。这张画布的背面还写着姓名和年代‘1647’呢。”亨利爵士肯定地说。

吃过夜宵，亨利爵士回到自己的房间后，福尔摩斯又把我领回宴会厅。他对那老酗酒鬼产生了浓厚的兴趣，高举着蜡烛盯着这张颜色暗淡的肖像。

我望着那张有着薄薄的嘴唇、一双冷漠眼睛的画像对福尔摩斯说：“你看出什么眉目了吗？”

“他像不像一个你认识的人？”

“下巴有些像亨利爵士。”

“有一点，等会儿，”他站在一只椅子上，左手擎着蜡烛，右臂弯曲着盖住画像上的宽檐帽和下垂的长发。

“天哪！”我竟看到斯台普吞的面孔从画布里跳出来。

“怎么样，你看出来了吧，我的眼睛久经训练，能看出任何伪装。”

“真神了，这就像给他画的一样。”

“没错，这真是个有趣的返祖遗传的实例。显然那家伙是巴斯克维尔家的后代。”

“这么说，他在制造篡夺财产继承的阴谋。”

“对，这张画像恰好给了我们一个迫切需要的线索。华生，咱们算是抓住他了。明晚之前，咱们就可以用一根针、一块软木和一张卡片，把他放进贝克街的标本陈列室去了。”

他离开那张画像时，突然发出了少有的大笑。我不常听到他笑，只要他一笑，就说明有人要倒霉了。

第二天早晨我起得很早，可是福尔摩斯在我穿衣服时，正沿着车道从外边走回来。

“啊，咱们今天得好好地干他一天！今天就能见分晓了，网是全部下好了，咱们就要往回拉了。”他搓着双手兴奋地说。

“你去过沼地了吗？”我问他。

“我和忠实的卡特莱联系了一下，告诉他我安然无恙。另外，我已经给王子镇发了一份关于塞尔丹死亡报告，相信你们谁也不会因为这事惹麻烦了。”

“下一步如何行动呢？”

“得去找亨利爵士商量一下。看，他来了！”

“早安，福尔摩斯，您真像一个将军在和参谋长部署一次战役。”

“华生正向我请求命令呢。”

“我也是随时听候差遣，今晚的约会咱们一起去吧。”

“很抱歉，我和华生准备回伦敦。”

“回伦敦？”准男爵的脸上有些不悦。

“是的，我希望您能单独度过这一关，再说我们回去要比在这有用得多。”福尔摩斯的态度很坚决。

我从准男爵紧锁的眉头能感觉出，他为我们要弃他而去深感沮丧。

他冷淡地说：“你们准备什么时候走呢？”

“吃过早餐就走。我们先坐车到库姆·特雷西去，华生的行李都在这，他肯定会回来的。华生，写封信给斯台普吞告诉他你不能赴约。”

“我真想和你们一块回伦敦，我干吗一个人留这里呢？”

“你得留下来，您不是答应过我听从我的差遣吗？另外，我希望您坐马车去斯台普吞住宅，然后把您的马车打发回来，让他们知道您准备走回家。”

“我留下来吗？回来时要走过沼地吗？”

“要走过。”

“您不是常常叮嘱我不要晚上从那儿走过吗？”

“但您这一次打那儿走，保证没事。这对你也是次考验，我们相信您有信心这样做的。”

“好吧，我就照您说的去做吧。”

“您对您的生命珍惜的话，您回家从沼地穿过时，除了从梅利瑟宅邸直通格林盆大路的直道外，千万别走别的方向。”

“我听从您的吩咐。”

“很好。我真想早点动身，这样下午就能到伦敦了。”

我听着他俩的谈话很是吃惊，我怎么也没有想到他会希望我俩一块走。这么危险的时刻，我们怎么能离开呢，我真不明白。但没办法，只好听从他的安排。很快，我们跟有些生气的朋友话别，两小时之后就到了库姆·特雷西车站，随即打发马车回去。月台上有个小男孩在等着我们。

小男孩见到我们说："先生，有什么吩咐吗？"

"卡特莱，你坐这趟车进城吧。你一到地方，立刻用我的名字给亨利爵士发一封电报，就说若是他找到我丢在那里的记事本，让他用挂号给我寄到贝克街去。"

"先生，您放心好了。"

"现在你先去车站邮局问问有没有我的信。"

一会儿，那孩子带着一封电报回来了，福尔摩斯瞧了瞧便递给我。上面写着：

电报已收到。即携空白拘票前去。五点四十分抵达。

雷斯垂德

"这是我早晨那封电报的回电。咱们还得需要官方侦探的协助呢。华生，咱们这段时间去拜访劳拉·莱昂丝太太去吧。"

他的作战计划已初具眉目，他是想让亨利爵士向斯台普吞夫妇提起由伦敦发来的电报，就会完全相信我们真的离开了。我仿佛已经看到，我们很快就会网住那条尖嘴梭鱼。

劳拉·莱昂丝太太正在她的办公室里。福尔摩斯坦率地开始了他的访问，这一点使她很吃惊。

他说："我正在调查已故的查尔兹爵士暴死的有关情况。华生大夫已向我报告了您谈过的话，您对此事还有隐瞒的地方吗？"

"我有什么隐瞒的地方？"她不服气地问道。

"您已承认曾要求查尔兹爵士在十点钟时到那门口去。我们知道，那正是他死去的时间和地点。您不觉得这之间有关联吗？"

“这些事件并没有什么关联啊！”

“你如果这样认为，那真是巧合了。坦白地说，莱昂丝太太，我们认为这是一桩谋杀案。根据已有的证据，不仅是您的朋友斯台普吞，就连他的太太也要被牵扯进去的。”

那女士猛地从椅子里跳了起来，惊呼道：“他的太太？！”

“这事不用再隐瞒了，他的妹妹实际上就是他的妻子。”

莱昂丝太太又坐了下去，两手紧抓着扶手，激动地说：“他的太太？他还没有结过婚呀！”

福尔摩斯耸耸肩，没说什么。

“您这样说，给我拿出证明来……”她那惊异的眼神，比任何话都更说明问题。

福尔摩斯从口袋里抽出几张纸来说：“我到这里来正准备向您证明，这是一张四年前他夫妇在约克郡拍的像片。背面写的是‘凡戴勒先生和夫人’，您不难认出来的。这是几位可靠的证人寄来的三份关于这对夫妇的材料，他那时开着一所私立圣·奥利弗小学。你看看，是不是这两个人。”

她看了看俩人的合影，然后抬起头来望着我们，板着面孔，冷冰冰地现出一种极度绝望的神情。

她有气无力地说：“福尔摩斯先生，这人曾向我说只要我能和丈夫离婚，他就和我结婚。这个坏蛋，没和我说一句真话，他想法骗我。我一直是他手里的工具，他对我没有丝毫真情，我为什么要掩护他的罪恶呢？您愿意问什么就说吧！我向您发誓，当我写那封信时，并没想到会害了那绅士，他是我最好的朋友了。”

“太太，我怎么不相信您呢？”福尔摩斯说，“您先把事情的原委说一遍，这样会好受一些。那封信是斯台普吞建议您写的吧？”

“是他说，我写的。”

“等您把信发出后，他又劝阻您不要去赴约吧？”

“他对我说，为离婚诉讼费而让别人出钱有伤他的自尊心，还说，他虽是个穷人，也要花尽最后一个铜板，来达到我们的目的。”

“案发后，他曾叫您发誓，绝不要说出您和查尔兹爵士的约会吧？”

“对，他说那是一件很神秘的暴死，如果被人知道了我们约会的话，我会遭嫌疑的。我为这事吓得不敢说话。”

“是这样，您没有怀疑过他吗？”

她犹豫了一下，低下头说：“我知道他的为人。但他若是对我真诚，我也会永远对他忠诚。”

“总的来说，您很幸运脱身了呢，”福尔摩斯说道，“您了解他的担忧，他是清楚的，几个月来，您都在悬崖边缘生活，但灾难快过去了，莱昂丝太太，我们得向您告别了，不久您就能听到我们的消息了。”

当我们站在那里等着由城里开来的快车时，福尔摩斯说：“咱们破案前的准备工作已完成了，一个个困难都解决了。不久我就能写出一本完整的近代奇异惊人的小说了。这案子更奇特，咱们现在还没有掌握确切的证据，但今晚，我们就会制服这个诡计多端的人。”

从伦敦来的快车怒吼着开进车站，一个矮小，但结实得像叭喇狗似的人，由头等车厢里下了车。我们三人握了手，雷斯垂德显然从福尔摩斯身上学了好多东西，对他毕恭毕敬。

雷斯垂德问：“有什么好事吗？”

“这事再重要不过了，”福尔摩斯说，“今晚，就让你呼吸一下达特沼地上的新鲜空气，好把你喉咙里的伦敦雾气赶跑，我想你是不会忘掉这次旅行的。”

14. 巴斯克维尔的猎犬

黑暗中，我们三人坐着马车从库姆·特雷西往沼地上走。福尔摩斯在行动之前从不让人知道他的计划。期待着将要发生的一切的心情，使我们都激动起来。由于马车夫是雇来的，车上只能谈无关紧要的事，实际上大家都紧张极了。但当我们过了弗兰克兰家后，离庄园越来越近，心情却轻松了许多。我们没有把车赶到楼房门前，而是在靠近车道的大门口下了车。我们付了车钱，并让车夫回到库姆·特雷西去。然后，我们向梅利瑟宅邸走去了。

“雷斯垂德，你带着武器吗？”

那矮个侦探笑了一下说："只要我穿着裤子，屁股后面有个口袋，准往里面搁点什么。"

"好！我俩也都做好了应急的准备了。"

"这地方可让人高兴不起来，"那侦探说着打了个冷战，望了望四周阴暗的山坡和格林盆泥潭上面的雾海，"咱们前面有一座房子亮着灯。"

"那是梅利瑟宅邸，也就是我们这次旅程的终点了。现在我要求你们一定要用足尖走路，放轻声音说话。"

我们继续沿着小路往前走，离那房子约有两百码的地方，福尔摩斯把我们叫住，说："就在这里吧，右侧的山石正好作屏障。"

"咱们就在这里等吗？"

"咱们的伏击不久就要开始了。雷斯垂德，到这条沟来吧。华生，你到那所房子去过，你能说出各个房间的位置吗？这一头的几个格子窗是哪间屋的？"

"是厨房的窗户吧。"

"再往那边那个很亮的呢？"

"那一定是餐厅。"

"百叶窗是拉起来的，你熟悉那里的地形。请悄悄走过去，看看他们正在做什么。"

我顺着小径轻轻走去，弯身藏在一堵矮墙的后面。借着阴影我到了一个地方，从那里可以直接看到没挂窗帘的窗口。

屋里只有亨利爵士和斯台普吞两个人，他俩面对面坐在一张圆桌的两边，侧面向着我。斯台普吞兴致勃勃地谈论着，而准男爵面色苍白，心不在焉，可能是他想到要单独走过那不祥的沼地而心怀担忧。

正当我望着他们时，斯台普吞忽然起身离开房间，同时亨利爵士又斟满酒杯，向后靠在椅背上，吐着雪茄烟。我听到一声门的咯吱声和皮鞋在石子路上发出的清脆的声音，脚步声走过了我所蹲着的那堵墙那边的另一条小路。从墙头上望去，我看到生物学家在一所小房门口站住了，钥匙在锁眼里一拧，他走了进去。接着那间小房里面传来一阵奇怪的扭打的声音。过了一会儿，我又听到他拧了下钥匙，顺着原路到餐厅。我看见他俩又在一起了。于是我又悄悄回到我的伙伴们等我的地方，告诉了他们所看到的情况。

福尔摩斯听了话，问："华生，你看见那位女士了吗？"

"没有"。

"她会在哪里呢？除了厨房之外没有一间屋子亮着灯光呀！"

"我想不出她在哪里。"

正说着，大格林盆泥潭上的浓厚的雾，向我们慢慢飘了过来，积聚得像一堵墙竖在我们的旁边，又低又厚，界线分明。月光一照，岩岗上闪闪发光。福尔摩斯一面望着缓缓飘行的浓雾，一面不耐烦地嘟囔着："华生，大雾正向咱们靠拢呢。"

"情况严重吗？"

"很严重，这要打乱我的计划啦。咱们能否成功和他的性命安危都要取决于他是否能在浓雾遮住小路之前出来。"我们焦灼地等待着，在我们面前就是房屋的黑影。下面那些窗户里射出了几道宽宽的金黄色灯光，向着果木林和沼地的方向照去。其中的一道忽然灭了，说明仆人们已经离开了厨房。这时候，只剩下饭厅里亮着灯，里面的两个人还在抽着雪茄闲谈。一个是蓄意谋杀的主人，一个是蒙在鼓里的客人。

像羊毛一样的白花花的大雾，越来越近地向房屋飘近。一会儿，果木林后面的墙看不见了。在我们守望的时候，滚滚的浓雾已经爬到了房子的两角。福尔摩斯急切地用手拍着面前的岩石，不耐烦地跺着脚。

"他在一刻钟之内再不出来，这条小路就要被遮住了，再过半个小时，咱们把手伸到面前都看不见了。"

"咱们退到一处较高的地方去吧。"雷斯垂德说。

当浓雾向我们涌过来时，我们向后退到离房子有半里远的地方。那浓白色的海洋依旧向前推进着。

福尔摩斯说："咱们走得太远了，他会在走近咱们之前就被人追上的。咱们得不惜任何代价坚守在这里。"他跪了下来，把耳朵贴在地面上说："我已经听到他走来了。"

一阵迅急的脚步声打破了沼地的寂静。我们蹲在乱石中，耐心地盯着面前那段银白色的雾墙。他走出浓雾时，惊慌地向四周望了望，然后在清朗的夜色中，他迅速地顺着小路走来。他一边走，一边心神不宁地左顾右盼地往后望着。

"嘘！"福尔摩斯嘘了一声，扳开手枪机头说："注意，它来了！"

从徐徐前进的雾墙里传来不断的吧嗒吧嗒声，我们三个人瞪大眼睛死死盯住那儿，不知那里会出现什么可怕的东西。我朝站在身边的福尔摩斯脸上望去，他苍白的脸上现出狂喜的神情，双目炯炯有神。忽然，他两眼猛地向前死死盯住一点，惊异地大张着嘴。就在那时，雷斯垂德吓得叫了一声趴在地上。我跳了起来，哆哆嗦嗦地紧抓着手枪。在雾影中向我们奔来的那形状可怕的东西吓得我不知所措。那是一只平时极难看到的黑得像煤炭似的大猎狗，它那张着的血盆大嘴好像在向外喷着火，它的眼睛也亮得像冒火，颈毛和脖子下都在闪烁发光。

这头庞大的黑家伙，跨着大步，顺着小路蹿了下来，紧追着亨利爵士。在我们惊得神志恢复之前，它已从我们面前跑过去了。接着，福尔摩斯和我一起开了枪，那家伙难听地吼了一声，这说明它至少中了一枪。可它没有停住脚步，而是继续向前窜去。在小路上远远的地方，我们看到亨利爵士正回头望着，在月光照耀之下，他吓得面如白纸，扬起手，绝望地望着那只对他穷追不舍的大猎狗。

我们的恐惧已被那猎狗痛苦的嗥叫完全消除了，它怕打，那它就不是鬼怪，我们既能打伤它，也就能杀死它。福尔摩斯在那天夜里跑得格外的快，竟把我像我赶过那个公家侦探一样甩在后面。我们向前飞奔时，前面传来亨利爵士一声声的喊叫和那猎狗发出的深沉的吼叫。我们赶到时，那野兽蹿起来扑倒准男爵，向他的咽喉咬去。在这千钧一发之际，福尔摩斯一连气把左轮手枪里的五颗子弹都打进了那家伙的侧腹。那狗发出了最后一声痛苦的嗥叫并向空中狠咬了一口，随后四仰八叉地躺下去，乱蹬了一阵便不动了。我本想再补一枪，可那大狗已经死了。

亨利爵士躺在摔倒的地方，失去了知觉。我们把他的衣领解开，爵士身上并无伤痕，还能及时救醒。他的眼皮抖动了几下，有气无力地想要挪动一下。雷斯垂德把他那白兰地酒瓶塞进准男爵的上下牙齿中间，他的眼睛惊恐地望着我们，有气无力地说道："那是什么呀？什么东西？"

福尔摩斯说："不管它是什么，反正它已死了，我们把您家的妖魔彻底地消灭了。"

躺在我们面前的四肢伸开的猎狗尸体，其身体的大小和力量真是吓人。它不是纯种血獥，也不是纯种的獒犬，像这两类的混合种，外貌凶悍，大得像个牝狮。就是现在死了，那张大嘴好像依然向外滴答着蓝色的火焰，它深陷而残忍的小眼睛周围现出一圈光环。我摸了摸那发光的嘴头，一抬起手，我的手指竟也发出光来。

原来是磷在发光。

"这是多狡猾的诡计呀！"福尔摩斯闻着那只死狗，说："这并不影响它的嗅觉，亨利爵士，太抱歉了，让您受了这么大的惊吓。我没有想到会是这样的一只大狗，雾色未能让我们截住它。"

"您总算救了我一条命。"

"让您经历了这样一次大险，您还能站起来吗？"

"再给我喝一口白兰地，我就什么都不怕了。请扶我起来吧，您说说接下来怎么办呢？"

"您留在这里吧，今晚您不能再冒险了。我们得离开您了，"福尔摩斯说道，"剩下的事非干不可，每一分钟都极其重要，现在证据已齐全了，只差逮住那坏蛋了。"

我们顺着小路快捷地走回去时，福尔摩斯说："那些枪声已经告诉他，他已经没戏了。"

"这场雾可能把枪声挡住了呢。"

"不会的，他现在已经逃跑了，咱们搜查一下房子就会知道的。"

前门开着，我们一冲而入，匆忙地由这间屋走进那间屋，在过道里碰到一个神色慌张、衰老的男仆。我们在房子里没有找到要追寻的那人的踪影，最后在二楼上发现有一间寝室的门被锁了起来。

"里面有人！把门打开！"雷斯垂德喊了起来。

屋里面传出低弱的呻吟和沙沙的声音。福尔摩斯用脚底板往门锁上面一蹬，门开了，我们三人端着手枪冲进屋里。

屋里并没有那个胆大妄为的坏蛋，出现在我们面前的房间，像个小型博物馆，墙上装着一排安着玻璃盖的小匣，里面全装着供那个一肚子坏水的家伙消遣的蝴蝶和飞蛾。

我们吃惊地发现，中间直立的木桩上面捆着一个人，那人被布单捆绑得不能出声。那人被一条毛巾缠着脖子，另一条毛巾蒙住下半部面孔，上面露出的两只黑眼睛死盯着我们。一会儿，我们就把那人嘴上和身上捆着的东西解下来，斯台普吞太太在我们面前倒了下去。

“这畜牲！”福尔摩斯喊道，“哎，雷斯垂德，白兰地呢？快把她扶到椅子上，她都昏过去了。”

一会儿，她睁开眼睛问道：“他安全吗？跑掉了没有？”

“太太，他从我们手里是逃不掉的。”

“不是，我说的是亨利爵士，他没事吧？”

“他一切都好。那只猎狗已经死了。”

听了这话，她满意地发出一声长长的叹息。

“感谢上帝！这个坏蛋！看他是怎么对我的呀！”她猛地拉起袖子露出伤痕累累的胳臂来。“这算不了什么，他污损了我的心灵，我成了他作恶的工具和欺骗的对象。”她说着突然痛心地哭了起来。

“太太，您对他情断义绝了吧，那么，告诉我们他去哪里了。如果您曾帮他做过坏事，现在就将功补过吧。”

“他肯定逃到那个地方去了，”她回答道，“泥潭中心的一个小岛上，有一座旧锡矿，他把猎狗就藏在那里，他在那里做了准备以防不测。”

福尔摩斯端灯走向窗前，望着窗口外羊毛似的雾墙说：“看，今晚谁也找不到走进格林盆泥潭的道路了。”

“我看他是进得去出不来了！”她突然拍手大笑，眼睛里和牙齿上闪着吓人的狂喜的光芒，“他今晚怎么能看清那些木棍路标呢？用来标明穿过泥潭的小路。路标是他和我一起插的，如果我今天能拔掉它们多好呀，那样他就随您处置了。”

雾气未散，任何追逐都是白费气力。雷斯垂德留下照看房子，我和福尔摩斯陪着准男爵一起回到巴斯克维尔庄园去了。斯台普吞家人的实情不能再瞒着他了，没想到他竟能勇敢地承受着打击。但夜间那场冒险让他的神经受到了创伤，天亮之前发起高烧神志昏迷地躺在床上，摩梯末大夫照顾着他，并和他约好，在亨利爵士恢复饱满精神之前一起去作一次环球旅行。

在那猎狗死后的第二天清晨，雾不见了，我们由斯台普吞太太引导着找到了一条贯穿沼泽的小路。看着她带领我们追踪她丈夫迫切的心情和欣喜，我们能感觉出这个女人的过去有多么不幸。我们让她留在一个窄长结实的地面上，然后沿着插在沼地上小木棍的标志向前走去。这条曲折的、满是漂着绿沫的水洼和污浊的泥坑的小路，不止一次地使我们失足陷入黑色的泥坑。我们看到曾有人在我们之前穿过这条危险的路，粘土地上的一堆棉草中露出一件黑色的东西。福尔摩斯由小路向旁边只迈了一步，就陷进泥潭，直陷到了腰那样深。若不是我们及时拉他出来，他恐怕再也不会回到坚实的陆地上了。他举起了一只黑色的高筒皮鞋，里面印着“麦卡斯·多伦多”。

“这个泥浴还值得一洗，这就是亨利爵士丢失的那只皮鞋。”他兴奋地说。

“一定是斯台普吞逃跑时丢在这里的。”

“对，他让猎狗闻了鞋味去追踪后还把鞋留着，当他知道鬼把戏被拆穿就逃跑了。我们知道，至少在这里他还是安全的。”

沼地里根本不可能找出脚印，如果大地没有说谎的话，那么斯台普吞在昨天挣扎着穿过浓雾并没达到隐蔽之所。这个残忍的家伙永远地埋葬在污浊的大泥潭里。

我们到了那个坏蛋作恶的小岛上，找到很多他遗留下的痕迹，一只大的驾驶盘和一个装满了一半垃圾的竖坑，说明这是一个被废弃不用的矿坑。旁边还有支离破碎的矿工小屋，显然，这儿的恶臭熏跑了开矿的人。在一个小房里，有一只马蹄铁、一条项链和一些啃过的骨头，说明那里是隐藏过那只畜牲的地方。旁边一具还粘着一团棕色的毛骨架，躺在断垣残壁之间。

“一只狗！”福尔摩斯说道，“天哪，这不是摩梯末大夫的卷毛长耳犬吗？他可以把狗藏起来，但不可能让它不出声，华生，你们听到的怪叫声看来就是它吼出来的。这只铁罐里的糊状东西，无疑是那畜生身上发光的混合物。他所以采用这办法，是受到世代相传的关于魔狗的故事的启发，并居心要吓死查尔兹老爵士。这确实是个恶毒的阴谋，因为这样不仅可以把要谋害的人置于死地，而且让周围的农民相信那个传说的存在。这样阴险的人从未见过。”

福尔摩斯向着广袤而色彩斑驳的泥潭挥舞着他那长长的臂膀，泥潭向远处延伸着，直到和赤褐色的沼地的山坡连成一片。

15. 回　顾

亨利爵士和摩梯末医生准备作一次长途旅行前，拜访了我们，很自然地谈起了这个问题。

当亨利爵士问起全案的梗概时，福尔摩斯说：“我的调查已证实了巴斯克维尔家的画像并没骗人，那家伙其实就是查尔兹爵士的弟弟罗杰·巴斯克维尔的儿子。罗杰曾带着极差的名誉逃到南美洲，传说他在那里没结婚就死了，其实他结了婚并生了一个儿子。这个小家伙和父亲同名，他和一位哥斯达黎加的美人贝莉儿·迦洛茜娅结了婚，在一次偷取了大批公款后，他就改名凡戴勒逃到英格兰。在这里，他又在约克郡的东部开办了一所小学。他所以想搞这种事业，是因为他在归途中偶尔结识了一个患有肺病的教师，他想利用这人的能力做一番成功的事业。可是这个教师死了，弄得这学校名誉不佳直到臭名远扬。凡戴勒夫妇感觉最好改姓斯台普吞，于是他就带着余下的财产，带着未来的计划和对昆虫学的爱好迁到英格兰南部去了。我从大英博物馆得知，他在这一门学问里还是公认的权威呢，有一种他首先发现的飞蛾，还被命名为凡戴勒。

“那家伙显然在调查之后，发现了只有两个人有碍于他继承庞大的财产。在去德文郡时，他的计划还很模糊，他带着自己的太太并让她以妹妹的身份出现，显然从一开始就居心不良，他想用她作钓饵。为了把财产弄到手，他不惜采用任何手段或冒任何危险。他的第一步行动就是把自己的家安置在邻近祖宅的地方，愈近愈好。第二步就是培养起与查尔兹·巴斯克维尔爵士和邻人们的友情。

“查尔兹爵士告诉了他关于家族猎狗的传说，他的脑子里立刻想出一个置男爵于死地，而又查不出真正凶手的办法。他知道查尔兹爵士既迷信又心脏不好。一个阴谋的计划者，利用一只凶恶的猎狗，用人工的方法把这动物变得和魔鬼一样可怕。他从贩狗商人那儿买来一只极强壮、凶猛的大狗，并为狗找到了一处安全的藏身之所，待机使用。

“可是，查尔兹爵士晚上几乎不出门，斯台普吞带着猎狗在外埋伏毫无结果。他曾希望他的太太将老绅士引向毁灭，可无论怎样殴打她，她也决不参与这件事，这段时间，斯台普吞一筹莫展。可他还是抓住了机会。查尔兹爵士对他产生了友情，就在帮助可怜的莱昂丝太太那件事里他负责掌管一笔慈善金。他以单身汉的身份向她表示要和她结婚。但他那计划面临一个紧要关头，查尔兹爵士应摩梯末大夫建议准备离庄园而去。他决定马上采取行动，迫使莱昂丝太太写了封信，恳求老绅士在去伦敦的前一天晚上见一面，之后又编了一套挺有道理的理由阻止她去赴约。

“在傍晚时，他有足够时间弄回他的猎狗，抹好发光涂料，再带着那畜生到栅门附近去。那老绅士恰好在那等着，那狗受到主人的怂使，跃过栅门向不幸的老人追过去，他被追得沿着水松夹道飞奔。由于恐惧过度，他的心脏承受不住，最后他在夹道尽头倒地身亡。当狗看到他一动不动后，发现他已死去就转头离开了。就在这时，他留下了摩梯末医生所看到的爪印。这件神秘的事件使官方感到莫名其妙，最后我们接手调查了这桩案子。

“我们再来看与此案有关的两个女人，斯台普吞太太和劳拉·莱昂丝太太都对斯台普吞极为怀疑。斯台普吞太太知道他在暗算那老头，也知道那只猎狗；莱昂丝太太对这两件事不清楚，可她怀疑的是暴死的时间正是她取消了的约会时间。他对她们一无所惧。

“后来，斯台普吞从摩梯末医生那里知道继承老绅士遗产的亨利爵士的消息。他原想在伦敦就把这陌生的青年弄死，他怕他的妻子坏他的事，就带她一起到了伦敦，并把她关进房间里。他自己装上假胡须，跟踪摩梯末医生的行踪。他的太太害怕他再作恶事，又对他的残暴产生恐惧心理，于是她拼凑了那样的一封信，向亨利爵士发出第一次危险警告。

“弄一件亨利爵士的衣物对斯台普吞极其重要，于是他以特有的机警和大胆动起手来。我们可以肯定，旅馆的男女仆人一定都收了他的好处费才帮助他达到目的。后来，第二天早晨，咱们的朋友又来拜访咱们，斯台普吞一直在追踪着。斯台普吞的罪恶历史绝非仅此一案。西部曾发生四次大盗窃案，可是没有一次捉到罪犯。我相信，他就是这样补充了他那日渐减少的财产。

“那天早晨，他成功地逃掉了，并且通过马车夫将我的姓名传达给我时，咱们已领略了他的机智和大胆了。从那时起，他知道我在伦敦着手这桩案子，他只好回到达特沼地，等候准男爵的来临。”

“等一下，”我插言道，“主人在伦敦时，那只猎狗怎么办呢？”

“这是件重要的事情，斯台普吞有一个忠实的老仆人叫安东尼，他俩的关系要追溯到多年前斯台普吞做小学校长时期。这个人，像斯台普吞太太一样，英文说得很好，但带着奇怪的大舌头的味道。我曾亲眼见过那老头经过斯台普吞所标出来的小路走过格林盆泥沼，猎狗很可能是由他来照管。

“也许你们还能记得，当我检查那张上面贴着报纸铅字的信的时候，我仔细地检查了纸里面的水印。在检查时，我把它拿在离眼睛只有几英寸的地方，感觉出有一种像是白迎春花的香味。那股香水说明，案子里面牵扯到一位女士，当时我心里已经开始想到斯台普吞夫妇。我就是这样地在去西部乡下之前肯定了那猎狗，并且猜出了罪犯。

“我玩的把戏就是监视斯台普吞。可是，我和你们在一起就会干不成这件事，我把大家都蒙骗了，悄悄地去了乡下。卡特莱和我一同来了，他假扮成农村小孩。他对我的帮助太大了，我得靠他才能弄到食物，并抓住所有的线索。

“华生大夫的报告对我帮助太大了，特别是有关斯台普吞身世的那篇，让我证明他们就是那对夫妇了。华生，当你在沼地里发现我的时候，我已把全部的事实弄清楚了，可是我没有拿到足够的罪证。看样子除了当场这样做之外，别无他法了。我们这样去做了，并因此让咱们的委托人受到了惊吓。在这件不能忘记的事情里，最令他伤心的是那不幸的女人骗了他。

“现在再来谈谈她在此案中所扮演的角色吧。无疑地，她受着斯台普吞的左右。其原因也许是爱情，也许是恐惧，更可能两者都有。在他的命令之下，她同意装作他的妹妹。斯台普吞似乎有嫉妒心，当他看到准男爵向女士求婚时，他还是忍不住出面干涉。他用笼络感情的办法使亨利爵士经常到梅利瑟宅邸来，以便早晚能获得所期望的机会。在事情危急的那一天，他太太突然同他对立起来。她知道，亨利爵士来吃晚饭那一傍晚，那只猎狗就关在外边的小屋里。她谴责了她丈夫预谋要干的罪行，她第一次透露了她另有所爱。她那往日的柔顺突然变成深深的仇恨，他看得出来，她会将他出卖，因此他就把她捆了起来，以免她去警告亨利爵士。我想，他打错了算盘，他的命运同样是注定的。一个有着西班牙血统的女人是不会那么轻易地宽恕这样的侮辱的。我要讲述的就这些了，我不知道是否还剩下什么重要的东西没解释。”

“他是不是指望那只可怕的猎狗，像弄死老伯父那样吓死亨利爵士呢？”

“那畜生凶猛得很，又只能喂个半饱。他的外表就能使被追踪的人丧失抵抗力。”

“当然了。最后还有一个难题，如果斯台普吞继承了财产，他怎样来解释这样的事实呢，作为继承人，为什么一直更名改姓地隐居在离财产那么近的地方呢？他要求继承权怎能不引起别人的怀疑和要求进行调查了呢？”

“这真是一个难题，我恐怕解决不了这个难题。过去和现在的事还能搞清，一个人将来怎样就很难谈了。斯台普吞太太曾几次听到她丈夫谈论这个问题，有三个方案可以考虑：他可能从南美洲要求继承这份财产，让当地的英国当局证明他的身份，这样可以不来英格兰就能弄到财产；另外，他也许会在伦敦隐居一段时间，等风平浪静后作为事实上的唯一合法继承人出面；当然，他也可能用金钱收买一个同谋，再假造一些文件，只要求部分继承权。这样，既可以堵住当地人的口，又可以得到实惠。啊，我亲爱的朋友，咱们已经紧张工作几个星期了，这个案子也侦破完了，该好好地去轻松轻松了。我在虞格诺戏院订了一个包厢，咱们在半小时内穿戴好，先去玛齐尼饭店吃晚饭吧。”

恐 怖 谷

1. 密　码　信

线人皮尔洛克给福尔摩斯寄来了一封古怪的密码信——

534　C2　13　127　36　31　4　17　21　41

DOUGLAS　109　293　5　37　BIRLSTONE

26　BIRLSTONE　9　47　171

当我和福尔摩斯正为如何破译这封密码信而大伤脑筋的时候，皮尔洛克的另外一封信又到了。他在后面这封信里不仅没有提醒我们破译密码的方法，反而让我们把密码信给烧了，他说，即使破译了也无济于事，何况大恶魔莫里亚蒂已经怀疑他背叛了组织。

福尔摩斯并没有立即把密码信给毁了，我们继续想方设法破译起来，终于，我们把它破译出来了，密码信写的是：伯尔斯通村伯尔斯通城堡的富绅道格拉斯有生命危险，十万火急。

“糟了！”我惊叫道，“皮尔洛克说即使我们破译出来了也无济于事，难道道格拉斯已经——”

一阵敲门声打断了我的话。

听差毕利拉开门后，伦敦警察厅的麦多纳警官走了进来。麦多纳是伦敦大名鼎鼎的警官，以前，他曾请福尔摩斯帮忙侦探过几个案子，麦多纳对福尔摩斯非常尊重，福尔摩斯也喜欢这位能干而又谦虚的警官。

福尔摩斯把桌上的密码信译稿拿起来递给麦多纳说：“你是为这个事来的吧？”

“天啊！”麦多纳吃了一惊，

"你是从哪儿得到消息的？！我刚得到消息说道格拉斯今天凌晨被人暗杀了。我正想请你和我一起去伯尔斯通呢！"

"麦多纳先生，"福尔摩斯说，"还是先请你告诉我们你知道的消息吧。"

"好的，"麦多纳说，"苏塞克斯的地方警官梅森在报告里说，道格拉斯是午夜时分被火枪击中头部致死的，他说案子的性质是谋杀案，身份不明的凶犯杀人后潜逃了。他还说这个案子非常复杂和离奇，他希望我把你也请到他管辖的伯尔斯通去。"

"麦多纳先生，"福尔摩斯说，"目前我能肯定一件事——道格拉斯的死和伦敦黑社会头子莫里亚蒂有关。我们要做的，就是去伯尔斯通查清事实经过。"

2. 伯尔斯通的悲剧

现在，让我们来看看这个案子的一些背景材料吧，只有这样，读者们才能对此案涉及的一些人物有更深的了解。

伯尔斯通原来是苏塞克斯郡北部的一个边远村落，有一片古老的半砖半木的房屋，由于风景优美，这个寂静了一百多年的小村庄从外地迁来了不少有钱人，他们盖了不少别墅，由于人口激增，村里又出现了不少小店铺，繁华热闹的伯尔斯通已经初具大城镇的雏形了。

伯尔斯通庄园在镇外半英里左右，庄园里山毛榉树林立，庄园的中心是伯尔斯通城堡。城堡初建于十字军东征的时候，当时，战功赫赫的坎普司在英王赏赐给他的这片土地的中央建起了他的城堡。1543 年，城堡毁于火灾，17 世纪初，城堡重新建了起来。

城堡的山墙和菱形格窗依稀可见 17 世纪的影子，城堡外围绕着两条极富尚武精神的护城河。外河已经干涸断流，被辟作了菜地。内河虽然只几英尺深，但还有四十英尺宽的水面。它环绕城堡一周后，流进了不远处的小河，因为它常年流动，所以水质还不错。城堡最下面的那层窗户离水面还不到一英尺高。

那座吊桥是进入城堡的唯一的路。吊桥的铁链和绞盘原本锈坏了，不过，城堡的新主人奇迹般把它修复好了，从此，吊桥每天天亮放下，天黑吊起，就跟中世纪一样。天黑之后，这座城堡就成了一座孤岛了——这与后来发生的震惊英伦的这个大案有直接关系。

道格拉斯先生买下这座城堡时，它已荒芜多年，快要坍塌了。道格拉斯和他太太作为主人住了进去。道格拉斯不管在性格上还是在人品上都很不一般。他年龄在五十岁上下，下巴硕大，面容粗犷，胡子灰白，目光锐利。修长结实的体形，其健壮机敏丝毫不减当年。他总是喜气洋洋，平易近人。他的不拘礼仪常常令人觉得他也许经历过那些有钱的邻居从未体验过的下层社会生活。

尽管那些目空一切的邻居经常拿好奇而警惕的眼光来看他，但由于他对慈善事业的慷慨解囊，对社区活动的热情，再加上他那副受人欢迎的男高音歌喉，他很快便在当地树立起名望了。他看起来很有钱，据他本人说，他以前在美国加利福尼亚淘过金。

道格拉斯的慷慨大方和平易近人使他人缘很好，他的临危不惧的精神更是让人钦佩——尽管他骑术不高，但所有的狩猎活动他都积极参加，而且还敢跟高手较劲；有一次，教区牧师家不慎着火了，当时连消防队都束手无策，他却勇敢地冲进火海，救出了不少财物。道格拉斯搬到老城堡五年时间不到，在伯尔斯通却已是深得众望了。

在英国，外地人一般是很难融入当地人的生活的，但道格拉斯太太却例外，经常有人去拜访她，人们对她赞不绝口。但她生性不爱社交，她更多的时间是待在城堡里料理家务，照顾丈夫的起居。据说她是英国人，她是在伦敦邂逅当时刚刚失去妻子的道格拉斯先生的。她容貌美丽，身段苗条，肤色较深，她比她丈夫小二十岁，但年龄的差距并不影响他们恩爱的夫妻生活。

案发时现场还有一个人也很重要。他是道格拉斯家的常客，名叫巴克。

巴克长得高高大大，身手敏捷，伯尔斯通好多人都认识他，但他跟道格拉斯的关系最好。据巴克自己说，他在美国就与道格拉斯认识了，他们的关系相当密切，他可能是唯一知道道格拉斯底细的人。巴克看起来很有钱，但熟悉的人都知道，他还是光棍一条。

巴克比道格拉斯年轻些，顶多四十五岁。他虎背熊腰，脸刮得净净的，眉毛浓密，眼神咄咄逼人，让人望而生畏。他那拳击手般粗壮的双臂更让人不敢轻视。巴克对骑马狩猎没什么兴趣，他喜欢叼着烟斗，在这个古老城镇的大街小巷到处闲逛。有时候，他或者和道格拉斯一起，或者和道格拉斯太太一起，驾着马车游览美丽的乡村风光。

尽管巴克是个性情随和的绅士，但管家艾姆说："尽管这样，可我们谁也不敢冒犯他。"

巴克和道格拉斯亲如手足，与道格拉斯太太也有很深的友情，但这种友情经常引起道格拉斯发火——这点，仆人们都察觉到了。巴克是这个案子中很有干系的人物。

城堡里头的其他人只提艾姆和艾伦太太就足够了。管家艾姆生性拘谨、古板，但非常能干。领班艾伦太太是个健康、快乐的人，她帮女主人管理家务。其余的六个仆人和一月六日晚上的案子毫无干系，所以略去不提。

那天晚上，十一点四十五分，巴克气喘吁吁地跑到伯尔斯通的警察所门前，拉响了警钟。他上气不接下气地报告说，城堡里出命案了，道格拉斯被人谋杀了。然后，他又匆忙赶回了城堡。几分钟后，警官威尔逊也赶到了城堡。威尔逊是伯尔斯通警察所的主管，他向上级苏塞克斯郡警局通报完后，急急忙忙往城堡赶，他到的时候才十二点刚过。

威尔逊赶到城堡时，吊桥早已放下了，城堡内外灯火通明，人们神情紧张地彼此紧挨着站在大厅里，惊恐不已的管家神经质般站在门口不停揉搓着双手。只有巴克还沉得住气，他打开门，把警官领了进来。一起进来的还有伍德先生，他是伯尔斯通非常有名的医生。他们三人一同走进了死了人的房间，吓坏了的管家也跟着进来了，他进来后把门关上了，他怕女仆们看到案发现场惨不忍睹的情景。

死者四脚朝天地倒在房间中央。他穿着睡衣睡裤，还披了件桃红色睡袍，一双软毡拖鞋在他脚上套着。医生举起油灯在死者旁边蹲下身看了一眼，便断定死者死于枪击。一支造型奇特的双管火枪在死者胸部横放着，火枪的枪管被锯短了很多，两个扳机用铁丝绞到了一起——这样，火枪便可以双弹齐发，杀伤力更大了。从死者的头部几乎被炸成碎片这点来看，射击距离是非常近的。

从未经历过这种大事的警官不敢随便行事。他心慌意乱地看着那颗可怕的脑袋，轻声说："我们都别乱动，一切等我长官来了再说。"

“到目前为止，”巴克说，“我们把现场保护得很好，我敢保证，你们现在看到的和我当时看到的一模一样。”

“案子是什么时间发生的。”警官掏出笔记本问。

“十一点半，当时我还没上床睡觉，正坐在卧室的壁炉前烤火，忽然听见枪响——响声不大——像是被什么捂住了。我赶到他这间书房时，桌上的蜡烛还燃着，一分钟后，我把油灯点亮了。”

“你看到什么人没有？”

“没有。当我听到道格拉斯太太在下楼便赶紧跑了过去，把她挡在门外，不让她看到这副可怕的景象。艾伦太太赶来后，我让她把道格拉斯太太扶走了。艾姆先生赶来后，我和他一起进了这个书房。”

“城堡的吊桥是整夜都吊着的吗？”

“是的，吊桥是我拉上的。”

“那凶手根本逃不出去！道格拉斯先生或许是自杀。”

“当初我们也这样认为。不过，你看看这里吧！”巴克把窗帘撩起，让警官看那大开着的玻璃窗，“你再看看这儿！”他又把灯放低，照着木质窗台上的一摊血迹，血迹上有一个长筒靴的靴底印痕，“他是从这里逃走的。”

“你认为凶手跳出窗后又游过了护城河？”

“对。”

“那么，你在枪响之后没半分钟就赶到现场了，而那时凶手刚跳到河里不久。”

“确实这样。唉，要是我当时跑到窗前看一下就好了！可惜，当时窗帘是闭着的，我根本没想到这一点。后来我听到道格拉斯太太的脚步声，我不敢让她进来，这里的一切太恐怖了！”

“实在很恐怖！”医生看着被炸碎的死者头部和周围的血迹说，“自从那次伯尔斯通火车相撞事故以来，我还是第一次看到这么血肉横飞的场面。”

警官威尔逊没见过什么世面，脑筋有些迟钝，他还在关注那个打开着的窗户：“你说得对，他确实是跳窗从河里逃走的，不过，奇怪的是，既然吊桥没放下，他是怎样走进城堡的呢？”

巴克：“这的确让人想不通。”

“吊桥是什么时候吊起来的？”

管家艾姆：“傍晚六点钟。”

警官：“听说你们的吊桥通常是太阳一落山便吊了起来。现在这个季节太阳是四点半左右落山的，吊桥怎么到六点钟才吊起来呢？”

管家艾姆：“当时太太还在和来访的客人喝茶，客人没走我不能吊起吊桥。后来，桥是我亲手吊起来的。”

警官：“你是说，要真有外人进入城堡，他们必定是六点钟前进来的，他们一直潜伏到十一点钟，而那时道格拉斯先生走进了这个书房。”

管家艾姆：“我的意思正是这样。先生上床睡觉前总怕有起火的隐患藏着，所以他每晚都要亲自在城堡四周巡视一番。他来到这里时，凶手早就等着了。凶手开枪杀人，然后扔下凶器，跳窗逃跑了。我想，事实就是这样。”

警官从死者身旁的地板上拾起一张纸片，上面有两个用钢笔写的大写字母 V·V，字母下边的数目字是 341。字迹很潦草。

警官举起纸片问：“这是什么？”

“我还没发现有这么个小玩意儿，这可能是凶手留下来的。”巴克好奇地盯着纸片说，“V·V·341，这是什么意思？”

“V·V，可能是人名的缩写。医生，你找到了什么吗？”警官用粗壮的手指把纸片转来转去，问道。

“我在壁炉前的地毯上找到一把铁锤。这是一把坚固耐用，做工精细的铁锤。”

巴克指着壁炉台上的一盒铜头钉子说：“我昨天看见道格拉斯先生站在椅子上挂墙上那幅油画，铁锤是他钉钉子用的。”

警官的头脑转不过来了，他不时用手搔着脑袋：“把铁锤放回原处吧。我是束手无策了，我们还是等伦敦的人来了再说吧。”

警官举着油灯，不停地在屋子里踱步绕圈。突然，他像想起了什么似的，兴奋地把窗帘拉向一旁，大声问道：“喂，窗帘是什么时候拉上的？”

管家艾姆："点灯时拉上的，那时四点刚过。"

警官放低油灯，查看着墙角。那里有很明显的长筒靴留下的泥污印，"巴克先生，你的推测现在可以证实了。凶手是躲在这里的。我想，凶手是四点到八点之前溜进这里的，那时吊桥还没吊起，而窗帘已经拉上。他之所以选中这间屋子，是因为这是他潜入城堡后看到的第一间屋子。他发现没地方藏身，便躲到了窗帘后面，这一切看起来很明显。依我看，他是来偷金银财宝的，但他碰上了道格拉斯先生，所以他下了毒手，然后逃之夭夭。"

巴克："我也这么认为，不过我想我们别浪费宝贵的时间了，我们应该趁凶手还没逃远，把伯尔斯通村的远远近近都搜一遍。"

警官想了想说："早晨六点之前是没火车的，所以他不可能坐火车逃走，他也不敢从大路逃跑，因为他一身湿漉漉的，很容易引起别人注意。在没有人来和我交接之前，我是不能离开现场的，而且我得申明，在案子还没查清之前，你们谁也不要离开这里。"

伍德医生还举着油灯，仔细检查尸体。"这是什么记号？它会不会和案子有什么关系呢？"

死者的右臂手腕到臂肘那截是裸着的，上面烙着一个奇特的图案，一个圆环，里面套着个三角形——图案的线条都是凸起的，褐色的图案在灰色的皮肤上十分醒目。

伍德医生把近视镜戴上，重新察看这个图案："这不是针刺的纹身，这种图案我也没见过。这可能是那种烫在牲口身上的烙印烙的。这是怎么回事呢？"

巴克说："我也不知道，不过他手臂上的这个标志我十多年前就看到有了。"

管家艾姆说："我也看见过。以前主人每挽起衣袖，我就看见了这个标志，我一直不知道这标志的来历。"

警官说："那么，它可能和本案没什么关系。不过，它有点怪怪的。这个案子有很多地方都怪怪的。"

管家艾姆突然指着死者的手惊讶地说："看那，这是怎么回事，先生的结婚戒指被凶手拿走了！"艾姆说话时上气不接下气。

"你说什么？"

"真奇怪！先生的左手小指上总戴着他的结婚戒指，结婚戒指上面再戴着枚天然金块戒指，中指上戴着盘蛇形戒指，这两个戒指都还在，唯独结婚戒指被拿走了！”

巴克说：“管家说得没错。”

警官：“你的意思是那只结婚戒指原来一直是戴在另一只戒指下面的吗？”

管家艾姆：“是的，是这样的。”

“那就是说，凶手或者别的什么人，他先把那个天然金块戒指取下，然后拿走了那个结婚戒指，再把这个天然金块戒指套回原处？”

“是的，是这样。”

这位忠于职守的警官摇了摇头：“看来，我们必须尽快把案子移交给伦敦方面，越快越好。我看梅森警官能接手这个案子，他对地方警所上交的案子从来都全力以赴。他很快就会来了。我把案子全盘移交给他算了。说老实话，这个案子我还办不了。”

3. 黑　暗

凌晨三点，苏塞克斯郡警察署的侦探长梅森，在接到伯尔斯通村警察所威尔逊的紧急电报后，快马加鞭地赶到了案发地，然后他通过早晨五点十分的那趟火车把报告送到了伦敦警察厅。中午十二点，侦探长梅森在伯尔斯通车站接到了我们一行三人。

梅森穿着件宽松的花呢外套，刚刮过脸，神情文静、和蔼，他有些发福，个子矮小，不怎么像一个专门负责刑事重案组的警官。

我们去旅店的路上梅森一直唠叨：“麦多纳，这案子非常复杂。报社的记者知道消息后，会像苍蝇一样蜂拥过来的，但愿他们不要把现场给破坏了。我们得全力以赴。这样的案子我还是头一回接手呢。福尔摩斯先生，不是我拍您马屁，这案子，我们警方还得多听听您的高见。我给你们订的是本地最好的旅店，阿姆兹旅店，非常干净。你们把行李交给旅店的伙计吧。先生们，请跟我来，好吗？”

梅森真是位风趣健谈、善解人意的警官。

走了不到十分钟，我们就到了阿姆兹旅店。大家在阿姆兹旅店的会议室里坐好，听案情报告。

听完案情汇报后，福尔摩斯情不自禁地说：“这案子真不寻常！我也是头一回碰到这样的案子。”

梅森一听，高兴了：“福尔摩斯先生，我知道你会这么说的！这回我们可以在伯尔斯通大干一场了！我凌晨三点接到这个案子后快马加鞭地赶到了案发现场，其实我不用那么急匆匆，因为警官威尔逊已经掌握了全部情况，我只要核实一下就可以了，当然，现在我多少有了些自己的看法。”

福尔摩斯好像急于要知道：“你的看法是……”

“我首先仔细地检查了那把铁锤，我原以为死者有可能使用过那把锤子进行自卫，结果，我并没有在铁锤上找到施用过暴力的痕迹。”

警官麦多纳插言道：“没有痕迹并不能证明什么，有很多案子里的铁锤尽管确确实实是凶器，但都没发现有什么痕迹。”

“你说得对，我的意思是：没有痕迹并不能证明它没被使用过，但有痕迹的话，就会有助于我们的侦破工作。接着，我又检查了那把火枪。那是一把大号铅弹火枪，它的双发扳机绑到一块了，所以，只需把扳机扣动一次，双筒枪管就会同时发射。看来，凶手这么改装火枪，为的是确保谋杀万无一失。这支被锯短的火枪只两英尺长，可以很好地藏在上衣里，枪上没标生产厂家，只在枪管的凹槽里发现了‘PEN’这三个字母，其他的字母看来是在被锯掉的那截枪管上面。”

“它的生产厂家是美国一家很有名的公司，公司全称是：美国宾夕法尼亚小型武器制造公司。”

梅森很感激而又很惊奇地看了福尔摩斯一眼，说：“对，应该是这个公司，我记起来了，先生，你的记性真好，难道世界上所有兵工厂的名字你都记住了吗？”

福尔摩斯打了个手势，表示别把话题扯远了。

梅森继续说道：“显然，这枪是美国货，我从有关报道上了解到，美国正流行这种锯短了的火枪，我想，凶手很有可能是美国人。”

麦多纳不赞成他的看法：“兄弟，你的结论下得太早了，目前还没有确凿的证据表明这个案子是外人闯入城堡干的。”

“窗户被人推开、窗台上又有血迹、奇怪的名片、墙角的长筒靴印和这支火枪，证据多着呢！”

“这些证据都可以伪造！道格拉斯先生是个美国人，或者说他曾长期居住美国。巴克先生也一样。火枪很有可能是他们哪一位的，他们都有嫌疑。”

“至少管家艾姆——”

“他怎么样，他可靠吗？”

“他曾经在查多斯爵士手下干过十年，为人可靠。他是五年前来城堡供职的，当时道格拉斯先生刚刚买下这座城堡。他说他从未在城堡里见过这支火枪。”

“这支火枪就是为了便于隐藏而改装的，这么短的枪任何箱子都可以装得下，他没见过并不表明这支枪不是城堡里的。”

“他确实说他没见过这支枪。”

麦多纳那股苏格兰人特有的犟脾气又来了，他用他那南方口音说：“你并不能摆出足够的证据让我相信凶手是城堡外的。你说枪是从外面进来的，作案的是城堡外的人，但我奉劝你再好好考虑一下，我想你的推论不符合逻辑。福尔摩斯先生，你来裁判吧，看我们谁对。”

“行，麦多纳，现在你说说你的见解吧。”福尔摩斯真的摆出要公正裁决的架势。

“假定凶手存在的话，那他绝不是普通的盗窃犯，那枚戒指和那张纸都说明这是出于报复目的的蓄意谋杀案。好，就假设凶手存在，起码的一点，他肯定知道城堡周围全是水，他逃跑起来是很困难的，再说，他会选择什么样的武器呢？他肯定会选世界上声音最小的武器，这样，事成后，他能够不慌不忙地跳窗，蹚河，从容逃脱，他绝不会选择这种响声最大的武器，枪一响，全城堡的人就会蜂拥而来，他还来不及跳到河里就会被逮住。是这样的吗？福尔摩斯先生？”

“嗯，你的话很有道理。”福尔摩斯若有所思地说道，“许多问题需要我们到实地去验证。梅森警官，我想问你，你当时到护城河的对岸去查过有没有人蹚水上岸的痕迹吗？”

“我查过，福尔摩斯先生，没有痕迹。不过河岸是石砌的，即使有也看不出来。”

“连一点足迹或手印都没找到吗？那么，梅森警官，我想我们应该立刻到城堡去，说不定我们能找到些新线索，得到些新启示。”

“福尔摩斯先生，你说得对，我这么做是想让你到现场前先把所有的细节都了解清楚，如果你认为这样……”梅森犹豫起来，没继续往下说。

麦多纳警官把话接了过去：“我和福尔摩斯办过好几起案，他一向都是公事公办的。”

福尔摩斯微笑着说：“公事公办是我的原则。我协助警方办案是为了伸张正义，如果我不跟警方合作的话，那一定是因为他们首先不与我合作。我从来不与人争功。所以梅森警官，我要求有权完全按我自己的思路去办案，并且有权只在我认为是适当的时候交出我的成绩。这一原则要贯穿办案的始终，而不只是办案的某个阶段。”

梅森警官很热诚地回答道：“能与你一起办案，我深感荣幸，我保证与你通力合作。华生医生，也请您和我们一块去城堡。我们都希望将来能在您的大作里占有一席之地哩！”

我们沿着古朴的小镇街道往前走，街两边是剪过枝的铜钱榆。街尽头有两根年代久远的石柱，它们经过很多年的风吹雨打，如今斑斑驳驳，长满了苔藓。据说，石柱上头以前各蹲着头石狮子，但现在只能看见两个线条模糊的石球了，街上的车辙歪歪斜斜，沿街往前走不远，就看见一片长满了青草和栎树的旷野了，人们只有在英国的农村才能看到这样的景致。一个急转弯把我们带到了极富 17 世纪风格的伯尔斯通城堡。我们眼前是一片暗褐色的砖石结构的房屋，宽阔美丽的护城河和木质的老式吊桥。

眼前这座历尽沧桑的、有三百年历史的城堡，它那怪异的屋顶、阴森的高墙、黑黝黝的窗户以及离底层窗台只几英尺的护城河水的寒气让我们不由感觉到：在这个地方发生这么一件惨案，实在是没什么可奇怪的。

梅森指着吊桥右边那扇还开着的窗户说：“那就是出事那间房子的窗户。”

“那么窄的窗户，人怎么钻得进去呢？”

“可能那人并不胖。你看，福尔摩斯先生，换了是你或者我，都可以比较自如地钻进钻出呢。”

福尔摩斯走近护城河边，望了望对岸，又开始查看脚下的石砌河岸和河岸旁边的草地。

梅森说："福尔摩斯先生，这一带我都仔细看过了，没发现有人爬上岸的痕迹。而且即使有人从护城河里爬上来，也不一定会有什么痕迹留下。”

“确实这样。河里的水总是这么浑浊吗？”

“对，老是这样浑浊，因为水里泥沙较多。”

“这河有多深呢？”

“河两侧大概是两英尺深，中间大概有三英尺。”

“就是说，如果有人蹚水过河，他是不会被淹死的。”

“河水这么浅，就是他不会游泳也淹不死。”

我们边说边走过了吊桥。

管家艾姆满脸愁容，颤颤巍巍地把我们迎了进去。一直在现场守护着的威尔逊警官已经疲惫不堪了，而伍德医生早就走了。

“辛苦你了，威尔逊警官，有什么新情况吗？”梅森问。

“没有，梅森警官。”

“那么，你可以回去休息了，有事我会派人去叫你的。管家先生，请你把巴克先生、艾伦太太还有道格拉斯太太叫来吧，我们有些话要问他们。先生们，我先说说我的看法，然后，再听你们的。”

我对这位地方警官有很深的印象。他专业知识丰富，头脑冷静，实事求是，我相信他将来一定会大有作为的。福尔摩斯正专心致志地等着听他的见解。

“首先我们得弄清这个问题，道格拉斯是死于自杀还是他杀？如果他是自杀的话，那我不得不这么想象：死者先摘下结婚戒指藏好，再披上睡袍，走到这里，在窗帘后面的墙角踩上泥印，以便让别人误以为有人躲在这里袭击他，然后他推开窗户，把血迹弄到……”

“事情怎么会是这样呢？”

“事情确实不会是这样的，所以我说，这一定是他杀。我们所要确定的是，凶手是城堡外的人还是城堡内的人？”

“你继续说吧，我们听着。”

“要确定这个问题是很困难的，但，可以肯定的是，凶手不是城堡里头的就是城堡外的。我们先假定凶手是城堡里的某个人或某些人，他们伺机制服了道格拉斯先生，然后，用这支枪管锯短了的，世界上最古怪而声音最响的火枪杀害了他，他们之所以选择在夜深人静的时刻下手，是特意想惊动城堡里所有的人。请问诸位，这有可能吗？”

“是的，这不可能。”

“据查，听到枪响后，最多过了一分钟，城堡里所有的人都到了现场——巴克先生是第一个赶到的，接着管家艾姆和其他仆人也赶来了。就在这么短的时间里，罪犯居然来得及做那么多事情——在墙角流下脚印，打开窗子后又在窗台上留下血迹，从死者手上取下那枚结婚戒指。这绝不可能！”

“你分析得很有道理，我同意你的看法。”福尔摩斯深有同感。

“好，让我们看另外一种可能——凶手是从城堡外闯入的。要确定这是事实，比较难，但这种可能性最大。凶手在下午四点到六点间潜入城堡——这段时间，吊桥还没吊起，城堡里还有人进进出出，城堡里的门窗也没落门上锁，所以他没怎么费劲就溜了进来。他可能是来偷东西的，也可能是来寻衅报仇的——道格拉斯先生在美国生活了很多年，而且这支火枪又是美国人常用的武器，因此，很有可能是复仇。凶手溜进这间他首先看到的屋子，并在窗帘后一直隐藏到深夜十一点后。这时，道格拉斯先生走进了这间屋子。他们也许说了几句话——只有几句，因为道格拉斯太太说她丈夫离开她没几分钟，她就听到了枪声。”

福尔摩斯听到这里插话说：“这支蜡烛可以证明这一点。”

“对，蜡烛是新的，烧了还不到半英寸。凶手一定是在道格拉斯先生把蜡烛放到桌上后才实施袭击的。否则，死者一跌倒，蜡烛就会掉到地上的。这也说明他刚走进屋时并没有遭到袭击。巴克先生赶到现场后，把油灯点上，吹熄了蜡烛。”

“这点我也同意。”

“好，现在让我们设想一下当时的情形吧。道格拉斯先生走进屋子，放下蜡烛。凶手从窗帘后面转出来，拿枪对准道格拉斯。他向道格拉斯先生要那个结婚戒指——我还不知道他为什么要戒指。道格拉斯给他了，然后，凶手杀死道格拉斯先生，当然，凶手开枪前，可能有一场搏斗，死者可能拿起过我们在地毯上找到的那把铁锤。凶手行凶后，丢下枪和那张写着‘V·V·341’的卡片——卡片上写着的东西不知道是什么意思——然后他跳窗逃跑。巴克先生赶到现场的时候，凶手正在趟涉护城河。福尔摩斯先生，你说是这样吗？”

“你的想象很丰富，不过，说服力不是很强。”

“老兄，你简直瞎说了一通，一点道理都没有。”麦多纳警官大声喊道，“我同意这是他杀，但不管凶手是城堡外的还是城堡里的，他的作案过程和方式绝不是这样的，他不会愚蠢到这个程度，竟然用响声那么大的火枪作案，这不是自己切断自己的退路吗？他应该用发声很小的武器呵！除非他是个疯子——福尔摩斯先生，既然你也说梅森警官的推理说服力不是很强，你何不把你的看法说出来呢？”

福尔摩斯一直是边听边思考的，这时他两眼放亮，欲言又止。

“麦多纳先生，我想再找些事实，然后才能进行推论，”福尔摩斯边说边走到尸体旁边，蹲了下去，“哎呀！这些伤口太恐怖了！请叫一下管家。……艾姆先生，听说你经常看到你主人的前臂上有个奇特的烙印图案，一个圆圈里套着三角形的烙印，是吗？”

“是的，先生。”

“你从没听道格拉斯先生说起过这个图案的含意吗？”

“没听说过，先生。”

“烙这种烙印时，是要受很大的痛苦的。艾姆，我注意到道格拉斯先生的下巴后部有一小块药膏。在他死之前，你注意到它了吗？”

“注意到了，先生。他昨天早晨把脸刮破后贴上去的。”

“他以前经常刮破脸吗？”

“不，他有很久没刮破过脸了。”

福尔摩斯说：“这里头肯定有些名堂！你们看，他偏偏在事发前刮破了脸，这说明他很紧张，他已经感觉到危险正向他逼近。艾姆先生，昨天你有没有发现你的主人有什么反常的举动？”

“他好像坐立不安似的，情绪看上去也不太好。”

“看来道格拉斯确实预感到会发生这样的事了。我们的调查又有了新的进展了，是吗，麦多纳先生？”

“是的，先生，还是你厉害一些。”

“嗯，现在我们来研究这张卡片吧。艾姆先生，你在城堡里见过这种粗硬的卡片吗？”

“我没见过，先生。”

福尔摩斯走到写字台前，用吸墨纸检查写字台上每个墨水瓶里的墨水。

“卡片上的字不是在这里写的。这里的墨水都是黑的，而卡片上的字略呈紫色。另外这卡片上的字是粗笔尖写出来的，而这儿的笔都是细笔尖。艾姆先生，你知道卡片上这些字母和数字是什么意思吗？”

“不知道，先生。”

“麦多纳先生，你知道吗？”

“我想这是某个黑社会团伙的标志，就像死者手臂上那个烙印一样。”

梅森警官点了点头。

“那么，我们就这么认为吧。那个黑社会团伙派出的凶手溜进了城堡，用火枪击破了道格拉斯的脑袋，然后趟过护城河跑了。凶手为了让他的同伙能从报纸上看到复仇成功的消息，便特意扔下这张卡片。不过，令人不解的是，那么多武器，为什么凶手偏偏选中这种火枪呢？”

“是啊。”

“还有，那枚拿走的结婚戒指又怎么解释呢？”

“是啊。”

“另外，我想，天亮后警察肯定在这方圆四十英里内撒下了天罗地网，到处搜寻一个浑身湿淋淋的外地人，但现在都下午两点了，凶手还没抓到，这是怎么回事呢？”

“嗯，这个……”

“除非他早就在附近准备好了藏身的地方和替换的衣服，不然凶手应该早就落网了。但现在，凶手一点消息都没有。”福尔摩斯说着，走到窗旁，用他的放大镜仔细察看窗台上的血印，“很显然，这是鞋印，尺码很大，皮鞋的主人大概是八字脚，鞋底花纹的式样挺好看。哎呀，这张桌子底下摆的是什么？”

“那是道格拉斯先生的哑铃。”管家艾姆说。

“哑铃应该是成双的，另外那个呢？”

“我不知道，先生。可能原先就只一个吧。我有好几个月没注意到哑铃了。”

“一只哑铃……”福尔摩斯严肃地说，可话没说完就被一阵很急的敲门声给打断了。一个身材高大、皮肤晒得黑黑的，看起来很精明的人走了进来。我一看就知道，他就是巴克先生。他用傲慢的目光看着我们。

“很抱歉打断了你们的话。不过，诸位，我想告诉大家一个最新的消息。”

“凶手抓住了吗？”

“不，不是，不过有人找到他的自行车了。凶手把他骑来的自行车扔下了。请你们随我出去看看吧，我请人把它拿到大厅门外一百码的地方了。”

我们跟他走到大厅门外。只见有三四个仆人和几个看热闹的闲汉正站在一辆马车上对自行车指指点点。自行车是从一簇常青树丛里找到的。这是一辆破旧的拉奇·惠特沃思牌自行车。车上溅了不少泥巴，好像骑过相当远的路。车座后面有个工具袋，里面有扳手和油壶。但没发现有什么线索能证明车主是谁。

“虽然我们还不知道车主是谁，但这确实是个很重要的线索。”梅森警官说，“因为这车子应该登记、编号过。我们一定能查出些什么的。不过，凶手为什么不骑车逃跑呢？福尔摩斯先生，我真弄不懂了，这案子可能真的很难破！”

“真的难破吗？”福尔摩斯若有所思地答道，“我看不一定。”

4. 剧　中　人

我们重新回到城堡后，梅森警官问道：“书房还要再检查一遍吗？”

“不用了。”麦多纳说，福尔摩斯也跟着点头同意。

“那么，现在让我们来听听城堡里有关人员的证词吧。嗯，这个餐厅蛮不错的，我们就在这里好了。艾姆先生，你先说吧。”

管家艾姆的叙述简单、明了，给人诚实可靠的感觉。五年前道格拉斯先生刚买下伯尔斯通时，他就在这里当管家了。他认为主人不仅是一位有钱的绅士，而且是一位平易近人、善于体贴人的好人——起初，艾姆还对这有些不习惯。在艾姆的印象中，道格拉斯素来临危不惧，从不胆小怕事。道格拉斯先生每晚叫人吊起吊桥，只是沿袭旧时的传统而已。道格拉斯先生是典型的循规蹈矩之人。他很少去伦敦，也难见他离开伯尔斯通。不过，案发前一天，他曾去过滕布里奇维尔斯镇买东西。案发当天，艾姆发现他的主人有些坐立不安，情绪反常，焦躁易怒。案发时，艾姆还没睡，正在餐具室里收拾银质餐具。他只听到了急急的铃声，枪声并未听到，因为餐具室是城堡的最靠里的部分，与前厅隔着几重关着的门和一条狭长的走廊，即使有枪声也很难听到。艾伦太太听到铃声后也急忙跑了出来。他们一起跑到了前厅。跑到楼梯时，正碰到道格拉斯太太下楼。不过，艾姆觉得道格拉斯太太走得并不急，神色也不是很惊慌。她刚下楼，巴克先生就从书房里冲了出来，极力把道格拉斯太太阻在门外，央求她回到楼上去。

“看在上帝的分上，你还是回到自己的房间去吧！”巴克先生大声喊道，“他已经死了，你也无能为力了。看在上帝的分上，你回自己房间去吧！”

巴克先生劝说了一会儿，道格拉斯太太就在艾伦太太的陪同下转身上楼了，她既没痛哭流涕也没痛不欲生。

艾姆和巴克走进书房，那时烛光已经熄灭，油灯已经点上。他们从窗户往外看，但外面漆黑一片，什么也看不见。随后他们冲出大厅，艾姆刚刚放下吊桥，巴克就急匆匆去警所报案。

以上是管家艾姆的简要证词。

艾伦太太的证词和她的同事艾姆的大同小异。当时她正准备上床睡觉，忽然听到铃声大作，虽然她的卧室到前厅的距离要比餐具室到前厅近些，但她有点耳聋，而且她的卧室毕竟离前厅还是有那么远的一段距离，所以，她也没听到枪声。不过，她说，她记得在警铃拉响半小时前，她听到过一声像是很重的“砰”的关门声。后来，她和艾姆同时赶到了前厅。她也亲眼看到巴克先生脸色发白，非常激动地从书房里冲出来。巴克先生不让太太进书房，劝她回楼上去。他俩还说了一些话，但她耳聋，听不清道格拉斯太太的回话。她在巴克先生的吩咐下把道格拉斯太太扶上了楼。她把太太扶进卧室后，竭力宽慰她。太太又惊又怕，浑身发抖，但没表示要下楼去看看。只是紧裹睡袍，双手捂头，坐在卧室的壁炉旁。艾伦当晚陪了她一个通宵。城堡里其他仆人因为早已睡熟，并未受到惊吓，直到警察到来才知道城堡里头出事了。他们都睡在城堡最里头的房子里。是听不到什么声响的。

艾伦太太的证词中，大部分是对她的悲伤和恐惧的叙述，没补充什么新内容。

接下来轮到巴克先生了。他除了重复那些已经告诉给警察的那些情况外，也没什么新的补充。他坚持认为凶手是跳窗逃走的，窗台上的血迹很清楚地证实了这一点，而且，吊桥早已吊起，凶手只有蹚河逃走。不过，他对凶手不骑自行车逃走表示很奇怪，同时，他认定凶手绝对没有淹死，因为护城河最深处也只有三英尺。

据巴克先生说，道格拉斯先生不怎么爱说话，很少谈起自己的过去。他只知道道格拉斯先生很小的时候就从爱尔兰移居美国，巴克是在美国加州和他认识的，当时道格拉斯就很有钱了。后来他俩合伙在卡隆开矿，收益相当好，没想到道格拉斯竟突然中止合作，回到了英国。后来，巴克也变卖了产业，迁到伦敦。他们的友谊又重新开始了。他觉得道格拉斯是在某种危险的威胁下突然离开加州的。他躲到英国乡下的这个城堡，可能与这种危险有着必然联系。一定有股什么黑道势力对他不依不饶，非要把他杀死不可。尽管他从未吐露过这方面的事，但巴克还是隐隐约约感觉到了。巴克断定那张卡片上的东西肯定和那股黑道势力有关。

麦多纳警官问：“请问，你在加州和道格拉斯先生交往了多长时间？”

“一共五年。”

“那时的他独身一人吗？”

“是的。”

“你听他说过他的前妻吗？”

“几乎没有。他只说过她是德裔。我见过她的相片，是个绝色美人。她在我和道格拉斯先生认识的前一年患伤寒病死了。”

“道格拉斯先生是否同美国的某一地区关系比较密切？”

“他去过美国很多地方，但他经常提起的，就只有芝加哥。他曾经在那里做过事，似乎对那里挺了解的，我还听他说起过一些产煤区和产铁区。”

“他有没有从政？”

“没有，他从不关心政治。”

“他有犯罪记录吗？”

“不，你问错问题了。他是我遇见过的最善良、最正直的人。”

“他在加州时，生活上有令人起疑的事吗？”

“他时常到我们矿区来住些日子，有时还找点活干。我们矿区在大山里头。他不大到有很多生人的地方。所以我想，他是在躲避别人的追踪。他突然离开矿区返回欧洲，更让我确信他是受到了某种威胁或警告。他离开还没一星期，便有五六个人向我打听他的去向。”

“他们都是些什么样的人呢？”

“嗯，他们一看就知道不是好人，一个个表情冷酷。他们到矿区找到我，问道格拉斯去了哪里，我告诉他们，我只知道他去了欧洲，至于具体的地方我就不知道了。我看得出来，他们没安好心。”

“他们是加州本地人吗？”

“我不清楚他们是不是加州人，但，可以肯定的是，他们绝对是美国人，另外，他们不像矿工。我当时并不想知道他们是什么人，我讨厌那些人，巴不得他们早点滚蛋。”

“那是六年前的事吧！”

“快七年了。”

“你们在加州还生活了五年，算起来这事从缘起到现在，至少都有十一年，对吗？”

“是这样。”

“这里头肯定有不共戴天的仇恨，形成这种仇恨的原因也绝非什么小事，要不然，隔了这么多年，怎么还念念不忘呢？”

“我想，这正是道格拉斯的心病所在。”

“奇怪的是，他明知有难，为什么不去寻求警方的保护呢？”

“可能他认为警方也保护不了他。有件事你们可能不知道，他是不带武器不出门的，他的手枪总在口袋里放着。遗憾的是，他昨晚穿睡袍时，把手枪留在卧室里了，也许他认为吊桥吊起了他就安全了，结果……”

麦多纳警官说：“我想把时间表列得更清楚些。道格拉斯离开加州已经六年了，你是在他离开的第二年到英国来的。是吗？”

“是的。”

“他再婚有五年了。你回来的时候他已经结婚了吗？”

“我是在他结婚前一个月来到伦敦的。我有幸当了他的伴郎。”

“他们结婚前你就认识道格拉斯太太了吗？”

“不，不认识，我回英国时，已经离开英国整整有十年时间。”

“他们结婚后，你和她经常见面吧？”

巴克十分严肃地瞥了一眼麦多纳：“是的，我们常常见面。因为你去拜访一个朋友，不可能不与你朋友的太太见面。如果你认为这里头有什么……”

“巴克先生，你别介意，我没有别的意思，我只是例行公事，我有责任查问与案件有关的所有事情，如果有些地方冒犯了你，还请你原谅。”

巴克已经开始生气了：“你有些问题问得太不礼貌了。”

“为了你和大家的清白，警方需要掌握所有的情况。再冒昧地问一下，你和道格拉斯太太的友情，道格拉斯完全赞成吗？”

巴克的脸色变得铁青了，一双大手也痉挛似地紧握在一起。他大声喊道：“你无权问这个问题，这和案子没一点关系！”

“我一定要弄清这个问题。”

“那么，我拒绝回答。”

“你可以不回答，但你得明白，你实际上已经回答了，如果你没做什么亏心事的话，你是不会拒绝回答的。”

巴克紧绷着脸，眉头紧皱，沉思了起来。

终于他的脸色好了一些了：“嗯，我知道，不管怎么说，你们毕竟是在执行公务，我无权不配合你们。我只想恳求你们，别再让这事去烦扰道格拉斯太太了，她现在已经够难受的了，跟你们实说吧，惨遭不幸的道格拉斯只有一个缺点，那就是喜欢吃醋。他对我非常好，我们就像亲兄弟一样，他也很爱他的太太，他希望我经常在他身边，经常派人把我叫到城堡来。但只要我和他太太在一起交谈，或者发现我和他太太有点接近的时候，他就会醋劲大发，闹脾气，说难听的话。我曾多次为这些发誓再不到他的城堡去了。但事后，他总是写信向我道歉，我也只好不去计较。不过，请你们一定要相信，道格拉斯太太是天底下最忠诚于丈夫的妻子，而我，是天底下对朋友最仗义的人。"

巴克的这番话说得感人肺腑，但麦多纳警官丝毫不为之所动，穷追不舍地问道："你知道死者的结婚戒指被凶手取走了吧？"

"好像是吧。"巴克没好气地说。

"'好像是'，哼，你明明知道这是事实，为什么还要说'好像是'？"

巴克被这一问问得有些心慌了，过了一会儿才犹犹豫豫地说："我说'好像是'，意思是，戒指有可能是他自己取下来的。"

"不管是谁取走的，反正事实是戒指不见了，谁都会由此想到这么一个问题：这个案子会不会和他的婚姻有什么关系呢？"

巴克耸了耸厚实的肩膀说："别人怎么想我管不着，但你如果认为这个案子和道格拉斯太太的人品有关，那你就大错特错了。好了，我的话完了。"看得出，巴克尽了他最大的努力去控制自己的感情，否则他会气爆去的。

"我想，现在我也没什么要问你的了。"麦多纳冷冷地说。

"还想请教你一个小问题，"福尔摩斯说，"你走进房间时，是不是只有这支蜡烛在桌上点着？"

"是的。"

"你是借着烛光看到这可怕的现场的？"

"嗯。"

"你马上就拉响了警铃吗？"

"是的。"

"他们很快就赶来了吗？"

"是的，大概一分钟吧，他们就赶到了。"

"可当他们赶到时，看到的是亮着的油灯，而蜡烛已经熄灭了。我觉得这里头有些问题。"

巴克又犹豫了一会才说："福尔摩斯先生，这里头会有什么问题呢？烛光比较暗，我首先想到的是让房子更亮一些，而油灯正好就在桌上，所以我就把灯点上了。"

"蜡烛是你吹灭的吗？"

"是的。"

福尔摩斯没再问下去了，巴克很镇定地扫了我们一眼转身走了出去。我觉得他对我们有些不满。

麦多纳警官写了张便条让人送给道格拉斯夫人，说他想到卧室去看望她。可她回复说，她要在餐室中会见我们。过了一会儿，她来了。她三十岁上下，身材苗条，容貌秀美，神情极为沉着冷静。我原以为她肯定悲痛欲绝，憔悴不堪，谁知却完全不是这样。她面色虽然跟其他受惊吓的人一样的苍白，但她的举止却镇静自若。她按在桌上的纤纤手指，看不出有半点颤抖。她那双眼睛虽然有些悲伤，但更多的却是哀怨，她略带怀疑地看了我们一眼后，突然问道："你们发现什么线索了吗？"

"天哪！为什么她问话的语气充满恐惧而不是祈盼呢？"我暗想，"或许是我太敏感了吧。"

"道格拉斯太太，你放心好了，我们已经采取了很多措施，绝不会让凶手逍遥法外的。"麦多纳警官说。

"别担心开支问题。"她面无表情，口气平和地说，"我希望你们全力以赴。"

"或许你能给我们提供一些破案线索。"

"真的吗？说吧，我能做些什么？"

"巴克先生说你实际上并没进入现场，是吗？"

"是的，巴克坚持让我回到楼上的卧室去。"

"你一听到枪声就往楼下跑，是吗？"

"是的，我穿上睡衣就往楼下跑。"

"从听到枪声，到巴克先生在楼下阻拦你，中间隔了多长时间呢？"

"大概有两分钟吧，在那种时刻谁都没想到去计算时间。巴克先生恳求我别进去，他说我进去了也无济于事。后来，我就在艾伦太太的搀扶下上楼了。我真像是做了一场噩梦。"

"你能否大概估计一下，你在你丈夫下楼后多久听到的枪声？"

"这点我说不清楚，因为他是从更衣室出去后下楼的，我没注意到他是什么时候下去的。他老担心失火，每晚都要在城堡里巡视一圈，我知道，他唯一害怕的就是火灾。"

"道格拉斯夫人，我正想谈谈这方面的问题。你是在英国和你丈夫认识的，对吗？"

"对，我们结婚有五年了。"

"你听他讲过在美国有什么东西在威胁他的事吗？"

道格拉斯太太认真思索了一会儿后说："在这方面虽然他什么也没跟我说，但我总感觉有某种危险时刻威胁着他。顺便说一句，我们夫妻俩一向很恩爱，彼此推心置腹。他不跟我说这事，是不想连累我，怕我担惊受怕。"

"那你是怎么感觉到的呢？"

道格拉斯太太的嘴角掠过一丝笑容："丈夫心里的秘密是瞒不住深爱着他的妻子的。我是根据很多方面的情况推断出这个情况的——他对他在美国那几年中的某些片段从来是避而不谈的；他每时每刻都像是在防范着什么；和我交谈时，他偶尔流露过一些奇言怪语；他对陌生人的戒备和警惕——我可以肯定地说，他的仇人势力非常强大，他知道他们在到处找他，所以他时刻防备着。正因为我知道这些，所以这几年来，只要他回来得比预料的晚，我就很担心。"

"我可以问一句吗？"福尔摩斯说，"他的哪些话引起了你的注意呢？"

"恐怖谷，"道格拉斯太太说，"每当我追问他时，他就提到这个词，他说他一直陷在'恐怖谷'中，至今还未摆脱掉。我问过他是否我们永远都摆脱不了'恐怖谷'，他说有这种可能。"

"你想必问过他'恐怖谷'是什么意思吧？"

"问过，但他一听就脸色阴沉，不住地摇头说：'我不想让你也担惊受怕，我宁愿一个人承受它的折磨。'他还经常求上帝保佑，不要让灾难落到我头上。我想，一定有某一个真正的山谷，他曾经在那里生活过，而且经历过非常恐怖的事情。关于这方面，我就知道这么多了。"

"他有没有提过某个人的名字呢？"

"提起过。三年前，他打猎出了点意外，高烧不止，他说胡话时反复念叨一个名字——'大头领莫金蒂'，这个名字让他既愤怒，又恐怖。他退烧后，我曾问他，他提起过的这个人是否是他亲戚，他大笑着说：'谢天谢地，我可没这样的大爷'，他虽然这么轻描淡写地一笔带过，但我感觉，大头领莫金蒂和'恐怖谷'一定很有关系。"

"还有一点，"麦多纳警官说，"听说你是在伦敦一家公寓里认识道格拉斯的，你们订婚也是在那里，是吗？在你们的恋爱和婚姻中，有没有发生不愉快的事？"

“没有。”

“他有情敌吗？”

“没有。”

“你肯定已经知道，他的结婚戒指被人拿走了，这事会不会和你有什么关系呢？如果说凶手是他过去的某个仇人，他把仇报了就行了，他为什么偏偏只拿走道格拉斯先生的结婚戒指呢？”

这时，道格拉斯太太的唇边又飞快地掠过一丝笑意。

“这我怎么知道呢？”她回答道，“我也觉得非常奇怪。”

“好了，我们不再多耽搁你了，在这种时刻打扰你，真是不好意思。以后遇到别的什么问题，到时我们再来打搅你。”

她站起身，像进来时那样，又用轻捷而带有疑问的目光扫视了我们一下，说：“诸位先生对我所说的话还有什么疑问吗？”她说话的语气让人觉得任何回答都是多余的。她见我们谁也没吱声便微微鞠了一躬，裙裾轻扬，飘然走了。

“绝代佳人，真是绝代佳人。”道格拉斯太太带上房门后，麦多纳警官若有所指地说，“难怪巴克先生经常到这里来。巴克可能是个很讨女人喜欢的男子。巴克说死者很爱吃醋，这点并非空穴来风。现在，我想，结婚戒指是个很重要的线索。福尔摩斯先生，你对戒指的失踪有什么看法？”

我的朋友坐在餐桌旁，两手托着下巴，一直在沉思着。这时，他站起来，拉响了唤人铃。

“艾姆先生，”管家进来后，福尔摩斯问道，“巴克先生现在在哪里？”

“我马上去看看，先生。”

过了一小会儿，艾姆就回来了，他说：“巴克先生在花园里。”

“艾姆先生，昨晚你和巴克先生在现场时，你有没有注意他穿的是什么鞋？”

“注意到了，福尔摩斯先生。他趿着一双拖鞋。后来他要出门报警，我便让他换了一双长筒靴。”

“那双拖鞋呢？”

“在大厅的椅子底下放着。”

“谢谢，艾姆先生。拖鞋对我们搞清哪是巴克先生的脚印，哪是凶手的脚印很重要。”

“我知道，先生，不过，我得告诉你，他的拖鞋，还有我自己的鞋子，都沾了不少血。”

“在那种情况下，沾血是很自然的。好了，艾姆，谢谢你了，有事我们会再找你的。”

几分钟后，我们重新到了书房。去书房的路上，福尔摩斯顺便把那双拖鞋给拿上了。

这双拖鞋跟艾姆说的一样，鞋底沾满了已经变黑了的血迹。

福尔摩斯走到窗前，就着阳光仔细察看手上的拖鞋，自言自语地说：“怪事，这真是怪事！”

接着，福尔摩斯突然俯下身，把一只拖鞋放在窗台的血迹上。拖鞋跟窗台上的鞋印完全吻合。他回过头，向我们微笑着。

麦多纳警官见状高兴地大叫起来：“这下看巴克怎么说！鞋子和鞋印都明摆在这里。福尔摩斯先生，我记得你说过凶手是八字脚，果然，被你说中了。不过，巴克玩的是什么把戏呢？把鞋印留在窗台，把鞋子丢在前厅，真是让人费解！”

“是啊，他为什么这么做呢？”福尔摩斯又沉思起来。

梅森警官搓了搓他那双肥大的手，很高兴地说：“我早说过这案子挺有意思，怎么样，是吧？”

正当大家认为凶手是巴克的时候，福尔摩斯却提出了不同看法，他说，如果这的确跟大家所猜测的一样，是一宗凶杀案，那，下面的事实就无从解释了——

1. 他们为什么要选中那支火枪，难道他们以为别人是聋子，听不到枪声吗？

2. 如果真是他们，他们得逞后会把结婚戒指取走吗？难道他们唯恐别人不知道这是一宗情杀案？

“那巴克的拖鞋和窗台上的血印怎么解释？”麦多纳问。

福尔摩斯沉思了一会，说：“我想，艾伦太太听到的重重的关门声很有可能就是枪声，真正的案发时间要早半个小时。这案子无疑是复仇性质的谋杀案，道格拉斯可能有犯罪前科，凶手与他是在他第一次结婚结下仇的，所以他拿走了结婚戒指。凶手开枪行凶后，巴克和道格拉斯太太闻声赶到现场，把凶手堵在了现场。凶手威胁他们，如果他被捕，他就要把一件耸人听闻的丑闻公之于世。所以，巴克在凶手的威胁下，放下吊桥让凶手逃跑了。凶手逃跑时，认为步行比骑自行车还要安全些，所以他把自行车丢下了。而巴克和道格拉斯太太在凶手逃走之后，才意识到自己很有可能被人怀疑，处境非常危险。因为他们既不能证明自己不是凶手，又不能证明凶手不是他们请来的。所以他们连忙笨手笨脚地伪造现场，巴克用他沾了血的拖鞋在窗台上做了脚印，伪作凶手逃走的痕迹。他们弄好后，便拉铃报警，不过这时距案发已经有半个小时了。”

麦多纳与梅森对福尔摩斯的分析表示认同。

“现在我们有两个线索可以找到凶手，”福尔摩斯说，“一是自行车，二是失踪的另一只哑铃。”

5. 谜　底

当他们在古堡里对案子的一些细节进行调查和核实时，我一个人回到了乡村旅店，在回旅店之前，我很吃惊地在古堡旁边的花园里看见了谈笑风生的道格拉斯太太和巴克先生。

福尔摩斯是下午五点多钟才回到旅店的，我叫人把晚餐送了上来，福尔摩斯饿极了似的狼吞虎咽地吃着。

“案子有很大的进展了吗？”我问。

“嗯，差不多了，不过还得进一步证实，”福尔摩斯拿起了盘里最后一个鸡蛋，“我跟艾姆说好了，今晚我得到现场去待一晚，我想，死去的道格拉斯也许会告诉我哑铃的下落。”

“哑铃？”

“对，你不觉得哑铃是破案的关键吗？”福尔摩斯说着，像记起了什么似的，“今晚我得借你的伞用一下，行吗？”

“当然行，不过，你要是想用它防身那可就……”

“我不会有危险的，否则，我会叫你一起去的。好了，我这就走了。”

半夜时分，我模模糊糊地感觉到福尔摩斯回来了。

第二天，我们吃过早饭便赶到了当地的警察局。警官麦多纳和梅森正在小会议室里商谈着。他们面前的桌子上堆了许多书信和电报。

“自行车的主人有下落了。”我们一进去，麦多纳就情不自禁地报喜说，“除了从滕布里奇维尔斯镇的一家旅馆找到了他的皮箱外，我们还从别处得到了他的情况，诺丁汉、南安普敦等十四个地方都寄来了有关他的报告。你看看这些信和电报吧，他早就被注意了。不过，全国各地到处都有这个穿黄大衣的亡命徒似的。嗯，他身高有五英尺十二英寸，头发花白，浅灰色胡子，鹰钩鼻……”

“行了，打住吧，这好像是在给道格拉斯画像一样。”福尔摩斯打断了他的话，“我给你们一个忠告吧，放弃对自行车的主人的调查。”

“放弃？”梅森有点不解，“为什么要放弃，我们都快大功告成了。”

“不，你们的侦破方向是错误的，你们还是放弃吧，别南辕北辙了。”

“南辕北辙？！难道这个骑自行车的美国人是大伙一块虚构出来的吗？我们都拥有了他的外貌特征和他仓皇出逃时丢弃的手提箱和自行车等证物——福尔摩斯，莫非你对我们隐瞒了什么？”

“在和你们一起接手这个案子时，我就说过，我不会把未经充分证实的见解告诉你们的。不过，我不会让你们失望的。”福尔摩斯说。

麦多纳似乎有点不高兴：“福尔摩斯，我还是不明白，昨天你还认为自行车是线索之一，为什么才过一晚，你的看法就转变了呢？”

“好吧，既然你们问起来了，那我就不瞒你们了，我昨晚在城堡里转了几个小时。”

“发现什么了吗？”

“请原谅我答非所问——你有没有花几个小钱在本地的小杂货店里买这本介绍城堡的小册子？它介绍得简明而又很有趣。”福尔摩斯从马夹兜里掏出一本小册子，翻开了，“麦多纳先生，这本小册子上关于城堡的历史简介能给我们很大的启发。我念一段给你听吧，‘伯尔斯通城堡建于英王詹姆士一世年间，它是现存的最典型的詹姆士时代的建筑……’”

“福尔摩斯先生，这些对我们破案有什么帮助？”

“好吧，既然你们对这些历史不感兴趣，那我就不逐字逐句地念下去了。不过，我还是得告诉你们，根据册子的记载，1664 年反对查理一世的一个议会党人中的上校得到了这个城堡；而英国内战期间，查理也曾在这里藏了几天；乔治二世也来过这里。你们觉得这些历史事件和这座古城堡没一点联系吗？”

“也许有联系吧，但是，福尔摩斯先生，这跟我们的案子是风马牛不相及的啊！”

“风马牛不相及？不，亲爱的麦多纳，干我们这一行的，最重要的基本功就是眼界要放宽，案子现场的一些发现和平素积累的知识适时地结合起来对办案很有好处。这些你也许听起来不大顺耳，但你应该知道。我至少在年龄方面比你要大一些，经验也要多一些。”

“这些我承认，”麦多纳的态度诚恳了起来，“你做事当然有你的理由，不过，你也太让人费解了。”

“好，好，我先撇下历史不说了，只说眼下的事实吧。我刚才说过，我昨晚去了城堡。我没有拜访巴克先生和道格拉斯太太，我认为没必要去打扰他们，不过我很高兴地听说，这位太太并不悲伤憔悴，茶饭不思，相反，她胃口大开，吃了一顿很好的晚餐。我只和那位善良的艾姆先生谈了一会，并在他的同意下，到书房里待了一刻钟，结果很受启发。”

“你在书屋里干了些什么？”

“没干别的，我只是在那里寻找失踪的那只哑铃，它对我破案非常有帮助。结果，我找到它了。我们马上就要大功告成了，不过，请允许我在案子再有所突破后再把所知道的一切一次性告诉你们。”

“好吧，一切随你。”麦多纳说，“现在我们能帮你什么忙吗？”

“我想请你给巴克先生写一张便条。”

“便条？行！”

“谢谢，便条这么写：‘尊敬的巴克先生，我觉得，我们有必要把护城河里的水排尽抽干，这样也许能找到……’”

麦多纳停下笔说：“找不到什么的，我已经调查过了。”

“麦多纳先生，你别管那么多，照我说的写就是了。”

“好吧，你接着说。”

“‘也许能找到和本案有关的某些东西。我已经安排好了，明天清早我就会有几个工人到城堡抽河水。怕到时引起误会，所以先给你打个招呼。’”

“这样做是什么意思？”

“到时候你就知道了。来，把你的名字签上吧，四点钟左右派人送去。现在大家可以自由活动了，四点钟时，我们再到这里碰头。伙计们，我可以向你们保证，你们可以暂停调查了。”

下午四点钟，我们如期碰头了。福尔摩斯满脸严肃，我非常好奇，而两位警官有股受愚弄的感觉。

“现在，先生们，”福尔摩斯严肃地说，“请你们跟我走一趟，让你们用亲眼所见去验证我的推断是否正确。夜里很冷，我也不知道要在那里待到什么时候，你们多穿点衣服吧。最重要的是，我们要在天黑以前赶到那里。”

我们稍作准备后就出发了。

城堡周围的花园有栏杆围着。我们沿着栏杆向前走了一段，发现了一个豁口，我们从豁口处溜进了花园。趁着越来越浓的暮色，我们走过一片灌木丛，福尔摩斯示意我们在月桂树丛后蹲下。

“我们到这里来干什么？”麦多纳不解地问。

“等一下就知道了。”

“我想你还是现在就告诉我们吧！”

福尔摩斯笑了：“一出戏总要有点悬念才好看，是吗，麦多纳先生？再说，现在也不是我们说话的时候，耐心等一下吧，好戏马上就要上演了。”

“好吧，希望我们在冻死之前，能够看到你心目中的那出好戏。”麦多纳无可奈何地幽默了一句。

暮色逐渐淹没了这座狭长而阴森的古堡，护城河里升起的那股阴冷、潮湿的雾气涌了过来，使我们感到一般钻心刺骨的凉意，我们冷得牙齿不住地打战，全身发抖，除了对面大门口和那间晦气的书房各有一盏灯外，四周是漆黑一团，寂静无声。

“我们还要蹲多久啊？”麦多纳突然问，“我们等的到底是什么啊？”

我和梅森与麦多纳一样地疑惑，因为我们实在是等得太久了，撇下寒冷不说，那种动也不能动的滋味实在难受。但福尔摩斯却非常严厉地回答道：“我不打算回答你，因为罪犯不可能制订一份像火车时刻表一样的犯罪时刻表——瞧，我们等的人出现了！”

在离我们不到一百英尺的对面，那间亮着灯的书房里有一个人影在来回走动。过了一会儿，书房的窗户突然被打开了。我们隐约看见一个人鬼鬼祟祟地把头和身子探出窗户四处张望着。然后他慢慢下了河。寂静中我们听到了河水被搅动的轻微响声。这个人好像拿着什么东西在搅动河水。后来他突然从水里捞出一个又大又圆的包裹。那人往窗户里拖包裹时，灯光被遮住了。

“快，快跑，”福尔摩斯大声喊道，“到城堡去！”

尽管我们四肢已经麻木了，但还是深一脚浅一脚地跟着福尔摩斯往前冲。他很快就跑过了吊桥，使劲拉着门铃。门吱丫一声打开了，艾姆惊愕地站在门口。福尔摩斯一言不发地越过他，冲进了书房，刚才我们看到的那个人就在我们眼前站着。

我们刚才在外面看见的那盏油灯现在在巴克手上擎着。在灯光的映照下，他那张刮得光光的脸更显坚强和勇敢。

“你们到这里来干什么？”巴克双眼冒出怒火。

福尔摩斯迅速地扫视了一圈书房。然后走到写字台旁边，把塞在写字台底下的一个湿淋淋的包袱拿了出来。

“我找的就是这个，”福尔摩斯说，“巴克先生，这个裹着哑铃的包袱是你刚从护城河里捞出来的吧？”

巴克满目惊讶，失声问道：“你，你怎么知道的？”

“我怎么能不知道呢？是我把它放到河里去的。”

“你放到河里去的？”

“准确的说法是‘是我重新放到河里的’。”福尔摩斯说，“麦多纳先生，我早说哑铃是破案的关键，可你不信。你看，这间书房是靠着护城河的，而且丢失的东西又比较重，显然是有人用它把别的东西捆在一起，沉到河里去了。艾姆先生帮了我的忙，他让我昨晚在这书房里待了一阵。然后我用华生的伞把这个包袱从水里勾了上来，并且检查了里面的东西。

“然而，最重要的是，我得弄清楚是谁把它沉到河里去的。所以我便出了个主意，说要在明天把护城河里的水抽干，这是敲山震虎之计，目的是诱使那个把包袱沉入水底的人自己露出面来。巴克先生，我们四个人刚才都看到了，是你把这个包袱拿出来的，我想，你应该对此作出解释。”

福尔摩斯边说边把那个湿淋淋的包袱提放到桌上的油灯边。解开后，先把一只哑铃拿了出来，放到墙角另一只哑铃旁边。然后又拿出一双长筒靴子。“你们看，这是美国货。”福尔摩斯指着靴尖说。随后，他又把一柄带鞘的长刀拿了出来。最后，他解开一捆衣物，那是一套内衣裤、一双袜子、一件灰粗呢衣服，还有一件黄色短大衣。

“这些衣服，”福尔摩斯说，“除了这件大衣对人很有启发外，其他都很平常。”

福尔摩斯把大衣放到灯下，他那细长的手指在短大衣上移着：“你们看，这有一只特大号口袋，显然是用来藏那支火枪的。衣领上的商标说明它是美国货，厂家是维尔米萨镇。我下午在一个修道院院长的藏书室找了一下午的资料，终于对这个美国的小有名气的山镇有所了解。它在美国一个盛产煤铁的山谷的谷口。巴克先生，我记得你同我们谈起道格拉斯的第一位夫人时，曾经提到产煤矿区的事。因此，我认为，那张卡片上的V·V两个字母，就是维尔米萨山谷(Vermissa Valley)的缩写。而且，V·V很有可能就是道格拉斯夫人所说的恐怖谷。巴克先生，现在该你说几句话了。”

当天才侦探福尔摩斯发表他的见解时，巴克的脸红一阵白一阵。此刻，他冷笑着说：“福尔摩斯先生，既然你什么都知道，还是请你接着说下去吧。”

“我当然可以接着说下去，巴克先生，我想你亲自讲起来会体面一些。”

“想让我讲？哼，没门！”

“巴克先生，”麦多纳警官冷冷地说：“既然你是这种态度，那我只好先把你拘留起来，等逮捕证一到再把你逮捕！”

“随你便。”巴克毫不在乎地说。

看来巴克是块硬骨头，哪怕把他抓起来严刑拷打，他也不会说什么的。然而，就在这僵持时刻，道格拉斯太太走进了书房——原来她一直在虚掩着的门外倾听我们的谈话。

“亲爱的巴克，委屈你了，不管这事怎么收场，巴克，你都尽了全力了。”

“应该说是过分尽力了。”福尔摩斯更正似地说，“道格拉斯太太，我对你深表同情，不过，请相信我，还是和警方通力合作的好。为了洗清你和巴克先生的怀疑，也为了让大家消除疑惑，道格拉斯太太，我恳求你把道格拉斯先生请出来，让他本人把事情的经过跟我们讲一讲。”

福尔摩斯的这番话把道格拉斯太太吓得花容失色，大声惊叫了起来。就在这时，我和那两个警官也不由得惊叫了起来——一个活生生的道格拉斯先生从阴暗的墙角走了出来！

道格拉斯太太转过身，和她丈夫紧紧拥抱在一起。巴克也紧紧地握住了他的老朋友伸过来的一只手。

“我们只能这样了，亲爱的。”道格拉斯太太反复这么说着。

“是的，道格拉斯先生，只能这样。”福尔摩斯说道，“你会发现，这样做是正确的。”

道格拉斯先生因为刚从暗处走到亮处，眼睛不太习惯地一眨一眨，但其眼睛中那勇敢刚毅的神情却昭然可见。他把我们四个人仔细地打量了一番后，径直向我走了过来，把一束纸卷递给了我。

“华生医生，久闻大名，”他说话的口音不全像英国人，也不全像美国人，“你是个很有才华的作家，我敢打赌，我给你的小说素材加上你的文笔，世上又会多一部很好的小说了。这些东西是我躲起来的这两天写下的。你可以根据这些材料写一个名叫《死酷党》的故事。”

“小说的事以后再谈吧，”福尔摩斯心平气和地说，“道格拉斯先生，我希望你讲讲最近几天的事情。”

“我会讲的，不过，请允许我在说话时抽抽烟，这两天怕抽烟被你们发现，明明衣袋里有烟也没抽，真把我给憋坏了。”

道格拉斯接过福尔摩斯递过去的雪茄抽了起来，“福尔摩斯先生，我久闻你的大名，不过，我没想到，我们竟会有缘相见。华生手中的资料谁都没看过，我要给你们讲一件新鲜事。”

麦多纳警官从道格拉斯一进来就直盯着他，现在，他终于忍不住了，“这到底怎么回事？！既然你没死，那我们这几天为之忙得团团转的死者又是谁呢？还有，你是哪儿冒出来的，这么突然？”

“麦多纳先生，这只能怪你自己，”福尔摩斯说，“你为什么不听我的话，好好看一看那本介绍这座城堡的小册子呢？上面有一篇查理一世在这里避难的故事。查理一世的藏身之处，道格拉斯先生当然也可以躲进去。所以我想道格拉斯先生肯定是还在城堡里。”

麦多纳有些生气了，“既然你早就知道了，为什么不早点告诉我们，害得我们……”

“一开始我也不知道，直到昨晚我从护城河里找到那个包袱时，我才明白我们所见到的那具尸体根本不是道格拉斯，而是那位从滕布里奇维尔斯镇骑车而来的‘凶手’。所以我最终确定道格拉斯先生肯定在他太太和朋友的帮助下躲到城堡的某个地方了。”

“嗯，你推断得很对，”道格拉斯先生赞许地说道，“我原以为我可以蒙骗过去，因为我不能接受走上被告席的羞辱。而且由于我的‘死去’，我可以从此摆脱那些追踪我的人了。不过，我没有做过亏心事，在这个案子中我是否有罪，你听完我的故事就可以知道了。

“我就不从头说起了，所有的一切我都记在给华生医生手上的那些材料上。简单地说吧，有人与我有不共戴天之仇，他们非要把我除掉不可。他们从芝加哥到加利福尼亚到处追杀我，把我逼得逃出了美国。后来我结了婚，并把家安在这么一个偏僻的小镇上，想能够从此安稳度过我的下半生。

“我从来没跟我妻子提起过这些事，我不想把她连累得寝食不安。但我不小心失了几次言，她也许早就略知一二了，但事情的全部，她跟你们一样，也是不知道，她昨天告诉你们的，就是她所知道的一切。案发那天晚上，因为时间太仓促了，我没来得及跟她解释，也许我早就该让她知道一切，但我确实没办法既让她知道实情又不让她担惊受怕。

"案发的前一天，我到滕布里奇维尔斯镇买东西，我在街上看到了我的一个仇人，虽然我只瞥了他一眼，但我相信我没看错。他是我仇人中最凶残的一个——这些年来，他一直像逐食驯鹿的饿狼一样追着我不放。我知道大祸临头了。于是我赶紧回家，做了些准备。我认为我一个人能够对付他。1876 年，有一段时间，我的运气好得惊人，这在美国几乎家喻户晓——我希望运气还在我这边。

"第二天我哪都没去，一直在城堡里戒备着，直到晚上把吊桥拉起来，我才安心了一点，没再想这件事了，万万没有想到他竟然已经潜入城堡了。正当我按惯例进行夜间巡查，走到书房门口时，我的第六感觉告诉我书房里有危险——曾经出生入死过的人都有这种超感觉。当我看到窗帘下那双露出的长筒靴时，就更明白了。

"当时我手中只拿着一支蜡烛，但房门开着，大厅的灯光照了进来。我放下蜡烛，冲到壁炉台前把那把铁锤抢到手上。这时他举着长刀向我砍了过来，我便把铁锤砸了过去，把他的刀砸到地上了。他迅速一闪身，从大衣里把枪掏了出来，但我眼疾手快，马上把枪管给抓住了。我们使劲争夺了一分钟左右，谁都不肯松手，因为谁松手谁就会被打死。

"在争夺中不知谁碰到了扳机。枪走火了，两筒铁砂都打到了他脸上。他叫鲍德温，我在滕布里奇维尔斯镇看到的就是他。但枪响之后，我认他不出来了，恐怕连他母亲也认不出他了。虽然年轻时我对血肉横飞的场面就司空见惯了，但那一刻，我看到他那幅死相，差点吐了起来。

"巴克匆忙赶来时，我在书桌边靠着。接着，我听到我太太的脚步声走近了，我连忙冲到书房门口把她挡住了，她看了这种惨状会受不了的。我让她上楼，并答应马上去看她。我跟巴克讲了一两句，他便明白是怎么回事了。我们静静地等着城堡里其他人到来，但，等了一会儿，没有人来。显然，城堡里只有我们三个人知道发生了什么事。

"这时，我突然有了一个办法，我简直为这个办法的高明而暗自叫好。请看我这只胳膊。"道格拉斯说着，卷起了衣袖，一个和死者身上一模一样的烙印呈现在我们眼前。

"你们都看到了，我们的身材和头发的颜色也几乎一模一样。我决定和他交换一下身份。我在巴克的帮助下把他的衣服给扒了，让他穿上我的睡袍。我们把他所有的东西打在一个包袱里，为了增加重量，我又把那个哑铃也塞了进去，然后打开窗户扔到了护城河里。然后把他准备放在我尸体上的那张卡片，扔到了他尸体上。

“我取下我的几个戒指戴到了他的指头上。而结婚戒指，从我结婚起就一直没动过，卡得很紧，要想取下，只能用锉刀锉。我当时即使想锉也锉不了，我没有锉刀，所以只好任它去了。后来我想到我脸上贴了一块药膏，便在他脸上也贴了一块。福尔摩斯先生，当时你要把药膏揭下来看看，你就会发现破绽了。

“好，这就是案发前后的全部细节。我当时想，等躲过一阵，我就可以带上我的‘遗孀’一起离开这里，远走高飞，再找个地方安度余生。我知道，只要他们看到我被‘暗杀’的消息后，肯定会信以为真，没人再追杀我了。我当时来不及向巴克和我妻子说明白，不过他们很理解我的处境，也尽了最大的努力来帮我。这城堡里有几个很好的藏身的地方，这管家艾姆也知道，但他根本没想到它们会和本案扯上关系。我躲到密室后，外面的一切都交给巴克去办了。

“想必你们都知道巴克是怎么做的了。他打开窗户在窗台上印下鞋印，造成凶手越窗逃跑的假象。因为这时吊桥是吊着的，凶手只有蹚过护城河逃跑了。等到一切布置好了，他才拼命拉起了警铃。以后的事你们都知道了。好了，先生们，我把一切都告诉你们了。你们说，按照大英帝国的法律，我该受到什么样的处置？”

大家都默不作声。最后，福尔摩斯打破了沉寂：“大英帝国的法律是公正的，你不会含冤受屈的。可是，我还想问一下，死者是怎么知道你住在这儿的？他是怎样潜进书房的？他怎么知道你晚上会来巡查的？”

“这我也不知道。”

“恐怕你还有危险，”福尔摩斯严肃地说，“那些危险将比来自美国的复仇更难让人对付。道格拉斯先生，请记住我的忠告，你得更加小心。”

读者朋友，故事讲到这里，要暂时告一段落了，请暂时跟我一起离开伯尔斯通城堡，离开道格拉斯被刺的这一年。

我希望你们在时间上退回十二年，在空间上离开伯尔斯通往西几千英里。我把发生在那里的一件更稀奇古怪和骇人听闻的事讲给你们听。这个故事即使是有据可查的事实，但你还是会觉得难以置信的。

别以为我一案未了又在介绍新的案子了，等我把那个年代久远的故事讲完后，你会发现这个案子中的一些未解之谜都会在那里找到一个合适的答案。

6. 芝加哥来客

1875年2月4日，天冷得要命，美国加利福尼亚州北部的吉尔默敦山峡谷积满了深雪。然而在蒸汽扫雪车的帮助下，铁路仍然可以通车。一列贯穿煤矿和铁矿区的列车正缓缓地向以盛产煤和铁的小镇维尔米萨驶去。维尔米萨镇原先只是美国西部一个荒凉的角落，但自从这里发现了矿产后，这个偏僻的小镇就开始热闹起来。

火车在蜿蜒的山谷中行进着，天慢慢地黑了下来，客车车厢里的油灯点亮了。这节简陋的长车厢里载了二十几个人，其中有那么十几个，从他们积满尘垢的面孔和他们携带的安全灯来看，他们显然是矿工。他们一边抽着烟，一边低声谈论着什么。他们还不时地瞥一瞥车厢里坐着的那两个穿着制服的警察。除此之外，车厢里还有几个普通的当地人。在这个车厢里最引人注目的却是独自坐在车厢一角的那个年轻的爱尔兰人。这个年轻人三十岁上下，中等身材，气宇轩昂的脸上睁着一双机智而幽默的眼睛，他好奇地打量着周围的人。从他的面相看，他应该是一个善于交际、人见人爱的人。但他紧闭的双唇又表明他是个刚毅果断、思想深沉的人。总之，这个人一看就知道是个不简单的人。

这个年轻的爱尔兰人和坐在离他不远的一个矿工说了一两句话，但因为话不投机，又各自沉默起来。他有些抑郁不快地望着窗外朦胧的夜色。

铁路两旁耸立的井架和闪着红光的炉火，在别的地方，它或许能让闷闷不乐的人兴奋起来，但在这里，它只能让你清楚地认识到这是粗野健壮的工人为了生存而进行最原始、最粗笨的劳动的地方，而不是那种有钱人休闲的去处。

这个年轻的爱尔兰人见了这凄凉的景象后，脸上更不高兴，更好奇起来。他不时掏出一张纸，潦草地记着什么，谁也不知道他写的是什么。让乘客们吃惊的是，有一次他竟然从身后掏出了一支最大号的左轮手枪。在灯光的照射下，可以清楚地看见弹轮上的铜弹闪闪发光，分明枪是装好了子弹的。他把枪亮了一下后，又赶快放回了口袋。

旁边的一个工人看到他带着枪，便主动地和他攀谈起来："老兄，你好像有所戒备啊。"

年轻人说这是他在芝加哥偶尔要用到的东西，不知在这里是否也用得着。

工人很热心地告诉他，这里经常有一些意想不到的事情发生，手枪可以用来防身。工人很关心地问他怎么一个人到这么个恐怖的地方来。年轻人很自豪地告诉工人，他一点也不怕，因为他是自由人会的会员，自由人会到处都有。

这个工人听他这么一说后，立即四下戒备地望了一眼，发现没有人注意他们，便走过来挨着年轻人坐下。他们握了手，对了暗号后，确信对方是自己人。这位工人自己介绍说，他是自由人会维尔米萨分会的斯坎伦，他说这里的自由人会实力雄厚，但还需要些精明能干的年轻人。

年轻人说他叫麦克默多，从芝加哥来。

斯坎伦对麦克默多离开繁华的芝加哥而跑到这偏僻的山谷来表示奇怪。坦诚的麦克默多望了望不远处的两个警察，说："我在那边闯祸了。"

斯坎伦当然知道"闯祸"是什么意思，但他想知道更多一些。便追问着："闯什么祸，是杀人吗？"

麦克默多对他的追问非常不高兴，狠狠地盯着斯坎伦说："你以为你是谁，非得告诉你吗？"

斯坎伦见麦克默多发火了，有点害怕，连忙笑着让麦克默多别生气，他只是随便问问，没其他意思，然后向麦克默多要了他在维尔米萨将要落宿的地址，说维尔米萨还有三站便到了，他自己将在下一站下车。

临下车前，斯坎伦说："兄弟，要在维尔米萨遇到什么困难，直接到工会去找议员莫金蒂吧，他是自由人会维尔米萨分会的大头领，你一定得找他。"

斯坎伦下车后，麦克默多又重新沉思起来。车窗外，炼铁炉喷出的火焰在嘶叫着、跳跃着。在这火焰的映照下，一些黑色的身影在忙碌地围着机器工作着。

"我想地狱就是这个样子吧。"有人说道。

麦克默多转身一看，只见一个警察正望着窗外那炉火映红的荒原。另一个警察看了看麦克默多，说："有这种可能，但我想地狱里头的魔鬼并没有我们想象的那么坏。年轻人，我想你是第一次来这儿吧？"

“第几次来关你屁事？！”麦克默多蛮横地回答道。但警察并没有因此而生气，接着说：“你交朋友得谨慎一点，否则，迟早会有麻烦的。”

麦克默多一听就火了：“和谁交朋友是我自己的事，不要脸的东西，你少狗拿耗子，到旁边歇着去吧！”

这两个老实敦厚的警察见他竟然把自己的好心当成了驴肝肺，非常吃惊，说：“别见怪，先生，我们也是为了你好。”

“你们会为我好吗？”麦克默多不近人情地说，“天下乌鸦一般黑，干你们这一行的没几个好东西，我不需要你们为我好。”

麦克默多把警察给激怒了，其中一个冷笑着说：“不自重的年轻人，你相信好了，我们很快就会再见面的。”

“你这是在吓唬我吗？”麦克默多毫不示弱，“告诉你们，我叫杰克·麦克默多，你们要再找我的话，可以到维尔米萨的谢夫特公寓去找。记住了吗，是谢夫特公寓，我随时欢迎你们！”

这位初来乍到的年轻人的蛮横无理，震惊了全车厢的人，特别是那些矿工们，他们不仅震惊，而且对麦克默多非常佩服。他们小声地称赞着。两个警察非常尴尬地耸了耸肩，走到一旁去了。

几分钟后，火车开进了一个灯光昏暗的车站，这就是维尔米萨。

麦克默多提起旅行包走下了火车。这时，走过来一个矿工，他把麦克默多称赞了一番，并说他就住在谢夫特公寓附近，他愿意为麦克默多带路。

矿工帮麦克默多背起旅行包往月台走去，别的矿工见麦克默多走来，纷纷友好地向他打招呼，夸他是个勇敢的年轻人。所以，尽管麦克默多初来乍到，但他爱捣乱的名声很多人都知道了。

虽然已是深夜，但镇上依然灯光明亮，酒馆和赌场更是灯火辉煌，劳累了一天的矿工们在里面大手大脚地挥霍他们用血汗挣来的钱。

矿工指着一家有点像大旅社的酒馆说："工会就在这里，大头领莫金蒂就在这里。"

"莫金蒂是谁？"麦克默多问。

矿工把大名鼎鼎的莫金蒂给介绍了一番，不过麦克默多还有点不理解，说："他不过是一个小镇上的工会首领而已。怎么那么多人怕他？"

矿工立刻压低了声音，说麦克默多在这里住久了，就知道了。麦克默多见他这么紧张就问他这里是否有报上所说的杀人不眨眼的"死酷党"。矿工更紧张了起来："你千万别乱说话，否则就有性命危险。"

接着，矿工警惕地望了望四周，说："报上有关死酷党的事都是真的，不过，你千万别把那些凶杀案跟莫金蒂的名字联系在一起。他耳目众多，让他知道了就完了。"

继续走了一段路后，矿区指着一幢房子说："那就是谢夫特公寓，房东雅各部·谢夫特是镇上最老实的人。"

麦克默多给矿工道过谢后，接过旅行包和他握手告别了。

麦克默多走到谢夫特公寓门前，仔细看了看门牌号码，确信无误后，用力敲起了门来。

门马上打开了，使他惊讶的是，给他开门的是位年轻美貌的德国女子，她皮肤白嫩，发色金黄。她睁大她美丽的眼睛惊奇地打量着来客。

麦克默多被她的美惊呆了，傻呆呆地站在门口。

还是这位德国姑娘打破了寂静，说："我还以为是爸爸回来了呢？你是来找他的吧？他到镇上去了。"

"你好，小姐，"麦克默多终于从陶醉中解脱出来，"我不急着找你父亲。我芝加哥的朋友介绍我到你家来住，我很高兴能和你这么美丽的小姐住在同一个公寓。"

姑娘听到麦克默多的赞美，羞涩地笑了笑，很友好地把客人让进了家里。

"我叫伊蒂，"她自己介绍说，"是谢夫特先生的女儿，我们父女俩相依为命，哦！我爸回来了，你有事和他说吧。"

麦克默多简要地向谢夫特说明了自己的来意。老谢夫特答应让他住下来。麦克默多当即付了头一个星期的七美元食宿费。于是这个自称来自芝加哥的逃犯在谢夫特家住了下来。

7. 伊蒂的爱情

跟麦克默多一同租住在谢夫特公寓的是十多个老老实实的矿工，他们不大爱说话。和他们在一起的时候，麦克默多总是侃侃而谈，出语不凡，他的歌也唱得好，矿工们很喜欢他。

麦克默多也有让人感到不安的地方，他有时喜怒无常，而且经常发表讨厌警察的言论。麦克默多很快就出了名，不到一星期，他就成了人们议论的中心人物之一。

麦克默多第一次看到伊蒂的时候，就爱上她了。第二天，他就向她表白了。从此以后，他不管伊蒂对自己是什么态度，一见到她就说自己爱她。麦克默多有一张能说会道的嘴。而且，他神秘莫测的男子汉魅力和动人的歌喉也很讨人喜欢，虽然伊蒂对他的求爱不置可否，但他知道，他很快就会得到姑娘的芳心的。

麦克默多因为受过很好的教育，他很快就找到了一个做记账员的临时工作。他白天上班，晚上陪伊蒂聊天，根本没时间去拜见这里的自由人分会的首领。

一天晚上，他在火车上认识的朋友斯坎伦来拜访他了。他因再次见到麦克默多而感到很高兴，他提醒麦克默多尽早去拜访分会的首领，否则会引来许多意想不到的麻烦。

麦克默多对斯坎伦的忠告很惊奇，他说在芝加哥这没什么大不了的。

“老兄，这是维尔米萨，不是芝加哥。”斯坎伦临走时再次提醒。

正当麦克默多准备去工会拜见莫金蒂的时候，房东老谢夫特把麦克默多叫到了自己的房中，问他是否爱上了伊蒂。

麦克默多坦诚地承认他确实爱上了伊蒂，而且爱得发狂。但老谢夫特很遗憾地劝他别浪费感情了，在这以前就有人缠上她了。

“伊蒂也跟我说过这事，”麦克默多说，“他是谁？”

“你听了别害怕，年轻人。”谢夫特很认真的样子，“他叫特德·鲍德温，死酷党的一个首领，是一个恶魔，在维尔米萨没几个人敢惹他。”

“我会怕吗？笑话！”麦克默多激怒了，“你们都怕死酷党，死酷党到底是一个什么组织？”

“死酷党，”谢夫特压低了声音，“死酷党就是自由人会。”

“死酷党就是自由人会？”麦克默多吃了一惊，“我自己就是自由人会的会员啊。”

“你是自由人会的？你给我滚吧，我要是早知道的话，一天也不让你住！”

麦克默多没想到谢夫特竟然对自由人会这么讨厌，辩解地说：“自由人会是一个纯洁的组织，它的宗旨是增进人与人之间的爱和友谊。根本不是像你说的死酷党那样的暗杀组织！”

谢夫特气愤地说：“你们这么认为是因为你们丧失了人性，不分黑白善恶。谁都知道自由人会在这里干了些什么好事！”

麦克默多知道再怎么辩解都没用了，但要他就此离开伊蒂，他却舍不得。这天晚上，他见伊蒂正独自坐在屋里，便向她倾诉了刚遇到的麻烦事。

“虽然我们才认识一个星期，但你已是我生命中不可或缺的了，离开了你，我活着还有什么意思呢？”麦克默多忧伤地说。

“麦克默多先生，”伊蒂也忧郁地说，“我早跟你说过，你来得太晚了，有人向我求过婚，虽然我没答应，但我不能再答应嫁给别人了。你，还是走吧！”

麦克默多听出了她对自己的爱和对爱情不能自主的苦恼，当即跪了下来，“伊蒂，为了我们的幸福，答应我，嫁给我吧！”

麦克默多说着，站起来大胆地搂住了伊蒂。初涉爱河的伊蒂既羞涩又幸福，她没有反抗，而是两眼含情地望着自己的心上人，她温顺地说：“麦克，我也爱你，你带我远走高飞吧！”

麦克默多心里一阵狂喜，但很快又冷静了下来，像想起了什么似的，很坚决地说：“伊蒂，我们就在这儿好了，我会保护你的。”

伊蒂对麦克默多的回答很失望，麦克默多马上解释道：“我们远走高飞的话，就等于是被别人赶走的，那样，我们一辈子就抬不起头。”

“你还不了解鲍德温，也不了解莫金蒂和他的死酷党。”

“我是不了解，但我绝不害怕，相反，他们会怕我的，”麦克默多说：“我真不懂，既然大家都知道他们在为非作歹，但为什么没人到法庭告他们呢？”

“因为人们不敢出面作证。就是有人敢作证也没用，他们有很多同党，随便可以叫一大堆人作假证，最后吃亏的总是原告和证人。”伊蒂说，“所以，我虽然很讨厌那个鲍德温，但也不敢对他怎样，我怕他，我要是彻底拒绝他的话，他肯定会报复我父亲的，麦克，我们把父亲带上，一起远走高飞吧！”

麦克默多还是坚持不走：“别怕，伊蒂，要说狠的话，他们肯定狠不过我！”

就在这时，门突然打开了，一个凶狠而狂傲的家伙闯了进来，他的年龄和体型和麦克默多差不多。他气势汹汹地瞪着坐在火炉旁的这对情人。

伊蒂马上惊恐地跳起来，来人正是瘟神般的鲍德温。

鲍德温见他们刚才那么亲密，气得不得了，他指着麦克默多问：“你是谁？”

“哦，鲍德温，这是麦克默多，我家的新房客。”

两个年轻人互相敌视着点了点头。

“伊蒂已经跟我订婚了，请你以后少跟他接触。”鲍德温很傲慢地说，“她现在要跟我散步去。”

伊蒂站着不动。麦克默多也没有离开的意思。

“你不走，是吗？”鲍德温气坏了，“你站在这里，是想和我决斗？！”

“我正是这个意思。”

伊蒂看到这个阵势吓得不得了，她怕麦克默多斗不过人多势众的鲍德温，便劝麦克默多快走。鲍德温见伊蒂这么关心麦克默多，气得咆哮起来，恨不得把他们给吞掉。

麦克默多一面安慰伊蒂，一面说：“鲍德温，有种的跟我到野外单独决斗吧！”

鲍德温见麦克默多不吃硬，心虚了，说：“我会找个合适的时间跟你决斗的，你就等着死吧！”说完，把门猛力一甩，出去了。

伊蒂见他走远了，一头扑进麦克默多怀里：“你真勇敢，但是，你还是走吧，马上就走，他一定会叫帮手来害你的。”

麦克默多吻了吻伊蒂：“别怕，我也是自由人会的人，我现在就去找这里的大首领。”伊蒂并没有因为听到麦克默多说他是自由人会的人而吃惊，她早就知道，别的自由人会并没维尔米萨的坏。

8. 加入“死酷党”

莫金蒂是一个心狠手辣的人，方圆几十里的人都怕他，因为他不仅是自由人会维尔米萨分会——即死酷党的大头领，而且还是市议会议员、路政长官，当然，他的官衔和议员身份是用钱换来的，而钱是他不停地犯罪弄来的。人们对他敢怒不敢言。

他用黑钱在镇上开了家酒店，生意越来越好。

麦克默多走进了莫金蒂的酒店，他穿过嘈杂的人群，找到了莫金蒂。莫金蒂牛高马大，满脸的络腮胡子，一双黑得惊人的眼睛轻蔑地看着一切。

麦克默多径直走到莫金蒂面前，毫不畏惧地和他对视着。

“年轻人，我好像不认识你。”莫金蒂说。

“莫金蒂先生，我是新来的，叫麦克默多。”

旁边的人对麦克默多没称呼莫金蒂的议员头衔而大感不满和惊讶，但莫金蒂却并不怎么见怪，他仔细地打量了一番麦克默多，觉得这个年轻人非同一般，为慎重起见，他把麦克默多叫进了酒吧后面的一间小屋子里。

这间小屋子堆了不少酒桶，莫金蒂把门关上后，若有所思地抽着雪茄，一双眼睛骨碌碌地在麦克默多身上转来转去。麦克默多则一手捻着胡子，一手插在衣袋里，笑眯眯地望着莫金蒂。

突然，莫金蒂掏出手枪对准麦克默多：“假如你想玩花样，那就是自寻死路！”

麦克默多非常镇定地说：“一位自由人分会的大头领拿这种礼数来对待外来的兄弟，你不觉得可笑吗？”

莫金蒂见麦克默多毫不畏惧，立即换了口气说，这是在考验他。然后他又仔细询问了麦克默多入会的时间和地点，及分会和邻近分会的领导人，麦克默多对答如流，丝毫无误。

莫金蒂沉默了一会儿后，又问：“你为什么离开芝加哥？”

“对不起，这事不能告诉你。”

“但你要加入我们分会，就必须告诉我，我不允许来历不明的人混进来。”

麦克默多有些犹豫地从口袋里掏出一片剪下来的旧报纸：“请你一定保密。”

莫金蒂粗略地看了一眼这份报道：1874 年 1 月上旬，芝加哥的雷克酒店，一个推销假币的人被杀害了。

麦克默多补充说：“他推销的是我造的假币，我怀疑他想告密。”

“你现在还能造吗？”

“我昨天就制了几枚。”麦克默多掏出几枚金币说。

莫金蒂仔细看了看金币，觉得与真的没什么两样。

“我们很需要你这种人才，”莫金蒂说，“不仅能制假币，而且胆子也大，竟然面对枪口毫不害怕。”

“那时，感到害怕的人应该是你。”麦克默多说着，从口袋里掏出一支手枪，“我一直在瞄准你，而且我的速度肯定比你快。”

“果然是智勇双全的人！”莫金蒂大笑着说，“有你的加入——”

这时鲍德温闯了进来，他恶狠狠地瞪了麦克默多一眼：“没想到你自己送上门来了。”

“鲍德温，这是新来的兄弟，你应该对他客气点！”

“客气点？哼！他抢走了我的姑娘！”

麦克默多毫不示弱地说：“你不服气是吗？那我们就决斗吧！”

“你以为我不敢吗？”

莫金蒂打圆场说：“鲍德温，你何必为一个姑娘跟麦克默多兄弟过不去呢？姑娘爱跟谁就跟谁嘛！”

鲍德温火了：“你以为你是大头领我就得听你的吗？下次选举时……”

莫金蒂不等他说完，便把他扑倒在一只酒桶上，双手卡着他的脖子："好啊，该死的家伙，你想造反？"

麦克默多见状赶忙把他们拉开了："看在上帝的分上，饶了他吧。"

莫金蒂气势汹汹地望着惊魂未定的鲍德温说："好了，你刚才的话算我没听到，大家都是兄弟，过去的事就算了。"

麦克默多很大度地伸出手说："我们爱尔兰人比较冲动，但从不记仇，现在大家是一家人了，过去的事就别往心里去。"

鲍德温不情愿地和他握了握手。

第二天，麦克默多搬出了谢夫特公寓，住到了镇头一家偏僻的旅店。不久，斯坎伦也搬到了维尔米萨，和麦克默多住在一起。女房东是一个很和蔼的爱尔兰老妇人，她从不干涉房客的事，因此，对制假币的麦克默多来说，这是最好不过了。

即使麦克默多白天上班，晚上才制假币，而且非常的隐蔽，但还是有一个警察盯上他了。

麦克默多搬家后，几乎每晚都要到莫金蒂开设的酒馆去一下。他刚毅果断的性格和无所顾忌的言谈很快赢得了弟兄们的喜爱，在酒馆的一次拳击赛中，他的勇猛有力的拳击技法也让他们大为赞叹。然而，让他声望大涨的，却是警察队长马文。

一天晚上，正当人们欢呼畅饮时，一个自称是煤矿警察队新来的马文队长的人走了进来。他和议员莫金蒂各怀心计地客套了一番后，忽然盯着麦克默多打量起来，他看了一会后大声说："真是'人生无处不相逢'啊，这不是芝加哥的麦克默多吗？"

"是又怎样？"麦克默多挥舞起拳头。

马文有些无奈地说："是不能怎样，我现在不是芝加哥的警官了，但平托的死我是不会忘记的，如果你胆敢在这里胡作非为，我不会让你再逃掉的！"说完，他向莫金蒂道别，大摇大摆地走了。

麦克默多在芝加哥犯事的事人们早有耳闻，只是不知道真假，这回，被马文证实了。在死酷党，犯罪不仅不是耻辱，反而是英雄的作为。麦克默多从此成了人人敬仰的英雄。

星期六晚上，麦克默多正式入会的仪式举行了。

按照惯例，麦克默多被脱下外衣，捆住双手，蒙了双眼，被人领着走进了集会厅。集会厅里，几十个死酷党人围坐在一张长桌的周围。莫金蒂坐在首席，他旁边是分会中的一些小头领。

莫金蒂当众询问了帮会的暗语和芝加哥分会的情况，一切无误。

这时，有人大声让他往前走一步。麦克默多感到有两个尖锐的东西直抵双目。麦克默多知道这是在考验自己。他坚定地向前走去，压在眼上的东西很快移开了，麦克默多听到一阵低低的喝彩声。

“真勇敢，你能忍受痛吗？”有人问。

“怕痛就不加入死酷党了！”麦克默多坚定地说。

“试试他！”

麦克默多感觉前臂一阵钻心刺骨剧痛，但他咬紧了牙齿，竭力忍住，不发出一点声音。

在一片喝彩声中，绳子和蒙在眼上的东西被取掉了。莫金蒂走过来拍了拍他的肩说：“你已经是我们的人了，你得听命行事，如果违反会规，将格杀勿论。”

“我知道。”麦克默多说着，看了看痛得刺骨的右臂，右臂上烙着一个套了圆圈的三角形。

莫金蒂坐回原位，抽出一封信说：“以前我们有事的时候，默顿县的大头领温德尔从没拒绝过我们的请求，现在他需要我们两个人去帮忙。有谁愿去？”

好几个人马上举起了手。

莫金蒂点名让科马克和威尔逊去帮忙。

“上周三，我们有五个兄弟被工头布莱戈解雇了，得教训教训他！”鲍德温说。

“给他喂一颗子弹吧！”有人说。

麦克默多也跟着吼道：“子弹最能解决问题了！”

“说得对！”人们附和着。

“尊敬的大头领，如果用得着我，请尽管吩咐。”麦克默多说。

“很好，”莫金蒂说，“今晚就有件小事让你去大显身手。”

“真的吗？太好了！”

莫金蒂拿出一张报纸说，“《先驱报》的主编詹姆士·斯坦格又写了篇文章骂我们了，我们得好好料理他！”

“斯坦格是镇上一位德高望重的老人，”莫里斯站起来说，“如果把他杀了，一定会造成很大的影响，说不定能导致我们分会的毁灭。”

莫金蒂斜了一眼莫里斯：“在维尔米萨没人敢把我们怎样！莫里斯兄弟，你这么说是不是想退会了？”

莫里斯一听这话，立刻吓得面色苍白，他胆战心惊地说：“不，我没这个意思，大家都知道，我是很忠心的会员，我绝对服从大头领。”

“这次就原谅你了，你以后好自为之吧，”莫金蒂说完后又转向鲍德温，“鲍德温，你和麦克默多挑几位兄弟去报社吧。”

鲍德温虽然十二个不愿意，但又不敢违背大头领的命令。

这是一个天寒地冻的月夜，麦克默多和鲍德温他们很快便来到了一座大楼前。大楼上挂着“先驱报社”的牌子，楼里传来印刷机的响声。

鲍德温让麦克默多和另外一个兄弟守在大门口，他自己和其他兄弟跑了进去。一阵桌椅的摔打声和呼救声后，一个老人跑到了楼梯的平台上，但没跑几步，就被抓住按倒在地，鲍德温满脸狞笑着用木棍往老人头上乱砸。顷刻间，老人花白的头发就被鲜血给染红了。

鲍德温越打越猛，麦克默多闻声跑了上来，一把推开鲍德温说：“大头领没说要把他打死。”

“你管不了我！”鲍德温举起棍子怒吼。

“你再打，我就开枪了！”麦克默多掏出枪对准鲍德温。

“哎呀，你们快跑吧！”楼下的那个人喊道，“周围人家的灯都亮了，警察很快就会来了！”

鲍德温侧耳一听，街上果然传来了叫喊声，而排字印刷的工人也聚集到楼下的大厅里了。鲍德温恨恨地挥了挥手，几个人窜下楼跑了。

麦克默多飞快地沿小路跑回了家，他躺在床上想起入会的情景和刚刚发生的事，一时心绪难平，再加上前臂上的烙伤还隐隐作痛，很晚才入睡。

第二天他一觉醒来，太阳已经老高了，他写了封信后，翻起了当天的

《先驱报》，报上简要地报道了斯坦格老人受伤的事。他正看着，房东太太送来了一封信，说是一个小孩送来的。麦克默多拆开一看，这是一封没有署名的信，信上说有事要和他谈，让他到米勒山上的旗杆旁去。麦克默多看不出这是谁写的，但他决定去看看。

9. 法庭受审

米勒山是镇里的一座公园，是人们夏季乘凉的好地方，但在冬天，这里就非常的冷清了。麦克默多沿着蜿蜒的山路来到旗杆旁，看见莫里斯正竖起大衣领子，帽子压得很低地站在那里。

“我有些事想跟你谈谈，”莫里斯有些犹豫不定地说：“但得请你保密，别跟人说我找过你，这也是我不在信上署名的原因。”

“你放心好了，”麦克默多说，“我对会党忠心不二，对朋友也是忠心不二的。只要不让我背叛会党，我绝对保守秘密。”

“好，那我就说了——我觉得你本性并不坏，但昨晚的事，让我很担心，我想你有可能成为一个最坏的人。我问你，在芝加哥时，你曾想过会发生昨晚那样的事吗？”

“我没想过。”

“我也没想过，我原来是费城分会的会员，为生活所迫，才带着老婆和孩子来到这里。他们硬让我转入这里的分会，这么些年来，我觉得我陷在一个犯罪网中，我讨厌这里的一切，但又无法摆脱，我怕他们会报复我。哦，这太可怕了！”莫里斯说着，啜泣起来。

“有一次，”他继续说：“我被

迫和几个人去执行任务，我在门口放哨，当我的同伴双手沾满了血出来时，一个小孩也哭喊着跑了出来，他大叫着让我们把他爸爸还给他。当时我吓得差点昏了过去，我怎么也没想到，我竟然成了杀人犯的帮凶了。”

麦克默多安慰他说：“其实这没什么，你只不过是胆小了点儿。”

“不，”莫里斯有点动情地说，“你在这儿待久了就会发现，在这儿，杀人行凶的阴云时刻笼罩在人们头上，人们管这儿叫恐怖谷。以后你会知道的。”

麦克默多沉思了一会，说：“也许吧，但我觉得你只不过是不适应这里而已，你不如变卖家产，离开这里算了。好了，我们就谈这么多吧，我不会把我们的谈话内容跟别人说的，我希望你也一样。”

“好吧，既然你不想再谈下去了，那就这样吧。”莫里斯有些无可奈何地说，“如果有人问我们在这里干什么的话，你就说，我想请你到我的店里当店员。”

“好的，再见，莫里斯兄弟，祝你走运。”

这天中午，麦克默多正在壁炉旁吸着烟，门突然被撞开了，莫金蒂走了进来，冷冷地打了个招呼后，坐下来，冷静地瞪着麦克默多。

“我是很少出来拜访人的，”莫金蒂终于开口说道，“但我今天破例了，我很想知道今天上午在米勒山你和莫里斯说了些什么。”

麦克默多虽然没想到莫金蒂的消息有这么灵通，但因为早做好了准备，所以很坦然地回答道：“莫里斯是个好兄弟，他以为我没有事做，想请我到他的布店去当店员。”

“就这回事吗？”

“就这事，”麦克默多说，“他还不知道我在做假币，我在自己的卧室干两小时就可以吃上一个月了，我怎么能到他那里听他的使唤呢？”

“你这么想就好。麦克默多兄弟，我劝你今后少和莫里斯来往。”

“这个自然，我不喜欢他。”

“对了，”莫金蒂像想起了什么似的，“他说过反对本会的话吗？”

“没有，他就说了要请我做店员的事，我回绝了他，然后各自走了。”

“他可能还不大信任你。”莫金蒂说，“但我明白，莫里斯早就怀有二心了，我想，跟他交往过密的人，也不会很忠心的。”

“谢谢你的劝告，大头领，”麦克默多说着，语气一变，像开玩笑似的，“我很想知道你是怎么知道我们谈过话的？”

莫金蒂得意地大笑着说："镇子里发生的大小事情都逃不过我的耳目，好了，时间不早了，我得……"

正说着，三个警察把门撞开了。麦克默多跳起来就往外掏枪，但刚把手枪抽出一半，又把它插回去了，因为他发现有两支步枪已经对准了他的脑袋。

一个身穿警服，手提左轮手枪的人走了进来，这人正是以前在芝加哥干过、现在任煤铁矿警察队长的马文，他望着麦克默多，皮笑肉不笑地摇了摇头，得意地说："麦克默多先生，我想你已经被捕了。"

"你擅自闯入民宅，来骚扰一个遵纪守法的公民，是违法的！"莫金蒂严厉地斥责道。

"参议员先生，我是来执行公务的，请你合作点。"

"他是无辜的。"

"用不着你担心，"马文说，"来呀，把他的枪卸了！"

麦克默多被押往警署时，天快黑了，他被投进警署的牢房后，发现鲍德温和昨晚几个参加毒打斯坦格老人的同伙已在那里等着他了。

死酷党人的确神通广大，麦克默多进去不久后，就有个狱警送来一捆稻草，说这是给他们铺在地上睡的。麦克默多摊开一看，里面藏着两瓶威士忌和一副纸牌。他们喝酒，赌博，狂欢了一夜，好像明天上法庭受审的，根本就不是他们。

第二天，开庭了。老实巴交的印刷工人们在莫金蒂请来的律师的巧妙盘问下，不得不承认由于当时光线太暗，不敢保证凶手就是被告席上的几位。而斯坦格也承认当时又惊又恐，没看清凶手的长相。在被告这一方，包括市政参议员莫金蒂在内的六人出庭证明说，事发当晚，被告正在工会打扑克。由于原告证词含糊，证据不足，而被告方面，众口一词。法官只好判被告无罪，把麦克默多他们给放了。

对麦克默多他们的释放，死酷党人大呼小叫地鼓掌欢迎，而那些正直的人们则既愤愤不平，又无可奈何。

因为上过法庭，麦克默多在死酷党人中的地位提高了许多。在兄弟们心目中，他是一个智勇双全而又心高气傲的家伙。莫金蒂也为有麦克默多这样有才能的帮手而感到高兴，他们都期待着麦克默多再次大显身手。

10. 为虎作伥

麦克默多在死酷党中赢得很大荣誉的同时，也“赢得”了老谢夫特对他的憎恶，谢夫特不让他上门找伊蒂了。而伊蒂对麦克默多则又爱又恨。

一天早上，伊蒂决定去看看麦克默多，看能不能让麦克默多悬崖勒马，如果不能的话，她将和他分手。伊蒂轻轻推开门时，麦克默多背对着门看信，没有发觉有人进来。年仅十九的伊蒂突然闪过一个调皮的念头。她蹑手蹑脚地走过去，手轻轻地往他肩上放去。

伊蒂本想吓一吓麦克默多，但没想到自己也被吓着了——麦克默多反身一跃，右手扼住了伊蒂的咽喉，左手很快地把信揉成一团。当他看清是伊蒂的时候，马上松开手，高兴起来：“对不起，伊蒂，我不知道是你。”

“出什么事了？麦克，”伊蒂很关切地问，“你怎么会吓成这样？”

“我不知道是你，我还以为是侦探来了呢。”

“麦克，你刚才看的那封信是谁写的，是别的女人吗，让我看看！”

“不，伊蒂！”麦克默多紧张起来，“我发誓，这绝不是女人写的，我只爱你一个。但是这封信我不能让你看，因为我发过誓，绝不泄露里头的秘密。伊蒂，请你理解我，就像我对你发的誓一样，我也不会有丝毫的背叛的。”

伊蒂怔怔地听着，痴情地望着麦克默多，说：“麦克，我相信你。但是，请你离开死酷党吧，离开这个恐怖组织，带我远走高飞吧！”

“不，伊蒂，你还不明白我干的到底是什么事，我现在不能离开这里。”

“难道死酷党比我们的爱情还重要吗？”

“给我六个月的时间吧，六个月以后，我一定带你离开恐怖谷。”

“真的吗？”伊蒂心满意足地笑了，他的承诺让她看到了希望。她很高兴地回家了，自从他们相爱以来，她的心情还从未如此开朗过。

麦克默多很快就发现死酷党比别的组织要复杂得多，在离恐怖谷很远的霍布森领地住着一位自称是县代表的官员，此人名叫伊万斯·波特，他统治各分会的手段非常的专横，连莫金蒂都对他怕得要命。

一天，麦克默多和斯坎伦接到莫金蒂的一封便笺，说波特将派他的两名干将劳勒和安德鲁到恐怖谷来办事，请负责接待并保密。

当天晚上，麦克默多就把他们接到了寓所，他们都是这个组织的得力杀手，劳勒参加过十四次抢劫杀人，安德鲁也杀过三次人。麦克默多发现，尽管他们对要执行的任务守口如瓶，但把他们的过去却谈得毫无保留。

吃晚饭的时候，麦克默多还不死心，总想套出点什么，他咒骂说这里有好几个人都该好好教训一下，他甚至把这些人的名字都列了出来。但还是没用，这两个人依然守口如瓶。于是麦克默多和斯坎伦决定跟在他们身后去偷看。

天还没亮，那两人蹑手蹑脚地出去了，麦克默多赶紧叫醒了斯坎伦，悄悄地跟在后面。那两人走到十字路口和早就等候在那里的三个人会合了，他们一行五人踏上了往克劳山矿场的小路。

克劳山矿场的经理乔赛亚是一个精明正直的英国人，由于他不畏邪恶，尽管死酷党势力猖獗，他的矿场还是秩序井然。他们赶到时，天已放亮，百多名工人正准备下井劳动。

麦克默多和斯坎伦躲在一堆煤渣后面，远远看见劳勒他们混进了工人中间。这时，乔赛亚发现了这几个陌生人，他走过去，想请他们走开，但刚走近，安德鲁抬手就是一枪，击中了乔赛亚的腹部，另一个凶手紧跟着又是一枪，可怜的乔赛亚便倒地而亡了，工人们被这突如其来的事件给吓呆了。

矿务技师见状，大吼一声，举起手中的大扳手向凶手扑过去。“砰，砰”两声枪响，他也倒在地上死去了。一些勇敢的矿工手持工具向凶手围了过去，但劳勒他们连开数枪，工人们溃散了。劳勒带着几名凶手很快逃得无影无踪。

第一次目睹行凶杀人的斯坎伦心惊肉跳地和麦克默多往回走，血淋淋的尸首和死者亲属的啼哭让他的情绪极为低落，麦克默多劝慰他说："这是战争，战争就得流血死人！"

这天晚上，死酷党人在工会大楼里大摆庆功宴，他们不仅庆祝县代表杀害煤矿经理和技师的胜利，也庆祝自己的兄弟应邀成功地杀害了克罗亚尔市的威廉·黑尔斯。黑尔斯是鲍德温带人打死的，他曾经辞退过几个酗酒闹事的死酷党人。

凶手们边喝酒边模仿被害者的惨叫，尽情享受行凶杀人带来的欢乐。

当狂欢了大半夜的歹徒们醉醺醺地走后，莫金蒂把麦克默多叫到了他们第一次见面的那间屋子里。

"兄弟，我终于找到值得你亲自去办的差事了。"

"谢谢大头领的栽培，"麦克默多受宠若惊地说，"我听候你的吩咐。"

"我想让你带曼德斯和莱利去把戴克钢铁公司的总领班切斯特干掉。"

"行。"

"切斯特不仅警惕性很高，而且枪法也好，我们的兄弟杰姆就是在暗杀他的时候反被他打死的。"

"我看这样。"麦克默多沉思了一会，说："给我两天时间去查看他家的地形，然后拟定行动办法。"

麦克默多查看了地形后，准备在晚上用炸药炸。莫金蒂对他的计划很满意。

第三天晚上，他和他的两个助手迎着凛冽的寒风，踩着厚厚的积雪出发了。他们来到切斯特家附近时，已经是凌晨两点了。他们侧耳听了一下，屋里静悄悄的。

"他们睡熟了。"麦克默多说。

麦克默多猫腰走到屋门口，用刀挖了个小洞，把炸药包放好，点燃了导火索。然后迅速和他的助手退到远处的安全地带。过了一会儿，“轰”的一声，切斯特家被炸倒了。

天亮后，一个不好的消息让自以为完成任务的麦克默多他们感到非常沮丧——早在一天前，切斯特感觉形势不妙，带领家人逃走了，麦克默多炸的，只是一个空屋。

“你们等着吧，我非得让他上西天不可！”麦克默多发誓。

几个星期后，莫金蒂他们从报上看到了切斯特被暗杀的消息。

“这一定是麦克默多干的！”死酷党人都这么认为。

死酷党人就是用这种铁血恐怖手腕统治着这一地区，在恐怖谷中，人们提心吊胆地生活着。麦克默多的出色表现使他在死酷党中的地位不断提高。第二年春天，他被公认为是莫金蒂的接班人，除莫金蒂外的死酷党人无论做什么事都得先经过他的同意。

在死酷党日益恐怖的统治下，生活在恐怖谷中的人们忍无可忍了，但武器精良、人多势众的死酷党人并未把那些市民放在眼里。

11. 大难临头

五月的一个晚上，麦克默多正要去参加死酷党的集会，被称为懦夫的莫里斯愁容满面地来了。

“麦克默多先生，我能和你谈谈吗？”

“当然能。”

“你是我唯一能说知心话的人。有件事我不知当说不当说。”莫里斯忧心忡忡地说，“说出来可能会引发一起谋杀案，不说的话，很有可能导致死酷党的毁灭。”

麦克默多给浑身颤抖的莫里斯倒了一杯威士忌，“喝了再说吧。”

莫里斯一杯酒下肚后，苍白的脸色红润起来，他借着酒劲说：“已经有侦探在追查我们了。”

麦克默多惊愕地望着莫里斯：“这有什么大惊小怪的，恐怖谷的警察和侦探不是天天盯着我们吗？”

“我说的不是本地的侦探。”莫里斯说，“他是大名鼎鼎的平克顿侦探所的侦探。”

麦克默多大吃了一惊，但他很快又镇定了下来，说：“我们得把他干掉。”

“我就担心你这么做，麦克默多，我从没杀过人，我也不想因我而有人送命，否则，我会内疚一辈子的。”

“我理解你，你是个好人。”麦克默多友好地拍了拍莫里斯肩膀，“告诉我，那侦探是一个什么样的人，我好想个好一点的办法来应付这件事。”

“我有个朋友在电报局工作，他在日常业务中了解到平克顿侦探公司正奉命对维尔米萨的自由人分会进行调查，他们派到这里的侦探叫伯尔弟·爱德华。我那位朋友不知道爱德华已经调查到什么，因为他不懂侦探的密码。”莫里斯说着，小心翼翼掏出一封信，“这就是我朋友写给我的信。”

麦克默多把信接过来，看了一遍后，一言不发地坐在那里沉思着，他感觉到一场大难即将降临。

“还有别的人知道这件事吗？”

“我没跟别人说。”

“那就好，莫里斯，这事你就别跟别人说了，一切由我来办。”

“你不会去杀他吧？”

“莫里斯，你就别问这么多了吧，你知道得越少就越问心无愧。”

莫里斯叹了口气，摇摇头走了。

麦克默多在莫里斯走后，一个人静坐了好一会儿。

在去分会的途中，他在谢夫特公寓前停了下来。因为谢夫特不让麦克默多到他家去，麦克默多已经很久没看到伊蒂了。他轻轻敲了敲窗户，伊蒂出来了，她惊奇地发现她情人眼中的残暴表情完全消失了。

伊蒂从麦克默多那严肃的脸上似乎看到了某种危机，说：“你怎么了？”

“有一件事很麻烦，很危险，办好了，我就可以问心无愧地带着你离开这儿了。”

“麦克，很危险吗？”

“相信我吧，我会平安无事的。事成之后，我会给你写个便笺的。请你看到便笺后，尽快赶到车站候车室来，我会在那里等。到时，我们就远走高飞，再也不回这个鬼地方了。”

伊蒂听麦克默多要带自己离开这里，心里很高兴说：“嗯，我听你的。不过，你一定得小心。”

做好了出走的准备后，麦克默多的心情稍稍舒畅了一些，他抖擞精神，坚定地向分会走去。

麦克默多走进工会大楼时，大厅里已经乱哄哄地聚满了人。

“你来得正好，”莫金蒂没等麦克默多坐下，便笑着说：“兰德和伊根为争赏金，都说克雷布是自己打死的，你来看看，这事该怎么解决。”

麦克默多把右手举起，严肃地四望了一圈，郑重地说：“尊敬的大头领，我有要事报告。”

莫金蒂和其他会员们都吃了一惊，他们还从未见过麦克默多这么严肃过。

麦克默多从衣袋里掏出一封信说：“我得到了一个很不好的消息，国内一些资本家已经联合起来，准备消灭我们，他们已经请了平克顿侦探所的爱德华到这里来搜集证据了。”

死酷党人被这突如其来的消息吓得鸦雀无声，他们早就知道平克顿侦探所的威名，他们更知道自己所犯下的无数血腥罪恶，如果真的这样，那就太可怕了。

麦克默多继续说：“我想爱德华已经弄了些证据了，现在，唯一挽救我们的办法是，在他离开恐怖谷之前，先下手为强，把他干掉。为了保守机密，大头领，我建议你找几个可靠的兄弟一起好好商议这事。”

莫金蒂这时已毫无主张了，他按麦克默多的建议，让鲍德温、科马克等几个头领留下来。其他人自觉地走了。这些经常给别人制造恐怖的人此刻第一次尝到了恐怖的滋味。

留下来的这六七个人面面相觑，麦克默多告诉他们：“爱德华是个很厉害的侦探，他现在化名叫史蒂夫·威尔逊，住霍布森领地。上周三，我在去霍布森的车上遇到过他。他自称是纽约来的记者，一家报社让他来采访死酷党的情况。后来，我去霍布森的电报局，正碰到他走出来。报务员工为那人每天都要发一封奇怪的密码电文而大发牢骚。当时，我并没有重视这件事，直到昨天，我朋友告诉我这个消息，我才想，那人很有可能就是爱德华。”

莫金蒂：“天啊，我相信你的话是真的。我们现在该怎么办呢？”

“在我来工会之前，我想了一下午，终于有了个计划。”麦克默多说，“我明天上午去霍布森，通过电报局的报务员设法找到他，然后告诉他我就是一个死酷党人，说我有些死酷党的材料在家里，让他晚上十点左右来我家看材料。而你们，事先在我寓所里藏好，到时，我们来个关门打狗。”

“好主意，好主意！”莫金蒂他们对麦克默多的计划连连叫好。

莫金蒂说：“事情就这么办，明晚九点我们几个人就到你家去等着。他进来后，你把门关上就行了，那时，让他亲自体验体验我们是怎么犯罪的吧！”

12. 一网打尽

麦克默多的寓所在镇子的最边缘，远离大道且周围没别的人家，很适合他们策划的那种犯罪活动。他们想弄清爱德华到底知道多少他们的情况。

第二天早上，麦克默多照计划去霍布森时，那个自称在芝加哥就认识他的马文队长竟然在候车室里跟他打起招呼来。麦克默多不愿理他，转身走开了。麦克默多完成任务回来时，已经是下午了。

麦克默多向莫金蒂汇报计划进展情况后，特别强调说："我们一定得先在屋里埋伏好，他晚上十点钟到，他来时的暗号是敲三下门。"

"我会通知他们提前赶到的。"

"爱德华是个很难对付的侦探，他枪法好，戒备心强，如果他进门看见有七八个人围着坐着，他肯定会开枪的，到时肯定会有弟兄伤亡的。所以，我想让你们埋伏在我卧室，爱德华进来后，我把他带到客厅，并拿出事先准备的假材料给他看，趁他专心看材料时，我再突然抱住他的双手，让他不能掏枪，你们听到声音后就出来帮我。"

"好，麦克默多，你果然没辜负我对你的栽培。"莫金蒂赞赏地说，"事成后，我会给你记上一大功的。到我不当大头领了，我一定提名让你接替我。"

"我只是做了我应该做的事而已。"麦克默多话虽这么说，但脸上的表情却有点受宠若惊。

麦克默多回到寓所后，把两支非常先进的左轮手枪拿了出来，擦好，装好子弹。然后，又仔仔细细地察看了将要发生一场格斗的这间卧室，一切都很适合今晚你死我活的特殊约会。

斯坎伦见麦克默多神色有点不对头，问："麦克默多，今晚你有把握吗？"

麦克默多答非所问地说："斯坎伦，换了我是你的话，现在就会离开这个是非之地。"

斯坎伦是死酷党中胆小怕事的一个，他听了麦克默多的劝告后，收拾行装便离开了维尔米萨。

莫金蒂他们如约赶来了，一个个摩拳擦掌。

麦克默多在桌上摆上威士忌，这群亡命之徒大吃大喝起来，喝得半醉的鲍德温和科马克的目光更加凶狠了。老虎科马克恶狠狠地说："爱德华，我有办法让你说出一切的！"

除了麦克默多像平常一样沉着外，其他人一个个既兴奋又急躁。

突然，门低沉而有力地被敲了三下，他们闻声立刻停止了吃喝，一个个欣喜若狂，暗暗握紧了手枪。

“为了万无一失，千万别出声。”麦克默多说完小心翼翼地关上门走了出去。

卧室里，莫金蒂他们屏住呼吸竖起耳朵听着。他们听到麦克默多打开了外面的门，一阵陌生人的脚步声和说话声传了进来。接着，他们听见麦克默多把那人领到客厅了。客厅里模糊不清地低语着，说了好一阵。莫金蒂虽然心急如焚，但只好耐心地等待。

过了好一会儿，卧室的门推开了，麦克默多终于走了进来。他径直走到桌子那边，再转过身，默不作声地把室内的人打量了一番。他神情果敢坚毅。莫金蒂忍不住问道：“爱德华来了吗？”

“爱德华来了。”麦克默多不慌不忙地说，“我就是伯尔弟·爱德华！”

麦克默多的这句话就像一枚炸弹一样，把莫金蒂他们给炸懵了。他们面色苍白，惊恐地望着这个他们一直称呼为麦克默多的人。

接着，许多支枪从窗户伸了进来，莫金蒂从惊恐中清醒过来，拔腿跑到门边想逃，但门一开，马文正拿枪等在那里，他绝望地瘫坐在座位上。

“参议员先生，你坐着别动是最安全的。鲍德温，你最好把枪扔掉，否则，别怪我不客气！”麦克默多——爱德华警告着，“知道吗？屋外围了四十个警察，你们逃得走吗？”

马文走进卧室，逐个下掉了他们的手枪。他们一个个像斗败的公鸡般垂头丧气，惊讶而驯服地坐在那里面面相觑。

“在分别之前，我想再和你们说几句话，”这个加入死酷党不久，并公认为是莫金蒂的接班人说，“很遗憾，我骗了你们那么久，但作为一名侦探，我只能这样。平克顿侦探所受人们所托，派我来调查你们。我的冒险行动，只有马文队长和我的几个助手知道。为了保密，我连最爱的伊蒂都没告诉。我先在芝加哥加入了自由人会，那里的自由人会不做坏事，于是，我一路查访到了这里——维尔米萨大山谷。在这里，我终于找到了你们——报上所说的恶魔一般的组织——死酷党。我很顺利地混入了你们的组织。这几个月来，我一面替你们出谋划策，一面又暗地里事先警告你们要去谋害的人，切斯特家就是这样躲过我的炸药的，报上有关他被暗杀的消息是假的。几个月的卧底调查，我终于掌握了你们犯罪的一切证据，本来我还想再等一下的，但有人知道有卧底潜入了死酷党了，所以，我只好提前行动。”

“你这狗日的内奸！”莫金蒂咒骂道。

“随你怎么骂我，但成千上万的人知道你们被捕的消息后，会称我为救星的，而我自己，也会为逮捕你们而自豪一辈子的。”

第二天早晨，伊蒂和爱德华乘坐一辆铁路公司给他们专门准备的特别快车离开了这个危险的恐怖谷，与之同行的还有老谢夫特。十天后，伊蒂和爱德华在谢夫特的主持下，在芝加哥结了婚。

莫金蒂和其他八名首犯因证据确凿，被判绞刑，别的死酷党人也按罪行轻重被判了各种徒刑。侦探伯尔弟·爱德华大功告成，长期在维尔米萨山谷为非作歹的死酷党被一网打尽。

然而，事情并没有因此而全部结束。鲍德温和另外几个凶残的首领逃脱了绞刑，他们在监禁十年后释放了。他们出狱后即疯狂地向爱德华复仇，他们发誓，一定要杀死爱德华为莫金蒂和其他同党报仇。有两次，他们差点得手了。爱德华被迫离开芝加哥，更名换姓到了加州。到加州一年后，伊蒂因病去世了，爱德华一度郁郁不乐。在又一次险遭毒手后，他被迫改名叫道格拉斯。“道格拉斯”跑到一个人烟稀少的山谷和一个叫巴克的英国人合伙开矿。后来，为躲避追上来的仇家，他远渡重洋回到英国，并在伦敦娶了现在的妻子，在伯尔斯通过着安宁的绅士生活，直到两天前，鲍德温前来寻仇……

13. 尾　声

现在让我们重新回到伯尔斯通的案子上来。

道格拉斯的杀人案送到法庭审理后，认定是正当防卫，道格拉斯被判无罪释放。

福尔摩斯给道格拉斯太太写信说："你们要尽快离开英国，这里危机四伏，在英国，会有比死酷党更厉害的组织盯上你丈夫。"

两个月过去了，正当我们快忘记这个案子时，一天深夜，房东哈德森太太说有位绅士有急事要求见福尔摩斯。福尔摩斯让哈德森太太把人请进一看，原来是巴克先生。他音色沉重地说："福尔摩斯先生，告诉你一个可怕的消息。"

"发生什么事了吗？"

"可怜的道格拉斯，也就是爱德华，三星期前他们夫妇俩坐船去南非，但昨天我收到他太太的一封电报说，他在海伦第峡暴风中不幸意外落海。"

"不，不是意外，"福尔摩斯若有所思地说，"毫无疑问，这是一次精心策划的谋杀。"

"是谋杀吗？那些该死的死酷党人！怎么……"

"不，不，先生。"福尔摩斯说，"这次另有主谋。死酷党人暗杀失败后，便请英国的犯罪团伙去暗杀，其实他们早就勾搭上了。这次的主谋莫里亚蒂是个很厉害的家伙。你还记得吧？巴克，在伯尔斯通城堡我曾警告过道格拉斯，说他还要遇到更大的危险，结果，果真如此。""那个莫里亚蒂难道无人能敌，我们只能任他摆布吗？"巴克愤怒地举起拳头敲打着自己的脑袋。

"不，他不是打不垮的，"福尔摩斯说着，望向远处，"我已经在他身边安插了一个线人，现在我们还须等待时机。"

一时间，福尔摩斯、我和巴克都沉默下来。福尔摩斯半眯着的双眼炯炯有神，他似乎已经看见大恶魔莫里亚蒂正一步步走向毁灭……

福尔摩斯探案全集

被称为推理小说中的『圣经』畅销世界各地

姜忠喆／编译

辽海出版社

肆

目　　录

最后的致意

新　探　案

最后的致意

1. 威斯特里亚寓所

1892年3月底的一天，寒风萧萧，我们正在吃午饭，忽然有一份福尔摩斯的电报来了，他随便地给别人回了电，然后站到一个火炉旁边，一句话也没有说，只是不停地看那份电报。他吸着烟，板着脸孔，一副沉思的样子，好像有什么事。他突然回过头看着我，眼中的神色怪怪的。

“华生先生，我认为，我们一定要把你当作一位作家，”他神秘地说，“你能告诉我‘怪诞’这个词是什么意思吗？”

“奇异——特别。”我说道。

他摇摇头，否定了我的解释。

“这个词语一定还有许多意义，”他说道，“凄凉和恐惧也是它所包含的一个意义。另外，‘怪诞’这个词如果更深入地理解，还有犯罪的意义，这从你那些不断给人们带去痛苦的文章中可以体现出来。还记得‘红发会’那件事吧，开始就可以用‘怪诞’这个词语来形容，但到了后来却是勇敢的冒险——我们面对的竟是一场抢劫。还有，‘五个桔核’的那件事情，也是非常怪诞，但到后来又平白无故地引起一场人命惨案。因此，我常常警惕着‘怪诞’这个词语。”

“这个词语是不是出现在电报中？”我问道。

他将那份电报念了一遍，而且非常的大声。

“现在遇到一件难以相信的怪诞事。能否给予指导？

斯考特·艾克尔斯

查林十字街邮局”

“先生还是女士？”我问道。

“肯定是先生。女士怎么会拍这个先付回电钱的电报呢？如果是女士，她早就亲自过来了。”

“你认识他吗？”

“亲爱的华生先生，从我们将理塞斯上校关押之后，你明白我增添了多少烦恼吗？你见过空转的引擎没有，我的头脑中就与那一样，因为失去了它应该制造的零件，从而使自己成了一个废物。生活像一杯白开水，报刊也成了无用的废纸，这个罪恶的世界也许已经失去了雄心壮志与浪漫的情怀。像这样下去，你应该知道我可否打算去探讨其他的新东西，无论到了后来它是怎样渺小。但是此刻，我有一个感觉，我们的当事人正向我们走来了。”

有节奏的走路声在楼梯上响起。没过多久，一个长着花白胡子，全身肌肉，又高又大，让人看了有几分敬畏的人被领到了我们的房里。他一生的经历从他悲伤的脸和孤傲的神态中可以看出来。他应是一个保守党人，教士，不坏的公民，正正规规的顽固派和保守派，从他大大的金丝边眼睛和破旧的鞋罩可以看出来。不过，从他直竖起来的头发、带有不悦的红脸、慌张且激动的表情中，可以看出他原有的沉寂已被一种惊骇的事情给搅乱了。他马上直截了当地说起他遇到的烦恼事。

“福尔摩斯先生，我碰到了一件最奇怪最不快乐的事情，”他说，“这样的事情我活这么大还从来没有遇到过。这真是太不像话，太让人无法忍受。我诚心地请求你对此作一些合理的说明。”他气愤至极地说。

“斯考特·艾克尔斯先生，你先请坐下来，”福尔摩斯语调关切地说道，“在此之前，我能不能问一下，你来找我的目的到底是什么？”

“哦，福尔摩斯先生，我认为，此事与警察并没有什么关系，但是，等你将此事听了之后，你肯定不会反对我去插手管这件事。对于私人侦探，我一点点兴趣也没有，但是，虽然这样，我却非常地相信你——”

“原来是这样。但是，你怎么不早点到我这里来呢！”

“你这是什么意思？”

福尔摩斯瞧了瞧手表。

“现在是两点过十五分，”福尔摩斯说，“可是你在大约一个小时之前就发了电报。如果不是发现你是刚起床就碰到倒霉的事，仅凭你的这一身装束，我们谁也不会注意到你。”

他将没有梳理过的零乱头发用手理了一下，并把满是胡子的下巴摸了摸。

“福尔摩斯先生，你说得没错。我一点都没有想过要去梳头，洗脸，刮胡子。我只是想着快点离开那座房子。我到处寻找，询问了好长时间，房产管理员我也去找过。我想你也早就知道，他们告诉我加西亚先生的房租钱早已给清了，而且还说威斯特里亚寓所并没有什么异常的事发生。”

“停一下，停一下，斯考特·艾克尔斯先生，”福尔摩斯先生面带笑容地说，“你和我的朋友华生医生一样，他有一个非常不好的毛病，总是在开始的时候就不把事情的重点说出来，我希望你能仔细地想一想，将所发生的事情清清楚楚地告诉我，到底是什么事使你没有梳头、洗脸、刮胡子，还有靴都没穿好，衣服的扣子也未扣好，就匆匆忙忙地到这儿来，请求帮助？”

斯考特·艾克尔斯先生的脸上充满了愁与忧，低下头瞧了瞧自己非常奇特的装扮。

“对不起，福尔摩斯先生，我现在这个样子真的很不好。但是我想不通，那样荒谬的事情会发生在我的生活中。现在我就把这件异常事情的详细经过告诉你。我敢保证，在你听完之后，对于我现在的这个样子，你应该非常理解。”不过，他才说了一个开头就无法再往下说了。一片非常吵闹的声音从外边传进来，门开了，是哈德森太太开的，随后还跟进了两个强壮的、警官样子的人。他们中间有一个就是我们都知道的葛莱森警长，他在伦敦警察厅，给人的感觉总是精神旺盛，精明能干，在处理他分内的事情上，他称得上是一个能手。他握了一下福尔摩斯的手，然后又介绍贝尼斯警长，是萨里警察厅的，也是他的同事。

“我们俩一路跟踪了好长时间，没想到跟到了你这里，福尔摩斯先生。”他说完开始用那双锐利的大眼睛注视着刚刚来到我们这儿的那位先生，“里街波汉公馆的约翰·斯考特·艾克尔斯先生就是你吧？”

“对，我就是。”

“今天，我们整个上午都在你身后。”

“如果没猜错的话，你们是凭着电报才跟上他的吧。”福尔摩斯先生说。

“的确是这样，福尔摩斯先生。我们到查林十字街的邮局查找到线索之后，紧跟到这里。”

“你们为何要跟踪我？你们到底有何目的？”

“对不起！斯考特·艾克尔斯先生，我们只是想让你提供一份供词，住在厄榭附近威斯特里亚寓所的阿洛依苏斯·加西亚先生在昨天被害，希望你能给我们提供一点线索。”

斯考特·艾克尔斯先生开始有些惊慌，脸立刻变得苍白，双眼瞪得大大的。

“他被杀了？你是说他已被杀？”

“没错，斯考特·艾克尔斯先生，他已经死啦。”

“那么死的原因是什么？是因为什么事故吗？”

“他是被别人谋杀的，假如说以前发生过谋杀案件的话。”

“噢！太恐怖了！你是不是怀疑我与这件谋杀案有关？”

“有你的一封信在被害人的衣袋中，我们从那封信中知道，你原本决定昨夜到他家里去。”

“原来如此。”

“噢，你昨晚是待在他家的，对吗？”

两位警长将公事记录本拿了出来。

“等等，葛莱森警长，”歇洛克·福尔摩斯说，“你们想得到的就是一份完整的供词，对吗？”

“我有责任提醒你，斯考特·艾克尔斯先生，这份供词可作为控告你的证据。”

“你们进来时，艾克尔斯先生刚要把这件事的详细过程告诉我们。华生，给艾克尔斯先生拿一杯白兰地，这对他是有一定益处的。现在这儿多了两位听众，我希望你不要在意，艾克尔斯先生，接着往下说吧，不管有没有人打断你——像刚才那样。”

艾克尔斯先生一口喝完了那杯白兰地，脸上马上又有了红润的颜色。他在葛莱森警长的记录本上用怀疑和不解的目光扫了一下，接着就继续讲他那奇怪的经历。

“我是一个单身男子，由于爱好交际，与很多人结为朋友。他们中间有一个休业的酿酒商，名叫麦尔维尔，他在肯辛顿的阿伯玛尔大楼住。大约在几个礼拜之前，我应邀到他家吃饭，因此与一个名叫加西亚的小伙子认识了。同时，我也了解到他与大使馆有一定来往，而且他本人是西班牙血统。他能讲一口流利的英语。是一个非常惹人喜爱的年轻人，也是我这辈子所见到的男子中最英俊、最潇洒的人。

“我和加西亚这个小伙子谈了好长时间，而且非常投机。他好像刚见到我时就对我有好感。所以在我与他相识以后，他总到我这儿找我。过了一段时间后，有一天他邀请我去他那儿待几天。他就住在威斯特里亚寓所，也就是在厄榭和奥克斯肖特中间，在昨天夜晚我就到他家去了。

“他以前向我说过他家里的一些情况——在我没去之前。有一个西班牙人和他住在一起，那是一个对他非常忠心的佣人，给他料理家中的一切事务。这个佣人也会讲英语，所以成了他的管家。他还告诉我，家里有一位特别好的厨师，能做许多的菜，而且很好吃，是他在一次旅途中相识的，并且是一个混血儿。他还对我说过，他能在萨里的中心找到现在的住所是怎样的稀奇。对于这一点，我非常赞成，而且事实也验证了这一点，但是，和我想象相比，它还要稀奇许多。

“他那儿离厄榭南面约两英里，我是驾着车去的。屋子非常地大，在一条大路旁边，但是，是背对着大路的，在屋子的正面有一条非常弯曲的供车辆行驶的小道，小道两侧长着又高又绿的灌木丛。这本是一座新住宅，但是经历的时间太长，又没有修理，看上去非常破旧。当我的马车到达那儿，我看到一扇又脏又破，好像经历了许多年风雨洗礼的大门，把车停在长满野草的小道上时，我有些迟疑，后悔来拜访这样一个我并不怎么了解的人。给我开门的，正好是他，他对我的到来表示热烈的欢迎。过了一会儿，他让一个脸黑黑的，表情有些忧愁的男佣人领着我，佣人帮我拿着行李，把我带到了一间为我准备好的房间里。坐在这间房里让人感到有一种郁悒的感觉。我们吃饭的时候对面而坐。主人加西亚尽管竭力热情地招待我，可是奇怪的是他的精神总不能集中，说话时吞吞吐吐，前言不搭后语，有时甚至不知说什么好。他一会儿用嘴咬指甲，一会儿又用手敲打桌面。另外许多反常的行为，表现出他一定有什么心事。那次晚饭是我有生以来最难堪的一次，不仅菜难吃，而且照顾得也不好，还有那个不说一句话的佣人阴沉沉的脸。我可以这样对你说，那个夜晚，我真想找个借口回家去。

“我想到另外一件事，这或许与你们两位警长正在调查中的事情有关联。那时，我丝毫没有注意。在快吃完晚饭时，佣人给他递过一张小纸条。当时，我看到，加西亚看了那张小纸条后，好像比在那之前更加神情恍惚，更加让人感到不可理喻。他也没有强迫自己假装毫无心事地和我谈话，只是静静地坐在那儿想着什么，并不停地吸着烟。不过他并没告诉我那张小纸条上写了一些什么。庆幸的是大约在十一点钟，我便休息了。没过多久，加西亚将头伸到我的房间里——那时我房间里一点亮光也没有——他问我有没有按门铃，我回答他没有。他向我道歉，说不应深夜过来影响我休息，还告诉我已接近一点钟。他离开后，我又继续睡觉，而且一直睡到天亮。

“我现在要告诉你们最奇怪的事情。当我睁开双眼时，太阳早已升起，看看时间，将近九点钟。我昨天几次跟他们说，让他们在准时八点钟叫我起床，真奇怪，他们怎么没叫我呢。我快速地从床上起来，按了一下门铃，喊着佣人，但却没人应声。我接着按了好几下门铃，仍然没有人应声。我猜想一定是门铃坏了。我满肚子的怨气，将衣裳快速地穿好，迅速向楼下跑去，想让人给我送热水来。但当我来到楼下时，却没看到一个人，你们应该可以想到我当时吃惊的程度。我在客厅中大声地喊着，但没有人应声，我一间房一间房地找着，还是没有发现一个人。屋子的主人加西亚在前一天夜晚已告诉过我他睡觉的房间，所以我来到他的门外，敲了敲，可仍然没有响动。我私自打开他卧室的门，房里一个人也没有，奇怪的是床上也没有人睡过的痕迹。这所屋子里所有的人都离开了。他雇的客人，他雇的佣人，他雇的厨师，在一个晚上都莫明其妙地消失！我也结束了我对威斯特里亚寓所的造访。”

私人侦探歇洛克·福尔摩斯一边记录着这件奇怪的事情，一边不停地笑着，并搓着双手。

“你的遭遇真的是太罕见了，”他说道，“斯考特·艾克尔斯先生，能不能告诉我你后来又做了些什么？”

“我非常生气。起初我觉得我被一个荒谬的恶作剧给欺骗了。我将我的行李整理好，用力地关上门，拎起皮包就向厄榭走去。我知道这幢别墅是地产经纪商艾伦兄弟的商号之后，就直接去镇上找他们。这让我忽然想到，这件事绝不是一个简单的恶作剧，它真正的目的是为了让我给他交房租。现在正值三月底，交房租的日子就要到了。但是，这个理由似乎不够充分。我非常谢谢他对我的提醒，但是他对我说，加西亚的房租费早就提前交过。在那之后，我又来到城里，拜访西班牙大使馆，但他们根本就不知道有这样一个人。到了后来，我便去麦尔维尔家，因为我与加西亚的相识是在他家。但是，到那我才知道他比我还不了解加西亚先生。再之后，我接到你给我的回电，于是我就到你这儿来了。因为我早就知道，你是一个非常有本事的人。但是现在，警长先生，从你刚来时所说的一番话我知道，这件事接下去发生的一些悲剧应由你来叙说。我没有说一句假话，这我绝对可以向你保证。另外，我知道的都对你讲了，其他的关于加西亚被害的事，我真的是一点也不知道。我最大的希望就是尽自己所能，帮助你们早日破案。"

"这我绝对相信，斯考特·艾克尔斯先生——这我绝对相信，"葛莱森警长用非常友善的口吻说着，"我可以告诉你，你所说的一切，与我们调查到的一切没有一点不符合的。例如，在晚饭时送去的那张小纸条。不过那张小纸条后来到底怎么了，你是否注意到了呢？"

"不错，这我都清楚地看见了。加西亚先把那小纸条弄成一团，随手掷到火炉中去了。"

"你对这有什么不同的见解吗？贝尼斯警长。"

这位红皮肤、浑身是肉的男子，是一个乡镇侦探。他那张大脸上的肉似乎要往下掉，挺难看的，庆幸的是他有一双大大的、能发出光亮的眼睛。不过他的两只眼睛好像在他满是皱纹的面孔和额头的后边藏着。他轻轻地笑了笑，将一张折叠过但颜色已变的小纸片从口袋中拿了出来。

"福尔摩斯先生，在炉子的外侧有一个炉栅。加西亚先生把这张小纸条其实扔到了炉栅外边。我从炉子的后边发现了这张没有烧掉的小纸片。"

福尔摩斯先生的脸上呈现出赞赏的表情。

"你能发现这样小的一个小纸团，肯定将那所房子里里外外看得非常仔细。"

"的确如此，福尔摩斯先生。我一向都是这样对待工作。我能将纸片上的内容读一读吗？葛莱森先生？”

另外一位警长点头表示同意。

“纸条是用普通的米色直纹纸写的，没盖水印。纸条只有一张纸的四分之一那么大，是用两剪刀给剪开的，而且是短刃剪刀。有三次以上的折叠痕迹，用紫颜色的蜡封的口，还用一个光滑的椭圆形物件在封口上匆忙压过，是写给威斯特里亚公寓的加西亚先生的。纸片的内容是：

‘绿色、白色，是我们的色彩。开——绿色，关——白色。主楼梯的第一个入口，右边第七，绿色粗的。祝平安。D。’

笔尖非常地细，可以看出是一个女人写的。但是地址上的字却非常大，要么是换了一支笔写的，要么是换了一个人写的。你瞧。”

“这张纸条太古怪，”福尔摩斯先生扫了一眼纸条，“你真是一个了不起的警长，贝尼斯先生，你对这张纸条分析的仔细程度让我感到钦佩。也许我还能对其中的某些细节增加一点，就是那个椭圆形的压封口的物件，毫无疑问是一颗平面的袖扣——其他的任何东西都不可能是这个形状！剪纸的工具应是一把折叠式的指甲剪。每剪两刀之间的距离虽然非常的近，但依旧能看清楚，有相同重折的印痕在每两个剪开的位置。”

贝尼斯警长露出佩服的笑容。

“原来认为自己已分析得清清楚楚，没想到我仍然忽略了一些东西却不知道。”贝尼斯先生说道，“老实说，我只是想从这张小纸条中找到一点点线索，并没去特别地重视它，不过这件事一定与一个女人有关。”

听到这样的一些谈话内容，斯考特·艾克尔斯先生坐在那儿开始有些神情紧张。

“非常高兴你能发现这张小纸条，这样我所说的一切也都得到了证实，”斯考特·艾克尔斯先生说，“但是，我必须申明，对于加西亚先生及他家中所发生的一切事情，我仍不清楚。”

“对于加西亚先生，”葛莱森先生说，“这好说。他死后被别人发现。也就是在今天清晨，有人在奥克斯肖特的一块荒地上找到了他，那儿离他家大约有一英里的距离。他的脑袋被沙袋一类的东西打过，而且打得非常重，不能用受伤去形容，而应用一朵绽开的花去形容，并且是用肉酱作成的花。那儿在四英里之内没有一户人家，非常地偏僻、寂静。我们可以清楚地知道，别人对他行凶时，是趁他不注意在身后袭击的。凶手把他打死之后，还接着打了一段时间。这是一桩疯狂、残暴的杀人案，凶手没有遗留下一点点痕迹和一点点可供破案的疑点。”

“有抢劫财产的迹象没有？”

“一点也没有抢劫财产的动机。”

“这也过于残忍——残忍得让人感到毛骨悚然，”斯考特·艾克尔斯先生气愤地说道，“但是，这件事对于我也真的太不公平。加西亚先生半夜三更出门，被别人残忍地杀害，但我与这却没有丝毫的关系，怎么就把我牵涉到这个凶案之中呢？”

“艾克尔斯先生，这非常简单，”贝尼斯警长说道，“你写给他的信，被我们在他的口袋中发现，这也是唯一的线索。从信中我们知道了你晚上要待在他家里，而他被杀害正是那天夜晚。我们弄清楚被害人的姓名和地址，也是从那封信的信封上知道的。今天上午九点之后我们才到达他家，但却没有发现一个人。我马上告诉葛莱森先生，让他在伦敦到处找你，并立即仔细搜查威斯特里亚寓所。一段时间之后，我离开了那儿，在城里与葛莱森先生相遇，并一起到这儿来。”

“我觉得现在，”葛莱森先生边说边站了起来，“应该是公事公办的时候，和我们一起到警局去一下吧，斯考特·艾克尔斯先生，我们要将你的供词记录下来。”

“没问题，我马上就去，但是，福尔摩斯先生，我依然聘请你做我的私人侦探，希望你尽全力想出一切办法，把事情的真相搞清楚。”

福尔摩斯走过来注视着贝尼斯警长。

“贝尼斯先生，我和你一起破案，你不会有什么意见吧？”

“怎么可能呢！我求之不得，福尔摩斯大侦探。”

“我发现你做事非常机智，非常有条理。请问，被害人遭杀害的准确时间是什么时候，发现其他什么线索了吗？”

“那时正下着雨，他一定是在下雨之前遭到杀害的，而且在一点钟之后他没有离开过那里。”

“但是，贝尼斯先生，这绝对是不正确的，”斯考特·艾克尔斯先生大声地说道，“我对他的声音非常熟悉。我可以保证，就在那时，他正在我的卧室中和我谈话。”

“这就怪了，不过也有可能。”福尔摩斯轻轻地笑着说道。

"你发现新的线索了吗？"葛莱森警长问道。

"这件案子从表面上看，非常简单，虽然它有些地方非常奇特。我一定要在深入调查一些情况之后，才可以大胆地说出我最终的见解。噢，还有，贝尼斯先生，在搜查屋子的过程中，你还找出其他可疑的东西没有？我是说除了那张小纸条以外的东西。"

贝尼斯先生用一种怪异的眼神注视着斯考特·艾克尔斯先生。

"当然有，"贝尼斯先生说，"还有几个特别有趣的东西。但要等我回警察局把其他的事办完之后，我再告诉你，或许到时你又会对这些东西产生奇想的。"

福尔摩斯边按铃边说："执行命令，哈德森太太，把这几位先生送出去，并请你把这份电报给听差，让他快点发掉。汇电费让他先垫付。"等客人们都走了以后，我们谁也没说话，只是静静地坐着。福尔摩斯先生一口接一口地抽着烟，他紧锁着眉头，但他那双锐利的眼睛仍然放射着光芒。他的神情非常专心致志，这从他向前方伸着的头可以看出来。

"哦，华生，"福尔摩斯先生忽然扭过头问我，"你对这件案子有什么意见或者看法吗？"

"我认为斯考特·艾克尔斯先生在故弄玄虚，不过具体情况我还不清楚。"

"这么说，他们是怎么行凶的呢？"

"噢，从和加西亚先生在一起的人都莫名其妙地失踪的情况来看，可以说，他们有合伙谋杀加西亚先生的嫌疑，然后又都逃走。"

"这点可以说应该有一定的道理。但是，从浅显的事实看，你不能否认，有一点非常的奇怪——他的两个佣人为什么要在他来客人的晚上，才合伙谋杀他呢？在那个礼拜中，就是那天有其他的人，而另外的几天里，总是他一个人在，他们完全能很轻易地就处理掉他。”

“他们逃之夭夭的原因何在？这值得深究。还有一个非常关键的地方，就是加西亚的客人斯考特·艾克尔斯先生的那一段奇怪历程。现在，华生先生，想要完全弄清这些事情，这不是简单的智力范围可以知道的。假如可以弄清楚，也可以弄清楚那张充满神秘色彩的小纸条，这样，暂时就将这个理由当作一种临时的猜想吧，这也是有一定意义的。假如我们调查到的新结果和这场谋杀案有相同之处，那么我们的猜想就可以得到证实。”

“但是什么是我们的猜想呢？”

福尔摩斯躺在椅子上边，半合着双眼。

“亲爱的华生先生，你一定相信，这绝对不是恶作剧。从事情的结果可以看出，里边的内幕非常复杂。这件事和斯考特·艾克尔斯被骗到威斯特里亚寓所有一定的关系。”

“大概是什么关系呢？”

“我们还是一件事连一件事地研究吧。从外部表现看，这个名叫加西亚的年轻人和斯考特·艾克尔斯俩偶尔建立的情谊有许多值得怀疑的地方。而且增进友谊进展的人也是加西亚先生。就在他最初与艾克尔斯先生相识的那天，他就去拜访离他很远的艾克尔斯先生，并且交往得非常密切，后来又把艾克尔斯请到他家去。由此可见，他与艾克尔斯交往的目的到底是什么呢？艾克尔斯又给了他什么好处呢？我没发现艾克尔斯有什么特别的地方。他也不是十分的机智——不会与一个聪明的拉丁族人非常投缘。可是，加西亚到底为何偏偏选艾克尔斯呢？他认识的人可不少。艾克尔斯有什么让他非常感兴趣呢？他有什么特别的品德吗？我说他不可能没有。他是一个典型的而且有脸面的英国人，如果在其他的英国人眼中，他绝对可以给别人留下深刻的印象，你刚才已亲眼所见，他所说的一切，两位警长都没有丝毫的怀疑，虽然他叙述得没有什么特色。”

“但是，他到底可以作什么证明呢？”

“照目前的事情看，他起不了什么作用，但是，假如换一种情景，他就大有作用。我对这件事的见解就是这样的。”

“我知道了，如此一来他便能证明他不在作案现场。”

“非常正确，华生先生，他为的是让人作他当时不在现场的证明。为了深入研究，我们可以假设威斯特里亚寓所的那一家人是在合伙计划着一个什么圈套。无论是什么企图，我们能设想他们计划在一点钟之前离开，他们还在钟表上动了手脚。也许有这种可能：艾克尔斯睡觉的时候，他们让他看到的时间提前。无论怎样讲，或许是加西亚先生到艾克尔斯先生的卧室告诉艾克尔斯先生快一点钟时，事实上可能还没到十二点钟。假如加西亚先生在他动了手脚的时间内做完他想做的一切事情，然后又回到他的卧室，这样，他就可以应付所有的控告。被告人从未出过屋子，在任何一个法庭上都可以从艾克尔斯先生那儿得到证实。这是在穷途末路时最好的证据。”

“非常正确，我明白了。但是，其他失踪的几个人，又该怎么说呢？”

“我还没有找到所有的证据，但是我相信无论什么难题都可以解决的。不过，仅仅就眼前这点资料去研究，是不够的。你已在无意识中将自己的假设参与到案子里面去。”

“那封信又该如何解释呢？”

“信上写些什么？‘绿色，白色，是我们的色彩。’给人的感觉像赛马的事。‘开——绿色，关——白色。’这明显是暗号。‘主楼梯的第一个入口，右边第七，绿色粗的。’这应该是见面的地方。我们有可能在处理完这件事之后遇上一个喜欢吃醋的男人。非常明了，这次的出行是相当危险的，要不然，她不可能说‘愿平安’三个字。‘D’——这可能是进门的暗示。”

“加西亚是西班牙人。我猜想‘D’表示多洛蕾丝的意思，西班牙的女人常常用这样的名字。”

“不错，华生先生，太好了——但是太难成立。西班牙人应用西班牙文给西班牙人写信，但写这封信的人一定是英国人。算了吧，我们还是等一段时间吧，等那位能干的警长来找我们时再继续讨论。但是，我们在这几个小时内终于没有了那种难受的无聊和悠闲的感觉，这难道不是我们的幸运吗？我们应该表示感谢。”

在我们的萨里警长还没有回来的时候，已有福尔摩斯的电报。福尔摩斯看完来电，准备将它放入记事本中时发现了脸上充满期望的我，便笑了笑，把回电递给我。

“我们困在了贵族圈子之中，”福尔摩斯说道。

回电上全是一些人的名字和地址：

丁格尔——哈林比爵士；奥克斯肖特塔楼——乔治·弗利奥特爵士；帕地普雷斯——治安官海尼斯·海尼斯先生；福顿赫尔——杰姆斯·巴克·威廉斯先生；海伊加布尔——亨德森先生；内特瓦尔斯林——约舒亚·斯通牧师。

“由此可见，这明显将我们的调查范围控制死了，”福尔摩斯说，“非常明了，机智聪明的贝尼斯警长早已计划好了，并在进行之中。”

“我有些不清楚。”

“噢，亲爱的华生先生，结论已被我们找出来了，在吃饭时，加西亚收到的那封信，应是一封约会或幽会的信。假如现在这么明了的解释没有错的话，为了赴约，加西亚先生必须爬到那个主楼梯上，并在走道上找那第七个房间的门。不用说，这个房子肯定非常大。另外非常清楚的是，从加西亚先生所去的那个方向，可以断定奥克斯肖特与那所房的距离在一两英里之内。并且，由我们所分析的一些情况来看，加西亚原本打算准时在一点钟之前回到威斯特里亚寓所，由此来证明他不在现场。这份电报里的人名，全是由电报给斯考特·艾克尔斯提到过的几个经理人。不过我们错综复杂的思绪绝对不在这些人之中。”

快到六点钟的时候，我们和贝尼斯警长一起还未真正地到达厄榭漂亮的萨里村。

在布尔我和福尔摩斯吃过晚饭后找到了一个非常舒服的住所。然后，我们和贝尼斯警长一起去了威斯特里亚寓所。那时正值三月份的晚上，漆黑的夜，非常地寒冷，空中还飘着冷冷的雨丝，我们从那片有些凄凉的空地上走过去，而且经过那个惨案的发生地，当时给人的感觉也非常的阴森、凄凉。

经过了十二英里阴森且荒凉的空地，终于到达了一扇又高又大的木门前边。门里边有一条幽暗的林荫小道，两边种的是栗树。经过了这条幽暗的、曲曲折折的小道，我们来到了一座又低又小，而且非常黑暗的屋子前边，在灰暗的夜空的映衬下，更显得阴森恐怖。有一丝昏暗的灯光从大门左边的窗子中透出来。

“那是一名警察在守夜班，”贝尼斯警长说，“我去敲敲窗户。”他走到草坪那边，用一只手轻轻地敲了敲窗户。从那扇不怎么清楚的窗户玻璃中，我模糊地看见从火炉旁边跳起来一个人，而且从屋子中传出一声叫喊声。没过多久，一个上气不接下气、脸上没有一点血色的警察打开门，他拿着蜡烛的手不停地颤抖着。

“瓦尔特斯，你怎么啦？”贝尼斯严肃地问道。

瓦尔特斯用手绢在额头上擦了一下，深深地叹息了一声，也不怎么害怕了。

“警长先生，很高兴你能到这里来。今天晚上真的是太漫长，我感到我的头脑都没有以前那么有用。”

“瓦尔特斯，你的头脑有问题，我从未想过你的头脑会出问题。”

“哦，警长先生，我所讲的是这座寂寞的房子，和厨房中那个可怕的怪物。刚才你敲窗子时，我还想着是那个怪物又来了呢。”

“什么怪物到这来了？”

“警长先生，是鬼，我看见，就在窗子外边。”

“到底是什么在窗户外边？在什么时候？”

“大概在两个小时以前。那时天刚刚黑下来，我坐在凳子上看书。忽然，我抬头向窗户外边看去，一副非常可怕的面孔正向里边瞧。简直吓死我啦！警长先生，我真的无法形容那是一张怎样的脸！我想它会经常出现在我的梦中。”

“哎呀呀！瓦尔特斯先生，作为一名警官可不能说这样的话。”

“我明白，警长先生，我明白，但是它真的吓死我啦，警长先生，我否认也是没有用的。那副面孔形容不出它是什么颜色，不黑不白的，一种特别古怪的颜色，似乎是泥土在牛奶中浸过一样。还有那张脸型，差不多是一般人脸的两倍大，警长先生。它的那副模样，真的如一只饿狼一般，一双眼睛大得出奇，眼珠似乎要掉下来，牙齿又白又长伸到嘴外边。警长先生，我可以告诉你，我简直吓呆了，连手指也不敢动一下，甚至也不敢呼吸，一直等到它消失之后，我才来到外边，从灌木丛中走过去，谢天谢地，我没发现任何东西。”

“瓦尔特斯先生，假若不是我早了解你不是个坏人，就凭今天这点，我就能给你记一次黑点。就算真的碰到鬼，但作为一个守夜的警察也绝对不可以害怕它，你竟连碰它一下也不敢，就只知道谢天谢地。我想这不应是一种神经的幻觉或错觉吧？”

“不，那不是错觉，”福尔摩斯边说，边点亮他那只精致的小灯。“没错，”他快速地查看地面以后说道，“我推测，这人穿的是十二号鞋。而且一定是个又高又大的人，这从脚的大小可以看出来。”

“他往哪个方向去了？”

“他好像经过灌木林向大路奔过去了。”

“就这样吧，”那个警长似乎在思考着什么，严厉地说道，“无论他是什么人，无论他要做何事，此刻他已不在这里，我们还是做我们该做的、更重要的事吧。福尔摩斯先生，假如你愿意，我将领你一起查看一下这座房子。”

他们非常细心地查看了每个房间和卧室，但没有看见任何疑点。很明显，每个旅客的行李都非常地少，有些甚至没带任何东西。他们一切东西都是租用的——房子、家具、细小的物品。那些遗留的衣裳上都标有高霍汞本的马克斯公司的商标。从电报中查问知道，马克斯只知道他的顾客付账从不拖欠，至于其他的他一点也不知道。另外还有一些小物品，几本书，几个烟嘴，其中有两本书是西班牙文的，一支左轮手枪，是老式的，在私人的财物中间，还有一把旧吉他。

“这个房间里没有什么疑点，”贝尼斯警长说，他拿着一截蜡烛，大步地从这个屋子中走了出去，进入了另外一个房间，“我希望你现在到厨房里去看一看，福尔摩斯先生。”

厨房在这所房子的后边，非常昏暗、潮湿，只是天花板非常高。那个厨师的床就在厨房的一个角落里，是用干草铺着的。许多盛有剩菜的盘子和不干净的餐具堆了一桌子，上边还放着头一天晚上吃剩的许多饭和菜。

“快看这里，”贝尼斯警长说，“这是什么东西？你瞧。”

贝尼斯警长高举着蜡烛，发现橱柜后边有一个非常奇怪的物品，于是，就照着那儿。那个物品早就变了形，说不清它究竟是何物。模糊可见它是黑色的，外表像皮，样式有些像个小巧的人。我开始看时，还认为这是一个经过某种手段处理过的黑种孩子；细看之后，发觉又像一个改变了形状的古猴。到底是人还是动物，到后来我也未搞清楚。两串白色的贝壳挂在他的脖子上，一直掉到胸前。

“的确非常滑稽——非常滑稽！”福尔摩斯说道，并盯着那个怪东西看着，“发现其他的什么没有？”

贝尼斯警长没有说话，将我们领到洗东西的水槽前边，并把蜡烛伸向那儿，发现一只白色大鸟羽翅和身体被撕得到处都是，那儿还有满满一盆羽毛。福尔摩斯发现了那只鸟头上的一块肉，用手指了指。

“太有意思了！是一只白公鸡，这件案子太奇怪了。”

可是，贝尼斯警长把“最有趣”的东西放到了最后边。他把一只铝制的桶，从洗东西的水槽下拉出来，里边是一满桶血。他又将一个盘子从桌子上拿过来，里边有一些烧焦的细小骨头。

“一些东西被杀掉，这所有的东西都是我们从火中找出来的。就在今天一早，我就找来一位医生，让他检验这些东西，他说这些东西都不是人体上的。”

福尔摩斯轻轻地笑了笑，搓了搓他的手。

“贝尼斯警长，我应该向你祝贺，你办理了一件这样奇怪的、充满教益的案件。你的才能好像早就超过了你的机遇，希望我这样说你不会介意。”

贝尼斯警长高兴极了，两只不大的眼睛都眯成了一条缝。

“你说得没错，福尔摩斯先生。我们在工作上还有许多不足的地方。类似这样的案件能把机遇带给别人，但愿我不会失去这个机遇。对于这些骨头，你有什么见解吗？”

“我认为可能是一只小羊羔，或者是一只小山羊。”

“但是，白公鸡又如何解释呢？”

“太奇怪，贝尼斯先生，真的太奇怪。可以告诉你，我从未见过。”

“不错，福尔摩斯先生。绝对是一些非常古怪的人住在这所房子里，绝对还有非常古怪的行为。他们之中已死了一个。会是另外的一个在后边将他谋害死的吗？假若如此，他早就被我们抓住了，因为每个巷口都有人守着。但是，我自己还有其他的见解。确实，福尔摩斯先生，我自己的见解非常独特。”

“这么说你早就想好主意了？”

“我想独自解决，福尔摩斯先生。我是为了我自己的知名度才这样做的。现在别人都知道你的名字，我也要让别人都知道我的名字。假如今后我可以说，我是自己独立完成的破案任务，我就心满意足了。”

福尔摩斯大声地笑了起来。

“算啦，算啦，贝尼斯警长，”福尔摩斯说道，“你走你的阳光大道，我过我的独木桥。不过，假如你想要我的成果，我随时都可以给你。在这所屋子里，我觉得，想见的东西，现在都见到了。还是把时间留给其他的地方吧，那样或许会更有用些。再会啦，亲爱的警长先生，但愿你有好运！”

福尔摩斯此时正在急切地寻找一条线索，这我能从他许多细微的神态中看出来，这种神态，只有我可以注意到，其他人是不可能的。也许在一个不留意的旁观者眼中，福尔摩斯与以往没有什么区别，还是那样的冷漠，可是，他强力控制着的热望和绷紧的神经，从他那两只锐利的眼睛和敏捷的动作中可以体现出来，我绝对相信，他正在思索策略。他有他的习惯——一声也不吭；我有我的脾气——一句也不问。可以与他一道破这个案子，只愿我能为这个案子侦破做出一点我的贡献，但也不需要经常插嘴影响他的注意力，我已满足于这些。等到一定的时候，他自然会注意我的。

所以，我耐心等着——但是，我渐渐地失望了，空等了这么多天。这么长时间以来，我的伙伴没有任何的行动。一天上午，他没有回家，是在城里待着的，我很意外地知道，他有这唯一的一次外出，其他的时候他经常用整天整天的时间一个人到处散步，或者就与一个村子里那些喜欢说长道短的人聊天，他尽力地去和这些人来往和结识。

“我的伙伴，我坚信在农村待一个礼拜对你是非常有利的，”福尔摩斯说，“能再次看看篱笆上新长的小芽和开花的榛树，那是一件特别高兴的事。带上一本初级植物学的书，一只小铁盒子，和一把小锄，便能够过上一段非常有趣的日子。”福尔摩斯自己拿着这些东西到处找寻，但是拿回家的只是几棵又矮又小的小树苗之类的东西，不过这些在傍晚时就能采到。

有时我们也会与贝尼斯警长相遇，当然是在散步、闲聊时。当他与福尔摩斯说话时，他那张红红的、满脸是肉的脸上被笑容堆满了，那两只不大的眼睛依然放射着光芒。他对案子的进展谈得并不多，偶尔也谈及一点点，不过他对这些也比较满意。可是我不能否认，在惨案发生的五天之后，我被晨报中的一个大字标题震撼住了：

奥克斯肖特谜案揭破

听到我念出的标题，福尔摩斯像被什么扎了一下似的，一下子从凳子上蹦起来。“天啊！”他大声喊着，“难道说凶手已被贝尼斯捕获了吗？”

“有可能是这样。”接着，我就把那则报道读了一遍。

“昨天深夜的时候，有消息报道，奥克斯肖特惨案的有关凶手已经被捕，当时，厄榭及那附近地方的人们都非常震惊。人们不会忘记，威斯特里亚寓所的加西亚先生被害于奥克斯肖特的一片荒地上，身体上还有惨不忍睹的伤痕，他家的佣人和厨师也都在那天夜间消失，很明显他们与这次的惨案有关。有人说过死去的加西亚先生也许有些什么宝贵的物品隐藏在寓所之中，别人谋杀他，也许就因为他的宝贵物品，但这些一直都未找到确切的证据。在此案的主要负责人——贝尼斯警长的密切查寻下，终于查清了凶手的藏身之处。他有足够的证据可以说明凶手并没有逃走，而是隐匿在案发之前就准备好的某个窝中。不过绝对能够说，他们终究会落入法网，以前曾在窗子外边看见过厨师的一两个商人可以作证，那位厨师长着一副十分奇怪的面孔，身材长得又高又大，是一个混血儿，拥有明显的黑种人的浅黄色面孔，样子十分可怕。

在惨案发生之后，他竟敢唐突地回到威斯特里亚寓所，从而被人发现，而且在那天晚上，瓦尔特斯警官也看见了，还追踪了他一段时间。贝尼斯警长推测，这个人一定是带着什么企图而来的，因此推断他也许还会来，所以，贝尼斯警长放弃了寓所的查寻，而在灌木丛中潜藏起来。这个人果然中计。就在昨天晚上，在一场惊心动魄的搏斗之后，终于将他抓获，唐宁警官在搏斗中还受了伤。我们明白，罪犯被带到地方法官那儿去之前，将关押在警局候审。将这个人抓到之后，这个案件就会有非常大的进展。”

“我们必须立刻到贝尼斯警长那儿去，”福尔摩斯先生大声地说道，并戴上他的帽子，“我们可以在他离开之前赶到他那儿。”我们匆匆忙忙地赶到村子外边的那条路上，与我们推测的一样，警长贝尼斯正准备从他的住处走出来。

“福尔摩斯先生，这份报纸你该看到了吧？”他一边问一边递给我们一份报纸。

“对呀，贝尼斯警长，我刚刚看过。我想给你一点点善意的忠告，但愿你不会介意。”

“什么忠告？福尔摩斯侦探！”

“对于这桩惨案，我曾经多方面地探讨过。在你没有把握充足的证据之前，我希望你不要盲目地去做，因为对于你所走的路，我很难确定它是正确的。”

“福尔摩斯先生，多谢你的劝诫！”

“我绝对是为你着想的，我可以向你保证。”

我似乎发现了贝尼斯警长的那双小眼睛中的一只转动了一下，像眨眼睛一样。

“福尔摩斯先生，我们早就协商好的，咱们互不相关，各干各的，我现在正是如此干的。”

“噢，这非常好，”福尔摩斯说，“请你不要介意。”

“别这样说嘛，福尔摩斯先生，我知道你是为我着想。但是，各人的做事方式不同，先生。你有你的做事方式，我也有我的做事方式。”

“好啦，对于这个问题，我们就不用多说了。”

“任何时候我都欢迎你使用我的情报。捕获的那个家伙简直就是一个野人，他像一匹拉车的马一样强壮，像一个凶魔一样凶残。捕获他的时候，唐宁警官的一个大拇指险些被他咬掉。他不会讲一句英语，只会支支吾吾地哼几句哈哈，我们在他那儿没有得到任何东西。”

“你可以找到他谋杀加西亚先生的证据吗？”

“我可没有绝对的把握，福尔摩斯先生，我可没有绝对的把握。我们各自的方式不同，你做你的，我做我的，就这样说好了。”

福尔摩斯无奈地耸了耸肩，我们便一块离开了那儿。“这个人我似乎有些看不清。他就像骑在一匹瞎马上到处瞎撞一样。算了，就按他讲的去做，各自做各自的，看到底鹿死谁手？但是，我真的不明白贝尼斯警长身上的有些东西。”

我和歇洛克·福尔摩斯回到布尔的住所后，他对我说：“你坐在那个凳子上，华生。我想告诉你一些事情，也许，今天夜晚，我想让你帮助我。我要告诉你现在稍微有一些眉目的案情。尽管案情的主要特征并不特别，可是怎样侦破却非常难。在许多不足的地方，我们必须去补充。

“加西亚先生被害的当天夜晚收到的那封信，现在我们该仔细地回想一下。贝尼斯有关加西亚邀请斯考特·艾克尔斯去做客的事情，我们可以把它作为加西亚想找一个人作为他不在作案现场的证人。在那天夜晚，加西亚果然开始行动，并且明显不是好事。他在做坏事的时候自己也赔了命。很明显，只有一个人心中有邪恶的念头时，他才会产生制造他不在作案现场的想法。但是，到底是谁谋杀了他呢？

“我们现在能谈谈加西亚家里其他人消失的缘由了。他们全是一伙的，都与我们还未搞明白的案情有联系。假如加西亚所有的事情都在他计划的时间内干完，这样的话，他的证人——艾克尔斯先生就会让他不会有丝毫的可疑之处，他也不会遇到任何的麻烦。不过，这一行为是相当不安全的。假如在计划的时间内，加西亚仍未返回，那也许就是他出问题了。所以，情况应该是这样的：如果真的出了问题，他的两个同伴就会在他事发之前准备好的地点藏起来，以免遭到查寻，也为事发之后能接着去做提供方便。这就是事情的所有过程，对不对？”

千头万绪的事情现在已找出了一点点头绪。可我不明白的是，现在与以前没有什么区别，为什么在这以前我就没想到呢。

“可是，那个佣人为何还要返回呢？”我问。

“我们只能这样推测，他在逃离时或许太慌张，把什么他最看重的、非常宝贵的物品忘了拿走。从这也可以看出他性格的固执，是吗？”

“噢，接下去该是什么呢？”

“接下去该说说在吃饭时，加西亚接到的那封信。从这封信可以知道，在暗处还有他的一个同谋。可是，这个暗处到底在什么地方呢？我曾和你讲过，它只可以在什么地方的一个大住宅中，不过，这儿的大住宅非常少。刚到村子里来的几天，我四处走了走，边探讨我的植物学，边在空余时间里，拜访全部的大住宅，并了解各大住宅中的家庭情况。但让我特别关注的只有一家大住宅，也是仅有的一家。那儿距奥克斯肖特河的另一端仅一英里远，与发生惨案的地方还不足半英里远，这就是雅各宾老庄园，在海伊加布尔非常有名。至于其余大住宅的主人都谈不上有什么离奇的生活，他们都是一些平凡人，令人感到可敬。可是，住在海伊加布尔的亨德森先生却是一个非常怪异的人，他身上或许就可以出现许许多多罕见的怪异事情。所以我特别关注亨德森先生及他的家庭成员。

“华生，他们家全是怪人，但最古怪的就是亨德森自己。我去拜访他时，找到了一个非常好的理由。但是，我真正的目的，他却非常明白，这我从他那两只幽深、锐利、凝思的眼中可以知道。他的年龄在五十岁左右，头发呈银灰色，眉毛非常地浓，并且两个眉头长到了一起，成了一条直线，他身体壮实且灵活，走动时像小鹿一样轻快，有如国王一般的风度，他是一个残忍霸道的男人。他热烈的情怀，隐藏在他那如羊皮纸一样的面孔后边。他的肌肤又黄又干，而且像马裤一样坚韧，我猜想，他或者不是本国人，或者以前在热带地区待过很长时间。卢卡斯先生绝对不是本国人，他的肌肤呈棕色，有如猫一样机灵，又有如猫一样的文静、优雅，他待人既刻薄又懂礼貌——他就是亨德森先生的朋友兼秘书。华生，你瞧，我们已和两派外国人有联系——威斯特里亚寓所一派，海伊加布尔一派。因此，我们可以联合我们曾经的两个缺口。

“他们全家的重点就是那两位密友。但是，对我们有直接作用的，是另外一个非常关键的人物。亨德森有两个女儿，大女儿十三岁，小女儿十一岁。亨德森给她俩请了一位家庭教师，是一个英国女人，名叫伯内特，大约四十岁左右。另外还有一个忠实的男佣。这个家庭就是由这样的几个人组成，而且他们总是一起到各个地方旅游。亨德森先生就是一个典型的旅游家，他一年中一大半的时间都用于旅行。他是在前几个礼拜才从别的地方回到海伊加布尔的，而且这次的旅行长达一年，也就是说他一年没在家中。另外，我还要告诉你的是，他特别的富有。所以只要他需要什么便能轻易得到。还有一些其他的情况，就是在他家中经常有许许多多的管事、听差、女佣，和英国农村宅邸里的那些只会吃喝玩乐，而不会做事的人。

“对于以上的这些事情，有的是我亲眼所见的，有的是与村民的闲聊中听来的。最重要的一个证人就是在那儿受苦受累还受气，最后被撵出来的佣人。能找到这样的一个人，真的是我的运气。可是，就算有好运气，也得自己出去找，它不会自己送上门来。就像贝尼斯警长说的那样，我们各有各的想法。依照我的想法，海伊加布尔以前的花匠约翰·瓦纳被我找到。他受不了他主人的残忍霸道，一气之下，辞职不干。另外，在那儿做工的许多佣人都和他差不多，他们都是对他们的主人又恨又怕。因此，我就可以从此处下手，探索这家人的秘密。

“真奇怪，华生！我还没觉得我已把所有的事情都搞明白，但是这确实是一个特别怪异的人。这所住宅的两侧都有厢房，佣人住在一侧，主人住在另一侧。而且这两侧之间一般没有来往，只是亨德森自己的仆人给全家人做饭。所有的物品都要送到那个规定的门旁边。这也就是他们之间的往来。家庭教师和那两个小女孩从不到屋外边去，最多只在花园中散散步。亨德森从未一个人去散过步，他走到哪儿，都让他那位皮肤很深的秘书陪着他。佣人中间有人传言道，亨德森先生对于某个东西非常恐惧。‘他用灵魂在魔鬼那儿换来了钱，’瓦纳说道，‘债主随时都可以杀死他。’他们究竟从什么地方来的？究竟是些什么人？没有一个人知道。只是他们的残忍霸道众所周知。凶暴的亨德森以前两次打人用了打狗的鞭子，如果不是他有那么多的钱和赔款，他早就要受到法律的制裁了。

“华生，我们现在可以按照这个新的线索来分析一下情况。我们能作如此推测：这个怪异的家庭就是那封信的发源地，也许他们早就策划好了什么事情，命令加西亚去完成。那么，是谁写的信呢？应该是这所住宅中的一个人写的，而且应是个女人，这样，那位女家庭教师的可能性最大，其他的人不太可能。这个方面是我们所有推理的关键。不管怎么样，我们能将它作为一种猜想，看从它身上会发生怎样的结局。补充一句，开始时我以为这个案子里或许夹杂着情感的看法可以推翻了，这从伯内特小姐的年龄和性情中可以得到证实。

“假如是她写的信，那样，她应该是加西亚先生的朋友或同伴。当她知道加西亚先生被害的事实之后，她会做些什么事呢？假如加西亚先生做的是违法的事情，从而被谋杀，那伯内特小姐则会一字不透。不过，她会在心中对那些谋杀加西亚先生的人恨之入骨，甚至还会想尽办法为死者报仇雪恨。可不可以去会会她？找借口去会会她，当初我就是这样想的。但现在我觉得事情起了变化。从那天晚上惨案发生到现在，没有一个人见到过伯内特小姐，也就是自那天夜晚之后，伯内特小姐就消失了。她是否已经死了？或许，她与加西亚先生一样，被别人谋杀了？或许，她仅仅也是一个同谋的凶手？对于这一点，我们还得作深入的研究。

“华生，有一天你会感到这个案子的进展是非常难的。我们没有足够的证据，不可以申请搜查。假如我们将所有的猜想都交给地方法官，他们看了也许会说我们是在做白日梦。那个忽然消失的女教师并不能证明任何情况，谁都知道那是一个怪异的家庭，一个礼拜见不着某个人是很正常的事。但是现在她的生命也许非常不安全。我现在可以做的，就是把我的代理人瓦纳先生留在那所住宅中看守大门。我们不可以再这样拖下去。假如法律解决不了这件事，我们不得不自己临危作战。”

“你计划该如何去做？”

“伯内特小姐的卧室我知道，从外边一间房的房顶可以爬进去。我觉得早点下手为好，今夜我们就得去，看可不可以抓住这个离奇案件的关键。”

我可以肯定地说，事情并不那么简单。那幢充满杀气的老房子、古怪且恐怖的主人、在探索过程中的各种危险，还有我们被法律所限制的行事范围，这所有的一切，搅和在一块，大大降低了我的热情。可是，福尔摩斯先生细心、冷静的推测中有某种预料，使谁都不可以躲开他所说的一切风险，而放弃行事。我们十分清楚，只有如此才能侦破事实真相。我不再说什么，用力地握了握福尔摩斯的手。事情已到这个地步，是不可以再退缩的。

可是，我们进展的结果却是那样的奇怪，那样的让人无法想象。大概在五点钟左右，天渐渐暗下来时，一个农民模样的男人匆匆忙忙地跑到我们这儿。

“福尔摩斯先生，那些人都离开了。他们是乘最后一趟列车离开的。那个女教师逃了出来，我将她安置在楼下的那辆马车中。”

“瓦纳，你做得真好！”福尔摩斯喊道，并兴奋地跳了起来，“华生，一切都快水落石出了。”

马车中蹲着一个精神颓废的女人，她神情恍惚，那张瘦瘦的没有一点颜色的脸上，还有最新的伤痕。她的头耷拉在胸前。发觉有人来，她慢慢地扬起了头，看着我们的眼睛没有一点点光泽，这时，我发觉她服过鸦片，因为她的瞳仁已变成了浅灰色，眼睛中还有两个小黑点。

“福尔摩斯先生，我按你的指示一直守在大门旁边。”我们的代理人瓦纳先生，也就是亨德森曾经的花匠说道，“马车一离开，我就跟在后边，一直跟到车站。她似乎头脑不清，像患有梦游症一样，可是，就在她被他们拉上火车时，她一下子清醒过来，用尽全身的力气挣扎，她被他们拖入了车厢，她又跑了出来。于是，我趁此机会，把她拉到了一辆马车中，然后就带到这里。我永远都会记得我拉她逃走时，车厢窗户中的那副面孔。当时如被他抓住，我绝对死在他的手上——那个眼放寒光、气势汹汹的黄脸恶魔。”

她在我们的搀扶下来到楼上，我们把她放在沙发上平躺着。喝过两杯浓咖啡后，她清醒多了。贝尼斯在福尔摩斯的邀请之下，也来了。见到眼前的一切，他立刻就知道是怎么回事。

“哦，福尔摩斯先生，我所要寻找的证人被你找到啦，”贝尼斯紧紧地握着福尔摩斯的手，热忱地说道，“从最初行事开始，我和你查寻的线索就是一样的。”

“你说什么？你的目标也是亨德森？”

“对！福尔摩斯先生，当时，你在海伊加布尔的那片树林中探索时，我也藏在庄园中的一棵特别大的树上，对你的行动看得清清楚楚。关键是到底谁可以先找到证人。”

“可是，你为何将那个混血儿逮捕呢？”

贝尼斯笑了笑，脸上充满了满足的表情。

“我敢说，那个名为亨德森的男人早就知道别人在怀疑他，而且一旦他感到自己处境不安全，他马上便会藏起来，哪儿都不去。我是故意将人抓错的，就是为了给他一个错觉——我们已不注意他。我早就明白，他也许会逃走，由此一来，我们就有机会找伯内特女士。”

福尔摩斯将手在贝尼斯的肩头拍了拍。

“你有才华，机灵、敏捷，相信你会成为一名出色的警官。”福尔摩斯说。

贝尼斯警长高兴极了，脸上堆满了笑容。

“一个礼拜以来，我吩咐一名便衣警察一直坚守在车站。海伊加布尔家人的一切行踪，都在我们的眼中。不过，就在伯内特女士逃跑时，便衣一时觉得很为难，不知道该怎么做才好。不过无论说什么也是多余的啦，他是被你的人找到的，而且没遇到什么麻烦。现在我们要做的就是从她那里得到一份口供，不然我们无法抓到凶手，这点应该是非常明了的。因此，我们必须尽快拿到她的供词。”

“她慢慢地好了起来，”福尔摩斯说道，并注视着伯内特女士，“贝尼斯警长，可以告诉我亨德森到底是怎样的一个人吗？”

“亨德森的原名叫唐·默里罗，”贝尼斯警长说，“他就是众所周知的圣佩德罗之虎。”

圣佩德罗之虎可是个了不起的人物。一提到他，我就想起了他所有的历程。往往一些暴君在治理国家时，都会用文明的牌子作幌子，唐·默里罗就是有名的荒淫、残忍的暴君。他身体魁梧，精神旺盛，对什么都不害怕。他非常残忍，用暴政将一个并不强大的民族整整统治了十一二年。在中美洲，人们只要一听到他的名字，就感到非常害怕。就在那时，后来的几年之中，为了反抗他的暴行，人们自发爆发了全民起义。但是，他不但凶残而且非常狡猾，一听到风吹草动，他就将他所有的钱财悄悄地搬到了一艘船上——一艘由他衷心拥护者操作的船上。当起义军攻到王宫时，里边早已四壁皆空。这只狡猾的狐狸和他的两个女儿、一个秘书，带着那些钱财一起逃跑了。从那以后，这个世界上就没有他的踪影。但是欧洲的报纸上经常有评论他的文章。

“没错，福尔摩斯先生，圣佩德罗之虎的名字就是唐·默里罗，”贝尼斯警长说。“只要你稍微地调查一下，马上就会知道圣佩德罗的国旗就是由绿色和白色的图案组成的，与那封信上写的完全吻合，福尔摩斯先生。他改名为亨德森，可我查寻到了他的过去，他先从巴黎到罗马，再由罗马到巴塞罗那，抵达巴塞罗那时正 1886 年。这么多年以来，人们都在四处寻找他报仇。但是，事隔这么多年的今天，人们才找到他。”

“在一年以前他就被别人发现，”伯内特女士说。她可以坐着，专心地聆听他们的讲话。“一次，他差点就死了，但是他却被某种邪恶的东西给保护着。目前，同样如此，不该死的加西亚先生死了，该死的恶魔却活得好好的。只要正义没有得到伸张，人们还会一个个地死去。这是绝对的，就像每天都要升起的太阳一样。”她心中充满了仇恨，一双又瘦又小的手捏得紧紧的，她那张原本就没有一点颜色的脸，此时白得像纸一样。

“可是，伯内特女士，你怎么与这件事有牵连呢？”福尔摩斯问道，“一桩惨案是不该和一位英国女士有关系的。”

“我是自愿让自己陷到里边去的，因为这个世上找不到可以主持正义的方法。许多年以前，圣佩德罗遍地是鲜血，但英国的法律却没有起到丝毫的作用。国家的钱财被人用船偷偷地运走，英国政府又做了些什么呢？也许对你们而言，这也许只是发生在别的星球上的事。可是，我们却明了，我们生活的真谛是在悲哀和苦难中得到的。对我们而言，只有在地狱中才可以脱离唐·默里罗的魔掌。只要他活着一天，人们就不断地呼喊着要杀死他，生活也不可能得到安宁。”

“我知道你对我讲的那个人，是非常凶残的。但是，他是怎么残害你的呢？”福尔摩斯说道。

“我可以毫无保留地讲给你听。只要是对他有一点点不利的人，他都会通过各种途径，将那个人处死。忘了告诉你，我的丈夫是驻伦敦的圣佩德罗公使，我的原名为维克多·都郎太太。我和我丈夫是在伦敦相识的，而且在那儿结婚。他品德非常高尚，可以说这个世界上像他那样的人并不多。糟糕的是，他的高尚品质被唐·默里罗知道了，所以他找理由让我丈夫进宫去，并杀死了我的丈夫。我丈夫早就感觉到了他会遭到不幸，因此没让我一同前往。他所有的钱财也被国家没收，留下的只是一点还不能维持生活的钱和一颗痛不欲生的心。

“直到一天，那个魔鬼垮台，也就是你刚刚所讲的那些，他逃之夭夭。但是，他伤害了数不清的人命，还害死他的那么多亲朋好友，人们不会放过他。人们成立了一个组织，只要不杀死他，这个组织绝不会散去。当我知道那个恶魔改头换面为亨德森之后，我的职责便是进入他的家庭，让人们知道他的一切。我要完成这个任务，只能永远在他家当家教。他怎么也不会想到，他曾经迅速地杀死的那个男人的妻子，就是每餐饭都要在他眼前出现的那个女人。面对他时，我总是强装笑颜，并认真地教他的女儿们学习，等着机会的出现，在巴黎时，曾有一次机会，但没有成功。为了摆脱跟踪我们的人，我们不得不东跑西窜，整个欧洲都走遍了，后来他一抵达英国，就住在他第一次来英国时就买下的一所房子。

“但是，这里也有警察守候着。从前圣佩德罗最高神职官员有一个儿子——就是加西亚。加西亚知道默里罗要去那儿居住后，他就在那儿租了所宅子住下来，并带去两位没有地位却非常忠实的朋友一起居住。仇恨的火焰都在他们三人胸中燃烧着。白天时，加西亚没有机会下手，因为默里罗非常小心，防备甚严，当没有他的贴身护卫卢卡斯在身边时，他绝对不会出门——在他还是暴君时那个人名叫洛佩斯。不过在夜晚，他是一个人睡觉，想杀他的人就有机会。在一天傍晚，按照以前的计划，我给加西亚传递了最后的信息，因为那个恶魔随时都小心防备着，他所睡的房间从不固定。我要留心使全部屋子的门都不要关着，并在向着大路的那扇窗口亮起绿光或白光，当作暗号，意思是畅通无阻或有些不利，等会儿再进行。

“不过，从开始就非常不顺，我被秘书洛佩斯怀疑。我刚把信写完时，他趁我不备，从身后偷偷地向我袭击。我被他和默里罗拖到我的屋子，给了我一个女叛徒的罪名。假如他们杀人之后有办法逍遥法外，他们也许当时就一刀杀死我了。后来，他们商量，都觉得将我杀死对他们太不利。不过，他们商定将加西亚杀掉。我的嘴巴被他们死死地堵住，胳膊被默里罗用力地扭着，直到我把地址交给了他们，才把我放开。我敢说，假如我明白这样做之后会对加西亚有何后果，那我的胳膊也许早就没有了。洛佩斯强制我写上地址，并用袖扣封口，递给佣人何塞送走。我不清楚他们是如何谋杀加西亚先生的，不过洛佩斯一直在屋子里监视着我，应该是默里罗亲手将他打倒在地上的。我猜想，他肯定早就守候在金雀花树丛中，因为有一条曲曲折折的小路在那片树丛中。当加西亚走过那儿时，他就悄悄地从后边将加西亚打倒。最初，默里罗把加西亚带到屋子里，本来打算给他一个通缉夜盗的罪名，干掉他。可是，他们争论了一番。假如他们因此遭到追查，就马上会让别人知道他们的真实身份，从而就会引起更多的麻烦。只要干掉加西亚，就会使一切追踪都自动退去，因为这能使另外的一些人感到害怕，对他们不再有任何威胁。

“若是我不清楚这些恶魔的一切丑行，或许今天他们还会逍遥自在、无人知晓。可以说，我许多次接近死亡。他们把我关在屋子中，用最厉害的手段对付我、折磨我、摧残我，我的精神几乎崩溃——你们瞧瞧，我肩膀上的刀疤，还有手臂上数不清的伤痕，有一回，我趴在窗口想大声地呼喊，可我的嘴却被他用东西堵住了。这种毫无人性的软禁整整进行了五天，而且天天挨饿，差点就死去。直到今日下午，很奇怪地给我送来了一份午饭，而且非常丰盛。当我吃过之后，才发现饭里边有毒。在迷迷糊糊中，我被人推上一辆马车，过了一段时间之后，又莫名其妙地被拖上火车。当火车就要驶向前方时，我一下子清醒过来——自己的命运应由自己来把握。我奋力地向外跑，他们企图拉我回去。在一位善良人的帮助下，我才逃脱了他们的魔掌，被那个人扶上一辆马车，不然我不知是否可以活到现在，终于，我获得了自由，谢天谢地。”

她动情地叙说着她那一段悲惨经历，我们也都专心听着。最后福尔摩斯讲话了。

“我们还有许多难题需要解决，”他边说边摇着头，“现在我们完成了侦查任务，可是，重要的判决工作才刚刚开始。”

“是的，”我接着说，“一个口齿伶俐的律师能把这说成是他在自卫。在这种情景之下，他能接连不断地犯罪，但是，唯一可以成立罪名的只有这件案子。”

“好啦，太好啦，”贝尼斯警长兴奋地说，“我认为什么都比不上法律。自卫是自卫，但心怀敌意去杀人，就应另当别论，无论你担心会在什么时候遇到怎样的险情。算啦，算啦，我们所做的一切，到以后的吉尔福德巡回法庭上，见到海伊加布尔的那些房客就可以证实。”

可是，在佩德罗的制裁上，牵涉到历史问题，必须经过长一点的时间。默里罗及他的同谋都狡猾且胆大妄为，他们悄悄地躲进了一个寓所——在埃德蒙顿大街，后来又从后边的门溜了出去，在柯松广场终于摆脱了追踪他的人。从此以后，在英国就没有看见他们的踪迹。大概六个月之后，在马德里的艾斯库里餐馆里，蒙塔尔法侯爵与他的秘书理利先生都遭到了杀害。这件人命案有人说成是无政府主义者所为，可是凶手一直未捕获。贝尼斯警长前往贝克大街来探望我们，并将默里罗及他的秘书的复印图像都拿了过来——秘书是一张炭黑的脸，默里罗则是面孔老成，浓浓的线眉，眉下边的那双眼睛闪出锐利的光芒，极富魅力。没有什么可以怀疑，虽然拖了这么长时间，但终于可以伸张正义。“华生，这桩案子非常复杂，”傍晚时，福尔摩斯先生边吸着烟斗边说道，“绝不可以轻易地把它想得太简单。它牵涉到两个洲和两伙离奇的人，还有我们一向俨然起敬的朋友——斯考特·艾克尔斯的到来，使案子更加错综复杂，他提供的线索使我们知道被害人加西亚非常有智谋，自卫的能力也非常好。你仍有什么不清楚的地方吗？”

“那个混血儿的厨师后来又是何时才返回来的呢？”

“我认为，你所有不明白的问题从厨房的那些古怪的东西中都可以明白。那个厨师是圣佩德罗古老的森林中的生物。那个怪东西是他的神物。当他与他的伙伴一起跑到计划中的地方时——早就有他们另外的朋友在那儿等着他们——他的朋友曾经告诫过他，不要那件会引起麻烦的东西。但是，那个东西对于这个厨师太重要。所以在过了一天的晚上，他忍不住地又返回去。可就在他向那扇窗子里看的时候，被正在值班的瓦尔特斯警官发现。等到三天之后，也许是因为对神的虔诚或者说迷信吧，他又去了一次。以前机智的贝尼斯警长在我这里曾把此案看得非常简单，可是现在也知道了案子的复杂，因此设置了计谋让那个可恶的家伙自投罗网。还有其他的疑问吗，华生？”

“如何解释那个充满怪异的厨房中，那些古怪的东西呢？比如说那只撕成碎片的鸟、那满满的一桶血和烤焦了的骨头？”

福尔摩斯轻轻地笑着并翻开他记事本中的一页。

“我在大英博物馆中整整待了一个上午，这些以及其他的东西都经过了细致研究。下边是艾克曼著的一本名叫《伏都教和黑宗教》的书中的一段文字：

> 虔诚的伏都教信徒，必须先向那些并不高尚的神供奉祭品之后，才可以做其他的事情。甚至有些时候，有杀人奠祭的仪式，不过平常的祭品都是一只活生生的大白公鸡，黑的也行，将其撕成一块一块的，并把喉咙割开，其他部分烧掉。

“因此你瞧，在仪式方面，我们的野人朋友全都是按规矩做的。真的太怪诞，华生，”福尔摩斯又说了一句，并轻轻地将记事本关上，“可是，怪诞和恐怖之间几乎只有一步距离，我这样的说法绝对是有事实可证明的。”

2. 硬纸盒之谜

为体现我的伙伴福尔摩斯先生超人的智慧，我在挑选案例时，总是尽力选那些看起来简单而事实上复杂、可以体现他聪明才智的案例。下面我将要对读者讲述的就是一个离奇而又惊心动魄的故事。

故事发生在 8 月里，那天非常炎热，贝克街似乎就是一个燃着火的大炉子。太阳照射在街那边一幢黄色砖头的屋子上，反射出耀眼的光芒，我们屋子中那扇百叶窗开了一半，福尔摩斯在沙发上半躺着，把第一班邮差送来的报纸看了一遍又一遍。“不知你看到报纸上的那则小消息没有，大概是说住在科罗依敦十字街的那位咯辛小姐收到了一个非常奇怪的邮件。”福尔摩斯终于放下了报纸。

“有这么一则消息吗。”

“哦，肯定是你没看到，喏，就在这儿，财经消息栏中，最好你能念出来。”

我将他扔过来的报纸拿起来，念着他指出的那段文字。题目为“恐怖的邮件”：

居住在十字街的苏珊·咯辛小姐遭到一起恶作剧的伤害，但到现在为止，还没有查明发生这件事的真正原因。昨天午饭过后，大概两点钟，邮递员给她送来一个邮包，用棕色的纸包着。里边是一个硬纸盒，并装满了粗盐。咯辛小姐将粗盐倒掉，两只非常新鲜的人耳朵出现在她的眼前，她感到既惊讶又害怕。邮件上没署邮寄人的名字，只知道是在昨天早上从贝尔伏斯特寄出的。更不可思议的是，咯辛小姐虽然五十多岁，但她仍是孤身一人，并一直过着与世隔绝的生活，基本上没有亲朋好友，所以几乎也没有谁给她寄邮件之类的东西。许多年以前，她曾在彭基住过，而且把几间房间出租给了三个年龄并不大的医学院的学生居住。但后来她把他们撵走了，因为他们总静不下来，而且生活没有一点规律。警方怀疑很有可能是那三个年轻大学生对咯辛小姐进行报复，他们也许想解当年的怨恨，才从解剖室中弄到两只耳朵邮给她，故意吓她。这三名大学生家住北爱尔兰，咯辛小姐也没有忘记他们是贝尔伏斯特人，所以这个推理应该可以成立。此时，警方也在迅速调查此事，最出色的警探之一雷斯垂德先生是这件案子的主要负责人。

我念完之后，福尔摩斯说道："我们现在该谈谈我们的朋友雷斯垂德了。就在今天早上他让人送给我一张便条，内容是：'我觉得你非常适合处理这桩案子。我非常想早日把这件案子调查清楚，但却不知该从哪儿下手。不过，我们早已通知了贝尔伏斯特邮局，可是他们那天处理的邮件太多，对这个邮件一点印象也没有，也对寄这个邮件的人没有丝毫的印象。那个盒子是甘露烟草盒，但这个对我们来说没有什么作用。对医学院那几个大学生的怀疑倒有些道理。你如果有空请到我这里来一下，我一定会非常高兴。今天我要么在警察局，要么在咯辛小姐家。'华生，你有何意见？想不想顶着酷暑与我一起到科罗依敦去一趟，或许你的记事本又可以增加新的内容了。"

"我正愁无事可干呢。"

"太好啦！请你马上按一下铃，吩咐仆人将你我的靴子送上来，再备一辆马车。我该去换身衣服了。”

当我们坐在火车上的时候，天正下着小雨，因此当我们到达科罗依敦的时候，那儿比城里凉爽多了。在出发之前，福尔摩斯给雷斯垂德先生发了一份电报，因此我们一到站，他就在那儿等着我们。他和以前一样精明能干，他身上具备优秀侦探的素质。大约五分钟之后，我们就来到了十字街，也就是咯辛小姐居住的地方。

这是一条清洁而整齐的街道，而且非常长。两层高的砖瓦楼房分布在街道两旁。石头做的台阶都呈白色。门口聚满了穿着围裙的妇人，这儿三个，那儿五个地闲聊着。大约走了一半的路，雷斯垂德在一扇门前边停下来，轻轻地敲了敲门。一个女仆马上开门将我们带到前厅，那儿坐着一个相貌和善的妇女，她有一双大大的灰色眼睛，眼神非常温柔，额前垂着花白的卷发，她就是咯辛小姐。一件没有绣完的沙发靠垫搁在她的膝盖上。旁边的一把小椅子上放着一只装满彩色丝线的篮子。

“那些恐怖的东西都在房子外边，”她见雷斯垂德进来便说道，“我请你将它们都拿走。”

“等福尔摩斯先生当着你的面看过后，我就把它拿走。”

“为何要在我面前看，警官先生？”

“因为他也许有些问题想问问你。”

“别问啦！问我也不起作用。我早就告诉过你，对于这件事我什么都不知道。”

“你说得没错，咯辛小姐，”福尔摩斯用安慰的语气说道，“我知道你都快被这件事给烦死了。”

“的确是这样，警官先生。我是个喜欢安静的女人，况且我早就过着与世隔绝的生活，见到我的名字登在报纸上，警察来往于我家，我真的感到好稀奇。我可不想将那些讨厌的东西拿到房子里边来，雷斯垂德警长。你们若是想看就到房子外边去看吧。”

在屋子后边的小花园中有一间小棚子。雷斯垂德先生将一个黄纸盒从里边拿了出来，一层棕色的纸包在盒子外边，另外，还有一节绳子。花园小径的末端有几把小椅子，我们便坐在上边，福尔摩斯就把雷斯垂德给他的每一样物品一个个作了仔细检查。“这节绳子非常有趣，”他拿着绳子，在阳光下看着，并放在鼻子上嗅了嗅，“雷斯垂德先生，你仔细瞧瞧这节绳子。”

“用柏油涂过。”

“很对，这是一条用柏油涂过的绳子。你曾告诉过我，这条绳子是咯辛小姐用剪刀剪断的，关于这点，从绳子的截断处可以看出来。而且相当重要。”

“我倒没觉得这有何重要的。”雷斯垂德说。

“这个打得非常别致的结，还没有改变原样。”

“打得非常好看，这点我早就看到了。”雷斯垂德沾沾自喜地说。

“就说到这吧。”福尔摩斯笑着说道，“现在你可以瞧瞧这包装纸。

这是棕色的，有非常浓的咖啡味。你说什么？这一点你都不知道？再者，这地址歪歪斜斜的：‘S·咯辛小姐，科罗依敦，十字街。’写字的笔非常粗，或许是J牌的笔。墨水也非常不好。科罗依敦的‘依’都写错了，原本写的‘i’，然后又改为‘y’。这份邮件应该是一个男子邮出的——笔迹非常有力——这个人文化程度比较低，科罗依敦相对他而言非常陌生。嗯，盒子是半磅装的甘露烟草盒，呈黄色，在盒子的下边有两个大拇指的印痕，除此之外没有任何可以看得见的印痕。盒中全是粗盐。是那种用来腌制皮革和劣质食品的粗盐，下边就是那些让人恐怖的东西。”

说完，他将那两只耳朵取出来，搁在膝盖上，细心地观察着。我和雷斯垂德分别站在福尔摩斯两边，半弯着身体，一会儿看看这些恐怖的东西，一会儿又看看我们朋友那张沉思状的脸。后来，他将那两只耳朵又装进盒子之中，坐在那儿发了一会儿愣。

“不过，你应该早就知道，”过了一段时间他说道，“这并不是一个人的两只耳朵。”

“没错，我早就知道。可是假若是医学院的那些学生玩的恶作剧，将两只不是一对的耳朵当成一对邮过来并不是什么难办的事，而且非常简单！”

“非常正确，可是这并不是恶作剧。”

“你肯定事情是这样的吗？”

“你的那种想法，早被推理的结论给否认了。解剖室中的尸体都是经过了防腐处理的，但是这两只耳朵却没有经过这样的处理，而且这两只耳朵非常新鲜，割下它们的器具也相当的钝。如果是医学院的学生做的，绝不会是这种情形。另外，懂医的人绝不会用粗盐防腐，而是用福尔马林或蒸馏酒精一类的东西。我再次申明，这绝对不是所谓的恶作剧，而是一件非常复杂的人命案。”

听着我朋友的话，看看他越来越严肃的脸，我忍不住颤抖了一下。这段独特的开场白，让我觉得这个案子非常棘手。但是雷斯垂德先生却轻轻地摇了摇头，好像并不完全同意福尔摩斯的观点。

“对于恶作剧的推测的确有人不赞成，这是可以理解的，”雷斯垂德说道，“可是对其他的推测，有更多不同的看法。我们都知道，以前咯辛小姐住在彭基时，日子一直都过得特别清静，后来到这儿来生活的二十年亦是如此。那个时候她基本不出门。罪犯究竟为何要将自己作案的证物邮给她呢？尤其是关于这件事她和我们一样了解甚少。除非她就是一个出色的演员，一直都在演戏。”

“这就是问题的关键，”福尔摩斯回答道，“依我的想法，我先假定我的推测是正确的，有两个人被杀害，一个是女的，因为有一只耳朵非常精小、玲珑，还有戴耳环的孔；另一个是男的，因为另外的一只耳朵非常的黑，显然是太阳晒的，上边也有一个孔。不过我们没有听到关于他们任何的传闻，那么可以假定他们早就死了。今天是礼拜五，东西是礼拜四清早邮出的，由此可以知道惨案是在礼拜三或礼拜二发生的，也许还早一些。如果那两个人都遭到杀害，把犯罪的物证邮给咯辛小姐的就只有杀人凶手了，其他的人是不可能的！现在我们暂且把这个寄东西的人假设为我们要找的人。但他绝对有充足的理由将那些东西邮给咯辛小姐。到底是何缘由呢？一定是想让她知道他已做了某件事，或者是想让她伤心吧。但是假如真的如此，做这件事的人，咯辛小姐就肯定知道。可是她真的知道吗？对此我非常怀疑。如果她知道那个人，那么她早应把耳朵藏起来，让别人不知道这件事。我的意思是，如果她想掩护凶手就一定会这样做；如果她没有掩护凶手的意思，她就会告诉我们一切，这就是问题的关键。”

他说话时的速度非常快，声音非常大，眼睛盯着花园的篱笆不知在想什么。忽然，他一下子跳了起来，小心翼翼地向屋子里走去。

“我要向咯辛小姐问几个问题。”他说道。

“这样的话，你们暂时就待在这儿吧。”雷斯垂德说道，“我还有一点小事要处理，该问的我也都问完了。如果有什么事，请到警局来找我。”

“去火车站的路上，我们可以顺便到你那儿去。”福尔摩斯说。没过多久，我和他就来到了前厅，咯辛小姐仍静静地坐在那里，专心地绣着她的沙发靠垫。见我们又回来了，她停止了手中的活，将沙发靠垫搁在她膝盖上边，她用带着疑问的眼神打量着我们。

“福尔摩斯先生，我想这一切可能只是一场误会。”咯辛小姐说，“那些东西绝对不是邮给我的。我告诉过伦敦警察厅来的那位先生好多次了，但他总是一笑了之。在我的记忆中，我没有得罪过任何人，不可能有人来捉弄我！”

“咯辛小姐，我与你有相同的看法，”福尔摩斯边说边在她旁边坐下。“我觉得也许是……”他忽然停止了说话，我奇怪地向周围看了看，发现他正注视着咯辛小姐的侧面，而且显得非常地感兴趣，脸上流露出惊奇和满足。可是当咯辛小姐由于他偶尔停止讲话而回过头想看个明白时，他马上又恢复了常态。我也专心地看着她那梳理得特别整齐的头发、精致的帽子、漂亮的金耳环和那张温和的脸，但我无论如何也不明白我的朋友为何那般激动。

“我问一两个问题——”

“哦，天啊，你们把我问得烦死了。”咯辛小姐非常生气地大声喊着。

“我敢肯定你还有两个妹妹。”

“你怎么知道的？”

“从壁炉上的一幅三位女士的合影上知道的，而且我刚进来时就看见了。那里边肯定有一个就是咯辛小姐你啦，另外的两位与你像是一个模子里刻出来的，难道还有必要问有没有血缘关系吗？”

“确实如此，你所说的都非常正确，我是她俩的姐姐，她们的名字分别叫莎拉和玛丽。”

“我这有一张你妹妹和一个男子合拍的相片，是在利物浦拍的。从那个男子的服装可以知道，他是一名水手，而且是远洋轮上的。我还知道，那时你妹妹还未出嫁。”

“你对事物的观察真是非常仔细。”

“这是职业的需要嘛。”

“确实如此，你说得一点没错。不过，几天之后，玛丽和那个叫吉姆·布劳内的男人结婚了。他爱她简直爱得疯狂，以至于一段日子见不到她，就会难受得要死。因此，他在伦敦至利物浦的船上当了一名船员，以便能和她长时间厮守在一起。”

“噢，那艘船是否名叫‘征服者号’？”

“错了，应该叫‘五朔节’号，我听别人都这么叫。吉姆来这里探望过我一回，是随船来的，那时，他正开始戒酒。但是后来，他一来到岸上就开始喝酒，并且只要喝一丁点酒他就会醉。唉，自从他又染上酒瘾之后，安宁的日子从此就消失了。首先他与我断了联系，然后又与莎拉吵嘴。现在，甚至玛丽也不与我联系，她们的情况，我一点也不清楚。”

非常明显，咯辛小姐将她感受颇深的往事都告诉了我们。她与许多的单身女子一样，起初都是非常不好意思，但过一段时间之后话都特别多。她告诉我们非常多有关她妹妹妹夫的事情，后来又转移话题，谈到她以前的房客，也就是医学院的三位大学生。她谈了好长时间，还将他们的姓名和就读学院的名称都告诉了福尔摩斯。福尔摩斯听得非常专心，并经常问一些问题。

“你那个名叫莎拉的妹妹，”福尔摩斯问，“你们都未结婚，为何不在一块生活呢？”

“唉，你不了解我妹妹的脾气！不然你绝不会觉得奇怪。当初，我到科罗依敦时，想过和她住在一起，可两个月之后，我们怎么也合不来，只好分开。我不愿在别人面前对自己的亲妹妹说三道四，可是她的确什么都爱插一手，并且有时弄得让人非常难堪。”

“刚才，你曾说过她与你在利物浦的亲戚闹过别扭。”

“对呀。在有一段日子里，他们是形影不离的好伙伴，为了与他们更亲近些，她竟住到了利物浦。不过现在已不是这样，她对吉姆·布劳内总是恶语相伤。在住在这里的最后六个月中，除了没完没了地说吉姆·布劳内不该喝酒和耍手腕，其他的就什么也不说。我想也许是布劳内觉得她太爱唠唠叨叨，而且从来不经过大脑就直截了当地说出来，因为这个原因，他们才开始闹别扭。”

“咯辛小姐，非常感谢你，”福尔摩斯边说边轻轻地站起来，“我还没忘记，你刚刚说过你那个叫莎拉的妹妹在沃灵顿的新街居住吗？一件与你没有一点点关系的事把你牵扯了进去，我为你的遭遇感到非常难过。再会！”

我们走出门的时候，正好一辆马车从这里经过，福尔摩斯对车夫招呼了一声。

“这儿距沃灵顿有多远？”他问车夫。

“先生，仅仅约一英里的路程。”

“太好啦。华生，快上车吧，我们一定要抓住这个好机会。尽管这桩案子不复杂，可是还有一些非常有价值的细节需要说明。路过电报局时请停一下车，车夫。”

福尔摩斯先生快速地到电报局发了一封简短的电报，然后，又回到马车上，并一直都靠在马车的座位上，阳光从车外射进来，他把帽子盖在脸上。在一所住宅前边，车夫停了下来，这所住宅与我们刚刚离开的那所简直是一模一样。我的朋友让车夫稍等一会儿，他跳下车，正准备敲门时，门却打开了。一位年纪不大的绅士站在门口，他穿着一件黑色的风衣，头上的帽子非常光亮，表情严肃。

“莎拉小姐生了非常厉害的病，”他说，“从昨日开始，她直喊头疼。作为她的私人医生，我建议你们还是不要见她为好，包括其他的任何人，要见也要等到十天之后。”说完这些，他戴上手套，关紧大门，迈着大步朝街头走去。

“噢，说不可以见那就不见吧！”福尔摩斯有几分得意地说。

“或许她还有不想说给你听的事。”

“我本来就没想过还能从她那里得到什么。我仅仅来拜访她一下而已。况且，我敢说我要的东西都有了。车夫，我们该吃午饭了，把我们带到一家高级一点的饭店去。过一会儿，再到警察局去探望一下我们的伙伴雷斯垂德先生。”

我们一块吃了一顿非常快乐的午饭。吃饭的时候，福尔摩斯不断地说着有关小提琴的话题，对于其他的却没说一个字。他异常兴奋地告诉我，他买那把斯特拉帝斯小提琴的过程。他还告诉我那把小提琴没有五百畿尼买不来，但他仅仅用五十五先令就买回来了。我们在饭店里待了一个小时，边饮着红葡萄酒，边听他谈着小提琴，谈着帕格尼尼，还有他自己的许多传闻。到达警察局时，刺眼的阳光已褪去，这时已是傍晚了，等候我们到来的雷斯垂德先生早就站在门口了。

“有你一份电报，福尔摩斯先生。”雷斯垂德先生说道。

“哈哈！等的就是这个！”他立刻撕开电报，快速地看了一遍，过后又将电报揉成一堆，塞到衣袋中。“等的就是这个！”他又强调了一遍。

“你找到什么线索了吗？”

“我什么都调查清楚了！”

“你说什么？”雷斯垂德先生十分诧异地看着他，“别开玩笑了。”

“你看我何时这样认真过。这桩案子非常奇怪，但是我认为这件纷繁复杂的事情我都弄明白了。”

“那凶手是什么人？”

福尔摩斯抽出一张自己的名片，在后边写了几个字，顺手抛给了雷斯垂德。

“他的名字就在上边，”福尔摩斯说，“如果去捕获他，最早也要等到明天夜里。如果说到这桩案子，请你不要提到我，因为这桩案子太简单，不在我的侦查范围之内。我们该离开这里了，华生。”说完，我们迈着大步向车站走去。雷斯垂德仍站在那儿，兴奋地看着福尔摩斯抛给他的那张名片。

那天夜间，我和福尔摩斯正在贝克街的住所旁边抽着雪茄并闲聊着，福尔摩斯忽然说道：“这桩案子与你在《血字的研究》和《四签名》中记录的那件案子有些相似，我们必须由结局倒过去找缘由。我已经给雷斯垂德写了一封信，让他给我们一份所需要的详细案情记录。不过只有等他抓到罪犯以后，才可以得到那些细节情况。尽管他的推理能力不怎么样，但是像捕获犯人一类的事，他绝对能做好，他只要清楚应该做什么，他便会义无反顾地做下去，如一条猎犬般顽强。他在伦敦警察厅平步青云，也正是由于他这份执着的精神。”

“这么说，这桩案子还要继续下去啦？”

“差不多结束了。尽管对那个受害者我们还没有完全了解清楚，但是罪犯的名字我们已知道。我想你也猜出凶手是谁了吧。”

“我想那个在利物浦轮船上当船员的男人——吉姆·布劳内就是你怀疑的人吧？”

“不仅仅是怀疑。”

“但是我只发现了一些表面现象，其他的什么也不知道。”

“我与你恰恰相反，我什么都明白。还是告诉你我的推理过程吧：你应该没有忘记，当初我们开始负责这桩案子时，头脑里什么也没有。但这对案件的侦查非常有利，因为我们不会受到前边任何观点的影响。我们必须从零开始，细心地调查，并逐渐推出结论。最先进入我们眼帘的是什么？一位小姐温柔可敬的脸，简直单纯得如一眼可见底的小溪；接着我看见墙上那张相片，因此知道这位小姐是姊妹三个。就在那时我一下子明白了，那只神秘的纸盒是要邮给她的某一个妹妹。但是我仍然把这个想法放在一边，我既能否认它，也能肯定它，这都在于我。后来我们来到花园之中，见到了黄色纸盒中装着的那个奇怪的东西。”

“系在盒子上的那条绳子是轮船上用来缝制风帆的绳子，而且还有一股非常浓的海水味。还有那个结，是水手们一贯打的那种。那只男子的耳朵上有戴耳环的孔，而海员一般都戴耳环；还有那个邮件是从港口寄出的，因此我敢断定这个案子中的男受害者肯定是一名海员。

“当我查看邮件地址的时候，我知道是要邮给S·咯辛小姐的。不过，S应该是在小姐的名字前边，不过那个S亦可以代表其他的什么人。假如真的如此，我就必须按照新的线索开始新的调查。因此我又返回屋子里，决定澄清事实真相。在我正准备对咯辛小姐说那个邮件是错邮给她的时候，我却一下子停住了，你应该没有忘记，因为我发现的事情让我异常地惊讶，与此同时，我缩小了我的调查范围。

“作为一名医生，华生，你应该清楚耳朵是人体各部位中变化最大的。任何一只耳朵都有它的特点，绝不会与任何一只有相似之处，这个规律好像早已形成。为了这个规律我去年在《人类学杂志》上还发表了两篇专题论文，你可以找着看一下。所以，我是用专家的眼光检查盒子中的两只耳朵的，而且记下了它们的特征。因此，当我看见咯辛小姐的耳朵与我不久前仔细检查过的那只耳朵那样的相像时，我真的感到异常吃惊。这一定不是巧合：耳郭一样长短，上耳垂曲线也是一样的宽窄，另外内软骨的旋圈也没有什么区别。因此这些最常见的特征都说明这是具有相同血缘关系的耳朵。

“不可否认，我立刻想到了这是一条非常重要的线索，它表明死者和咯辛小姐一定是亲属关系，并且是近亲。所以我就与咯辛小姐闲聊起来。你应该不会忘记她当时对我们所谈的那些事情，那都是十分重要的线索。首先知道她有一个叫莎拉的妹妹，并且从她那搬走没多长时间，从这件事就可以看出，东西是邮给她的。后来她又告诉我们，她的三妹玛丽嫁给了一位船员，还知道有一段时间，莎拉和船员的关系非常密切。莎拉为了和船员布劳内亲近一些，不顾一切地搬到利物浦去住。可是由于一场纠葛，他们又分开了，而且好几个月都未往来。假如布劳内要给莎拉邮什么东西，一定会按她原来的地址邮。

“事情就这样解决了。我们不但知道有这样一个船员的存在，还知道他是一个非常情感化的男人——你不会忘记他为了不和他的妻子相隔太远，舍弃了一份非常好的工作，而选择了当一名普通的船员，另外还经常喝得烂醉如泥。我们有充足的证据证明他的妻子已经遭到杀害；另外一位男子，假定也是一个水手，而且一起被杀害，我们马上就可以推断出嫉妒是杀人的主要动机。但是他为何要给莎拉·咯辛小姐寄去杀人的证物呢？也许是由于她在利物浦居住时埋下了这场谋杀案的祸根。你应该知道贝尔伏斯特、都伯灵和华特弗得是这条航线的停靠码头。我们暂时假定这件案子的凶手就是布劳内，而且在案发之后立即上了‘五朔节’号，他可以邮寄东西的第一站就是贝尔伏斯特。

“到目前为止，另外一种推测也有可能。尽管我想这种可能性不大，但我仍然打算在进行深入调查之前，应先将这个搞明白。那只男人的耳朵也许是布劳内的，也就是说那个没有成功的第三者也许将布劳内和他的妻子都谋杀了。这所有的推测既有可靠的地方，也有不可靠的地方。因此我发了一份电报给我那个在利物浦警界工作的朋友阿尔复，让他帮我调查一下布劳内的妻子在不在家里，布劳内先生是否上了‘五朔节’号。做完这些之后，我们又去沃灵顿探望莎拉女士。

“起初我只是由于好奇，想瞧瞧她们姐妹的耳朵究竟如何相似；另外想从她那儿得到一些新的重要线索，不过对此我并没有太大的把握。她一定在两天前就知道了邮件的事，因为全科罗依敦没有谁不知道此事的，那件邮件究竟要邮给谁，只有她最清楚。假如她打算申张正义的话，她应早就来警察局报案了。无论怎样，我们有义务去探望她一下，因此我去了却没有见着她。听到的是她病倒、发烧的消息，这个邮件对她的打击太大了。此时，什么都非常明了，那个邮件意味着什么她非常明白。警方如果想让她帮助破案，仍需过一段日子。

“但是，我们不需要她的帮助，警察局已经有了结果，只等着我们去呢。是我叫阿尔复发电报到那儿去的，他提供的线索比谁的证词都有用。这三天之中布劳内的妻子家没有人进出，附近的居民都猜想她可能看望她的姐姐去了；布劳内上了‘五朔节’号，这从船务处得到了证实。我想了一下，这艘船到达泰晤士码头要到明天晚上，他只要下船，雷斯垂德就会把他带走。我相信到时一切都会水落石出。”

福尔摩斯的想法实现了。过了两天，他收到了雷斯垂德寄给他的一封短信和许多张用大页书写纸打印的文件。

“他被雷斯垂德抓获了，”福尔摩斯转过头看了看我，“你也许对他所说的非常感兴趣吧！”

亲爱的福尔摩斯先生：

按照我们（这个‘我们’用得太绝了，华生。）制订的方案，昨天下午六点钟，我到达泰晤士码头，查访了‘五朔节’号。利物浦、都伯灵和伦敦轮船班轮公司是它的领导机构。经过查问之后知道有一个名叫吉姆·布劳内的船员在那艘船上，并且因为此行他有许多异常的行为，被船长停职。我们找到他时，见他在床边的箱子上坐着，两手抱着脑袋，并不住地左右摇晃着。他长得又高又大，显得非常强壮，皮肤黑黑的，不过胡子却刮得很干净。他一见我就马上从床上跳了起来。我对藏在拐角处的水上警察吹哨招呼了一声，可是这个人好像一点也不在乎，默不作声地将双手伸了出来，等着我给他戴上手铐。他和他的箱子一起被我们带到了监狱，我原以为会发现一些他犯罪的证据，但却只找到了一把锋利的大刀，这种刀其他的许多水手也有，除此就没发现任何可以作案的东西。但是我们也不需要任何证据了，因为一将他带到检察官那儿，他就坦白了一切，我们安排速记员如实记录了一切。我们将其复印三份，寄给你的是其中的一份。事实上证实了：一切都如我们推测的一样，这个案子没有一点复杂可言，不过我还是非常感谢你协助我们侦破了此案。

致以诚挚的祝福

您忠实的G·雷斯垂德书

“嗬！案子不复杂，”福尔摩斯说，“但是我想他在叫我们去时，绝对没有此种看法。无论如何说，我们还是瞧瞧吉姆·布劳内是如何为自己申辩的吧。他在谢尔维尔警察局的蒙特哥麦警官那儿的供词都在这里。它是一字不差地记录下来的，非常好。”

“我有何要讲的吗？绝对有，而且要讲的非常多。我要坦白所有的事情内幕。你们可以用绞刑或将我一个人留在宛和，不过你们无论用哪种方式对我都不重要。实话对你们说吧：我做完那件事之后，就从未合过眼，怎么也睡不着。那两张面孔不断变换着在我眼前浮现。有时浮现他的面孔，不过更多的时候是浮现她的面孔。他紧锁着双眉，黑黑的，但那只白羔羊——她的脸上充满了惊讶，因为她以前看到的那张脸上只有爱恋，而现在看到的是充满杀气的面孔，她感到惊讶是理所当然的。

“不过这一切全是莎拉惹的祸，真希望我这颗支离破碎的心发出的最后咒骂可以应验在她的身上，让她的血烂掉吧！我并不是想为自己申辩什么。我又染上了酒瘾，这和畜生没什么区别，但是如果那个可恶的女人不从中作梗，她一定可以原谅我，用力地抱住我，如藤缠树那样。就由于莎拉非常爱我——祸源就在此

——她非常喜欢我，但当她知道在我眼中她的全部生命都不如我妻子的一根脚趾时，她的爱就变成了仇与恨。

“她们姐妹三个人之中，心地善良的要算老大，像魔鬼一样恶毒的就是老二，如天使般可爱的就是老三。玛丽嫁给我的时候才二十九岁。莎拉三十岁。我们结婚后，过着非常幸福快乐的生活，我的太太是整个利物浦中最好的。一天，我们邀请莎拉到我们家来玩一个礼拜，但她却将一个礼拜变为了一个月，而且就这样一直住在我们家，最后变成我们的家庭成员。

“那时，我把酒给戒了，并存下了一些钱，日子过得红红火火。可是，我没有料到事情会闹到今天这个样子！我真的没料到会这样！

“那个时候，我礼拜日总是在家中，偶尔遇到船要等货，一个礼拜我都会待在家中，因此常常看到我的莎拉姨姐。她身体窈窕，肤色略呈黑色，机智且恶毒。她常常高扬着头，一幅非常清高的样子，眼睛非常的亮，如灯火石迸出的火花一样闪烁着。不过我可以发誓只要我的太太在，我根本就没将她放在心上，希望上帝能饶恕我。

“有时，我不明白她为什么特别希望和我单独相处，有时还缠着我与她去散步，但是我从未产生过什么非分之想。不过，有一天夜晚我终于清楚了。那天，我从船上归来，发觉玛丽不在，但莎拉却在。‘我太太到哪去了！’我问她，‘噢，她到外边付账去了。’我有些心烦地在房子中走来走去。‘你一眼看不到你太太就心烦意乱，吉姆？’她说，‘你甚至一分钟都不想与我在一块，真的让我太伤心了。’‘没什么，我的小女孩。’我边说边向她伸出我的双手。但是她马上用两只手紧紧抓住我的手，手热得像发烧一般。我凝视着她的两只眼睛，这时我什么都明白了。她没必要说什么，我也没必要说什么，仅仅将眉头皱了一下，并将两只手抽了回来。她默不作声地在我旁边待了一会儿，然后伸手抚摸了一下我的肩，说：‘老吉姆太稳重了！’说完就讽刺地笑了笑，向屋外奔去。

“从那以后，莎拉心中就充满了对我的仇恨，她确实也是一个歹毒的女人。但当时我太傻了，竟没赶她走，也从未对玛丽说起过，因为我清楚她会因此而非常难过。一切好像都未改变。可是一段时间之后，我觉得玛丽有些异样。她以前是那样地信任我，那般的单纯、可爱。但现在却显得那样的奇怪、多心，对我去过什么地方、做过什么事、谁给我写的信，甚至口袋中放着的东西这一类的小事，她都会追根问底。她越来越刁钻，脾气也越变越大，动不动就发怒，和我斗嘴，我总是被她搞得莫名其妙。这时，莎拉总是躲着我，但玛丽却总与她在一块。今天，我才知道她是怎样精心策划一步一步地摧毁我与玛丽之间的感情，但那个时候我简直与瞎子一般，不知道为什么会这样。因此，我不再戒酒，又开始饮酒。如果玛丽像以前一样，我绝对不会这样做。这样，她终于有厌恶我的理由了，我和她之间的裂痕也日益增大。也就是在这个时候，阿历克·菲尔巴恩搅了进来，使事情变得更加糟糕。

最初，他到我们家来是为了看莎拉，可是过了一段时间，他便来探望我们，因为他这个人非常会取悦别人，到处都有他的朋友，他穿着时髦，神情高傲，蓄着一头卷发，精神却非常地好。这个世界上有一半的地方他都去过，知道的东西非常多，而且非常健谈。我相信他是个好朋友，身为一名海员，他的一举一动都非常地有礼貌。我想他在船上一定不是一名普通水手，而是一名高级职员，在那一个月的时间里，他在我们家来来往往，我从未想过给我带来灾难的就是他那种和蔼机智的风度。后来，有件事让我终于起了疑心，从那时起我也就远离了平静的生活。

“不过那件事也并不是什么大事。那天，我突然走入客厅之中，刚进去时，就看到玛丽充满兴奋的脸，可是那种神情就那么短短的一瞬间，因为她看清走进客厅的是我后就满脸失望，扭头离开了。但我已明白了一切。她错认为我是阿历克·菲尔巴恩。如果当时他在那儿的话，我一定会干掉他的，因为我一发怒就如一个精神失常的人。玛丽从我的目光中看到了恶魔般的凶狠。因此，向我奔过来，用手轻轻地拉着我的衣服角。'别这样嘛，吉姆，别这样嘛！''莎拉在哪里？'我问。'在厨房里边呢。'她说道。'莎拉'，我一边喊着一边向厨房走去，'从现在开始，不允许阿历克·菲尔巴恩踏进我们家半步！''什么原因？'她问道。'因为这是我定下的规矩。''是这样！'她说，'如果我的朋友不可以来这个屋子，那我当然也不可以。''你喜欢怎样就怎样，'我说，'但是如果这个阿历克·菲尔巴恩敢在我家出现，我一定会割下他的一只耳朵送给你当礼物！'她当时一句话也没说，那天晚上就从我家搬走了，我想一定是我的神态把她吓住了。

"唉，直到今天我仍不清楚这个可恶的女人到底是心地歹毒，她以为怂恿我的太太去乱来就能使我和太太隔阂起来。离开我家后她在距我家两条街远的地方租了一套房子，将空余的房间租给了水手。之后，菲尔巴恩经常到那里去，我的太太也常常去和莎拉以及他一块饮茶。我不知道我的太太多长时间去一次，有一次我偷偷地跟在她后面，突然闯了进去，菲尔巴恩害怕得如一只胆小的臭鼬鼠，偷偷地从后花园中越墙而逃。我对我太太凶狠地吼着：如果再让我看见他们在一块，我就杀死他。我拽着她就向家走去，她边走边哭泣着，全身都在颤抖着，脸如纸般苍白。我和太太之间已不存在丝毫的爱恋。我非常明白她对我怕恨交加，每当我因此而去饮酒的时候，她就会讽刺我。

"由于这件事情，莎拉感到她不能再住在利物浦了，因此搬走了，搬到她在科罗依敦的姐姐那儿，这是我后来知道的。我家的情况仍是那个样子，直到上个礼拜的时候，一场灾难降临了。

"具体情况是这样的：我所在的航船——'五朔节'号在外航行了七天之后，船上的一只大桶松开了，导致一根横梁与之脱节开来，我不得不到港里边修理了一天。我从船上下来就准备回家，在途中我还暗自想着一定会给太太一个惊喜，而且期待着见到她兴奋的表情，因为我这么短的时间就回家了。在不知不觉中我已经走到了我家所在的那条街。在这个时候，我身边驶过一辆马车，我一眼就看见玛丽坐在里边，在那个菲尔巴恩身边，高兴地说着笑着，我站在人行道上怒视着他们，他们丝毫没有察觉。

“我实话告诉你们吧，从那个时候开始我就无法控制自己，现在回想起这些，就如一场噩梦。那段日子里我的酒瘾越来越大。另外与这件事又搅和在一块，把我的脑袋简直搞得快裂开了。现在我觉得似乎有像船员用的铁锤子那样的东西在我脑中敲打着。那天上午，有如尼亚加拉大瀑布一样的响声一直在我的耳中回荡着。

“因此，我不由自主地在那辆马车后追着。并且那个时候，一根沉沉的橡木拐杖早被我紧紧地握在手中，实话告诉你们，那时怒火在我心中燃烧着，可是追了一段时间之后，我脑子一转，不如离他们远一些，这样我便能瞧见他们，但他们却瞧不见我。一会儿，我就到达了火车站。售票处的人非常多，甚至连走路的位置也没有，因此我就在距他们不远处，他们也没发现。他们买了火车票，上了去新布莱顿的火车，我也买了同样的车票，不过我的位置距他们有三节车厢远。到达新布莱顿之后，他们在阅兵广场上快乐地散着步，我跟在他们后边，距离一直没超过一百码远。那个时候天气非常炎热，他们以为水上会凉爽一些，于是就租了一条船打算去划。

“真是上帝也在帮我。那个时候正好有些雾，相隔几百码就看不清任何东西。我也同样租了一条小船，紧紧地跟在他们后边。我可以隐隐约约看见他们小船的影子，并且我与他们以同样的速度划着船，在我追上他们的时候，他们在距岸边一英里多的位置。雾笼罩在我们的周围，像帷幕一般，我们正处在这个巨大的帷幕中间的地方。噢，我的天啦，他们在看清楚我在朝他们划近的时候，那两幅面孔是多么古怪啊！我永远都记得那一刻，她大声地尖叫着，但他却像精神失常一般，抓起船桨就向我打过来。我猜想他一定是发觉了我脸上的杀气。我躲开了他扔过来的船桨，迅速地用拐杖朝他打了过去，打得他脑浆四溅，像一个开了花的西瓜。虽然那个时候，我已经失去了理智，但我仍然决定放过她。但是她却趴在他的身上，搂着他大声地哭着、喊着‘阿历克’。因此我又打了她一杖，她趴在他身上再也不能哭，也不能动了。那个时候，我如一头饥饿的野兽。假如那时莎拉也在那儿，我敢说她一定也是死路一条！我拿出刀子，而且——行了，该说的我都说了！当时，我还反复地想着等莎拉见着这些因为她一手造成的惨剧时的心情，我产生了一种快感——是野性的那种。后来，我将那两具尸体绑在那只船里边，并打掉一块船板，我站在船上，直到看着它沉到水底。我非常明白，船主绝对会以为他们已经划出了海，并在雾中迷失了方向。我整理了一下自己，来到岸上，然后又登上轮船，谁都不知道我做过些什么事。我在那天夜间就将给莎拉的邮件备好了，第二天一早，我就从贝尔伏斯特邮走。

“都告诉你们了。所有的案情你们也都弄明白了。你们无论是绞死我，或是采取其他的方式都可以，只是希望你们不要将时间拖得太久了。我不能合上双眼，不然就会看到盯着我的那两张面孔——那种神态就是我的小船穿过层层白雾到达他们那儿时，他们瞧见我时的那种神情。我干掉他们的时候，是那样的干脆利落，但干完之后却过着生不如死的日子。如果我仍过着昨天夜晚那样的日子，也许在天亮之前，我要么精神失常，要么就结束生命。你会将我独自一人关在监狱之中吗？警官先生。我求求你啦，千万别那样对我！请你们用最痛快的方式解决掉我吧。”

“这到底是为了什么呢？华生。”福尔摩斯一边将手里的文件搁下，一边严肃地说道，“他这么做有什么意义呢？看来我们对人类的思想活动还不太了解。”

3. 红　圈　会

“哦，瓦伦夫人，我感觉不到有何特殊的缘由让你如此伤神；我那么珍惜时间，怎能有空管你这件事呢？真的还有另外重要的事情等着我去做。”歇洛克·福尔摩斯如此说道，然后背过身去看他那本特别大的剪贴簿。所有近期的资料都被他剪贴在里边，而且编了索引。

但是，房东太太是一个非常固执的女人，女性所有绝妙的本事她都具有。她不作丝毫的退步。

“去年的时候，您帮我的一位房客做过一件事情，”她说，“也就是那个名叫费戴尔·霍布斯的先生。”

“哦，没错，没错——那是一件一点也不复杂的事情。”

“但是他总是没完没了地讲，说您一定可以帮忙，福尔摩斯先生，听说你无论多么纷繁复杂的事情都可以办得清清楚楚。所以，每当我有想不通、弄不明白的事情时，他的话就在我的耳边回荡。我相信，只要你答应，你就一定能做好的。”

只要听到别人奉承的话，福尔摩斯就非常高兴，什么事都会迎刃而解，而且只要对他有足够的诚意，他绝对会全力以赴地去伸张正义。在这两个条件的诱惑下，他轻轻地叹息一下，就答应了房东太太。而且将手中的胶水刷子放下，拉过凳子坐下来。

“好啦，好啦，瓦伦夫人，你就把具体情况给我们讲讲吧。我想抽支烟，你没意见吧？非常感谢，华生——火柴！你的房客一直未出过屋子，你就因为总见不到他而烦恼，对吧？可这又有什么大不了的呢，上帝会带给你好运的，瓦伦太太，假如我是你的房客，你同样会接着几个礼拜都见不到我的人影。”

“那没什么奇怪，福尔摩斯先生，但是这次的情况有些特殊，让我感到恐怖，福尔摩斯先生，我甚至晚上都无法入眠。除了他从一清早到三更半夜匆匆忙忙的脚步声外，再也见不到别的——我真的忍受不住。我的丈夫与我一样也是非常害怕，但是，他常常不在家，在外边工作，可是我呢，就天天在家里待着。他有什么见不得人的事呢？他到底在做何事呢？将那个小女孩除外，房子里就只有我和他。我都快疯了。”

福尔摩斯微微向前伸了一下身子，在房东太太的肩膀上，他用他又细又长的手拍了拍。在别人需要的时候，他劝慰的力量如同催眠术一样，瓦伦太太就是如此，她充满惧怕的目光消失了，害怕的神情也没有了，一切都回到了常态。她坐在福尔摩斯指给她的那只凳子上边。

“假如我处理这件事情，我一定要调查清楚每一个细节部分，”他说，“慢慢来，你好好地想一想。关键的东西或许就是那些最不起眼的细节，你曾说过，这个神秘的人来到这里已是十天之前的事，一来就将房租费和伙食费付给你两个礼拜？”

“他询问我应付多少钱。我告诉他，一个礼拜五镑。有一个不大的客厅和一个卧室，什么东西都不缺，在这座楼的最上边一层。”

“另外的呢？”

“他说：‘我一个礼拜给你五镑，但是我必须照我的规矩办事。’我是一个没有钱的女人，福尔摩斯先生，我丈夫挣的钱也不多，所以我把钱看得非常重。他当时就抽出了一张十镑的钞票，递给我。‘假如你可以不违背我的规矩，我能在以后相当长的日子中每两个礼拜给你这么多钱。’他说，‘反之，我则不可以将就你。’”

“有何规矩？”

“哦，福尔摩斯先生，他的规矩是要我把房子的钥匙交给他。不过这并不奇怪，其他的房客们经常是如此。另外的一个规矩是，必须给他绝对的空间，任何人都不可以用任何理由去烦他。”

“这当中不会有什么隐秘吧？”

“按道理讲，应该不会有。但是这一切却不存在任何道理。他在我家待了十来天，我和我的丈夫以及那个小女孩都未见到他一次。夜间、清晨、中午，只听见他匆匆忙忙来回走动的脚步声。就是第一天晚上例外，以后就再也没出过门半步。”

“噢，他在第一天的晚上到外边去过？”

“没错，福尔摩斯先生，而且回来的时候非常晚——我们全睡得沉沉的。他刚搬过来的时候，就对我讲过，让我晚上不要把大门闩上，因为他会回来得非常晚。我听到他回来的时候，已是零点之后。”

“他吃饭有何特殊吗？”

“他特别提醒过，只有他按铃之后，我们才可以给他送饭过去，而且只能把饭搁在门外边的一把小凳子上边。当他吃完之后，再次按铃，我们才可以从那张凳子上把碗之类的东西拿走。假如他需要其他的什么东西，他就会留一张纸条，而且是用铅字体写的。”

“留言用铅字体书写？”

“没错，福尔摩斯先生，绝对是铅字体，而且是用铅笔写的，并且只留一个词语，不会有其他什么。我拿来了一张，你瞧——香皂。这是另一张——火柴。他第一天早晨写的就是这个——《每日新闻》。每天早晨给他送早饭时我都会带去一张报纸。”

“我的天啊，华生，”福尔摩斯说道，非常吃惊地注视着那几张房东太太给他的大纸片，“这确实有些奇怪。总待在屋子里不出去，我不觉得有什么，可是为何要用铅字体书写呢？最笨、最慢的方法就是写铅字体。为何不按正常的书写方法？这可以看出什么问题，华生？”

“很明显，他不想让别人知道他的笔迹。”

“什么原因呢？他的字让房东太太看了，对他有何不利吗？也许真如你所说的那样。可是，另外，留言为何这般地简洁？”

“我也不知道。”

“由此可见这真不可思议。书写的笔也非常特殊，紫颜色，笔头非常粗，你瞧，纸条是写完后撕下的，因此‘香皂’这个词中间的‘S’撕掉了一些。这能说明一些什么，华生？”

“说明他非常小心谨慎，对吧？”

“非常正确。当然还可以找到其他的印痕，比如说指纹或其他的什么所表现出的痕迹，由此可以调查他是怎样的一个人。瓦伦太太，你曾说这个人身体不高不矮，皮肤黝黑，留着胡子，年龄大约有多少？”

“年龄不是很大，福尔摩斯先生，三十岁以内。”

“嗯，你还能谈些其他的事情吗？”

“从他的口音，我觉得他不是本国人，但是他的英语讲得非常棒。”

“他平时都穿些什么样的衣服？”

“非常讲究，福尔摩斯先生，是一种绅士形象。我感觉不到有何特殊

——总是一身黑色的衣服。”

“他告诉过你他的名字吗？”

“从未提过，福尔摩斯先生。”

“他收到过信件或与其他的人有来往吗？”

“从未有过。”

“你和那个小女孩，难道没去过他的屋子？”

“从来没进去过，侦探先生，一切都是他亲自打理的。”

“嗬？太奇怪了。他有什么东西吗？”

“他有一只棕色的非常大的手提包，此外，没有任何其他的东西。”

“哦，由此可见，对我们有利的资料并不多。你是说他从他居住的屋子里从未拿出任何东西——什么也没有吗？”

房东太太将一个信封从她的钱包中取出来，又将两根燃烧过的火柴和一个烟头从信封中取出来，搁在桌子上边。

“今天早晨我收拾东西时，看见他盘中放着这些东西，就想到你曾说过的话——关键的问题都可以从细小的东西中看出来，于是就拿到这里，想让你瞧瞧。”

福尔摩斯将肩耸了耸。

“这中间看不出什么，”他说，“火柴显然是点香烟用的，因为这火柴棒都快燃尽，是在点烟斗或者是雪茄时燃去的。但是，嗯，这个烟头确实挺奇怪。我记得你说过，那个房客脸上全都是胡子？”

“没错，侦探先生。”

“对此我便不太明白。我想，脸上满是胡子的人是不可能把烟吸成这个样子的。哈哈，华生，你嘴上那样少的胡子也可能被烧掉。”

“难道是用的烟嘴儿？”我说出我的见解。

“不可能。烟头早就被嘴衔破了。瓦伦太太，我想屋子里不可能还有另外一个人吧？”

“绝对没有，福尔摩斯先生。他吃的饭少得可怜，我常常担忧他吃那么少，怎么可以维持他的生命。”

“哦，我觉得我们的资料太少，不过，你也没必要担心什么，你得到了他的房钱，即使他有些古怪，但也是一个挺安静的房客。他给你的租钱也不少，就算他对你隐藏了什么，与你又有什么直接的牵连呢？我们任何人都没有权力去管别人的隐私，除非我们有证据确定他有犯罪的可疑性。不过此事我既然接手，我也不可能搁着不管，发现新的线索，请马上通知我；假如需要帮助，我一定尽力而为。”

“这中间有些地方真的特别有意思，华生，”房东太太走了之后，福尔摩斯说，“不过，或许并不是什么大不了的事，只不过是个人的嗜好，不过也许事情的内幕还更奇特。我有一种感觉，而且非常明显，住在房东太太家的或许是两个人。”

“你为何有这样的想法？”

“嗯，我们见到的只有那个烟头，但是这个房客租下房子以后立刻到外边去了一次，并且仅仅一次而已，难道不可以从这之中发现一些什么吗？他返回时——也许可以说，那个人返回时——没有任何人见过他。那个返回的人是不是租房的那个人，谁也无法证明。此外，房客的英语讲得特棒，可是有人却用‘match’代替了‘matches’。我能够想到，这个字是照着字典写下来的。因为字典中没有复数，只有名词。肯定是他不会英语，所以才用这种简洁且笨的方法。没错，华生，我们的房客绝对改变了，这有充足的证据。”

“但是到底是何目的呢？”

“哦！关键就在此处。有一种非常简洁明了的探索方法。”他拿过一本特别大的书，书中全是伦敦各家报纸的寻人广告栏，是他每次看报的时候收集起来的。“天啦！”他边看着书中的内容边说道：“真是一个无病呻吟、乱叫和白话的大荟萃！真是一些莫名其妙的大聚合！可是这一定给那些特殊的学者们创造了最可贵的猎场！这个人总是独来独往，他如果与别人书信来往，就会暴露他自己的秘密。但是他又是如何知道外边情况的呢？很明显是从报上的广告知道的。除此之外没有别的途径。庆幸的是我仅调查一份报纸就行了。近期两个礼拜《每日新闻》上的摘录都在这里：‘王子溜冰娱乐城围黑色羽毛丝巾的小姐’——这没必要关心。‘吉米绝对不可能让他妈妈悲痛的’——这对我们没用。‘假如在布里克斯顿的公共汽车上昏倒的那位小姐’——这对我们也没用。‘假如这颗破碎的心天天都在祈求——’胡扯，华生——都是胡扯！哦，这一条有些可疑。你瞧：‘还忍耐一段日子吧，会找到一种好的联系方式的。现在，还是利用这个专栏。G·’这则消息的刊登时间是瓦伦太太的房客搬进的两天之后。

“终于找到一点线索！这个奇怪的房客也许会英语，虽然他不能写英语。仔细瞧瞧，我们还可不可以发现其他的情况。看见了，在这里——三天以后的。‘正做有效安排。忍耐小心。乌云就快散去。G·’这之后的一个礼拜没有任何东西。这儿就讲得非常明白：‘一切已畅通无阻。抓住机会，发出信号，别忘了说好的信号。G·’这是昨日的报纸上刊登的。今日的报纸上没有任何东西。这所有的与瓦伦太太那位房客的情况完全吻合。华生，只要我们还等一段时间，我想一切情况都会越来越清楚的。”

他说得非常正确。早晨，我看见我的伙伴背对着火炉站在火炉附近的地毯上，脸上呈现出得意的笑容。

“你瞧这个，华生，”他说道，将报纸从桌子上拿起。“‘红色高楼，白色石门。三层。左边第二个窗户。日落以后。G·’这太明白了。我觉得吃完早饭之后，我们必须去拜访一下瓦伦太太的那位邻居。哦！瓦伦太太！这么早就来了，有什么好消息要告诉我们吗？”

瓦伦太太忽然怒气冲冲地闯进来，这说明，事情有了新的进展。

“我看此事需报告警察局，福尔摩斯先生！”她大声喊着，“我真的忍无可忍！让他从我家搬出去吧。我原打算跟他直说的，直接让他搬走，但是我觉得还是先与你们商量商量为妙。但是我的忍耐力是有限的，我的丈夫被人揍了一顿，现在正——”

“瓦伦先生被人揍了？”

“总之对他可残忍啦。”

“什么人对他残忍？”

“唉！我正准备弄明白呢！就在今天清晨，先生。我丈夫是托特纳姆宫廷路莫顿——威以司的计时员。他必须在七点钟之前到工作点去。天啦，今天清晨，他刚到门外，向前走了几步，两个人从他身后窜出来，把他的头用一件衣服包了起来，就拖到路边的一辆马车之中。他被困在马车上一个小时之后，车门终于开了，他又被他们拉到车外。他被扔在马路上，差点吓得没命。到底发生了什么事，他也不清楚。当他缓缓地从地上爬起来之后，才发现自己在汉普斯特德的一块空地上。他乘马车一回家就睡着了，现在还在沙发上睡着。”

“太有趣了。”福尔摩斯说，“他看清那两个人的面孔或是听见他们说话的声音了吗？”

“都没有，他被吓得头脑不清。他只感觉到有人将他抱到车上，然后，又把他摔到地上，一切像做游戏一般。最少有两个人，或许是三个人。”

“你觉得这次事件与你的房客有关系吗？”

“唉，我们在这里都生活了整整十五年，像这样的事情从未发生过。请他走吧。再多的钱又有什么用呢？日落之前，让他们都搬走。”

“等一下，瓦伦太太，不要太冲动。我现在觉得这件事或许要比当初我想象的情况复杂多了。非常明了，你的房客遇到了非常危险的事情。同时也可以知道，他的仇人注视他的地方，就在你家屋子的周围。他们在朦胧的清晨把你的丈夫误认为是你的房客，后来看见不是，又把你丈夫放了，如果他们抓的人是对的，那么他们到底又想做什么呢？我们仅能猜想而已。”

“我应该如何行事，福尔摩斯先生？”

“我非常想去拜访一下你的那位神秘房客，瓦伦太太。”

“我不知该如何安排，或许只能你去硬闯。每次我给他送去东西，下楼去的时候，他开门的声音就会传到我的耳朵里。”

“他必须把东西拿到房间中去。我们绝对能藏在某个地方偷偷地看他拿东西。”

房东太太思考了片刻。

“好吧，福尔摩斯先生，那边有个小房间，是放箱子用的。我去找一面镜子来，假如你们藏在门后边或许能——”

“太好啦！”福尔摩斯说，“他吃午饭在什么时候？”

“一点钟左右，侦探先生。”

“我与华生会及时到达的，至于此时嘛，瓦伦太太，再会吧。”

离一点还有半个钟头的时候，我们到达了瓦伦太太房屋的台阶上。她家的房屋在大英博物馆东北面的一条名叫奥梅的大街上，房子非常高大，但比较单薄，是用黄颜色的砖头做成的。尽管它接近大街的角落处，但从它那儿向前看去，能瞧见前边更加漂亮的房屋，那是霍伊大街上的。福尔摩斯得意地笑着，并指着那排公寓住宅中的一幢房子，他对房子的设计式样最熟悉不过了。

“看，华生！”他说道，“‘红色高楼，白色石门。’信号位置没错。我们找到了地方，也清楚信号，因此我们要做的事就方便多了。那些人出入的地点。哦，瓦伦太太，准备好了吗？”

“我为你们做好了一切。如果你们二人都去，就把鞋子搁在楼下的台阶上。现在，我便带你们去。”

她为我们选择的隐蔽位置非常好。放镜子的位置也非常合适，我们待在暗处能将对面的一切看得清清楚楚。我们还未整理好的时候，对面那位神秘的房客的铃声就传到了我们的耳中，这时瓦伦太太刚离去不久。没过多久，房东太太也端着盘子过来了。她将盘子搁在紧闭着的门外边的一个凳子上边，然后将脚踏得非常响地下楼去了。我们都扒在门角旁边，目不转睛地凝视着那面镜子。当房东太太的脚步声没有了之后，忽然钥匙转动的声音响起了，门开了一条缝，从里边快速地伸出一双纤细的手，拿走了凳子上放着的盘子。没过多久，盘子又放了回来。我发现一副忧郁、漂亮、恐慌的脸，她扫了一眼我们所在的这间屋子。然后，快速地关上门并紧紧地锁上，又像什么也没有发生过一样。福尔摩斯将我的袖子拉了一下，我们两个便悄悄地下楼去了。

“晚上我还会来的，”福尔摩斯对房东太太说，“华生，我认为，我们必须回去好好分析一下这件事情。”

“你知道了吧，我的推断都没错，”他躺在安乐椅中说着。“房客换了人。我没有想到的是，我们看见的竟是一个女人，而是一个非常特殊的女人，华生。”

“我们被她发现了。”

“噢，她看见了让她害怕的情形，这是绝对的。事情的线索已经非常明了，是不是？夫妻俩在伦敦逃难，想逃避十分恐怖和紧急的危险。他们躲得越紧，就表明危险越大。男的有非常重要的事。他在处理重要的事时，想让女的没有一点点危险。问题非常复杂，但是他采用解决问题的方式非常独特，成效非常好，甚至给她送饭的房东太太也不知道这中间的秘密。现在知道了，也非常清楚，她是为了隐瞒她是个女人，才用铅体字留言。男的不可以靠近女的，是因为那样会让敌人发现。他只能间接和她联系，所以就利用了寻人广告栏。”

“但是，什么是事件的根源呢？”

“哦，对啦，华生——这同样是重要且现实的问题！什么是根源？瓦伦太太日夜想着的问题将事情扩散开了，而且在我们调查的过程中，出现了更为阴险的事情。我们绝对能这样讲：这不可能是简单的情感问题。那个女人发现危险情况时的表情你都看见了。房东先生被别人绑架的事我们也知道，不用说他们的绑架对象是那位房客。恐慌和竭尽全力不让机密外泄都足以说明这是一件有关生死存亡的大事。绑架瓦伦先生再次说明，包括敌人自己，无论他们是什么人，也同样不知那位男房客变为了女房客，这是一件特别奇怪繁杂的事情，华生。”

“你为何要继续干下去？难道你想从中获得什么吗？”

“当然啦，为何不这样呢？就当是为侦探而侦探吧，华生。当你治病的时候，你绝对不会想着医药费的事情，而是想着病人的病情是吗！”

“是的。”

“这就是了，华生。这是一桩非常有启发性的案子。虽然它里边没有现钱也没有存款，可是我们仍要把它调查个水落石出。到太阳下山时，我们会发现我们又有新的进展的。”

我们又到了瓦伦太太家，这个时候，正是黄昏，伦敦的冬天越发朦胧，像一片灰色的大屏障，仅有窗子上透亮的黄色方玻璃和昏黄的灯光才调和了一下没有一点生气的单调颜色。我们在寓所一间没有光亮的房间中，注视着外边的一切。一束暗淡的灯光又在昏暗之中高高地燃起。

“那间屋子中有走动的身影，”福尔摩斯小声说道，他那期盼且瘦削的脸伸向窗前。“没错，我能看见他的身影。他又来了！手中握着一支蜡烛。他在窥视周围，肯定是在防备。此时，他准备用晃动的灯光来发信号。一下，这一定是A。华生，你也记着，待会我们俩核对。你记的是多少下？二十。我记的也是二十。二十就是T了。AT——这也太明了了！又是一个T。这绝对是第二个字的开始。目前是——TENTA。没晃了。该不会是完了吧，华生？ ATTENTA 没有任何意思呀。或者是两个字——ATTEN，TA，这同样没有任何意思呀。或许 T、A 分别是某个人名字的简写。又晃起来了！是什么？ ATTE，哦，与刚才一样的。奇怪，华生，太奇怪啦！他又没晃了！ AT，噢，重复了三次，而且都是 ATTENTA！他到底要重复多少次？晃完了。他已不在窗口。华生，你知道这到底是怎么回事吗？”

“是联络用的密码，福尔摩斯先生。”

我的朋友忽然有所领悟地笑了。“并非是什么深奥的密码，华生，”他说道。“没错，是意大利文！ A 的意思就是说这是发给一个女人的信号。‘小心！小心！小心！’有何看法，华生？”

“我觉得你说得一点也没错。”

“不用说。这是一个非常急的信号。连续发了三次，就更加的急。小心什么呢？等一下，他又回到窗子旁边来了。”

我们又发现一个蹲着的人不清晰的侧影。当信号再次发出的时候，窗口又来回晃动着那点小火苗。而且比前几次晃得更快，快得差不多无法记下。

“帕里科洛——Periclol——哦！这是什么意思，华生？是‘危险’的意思对吗？非常正确，确实是一个危险信号。他又出现了！ P eri……啊，这究竟是——”

灯光一下子熄灭，放光的窗子也没有，这幢大厦的第四层楼变成了一条黑带子，但其他的各层楼则是灯火通明。最后的危险信号一下子消失。这是什么原因？是什么人干的？此时，这种想法一下子在我们的头脑中闪现。福尔摩斯突然从窗户附近的地方跳了起来。

“情况非常严重，华生，”他说道，“有事发生！为何信号一下消失了呢？我看此事我必须与警察局合作——但是，时间不够，我们不能走开。”

“我可以去吗？”

“我们一定要把事情调查得清清楚楚才行。它或许可以提供什么更好的线索。走，华生，我们亲自跑一趟，看看有什么办法没有。”

当我们快到达霍伊大街时，我回过头看了看我们刚才所在的那幢房子。在楼顶的一个窗口，模糊可见有一个头影，一个女人的头影。害怕且木然地看着远处的黑夜，正在急切地期盼着忽然消失的信号再次开始。在霍伊大街公寓的门道上，栏杆旁也靠着一个围着围巾，穿着大衣的人。当客厅中的灯光照到我们的时候，那个人显得非常惊恐。

“福尔摩斯！”他诧异喊着。

“嗬，葛莱森！”我的朋友说道，并和这位伦敦警察厅的侦探握了一下手。

“这可真是冤家路窄啊。你被什么风吹到这儿来的呀？”

“我觉得，与你一样，”葛莱森说。“我确实无法想象你是如何知晓此事的。”

“线有许多条，头只有唯一的一个。我正在记录信号。”

“信号？”

“对呀，从那扇窗子发出的。但信号只发了一半就中断了。我们是来看一下到底是何缘故。不过你正在调查此案，应该早就策划好啦，我想我们在这也是多余的。”

“慢着！慢着！”葛莱森急切地说道，“我想对你说句真心话，福尔摩斯先生，只有你与我一起办理案子，我心中才有踏实感，而且每次都如此，这幢屋子只有一处出口，所以他插翅也难飞。”

“谁？”

“哦，福尔摩斯先生，这次我们可要领先一步。这一回，你必须让我们领先。”他将他的手杖在地上沉沉地敲了一下，这时，从街那边的一辆四轮马车附近走过来一个手握马鞭的车夫。“我可以把你和福尔摩斯先生介绍一下吗？”他对车夫说道。“这位是莱弗顿先生，平克顿美国侦缉处的。”

“哦，我知道，就是那位侦破长岛山洞奇案的大英雄吧！”福尔摩斯说道，“久闻大名，久闻大名，莱弗顿先生。”

这是一个冷静、能干的年轻美国人，脸是尖尖的，胡子刮得非常干净，福尔摩斯对他的一番称赞，使他脸上出现了羞涩的红色。“我是被生活的逼迫才不得不这样的，福尔摩斯先生，”他说，“假如你可以捕获乔吉阿诺——”

“你说什么？乔吉阿诺？红圈会的那位吗？”

“嗬，他在欧洲够有知名度的吧？我们在美国都听说了他的情况。他是五十件惨案的主要凶手，我们早就知道，但是我们找不到捕获他的方法。我从纽约一直追踪着他。在伦敦时，一整个礼拜我都跟在他附近，就是等捕获他的好机会。

“我与葛莱森先生一直跟到了空上大公寓，这儿仅有一个出口，他插翅也难飞。他进去以后，从里边走出的只有三个人，不过我可以保证，他绝对不在那三个人中间。”

“福尔摩斯先生说到信号，”葛莱森说，“我想，与以前一样，他知道了我们所不清楚的许多情况。”

福尔摩斯将我们碰到的事情，只是非常简洁地说了一下。这个美国人击了一下手掌，有些生气。

“可能是我们被他发现了！”他说道。

“你为何有这种想法呢？”

“唉，事情本来就是如此！他的同谋在伦敦——他在给他的同谋发信号。正如你所说的那样。他忽然间通知他们有险情，但后来又中止了信号。他在窗口要么偶尔发现了在街道上的我们，要么就是感觉到有事要发生，假如他想逃过危险，就必须马上采取行动。除此之外，还可能有其他什么意思吗？你认为呢，福尔摩斯先生？”

“因此我们必须马上到楼上去，亲眼看个究竟。”

“可是我们没有逮捕证。”

“他是在起了疑心的情形之下，藏到没有人住的房间中，”葛莱森说，“现在，这已经够了，当我们仍在守着他时，我们能和纽约警方商量商量，看能否协助我们拘留他。但是目前，我能负责捕获他。”

我们警方侦探在智力上也许有些缺陷，可是在勇气方面绝对不是那样的。葛莱森已经到楼上去捕获那个罪魁祸首去了。他那一幅永远沉着且精明的面孔依然如故。也就是这样的一副面孔，他在伦敦警察厅的官场上一步一步地上升着。那个从平克顿来的人曾想超过他，但是葛莱森早就下定决心绝不落后，伦敦的险情伦敦警察有优先权。

四楼左边屋子的门半掩着。葛莱森将门推开了一些。里边漆黑一片。我将一根火柴划燃，帮这位侦探把手提灯点亮。就在此时，在灯光燃亮之后，我们全惊讶地倒吸了一口冷气。地板上并没有铺地毯，但有一条鲜红的血印。红色的脚印一直通向里边的一间屋子。那间屋子的门是紧闭着的。葛莱森用力将门推开，把手提灯举得高高的，照着里边，我们都从他肩头伸长了脖子急迫地朝里边瞧。

一个身体强壮高大的人躺在这所房间的地板中央，他黝黑的面孔修整得非常干净，躺着的那个样子，非常恐怖；有一圈鲜红的血迹在他的头上。尸体躺在一块白色木板的一个特别大的环形物上，并且上边湿漉漉的。他的两条膝盖是弯着的，双手摊开，显得非常痛苦。他又粗又黑的喉咙上插着一把白柄的刀子。此人身体非常强壮，在他临近死亡的时候，他绝对如一头被杀的牛一般栽倒在地。他右手附近的地板上边，有一把恐怖的两边开刃的牛角柄匕首，一只黑色的羊皮手套在匕首附近。“哎呀！这就是乔吉阿诺！”美国侦探说道，“这一次，我们走在别人后边了。”

“蜡烛搁在窗台上的，福尔摩斯先生，”葛莱森说，“喂，你在做什么？”

福尔摩斯早就到那边去了，燃起蜡烛，而且在窗口来回晃动着。然后他向黑夜中看了看，熄灭蜡烛，将它甩在地板上。

“我想这样做的确对我们有利，”他说。他离开了窗子，待在那儿凝思。这个时候，两个当职人员正在检验尸体，“你说，刚才你们在楼下守候的时候，从屋子里边出去了三个人，”最后他又说道，“你看清楚了吗？”

“全看清楚了。”

“他们中间有一个黑胡子，黑皮肤，中等身材，大约三十岁左右的年轻男子吗？”

“有。最后一个从我身边走过的就是此人。”

“我想，你要找的人就是他。我能给你说出他的模样，他的一个非常清晰的脚印也被我们发现了，这些对你而言已经足够。”

“不是非常足够，福尔摩斯先生，伦敦有几百万人呢。”

“或许不是非常足够。所以，我认为还是让那位太太来帮助你们比较好。”

话音刚落，我们都扭过身去。看见一个非常漂亮的高挑女人站在门道上——布卢姆斯伯利的神秘房客。她缓缓地走过来，面孔白得像一张纸一样。表情特别的伤感，双眼睁得大大的，惊恐的眸子直盯着地板上那个巨大的黑色尸首。

“他被你们杀死啦！”她呓语般地说道，“啊，我的天啦，他被你们杀死啦！”过了一会儿，我听到她忽然深深地倒抽了一口气，兴奋地又蹦又跳，并快乐地呼喊着。她得意忘形地在屋子里边跳着舞，并拍着手，黑色的眸子中呈现出既吃惊又快乐的目光，嘴中不断地叨唠着意大利语中优美的感叹词句。如此一个女人看到这样一种场面以后，竟然这样疯狂的高兴着，这是多么恐怖且让人吃惊的事呀。忽然，她安静下来，两眼盯着我们，里边呈现出询问的神情。

“你们！你们都是警察吧？奎塞佩·乔吉阿诺是你们杀死的，对吗？”

“没错，我们都是警察，太太。”

她朝屋子里周围的黑暗处扫视了一圈。

“可是，根纳罗在哪儿呢？”她问道。“根纳罗·卢卡是我的丈夫。我叫伊米丽严·卢卡。我和他都是从纽约来的。根纳罗在什么地方？他刚刚在这个窗户旁边叫我过来，我马上就来了。”

“是我通知你来的，”福尔摩斯说。

“是你？！真的吗？”

“太太，你的密码并非很难。欢迎你的到来。我早清楚，只要发出‘Vieni’的信号，你绝对会来的。”

这位美丽的意大利太太惊恐地盯着我的朋友。

“我不懂，你是如何知道这一切的，”她说，“奎塞佩·乔吉阿诺——他是如何——”她稍微停顿了一下，然后脸上一下子呈现出骄傲和兴奋的神情。“我现在知道了！我亲爱的根纳罗啊！我伟大的，美丽的根纳罗，是他在暗中保护着我，使我一直处在安全之中，是他！他用他强壮的双手将这个可恶的恶魔杀死了！噢，根纳罗，我太幸运了！能嫁给你这样的男人，真是我的幸福。”

“喂，卢卡夫人，”觉得无聊的葛莱森说道，伸出一只手将这个女人的衣袖拉着，没有一点点感情，好像他抓着的就是诺丁希尔的女流氓一样，“你是什么人，你是做什么的，我全不十分明白；但是据你所说，事情已经非常明白，我们要带你去警察局一趟。”

“等等，等等，葛莱森，”福尔摩斯说，“我感觉到，这位夫人也许如我们迫切想知道情况那样地迫切想把事情都告诉我们。

“夫人，你知道，这个人是被你丈夫杀死的，现在就躺在我们前边，正因如此，你丈夫会被逮捕判刑的呀！你叙述的事情会作为证词。可是，假如你觉得他杀人的目的不是想触犯法律，是由于他想调查清楚真凶的话，这样把所有的细节都告诉我们就是你帮助他的最好办法。”

“只要乔吉阿诺死了，我们也就没什么可怕的，”这位夫人说，“他是一个可恶的恶魔。我丈夫将他杀死了，世上的任何法官都不可以因此而判我丈夫的罪。”

“既然如此，”福尔摩斯说道，“我建议保持作案现场，把这个房门封起来。我们与这位夫人一块到她住的屋子里去。等到了那里，我们说清楚一切以后，再进行下一步的计划。”

三十分钟以后，我们四个人已在卢卡夫人的小房间中坐了下来，听她叙说那些离奇的事情。事情的结局，我们在偶然中已亲眼所见了。她的英语不是十分标准，但是说得非常快且流利。为了更加明白一些，我只有作必要的语法修改。

“我出生在坡西利坡，也就是那不勒斯附近，”她说：“首席法官奥古斯托·巴雷里是我的父亲。我的父亲曾是当地的议员。根纳罗是我父亲的手下。我喜欢他。其他的女人也同样喜欢他。他既无金钱也无权势，他几乎一无所有，仅有漂亮的面孔，大的力气和年轻的活力——因此我爸爸不同意我们的婚事。我和他一同逃跑，在巴里结婚。将首饰都变卖，我们能到达美国就是这笔钱的作用。这已是四年前的事，在那之后，我们没有离开过纽约。

“起初，我们挺走运的，一位意大利男士被根纳罗帮助过——那位男士在一个名叫鲍厄里的地方遭到暴徒的袭击，他救了他，从此他就与这个有势力的人成了朋友。这位先生名叫梯托·卡斯塔洛蒂。卡斯塔洛蒂——赞姆巴大公司的主要创办人就是他。纽约的主要水果进口商就是这家公司。当时，赞姆巴先生生了病，我们新结交的朋友卡斯塔洛蒂掌握了公司的大权。有三百多人在这家公司工作。他让我的丈夫在他的公司里上班，并且把一个门市部交给我丈夫，在各个方面他都非常照顾我丈夫。卡斯塔洛蒂先生没有太太，我敢说，他把根纳罗当作了他的儿子，我和我的丈夫都非常尊敬他，几乎也把他当作了我们的爸爸。我们买了一所小住宅，在布鲁克林，我们的命运似乎不会再有什么风雨。可就在这时，乌云一下子出现在我们的上空，并瞬间将我们的天空布满。

“在一天夜间，下班归来的根纳罗，领回一个名叫乔吉阿诺的同乡，他也居住在坡西利坡下。此人身材魁梧，你们已经见过，他的尸体刚才就在你们眼前。他不仅身体大得出奇，而且一切都非常奇怪，让人感到恐怖。他说话的声音像雷鸣一般在我们的小房子中回荡。说话时，他摆动庞大的手臂，在我家的房子中都无法伸展。他一切都是热烈且古怪的——思想、情绪，等等。他说话时，非常有力，就像在嚎叫，别人也只能呆呆地听他不停歇地演说。他的双眼始终盯着你，他完全将你控制住了。他是一个恐怖的怪人。谢天谢地，他已经命丧九泉啦！

“他经常到我家来。但是我明白，根纳罗同样讨厌他。我丈夫呆呆地坐在那里，样子十分无奈，脸上没有一点颜色，听我们的客人说话时，没有一点精神。他说的全是胡言乱语，什么对政治和社会问题没完没了地演说。根纳罗没有说一句话，我呢，是非常明白他的。我从他脸上看出了一种以前从未见过的表情。开始时，我想是厌恶。一段时间之后，我渐渐清楚，不光是厌恶，还有恐惧，一种深沉的、隐藏的、胆怯的恐惧。那天夜里，也就是我发现他害怕的那天夜里，我搂着他，恳求他看在我们相爱的情分上对我叙说一切，为何这个大块头把他搞成今天这个样子。

“他终于对我说了。我刚听完，心便像冰一样凉。我可怜的丈夫啊，在那倒霉的日子中，全世界都与他作对，他差不多被这不公平的生活给逼疯了。就在那段时间中，他加入了那不勒斯一个名叫红圈会的团体。是老烧炭党的同盟。这个团体有着非常恐怖的誓约和机密，只要加入其中就别想再退出。我们躲到美国时，我丈夫还想着与他们再不会有牵连。有一天夜间，他在大街上遇见了一个人——就是在那不勒斯介绍他加盟那个团体的大个子——乔吉阿诺。在意大利南部，别人都称他为‘死亡’，因为他杀的人不可计数，真算得上是一个刽子手！他为了逃避意大利的警方，才来到纽约。在他新的住所，他成立了这个可怕组织的分部。这些事都是根纳罗告诉我的，而且将他在那日得到的一张纸条给我看。纸条上也被一个红圈圈着。纸条上说要他在某日集合，他必须前去。

“真是太倒霉了。可是后边还有更倒霉的。我曾观察了一段时间，乔吉阿诺经常在夜间到我们家来，而且总是与我谈话。虽然他有时也和我丈夫谈话，但他两只野兽一样恐怖的双眼却总是注视着我。在一天夜间，我明白了一切。他所谓的‘爱情’——野兽和病人的爱情——我已非常清楚。他来我家时，根纳罗还未回来。他闯进房子里，我被他那双熊掌似的手紧紧地搂住，他将我拥在他熊一样的怀中，在我的脸上疯狂地吻着，甚至请求我与他一起走。当我拼命地挣扎呼救的时候，我丈夫回来了，朝他扑过去。他把我丈夫打昏，夺门而出，从那以后他就再也没来过我们家。也就是从那天晚上起，我们成了死对头。

“几天之后，我丈夫开会归来，从他的神情，我便可以明白有可怕的事要发生。但这一切比我们想象的更可怕。红圈会是靠敲诈有钱的意大利人来维持生活，假如别人不给钱，他们就用武力相逼。看情形，灾难已降临到我们的好朋友和恩人——卡斯塔洛蒂身上了。他拒绝一切淫威，而且报了警。红圈会打算杀鸡吓猴——用我们的朋友做标本，以消灭其他反抗者的这种心理。会中商定，将我们的朋友的屋子及他本人一块用炸药摧毁。由谁去做，将抽签决定。当我丈夫将手伸入袋中抽签时，他发现了我们的敌人那幅冷酷的面孔正朝他冷笑。毫无疑问，他们早就计划好了一切，那个杀人的标志就是签上那个让人望而生畏的红色圆圈，明显被我丈夫抽到。他只有两条路：一是杀死自己的恩人，二是我和他将遭到他们那帮人的毒害。只要是对他们不利的人，他们憎恨的人，他们绝不轻易放过，不仅要报复这些人自己，另外还将报复这些人的朋友。这就是他们魔鬼一样的规矩中的一部分。这种恐惧降临到了我可怜的丈夫身上，压得他焦虑万分，差不多就要精神失常。

“我们每个晚上都依偎在一块，一起防备着随时可能到来的灾难。行动的日子定在第二天的夜间。中午左右，我和我丈夫到达了伦敦，但是没有时间通知我们的朋友他有灾难；也未向警察报告这一切，为了使他将来的生命没有危险。

“先生们，其他的一切，你们都清楚。我们明白，我们的仇人像影子一样紧随在我们周围，乔吉阿诺对我们的报复，纯属他的个人原因，但是无论如何，他是怎样的残忍、奸险、固执，我们都清楚。他那恐怖的势力在意大利和美国到处流传。我藏身的地方，是我亲爱的丈夫在我们离开之后仅有的几天内安排好的，在这样的情形之下，可以保证我绝对安全。关于他自己，也想早点远离他们，也好与美国和意大利的警方取得联系。我本人也不清楚他住在什么地方，如何生活。我只能从报纸中的寻人广告栏里得到他的消息。有一回我向窗子外边看去，发现这所屋子被两个意大利人监视着。我明白，我们最终被乔吉阿诺找到了。后来，我丈夫通过报纸告诉我，他将从一扇窗口中给我发信号。但是发出的信号，唯有警告，没有其他什么，而且又忽然中断。现在我知道，他发现他被乔吉阿诺盯住了。谢天谢地！当这个可恶的人出现时，他早准备好了。先生们，我现在想请教你们，从法律观点上讲，我们有必要害怕什么吗？我丈夫的所作所为，这个世界上的哪个法官可以判他的罪吗？"

"哦，葛莱森先生，"那位美国人边扫视着警官边说道，"我不清楚你们英国有什么样的看法，可是我认为，在纽约，所有的人们都会感激这位夫人的丈夫！"

"我把她带去见局长，"葛莱森先生说，"假如她所讲的都是真实情况，我想她和她的丈夫都是没有任何罪可言的。可是，我不明白，福尔摩斯你为何也牵扯到这桩案子中来了呢？"

"教育，葛莱森先生，教育，我还打算从这所老大学中学点知识。得啦，华生，你的记录本中又多了一份凄惨且奇怪的资料。对啦，还未到八点钟吧，今天晚上瓦格纳的歌剧在考汶花园上演呢！如果我们立刻就去，或许可以看上第二幕。"

4. 布鲁斯-帕廷顿计划

这日，伦敦到处烟雾缭绕，久久不能散去。

从礼拜一到以后的好几日之中，我确实怀疑我是否可以从我们的窗口看到外边的景物，是否可以看清不远处屋子的形状。

第一天，我的朋友在给他那本非常厚的参考书编索引。

第二天和第三天，福尔摩斯一直在听中世纪的音乐。

可直到第四天，雾仍是那样浓，丝毫没有散去的迹象。我的伙伴那样好的忍耐性也受不了啦，这样枯燥的日子，太没意思。

所以福尔摩斯开始在我们的房间中来回走动着，并且不断找事做，磨磨牙齿，摸一摸我们的家具什么的，对于这样没有丝毫活力的日子他非常生气。

“华生，报纸上有什么好新闻吗？”

我非常清楚，他所说的报纸上的好新闻，是那些关于罪犯的离奇故事的揭晓。报上登的有关政府方面的新闻、经济方面的新闻、政治方面的新闻等等非常多，可是我的朋友对于这些统统都不感兴趣。

他抓起报纸再次浏览了一遍，都是一些乏味的东西，所以放下报纸仍然走过去走过来。

“伦敦的罪犯全是一群蠢猪。”他边走边牢骚着，就像一个找不到对手的挑战者，“华生，你瞧外边那些稠密的烟雾，人都在朦朦胧胧之中，隐隐约约。这为作案创造了良好的机会，对吧？”

“处在这样好的天气中，凶手和小偷可以大摇大摆地穿梭在人群中间，并且作案以后别人还不容易发现，浓雾成了保护他们的帷幕。好像野兽藏在丛林之中，谁也没发现它，可是它可以随时扑向它的猎物。”

“但是，如此一来，唯有受害人本身可以看得非常明白。”他说。

“不是还有许多扒手吗？”我说。

福尔摩斯从鼻孔中轻轻地哼了一声。

“这个烟雾缭绕的天气并非专为那些小偷小摸的事而有的。”他说，“幸好我不是社会中的罪犯，这确实是万幸。”

“确实如此，非常好！幸好你不是！”

“假如我是布鲁斯或者伍奇德，或者是那些有十足把握可以杀死我的五十名凶手之一，若是那样，由我本人去侦破它。我可以活多长时间？”

“仅需用一张传票，一回假的约会，就能搞定吗？”

“幸好那些经常发生暗杀的国家没有这种天气，不然——哈哈，总算到了！我们终于能不再无聊！”

佣人递过来一份电报。

我的伙伴看了那份电报，仰着脑袋哈哈大笑着。

“太妙啦，太妙啦，我的哥哥迈克罗夫特马上就到！”

“得啦，这有何大惊小怪的？”

“这里有非常值得惊奇的缘由，比如说吧，犹如在一条弯弯曲曲的乡间小路上，迎面驶来一辆公共马车。迈克罗夫特有属于他的生活圈子，他必须在那些圈子中穿梭。

“他的生活范围差不多是三点一线式的，倍尔美街的住所，欧尼根俱乐部，白厅，一共也就这几个地方。我这里他仅来过一次，并且仅一次。这一回绝对是发生了重大的事情，不然他不可能到我这里来！”

“他没告诉你是因为何事吗？”

他将电报递给我：

因卡多甘·伟斯特之事见你。即到。

迈克罗夫特

即日

“卡多甘·伟斯特，这个名字我听说过。”

“我不怎么记得这个名字。但是我感到奇怪的是，迈克罗夫特亲自前来找我。由此可见，公共马车也可能开到弯曲的乡间小道上，是吗？你清楚他是做什么的吗？”

“我仅模糊地记得一点点。”

“好像是在英国政府中干什么？”

福尔摩斯听完，大声地笑了。

“那个时候，我们结识不久，还不怎么了解。关于那些国家的事情，说起时，都非常小心谨慎。”

“你说他在英国政府中工作，这没有错。假如从某种意义上看，说他就是英国政府，那也没错。”

“这究竟是怎么搞的？”

“我早就知道你会非常吃惊。我哥哥迈克罗夫特一年的收入只有四百五十英镑，仅算一个小职员，他不曾有任何坏的企图和任何野心，他视功名利禄如粪土，可是我们英国少了他就不行！”

“我越听越不明白。”

“你耐心地听我说，他有非常独特的地位，而且是用他的聪明才智换来这样的地位，不曾有任何的投机取巧可言。这样的事情没有前人引路，也没有后人来继承，唯有他自己。他的思维独特，思路明朗，并且记忆力超人，过目不忘。他的能力超过所有的人。我和他的才华一样。只是我们所走的路不一样，我的才能用来侦察案子，他的才能则用作某种特殊的事情，我们英国政府各个部门的大小事情都必须经过他的手才行，他是一个聚集站，一个大容器。从他那儿可以找到任何信息，而且给以平衡。假如别人都是专家、权威，他的特长是各方面都懂。假如有一位总管要得到印度、美国、海军和钱物等方面的问题，除了他没有一个人能详细知道，仔细地说与你听，另外还会告诉你这其中哪些因素有影响。因此，他成了一位不可缺少的人物。起初，他的同事仅仅是为了方便和快捷才去求助于他。到后来，便渐渐地发现，在他的脑袋中，无论什么样的事情都包括。当需要的时候能随时取出来使用。因此，那一个又一个的难题都是由他发表的那些见解决定的。他就在那中间生活着，平时，他从不出门，只有当我由于一两件小事情去求他，他才会适当地放松几分钟。今天，为何不请自来呢？一定有什么重要的事情。卡多甘·伟斯特到底是什么人物？他们有何关系吗？”

“哦！我记起来了。”我快速地向沙发上的一大堆报纸扑过去，“绝对是这个人，卡多甘·伟斯特。礼拜二早晨有人发现地下铁道上面的死尸就是他。没错，就是他！”

这个消息一传到福尔摩斯的耳中，他便精神振作，坐直了身子，握着烟斗的手在半空中定住了。

“情况一定特别重大，华生，不然不可能我的哥哥因一个人的死亡而改变自己的生活习惯，到我这里来，但有何联系吗？他们究竟为什么？根据我知道的，那件事还未调查出一点眉目。那个年轻人显然是从火车上掉下去摔死的，并没有谁抢劫他，如果说他遭到了暴力，但没有特别的理由能加以推断。还有其他发现吗？华生。”

“目前，刚刚对尸首进行了检验，发现了非常多的情况。”我说，“这件案子有些古怪。”

“对我哥哥有这样大的震撼，由此可见，这件事绝非平常啊！”他在他那把安乐椅上躺着，“说一下事情的详细过程吧！”

“此人的全名是阿瑟·卡多甘·伟斯特，现年二十七岁，尚未结婚，乌尔奇工厂的职员。”

“政府的雇员，你瞧，华生，这与我哥哥联系上了。”

“他是在当天夜间忽然从乌尔奇工厂离去的。他的未婚妻——伟斯特·佰利女士是最后见到他的目击证人。那天晚上有浓雾，他离开她时大约七点三十分左右。他俩并未发生别扭。直到今天，她仍不明白到底是什么原因。与此事相关的是，在伦敦地下铁道的盖特路旁边发现尸体的人是一个名叫泰林的铁路职工。”

“具体时间呢？”

“大概是礼拜二早晨六点钟左右。通向铁道东边的左侧，也就是在离车站非常近的地方。那个时候，铁道上的列车是从隧道中过来的。从火车上摔下来的可能性非常大，因为他的受伤情况非常严重，头盖骨都碎了。有跳车摔死的可能性。因为把尸体抬走要经过附近的一条街，不管怎样都要从站台经过，另外站台一直都有工作人员在那儿。这一点是绝对的啦。”

“无论他死了没有，无论他是被人从火车上推下去的，还是自己跳下去，这我已非常清楚。华生，再往下说。”

“发现尸首附近的那条铁轨，列车的行驶方向是自西向东的。但这些都是来自分区的列车。有可能是威尔登和附近的小车站。能确定的是，这个年轻小伙子是在那天夜间乘坐那个方向的列车，不过不清楚他在什么地方上的车。”

“瞧瞧他的车票！”

“但是，没发现他的口袋中有车票！”

“什么？没发现！华生，那这可太奇怪了，据我所知，进铁路的月台没有车票是绝对不行的。如果他有车票呢？可是，为何又没看见呢？难道想掩饰他要上车的地方吗？”

“这点，也有可能。也有可能把车票丢在车上了？这也不是不可能。为何这样奇怪，还有其他什么吗？”

“没发现。不过有一张他记录物品的清单。”

①有两英镑十五个先令。

②有乌尔奇银行分行的一本支票。

③有两张乌尔奇戏剧院的戏票。

"他的身份从这些物品上就能知晓。"

"还有一点：④有一叠技术文件。

听到这里，福尔摩斯大声喊了起来："华生，我终于找到线索了，你瞧，这不就有联系了吗？英国政府——乌尔奇工厂——一叠技术文件——我的哥哥迈克罗夫特。这桩案子的一切环节都在这儿啦。假如我听对了的话，我想是他到了。"

很对，没多久，迈克罗夫特·福尔摩斯就到我们的屋子里来了，他的身体又高又大，长得非常强壮、有力，看上去并不十分敏捷、机智。可是在那略显笨拙的身体上的那颗头，却使人印象深刻。

一种无法形容的威严从他的眉宇之间毫无保留地流露出来，大大的两只眼睛显得是那样的有力度，充满了锐气、果断、坚强。他的嘴唇线条也许任何人见过他之后，记不得他那巨大的身体，而对他超出凡人的智力会记忆犹新。

和他一起前来的，还有长得瘦瘦的雷斯垂德警长，他是我们相识已久的老朋友，他也是一幅非常严肃的面孔。他们二人的脸上都布满了阴云，这表明这件事情的严重程度。这位侦探一句话也没说，只是与我们握了握手。他哥哥脱下自己的外套，而且非常用力地坐在一把椅子上。

"我为这件事都快烦死了，歇洛克。"他说，"你是清楚的，我最讨厌将自己的生活习惯改变的，但是英国政府说什么也不同意！"

"按现在的情况来看，我走了之后，我的办公室里会变得杂乱无章。可是，与这件事相比较，它算不了什么，它是那样使人不得安宁，甚至首相都快烦死了。"

"另外，全部的海军将士，乱得像一锅粥一样，这桩案子你知道吗？"

"不久前见过，技术文件是——"

"哦！对了，就是这件倒霉的事情，幸亏我们聪明，还未在世上公开。如果已公开，可能已搞得天翻地覆了。那位非常不走运的年轻小伙子口袋中放着的就是一项计划！"

"什么计划？"

"布鲁斯－帕廷顿计划。"

迈克罗夫特在说这话时，明显地流露出事情的严重性。我们等着他说下文。

"你们肯定早有耳闻吧？"

"仅仅听过这个名字。"

"它的重要性是无法形容的。它是英国政府最重要的机密。我可以提前告诉你，假如'布鲁斯－帕廷顿计划'能顺利地进行下去，那么在它的统筹范围之内，绝不会再有海上战争。"

"几年之前，为了开展这项计划，政府方面就偷偷地从财政中拨出一些款项支持它，而且采取了一切保密措施。"

"此项不能让别人知道的计划，自身是十分复杂的，有三十多个单项专利包括在其中，汇聚到一起就是一个非常大的专利发明。"

"所有专利都是有机组合到一块的，任何一项小专利都不可能从整体中脱离。

"我们将这项计划存放在一个办公室里——乌尔奇工厂附近，这个秘密的办公室有一个高级保险柜。并且有非常严密的防守系统安装在那间办公室里边，门与窗户都是防盗的。因此，不管怎么样，都不可能将计划从办公室中拿走。

"就算海军的总技术指导大师想看看全部计划，也必须到乌尔奇那个秘密办公室去看才行，不然，就无法看到。

"我们防守系统的严密性是谁也无法否认的，没想到却在伦敦的一个小职员的口袋中看见了这些计划，真恐怖！"

"可是，你们将其找回来了，不是吗？"

"你错了，歇洛克，还未找回来！此人就是事情的危险性之所在！"

"并未找回来？"

"没错，我们办公室中少了十份计划。我们找到的那个死去的年轻小伙子的口袋中仅有七份计划。很明显，还差三份计划，并且是三份最重要的计划。"

"我亲爱的兄弟歇洛克！我恳请你放下你的一切事情。不要为那些鸡毛蒜皮的事劳神。在这件大事上去施展你的聪明才智吧，把这件事情处理好吧！文件为何被卡多甘·伟斯特拿走？另外的三份文件又在什么地方？他是如何丧命的呢？真是摔死的吗？为何会死在那个地方？我们该如何挽回这场灾难？你如果可以处理好这些事情，就是对政府有贡献的人啦。"

"可是，你为何不亲自去解决这件事情呢？迈克罗夫特，我可以弄清楚的东西，你也一定都能弄清楚的，是吗？”

“歇洛克，只能这样解释了。只有调查清楚所有细节，才可以处理好这个问题。你只需告诉我细节就行了，我再把它们综合到一块，然后把一个与专家等同的见解告诉你。可是要调查清楚这些细节，必须到处查询，带着放大镜去做。这样的事情我可做不到。我希望你的名字在下回的光荣册上出现。”

我的伙伴并不感兴趣地摇摇头。“我做任何事情并不是为了名利。”他说，“可是这件事我很感兴趣，我非常高兴去探讨一下。”

“一些重要人物的名字及情况都在这张纸上。詹姆斯爵士是这些文件的管理人。他是一个具有强烈爱国主义的人，他保管两把钥匙之中的一把。在礼拜一的上班时间中，文件存在保险柜之中。詹姆斯去伦敦时大约两、三点钟的样子，他带走了钥匙，并且他离开了乌尔奇有人可作证，他到达伦敦也有人可作证，另外他一直未出过家门。”

“还有一把钥匙在谁那里呢？”

“约翰保管那把钥匙，他的工作非常出色，和同事们的交往也不多，他工作态度认真、负责。从他的太太那儿得知，礼拜一下班以后，钥匙没有离开过他的表链，这是千真万确的。”

“伟斯特又是什么样的人呢？”

“忠厚老实是他的特点，工作也非常不错。他仅次于约翰的位置，他天天都去看计划。”

“当天晚上计划是由谁存放的？”

“是约翰先生。”

“如此可见，一切就非常清楚。计划是科员伟斯特拿走的。”

“假若真的如此，他出于什么目的拿走计划呢？”

“是因为金钱吗？”

"我想金钱不是唯一的目的，一定还有其他目的。"

"就算他要拿文件，一把钥匙也是没有用的，必须好几把才可以。"

"有没有可能他事先伪造了好几把钥匙，准备好之后，才盗计划去变卖，没料到，回来的路上丧了性命。"

"我不赞同这样的看法。"雷斯垂德说道，"他若是想变卖计划，那为何没有车票呢？钱也没有呢？是为什么遭到杀害？这一切又该如何解释呢？"

"看来我们只好去现场看看啦。"福尔摩斯说道，"晚上我会给你去信的，哥哥。"

因此我们到火车站去了。

我们进行了仔细的调查，车厢中没有发现任何斗殴的迹象，也没有发现车票，并且车门一直都未打开过。我们看见这儿有非常多的路闸，铁路曲折的幅度非常大。我们推测出另一种可能的情形——这个小伙子摔下来的位置是在列车顶部。

可是这种想法最多只是一种猜测。

我们给迈克罗夫特发了电报，向他索取英国所有的外国间谍和外国特务的名字。我们依然在铁路附近走来走去，找寻着蛛丝马迹。

"我们猜想他摔下的位置就是列车的顶部，因为列车那时晃动得非常厉害，有可能把人扔到车外，以至摔到铁轨上。由此可见，没有车票就情有可原。"

可是仍然有一点没有弄清楚，像一层迷雾一般。

我们打算首先去探访詹姆斯先生，没想到，一走到他家门口，就得知他上午死去的噩耗。

我们拜访了他的弟弟，从他那儿知道，詹姆斯是对待工作一丝不苟的人，而且有着非常强的自尊心，这件事带给了他非常大的伤害，因此他自己了结了自己的性命。又少了一条线索，我们不得不返回。

我们又去访问了伟斯特的未婚妻，她告诉我们伟斯特在待人、做事方面都挺不错。并且，她向我们保证，她的未婚夫绝对不可能去偷那些计划，因为他们早就存了一些钱，绝对有钱花，可是后来，她又对我们说，近段日子他看上去似乎有些心事。

我们于是又想，事情也许是伟斯特做的。

在我与福尔摩斯多方面的探查之下，终于把事情弄得水落石出。

卡多甘·伟斯特并非是作案者，他仅仅是在那天夜晚和他的未婚妻一起到街上去看电影，可是那日的雾真的太大，就在他俩快快乐乐地走进电影院的时候，忽然，一个人的身影闪进了伟斯特的眼中。

他看清那是他同事的弟弟——死去不久的詹姆斯的弟弟。发现他偷偷摸摸地朝办公室的方向溜过去，所以感到非常奇怪，于是就跟在他后边。

最后他一直跟到门旁边，只见他熟练地扭开门的锁，后来又打开保险柜，拿出文件，就塞到自己的胸前。当伟斯特准备前去阻止时，忽然发现他们一伙有好几个人都藏在周围。

因此他只好再次跟在后边，看见他们向铁路的单身宿舍走去，他依然默默地跟在他们后边，但是离他们有一点点远，以防被他们发现。

当时，雾特别浓，人站在三米以外就看不清。当到达门口时，伟斯特奔了过去，质问他们为何要拿这些文件，并劝他们早点送回去，以免造成犯罪。

谁也没料到，那几个家伙听了他的话，气愤到了极点。接着他们中间一个名叫奥伯斯坦的人取出他随身带的武器，在伟斯特的头上用力地敲打了一下，仅一下，就要了他的性命。

他被搁在那座屋子的客厅之中，那些人急得如热锅上的蚂蚁，不知如何是好，这个时候，奥伯斯坦说想瞧瞧那些文件。那位名叫瓦尔特的上校告诉他们，那中间有三份是特别重要的文件，必须立刻送回去，不然的话会让全英国都震动，但是奥伯特坦听完此话，立即说道："不行！这东西太复杂，很难复制，肯定得带走。"

瓦尔特上校为难极了，忽然，奥伯斯坦说道："这三份我拿走，其他几份放在这个小伙子的衣袋中，不就解决问题了吗？"

所以，我们在急忙之中只有这样。我们在那里等了三十多分钟，当时，一辆列车恰好从我们的窗子下边驶过，我们就把伟斯特从窗台丢到列车顶上。这并非是挺难的事，因为我们的窗台离列车仅有半米高的距离，而且列车当时还停了四五分钟的时间。因此，一件杀人案就这样完成了。那时，雾非常大，谁也没有发现杀人凶手将伟斯特扔到列车顶上。

这些情况都是瓦尔特上校坦白交代的。

他还告诉我们，有一回，他将哥哥的钥匙拿走，可他仅仅只是用疑惑的眼睛狠狠地瞪了他一眼，而未说他什么，因此，他的哥哥觉得自己对不起国家，已没有脸活在世上，于是就自杀了！

我们侦破案件是从那个职工宿舍的一些物品推测出来的。

那儿有几张《每日电讯报》，在广告栏中有几则消息：

（1）望早日得到消息。不过条件应谈妥。告知详情

皮特

（2）情况十分复杂。需要作详细报告，货与东西同时交手。

皮特

（3）情况越来越紧张。务必收回原货。广告为约。

皮特

（4）礼拜一的夜晚准时九点。两下门声。本家人，不要猜疑。

皮特

此外，第五则消息又被我们在一份报纸上看见：

今日夜间，老时间，老地点，敲两下，暗号不变，与你自己有关。

皮特

根据这些材料，我的伙伴推测，假如设下圈套在菲尔特花园中的话，就会逮捕他们其中一人。

因此，我们几个人在菲尔特花园中的一间书房中坐了下来，耐心地等

待着那位重要客人的到来。到了九点钟，我们的客人还没有来，只好继续等着，三十分钟过去了，仍没有到来，又过了一段时间，依然没有来。

远处教堂的钟声传了过来，十一点钟了，仍不见人影。那钟声好像是为我们演奏忧伤的曲调，雷斯垂德警长和迈克罗夫特神情紧张地坐在那儿，不断地一遍又一遍地看表。

我的伙伴福尔摩斯却表情镇静地坐在凳子上边，一言不发，可是神情却异常警惕。忽然，他扭过脑袋。

“他来了。”

紧接着一串脚步声传到我们耳中，经过我们的门还在向前走，后来又听见往回走的声音。过了一会儿，是两声重重的敲门声。

福尔摩斯先生站了起来，对我们做了一个动作，暗示我们坐在原位别动。这个时候，房间里除了那盏煤气灯发出的一点儿光亮外，其他地方就是漆黑一片。

他将门打开，溜进来一个黑色的身影，他迅速将门闩上，带着那人向我们这儿走来。

那个家伙站在我们门口。福尔摩斯在他身后紧紧地跟着，那个家伙立刻感到情况不妙，扭头就想溜走，可是福尔摩斯将他的衣服领子一把抓住，推到了我们的房间中。

那个家伙在恐慌之中站了起来，瞧了瞧周围的人，最后摇晃了几下，一头栽倒在地上。

正因为如此，他的大帽子就由他头上滑落下来，领带也掉下来了，他的面目终于露了出来——是瓦尔特上校，这个混账东西！

“华生，我们应该抓的不是这个人，他可不是我们要找的笨蛋。”

“你是什么人？”迈克罗夫特问道。

“我是死去不久的詹姆斯的弟弟。我是应约前来的。”

“你来找什么人？”

“是奥伯斯坦请我来的。”

“你们到底做了些什么伤天害理的事？伟斯特是如何被你们杀害的？快讲！”

接着，他就原原本本地交代了一切，也就是我们上边所讲的那些。

为了减轻一点自己良心上的谴责，瓦尔特上校把与主犯奥伯斯坦联络的方式告诉了我们。

接着，由我的伙伴进行口述，由他执笔写了一封信。

内容如下：

敬爱的先生：

你好！对于我们之间的交易，并未结束。假如你此刻仔细检查一下你那儿的文件，就会知道有一样东西缺少了——一份非常重要的文件。

缺少了这份文件你将前功尽弃，但我这里有复印件，能实现你的梦想。不过这件事将给我带来非常大的麻烦。我时刻都要防着当局的追踪，所以你应先给我五百英镑。不过不能给我电汇过来，那种方法不可靠，我除了美金和英镑外，其他什么都不要。

原打算出国到你那里去，再作交易的。可我此时出国会遭到别人的怀疑，所以不得不麻烦你一下，礼拜六中午，在查尔夫街十字饭店的咖啡屋会面。

最后说一次，我除了美金和英镑，其他任何都不要。

我们很快就把这封信给邮走了。

接着，我们没费吹灰之力就捕获了这个人。

他当时正在同欧洲各国交涉，准备卖出他的文件。可是，他终究太贪心，又应我们之约回来了，所以，他自投罗网。

英国政府判他十五年牢狱。

而且那个计划中最重要的三份文件也从他的箱子中找到了，一份也没有少。

两年之后，瓦尔特上校死在监狱之中。

我的伙伴福尔摩斯则饶有兴趣地探讨起诗歌，并且还刊登了这方面的专题论文，听说还是权威的作品呢。

5. 临终的侦探

歇洛克·福尔摩斯的女房东哈德森夫人，长期以来吃了特别多的苦头。不光是她的二楼一天到晚有怪异的并且常常是讨厌的客人到来，甚至她那位有名房客的生活也是怪怪的，没有任何规律，她再好的忍耐性也受不了。他的不爱整洁简直让人无法想象：喜欢在特殊的时间听音乐；不停地在房间中练习枪法；做着奇怪的常常发出难闻气味的科学实验，他常常被暴力和危险的氛围笼罩着，这一切使他成了全伦敦臭名远扬的房客。但是，他出的房租钱却非常高。不用说，我与福尔摩斯先生在一块的几年中，他所给的房租钱早就可以买下这幢房子了。

房东太太十分害怕他，但是无论他生活怎样让人无法忍受，她从来也不敢去管他。她非常爱他，因为他在女人面前总是特别温和礼貌。他虽然不爱也不相信女人，但是他作为一个骑士精神的背叛者永远都不会改变。因为我明白她是诚心实意地关心着他，因此，在我结婚之后的第二年，房东太太来到我家对我说，我那可怜的伙伴，过着非常悲惨的生活时，我专心地听她述说。

“他活不了多久啦，华生医生，”她对我说，“他病得非常厉害，而且整整三天不吃不喝，可能今天就会死去。他不让我去请医生。今天早晨，我见他脸两边的颧骨都高高地凸起，两只眼睛盯着我，我真的无法忍受。‘你同意也好，不同意也罢，福尔摩斯先生，我马上就去请医生来，’我说。‘那你就把华生叫来吧，’他说。为了他的性命，应抓紧时间，先生，不然你或许就看不到他啦。”

我非常吃惊，因为他生病的事我一点也不知道。于是我二话没说，快速地穿好衣服，戴上帽子。在途中，我让她告诉我具体的情况。

“其实也没有什么可说的，先生。近段时间，他总在探讨一种什么病。在罗塞海特附近的一条河边小胡同中，他回来时，这种病也被他带回来了。从礼拜天的下午躺在床上之后，就再也没有起来过，整整三天他没喝一口水，没吃一口饭。”

“哦！上帝啊！你为何不去请医生？”

“他不允许，先生。他固执得很，你是明白的。我不敢违背他的话。他活着的时间也不多了。待会你见了他，就会清楚一切。”

他的模样真的非常悲惨。现在正是十一月份，空中有雾，在幽暗的灯光下，狭小的病房中显得非常阴郁。可是更让人惨不忍睹的是，病床上那幅消瘦且干瘪的面孔，由于高烧，眼睛红红的，面颊也是通红，嘴唇黑黑的，皮都干裂开来，两只没有丝毫力气的手搁在床单上，不断地颤抖着，声音沙哑且急促。我走到屋子中的时候，他像死人一样地躺着。看见我，眼中闪现出一丝光泽，他还认得我。

“哎，华生，我觉得我们倒霉的日子已经到了，”他说话时，气息都在颤抖，不过他满不在乎的本性还在。

“哦！我可怜的朋友！”我激动地喊道，朝他走过去。

“离我远一些！马上离我远一些！”他竭力地喊着。他那异常紧张的神情，使我意识到事情的危险程度，“你如果想靠近我，华生，我请你马上出去。”

“为什么？”

“因为我想如此，这难道不可以吗？”

没错。哈德森太太说得没错。他比以前任何时候都越发蛮横、固执。但是看着他那张憔悴的脸又让人感到同情。

“我仅仅想帮你的忙。”我解释道。

“太好啦，你帮助我最好的办法就是——我说什么你就做什么。”

“没问题，福尔摩斯先生。”

他那张严肃的面孔改变了一些。

“你不会生气吧？”他上气不接下气地问我。

“多可怜的人啊，自己都不能起床，还有这样的想法，我能生气吗？”

“我这样做都是为了你好，华生。”他用沙哑且微弱的声音说。

“为我好？”

“我非常清楚我是怎么回事。我染上了从苏门答腊传过来的一种苦力病。这种病，荷兰人比我们更加明白，虽然到目前为止，他们仍未找到治疗的对策。但有一点是绝对的，这是一种非常可怕的疾病，极易传染。”

他说话时没有一点力气，似乎烧得非常厉害，大大的双手边颤抖边摇摆着，让我离他远一些。

“离我太近就会传染，华生，没错，你离我远一些就不会传染。”

“哦！上帝，福尔摩斯！你觉得这样就可以阻止我吗？就算是不相识的人也无法阻止我，你觉得如此就能让我放弃对一个相识多年的好朋友的职责吗？”

我又向他走近，可是他对我大声地吼着，像一头发怒的狮子。

“假如你不再向前走，我就告诉你一切。不然，你就马上从这间房里出去。”

我一向都非常尊重福尔摩斯那崇高的品质，我非常顺从他，哪怕有时我并不明白是怎么回事。但是，目前我的职业性质促使我必须那样做。其他的事，我能按他说的办，但在这间病房中，我必须支配他。

“福尔摩斯，”我轻声说道，“你的病情非常严重。有病的人应该像小孩一样乖。我要给你检查病情。无论你反对或不反对，我必须立刻为你做检查，照病治疗。”

他瞪着我的眼中充满了愤怒。

“假如我必须要看医生，怎么说也要请我看得上的医生。”他说。

“如此说来，你看不起我的医术？”

“我们之间的友情没有话说。可是，事情有轻重缓急之分，华生，你终究只是一名普普通通的医生，也没有太多的经验，资格也不够。说出这些话真的挺伤感情，但这也都是你强迫我说的。”

这些话真的深深地伤害了我。

“这些话不该从你的口中说出，福尔摩斯，你看不起我，我也不会强迫你接受。我去帮你请贾斯帕·密克爵士或者彭罗斯·费舍，或者是伦敦医术最高明的医生。不管怎么讲，必须找个医生来给你看病。假如你以为，我能眼看着你病入膏肓而不管，连个医生也不肯为你请，那只能说你并不了解你的朋友——我华生！”

“我知道你是一番好心，华生，”福尔摩斯说道，像是呜咽，又像呻吟，“你难道非要我说出你的不足吗？我问你：打巴奴里热病你知道吗？福摩萨黑色败血症你懂得吗？”

“这两种病我都不知道。”

“华生，东方有许多的罕见疾病，也有许多稀奇古怪的病理学现象。”他边说边停顿，以维持他微弱的气息。

“近段时间以来，我研究了一些关于医学犯罪方面的东西，从中收获不少。在进行研究的过程中，我被感染上这种病，我也是身不由己。”

“或许如你所说吧。但是，我听说爱因斯特里博士现在正在伦敦。他是目前还活在世上的热病权威之一。别再发犟，福尔摩斯先生。我马上就去请他来。”我坚决地转身朝门外走去。

我从未有过如此惊恐的感觉！他一下子从床上跳了起来，像一只凶猛的老虎一样，阻挡住我。他锁门的声音传到了我的耳中。几秒钟之后，他又摇摇摆摆地躺到床上。经过这一场激怒，他的体力消耗掉许多，疲惫到了极点，躺在床上大口地喘着气。

“你不会强行抢走我手中的钥匙吧，华生，我将你留下，我的伙伴，我不许你离开，你就甭想离开。但是，我会让你心满意足的。”（说这些话时他非常吃力，说一句就大口地呼吸一口空气。）“你都是为我好，这一点我非常清楚。你现在自由了，不过，给我一点时间，让我调整一下体力。目前，华生，目前还不可以。此刻是四点整，六点钟时，我允许你离开。”

“你真的精神失常了，福尔摩斯。”

“绝不会超过两个小时，华生。六点钟我绝对让你离开这里。想等吗？”

“看来我也没有其他办法啦。”

“绝对没有，华生。谢谢你，我不需要你帮助我整理床铺。希望你站远一点。华生，还有一条我要告诉你。你能帮我请医生来，但是找来的人应由我来挑选，而不应由你去挑选。”

“没问题。”

“‘没问题’是你进入房间之后说的第一句好听的话，华生，那边有书。我没有力气。当一个非导体中输入一组电池的电，我不明白这组电池会如何。六点钟，华生，我再与你谈。”

可是，在六点钟还没到来以前，我与他不能说话，这是肯定的，但是这次的情形使我感到与他冲到门口那一次同样惊恐。我呆呆地站了一会儿，注视着病床上他默不作声的身影。他的面孔似乎被被子全部盖住。他好像已进入梦乡。我无法坐着看书，只好在房间中轻轻地来回走动，看着周围墙上贴着的那些有名的罪犯的相片。我心不在焉地走过去走过来，后来站在壁炉台前边。上边放着一些乱七八糟的物品，比如烟斗、烟丝袋、注射器、小刀、手枪子弹以及其他东西。上边还有一个由精美的黑白两色组合成的象牙小盒，盒上有一个小盖，可以活动的那种。这个小东西挺漂亮，我伸过手去拿，想看得更清楚一些，此时福尔摩斯大吼了一声——恐怕街上的行人都可以听见这一声吼叫。听到这声恐怖的叫声，我立即感到全身发凉，周身鸡皮疙瘩都起来了。我将头扭过来，看见了一幅抽搐的面孔和一双惊恐的眼睛。我手拿着小盒子被他吓呆了。

“放下！赶快给我放下，华生！我命令你立刻给我放下！”他的脑袋又倒在枕头上边，等我将小盒子放回到壁炉台上之后，他才狠狠地叹了口气。“我不喜欢任何人动我的东西，华生，我不喜欢，这点你早就清楚。你让我忍无可忍。你这个可恶的医生，你真的快把我逼疯了。不要到处走，兄弟，我想睡一觉！”

这件偶然的事情让我非常不高兴。当初是野蛮和毫无理由的激动，后来又说出这样无理的话来，他平时那种和蔼可亲的态度与此刻相比简直是两样啊。这说明他的脑袋多么不清醒。在所有的灾难中，智慧被摧毁是最让人可惜的！我不想再说一句话，心情非常地糟，静静地等待着他定下的时间。我目不转睛地盯着钟，他好像也是一直盯着钟，因为六点一过，他就开始与我谈话，与从前一样充满活力。

“此刻，华生，”他说，“你衣袋中有零钱吗？”

“有。”

“有银币吗？”

“非常多。”

“半个克朗的有几个？”

“有五个。”

“唉，这么少！这么少！太倒霉啦，华生！不过就算这么少，你还是将它们装到衣袋中去吧，剩下的钱装到你左边裤子的口袋中，非常感谢。这样一来，你就不会失去平衡。”

简直是胡说八道的话。他开始抽搐起来，又发出那种如咳嗽又如呜咽的声音。

“现在，你将煤气灯点燃吧，华生，可是要当心，仅仅点上一半，我请你当心，华生。非常感谢。这非常好。你不要拉上百叶窗，麻烦你将信和报纸搁在这张桌子上，我能拿到就行。谢谢你，再将壁炉台上的那些七零八乱的物品拿一些过来。太好啦，华生！有一个方糖夹子在那上边。请你把那个象牙小盒子用夹子夹到这儿来，搁在报纸上边。太好了！你现在可以去请柯弗顿·司密斯，他住在下伯克大街１３号。”

说心里话，我已没有去请医生的心情了，因为我可怜的朋友现在正处于昏迷状态之中，万一我走后他有什么不测怎么办呢？但是，现在他却要指定那个医生给他治病，而且心中非常渴望，就如他刚刚不让我去请医生时的态度一样固执。

“这个名字我从未听说过。”我说。

“或许你真的不知道，我亲爱的华生。我对你讲了之后，或许你会非常吃惊，能治这种病的专业人并不是医生，而是一个种植园主。现在柯弗顿·司密斯先生正在伦敦访问，他是苏门答腊非常有名的人物。在他的种植园中，有一种疫病出现，因为没有医药的救护，他只好自己亲自进行探索，而且收获非常大。他本人非常有原则，我不让你六点钟以前去，是由于我清楚他那时不在书房，你找不到他。假如你可以将他请来，他是专治这种病的专家，治好我的病是没问题的——他最大的爱好就是对这种病的研究——我绝对相信他会治好我的病。”

福尔摩斯的话并没有说得断断续续、表达不清，但是他说话时那种上气不接下气的神情我不愿形容，他那双被病魔折磨得颤抖的双手我也不愿形容。从我与他在一起的几个时辰中，可以看出他的病越来越严重：热病斑点越发显现，深深凹下去的黑眼眶中发出的光芒更加可怕，脑门上虚汗不停地冒着。可是，他谈话时的那种特有的自在风度始终未变。那怕只剩下最后一口气时，他也不会改变他是一个支配者的位置。

“把我现在的情况详细地对他讲一下，”他说，“必须将你心中的真实感受都说出来，比如奄奄一息啦！神志不清啦。确实，我想不到，为何不用一整块牡蛎做成海滩。哦！我头脑不清啦！太奇怪了，脑子要控制脑子！我都说些什么啦，华生？”

“让我去请柯费顿·司密斯先生。”

“嘀，没错，我想起来了。我的生命掌握在他的手中，快去请他来，华生。我与他并不是十分友好，他有一个侄子，华生——我曾怀疑那里边有什么阴谋，我让他明白了这一点。那小子死得非常惨。司密斯恨死我了。你一定要把他请来，华生。哪怕是乞求他，总之想尽一切办法将他请来。他可以让我活下去——只有他才能救我！”

“如果这样，那我将他硬塞进马车拉回来不就行了。”

“这可不好。你应让他心甘情愿地跟你来。但是你必须在他来之前先到这儿来。不管你用何种理由都行，绝不可以与他同来，记好，华生。我相信你会做好的。我一向都非常相信你。生物的繁衍一定是被天然敌人给限制住了。华生，我俩都已做了我们该做的。这样的话，繁衍的牡蛎会不会将这个世界给覆盖呢？不可能的，不可能的，多恐怖啊！你要说出你心中所想的一切。”

他如一个傻小孩一样说着呓语，而且没完没了，我也由他说去。他将钥匙给我，我太高兴了，马上拿过钥匙，否则，他会将他反锁在房间里。哈德森太太仍站在过道中等着，浑身发抖，抽泣着。我离开屋子，还听见身后福尔摩斯那乱喊乱叫又尖又细的声音。在楼下，我正准备招呼马车的时候，从雾中走过来一个人影。

“福尔摩斯先生到底怎么啦？先生。”他问我。

走近一看才知是老朋友——伦敦警察厅的莫顿警长。他穿着花呢便衣。

“他生了非常严重的病，”我说道。

他看着我时的眼神特别古怪。我不想产生什么恶毒的想法，从车灯下看着他的脸，我感觉他似乎非常得意。

“他生病的传言我早听到过一些。”他说。

马车向前驶去，我与他分开了。

下伯车街以前是诺廷希尔和肯辛顿的交界处，这个地方的房屋都非常好，没有明显的界线。在一幢房子前边马车停了下来。这是一幢老式铁栏杆的房屋，闪光的铜牛和双扇大门显示出一种体面且庄严的高贵气派。门口出现了一个非常正统的管家，淡红色的电灯光从他身后射出来。他与这儿的一切都非常地陪衬。

“柯费顿·司密斯先生在屋子里，华生医生！我帮你把名片转交给他。”

我是一个没有名气的人，柯费顿·司密斯先生不会太在意我的。从半掩着的门中，一个嗓门大大的、暴躁难听的声音传到我的耳中。

“谁来了？他来有什么事，喂，斯泰帕尔，我早就和你说过许多回，只要我在做研究，我不会接见任何人，你难道忘了吗？”

管家小心翼翼地给他进行了一番劝慰性的解释。

“噢，我谁也不见，斯泰帕尔。我不会中断我的工作。我不在家，你就这样告诉他吧。如果他一定要见我，就让他明天早晨再来。”

福尔摩斯被痛苦折磨的身影不断在我脑海中浮现，他痛苦地等待着，等待着我给他带去好消息。此刻已不是讲礼貌的时候。我办事的时间长短直接关系到他的生与死。惹主人生气的管家还未出来传达主人的话，我已破门而入。

火边一张凳子上坐着的那个人立刻站起来，发出怒狮般的吼叫。只见一幅蜡黄的脸，脸上堆满了肉，似乎已向外渗出油来；又肥又大的双层下巴，注视着我的眼睛阴森可怕，眼睛上的茶色眉毛毛茸茸的，已经秃顶的头上，红色的卷毛故作时髦地将一顶天鹅绒的吸烟帽子盖着。他的头非常大，但我朝下看时，不由得非常吃惊，此人的身体又瘦又小，双肩和后背都已佝偻，似乎在小的时候患过什么怪病。

“到底怎么搞的？”他大声地吼着，“你为何就这样闯进来？我不是已经告诉你了吗？让你明天早晨再来！”

“非常抱歉，先生，”我说，“事情太紧急了。歇洛克·福尔摩斯先生……”

听到我伙伴的名字，眼前这个矮个子人发生了异常的变化。他满脸的怒火马上不见了，呈现出紧张且警惕的神情。

"你是从福尔摩斯那里来的？"他说。

"我刚刚由他那里来。"

"福尔摩斯怎样啦？他近来好吗？"

"他病得非常厉害，我来找你就因为此事。"

他示意我坐下，他本人也在一把椅子上坐了下来。正在此时，他的脸被我从壁炉墙上的一面镜子中扫视了一眼。我敢说，一种恶毒且阴险的奸笑从他脸上呈现出来，但是我立刻又想，或许是我的某根神经受到了意外牵引，从而产生了紧张状态，因为几秒钟之后，他回过头来望着我时，脸上呈现出的神情是真诚的关怀。

"听到这个不幸的消息，我非常难过，"他说，"我与福尔摩斯先生相识只是通过几笔生意，但是我非常敬佩他的才智和性格。他在闲暇时经常探索犯罪学，我在闲暇时经常探索病理学。他抓坏蛋，我杀病菌。那些就是我的监狱。"他边说边用手指着一张小桌子上的一些瓶子、罐子。"这儿培养的胶质中，就有世上最恶毒的犯罪分子正在服刑呢。"

"就是由于你有着特别的才识，福尔摩斯先生才让我来找你。他非常看重你。他觉得在全伦敦，除了你谁也治不好他的病。"

这个矮个子人非常吃惊，那顶时髦的吸烟帽都掉到地上了。

"什么原因？"他问我，"福尔摩斯为何觉得只有我才能治好他的病？"

"因为你精通东方的疾病。"

"他怎么想到他患的病是东方疾病呢？"

"因为，在调查了解职业方面的问题时，他和中国的水手一起在码头上工作过。"

柯费顿·司密斯先生露出得意的笑容，将他的吸烟帽抬了抬。

"哦，原来如此，真是这样的吗？"他说，"我觉得情况并非你说得那么厉害吧。他生了多长时间的病？”

“接近三天。”

“神志不清吗？”

“有时是那样。”

“唉！由此看来是非常厉害。如果我不去治疗他，那是不道德的，但是让我停止我的工作，我又特别不乐意，华生医生。但是，特殊的事情应特殊对待。我立即就与你前去。”

我记起了福尔摩斯先生的嘱咐。

“我还有其他的事要去做。”我抢先说道。

“没事。我自己去就行。福尔摩斯先生的地址，我这儿有。你不用担心，我在三十分钟内绝对到达。”

我怀着忐忑不安的心情回到了福尔摩斯的房间中。我担心他会在我离开的这段时间内发生什么意外。这时，他比先前好了许多。我也放心了。但他的脸还是那样苍白，只是此刻他比较清醒。他说话时的声音非常微弱，只是没有以前那样迷糊。

“哦，你找到他了吗？华生。”

“找到了。他立刻就到。”

“太好啦！华生，太好啦！你是最出色的信使。”

“他本来打算与我同来。”

“那肯定是不可以的，华生，也绝对不能那样做。我生的是什么病，他问过吗？”

“我对他说是有关东方中国人的病。”

“没错！太好啦，你真是我的好朋友。现在你能离开了。”

“我要留在这里，我想听一下他的见解，福尔摩斯。”

“没问题。只是，假如他觉得这儿只有我与他两个人，我敢保证他的见解会更加坦诚一些，更加有意义一些。在我床头后边正好有一块空地方，华生。”

“我亲爱的朋友——福尔摩斯！”

“我想没有其他方法了，华生，这个位置不那么适合藏人，但也难让别人产生怀疑。就在那里藏起来吧，华生，我认为可以。”他一下子坐了起来，苍白的面孔呈现出庄重且专注的神情。“车轮声传来了，迅速点，华生，迅速点呀，老兄，假如你确实是我的好朋友，你不准动，无论发生什么事，你千万不要动，明白吗？不要说话！不要动！只是听着就可以啦。”瞬间，他那突然振奋起来的精神就烟消云散了，他那有力的声音变为了神志不清的虚弱的喘息声。

我立刻隐蔽起来。外边传来了上楼梯的脚步声、开门的声音和关门的声音。后来，我感到非常奇怪：好长一段时间都悄无声息，只剩福尔摩斯艰难的吸气和呼气的声音。我可以想到，我们的客人在离病人非常近的地方进行观察。

“福尔摩斯！”他喊着，“福尔摩斯！”就如唤醒沉睡的人那般迫切的声音。“我喊你，你能听见吗？福尔摩斯？”有沙沙的声音响起，似乎是在推病人的肩膀。

“是司密斯先生吗？”福尔摩斯轻声地问道，“确实没想到，你真的来了。”

我的耳旁传来那个人的笑声。

“我可从未这样想过，”他说，“你睁开眼睛看看，我来了。这就是以德报怨，福尔摩斯先生——以德报怨呀！”

“你太好——太高尚啦。我佩服你超人的才华。”

来客扑哧一笑：“你才是令人佩服的。幸运的是，你是全伦敦唯一一个对我表示佩服的人。你患的是什么病，你明白吗？”

“相同的病。”福尔摩斯说。

“哦！你清楚病症？”

“非常清楚。”

“哦，我不会因此而感到有什么稀奇，福尔摩斯。假如是同样的病，我也不会感到稀奇。假如是同样的病，你将来就有些不测。可怜的维克托也是患这种病，在第四天时就命丧九泉了。他生前是身体强壮，如同生龙活虎一般的年轻男子啊。像你说的那样，他染上这种稀奇的东方疾病竟然是在伦敦的中心区，这肯定让人感到奇怪。关于这种病，我也作过专门探索。这个巧合太奇怪了，福尔摩斯。此事让你碰上了，你太了不起啦。我必须毫不留情地说出来，患这种病是有原因的。”

“我清楚是你所为。”

“噢，你清楚，真的吗？但是你到底还是没有证据。你在满世界说我的坏话，今天你自己患病，竟然又求我给你治病，你到底是怎么想的？你究竟在搞什么玩意儿——呃？”

我听到福尔摩斯上气不接下气的喘息声。“水！水！给我水！”他吃力地说着。

“你马上就要死了，我的伙伴。但是，我必须和你把有些话说清楚，在你死之前。因此我给你水。拿好，别撒了！没错，你明白我说话的意思吗？”

福尔摩斯痛苦地哼着。

“求你救救我吧。以前的事就让它过去吧，”他小声地说，“我绝对忘记我所说的一切，我发誓，我绝对做到。只要你帮我恢复健康，我就忘记一切。”

“把什么忘记？”

“唉，把维克托·萨维奇是如何死的忘记。其实刚刚你已经说了，那都是你所为。我保证忘记它。”

“无论你忘记也好，不忘记也好，都随便你。在证人席上我是不可能看到你了。我将话对你说明白吧，可怜的福尔摩斯，就算看到你，也是在其他情况下，一个特别的席位上。你清楚我侄子的死因又如何，你又能对我怎么样。现在我所说的是你而不是他。”

“没错，没错。”

“去请我的那个人，我已不记得他的名字。他告诉我，你的病是在东区水手那儿染上的。”

“我认为是这样。”

“你觉得你的头脑聪明过人吗？很抱歉，福尔摩斯！你觉得你非常有本事，对吗？这一次，你碰到了比你还要聪明、还有本事的人啦。你好好想想吧，福尔摩斯，你染上这种病难道不可能是其他原因吗？”

“我无法想起，我的大脑已不起作用。给上帝一点面子，帮帮我吧！”

“会的，我会帮你的。我会帮你搞清楚你目前的遭遇和你搞到今天这个样子的原因。在你归天之前，我会让你明白一切的。”

“求你给我些药，让我不要这样痛苦吧。”

“你也知道痛苦？确实，连苦力们在临死的时候都会发出几声狼嚎。我想你也许在抽筋吧。”

“没错，没错，我在抽筋。”

“哦，但是你还能听见我说的话。现在听好！在你刚刚患病的时候，你碰到过什么异常事情吗？”

“没有，没有，绝对没有。”

“仔细回忆一下。”

“我的病太严重，什么也记不起来啦。”

“嗯，还是我帮你记吧。有什么邮件寄给你吗？”

“邮件？”

“突然收到一个小盒子！”

“我头痛，我活不了啦！”

“听好，福尔摩斯！”传出一阵沙沙声，似乎病入膏肓的人正被他用力地摇晃着。但我藏在那儿却不能吭声。“你必须听我说，你要听我说。你记得一个盒子——一个象牙盒子吗？礼拜三收到的。你将它打开，能记起吗？”

“没错，没错，我是将它打开了。有一个特别尖的弹簧在里边，好像是在开玩笑。”

“绝对不是开玩笑。你被骗了。你真是个蠢货，这是你的报应。谁让你来得罪我的？假如当初你不那样对我，我现在也不会如此对你。”

“我想起来了，”福尔摩斯吃力地说道，“里边的弹簧！它把我刺出血来啦，那个小盒子就在桌子上搁着的。”

“就是它，没错！我装在衣袋中拿走算了。你没有任何的证物了。你现在知道了一切吧，福尔摩斯。你明白了，你是被我害死的，你能合上你的双眼。维克托·萨维奇的命运我最清楚不过，因此我让你也来感受感受。你就要完蛋了，福尔摩斯。我会坐在你旁边，亲眼看着你完蛋。”

福尔摩斯的声音越来越微弱，几乎听不见了。

“你哼哼什么？”司密斯问道，“将煤气灯弄亮一些？哦，天快黑了，对吗？行，我帮你弄吧？我能将你看得更加清楚。”他走过房间，一下子一片光亮。“还要我帮你做什么事吗，伙计？”

“火柴，香烟。”

我感到惊喜，几乎大喊起来。他说话的力度又回到了从前，虽然仍有些吃力，但这是我希望听到的声音。好长一段时间，都是寂静的。我觉得柯费顿·司密斯默不吭声，十分诧异地待在那儿，盯着我的朋友。

“到底是怎么回事？”我终于听到他说话，声音几乎在颤抖。

“自己充当主角是演戏最可取的办法。”福尔摩斯说道，“实话告诉你吧，我整整三天没吃东西没喝水，谢谢你的好心，倒了一杯水给我。可是，最让我难以忍受的还是香烟。哦，香烟在这儿。”我听到划火柴的响声。“噢，真舒服。喂！喂！我听到有一位朋友上来了。”

脚步声从外边传进来。门被推开，莫顿警长走进来。

“一切顺利，你要找的人就在这里。”福尔摩斯说道。

警长发出了一贯的警告：“我正式逮捕你！以你谋杀维克托·萨维奇的罪名。”

“还应该加一条。一个名叫歇洛克·福尔摩斯的人也曾被他企图谋害。”我的伙伴边笑边说，“为了帮助病人，警长，柯费顿·司密斯先生太高尚了，他扭大煤气灯，把我们的信号发出。想起来了，还有一个小盒子在罪犯上衣右边的衣袋中。为了安全起见，还是脱下他的外衣吧。谢谢你。假如我是你，我会非常小心地拿着它。放在那里，在审判中或许有用。”

忽然传来一阵嘈杂和扭打声，接着是铁器的碰撞声和苦苦的喊叫声。

“你越挣扎就越痛苦，”警长说道，“不要再挣扎，听见了吗？”咔嚓一声响，手铐锁上了。

“计谋设得真好啊！”一片吵闹声。“上被告席的不是我，应该是福尔摩斯。他让我来给他帮忙。我为了救他，才来的。他肯定会狡辩，他所讲的话是我说的，由此可见，他真的是头脑不清。福尔摩斯，你想怎么说谎就怎么说谎吧。我说的和你说的一样不可怀疑。”

“哦，上帝啊！”福尔摩斯大声叫着，“我竟然把他给忘了。我亲爱的伙伴，太对不起，你被我彻底遗忘啦！没必要向你介绍柯费顿·司密斯先生，因为在我之前，你与他已经见过面。有马车在外边吗？我换一套衣服就和你一块去，或许我到警察局对你们还有些帮助。”

“这身装扮，我已不需要，”福尔摩斯说。他在整理自己衣服的时候，喝了一杯葡萄酒，吃了一些饼干，精神也振作起来了。“但是你清楚，我的生活习惯是毫无规律的，我并不在乎这一些，但对别人或许不能。主要是哈德森太太完全相信我的一切，因为我需要她做中间人。她告诉你，你再告诉他。你不会介意吧，华生？你应该明白，你不具备表演的天才，假如我的机密让你知道，你绝对不会风风火火地去找他来，全部计划的关键部分就在此。我明白他是有意来报复我的，因此我断定他绝对会来瞧瞧他的杰作。”

“但是你的那幅面孔，福尔摩斯，你那幅苍白的面孔如何解释呢？”

“三天不吃不喝，你的脸会好看吗？华生。关于其他，仅需一块海绵便能处理好。将凡士林抹在头上，滴点颠茄在眼中，涂点口红在颧骨上，涂一层蜡在嘴唇上，便能解决一切。许多时候我就想以生病为题材写文章。不时地说说半个克朗啦，牡蛎啦，和其他无聊的话题，就可以产生神情混乱的效果。”

“可是事实上你并未染上疾病，你为何不让我走近你呢？”

“你问这个呀，我亲爱的朋友，你觉得我是真的看低你的医术吗？尽管我这个病入膏肓的病人多么虚弱，可是我的脉跳正常，体温正常，这是不可能逃过你锐利双眼的，只有我与你之间相隔四码以上的距离，才可以逃过你的双眼。我如果不这样做，司密斯又怎么会被你骗到我的圈套之中呢？不会的，华生。我不可能打开那个盒子。当你打开那个小盒子，从盒子侧边看，你便会发现有一个像毒蛇牙齿一样伸出来的弹簧。这个恶魔想继承遗产，但萨维奇却阻碍着他，我相信，可怜的萨维奇就是被他用这种恶毒的方法给谋杀的。我清楚，我收到过千奇百怪的邮件，只要是我收到的邮件，我都非常小心谨慎。我非常明白，我故意让他知道我已中了他的阴谋，这样我才会杀他个措手不及，让他不打自招。我装病的表演完全像艺术家吧。感谢你，华生，你必须帮我换上衣裳。我到警察局协助办完事之后，我们一起到辛普森餐馆痛快地吃一顿，好好补充一下这几天损失的能量！”

6. 失踪迷案

“为什么一定是土耳其式的呢？”歇洛克·福尔摩斯注视着我的靴子

问道。那时我正在椅子上躺着，我的一丁点细微变化都逃不过他那洞察秋毫的眼睛。

“是英式的，”我诧异地回答道，“我是在牛津街一个名叫拉提墨的商店购买的。”

福尔摩斯不好意思地笑了笑。

“洗澡！”他说，“我是说洗澡！为何不洗英式清除疲劳的澡，却偏偏去洗那个什么土耳其浴，价钱那么高还把人洗得懒洋洋的！”

“近段日子我又犯了风湿病，感觉自己老了许多，全身发软。土耳其浴不失为一种强身健体的药——这是一个新奇的发现，它可以清洗各个器官。”

“还补充一句，”我又说道，“对于大脑逻辑性非常强的人来说，我绝对不相信我的靴子和土耳其浴之间存在什么明显的关系。但是，你若是愿意对我讲明一切，我会非常感谢你的。”

“这一环扣一环的推理其实非常简单，华生。”福尔摩斯边说边对我眨着眼睛，样子非常顽皮，“假如我问你今天早晨和你一块乘车的是谁，那么表现出的仍是一种不变的逻辑推理思维。”

“你指出的新例证并不能回答我所问的问题，我也不承认。”我有些不满。

“太妙了，华生！你的反驳能力不赖。让我回想一下，我们在说些什么？先说后边一点吧——马车。你看，你的外衣左边袖口和肩上都有泥斑，显然是马车溅的。如果你坐的位置是马车中央的话，泥水或许不会溅到你的身上；就算溅了，也应该是两边都有才对。由此可见，你是坐在马车的一边，这就非常明白了。也就证明有人和你坐在一起，这一点也非常明显。”

“确实非常明显。”

“太简单了，是不是？”

“但是靴子和土耳其浴又该怎么解释呢？”

“同样，非常简单。你有自己特殊系靴子的方式，可这次我突然发现你的靴子上多了一个漂亮的蝴蝶结，这可不是你的习惯。因此可见，你脱过靴子。可是那个结到底是谁给你打的呢？或者是靴匠，或者是浴室的侍应生。但是靴匠的可能性太小，因为你的靴子还非常新。很明显是浴室中的侍应生。非常滑稽，是不是？但是，土耳其浴的效果还是达到了。”

“什么意思？”

“你出门的目的是为了改变一下环境，那我就建议你去个好地方。罗萨恩如何？我亲爱的华生——上等车票，并且所有的花费都报销。”

“太好了！到底是怎么一回事？”

福尔摩斯躺在扶手椅上，将一个笔记本从衣袋中取了出来。

“她们是世界上最危险的一个阶层，”他说，“那些居无定所，又无亲戚朋友的女人。她们本性善良，但却经常被别人利用。她们孤苦无助，到处漂泊。只要她们手头宽裕，今天到高级旅馆过夜，明天又到国外去旅行。她们常常在寄膳公寓中迷失自我，在孤独中颓废，在无助中沮丧。即使突然消失，也不会引起别人注意。弗兰西斯·卡怀科思现在不知道会不会遇到什么麻烦，这是我一直担心的问题。”

他终于有了谈话的主题。这时，我轻松了许多。福尔摩斯此时此刻把笔记本翻得哗哗作响。

“弗兰西斯小姐”，他又说道，“是已经死去的拉佛敦伯爵唯一的直系后裔。也许你还没有忘记，男性继承人几乎吞掉了所有的财产，她得到的是非常有限的一点财物。还好，那中间还有一点点西班牙的银质首饰品和做工精美的宝石首饰。她非常喜欢这些东西——非常喜欢，以至于不愿存到银行里去，时刻都戴在身上。弗兰西斯小姐非常可怜：刚步入中年，长得也俊俏，但是一次突然的事故使她变成了一个孤独无助的人——一个被别人遗弃的女人。在二十年前，她生活得非常幸福。”

“她到底怎么了？”

“这就是摆在我们面前的问题。事实上我对弗兰西斯小姐并不了解，我只知道她是一个非常遵守规矩的人。在这四年里，她每隔两个礼拜就给朵卜妮太太寄一封信。她以前的家庭女教师是朵卜妮小姐，她很久以前就退休了，一直住在次波维尔。就是这位朵卜妮太太告诉我这一切的，弗兰西斯已经五个礼拜没给她写信了。她收到的最后一封信是从罗萨恩的民族旅馆寄出的。弗兰西斯小姐好像已不在那儿，她连地址也没留。她的家人非常担心，只要我们调查清楚了，他们花再多的钱财都愿意。”

“仅仅朵卜妮太太与她有来往吗？她肯定与其他人还有来往吧？”

“有个地方是她必联系不可的，那就是银行，华生。希尔帷施特银行有她开的账户，我调查过了。她用支出的倒数第二张支票支付了罗萨恩的账单，而且数额非常大。或许她身上还剩下一些现金。在那之后仅支付过一次钱。”

“支付给谁的？在什么地方？”

“给玛里亚·黛温支付的。不清楚是在什么地方支出的，只清楚是三个礼拜之前从蒙皮利埃的里昂内银行兑现的。数额是五十英镑。”

“玛里亚是谁？”

“我早调查过了，弗兰西斯·卡怀科思小姐以前的女佣就叫玛里亚。关于她为何要支付那些钱还需继续调查，但是我绝对相信你马上就可以将这件事调查得水落石出。”

“我去调查？”

“这就是为何要你作一次健身旅行到罗萨恩去的原因。要清楚，这时候，老雅伯拉汗斯正处在他这一生中最提心吊胆的时候。再说，我原本也不便到国外去，我走了，伦敦警察厅会感到孤独无助，那些罪犯们又会开始准备行动。除了你就没有别的合适人选了，我亲爱的朋友。如果我的浅薄见解可以值两个便士一个字那么昂贵的价钱，我将时刻恭候在欧陆电报线这头，任凭你的差遣。”

我在两日之后就到达了罗萨恩的民族旅馆。那位谁都知晓的摩赦经理热情地接待了我。从他那儿我知道了弗兰西斯小姐在那儿待过几个礼拜。她绝对不会超过四十岁，但仍然是那样秀丽，由此可知她年轻时肯定很美丽动人。她住在这儿的时候和谁都和睦相处，别人都喜欢和她交往。关于那些珍贵宝石的事，摩赦先生一点也不清楚，奇怪的是那些侍应生却知道。她的屋子中有一只非常沉的箱子，常常小心地锁着。她的女佣玛里亚·黛温与弗兰西斯同样受人欢迎。实际上她已和旅馆中的一位侍应生领班订婚了。调查她的地址是非常容易的，她在蒙皮利埃特哈洋路 11 号居住。我一字不漏地记下了我这次行动的情况，感觉自己特别聪明，就算是福尔摩斯自己来调查情况也不会好到哪里去。

唯有一个地方等着去调查：弗兰西斯小姐神秘失踪的原因在目前掌握的线索中找不到答案。她在罗萨恩好像非常开心，我们有足够的理由断定她原决定在这儿待完这个季节。她的屋子非常华美，能看到波光粼粼的湖面。可她偏偏离开了，仅在头一天告诉了旅馆方面，一个礼拜的房租也白给了。仅仅那女佣的未婚夫朱乐思·伟巴克知道一点点情况。他告诉我们一两天前有一个身材高高的、皮肤黑黑的、长满胡子的人来到旅馆里。她的突然离开，肯定与这个人有关联，“一个野人——绝对的野人！”朱乐思·伟巴克说道。此人在城里有住宅。有人发现他在湖边亲切地和弗兰西斯小姐谈着什么。在那之后，他还来找过她，但是她不再见他。他是个英国人，不过不知他的名字。然后，这位小姐马上离开这儿了。朱乐思·伟巴克说那位小姐的离去就是因为那位男子的到来，甚至朱乐思·伟巴克的未婚妻也如此说。唯有一件事朱乐思不愿意告诉我——玛里亚离开她主人的原因。他什么都不肯说。如果我想搞清楚，唯有到蒙皮利埃去问玛里亚。

第一次的调查就这样不了了之。第二次是调查弗兰西斯·卡怀科思从罗萨恩走了以后到什么地方去了。对于此事，这中间好像有什么机密，使人感觉她是在竭力躲避着哪个人的追踪。如果不是这样，她的行李袋上为何不把去巴登的标签公开贴上？她带着行李绕道而行到达了莱茵河的疗养地。这些事情是库克办事处经理告诉我的。因此我接着就去了巴登。出发之前，我发了一份电报给福尔摩斯，将我所有的进行过程都告诉了他，他在回电中称赞了我一番。

在巴登的线索找起来倒挺简单的：在英国饭店里，弗兰西斯小姐待了两个礼拜，而且在那段日子里与南美来的传教士席列辛格博士夫妇相识。和许多单身女性一样，宗教信仰让弗兰西斯小姐找到了寄托与安慰。她非常佩服席列辛格博士，他的品德是那样的高尚，他为宗教奉献出了一切，他为了完成圣职，不幸染上了疾病，现在正在恢复过程中等等。她帮助席列辛格太太照顾这位刚刚病愈的圣徒。从经理那儿得知，他一天到晚在阳台的安乐椅上躺着，她们分别在两边照顾着他。他目前在画一张圣地的地图，图中米甸王国被明确地指了出来，而且还有一篇这方面的专题文章在写作之中。后来，他的病好了，他就和他妻子一块回到了伦敦，弗兰西斯小姐也和他们一起去了。这些事发生在三个礼拜之前，从那以后，这位经理就不知道关于他们的一切情况。关于那个女佣玛里亚，几天前她就离开了，临走时还痛哭了一场。她对其他的女佣说从此以后她就不用做仆人了。席列辛格博士在离开以前付了所有人的帐。

“顺便说一下，”最后，店主说道，“不仅仅你在找弗兰西斯·卡怀科思小姐，她的亲朋好友也在四处找她。就在一两个礼拜以前，同样有个男子到这里来打听过她。”

“知道他叫什么名字吗？”

“不知道。他的长相非常特殊，是个英国人。”

“是不是像个野人？”我问道。

“嗯，你的这个形容非常恰当。他的个子非常大，满脸是胡子，皮肤黑黑的。这样的人待在农庄客栈里会更加适合一些，而不应该待在高级旅馆中。我感到他的样子十分可怕，我一定会离这种人远一点的。”

当迷雾渐渐消逝，所有的事情也渐渐清晰，里边的人物也越发明朗可见。她非常恐惧那个人，不然她不可能离开罗萨恩；但是他却紧紧地跟着她，总有一天会抓住她的。会不会他早就把她抓住了？她长时间的杳无音讯难道就是这个原因？但是和她在一起的那些善良的人难道真是见死不救吗？长时间的跟踪有没有暴力的倾向和恐怖的阴谋？我需要去做的事情就是调查这些。

我给福尔摩斯去了一封信，让他知道我是怎样在短时间之内准确地找出了事情的主要线索。他在回电中告诉我，让我把席列辛格博士左耳朵的样子仔细形容一下。福尔摩斯的幽默想法非常怪异，有些时候也非常让人难以接受。因此对他那近似开玩笑的提议我并未怎么在意——实际上，在接到他的电报之前，我就回到了蒙皮利埃调查起那个名叫玛里亚的女佣。

我非常顺利地找到了那位不用再做仆人的女士，她对我说了她所了解的一切事情。她说她要离开女主人的原因，是由于她觉得自己已找到了可以照顾她一辈子的人，另外她结婚的日子也快到了，总有一天会走的。她悲伤地告诉我，她们住在巴登的时候，弗兰西斯小姐经常对她发怒；有一回还不近人情地斥责她，似乎是说她对她不够忠心。由此一来，就伤了她们彼此的感情。弗兰西斯小姐为她的结婚贺礼送了五十英镑。和我一样，玛里亚也对那个使她女主人从罗萨恩离开的人表示怀疑。那个人在湖畔的公共走道上蛮横地抓着弗兰西斯小姐的胳膊，是她亲眼所见的。她觉得弗兰西斯小姐是因为害怕那个凶狠野蛮的人才离开罗萨恩的，才迫不及待地要和席列辛格一家到伦敦去的。她从未对玛里亚说过此事。不过这种现象使她相信，弗兰西斯小姐一直都非常害怕。谈到这里，她突然满脸惊慌地从凳子上跳起来了。“快瞧！”她激动地喊道，“那个可恶的家伙还在跟踪我们！我说的那个人就是他！”

我从没关的窗子向外看去，只见一个大块头、黑黑的皮肤、胡子满面的男子正缓缓地在街道中间走着，并且非常心急地查找着门牌号码。非常明显，他和我一样在寻找这位女佣。我一时激动地冲了出去，找他说话。

“你是个英国人吗？”我问他。

“这与你有关系吗？”他非常气愤地说道。

“我能问一下你的名字吗？”

“不能。”他断然地说道。

这样的场合是非常难为情的，不过直截了当的方式最有效果。

“弗兰西斯·卡怀科思小姐在什么地方？”我问。

他吃惊地看着我。

“你将她究竟如何了？你为何跟踪她？你必须给我回答这些问题！”我说。

这个家伙大声地吼叫着，如猛虎一般向我扑过来。我也谈得上久经战场，但这家伙像一个恶魔，他把我的脖子死死地掐住，几乎把我给掐死。就在这个时候，一个没有刮胡子、穿着蓝色工作服的法国工人，从街那边的一家小酒店中跑出来。他拿着一根短棒，在那家伙的手臂上狠狠地打了一下，他这才松开双手。他非常气愤地待在那儿，一时不知如何是好。过了一会儿，他气愤地骂了一句，扔下我走到我刚才待过的那个小住宅里去了。我扭过头感谢救了我的那个人，他仍站在我附近的马路上。

“哎，华生，”他说，“这件事全被你给搅乱了！我看你最好还是和我一块乘晚班快车返回伦敦吧。”

一个钟头以后，歇洛克·福尔摩斯将原先的衣裳又穿上，他又恢复了原来的模样，坐在我在旅馆开的客房中。他非常简洁地说明了一下他为何突然且准时到来的原因。因为他觉得可以不待在伦敦了，所以打算在我的行程中将要到达的地方等我。他于是伪装成小酒店的工作人员等着我的到来。

“你追查问题真是一丝不苟，我亲爱的伙伴。”他说，“我还真不明白你办好了什么事情，总而言之，只要你到某个地方，就会大肆宣扬你的目的，所以，你没有查出任何东西。”

“难道你就比我干得好吗？”我气愤地反问他。

“我确实比你做得好，这家旅馆里住着我们敬爱的洪·飞利浦·格林先生，我们可以把他那儿作为起点，进行一番真正有利的调查。”

侍应生把一张名片送了进来，接着一个满脸胡子的人也走进来了。客人正是和我在大街上大动干戈的人，他见了我显然也非常吃惊。

“这是搞什么鬼，福尔摩斯先生？”他问，“我收到你的信就立刻来了，但这个可恶的家伙又过来干吗呢？”

“这位是我的伙伴和私人助理华生先生，他也在调查这件事情。”

格林先生不停地说着对不起，并将一只黑乎乎的大手伸了过来。

“但愿我没有伤害到你。福尔摩斯一直都责备我伤害了你。近段日子我是有些不能控制自己，我全部的神经都如充足了电一般。目前发生的一些事情让我越来越糊涂，不过现在我想弄明白的是你是如何找到我的，福尔摩斯先生？”

“我与弗兰西斯家以前的家庭教师——朵卜妮太太有联系。”

“你说的是那个戴头巾的老苏·朵卜妮！我对她的印象挺深的。”

“她也没忘记你。那时正是你感到去南非会更好的时候。”

“哦，我觉得我的事情你全都清楚，我也没有必要对你隐瞒什么，我向你保证，福尔摩斯先生，我对弗兰西斯的爱，这个世界上的任何人都比不上。我清楚自己不是个感情细腻的人——不过我比同阶层中的每一个男子都强。可是她如雪一样的纯洁，容不下丝毫的粗俗。因此当我对她表白了一切之后，她就与我断绝了关系。但她却又是爱我的——这真是意外！这么多年以来她都为我保留着洁净之身就是她爱我的证明。许多年之后的今天，在巴波顿我也成了有钱人，想着或许我可以找到她，感动她。许久以前，我就听说她一直都是单身。我历经千辛万苦终于在罗萨恩找到了她。她当时答应了，但是她太固执。当我再去找她的时候，她已经离开了。我后来又追到了巴登，一段日子之后，我打听到她的女佣住在这里。我是一个粗俗的人，刚脱离粗人的生活不久，因此当华生先生用那样的语气与我说话时，我当时真的太激动了。看在上天的情面上，希望你们能告诉我弗兰西斯小姐的情况。”

“关于这点我们正在调查之中。”歇洛克·福尔摩斯非常严肃地说，“能告诉我你在伦敦的住址吗，格林先生？”

“你们到朗罕姆旅馆可以找到我。”

“你可不可以先回去？如有什么情况我们会及时告诉你的，不过我希望你不要有太大的期望。但是我们会尽力保护弗兰西斯小姐的安全，这一点我们绝不马虎，你就不用担心。其他的也没什么要说的，我将这张名片送给你，这样利于我们及时联系。目前，华生，如果你想回去的话，我马上发份电报给哈德森夫人，通知她明天早晨七点半使出她的绝妙手艺，做一顿佳肴给两个饥饿的客人。”

我回到贝克街我居住的地方时，早已有一份电报搁在那儿。福尔摩斯看完后立刻递给了我。内容为“呈锯齿或撕裂形”，是从巴登发出的。

“这是什么意思？”我问道。

“这就是全部资料。”福尔摩斯回答说，“你或许没有忘记我那个风马牛不相及的事情，也就是那个牧师左边耳朵的形状。你来给我回电。”

“由于我那时已不在巴登也就没有告诉你。我解释没有给他拍电报的原因。”

“对！因此我又给英国旅馆的经理发了一份同样的电报，这就是他对我的回复。”

“这又有什么用呢？”

“这证明，我亲爱的朋友，我们现在打交道的人是一个非常狡猾的危险人物。也就是来自南美的传教士席列辛格牧师——何利·皮得司，他是澳大利亚的一个下流无耻的人。这个国家的建国时间不长，但却出现了许多有能耐的人物。玩弄独身女性的宗教感情就是那个可恶家伙的专长；他那个称之为妻子的女人是一个英国人，名叫佛莉瑟，是他的同谋。我有些感悟是从他那种作案方法中得到的，我的怀疑也从他身体上的特征得到了证实。1889年，在阿德雷得的一家沙龙中打架，他的耳朵被别人给咬掉了一口。华生呀，这位可怜的弗兰西斯小姐要是落入他的魔掌，什么样的情况都会发生。或许她已经不在人世。就算还活着，也是被他们给关押起来了，所以没有机会给朵卜妮太太和其他朋友去信。或许她原本就没到伦敦来，或许她仅仅路过伦敦就离开了。但是第一种情况的可能性不大，因为欧洲警察绝不会放过一个外来人员的，谁也逃不过他们的法网；第二种情况的可能性也不大，因为那些恶魔想找一个地方囚禁一个人也是挺难的事。我有个感觉她就在伦敦，但是现在我不知道她到底在什么地方，因此我们只能做能够做的事情，也就是去饱吃一顿，耐心地等待着。深夜的时候，我会顺便到苏格兰广场与雷斯垂德谈一下。”

可是不管是官方警察，还是福尔摩斯，都没有办法将这个谜揭开。在伦敦这个广阔的天地中，我们所寻找的这三个人似乎从未出现过。登了寻人启事，但没有任何回音；追踪的线索，也毫无所获。席列辛格经常去的作案地点也都找过，仍是徒劳无功。他的老同谋也全部遭到监视，但是他们并没有来往。一个礼拜就这样白白地浪费掉了。偶尔，又出现了一丝光明。有一个人将一只精美的西班牙古典银坠子拿到威斯敏斯特路的贝温顿典当行去当，他是个大块头，脸上的胡子刮得一根也不剩，模样像一个教士。他所用的名字和住址都不是真的，他的耳朵也没有谁注意到，但是从对他的描述来看，这个人就是席列辛格。

我们的那位长满黑胡子的伙伴从朗罕姆旅馆打来了三次电话问我们的调查情况——第三次打来电话的时候，我们查到新情况还不足一个时辰。他又高又大的身体上穿着那件衣服愈来愈宽松，他好像因为思虑过多而越发苍老。他一直在苦苦地乞求着：“让我也干点什么吧！”后来，福尔摩斯不得不答应了他。

“他把宝石都给典当了，我们应立即捕获他。”

“但是这是否暗示弗兰西斯小姐已遇到不幸？”

福尔摩斯非常严肃地摆了摆头。

“如果他们现在还囚禁着她，当然，只要他们让她走了，他们自己也有非常大的危险。我们必须做好最坏的打算。”

“我可以做点什么吗？”

“那些人发现你了吗？”

“没发现。”

“以后，他到别的典当行的可能性非常大。如果那样，我们还得从头开始。但是另外一种情况，如果在贝温顿典当行无人查问的情况下，价钱也挺高的。还有，如果他急需用钱，再来的可能性也非常大。我为你开个介绍信，他们可以让你在铺子中等着。只要那个人来了，你只需跟踪到他家就可以。不要轻易行动，更不可轻易妄为。你必须用人格保证，在我没通知或没允许的情形之下，不能轻举妄动。”

接着的两天之中，这位洪·飞利浦·格林先生没有与我们联系，顺便说一下，有名的海军上将格林是他的爸爸，在科里米亚战争中阿佐夫舰队是由他指挥的。到了第三天的黄昏时候，他的脸上依然没有一点血色，他颤抖着闯进我们的卧室。他结实的身体，因为太高兴了，每一块肌肉都绷得紧紧的。

“他被我们找到了！他被我们找到了！”他兴奋地喊着。

他激动到了极点，甚至讲话都前不搭后。福尔摩斯讲了几句安慰的话，拉过一张椅子让他坐下。

“好啦，把事情的详细经过按先后顺序告诉我们。”他说。

“她是在一个钟头之前来的。这回来的是一个个子高高的、脸色苍白、一对小眼睛不停地眨着的妇女。我猜想一定是那个女人，她拿来的耳坠与上回的那只一样，是一对。”

“就是那个女人。”福尔摩斯说。

“她从铺子中走出去，我跟在她后边。她向肯宁敦路的方向走去，我还跟在她的后边。一会儿之后，她进了一家铺子，福尔摩斯先生，那是一家殡仪馆！”

我的朋友非常吃惊。“怎么回事？”他问道，语音有些颤抖，表明他那副镇静、惨白的面孔深处非常焦急。

“我也跟了进去。她和柜台里一位女人正在讲话，‘已经退了，’我听见她这样说着。柜台里的女人反驳道，‘许久以前就应送去的，但是这有些特殊，因此用了较长的时间。’就在这个时候，她们发现了我，不再讲话。我不得不借故问了一些无关紧要的话就出来了。”

“你做得太好了！接下去，接下去又发生了什么？”

“那个女人从铺子中出来，我早就躲好了。我觉得她已经起了疑心，因为她出来后向四周看了看。接着她拦住了一辆马车。幸运的是我也叫到了一辆马车，因此又能继续跟踪她。最后，她在布里可思敦的坡特尼广场

36号下车了。我叫赶马车的继续向前走了一段，在广场拐弯的地方停了车，监视那所住宅。”

“发现什么人了吗？”

“那儿全部的窗子都用窗帘拉得严严的，没有一丝光亮，我看不到屋里的情况，但是最下边一层有一扇窗户有一点点光亮。我站在那儿，正在思考着接下去该怎么做，正好一辆有篷的货车向这边驶了过来。有两个人从车中跳了下来，从中抬出一个东西。他们将那个东西搬到大门的台阶上边，福尔摩斯先生，那是一口棺材。”

“哦？”

“当时，我真想闯过去。那个女人把门打开，将那两个人和东西都带进屋子里去了。但是我站在那儿的时候，被她发现，并还认出我来了，我看见她非常惊恐，她立刻将门紧紧地关上。我不敢忘记你的叮嘱，因此马上就回来了。”

“你做得太好了，”福尔摩斯边说边在半页纸上快速地写了几个字。“没有搜查令，我们就不能合法地行事。你马上带上这张便条去找警方，向他们索取一张搜查令过来。这件事也许有些难度，但是我觉得他们疯狂变卖首饰这件事就足够要到一张搜查令了。其他的一些小事情雷斯垂德会协助办好的。”

“但是他们此时也许会将她谋杀掉。那口棺材除了给她准备之外，还会有其他什么作用！”

“我们尽一切力量，格林先生。我们一分钟都不能迟疑，都交给我们去做吧。”我们的委托人匆匆忙忙走了以后，他又说道，“他会将正规部队调去协助的，我们呢，不是正规军，必须自行其事。事情十分紧急，我们必须冒十分大的风险。立刻到坡特尼广场去，一分钟也不能耽误了。”

“我们重新来推测一下当时的情形吧，”当我们的马车从国会大厦和威斯敏斯特桥飞也似地驶过时，福尔摩斯说，“这些可恶的家伙当初是让这位可怜的小姐与她忠实的女佣闹别扭，后来又把她骗到伦敦。如果她写过信，绝对也被他们扣下了。他们费尽心思地租下了一所住宅，而且带有家具。住进去之后，就将她囚禁起来，并将那些珍贵的珠宝饰品都占为己有。他们起初的目的就是这样。他们将那些饰品慢慢变卖，对他们而言，这是非常简单的事，因为他们觉得没有谁会去关心这位小姐。如果放了她，毫无疑问，她会将他们的恶行揭露，因此不肯放她。但是他们不可能就这样一直囚禁着她，所以，他们唯一的处理方式就是杀了她灭口。”

“由此可见，十分清楚了。”

“但是我们还能做出另一种推测：当你顺着两条思路进行推测时，华生，你将发现有些地方会交叉，而且那些交叉点与事情的真相非常相似。我们暂且不说弗兰西斯，而先谈谈那口棺材，从反方向进行推测。那个意外的东西表明，我觉得，那位小姐很明显已不在人世。同时还证明即将举行一次正式的葬礼，不仅有医生开的死亡证明，还有官方的批文。如果那位小姐被谋杀了，他们一定会在后花园中偷偷地挖一个洞将她埋掉；但是现在一切都没有丝毫的隐秘可言，一切都是公开的，正规的。这又说明一些什么呢？他们一定谋杀了她并且把当地医生也一起蒙骗了，造成她正常死亡的假象——例如说毒药。但不可思议的是他们公然让医生靠近她。有可能医生与他们是同伙，但绝对不可能是这样。”

“他们可不可能将医生的证明进行伪造呢？”

“危险，华生，非常危险。不可能，我觉得他们不可能那样做的。停车，车夫！这里明显就是那家殡仪馆，那家典当行我们刚刚已驶过去了。你到里边去，行吗，华生？别人一看到你就会有一种信任感。去问一下坡特尼广场的葬礼明日举行的时间。”

殡仪馆的那位女士爽快地对我说了葬礼在明早八点举行。

“你看，华生，没有任何不可公开的，所有的都是名正言顺的！无可否认，他们早用了卑鄙手段搞到了合法证明，因此不害怕任何威胁。算啦，现在也想不到什么方法，只可以正面交锋。你有武器吗？”

“有手杖呀！”

“可以，挺好的，我们的力量足够了。‘正义在手，胜过全副武装’嘛。不过我们不能再静待警察，不能再让法律束缚我们行事。你能离开了，车夫。目前，华生，我们必须如从前经常做的那样，风雨同舟。”

我们来到坡特尼广场中心，福尔摩斯径直来到一幢高楼门口，他伸出右手把门铃摁得非常响。门立刻打开了，一个身材高挑的妇女站在门口，她身后大厅中的灯光十分昏暗。

“你们有何贵干，”昏暗之中，她双眼注视着我们，没好气地问道。

“我有事要与席列辛格……”福尔摩斯说。

“我家没有这个人。”她回答说，边说边准备关门，但门被福尔摩斯用脚给抵住了。

“那我就找住在这儿的男主人，不管他姓什么叫什么。”福尔摩斯固执地说。

她迟疑了一会儿，接着又将门突然打开。“既然如此，请进吧！”她说道，“我丈夫从不畏惧这个世上的任何人。”我们进去之后，她又将门关上，将我们带到客厅右边的一间房中，然后将煤气灯扭亮了，说：“皮得司先生一会就到。”

她说的是实话。我们还没有仔细观看客厅的摆设情况，门就开了。一个脸上光光、头顶光光的大块头不知不觉地走了进来。他奇大的脸庞红通通的，面带笑容，乍一看，是一个非常慈善的人，但那张冷漠、恶毒的嘴巴却将这一切破坏掉了。

“一定是发生了什么误会，先生们，”他语气圆滑，一种想打发人走的态度，“我想你们是搞错方向了。或许你们应该到街那头去——”

“好了，我们没必要消磨时间，”我的伙伴断然说道，“你就是原先住在阿德雷德的何利·皮得司；此后又在南美和巴登伪装席列辛格博士。对此我绝对相信，没有丝毫怀疑，就如我知道我叫歇洛克·福尔摩斯一样。”

皮得司，我暂时这样叫他，他先一惊，马上又死死地注视着这位不达目的绝不罢休的侦探，说：“你以为这个名字就可以吓唬住我吗？福尔摩斯先生。”他冷漠地说道，“没做亏心事，不怕鬼敲门。你到我家来到底想干什么？”

“我想弄清楚，那个被你们从巴登带来的、名叫弗兰西斯的小姐，现在怎么样了。”

“假如你可以将那位小姐在什么地方的消息告诉我，那就谢天谢地了。”皮得司仍然冷漠地说道。“她还欠我接近100英镑呢，只给了我一对表面华丽、其实一点价值也没有的坠子，当铺连看都不看一眼。我和我的夫人在巴登被她缠上，那时我确实用了一个其他的名字。后来我们到了伦敦，她也跟了过来。她的账单和车票都是我给她付的，但是到了伦敦之后，她就偷偷地跑了，只将一些饰品留下做抵压。你若能将她找到，福尔摩斯先生，我真的要谢谢你！”

"大家都想把她找到。"歇洛克·福尔摩斯说，"我要将这幢屋子找遍，直到将她找到才罢休。"

"你有搜查令吗？"

福尔摩斯将手枪从衣袋中掏出了一截，说："这就是最好的搜查令。"

"你说什么？你这岂不是强盗行为？"

"你可以这样说，"福尔摩斯得意地说，"我的伙伴也是个可怕的强盗。我们将一块把你的屋子搜遍。"

我们的劲敌将房间的门打开了。

"安尼，快去报警！"他说。随后一阵女人裙子飞快从过道扫过的声音传了过来，还传来了开门和关门的声音。

"我们的时间非常少，华生，"福尔摩斯说，"皮得司，你若是敢阻拦我们行事，我就先处理你。你叫人送来的棺材在什么地方？"

"那对你重要吗？我正用它装着尸体呢。"

"我要瞧一瞧尸体。"

"没经我允许，你就不可以。"

"那就不需要你允许。"福尔摩斯将这家伙一把推开，向大厅中奔去。我们立刻发现有一扇门没关严实，紧接着我们就进去了。里边是餐厅，天花板上挂着一盏树枝形的吊灯；昏暗的灯光下，那口棺材就搁在餐桌上边。福尔摩斯将煤气灯扭亮，将棺材的盖打开。棺材又长又宽，有一个又瘦又小的妇人躺在里边。那张衰老干瘪的脸被灯光笼罩着。不管他们如何摧残她，不管是疾病还是饥饿，都不可能将风韵犹存的弗兰西斯小姐折磨成这样。福尔摩斯先生非常惊讶，与此同时也放心了许多。

"感谢上帝，"他轻声地说，"这不是弗兰西斯女士。"

"哈哈，歇洛克·福尔摩斯先生，这回你可错得太荒唐了。"嚣张的皮得司说。

"这个棺材中的女人是什么人？"

"哦，你很感兴趣吗？我能告诉你。她是我妻子的老保姆，名叫柔丝·思班德。我找到她是在布克斯敦救济院的医院中，于是将她领回来了，请来给她治病的医生是住在佛尔班可别墅的霍森医生——麻烦你将这个住址记下来，福尔摩斯先生——我们无微不至地照顾她，做到了一个基督徒该做的。可她在这里住了三天就死了——病历卡上的死因是年迈衰亡，可是那只是医生的诊断，你绝对会有更好的见解。我们的葬礼由肯宁敦路的思第姆森公司负责办理，举行时间是明天上午八点钟。你可以挑出什么刺吗，福尔摩斯先生？你做了一件非常傻的事，还是如实交代吧。你揭开棺材盖，心想里边一定是弗兰西斯小姐，但出现在你眼中的却是一个九十岁的可怜老妇人。你那个又呆又傻的模样我真想为你拍一张照片。”

在劲敌的愚弄面前，福尔摩斯的神情依然非常冷静，但他握得紧紧的拳头说明他心中非常愤怒。

“我必须将你的屋子搜查一遍。”他说。

“你还有什么可搜的？”皮得司大声吼道。这个时候过道中响起了女主人的声音和沉沉的脚步声。“我们立刻就可以知道一切。警察先生，请这边走。这两个人硬闯到我们家，我们撵他们不走。请你们帮我把他们赶走吧。”

两个警察来到门口，福尔摩斯抽出一张名片。

“这是我的姓名和住址，这位是我的伙伴华生先生。”

“是你呀，福尔摩斯先生，我们久仰大名。”警长说，“你们没有拿到搜查令，你们必须离开这里。”

“没有搜查令就必须离开，这一点我非常明白。”

“将他们抓走！”皮得司大声吼道。

“假如这位先生有罪，我们清楚该怎样做。”警察严肃地说，“但是你们得赶快走，福尔摩斯先生。”

“没问题。华生，我们现在就离开。”

没过多久，我们又来到大街上。福尔摩斯仍然一声不吭，但我却非常气愤，那两个警察也在我们后边。

“很抱歉，福尔摩斯先生，我们必须依法办事。”

“你说得很对，警察先生，你必须这样做。”

“我想没事你绝对不会到这里来的。若是我可以帮上忙——”

“失踪了一位小姐，警长先生，我们断定她被藏在那所住宅中。目前我们需要的就是搜查令。”

“让我去监视他们吧，福尔摩斯先生。一发现情况我就立刻告诉你。”

此时，九点刚过，我们立刻行动，竭尽全力地查询线索。首先，我们到了布里克思敦救济医院。我们从那儿知道：几天以前，确实有一对慈善家夫妇来过，他们说那个患有痴呆症的老太太是他们从前的仆人，这样医院批准他们将她领走。后来没过几天，就听说她去世了，救济院的人认为老人死得很正常。

我们接下去的对象便是医生。当时，他应召出诊，看到那位老妇人因为体力衰竭，危在旦夕。事实上他是亲眼看着那妇人死去的。所以按正规程序签署了死亡证明。“我以人格担保，这件事上没有一点点异常现象。”他说，屋子中也没有什么能使他产生怀疑的东西，唯一奇怪的是像他们那种阶层的人竟然没有佣人。医生告诉我们的就是这些。

后来，我们去了伦敦警察厅。搜查令的办理手续非常复杂，浪费了很多时间。第二天早晨才能拿到地方法官那里签字。假如福尔摩斯九点还来的话，就能与雷斯垂德一块去办理。一天很快就过去了。但是接近午夜时，我们那位警长朋友来告诉我们，他发现有灯在那所黑暗住宅的房间里面闪烁，可是并没有人出进。我们不得不耐心地等着天亮。歇洛克·福尔摩斯火气非常大，而且表情焦急，他不说话，他也不休息。一个人坐在那儿，不断地吸烟，深锁着浓眉，细长的手指机械地在椅子扶手上不断地敲打着，不停地想着怎样把这个谜澄清。整整一夜，他在房间里来来回回地踱步，声音好几次都传到我的耳中。好不容易熬到了早晨，他就闯进我的房间。他换上了礼服，他那没有一点血色的脸和深深下陷的双眼说明他一夜没有合眼。

“何时举行葬礼？八点整吗？”他风风火火地问，“哎，现在已经七点二十啦！天啦！华生，神赐予我的脑袋究竟怎么了？快点吧，华生，快点！这可是有关人的生死存亡的大事——凶多吉少呀！如果我们去迟了，我不能原谅自己的！”

不到五分钟我们便上了马车。虽然如此迅速，但是当我们从大笨钟旁经过时，时间是七点三十五分了。当我们赶到布里可思敦路口时，已经响起了八点的钟声。庆幸的是对方与我们一样推迟了时间，到八点过十分的时候，柩车仍停在门口；直到我们的马累得直吐白沫的时候，才看见三个人抬着棺材走出了大门。福尔摩斯快速地冲上前去，阻止他们出门。

“搬回去！”福尔摩斯大声吼道，并伸出一只手将前边那个抬棺材的人拦住，“立刻搬回去！”

“你究竟想干什么？我再次申明，你有搜查令吗？”皮得司怒气冲冲地大声吼道，那副红扑扑的面孔出现在棺材的另一端。

“搜查令马上就到。这棺材也得搬回屋子里去，等待搜查。”

福尔摩斯威严的语气将那些抬棺材的人震住了。忽然，皮得司溜到房子里消失了。“快些，华生，迅速点！起子在这！”棺材一搁到桌上，他就急忙说道，“起子给你，兄弟！一分钟将棺材打开奖你一个金镑！不要问——赶快做吧！太好啦！再起一下，还剩一个！现在一块搬！开了，开了！终于开了！”

我们一齐动手，将棺材盖掀开了。盖一掀开，一股氯仿气味迎面冲来，让人感到窒息。有一个人躺在棺材中，浸满麻药的纱布将那人的头紧紧地包裹着。福尔摩斯迅速将纱布撕开，一副优雅、含蓄的中年妇人像雕塑一样秀丽的脸出现在眼前。他马上扶起她，将她弄成坐立的姿势。

“她还活着吗？华生，还在呼吸吗？我们肯定没来迟！”

在三十多分钟里，眼前的情况好像告诉我们确实来迟了。弗兰西斯小姐因为吸入了过多的有毒氯仿气体，她已经停止了呼吸。后来，我们一会儿进行人工呼吸，一会注射乙醚，总而言之用上了一切科学方法，她终于轻微地颤动了一下眼皮，眼睛里出现了一丝朦胧的光泽，呈现出一丝生机。一辆马车向这边驶过来，福尔摩斯拉开窗帘向外看去。“是雷斯垂德拿着搜查令来了。”他说，“他只会看着他的鸟飞走。唉！”他听到过道里有沉沉的脚步声，说：“另外有一个人，她照顾这位女士比我们更合适。早上好，格林先生，我认为我们必须将弗兰西斯小姐搬走，而且越早越好。现在葬礼可以接着进行，这位可怜的老妇人仍躺在棺材中呢，弗兰西斯小姐可不能陪她去见上帝。”

“我的好伙伴，如果你想将此案收入你的记录本，”那日夜间，福尔摩斯对我说，“可以归入到‘聪明一世糊涂一时’那类中去。每个人都不可能不犯错误，但关键是他们可以及时意识到自己的错误，并加以改正。

这一回，我可以说我的信誉有了改变。那天夜间，似乎有一条什么线索在我的脑中浮现，眼皮底下也似乎有一句什么不寻常的话想要说出来，但仅是一瞬间，我没有太在意。那天天快亮时，我一下子记起了那些话，是飞利浦·格林向我转告的殡仪馆女主人的话：‘许久以前就应该送去的，’她说，‘但是这有些特殊，因此用了较长的时间。’她说的就是那口棺材，它有些特殊的意思只可能是棺材尺寸的制作是特殊的。但是为何这样呢？我马上想到了那棺材非常深，但躺在里边的却是一个又瘦又小的老妇人。为何要用这样大的一口棺材装那样小的一具尸体呢？要有足够的空间装另外一个人，也就是说一张死亡证明书葬掉的却是两个人。这一切原本是非常明白的，但我当时却没想到。将在八点钟举行弗兰西斯小姐的葬礼，在棺材出门之前将它截住是我们最后破案的机会。

我们将她找到了，但她危在旦夕，但那最少也是个机会，这点在结局中也得到了证明。根据我的调查，这些家伙以前从未杀过人，直到最后一刻他们才使出了真正的暴力。他们完全能将她埋掉，使人查不出死亡的原因。哪怕她后来被挖出来，但到那个时候他们仍有逃离的机会。当时，我的想法中他们就是这样计划的，后来的情况你也清楚。你瞧楼上那间又矮又小的房间，一直以来可怜的弗兰西斯小姐就被囚禁在那儿。他们冲进那间小房间，用氯仿把她给麻醉，再将她抬下楼，放进棺材之中，并在棺材中放入了更多的氯仿，以保证她一直处于昏迷状态。后来，再把棺材盖的螺丝拧得紧紧的，这不愧是个好办法，华生。在犯罪史上这还是第一次用到。如果我们这位传教士朋友没有被雷斯垂德逮捕，有一天我们还会听到他无法无天的消息。”

7. 鬼足迷案

我经常会把我和福尔摩斯一起经历过的奇闻怪事记录起来。因为他自己对抛头露面十二分地厌恶，所以我在记录过程中经常要面对他给我带来的各种有形或者无形的困难。他性格独僻，很内向，不合群。他每次成功破获案件后，最使他高兴的莫过于将侦破的最后结果交给那些正规的警察官员，然后带着一丝嘲讽的微笑听着那些夸张的恭维话语。正是因为我的老朋友的这种独特性格，才使我在这几年里极少发表案情实录，我必须再三重复申明的是，我并不缺乏奇趣的素材以及曲折的故事情节。我十分荣幸地参加了其中的几次历险，对于这种珍贵的机会我不得不小心行事，三思而后行。

上个礼拜二，我出乎意料地收到了福尔摩斯寄来的一封电报——福尔摩斯的习惯就是这样的，干净利索，只要有地方发电报，他从来就不写信——电文是这样的：

为何不发表可尼西恐怖案？那是我办的最奇特的案件。

我搞不清楚我的这位老朋友怎么会突然想起这起案件的，我也不明白他的脑子现在又在想些什么东西，他现在竟然允许我发表这起案件。于是我飞快地赶在他来反悔电报之前找到了那个有点灰尘的笔记簿——里面记录了案件的详细情节——我匆匆忙忙地整理了一下。

1897 年春天。福尔摩斯因为不分白天黑夜地工作，原本健康的身体已经支撑不住了。但是他自己却经常随心所欲、我行我素，这样他的身体已经快要病到极点了。那年三月，哈里街的黑·阿噶医生和福尔摩斯的第一次戏剧性见面，我在后面会再作补充。黑·阿噶说，如果这位著名侦探想让身体回到原来的健康状态的话，那一定要先放弃一段工作时间，老老实实地疗养。但是福尔摩斯根本不在乎自己的身体状况，因为他的思维从来就没有停止过。后来他也意识到如果再这样下去，将来可能真会无法再工作了，于是他作了一点让步，同意改变环境，换换空气。事情就这么顺理成章，那年的早春，我们一起来到了可尼西半岛，住在坡尔都海湾的一座小别墅里。

这个地方有点奇怪，它非常适合福尔摩斯那冷傲的性格。我们住的这幢小别墅刷得非常白，高高矗立在有茂密树林的海岬上。我们可以俯视蒙兹湾那险恶的半圆形海湾，黑黑的悬崖和海浪拍打的暗礁是船只的死亡陷阱，无数水手在这个海湾丢了性命。可是当北风轻轻吹来的时候，它又是那么出奇地平静，像一块天然的屏障吸引着被海上大风暴折腾的船只前来避难停泊。紧接着，海湾会突然掀起一阵狂暴的西南风，拖起船只的铁锚，一场惊心动魄的生死搏斗展开了。这是一个阴森的半圆形海湾，它潜在的危机总是让那些精明的海员早早地远离这个邪恶的地方。

我们的房子靠近陆地的这面也和那个半圆形海湾一样阴森险恶。这一块地方沼泽到处都是，非常冷清昏暗。因为有一些高耸的教堂钟楼，所以能够证明这里是一个古老的村庄。沼泽的周围保存着某个早已灭绝的种族的遗址。只有这些古怪的石碑和埋着死人骨灰的土丘以及喻示着史前战斗的奇特土工事，才能够证明它们或者他们曾经存在过。这个地方的内在魅力和外在神秘，再加上那些被遗忘民族的邪恶气氛激起了福尔摩斯无比丰富的想象。他经常在沼泽地这一带长途漫步，独自沉思。可尼西古语也强烈吸引着他的注意力。我非常清晰地记得他曾经推断过某种语言和加勒底语有着某种联系，他推断的根据是那些做锡器生意的腓尼基商人。他买了很多哲学方面的书籍，打算全力研究这些哲学理论。就在这个时候突然发生了一件使我感到十分遗憾而福尔摩斯却感到无比高兴的事情——就在我们住的地方附近发生的这起案件，它远比让我们离开伦敦的原因更加紧迫更加神秘莫测更加引人入胜。我们平时简朴、平静而有利于健康的生活被严重地破坏了，我们卷入了这一系列事件之中去了。这些事情不仅在科瓦尔地区引起了震惊，而且还轰动了整个英格兰西部。我的读者们对当时被称之为“可尼西恐怖事件”的案子可能还有点印象，不过当时伦敦新闻界对这件事情的报道很不全面。现在，在这起案件过去了十三年后的今天，让我来向各位披露这一起惊人案件的详细情节吧。

我已经说过了，科瓦尔一带散布着很多标志古老村落的教堂钟楼。雀丹尼可·沃尔思是离我们最近的一个村庄。几百个村民住在这些长满青苔的古教堂四周，教区的牧师名字叫朗黑。因为他也喜爱考古，所以福尔摩斯才结识了他。他是个神态慈祥、身体发胖的中年人，非常喜欢研究当地民俗。他曾经邀请我们到他的牧师住宅喝茶，在他的住宅里面，我们又认识了摩提墨·特瑞庚尼思先生。他没有结婚，一直一个人生活，他在牧师那宽敞而陈旧的房子里租了几间，这样帮助了这位穷困的牧师。朗黑跟他的房客交情不是很好，但是他愿意租房子给摩提墨·特瑞庚尼思。摩提墨身体十分消瘦，皮肤黑黑的，戴着一副眼镜，一直都弓着身子，给人一种畸形佝偻的印象。我们在朗黑牧师住宅里喝茶的时候，牧师不停地说个没完没了，但是他的房客却显得格外内向忧郁——他神色凄然、沉默不语，显然沉浸在自己的心事中。

三月十六日星期二那天早晨，我们刚吃完早餐，正在抽烟，准备像平常一样到沼泽地去长途漫步。这时，朗黑牧师和摩提墨·特瑞庚尼思先生神色匆匆地闯进我们的房间。

“福尔摩斯先生，”朗黑牧师的声音异常激动，他说，“昨天晚上发生了一件十分奇怪而又凄惨的事情。我从来没有碰到或听说过这种事情，幸好你还在这里，要不然我们还不知道该怎么办呢？”

我有点生气地瞪着这个不打一声招呼就闯进来的不速之客。但是福尔摩斯却好像一只听到了追捕命令的老猎犬，充满斗志地坐在那里，他从口中抽出了烟斗，移了移身子，坐直了。他的手朝沙发上一指，我们这位惊魂未定的牧师和他那位神色焦虑的房客一起肩并肩地坐在沙发上。摩提墨·特瑞庚尼思先生看上去要比朗黑克制些，但从他那颤抖的瘦手和那双发亮的眼睛可以看出他们俩的心情是一样的。

摩提墨·特瑞庚尼思问朗黑：“我先说还是你先说？”

福尔摩斯说：“嗯，这件事情是你先发现的，不管这是一件什么事情，牧师是从你那儿听来的，还是由你来说吧。”

我瞥了他们一眼，看得出来牧师的衣服是急急忙忙穿上的。而摩提墨·特瑞庚尼思却穿戴整齐。他俩听了福尔摩斯简单的推理后表现出来的十分惊讶的神态把我逗乐了。

朗黑说：“还是我先说几句吧，这样你既可以决定要不要听特瑞庚尼思先生的详细说明和补充，也可以决定有没有必要先去案发现场调查一番。我首先说明，我们这位朋友昨天夜里是和他的两个兄弟欧文和乔治以及妹妹布仁妲一起在家里度过的。他们家住在雀丹尼瓦沃萨，就是靠近沼泽地那个古老的石头十字架的那一幢。十点刚过他就离开了，但他的兄弟和妹妹还在餐桌上玩扑克。他的身体很棒，精神也很好。他养成了早起的习惯，所以今天早晨还没有吃早饭，他就朝那个方向散步去了。他在路上恰好碰到了里查德医生的马车。里查德医生对他说有人请他去雀丹尼可沃萨看急诊。摩提墨·特瑞庚尼思先生就自然而然地跟他一起去了。等他到了雀丹尼可沃萨村，他立刻发现情况异常。他那两个兄弟和妹妹坐在桌边，坐姿和他走的时候一模一样，扑克也还摊在面前，但是蜡烛已经烧到了尽头。布仁妲已经死得硬邦邦了，她身边的两个哥哥却坐在椅子上又笑又叫又唱的，都疯了。死了的女人和疯了的男人，三个人的脸上显现的都是十分恐惧的表情，那种惊恐万分的样子让人简直不敢正视。房里面除了老厨娘兼管家潘特太太来过外，再也没有留下任何外人来过的痕迹。她说她整个晚上睡得很熟，不知道房里发生什么事情，也没有听到任何动静。她一直睡在床上，没有离开半步。我们根本无法解释到底是什么可怕恐怖的东西，居然吓死了一个女人，吓疯了两个健壮的男人。我除了知道这些情况外，再也不知道其他什么事情了。福尔摩斯先生，如果你能把这件事情查一个水落石出、真相大白，那就是做了一件大好事了。”

我是不想让身体还没有恢复健康状况的福尔摩斯参与这件事情的，因为这样对他的健康没有一点好处。但是一看到他那副紧锁眉头、一丝不苟、全神贯注的神态，我就知道我的希望又落空了。他坐在那里，一声不响地思索着这起的确很奇怪的案件。他终于开口说话了：“我答应你们，我的朋友，我会调查这件案子的。从表面上看，这起案件的性质的确是非常罕见的。你亲自到了现场没有，朗黑？”

“很抱歉，我没有到案发现场。摩提墨·特瑞庚尼思先生一到我家说完这件事情，我就拉着他往你这儿来了。”

“案发现场离我们这儿有多远？”

“从笔直的小路上走大概一英里左右吧。”

“我们不要再坐在这里了，让我们一起去瞧瞧吧！喔，等等，我还要问摩提墨·特瑞庚尼思先生几个问题。”特瑞庚尼思先生虽然一直都没有开口说过一句话，但是我看得出来，他表面上很镇静，其实内心很混乱。他坐在朗黑的身边，浑身都很不自在。他的脸色苍白，忧虑的目光一直没有离开过福尔摩斯，他那双枯瘦的手相互交叉在一起，他在听朗黑讲述自己家人惨遭横祸的时候，没有血色的嘴唇在不断地颤抖，目光中折射出对现场的恐惧和惊慌。

“你随便问吧，福尔摩斯先生，”他迫切地说，“虽然说起来很伤痛，但是我会毫不保留地把我所知道的东西告诉你。”

“那你就讲讲昨天晚上的情况吧。”

“好。我昨天晚上在那里和他们一起吃了晚饭，紧接着我又和我哥哥乔治他们一起玩了一局扑克牌，我们差不多是从九点左右开始打起扑克来的，十点过十五分我就走了。离开的时候，他们还坐在桌边玩扑克，像平常一样高兴愉快。”

“谁打开门送你出来的？”

“潘特太太早就睡了，我是自己出来的。在离开的时候我还关上了房门。乔治他们玩扑克的那个房间的窗户都是关着的，不过没有拉上窗帘。我今天早上看的时候，窗户依然是关着的，应该没有人进过房子里面。但是他们坐在那里被什么给吓疯了，而布仁妲妹妹竟给吓死了，她的脑袋还靠在扶手椅上。我一生一世都不会忘记那里面的情形。真是太吓人了，恐怖得让人窒息。”

“按你讲的这些，表明这起案件确实是非比寻常。你难道没有想过这件事的真正原因吗？”福尔摩斯说。

“这肯定是见鬼了，福尔摩斯先生，这肯定是见鬼了！一定是有什么恐怖到了极点的东西进了房子，把他们吓成那个样子的。”

“如果是这样的话，那我也是无能为力了。但是我们还是应该尽力去找真正的原因、真正的作案凶手。不到万不得已的时候，我们不应该接受这样草率的答案。特瑞庚尼思先生，你和你的家人是分开过的吧，他们是住在一起的，而你却另外有房子？”

“喔，我应该事先告诉你，福尔摩斯先生。虽然事情已经过去很久了。我家原来是瑞德路斯锡矿厂的主人，我们后来把厂子卖给了一家公司，卖掉锡矿厂的钱足够让我们再也不用干活了。我并不否认为了分财产我们曾经发生了争吵。但是后来我们都原谅了对方，我们都忘了我们曾经不愉快的争吵，我们一家人又和好如初了。”

“你再好好地回忆一下，你们一同度过的那个晚上，看还能想起什么，这或许能够解开这一惨案的秘密。再仔细想想，再回忆一下，我的朋友，还有没有其他有利于我们调查这起惨案的准确详细的线索？”

“很遗憾，我只知道这些。”

“你家人的情绪一直都很正常吗？”

“他们应该不是神经病患者吧？他们有没有早先就表现出了对马上就要来临的危险的恐惧？”

“没有。”

“难道你没有其他什么要补充的吗？你难道没有什么可以帮助我

的吗？”

“哦，我又想起了一件事情。我们坐在桌边玩扑克的时候，我是背朝窗户的，而我哥哥乔治是面对着窗户的，他是我玩扑克的搭档。有一次我看见他死死地看着窗外，我也忍不住回头往窗外看了一眼。窗户是关着的，窗帘没有拉上，我能够看见窗外草地上的树丛。有一次我看见树丛里似乎有什么东西在移动。我不知道那东西到底是人还是动物，但是我的直觉告诉我，树丛里面一定有什么东西。我问他在看什么，他告诉我他看到了我看到的那些东西。这就是我知道的最后一点线索了。”

“你没有出去查看一下吗？你离开的时候没有想到其他什么不安全的事情会发生吗？”

“根本就没有想到这些。”

“你怎么这么早就知道了这个消息？”

“早起是我的习惯，我喜欢在吃早餐前到外面散会儿步。今天早上我刚走出门，医生的马车赶上了我。他告诉我老潘特太太让一个少年带来了急信。就这样我上了医生的马车，我坐在他的旁边一同赶往现场。我们一到那里，就往那间恐怖的房间望了又望。桌上的蜡烛和炉火早就熄了，他们就那样在黑暗中坐着。天亮的时候，他们还保持着那种姿势。医生说布仁妲已经死了有足足六个小时了，房间里面没有任何暴力的痕迹。布仁妲就是那样倚在扶手椅上的，恐怖的神情凝固在她的脸上；乔治和欧文不断地哼着听不懂的歌儿，胡说八道着，很像两只大猩猩。他们那个凄惨的样子，真让人难受。医生的脸也苍白起来。我不骗你，他差一点就要晕倒在椅子上了。”

“这真是太奇怪了！我不能再坐在这里了。走吧，我们一起去雀丹尼可沃萨村，一起到案发现场，这可是我第一次碰到的刚刚开始就这么出奇的惨案。”福尔摩斯边说边从桌子上拿起了帽子。

第一天上午的调查我们什么线索也没有得到。不过那天一开始我们就碰到了一件怪事，它使我们有种不祥的预感。去案发现场的路是一条乡村小路。我们在小路上走着，这时听到后面有辆马车驶过来的声音，于是我们为马车让了道。马车从我们身边经过的时候，我往关着的车窗看了一眼，这时我看见了一张凶恶的脸正在盯着我们。那双瞪着我们的恶毒眼睛以及那张万分恐怖的面孔像恶鬼煞魔一样从我们的眼前一晃而过。

“朋友们！”摩提墨·特瑞庚尼思愤怒地喊道：“这一定是要把他们送到黑尔斯敦去！”

我们惊慌地目送着那辆黑色的马车慢慢离去，然后我们继续往前走，赶往出事现场。

这是一座豪华的大宅院，它不像一般的民房，倒更像别墅。屋旁的花园大得出奇，在可尼西的春天里它已经是百花开放了。客厅的窗户对着花园。按照摩提墨·特瑞庚尼思所说的，那恶魔应该是从花园里过来的，用描述不了的恐怖在很短的时间里抢走了他们的理智。我们走进了门廊里，福尔摩斯在花盆和林荫小路上若有所思地走着。我看到他踩翻了洒水壶，但是他却不知道，他的精神太集中了。洒水壶里面的水流了出来，我们的脚和花园里的路都被水打湿了。福尔摩斯仍然在思考着他的问题。我们走进屋后，潘特太太接待了我们。她是管家，还有一个小姑娘当她的助手。她很爽快地回答了福尔摩斯提的问题。她说她一直都睡得很熟，没有听到任何动静，那天晚上什么也没有看见，对那天晚上的事一无所知。她的主人们近来身体一直都很好，早晨她推开门的时候，看到桌旁那个恐怖的场景时简直吓得老命都没有了。她先推开了窗户，然后才跑到门外，到村里找了一个少年吩咐他尽快去请医生来救命。她再也不敢到那个恐怖的房间去了。四个虎背熊腰的大汉把那两兄弟抬到了疯人院的马车上，潘特太太再也不愿意在这个凶宅待下去了，她说她下午就回她原来的家里。

我们一起上了楼，来到了出事地点的二楼。布仁妲·特瑞庚尼思小姐虽然已经死去了，但她的外貌依然非常美丽，她的整张脸长得十分精致；只是脸上还保存着恐怖的神态，那是她在生命的最后时刻表现出来的人类情感。我们又回到了客厅里，惨案就是在这里发生的。宽大的壁炉里还残留着昨晚烧过的炭烬木灰；桌上摊着纸牌和四支已经烧完的蜡烛。除了被子摆回到墙边外，其余的摆设仍然是出事那天晚上的样子。福尔摩斯在客厅里小心翼翼地走来走去，他非常谨慎地在那几张椅子上坐了几下，然后把它们挪出来又搬回去。他作了到底能够看见花园多宽多远的动作；又非常仔细地观察了地板、天花板和壁炉。但是我没有看到他眼睛突然发亮、眉头紧皱、嘴唇紧闭的神情。他在一丝不苟地调查这客厅里的蛛丝马迹时所表现出来的神情，说明了他对这起奇特的惨案有了眉目。

“怎么会生火呢？”有一次他问道，“他们在这样季节的夜晚，在这么一个小房里也总是燃着壁炉吗？”

摩提墨·特瑞庚尼思回答说这个地方一到晚上就阴冷潮湿，所以他来之后就把壁炉里的火生起来了。“你发现了什么重要的线索没有，福尔摩斯先生？”他又忍不住地问了一句。

福尔摩斯微笑着把手搭在我的肩膀上，说：“华生，你经常批评我吸烟吸得太厉害，但是我已经养成了思考问题时必须吸烟的习惯。我们还是回去吧，回到我们的房间里面去。”他又说，“各位，在这里看来不会再发现什么新线索了。如果你们同意的话，那我们就告辞了，我和我的朋友华生先走一步。我答应你们，我会全心全意去调查这件事情的，特瑞庚尼思先生，如果我们有了最新的发现，我会马上告诉你和朗黑牧师。好了，各位再见。”

我们回到别墅里，福尔摩斯还在全神贯注地沉思。他躺在扶手椅上，烟斗叼在嘴边，浓浓的烟雾差点要把他掩藏起来。他那张疲惫庄重的脸，一直眉头紧锁、额头紧皱，两只眼睛全神贯注地凝望着远方。他这种姿态保持了很长一段时间后，终于放下了烟斗，从椅子上一跃而起，说：“这样下去是不行的，华生。我们不能老是待在这里，在这里极有可能会让我原来保留在脑子里的线索弄乱的。我们还是到外面去走一走吧！悬崖是一个不错的地方，我们去那里放松一下紧张而又疲倦的大脑吧。在那里我们能够看到汹涌澎湃的海浪、狂暴的海风以及其他我们没有见过的东西，这样不是很好吗？”

我们刚刚在悬崖上绕了一圈，这时他又开始了刚刚才结束的话题，“趁这个头脑清醒的机会，我们不妨冷静地分析一下眼前的情况吧。华生，我们必须整理我们已经掌握的线索。这样，只要一有新线索，我就可以马上将它们对号入座了。第一我要确定的是：我们根本就不相信魔鬼闯入人世间的荒诞说法。我们必须把这个说法排除。现在有三个无辜的人遭到人为的伤害，这是有证据的。这个惨案是在什么时候发生的呢？如果摩提墨·特瑞庚尼思先生没说错的话，那也就是说在他刚离开的时候惨案就发生了。这一点至关重要。假定案发的时间是他走后的几分钟，这也有可能。纸牌还摊在桌上，早已经过了他们平常睡觉休息的时间，但是他们并没有改换姿势，也没有把椅子放回到原来的位置。准确一点，案发时间在那天晚上十一点左右，他离开的时间也就是在十一点左右。”

他又紧接着说了下去，“接下来的事情就是我们要查清楚摩提墨·特瑞庚尼思先生离开房间后的行踪。我今天在花园里观察的时候特地踩翻那个洒水壶，这样我很方便地取到了他的脚印。用其他办法还不一定能够办到呢。湿润的沙地上留下了他清晰的脚印，你别忘了，昨天晚上沙地也是湿润的，我很容易就辨出了他的脚印。并从他的脚印步行方向发现了他的行踪。他好像是急匆匆地往牧师住宅方向走去的。”

福尔摩斯又做了另一番案情分析，他说：“假设摩提墨·特瑞庚尼思不在作案现场，而是另外有一个人惊扰了正在打扑克的人，那么这个人又是谁呢？他所做的这种耸人听闻的恐怖印象又是采用什么方法传递给屋里面的人呢？首先我们可以排除潘特太太，很明显她不是杀人凶手。那么会不会有人爬到花园对面的窗户上，通过某种方法制造了恐怖效果，让看见的人神经失常、精神失控呢？有没有什么蛛丝马迹？这方面的唯一线索是摩提墨·特瑞庚尼思提供的。他说他哥哥看见花园有什么东西在走动。这就奇怪了，因为那天晚上下了雨，云也浓，夜黑得很，凶手要想惊动屋里面的人就必须把脸紧贴在窗户上才能让里面的人看见。这扇窗户外面有三英尺宽的种花范围，但是在这三英尺宽的种花范围上没有留下任何脚印啊。我们很难想象这个杀人凶手是用什么方法制造了那种耸人听闻的恐怖印象，而且我们也没有发现什么迹象能够说明这种煞费苦心的杀人动机。你现在应该清楚我们目前的处境了吧，华生？”

“我非常明白。”我回答得信心十足。

“但是，如果我们再多一些线索，情况或许会好得多。”福尔摩斯说道，“我想，华生，在你那些千奇百怪的案件记录中可能也找不出和这个一样模糊不清的案子吧。既然这样，我们先暂时不管这件案子，等我们有了更充足的线索再来研究吧。让我们在剩下这一点美好的上午时光里去找找新石器时代的人类遗迹吧。”

在剩下两个小时美好的上午时光里，福尔摩斯没干有关于惨案调查的事情，他向我讲述的是那些破碎的石头和烂瓷片，他表现得十分愉快和欣慰，他好像把这件大惨案忘记了。我搞不懂他这样做的真正目的。我们重新回到小屋的时候，我们看到了屋里有一个客人在等我们。他的存在马上把我们的思路又拉回眼前这个案件里来了。他给我们的印象就是这样的：他身材高大，五官端正，头发已经全白了。他脸上的皱纹比他的白头发还要多，一双恶狠狠的眼睛，鼻子是鹰钩鼻，胡子长得很奇怪——中间一片是白色的，周围的一圈却是金色的。可能是雪茄烟抽得太多了吧，在嘴角边留下了烟斑。他就是我们的客人——猎狮人、冒险家里奥·司登戴尔。

我们以前听说过他在这一带出没，我们也有那么一两次在沼泽地的小路上看见过他。他一直独来独往，我行我素。这跟他的性格有关，他是一个愿意甘守寂寞的人。除了旅行之外，他一直都把自己藏到没有人烟的博向·阿里昂斯森林里的一间小木屋里面。一个人看书，闭门不出，过着绝对隐居的生活。因此，我们都不知道他的近况。至于他的突然来访，我们也弄不清他的真实来意。他的解释让我们对他有了一点了解，他对我们说：“你们别这样吃惊，我绝没有其他意思。我忘了告诉你们，我是这个地方的常客。我的母亲是可尼西人，按照辈分排下来，我和乔治·特瑞庚尼思还是表兄弟呢！他们的不幸就是我的不幸，我必须来看看情况。虽然我一直一个人独来独往，但我和他们还是亲戚，我们小时候非常要好。在没有收到这个消息之前，我正准备去非洲旅行呢，我是今天早上才听到这个可怕消息的，看看我能不能帮助你们。”

福尔摩斯问他："这会耽误你去非洲旅行的，你不在乎吗？"

"我不在乎，我可以搭下一班船，依然可以愉快地到非洲旅行。"

"我想乔治和欧文以及死去的布仁妲会感激你的。"

"但愿如此。我跟你说过我们是亲戚。"

"不错，你讲得很正确。你的行李都搬到船上去了吗？"

"还没有，先生。我是收到了电报才知道这个噩耗的。"

"请问，是谁发给你的？"

福尔摩斯疲倦的脸上闪过了一丝阴影。

"连这个问题你也要问吗？"

"对不起，我想我应该问这个问题。"

司登戴尔怒视着福尔摩斯，但他最后还是心平气和了下来。因为福尔摩斯的眼神确实比他怒视别人更有震慑力，司登戴尔不得不佩服福尔摩斯洞察秋毫的能力。但是他仍然不愿意放下他那副高傲的架子。他口气很粗鲁地说："我愿意告诉你，福尔摩斯先生，电报是朗黑牧师发给我的。我接到他的电报，我就马不停蹄地赶了回来。"

福尔摩斯说："非常感谢，司登戴尔先生，有你的帮助，我想这个案子应该会真相大白的。我希望你能够一直帮助我们，直到这个案件最后结局。现在我还不能为这起惨案画上圆满的句号。"

"神探先生，以你的侦探水平，现在应该有了一个主要的怀疑对象了吧？"

"很抱歉，我想我有权暂时不告诉你。"

"你这不是要我吗？你应该知道，随便浪费别人宝贵的时间是不道德的，你说呢，我的神探先生？"司登戴尔勃然大怒起来，不过，他很快到外面去勃然大怒了。他刚走出小屋几分钟，福尔摩斯立刻就跟了出去。他直到晚上才回来，从他进小屋那一刻开始，他一直低着头默不作声，我就猜到他的调查进展不大。

"司登戴尔所说的都是真实的，他没有骗我们。华生，我刚刚到了朗黑牧师那儿向他打听了一下里奥·司登戴尔有关于电报的各种事情，朗黑牧师证实了司登戴尔的情况属实。他的确要去非洲旅行，他一接到朗黑牧师发给他的电报，就推掉了他的旅行计划，亲自跑来了解案情的调查情况。你有什么意见吗？华生！"

我说："司登戴尔很关注这件事情，并且有不查出案件凶手就誓不罢休的决心。"

"非常关注？不错，你说得很正确。还有一点线索我们一直没有掌握，一旦掌握，事情就好办多了。努力一点，让我们再努力一点。华生，我们就差那么一点线索没有掌握，一旦掌握了，事情将会不可想象地好办。"

我相信我朋友福尔摩斯的能力，他一定会有办法成功地破获这起案子的。但事情的发展越来越复杂，简直是扑朔迷离，恐怖的气氛更加浓厚了。第二天早晨，我们起得不是很迟，我们正准备吃早餐去，这时，我们听见了急促的马蹄声，我忍不住往外一看，是辆马车正飞快地赶了过来。马车在我们门口停下了，朗黑牧师从大马车上跳了下来，奔入花园。福尔摩斯早已经穿好了衣服，我们也像朗黑牧师那样匆忙地往楼下走去迎接他。

朗黑不停地气喘吁吁，声音还没有发出来，我们就知道他要说什么。可能一时半刻他是讲不清楚，我拍了拍他的肩膀，示意他别激动，有的是时间。但是这样反而让他更激动了，我们也拿他没有办法，他说："不好了，不好了，真的有魔鬼，真的有魔鬼，我们现在都成了魔鬼撒旦的牺牲品了。"朗黑仍然是那么急，我们看到他的眼睛越睁越大了，我们看到这个情形，就知道他等下要讲述的事情很可怕。这个消息的确很吓人："摩提墨·特瑞庚尼思先生昨天晚上死了，他死的样子跟他的家人死时没有不同的地方。"福尔摩斯的眼睛也睁大了起来，这个消息让他紧紧皱上了眉头，他的脸色也难看了起来，又是一件棘手的惨案。"你的马车能够承受我们几个吗？"福尔摩斯急切地问朗黑牧师。

"能！"朗黑也像福尔摩斯那样急切。

"好得很，华生，我们先暂时委屈一下我们的肚子吧。牧师，我们赶快到案发现场吧，原始的案发现场能够帮助我们发现原始的作案动机。"

摩提墨在朗黑的教堂住宅里租了两间房子，一上一下，都是在拐角处。楼下是客厅，楼上是卧室。从房间里面可以看到外面的槌球场，球场的范围覆盖到窗底下。我们是最先到达案发现场的，警察和法医可能还在路上，一切都是作案时的模样，案发现场真是太恐怖了。

案发现场在楼上的摩提墨卧室，房间森然恐怖，死气沉沉。第一个进来的是个仆人，他早已经打开了窗户，不然会让人更加难以忍受。可能是因为桌子中央的油灯仍然亮着的原因，房间里面烟雾缠绕，桌边坐着死者。他的身体向后倒在椅子上，胡子少得很，也跟尸体那样僵硬，眼镜已经推到了额头上；那张黑脸正面向窗外，五官扭曲成一块，恐惧的神态和他死去的妹妹死时神态没有什么两样。尸体早已像冰块那样，又冷又硬，手指蜷缩，他穿戴整齐，但是有匆忙穿上的迹象。我们看得出来，他曾经睡过觉，惨案是在天快要亮的时候发生的。

福尔摩斯一到案发现场就进入了侦探的角色，刹那间，他像猎犬一样机警，他那双闪闪发光的眼睛，表明他已经发现了可疑的线索，他整个人在不断地为之颤抖。他的这副模样绝对会让人感觉到这宗案件极有可能会在很短的时间里破获。他开始初步行动了起来，他一会儿跑到外面的草砰上，一会儿又从窗口爬进房间；他一会儿在屋里走来走去，一会儿又跑到卧室。我们可以看出福尔摩斯把一只优秀的猎犬形象表现得淋漓尽致。他用最快的时间检查了卧室里面一切值得可疑的地方，最后的动作让我们不得不重新审视神探福尔摩斯先生。他推开窗户，仔细嗅了嗅，又朝外面张望了一番。这个时候，他的脸色陡然红涨。很明显，他发现了更重要的线索，他愉快地呼叫了一声，不顾一切地跑到了楼下。他把脸紧贴着草坪地，似乎在聆听什么声音，紧接着他又一跃而起，再一次钻进了卧室里。他的脸上已经有了微笑。调查结果肯定让他非常满意。他又仔细地检查了那盏很普通的油灯，不停地比画油灯的大小，他还让放大镜派上了用场。放大镜在盖着灯罩口的云母板上晃来晃去，他非常小心地从云母板上刮了一点灰烬装进他随身携带的一只信封里，然后折叠好，又把信封套进了笔记本里面。过了不久，警察和医生来了，福尔摩斯已经干完了他的初步工作，我们三人一起来到了外面的草坪上。

福尔摩斯笑着说：“进展得还算顺利，我在这里多少不太方便，不然让那些警察的脸往哪儿搁呢。朗黑牧师，我知道你有办法让那些警察注意卧室窗户和摆在客厅里的灯，非常感谢。这两者是整个案子的重要突破口，如果突破成功，一切就好办多了。如果他们愿意进一步了解情况，我会在我们的房间里恭候他们的大驾。不多说了，我现在该回去了，华生，你说呢？”

两天后的情况跟两天前案发的情况一样，警方没有任何进展。他们也没有来找过福尔摩斯。或许警方对一名业余侦探插手这件事感到很气愤；

或许警方自以为已经有了破获这宗惨案的重要线索吧。在这两天里，福尔摩斯有时在房间里边抽烟边思考，有时自个到乡间长途漫步。回来后他对去了哪里一字不提。他在房间里做了两个实验。第一个实验是他事先买了一个和摩提墨·特瑞庚尼思先生遇害那天早上在他房间里点着一模一样的灯。他把油倒进了灯里，满满的，是牧师住宅里用的那种油，然后非常详细地记下了灯油烧完所需要的时间。第二个实验很恐怖，我和福尔摩斯都参加了那个现在回想起来身体都会起疙瘩的实验。

那天下午他对我说："还记得吗？华生，我们调查了很多线索，其中有一点是相同的，那就是第一个进房间的人对房间里空气的反应。当时摩提墨·特瑞庚尼思在讲述他最后一次到他兄弟家里的情景时，他不是说过医生一进房间就倒在了椅子上吗？让我们再回忆一下潘特太太，她也说过她一进屋后就晕倒了。她是后来醒过来才开的窗户。现在这次是摩提墨·特瑞庚尼思自己的房间。虽然仆人在我们进房间之前就打开了窗户，但是谁也不会忘记刚进去的时候那种让人难受的气味吧？我特地问过那个仆人，他后来也感到很不舒服，他不得不去床上休息。这已经再明显不过了，关于这一点，我敢肯定，前后两个案子都有毒气的痕迹，依此类推，我们能够掌握的重要线索是这两个案子都有东西在燃烧，前面一个案子是壁炉，而现在这个案子是灯。炉子是非生不可的，但是点灯？比较一下耗油量就一清二楚了，很明显摩提墨这个案子是特地点上灯的，而且是在天亮后才点上的。这是为什么？再明显不过了，燃烧物质，令人窒息的气味、被害人的神经失常和死亡。"

"你说得没错！"我很欣赏也很佩服他的严谨推理。

"最起码这种假设是成立的。由此，案子也越来越清晰了，事实上，肯定有什么东西在燃烧后产生了让人奇怪中毒的气体。在乔治·特瑞庚尼思那个案子里，这种有毒的物品是放到火里面烧的。因为窗户关着，燃烧着的火或多或少把烟雾推向了烟囱，所以可以判断第一件惨案的毒气没有第二件惨案浓重，要知道后面这个案子的毒气根本排不出去。正因为如此，我们又可推断出，在前面那个案子里，那个女人的死，有可能是她器官格外敏感的原因，所以被毒死了，她兄弟的神经系统却遭受了破坏。在这一桩案子中，毒药的效果已经发挥到了极点。事情已经有了一定眉目，这两起案子都是投毒案。

“我特别留意摩提墨·特瑞庚尼思的房间，我需要看到我想看到的东西。事实上，我比较幸运，我在云母挡板和油灯的防烟罩上发现了残留物。在它们的上面，我发现了一些片状的灰烬，在边上还残留了一圈没有用完的棕色粉末。我特地用信封装上了一半。”

“干吗只装一半呢，福尔摩斯？”

“我不是说过吗，还有官方警察也在调查这起案件，我总不能便宜占尽吧。我把我发现的线索和证据都留给了他们，这下就看他们的本事了。如果他们不那么马虎大意的话，云母板上残留的毒药，他们应该不会放过。好了，华生，我的朋友，我们现在要冒一点险，我们要把毒药放在油灯上烧，我们不要那么玩命，保护措施应该事先做好，先打开窗户吧，上帝还不想让我们这么早就和他见面呢。华生，委屈你了，谁叫我们是朋友呢！我们就这样面对面地坐着吧，我离毒药有多远，你就要比我离毒药更远一点。房间的门就允许它半掩着吧。现在我们互相看着，要是发现情况不对，就立刻停止实验。就这么简单，开始吧。我先把药粉从信封里倒出来，把它们撒到点亮的灯上。嗯，我们就老老实实地坐在这里拭目以待吧，仔细瞧瞧，会有什么东西或者会有什么现象发生。”

那些药粉刚一放上去，就燃烧了起来，我还没有坐下去，突然一阵浓浓的猛烈麝香味袭进了我的鼻孔里。我小心地吸了一下，立刻就感觉不妙，我的脑海立即翻涌了起来，浓密的乌云不分大小直往我的眼睛里钻。我此时此刻的大脑还是清醒的，我敏锐地感觉到了。出现在我眼前的浓密乌云，在它的深处，一定掩饰着世间从未出现过的恐怖物体，也许就是一些人们想象不到的怪兽或者魔鬼吧。我知道乌云在逼近我的同时，那些危险恐怖的物品也正在向我逼近，这是一件意想不到的灾难，我此时此刻已经像死去的布仁姐、摩提墨·特瑞庚尼思那样已经身临其境了。我想我现在唯一能够做的就是束手待毙了。我的视野定框在门口，一个不能重复描述的黑影，正在渐渐向我靠拢，我感觉到它的存在，它的出现，使我的意识完完全全被它的黑影控制住了，我明显地感觉到，我的脸庞正在发生很大的变化，首先是眼睛凸出，然后是鼻子歪曲，嘴唇僵硬，口张得很大，脸颊表面像波浪一样起伏不定。我的大脑开始混乱了起来，我很明显地感受到了，那个黑影的附体已经潜入了我的身体。我全身在抽搐，我想我再不呼喊救命，我就要完蛋了。但是我的声音仿佛被它抓住了，喊不出来。

我唯一能够做的就是不顾一切地挣脱这个潜意识里的恶魔。我终于为自己喘了一口气，我看到了福尔摩斯比我的样子更悲惨，他跟死者的模样是相同的。我明显地感觉到我已经拨云见雾了，我大步奔向福尔摩斯，一把抓住了他的手，直往屋外拉。我们一同倒在屋外的草坪上，阳光慢慢驱赶了我们大脑里潜意识的阴影。良久，我们都为对方也为自己舒了一口气，我们又回到了没做实验前的我们。这时，福尔摩斯又沉浸到冥想之中去了。又过了一段很长的时间，他才喘了一口气。他对我说："亲爱的华生，我明白我现在说最好的感谢之辞都表达不了我对你的感谢之情，我让你差点见到了上帝，我很对不起你，希望你能够原谅我。"

我为福尔摩斯的真诚和执着而感动，我的泪水可能随时会流出来，我对他说："我们是朋友，你太见外了，亲爱的福尔摩斯。"福尔摩斯的脸上总算有了一点微笑，他笑着说："这个恶魔简直比恶魔还要恶魔，说来就来，我们还跟它打了一声招呼，它却连招呼都不打。真是目中无人啊。"说完，他又冲进了屋子，紧接着用最快的速度跑了出来，右手多了一盏还在燃烧的灯，他尽量让那盏灯远离自己，他把它熄灭了，然后把它扔到了荆棘丛里，福尔摩斯说："这盏该死的灯！不过，它也帮了我们不少的忙，它至少让我们掌握了杀害摩提墨、布仁妲的真正凶器。"

"我们得感谢我们做的这一次实验。"

"但是杀人动机我们还是不大明白。不过不要紧，我们对这两起案件的掌握程度不同于当初我们接手时的样子了。我经过各方面的深入调查，我现在要对前面一宗惨案下一个结论。前面那宗惨案跟摩提墨·特瑞庚尼思有很大的关系，说白了，第一宗惨案凶手就是摩提墨。他在为我们提供线索的时候，曾经提到过他和他的兄弟们因为家产的事情而大吵了一架，他自圆其说地不断重复强调，后来他们又和好如初了，但那一场争吵到底有多么激烈以及他们到底最后和好的程度如何只有上帝知道，我想我们也不能以貌取人，但是他留给我的第一印象是多么的阴险啊，他的存在绝对是一个不可告人的秘密灾难。还有，他还曾经向我们提供了花园里有动静的虚假线索，也就是他提供的这一虚假线索骗过了很多人，其中那里面也有我。如果我当时仔细再想一想，不是他在离开的时候，把毒药丢进壁炉里，那还会是谁呢？他一离开，惨案就发生了，如果有别人进来，他的家人自然会站起来。要知道，在科瓦尔的十一点只有上帝才会再次出现在他家人的家里，各种迹象都证明摩提墨·特瑞庚尼思就是杀人凶手。”

“但是他的死又是怎么一回事呢，难道是自杀？”

“嗯，从表面上看，这种假设有一大半是成立的。把自己的亲生兄弟姐妹害死，内心里所要承受的心理压力要比杀一个陌生人要沉重得多。他的负罪感会让他这么干的，但是我们有铁证可以证明摩提墨不是自杀，而是他杀。上帝为我们安排了一个证明摩提墨不是自杀而是他杀的人，我已约好了他下午在这里见面的。到时候，我们就仔仔细细地听他为我们讲述摩提墨·特瑞庚尼思的死吧。咦，他竟然提前来了。来吧，里奥·司登戴尔先生，我们在这儿，草坪里。我们刚才在屋子里做了个化学实验，所以只能在草坪里接待你了，请原谅。”

里奥·司登戴尔已经走到了花园的门口。他推开了门，他的身影又一次出现在我们的视野里，他惊讶地朝坐在草坪上的我们走来。

里奥·司登戴尔一见面就说道：“一收到你的信，我就赶来了。真有你的，福尔摩斯先生，我又一次被你调遣了。”

“你的到来会让我们茅塞顿开的，案件的真相大白，在不久的将来就要公布了，真为你的到来感到高兴。很抱歉我们对你的失礼，尤其在室外的草坪上。也就是刚才的时候，我和我的朋友华生就差那么一丁点就又为‘可西尼惨案’增添了一章。不过，我们必须承认室外的空气要比屋里的新鲜多了，接下来我们要探究的事情和你有千丝万缕的联系，只有我们三个人知道，除了上帝。”

此时司登戴尔的脸色明显地变得凶狠起来，“福尔摩斯先生，你别搞错了，我跟他们的关系只是普通的亲戚关系，请你的思维搞严谨一点。”

“这都怪你在谋杀摩提墨·特瑞庚尼思的时候做得不够干净！”福尔

摩斯冷冷地说道。

当时我为我自己没有随身携带护身武器而感到后悔。司登戴尔已经愤怒得差点要活活吞掉我的朋友，这样的动作我是第一次见到。但是他还是抑制住了自己张开嘴巴要咬福尔摩斯的动作，他又恢复了原来的样子，非常的深沉，在深沉的另一面，我们明显地感受到他真正的内心动作。

“我一直生活在森林深处，常常随心所欲，我行我素，有时候控制不住自己的感情，这似乎成了我的习惯。你别担心，理智还在我的大脑里保存得十分完好。福尔摩斯先生，我不会恶意地威胁你的。”

“你应该清楚，我也不会恶意地威胁你，司登戴尔先生。当我知道摩提墨惨案的杀人凶手是你的时候，我不叫警察去逮捕你，而是另外派人送信给你，请你来我这里，这难道不能证明我的善举吗？”

司登戴尔在这个时候明显比刚才老实温和多了。他那个样子很像一个被放了气的气球。福尔摩斯自己为自己点上了烟，烟雾慢慢飘出，也正像每个人的心事一样正渐渐舒展开来。

“我不知道你都说了些什么，你到底想要说什么？你别以为我会被你吓唬住，我们都别拐弯抹角了，你直接说吧，你想干什么？”

“你看你又开始冲动了起来，你这样冲动对你自己是没有一点好处的，我希望你能够心平气和地为你自己着想。你应该着想你的下一步，如果你愿意坦白你的杀人动机以及谋杀摩提墨的过程，喔，这似乎太残忍了吧。”

“你在胡说八道！福尔摩斯。”

“我为你的狡辩感到伤心和难过。”

“我狡辩了什么？你说清楚！”

“你是要我再重复一遍吗？你这个谋杀摩提墨·特瑞庚尼思的凶手。”

司登戴尔不知道自己额前流出了多少汗。他哆哆嗦嗦地说：“你在诬蔑我，你在诬蔑我，你除了会诬蔑我，你还有什么办法查这件案子呢？”

“既然这样，那就让我替你说出你整个作案的过程吧。我掌握了证据，才这样有恃无恐地请你来的，是怎么一回事就是怎么一回事。你放弃了去非洲旅行，但你却把大部分财物运往非洲，你这个线索提供得非常好，这是我第一次想到你会成为我解开惨案之谜的人。”

“福尔摩斯先生，你难道还想让我向你解释我不去非洲旅行的理由吗？”

“不用了，谢谢，你再怎么解释也没有用了，事实就摆在眼前，大家都心知肚明。你来我这儿问我谁是主要怀疑对象，我没有回答你。你无功而返，你走出我的房间时，你并没有马上去自己的住处，而是特地去了一趟朗黑牧师的住宅。对不对？”

“你是怎么知道的？”

“因为我跟踪你了。”

“但是我没有发现你跟踪我。”

“如果被你发现了，那就不叫福尔摩斯式的跟踪了。你回到家里一夜都没有睡好，你在那天夜里策划好了谋杀摩提墨的各种细节。第二天一大早就把摩提墨给毫不留情地杀害了。你在天亮的时候走出家门，你的口袋里装满了你家门口边的红石子。”

司登戴尔听福尔摩斯说到这里时已经是万分恐慌了。

“紧接着你飞快地走了一英里路，来到了牧师的住宅。你瞧你的鞋到现在都还没有换掉，你的胆子可真不小。到了牧师的住宅后，你立刻穿过了花园和屋子四周的篱笆，你走到了特瑞庚尼思住的窗户下。天已经大亮了，但是屋里的人都还没有起床。于是，你就用口袋里的石子扔窗户，希望摩提墨能够醒来。”

在这个时候，司登戴尔已经从地上跳了起来。

“如果我没有说错的话，你就是魔鬼本人！”他怪叫了起来。

福尔摩斯对他这句夸奖之词付之一笑。他接着说：“你应该是扔了两三把石子才把摩提墨吸引到窗前的。你马上跟他打了招呼，希望他能够下来。他匆匆穿上衣服，马上来到楼下客厅。你是从门口进去的，你跟他见面的时间不长，你在屋子里一直来回走动。接下来你就走出了客厅，而且把客厅关得非常严实。你有点担心地站在外面草坪上抽雪茄，你在等待摩提墨·特瑞庚尼思断气。没过多久，你的心愿就完成了。你这才沿着来路悄然离开了案发现场，事情真相就是这样，不是吗？到如今这个地步，你还能隐瞒什么呢？你为什么要杀害摩提墨·特瑞庚尼思？你可别再欺骗我的眼睛，要是这样的话，站在我身旁的应该有一个警察。”

福尔摩斯逐一道出了他的作案过程，现在他已经无精打采了起来，很有坐以待毙的倾向。他把头深深地插进了他的双手里，犹豫了一会儿，突然，他冲动地从怀里取出了一张照片，丢在我们的面前。“为了她，我杀掉了摩提墨。”司登戴尔痛苦地说。福尔摩斯把那张照片捡了起来，这是一个美丽女人的上身照。

“这不是布仁妲·特瑞庚尼思吗？”福尔摩斯惊讶地说道。

“是的，正是布仁妲·特瑞庚尼思。”司登戴尔说，“这些年来，我一直把对她的爱埋在心里，她也是这样对待我的。很多人不明白我为什么要在可西尼隐居，这就是其中的秘密。我以为这样，我和她的距离才能够拉得更近。但是我没有办法娶到她，因为我早已经结婚了，我的妻子在很早以前就离开了我，但是英国的法律是绝对不允许我离婚的。布仁妲和我一直都在痛苦地等待着对方，但没有想到，她却被摩提墨给杀害了。”司登戴尔说到这儿，身子在不停地抽搐，话语像泪水那样越来越多。

“朗黑牧师非常了解我和布仁妲的苦恋，我很信任他。他经常告诉我布仁妲的近况。布仁妲刚一遇害，他马上就给我发了紧急电报。我一得知我心爱的女人遇害，我就什么都不顾了，我回来了。我是回来为她报仇的，我的杀人动机就是这样，福尔摩斯先生。”

“继续说下去吧！”福尔摩斯说。

司登戴尔先生从他的大口袋里取出一个小纸包，放在我们的面前。纸包外面写着一行英文名字，下面用红笔画了一个剧毒符号。他特地把那包东西推到我的面前，对我说，“你的职业是医生，你以前听说过这种药剂吗？”

我看了那一行英文，是魔足根。我回答：“魔足根？我从来没有听说过也没有见过。”

“这很正常，这种东西的确是世界上稀少的东西，并不是华生先生孤陋寡闻。这种药根的确是难得一见，更别说拥有这种药根了。药典和毒药学文献上都没有记载。这是一种根，一头像人脚，另一头则像羊蹄，因而得名魔足根，这个名字虽然取得十分怪异，但却取得十分恰当。非洲西部有些地方的巫医把它当作剧毒，保藏得非常严密。这种东西还是我在乌班吉的一次非常特殊的情况下得到的。”司登戴尔说完就打开了那个纸包，纸包里包着一些棕红色粉末。

“还有，说下去，司登戴尔先生。”福尔摩斯追问。

“接下来就发生了本来不该发生的惨剧。福尔摩斯先生，你已经为这两个案子下了结论，我就把一些鲜为人知的前因后果说出来吧。我和布仁姐是亲戚。因为我深爱着布仁妲，所以我跟他几个兄弟关系不错。摩提墨因为分家产而和他的家人大闹了一场，我就没有再和摩提墨来往了。后来听说他们又和好如初了，我也就继续和他有那么一点象征性的来往。他是一个什么样的人，只要跟他交往过的人都非常明白，我后来很少和他来往。在两个星期前，他一个人来找我。在我的住所，我向他展示了我以前非洲之旅的成果，在那些珍稀的东西里面就有魔足根。我不经意地向他透露了魔足根毒粉的奇异特性，我跟他讲述了它的功能，它能够任意地调度人的中枢神经系统，只要毒性一发作就能够使人神经错乱颠倒甚至置人于死地。我越说越得意，我还把非洲的巫医们把它奉如至宝以及为族人判刑就用它来判决的事情说了出来。现在的欧洲科学对魔足根根本就没有办法解释清楚。当时他趁我没注意的时候就拿走了一些魔足根。他拿到魔足根的时候并没有马上离开，而是不断问我使用魔足根必须多大剂量、多长时间才会生效。我当时没有想到他要学到这些使用魔足根的方法去杀害自己的家人。我后来是收到朗黑牧师的急电时才醒悟摩提墨的险恶用心的。那个该死的家伙以为我早去了非洲，而且还天真地想象我会在非洲待上几年或者十几年，但是我马上就回来了，我在朗黑牧师还没有说完这个惨案的时候，我就已经知道了他们是死于魔足根的。我听说你接手了这宗惨案，所以就特地赶来听你对这件案子的其他方面的解释，你没有作其他任何一方面的解释。于是我就想到了摩提墨·特瑞庚尼思这个该死的家伙，我想除了他绝对没有第二个人知道魔足根了，正如福尔摩斯分析的，这个该死的家伙就是为了家产的事而一直耿耿于怀，他最终还是把他们给害了。他自以为他的家人一疯，所有的家产都会成为他的。于是他选择了魔足根毒药，以为这样就能够瞒天过海，神不知鬼不觉。布仁妲就是被他亲手害死的，我当时就想到了，我的出现，就是他的消失。"

司登戴尔越说越激动，他继续说道："我明明知道摩提墨·特瑞庚尼思就是真正的杀人凶手，但我却没有他杀人的证据。我控诉他，这根本不可能。我一想到我心爱的女人被他毫不留情地害死，就不禁悲痛欲绝。我决定用同样的方法为布仁妲报仇。福尔摩斯先生，你知道我一直独来独往、我行我素，我差点把英国的法律都忘记了，在这种情况下，我开始做摩提墨·特瑞庚尼思死刑判决工作的准备，我要代表我心爱的布仁妲判决他死刑。这是他最好的下场，我没有亏待他，上帝也会同意我这么做的。"

他紧接着又说道："后来的事情，福尔摩斯先生比我还要清楚。我那天度过了一个不眠的夜晚，天刚一亮，我就出了门，我想我要叫醒他可能非常困难，于是我就捡了些红色的石子装进了我的口袋里，我悄悄地走到他的窗户下面。我掏了几把石子在手上，断断续续地朝他的窗子打石子。他很快就被我的石子惊醒，他来到窗前并且往外面看了几眼，他看见了我，我招呼他下来，他就匆匆忙忙披上衣服就下来了。在客厅里，我宣判了他的罪行，我对他说我代表布仁妲判决你的死刑。那个该死的家伙发现了我的手枪洞口正对着他，他就像我面对福尔摩斯先生一样，无精打采，坐以待毙了。我于是把油灯点亮，把魔足根毒粉放在了上面燃烧，我立刻出了客厅，全神贯注地站在紧闭的窗外观看他。如果他要逃跑的话，我的手枪膛里的子弹是不会饶恕他的。我站在窗前大概有几分钟的时间，摩提墨恐怖地死去了。如果布仁妲还活着，他也应该还活着，是他逼我这么做的，谁让他毫不留情地害死了我心爱的布仁妲。事情的前因后果就是这样，福尔摩斯先生，现在该轮到你判决我的死刑了。"

福尔摩斯对他最后一句话无动于衷，他沉默了一会儿，终于开口说话了："你不是要去非洲吗？不会是去旅行吧？"

司登戴尔有点惊讶，但他还是回答了福尔摩斯的提问："不是的，我去非洲是为了完成我另一半还没有完成的工作。"福尔摩斯什么都没有想，就对他说："你现在可以放心去干你的另一半工作了。最起码我是不会挡住你的去路。"

司登戴尔惊讶得睁大了眼，他站在那儿呆愣着不动，他以为自己听错了。但是他很快清醒了过来，他向福尔摩斯表达了心中叙述不尽的谢意，然后大步流星地离开了。福尔摩斯又抽起了他的烟斗，并把烟草袋递给了我。他幽默地说："没有毒的烟雾还是比有毒的烟雾受大家的青睐。这个案子处理得似乎有点太专断了，你觉得呢？华生。"

"合情合理，最起码我是这样认为的。"我说。

"我没有爱情，一直都是这样的。我根本无法体会司登戴尔失去心爱的布仁妲时痛苦的心情。假如换作我，我也会这么干的。这是很难用一言两句解释清楚的。对于司登戴尔的调查，我首先是从窗台上的石子开始入手的，朗黑先生住宅的院子里是没有这种石子的。我跟踪司登戴尔的时候，我留意到了他院子里的红色石头，依此类推，云母挡板和灯罩上残留的粉末就证明了司登戴尔的来龙去脉。不说了，案件结束，我们的讨论是多余的。我们现在应该去干点什么呢？现在我忘了，华生你知不知道，你快告诉我。你是非常了解我的，我的思维一直没有停止过。”

8. 最后的致意

歇洛克·福尔摩斯的开场白：

那个世界历史上最恐怖的8月，准确一点的时间是8月2日晚上十点整。人们或许早就料到了这一切，这或许是上天的安排。世界开始了它的灾难，而且最后的残酷现实是灾难不断。太阳早就掉进了那遥远的西山，但此时此刻天边仍然残留着一道血红色的伤痕，伤痕低低地悬挂在同样遥远的西边天际。夜空的星星在闪烁着，海湾停泊着亮灯的海船。两个很出名的德国人站立在庄园的树林小径边，在他们的身后不远处是几排低矮的房子。他们的视线已经到达了悬崖下的那个大海湾。冯·波克早在四年前就居住在这里。站在冯·波克身边的那个德国人是他的同伴冯·赫林男爵。他们把吸完的烟蒂扔在脚下，这未熄灭的烟头在夜晚的衬托下更像妖魔的两只凶恶眼睛。

冯·波克是一个出色的德国间谍。他是德国皇帝手下间谍队伍中的佼佼者，领袖人物。他被派往英国去执行一个非常重要的任务。他的能力在这次任务中表现得异常突出，真正把他所有的能力都发挥了出来。冯·赫林是世界上为数不多知道冯·波克要执行这次任务的人，冯·赫林是德国驻英国公使馆的一等秘书。此时此刻冯·赫林正驾驶着他的轿车行驶在乡间小道上。他干完了这件事，也就是把冯·波克送回冯·波克的庄园，立刻又要赶回伦敦去。

冯·赫林一边开车一边对冯·波克说：“依我看来，你可能在这个星期内就能够回到柏林。你一回到德国，就会受到前所未有的欢迎，你可是国家英雄啊。”他的吹捧技术并不赖，这就是他能够在德国官场平步青云的主要原因。冯·波克感到非常受用，他笑得很得意。

“在我的眼里，他们什么都不是，他们连最起码的防范意识都没有。”冯·波克自豪地说。

“这是我没有想到的。他们那些怪异的规矩，我们必须遵守，这是我们跟他们玩的游戏原则。英国人给别人的第一感觉就是很谦逊很和善，如果我们也这么认为的话，那就是犯了一个天大的错误。对付英国人我们要小心，小心，再小心。”

“你是说他们对待外国人最开始的礼节性见面吗？”冯·波克说完就长叹一声，仿佛有过这种经历一样。

“英国人对待外国人有多种不同并且十分怪异的方法，他们往往是从礼节上入手。我想我应该吸取这方面的教训，我曾经上了他们的当，这也许是我工作上的失职吧。记得那是我第一次来到伦敦担任公使馆一等秘书的时候，英国人迫不及待地开始试探我来了。他们请我参加一次隆重的晚会，晚会上有伦敦政界上的风云人物。”

冯·波克冷淡地说道：“晚会的地点，我去过。”

“我很高兴地把这次晚会的重要内容向柏林汇报了。这是我的工作职责。我万万没有想到我们的首相大人根本不把这件事当作一回事，他根本就没有想到向外界透露这一消息的后果，他竟然在广播中自豪地宣称他对这次晚会的内容早就了如指掌，他又延伸了他对英国情况的了解程度。后果是英国政府出面追究这件事，我难堪极了，我所扮演的角色暴露了出来。我不得不沉寂了长达两年之久，而你就不同了。”

“你说我的与众不同是因为我的身体特别棒吧？对于这一点，我也很信任自己，我爱好运动。”

“正是因为你拥有这方面的条件，所以你在工作的时候特别得心应手。你的人缘好得令人羡慕，甚至达到让人妒忌的程度。你跟他们一起愉快地比赛划船，一同打猎，还跟他们一起打马球，你简直是体育专家，体育运动上的天才。你还跟年轻的军官打过拳击，你简直是全能型运动员了。你在生活方面也很不一般，你的生活奢侈，更像一个浪荡子弟，你什么都不怕，你的性格是那么坚定、稳重、叛逆。你给他们造成的表面假象，一直都让他们深信不疑，你的工作中心就是在这块鲜为人知的土地上，在这块宁静的乡村宅园中。你对英国的情报打击，有一大半是在这块土地上完成的。谁也不知道你的真实身份，除了我和德国几个显赫人物，你假扮得简直天衣无缝！”

“你太客气了，这似乎有点夸张，赫林先生。虽然我在英国的这几年的确为我们伟大的国家做了一点事，但是贡献还没有你说的那么大。我邀请你到我的密室里参观一下。你不会反对吧？”

冯·波克的密室是在他的书房里。他们一前一后小心翼翼地走向书屋。冯·波克拿出钥匙打开了房门，然后又推了一下，在门墙上“啪哒”打了一掌，书房里的电灯立刻就亮了起来。冯·波克又小心地关上了门，他飞快地奔向窗口，又飞快地拉紧了窗帘。电灯的灯光照射范围只在书房里。

冯·波克这时才对冯·赫林说道：“我的妻子和家人在昨天下午的时候离开了这里。那些不是很重要的文件由他们带走了，重要的文件我会让使馆保管。”

冯·赫林说：“你的名字很重要，我们伟大的国家不会让你的名字遭受任何人的涂改和删除。不过我们也不必离开英国，留在英国的机会很多。英国极有可能不顾法国的安危，我的猜测，英法两国肯定没有签订生死共存的条约。”

“比利时呢？”冯·波克不放心地问。

“差不多。”

冯·波克不相信地说道：“要知道他们早就签了条约的。比利时只不过是他们的替死鬼罢了。”

“比利时这样做也是迫不得已的，他们也需要国家安全。”

“难道比利时就愿意永远背着这个窝囊的黑锅吗？”

“嘿嘿，我的先生，我们这个世界风云莫测，大家都只追求自己的功名利禄。战争一旦爆发，我们伟大的祖国将会一往无前，所向无敌，战争带来的利润将超过五千万英镑以上。我们祖国的目的已经在战争准备前就向世人展示了。但是，可怜的英国却什么也没有准备。英国人很大方呀，他们愿意抛弃百年邻邦的法国、比利时，他们这样做也开门见山地向全世界展示了他们的内心世界。他们愿意用法国、比利时的领土换取英国的和平。一句话，他们干的是卖友求荣的勾当，他们很自私。爱尔兰内战是我们挑起的，他们直到现在还在自己人打自己人，除了上帝外没有人知道是我们干的。英国人真是糟糕透顶了，一群大傻瓜。”

“英国应该好好清醒一下了，要知道我们祖国的嘴巴很大，胃口也不小。”

“哼，这是英国人自己的事情，他们喜欢做亡国奴就让他们做吧。你提供的情报非常有利于我们国家参考采用怎样的态度对付英国佬。英国人的态度十分不硬朗，不过，放心，我们的祖国早已经做了一切对付英国的准备。英国在这个星期的一举一动都关系着他们的国家安全，这也是他们面临着生死抉择的时刻。好了，看看你的文件，我倒要看看你这个天才间谍是怎样处理你千辛万苦得来的机密文件。”冯·赫林悠闲地吸着他的香烟。

冯·波克走到了左侧的一面墙壁前，他在墙壁上猛然推了三下，那面墙壁突然由外向里转动了起来，另外一个房间的房门出现在他们面前，这就是冯·波克的密室。密室的正中央摆放着一个大立柜，大立柜是用青铜制造的，他在大立柜面前折腾了一阵，大柜门被打开了。

密室里强烈的灯光把打开的大立柜照得晶亮。冯·赫林全神贯注地望着大立柜里井然有序的抽屉，每个抽屉上都贴有一个醒目的标签。他看到了很多标签上的字：“浅滩”“港口防御”“战斗机”“爱尔兰内战始末”“直布罗陀海峡兵力分布”等等，每个抽屉都装满了和标签内容相符合的文件和机密计划。

冯·赫林说：“很周密！”他忍不住拍掌叫好起来。

“这就是我在英国从事间谍生活四年的成绩。你说要是让一个浪荡公子来干这些事，他能不能干好呢，可以马上得出结论，他一件事情也干不了。马上我又要把一个十分机密的文件藏到这里来。”冯·波克用手指着一个抽屉，标签上标着“海军机密”。冯·赫林不解地问道：“但是抽屉里已经有了一卷材料了呀，还有什么机密文件？”冯·波克回答：“里面存放的已经不重要了，英国海军总部嗅觉不错，他们得知情况后，立刻就把密码换掉了，但不要紧，我还有最后的王牌，我的好帮手阿尔达蒙掌握了最新的英国海军机密。今天晚上他会为我们带来好消息的。”冯·赫林捋开了衣袖，他手表的时针已经到达了深夜十二点了。他皱了一下眉头，说道：“很抱歉，同样，我也很遗憾。我没有时间了，我必须马上赶回卡尔顿大院去，我的情况你是清楚的，我们必须严格坚守自己的岗位。你的好消息我不能先为你带回去和他们分享了。阿尔达蒙没有和你约定时间吗？”

冯·波克从衣服的口袋里掏出了一封电报。

今晚我带火花塞来。

阿尔达蒙

“火花塞，这是什么意思？”

“阿尔达蒙假扮成汽车专家，我开了一个汽车商店，这是我们联络的机密暗号。假如他说散热器，那就是说战列舰；说油泵，指的是巡洋舰，等等。火花塞是海军机密。”

“中午从甫兹茅斯发来的电报，”赫林男爵边说边查看姓名和地址，“你准备怎么谢他？”

“事成之后，我赏给他五百英镑，还有其他奖金，不下一千英镑。”

“阿尔达蒙这个爱财如命的家伙，他们不惜一切代价出卖自己的祖国，为的是得到这些钱！”

“阿尔达蒙这个家伙的确爱财如命，不过他干事非常棒，做大事他严谨，做小事他也不马虎。你给他多少钱，他就给你干多大的事情。他也不是什么卖国贼，他只是具有爱尔兰血统的美国人罢了，美国人出卖英国佬应该不算卖国吧？”

“阿尔达蒙是爱尔兰血统的美国人？”

“你如果听他说上几句话，你就会知道他的英语水平了。他是不容怀疑的美国人。他的举止有时候让我也百思不得其解。哎，你现在马上就要走吗？他可能马上就要来了。”

“很遗憾，我不能再等下去。我再等下去，公使馆肯定会出事。我们在公使馆恭候你的大驾，我希望明天我们在公使馆见面的时候，能够看到你从约翰·布贝公爵那里弄来的英国海军机密。”冯·赫林在密室的桌上拿起两个酒杯，然后打开了一瓶酒。

冯·波克斟上酒，对冯·赫林说：“祝我们大事成功！”

“好，我们马上就要成功了，先干为敬！”冯·赫林一口饮尽。

“我的好帮手阿尔达蒙也非常嗜好喝酒，他总从我这里拿走我舍不得喝的好酒，我们合作得很好。虽然如此，我依然对他充满了警惕。”他们喝完了一杯，就没有再喝下去了，冯·赫林要赶着回公使馆。他在冯·波克的陪同下，走出了书房，来到了他的轿车旁。他上了车，发动了油门，那辆轿车的灯光紧跟着打亮了，他在车里面笑道："这么亮的光芒又是我们打开的，英国应该会在不久的将来连白天都要亮灯。要知道，他们面对的只有黑夜。是的，他们需要光明，但是此时此刻光明似乎是掌握在我们的手中。这可是一个光明笼罩在我们祖国头上的夜晚。咦，谁？"

在波克的身后只有一个窗口露出了灯光，屋里放着一盏明亮的灯。一个慈祥的老太婆坐在小桌边。她低着头在织着什么东西，时不时停下来抚摸她左侧椅子上的大白狗。波克说："她叫玛丽亚，我特地留下来的仆人。"赫林哈哈一笑。

"这位老太太慈祥的样子让我仿佛看到了现在的英国。她只顾埋头干着自己的事情，没有一点远忧和近虑，这样就最好了。拜拜，我的天才冯·波克先生！"他伸出了手，朝波克摇晃了几下。他的轿车正式开走了。他闭上了眼睛，他的司机开得很专心，车在乡村小路上颠来颠去。这时迎面开来了一辆福特汽车，赫林没有注意到。波克目送着赫林男爵远去后，转身走向自己的书房。他看到女仆人的灯熄灭了，并且还关上了窗户。他知道自己也应该休息了。此时此刻，他的庄园一片寂静，他感觉这里是多么的安全和舒适啊。这个夜晚是属于他的，他想到了书房那些重要的机密文件还等着他去处理呢。于是，他就快步走回了书房。一些不重要的文件都被他一把一把地扔进熊熊燃烧的壁炉里。在他的身后还有一个精致的旅行提包，那是他专门用来装一定要带走的贵重机密文件。就在这个时候，他那时刻清醒的头脑感觉到了远处有一辆汽车正在驶过来，他的脸色在火光的照射下显得轻松多了。他愉快地走出了书房，他走下台阶的时候，一辆福特汽车正好开进了宅园的停车场。很快，汽车里就钻出了一个人，并且快速向波克走去，留在车里的司机是个中年人，有些胡子变白了。他坐在驾驶座里悠闲得很。

"你好啊，朋友！"冯·波克迫不及待地迎了上去，他的声音很响亮。

从车上下来的那个人边走边摇晃他手中的一个黑皮小包，算是回答了他。

"今天晚上是值得庆祝的。波克先生，我终于大胜而回。"那个人说道。

“东西呢？在你手上吗？”

“你想要的东西都在我手上这个黑皮小包里，但是，你可千万别太得意，这不是原件，都是复制品。你知道，原件不安全，掉脑袋的事情，我谨慎得很。你也不必太忧伤，都是真货，一件都不少。你不必担心。”他大摇大摆地走到波克面前，伸出手重重地拍了拍波克的肩膀，样子显得挺亲热的，波克避开了这种亲热的方式。“跟我来，我的书房将再次接待你这个老朋友。对，复制品挺好，丢了原件，英国佬又会换掉的，那可不妙。阿尔达蒙你敢担保你这包里面的东西没有一点点问题吗？”波克不放心地问道。跟在波克后面的这个人就是波克的好帮手阿尔达蒙。阿尔达蒙一进书房找了一张扶手椅也不客气就大咧咧地躺了上去。他伸出食指摇过来摇过去，轻松地回答：“我敢用我的性命担保，我们合作了这么久，你连这个都不相信我吗？太不够意思了吧！”波克说道：“这可是我最后一次行动了，我不能有什么闪失。要不然，你叫我怎样在我的间谍生涯中画上一个圆满的句号。”阿尔达蒙朝他笑了笑，然后他的目光落到了那个大立柜，密室的门还没有关上。原来波克知道阿尔达蒙已经把“海军机密”拿来了，也懒得关上密室的门。他只想顺手从阿尔达蒙手上接过机密文件，然后把机密文件塞进大立柜里顺手关上密室的门。

阿尔达蒙惊讶地问道：“哇，哇，没搞错吧，我尊敬的天才波克先生，你难道把文件都放在这里吗？”波克不以为然地问道：“有什么不妥吗？”阿尔达蒙从扶手椅站了起来，走到大立柜前，指着大立柜说道：“你的身份一定会因为这个大立柜而暴露的。随便哪个小偷都能够偷走这些贵重的文件。如果是这样的话，我会后悔我以前把那些机密文件交给你放到这里面来的。我太笨了。”冯·波克轻蔑地说道：“我敢说世界上除了我能够打开这个大立柜外，再也没有第二个人能够打开它了，你知道是怎么一回事吗？”阿尔达蒙说：“你问我，我问谁去？”

“我这个大立柜虽然是用锁把它锁起来的，但是如果不知道开锁密码的话，根本就打不开锁。”波克走到大立柜前，他指着钥匙孔附近的双层圆盘，“外面一层是拨字母的，里面一层是拨数字的。”阿尔达蒙恍然大悟地拍掌笑道：“太棒了！”

“这并不是你说的那么容易。这是我四年前请高手做成的，我所选的字母和数字，你认为如何呢？”

“我不明白。”

“我选择的字母是‘八月’，数字是‘1914’。瞧！”波克说着展示给阿尔达蒙看了。

“你的天才头脑真是无人能比啊。”

“是不是除了我，世界上再也没有人会想到这些？现在你知道了。我明天一大早就关门大吉了。”

“我呢？波克先生，你怎么安排我？我想你不会丢下我一个人不管吧？要知道我和你一样敌视这个国家。我想，用不了一个礼拜，英国军事长官约翰·布尔公爵就要发火了。他可不希望别人知道英国的军事秘密。我应该早走为妙。”阿尔达蒙说。波克说：“但是你是美国人啊！”阿尔达蒙马上说：“这根本不起作用，我的罪名可不小，我想那些英国佬们不会轻易放过我的，一旦被他们抓住，啊呀！我也不敢再想下去了。反正一句话，后果非常非常严重，搞不好会要我的命。要知道你的手下杰克·詹姆士也是美国人，他为你做事，最后还不是被毫不留情地关进了英国监狱。一谈到安全问题，我就担心你的做法，波克先生，看得出来，你并不关心为你卖命的人。”冯·波克差点要跳起来了，他怒斥阿尔达蒙：“你这是什么意思？”阿尔达蒙回答：“你的手下为你卖命，他们被抓了，你并没有采取任何营救措施，杰克就是一个例子。”

“那不能全怪我，他自己爱自以为是。”

“杰克是个愚蠢的家伙，那么霍理思呢？”

“他是一个疯子。”

“霍理思并没有疯，他只是太冲动了，他一时之间控制不了自己的情绪，他的失手看来是在所难免的。但是最近的施泰纳呢？”

冯·波克陡然眉头紧锁，脸色大疑。

“施泰纳他难道也——”

“你还装得挺像的，施泰纳被他们捉去了。英国警察昨天在他的住所里逮捕了他。人赃俱在，铁证如山，他被关进了朴次茅斯监狱。他现在生死未卜，这就是为你卖命的下场。”

冯·波克虽然久经世故、老奸巨猾，但是一听到这个消息，他也着实大吃了一惊。

“施泰纳的能力我一直没有怀疑过，他曾经让英国佬头痛之极啊！”波克的声音开始颤抖了。

“我想我的末日也快到了。要知道我的被捕对你的打击应该不会很小。”

“没有那么严重吧！”

“这一点儿也不夸张。我的住所曾经受到了英国警察的骚扰。幸亏我机灵果断，一听到风声就逃了出来。但是，现在我必须问你的是，那些英国警察是怎么知道我们的事情。自从我为你卖命以来，我所了解的情况是，一共有五个为你卖命的间谍特工被英国警察逮捕了，事情的发展趋势很明显，我是第六个为你卖命而将要被英国警察逮捕的人。事实摆在眼前，你是怎么为我们这些手下着想的呢？”阿尔达蒙这一席话问得冯·波克哑口无言，他只能愤怒地说：“你说这话是什么意思？你说这话到底是什么意思？”阿尔达蒙轻松地回答：“我没有你想得那么周到，我必须为我自己着想。一句话，我再也不会为你卖命了，你的用心我非常明白，当一个人的利用价值利用完之后，你会毫不留情地把那个人甩掉，是不是这样，冯·波克先生？”冯·波克霍地从椅子上站了起来，他指着阿尔达蒙的鼻子说：“你拐弯抹角的就是在骂我出卖自己的手下！”

“你太冲动了，千万别往那一方

面去想，我想我还是了解我的冯·波克先生的。我敢肯定你们内部一定有英国佬，他们极有可能是反间谍特工。好了，我不说那么多废话了，我必须马上离开英国。”

冯·波克一直在抑制自己的怒火，他真不愧是只老狐狸。

“阿尔达蒙，不管你的将来会发生什么天翻地覆的变化，我敢在这里对着上帝发誓，我绝不会干对不起你的事情。同样，我的手下被捕也不是我告的密，我相信你那一句话，我们内部一定有英国佬的反间谍特工，这种人最危险了。你的工作成绩一直都很出色，我会想办法让你安全离开英国的。好了，你的皮包让我来保管吧，一放进我的大立柜里就天不怕地不怕了。”阿尔达蒙对波克伸来的双手视而不见。他根本就没有马上把他手中黑皮包交给波克的意思。他冷冷地问波克：“我的东西呢？”波克一愣：“什么你的东西？”

阿尔达蒙发怒了：“哇，妈的，你说变就变呀！太夸张了吧。我的卖命钱五百英镑。你不会连我们最初的协议条件都忘记了吧？你这个动作怎么让我相信你的诚心。我算明白你的手段了。你怎么在道上混的，道上的规矩，一手交钱一手交货，你该不会忘了吧？”

冯·波克尴尬地抿嘴一笑，说：“你呀你呀，不愧是精明的阿尔达蒙，我少不了你的好处。”

“我现在不得不这样了，我的冯·波克先生，除了钞票，我不再相信任何一个人。”

“非常简单，我就按你的意思去做。”他从桌上扯下了一张支票，在支票上签了五百英镑，但他没有马上递给他的交易伙伴，他笑着说：“我们走到了这一步，都不容易，我们双方都应该保持高度的警惕。我们都不再信任对方了。这太残酷了，支票在桌上，在你从桌上拿走它之前，我要验货，我不得不做出这样的动作。”

阿尔达蒙一言不发地把黑皮包交给了冯·波克。冯·波克的两眼立刻就发出光芒，他像发现了贵重的财宝一样，打开了皮包，他从皮包里取出一本白色小书，他看到书的封面上赫然印着：《养蜂实用手册》，他感到惊奇。他正要翻开封面去看书里内容的时候，他立刻感觉到头昏脑涨了起来，他能够感觉到他的后脑勺遭到了重重的一击，马上他就不知道自己是谁了。冯·波克昏死了过去。

“华生，我们干杯！”福尔摩斯把那瓶冯·波克他们没有喝完的酒倒向了坐在他身边的司机。那个司机是华生假扮的。他把酒杯递了过来，又是满满的一杯。

“这酒不错，我们很幸运，福尔摩斯先生。”

“华生，我很高兴能够在这种环境这种情况下和你一起喝酒，这是我们值得庆祝的时刻，即兴而饮，心情会更好更佳。我们没有理由不再喝一杯。”

大立柜的锁重新被福尔摩斯打开，福尔摩斯站在柜前，他很有耐心地一个抽屉一个抽屉把那些冯·波克珍藏的机密文件拿出来翻看。看完后，又井然有序地把那些文件塞进冯·波克放在桌上的提包里面。冯·波克还躺在地上呼呼大睡，五花大绑地捆着，他居然能够睡得如此沉稳。福尔摩斯对华生说道：“华生，你根本不用担心了，事情顺利得就像囊中取物，除了老女仆玛丽亚，再没有人能够构成对我们的威胁了。千万别误会我们的玛丽亚太太，她在这出戏里扮演的角色非常重要。她也是反间谍特工之一，你看，我们的英雄走来了。”玛丽亚微笑着走了进来。她跟福尔摩斯、华生打了招呼，又忍不住地看了看躺在地上的冯·波克。福尔摩斯向她解释：“玛丽亚太太，你别担心，他只是睡着了而已，他的身体很健康。”“谢谢，福尔摩斯先生。他对我很好，当然，要是他知道了我的真实身份他可不会让我在这个世上多活一秒钟的。能帮助大名鼎鼎的神探我感到很高兴。”

“你过奖了，玛丽亚太太，事实上你的作用最大。你的信号发得也不算太晚。”

“很抱歉，公使馆一等秘书冯·赫林还想一睹你的风采呢，福尔摩斯先生。”

“我知道。他的轿车和我们的汽车在半路上会过面，他忽略了我们。”

“我一直担心他会赖在这里不走呢。要是他不走，事情就不好办了。”

“确实是这样的。我们大概等了半个钟头，终于看见了你屋里摆出来的灯光，我们收到了你的信号，马上就出发了。玛丽亚太太，我们明天在伦敦克拉瑞斯饭店见面。”

“可以，福尔摩斯先生。”

“你是不是想离开这里？”

“没错，先生。冯·波克今天发出了七封信。我一字不漏地把信封上的地址都记住了。”

“这一仗我们打得非常漂亮，简直是全胜，收获不小。感谢你为我们的祖国所做的贡献，明天见。”福尔摩斯目送着玛丽亚太太走出书房。紧接着他又说道：“我们把这些文件都收集起来吧。很多文件里的情报都被德国政府掌握了。这是我们有力的证据。”华生说：“听你这么一说，保留这些文件是为了日后好审判德国政府，对吧？”福尔摩斯感叹一声说：“我也不敢肯定，因为世事难料。这些冯·波克用过的文件最起码能够向我们表明什么机密早被别人知道，什么机密还一直保存完好。冯·波克的很多文件是我提供的，都是半真半假，有一些根本就是我捏造的，半真半假的情报会让德国政府得到报应。他们会被我提供的情报感到迷惑不解，他们只会朝灾难的深渊靠近。”福尔摩斯说到这里，他深情地望着我，说道：“你化妆的技术挺棒的，这些年来你好吗？你看起来仍然像你原来那样。”华生笑道：“不，不，我的朋友，我觉得我一下子年轻了十岁。要知道，我一收到你要我开车到这里和你见面的电报时，我高兴得不知道该怎样庆祝。福尔摩斯，你仍然没有变化。”福尔摩斯听到华生这句话，忍不住畅怀哈哈大笑，一腔豪情尽洒脸面。他笑道：“我的化妆技术也不赖，明天我把原来面目展现出来，你可能会大吃一惊。我还是变了一些，我为我扮演的这个美国间谍角色付出的代价也不小，我差点把母语——英语都忘了，说笑的，我的英语不纯正是事实。”华生也笑道：“不是有消息说你已经退休了。福尔摩斯，我们都得知你早在南部草原上开垦了一个小农场，你准备和蜜蜂以及书本共度此生，你要隐居了吗？”福尔摩斯拍掌言欢，笑道：“华生，你的消息很正确。我闲居多年终于有了一点成绩，瞧！”他从桌上拿起一本书，递给了华生，封面全名是：《养蜂实用手册兼论隔离蜂王的研究》。他补充道：“这是我一个人不分年月，废寝忘食的结晶。”

“你怎么会有时间重新从事侦探工作？”

“这个问题我到现在都还没有弄明白。你知道，我一看到外交大臣和首相，我的爱国心就会强烈地运动起来。我不能推辞首相大人交给我报效祖国的任务。这位自称是间谍天才的德国佬——冯·波克给我们的帮助太多了。他手下有一帮家伙，对我们的祖国做了很多破坏的工作，一直令我们祖国感到愤怒。政府逮捕了一些德国间谍，但一直没有斩草除根。事实上，在我国早已经躲藏着一支强大的秘密核心间谍特工，将他们全部歼灭是我国政府责无旁贷的工作。我用了两年的时间终于把自己变成了一个一举一动都很有间谍专业水平的人，这个经历有点曲折有点复杂。但只有一条主线，我首先从芝加哥出发远游，随后又加入了一个爱尔兰秘密恐怖组织，我给斯基巴伦的警察制造了很多麻烦。上帝有眼，我的身手得到了冯·波克的赏识。冯·波克很信任我，于是我就扮演了一个反间谍特工的角色，我提供的情报害得他接连折损五员得力大将。他们一直毫无进展。”

这个时候冯·波克醒了过来。最后一句话他肯定是听到了，要不然他不会暴跳如雷地在地上打滚，他用德语在地上大声叫嚷，口吐飞沫，十分生动。

“德国话在冯·波克的噪音里被糟蹋得如此肮脏。”福尔摩斯笑着对华生说。这时冯·波克已经骂得精疲力尽了，他的嘴巴不得不停下来休息。福尔摩斯提起冯·波克的脚，又说：“老兄，你这个样子像个什么呢？像不像王八呢？我看呐，更像乌龟王八，对不起，我从来没有骂过人，我只能骂到这个水平，至于你的骂人水平的确很高明。”

冯·波克努力想使自己坐起来，但事与愿违，他的动作显得既笨拙又多余。

“阿尔达蒙，你这个叛徒，你竟敢出卖我，我要跟你决斗，你这个该死的家伙！”冯·波克歇斯底里地怒吼。福尔摩斯在他的面前走来走去，皮鞋踩在地板上的声音，冯·波克的耳朵是最先听到的。福尔摩斯对跪在地板上的冯·波克说道：“跟上帝决斗是你毕生的愿望吧？你这个该死的家伙只会考虑到过程，你根本不考虑事情的后果。”冯·波克大骂福尔摩斯：“阿尔达蒙，我会惩罚你的，你没必要为英国佬卖命。”福尔摩斯笑道：“你又错了，我不是美国人阿尔达蒙，我是英国爱国主义者福尔摩斯，让你失望了吧！”

“福尔摩斯？！”

“你不必这么惊讶，我的名字并不会把你吃掉。我又不是第一次和你打交道。让我告诉你吧，我还曾经跟你的家人打过交道，我以前在德国做过大买卖，你忘记了吧？”

“是的，你能够再为我重复一遍吗？”冯·波克冷笑。

“你的亲戚赫里斯担任驻英大使的时候，是我让安娜·爱德勒和前波斯米亚国王分手的，也是我把你大舅子格拉劳斯坦伯爵从凶恶的歹徒手中救出。我跟你以及你的家人打的交道我就不一一例举了。”

冯·波克目瞪口呆地坐在地上一动不动，“都是你干的，都是你干的吗？”

“你的判断能力不错，对，就是我。很抱歉，冯·波克先生。”福尔摩斯说道。

冯·波克仰天长叹，痛苦的神情溢于言表，他悲痛地说：“这么说，你为我提供的机密情报不仅没有帮助我，反而还害了我。是你，让我前功尽弃的！”

“这句话有点水分，我不得不说我为你提供的机密文件一半是真的，一半是假的。你现在后悔也没有用。德国的海军会在开炮的时候，发现英国海军的新式大炮比情报中提供的要大一倍，火力要猛烈一倍，巡洋船也要比德国海军的快一些。”福尔摩斯轻描淡写地说道。冯·波克听完这些，忍不住又是仰天长叹。他的叹息声越来越长。福尔摩斯说：“还会有很多的事情会发生，你就等着瞧吧！你自以为自己了不起，是天才般的人物，天不怕地不怕，但你知不知道你是聪明反被聪明误。你机关算尽，最后算计的却是自己，这就叫‘善有善报，恶有恶报’，不过你应该想开一点儿，我想你的国家不会忘记你的，不会忘记你为她做出的杰出贡献。好了，这是你们德国佬自己的事情，我们英国人不喜欢多管闲事。”福尔摩斯说完又对华生说：“华生，我们把这个家伙带走吧，我想伦敦会欢迎这位天才间谍的。”福尔摩斯和华生一个人搬脑袋一个人抬后腿费了九牛二虎之力终于把冯·波克搬上了福特汽车。冯·波克还一直在做一些无用的挣扎和反抗，他的声音粗暴得让福尔摩斯抽烟都没心情。华生特别在冯·波克的后腿上掐了一把，紧接着听到的是一阵杀猪般的嚎叫声。

福尔摩斯把那个贵重的手提包放到了驾驶室，一切事务处理完后，福尔摩斯又对冯·波克说：“老兄，你的嘴巴真臭，抽一支烟吧，你会觉得舒服的。”

福尔摩斯从口袋里掏出一根雪茄烟，他摇晃了一下，说：“这烟味道不错。”

“歇洛克·福尔摩斯先生，我必须警告你，如果你们是在执行英国政府的命令，你们这样做是想挑起英国和德国之间战争。”

“你们德国政府怎样解释你在英国所做的这些行为呢？难道还要撒出什么弥天大谎吗？”福尔摩斯特地拍拍手提包。

“你什么都不是，你无权押解我，你这样的行为和动作是违反英国宪法的，我要起诉你们。”

“你太激动了，连自己要说什么都忘记了。”福尔摩斯蔑视他。

“你们两个该死的英国佬，现在在进行惨无人道的绑架行动，而且绑架对象是高贵的德国人。”

“你应该再为我加一条大罪，偷盗私人机密文件。对不对？”

“嘿嘿，你们一定会后悔的，你们的幕后操纵者也会后悔的。在半路上，路过村子的时候，我会揭露你们的犯罪过程。”冯·波克吼道。福尔摩斯轻蔑地对冯·波克说：“你的胆子可真不小，到时候我们会为你提供这方面的服务。很遗憾，我们手头上没有喇叭，那我们就用嘴帮你向淳朴的英国人叙述你被我们绑架的原因以及绑架你的目的吧。我想我们英国人会记住你的大名的，然后还会让你也记住英国人民在你身上的热情劲儿，我不能准确地说出他们的拳头在你身上砸落两次的重量，但我敢担保我们会打开车门让你不要藏在有保护设备的汽车里的。你应该老实点，让我们一同和和气气地去伦敦警察局吧。你在伦敦警察局会幸福地见到心情跟你一样的冯·赫林。好了，不谈你们德国人的后事了。华生，我们再来好好聊聊吧。我想这极有可能是我们最后一次宁静的交谈了。”

福尔摩斯和华生这一对生死知己，坐在台阶前静静地谈论着这几年发生的事情。

他们又深情地回忆了过去两个人在一起生活一起历险的日子，内心激动不已。他们把友谊带到了这里，从这里又将出发，奔向更遥远的大海。他们来到了波克和赫林曾经站立的位置。冯·波克五花大绑地在车上挣扎，但没有一点用。福尔摩斯望着大海，沉思了起来，良久才开口说话：“大海要起风浪了，华生。”华生说：“我看不会的，大海一直风平浪静。”福尔摩斯说：“不，华生，我坚信大海要起风浪了。这股风浪会席卷英国，英国从来没有经历过这样的风浪。它会很迅猛、很残酷。这是一场灾难，上帝也阻止不了。大风大浪之后，天空会更加晴朗，英国也会晴朗起来。华生，出发吧，我们的车该上路了。我手头上还有一张五百英镑的支票还等着去兑换呢。要知道，这张支票的风险性挺大的。”

新探案

1. 显贵的主顾

我差点把嘴皮子都磨破了，在这样的情况下，我的老朋友福尔摩斯才允许我把这个有点滑稽的案件展示出来。福尔摩斯对这个案子也非常重视。

1903 年 9 月 3 日，我和我的老朋友福尔摩斯非常愉快地来到了北爱波顿街浴室的二楼。那天我们的心情很舒畅。在浴室里，他的表情比往常丰富多了，他说话的速度明显比平常快。我也因为他的愉快而愉快着。我们选择了一个很安静的地方一起聊了起来，在这样的环境和气氛之下，我们的话语像浴池里的水那样多。

我睁一只眼闭一只眼地问他："近来有没有破获什么奇特的案子？"

"有。"福尔摩斯哼了一声，他的手臂倏地从被单里伸了出来，从放在衣钩上的外套内口袋里取出了一个信封。

他一边拆信封一边对我说："你肯定会对这件东西感兴趣的。但是，我必须告诉你，我是刚刚收到这封信的。我的朋友，我的很多事情你都要知道，我想这封信我也不该瞒你。你瞧瞧吧，我已经在你还没有看之前就看过了。"

我接过他递过来的信，展开了信纸：

尊敬的福尔摩斯先生：

你好！我准备在明天下午四点三十分登门拜访你。我来是想向你请教一些问题，当然这些问题是很棘手的，它们一直困扰着我，我希望能够得到你的帮助，不胜感激。如果你同意帮助我的话，请打电话联系我。谢谢！

詹姆斯·戴摩洛爵士敬上

我看完信后，福尔摩斯就用眼睛盯着我。"喔，朋友，你不要用这样的眼光看着我，我们俩心里想的都是同一个答案，是的，我愿帮助我这位主顾。”

“嗯，詹姆斯爵士在交际圈里可不简单呀！”

“你对詹姆斯爵士知道得不少，我或许比你知道得更多，他最擅长处理那些不可见人的丑事，很多棘手的问题他都能够解决。例如汉姆伏特遗嘱案，他处理得非常好。他经历丰富，办事果断，口才不错，他也算得上是一个厉害的人物了。现在他写这封求救信给我，我想他可能真遇上了他处理解决不了的事情。”福尔摩斯说到这里，问我：“华生，希望你能够再次做我的搭档，怎么样呢？”

“我很愿意为你做点事情！”

“我真高兴。好吧，我们赶快回家去做迎接他的准备吧。”

我们从浴室里出来后，便分手了。我先回到了我在安侯街的住所，然后在四点钟的时候赶到了贝克街。詹姆斯爵士在四点半准时赶到了。詹姆斯爵士性格豁达，头比较大，整个人看起来很有精神，说话的声音也很有磁性，非常清晰。他的眼睛差不多有他的头那样大，一闪一闪的，无论怎么看都是一个非常聪明果断的人。他穿着很华丽的大衣，头顶上的礼帽也有棱有角的，一尘不染，里面的衬衫非常合身，他的领结装束得非常工整，他的皮鞋擦得锃亮。因为他在我们房间里，连我也感觉到蓬荜生辉了。

“你好，华生医生，很高兴在这里见到你。”詹姆斯爵士很有礼貌地跟我打了一个招呼。接着，他对福尔摩斯说：“尊敬的福尔摩斯先生，我想你不会不理这件事的。这件事情的后果将会非常严重。你要知道我们的敌人是一个什么坏事都干过的恶魔。”

福尔摩斯一边听他声色俱厉地讲，一边拿起自己的烟斗，点燃，慢慢地说：“这个家伙这么可恶，我倒想会会他，他叫什么名字？”

“克罗纳男爵这个可恶的名字想必你不曾忘记吧？”

“嗯，就是那个在奥地利杀了人后至今还未归案的家伙吗？”

詹姆斯爵士立刻哈哈大笑起来，他的手脚都改变了位置，他似乎心情好多了，眼神也不再那么忧虑了，他笑着说：“不愧是神探，什么事情都瞒不了你！我尊敬的福尔摩斯先生，你不会不怀疑他曾经的罪行吧？”

“我非常乐意做这些在别人眼里看起来是无聊的事情。在维也纳大案发生后，连不懂事的小孩都知道是克罗纳干的，因为他们的家人每天都会不厌其烦地在他们的耳朵边讲述这起大案。遗憾的是让这个可恨的家伙逃过了法律的惩罚。还有那个大峡谷的案子，他的妻子他也敢杀，除了这样的人，再也找不到其他人干如此凶残的事了。此时此刻他来到了英国吧。他又干了犯法的事情吗？看来，我确实应该会一会他了。”

“福尔摩斯先生，一开始我就告诉了你，这次他要干的事情后果是不堪设想的，任何人都会指责他快要丧尽天良了。我想我的委托人现在的处境是多么值得任何一个有良知的人同情啊！”

“我说句不该说的话，你的委托人是谁呢？”

詹姆斯爵士被福尔摩斯这么一问，眼神又忧虑了起来，他停了停，想了想然后才说：“对不起，福尔摩斯先生，你知道的，我只是他的代表，他的身份我是不会告诉你的，但是我向你保证，我们这样做，绝对不是为了便于做什么犯法乱纪的事情，一时之间也很难向你解释清楚，请你原谅。事成之后，你将会得到一笔不小的报酬。”

“等等，等等，我的朋友，我并不是看重你们的酬劳，假如我连我的主顾是谁都不知道的话，我是不会去调查这起案子的。希望你也能够明白我的苦衷和难处，我尊敬的詹姆斯爵士。”

“但是，我早已答应了他，不会透露他的真实身份。你这个样子分明是故意在刁难我。我再次向你保证，这起案子绝对是正义战胜邪恶的。我的委托人是受害者，我们没有违法乱纪。假如你知道这里面的原因，我想你一定会全力以赴去调查这件案子的。”

“你能不能够告诉我，这里面的真正原因？”

“这样的话，我不得不告诉你了，福尔摩斯先生。”

“请讲吧，我在认真地听着呢。”

“你应该知道德·梅恩将军的名字吧，他为英国立过很多军功。将军的千金小姐——维傲兰·梅恩小姐现在危险得很。可怜的维傲兰·梅恩小姐现在不可救药地爱上了克罗纳那个恶魔。要知道，她是一个多么尊贵、美丽、善良、纯洁的姑娘。有那么多王公子孙向她求婚，但她却偏偏喜欢上克罗纳！她这不是自讨苦吃吗？”

“我以前听别人说过克罗纳这个家伙长得非常讨女孩子喜欢，很多女孩子都把他当作梦中情人。但是，像维傲兰小姐这么高贵的人，应该不可能会和克罗纳那个无赖搅在一起的，这又是为什么呢？”

“哎，真是一言难尽。有一次维傲兰小姐去地中海旅行，她乘坐的是一艘非常豪华的游艇。但是游艇的主人为了赚到更多的钱，同意了只要能够上缴得起高昂的经费就可以让不是贵族的有钱人上游艇一起结伴旅行的条件。可恶的克罗纳乘着这个船长给他的好机会上了这艘豪华的游艇。克罗纳这个家伙选中了维傲兰小姐作为他献殷勤的对象，他对他的目标施展出浑身解数。维傲兰小姐被他骗了，她只看到了他的外表，她一点都不了解他的内心。最要命的是，维傲兰小姐还决定在下个月和这个丧尽天良的混蛋结婚。福尔摩斯先生，我想你不会让这场悲剧发生的，对不对？”

“难道你们没有告诉她，克罗纳在奥地利犯的大案吗？”

“你可不要低估了克罗纳这个家伙的能力，他很有头脑，而且做事也非常果断。他还没等我们在维傲兰小姐面前开口说话，他就早已经把他以前的犯罪行为彻底地作了一次面目全非的修改。他总是把自己装扮成一个饱受侮辱、尝尽惨痛的君子，善良、纯洁的维傲兰小姐就在他设计的陷阱里越陷越深了，简直到了不可自拔的地步。”

“你拐弯抹角地说了这么多，总是绕不开德·梅恩将军。你的委托人一定是他了。”福尔摩斯微笑着说道。

“你别乱猜，不是德·梅恩将军！”詹姆斯明显慌乱了起来，他分辩说，“你猜不到是谁，他是一个好心的人，他跟将军的交情很深厚，他实在是不愿意看到梅恩小姐因为克罗纳这个天杀的家伙而自己毁掉自己的美好人生；他也不忍心看到梅恩将军因为这件事而惶惶不安影响他的作战情绪。你现在应该明白我的委托人的苦衷了吧？真的，我已经答应了他，我不会向任何人说出他的真实姓名的，当然，也包括你在内，我尊敬的福尔摩斯先生。”

“我知道了，你不说我也知道了，就这样吧。我愿意接手这件案子，别忘了留下你的电话，以后我们好随时联系。”

“7534728。”

“关于克罗纳男爵的情况，请你告诉我你所知道的。”

“好的。克罗纳目前居住在一幢富丽堂皇的别墅里，我们都不知道他哪里有那么多钱买下那幢富丽堂皇的别墅。他可是一个对艺术有很深造诣的人，听说他还出版过一本陶瓷方面的专著。他对中国陶瓷了如指掌。嘿嘿，这个有点艺术细胞的家伙！”

“很好，我感谢你提供的线索。我会全心全意去调查克罗纳这个人的，你快回去告诉你的委托人吧，我不会让他老担心这件事情的。”

詹姆斯爵士稍微舒了一口气，他像进门时那样礼貌地回去了。自从他走后，福尔摩斯一直就坐在他的扶手椅上一动不动，全神贯注地沉思着。过了很长一段时间，他终于开口跟我说话了：“华生，谈谈你对这件事情的想法吧！”

我立刻对福尔摩斯说，我们应该对维傲兰小姐有一定的了解，我们还可以约她见个面。福尔摩斯摇了摇了头。他全力反对：“你这样想就错了。你好好想想，她的亲生父亲都拿她没有办法，假如我们俩毫无准备去和她见面，后果可能是比她父亲还要糟糕。我们有很多途径，你应该没有忘记约翰这个人吧？”

约翰是福尔摩斯后期探案生涯中的得力助手之一。他坐过两次大牢。他原来在社会上为非作歹，干了一些坏事。后来碰到了福尔摩斯，福尔摩斯帮助他改邪归正。约翰为此非常感激他，愿意为福尔摩斯效犬马之劳。约翰现在在伦敦的黑社会里混得有头有脸，很有权势。他手下有很多在社会上混得非常圆滑的人，他经常为福尔摩斯搜集各种各样的消息。无可否认，他提供的消息非常准确，没有出过一次差错。很明显，福尔摩斯又要请他出去打探各种消息了。

后来的几天我一直在忙着做自己的事情，我不知道福尔摩斯这几天都干了些什么，他有没有开始调查那件案子我一点都不知道，因为我有几天没有看到他了。一天晚上，我被他请到了一家小酒店一起喝酒。刚一见面，他就对我讲述了这几天他的行踪。

“你说什么？你和克罗纳见了面？”我简直不敢相信。

“这没有什么大不了的。”他说，“直奔主题，和敌人面对面难道不好吗？我很乐意这样。约翰现在忙得很，忙得不可开交。这样我就很早和克罗纳打上了交道。”

“难道他连大名鼎鼎的神探福尔摩斯都不知道吗？”

“抱歉，恰恰相反，是我先向他作了自我介绍的。克罗纳果然如詹姆斯爵士所说的那样，狡猾极了。他的外表给别人的感觉的确是风度翩翩，谁会想到他的心是那么的狠毒。嘿嘿，我很乐意和这种敌人交手。”

“他跟你讲了些什么？”我追问。

“他很有头脑并且颇有心计，他首先就给了我一个下马威。他对我说，‘尊敬的福尔摩斯先生，一定是梅恩将军叫你来阻止我和他的女儿结婚吧？’”

“你承认了吗？”

“‘咦？’我说，‘我想的是其他事情。克罗纳男爵先生，你现在马上就要平步青云了，看来英国非常适合你的仕途发展。但是你不会把你以前的事情都忘掉吧。要是维傲兰小姐得知你以前的恶行，你难道没有考虑过她不会再和你在一起吗？你也知道，梅恩将军在英国的权势有多大。你这样做，就是要跟他作对。一切现实表明，你已经越来越危险了。你应该有自知之明，我知道你是一个聪明的人。’

“我说到这里的时候，克罗纳表现了他的镇静和精明，他哈哈大笑了一番，他的嘴唇抖动了几下，然后说：‘我对这件事情也一直是爱莫能助，这是不能挽回的事情，维傲兰·梅恩小姐已经深深地爱上我了。如果没有我，她也会不想再活下去了，事情就是这样。你说我曾经的故事吗？喔，天呐！我竟然用讲故事的口吻讲给她听了，她了解我胜过了解她自己，她再也不会相信那些心怀不轨的人的鬼话了，现在她只相信我。你知道的，她的父亲也拿她没有一点办法。这可能会让类似你这样多管闲事的人很失望，但是没有办法，现实就是这么残酷。’说完，他耸了耸肩。在最后，我要离开这个可恶家伙的时候，他特别补充了一句：‘不知道你知不知道那位大名鼎鼎的名叫雷波的法国警察的事情？我亲爱的福尔摩斯先生。’

“我说‘知道，他在外地让一伙凶徒打成了重伤，而且还是耸人听闻的全身残废。’

“‘你的消息不错，很准确，我很高兴你知道这件事情。和你一样，他对我的事情特别感兴趣，结果我也没有想到他会落到那样的下场。真叫人伤心，我真的不想大名鼎鼎的神探先生也落到那样的下场，你说呢，我尊敬的福尔摩斯先生？’

“他对我就说了这些，华生，克罗纳这个家伙还是颇有手段的哩。”

“克罗纳这个混蛋还真有点恐怖分子的味道。事实上他会这么干的，你还是放弃吧，我的朋友。要知道他跟别人结婚关我们什么事。”

“你错了，我不会放弃的，他能够毫不留情地杀掉他的前妻，那么他还有什么事情不能做呢？你千万不要忘了，我们的主顾也是不好惹的。就这样，我不跟你多啰唆了。来，喝完这杯酒，我们就干我们应该干的事情。约翰还在家里面等我们呢。”

约翰是一个身材魁梧、声音粗糙的人。在他的右边坐着一个身材瘦弱，而性格却很急躁的年轻女人。这个女人脸色吓人的惨白，整个人看起来很忧愁、丧气。约翰向我们介绍了她，吉尔蒂小姐。

吉尔蒂小姐快人快语：“我首先是不想参与这件倒霉的事情，但是，听约翰说你们要好好地整治克罗纳那个混蛋，我就来劲了。我很愿意帮助你们，福尔摩斯先生，他不会有好下场的。”

“吉尔蒂小姐，你知道克罗纳多少事情？”福尔摩斯笑着对她说。

“我不会放过他的！你瞧瞧，我这模样就是他害的！我就是变成了鬼也不会放过他的。”吉尔蒂小姐边说边做着要和克罗纳誓不两立的姿势，浑身都充满了野性的斗志。

“请你详细地说一遍吧，我们很愿意听你不幸的遭遇，我们也很同情你。”

“我那伤心的旧事，哎，就别提了，它跟现在马上就要发生的事情无关。我听约翰说，克罗纳那个挨千刀的混蛋又骗到了一个善良的少女，而且这个少女身份还挺高贵的。福尔摩斯，你一定要挡住这件事情的发生。如果又让克罗纳那个混蛋得手，后果将是不堪回首。”

“糟糕的是，那个高贵的少女已经不可自拔地爱上了他。他们还准备在下个月举行婚礼呢，况且她从来就没有把他以前的恶行放在心上。”

“谋害他的前妻那件大惨案呢？”

“很遗憾，她不这样认为，她坚持是别人诬陷他。”

“这是有证据的呀！难道她愚蠢得连证据都不相信吗？”

“可是我们现在手上什么证据都没有啊，怎么办呢？吉尔蒂小姐，我想你能够为我们提供好的线索。”

“如果能够让克罗纳这个大坏蛋绳之以法，我很乐意一个人去告诉那个受骗的少女，我要把克罗纳以前所有的罪行和恶事一五一十地向她披露。”

“这不是最好的办法。因为那个高贵少女再也不会相信任何人的话语，在她面前说一百个有关于恶魔克罗纳行凶的故事，她都会当作耳边风，这样做没有用。”

“不用担心，我有他很多行凶的证据，其中包括很多人都知道的大峡谷惨案、布拉格谋杀案等许多大案件。粗略统计一下，他残杀的人，不少于二十个。最有力的证据我也知道，我看见过他珍藏的日记本，里面记录着他全部的行凶过程。”

“你说的是什么样的日记本？”

“一个黄皮、有锁的本子。那天他喝得大醉，昏迷不醒的时候，我才看到的。克罗纳那个挨千刀的大坏蛋，他把他曾经骗过的女人的相片、名字以及他们一起生活时的种种细节都写在了日记本上。这个不知羞耻的畜生，他的日记本上都记下了什么呀！我简直没有脸再说下去，我为我看过那本日记本的内容感到可耻、无地自容。只有畜生才会那样干。”

“他把那个日记本放到什么地方去了？”

“我现在不敢乱断定。要知道，我们分手已经有一年多了。我现在还记得，他当时是把那个日记本藏在他书房的一个柜橱的格子里面。老天保佑，他应该没有换地方，因为我知道他不是一个随便就爱搬动东西的人。”

“但愿如你所说的那样，”福尔摩斯眼神明显好多了。“吉尔蒂小姐，我会让你和我们的女主人公在明天下午五点钟的时候会个面。我们很高兴明天再次和你相遇，感谢你为我们提供的线索。”

第二天晚上又在那个小酒店里，我再次看到了福尔摩斯。我一见面就问他那两个女人见面的情况，福尔摩斯为我不厌其烦地重复了一遍。

“她们都很准时，”福尔摩斯说，“梅恩小姐可能对自己在婚姻大事上的我行我素感到愧疚，她心里对自己的父亲也还保存着歉意。何况，她还恢复了她善良的本质。下午五点半的时候，我和吉尔蒂小姐乘坐一辆大马车准时到达了梅恩将军府。那是一座非常庄重的城堡。梅恩小姐在会客室里接待了我们。

"维傲兰·梅恩小姐长得高贵典雅，当然也很美丽、善良。她的心地很纯洁，看到这样的少女，我们任何一个有良知的人都不会让克罗纳那个丧尽天良的大混蛋欺骗、毒害她的。我们时刻为维傲兰·梅恩小姐的生命而担忧着。要知道克罗纳是一个什么都敢做的亡命之徒。

"维傲兰·梅恩小姐看到吉尔蒂小姐感到很惊讶，但很快又恢复了平静的神态。'福尔摩斯先生，'她说，'很高兴你来到我的家里，你先别高兴得太早，我本来是不想和你见面的，但是我的父亲不允许我这样做。如果你再和我谈论我和我未婚夫的事情，我是不会再听下去的，我也希望你不要浪费你有限的时间以及精力。'

"华生，听到这些从她口中说出来的话，我当时心里很难过。你也知道我的口才不怎么样，而且我也不会随便伤心，可是那天我不得不为她的未来着想，要知道她还那么年轻，她的确被克罗纳欺骗了。我对她讲了假如她真跟克罗纳那个大坏蛋结婚前后的各种不幸以及意想不到的灾难，她对这些忠言良语不置一顾，她关闭了她的耳朵。她彻底地无可救药了。

"她是这样跟我说话的，她说，'尊敬的福尔摩斯先生，你的废话真是太多了，你就是再重复你刚才所说的那些话一万遍，我都会把它们当作耳边的垃圾。我知道外面有很多人在说克罗纳的坏话，他们千方百计地想整我那可怜的克罗纳，我不知道外面那些人安的是什么心，你是外面那些可恶的人群最典型的代表。我再重复一遍，我和克罗纳生死都不会分离。你是一个聪明的人，福尔摩斯先生。'

"她想请我们离开会客室，这时吉尔蒂小姐暴跳如雷了起来，她大声地对维傲兰·梅恩小姐说道：'傻瓜！你知道不知道，你已经被克罗纳那个畜生给蒙骗了。实话告诉你吧，我就是他的情妇群中的一个，我原先也像你这样死心塌地爱着他，但没有想到，他最后还是欺骗了我，抛弃了我，你应该彻底地好好反省一下自己，克罗纳是一个畜生，不，他连畜生都不如，你可以不相信我现在所说的这一切，但是克罗纳这个大混蛋杀人作案、残害别人的罪恶行径，最后还是会暴露出来的。纸是包不住火的，他不会有好下场，你可以不相信这些，但你会后悔莫及的。"

"'你给我闭嘴！我那可怜的克罗纳曾经告诉过我，他以前受到一些莫名其妙的女人的攻击，我明白他是受害者，他是无辜的。'梅恩小姐的声音也尖锐了起来。

"'什么？他是无辜的？'吉尔蒂小姐好像快要疯了起来，'你已经无可救药了！'

"'福尔摩斯先生，我们就这样告别吧，我不想在我家的会客室听到这么难听的声音。'梅恩小姐的声音充满了火药味。

"我正想再对梅恩小姐说几句话，这时吉尔蒂小姐早已控制不住自己的愤怒了，她已经扑了上去，幸亏我及时拉住了她的手，如果不是我及时拉住吉尔蒂小姐的手，后果真是不堪设想。我费了好大的劲才把吉尔蒂小姐拽出了梅恩将军府，把她推上了马车。我到现在都还不敢相信，吉尔蒂小姐愤怒的时候，劲大得连我都拽不动。现在想想，梅恩小姐做得也太过分了，我们是好心好意帮助她，不过这些都不重要了，重要的是我们应该怎样走好第二步。就这样吧，我过一段时间再跟你联系吧，等我的好消息！"

福尔摩斯说完付了帐，然后大步流星头也不回地走出了酒店，很快就消失在大街上。两天后，我在街道的宣传栏道上，看到了让我心惊肉跳的消息，大字标题是：

《神探被人暗算》

报纸上有一块显眼的地方报道了赫赫有名的私家侦探福尔摩斯在某日上午被人暗算，差点被杀死，受了重伤，等等。我不敢再待在宣传栏旁边了，我必须用最快的速度赶到贝克街，要知道报纸上说了侦探本人坚持要求在家中治疗，他拒绝住院。

在福尔摩斯贝克街的房间里，我看到了非常有名的外科医生莱思利爵士，他告诉我，"你不用太担心，他没有什么危险，他的头部有两处裂伤和几处严重的肿块。我刚刚已经替他缝合了，我想应该没有大的问题了。"

房间里昏暗了起来，因为现在已经是夕阳西下了。我的朋友福尔摩斯，他半躺在床上，头上的绷带不时渗透出血迹，的确，他的伤势很重。我心里真是担心极了，他可是我的好朋友福尔摩斯啊。我哽咽着，想说点什么，但最终还是什么也没有说。

"华生，我的朋友，你别这样伤心，"他的声音并不清晰，他还是说了出来，“你伤心什么呢？我好好地活着哩，别担心，我会马上恢复健康的。”

“我能够为你做点什么吗？这件事情八九不离十是克罗纳那个混蛋派人干的，你说吧，我要去教训他！我立刻会让他尝尝我的厉害！”

“别太冲动了，我的朋友，我们可不能像他们那样不懂事，我已经有办法对付他们了。”

“你现在帮我立刻向外界透露我的伤势已经到了无法控制的地步。这样鱼儿会马上上钩的，有人会向你打听消息，我告诉你，你一定要不断地重复讲我只有几天的寿命了，我的伤势真是太严重了，你这样说吧，没错的。”

“你还有什么吩咐吗？”

“你赶快找到约翰，让他尽快去告诉吉尔蒂小姐暂时避一下风头，她的麻烦可能也不小。”

“嗯，我立刻出发，还有没有其他的事情？”

“谢谢，就这么多。希望你每天都来一次，有些事情有一个朋友帮忙还是很好的。”

我用最快的速度找到了约翰，然后我们俩也用最快的速度，安全地带着吉尔蒂小姐去了乡下。那个地方非常安全，除了我、约翰和吉尔蒂小姐，再没人知道。

我对外界透露的关于著名私家侦探福尔摩斯的伤势情况，早已经被外界传播得十分热闹了。外界说，福尔摩斯马上就要去见上帝了。这令福尔摩斯本人非常愉快，他的伤势在外界的遮掩下，不但没有那么糟糕，反而好得非常快。一句话，他马上就可以开始他正常的工作了。

我把臭名昭著的克罗纳会在三天后坐船前往美国办事，然后再回来和维傲兰·梅恩小姐结婚等一系列消息告诉了福尔摩斯，他的脸色立刻忧虑了起来。

“克罗纳这个恶棍，他一定心虚了，狗急跳墙，他想到外面去躲避风头。华生，你知道我的脾气，在快要结局的时候，我怎么会让我们的敌人逃走呢，是你出马的时候了。”

“我的朋友，你吩咐吧。”

“嗯。难为你了，我希望你在这一天里待在房子里面，什么地方也不要去，你只要专心地去看一些有关中国瓷器方面的书籍，好好地研究一下，知道得越多越好。”

听完他的吩咐，我立刻就去做了，我相信我朋友的决定。这一天，我废寝忘食地狠狠把自己关在房间里面，硬是把一本厚厚的有关中国瓷器方面的专业书啃完了。那一天，我可惨了，我差点把我和我朋友的名字都忘记了，我只记得我的脑子里只保存着一本中国瓷器知识介绍的书，中国的瓷器史我记得很牢。

第二天的福尔摩斯再也不是伤痕累累的福尔摩斯了，他已经完全康复了，生龙活虎，手脚十分敏捷。为了证实他的健康状况，他特地在我的面前做了几个擒拿歹徒的动作。

“你不知道，我的朋友，你很幸运，别人还以为你要去见上帝了呢！”

“谢谢，华生，你做得非常棒。这恰恰是我需要的。你的瓷器知识掌握得很好了吧？”

“凑合着吧，我也不敢夸海口，只不过是死记硬背了一些东西，这一两天可能还能应付着，但是过了几天后，我恐怕又要重新再背一遍了。”

“很好，我只需要一天就行了，你假扮成一个瓷器专家应该没有什么问题吧？”

“应该不是很大的问题。”

福尔摩斯听我这么一说，又看到我一脸的自信，他自己也笑了笑。他从壁炉架上取下一个用中国丝绸包裹着的小盒子。拆开盒盖，盒里面是一个做工精美的小托盘。

“你可别小看了这个东西，它可是中国明朝的皇宫御器。我想在英国可能找不到第二件了。如果完完整整地凑足一套的话，一定是价值连城的宝贝，很遗憾，除非是在中国北京的皇宫里才能再次找出这么一套来。现在咱们这件是价值连城的宝贝，只要有鉴赏眼光的收藏家一看到它没有不动心的。”

福尔摩斯轻轻地把它放在我的手上。

“你要我拿着它干什么？”

“别担心，这是你的身份，”福尔摩斯微笑着从口袋里取出一张名片，名片上赫然印着“西尔·巴特医生。”

“西尔·巴特医生是你现在的身份，今天晚上你就拿着这件宝贝去拜访一下可恶的克罗纳男爵吧。在晚上他还是有时间的，你可以先写一封信给他，在信中告诉他你会带一件价值连城的明朝皇宫御器去见他，不要忘记你的西尔·巴特医生的身份，这是必不可少的。免得让他怀疑，你不妨也骗一骗他，你也是一个古董收藏者，一个偶然的机会得到了这件宝贝，听说男爵是一个瓷器方面的专家，所以特地拿来一同鉴赏，并且有意出售。”

“应该卖多少钱呢？”

“这是你应该做的事，这个托盘是詹姆斯爵士托人送过来的，听说这玩意儿是他的委托人的最重要的收藏品之一。你为什么不向克罗纳这个瓷器专家请教一下价值呢？”

“不错，看看克罗纳这个瓷器专家会给个什么样的价格。”

我马上就写了一封短信，派人去送给克罗纳男爵。晚上的时候，我精心打扮了一番，确定自己和“西尔·巴特医生”的身份相符合后，带着价值连城的托盘，来到了克罗纳男爵的别墅里。

“晚上好，巴特医生，请坐。”克罗纳手上还拿着一个棕色的花瓶，他的眼睛发着亮光，很明显他对自己的收藏品十分爱护。

“你说你有一件中国明朝的价格不菲的御器想请我鉴赏，是这样吗？”

“是这样的，克罗纳男爵。”我笑着跟他打了一个招呼，然后不慌不忙地拿出了小托盘，他一看到这个小托盘，眼睛的亮光就更加明亮了。他把我递给他的小托盘拿到了灯光下，非常安静地坐在书桌前，全神贯注地盯着那个小托盘。

克罗纳这个混蛋有今天这样的地位和财富，我敢断定，他完全是靠他那一张英俊挺秀的脸庞以及他的心计夺来的。我终于明白为什么高贵的维傲兰·梅恩小姐会死心塌地地愿意和他在一起，重要原因是因为他的外貌深深地吸引了她。要知道他现在已经四十多岁了，但外表看起来和二十几岁的英俊小伙没有什么两样。

“不错，这是一件价值连城的宝贝。但是，你说你有一套一模一样的托盘，这怎么会有这种事呢？你有没有搞错，在英国我只听说过只有一件这样的东西，并且还是私人的珍藏品，不可能在市场上出现的。请原谅我必须说一句我不该说的话，尊敬的巴特先生，你是怎么让这件珍品到达你手上的？”

我想我此时此刻应该表现得无比镇静，不然马上就要全盘皆输了。我装作无所谓的样子对他说："这不是我要回答的问题，我想请教的是，我这件宝贝能够卖到什么样的价格？我很想听听你的建议。"

"喔？"他的眼睛紧盯着我不放，"你不觉得你太冲动了吗？这件宝贝是真的，这我不怀疑，但是，我必须弄清楚这么贵重的东西的来往途径，谁也不会胡乱买一个价值连城但来路不明的东西，你这样胡乱地卖出去，你叫我怎么相信你的真实身份？"

"我可以发誓，我这件宝贝没有一点问题。我在银行有信用，而且我确实有权力卖出这件宝贝，因为现在我是它的主人。如果我不知道你是有名的瓷器专家和文物考古专家，我才不会来找你呢，在其他地方，我有的是买主。"

"你是怎么知道我对文物有很深的造诣？"

"你不会把你以前出过的那一本有关瓷器方面的书都忘记吧？"

"你曾经读过我写的那本书？"

"对不起，我没有认真拜读过。"

"巴特医生，你知道你在我的别墅里面都说了些什么吗？你可能自己都理不清头绪了。你一会儿说自己是文物收藏家，一会儿要卖掉珍贵的御器，一会儿又说因为一本书才知道我的名字，一会儿又说没有读过我的书，这是怎么一回事？"

"我是一个医生，收藏文物并不是我的职业。关于你写的书，我只是没有看完，但是一些主要内容我还是知道的。"

克罗纳冷笑了两声，他又问道："你如果能够回答我提的几个问题，那我们还有继续谈下去的必要。请问，尊敬的巴特先生，北魏的陶瓷在中国陶瓷发展史上占什么地位？"

这是我意料中的事情，但是我还是决定不回答他。至于为什么，我当时可没有想这么多。

我对克罗纳说："男爵先生，很抱歉，我不想回答你提的这个非常简单的问题，你是这方面的专家，你有很深的造诣，但是你不觉得你这样对我提问题，是不是有点缺乏礼数？"

克罗纳的眼睛已经露出吓人的凶光，牙齿也从嘴唇里露了出来，有些东西再也掩盖不住了。

"嘿嘿，我明白了。你根本就不是什么医生，也不是什么文物收藏家，你是福尔摩斯的手下，你来这里的目的是为了打探我的消息，福尔摩斯那个家伙还没有死吗？你这个家伙，你不知道你现在的处境吗，你快要倒霉了。对不起，你不要怪我，你应该去怪那个该死的福尔摩斯，他给你带来了不幸，你真是太不走运了，你碰到了我！"

他恶狠狠地从他所坐的扶手椅子上站了起来，他快速地跑向了他的抽屉，他在抽屉里翻来覆去地寻找着什么东西，可能是找枪吧。情况有点不妙，他可能知道了我们的秘密。这其实应该怪我，我的演技也实在太差了。正在这个时候，后屋突然传来一阵轻微的响动，克罗纳警惕了起来，他非常谨慎地听了一会儿，此时他脸色大变，目露凶光，又露出了杀人的面目。"想死呀！你们！"他话还没说完，他就往门外冲了出去，朝后屋奔了过去。我也奔到了门口，我看到了后屋的窗户晃来晃去，一个敏捷的身影已经离开了窗前，不错，那是福尔摩斯的身影！

克罗纳这个混蛋像疯狗一样，一个箭步奔到了窗口，也要跟着跳下窗去追福尔摩斯。这个时候，克罗纳突然怪叫一声，声音非常吓人，那是一声出乎意料的惨叫。我看得明明白白，在窗外的树林中一只女人的手臂用迅雷不及掩耳的速度往窗前一扬，紧接着克罗纳就用双手紧捂着脸，在地上不停地翻来覆去，痛苦地呻吟着，声音大得恐怖极了："哎呀！救命啊，我的脸烧了起来，快来救我啊！"

我本能地拿起水盆就奔向了他，紧接着他的仆人们也围了上来。一个女仆人去为克罗纳擦洗脸面，一看到他那张脸，忍不住大叫一声"啊"，马上就昏了过去。他的整张脸被硫酸全部腐蚀了，克罗纳的脸现在也像他的内心一样狠毒、恐怖了，克罗纳再也不是风流倜傥的克罗纳了，他已经原形毕露。

“我饶不了吉尔蒂这个坏女人！一定是她用硫酸泼在我脸上的，一定是她，我一定要杀了她！”

听克罗纳这么一说，马上有仆人奔出去追吉尔蒂，但是吉尔蒂早在几分钟前就无影无踪了。

现在用得上我了，我这个医生开始了救死扶伤的工作。对于克罗纳这个混蛋，我本来是不想救他的，但我还是认认真真地用清水帮他洗干净了脸，还给他打了止痛针和镇痛剂。他暂时忘记了他的痛苦，这只不过是他痛苦时刻的刚刚开始，更痛苦的时刻还在等着他呢。这个罪恶的恶魔——克罗纳的下场马上就要到了。

警察往往是在案发后才出现。又是老一套的现场笔录、调查，完事后，我离开了克罗纳的住所，我用我最快的速度往贝克街急赶。

我的朋友福尔摩斯此时此刻躺在他的扶手椅上，他闭着眼睛，眉头微微地皱着，脸色惨白，这肯定不是他的头部伤没有好，我非常了解我的朋友。我跟他讲述了吉尔蒂在克罗纳毫无防备的情况下泼硫酸在他的脸上，他的整张俊脸被毁掉了，克罗纳成为一个外表跟内心一致的人。虽然我在叙述的时候，夸张了克罗纳的罪恶，但福尔摩斯还是有一些歉意。

“这可能是吉尔蒂所说的克罗纳应该得到的下场。”他说完，人就站了起来，全身似乎轻松了一些，他从桌上拿起一本黄色、带锁的日记本递给我，并且对我说：“我终于在克罗纳的秘密后屋找到了它，这里面是克罗纳以前干过的坏事的真实记录，我想梅恩小姐看过之后，一定会后悔认识了克罗纳这个混蛋、恶魔的，任何女人看了之后，也会得出这样的结论。”

“这就是吉尔蒂小姐所说的那个日记本？”

“不错。那天我们几个和吉尔蒂一起会面的时候，她提供了黄皮、带锁日记本这个重要线索。我当时就想到了，这个日记本就是这个案子的核心证据，只有得到了这个日记本，克罗纳才会伏法就擒，克罗纳先对我下了毒手，他派打手打伤了我，于是我将计就计，我叫你到外界故意透露我伤势十分危险，这是为了使克罗纳放松警惕，只有这样才能分散那个混蛋的注意力。为了更好地分散他的注意力，于是又有了让你假扮成医生拿着价值连城的小托盘去和他进行一笔大交易。我决定偷他的黄皮日记本，但是我不清楚它到底在哪里，于是我就请吉尔蒂帮忙。找到之后，我不小心碰响了窗户，克罗纳追出来，吉尔蒂躲在暗处，一瓶浓浓的硫酸毫不留情地泼向了克罗纳，吉尔蒂她果然是说得出做得出，我也没有想到她会有这么一手。非常感谢你的帮助，你拖住了克罗纳很多时间，这样我才取得黄皮日记本。”

在这个时候，门铃响了起来，詹姆斯爵士被我们邀请过来，听完我们两个人的一唱一和，他也松了一口气，笼罩在他头部周围的阴云，也扫开了，他开心地说道："他终于有了这么一个下场，既然他再也不英俊了，再也不能用他的外表去讨女人的欢心，黄皮日记本恐怕也用不上了，梅恩小姐肯定不会再和他结婚的。”

福尔摩斯晃了晃脑袋，对詹姆斯爵士刚才说的话表示反对，他说："你应该了解梅恩小姐的性格，她是那么爱克罗纳，她根本就不会因为他被毁容了而放弃爱他。真的，如果没有这个黄皮日记本，梅恩小姐可能会干更傻的事情，我们必须让梅恩小姐看看这本黄皮日记本。只有这样她才会真正看穿克罗纳的险恶用心，她才会心甘情愿地离开他。”詹姆斯爵士取走了那本珍贵的日记本和那个价值连城的托盘。我因为还有事情要赶着去做，所以和他一同来到贝克街上，一辆豪华的大马车停在一盏昏暗的路灯下，我不经意地瞥了一眼那辆大马车，当我明白这辆大马车的主人的身份时候，大马车已经走远了。我赶忙气喘吁吁地跑回了福尔摩斯的房间。“你知不知道我们的真正主顾是谁？”我气喘吁吁地对福尔摩斯说，“原来就是——”

“不错，就是他，我们的朋友，一个大方的贵族。”福尔摩斯笑着对我说，“你怎么才知道呀！”

事情发展得十分顺利，一切都在福尔摩斯的意料之中。克罗纳男爵和维傲兰·梅恩小姐的婚礼理所当然地被取消了。克罗纳再也没有了男爵这个头衔了，他成了一个死刑犯，马上就要去见上帝了，不知道上帝在天堂会不会宽恕他。如果连上帝都不宽恕他，那么克罗纳死后将会永远地痛苦下去，这就是他罪恶的代价。吉尔蒂小姐因为故意伤人而被起诉，但考虑到情有可原，所以处罚不重。私家侦探福尔摩斯本来有盗窃的嫌疑，但法院考虑到也是情有可原，他因为办案需要，再加上委托人又是显赫的贵族，所以法院也就顺水推舟，做了一个圆满的人情，福尔摩斯被无罪释放。我们都祝福梅恩小姐将来幸福。

2. 皮肤变白的士兵

我的朋友华生在我的面前表现的花样并不多，但话一说出口，就总是念念不忘，一定要做完了才肯罢休。他希望我写一篇自己亲自破获的案件实录。他一直为这件事在我面前唠唠叨叨，一定要我完成他交给我的这一个任务。对于这个任务，我简直为此抓破了头，并不是我没有清晰的思路，也并不是案件的故事情节不精彩，而是我的笔头功夫实在太差。我想如果我写出来，读者可能只有一个，那就是我。不过我也不是永远的读者，因为我很有可能一写完就把它扔到废纸篓去。但是我还是写了，因为我身边有一个名叫华生的朋友，华生一直为我记录了很多案情实录，我经常笑他记的案情实录不严谨，他现在终于抓住了一个机会，这个机会令他异常地高兴，他异常高兴的是我写的这个案情故事比他以前写的案情实录故事更加笨拙。我不得不为我写的这个案情实录故事感到惭愧。确实写得不好，只有时间、地点、人物、故事情节、人物性格、环境。但这些都没写好，这是我的败笔之作。华生这个时候笑得很天真、很纯洁。对于华生，我是没有什么好说的，他是我最要好的朋友，在我的探案生涯中他一直陪伴着我，我们俩一直患难与共。我很感激我这位朋友。他经常忘记自己的存在，我明白他都是为了我，为了我的工作。他的谦逊以及他一丝不苟的配合精神，我一直都难以忘怀。我想我应该重新为我写的这个案情实录再写一次。

从我的日记本里可以看出，那件事情发生在 1903 年。那一年的一月，布尔战争结束了。詹姆斯·多德先生来到我的住所找我。当时我在住所里正忙着，我们都很高兴能够认识对方。詹姆斯·多德身材魁梧，皮肤很黑。他是英国人。我的朋友华生马上就要结婚了，他在忙他的婚事，没有跟我住在一起。

我经常在接待来客时让自己坐在光线并不怎么充足的窗角。来客坐在墙边的长沙发上。詹姆斯·多德先生好像有点拘束，他不大习惯这种会面方式，他明显地感觉到主客之间的距离非比寻常。我个人的观点，认为这样很正常，坐在光线不充足的窗角是我的习惯。我想如果让我坐到舒适的沙发上去，我也会像詹姆斯·多德先生那样拘束。现在我有足够的时间打量我的客人詹姆斯·多德先生。

我对他说："詹姆斯先生，如果我没有猜错的话，你刚从南非回来。"

"没错，你说得很正确，福尔摩斯先生。"他有点吃惊地看着我。

我对他说："你应该是皇家先锋骑兵队员。"

"你说得正确极了。"他不得不这样回答。

"而且是米得尔赛克思军团。"

"太对了，没有一点错误，福尔摩斯先生。"

詹姆斯·多德先生此时此刻只是不知所措地惊看着我，我笑了笑。

我告诉他："你的身体很棒，有一种沧桑感。你的皮肤很黑，我想英国的日照程度还不能把你这样的人晒得这么黑。你的手帕并没有放进口袋，而是粘在袖口边。所以，我就知道你来自于哪里。你的胡子很短，这说明你不是正规军，你的骑士风度显山露水十分明显。你的名片上说你是罗格摩顿街的股票经纪人，所以你一定是米得尔赛克思军团的成员。"

"先生，你很细心，我很佩服你有这样的能力。"

"我们看到的事物应该是一样多的，我也许应该承认我比你细心一些。但是，多德先生，我们谈了这么多了，这些似乎还不是我们今天的主要话题，是不是图克斯伯里旧园林出了什么事？"

"啊！你一切都知道了，福尔摩斯先生？"

"多德先生，你看你的样子，让我看了都会产生不信任你的念头。你给我的信，邮戳就能够说明我掌握的是时间上的问题，而且你又是来得这么急。我想这件事情并不简单。"

"没错，先生，正如你所说的。但是这封信是今天下午写的，才刚刚发出去。信发出去之后，马上又发生了很多事情，如果爱姆士沃施上校不把我赶出来的话——"

"什么，赶你出来？"

"哎，近似于赶吧！爱姆士沃施上校很顽固很保守。行军作战那会儿，他铁面无私，纪律抓得很严，打骂手下士兵那是经常的事情。如果不是戈弗雷在一旁阻拦，我会让他吃不了兜着走的！"

我把烟斗塞进了嘴里，背倚在扶手椅上。

“我很想让你能够详细地强调一下你刚才的话语。”

多德先生不好意思地笑了。

“我知道你的能力，我想我再重复就是多余的，但我还是愿意不厌其烦地向你叙述这里面的详细情况。这里面的情况很复杂，这是我认为的，我现在很困惑，我不得不向你请教这些复杂的问题。”多德先生说。

“1899 年，小戈弗雷·爱姆士沃施是皇家先锋骑兵队的队员。而我是在两年后加入皇家先锋骑兵队的。小戈弗雷·爱姆士沃施是爱姆士沃施上校的独生爱子。爱姆士沃施上校作战勇敢，在军队里威信很高，小戈弗雷继承了他父亲的优良品质。他是自愿参军的，他表现得非常出色，军团里很多人都把他看作是第二个爱姆士沃施上校。我和小戈弗雷就这样交上了朋友。我努力向他学习，我希望自己能够像他那样出色，因为他能够帮我，他教会了我不怕困难、坚持不懈的精神。我们成了知己，我们的友谊达到了谁也动摇不了的程度。我们一起英勇杀敌，一起冲锋陷阵。我们一直没有分开过，直到那次在比勒陀利亚界外的钻石山谷附近的激烈战斗中他中弹受伤，被送进了医院以后，我们再也没有见过面了。小戈弗雷给我写过两封信，我都收到了。第一封是从开普顿医院寄出的。第二封是从南安普顿寄出的，我自从收到他这两封信后就没有了他的消息。我一直在想念他，他是我最要好的朋友，我不能失去他。我想去找他，可是战争还没有结束。终于可恶的战争结束了，我们全部回国。我马上给戈弗雷的父亲，著名的爱姆士沃施上校写了一封信，在信中我用最诚恳的语言恳求他能够告诉我戈弗雷的下落。但关于戈弗雷的消息，仍然是杳无音讯，我明白我那封诚恳的信是泥牛入海了。我马上又写了一封信，不久我收到了一封文字少得可怜、语气僵冷得要命的短信。信里面说戈弗雷已经环游世界去了，什么时候回来说不清楚。这就是信里面写的文字，我还从来没有收到过这样简短的信。对于这样的答复，我是不会放弃要亲眼见见戈弗雷的信念的，我真的很担心我的戈弗雷。我从信中可以看出，戈弗雷的家人把戈弗雷的事情似乎不当成一回事，根本就不在乎。我一直坚信我的朋友戈弗雷不会对我这样绝情的。关于戈弗雷的家庭我也略知一二，他跟爱姆士沃施上校相处得并不愉快，我也道听途说地得知戈弗雷很有希望继承一笔大遗产。爱姆士沃施经常骑在戈弗雷的头上，以老子自居，真的，我很担心戈弗雷，我决定非管这件事情不可了，我一定要把事情真相搞个水落石出，为了我的好朋友戈弗雷我决定先放弃手头里的一切工作。”

詹姆斯·多德先生一口气把事情的大概情况说了出来，他没有在中途停顿。我知道他非常想见到戈弗雷，他一讲到戈弗雷的确很激动，我能够理解他的心情。

“你为见到你的好朋友戈弗雷·爱姆士沃施做了哪些方面的工作？”我问多德先生。

“当然，我首先去了戈弗雷家，也就是图克斯伯里庄园，高傲的爱姆士沃施就住在这个庄园里面，他是这个庄园的主人。我必须先去作个实地调查。我要亲眼看看他家到底发生了什么事情。你知道的，我不喜欢爱姆士沃施上校，我事先给戈弗雷的母亲写了一封信，我在信中毫不避讳地告诉她老人家，我会登门拜访的。戈弗雷的母亲知书达礼，她给我回了一封热情洋溢的邀请信，她很高兴能在她的庄园里见到我，我也很高兴能见到她老人家，我马上就出发了。图克斯伯里庄园坐落在一个偏远的地方，交通很不方便。我步行了五里路才来到他家的门口，那个时候已经是黄昏了。我的行李不多，只有一个大手提箱，图克斯伯里庄园很大很宽，庄园的建筑风格非常独特，各个时代的都有。我敢断定这座大庄园一定经历了很多年的风雨，作为历史见证物，它风韵犹存。这座大庄园建筑分布得十分不协调，这里稀落，那里严密，给人的感觉就是错综复杂。房子里面到处都是嵌板、挂毯以及褪色的古画。这些东西使这座大庄园增添了更神秘的色彩。庄园的管家叫莱尔夫，他的年纪看上去跟庄园差不多老。莱尔夫的妻子比他更老，莱尔夫的妻子以前是小戈弗雷的奶妈，戈弗雷时常在我的面前谈论她，很感激她的养育恩情，她也很爱戈弗雷。我跟她说了，我是戈弗雷的好朋友，我是特地来看他的。她的神态很古怪，但是我仍然很尊敬她。戈弗雷的母亲我也很喜欢，因为她很关心戈弗雷，我从她那封信里可以看出来。关于爱姆士沃施上校这个人我就不想再说下去了。要知道，我们俩刚一见面，他就好像要跟我打架似地吵了起来，我如果不是要向他打听戈弗雷下落的话，早提着我那个重重的大手提箱走了。他在他的书房会见了我。战争一结束，他似乎有点英雄无用武之地的感觉，他明显苍老了许多，虽然他的身材依然是那么魁梧，但是老态龙钟的迹象已经很明显了，他的皮肤跟我的一模一样，都是那么黑。他那鹰钩鼻再配上那双目光锐利的眼睛，使我又不得不思念我的朋友戈弗雷，因为他也不喜欢他的父亲。

“老爱姆士沃施声音很冰冷：‘詹姆斯先生，你应该向我解释你这么匆匆忙忙来的目的。’

“我对他说：‘我在给伯母的信中已经说得很明白了。’

“老爱姆士沃施又说：‘你和戈弗雷是在非洲认识的，这是你在信中提到过的。你们认不认识只有你俩知道，我们是不知道的。’

“我心里很愤怒他的无礼，我对他说：‘现在我可以马上给你看看他给我写的两封信。’

“他毫不客气地伸出手，说：‘我倒想瞧瞧。’

“我恭恭敬敬地把那两封信送到了他的手上，他胡乱地看了一下，马上又把那两封信丢给了我。

“他说：‘这能够说明什么问题，你说呢？’

“‘尊敬的爱姆士沃施先生，我和戈弗雷是好朋友，这是你知道的。我们谁也不会忘记对方，我们的情谊不会因为这么一段时间没有见面而被间隔，我们的友谊之花永远开放。我很想知道戈弗雷为什么会平白无故地去环游世界？’

“老爱姆士沃施说：‘我不是早写信告诉了你吗，这里面的情况只有他自己最清楚，很可惜他现在去环游世界去了。’他停了停，又说：‘情况就是他早已经出远门去了，他从非洲回来后，健康状况不大妙，于是他决定换换环境，我们也认为他确实应该出去休养一段时间，我代表戈弗雷希望你能够向所有关心戈弗雷的朋友转告一下这个情况。’

“我对他说：‘我愿意这样做，为了我朋友戈弗雷。你把戈弗雷乘坐的轮船名称、航行路线以及启航的日期告诉我，我想这个要求很合情合理，也是你必须做的，难道不是吗，先生？’

“对于我这一个要求，老爱姆士沃施表现出了前所未有的愤怒，他的整张脸因为愤怒而变了一段时间的形。他明显地不安起来。这表现在他的手指上，桌面被他的手指猛烈而又急促的节奏敲得越来越响了，他的双脚也不停地在变换位置。

“‘我说多德先生，’他声音很大，‘你这样的表现，对我十分不尊敬。你要知道，我是戈弗雷的父亲，也就是你的长辈，我为你这种不尊敬长辈

的行为感到愤怒。'

"我对他说：'爱姆士沃施先生，我想我必须再向你重复一遍我和戈弗雷的深厚交情以及友谊。'

"老爱姆士沃施说：'你不要不知好歹，我就是因为看在你是戈弗雷朋友的面子上，才告诉你他去环游世界了。你应该感到满足了，我们家的事我很讨厌外人插手，我不管那个人的本意是什么，如果他有不良的企图，我一定不会放过他。戈弗雷的母亲很想知道他以前在非洲作战时的英雄事迹，你既然是他在非洲认识的最好朋友，你肯定很了解戈弗雷在非洲的英雄事迹了，你可以去向她讲述。至于戈弗雷近况，你不要再打听了，我们一家人有权不告诉你，我们无可奉告。'

"我知道我的脸红了，我能够明显地感受到我脸上的温度，话说到这个份上了，我也不好再说什么了，的确，这是别人家里的家事，外人无权插手。我不得不在表面上听从他的这个劝告，但是在我的内心深处，寻找戈弗雷的声音一直没有停止震响。那天晚上，他们招待了我，晚餐还算丰盛。他们也承认了我的身份，既然是他们儿子的朋友，他们并不敢怠慢。但我不得不说那顿晚餐，我吃得并不快乐，我们在餐桌上一句话都没有说。我很尴尬地吃了几分钟，然后不失礼节地向他们告辞，回到了他们为我准备的卧室。卧室的位置坐落在一楼的右侧，窗外是一片树林。这间房子很宽敞，里面就摆设着一张大大的床，床大得可以睡三个人，这更增加了房子空荡的感觉。最要命的是，我又感觉到了这里阴暗郁闷的气氛。我并不是嫌弃这个房子不舒适，我是强调这间房子的气氛，一进入这个房子我就一直在寻找它的窗口，窗帘被我拉开，月光进来了，今天晚上的月色不错。我一边观看月光一边坐在壁炉边烤火。我本来想用读书来消磨这个漫长的夜晚的，但在这个时候，老管家莱尔夫送煤来了。他对我说：'先生，打扰你了，今天晚上有点冷，我想到半夜的时候煤会不够。这个房间并不是很保暖的！'他照顾得很周到，他在走出房门的时候，忧郁地回头看了我一下，我也看着他。他脸上的皱纹已经多得没有地方再长出新的了。他有很重的心事，我看得出来。他终于开口说话了，他轻声说道：'我必须告诉你，我和我的妻子都很关心戈弗雷，你是他最要好的朋友，我们是刚刚才得知的，你说他以前表现得很出色，是这样吗，先生？'

"我说：'是的，整个军团他是最勇敢的。我的命就是他奋不顾身地

从敌人的猛烈炮火下救回来的，他是我的救命恩人。'

“莱尔夫的脸色好了许多，我知道，这是我刚才的这几句话的功劳。

“莱尔夫感慨万千地说：‘嗯，先生，我们的戈弗雷一直都这样勇敢，他从小就这样。他从小就有不畏困难、坚忍不拔的精神。先生，他很棒的，是的，他以前是那么出色！'

“我听了他这话，立刻跳了起来。

“我赶忙拉住莱尔夫急切地问：‘等等，你刚才说什么？你的口气似乎证明他已经去世了。你不要隐瞒戈弗雷的情况，他怎么了？你快告诉我啊！'

“莱尔夫挣脱了我的手，他似乎对我这种直接逼问的态度充满了恐惧。

“他说：‘不，不，詹姆斯先生，我不知道你在说什么，我不知道，我什么都不知道，对不起先生。'

“莱尔夫挣脱了我的手就要往外走，我赶忙用手抓住了他的肩膀。

“我对他说：‘你误会了，你别担心，从你的眼神里我可以看出来，你其实是知道戈弗雷的下落的，你对他非常熟悉，对不对？'

“莱尔夫他不敢看着我，他一直在躲避我锐利的目光，他害怕我从他的眼神中看到有关于戈弗雷的情况。他的嘴唇抽搐了几下，张开又闭上，最后终于说出了一句话：

“‘他现在的样子比死了更惨！'他的声音出奇的大，他乘我吃惊的时候，猛地一掀，他已经冲出房门。我张开了嘴巴，睁大了眼睛，恍然地坐回到壁炉边，我的心开始冷了下来，我的整个身体都开始冷了下来，我必须靠近温暖的壁炉，我一直在想刚才老管家莱尔夫的那一番话。戈弗雷到底发生了什么事情？我不得不为戈弗雷现在的处境感到无比的忧虑。从老管家莱尔夫的口气里可以猜测出很多种可怕的可能来。戈弗雷有可能被卷入什么大案里去了，也有可能做了什么损害家庭荣誉的大事情。也正因为这样老爱姆士沃施才会毫不留情地把独生爱子赶出家门，让他自生自灭；也有可能是把他的独生爱子藏到哪个地方，让他永不见天日，这样才能遮掩家丑，避免被外人所知晓。我就是这样为我的朋友戈弗雷着想的。我心情混乱极了，我于是抬头去看月光，这时我看见了站在窗口的戈弗雷·爱姆士沃施。”

我让詹姆斯·多德先生不要停顿，我对他说：“这个案子有点曲折复杂。”

多德又讲道：“戈弗雷就这样直挺挺地站在窗前看着我，他把脸贴在窗玻璃上，我想他是为了把我看得更清楚一点。我知道他也非常想念我，因为我看见他的眼睛里流出了几滴伤心的眼泪。我很惊喜，我吃惊的是他的脸色，他的脸色真是太苍白了，我简直就不敢相信，这就是我的好朋友戈弗雷。同时我也很高兴，因为我又看到我的朋友了，而且是在他的家里。刚刚他的家人还说他已经出远门环游世界去了。他看到我在出神地看着他，这时他突然往后一跳，身影立刻隐没到夜色之中。

“戈弗雷的突然出现，令我感到无比地欢喜，我日思夜想的戈弗雷刚才就出现在我的面前。但是令我十分不解的是，为什么他和我偷偷见个面，马上又离开了呢？这好像不是我印象中的戈弗雷。戈弗雷刚才的匆匆一现，使我对老管家在房门口对我说的那一番话有了某种意识的肯定，戈弗雷身上一定有见不得人的重大秘密。我从戈弗雷刚才所流露出的眼神里可以明显看出他已经变得很胆小、很脆弱了，虽然他的身手仍然是那么敏捷。我来不及多想，我必须追上他，向他问个清楚。于是我就跳上了窗前，糟糕的是，窗钩很牢固，我费了好长一段时间才把它打开，我跳了下去，我朝我认为他逃跑的方向追了过去。这是一条花园小路，路很长，两旁有树林，遮住了月光。我看不大清楚路面，但是我的感觉告诉我，前面一定是戈弗雷在奔跑，我一边追一边呼唤着戈弗雷的名字，但是没有一点用。追到小路的尽头，我就不知道该怎么走了，因为在我的脚下有几条通向不同方向的岔路，而那些小岔路又是通向不同的小屋。我不知所措地站在岔口，这时我听见一阵急促慌张的关门声。我寻声望去，是从前面那座大房子里传来的。我当时就断定戈弗雷一定是躲进了那座大房子里。但是我没有继续追下去。我知道再追下去也是徒劳的，因为这是他的家，他比我更熟悉这个大庄园，这么大的房子，这么大的庄园要藏一个人那还不是轻而易举的事情。我垂头丧气地又回到卧室。那一夜我失眠了，因为我想不通戈弗雷的举止和行动，那个夜晚太神秘了。第二天，我没有要离开他们家的意思，我希望老爱姆士沃施再让我住上一宿，老爱姆士本来不大情愿，后来他答应了。他答应的前提条件就是不要在庄园里捣乱。我也答应了他这个条件，我已经确信戈弗雷的具体藏身地方了。我仍然想不通，他为什么要藏起来不见我？我有点怀疑我们的友谊还不够深厚、纯洁。那幢大房子结构真是复杂，房里藏多少人都不会有人知道。我决定去大房子瞧瞧。大房子在一个园子后面，我必须经过园子才能到达大房子。园子里有几个小屋，园子的尽头有一个稍大一点的房子孤立在那里。我想这应该是园丁或者护林人住的房子。我又想到昨天晚上那一阵急促慌张的关门声极有可能是从这个房子里传出来的。我不愿错过每一个有可能的机会。我装作漫不经心地在这个园子里走来走去，我正慢慢接近那所大房子，这时一个身材短小、留着短须、穿着黑衣、头上戴着礼帽的男人从那个房子里走了出来。他走出门口后，马上就把门锁上了，钥匙丢进了自己的口袋里。我们两个人都互相吃惊地看着对方。"

他疑惑地问我：'你是谁？怎么会在这里？'

"我对他说：'我是戈弗雷的好朋友，我是来看他的。'

"'遗憾的是他出远门环游世界去了，要不然，我们又可以长谈一番了。他很喜欢我为他讲故事，但是他现在听不到我的故事了。'我又对那个人说。那个人脸上充满了尴尬的表情，他说：'对，对，你说得很对，但是唯一的遗憾就是他出远门去了。要知道环游世界没有几年的工夫是回不来的，其实你们以后还是有机会见面的。'他一说完就神色匆匆地走开了，但是当我回头往后面看的时候，我发现他正藏在园子那头的树林里偷窥我。我心中充满了厌恶，但是我没有发泄出来，因为这是在戈弗雷的家里。再说我的主要任务是见我的朋友戈弗雷，而不是捣乱。这正如老爱姆士沃施所说的那样，我不能在他的大庄园里捣乱。我仔细地观察了几遍，我的目光被厚厚的窗帘遮住。我只能猜想，这或许是一个空房子吧。我知道我背后有人一直在监视着我，我不方便长久地在这座房子面前观察来观察去的。我想好了，天一黑，我会再来的。就这样我一直待在我那个卧室里，直到天黑。夜晚的月光似乎是特地为我准备的，它很暗淡，周围没有声音。我从窗口爬了出去，轻手轻脚地往那个神秘的房子摸过去。白天的时候窗帘把整个房子都包围了起来，而到了现在房子不仅关得严实，而且还把百叶窗都紧紧地关上了。虽然如此，但还是有一扇窗子泄露了这个房子里面有人的秘密，因为这个窗子向外面泄露了一丝光线。我认为这绝对是一个打听戈弗雷下落的好机会。我全神贯注地走了过去，在窗口我看见了屋子里面的一切。屋子里面相当舒适，灯光明亮，炉火熊熊。正对着我坐着的是我早上遇见的那个身材矮小的男人，他此时此刻正一边吸烟一边看报纸。”

“他看的是什么报纸？”我问詹母斯·多德先生。詹姆斯·多德先生为我打断他的话感到恼火，他不耐烦地问我：“跟这件事有关吗？”我告诉他：“我有必要知道。”

多德先生无可奈何地说道：“很抱歉，我当时没有留意。”

“在你的脑海里大致还能记得它是一张大报纸还是小版面周刊呢？”

“听你这么一说，我现在又想起来了，那份绝对不是一张大报纸，但我也不能肯定它就是一份周刊，也有可能是《观察家》。真的，我当时的确没有想过要留意这些细节问题，我当时只注意到屋子里面还有一个人，那个人正对着那个矮个男子，他虽然背对着我，但是他的背影我太熟悉了，那不是我日思夜想的朋友戈弗雷又是谁？我知道在这个时候去相认戈弗雷是最好的时机，但是我的脚却没有移动，我内心很矛盾。正在这个时候，突然有人在我背后重重地拍了一下我的肩膀，我回头一看是老爱姆士沃施先生。

“‘你跟我来！’他轻声对我说，我看见他是铁青着脸对我说话的。他说完这句话后就没有再多说一个字了。他仍然铁青着脸在前面带路，我弄得很尴尬，我只好跟在他的后面。他把我带回到我自己的卧室，他关上了卧室的门，手里紧攥着一张刚买回来的火车票，他生硬地说：‘我早为你准备了明天早上八点的火车票。明天早上八点钟有马车在大门口等你，先祝你一路顺风。’他说完这句话的时候，脸色并不好，十分严肃，我不得不再在他的面前尴尬一次，我不断地道歉不停地赔礼。明知道这样仍然不能得到他的原谅，但我还是这样不厌其烦地重复了很多遍。老爱姆士沃施一挥手，厌烦地说道：‘你不要再重复了，过去的事情我不想再听，我为你这种偷偷摸摸的行为感到愤怒，你知不知道你这样让我们多么伤心。我们全家已经对你这种朋友感到绝望极了。你表面上装得那么老实，内心却阴险得很，我们全家人对你的用心也感到可耻起来。我多么希望你立刻从我的面前消失啊！但我不会那么做的。’他这些话已经不再是一个长辈教训晚辈的语言范围了，我的人格受到了他的攻击，我的脾气也不是很好，我对他说：‘我为我能够在这里看到你的独生爱子——我的朋友戈弗雷而感到无比欣慰。从你的眼神以及你的动作中我不难看出，你一直在欺骗我。我现在总算明白了，是你把戈弗雷与世隔绝起来的，我不知道你的真实用心是为了什么。我应该告诉你，我对我朋友戈弗雷的安全和健康情况非常关注，我必须了解得一清二楚才会罢手的，这就是我拜访贵府的真实原因。如果你要说成这是我的企图，那我也就承认吧！你的恐吓在我的面前不起任何作用。’

“老爱姆士沃施差点就要朝我脸上打几拳了，因为我看见他的拳头攥得把青筋都暴露了出来。他一声不吭地走了。我第二天早上搭上火车回到了伦敦。刚一下火车我就给你写了一封急信，不过我觉得写信的速度似乎没有直接来找你快。我确实很困惑，你帮帮我吧，尊敬的福尔摩斯先生。”

詹姆斯·多德先生一说完就开始喘气了，他有一个倾诉困惑的对象，这让他很轻松。我们仔细分析了其中几个重要问题，我觉得这个案子并不难解决，这个案子也不复杂，但——我觉得这个案子的奇异、怪趣一直吸引着我。像往常的破案顺序一样，我用我的逻辑分析法来缩小答案范围。

“图克斯伯里庄园一共有多少个仆人？”我问詹姆斯·多德先生。

“我想应该只有老管家莱尔夫夫妻了。他们非常忠心爱姆士沃施家族。”

“照你这么说，庄园里就没有其他仆人了？”

“应该没有，至于那个短须小矮个子，我看他的身份不像是一个仆人。”

“嗯，应该是你所观察那样，你有没有发现过从这所房子往那所房子送食物的现象？”

“我的回忆总是在你的提醒下再次浮现出来。我确实看见过莱尔夫有一次提着一个篮子从园子的小路走向那个孤立一方的大房子。我当时可没有想到那篮子里面是食物。”

“你在当地打听到什么情况没有？”

“这方面的工作我也做过，我跟大庄园方圆几里的人都聊过关于图克斯伯里大庄园少爷戈弗雷·爱姆士沃施的情况。我得到的答案只有一个：戈弗雷少爷出远门作环球旅行去了。看来当地人也接受了这一谎言。”

“难道你就没有跟他们提及你对这件事情的看法？”

“没有。”

“做得很好。关于这件事情还应该继续调查下去。我和你一同再去一次图克斯伯里大庄园吧！”

“现在吗？”多德先生以为我在开玩笑。

我没有马上答应他，因为当时我还有两个案子要办：有一个大案就要结案了，也就是华生在他的案情实录中记载的那个修道院惨案，还有另外一个是土耳其苏丹亲自委托我办的大案。时间并不宽松，一时间还忙不过来。土耳其苏丹委托的案子更为重要，稍微有个差错就会后患无穷，这可跟政治有关，丝毫马虎不得。我是在五天后才和詹姆斯·多德先生一起去图克斯伯里大庄园的。我事先还约了一位神情庄重、不善言辞的绅士在伊斯顿区等候。詹姆斯·多德和我在伊斯顿区会见了我这位朋友，詹姆斯·多德先生有点奇怪会在这里遇见这样一位绅士。

“他是我的好朋友，我们一直保持着亲密的联系。”我为多德先生介绍他，“你此时此刻会认为我把我这位朋友带上并且还一同前往图克斯伯里是多此一举吧，但是我认为这件事情一定少不了他的参与。”

我又告诉多德：“我们现在的任务不是讨论我这位朋友和我们一起去图克斯伯里大庄园调查会起什么作用的问题。我们应该马上赶往庄园去深入调查一番，你应该明白，多德先生。”詹姆斯·多德脸上除了不解还是不解，就是在这种情况下，我们上路了。在火车上我又问了多德先生一个问题，我是故意要让我那个老朋友听到。

“你曾经说过，你在窗前看见了你朋友戈弗雷的脸，那么你敢肯定那个人一定就是戈弗雷吗？”

“关于这一个细节，我始终相信我的视力。那时他的整张脸都紧贴在窗玻璃上，房里的灯光清清楚楚地照在他的脸上。”

“你不会看错吧？不会是一个长得跟他极相似的人吧？”

“我敢肯定，一定是戈弗雷！”

“但是我又清楚地记得你曾经对我讲述他的脸变了样。这又是怎么一回事呢？”

“是的，我是这么说过。我是说他的皮肤变了，是他那张脸，他那张脸白得像面粉。”

“难道整张脸都是那个模样吗？”

“我不敢肯定，因为当时他的脸贴在玻璃上的时间并不长，只是一瞬间的事情，我无法把握其中具体的细节。但是我敢肯定他的额部的确是变白了的。”

“你没有跟他打招呼吗？”

“我那时的心情是很惊喜的，我不知所措地看了几秒钟，然后他就消失在夜色中，我没有追上他。”案情就是这么富有戏剧性。这似乎已经快要到达尾声了，我想只要再证实一下就可以圆满结束。好不容易，我们一行三人才来到图克斯伯里大庄园，正如多德所说的那样，这个大庄园的房子的确风格迥异，独具风情。为我们开门的是老管家莱尔夫。我安排了我那位绅士朋友先在马车里待一段时间，到时候自然会有人来请他下马车。莱尔夫的模样多德早已经为我描述得非常详细了。感觉很慈祥，他一看到我们来到门口就快速地为我们打开了门，因为多德跟他有过交往，彼此都熟悉，况且他也知道我们来的目的，反正是好事，在他的眼里关心戈弗雷就是好事。我的感官非常地好使，我已经感觉到这个庄园的独特气味了，气味侵袭着我的鼻子。我想我应该出手了，于是，我转身将礼帽放在桌上，又顺手把它碰倒在地上，接着弯下腰去捡，我乘机将地上那双黄皮手套拿起嗅了一下。这是莱尔夫为我们开门时慌忙从手上脱在桌上，却不慎掉在地上的，他进屋后一直没有发觉他的手套掉在了地上。我又走到了书房里，看了一遍，我想我对这个案子的侦查工作也就到此结束了。我的朋友华生应该不会像我这样叙述案情侦探过程，我不知道如何制造跌宕起伏的悬念。

莱尔夫把我们来访的消息马上向老爱姆士沃施汇报了。老爱姆士沃施气势汹汹地走来了。他的脚步声撞击着楼道，我可以想象他得知多德去而复返以及还糟糕地带来了一个陌生人令他愤怒的样子。我可以感受到一场老爱姆士沃施式的暴风雨就要来临了。果然，门“砰”的一声大响被推开了，比我想象的声音还要猛烈。老爱姆士沃施怒不可恕地冲了进来，他的脸因为怒气冲冲而扭曲了五官。我第一次会见这样的老先生，我和多德依然很尊敬他。我把我的名片递给了他，他看都没有看，两手一搓，就把我的名片撕成了两片，狠狠地掷在地上，这样还不解恨，还用脚在碎名片上面用力猛踩狠跺。他怒不可遏地冲着多德大声吼道：“我上次怎么跟你说的，你怎么这么快就忘了。我真希望现在站在我面前的是詹姆斯·多德的灵魂。你没有脸面再来见我，你太可恶了，上帝不会饶恕你的。你随意闯入我的住宅区，我有权用枪在你的头上制造几个窟窿，上帝不会责怪我的。”他马上又对我说：“我对你的态度你应该非常清楚，你自己应该有自知之明，我这里不能容忍类似你这种职业的人出现，我再重复一遍，我痛恨偷窥我家内务事情的人。”

多德先生立场仍然是那么坚定，他说：“戈弗雷不亲自出来向我说明事情真相，我是不会罢手的，你们为什么要私自把戈弗雷押起来？”

老爱姆士沃施压制不住愤怒，他的手按了一下门铃。“莱尔夫，你立刻打电话给镇上的警察局，报警说这里有两个强盗！”我赶紧说：“请稍等。詹姆斯·多德先生，我想我们应该先向爱姆士沃施上校道歉，这是他的住宅，我们未经得他的同意就擅自闯入，这肯定是不对的。我也想请爱姆士沃施上校原谅我们的鲁莽以及无礼。事实上你的行为完全是出自对于你独生爱子的关心。我冒昧地希望能够和爱姆士沃施上校谈上几分钟，我想我应该有这个能力改变你对这件事情的态度。”

“你不用白费心思了。这没有用，根本起不了作用。莱尔夫，你马上就照我的话去做，你待在那儿干什么？快去给我报警！”老爱姆士沃施暴跳如雷。

“没这个必要，”我首先挡在了门口边，“报警未必是一件好事，这似乎只会为你家带来大灾大难。”说完，我飞快地拿出了我随身携带的笔记本，在一页纸上飞快地写了一行字，我撕了下来，递给了爱姆士沃施老上校，我对他说："这就是我来拜访贵府的原因。"

老上校看着我写给他的纸条，一下子就目瞪口呆了。

"你怎么会知道？"他的声音颤抖得厉害，他一下子就坐到他身后的椅子上。我对他说："这不是你所管辖的事情，我有权对你的问题保持沉默。"老上校把头埋进了双手，他陷入了沉思之中，一腔的心情压抑在心底。最后，他对我说："好，好，你们可以去见戈弗雷，这是你们的要求。我想我是阻挡不了的，莱尔夫，你马上去通知戈弗雷和肯特先生，说我们五分钟后赶到。"

我们一行三人径直来到了那间神秘的大房子前。一个留着短胡须的矮个男人惊讶地守候在门口。

"爱姆士沃施上校，你搞得太夸张了，这似乎是不可能会发生的事情。我们的计划被破坏了。"

"我也不想这样，但是事情已经发展到这个地步，我也无能为力了。很遗憾，肯特先生，戈弗雷在房间里吧？"肯特先生回答："在房间里，一起来吧。"肯特把我们领进了房间里面。有一个人正背朝着我们站立在壁炉前。多德第一个抢步奔向那个人。

"戈弗雷，我的朋友，我们又见面了，我好想你！"

但是那个人的动作让多德很失望，他不要多德靠近他，他的身子不停地往昏暗的地方躲藏。

"我不想见到你，多德，我求求你不要再来看我了。我再也不是皇家先锋骑兵队最勇敢的戈弗雷·爱姆士沃施了。你现在看到我这个样子是不是很失望？"

戈弗雷的脸确实如多德所说的那样，额部比面粉还白，但他的整体轮廓还是有当年在非洲晒得黝黑的迹象。他的外貌英俊，但是精神状态不太好，黝黑的皮肤夹杂着怪异的白斑。

戈弗雷继续说道："这就是我不想再和外人见面的原因，我知道你是不会在乎我的，但是我心里很在乎。我对看见过我现在这种情况的人都很在乎。我的心理压力和精神包袱一直都很重。"

"我别无他意，我一直很担心你的安全和健康情况。那天晚上，你从窗户上看我的时候，我也看见了你，我那天真是很担心你，我生怕你遭遇了什么不测。所以我决定把事情搞清楚，我真的很想帮你。”多德说。

“莱尔夫先生暗地里告诉我说你来了，我也很想念你，我忍不住了就跑到房前窗户上看你，我没想到你会发现我在窗户上看你。我赶紧跑回了这里。”戈弗雷解释说。多德又问他：“你到底出了什么事？你的脸怎么会这样？”

戈弗雷自己为自己点上了一支香烟，他吐了一口烟雾，说道：“你应该还记得那天早晨在布弗斯普鲁，就在比勒陀利亚外边的铁路东线上的那次战役吗？你知不知道我后来中弹了？”多德回答：“嗯，我听说了，但是我不知道详细情况。”

“我们有几个人和军队走散了。如果你还能记起那场战役的话，就不会忘记那个地方的路一点都不好走。我和安德森以及辛普森三个人正在追击布尔人，万万没有想到这是他们设计好的一个阴谋。我们中了他们的埋伏，我幸存了下来，但是我的肩膀上还是不可避免地中了一颗猎枪子弹。我抱住马脖子，跑了出来，我也不知道马把我驮了多少里路，我更不知道战马是什么时候离开我把我抛弃的。因为我一冲出敌人的包围我就昏死了过去。等我重新睁开眼睛的时候，天已经黑了起来。我依稀还能看清前面不远的地方有一座大房子，我受了伤，流了很多鲜血，我感觉到浑身寒冷无比，我的肩膀周围的肌肉都麻木了。我当时只有一个目标，那就是靠近大房子。我拼命地站立起来，摇摇晃晃地走向那个大房子。我昏昏迷迷地走上了台阶，我也不记得有多少级台阶了，门是虚掩着的，我就这样扶着门进了大房子。我看见有几张床摆设在房子的东西墙角。我又累又饿，但是我唯一想要做的事情就是好好地睡上一觉。我需要休息，我当时什么都没有想，其实是不能再想。我挨近一张床就倒在了床上。我心里的石头终于在我倒在床上的时候落了下来。那张床很不干净，但是我没有时间去想它的卫生情况。我昏睡了过去。我依稀还记得我曾经抓过一些衣服胡乱地盖在了我颤抖的身上。我直到第二天九点钟才醒来。我睡的那张床的床头有一个时钟，我第一眼见到的不是床头的时钟，而是一个十分矮小的人。他的脑袋长得十分不规则，这时矮个大头男人背后发出一阵傻笑。我又定睛一看，我吓了一大跳，在他的后面还站着比他更为丑陋的人，他们的样子都变了模样。我想世界上再没有长得像他们这样奇丑怪异的人了。他们都不懂英语，因为我对他们说了不要伤害我，但是他们都恍然不知。他们傻待着看了我一阵，都不知该怎样回答我。马上他们都愤怒了起来，尤其是那个大头家伙，他不由我分辩，就用他那双肿胀的手捉住我的双腿往床下拖。他根本就不顾我的伤口已经再次裂开了，他把我拖到哪里，我伤口的血就流到哪里。那个矮个大头的力气大得出乎我的意料。我被拖下了病床，其他围观的人都哈哈大笑了起来。正在这时，一个上了年纪的首领赶来了，他是听到房间里的喧闹声才赶过来的。如果不是他及时赶到的话，我真不知道他们还会把我怎么整治下去。他用荷兰语严厉大声地对那个矮个大头说了几句，那个拖我的家伙才停止了对我的折磨。那个首领用惊异的目光打量着我。他问我：'你是什么人？怎么会来到这里。"我正要站起来回答他的提问，这时他又赶忙说道：'你不用乱动！你伤得不轻，你不必担心，我会马上派人来为你包扎伤口。这里离天堂很近，要知道这里可是麻风病院，你刚才躺的是麻风病人的病床。'他没有再让我在这个混合大病室养伤，而是独自为我安排了一个单人房间，他照顾得非常周到。一个星期后，我被送到比勒陀利亚总医院。回到家后，我的脸上就突然出现了这些可恶又可怕的东西，我想我是得了麻风病。我千方百计地想避免这种症状的发生，但还是发生在我身上了。这令我寝食难安，我真的非常担心我的这种症状，我的家人也束手无策，他们只好为我安排了一个单独的房间，让我静心疗养。为了我的声誉，我的家人对外封锁了我的消息，他们是逼于无奈才这样做的。我的家人为我做的保密工作做得非常好，莱尔夫先生夫妇是我们家值得信赖的人，他们知道其中的原委。还有肯特先生，他跟我父亲关系很好，他还是一个外科医生。肯特先生愿意为我的情况保密，绝不向外界透露，我们家一直把我的病情隐瞒了起来，当地的人都相信我出了远门，环游世界去了。多德，我的朋友，我对不起你，谢谢你对我的关心。我认为我父亲那封信能够骗过你，但恰恰相反，现在给我带来了灾难。为什么会这样？你为什么要带陌生人来揭穿我的隐私？"戈弗雷满脸的悔恨。

老上校用手指向我指了指。他说："是他们硬要逼我这样做的，这位名叫福尔摩斯的先生用纸条的传递方式让我知道了他对这件事情的把握程度。他都知道了，他说你一定是得了麻风病。我相信他的能力。我想到了请他帮忙，福尔摩斯先生一定会有办法的。"老上校对我的态度明显地好了许多。我对戈弗雷的医务护理肯特先生说："爱姆士沃施上校这样做是对的，多一个朋友就多一个帮手。我知道肯特先生医治过一些病人。我想问你的是，你是皮肤病专家吗？这可是一种热带病或者说亚热带病。”肯特先生的口气很坚决：“医生这个概念你应该明白，福尔摩斯先生！”我对他说：“我相信你在这方面的造诣。我想你不会拒绝在同一个病例上听听别人的意见，这很有必要。我知道你这样不顾危险地和病人住在一起的苦衷，你是担心别人对你施加压力，要你将病人交出来，把病人彻底与世隔绝。”

“没错，福尔摩斯先生说得很对！”爱姆士沃施上校马上接口说道。

“这件事在我的意料之中。所以，我特地带来了一位皮肤病权威专家，他是我一直信赖的好朋友。我以前帮过他，他也很想为我做点事情，所以我把他带来了。他的医术在整个医学界都很有名，他就是詹姆士·萨德斯爵士。”

当我说出詹姆士·萨德斯这个名字的时候，肯特先生脸上表现出来的样子，跟一个后辈见到了他所崇敬的前辈是一模一样。

“我能够在这里见到詹姆士·萨德斯先生真是前世修来的福气。”他毕恭毕敬地说。

“既然情况是这样，詹姆士·萨德斯爵士的出场就很有必要了，我马上就去邀请医学权威人物萨德斯爵士，他在马车上可能坐得早已不耐烦了。”莱尔夫听我说到这儿，未经爱姆士沃施先生的同意，就飞快地跑向了大门，他请萨德斯爵士去了。我看见爱姆士沃施上校脸上的笑容很灿烂，我又对他说：“我这个时候有一点空隙时间，我们不妨到你的书房去，我必须向你解释我的一些冒昧的想法，这也是我对于这件事的最初推理。”老上校很感兴趣，他愉快地答应了下来，我们一起走进了书房，听众不多，就那么几个与这件事情有关的人。

我对爱姆士沃施上校说：“我的推理过程是一个假设的延伸：排除所

有的不可能，那么剩下的情况，不论它有多么不可能，也必然是事实。在那种有多种可能性的案例中，必须对所有的可能性一一加以验证，直到最后那种能够让人信服的可能性的出现。我们不妨用这种假设的方法来解释一下这件事情。我当初一听多德先生说这件事情的时候，我马上就想到了这件事情有三种可能的解释，这三种解释足够用来说明为什么戈弗雷会被老上校在自家庄园的小屋里隔绝或者禁锢起来——第一，他极有可能是犯了罪，急迫地要躲过警察的追捕；第二，他很有可能是得了精神病，但家人又不愿把他送进精神病院；第三，他很有可能是得了某种传染病，家人要把他隔离起来。如果这三种答案都不是的话，我想就只有上帝知道这其中的秘密了。现在上帝不能出来证明，那就让我来证明一下吧。在我的头脑里，戈弗雷是因为犯罪而把自己关起来这种答案不成立，你们这个地区到现在都没有破案的犯罪报告，这一点我想我比大家都清楚。戈弗雷如果是一个身份未暴露的罪犯，那么，老上校会从家族利益考虑，必须把戈弗雷弄走或者送到国外去，而不是隐藏在家里。所以说，戈弗雷因为犯了大罪而被关了起来，这种假设根本就不能成立。戈弗雷得了精神病，他疯了，这种可能性要大一些。肯特先生在小屋里的身份证实了这个假设，它给人的表面印象是强行禁闭。但是另一方面，这种禁闭又不是很严格，要不然戈弗雷是不可能有机会出来看他朋友的。多德先生，你应该没有忘记，我曾经问过你，肯特先生是在看什么报纸，如果肯特先生看的是医学报纸，那么对我的推证就更有利了。假设戈弗雷真是得了精神病，但只要有医生照看并且上报了有关部门，让病人住在家里也是合法的，但是为什么要把持得那么严密呢？给人的感觉是另有原因，并不是戈弗雷得了精神病。最后一种答案就是戈弗雷得了麻风病，这种可能性虽然很离奇，似乎不可能，但是它却完全符合实际情况。麻风病在南非是一种常见病。戈弗雷在南非参加过战斗这件事，是詹姆斯·多德先生告诉我的，戈弗雷极有可能是得了这种病。戈弗雷家人不愿意把戈弗雷交给麻风病院将他隔离起来，所以戈弗雷家人才会处在极度恐慌的境地。我确信戈弗雷是得了麻风病，于是我就和多德再次拜访贵府了，我刚进门不久就发现了为戈弗雷送饭的莱尔夫先生戴的是消过毒的手套，我就更加相信戈弗雷是得了麻风病。我和老上校第一次见面的时候，我也为了替戈弗雷保密，我把我所发现的秘密写在了纸上，老上校相信了我不是来害戈弗雷的。”

我的话刚说完，我的朋友，医学界皮肤病权威专家詹姆士·萨德斯爵士在莱尔夫的陪同下走了进来。他为戈弗雷诊断了一下，他那许久不曾流露过微笑的脸，这一次流露出了罕见的微笑。他愉快地走向了老上校，并且握住了老上校的手，告诉他："你能够从我的脸色中看出你的宝贝儿子所得病并不是你想象的那么糟糕。你可能不会相信，但是我必须告诉你，戈弗雷得的并不是麻风病。"老上校惊呆了："你再说一遍！他得的不是麻风病？"

"是的，戈弗雷得的不是麻风病，这是一种典型的类麻风，也就是鱼鳞病。这种病后果并不严重，它唯一的危害就是影响皮肤破坏人的外表。但不用担心，它可以治好，不会传染。很抱歉，福尔摩斯先生，这种皮肤病是不是给你开了一个有点戏剧性的玩笑？我想戈弗雷之所以这样恐惧这件事情，跟他的心理因素有很大的关系。很有可能是戈弗雷在接触麻风病人之后，由恐惧心理潜滋暗长了一种生理作用。戈弗雷，你说对不对？事情就是这么简单。咦！爱姆士沃施夫人怎么昏倒了！肯特先生，你也应该显示一下你的真实本领了！"

戈弗雷的母亲一听说戈弗雷的病并不严重，根本不会威胁生命，一时高兴过度，竟然昏过去了。

3. 王冠宝石案

华生医生非常愉快地回到了贝克街福尔摩斯的住所。在这间摆设混乱的房子里，有很多著名的冒险都是从这里开始的。他一进门，就像打量老朋友一样，环视了房子一遍。科学图表依然钉在墙上，那个被强硫酸烧坏的药品架子还摆在屋角那个位置，小提琴盒子也还是放在屋角，没有一丝变化，原来是什么样子现在仍然是什么样子。最后他的目光盯住了毕利愉快的脸。毕利是福尔摩斯的一个小助手，年纪不大，但是头脑聪明，机智灵活。福尔摩斯非常喜爱他这个小家伙，有他在，福尔摩斯应该不会太寂寞。

华生向毕利打招呼："嗨，亲爱的毕利，你的样子越来越可爱了。福尔摩斯最近好吧？"

毕利的脸色在这个时候突然忧虑了起来，他下意识地看了看那关着的卧室门。

"他可能是在床上睡着了。"毕利说得并不轻松。

那个时候正是炎热夏天的晚上七点钟。对于福尔摩斯在这个时候睡着，华生已经习惯了，福尔摩斯的生活就是这么没有规律。

"福尔摩斯现在是不是接了一个案子？"华生问毕利。

"不错，先生。他目前这一段时间都非常忙。我现在十分害怕，他的身体健康状况在明显地朝不利方向发展。他的脸色越来越不对劲，越来越不正常，他的体重正在减少，饭也吃得很少。哈德森老太太老是问他：'福尔摩斯先生，你准备什么时候吃饭？'但他总是说：'明天晚上七点钟吧！'你也知道他全神贯注破案的时候就是这样过日子的。"

"嗯，是这样的，我比你了解他。"

"最近他一直在跟踪一个人。昨天他精心乔装打扮成一个求职的工人，而今天他又变了一个花样，乔装成一个老婆婆。我也差点被他骗了，不过我终于掌握了他的生活规律。"毕利耸了耸肩，望着那把折皱的阳伞，笑着说："喏，这是老太婆的道具之一。"

"福尔摩斯为什么要这么费劲呢？"华生问道。

毕利轻声对华生说："我很愿意把这件事情告诉你，我知道你会守口如瓶的，因为你是福尔摩斯先生最信得过的朋友，而且还是他最要好的朋友。你可能听说过了，就是那桩王冠宝石案。"

"哎呀！就是那桩价值十万英镑的盗窃案吗？"

"不错，确实是这样的。英国皇室决定不惜一切代价找回王冠宝石。说出来可能你不会相信，那天国家首相和内务大臣都来了，就坐在这个沙发上，他们非常看重福尔摩斯先生的侦探能力。福尔摩斯先生向他们许诺了，事情会真相大白、水落石出的。但是那个卡特米尔勋爵却瞧不起福尔摩斯先生。"

"卡特米尔勋爵！他也来了？"华生有一点惊讶。

"是的，卡特米尔勋爵他也来了。他给我的第一印象很不好，我不会因为他是贵族人物就不敢说实话，事实上他就那副德行。用我的话说，他简直跟死人没有什么区别。首相大人和内务大臣非常懂得尊重别人。我和福尔摩斯先生都对卡特米尔勋爵反感得很。他根本就不信任福尔摩斯先生，他多么希望福尔摩斯对这件案子束手无策啊！”

“福尔摩斯先生不明白卡特米尔勋爵对他的恶意倾向吗？”

“我想卡特米尔勋爵应该没有福尔摩斯先生聪明吧！”

“卡特米尔勋爵一直瞧不起我们。卡特米尔这个家伙根本不能和福尔摩斯相提并论。咦，毕利，窗子前的那个帘子是干什么用的？”

“这是三天以前福尔摩斯先生叫我挂上去的，帘子后面掩藏着一个秘密。”

毕利飞快地拉开了帘子。

“啊！”华生医生忍不住惊叫了一声。是福尔摩斯的蜡像，简真跟真的一模一样，福尔摩斯身上有的东西，它都有。假福尔摩斯的脸偏向窗子，微微下垂，似乎在读一本书，它正坐在一把安乐椅上。毕利把蜡像的头取了下来。

“我们把蜡像的头随意摆动，目的只有一个，为了让它更像真人。这个蜡像做得真是太棒了。我简直不敢去碰它。只要打开窗帘，从马路对面也能看到它。”

“我和福尔摩斯曾经也使用过蜡人。”

“那个时候我们可能都不认识。”毕利笑着说。他拉开了帘子往大街上望去，“嘿嘿，有个家伙在大街对面监视着我们。先生，你快来看看，他正在那个窗口观察我们这一边呢。”华生正想向窗户跨步，这时卧室的门就打开了。福尔摩斯走了出来，不错，他的神情的确不好，似乎大病了一场。但是他的步伐却仍然像往常那样敏捷。他的身形在我们身前一晃，帘子已经被他拉上了。

“下不为例，亲爱的毕利，你不知道刚才你拉开窗帘的时候有多么危险。华生，我们又见面了，很好，感谢你在这个时刻来看我。现在看到你，我又踏实多了，谁叫我们是好朋友呢！”

“亲爱的毕利，你该回去了。你太小了，有些事情你还不明白，我不能再让你在我身边为我承担危险了。”

“你有什么危险，神探先生？”

“突然死去的危险。如果我没有猜错的话，今天晚上会有大事发生。”

“什么大事？”

“一场暗杀活动，华生。”

“你很幽默，而且是越来越幽默，神探先生。”

“我想我还从来没有用暗杀这种致命的活动来幽默过吧。我必须申明，我以前没有，现在也没有，将来更不会有。现在危险还没有向我们靠近，我们不必浪费这一段大好时光。华生，为你的到来，我们应该庆贺一下，酒应该是少不了的，还有我的烟斗应该继续点着，你的位置还在老地方。这些天来，我一直把它们当成我的主食。”

“你为什么不吃饭呢？我想我们不应该拒绝这件好东西的。”华生说道。

“你是医生，应该不会忘记饥饿的作用，饥饿能够有效地改善人体的机能。在消化过程中得到的供血量只等于脑力损失的供血量。你知道的，我只为我的头脑而存在，我从来没有停止思考，我一直在思考。”

“但是，你所说的危险到底是怎么一回事？拐弯抹角并不是你的本色。”

“好吧，我也不瞒你了，让你知道凶手的名字以及他的地址总比不知道要好得多。我破获的很多案件，被害人到了天堂都不知道杀害他们的人是谁。这的确很残忍。记住，用笔抄下来吧，内格雷托·西尔维亚斯伯爵，莫尔赛花园街 136 号，就是这么回事。”

华生那纯朴的脸已经颤抖起来。要知道福尔摩斯所面对的对手是多么强大，这并不是一件容易对付的事情。华生是个很实在的人，为朋友，特别为福尔摩斯，他愿意两肋插刀。

“你别把我排除开外，我是你的朋友。这两天我愿意为你做点事情。”

“华生，你为了我，经常欺骗自己，这样似乎对你自己不公平，你明明是一个繁忙的医生，每时每刻都要为病人看病的。”

“这不是我现在需要做的事情。再说，都只是一些小病，不碍事，还有别的医生呢。我不明白的是，你完全有理由让警察去把他铐起来呀！”

“我也想这么干。这也正是令他不安宁的原因。”

“你还在等待什么呢？难道叫他自己老老实实跑到监狱把自己用铁门关起来吗？”

“你太夸张了，王冠宝石的下落还不清楚，只有他才明白其中的细节。”

“是呀！毕利对我讲过的，这的确比逮捕他重要。”

“你的观点很正确，得到王冠宝石，然后把它找回来，的确比逮捕他重要。我做的工作已经有一点起色，但是宝石的下落至今还是一个未知数，这是一个令人心碎的问题。”

“西尔维亚斯伯爵是主谋吗？”

“是的，你说的不错，他就是幕后主谋。出面的是塞姆·莫尔顿，一个拳击手。这个名叫塞姆的拳击手心地还是挺善良的。因为在西尔维亚斯手下做事，他不得不干一些坏事。只有西尔维亚斯才会重用他。”

“那么这个西尔维亚斯现在藏在什么地方呢？”

“我跟踪了他一个上午，也就是在今天，他就在我的身边。你应该还没有忘记我以前乔装打扮成老太婆的模样吧！华生。今天的老太婆装扮，是我至今最满意的乔装作品。有一次他还为我拾起了我的遮阳伞。‘很抱歉，太太，’他这么说。他在那种时候还没有忘记道德。但在对待王冠宝石的时候，他又是那么凶残，完完全全是两个不同的人。”

“他或许是许多人当中的一个特例吧。”

“嗯，应该是这样的。我跟踪他到米诺理思的老斯特劳本齐商店。这个商店挺大的，是做气枪生意的，店里的气枪做得很精致，我看见现在就有一支在对面的窗口瞄准着。你看过我的蜡像没有，哦，毕利早给你看过了，假福尔摩斯随时都有可能脑袋开花。又有什么事情，毕利？”

毕利这时双手捧着一个托盘，托盘上面压着一张名片，福尔摩斯只瞥了一眼，眉头就皱了起来，但是脸上却显露出诙谐的笑容。

“这个该死的东西突然在这个时候来会见我，这倒是出乎我的意料。华生，交给你来对付吧。他敢来见我，这说明他还是一个有胆量的人，他的枪法不赖，他的枪口正在对准我呢。他还是有点胆识的，至少他还能感觉我的存在对他们的威胁有多大。”

“报警，让警察来收拾他吧！”

“应该的，这是警察的职责，但现在恐怕还不能这样，这会打草惊蛇。华生，你应该感觉到街上有一个人在走来走去。”

华生谨慎地朝街上瞥了一眼。

“一切都在你的掌握之中，是有一个傻大个子在门口傻傻地走来走去。”

“那个傻大个就是塞姆·莫尔顿。毕利，亲自来找我的那个家伙现在在什么地方？”

“客厅。”

“等我一按铃，你就带他到这里来。”

“知道了，福尔摩斯先生。”

“如果我不在这里，你也让他一个人进来。”

“知道了，福尔摩斯先生。”

华生等毕利出去，马上就关上了门，立刻就冲着福尔摩斯说：“朋友，你是不是搞得太夸张了一点。他可是一个亡命之徒，他可不管你是谁，他的任务只是执行主人的命令，他会毫不留情地杀掉你的。”

“我知道。”

“我不会在这个时候离开你的。”

“你不觉得你根本就帮不了我吗？你这不是在阻拦我工作吗？”

“因为我们是好朋友，你说什么都没有用，我不会离开你的。”

“我想你此时此刻是太冲动了，我有权让你离开我这个房间。”

“你的废话挺多的，我不喜欢你这样。”

“真的，华生，你必须离开这里，你的离开并不会让我遭遇什么不测。恰恰相反，我会没事的，你不会连我说的话都不相信吧。这个该死的家伙虽然是为了执行使命，但他的到来会为我带来好运的，你应该相信福尔摩斯。”说着他取出笔记本，急急忙忙地写了几行字。“你马上把这张纸条交给伦敦警察厅侦查处的尤格尔，跟他的手下一起来，那么这个该死的东西就会结束他的一生。”

“我愿意为你干点实事。”

“你们回来的时候正是我找回王冠宝石的时候。”他按了一下铃，“我们最好从卧室门离开。这个旁门很有用的，我要等待幕后主谋出现，我的出现应该会让他们措手不及的。”

没过多久，毕利就把西尔维亚斯伯爵带到空屋子里来了。这个有名的狩猎者、射击手、富家公子是一个身材高大、古铜色皮肤的男人，他的胡须修剪得非常精致，鼻子的外形很像鹰爪，给人的感觉有那么一点狡诈阴险。他的穿着打扮似乎不符合他的伯爵身份，华而不实的那种。他把门轻轻地关上了。他立刻用凶狠而惊惧的眼光四处乱看了一遍，似乎在担心屋里有意料不到的陷阱。他的眼光没有错过窗前的福尔摩斯蜡像，当他看到蜡像的时候，眼睛睁得不可想象的大。刚开始他的眼神还是纯粹的惧怕，到后来，也就是一分钟的时间，他的眼神就来了一个大转变，他眼露凶光。他非常警惕地朝四处巡查了一遍，确定没有危险后，明白没有后患后，他就抡起了粗手杖，轻手轻脚地向蜡像靠近，他带着险恶目的向假福尔摩斯靠近。正当他要全力出击用粗手杖置蜡像于死地的时候，突然从卧室门口传出了一个镇定而嘲笑的声音："住手！伯爵！你这样做不对！"伯爵吓了一大跳，他看不到声音发起者的具体位置，他以为是蜡像发出的声音，他把蜡像当作了大名鼎鼎的私家侦探福尔摩斯。他又要抡起粗手杖去进攻蜡像时，福尔摩斯出现了，就在卧室门口，"吓着你了吧，挺抱歉的，"福尔摩斯朝蜡像走了过去，"这是法国塑像家塔韦尼埃的作品。他的手头工夫不比你的朋友斯特劳本齐做气枪的手头功夫差。"

"你说什么？你什么意思？你别搞错了，我可是伯爵！"

"你不觉得帽子戴在头上，手杖拿在手上挺累的吗？先把它们放到茶几上去吧！就这样，请坐。你身上的手枪随时可能会发生意外事故，我们不排除它会走火，伤了谁都不好办。你既不愿意取下你的手枪，那就随便吧。很高兴在这样简陋的地方见到你。"

伯爵眉头紧锁，怒气正在上冲。

"我早就想找你聊聊，一直都没有时间。现在好了，我们都有时间了。福尔摩斯，我刚才的动作你应该一辈子都不会忘记吧？"

福尔摩斯微笑了一下，算是对他的动作的回答。

"我很欣赏你的坦诚，我想这是你一直想干的事情吧，既然有机会，你肯定不会放弃。"福尔摩斯说。

“是你首先对我不敬的，你为什么要派手下来跟踪我？”

“什么我的手下！根本就没有这回事！”

“你还骗我！你派人跟踪我，我也派人跟踪你。对不起，我是跟你学的。”

“随你怎么往我的头上加盖莫须有的罪证，伯爵，我希望你的礼貌常识应该还没有忘记。别忘了在叫我的时候要加称呼，谁都知道我的这一职业决定了只有痞子才会直接叫我的名字。”

“嘿嘿，福尔摩斯先生。”

“太好了！我必须再一次向你重复，我没有派人跟踪你。”

伯爵不相信地嘲笑了一下。

“你把你自己想象得太高尚了，昨天有一个求职的工人，今天又有一个老太太，他们跟踪了我一天。”

“很抱歉，伯爵，你只能怪你自己的眼睛，你的眼睛里真是目中无人啊，你经常不把别人放在眼里，其中也包括我，我的乔装功夫也能瞒过你，勉强凑合着吧！”

“说什么？是你自己？”

福尔摩斯不好意思地撇了撇手。“看到那把遮阳伞没有，你应该没有忘记你为一个素不相识的老太太捡遮阳伞吧，这说明你并不坏。不是吗？”

“如果我早知道是你，嘿嘿，你恐怕要吃不了兜着走了。”

“感谢你高抬贵手。我们彼此都心照不宣，我们有很多机会都错过了。但是现在我们又见面了。你对我们的这次见面有很多的偏见。”

伯爵的脸色更加不妙，他轻蔑地对福尔摩斯说：“你说得似乎有那么一点过火，这是你的个人观点，我不赞同。你是活得不耐烦了，你应该知道我的身份，你竟敢跟踪我，有什么企图？”

“喔，伯爵，你以前到阿尔及利亚打过狮子的。”

“感谢你还记得我的手段。”

“你打猎又有什么企图？”

“别加‘企图’这两个字，我讨厌你这样对一个英雄狩猎者的蔑视。为了我自己，怎么样？”

“我想当然也少不了为民除害，为国争光吧！”

“嗯，不错。”

“我跟踪你，也是为了这个。”

西尔维亚斯伯爵大惊失色，他的手本能地向腰后探索。

“瞧，你这么激动！我想我没有不让你坐那个位置吧。我也不拐弯抹角了，我想找回那颗王冠宝石。”

西尔维亚斯伯爵脸色又缓和了下来，他重新坐到椅子上，凶恶的目光一直没有从福尔摩斯身上移开。

“你也不简单嘛！尊敬的福尔摩斯先生。”他冷笑道。

“我非常了解你此时此刻的心情，我是你的眼中钉，如果拔除了你的眼中钉，我想你肯定比我快乐。我们彼此的存在，都是构成对方受伤的主要原因。你是来反跟踪的，你很想知道我对你的威胁有多大，当然我知道，你会留给我一颗致命子弹的。因为我已经掌握了你的全部秘密，但是还有那么一点，这一点等一下你就会告诉我。”

“是的，我会为你准备一颗让你去见上帝的子弹，在你临死之前我不会让你失望的，你问吧！”

“你把王冠宝石放到什么地方去了？”

西尔维亚斯伯爵非常谨慎地看了福尔摩斯一眼，“你这个问题问得很深奥。你问我，那么我问谁去？”

“你的手段很高明，你问你自己吧！”

“嘿嘿！”

“你还不具备欺骗我的能力，伯爵。”福尔摩斯严峻的目光一直不肯放过西尔维亚斯的眼睛，这种逼视是最有力的进攻。“你的伎俩早被我看穿了。”

“你这么厉害，你肯定知道王冠宝石藏在什么地方了。”

福尔摩斯笑道：“我们现在必须承认目前只有两个人知道宝石的藏身之所，一个是上帝，另一个是你。”

“你胡说八道，你强词夺理，我要告你诬蔑好人。”

“我敢这样说，上帝目前还不会承认你的好人身份，这一点你应该非常清楚，你知道你现在的处境很危险。”

伯爵不屑一顾地把目光从福尔摩斯身上移开了，“你也应该明白你目前的处境也不妙。”

福尔摩斯瞥了他一眼，然后目光移向了抽屉边缘，最后他才决定站起来，走到抽屉边，从抽屉里拿出了一个厚厚的笔记本。

“你大概还不知道这里面有些什么东西吧？”

“鬼才知道里面有些什么东西。”

“你错了，恰恰相反，你就是杀人不眨眼的魔鬼。”

福尔摩斯紧接着又说：“上帝不会饶恕你的，恶魔西尔维亚斯。”

“你太过分了，福尔摩斯！我是西尔维亚斯伯爵！我有权告你诽谤我！”

“别急，我们有的是机会。你谋杀了哈罗德太太，然后她的布莱默产业就是你的了，很遗憾，你把它全输光了。”

“你在说什么鬼话！”

“还有瓦伦黛小姐的一生。”

“等等！轮不到你再胡说八道下去！”

“别急，后面还有。1892 年 2 月 13 日里维埃头等火车上的大劫案。1892 年里昂银行巨额伪造支票大案。”

“关于伪造支票大案你讲得不正确，这不符合事实。”

“那么说我前面说的都是正确的了。我叫你别太激动，在什么时候应该激动，你是伯爵你应该非常了解。是时候了，别耽误时间，你还是老实交代吧！”

“现在已经到了你必须坦白的时刻。我有能力现在就逮捕你以及你那个手下莫尔顿。你不必惊讶。我已经非常清楚你们两个人曾经在一起干过的勾当，王冠宝石案是你们俩的代表作。”

“啊！你怎么知道的？”

“我知道送你到白金汉宫的马车夫是谁，带你离开白金汉宫的马车夫又是谁。我知道在案发现场看见过你的看门人。我也知道艾奇·桑德斯的情况，他不愿意毁掉王冠宝石。现在艾奇已经投案自首了。你们的阴谋暴露了。”

西尔维亚斯伯爵额头上的青筋根根暴出，他那双粗大的手急躁地擦来搓去，他想说点什么，但最终什么也没有说。

“这就是我要告诉你我所掌握的证据，你在这些证据面前没有一点负罪感。你如果还有那么一点良知的话，那就赶快说出王冠宝石的下落吧！”

“如果你仍然要这样执迷不悟，你应该非常清楚地想到，监狱的大门正向你敞开着，你偷盗的是王冠宝石，伯爵，这么贵重的宝贝。你应该明白牢底坐穿的味道。你拿着宝石又有什么用呢？没有一点用处，你只要把宝石交出来，一切都好办了，我可以请求首相大人放你一马，你仍然是一个自由的公民，但是如果你仍然要坚持你对宝石保持独霸信念的话，后果就自负吧。我和首相大人都只要求你交出宝石，你就没事了。”

“假如我不配合你们的工作呢？”

“我早已经说过了，后果自负，牢底坐穿！”

在这个时候福尔摩斯按了一下铃，毕利马上出现在门口。

“西尔维亚斯伯爵，你不能忘记你的志同道合者塞姆，他虽然没有你聪明，但有一个伙伴陪你共度难关，应该心里会踏实一些。毕利，你去请大门口站岗的那位大个头塞姆先生吧！”

“但是他会拒绝我的邀请，先生。”

“这个很简单，你对他说楼上的西尔维亚斯伯爵现在需要他，他会跑得比你还快。”

“你到底想干什么？”毕利下去叫塞姆了，伯爵迫不及待地问福尔摩斯。

“刚才我的朋友华生也在这里，我跟他说，案子马上就要水落石出、真相大白了。他代替我去干一件非常有必要的事情，你等着瞧好了。”

西尔维亚斯伯爵又一次站了起来，他的手再次不安地往腰后掏。福尔摩斯的口袋也有枪。

“你真是活得不耐烦了，福尔摩斯。”

“这个问题我比你考虑得更多，但此时此刻还不是我们讨论这种问题的时候。你应该多为自己着想，多想想你自己的问题，这样或许会让你更加心平气和一些，你应该好好面对现实。”

在这个时候，西尔维西斯再现了他当年疯狂杀人的恶魔形象，他的整个身体都充满了杀气，但是福尔摩斯并没有因为他原形毕露而手忙脚乱，他反而显得威猛一些。

“西尔维亚斯，你别以为你有一支手枪就可以随心所欲了。告诉你吧，拿出了手枪，你也不敢朝我开枪，你应该清楚这个时候还不是杀人灭口的时候，至少地点你没有选对。听，你的志同道合者已经来了。嗨，你好，莫尔顿先生。让你为我站岗，真是惭愧，辛苦了，请进吧！”

塞姆·莫尔顿除了拳击技术高超外，其他的都可以省略不谈，但是他的形象可以证明他是一个没有主见、没有头脑的人。他不知道该进来，还是该站在那儿不动。福尔摩斯对他的态度明显得让他不知所措。但是他还能够分辨出福尔摩斯还是他和西尔维亚斯伯爵的敌人。他现在要做的是听从他主人的命令。于是他向西尔维亚斯不安地问道："伯爵，这是什么意思？我搞不明白，有什么吩咐吗？"他的声音很粗犷，但声音里面很明显地夹杂了一些忧虑。伯爵没有回答他，但是福尔摩斯没有令他难堪，他接过了塞姆的话头郑重地说道："可以这么说，莫尔顿先生，情况不妙，形势不利，你们快要完蛋了。"

塞姆·莫尔顿根本没有把福尔摩斯说的话当成一回事，因为福尔摩斯不是他的主人。他非常明白谁是自己的敌人，谁又是自己的朋友。他问伯爵："这个家伙在开什么屁玩笑？但并不好笑呀？"

"你说的话有那么一点笑料，但是我跟你一样，也觉得这并不好笑，你应该好好和你这位伯爵朋友进行一番深入浅出的对话。今晚上演的是悲剧，我敢打赌，绝对不是喜剧，因为大家都没有那个心情了。好了，我的时间在伯爵眼里是越来越少了，而且少得可怜，看来我应当好好珍惜这最后属于我的时光，你们慢慢聊吧。我必须去享受我的小提琴了，拉一支《威尼斯船夫曲》安慰一下我自己吧，五分钟后我再来接受伯爵的判决，怎么样？宝石和生命，随便你们选择。"福尔摩斯说到这儿，拿起小提琴就走了。很快，阵阵幽怨缠绕的曲调从闭着房门的卧室传了出来。

"发生什么事了？"塞姆·莫尔顿两眼发慌，迫不及待地拉住伯爵的手问道："是不是他什么都知道了？"

"这个该死的家伙，他太了解我们了，他好像亲眼看见过我们行动一样。"

"上帝！"塞姆·莫尔顿的声音悲观了起来，他的脸色惨白极了。

"该死的艾奇出卖了我们，他全部都抖搂了出来。"

"啊！他真的把我们出卖了吗，该死的家伙，我一定要杀了他！"

"这还不是重要的，我们现在必须想办法应付宝石这件事。"

"嘘！"塞姆·莫尔顿警惕地巡视了房间四周。"福尔摩斯这家伙很厉害，小心提防！"

"他正在里面拉小提琴呢，他还没有一边拉小提琴一边偷听的能力吧！"

“不错，他也没有什么了不起的。但我们也不排除有人躲在窗帘后面偷听。这房间里的帘子真是多。”他非常警惕地朝四周望了望，当他发现福尔摩斯的蜡像的时候，他吓得目瞪口呆。

“傻瓜！那是假的！”西尔维亚斯不屑一顾地说。

“什么？不是福尔摩斯？吓死我了！它栩栩如生，简直就是第二个福尔摩斯。可是，这些帘子也太多了吧！”

“别担心那么多，时间越来越少了，我们应该珍惜剩余不多的时间。福尔摩斯是一个诡计多端的人物，他千方百计地想夺回王冠宝石。”

“该死的福尔摩斯！”

“他说过，他也答应了，只要我们透露王冠宝石的藏身之所，我们就自由了，不会受到法律的判决。”

“什么！让我们把王冠宝石交出来！这不是要让我们眼睁睁地丢掉十万英镑吗？”

“我们已经是走投无路了。”

塞姆·莫尔顿不知道该怎么办，他的手不知所措地放到自己的脑袋上去了。

“现在只有他自己在这个屋里。这是老天给我们的机会，他真不走运。让我们代表上帝判处他的死刑吧。福尔摩斯一死，我们还用怕谁！”

西尔维亚斯伯爵晃了晃脑袋，他可不愿这样鲁莽。

“这样做没有一点用，要知道他的护身武器应该不会比我们的差。他是干这一行，枪不离身，再说我们一枪打死他，声音也会判处我们的死刑的。我们逃不出这个屋子了。警察应该知道他所提供的情报，不然他不敢这么有恃无恐，咦！有声音！”

声音好像是从窗口发出的。塞姆和伯爵没有向窗口靠近，他们只是调转身子朝四周张望，他们不知道声音是从什么地方发出的，因为整个屋子除蜡像坐在窗口外，再没有其他的东西。

“应该是大街上的声音传上来了。”塞姆·莫尔顿急切地说：“主人，你的聪明程度远胜于我，你快想一个万全之策吧。事情的确不妙。”

“别担心，我什么人没有骗过？福尔摩斯这次也会上我的当。俗话说得好：最危险的地方，其实也就是最安全的地方。我把王冠宝石藏在我的内衣口袋里，今天晚上就把它运出英国，荷兰的星期天就是我们庆祝偷运宝石成功的时刻。你应该没有忘记凡·赛达尔这个人吧？”

“我以为凡·赛达尔下个礼拜才走呢。”

“原计划是这样安排的。现在没有办法了，他应该马上出发。我们一定要有一个人带着宝石到莱姆街去通知他。”

“可是他还没有做好准备呀！”

“管不了那么多了，必须这么干，一秒钟也不能再浪费了。”西尔维亚斯伯爵当机立断地说，他恶狠狠地瞥了一眼窗口。是的，刚才的声音确实是从大街上传上来的。

“该死的福尔摩斯，他只能在我们面前耍弄小聪明，我们要骗他真是易如反掌。这个该死的家伙一心只想抢回王冠宝石，这好办，我们胡乱编个地址，让他去找吧，他找一辈子都找不到，那个时候我们已经到了荷兰。”

“妙计，的确是妙计，只有你才想得出来！”塞姆·莫尔顿差点就要大声喊叫了。

“你立刻带着王冠宝石去通知凡·赛达尔，要他赶快行动。该死的福尔摩斯就交给我，让我来耍耍这个家伙，我会告诉他，王冠宝石在利物浦保存得非常好，该死的福尔摩斯肯定会傻傻地寻找王冠宝石。塞姆现在宝石就交给你了。”

“啊呀！你真的把王冠宝石藏在内衣口袋里？”

“别担心，我早跟你说了，最危险的地方也就是最安全的地方。我们能够从白金汉宫取出来，别人也能够把宝石从我的住所里取走。”

“来，我好好瞧瞧。”

西尔维亚斯伯爵瞥了塞姆·莫尔顿一眼，不慌不忙地把手伸进内衣口袋去掏那颗王冠宝石。

“你什么意思？到现在这个时候你还不相信我吗？别忘了，我也有份的！”

“我知道，我知道，你急什么呀？我的朋友，我们在这个时候一定要同仇敌忾，团结一致。来，我们一起到那边窗口欣赏一下吧。窗口光线明亮，你瞧，王冠宝石！”

“非常感谢！”这是福尔摩斯的声音，他跟他的声音一样是那么突如其来地出现，真是出其不意啊！福尔摩斯从蜡人的扶手椅上突然跳了起来，用迅雷不及掩耳的速度把王冠宝石从伯爵的手上夺了过来。他的手枪枪口已经瞄准了伯爵可怜的脑袋。福尔摩斯真正在他们两个自作聪明的家伙面前来了一个措手不及。他们被眼前的情景吓傻了，一时之间，竟然不知道该怎么办。福尔摩斯乘机按了电铃。他镇静地说：“就这样，就这样，很高兴你们能够如此心照不宣，这的确超乎我的意料。你们现在千万别愤怒，愤怒也没有用，因为刚才那惊心动魄的一幕已经结束，而你们两位，也马上要结束你们的罪行了。”

西尔维亚斯伯爵此时此刻除了恐惧还是恐惧，他问道：“你到底是人还是鬼，福尔摩斯？”他惊恐得不知道该怎样发言。

“很抱歉，我为你的眼力和智力感到伤心和难过。你别这么恐惧，看到你这个恐惧的样子，我也会恐惧的。我的卧室还有一个旁门，被这帘子遮掩住了，我搬走假福尔摩斯的时候不小心发出了一点声音，你们没有追究下去，非常感谢。我作为一个忠实的聆听者能够坐在扶手椅上洗耳恭听你们的交谈而感到非常荣幸。”

伯爵有坐以待毙的情绪了，他的内心在不断地后悔。

“你不愧是福尔摩斯，对，福尔摩斯就应该像你这样。”

“你太夸奖我了。帽子戴得太高也会压死人的。”福尔摩斯笑得比较开心。傻大个塞姆·莫尔顿搔头抓脑地思考了半天也不明白这是怎么回事。他说话的时候，楼梯上已经响起了急促的脚步声。

塞姆问道：“我搞不懂你们在搞什么鬼。你的手提琴还在响呢？你又怎么解释呢？”

福尔摩斯说：“你问得很好，我们应该感谢留声机这玩意，它能够代替我干很多事情。”

警察在案件结束的时候总是充当打扫残局的角色。西尔维亚斯伯爵、塞姆·莫尔顿被抓走了。华生为福尔摩斯庆祝王冠宝石大案的圆满破获。正在这个时候，毕利的小托盘上又出现了一张名片。

“卡特米尔勋爵来拜访福尔摩斯先生。”毕利的声音不大也不小。

“毕利，你好好地把他请上来吧。他的地位很高，在最高阶层他是一个有权有势的名人。我们都不能对他的忠实表示怀疑，可是他有那么一点让人讨厌。我们可以跟他玩一个刺激的游戏，游戏产生在破案之后。”

卡特米尔勋爵的出现，我们没有半点惊讶，这早在意料之中。卡特米尔勋爵长得眉清目秀，但脸上的胡子实在是太多了，他的步伐走得也不是很稳实，一副冷漠的样子。

“卡特米尔勋爵，很高兴在这里再次和你见面，对于上次的见面，我还记忆犹新。”福尔摩斯热情地说道。

“我见到你也很高兴，福尔摩斯先生。”卡特米尔勋爵不冷不热地对待福尔摩斯的热情。福尔摩斯微笑道：“我想我这个房间温度似乎挺高，我为你脱下外套好吗？”

“谢谢。我感到把外套穿在身上很有必要。”卡特米尔勋爵说。

福尔摩斯可不管那么多，一边说一边脱他的大外套，“不要客气！我朋友华生医生能够感觉到温度不时变化的坏处，他有这个能力！”

对于福尔摩斯这样的动作，卡特米尔勋爵感到十分不快。

“你不觉得你这样很累吗？福尔摩斯先生，我并不想在这里待很长时间，言归正传吧，案子办得怎么样了？”

“很抱歉，卡特米尔勋爵，这个案子不简单！”福尔摩斯脸色装得很尴尬的样子。

“哼！我早就说过嘛！事情并没有这么简单！”

卡特米尔勋爵的声音和脸色都不太友好。

“并不是每件事都顺心顺意，福尔摩斯先生。不过，你先别泄气，这件大案破不了，还有其他的案子在等着你呢！你说对不对，神探先生？”

“对，很对，我必须承认我不是神探。”

“对，福尔摩斯你应该谦虚一点！”卡特米尔勋爵脸上有点得意。

他又继续说道：“你既然是私家侦探，那么还是掌握了不少有关这件案子的情况和线索吧！”

福尔摩斯说：“不，不，很遗憾，我这次也许会失职。我想请你帮我一把！”卡特米尔勋爵说：“你别搞错了，你是福尔摩斯啊，又不是我要求接手这件案子的。不过，看你这么为难无助的样子，我还是愿意做点我力所能及的事情。”

福尔摩斯说：“我想问的是，我们应不应该起诉盗窃宝石的人？”

卡特米尔勋爵说：“这似乎为时过早了吧。”

福尔摩斯又问：“我们对于收赃者的行为该怎样处置呢？应不应该把他推上法庭？”

卡特米尔勋爵有点厌烦这种不切实际的交谈，他说：“这似乎都是你说的空话。”

“不，不，我们应该具备最起码的法律意识，在你的眼里，收赃者的定义是什么？”

“在他的眼里似乎没有法律意识。他只想把宝石占为己有。”

“那么你会把他当作罪犯处理吗？”

“完全是这样的。”

华生从来没有看见福尔摩斯笑得那么忍俊不禁，他被感染了，也笑了起来。

“对不起勋爵，我应该马上报警，让警察来抓你。”

卡特米尔勋爵对福尔摩斯接手这个大案本来就有意见，刚才一番交谈，他得知福尔摩斯对这件大案束手无策心中更是愤怒。而此时此刻福尔摩斯竟敢在这里说出这样大不敬的话来，他修养再好，也忍不住大声怒斥了起来：“你简直是目中无人，这种玩笑你也敢开。我必须告诉你，福尔摩斯先生，我不能跟你相比，我是一个时间观念很强的人，你应该知道我现在为你的这一番无稽之谈浪费了多少时间。我必须再次对你的办案能力表示不屑一顾，你这是浪费别人的时间，福尔摩斯先生，你最好以后改行，专门去跟别人闲聊，我的修养让我只能说到这里！后会有期！”

卡特米尔勋爵朝门口走去，福尔摩斯马上就挡在了门口。

“很抱歉，勋爵，我不能让你就这样潇洒地离开这里，带走宝石的危险是多么可怕啊！”

“你真是太放肆了！我是勋爵，我现在有权力逮捕你，你诬蔑诽谤了我尊贵的身份。”

“你不妨把手伸进外套的左手口袋里。”

“你又要搞什么鬼？”

“你看你，就是太冲动了，你摸摸就知道了。”

卡特米尔勋爵的手放进去又提上来的时间不超过三秒，这时他的左手掌上多了一颗硕大发着金光的宝石。他感到不知所措，他的声音在颤抖：“啊！啊！怎么会这样呢，福尔摩斯先生？”

“对不起，对不起，尊敬的卡特米尔勋爵。我没事先告诉你我有一个缺点，我很爱捉弄别人，我认为这样能够调节一下我们紧张的神经。很对不起，我未经你的同意就把王冠宝石放进了你的口袋。”

卡特米尔勋爵望望王冠宝石又望望福尔摩斯的笑脸，然后笑道：“福尔摩斯先生，你的确是一个令人捉摸不透的人。我必须实话实说，这颗宝石是王冠宝石。我为我刚才对你的不敬感到惭愧，我必须向你说对不起。真的，我非常感激你，你的诙谐技术跟你的办案能力一样棒。你是怎样破获这件大案的？”

“刚刚结束，一切都刚刚结束，我的朋友华生可能会告诉你我的时间观念，我的结束就是我的开始，我现在还有很多案子要办，你可以满意地回去交差了，喔，华生，我差点忘了，我的肚子是饥饿的。”

4. 三角墙山庄疑案

我和福尔摩斯一直都忘不了三角墙山庄疑案。那次三角墙山庄历险太跌宕起伏，太出乎意料了。

有一段时间我和福尔摩斯都没有见面，他的近况我不了解。我决定去看望我这位老朋友。他那天早上心情不错，也许是我们很久没有见面了吧。他把我请到壁炉边的旧沙发边，坐下后，他兴致勃勃地叼着大烟斗坐在我对面的椅子上。我们正要交谈，突然在这个时候发出“砰”的一声，一个身材魁梧的黑人气势汹汹地冲了进来，他的穿着打扮非常风趣，样子有点玩世不恭。现在他的表情十分丰富，因为有多种不同的愤怒，所以他的脸蛋时常变化，我们都认为他的表演天赋很高。

“哪个是福尔摩斯？”他怒不可恕地问我们。

福尔摩斯不紧不慢地朝他摇了摇烟斗。

“嘿，是你？”那个人把愤怒对象范围缩小了一半，他直接走向福尔摩斯，他的举止动作让任何人看了心里都会感到十分地别扭。他竟然警告我朋友福尔摩斯：“我希望你别狗咬耗子多管闲事，这样对你没有一点好处的！”福尔摩斯又朝他摇了摇烟斗，对他说：“应该还有下文的，下文应该还很精彩。”那个人口气大得很，他对福尔摩斯说：“喔？你以为真是那么好玩，那么精彩？你没有挨过揍吧？你挨过揍之后，就不会觉得好玩了！瞧瞧，我这个玩意儿！”

那个人把他那对碗口大的拳头摆在了福尔摩斯鼻子前面。福尔摩斯感到十分可笑，但他还是仔细地瞧了瞧，冷冷地对那个人说道：“你的拳头是不是天生就有这么大？还是最近突然膨胀变得这么大了？”可能是因为我朋友福尔摩斯的外表和对话口气太稳重了，也可能是因为我抡起撩火棒时发出了“砰砰”的响声，一句话，那个人温驯多了，口气也不那么无所顾忌了。

“你别装得这么冷酷，你也别装得这么城府很深，像你这种装假的人，我见得多了。我丑话已经说在了前头，到时候你惹恼了我的朋友就别怪我们不给你面子，别怪我们事先不给你打招呼。我的朋友叫我来转告你，哈罗那件事你最好不要插手，你一定要记住！”那个人对福尔摩斯说。

福尔摩斯仍然十分冷酷地对那个人说道：“你来得正好，我正要去找你呢，我早就知道你的大名了，你名叫思蒂夫·迪克西，是一个职业拳击手，对不对，我的思蒂夫·迪克西先生？”

“不错，我的大名很多人都知道。但是，我对你这种迎宾待客方面的礼节感到非常恼火。”他说道。

福尔摩斯这时突然目光锐利起来了，他看着思蒂夫·迪克西的眼睛说：“是的，你的名声是很大，我想你的名声这么大一定离不开你在荷尔本酒吧打死伯金施一事吧？”

那个黑汉一听到“在荷尔本酒吧打死伯金施”这几个字，脸色陡然大变，连脖根都是红一块紫一块的，他忍不住大声说：“我不知道什么荷尔本酒吧。我也不知道伯金施是谁。你别诬蔑我！”

“法庭可能会相信你这种掩盖事实真相的回答，你和巴内·斯陀克代尔的事我也非常清楚。”

“你千万别吓唬我！福尔摩斯先生——”

“好了，现在我叫你从我的房间里走出去，我想我还会见到你的。”

“好吧，尊敬的福尔摩斯先生。那我们就后会有期吧！但是我还是恳求你别把今天我冒犯你这件事情放在你心上，好不好？”

“这很容易做到，但是你必须说出你这次行动的幕后指使人。”

“哎，你早就知道的，尊敬的福尔摩斯先生，巴内·斯陀克代尔你不会忘记吧？”

“这我知道，我是问你真正的幕后指使人。”

“很抱歉，尊敬的福尔摩斯先生，别说你不知道，事实上连我也不知道啊！巴内只是让我转告你别去哈罗，如果一定要去的话，后果将不堪设想，就这么多。”

他一说完，就跑了，速度快得让我们来不及叫住他。福尔摩斯吸了一口烟，又吐了出来，他的脸色被浓浓的烟雾遮住了。

“华生，你抡起撩火棒的动作非常专业非常娴熟，思蒂夫这个傻黑汉总算还有一点自知之明，不然吃你一棒，他可受不了。事实上，这个傻黑汉不是很坏，你别以为他是一个职业拳击手他就敢目中无人，其实他是外强中干，纸老虎一个。他是斯宾瑟·约翰流氓犯罪团伙中的成员，他最近参与了一些犯法的事情，我一有时间就会把他们所干的这些事情查个真相大白。巴内是他的头头，巴内十分诡诈阴险。他们专门干些骚扰社会治安的勾当，我想知道的是，他们的总后台是谁？”

“但是他们为什么要恐吓你呢？”

“还不是为了那个哈罗森林大案，思蒂夫他们既然亲自找上门来，那真是踏破铁鞋无觅处，得来全不费工夫，由此可以看出，哈罗森林案不是一般的大案。”

“这到底是怎么一回事呢？”

“如果不是思蒂夫·迪克西这个家伙刚才的打扰，我早就把这件事的大概情况讲完了。瞧，这是麦伯力太太写给我的一封急信。假如你愿意跟我走一趟的话，那我们立刻就出发，先给她拍封电报吧。”

我看到信上的内容：

尊敬的歇洛克·福尔摩斯先生：

我在近段时间遭遇了一些怪事。这些怪事都和我有关，我是多么希望你能够帮助我。假如你明天来，我会一整天在家恭候你的大驾。我的宅园就在哈罗森林车站附近。我早知道我的亡夫莫蒂提梅·麦伯力曾经委托你办过案子。

玛莉·麦伯力

信上的地址是：哈罗森林三角墙山庄。

“事情就是这样。”福尔摩斯说道，“假如你有时间的话，华生，我们现在就出发。”

我们一路上转车换车，曲曲折折的，但终于还是到达了目的地：哈罗森林三角墙山庄。三角墙山庄是一座由砖瓦和木块建造起来的别墅。它的周围是天然草坪，上层窗户对面有三垛朝外凸出的山墙，所以就被命名为三角墙山庄。别墅后面种的都是松树，还没有长高，给人的感觉十分阴郁。三角墙山庄的环境具有天然美，内质里还显得非常幽深，一派萧索的景色。虽然如此，但是别墅里面的摆设却是非常考究的。接待我们的是一位上了年纪的老太太，她的气质非常高雅庄重。

福尔摩斯说：“我要告诉你的是，夫人，我对你的丈夫麦伯力先生印象很深，他以前委托我为他办过一件小事。”

麦伯力太太声音很清朗：“但是，你可能更加了解我儿子道格拉斯。”

福尔摩斯兴致很高地看着麦伯力太太。

“喔，你就是道格拉斯·麦伯力的母亲！我以前跟他见过一面。我对他的印象确实比麦伯力老先生还深，要知道他曾经是那么有成就，很多人都很佩服他，他现在还好吗？”

“很遗憾，尊敬的福尔摩斯先生，他上个月患肺结核在罗马去世了，他原来是英国驻罗马大使。”

“对不起，麦伯力夫人，我不该问这个令人伤心的问题。道格拉斯·麦伯力先生以前精力是那么充沛，那么英姿勃发。他非常热爱他的事业，同样也热爱着他的生命，他曾经是多么健康的一个人啊！”

“或许是因为他太热爱他的事业了，福尔摩斯先生，事业夺去了他的生命。也许他在你的记忆里，是一个健康快乐的人，但是你却不知道他的另一半生活。他是多么忧郁不振啊，他对每件事物都充满了仇恨，在前一个月，我亲眼目睹了我那风度翩翩的儿子变成了一个心力憔悴的厌世人。”

“是不是他的恋爱不成功？”

“他是为了一个魔鬼，福尔摩斯先生，我们暂且不谈我那个可怜的孩子，我们的主要话题不是这个。”麦伯力太太心情低沉。我对她说：“好，我们言归正传吧！”

“我最近遭遇了一些非常奇怪的事情，这个房子我已经住了有一年多。我喜欢过清静的生活，很少跟我的邻居们来往。日子过得确实很清静。也就是在三天前吧，有一个自称是房地产经纪商的人找到我，他告诉我他的一个委托人看中了我这所别墅，假如我愿意卖的话，他愿意将这所别墅买下来。我马上就觉得奇怪了，要知道我家周围还有好几幢别墅要出售呢，并且那些要出售的别墅建造得并不比我家的差，有一幢还比我家的别墅还要好。但是，我对他为我提供的意见很感兴趣，接着，我出了一个价，那个价格要比我买进的价格要高出五百英镑。令我没料到的是，这笔交易很快就定下来了。他还向我提出了一个要求，就是我家所有的家具必须全部卖给他的委托人。我家的这些家具样子和质量都不错，于是我就向他出了一个很利于我的高价，跟前面那笔交易一样，事情办得很顺利，这两笔交易都成交了。我早就想到外面去看看了，我认为如果这次交易成功的话，我的愿望马上就要实现，我会变得比现在更加有钱。昨天那个人又来了，还带来了拟好的合同，我把那份合同送给了我那位住在哈罗的律师看了，他立刻告诉我：‘这份合同有问题。夫人，你可能不知道，只要你一旦在合同书上签了字，你房间里的任何东西你都没有权利拿走，即使是你的私人财产也不允许。’当天晚上那个人又来了，我毫不客气地点明了这一点，我对他说我只愿意卖掉这些家具。他说：‘夫人，你别搞错了，是这个房间全部的东西。’

我质问他：‘那么我的衣物，我的首饰又该怎么算呢？’

‘原来你是为了你的私人财产这个问题，这个好办，你把你的私人物件带出这个房子的时候，必须接受我们严密检查，我的委托人并不在乎这些，但这是他的做事原则。他还让我转告你，如果全部卖的话，再高的价格他都可以接受，但是只卖一些物件的话，他就没有这个兴趣。’

我手头并不缺钱，于是我对那个人说：‘好吧，我们就当没有谈过这件事情，请回吧，我不送你了。’但是，我现在还觉得这件事情有点蹊跷，真的很怪异。”麦伯力太太刚刚说到这里，我就看到了福尔摩斯做了一个安静的手势，紧接着他以迅雷不及掩耳的速度奔向门口，只见他用力一拉门，“砰”的一声大响，门被他一下拉开了，他的右手拎住了一个瘦高女人的衣服，福尔摩斯把她毫不客气地拖了进来。她发出一阵尖叫声：“放开我，你要干什么？你太可恶了！”

“咦？叔莎，你这是怎么了？”麦伯力太太不解地问那个被福尔摩斯拎着的女人。

“这个客人太不懂礼貌了，夫人，我正要敲门进来问客人们是不是要留下来吃午饭，他就莫名其妙地捉住了我。”那个女人分辩道。福尔摩斯不慌不忙对叔莎说：“应该是这样的，你在门口听了足足有几分钟之久，我一直都很给你面子的，但是你真是不知好歹，叔莎，你的喘气声太粗了，这很容易暴露你的身份，你根本就不适应干这种事，不是吗？”

叔莎满脸惊异地望着至今还拎着她不放的福尔摩斯，问道：“你是谁？你难道不嫌你的手不够累吗？放开我！在这里我只听我的主人麦伯力夫人的吩咐，至于你，甭想管我！”

“麦伯力夫人，我在这里必须问你，你有没有告诉过别人，我会来帮忙？”

“没有这么一回事，福尔摩斯先生。”

“那封信是谁替你寄的呢？”

“叔莎。”

“嗯，事情就清楚了。叔莎，你给谁通风报信告诉别人麦伯力太太要找我帮忙？”

“你别诬蔑我，我知道你神经不正常。”

“叔莎，你应该明白你撒谎的下场和后果。你到底给谁通过风报过信？”

“叔莎！原来你是一个不忠诚的

坏女人。喔，我想起来了，我以前看到过你在院子门口和一个男人神秘兮兮地交谈过。”麦伯力太太勃然大怒了起来。

“我有权处理我自己的事情。”叔莎一直在狡辩。

“看来你真是不要脸了，让我重新再告诉你吧，那个男人叫巴内·斯陀克代尔，对不对？”福尔摩斯冷冷地对叔莎说道。“你神经病啊！你都知道了，还问我！”叔莎很气愤。

“我不过是试探你一下，你就露出尾巴了。很好，叔莎，要是你老老实实地告诉我，是谁在幕后指使巴内，这十英镑就是你的了。”

“你太自不量力了，你给这十英镑能够有别人给我一千英镑给得爽快吗？”

“照你的话说，你们的后台老板是一个很富有的男人了？不对，你看你笑了，应该是一个很富裕的女人。我们都掌握了这么多线索，你还不如把那个女人的名字说出来吧，先拿到这十英镑也不错的。”叔莎说：“你去死吧！神经病！”

“什么？叔莎，你必须为你刚才那句话负法律责任，法官不会轻饶你的。”

“我还在这里干个屁啊！你们这些该死的家伙。我明天就要搬走。”说完，她从地上爬了起来，气呼呼地走出了房门。福尔摩斯对叔莎说：“走好，叔莎，你肯定得了哮喘病。”福尔摩斯说完这句话的时候，叔莎也已经走远了，门被福尔摩斯重新关紧。他停止了他的风趣，用非常严肃的口气说道：“事情发展得真快，真是有点出乎意料，对手的行动真是太快了，令我们防不胜防。麦伯力太太，你给我寄的信盖的邮戳是上午九点的。叔莎寄信的时候立刻就向巴内通了风报了信，紧接着巴内又马不停蹄地向他的主人汇报去了，并从他主人那里得到了最紧急的命令。我为什么会认定他们的主人是女人，是因为我刚才说‘他’的时候，叔莎在嘲笑我的判断。黑人思蒂夫很快就奉命来威胁我，时间发生在第二天上午的十点。很明显他们总是快我们一步。”

“但是他们这样做是为了什么呢？”麦伯力太太困惑地说道。“这就是我们必须知道的问题。喔，对了，夫人，在你之前，是谁住在这儿？”福尔摩斯问道。“一个退了伍的海军上校，名叫弗阁斯。”

“这个人有什么特别的地方吗？”

“我从来没有听说过有关他的事情。”

“我以为他在地下埋藏了什么东西。虽然现在人们把值钱的东西都存放到邮政银行里去了，但是也不能忽略一些性格有些特别的人，他们热衷于把值钱的东西埋藏到地下去。我刚刚开始接手这件事情的时候，我就是这么想的，但是我现在不这么想了，他们可能对你家的家具极感兴趣。但是他们要你的家具干什么呢？你对自家的家具应该很了解吧？”“我想我家除了那一套王室德比茶杯之外，再也没有值得他们千方百计算计的东西了。”“但如果是这套茶具的话，他们也用不着采取这些神秘兮兮的动作啊。他们为什么不直接了当地说出他们所需要的东西呢？如果他们真的十分关注你那套茶杯的话，他们只要直接出高价买下就行了，何必要买下所有的家产呢？我想，你家里肯定有什么连你自己都不知道的东西，如果你知道了，你是不会卖出去的。”

“我也有这样的想法。”我说。

“华生医生也同意我的这种推理，那肯定是没错的了。”

“福尔摩斯先生，到底是什么东西呢？”

“我现在也不能马上回答你这个问题，夫人。我必须再掌握一些线索再了解一些情况，我才能满意地回答你。你在这里准确一点地说住了多久？”

“差不多有两年了。”

“很明显了。在这么长的一段时间内没有人想从你这里搞走什么东西，但是在这三四天里，突然就有人要这样迫不及待地搞走你所不知道的东西，这可以说明里面大有文章。”

“这只能说明一个非常简单的问题，他们所需要的东西是刚刚搬进庄园里来的。”我分析道。

“又缩小了一段实际距离，形势一片大好。我想问的是，太太，最近搬进来的东西是什么呢？”

“咦？这就更令我摸不着头脑了，我家最近没添置什么东西呀！”

“正如太太所说的一样，这一下我也摸不着头脑，不过，这也没有关系，事情仍然还会有起伏的时候，我们会掌握更加详细有力的线索。你的住在哈罗的律师是一个精明严谨的人吗？”

“叔特罗先生做事一直精明严谨，我非常信任他。”

"你还有其他的仆人吗？叔莎已经不是你的仆人了，她很不忠诚。"

"我还有一个年纪不大的女仆，她跟了我许多年，我非常了解她，事实上我也很信任她。"

"请叔特罗先生到贵府暂住几天吧，你需要周密安全的保护。"

"我怎么会有危险？"

"很难说，我也不敢说这件案子不会有暴力的插曲。我们在明处，对手在暗处，我们不得不小心谨慎。叔莎他们这伙可恶的家伙做事非常快，我们不能让他们有机可乘。我想去调查那个自称是房地产经纪商的人，他留下什么可靠的线索没有？"

"很抱歉，福尔摩斯，我只知道他的名字和从事的工作：海恩思·约翰逊，拍卖商兼估价商。"

"电话簿一定没有他的详细地址和住处。光明正大的商人绝不会隐瞒他们的营业地址，今天就暂且到这里吧，我们继续保持联系。这个奇案我已经接了下来，太太，你放心好了，我会让你感到满意的。"我们在麦伯力太太的陪同之下来到了大厅，这时福尔摩斯的眼睛盯住了几个堆在角落边的大箱子，箱子上面贴着五颜六色的标签，炫人眼目。

"'米兰''卢塞恩'，嗯，这几个箱子是刚从意大利寄过来的呀！"

"是的，是我那个英年早逝的道格拉斯的遗物。"

"你一直都没有打开过吗？它们到了多久了？"

"上个礼拜收到的。"

"但是你刚才却说最近没有什么东西进入你的庄园，我现在又发现了一个新线索。只有上帝以及去世的道格拉斯·麦伯力先生才知道这几个箱子里面有没有贵重的东西。"福尔摩斯不肯放过对这几个大箱子的调查。"我儿子的收入只有他的工资以及那一笔数目不大的年金。他不可能有什么值钱的东西。"

"麦伯力太太，你应该马上派人把这几个大箱子抬到你楼上的卧室里面去，用最快的速度打开箱子查看有没有什么有价值的物件。我明天再来拜访，我希望你能发现新的线索。"

我们真的小看了我们的对手，他们对这件事情处理态度比我们严谨多了。就在我们俩拐过小路尽头那高高篱笆的时候，我们发现了思蒂夫·迪尼克正躲藏在阴暗处。他站在那个阴暗的位置已经有很长一段时间了。福尔摩斯厌恶地把手探进了自己的口袋里掏来掏去。

“你想拿枪来对付我吗，福尔摩斯？”

“你又猜错了，我在找我的鼻烟盒，亲爱的思蒂夫！”

“福尔摩斯先生，你真是一个捉摸不透的人，对吧？”

“你一直在跟踪我们，就只得到了这个答案，你又忘记了我今天对你说过的话了。”

“福尔摩斯先生，我在这里出现肯定是不对的，我哪里敢忘记你对我说过的话，关于伯金施那件事情，我真的不希望你再次提起。假如你需要我出力的话，我很愿意。”

“我就不客气了，你一定知道是谁在背后指使你干这件见不得人的事了？”

“尊敬的福尔摩斯先生，我早就对你说过这个问题，我不知道，我只知道我必须听巴内的，巴内听谁的我就不知道了。那不关我的事，我也不想知道。”

“很好，可爱的思蒂夫，我现在又得告诉你了，这幢别墅的主人以及主人名下所有拥有的东西，都是我的保护对象，你该明白你应该怎样做了。”

“就按你的意思去做，我的福尔摩斯先生。”

“华生，他果然还有一点良知，他害怕我到警察局去揭发他在伯金施案扮演的重要角色。”我们一边走一边谈论那个傻黑汉。福尔摩斯又说：“他的确不知道幕后指使者是谁，幸亏我对斯宾瑟·约翰逊犯罪团伙早有一定的了解。华生，看来我们还得去朗达尔·派克那里。我现在就去找他，等我从他那里回来的时候，或许这件案子就很清晰了。”

第二天我没有看到福尔摩斯，但是我非常了解福尔摩斯，他这一天一定很累，废寝忘食那是一定少不了的。朗达尔·派克是一个好吃懒做的家伙，他的脾气有点怪异，没有人缘，但奇怪的是，他跟福尔摩斯关系不错。他除了睡觉是在家里外，其余的时间都是在圣占姆斯街俱乐部里度过的。他专门在那里面搜集并传播伦敦各行各业的小道消息。他能够混到现在，完全是靠将他那些小道消息卖给那些市井小报然后用稿费养活自己，他对伦敦黑白两道人物以及黑白两道发生的事件都十分清楚。福尔摩斯曾经十分谨慎地给朗达尔透露过一些消息，朗达尔很感激他。

到了第三天的早晨，我终于看到福尔摩斯满脸惬意地回来了。我知道他这次成绩不错。但是出乎意料的我们又遭遇了一件令人担忧的事情。事情是因为一封加急电报引起的：

快来，麦伯力太太的庄园夜间被盗。警察亲临现场。

叔特罗

福尔摩斯脸色又恢复了往常那冷酷的样子，他冷静地说道："事情就快要水落石出了，但我没有想到事情会发展得这么迅猛，华生，你应该嗅到了这个案件深处阴暗的气息。这个幕后指使人来头不小，这我并不惊奇，在昨天朗达尔口中我就知道了这一点。我高估了叔特罗的能力，他是一个贪生怕死的人，事情不得不落成这样子，我们应该再往三角墙山庄走一趟。"

此时我们所看到的三角墙山庄跟我们前两天看到的那个井然有序的宅园大不相同了。宅园门口站着几个看热闹的人，几个一脸严肃的警察正在忙忙碌碌地做着检查工作。我们大步流星地走进去后，就碰到一个自称是律师的老绅士，老绅士的旁边站立着一位很开朗的检察官，一见到福尔摩斯，他就像老朋友一样谈了起来。

"哈罗，福尔摩斯先生，我想这件小案就不用劳你的大驾了。这个案子太普通了，一起小小的盗窃案。随便哪个警察都能够办理这件案子。"

"不，我不赞成你这个观点。我必须承认这些正在这里调查的警察都是一些优秀的警察。"福尔摩斯纠正那个正在泛泛而谈的检察官的话语，"你刚才说这起案子很普通，对吧？"

"是这样的，我是说过这么一句话，我知道入室盗窃的人都是一些什么人，我也知道到哪里才能逮捕他们归案。事实上，这起入室盗窃案就是巴内·斯陀克代尔那些家伙干的，其中就有一个高大的黑人，有人在这附近看到过他们。"检察官理直气壮地说。"那么他们盗窃了什么东西？"福尔摩斯问道。

"直到现在调查结果都还没有发现他们偷走了什么值钱的东西。麦伯力太太被罪犯麻醉了，宅园被罪犯翻得很乱。看，麦伯力太太醒来了。"麦伯力太太在一个小女仆的搀扶下走了进来，她的脸色有点浮肿，身体非常虚弱。

“福尔摩斯先生，很抱歉，那天你走的时候我没有听取你的建议。我太粗心大意了，我也不想麻烦叔特罗先生，我没有一点防范意识。”

“我也是在今天才得知麦伯力太太的宅园被人盗窃了。”那位老绅士补充道。

“福尔摩斯先生曾经吩咐过我请一个朋友到我家来，但是我没有这样做，结果却弄成了这样。”

“麦伯力太太，我看你的气色现在还没有恢复，你可以先休息，然后再把失盗的过程讲给我听。”福尔摩斯对麦伯力太太说道。“都在这儿。”检察官自豪地拍了拍他手上那个厚厚的笔记簿补充道。

“但是，假如麦伯力太太的身体健康状况还行的话——”

“事情是这样的，并不复杂。不用再调查下去了，一定是那个该死的叔莎早就为他们计划好了偷盗的最佳途径，她是卧底，她掌握了我家每个角落的实际情况。那天，我感觉后面有人来偷袭我，我刚回头，一块沾有麻醉药的手帕就堵在了我的嘴上，之后我就不知道发生了什么事情。我醒来的时候，我第一眼就看到了一个可恶的盗贼站在床边，还有一个盗贼手里提着一个包裹，那个包裹正是从我儿子的大箱子里偷出来的，我看到那些箱子都被打开了，混乱得很，我心里一急就奋不顾身地扑向了那个盗贼。”检察官忍不住失声道：“这太危险了。”

“我没有想到我那时的力气竟然有那么大，那个大汉几次都没有挣脱出去，最后他可能使到了最大的力气才挣脱了出去，也有可能是另一个强盗绕到后面击昏了我。我再次昏倒在地上。女仆玛利亚听到楼上剧烈的响声后，立刻打开了窗口，她尖叫了起来，警察闻讯赶到，遗憾的是那些恶棍早逃走了。”

“他们从你儿子的箱子里偷走了什么东西没有？”

“我儿子的箱子里没有值钱的东西，这个我敢肯定。”

“那伙强盗留下了什么线索没有？”

“地板上有一张被他们抢来抢去的纸，我猜可能是我从那个强盗手上抢过来的，纸上有我儿子写的文字。”

“那张纸没有多大作用。”检察官说道，“如果是盗贼的——”

“你也想到这一层来了，这说明你仍然是一个优秀的检察官，我想瞧瞧那张纸。”福尔摩斯说道。检察官立刻从他的笔记簿里拿出了一张已经折叠起来的大页纸。

“我的办案原则就是一丝不苟、仔细、严谨。这是我二十五年以来积累的办案经验，你应该好好咀嚼我这一番话，这对你以后的办案有很大的帮助，福尔摩斯先生。从这张微不足道的纸上我能够发现指纹之类的东西。”检察官很自豪地对福尔摩斯说。福尔摩斯仔细地把这张纸看了几遍。然后他问检察官：“检察官先生，我很想听听你的独特见解。”

“很简单，它看起来更像是某篇怪诞小说的结尾。”

“这一点是值得肯定的。你应该没有忽略这张纸的页码数吧。这张是二百四十五页。那么前面的两百四十四页跑到哪里去了呢？”

“这很明显，是让那帮强盗给抢走了，他们非常看重这玩意儿！”

“他们大张旗鼓为的只是得到这些纸，这太令人不可思议了。你认为这说明了什么，检察官先生？”

“同样很简单，他们被麦伯力太太识破了他们的偷盗行为后就手忙脚乱起来，他们为了以最快的速度逃离现场，捞到什么就是什么了。我希望他们能够得偿所愿。”“但是他们为什么只偷盗我儿子的东西呢？”麦伯力太太问检察官。“这其实也很简单，他们一定是在楼下没有找到什么值钱的东西，所以才会跑到楼上来捞点油水，这是我对这起案子的看法，福尔摩斯先生，你肯定另有高见了。”

“我必须学习检察官先生的一丝不苟、严谨、仔细的办案风格，我必须有一个满意的答案才能回答这个问题。华生，到这窗户边上来。”我们并肩站在那里，一起阅读了那张纸，原文开头少了半句：

……脸上的剑伤又在不停地流血，但是当他看到那张他愿意为之付出自己宝贵生命的脸一直冷漠地看着他的伤痛和屈辱时，他的内心立刻就如刀绞剑割一般，上帝！当他再次抬起头来看她的时候，她突然变了，变得像一个没有情感的恶魔！不错，她正在疯狂、狰狞、恐怖地大笑。也就是在这一刹那间，爱情灭亡了，下了炼狱，憎恨潜滋暗长了起来。每个人都有存在的理由，我存在这个世界的理由就是，我不能得到你的话，那我就要毁灭你。

“笔调很独僻怪异！”福尔摩斯重新把那张纸还给检察官，“你应该注意到这里面有一个微妙的变化，那就是原文里的‘他’突然变成了‘我’，这是一个重要的转折点。作者写得很投入，他开始并没有把他自己的身份写进去的迹象，写到最后，感情陡然高涨，他最终把自己的情感融了进去，‘他’终于演变成了‘我’。”“他写的这种笔调我一直不敢苟同。”检察官把那张纸放回到那本厚厚的笔记簿里面去了，他又说道：“福尔摩斯先生，看样子你想离开这儿？”

“这里在场调查的每一位警察都非常能干，我如果再待在这儿的话，就有点喧宾夺主的味道了。喔，麦伯力太太，你不是说过你想到国外去散散心吗？”

“有一个前提条件，那就是等我有足够的钱后，我一定会去的。”

“你的心态很好，你的生活将会更加美满，就此告辞了。我会再跟你联系的。”我们再次从窗前经过的时候，我们看到了检察官一脸的嘲笑，好像在说：“这两个家伙又要玩什么把戏？”

“事情已经快要接近尾声了，我们只需要再和一个人对证一下，答案就出来了。”我们回到繁华的伦敦市中心的时候，福尔摩斯说，“我们在事情快要结束的时候，办事最好是速度快一点。你能够和我一起去，我很感激你，伊萨多拉·格莱茵会因为我没有现场证人而耍赖的。”

我们上了一辆速度非常快的马车，马车带着我们往格罗斯文洛广场的某个地方奔驰而去。一路上，福尔摩斯一直在思考着，突然，他变得愉快了起来，眉头舒展得非常轻松：

“华生，你现在知道了这个案件的真相吗？”

“我现在还不能肯定，因为我所掌握的线索还不能解释案件的起因，我只清楚我们马上就要看到这个案子的幕后操纵人了，她是一个女的。”

“对极了！但是你不可能对伊萨多拉·格莱茵没有一点印象。她是英国最漂亮的女人。她属于正宗的西班牙血统，也就是属于南美征服者们的血统。她的家族里的优秀人物已经在巴西伯南布哥当了很久的首领了。她非常精明地嫁给了德国制糖业大王——格莱茵。没过多久，格莱茵死去，她成了世界上最漂亮、最富裕的寡妇。从此，她过上了为所欲为的生活。她有好几个情人，道格拉斯·麦伯力也是她的情人之一。他不是情痴，也不是一个花花公子，他是一个感情从一而终的男人。他为她付出了一切，他也想得到她的一切。伊萨多拉·格莱茵是一个水性杨花、势利负义的女人，在她的欲望一旦得到满足后，剩下的就只有空气了。她会不惜代价地让对方明白她这种水性杨花的特点。”

“那么那张纸上所描述的就是道格拉斯·麦伯力和她的故事了。”

“太好了！你终于想到了这至关重要的一点。我还听说她马上又要精明地转嫁给年轻的罗蒙公爵了。要知道新郎小得可以当新娘的儿子。她很担心她的旧事会曝光，所以她就要采取必要的行动。嘿，挺快的，下车吧，华生。”

这里是伦敦西区最值钱的住宅之一。一个面无表情的仆人把我们的名片送了进去，只过了一刻钟，他就匆匆忙忙地赶到我们面前说女主人不在家。“这好办，我们就等她回来吧。”福尔摩斯挺有耐心的，仆人这下更匆忙了。

“你们应该明白这里面的意思，我们并不想接待你们。”仆人的声音很不耐烦。

“这好办，我们也懒得再等下去了。麻烦你把这张纸条转交给你的女主人。”

福尔摩斯不慌不忙地在笔记簿上写了几个字，撕下来递给了那个仆人。

“写了什么东西？”我好奇地问。

“字数不多，就是‘那么交警察处理好吧？’等着吧，那个仆人会恭敬地请我们进门的。”

福尔摩斯预料的结果非常准确。很快，那个仆人代表他的女主人来请我们到会客大厅见面。我们来到了一间非常宽大的客厅里，摆设十分精美，灯光是粉红色的，整个房间显得朦朦胧胧，有一种忧伤的气氛。我想这位女主人一定是年纪大了，要知道，只有到了这个年龄的女人，就算她是最美丽的女人都会喜欢这种忧伤、遮遮掩掩的光线。她果然很美丽，我们刚一进屋，她的目光就直射向了我们。

“你们太自不量力，我不想看到你们。你们写这张可笑的纸条是什么意思？”

“夫人，那还用我们再解释吗，你的智力令我们叹服。这是你以前的智力表现，但现在你的智力状况十分令人担忧。”

“从哪方面可以看得出来，先生？”

“你太自以为是了，你天真地以为派一个傻里傻气的打手就可以吓唬住我，你以为我不敢再调查这件事情了，恰恰相反，就是因为你这样明目张胆地威胁我，所以我才会全力以赴地去调查这件案子。”

“你刚才说什么来着，你别血口喷人，我跟那些傻里傻气的打手有什么关系？”

福尔摩斯白了她一眼，转身就要走。

“没错，正如我所说的那样，你的智力状况现在实在令人担忧。也许只有警察才能和你交谈得下去。”

“别走！你是不是要去报警？”

“你的智力怎么突然又恢复了？”

我们正要走，这时她已经从后面追了上来，一手捉住了福尔摩斯的胳膊，她变得老实多了。

“很抱歉，我对你们俩真是失礼，来，请坐吧，我们看来还是挺有缘的，我们不妨心灵不设防地交谈交谈。福尔摩斯先生，我很欣赏你的直爽，我想我们会成为朋友的。”

“夫人，至于成为朋友的事，我想这似乎有点难为我。我从事的职业决定了我不会包庇任何邪恶的势力，我乐意先听听你的说话内容，我们只能一步一步地来。定罪判刑的事情不是我的职业工作范围。”

“很遗憾，我必须向你道歉，思蒂夫这个傻瓜确实不应该冲撞你，福尔摩斯，为这件事情，我内心将会不安宁的。”

“夫人，你智力后退、减弱的地方，就是让一些只会敲诈、反复无常的歹徒知道了你的真实身份。”

“不是这样的，我的安排只有巴内和他的妻子叔莎知道，其他的人都是听巴内夫妇的。”她自以为是地笑了笑，样子令我们作呕。

“我知道了，他们在你的手下早就充当过这种角色。”

“他们是不会出声的看家狗。”

“有些看家狗并不像你想象的那样，他的嘴巴是用来咬人的，包括主人在内，他也敢咬。他们现在被警察盯上了，情况似乎不妙。”福尔摩斯说。“这件事情他们会让我满意的，我绝不会出现在处理他们这件事情的身边。”她很自信。“那么我叫你露面呢？”福尔摩斯毫不客气地揭露她的虚伪。“我知道你不会这样做的。”她皮笑肉不笑地说了一句。

“这好办，你先把那部手稿给我。”福尔摩斯伸出了手。

她哈哈地笑了几声，笑声中夹杂着几丝得意。她迈着愉快的步伐走向了正在燃烧的壁炉。我们看到她用撩火棒撩起了一堆烧得模糊的东西。“你是需要这东西吗？”她笑得非常无赖，也笑得十分的挑衅，这个女人果然不容易对付，但是福尔摩斯仍然是不动声色。

“你刚才的动作，在你的眼里可能是向我们挑衅的开始，但在我的眼里就是我对你审视的结束。你会为你刚才的动作付出沉重代价的。”听完福尔摩斯这一席话，她猛地把那根撩火棒扔在了地上。

“我所掌握的资料已经能够生动地把这件事情描述出来了。”

“但是你有没有为我着想过，福尔摩斯先生。一个弱女子的心情你能够理解、你能够体会到吗？这是关于我一生幸福的事情，我不会视之不见的，我难道不应该做出保护防范措施吗？”她低泣了起来。但并不影响福尔摩斯对她的态度，他说 ：“罪孽的源头是从你而起的。”

“嗯，这一点我不否认。道格拉斯·麦伯力原来是一个很优秀的小伙子，但他硬是要违背我的意愿，这就令我很伤心了。他天真得要和我结婚，上帝！这根本不现实。我不会去跟一个比我还穷的男人结婚，他太没有自知之明了，他也不好好想想自己的身份，他的地位，他的金钱，他根本就没有为我着想，他只顾着他自己。所以，他这么顽固不化，我必须让他少幻想一些不切实际的事物。”

“于是你就雇用打手在你的窗前殴打他，让他面对现实，少幻想。”

“你知道得比我还清楚。巴内和他的手下把他轰了出去。我一直为这件暴力事情感到内疚。但是他后来所做的事情，不得不让我替他伤心了。

我万万没有想到他竟然把我们曾经在一起的时光用写作的方式再次重现出来。他把我写成了魔鬼，而他自己却是善良的人。他写得很详细，全部都写了上去，虽然他用的是假名，但只要在伦敦生活过的人都知道主人翁的原形是谁。到了这个地步我必须采取我必要的行动。他根本就没顾及我的感受，他也的确没有为我着想。他竟然给我寄来了他的复写本，他的手稿留给了他的出版商，他这不是存心要折磨我脆弱的内心吗？”

福尔摩斯问她：“你是怎么知道出版商还没有收到他的稿子的？”

“他的情况我十分了解，他的出版商是谁我也知道。他写了不少的小说，我发现了他那个出版商一直都没有收到来自意大利的信。不久，就从意大利传来了道格拉斯病逝的消息。我确信他的手稿还在这个世界上存在着，于是我的内心又不安宁了起来，那卷手稿是放在他的遗物中，而遗物肯定会交给他的母亲麦伯力太太。接着，我就派出了巴内的妻子叔莎去麦伯力太太家充当仆人，做卧底。我本想用光明正大的手段处理这件事情，事实上我也这么做了。我想出高价买下三角墙山庄以及山庄里所有的东西。但是后来麦伯力太太突然变卦又不同意卖了，我不得不叫人去偷出来。这也是出于无奈啊！”

福尔摩斯说道：“到了这个地步，我也只能将心比心了，这件事情就这样结束吧。我想问你最后一个问题：快快乐乐环游全世界要花多少钱？”

伊萨多拉·格莱茵不知道福尔摩斯又在玩什么花样，她显得不知所措。

“一万英镑够不够？”

“差不多吧！”

“很好。你马上签一张一万英镑的支票给我，我立刻送给中年丧子的麦伯力太太。我想你不会反对为她老人家作出一点道德补偿吧。她应该出去散散心了。还有，伊萨多拉小姐！”福尔摩斯指着她的眼睛，劝告她，“你千万要谨慎，凡事都要三思而后行，违背道德良心的昧心事不要再做了，要知道玩刀子的手，迟早都会被刀子玩伤的。”

5. 三个同姓人

我们接手的这件事可以说为喜剧，也不妨说是悲剧，因为这件事有一个人精神出现了毛病，我也受了伤，与此案有关的另外一个人受到了法律制裁。不过这里面，确实有些方面很好笑，就让我们读者自己来评判吧。

我非常清楚地记得那天，那天福尔摩斯拒绝授予他爵士封号，因为他立了很多功，所以要给他授爵，关于他的功勋我有一天会写的，至于给福尔摩斯授爵我是顺便说说。我既是他的伙伴，也是他的知心朋友，所以，凡事应谨慎，避免不必要的麻烦，不过，我还要再说一遍。记住那天是因为这件事，就在 1902 年 6 月末，此时南非战争才结束不久。福尔摩斯又一连躺了几天，以往也这样，这是他的习惯。不过那天一大早他就起来了，他灰色的眼睛里有一丝笑意，并且手中还有一个大的案件。

“现在有个好机会让你发财，华生兄。”他说，“你有没有听说过加里德布这个姓氏？”

我说：“没有听过。”

“假如你能碰到一个姓加里德布的人，你就有钱可赚了。”

“这怎么说呢？”

“这事有些奇怪。在我们对人类的研究中，还从来没有见到类似这样的事。这个人很快就要和我们见面了，因此，等他来了再告诉你，现在我需要查查这个姓氏。”

我旁边的桌子上有一本电话簿，我翻开电话簿，找了起来，我没有抱任何的希望，不过，让我非常意外的是在该出现的位置真有这个名字，我立刻兴奋起来。

“福尔摩斯！你看，在这里！”

我把电话簿递给他。

他念道：“‘N 加里德布’‘西区小赖特街 136 号。’华生，真报歉，这次可让你失望了，他不是信上要找的那个人，我们得再找另一个加里德布。”

就在这时，哈德森太太送来一张名片，我接过看了一下。

“噢，在这儿！”我叫道，“这个和刚才的那个首写字母不一样，叫约翰·加里德布，是律师，在美国堪萨斯州穆尔维尔。”

福尔摩斯接过名片一看，笑着说：“华生呀，这个不行，我还需要另一个人，这样才能使我心中有数，但是我却没料到他今天早晨来，不过他倒可以告诉我们一些事。”

不久，那个做律师的约翰·加里德布进了屋，他个子不高，却很结实。像很多美国人一样，他长着圆脸，胡子刮得很干净，精神很好。看起来，这个人像一个聪明友善的年轻人，胖乎乎的，引人注意的是那双能够深刻地反应自己心里想什么的眼睛，这双眼睛很亮，很敏锐，似乎能洞察一切，他说话仍有美国口音。

“请问，福尔摩斯先生是哪位？”他上下地打量着我们俩。“请原谅，福尔摩斯先生，你和你本人的照片一模一样，我想，您手上已经有一封‘南森·加里德布’与我同姓人的信了，对吗？”

“请坐，我想我们讨论一些问题很有必要，相信你就是信中说到的约翰·加里德布了，我想你到英国很长时间了吧？”

“您说的是什么意思，先生？”我看到他眼睛里有了一些猜疑。

“您所穿的衣服都是证明您身份的。”

加里德布先生不自然地笑了：“我以前读过关于您的侦破方法方面的书。可是，我无论如何也没有想到，我会成为您的破案对象。您是怎么知道的呢？”

“您看您大衣肩的式样，还有您靴子的头部，关于这些有谁会怀疑您不是英国人呢？”

“对呀，我没有意识到自己的打扮这么符合英国人的样子，不久前，我因为工作需要来到英国，就像您说的，我的穿着打扮很接近伦敦的习惯，不过我觉得你的宝贵时间不应该和我谈关于服装的问题，我看我们还是说说你收到的那封信吧”。

他胖胖的脸因为福尔摩斯的猜测而显得不太高兴。

“加里德布先生，您不要着急！您可以问问华生医生，我对于这些小的细节很在意，它对于破案有帮助。那么，您怎么没有和南森·加里德布一起来呢？”

“不知什么原因他要让您参与这事？”他顿时很生气，“您和这事有什么关系呀？这是两个绅士之间因为生意而出的事情，可另一个却要找侦探！我在今天早上看到他了，他才告诉我他做的傻事，因此我就一早来拜访您了，真是恼人！”

“他不是对您有意见，加里德布先生。他只想帮你实现你的愿望，我认为这个愿望你们二位都很看重，他因为知道我可以获取消息，因此就来找我了。”

此时，约翰的脸才平缓下来。

“要是这样，就有所区别了。”他说，“早晨，我见到他，他说他找了一个侦探，于是我就到您这儿来了，我不想有警察管我们的私事，不过你如果高兴帮助我们，也不错。”

“确实如此。”福尔摩斯说，“我的朋友对于这件事不太熟悉，你正好来了，就请你谈谈情况吧。”

加里德布先生从头到脚用不太友善的目光看了我一遍。

“你认为有必要让他知道吗？”他问道。

“我们是合作伙伴。”

“好吧，我就不再保密了。我把这件事简单叙述给你们听：假如你们是堪萨斯人，我想我就不用解释亚力山大·汉密尔顿·加里德布这个人了。他是靠搞房地产发的财，后来在芝加哥做小麦生意，赚了钱，于是他用这笔钱在道旗堡的西边，沿着阿肯色河买了一片土地，这块地至少有你们一个国家那么大，里面有牧场、林场、矿区和田地，而且各项收入都很大。他没有亲戚、朋友，孤身一人。但他却以自己的姓氏为自豪，因为这点我们才相识。我在托皮卡从事法律方面工作，这个老头突然有天来找我，要和我认个同姓的朋友，他有个想法，就是想知道世界上还有没有姓加里德布的。‘请你再找个加里德布！’他说。我说：‘我每天也是个不闲着的人，哪里有时间毫无目的地帮你找人。’他说：‘要是一切顺利，按计划行事，你会找的。’我想他一定在说着玩，但没多久我就知道他是认真的。不到一年他死了，并且留了一份遗嘱，这份遗嘱可以说是堪萨斯州最离奇的一份，他将自己的财产一分为三，假如我能再找两个加里德布，那么我就可以得到其中一份，剩下的两份则由另外那两个加里德布平分，三份遗产各五百万美元，但必须三个加里德布同时到来，不然的话谁也不能得到这份遗产。

“这个机会很难得，我干脆将法律事务辞掉，去寻找加里德布。我把美国的大街小巷都仔细查寻了一遍，但没有找到一个，于是我想到了英国，这个古老的国家或许会有，我就在电话簿上找，果然找到了这个姓氏，在两天前，我就找到了南森，将整个情况说给他听，我们同样是单身，没有男性的亲戚，只有女性的，但遗嘱里规定必须是三个成年男子，这样，我们就缺一个加里德布，你如能帮忙找另一个，我们会给您酬劳的。”

“华生，你看，我告诉你这件事很奇怪，对吧？但是我想，在报纸上登寻人启事，也许会有些发现。”

“我已登了报，但无人与我联系。”

“哎，这真是个奇怪的事，这样吧，我会帮你注意的，噢，还真凑巧，你是托皮卡人，是吗？我曾有个笔友，他现在已去世了，他名叫莱桑德·斯塔尔，是个博士，在 1890 年曾任托皮卡市的市长。”

“噢，你说的是老博士斯塔尔？”这个客人说，“我们那里的人至今一提到他都还很尊敬。好了，福尔摩斯先生，我想我该说的都说了，我会在一两天内给你消息的。”他说完后便鞠躬走了。

福尔摩斯将烟斗点着了，坐了半天，脸上有一种让人读不懂的微笑。

我终于还是问他：“有什么不对的地方？”

“是的，华生，我认为很奇怪！”

“有什么地方奇怪？”

福尔摩斯从嘴里拿出烟斗。

“华生，我不明白，这个人要编这么多谎话做什么呢？我刚才真想向他问清楚，我想，最有效的办法就是单刀直入，采取主动，不过我还是想让他认为骗了我们，他穿的那件破旧的衣服，肘也磨破了，膝部也不是原样了，但是信上和他自己都说没到过英国，况且他也并没有登寻人启事，我从不漏掉这些东西，你了解的这些是给我提供信息最好的地方，像他说的我又不会错过。再有我根本不知道托皮卡这个市的莱桑德·斯塔尔博士。这一切都证明他在撒谎，处处露出破绽，我想他一定是美国人，只是并没改口音，他到底在干什么呢？他用心良苦地假装找加里德布又是为什么呢？我们应该注意一下，假如他是个无恶不作的坏人，那他一定很有计谋，而且毒辣，所以我们一定得查清，那个加里德布是真是假，给他打个电话就知道了。”

我将电话拨通了，那头传来了细微的说话声：“我是南森·加里德布，我能和福尔摩斯先生说几句话吗？”

福尔摩斯拿过话筒，听着他的话并不时发问。

“是的，他到过这里，我其实并不认识他，这您知道。是，确实这是一件吸引人的事。今天晚上你有事要外出吗？那么与您同姓的先生会在您家吗？好吧，我希望和您面谈，但最好他不在场……我和华生医生会在六点左右到，我从信中能体会到你生活很简朴，外出并不多，我想，请您不要告诉那位律师这件事，好，再见！”

晚春的黄昏是可爱和美丽的，在夕阳的照耀下，并不大的莱德街很美，艾奇维尔路有许多岔道，这是很小的一条，离我们认为是不祥之地的老泰伯恩并不远。古老的齐治式房子是我们去的目的地，房子又老又大，正面是砖墙，我们的委托人就住在有两扇较大凸窗的一层，我们经过一个古老怪气的姓氏门牌时，福尔摩斯告诉我：

“这里钉的这个牌子已有很多年了，已经褪色了，但至少他能证明那人的真正姓名。”

一个共用的楼梯供整个房子的人出入，一些住户的名字被写在大厅，看来既有办公室也有卧室，但并不是家庭居所，只是些无规律的单身汉住地，我们敲开门，是委托人开的门，他说女佣已在四点钟走了。这个南森·加里德布年纪约六十岁多点，很高、很瘦，看起来还有点驼背，秃顶，皮肤灰暗，肌肉松弛，脸色苍白毫无血色，就像从不参加运动一样，一脸很好奇的样子。因为他戴着圆眼镜，留着山羊胡子，给我们的感觉很怪，不过还算和蔼吧！

房间很古怪，像它的主人。房间像个很小的博物馆，很大，很高，周围放的全是各式柜橱，里面有地质学和解剖学标本，在房门两侧有许多匣子，里面是蝴蝶和蛾子。

有一张非常大的桌子放在屋子中间，上面堆满了东西，在这些东西中间有个很大的铜制显微镜，我被他广泛的兴趣而震撼了，往四周一看，只见屋里堆着一箱古币，还放有一柜子古代石器，一柜子的化石放在大桌子后面，在柜子上面有一排刻着字的颅骨，上面刻着“尼安总特人、海德堡人、克罗马农人”等字样。看得出他对各个学科都有研究，现在他正在我们面前一边用右手拿羚羊皮擦古币，一边说：“这是全盛时期的古钱，叫锡拉丘兹古币，到了末期就退化了，尽管有的人说亚历山大时期的古币不错，很好，但我想这些才是最好的。福尔摩斯先生，请让我把骨文放到椅子上，请您帮我拿开那个日本花瓶。因为我有许多爱好，以至于我的医生总是怪我，叫我到外面多走一走，但是屋里有这么多东西吸引着我，我出去干什么呢？如果要给柜橱弄一个详细具体的目录清单，我得需要三个月。”

因为好奇，福尔摩斯向四周望了望。

“因为我身体不太好，还要用大量时间研究，所以我只是偶尔开车去索斯比商店或克里斯商店，除此之外，我多数不出门。福尔摩斯先生，你知道吗，当我知道这件一辈子也遇不到的好事时，我是多么兴奋，真是太好了，只要能再找一个加里德布就可以了，我们一定能找到的，我原来有个兄弟，很不幸他死了，女的加里德布又不行，我想一定会有其他的人。因为我听说您很有处理怪案的经验，因此，我就写了信给你，不过我应该事先看看他怎么想，毕竟他也是好意，我也想尽快解决这事。”

“我觉得您这样做就对了。”福尔摩斯说，“那么您是不是很需要马上得到遗产？”

“其实不然，无论任何事都不能让我停止工作，只是那位先生说，等事情一妥他会将我的地产都买下来，还有五百万美元，我需要几百英镑买十几种目前市场上卖的标本，哎，我要是有了五百万美元就能够解决了，告诉您吧！我这些东西已经能作为一个博物馆来展览，或许有那么一天我会像汉斯·斯隆一样”。

我看见眼镜后一双眼睛炯炯发光，看得出，这个加里德布会竭尽全力地去找另一个加里德布。

“我们今天只是想和你见个面，不是想打扰你工作。”福尔摩斯说，“我很高兴与我的当事人来往，现在我因为有了您的那封内容详细的信，还有那个美国人也作了解释，让我的疑问都有了答案，我想，您在以前，准确点说应是这个星期，您不认识他，对吗？”

“噢，对，他是在上个周二来我这儿的。”

“他告诉您我们早晨见面的事了吗？”

“没错，他来这之前是从您那儿出来的，开始他有些生气。”

“他气什么呢？”

“他觉得这样对他人格有损，不过他后来又很高兴。”

“他没有什么计划吗？”

“先生，没有。”

“他有没有提过钱的事，比如借钱？”

“不，从来没有！”

“您不觉得他有什么企图吗？”

“他只说了这一件事情，其他倒没有。”

“您告诉他我们要见面的事了吗？”

“的确，我和他说了。”

福尔摩斯沉思起来，他有点不理解。

“您收藏了比较多的值钱的收藏品吗？”

“没有，我并没有收藏，我是个穷人。虽然我这里有很多不错的东西，但却不值钱。”

“您不怕别人偷吗？”

“不怕。”

“在这幢房子里，您住多久了？”

“有五年之久了吧。”

正在这时，很响很急的敲门声把他们的谈话打断了，我的委托人把门一开，那个美国佬就兴高采烈地跑了进来。

“找到了！”他大叫着，手里举着一张报纸，“南森·加里德布先生，告诉您一个好消息，您发财了，我们的事有眉目了。福尔摩斯先生，很感谢您的帮助，但现在看来就不用麻烦您了。”

他把那张报纸给了我的委托人，他瞪大眼睛仔细看那广告，我和福尔摩斯也走到近前看那广告，上面写着：

霍华德·加里德布

农机制造商

经营捆轧机、收割机、蒸气犁及手犁、播种机、松土机、农用手推车，装有弹簧座椅的四轮马车以及其他各种设备，兼为自流井工程估价。

咨询地址：阿施顿·格罗司温罗建筑区

“噢！太好了！”主人高兴地说，“三个人都齐了，就可以办事了。”

“我在伯明翰有个代理人，是他把这份报纸给我寄来的，我们必须尽快把这事办妥。我已写了信给这个人，告诉他明天下午四点您会去他的办公室和他见面。”

“你叫我去见他？”

“福尔摩斯先生，您觉得怎样？您说我这样安排对吗？试想一下，如果我去告诉他这样一件事，他会相信我吗？但南森去就不同了。您有背景而且年龄又大一些，不过您如需要我陪您一块去，我会很高兴的，但是我明天会有很多事要做，如果需要我帮助，我们立即赶到。”

“噢，我已有好多年没有……”

“不要紧的，加里德布先生，我已替您安排了行程，明天您十二点走，下午两点就能到了，您和这个人见面将事情说明，再弄个法律公告证明有这个人就行了，当晚就可以回来的。”他大有感慨地说，“我从美国大老远来这儿，而您只需乘车一百多英里就行了，这算得了什么？是吧？”

“的确，我认为他说得没错。”福尔摩斯说。

“好吧！如果您希望我去，那我就去一趟，如果不是您，我怎么会有如此好的机会得到那么多遗产呢，所以，我不能拒绝您的请求。”南森·加里德布说。

“好，那就这样了，还请您快些告诉我详情。”福尔摩斯说。

“我会通知您的。”他看了一下表又说，“我还有事，得走了，南森先生，明天上午我会送您去伯明翰。您走吗，先生们？哦，那我先走了，明天晚上会有好消息告诉您的。”这个美国人说。

当他离开这个屋子时，福尔摩斯立刻变得精神开朗起来。

“我能看看您的这些宝贝吗？”他说，“我们这个职业要应用广泛的知识，您这里就像一座知识城堡。”

南森听了以后很高兴，那双眼睛又变得炯炯有神了。

“我很久以前就听说你很有能力，知识渊博，我很高兴带您看看，假如您有时间。”

“对不起，我现在没时间。我看您那些物品都分了类，我想，如果您不讲解也没问题，我明天来，不会有什么问题吧？”

“没有，没有，欢迎您来，不过明天我不在。但你可以在四点前找桑德尔太太，让她带您进来，她有钥匙。”

“可以，正好明天下午我才有空。不过您如果跟桑德尔太太说一声，那就更好了，还有，您的房产经纪人是哪一位？”

这个问题问得很突然，让南森很是疑惑。

“爱奇沃璐的霍洛伟·斯弟尔经纪商。但是您问这个有什么事吗？”

“我也很喜欢考古，尤其是对于建筑。”福尔摩斯笑着大声说，“我一直在考虑这是什么时代的房子，是安妮女王时代的还是乔治王朝的呢？”

“我确定是乔治王朝的。”

“哦，是这样。我觉得会比这早些，这个也好办。就这样，加里德布先生，再会，祝您去伯明翰一路顺利，愉快返回。”

南森说的那个经纪商就在附近办公，但我们去时，他已经关门了。没办法，我们就回了贝克街。饭后，福尔摩斯又和我讲了这件事。

“看来这事要有结果了，”他说，“你已心中有数了吧？”

“抱歉，我还没有思路呢！”

“事情已有眉目了，不过还要等到明天才能有结果，你发现那个广告，有什么异常吗？”

“那个‘犁’字似乎拼错了。”

“哦，华生你进步了，也注意到了。排字的工人是按原稿弄的，另外‘装弹簧座椅的四轮马车’是在美国常见的，而且美国自流井相对英国来讲要普遍得多，这就说明是个美国的广告，而又为什么称是英国的广告公司呢？你说说看？”

“我想这是那个美国人自己做的广告，不过我不清楚他为什么这么做了。”

“没错，还有很多种解释，但尤论如何，事情明摆着，美国佬就是想让南森去伯明翰，我很想阻止他去，否则只会白跑一趟，不过我又一想，让他出去转转也好，好腾出地方，华生，明天一定会有结果的。”

清早，福尔摩斯就外出了，中午他神色凝重地回来了。

“华生，这件事要比我想象的还严重，我说了以后你一定会和我去冒险，不过我得事先告诉你，这次行动真的非常危险。”

“福尔摩斯，我和你不只冒一次险了，我希望这不是最后一次，不过到底有什么危险呢？”

“我们真正遇到对手了，上午我将约翰·加里德布律师的真实身份查出来了，他就是恐怖的‘杀手’伊万斯，他残暴而又聪明，以谋杀而出名。”

“但是我仍然有些不明白。”

“对呀，因为你的职业用不着背‘新门监狱’的大事记，也不用知道。我上午去了老朋友雷斯垂德那里，他在伦敦警察署，那里的人从某种程度上讲缺乏想象，但他们办事却很有条理，很全面。我想能在他们那档案里找到些线索，果然在犯罪人员的照片中我发现了那个美国人的圆脸，姓名在照片下写着，詹姆斯·文特，又叫莫尔克罗芙特，外号‘杀手伊万斯，”然后福尔摩斯从他衣兜中拿出一个信封，“这是他的资料，我从档案中摘抄的。”

我拿过来一看，上面写着：男，四十四岁，芝加哥人，曾因枪杀三人而在美国轰动一时，后通过关系离开了监狱，于 1893 年来了伦敦，1895 年 1 月枪杀一人，是在滑铁卢的夜总会因赌牌而与对方发生争执而杀死对方的，是对方先动手的，死者是芝加哥出了名的伪钞制造者，叫罗杰·普莱斯考特。1901 年被释放，但警方一直对他进行监视，目前，仍无不良行为，此人较为危险，常带武器，并且很好与人动手。华生，我们的对手不简单，穷凶极恶呀！

“他到底要做什么呢？”

“噢！不要急，很快就要有结果了。另外，我还去了南森的房产经纪人那里，他说南森在那儿住五年了。之前，房子曾有一年没租出去，前一位住的人是无业的男人，叫庆尔德·伦，他的长相别人还很清楚地记得，不过那人莫名其妙地不见了，并没有了消息。

“他长得很高，留着胡子，皮肤很黑，而被‘杀手伊万斯’枪杀的那个人叫普莱斯考特，据伦敦警察厅的人说个子也很高，也有胡子并且面色很黑。我们如果这样想，你看对不对？假设被杀的那个人是普莱斯考特，就住在南森现在居住的屋子里，也就是经纪人所讲的那个人，这样，我们就会有线索了。”

“然后呢？”

“然后我们马上就把这事搞个水落石出。”

于是他从柜子里拿出一把手枪给了我。

“我们应该有所防备，毕竟对手是一个阴险狡猾的杀手，我身上也带把手枪，是我最喜欢的那支。你休息一小时，我们再去莱德街冒险吧！”

在四点钟，我们正好到了这个古老而又神秘的宅子，女仆桑德尔太太就要走了，看到我们没有盘问就让我们进去了。这个门装的是带弹簧的那种锁，她临走时将门锁好，从凸窗前走出去，这下整个房子一层就剩下我和福尔摩斯了。他很快看了一遍现场，一个没有靠墙的柜子放在黑暗的角落，我们两个就在柜子后面隐藏起来。接着福尔摩斯悄声向我介绍了一遍他的想法。

“看来，他是要让这个容易受骗的收藏家离开这儿。但南森又不出门，所以让他大费周折，为了达到目的才编了这个加里德布的故事，华生，我认为这个人让‘加里德布’的姓氏给南森带来这么奇怪的事，证明这个人的确很聪明，而且阴险，我肯定这一点。”

“那么他究竟要做什么呢？”

“我们来这就是要查清这件事的究竟。据我了解分析，这事与南森并无瓜葛，却与被杀的那个普莱斯考特有联系，他们俩或许是同伙，这个屋子一定有不可告人的秘密，开始，我想或许是南森收藏品中有些值钱的东西，而这让那‘杀手’感兴趣，但是当知道那个印假钞的在这里住过，我就不这么认为了，噢！下面就让我们耐心地等待吧！”

一个小时很快过去了，这时我们听到了一种声音，像是开关大门，我们就又往里动了动。紧随其后发出了金属钥匙开门的声音，接着那个美国佬蹑手蹑脚地进了屋子，他将门轻轻关上，很机敏地向屋子四周看了看，看没有其他情况后就把外套脱下来了，直接向那个放在屋子中央的桌子快速走去，他步履很快，似乎大有把握一样，他将桌子向一边一推，卷起地板上的方地毯，又从他内兜拿出一根小铁棍，跪下来用力地撬地板。不一会儿传来了木板滑动的响声，一个小方洞显露出来了，然后“杀手”用火柴点着了一支蜡烛，接下来我们就看不见了。我们意识到机会到了，福尔摩斯碰了我手腕两下，示意我行动，于是我们用最轻的脚步向那个小方洞轻手轻脚地走去，尽管我们走得又慢又轻，但脚下那早已破旧的地板还是发出了“嘎吱嘎吱”的响声。突然，黑洞中探出了美国佬的头，目光警惕地扫视着，当他看见我们时，双眼的愤怒马上消失，脸上迅速堆满了笑容，因为他已感觉到有两支手枪对着他的脑袋。

“好，不错！”他从下面爬了上来并用平静的语调说，“我知道你很聪明，很有办法，先生，我现在才知道原来你早就知道了我的预谋，却让我像傻子一样演戏，很好，你赢了，我服了。”

刹那间，他迅速将手枪从胸前掏出并放了两枪，我立刻感到大腿像被烧红的烙铁烙了一下，有一种强烈的灼烧感，“咔嚓”，福尔摩斯的手枪已用力砸在他的头上，他被打倒在地，趴在那里，满脸是血。福尔摩斯拿起他的枪。然后，我被福尔摩斯用他又瘦又长但却结实有力的臂膀扶到了一把椅子上坐下来。

“你有没有受伤，华生？天哪，上帝保佑你别受伤。”

从一贯严肃而又冷漠的脸上，我感觉到了无限的关爱和深深的担心，今天才受一次伤，就是多受几次也行，我看到那向来坚强而又有光彩的眼睛润湿了，嘴唇因为着急也在抖动。只有这次才让我真正感觉到他不仅仅聪明绝顶，而且还有一颗仁慈善良的心，无愧于我多年来对他的帮助和支持，这一点就足够了。

“没事，福尔摩斯，只是皮外伤。”

他将我的裤管用小刀割开。

“噢，太好了，”他轻松了许多，“只是擦破皮。”他将目光转到了被俘的“杀手”身上，那俘虏不知所措，紧张得不得了。

“你今天要是害死了华生，就休想活着离开这儿。你有什么好说的吗？”

那个“杀手”此时无言以对，只有满面愁容地坐在原地，我在福尔摩斯的搀扶下向那小黑洞走去，因为那个小烛头还在点着，所以能看清里面，只见里面乱七八糟，有许多瓶子，一些早已长了锈的机器，很多废纸，另外，一张不大的桌子上整齐地摆放着许多小包，看上去很干净。

福尔摩斯说：“噢，原来是制造假币的一部印刷设备。”

“没错，先生。”“杀手”一边说一边向椅子那边走，并坐下，“它的确是伦敦最好的伪钞制作机器，这是普莱斯考特的东西，这小包里装的是每张 100 英镑的伪钞，大约两千张，每个地方都能用，没有人能分辨出来。我们做笔买卖如何，你们随便拿多少都行，只要放了我。”

福尔摩斯笑了起来，大声地笑。

“先生，我们向来不那么做，像你这种人不会有地方藏匿的，是你把普莱斯考特杀了吧？”

“不错，先生，因为这个我坐了五年牢，尽管是他先动的手。五年，我能在这五年得一个最大的奖章，普莱斯考特制造的假币与伦敦银行生产的钱没有人能区分开来，如果不是我，那些假币早已在伦敦上市了。我呢？是唯一知道他的生产假钞地在哪儿。你想想，这样我来这儿就不足为奇了！但是当我发现，这个收藏家在这个屋子待着不出门时，我就只好利用他古怪的姓氏来让他离开。我当时真应该杀了他，这对于我很容易，但我不会杀没有武器的人。福尔摩斯先生，你看，我什么都没做，既没拿机器，也没杀那个南森，我会有罪吗？”

“要让我说你就是蓄意谋杀，但我这管不着，以后的事别人负责。我现在主要就是将你缉拿，华生，给早有准备的伦敦警察署打电话，让他们来。”

这个故事就是由“杀手伊万斯”引出的三个加里德布的离奇故事。后来有人说南森因为期望太高而失望太大，所以精神出了问题，被人送到了布利斯克顿疗养院。那套制假钞的机器被查出来后，伦敦警察署特别激动。虽然他们了解到有这样一台机器，但自从普莱斯考特死了，就没有办法将它找着了，这个“杀手伊万斯”真是立了大功，几个负责破这个案的人终于能放下心来了，毕竟制假钞者是大家的公敌。这几个人真是想为“杀手”去争取那个大奖章，无奈法庭是不会允许的，没办法，“杀手伊万斯”又进了他出来不久的监狱里去了。

6. 雷神桥之谜

我有一个锡质的文件箱，上面有我的名字——约翰·华生，医学博士。因为常年使用，文件箱变得很破旧了，那些字是在印度部队时刻上去的。我将它放在了考立大街的高科视公司的银行保管库，只是为了安全些，因为里面是福尔摩斯所办案件的记录。那都是些无头案，所以不能告诉大家。这些案子让侦破专家很感兴趣，但是大多数人都不觉得有什么意思了，就像毫无激情的逻辑教学，就好像一位著名的记者突然有一天像脑子短路一样，每天都对着一个非常普通的火柴盒失神，里面其实是一只不常见的虫子；另外还有阿丽斯雅的汽艇无缘无故在一团雾中不见了，并再无消息；那个回家取伞的詹姆斯·科里木也同样消失得无影无踪。当然，还有无论如何也不能外传的家族秘密。不然，每天睡不好，吃不下的不是别人而是那些有身份的达官贵族和有钱的富婆。我向来不做这样的事。现在我的朋友又在研究这些无头案，我和他一块将这些存放已久的文件拿出来翻阅，其中有很多案例一定能让大家感兴趣，有些可以公开，但那样会让我所崇敬的人名誉扫地，因此不能那样做，这些案件根据参与的程度不同，或主观评说或客观讲述，我要说的事情的确是我亲眼所见。

早晨，法国梧桐树的叶子被大风全都吹掉了，树看起来很萧索孤单。我从楼上下来时，看见福尔摩斯精神焕发难以自制似的，我很饿了，他却快吃完早饭了。

“怎么，又是什么事让你如此激动？”我说。

“你好像得了传染病一样，学会用我的方法来研究我了。”

“你说对了，忍受了这么长时间的无聊和滞留，我们又得往前走了。我有必要和你一起去吗？”

“当然了。咱们俩需要研究研究。你先吃早饭，新来的厨师把鸡蛋煮得很老，看来他应该花些时间了解一下煮蛋的知识。”

我用了十多分钟吃早饭，然后，我们面对面坐下，他给了我一封信。

"有一个特别有名的金矿大王叫'耐尔·机卜申'，你知道吗？"他问。

"就是那个做参议员的美国人吗？"

"是的，过去曾是，他是作为世界上最具规模的金矿主而闻名于世。"

"我也听说了，他曾在这里住过一段时间，很多人都知道他。"

"是的，他已经在汗普郡的农庄里住了五年了，他太太死的事你知道多少？"

"噢，知道一点，这件事使他很令人关注。"

"我没想到他来找我，我手上的材料不全。"他示意我看一大叠纸，"很多人关注这个案子，案情也很清楚，被告尽管招人喜欢，但证据事实俱在，警察、法庭和验尸官等都这样认为。这个案件很不好查，已经由温彻斯托巡回法庭办理，不过凭我的感觉，我认为还有一些问题存在，但没有让人信服的事实证明，这样，对于我的当事人就没有什么希望获胜。"

"你的当事人是谁？"

"哎呀！你那个不符合逻辑的讲述方式也感染了我，我竟然忘了告诉你！"

他给我一封信，上面字体苍劲有力，写着：

科拉丽奇饭店　十月二日

福尔摩斯先生：

我真的不知道怎样来描述我此时的心情，我只是想说德拉小姐是被冤枉的，所有的人都知道这事，我知道德拉小姐是天下最好的女人，就连小蚂蚁都不伤害，可是没人相信我的话，一想到就要被判死刑，我就受不了。我会在明天十一点去你那儿，真希望你能帮助我，只要让她平安无事，我会不惜一切代价感谢你，甚至包括我的生命，请求上帝替我们保佑德拉吧。

耐尔·机卜申呈写

"我在等耐尔·机卜申，"福尔摩斯将抽完的一斗烟倒掉，接着将烟斗装满烟丝，"短时间内我不可能将案件的具体情况告诉你，有关这案子的报纸很多，我想用严密地逻辑给你分析一下，我知道他是个世界级的富翁，同时他残酷凶狠。他有一个年纪偏大的妻子。家中年轻漂亮的女教师使她的位置受到了威胁，她很让人同情。我所说的事就在这个深宅大院发生了，这里曾是英国的文化中心。事情是这样的：在离家约半英里的园子里，女主人穿着夜礼服，身披披肩，头上中了一枪，倒在那儿。华生，当时死者旁边没有武器，没有什么迹象证明是谋杀。在夜晚十一点左右，守林员发现了这具尸体，警察和医生都到了现场，而且也做了各种记录及尸检，就这些，你了解了多少？"

"我很清楚，但女教师又如何成了被怀疑的对象？"

"有很确凿的物证说明她是杀人者。从她衣橱的底板下发现了枪杀女主人的手枪。"福尔摩斯此时严肃地看着我说："就在衣橱的底板上发现的。"然后又陷入沉思，我没有出声影响他，他活跃起来的大脑一定有灵感。不一会，他像是猛然醒悟了一样说："没错，手枪被找到了，这样就有了证据。另外，还有一张署女教师名字的字条在死者手中，内容是约死者见面，那么这样真正的罪犯就有机可乘。机卜申很有想象力，将他的太太除掉，那个很受机卜申喜欢的女教师不就很自然地成了房子的女主人了吗？真是狠毒，爱情、金钱名利双收。"

"你说得对，福尔摩斯。"

"让人坚信她是凶手的还有一件事：在凶杀前不长的时间有人见她在雷神桥待过一会，可是当出事时又没有人证明她不在现场。"

"这样看来能够下结论了。"

"可是，华生，你对出事的地方注意了吗？雷神桥是座石桥，很宽，有桥栏杆，桥下是雷神湖最狭长最深的一段，湖边的岸上长着很茂盛的芦苇。哦，好像有人来了，应该是我的委托人，不过时间还不到。"

果然，来的并不是机卜申，此人通报的名字是玛勒·倍次。他看起来有点不知所措，紧张、慌乱，瘦得让人不免担心。我想或许他有精神方面的问题。

“请不要激动，先生，”福尔摩斯说，“我十一点有个客人要来，所以我们不能谈得太久。”

“我知道了，”倍次先生很费劲地不连贯地说：“你要会见的是机卜申先生对吗？他是我的老板，我在他农庄上干活，他很凶残、专制，像个恶魔。”

“倍次先生，你说得有点过火了。”

“请别见怪，我实在是不能自控了。早晨我才从他的秘书福客申先生那里知道机卜申先生要来这，我才匆忙赶来，我必须走了，因为我不能让他在这儿看见我。”

“您是他的经理吗？”

“是的，但再过一阵就不再是了，因为我已提出要辞职不干了，他这个人对谁都很凶残，他所谓的善良行为全是用钱来掩饰的，好让自己心安些。他的太太，让人同情，她一直被他虐待。就算他不是杀死她的凶手，她失去了生活的信念与她丈夫有关，以致让她慢慢走向死亡之路，我可以肯定这一点。她太太是巴西人，您一定知道。”

“不，我不知道她是巴西人。”

“在热带出生的人一定有火一样的热情。就像她的爱情之火，同样让人无法拒绝，可是当她年纪大了，不再漂亮，他对她就不再有兴趣了。我们很同情她却不能帮助她，只是敢于同情却不敢说出来，因为我们都怕那个凶残、狡猾的人。我来就是要告诉您，不要上他假仁假义的当。”

这个人就好像怕猫的老鼠，非常快地从门缝溜了出去。

为什么呢？为什么机卜申家里呈现的是祥和平静的景象，却又有人给我们提醒呢？无疑这对我们是有好处的，接下来只有等机卜申自己来了。

楼下传来很重的上楼梯的声音恰好在十一点，这位著名的巨富准时到了，我只看了他一眼，就马上明白了倍次先生为何如此厌恶他憎恨他，也体会了他同行中的竞争者为何那么咒骂他。在我眼里，耐尔·机卜申是个成功的企业家，但是他心肠硬，意志坚强。他那肥胖的身体给人一种咄咄逼人的感觉，似乎要占有世界上所有的好东西，脸上有很深的皱纹，好像没有经过细致的处理，将自己的人生历程很生动地记录下来，很机灵的眼睛放着冷光，上下将我们打量了几遍。福尔摩斯把我介绍给他，他向前微微欠了一下身体，似乎很勉强地打了招呼，就拿过一把椅子坐在了福尔摩斯对面，说："坦白地说，先生，为了这个女人能平安无事，我会倾囊而为的，如果你需要钱，尽管开口，钱没问题，它对于我就是废纸，另外，真理最重要，我们不能让她被冤枉，要用多少钱，你说个数。"

福尔摩斯并不热情地说："该多少就多少，我工作不单纯为了钱。"

"噢，你不在乎钱，那你就是重视名声了，让人们都知道你是侦探，假如这个案子你能破，你就会成为世界级的焦点，受关注的人物，美、英记者会将你写成一个传奇侦探。"

"很感谢你的美意，不过我对名声大小并不在乎，机卜申先生，你不懂我用这个比较隐蔽的身份来工作的意义。"

"我对于类似的事物有兴趣，但对于名利，我不在乎，不要说别的，还是把案情详细说说。"

"我想你一定有很多资料了，很多地方的报纸已刊登了，我所了解的也只有这些，没有什么提供给你，不过假如你有疑问我会知无不言。"

"那么，我只要你来说明一点，就可以了。"

"好，你说。"

"我想问问你到底和德拉小姐是什么关系？"

这个金矿巨富突然从椅子上迅速地跳了起来，但很快又变回了原来不可一世的样子。

"我应该问这个问题，并且我一定要问，机卜申先生。"

"你说得对。"

"我发誓，我们什么关系都没有，非常正常，我们因为要讨论关于孩子的教育问题而有点交往，仅此而已。"

福尔摩斯听他说完就知道他没有说实话。

"机卜申先生，"他说，"我不想让一个口若悬河的人占用我的时间，你请吧。”

这个人像被激怒的熊一样，要向福尔摩斯发起攻击，他站了起来，脸因怒气而呈现红色，两眼怒火中烧，似乎要将福尔摩斯烧化。

“你在赶我走吗？什么意思？”

“我不想赶你走，但我不能忍受被别人欺骗，我想我已说清了我的想法。”

“你不要绕弯，把话说清楚，是嫌钱少还是你办不了这个案件。”

“我只能给你说明一点，”福尔摩斯说，“这个案子并不好破，假如再有些假证阻碍，那我想就不可能破案了。”

“你的意思是你不信任我了？”

“我认为我已将我的意思说清了，你有没有说真话，你自己最清楚。”

他硕大的身躯像头狮子一样，立刻变得凶狠残暴，似乎要与人一争高下，我为防止他的越轨伤到福尔摩斯，赶紧站了起来，但福尔摩斯却悠然地把烟斗拿了起来。“别激动，这对您健康不利，为了尽快破案，我想您还是让外面的凉风吹吹，使您燥热的大脑降下温来。”

这个巨富自制力果然不同凡响，他刚才怒气暴发片刻后，就冷静了下来，恢复原来的冷漠和残酷。

“我不想再和你说下去，你尽管按你的意愿做事，我也有我的原则，你有不接此案的理由，但你要记住你的行为举动，你不要高兴得太早，早晚你会成为我的手下败将，让你没有好果子吃，只要是和我作对就没有好下场。”

“我听这样的话已经不下千万次且能熟练背诵。好了，机卜申先生，你可以走了，我想你是聪明人，一定有弄清事实的方法。”

“狮子”怒不可遏地走出了大门，福尔摩斯似乎什么都没发生，抽着烟，两眼盯着上方。

过了好长时间，他说：“华生，你对这个金矿巨头有什么看法？”

“看起来，他的确凶狠残暴，为了自己的目的会不惜任何代价，绝不饶过与他对立的人，在商场如此情场也应如此。在他眼中，那个善良热情的女人已没有吸引力，甚至成为绊脚石。看来倍次先生说的没错，我认为……”

“我们的看法相同。”

“但我不知道你是如何看出他与女教师二者的不正常关系的？”

“说实话，我也不知道他们间的关系怎样，但我虚张声势一诈，果然得到了预期效果，他的不能自控就可以证明。他自己给别人留下的是凶狠冷酷的印象，然而在信中却把自己写得那么高尚，同情那女人又有正义感，这里面一定还有原因，我想要知道真相，就一定得确定三个人的关系，这个很重要。”

“对，他绝不会善罢甘休的。为了帮这个女人，他还会回来。”果然，我们听到了门铃声，接着是脚步声。福尔摩斯显然很有把握，说：“欢迎机卜申先生的返回。我想，你一定有了新的打算。”

的确，外面的空气确实让他冷静了许多，他虽然自尊心受到了打击，但仍然被福尔摩斯制服了，他想达到目的，当然要将平时的行为统统收起来。他就像被关在笼子里的野兽一样。“先生，请原谅我刚才的所作所为，现在我已深信您的想法，为了打赢这场官司，我不该不说实话，使您对我有了误会。我应该向您说明一切，我可以用我的生命和声誉保证我和德拉小姐并没有参与此案，你或许不会相信。”

“这个要看我的判断，机卜申先生。”

“对，您是这个案子的指挥官，您只有全面了解才能有机会胜利。”

“很好，机卜申先生，若是士兵在作战时对部队不是一心一意，表现就是要么知情不报，要么假报军情。”

“没错。可是，先生，在男女关系上，我想谁都会比较敏感，况且我当初是那么爱那个女人，纯洁地爱她，我想将这份感情永藏心底，不能让别人有损于她，福尔摩斯先生，您在我毫无准备的情况下问我这个尖锐的问题，为了救德拉，我可以说出关于自己的秘密，但我仍然无法控制自己的感情，现在我只求你能救德拉，你就尽管问吧！”

“我想问真相。”

“巨富”有些不确定似的，像又回到了从前的故事中，因为感情的折磨而使他的脸看上去很痛苦很忧郁。

“好吧，我长话短说，将有用处的说出来，”他开始讲了，“我对于自己的感情纠葛不能条理分明，我曾在年轻时去巴西淘金，后来，我的妻子玛里雅·比特和我相识了，当时她非常美，一下子吸引了我，我当时很年轻，不过至今我都承认我当时那么喜欢她爱她，她热情、有青春特有的吸引力，对感情很认真，而且易冲动，我就被她这一点征服了，不顾一切爱上了她，和她结了婚，然而当一切都归于平淡，我们生活了几年后，我意识到我们的不和谐，我越来越不能忍受她的性格，我慢慢地变得不再那么爱她，可她却一如既往地爱着我，假如她能对我死心或许我们会分手了，但是我对她那么恶劣的态度都不能让她改变对我的爱，仍然像二十年前一样，这让我更加痛苦和不安。

“后来德拉像个天使一样出现在我身边。她很美，让我这个被感情折磨得生不如死的男人很动心，我也需要爱，她来做孩子们的家庭教师，在交往中，我越发觉得我不能离开她了，于是我向她表明了心迹，我对自己很有信心，就像在生意场中我将对手打败，继而得到所要的东西，对她也一样。”

“哼，你还是达到了目的，你那样做了。”

福尔摩斯此时生气的样子，很让人害怕，不过不像那头“狮子”那样。

“我告诉她，我会让她成为最幸福的女人，我想拥有她，但我却不能那样做，尽管我特别爱她。”

福尔摩斯嘲讽地说：“好感动人。”

“先生，您别讽刺我。我真的很坦白，我不在乎您对我怎么看，我现在并不在接受审判，我只想我所说的话能起到一定的作用。”

“我是为了那个被冤枉的女人才接这个案子，并不是为了你内心的不安而接的。”福尔摩斯严肃地说。“你们有钱人就是想用钱得到一切，一个女子的一辈子就被葬送了，这比真正的凶手还可恶，这是你应得的下场，不能怪别人。”

然而这个“狮子”并没有发作，却像一只温驯的山羊在认错，如此看来他对德拉不仅仅是玩弄。

“我要向上帝请罪，我的计划并未实施成功，她那么善良，令人钦佩，她极力反对，而且要辞职不干，打算回家。”

“但她却没有走——事实如此。”

“这有多方面的因素，她家很穷，她做这份工作是要顾及全家人生活的，她很善良，绝不会不管别人，因为我对她发誓不再做对她有所污辱的事，她才留下了。另外一个原因，她要用她的心来感化我，让我做善事，这世上，也就只有她能把我驯服，使我不再像一匹桀骜不驯的烈马。

“哎，一时说不完呀！福尔摩斯先生，我很有钱，但这个数目有多大，我也不知道，这让我很有信心，我在商场中已经习惯了那残酷的竞争，我要将与我作对的人打败，多年来，我就形成了一种破坏性的习惯。她心地善良，她认为一个人之所以富有，那是在穷人的劳动中积累起来的，这是不应该的，她比我要想得更加远些，她有一颗宽大、善良的心，时刻关心别人，与此同时也影响了我，使我也做了点好事，不过这实在很微小，她才是幸福的源泉，就这样她留了下来。但却发生这件不幸的事。”

“那想必你知道此事的真相了？”

这个巨富此时无言以对，缄默不语。

“现在这些证据都不利于她，男人永远猜不透女人在想什么。当事情发生后，我很震惊，我想或许德拉一时难以自控而做了傻事。但是这个可能性不太大，我想我或许会这样做，但对于德拉这么做我不信，实在很可怕，我有一种想法，不管对不对或许你还会斥责我的偏激，我仍然这样想。不过，请你用客观的想法来判断一下我的推理。我太太是巴西人，有热带人的性格，易怒易激动，况且当妒忌充满脑子时就会表现强烈，这是她的个性决定的，尽管我和德拉是清白的，但仅仅这样她也会不能忍受，使她有不能自控的行为。就在她看见我受德拉影响向善时，她更加气愤，进而除掉她，她本身那种野性的气质会指使她做任何事，一时激动或许她要杀德拉小姐，这只是推断，也许是她用枪，挟持德拉离开这个家，两人在吵闹中打了起来，却不幸将太太打死了，这是我的想法，先生。”

“你的推理我也想过，你说得没错，只有这样才能让德拉说清不白之冤。”

“可是德拉自己不同意这个说法。”

“推论不能说明什么，有的事是不能解释清楚的。这个女人经过与人恶斗后被吓傻了也有可能，很可能将手枪拿回了家，或许她也不知道自己怎么了，也很可能将枪和衣服都放在了一块，等枪被找到后，她不说或许是她当时不能解释清楚，相反，越说越让人误会。那你能采取什么方法来将这个设想变成事实呢？”

“只有德拉自己能行。”

“或许吧。”

福尔摩斯看了一眼表。“我想我在明天上午可能会取到许可证，然后坐夜车去温彻斯特，我和那女人见面后相信会有一些可靠的资料，能有个科学的判断，我现在不能确定你的推理是否对，不过你放心，我会不惜余力地帮助你，请放心，我会弄清一切的。”

为了得到官方许可证而把时间耽误了，没办法去温彻斯特，只好改了行程，去了耐尔·机卜申的许卜郡农庄的雷神湖地区，察看现场。机卜申没有和我们同往，不过他让我们去询问一下地方警察撒得特·克温特立警官，他是第一个到达现场的人，我们按他给的地址去了那儿，这个警察长得很高很瘦，皮肤很白，看起来不健康。

他让人看起来知道得很多，但又胆小，不敢说，行为有些神秘。他说话时声音一会大一会小，似乎在怕别人听见而故意小声说话，但实在没这个必要。不过这些表露出来的弱点也不能将他老实、正直的性格藏起来，绝不像机卜申一样自高自大，他让人感觉平易近人，第一印象不错。

“福尔摩斯先生，很高兴你能来，假如是伦敦警察方面让你来的我就不怎么欢迎你了。如果上级警察过问了某件案子，案子破了，功劳是他们的，如果没破，那么把责任都推卸到我们身上，我们也不愿意替别人顶罪，但我听人说你不在乎名利。”他说。

“我本来就是在后台工作的，”这句话让他很放心。“纵然我将整个案件疑点全查了出来，我也不会去请功，接受奖励的。”

“我想您一定是一个谦虚高尚的人，你的朋友华生先生也是这样，来，先生们，让我们边走边说吧！”他走着的同时往周围看，像是很神秘，他要领我们去雷神湖，“福尔摩斯先生，我只想问您一个问题，这个问题只能问您，你说这个案子对于机卜申有什么不良的影响吗？”

“噢！这个我想到了。”

“您不知道德拉小姐的为人，她很漂亮而且善解人意，谁都喜欢她，大家都这样认为，而那个机卜申凶恶狠毒，没有什么事不敢做，他经常用美国的手枪，我想那手枪肯定是他的。”

“那么肯定是他的手枪吗？”

“没错，他有这样的一对手枪，而两支中的一支就是凶器。”

“哦，有一对，那么另一支呢？”

“到现在，我们还不知道另一支的下落。多年来他收集的武器很多，究竟在哪里他或许都不知道，要查清还需要点时间，但两支是一定有的，因为那个枪匣可以装两支枪。”

“那就不对了，要真有两支一模一样的枪，那一支一定可以找到。”

“请原谅我反应迟钝，先生。现在枪已被我们放在机卜申先生那里了，你去看一看，也许会有所发现呢。”

“不急。我们先看一看现场吧！”

我们就在这个实际是地方设置的一个警察站的小屋里说了这些话，我们在草原上走了大约半英里，这里景色凄凉，因为秋风也将草吹去了生机。

我们来到了通往雷神湖的门，走过一条小路，有一片很隐蔽的空地，从这里可以看见土丘上的建筑物，有都德朝和知治朝风格的土木建筑的房子，一旁有一个弯弯曲曲的小湖，里面满是芦苇，这就是那个雷神湖，显然，湖上那桥是雷神桥，我们在桥头看见在桥的两侧有两潭很深但不大的池塘，警官说桥头的地面就是现场。

“你没来之前，有人动过尸体吗？”

“没有，他们发现后，马上就通知我了。”

“谁报的案？”

“是机卜申先生，他听人说机卜申太太死了，他就从家中到这来了，并让人维护现场，在警方人员没来之前，没有破坏现场任何的物品。”

“他很镇静。我听说打枪的地方距离死者很近。”

“没错。”

“打中了右边的太阳穴，对吗？”

“是，打得很准，一枪就击中了。”

“当时，尸体怎样躺着？”

“仰面躺着。不过没有与人厮打挣扎的样子，也没有凶器在现场，另外机卜申太太手中还有一张德拉小姐写给她的纸条，这一点对德拉小姐很不利。

“你说有纸条握在她手里？”

“没错，并且很紧。”

“这样一看就不是别人弄的假象，这个字条一定是在她死前就拿在手中了，我记得上面写着：

我九点在雷神桥等你。歌·德拉。

“你说得非常准确，你记忆力很好，福尔摩斯先生。”

“那么对于这点德拉小姐怎么说？承认吗？”

“是的，她承认。”

“她没有解释这些吗？”

“她打算在巡回法庭审理时再解释，所以现在她什么都不说。”

“让人难以理解。字条写的内容不明确，不易理解，为什么要去那儿呢？”

“可是，先生，”警官说，“虽然我不太聪明，不过我想说说我的一点意见，我认为这个抓在手中的字条是有用意的。”

福尔摩斯让他继续说。

“但问题就出在，为什么要手里拿着字条来这赴约呢？字条上的内容并不繁杂，难道她记不住上面的内容？如果确实是德拉小姐写的，这样做目的不是很显然吗？”

“你说得有道理。”

“我要静心理顺一下思路，”说完他就坐在了石栏杆上，向周围望去，不再说话，突然他像发现了新奇的东西似地飞快地向桥对面的栏杆跑去，接着用放大镜仔细地看那块石头，上面有被凿的痕迹。

“很奇怪呀，是谁故意这么做呢？”他说。

“是的，我们也发现了这种情况，不过我想这个案子与之没有太大的联系，或许是路人干的。”石头很坚硬，呈灰色，但这个凿痕，却是白色的，这一定是用力撞击才形成这个六便士大小的痕迹。为了证明一下他的想法，福尔摩斯用手杖敲了几下石头，结果证明显然是凿痕，但是看来很奇怪。

“这里距尸体很远，我想这似乎与凶杀不会有太大的联系。”

“是关系不大，不过十五英尺远，应该注意一下，好吧，先到这里，在这周围有什么异常脚印吗？”

“没有。”

“如果没有，那么我们就离开这里吧！去机卜申那里看看他收集的各种武器，再去看看那个德拉小姐，我只考虑了这么多。”

机卜申先生外出了。那个到我们那里告密的经理——倍次先生领我们对他主人收藏的各种武器进行了参观，机卜申在生命里程中的不断冒险都反应在武器的记录上了，倍次仍旧很讨厌他的主人，真希望我们能尽快给予他制裁。

“我主人的仇家很多，这并不奇怪，因为他的所作所为使他不可能有朋友。”倍次说，“他心里一直很害怕，所以每天都放一支备好子弹的手枪在床头，他人很狠毒，家里的人大都很怕他，就连他已故的太太生前也惧怕他。”

“你有没有见过他打过她呢？”

“那我倒没有，不过我想对付一个人用最残忍的方式，不外乎是对他人格的践踏，他过去骂他夫人的话，简直不能形容，非常难听，甚至有佣人在场他也如此，让他的夫人一点面子都没有。”

这个富翁的家庭内部的确不那么太平。这次我们收获不小，得到许多资料，不过案子的主要问题仍然存在。不论倍次先生多么想让机卜申受刑，而他却不能给我们提供主要情况，更何况案发时机卜申不在现场而在书房里。倍次先生也不能提供机卜申下午从城里回来在外面待过的证据，相反却是为德拉小姐约那个死者见面。关于会面的具体情况，我们就不清楚了。尽管她什么也不吐露，但我们必须和她见面，澄清几个疑点，这个案件诸多证据对她都很不利，而只有一点是有利的。

“哪一点呢？”

“那支放在衣橱中的手枪。”

“怎么会呢？我想这是最重要的证据！”我说。

“不，不对，在知道这个情况的一开始，我就对此有疑议，但是我现在了解了这个案件以后，就更加相信这是个疑点，但我找不出理由来推翻它。”

“你给我仔细说明一下好吗？”

“好吧，华生。我们将这个问题假设一下：假如你想将对方谋杀，你是那个女人，计划得很周密，如写便条，赴约会，拿枪杀人等。这所有的事都很严密，任何人都不知道，却唯独不将凶器处理掉？想出这个计划的人一定很聪明，却偏偏将凶器放在易被找到的地方，等警察搜出来，华生，你会做这样的傻事吗？”

“或许她是一时疏忽了。

“不可能的。假如将一切事情都处理好了，那一定会想一想如何处理凶器，我们都被这个假现象给骗了。”

“不过你的想法仍然需要有证据证明。”

“是的，我们的确应该证明一下它。你不妨从另一个角度来考虑，就像那支手枪。德拉小姐说，她不知道是怎么回事，我想如果她没有撒谎，那么，一定是有人要嫁祸于她，故意把枪放在衣橱里，这个人一定是凶手，你瞧，从另一方面考虑，我们就有了突破。”

因为官方许可证没拿到手，当时我们只好在温彻斯托住了下来。第二天，在德拉的律师陪同下我们一同去看了在监狱里的德拉。她的这个律师叫巧蔼线·克敏丝，是一个刚刚在法律界发展起来的年轻人，很有发展前途。这期间听说了很多关于德拉的传闻。我带着我的疑虑，去见这个从未见过的漂亮女人，她很美，给我留下了较深刻的印象，见到她，我才相信那个像暴君一样的人受到她的感化。的确，她有征服别人的能力，就连机卜申都承认，她身上有种自然的高贵感，留给别人的印象很好，她的脸很美却更能衬托出她的果断，她神情端庄，身材很苗条，有不凡的气质，但这时她那双慧眼却没有了光彩，目光忧怨无奈，让人不禁顿生怜惜之心。她的确受到各方面夹击，我们是能帮助她的唯一希望，我们说明来意并告知身份，她那美丽的眼睛就像看见了上帝似地顿生光彩，脸颊也因激动由苍白变为红润。可怜的人，我们一定会帮助你的。她说了一些和机卜申先生的事。

“您不用再说那些关于你们真挚而高尚的爱情故事了，我已经完全相信，不过，我不明白，你为什么不在法庭上说清楚呢？”

“原本我想事情不会发展到如此程度。我是无辜的，我想我一定能洗脱罪名，但这并不像我所想象的那样，相反却越来越不好，简直没有了办法，假如不将家里的不光彩的事公布于众就不太好办。”

“天啊，小姐。你怎么还这样消极地等下去，相信律师已一五一十地将实情告诉你了，所有一切对你没有好处。假如你仍然不合作的话，那么会出什么样的结果，谁也想不到。如果想洗脱罪名，就要配合我们。”

“好吧，我尽量配合。”

“好，首先说说你和机卜申太太的关系如何。”

“我也没法说清楚，不过我想，她一定很恨我。她爱她的丈夫程度多深，恨我就有多深，她完全把我们的关系想错了，她不能理解我和机卜申先生精神上的来往，其实，她重视的是他们肉体上的关系，当然，她更没有办法想象我留下来只是为了机卜申先生能做些善事，她认为我会将她的丈夫抢走，当然，她会失去理智地恨我，现在想想，我真的应该走，不该留下。我造成这么惨痛的悲剧，永远也不能弥补。”

“那么，德拉小姐，您将真相说给我听听，尽管别人不信，但我还要听。”福尔摩斯说。

“我把所知道的都说出来，但是，先生，至今我还对一些情况不了解呢。”

“你只需将事实说清楚就行了，不用解释。”

“好吧，那我就把在雷神桥约会的事说一下。那天上午，我在孩子们的学习室桌子上看见了机卜申太太约我的一张便条，上面写着她约我晚饭后到桥头与她见面，有重要的事要说，并让我给她个答复，将字条放在花园的小墙上，并要我保密，我不明白要这么神秘的原因，但我没多想，就照办了，她很怕她丈夫，他常常虐待她，另外，她还让我把给我的字条烧了，我也照办了，在壁炉中烧掉了。我想或许她是怕被她丈夫知道而发怒，我理解她就一切照办了。”

“但是，她却故意将你写给她的便条留下了。”

“这正是我不明白的，并且还将它拿在手里面。”

“那么，后来怎样了？”

“晚上我如期赴约。她正在等我。到那时，我才明白她是多么恨我，她对我又吼又叫，把我骂得非常难听，好像要将我碎尸万段一样，简直就像个精神病人，她是个疯子，外表看上去冷漠，什么都不在乎，其实她特别地恨我。我被她惊呆了，说不出话来。她样子很可怕，我转身就往回跑，因为我实在受不了，可是她仍然在骂。”

“是在她死的地方上吗？”

“差不多在那个周围吧。”

“那么你竟然没有听到枪声？”

“没有，先生，我当时大脑一片空白，被她弄得不知所措，只想离她远一点，哪里顾得上别的事情，直接就回到了自己房里。”

“你说你回了屋，那么第二天一早又离开过，对不对？”

“对，因为我听说机卜申太太死了，我很震惊，就和别人去看了一下。”

“当时机卜申先生在现场吗？”

“是的，他正在现场指挥，让人去请警察和医生。”

“你认为他当时精神情况怎么样？”

“他意志坚强，有自控能力，他不轻易将感情外露，不过，我看得出他很伤心，因为她怎么说也是他的妻子。”

“现在那支手枪对你很不利，你曾经见过吗？”

“没有，从来没见过。”

“那么是什么时候你才看见它的？”

“当它被警察从衣橱中搜出来时。”

“卷在你的衣服中？”

“是的。”

“你想会是什么时间放在那里的呢？”

“前一天早上，我在那里没有发现枪。”

“有什么依据吗？”

“因为前一天早晨我收拾我的衣服了。”

“噢，知道了，这就说明是有人要栽赃嫁祸给你。”

“你说得太对了，福尔摩斯先生。”

“那么，又怎么确定作案时间呢？”

“在吃饭的时候或者在我给孩子们上课时，我房间没人。”

“在这个时候你收到了她的纸条，对吗？”

“对。”

“你不仅帮了我也帮了你自己，德拉小姐，你再仔细想一想当天的情况，再进一步将疑点说出来。

“好，我会尽力而为。”

“另外，我在事发地点发现了一块石栏杆有被锤子击打的印迹，这离尸体不远，是与尸体相对的。”

“对不起，我实在想不出来。”

“这个问题让人费神呀！但是怎么这么巧，偏偏这个痕迹会在死者遇害的现场出现呢？”

“希望你能想通这个疑点。”

福尔摩斯脸上的每根神经好像被拉紧了一样，凭我对他的了解，他现在一定在另一个思想境界里幻想。我们都不作声地看着他，把所有的希望都放在他那聪明的头脑上。突然他将手一挥。

“华生，好了，和我走吧！”这时他已经从椅子上站起来走到了门口。

“出什么事了？”德拉不明所以。

“噢，你放心吧。克敏丝先生，你就快要成为一个全国最出色的律师了，我终于得到了上帝的帮助，帮我救一个被冤枉的好女子。相信我，你就快要有自由了。”福尔摩斯对德拉的律师说。

因为我们急切的心情，这段短途却变得如此漫长。福尔摩斯异常激动，有些不能自控了。的确，这件事的成与败就看这次了，我也因此心情格外紧张。马上就要到雷神湖了，他用一种奇怪的语气问我，就像孩子问母亲一样说：

“华生，你总是带着手枪对不对？那是为了保护我的安全，对吗？”

“你应该感谢手枪，你救人时总将自己忽视了，却不想想自己的处境。”我也用大人训孩子的口气说。

“有你的保护我就什么都不怕了，你现在带枪了没有？”

我不知道他要做什么，但仍然将一把很精致小巧的枪给了他。他像看宝贝一样看了好半天手枪。

“差不多够重了。”他说。

“这一点并不重要，关键它很灵巧敏捷。”他没有回答我。

“它的作用是要协助我们来做个实验，这对于这个案子很重要。”

“不要再不着边际了。”

“我没有，现在顾不了那么多了。我要在雷神桥做个实验，我的设想和结果如果一致，那这个案就能破了，现在留一颗子弹在外面，将其他装进膛去。”我想不出他在设想一个怎样的实验，我也不多想了，就让他自由地假想吧。

我们在汗卜郡下了车，又转乘另一辆车，约十几分钟后，我们终于又见到了那个老实善良的地方警察。

“案子有进展了吗？福尔摩斯先生。”

“这要看今天的实验如何，请给我弄一根差不多十码长的绳子。”

不久，警察买了一条近十码的绳子。

“好了，就让我们去做这个实验吧！”

我与警官仍然不知道福尔摩斯要干什么，但我自己深信我的朋友，不论他要怎么做。但是那个警官却显出怀疑和不懂的态度。

福尔摩斯激动的心情溢于言表，但看得出他在尽量控制。“华生，我知道你有很多疑问，在听德拉小姐叙述时，我已在脑中将案情各个环节连在了一块，至此，只有一个环节不相扣，我没有太大的把握，有时我也会走错路。我想我已经掌握了确凿的证据，现在就看这个实验了。”

实验开始了，福尔摩斯将死者所躺倒的位置确定下来，将手枪拴在一端，福尔摩斯手拿着它，另一端系了一块很重的大石头，石头经过石栏杆用绳子吊在湖面上，这时绳子已经绷得很紧。

“开始！”说完他就把枪像自杀一样，举到了头部，然后突然松了手。因为绳子另一头有很重的石头坠着，一松手，石头把整个枪用绳子一拽，飞快向桥对面的栏杆撞去，接着沉入水底，福尔摩斯赶紧向石栏杆跑去，低头细看，他突然跳了起来，他成功了。“华生，我成功了！你来看，刚才留下的痕迹与原来的一样，没有什么区别。太好了，你的手枪可立了一大功啊！”

“好，我们晚上可以喝一杯了。”他对那个仍然莫名其妙的警官说：“好啦，都清楚了，你去准备打捞工具吧，将我朋友的手枪捞上来。自然啦！你也一起将那个脑子有问题的女人的武器捞上来，一共有三样东西：绳子、枪、石头，这就是她为了达到目的而使用的工具，德拉小姐终于可以重见天日了，明天上午你告诉机卜申先生我要去他那里，他会很高兴让我去的。”

痕迹和案子有关，但我却不能将它与推理联系在一起，我的反应慢了许多，假如你一定要将此案记录下来，我想它反映不出我有什么智慧。

“你没有必要如此自责，谁会想到那个女人会有那么强的报复心，而又能想出这种方式进行报复，她把丈夫对她的虐待都归于德拉的身上，她不能将自己究竟是精神上的还是肉体上的敌人分清楚，她真让人无法接受，爱得如此狂热，终究走向死亡，却又连累了别人，于是德拉就成了发泄的对象。她自杀却又嫁祸于人。”

“她是经过周密细致的打算才实施的。她巧妙地从德拉那里弄了张德拉约她见面的纸条，表示是德拉约她，自以为很完美，但恰恰是这张纸才使她的用意暴露无遗。”

“她从她丈夫的武器中精心选了两只一样的手枪，其中一只自己自杀用。将实验的那种方法运用于实际，另外的一支用来给德拉小姐做凶器。她将一切都办妥当后就下定决心自杀了。德拉小姐如约而至，她就将积怨统统释放出来，等德拉走后就开始实施计划的下一个步骤——自杀。这就是这个案子的整个过程，似乎很简单，但却又有那么多插曲。但无论如何，我们也算做了一件好事，或许那个“巨富”会和德拉小姐有个圆满的结果，相信他们都会从中吸取一些有用的东西吧。”

7. 爬　行　人

我的朋友福尔摩斯一向都希望我将普莱斯伯利的怪事公布于众，至少这样可以抵销一部分谣传。二十多年前这件事曾经在剑桥大学传言，并扩散到了伦敦的学术界，但总有些原因，让我不能公开它，所以这件事便在满是福尔摩斯案件资料的铅制盒子中埋藏了起来，现在，我才被允许将此案公布，那是福尔摩斯在快退休之前办理的案件，纵然在今天也要小心撰写，不可无中生有。

1903 年 9 月的一个星期日晚上，福尔摩斯用不叙详情的习惯给我写了一张条：

有无时间都请来一趟。

S.H.

我们的关系在他晚年时很不一般。他有很多习惯，经常被它们支配，这其中有些很难更改，且不顾及大局，写纸条是这之中的一个习惯，此时我就像他的提琴、烟丝、很旧的烟斗、旧的案例目录，还有不怎么好的习惯。我的用处显现出来的时候，也正是他感到办案吃力并在一旁有勇气提供给他的时候，但我不光有这样的作用。在他思考问题的过程中我就像一块磨刀的石头，在我面前，他向来喜欢理顺他的思路，因为我可以刺激他的思想活动。有时，他也不一定对着我讲或许也对着墙讲，但无论如何，时间久了，习惯了对我讲话。我的行为举止对他多少会有些帮助，有时因为我的头脑反应慢些，但恰恰是这样才能有效激发他的思维拓展，将灵感迸发在我们的高尚友情中，我只起了如此微小的作用。

我来到他的居所贝克街，他在沙发上缩着身子高拱着腿，口里抽着烟斗，深深地皱着眉，好像在想一个问题。如此这般，他一定在考虑一个令人烦恼的问题，他示意让我坐在我经常坐的那个沙发上，除此就没有表示看见我在场，大约半小时后，突然他从思考中恢复了常态，用早已习惯了的古怪笑容迎接我。

“华生，请别在乎我的深思，昨天，有人对我说了一些奇特的事，它让我想到了另外很有意义的东西。我想写一篇关于狗在侦查工作中用途的小论文。”

“可是这个似乎有人已讨论过了，”我说：“你看，比如猎狗、警犬。”

“不，华生，不是这方面的，这个谁都明白，但这还有更奥妙一点，不知道你是否记得你用让人害怕的方法，将铜山毛榉案处理那回，我特别注意了小孩子大脑反应活动的方法并用这个结果来从逻辑上判断那个自负却又有面子的父亲有什么样的犯罪习惯。”

“噢，我当然记得。”

“我对待狗的观点也如此，对于一个家庭的生活，狗能反应得很真实。欢快的狗代表着家的欢愉，那么忧郁的狗一定在不愉快的家庭，凶狠的人一定有凶残的狗，危险的狗一定有一个危险的主人，有时狗能反映人的情绪。”我不认同地摇了摇头，“这个似乎不太合理吧。”

他装满烟斗坐下，没有注意我的意见。

“我现在研究的东西在具体实践中与这理论有联系，我正在这一团乱麻中找头绪。有一点就是，咬普莱斯伯利的狗正是他的自己的狼狗。”

我往椅背上靠去，让我很失望，就因为这个很无聊的小问题让我在那么忙的工作中来这里？福尔摩斯很迅速地看了我一眼。

“华生，你像原来一样，还是不注意最细微的事，这些事对大的问题有帮助，从表面上看这事不奇怪吗？剑桥大学的著名生理学教授普莱斯伯利你听说过吧。他是一位有资历、德高望重的学者，他自己喜欢的狗又为什么总咬他呢？你有什么意见吗？”

“那一定是狗病了。”

“这有可能，也值得考虑，可是平时它并不咬人，值得注意的是在特别特殊的状况下来咬主人，而在平时很老实。华生，很奇怪是吗？听有铃声，看来是伯内特先生来了，但比预约的时间早一会。我本来打算在他没来之前和你说一会这个案子呢！”

听起来上楼的脚步很急，并急促地敲着门，然后这个新的主顾就走进了屋。他大约有三十岁吧，个子很高，不胖，长得英俊大方，穿的衣服很讲究，行为举止有一种学者风范，并没有善于交际的老练，他与福尔摩斯握手，我在场令他吃惊不已。

“福尔摩斯先生，我要讲述的是一个很让人敏感的事，还请您体谅我和教授无论私下还是工作的密切关系，我不想也没必要让第三个人知道这事。”

“别担心，伯内特先生，我在这个案子中需要有一个人能帮我，华生医生是最好的人选，何况他非常慎重小心。”

“那好，就听您的，但不要怪我这样谨慎的态度。”

“华生，伯内特先生是著名教授普莱斯伯利的女儿的未婚夫，而且还是教授的助手，住在教授家，我们让您替教授保密。当然同意并支持，但最好用解决事情的办法来表示您的忠心诚意。”

“我也这样想，先生，这是我所想的，那么能说一下这位华生医生对此有多少了解吗？”

“我还没有时间和他说。”

“那就让我再把事情大概说一下吧，然后再汇报一下最近的新情况。”

“还是我来叙述吧！这可以检查一下我对基本事实的了解。华生，这里提到的人是欧洲很有声望的教授，他一向都在学院中生活，而且从没有不好的传闻，他妻子死了，有个女儿，叫易迪丝。他果断、坚强，还有点好斗，就是这些情况，至少几个月这样。但后来他的生活有了变化，他今年61岁，却和同行解剖学教授莫尔非的女儿订婚了，我看这次求爱有些像年轻人一样炽烈，没有年龄大的人那种理智地求婚，他求爱的对象是一位才貌双全的少女叫爱丽丝·莫尔非，如此看来，教授对她一往情深并不奇怪，但在自己的家庭里并没有人支持他。”

“我们都觉得他这样不对。”

“是的，很过分，过激，而且不同一般，可是教授很有钱，他那个同行并不反对他的女儿同时还有另外的追求者，他们在财产地位方面不及教授，但至少与她年龄差不多，而这个姑娘好像对教授的怪脾气不放在心上，仍然喜欢他，只是年龄上有点不足。也就在这时，教授被一些不知缘由的事而改变了。他从来没这么干过，他没说去哪里就走了两个星期，然后很疲劳地回来了，他没有提到自己的去向，而以前他向来真诚坦白。很巧，这位伯内特先生收到一封同学的信，这封信来自布拉格。他说在布拉格很荣幸见到了教授，却没有机会说话，到此才知道他去了哪里。”

“重要的是，教授自从回来后，就有了非常奇怪的变化，他变得偷偷摸摸，和他经常交往的人都认为他变了，不像原来那个人，他的高尚品格被掩盖了，但他的智力没有什么变化，课堂上他仍旧像过去，才华不减！而总有一种新的事情在他身上体现出来，是一种让人无法预料又不太好受的东西，他的女儿一向都深爱他，她很多次都想与父亲再像原来那样亲密，想让父亲将‘面具’摘掉，此时，伯内特也在共同努力着，尽管这样可仍旧没有起色。好了，下面请你说说有关信件的问题，伯内特先生。”

“华生医生，你知道吗？教授和我一向都没有秘密，即便我是他的儿子或弟弟，我想也不会得到他那么大的信任，我是他的秘书，信件全由我负责，拆信并分类都是我一手处理，但事情在他回来后有了变化，他吩咐我说，假如有伦敦寄来的信，而在邮票下又画有十字的，那么就放在一起，不要拆阅，他亲自看，果然后来我收到了几封邮票下面有伦敦东区邮戳的信，信上的字迹让人看来没有什么文化，假如教授写回信，也是自己邮寄，不再将信放在我们发信的邮筐里。”

“有关小匣子的事你再说说。”福尔摩斯提醒道。

“对，小匣子，教授旅行回来时拿回来一个小木匣，这个物品能证明他去欧洲大陆旅行过，它做工精细，多数人都觉得是德国的手工艺品，有一次我去工具橱找插管，无意间看见了那个木匣，就好奇地拿起来看，岂料教授非常生气，大发脾气，把我狠狠地责备一番，话说得很粗鲁，这种事以前从未发生过，我被他伤了自尊心，我也尽力向他说明，我没有别的用意，只是随手拿起来看看，但那天晚上我感觉他一直在凶巴巴地盯着我，他似乎把这事放在心上了。”说着，他从兜里拿出一个小日记本，说：“那天是七月二日。”

“你做这个见证人真是合格，这个日期或许对我有用处。”福尔摩斯说。

“这是我从教授那里学的系统方法方面的知识。自从他有了异常后，我就想到应该记录这些。所以我就记下了七月二日这一天，他从书房走到门厅时，罗依咬住他，后来在七月十一日，又发生了这样的事，接着七月二十日又发生了一次。没办法，后来我们就把罗依关到马厩里了。罗依一向很听话又懂事，是条好狗。我所说的让你一定听烦了吧？”

因为福尔摩斯明显地出神了，没听他讲话，让伯内特说出语气很不高兴的话，只见福尔摩斯紧绷着脸，两眼出神地盯着天花板，后来，他恢复了常态，“奇怪，很奇怪！我至今仍没有听说此类事呢，伯内特先生，我们已将原来的情况说得差不多了，是吗？你说这事又有了进展是吗？”

或许他想到了令人烦恼的事而使他那年轻率真的脸变得阴郁。

“我讲一下在前天夜里发生的事。大约是夜里两点钟，我醒了，躺在床上，只听见有很沉重而发闷的响动，好像从楼道移动来的，我打开门往外看，教授就在楼道的另一端住——”。

“哪一天？”福尔摩斯插了一嘴。

这位年轻人表现出对提出这个没有联系的问题很不高兴的样子。

“我已经说了在前天晚上，九月四日那天。”

福尔摩斯微笑着点了点头。

“你请继续说吧！”

“他在楼道的另一端住，如果要到楼梯必须得经过我的房门口。那天让我看到的事情太吓人了，我自认我神经还算正常，但是那种场面却把我吓坏了。楼道很黑，只有中间的窗子能透一点光，我看见一个黑乎乎的东西在地上爬着往楼道那边移，当他经过那块光亮的地方，我才发现那是教授。他在地上爬着，是用脚和手而不是用膝和手在爬，垂着脑袋，不过他爬得看似很轻松毫不费力，我被吓傻了，一直等他来到门口，我才反应过来，走过去问他，要不要将他扶起来，他一纵身站了起来，骂了一句很难听的骂街话回答我，马上从我面前走了过去，下楼了，我大约等了一个小时，也没见他回来，可能天亮他才回屋。”

“华生，你怎么看？”福尔摩斯说话的语气像个搞病理的科学家拿一个不常见的病例来和我商讨一样。

“有可能是风湿性腰痛，我知道有一个病人病情很严重，就用这种方法走路，而生这种病让人很易怒，易烦。”

“华生，你真可以！你向来说话句句在理，但是他要是腰痛就不对了，他是一纵身就站起来了。”

“他身体非常好，”伯内特说，“说真的，我没见过他身体这么好，这确实是真的，这个案子不能像其他案子一样有现场可查，因此我们又束手无策，我和易迪丝就是普莱斯伯利小姐都感到要有不幸的事发生，再也不能这样下去了。”

“这件案子的确让人困惑，而且令人深思，你怎么认为？华生。”

“从医学角度讲，我认为这是一个精神病例。老教授因为恋爱的打击而不堪忍受，因此他为了脱离情网而去国外旅游，至于信件和木匣也许和他的别的事有联系，例如在匣子中放了借款，或股票证券等等。”

“那么狼狗会反对他做证券交易？我想，这事一定有隐情，到现在我只能提——”。

至于福尔摩斯要提示什么谁也不知道，因为话被突然推门而入的小姐打断了。伯内特马上跳起来跑过去，张开双手将伸过来的手拉住。

“噢，亲爱的易迪丝，你没事吧？”

“杰克，我吓坏了，我不敢一个人在家里待了，我一定得来找你。”

“福尔摩斯先生，这是我的未婚妻，我刚才提到的。”

“先生，我们就要得出结果了，不是吗？”福尔摩斯示意她在伯内特身边坐下。“我发现伯内特不在，我知道他会来您这儿，因为他曾说要找您帮忙，先生，请您帮帮我爸爸吧。”

“有点希望，不过还不完全清楚，或许你会带来一些新的情况。”

“这事发生在昨晚，先生，昨天一天他都是很奇怪的样子，我想或许他都不能记得自己做了什么，似乎在做梦。昨天就像在做梦，我想他不是我父亲了，虽然外表是，但内心却不是了。”

“那么，请你将昨天你看到的事告诉我吧。”

“昨天夜里狗的狂叫声把我吵醒了，那是被锁在马厩旁的罗依。我睡觉前总要锁上门，杰克知道的，因为我们都感觉有不祥的事要发生，我住在楼上的卧室，昨晚我的窗帘没有挂，外面月光很好，我躺在床上看着白色的窗口，听着狗的狂叫，突然我发现父亲的脸贴在窗上，他看着我，我简直被吓死了，他一只手好像是在扶窗框，脸贴在玻璃上，假如他将窗子打开，我想我一定会疯的！先生，那不是幻觉，我肯定。大约过了二十秒钟我就那样躺着看着他的脸，因为我已经不能动了，再后来就看不见了，可我仍然不能动，当然也不能看见他到哪去了。我一身冷汗，躺在那儿，一直到天亮。”

“吃早餐的时候他看起来粗鲁暴躁，并没有提到昨晚的事，我什么也没说，就撒谎进城到了这儿。”

小姐的讲述让福尔摩斯十分吃惊。

“您的意思是说您住在楼上，那么园子中有比较高的梯子吗？”

“没有。这恰恰就是让人害怕的地方。的确不能够爬到窗户，因为根本没有什么方法。但他偏又到了窗口。”

“这是九月五日发生的事，理出头绪真不容易。”福尔摩斯说。

这话一说完，那位小姐看起来很吃惊。

“这已经是你第二次说到日期了，先生，难道这件案子与日期有联系吗？”

“有可能，可能性很大，不过我并没有证明材料。”

“您是不是把月球的转动和他的精神异常结合在一起了？”

“不，没有，这和我想的没有关系。我想，你能不能把日记本给我看看，我要核对一下日子，华生，我想我们也该有所动作了。小姐不是说她感觉她父亲有时会记不住自己都做了些什么吗？我很相信她这种感觉，因此我们就去见他，假装是他约我们的，就在他不清醒的日子去，或许他会真认为他记不清了，那么我就能接触他而进一步调查。”

“这样不错，但我必须告诉您，教授脾气暴躁、十分粗鲁。”伯内特说。

“我们会尽快和他见面，如果有理由的话。这样，伯内特先生，我们明天一定会到剑桥的。假如没有错，那里有一家旅馆，叫切克旅馆，旅馆供应葡萄酒而且很好喝，床单洗得也很干净。噢，先生们，或许我们以后几天的命运还会比这更坏呢。”

因为福尔摩斯没有家庭的烦扰，星期一早晨，他很容易就去了目的地，而我却要安排一切，忙了好一阵，那是因为我的业务扩大了许多，但在去的路上丝毫没提这个案子的事。一直到将衣箱存到他说的旅馆时他才说。

“教授在十一点讲课，中午或许会在家，我们就在午饭之前去他那里。”

“那么我们去总该有个缘由吧？”

福尔摩斯赶忙打开日记本看一看。

“8 月 26 日他曾经很暴躁，我们假想一下，那时他脑子很乱，那么我们就咬定有人约我们的，或许他会承认，我们就厚着脸去吧，怎么样？”

“只有这样了。”

“华生，你真行！无私无畏而且又努力进取。只有试试才知道这句话是意志坚强者所信奉的，我们找个本地人带着去吧。”

一个赶着双轮美丽马车的本地人将我们带过了一排看似年代久远的学院建筑物，又拐进一条只有三股的马车道，在一座很美的宅子门前停了下来。放眼看去，宅子四周都是草坪，种的全是紫藤，这样看来，教授生活很舒服，而且还很奢华。当我们刚靠近的时候就看见一个白头发人的脑袋从前窗露了出来，长着很浓密的眉毛，戴着一副玳瑁眼镜，眼光很尖锐地看着我们。一分钟后我们已来到了他的屋子里，站在了教授的面前，是他那异于常人的行为把我们从伦敦引到这来的。教授从外貌和行为举动上看上去很端庄，他长得很高大，五官正常，行为动作也很有教授风范，身上穿着礼服，似乎很有威信，值得注意的是他那目光敏锐且狡诈的眼睛，给人的感觉这个人比较聪明而且有些奸诈。

我们呈上了名片，“请坐，先生，不知道找我有何贵干？”

福尔摩斯笑着说：“这个问题我正想问你，教授。”

“哦，问我？”

“或许出了什么误会，可是有人告诉我，剑桥大学的著名教授普莱斯伯利先生有事需要我们服务。”

“哦，原来如此。”我看到他那灰眼睛里射出了一道凶光。“你听说的，对不对？那么请您说说他是谁？”

“对不起，先生，这样不好，假如真是有误会，也不要紧，我向您道歉。”

“不用了，我对这个事很好奇，我想弄明白，你可以用便条文件或其他来证明您来的目的。”

“没有。”

“你不是要说你是我请来的吧？”

“这个问题不好说。”

“当然！”教授怒喝道，“但是不用你回答我也能得到证实。”

他按了一下电铃。铃响后，已和我们相识的伯内特先生走了过来。

“伯内特先生，你请进来。这是从伦敦来的两位客人，他们说是应约而来，你负责处理我的信件，有没有给叫福尔摩斯的人邮递过什么函件？”

“先生，我没有。”伯内特脸红了一下。

“这样就对了。”他很恼怒地瞪着我的朋友。他把手按在桌子上，将身子支住探了过来说，“先生，我觉得你的身份让人怀疑。”

福尔摩斯耸了耸肩。

“抱歉，我只能说打扰您了。”

“先生，不能这样了结！”他大声地叫嚷着，脸上充满了憎恨，他说话时已来到门边将我们的路拦住，两只手比画着，在向我们示威，“别想轻易地走掉！”因为激动而使脸上的肌肉都在跳，他咧嘴叫嚷着。如果伯内特不出来解围，我们只能打出去了。

“教授先生，您想想您的身份吧！这样做会让别人都知道，注意您的形象吧，你不能这样做。”

于是那个老头，那个粗暴的教授没办法就让了路，我们从可怕的宅子里来到了外面，到了那三股马车道上，我的朋友好像觉得此事很有意思。

“这位知识渊博的朋友，脑子的确有问题，我们的突然来访，或许有些不合适，尽管如此，我们还是亲自和他接触。噢，华生，或许他追来了，想看看我们到底在干什么。”

只听见身后有人跑过来，不过，来的人是伯内特，这让我放心了。他因为跑了一段路而喘着粗气，从马车道的拐角向我们走来。

“很抱歉，我向您道歉，福尔摩斯先生。”

“不用道歉，伯内特先生，我的这个职业不能避免这些。”

“他还从来没有像这样如此野蛮，他变得更加凶险，现在你了解我和他女儿是如何担心了，不过他的脑子却比较清醒。”

“非常正常！显然，我的判断错误了，他的记忆没我想的那么坏，噢，还有我想在临走前，看一看普莱斯伯利小姐的房间窗子。”

在伯内特的带领下，我们穿过灌木就看见了楼的侧面。

“就是那里，从左边数第二个窗子。”

“噢，真够高的，唉，你瞧，窗子下面有藤，还有水管，这些都可以借助攀援。”

“我想，恐怕我都爬不上去。”伯内特说。

“没错，这对于正常人来说是相当危险的行为。”

“噢，还有，我已弄到了与教授通信的人的地址，早晨教授好像给他寄了一封信，在他的吸墨纸上我发现了那个地址，你知道这是不道德的，这样做是很羞耻的，可是我实在是迫不得已而为之。”

福尔摩斯看了纸条一眼就把它装进了兜里。

“多拉克是一个奇怪的姓氏，我想，她可能是南斯拉夫人，无论如何，这是个很重要的线索。伯内特先生，我们在这儿留下也没有什么事儿了，下午我们就回伦敦。因为教授没有犯罪，所以又不能逮捕他，当然对他的行为我们又不能控制，又不可能证明他神经有问题，因此，暂时不能有所行动。”

“那么我们该怎么办呢？”

“别着急，伯内特先生。马上就要有进一步发展了，假如我推断正确的话，下星期二或许会有一些险情，那时我们会来的。你家在这段时间会很难过，假如能让普莱斯伯利小姐在伦敦住的时间长一些更好，如何？”

“这不成问题。”

“好吧，让她在伦敦住一段时间，等危险过去我们再告诉她。这样看来，不要太多限制她，给她宽松的环境，让她顺心就可以。”

“他过来了！”伯内特的声音很小，看起来很害怕。我们从树缝里看到了那个高个子的教授从屋子前厅走出来，他向四周来回看着，走路时身子向前倾，摇晃着两手，伯内特挥手向我示意告别，就悄悄溜进了树林。一会儿，我们看见了他和教授碰了面，两个人好像在很热烈地说着什么，走进了屋。

“我想，老教授可能看出了什么破绽！虽然我只和他有一面之缘，而且交谈不多，但我觉得他头脑很灵敏而不失逻辑。暴躁的性格显而易见，但是如果从他的角度来讲，发脾气也不是很过分，他一定能想到有侦探来对他探寻什么和他的家里人一定有联系，我想伯内特回去后，不会很平静了。”我们一边向旅馆走一边说着这些话。在回去的路上，福尔摩斯发了个电报，当晚有了回应，他让我看了电报。内容如下：

已走访商务路，见到多拉克。他是波希米亚人，略上年纪，为人和善，开一家大杂货商店。

麦希尔

“麦希尔是管理生活事情的勤杂工，在你走后来的。”福尔摩斯说。“我觉得应该对他秘密联系的人和他的国籍做个了解，看他与教授的布拉格之行有什么关系。”

“感谢老天，终于能把事情联系在一起了，我们所面临的还有一些让人不能理解的无头绪的事。比如，那只狼狗咬人和波希米亚人又有什么关系？这些又和教授在夜里爬行又有什么关联？还有最让人想知道的就是你注意的日期。”

福尔摩斯笑着搓着手，我们坐在这个开了多年的旅馆里，喝着一瓶很出名的葡萄酒。

“好吧，就让我们来看看这个日期。”他把手合在一起，似乎在讲课一样。“这位年轻人的宝贵日记本记载了7月2日发生了这样的事，自从那天好像每隔九天就有事发生，据我观察只有一次反常，因此9月3日、8月26日也都正常，我想这不会是巧合。”

我没有异议。

“因此，我们假设一下，教授每隔9天要用一种很烈性的药品，这种药作用较大但持续时间短，他的性格原本就很暴躁，加之药的刺激会表现更强烈些，看来他是在布拉格学会用这些药的，现在由一个波希米亚的经销商品的人供给他药，这些是有关系的，华生。”

“那么又如何解释夜里狗的狂吠，窗户上的脸和在楼道里的爬行呢？”

“不管怎样，咱们总算有了头绪，要想有进展就要等到下个周二，现在我们能做的是和伯内特保持经常联系，还有就是欣赏并游览一下这个美丽的城市。”

第二天早晨，伯内特偷偷向我们汇报情况，如福尔摩斯所讲，回去后，教授果然把他斥责了一顿，虽然他不了解情况，但他态度恶劣。不过早上，他又像原来一样，给满屋子的学生讲了一堂生动有吸引力的课。“首先不要说他的反常，他真的和原来比较有了更多的精力而且头脑更加灵敏。可是他不再是我们了解的人了，变成了另外一个人。”

“依我判断一周之内你不用再怕他了，我每天都很忙，华生医生也要照顾很多病人，我们就约好下周二还是这个时间还在这里见面，假如我在下次离开你之前仍旧不能向你作个交代，那就是让我出乎预料了。请把详情写信告诉我，但应在周二之前。”

接下来的几日我一直没有与福尔摩斯见面。周一晚上，他写了一张条让我去火车站会面，我们在去剑桥的路上，他说教授家里一切安静没有异常，他言行基本上也较为正常，当晚我们又来到了切克旅馆，安排好一切，伯内特讲述了福尔摩斯所交代的事。

“今天他又收到了由伦敦寄来的信和一个小的邮包，上面都打着‘十’字的符号，他让我不要拆。其他就没有了。”

“应该就这些，足够了。”福尔摩斯的说话语气有些不太好。“伯内特，我想今晚就会有结果了。要弄清一切，教授应在我们的视力范围内，我想你还是不要睡觉，要仔细观察。如果你听到了他经过你门口的动静，不要让他发现你，悄悄地跟着他，我和华生会藏在附近。还有，你说的小匣子的钥匙在哪里？”

“在他的表链上。”

“我想我们应将重点放在研究那个小匣子上，要是有突发情况，我们就弄开锁，宅子里还有其他强壮的男人吗？”

“有一个叫麦克菲的马车夫。”

“他在哪睡？”

“在马厩的楼上住。”

“或许用得上他，我们只能做这么多，只有顺其发展，再见了，我想我们不用到明天早晨就能见面。”

快到半夜时，我们埋伏在教授家宅子对面的树林里，月朗星稀，但气温有点低，好在我们都穿着大衣。这时有小风吹过，云彩将月亮挡住了，我们守候在这个无聊的黑夜中，唯一能激励我们的就是那期待的心情，另外福尔摩斯说今天晚上一定会有结果。

“假如他真是 9 天一个周期，那今天他一定发作。这些事都表明一个结果：这种反常状况是从布拉格回来后出现的，与他秘密通信的那个伦敦的波希米亚商人或许代表了布拉格的一个人，他收到了商人邮给他的包裹。他为什么要用这些药，作用是什么呢？我想只要是和布拉格有联系就不难了，他所遵循的用药周期就是九天，这一点让我最为关注，不过他的表现很奇特，你对他的指关节观察了吗？”

我说我并没有注意。

“关节很大还有老茧，我从没见过，华生，要看这人要先看手，然后再看衣服和袖口、裤腿和鞋，他那奇怪的关节和某些职业有很大的关系。”福尔摩斯一下用手按住了脑门。“唉，华生，我真是太笨了，让我简直不能相信，但是那一定是这样，因为所有的疑点都证明这一点，我竟然没把那些问题的关系看出来！还有狗呀！藤呀！我看我得去我的梦里了，快看，华生，他来了，我们终于可以亲眼看看了。”

前厅的门很慢地被打开了，在灯光下，我们看到了穿着睡衣的高个教授，他站在门口，虽然是直着站着，但身体向前倾斜着，两只手在身前，和我们上一次见到他一样。

就在他走在马车路上时，却突然发生了一种很奇怪的变化，他把身子弯了下去，用手和脚爬了起来，并像动物一样跳跃着，似乎精力有些过剩，于是他沿着房子向前爬，到了头他就沿着屋角爬了过去，此时伯内特从房门溜了出来，在后面偷偷地跟着他。“华生，快点来！”我们就轻手轻脚地从树林中来到了另一个能看到他去的房子侧面的地方。那里能被月光照到，可以很清楚地看到教授，他在墙角下趴着，那里长的全是春藤，突然，我看到他身手熟练而有力地向墙上爬了起来，从这一根藤爬到那一根藤，抓得很紧，似乎真是精力旺盛在发泄，他的衣服开了，敞在两边，他就像一只贴在墙上的很大的蝙蝠，黑黑的，在月光下像个大的方块，不一会儿，他似乎不想再玩了，又像原来一样从藤上降了下来，向马厩爬去，仍然像刚才那样，狼狗似乎已感觉出什么了，开始大叫了，看见它的主人却叫得更厉害。铁链被它拉得特别紧，非常狂躁，因此全身发抖，教授就在那只狗不能及的地方趴着，他把一块石头向狗的脸扔过去，拿了一根棒子去捅狗，还用手在张着嘴狂吠的狗面前晃来晃去，用尽各种办法使那只狗更加疯狂地叫着。在我的经历中还从不曾看见这样奇怪的现象，一个有地位、有自尊的人却在地上爬，而且用各种方法将狗气得格外疯狂。

这时，可怕的事突然出现了，狗的脖子从皮圈中滑脱了出来，狗链子没有断，而是因为皮套太松了，狗脖子滑了出来，铁链刚落地，就看见了人和狗已经厮打在一起了，狗大声叫着，人也在怪声尖叫。教授被狗咬得差点死了，我们到了近前看见狼狗已用牙齿在他的咽喉处咬得很深，此时他已没了知觉。伯内特及时赶到了，他大声地叫喝使狗平静了下来，假如他不来，我们就难于处理眼前的情形了。马车夫被叫喊声惊醒了，他摇着头说：“唉，我早就看过他这样惹这只狗，早就知道会出事的。”将狗拴好，我们大家将教授抬到了卧室，伯内特和我处理了教授受伤的喉咙，虽然没有咬断动脉，却出了很多血，大约过了半小时，他才度过危险期，我给他打了一针吗啡，他昏睡过去了。此时，我们才松了口气，大家互相看着开始研究情况。

“我们得找一位很有经验的外科医生来看他。”我说。

“这不可以！”伯内特大声说，“目前这些事还只有家里的人知道，咱们几个都没有问题，但假如传出去的话，那么对教授来讲从地位、名誉上都有影响，另外还要顾及他女儿的想法。”

“的确如此，”福尔摩斯说，“我想，我们要做到保密。现在我们有了充分的时间和精力，就该不让事态再发展了。请把表链上的钥匙拿来，麦克菲你来看着教授，情况有变化赶紧告诉我们，我们去看看那吸引人的匣子里面究竟有什么？”

里面的东西并不多，不过足以说明问题，里面有一个小空瓶，有一瓶还满着，一个注射器，还有几封一看就是外国人写的信件，发信地址都是商务路，却没有写“多拉克”的名字。里面装的是刚刚收到的药品清单和货款的收据，但是还另外有一封信在里面，看上去写字的人很有文化，贴的是奥地利的邮票，还有一个邮戳是布拉格的。“这样就好了，有证据了！”福尔摩斯一边拿信纸一边叫到。

内容如下：

尊敬的普莱斯伯利先生：

从您来我这里以后，我就一再考虑您的事情，尽管这种特殊情况需要改变，不过，我还是应该小心行事，因为过去的治疗结果表现出了此药的危险性。

类人猿的血清也许有很好的效果。不过正像我说的适用此药的是黑面猿，黑面猿擅长爬行和攀援，而类人猿却是直立行走和人类相仿。

我劝您还是要小心谨慎，千万不要在此法没有成功时就向外公布。英国还有我的一个客户，这些全部都是多拉克负责，他是我的经纪人。

请每周将疗效按时告之。此致

崇高的敬礼

H·洛文斯坦

原来是洛文斯坦！我想起有报纸曾有报道：有一位没有公开姓名的科学家正在用很怪异的方法实验返老还童的药和长生不老药，这一定就是布拉格的洛文斯坦。他有一种医学界禁止使用的血清，不过他从不公开。我向他们介绍了一下这个情况。伯内特就拿了一本书柜上的动物学手册，读了出来："黑面猿，喜马拉雅山麓大型黑面猿猴，它是最大型爬行类的类人猿。""这里还有详情。多亏你的帮忙，我们才找到了根源，福尔摩斯先生。"

"不过真正的原因，是教授那很不合适的爱情，这让脾气急躁的教授想到只有恢复了年轻人所特有的样子才行，假如这个人要违背自然规律，那他就会遭到惩罚，即便是最高等的人。假如离开了人类社会，那么就和动物一样了！"他看见手中的这瓶透明的液体，坐着想了一会儿，说："我会写信告诉那个人，我觉得这种毒药让人使用是构成犯罪的，那么我认为这件事就结束了！但还是会有这样的事再发生，因为还会有人能想出更高超的方法，同样它是危险的，这无疑构成了对人类的威胁。华生，你想想，追求物质享乐，看重官运的人利用它延长了毫无用处的生命，而那些崇高的精神信仰者却不愿违背自然规律，这样一来，不适者反而生存下来，整个世界不就成了一潭脏水了吗？"

突然福尔摩斯从椅子上站起来了，不再幻想。"伯内特先生，现在一切真相大白了，狗比人更早地发现了教授的变化。因为教授身上散发的味道狗的鼻子能嗅得出来，它咬的不是教授而是猿猴，就好像是猿猴在逗狗一样，而不是人在逗狗，那么他到女儿的窗口是他的本能发作时即攀援时无意做的事，噢，华生，早上有一趟去伦敦的火车，不过还是让我们去旅馆喝了葡萄酒再说。"

8. 狮　鬃　毛

我在退休之后，如愿以偿地实现了我多年的心愿。远离了那热闹嘈杂的伦敦，去了幽静的海边，那段日子，生活得无比平静，让紧张多年的头脑有了休息的好机会，但是我还是没有能够摆脱这个社会。让我在晚年生活中又要面临一次难题。为了对社会负起微薄的责任，我又开始了我的本行——替死去的人申冤。

这个案件很奇特，假如我和华生在一起的话，那么他会把这个故事说得非常有吸引力而且趣味十足，满足大家的好奇心理，不过他工作很忙，退休以后我就很少和他在一起，所以只有我来讲这件案子了。我没有华生的文学素质，我只要能将案子的原本说出来就很高兴了。下面我如实将此案叙述给您听。

我家住在来赛可司山脉的南面，从那里可以看到广阔无垠的海峡，这里的海峡和海滨有区别，都是比较陡的悬崖，要想和大海更近些，就要沿着一条小路走下去，这条路弯弯曲曲又不平坦，海岸线有十英里长，海的面积很大，却只有一个叫作扶尔握司的小村在这里，这里的海滩有很多小坑，涨潮以后海水就填满了那些坑。

我比较喜欢肃静，我和我的管家俩人住在一个很大的房子里，有时屋子会有可爱的小蜜蜂叫，增加了一些情趣，使这里显得更加幽静。司太荷司替先生就是我在这里认识的，我们相处得很好。他在离这里不远的地方办了一所很有名的学校，主要是对职业不同选择不同的学生进行训练。学校规模较大，和外界有一圈围墙隔着，有很严格的纪律，学生和教师的素质很不错。司太荷司替是一个全方位人才，在剑桥大学上学时很出名，人们都知道他是划船的好手。

夏天的晚上刮了一阵海风，使海滩上的小坑充满了海水，到天亮时，就全部正常了，空气自然清新，就连习惯在屋里久居的人都想到外面走走。早饭后，我就出去散步了，去呼吸呼吸新鲜空气，看一看被狂风吹袭后的景色。我走在那条羊肠小路上，我听见我的好朋友司太荷司替先生在叫我。

“你好，福尔摩斯先生！我想我们会见面的，相信你也是来享受这美景的。”

“我们一样，你是不是利用这个好机会来旅游的？”

“难道你不去吗？”他说，“我已落后于人了，迈非迅已经来好久了。我们去找他。”

我知道伏次逻依·迈非迅先生，他在司太荷司替的学校里做教师，我们是因为都喜欢游泳而逐渐熟悉的。他是个很杰出的人，对于体育运动很有天资，假如他没有心脏病，身体健康，我想他会是一个很优秀的运动员，即便他身体这样，还是超出一般人的。

我们正在说他，突然在小路的那端看见他慢慢向这边走来，看样子走路很吃力，快要摔倒一样，他还是大叫一声倒下了。我们赶紧走上前将他扶起，不过他已不能再站起来了。看起来他好像要死了，目光也没有了光彩，脸呈青色。他觉得旁边有人在就用尽所有力气，用非常小的声音说了几句话，其中我只听到了“荆麻刺”三个字，说完只见他身体猛地一抽，就瘫软了，他死了，我始终不明白他说这几个字是什么意思，或许我听错了，不过无论如何它很重要，它是这件事的重要线索。

我的朋友被这毫无思想准备的事吓得不知所措，而我因为职业的敏感性马上就意识到这个案子的严重性。又一个离奇的事发生了，我将尸体很快检查了一下，他穿着裤子和鞋，但没有系鞋带子，让我们更为吃惊的是他身上的伤，后背上有互相交叉很细很密的用鞭子抽过的痕迹，并且伤口很深，脸因为痛苦而变形，被咬破的下唇流着血，这个凶手真是残忍。

我一边给死者检查一边想这件事，而司太荷司替却傻了一样，这时我感觉有个人来了，是依亨·莫都可，他是数学教师，他性格怪异，不愿意和别人来往，向来是自己一个人，身边其他的事好像和他没有关系。他就和毫无兴趣的数学亲密，就是这瘦高个的脾气却让我们大吃一惊。有一回，迈非迅非常喜欢的狗扰乱了他的宁静，一气之下他居然从窗口把狗扔了出去。这件事很偶然，不过司太荷司替却很生气，觉得他毫无人性，假如他没有才干的话就要辞退他了，可是就是这样一个如此冷漠的人竟然也被死者惨不忍睹的样子震惊了，这和他们生前的关系是相反的。“噢，天

呐，真是可怕，我可以为他做点什么吗？”

“你刚才有没有和他在一起游泳？”

“没有，我从学校刚出来，来到这才知道发生的事，我被一些事给耽误了才出来得很晚。”

“好，那你赶快去扶尔握司报案！”

他听完后立即用最快的速度跑了去，我不得不接了这宗案子，与此同时，我已开始办案。我想最初应弄清有什么人在海滨，我向下一看，整个海滩全部呈现在眼底，没有人。很远的地方有两三个人，和这件案子也没什么联系。我沿着路向下走，寻找着线索，在路上只看见了两排脚印，这很明显是死者来回走时留下的，还有一些手掌印和下陷的小坑证明迈非迅向上面爬时一定非常艰难，摔倒、跪下，再用尽力气站起来，这样看来今天早上这条路只有他自己走过，由于狂风的吹袭，海滩上形成了一个湖。迈非迅想要在此游泳，而且也脱了衣服，因为我看见了他没有穿鞋的脚印和在岩石上的毛巾，不过毛巾是干的，显然他还没下水，这时悲剧就发生了。

我遇到了有生以来最难的案子，迈非迅来海滩时间很短，而后面就是司太荷司替先生。迈非迅来到湖边准备下水，他脱下衣服，但是他却没想到会有人狠毒地用鞭子抽打他，他用尽力气穿上了裤子，离开了那可怕的地方，看来凶手早已等着迈非迅到此，动作很快，干完就迅速离开了，可是他会去哪里躲藏呢？峭壁上有洞穴但很浅，阳光照着不能躲在里面，远处虽有人影但很远，不可能走那么快，时间不够，海上有几条空船，问一问或许能发现，但希望不大，情况就是如此。

当我返回现场，已有好几个人了，莫都可已经报警，警察爱得升来了。他看上去很结实，动作虽不灵敏，却很机警敏锐，他记下了我们看到的情况，然后叫我到旁边说话：“福尔摩斯先生，假如让我独立破这个案子，我想我能力不够，我知道你聪明机智，真希望能得到你的帮助，假如我在这件案子上没处理好，那么上级就会处罚我。”

我对他说：“我很高兴帮助你。”这只为了他一个人。我让他把他的上司和法医叫来，在此之前保护现场不要动其他东西。接着我检查了死者的衣服，我从他的衣兜里找到了手帕、刀子及名片夹，里面有一张便条，看字迹像是女人写的：

我一定会准时赴约。

墨丽

想必墨丽是迈非迅的情人，不过又猜不出他们在何时何地幽会，警察将字条和其他杂物放在一块，然后又放在了死者的衣兜里，至此基本情况就是这样，我在这里待着也没什么必要，在回家之前，我告诉警察要仔细搜查海滩。

几小时后，司太荷司替先生向我汇报新的情况，已经将尸体运回学校并在检查，在海滩现场和周围的检查结论和我的判断一样，没有什么线索。此外，在迈非迅的书桌里发现了几封情书。与之通信的人和扶尔握司村写纸条的小姐是同一个人：墨丽·倍哈妮。

“可以肯定这两个人在谈恋爱，”他说，“虽然我并不知道信里写了些什么，因为信被警察拿走了，不过我想他们是认真的。除了这张纸条，这件案子和他们的爱情有什么关系？”

“没错，谁也不会把约会安排在他经常游泳的地方。”我说。

“多数情况迈非迅会和几个学生一起游泳，不过今天早上有事，才没有和学生一起去。”

“有这么巧的事？”

司太荷司替仔细将今天早晨的每个情节都回忆了一遍说：“莫都可今天早晨坚持一定要讲完课才吃饭。这就是为什么那么巧合，但是他在这事上表现了深深的同情。”

“我听说原来他们相处得不好。”

“过去是的，那只因为一条狗，可是一年以来他们关系不错，那莫都可好像还从没与别人如此亲密，你知道他这人怪里怪气的。”

“是不是因为狗吵架的事让他们结了怨？”

“不可能。这么点小事何至于此，我想他们是真诚的。”

“另外，我们说一说那个写信的女孩，你讲一下她的情况。”

“因为她很漂亮，所以在这里很有名，有很多人追求她，迈非迅就是其中的一个。不过我倒是不知道他们在谈恋爱。”

“她的家庭怎样呢？”

“汤姆·倍哈妮是她父亲，原来是捕鱼的，现在有了村子的渔船和游泳场的更衣室，变得很有钱了。另外，还有一个儿子，叫威斯特姆。”

“我想去他们那里看看。”

“找什么借口去呢？”

“这个问题不难。在这个很少有人出入的地方，迈非迅不会和太多的人来往，我们将与他来往的人分析一下，一定会有线索，这样就能找到那个凶恶无比的杀手。”

扶尔握司村在一个海湾中，景色宜人，风景秀丽，可是因为早晨的惨案让我心情很不好，汤姆家的居所很现代化，这说明他在村子的地位很特别，不用司太荷司替说，那个和其他房子不同的宅子一定是我们要去的汤姆家。

司太荷司替对我说：“这座房子是用青石绿瓦盖的，这让倍哈妮很自豪并且他还给房子取了‘海湾山庄’这个名字。”

我向前看去，碰巧有一个很瘦的人从山庄里出来，是莫都可。这让我很疑惑，我们不一会就碰面了。

“你好！”司太荷司替向他打招呼，但是他看上去并不热情，甚至没有一点友善，不过司太荷司替仍旧问道：“你去山庄做什么了？”

“这和你没关系，就算你是我的上级，也无权干涉我的私事。”显然莫都可很生气，因此对我们很不友好。

司太荷司替一听这话非常愤怒，他向来很有修养，一向能控制自己，但此刻可能是因为今天事情发生得太多的缘故。

“莫都可先生，你真是太没有礼貌了。”

“你说的话也不怎么样。”

“你这人没有办法相处了，既然是这样，请你另谋高就吧，我这里养不了你这样的人才。”

“你以为我会喜欢待在这个地方吗？我不是为了你才在这里工作。”

莫都可很恼火地走了。司太荷司替被气得喘着粗气，“这个家伙快气死我了。”这样一来，他在短时间内是不能平静了。

我劝了他几句，假如带着恼怒的心情去调查情况就不好了，他慢慢地恢复了情绪。究竟莫都可在这里起了什么作用呢？他利用报案机会离开了现场，让我不得不把他牵扯到此案中。

我们在外面等了一会儿，倍哈妮先生亲自来见我们，他是一个看起来有力气的粗壮人。年龄不大却长着络腮胡子，因此便多了几分野性。他似乎也很不平静。

“我对迈非迅的死一无所知，也没有什么要告诉你，我们家人不希望墨丽和迈非迅来往，我不赞成迈非迅那样做。还没有正式向我女儿求婚就带我女儿出去玩乐，墨丽是个好女孩，我一定不会让她受人欺骗，我要让她安全。”

正在这时墨丽小姐来了，倍哈妮先生不再说话。她非常美，美得让人惊叹，这样的相貌与她的出身并不相称。虽然我不会被漂亮的外貌所迷惑，可是值得一提的是她那红润细腻、美丽动人的脸，真的会让青年人动情，这种女人一定会有很多事情缠身。

她进来后说：“他死了我已知道，我求您告诉我真相。”

“那位刚才来的先生已经告诉了我们这个消息。”她父亲说。

“我妹妹与这事没有关系，你不要缠着她。”她的哥哥坐在角落里，怒气冲冲地向我们喊着。

墨丽：“闭嘴！威斯特姆。这与你无关，请你让我自己来。他肯定是被谋杀害死的，迈非迅是个好人，没有人与他结仇，我一定要将事实弄清，让他死而瞑目。”

于是司太荷司替将发生的情况向她详述一遍。墨丽并没有因此而痛不欲生，不知所措，相反却非常理智和坚强。我想她或许在想怎样破案。我对这位漂亮而又遇事不慌的女人非常佩服，她给我留下了很深的印象，此时，她可能知道了我是干什么的。她对我说：“我真切地求您尽快把凶手找出来，福尔摩斯先生，无论什么时候我一定会全力支持你，迈非迅会在另一个世界感谢你的。”她说话的同时看了她父亲和哥哥一眼，好像此话不只是说给我听。

“你说的话，我听了很感动，墨丽小姐。”我说，“迈非迅一定很幸福快乐，因为有你这样的姑娘爱他。我的确希望得到你的支持。”

“迈非迅先生身体健康，反应灵敏，只是他的心脏不好，其他没有什么事让他发愁，所以我想在那么短的时间内别人不会那么容易将他伤成那样。我想，凶手不会是一个人，并且还有很独特的作案工具。”

这是一个有自己见解的女孩。我说：“我可以和您单独谈一会吗？”

她父亲非常恼火地说：“请您别打扰我女儿，墨丽你不要与这件事扯上关系。”

“我能替您做些什么？”墨丽对他父亲的话没有理会。

“既然这样，我们在这里说也无妨，正好让这里的人都研究研究，这件事反正不是什么秘密了。”我说，“我在迈非迅的衣兜中发现了这张字条，你能说明一下吗？这对破案有帮助。”

“我没什么可以隐瞒，我可以说明。”她答道，“我们已有婚约，我们的交往是正大光明的，这个婚约没有公开的原因就是涉及伏次罗依的继承权，因为他那个快要死的叔叔说假如不照他的意思去结婚，那么就把伏次罗依的继承权给取消了。”

“你竟敢和那个人暗地里订婚！”倍哈妮先生怒气冲天。

“既然你不同意我们的事，又何必告诉你呢？”

“他是什么地位，他根本配不上你。”

“就是这样我才没有告诉你，那纸条的事并不复杂。”她又拿出了一张字条，“这是他约我见面的字条，这是证明。”

亲爱的：

傍晚我在老地方等你。你一定要来。

“就是今天傍晚，不过现在说什么都没有用了。”

“那么谁负责给你们传递字条呢？这张字条不是邮来的。”

“我觉得这个问题我可以不回答，我认为这点并不重要而且也和本案无关。”

接着我又问了些关于他们的事，她都回答了，而且很详细，不过这些情况大都没什么用，从她说的来看，迈非迅人很不错，没有什么仇敌，不过不能保证其他追求者不会做这种事。

“那么莫都可先生也是你的追求者之一吧？”

听完后，她的脸色有些变化，这次我知道我说对了。

“的确，有那么一阵他追求过我，不过，我和迈非迅彼此相爱，他知道后就不再缠着我了。”

这使我对那个性格怪异的人更为怀疑，司太荷司替对此表示赞成，因此我说想偷偷看看那个怪人的房间，他自己要求去完成这事，我们取得了一点收获，排出了这个疑点。

司太荷司替检查了房间却没有任何发现，验尸报告也不能确定死因，于是我去出事地点搜查却仍然什么都没有发现，这个时候让我觉得自己很没用，但这个时候，迈非迅的狗出了一点问题。

我是从管家那儿听说了这件事。管家喜欢听收音机，因为从那里可以知道乡村的奇人怪事。我倒不太听那些，因为我觉得没意思。

“噢，又一个不幸的事发生了，迈非迅的狗死了，福尔摩斯。”

原本我不愿和他讲这些没意思的事，但是狗主人的名字却让我立刻发生了兴趣。

“究竟是怎么回事？”

“迈非迅那条忠于主人的狗死了。”

“有可信的证据吗？”

“大家都传遍了，还要什么证据呢？听说那狗不吃也不喝，跑到主人那里，后来也在那里死了，今天早上学校的学生们发现了它。”

“又是那个地方。”我心中疑窦顿生，因为主人的死，动物绝食致死倒不稀奇，但为什么要死在同一个地方呢？或许狗太想念主人，因此沿主人原来的踪迹到了海滩，可为什么到那里就死了？因为什么而死？凶手不可能连一条狗也不放过吧？我应该亲自去看看那条狗，于是我来到学校，将我的来意向司太荷司替先生说了。他便找到那两个发现了狗的学生让我问话。

学生都说是在湖边看见死狗的。

我又亲自去检查了一遍那条狗，它身体紧缩，眼珠向外突出，四肢已僵硬，显然是痛苦而死。

从学校里出来，我不自觉地向游泳场走去，我要再仔细去看一看，或许我会在那个环境中寻找到灵感。太阳下山了，天暗了下来，湖面的水有些暗暗的光反射出来，水面平静。没有什么迹象不对头，这里没有人，在光线较暗的情况下，我看出了小狗的足印是在迈非迅放毛巾的岩石周围。我的思路仍然像那湖水一样毫无波澜，我真想能有一些浪花，给我一点线索。我被这没有结果的寻找弄得很难受，我一个人在这个让人害怕的地方感觉像死了一样。

于是我往家走去，猛然我在自己杂乱的记忆中找到了我正要找的东西。过去为了使自己办起案来能多角度考虑问题，我就像吃饭一样，学习了多方面的知识，有天文地理、人文景观等等，虽然都涉及不深，不过对于我的工作也起到了很大的作用，可是因为头脑中的知识没有分类，没有条理，要用的时候想起来很费力。我有一种很离奇的想法，但苦于没有我想找的东西而不能确立，现在没问题了，只要能将我的想法验证一下，看对不对就行了。

我回到家直奔阁楼，那里装满了我曾用过的各类书籍，找了很久，我终于把这本书找到了，这里面的一章有一个离奇的故事，这是我要找的，但是我却不完全肯定这件案子和书上的事有没有什么联系，还要在明天做个实验才能有结果。

第二天早晨，因为宿赛科丝群的坝得尔警官的突然到来，把我想好去海滨的时间占用了，他看上去人很老练，富有经验，他来向我探询几个问题，他说：

“我今天是向您请教问题的，对于迈非迅的案子让我很为难，不知如何是好，我不能用我仅有的一点智力将它解决。”

“你是说莫都可先生吧？”

“对，从各方面的情况来看都说明他是最大的嫌疑人，因为这里人口少，所以这点并不难看出来，而断定是他却没有证据。”

“没错，你不能控告他，因为你没有证据。”

这个警官原来和我有一样的想法，莫都可个性怪异，又因为小狗和迈非迅有矛盾，还有两个人都爱上了倍哈妮小姐，既然和迈非迅有诸多矛盾，他很自然就被怀疑成凶手，警官又说莫都可要离开这里。

“他是嫌疑最大的人，我们怎么能让他离开呢？但我又没有办法阻止他。”这个警官为这事急得不得了。

“疑点的确不少，不过想法却不能成立。在出事的时候，他在学校给学生上课，等从学校方向来到现场时，迈非迅已经死了，何况他自己绝不能把迈非迅打成那样，因为时间很短，现场又没有厮打的痕迹，迈非迅会心甘情愿挨打吗？另外，我们又没有凶器的线索。”

“难道不是用鞭子吗？”

“我们没有找到鞭子，当然就不能断定是用鞭子。”

“你有没有观察伤口——认真的？”

“是的。”

“我用放大镜观察的伤口，我看这不是普通的伤。”

“有什么与众不同的地方吗？”

“你看看这张照片，它会让我们把问题搞清的。”

“我真是很佩服你，福尔摩斯先生。”

“一个侦探应该具有这种能力，你好好看看右肩的伤，有没有看出什么来？”

“看出来了。”

“这条伤痕和其他的地方深浅不同，有很多出血点，这和鞭伤有区别，这意味着什么呢？”

“我想不出来。”

“我有一个假想，但要证明才行。”

“我也有一个想法，但不够成熟，假如将一张编得很细很密的网加热再扣到后背，每个出血点就是交叉点。”

“也有可能，我想会是很多根的皮条合编的一个鞭子，上面有很多尖刺。”

“你的想法比较科学合理。”

“但或许是别的原因。现在你不能将莫都可抓起来，死者在最后说的话还不能解释呢？”

“我想，您一定有独特的见解。”

“是的，我现在还没有证据，等证实了以后我再告诉你。”

“需要多久呢？”

“用不了太长的时间，或许马上就可以。”

警官不理解地看着我：“您想得很全面，先生，你是对渔船有怀疑吧。”

“那些渔船和这件案子无关。”

“你认为这件事是不是倍哈妮父子干的？他们对迈非迅特别讨厌，他们自己又很蛮横，野气十足。”

“这点你不用考虑，”我说，“我有些事需要办，假如你愿意，可以午饭后来这里——”

我还没有把话说完，又发生了另外的怪事，但是这件事使得案子有了突破性的进展。

我听到外面的门被撞开了，接着又有摔倒的声音响起，原来是莫都可。他看起来让人特别害怕，衣服零乱，脸看上去发青，并大口地喘气。“白兰地！白兰地！”他叫喊着，因为体力不支而终于躺倒在地上。

接着司太荷司替也跟了进来，样子和莫都可一样狼狈。

“快拿白兰地！”他进来也叫着要酒，“他快不行了，在路上他就晕了两次。”

莫都可将一杯白兰地迅速喝下去了，这让他有了些精神，他忙乱地扒下衣服叫喊着：“我快不行了，快救我，怎么样都行，这样的疼痛我实在受不了！”

他背上的伤和迈非迅的伤一模一样，像鞭打的网状伤痕，这让我们都非常吃惊。

看到他那痛不欲生的表情让我想到了迈非迅临死前的模样，他们是一样的，呼吸好像就要停了，脸色变得铁青色，好像一定要把心脏抓出来一样，痛得不行，他可能随时会死掉，我们还是让他大量喝酒，并在他的伤口上抹菜油。慢慢地他不再像刚才那样痛苦。过了很久疼痛消失了，可他已经累得一点力气都没有了，昏昏地沉睡在沙发上，我们都轻松了许多，因为他脱离了危险。

到目前为止，仍然不明白整个事件的真相，司太荷司替很诧异地说：“怎么会又出现一样的状况了，我真是受不了了。”

“你在哪儿发现他的？”

“在迈非迅被害的地方。在路上他就要不行了。好在他的身体很健壮，特别是心脏状态要比迈非迅好很多，不然他也活不成，为了救他，我没有办法才来找您。”

“你看见他时他在哪里？”

“我是先听到他的大叫，异常地叫，接着我就看见他在湖边，马上就要不行了，我赶快跑过去，帮他穿上衣服就到这来了。求你快点把那个狠毒的家伙抓住吧，简直让人不能再忍受了，假如您也毫无办法，那么我们又该如何呢？又怎能在这过太平安乐的日子呢？”

“你不要着急，我有解决的办法，我们现在就去抓凶手。”

将莫都可安置好，我们就去了那人见人怕的咸水湖。我们在石头上看见了莫都可的毛巾和衣物。接着我仔细观察湖面，在湖的边缘绕行。他们紧随我的身后。湖水并不深，可是在峭壁下的水却很深很清，在这里游泳很不错。我在一排很大的石头上观察水的底部，我忽然看到了我要找的东西，我高兴得大叫。

“快来看，这就是凶手——氰水母！”

猛然一看，这个怪物就像石头一样，我把一大块石头推到了水中，当湖面的水平静了时，那个凶手已被大石头砸死了，不一会那怪物的身体有一股好像油样的东西流了出来，把水染了一大片。

“这是什么呀！我可是从来都没见过，这里似乎没有这样的动物。”警官是当地人，他很好奇。

“这当然不是当地的动物。可能是随海风从别的地方吹向这边，又漂到了咸水湖。就是这样，好了，让我们去我家喝一杯咖啡，我再给大家讲一个故事，也就是这个故事让我突然明白了，那的确是个让人不能忘记的故事。”

我们回到了我的家里，此时莫都可已有所好转，但后背仍然不停地疼，弄得他无力说话，他还是咬着牙把情况简单说了一下，其实归根结底，他还不知道是怎么回事，他只是感到身上特别痛，接着就向岸上拼命地游。

“我有自然学家J·G伍得写的一本书，书名叫《户外》，书里讲述了作者在海上遇到了这种动物，差点没命。事发后他就把这次事故详细地记录了下来。这种动物有很强的毒素，假如被刺着，那么全身很快就会扩散毒素。我把其中的原文念一念：

‘氰水母，形状像一团乱麻，毛绒绒的，外形呈圆状，褐色，是种很厉害的螫刺动物。’

“接着他就把在垦脱海滨受伤的情形写了下来。这种动物的纤维有很强的拉伸性，让人不能防备，就算在远远的地方也能置人于死地。

“‘那些纤维都在身上缠绕着。每一根都能在它触及人体后留下像鞭打一样的痕迹，而且还有出血点。’

“‘不单只有被刺的地方疼，它会使全身都痛，特别是胸部。心脏的跳动不再正常，一会停下来一会又猛地跳起来。’就算他是在很远处被刺伤的，那也会很痛苦，中毒后会感觉呼吸不畅，脸色惨白，胸口就要被撕开一样，他喝了大约一瓶的白兰地，才将性命留住。这些和迈非迅的症状一样，好了，到此已真相大白。”

“同时也就证明我无罪了，还了我的清白，不过我并不怨你们，毕竟你们的做法是对工作认真负责才会如此的。假如我没有碰到这件可怕的事，我想我还会被误会。”

“不，你说错了，其实在昨天我就知道了答案，假如今天早晨警官不来找我，我一早就会去咸水湖了。”

“你又是如何知道这种让人害怕而又怪异的动物呢？”

“因为职业的要求。我对一些怪人怪事很有兴趣，所以脑子满是抽象而又没有头绪的知识，迈非迅临死时说的‘荆麻刺’一直令我感觉似曾见过，我想可能迈非迅曾见过这种动物，因此临死前用‘荆麻刺’来告诉我们那里危险。”

“我想我得走了，但是我走之前，我要说明一点，我和墨丽小姐还有迈非迅三个人的关系。我的确喜欢过那个让人迷恋的漂亮女孩，但是我知道他们俩之间的爱情时，我就不再有非分之想了，相反，我还在心中祝福他们，因为只有他们幸福我才有快乐可言。另外，我还负责给他们传递情书。这件事你们也问过墨丽。在事发后，我就把这事告诉了墨丽，我怕你们会去盘问她，让她不能接受，她之所以没有说出来是为了使我不受牵连。我说完了，我要回学校了，好好休息休息。”

“等等我，让我们一块回去。”司太荷司替向莫都可主动说了话。“就让我们将过去一切不高兴的事和痛苦的事忘了吧！我想我们今后就是好朋友了。”他们俩言归于好，高兴地走了。

警官好像对这始料不及的事没有理清头绪。他把眼睛瞪得很大，说：“福尔摩斯先生，您真是太伟大了，以前是听说的，现在自己见到了，真是不简单。”

我向来对那些别人说的好话不放在心上。

“我也被一个现象给骗了。那就是我以为毛巾是干的，迈非迅就没有到水里，假如我能早一点将这点想出来，这件事就会简单明朗一些，无论如何我还是做错了，原来一向是我拿别人取笑，现在我也该被你们取笑了。”

9. 戴面纱的房客

福尔摩斯先生有着二十三年的侦探经历，其中有十七年我与他合作，并记录案情。因此，我有很多破案材料。相对我来说，查这些资料并不难，只是存在如何选材的问题。我房间里有个书架，上面摆着一些记录本和公文递送箱，里面装满文件。是对犯罪有研究的人也好，还是对维多利亚政府后期的政界人物丑闻有发现的人也好，这里可以说是他们最完整最真实的资料来源。对于一些很着急写信的人都是属于后者，他们请求将这些事保密，以免有损家庭的形象和威望。但他们的担心完全是多余的。福尔摩斯的职业道德绝对令人放心，他为人高尚且谨言慎行。在对一些案件的选择上也和我一样，不会辜负别人对他的信任。但是有些人仍然要偷取并毁掉这些东西。对于这样的事，我当然是坚决反对的。是谁在做指使者，大家都知道，在这里，我以福尔摩斯的名义郑重将它们公布于众，对于这些，我想至少有一个人心里清楚。

我在记录案件情节时，曾经很努力地把福尔摩斯的观察能力和直觉表现出来，但这并不能让我们每一次在破案过程都能用上智慧和才能。有时他也需要费神费力地去想，才能破案，但有时却也很容易地就将案子破了。那么，那些悲剧多是因为没有他的参与而得不到申冤。下面我要说的这个案子正是这样，在下文中，我将人名和地方的名字作了一下改动，但内容如实记录。

1896年年末的一天上午，福尔摩斯给我写了一张看似写得匆忙、很急的便条，让我立刻去他那里。我很快就赶去了。屋子里烟雾缭绕，在他的对面坐着一位年纪很大但很可亲的女人，很胖，看似像位房东太太。

“华生，这位是梅瑞娄太太，住在南布利克斯顿。”福尔摩斯说话时挥了挥手，“她要讲一件很有意思的事。如果事情要继续发展，那你就有机会参与了。”

“只要我能办到的——”

“梅瑞娄太太，假如我去罗德尔太太那儿，我想我应该带个证人去，所以在我们去那之前，我希望您能让她有所了解并同意。”

“噢，福尔摩斯先生。”这位女士说，“她很迫切地希望见到您，您带多少人去她也没有意见的。”

“好，我们今天下午就去您那里。那么在我们去之前先将这些事有些了解，也好让华生医生有所了解。您说罗德尔太太在您那住了有七年之久，但您却只看过她的脸一次。”

“唉，真希望我一次也没看过。”她说。

“那我想是不是她的脸被严重地毁容了？”

“唉，先生，那根本不能算得上是脸了，她的脸特别吓人。那一次，她在楼上的窗子向外看，但却被一个送牛奶的工人无意间看到了，他被吓得将牛奶桶都扔了，洒得前面花园到处都是牛奶。我也很碰巧地看见了她的脸，非常可怕，于是，她赶忙将脸蒙上面纱说：‘您该知道我为什么要戴面纱了吧，太太。’”

“您对她的过去了解吗？”

“不，一点也不清楚。”

“在来租房子时，她给您看过有关她的证件吗？”

“先生，没有，她预付了许多租金，差不多一个季度的房租都给了，而且还不商量价格。像我这样的穷人，何况又是在现在，我又怎能将这个机会放掉呢？”

“她说过租您房子的原因了吗？”

“我那里很安静，因为离公路远，另外我只收一个房客，我自己也没有别的亲人，我想她一定租过别人的房子，但比较而言，还是觉得租我的房子最好，她只想要独居，但也很舍得在这方面花钱。”

“您刚才说她露了一次自己的脸，还是很偶然的一次，这件事可真是从来没有听过，怪不得您要调查呢！”

“不是我想调查，我只希望能按月得到房租就行了，她从来都那么安静，不闹事，也不给别人添乱。”

“但是，后来又出事了？”

“对，先生，是她生病了。她的身体每况愈下，我想她一定有许多事藏在心里，也经常喊‘凶手！凶手！’还有一次我听她喊：‘你是魔鬼，你好狠心。’那天晚上，她的叫声让我很害怕，喊声在房子里回荡。第二天一早，我就去劝她：‘如果需要帮助就去找警察或者牧师，怎么样？’

她说道：‘不，不要找警察，牧师也不能将过去改变。’一会儿她又说：‘我想在临死前将这件事说清楚或许我会心里好受一点。’我说：‘假如您不想找警察，那就找那个报上的什么侦探吧。’噢，对不起先生。而她听了以后特别赞成。‘就找他，’她说，‘真是奇怪，我怎么没想到他呢？您让他来我这里吧，把他带来。假如他不想来，您就告诉他我是马戏班领班罗德尔的太太，请再把这个纸条给他，上面写着‘阿巴斯·帕尔瓦。’如果他是知道我的人，他一定会来见我。”

“我一定去。”福尔摩斯说，“不过我想和华生医生谈谈，大约在吃早饭时结束，这样，我只有下午才能去，三点左右，我们就会去您家了。”

客人走了，她走路的样子，我只能用“摇摇摆摆”来形容。她一走出去，我的朋友便迅速去了屋角的书堆中，我听见他翻了好几分钟的书，接着就听到了很满意的自言自语声。看来他找到了需要的东西，因为激动他没有站起来，他似乎忘了自己坐在那里盘着腿像个很奇怪的佛，前后左右全是书，在他膝盖上也有本摊开的书。

“华生，当年这个案子就将我难住了，你看看旁注就明白了，其实我破不了这个案子，但我对于验尸官的结论又不相信，你记不记得阿巴斯·帕尔瓦惨案？”

“福尔摩斯，我没有印象了。”

“你当时和我在一起，不过我也记不太清了，因为当时没有结论，而且又没有请我帮忙，所以记忆有些模糊了，你想看看资料吗？”

“你给我讲一下要点吧，行吗？”

“当然可以，我一说你可能就想起来了。当时，罗德尔这个名字众所周知，他和桑格、互木韦尔是同行，也就成了竞争对手，桑格当时最具实力。当时在惨案发生时他已有酗酒的习惯，这里有证据证明，这样他和他的马戏班就开始退步了。有一夜，他们的马戏班在伯克郡的一个叫阿巴斯

·帕尔的很小的村庄住下了，这是在去温伯顿的路上，因为那个村子很小，所以请不起马戏班子，他们就打算露宿一夜，第二天再启程。在罗德尔的马戏班中有一头雄狮叫‘撒哈拉王’，罗德尔夫妻就将狮子关在笼中给观众表演，你看这儿有演出照，这个是罗德尔，当年他威猛高大，很胖，而他太太是一个十分美丽的女人。在调查此案时，有人说狮子当时已有伤人的征兆，但人们每天都和它接触就没有在意。

“罗德尔夫妇每天晚上都去喂狮子，有时一人去，有时俩人去，但却从不让别人去喂。那是因为他们想自己天天给它喂食，狮子就会记住他们，感谢他们，不会伤害他们。就在七年前的那天夜晚，恰恰就是因为他们给狮子喂食而发生了惨案，至今仍不知详情。

“半夜，狮子的怒吼和女人悲惨的尖叫把马戏班的人惊醒了，他们提着灯笼从帐中跑了出来，在灯的照明下，他们看到了可怜的罗德尔趴在地上，后脑勺已经瘪了，并且有很深的爪印，离他不远的狮子笼门大开着，那边罗德尔太太仰面躺在地上，狮子正伏在她身上大声地吼着。她离狮子笼也并不远，她那美丽的脸庞已被狮子撕咬得没了面目，人们都认为她活不了了。这时，戏班中的雷诺多和格利斯带着几个人将狮子用棍子赶开，狮子就一跃进了笼子。人们急忙将笼门锁上了。至于狮子是如何出来的，谁都不知道，人们都猜测说，或许他们是要进笼子里面，但刚一开门狮子便扑了出来，但有一点让人搞不懂，当人们将她抬回去后，在昏迷中她一直在说着胡话‘胆小鬼！你是胆小鬼！’大约过了半年，她身体复原了，能出庭作证了，而验尸早已进行完了，结论是事故性死亡。”

“难道说会有其他的可能？”我问。

“问得好，当时，伯克郡警察局有个年轻的警官叫爱德蒙，他就觉得这案子有疑点，他是个聪明而有智慧的小伙子，但他后来被调到阿拉哈巴德去了。后来他来过我这儿，我们一边抽烟一边聊天，提到过这事，因此我还记得这案子。”

“他长得很瘦，头发发黄，对不对？”

“没错。我想你会记起来的。”

“那么，他究竟怀疑什么呢？”

“唉，我们俩都有点疑惑，根本想不出当时的情况。还有那狮子，似乎是有人放它出来的。它离罗德尔只有六步，罗德尔转身就跑，狮子就在他后脑勺抓了起来并将他拍倒在地，但是，狮子却没有继续跑，却反过来向在笼子不远处的罗德尔太太冲了过来，将她掀倒在地咬了她的脸，她好像在怪她丈夫不救她而大喊，但是她丈夫已经自身难保又如何救她呢？你现在知道这个案子有多么复杂了吧？”

“的确，很复杂。”

“另外，我现在说着说着才想起来，当时有人证明听到狮子吼叫声，女人的尖叫，还有一个男人很恐怖的叫声。”

“这个声音一定是罗德尔发出来的。”

“但是，假如他的头盖骨已经碎了，他是不会叫出来的，别人也就听不见了。但至少有两个证人都说听到了女人的尖叫声中也有一男人在喊。”

“我想人们听到尖叫声可能都跟着叫嚷起来，关于另外几个疑问，我有点见解。”

“我在认真听，你说。”

“当狮子从笼中跑出来时，夫妻俩在一起，大约离笼子十码远。狮子转过身去将丈夫扑倒在地，妻子就想躲到笼子里，因为那是唯一安全的地方，但是当她冲向笼子到达门口时，狮子却向她扑来，从后面将她掀倒在地。这样她才会说她丈夫胆小，如果他不跑或许狮子不会发怒，就算发怒了他们俩一起努力也能将狮子赶跑。”

“华生，你说得很不错，但有一个不足之处。”

“什么不足，福尔摩斯？”

“假如两个人都距狮笼有十码远，那么狮子又是被谁放出来的呢？”

“或许是他们的仇人干的吧？”

“但狮子每天都和他们接触，却又为什么如此伤害他们呢？”

“或许是他们的仇人设法将狮子激怒了。”

福尔摩斯不再作声，好久都在思考。

“对，这点你说得对，也就是罗德尔有许多仇人。爱德蒙曾说过罗德尔很结实并且很野蛮，特别是在酒醉之后，有人如果惹了他，一定得受到他的辱骂和毒打。还有刚才梅瑞娄太太也说听到罗德尔太太夜里大叫‘魔鬼’，或许那是她梦见那个凶恶的丈夫了。不过，我们这些假设是没有用的，毕竟我们没有事实作依据，噢，华生，有一盘冷山鸡在食品柜里面，还有一瓶白葡萄酒。我们得吃饱了才能去她那里办事。”

我们乘着马车来到了梅瑞娄太太家时，看到了站在虽然不豪华却很宁静的房子门口的梅瑞娄太太，很明显，她堵在大门口是为了让我们明白她怕失去这个房客，因此在我们上楼前，她一再地请求我们不要将这位房客给失去，我们答应了她，让她放心，然后在她身后踏着一块有破洞的地毯来到了楼上。

这个房间大概由于主人很少出门而不能使空气流通，变得有一股很大的霉味。命运真是难以捉摸，原来是自己驯养在笼子里的野兽，现在自己把自己像动物一样关了起来。屋子很暗，她就坐在那个角落里的一把破旧的扶椅上，或许因为长年不动的原因吧，她有些发胖了，不过仍然丰满美丽，可见，当年一定更美。一层厚的深色面纱将她的脸盖住了，只剩下嘴唇以下还能看见她的嘴唇轮廓很美，下巴很圆润，可以想象过去她一定非常漂亮，就连声音也很柔美。

“我的名字您还有印象吧！福尔摩斯先生，我知道您听到我的名字就会来。”

“没错，夫人，可是我却不知道你怎么知道我对这个案子有兴趣呢？”

“噢，我听爱德蒙先生说的。我复原以后，他向我了解情况，但我并没有告诉他真相，如果我说实话也许是明智的选择。”

“对，你说得对，应该明智点，那你又为什么向他撒谎呢？”

“这个涉及一个人的一生，虽然他微不足道，但我不想那么做，何况我们曾经很要好。”

“但是您的顾虑现在没有了吗？”

“是的，先生，我所顾忌的那个人已经死了。”

“那么您怎么不把这些事向警察说呢？”

“那是因为我要考虑我自己。我不能让警察因为盘问我而弄得满城风雨，我的时间并不多了，我希望我能静静地死去。我想把这些可怕的事告诉一个让我相信的人，以后即使我死了，任何事就都没有疑问了。”

“太太，您太抬举我了，不过我还是很有责任感的，请原谅，我得告诉你，我必须将你的事情告诉警方。”

“我知道您一定会这样做的，这些年，我始终在关注着你的情况，对你的个性和为人有很深的了解。在我最苦的日子，让我感到快乐的事就是读书，书让我知道了许多事情，但不管你如何处理此事，我一定要说出来，抓住这个机会，让自己安心。”

“我们会认真听您所说的一切。”

她从椅子上站了起来，从柜子里拿出一张照片。照片上是一个男人，他身体强健，看上去是一名专职的杂技演员，隆起的胸肌上两条又粗又有力的胳膊交叉放置，留着很密的胡子，微笑着。这种微笑是一个取得了多次成功的男人的微笑。

“这是雷诺多。”她说。

“是不是在法庭作证的大个子？”

“是他。而这个人是我丈夫。”她又拿了一张照片给我看。

这张脸看起来很可怕，像一头长着人头的野猪，浑身充满着一种可怖的兽性。可以想象当他暴怒时是怎样张着大嘴唾沫乱舞地大声叫嚷，另外他那小小的眼睛闪烁着恶狠狠的凶光盯着你时，该有多么可怕。这张脸布满所有形容肮脏的字眼。

“这两张照片对于了解我的故事会起到一定的作用。我很可怜，是从小在马戏班的废旧物上长大的，还不满十岁我就开始跳圈。后来我长大了，我的丈夫爱上了我，假如他的那种情欲算成爱的话。接着我就不得不成为他的妻子。自从那时起我的不幸开始了，他就像魔鬼，每时每刻都在折磨着我这个生活在地狱中的人。戏班的人对我都很好，可怜我。他因为有了别的女人就抛弃了我，我不能埋怨，否则他就会把我绑起来用马鞭抽我。大家都很怜悯我、恨他，但都不敢惹他，都怕他。他喝醉以后任何事都干得出来，他因为出手打人和虐待动物，被传讯了很多次，但他有钱，罚款又算什么呢？好演员都离开了这儿，马戏班也就慢慢地完了。只有雷诺多、我和小丑格利斯还待在这里，维持着生计，但小丑格利斯又没有什么可让人快乐，不过他仍然很努力。

“后来，雷诺多慢慢和我走近了。你们已看过照片了，他那么英俊却又那么胆小，当然我以后才知道他的懦弱。但是如果将他和我丈夫对比，他对我来讲无疑是上帝赐予我的礼物。他同情我，给我支持，后来我产生了一种炽烈的感情——爱情。那是我期盼已久却不敢奢求的爱情。我的丈夫对此有了注意，但因为他惧怕雷诺多而不敢挑明，于是他就加倍地虐待我，用这种方式报复我，终于有一天因为我被他毒打，惨叫声使雷诺多来到了我们的篷车门口，接着他们差一点造成惨剧。我和雷诺多都感觉这场战斗早晚要发生，况且我丈夫那样的人又不该活下去，于是就开始了我的计划。

“雷诺多很聪明，他将一切都安排妥当。我不是为了逃避责任才这样说，我向来都愿意听他的，我是不会想到那个聪明的办法的：雷诺多做了一根棒子，找了五根很长的钢齿，将它们排成狮爪的样子，齿尖朝外，将它绑在了钻头上。我们打算先用它打死我丈夫，接着再放出狮子，看上去像被狮子咬死的一样。那是一个什么都看不见的漆黑晚上，我和我丈夫提着一桶生肉像平常一样去喂狮子。在去狮子笼的途中有个大篷车，雷诺多就在那里躲着。我们已经走过那辆车，他才轻手轻脚跟上来，然后我听见我丈夫的头盖骨被棒子敲碎的声音，我当时无比激动。接着我就向狮笼奔去，一下子就把笼子打开了。

“然而可怕的事就在这时开始了，或许你们知道野兽对人血感觉非常灵敏，特别是鲜血最具有刺激性，这样使得狮子立刻感到有人死了，因此当我把门一开它就将我扑倒在地，雷诺多是可以救我的，他拿那个棒子猛打狮子就可能吓走它，但他却胆小得不得了，我听到他吓得大叫，然后我看见他转身就跑了，就在这时狮子向我的脸袭来。我被那臭得不行的气味熏得不能呼吸，当时我已经不知疼痛，只想用力将那可怕而又满脸是血的怪物弄开。我就高声尖叫，我能做的只有这些，直到帐篷的人都出来，后来我恍惚记得是雷诺多和格利斯带领戏班的人把我从狮子爪子下救了出来，我只记得这些。后来我一直昏迷不醒，几个月后我醒了，看到镜子中那可怕的我，我真恨那头狮子，我并不恨它让我失去美丽的容颜而是没有让我死掉！我那时就一心想一件事，用我足够支付的钱去办，那就是买块面纱给自己盖上，让谁都看不到我的脸，并去一个没人找得到我的地方住下来，我只能这样做，况且现在我办到了，我就像受了伤的动物逃到一个洞里度过余生，这就是我——尤吉尼亚·罗德尔的下场。”

当这个不幸的女人讲述完这个悲剧时，半天我们都缄默无语。后来福尔摩斯伸出他那很长的手臂，充满同情的往她的手上拍了拍。这种感情的外露我很少见。

真是一个可怜的姑娘！命运真是不公啊！假如下辈子没有回报，那么这辈子不是很残忍地对你开了个玩笑吗？“那么雷诺多怎么样了？”

“我后来就没有再见过他，也没听说他的事，或许我那么恨他是不对的，假如让他爱我这样的人真不如让他爱一个给人提供快乐的畸形人，不过女人如果真的爱一个人，她绝不能很容易就忘了他。他在我最需要帮助时离开了我，在我被狮子撕咬的时候置我于不顾，但就算是这样我仍然不能下决心让他去受绞刑。至于我，我什么都不在乎了，这世界上没有什么比让我活着更可怕的事了！可是我仍然没有能力挽救他，阻止命运对他的惩罚。”

“他现在死了，是吗？”

“对，上个月他是在马加特附近游泳时淹死的，我在报纸上看到这个消息。”

“那么您故事中那个最具吸引力的那根五齿棒他怎么处理的呢？”

“这个我不知道，先生，离我们的帐篷不远处有个白垩矿井，矿井底有个特别深的绿水潭，或许在那里。”

“好了，已经结案了，咱们就不要讲这个了。”

“对，”这个女人回答说。

就在我们要离开的时候，福尔摩斯突然转过身来对着她，因为是那女人不正常的声音引起了他的注意。

“请您珍惜生命，因为它不仅只属于您。”

“我的生命对别人还有意义吗？”

“您不能这样说，在这个缺少耐心的世界，需要有能忍受痛苦的人来作楷模。”

这个女人回答问题的方式让我吃惊。只看见她掀起了面纱向光线最亮的地方一直走去。

“那么您回答我，这样的痛苦你可以忍受吗？”

没有什么语言可以形容这张被撕毁的可怕的脸，在那张让人毛骨悚然的脸上，有一双漂亮的大眼睛悲伤哀怨地看着窗外，使这个场景更加让人害怕，福尔摩斯抬起了一只手表示关怀和同情，接着我们离开了那间屋子。

两天后，我去福尔摩斯那里看见了一个有红色标签的瓶子，上面写着“别动，剧毒”，我将瓶盖打开，有一股甜杏仁味飘出来。

“是不是氢氰酸”？我问。

“非常对。是邮寄来的，还有一张写有‘我现在将对我有诱惑力的东西寄给您，我想我会接受你的忠告’的字条，华生，我觉得我们很容易就猜到这个坚强勇敢的女人是谁吧！是她寄来的。”

10. 肖斯科姆别墅

福尔摩斯直起身用充满胜利的目光看着我，他已在那个低倍显微镜上面看了半天了。

“这的确是胶，华生，”他说，“绝对没错，是胶，看那些周围的东西！”

我弯下腰到显微镜前将焦距调好。

“这些是花呢上衣上的纤维。这些形状不规则的灰色是灰尘。左边有上皮的鳞质层。中间这些褐色的黏质状东西一定是胶。”

“好，我打算同意你说的话，这可以说明什么呢？”我笑着说。

“这是个最好的证据，你还记得圣潘克莱斯案吗？警察在尸体旁曾发现了一顶帽子，但那个被控告的人不承认帽子是他的。而他却是一个经常用胶水的画框商。”

“这件案子是你承办的吗？”

“不，是我的朋友办的，警局里的梅里维尔让我帮忙的。从我在被告的袖缝中发现了锌和铜屑的时候起，我就推想他从开始制造假币就知道了显微镜用处的必要性。”他不情愿地又看了看表。“我有个新的主顾要来，但是早已过了时间。噢，对了，华生你懂赛马吗？”

“可以说懂一点，我的负伤抚恤金大约一半都投入到这方面了。”

“那你可得当我的赛马指导。你还记得罗伯特·诺伯顿吗？”

“当然。他就住在肖斯科姆别墅，那里我比较熟悉，我在那里过了一个夏天，有一次，诺伯顿差点成为你的业务对象。”

“怎么回事？”

“他在纽马克特用马鞭险些把一个在科尔曾街放债的名叫萨姆·布鲁尔的人打死。”

“噢，他很有趣，他经常这样吗？”

“的确，他这个人很可怕。他或许是英国胆子最大的骑手了，在几年前的利物浦障碍赛马中他取得了第二名，似乎他不符合这个时代，假如在摄政年代，他一定是个有钱的拳击家、运动家、不要命的骑手，而且追求美女，假如他走了这条路就不能再回头了。”

“华生，你不简单！你的介绍很有重点，我似乎看到了这个人。你把有关肖斯科姆别墅的情况告诉我好吗？”

“我只知道这个别墅在肖斯科姆公园的中央，还有很出名的肖斯科姆种马的饲养场和训练场都在那儿。”

“约翰·马森是教练官，对吗？不要吃惊，华生，我手中的这封信是他给我的，我们还是说说肖斯科姆吧，他就像一座蕴藏丰富的矿山一样吸引着我。

“另外，那儿还有肖斯科姆长毛狗，我知道它们在各个狗市都有很大的名声，这种狗是英国最好的种狗，它们是肖斯科姆女主人的骄傲。”

“那么，女主人是罗伯特·诺伯顿爵士的妻子吧？”

“罗伯特爵士并没结过婚。从长远看，这是好事。他姐姐比特丽斯·福尔斯夫是个寡妇。”

“他们姐弟俩住在他家中？”

“不，这个别墅是他姐姐前夫詹姆斯的。诺伯顿先生在那里什么产权都没有，在夫人活着的时候，房产的利钱归她得，那么她死以后房产就给她丈夫的弟弟，现在她只是每年收房租钱。”

“我想，罗伯特会把租金都花了吗？”

“没错。他是什么都不在乎的人，这使他姐姐并不省心，不过我听说她对他仍不错。那么肖斯科姆怎么样了呢？”

“噢，我也很想知道，我想这个人来了，他能给我们一个答案。”

门被打开了，从过道里走过来一个男人，长得很高，脸洗得很干净，表情坚决严肃，看起来像驯马师或管教男孩子的人。马森先生的确是干这两行的，并且看起来都能很不错地完成任务。他鞠了躬，很冷静，很稳重。福尔摩斯示意他坐在那把椅子上，他坐了下来。

“福尔摩斯先生，你是否收到我写的信了？”

“收到了，不过你的信没有什么内容。”

“这事比较容易让人注意，在信纸上写不方便，另外事情又复杂，我只好和你面谈了。”

“那好，你就说给我们听听。”

“福尔摩斯先生，我想我的主人可能疯了。”

福尔摩斯扬起眉毛说：“这里是贝克街，不是哈利街，你说这话有什么依据吗？”

“先生，假如一个人做一两件反常的事，还能让人接受，但是假如他干的事情全都那么怪异，你就不能理解了，我想，他会被肖斯科姆王子和赛马大会弄疯的。”

“是不是你驯的那头小马？”

“是全英国最棒的马，福尔摩斯先生，我对此很有信心。我可以开诚布公地讲，我知道你是一位正人君子，也不会往外传送消息，这次赛马罗伯特爵士只能成功不能失败，可以说他这次已把血本全投到这马上了，而且还借了许多钱，赌注也非常骇人，竟高达一比一百，一般来说一比四十早已是到顶了。”

“假如马的确非常好，又何必要这样做呢？”

“可是，没有人知道它有多么优秀。马探子们从罗伯特爵士那儿什么也没得到。他把另一匹马拉出去兜风，这匹马是‘王子’的同父异母兄弟，它们很相似，谁都不能分清，但一跑起来，只需二百米就知道了它们之间的差别。在他心里全是马和赛马，甚至投入了他自己的命。现在，他还能稳住那些高利贷的债主，假如王子失败了，他就彻底完了。”

“的确是太疯狂了，那么从哪里可以发现他疯了？”

“首先，你一看见他就明白了，我想他晚上一定不睡觉，他一整天都在马圈待着，他双目发直，甚至有些痴狂，神经紧张到极点，几乎都要承受不了了。另外，他对比特丽斯夫的举动也不对头！”

“啊！怎么一回事？”

“他们之间感情不错，他们有共同的爱好，都爱马。每天她都会很准时地坐车来看那匹她最喜欢的王子。那匹‘王子’只要耸起耳朵就能听到石子路上的车轮声，接着它就会向车前跑过去，去吃女主人给它的糖，但是现在就完全不同了。”

“怎么回事？”

“她对马好像一点兴趣都没有了，已经近一周了，每天她坐车路过马圈连言语都没了。”

“你想他们是不是吵架了？”

“是的，并且吵得非常凶，粗野，他们之间互相仇恨，否则他怎么会把她那条像宠儿一样的狗给别人呢？在前几天他将狗给了三英里外克伦达尔青龙旅店的老板老巴斯。”

“的确让人奇怪。”

“她有心脏病，而且浮肿，她不能往外跑，一直以来他每天晚上都要在她房间待两个小时，因为他们是好朋友，但是现在什么都不可能了，他不再和她靠近了，她很伤心。于是她心情变得焦虑、烦躁，而且还无节制地喝酒。”

“在他们很亲密时她喝吗？”

“她也喝，但只一杯，不过目前，一晚上她就喝一瓶，我是听管家斯幕究斯说的。福尔摩斯先生，那真是乱作一团了。另外主人还在三更半夜到老教堂的地穴里去，也不知去干什么，不知道有什么人等他。”

福尔摩斯开始搓起了手。

“说下去，马森先生，你说的真是有趣。”

“那天下雨，管家在夜里十二点看见他去的。于是我在第二天晚上就到住宅来了，果然不出所料，他又出去了，我和斯蒂芬斯在后面跟着他。这真是让人太紧张了，假如我们被他发现，我们就完了，他的拳头可是不认人的。

因此我们一直在远处盯着他，他去了那个常常闹鬼的地穴，那儿有人等他。”

“那个地穴在哪里？”

“先生，那个教堂废墟已经很古旧了，人们不知道确切的年代，它坐落在花园里，在教堂下面有一个地穴，人人都知道那里闹鬼。白天那里阴暗、潮湿，非常恐怖，晚上更没人敢去了。可是我们主人不怕，他似乎一辈子都没有怕的事，那么究竟晚上去干什么呢？”

“等一等！你刚才说还有一个人在那里，那他肯定是你们那里的马夫或别的什么侍从，你一定把他认了出来，问了他一些事吧？”

“不，我并认识这个人。”

“你怎么那么肯定呢？”

“因为我看见他了。那晚有月光，我和斯蒂芬斯在灌木丛里面蹲着，这时候罗伯特爵士在我们身边走过去，我们非常害怕，但我们却又听见在他后面还有脚步声，这个我并不怕。所以等罗伯特先生过去后，我们站了起来，假装在月下漫步，并不是故意的样子，直接到了他后面，‘你好，你是干什么的？’我说道。他可能并没听见我们的脚步声，所以他一回头看见了我们真好像见了鬼似的，大叫一声，用非常快的速度跑得无影无踪，至于他是谁，我也不知道。”

“在月光下你看清楚他了吗？”

“是的，我看清了，他长着一张黄脸，是下等人，他到底和罗伯特爵士有什么关系呢？”

福尔摩斯坐在那里好半天，他陷入了沉思。

“谁是比特丽斯·福尔德夫人的女仆？”他问。

“是卡里·埃文斯，已经服侍她五年了。”

“这样看来，她一定很忠心啦！”

马森先生开始有些紧张。

“她很忠于雇主，但我不能说她对谁忠心。”

“啊！”福尔摩斯说。

“我不想说出别人的秘密。”

“我很理解，马森先生，这样看来情况很明确了。另外，华生对罗伯特爵士的描述，我也明白了，这人对女人来讲是不安全的，你想这个原因可能导致他们兄妹失和吗？”

“大家对于这个流言早都听说了。”

“或许原来她没发现，我们来推测一下，这事让她突然发现，于是她想将那个女人打发掉，可是她弟弟又不同意，这个女人又有病，不能走，自己不能说了算，她很气恼，因此就生气进而一个人喝酒，罗伯特爵士气愤不平地把她喜爱的小狗送走，这些不都有联系吗？”

“是的，目前这些还能有联系。”

“对！这和他晚上去地穴有关系吗？我不明白。”

“的确如此，先生，我仍然还有一些事也不能说清楚，罗伯特爵士又为什么要去挖尸体呢？”

福尔摩斯突然站了起来。

“就在昨天给你写信前，我们还没发现。昨天罗伯特爵士到伦敦去了，因此，我和斯蒂芬斯才能到地穴看看，其他什么都像原来一样，只在角落里有一些尸骨。”

"那么，你有没有去告诉警察？"

这位先生毫无表情地笑了。

"先生，这对于他来讲是不能引起注意的，那里只有一具干尸的头和几根骨头，它或许有很多年了，不过原来没有这个，我们可以保证，在一个角落用一块木板盖着，以前那个角落什么东西都没放。"

"你们如何处理的？"

"我们没有动它。"

"这样做就对了，你说昨天罗伯特爵士不在，他回来了没有？"

"今天或许回来。"

"在什么时间罗伯特爵士将他姐姐的狗送走的？"

"上周的今天。那天早上罗伯特爵士发了一顿脾气，心情不好，而那狗偏又在老库房外狂叫，他上去一把抓住了狗，我想他会杀了那狗，但没想到却把狗交给了骑师桑迪·贝思，并让他将狗给那个青龙旅店的老板送去，他说再也不想见到这只狗。"

福尔摩斯想了很长时间，这时他又把那个老式的、有很多烟油的烟斗点燃了。

"我目前仍然不明白你找我要我干什么，马森先生，你能说清楚点吗？"福尔摩斯说。

"或许这个能证明点什么，先生。"他说着从兜里面拿出一个纸包，轻轻地打开，他们就看到了一根已被烧焦的碎骨头。

福尔摩斯饶有兴趣地看了起来。

"这个你是从哪儿弄来的？"

"在比特丽斯夫人房间底下的地下室有一个暖气锅炉，不过好久没有用了，因为罗伯特爵士嫌天气冷，就又把它烧了起来。哈维负责烧这个锅炉，今天早晨他把这个给了我，说是在掏炉灰时看见的，他是我的一个伙计，但他对这个骨头在炉子中没有感到奇怪。"

"我也不奇怪。华生，你能认出这是什么骨头吗？"

虽然骨头已经被烧成了黑色的焦块了，不过从外观特点上还是能分辨清楚。

"这是人大腿的上髁。"我说。

"没错。"福尔摩斯变得异常严肃，"这个人是什么时候去烧炉子的？"

"他每天晚上将炉子烧起来就走了。"

“也就是说晚上谁都能去，对吗？”

“对，先生。”

“你在外面进得去吗？”

“外面只有一个门，而里面另外一个门有楼梯可以到达比特丽斯夫人房间的过道。”

“这事不简单，马森先生，有人被杀的迹象，你说昨晚罗伯特爵士不在家，对吗？”

“是的，他不在，先生。”

“那就不可能是他烧骨头了，而是另有其人。”

“对，太对了，先生。”

“你刚刚说有个旅店，名字叫什么？”

“青龙旅店。”

“在旅店那边是不是有个很好的钓鱼点？”这位老实忠厚的驯马师听了以后，很是不解，似乎他自己又遇到了一个不正常的人。

“噢——，是的，我听说在那个河沟中有鳟鱼，霍尔湖里有狗鱼。”

“噢，很好，我和华生两个都特别喜欢钓鱼，华生，是不是？你若有事就将信送到青龙旅馆。我们今天晚上去那里，你千万不要再来找我们，有事你就给我们写个字条，假如有事，我们会去找你，待到事情有眉目了，我会将结果告诉你。”

于是，五月那个晴朗的夜晚我们俩单独坐在一等车厢里，向肖斯科姆驶去，那里有个小站，名叫“招呼停车站”。我们那些钓鱼竿、鱼线和鱼筐放在了头上的行李架上，看上去很显眼。到了小站，又接着坐了一会马车便到了那个老式的小旅店。店主乔赛亚·巴恩斯很热情地与我们交谈，我们谈到了如何在附近多钓些鱼。

“噢，朋友，在霍尔湖容易钓上鱼吗？”福尔摩斯说。

店主听完脸立刻沉了下来。

“别想去那里钓鱼，先生，恐怕鱼没钓上来，你已经掉进去了。

“为什么呀？”

“因为罗伯特爵士非常讨厌别人去钓他的鳟鱼，你们两个是陌生人，假如去他驯马场附近，他不会善罢甘休的，罗伯特爵士可是不会留情的！”

“我听说他有一匹马要参加比赛，是不是？”

“是，那是匹特别好的马，我们全都把钱押在它身上了，还有罗伯特先生也是一样。对了，”他好像有什么事刚反应过来一样，“你们是不是马探子呀？”

“哪里！我们只是喜欢伯克郡的清新空气，是从恼人的伦敦来的罢了。”

“那你们就找对了地方，这里全是清新的空气，不过要记住我说的话，就是有关罗伯特爵士的话，你千万不要问任何人，离那远点。”

“好的，巴恩斯先生！我们一定照办，您看那只在大厅叫的狗真是好看。”

“没错，那狗是正宗的肖斯科姆狗，整个英国，它是最漂亮的啦！”

“我也很喜欢养狗，不知这样问是否合适，请问这条狗价值有多少呢？”

“先生，我是买不起的。它是罗伯特爵士送给我的，因此我才把它拴上了，不然的话，它立刻就会跑回别墅的。”

“华生，我们手中有几张牌了。”店主离开后福尔摩斯说，“这几张牌不好打呀！我想，一两天后会有些头绪。我听说罗伯特爵士仍然在伦敦，我想假如我们今晚去那个危险地方不用担心被打，我需要证实两点情况。”

“你有什么猜测吗，福尔摩斯？”

“只有一点，华生！在一周前肖斯科姆家里出了一件对其家庭而言很重要的事，到底是什么事？我们就从这件事的结果看，这个结果好像是多方面促成的，不过一定对我们的侦查有帮助，只有那些无惊无险的案子才不好破。

“不，我们来研究一下已经知道的事情：弟弟不再看望姐姐了，而姐姐又体弱多病，还把姐姐的狗送了人，把狗送走。华生，你不觉得不对劲吗？”

“我只看出了弟弟的冷酷和无情。”

“就算是这样吧，啊——这可能还有一种推测，让我们来把事情推测完。假如的确有一场争吵，过后，夫人不再出门，生活习惯有所改动，只有和女佣人坐车出去就不再见别人，而且也不再去看她喜欢之极的马，还酗酒成性，全都有了吧？”

“还要加上地穴的事。”

“这不是一条线上的两件事，你不能将它们混为一谈，第一条线索是和比特丽斯夫人有关的，有没有犯罪的感觉。”

"我没有觉得。"

"那么我们就说说第二条线索，这个是关于罗伯特爵士的。他现在已经失去了理智，心里只有赛马成功，不然他就面临破产，一分钱都没有，而且马还会落到债主手中，他一向胆大包天，什么事都做得出来，而且又是这种情况，况且，他全部财产的来源都是从他姐姐那里来的，他姐姐的女仆又和他有联系，这样看来这几点都成立，对吧？"

"可还有那地穴呢？"

"对，还有地穴！华生，我们推断一下或许这是个有诽谤性的说法，只是为了证明才提出来的——罗伯特爵士把他姐姐杀了。"

"老兄，这不可能吧。"

"很有可能，华生，罗伯特爵士是名门贵族的公子，但在优秀的人群中也会有败类。让我们来看看，他一定会等到发了财才会离开，而这又要靠赌马的成功。他现在不能轻易离开，因此他得将尸体安置妥当，另外还要找一个人模仿他姐姐。假如女仆真和他串通一气，这件事并不难做。一种情况，可能将女尸运到了地穴，因为那里少有人去，另一种情况是放在炉里烧了，留下了证据，我们手中已拿到。你认为呢，华生？"

"假如那个前提是真的，这个又怎么不可能呢？"

"华生，要想搞清事实，我想我们明天就做个试验吧！今天呢，我不妨和这个店主谈一谈关于鳗鱼和鲤鱼的事，或许这会让他兴致大增，交谈之中或许我们会有一些发现。"

第二天早晨，福尔摩斯才发现我没带鱼饵，这样也省得去钓鱼了，大约十一点我们就出去散步了，还很幸运地被同意带着小黑狗一起去。

"到了，就是这儿，巴恩斯先生告诉我说，罗伯特的姐姐到了中午会坐着车出来转转，这就是公园大门前。"我一看上面有一个鹰头兽身的徽章。福尔摩斯又说："车到了门口一定会减速，华生，等车进了大门，但还没有跑起来时，你把车夫叫住提个问题，我会躲在冬青树后面观察的。"等候了大约十五分钟，我们就看见了一辆黄色的敞篷四轮马车从远处跑了过来，那两匹马又高又大很健壮。我拿着手杖好像逛街一样在路中央舞动着，门卫跑了出来，大门被打开了。

马车果然放慢了速度，我因此能很仔细地看车上的人，左边有个年轻女人，她面色红润，头发亚麻色，一双眼睛肆无忌惮。她右边有一个年纪很大的人，圆圆的背，一圈披肩发把脸和肩都围住了，这说明她病得很重。就在马车驶上大道的时候，我很郑重地把手举了起来，车夫将马勒住，然后，我就问罗伯特爵士是否在别墅里。

这时候福尔摩斯从冬青树后走了出来，把狗放开，那狗很兴奋地叫了一声，就向马车冲去，跳到了踏板上，可是一转眼那股亲切的样子马上竟成了狂吠，只见它朝着上面的黑衣裙大叫着。

“快走！快走！”

一个嗓子很粗的人狠命地嚷道，车夫打着马走了，只有我们两个在路上。

“华生，实验成功。”福尔摩斯将链子套到了那只还未平静下来的狗头上，又说：“狗认为那女人是它的主人，但发现却是别人，狗不会错的。”

“那句话是男人说的！”我说。

“非常正确！我们又有了一张牌，华生，不过还得好好打。”

那天，我的朋友好像没什么事，于是我们就真的在河沟里开始了钓鱼。结果我们真钓上了一条，给晚饭加了一道菜。吃完饭，福尔摩斯看起来神采奕奕，我们又像早晨那样到了公园大门口。只见一个高个子的皮肤发黑的人正等着我们。他就是我们的主顾约翰·马森。“先生们，晚上好。”他说，“我收到了你的条子，福尔摩斯先生。罗伯特爵士还没回来，我听说或许他晚上回来。”

“这个地穴离别墅有多远？”福尔摩斯问。

“有四分之一英里远。”

“这样我们就不用顾忌罗伯特了。”

“我是不能一块去的，福尔摩斯先生，他一到家马上就会叫我去问那马的情形。”

“明白了！那么只有单独行动啦！马森先生，你就把我们领到地穴后再回来。”

天渐渐黑了，没有月光，马森领着我们从牧场穿过去。后来有块黑黑的影子在远处，我们走近一看，噢，原来是那个教堂。他把我们领进去了，他深一脚浅一脚地在碎石中找到一条路，到了教堂一角，那儿有一条楼梯歪斜着一直通到了地穴里。他擦了根火柴将这个阴森可怕的地方照亮了，我看见了那些古老的残墙断壁，那么多棺材，相信它们早已发霉，其中有的是铅制的，有的是石头制的，在墙边摞得很高，已经顶到了拱门和上面看不见的阴影中的屋顶。福尔摩斯将灯笼点着了，顿时这个恐怖阴暗的地方被这个抖动的黄灯笼照亮了。

灯光被棺材上的铜牌反射了回来，象征着这个家族的鹰头狮身的徽章是这个家族的荣耀所在，死了以后也要保持自己的尊严。

“你说这儿有骨头，对吗？马森先生。你可以把我们带去看看吗？”

“就在这个角落。”马森走了过去，但当我们把灯拿过去一照，他非常吃惊。“哎呀！没了。”他说。

“我已想到了，”福尔摩斯说，并轻声笑着说，“我想在炉子里仍然可以找到骨灰和未烧尽的骨头。”

“我不明白，为什么要把这些早已死了多年的尸骨烧了呢？”约翰·马森问。

“我们来这里的目的就是要看个明白，”福尔摩斯说，“这或许要用很久才行，不耽误你的时间了，我想我们在天亮前会有结果。”

约翰·马森走了，我们便开始了工作。我们仔细地看墓碑，从中央的那个看，是撒克逊时代的墓碑，在后面的是诺尔曼时代的墓碑，一直又看到了18世纪30年代威廉·丹尼斯和费勒的墓碑。大约过了一个小时，福尔摩斯到了拱顶进口边上的棺材前，棺材是铅制的。这时候，他很满意地大叫了一声，他动作快而且准。可见，他已把目标找到了，他赶忙用放大镜将棺盖边缘仔细查看了一遍，接着又从兜里面拿出一个开箱子用的撬棍，把它塞进了棺盖缝，将棺盖撬了起来，棺盖被撬开了，同时发出了一种很刺耳的响声。这时已经露出了一些东西但没完全打开，突然我们被一种声音弄得不得不停下来。是脚步声，是从上面教堂传来的，根据脚步声可以断定这个人目的明确，而且熟悉地形，步伐有力，而且走得很快。楼梯上有一束光射了进来，紧接着拱门里就看到了一个拿灯的人，此人个头很高，样子看起来很蛮横。那个大号马灯将他的脸照得很明显，他长着

浓密的胡子和一双恶狠狠的眼睛。用眼睛将地穴的每个地方都扫了一遍，最后才怒目瞪着我们俩。

“你们是干什么的？到我的地盘干什么？”他大叫着，看见福尔摩斯不回答，就向前又走了几步，同时将那个随身拿着的很重的手杖举了起来。“听见了吗？你们究竟是谁，干什么来了？”他把手杖挥舞了起来，福尔摩斯并没有被吓得退回来，相反却走了上去。

“罗伯特爵士，我正好也要问你一个问题，”他非常严肃、尖锐地问，“这是谁？发生了什么事？”

于是他将身体转过去，将身后的棺材盖揭开，借着灯光，我看见了一具尸体被布包着。这是一具女尸，非常可怕，鼻子和下巴向一边扭曲了，一点血色都没有，脸已歪曲了，眼睛直直地盯着前面。

罗伯特大声地叫了出来，似乎像没站住一样退了回去，在一个棺材上呆住了。

“你是如何知道的？”他说着，但一转眼又像原来一样凶巴巴地大叫道，“你是干什么的？”

“我是歇洛克·福尔摩斯，你或许熟悉吧？但无论如何我同别的正直人一样，都有维护法律的责任，我想你有很多事要向我说清楚。”

罗伯特爵士充满仇恨地看了我们一会儿。但是福尔摩斯那平静的语气，镇定自若的样子起到了一定的作用。

“福尔摩斯先生，我可以发誓，向上帝发誓，我什么坏事也没干。我知道，这件事在表面上看，让我很被动，对我不是好事，可是我也是迫不得已呀！”

“我希望事实如此，但是你还得到警察局说清楚才行。”

罗伯特爵士把那宽厚的肩膀向上耸了耸。

“好吧，就这样吧。你到庄园里亲自看看！”

十五分钟后，我们到了别墅。这看起来是一间武器陈列室，因为玻璃罩里面，有一排排的枪管。屋子很讲究，舒服，到了这以后，罗伯特离开了一会儿，等他回来时后面有两个人跟着，一个是我们曾看见过的那个脸色红润的年轻女人，当时她坐在车上；另一个则看起来鬼头鬼脑，让人讨厌。这两个人一脸的惊奇，说明罗伯特还没有告诉他们发生的事。

“他们，”罗伯特爵士指了指，“是诺莱特夫妇。诺莱特太太娘家姓埃文斯，她是侍女，给我姐姐当了多年的仆人，她们很贴心，我把他们带来是想将真相告诉你们，因为在这世界上只有她们俩才可以为我做证。”

“罗伯特爵士，这有用吗？你知道你在干什么吗？”那女人大喊道。

“至于我，我不会负任何责任的。”她的丈夫说。

罗伯特爵士不屑地看了他一眼，“责任全由我来负，”他说。“福尔摩斯先生，那我就给您讲一下这件事，你看起来对我的事也有很多了解，不然我们也不会在这里相遇。你或许已知道我为了参加赛马大会驯养了一匹黑马，我也孤注一掷了，这些都看我能否成功，如果我胜利了，那么什么都没问题，但假如我失败了，那么我一切就完了。”

“我了解你的处境。”福尔摩斯说。

“我什么都要靠我姐姐比特丽斯夫人支持，可是大家都知道她的那些租金只够她自己花，我自始至终都明白，假如我姐姐刚死，我的债主们就会蜂拥而来，把我所有的东西都拿走，包括马厩和马，但是先生，我姐姐却在一周以前去世了。”

“而你没有向外宣布！”

“我无计可施，我面对的就是破产，但假如我能把这事掩盖 3 个星期的话，就一切都好说了。她女仆的丈夫就是他，是我们想到的在短期内作我姐姐的替身人，只要每天坐在马车上向外界照个面就可以了，别的什么都不用做，因为我姐姐的房间只有女仆一人能进，这一点并不难办，我姐姐是因为水肿而死了，这个病已经折磨她很久了。”

“那是验尸官的工作。”

“她的医生可以证明，几个月来她已经有了这个征兆了。”

“那么你怎么做的这些事？”

“尸体绝不能放在这里。她死后的第一晚上我们就把她放到了老库房，因为那里早已没人用了，她的那只狗总跟着我们，并在门口不停地叫，因此我就想到了地穴，那里安全一些。我就把狗送了人，又把尸体转移到了地穴里面，福尔摩斯先生，我并不是对死者不敬和对她进行侮辱，我想我没有什么不对。”

“但我认为你的举动是不能被谅解的，罗伯特爵士。”

男爵烦恼地将头摇了两下说：“说来容易，假如你在我的位置你就不会这么想了，哪一个人也不会看着自己全部的寄托和心血在快要成功时被摧毁而无动于衷，我想把她短时间放在她丈夫的棺材里，让她在那里安息，没什么不妥，更何况那地方仍旧是庄严神圣的，我将棺材打开拿走里面的尸骨，就像这样将她安排妥当。还有那些从中拿出来的骨头，不能留在地穴就把它在夜晚烧了，是我和诺莱特到锅炉房烧的。福尔摩斯先生，就是这些，我只有将事实说出来，不过我就不知道你是用什么方法让我说出来的。”

福尔摩斯陷入了深思。

“你的讲述有点不足，爵士，”他开始说话了，“你已将赌注放在赛马上了，即使债主将你的财产拿走，也不能影响你的未来。”

“我这匹马就是我财产的一部分。他们不可能关心我的马，也不可能让它跑，更让我不能再惨的就是我的主要债权人也是我的仇人，就是那个无赖萨姆·布鲁尔，我在纽马克特不得已抽过他，你想他会救我吗？”

“好吧，罗伯特爵士，这件事一定得报案，我只是发现并查出事实真相，也只能到这儿了。关于你的行为和品德，我没有权力指责。已经半夜了，华生，我们回那个旅店吧。”说着他站了起来。

至此，大家都清楚了，后来结果很圆满，“肖斯科姆王子”在比赛中获胜，马主得了八万英镑，那些债主看到这种结果都没有来要债。因此，将债务还清后，罗伯特爵士还有很多钱继续他的生活，在警察和验尸官方面也很照顾，除了在拖延死亡注册一事受到了一些惩罚外，其他的并不严重，这个幸福的人靠着这个铤而走险的方法，使自己强大了起来。这件事人们已经淡忘了，他在以后的日子里，过得平静而又体面。

11. 已退休的颜料商

有一天上午，福尔摩斯坐在椅子上想事儿，心情很不好，这样一来他聪明灵敏的大脑受到了很大的阻碍。

“你看见刚才那个人了吗？”他问我。

“你是说那个老头？”

“没错。”

“噢，是的，我看见了他，在门口。”

“你认为他怎么样？”

“看起来很可怜，并不富有，很平常。”

“你说得对，先生。非常可怜，他的人生历程就是世间其他人的缩影，我们都有奋斗的目标，都想有成就，但最终我们又拥有什么呢？什么都没有，最后只会落到只有痛苦的地步了。”

“他是你的客户吗？”

“唉，我想是吧！伦敦警察署让他来的，就像那些专业的大夫有时会让病人去找走街串巷行医的人，因为他们自己治不了。他们会开脱说自己已经尽力，并且病人的情况没有什么大的转机了。”

“这到底是什么样的情况？”

福尔摩斯拿起了一张很脏的名片。“他叫乔赛亚·安贝利。他说自己过去是布里克弗安贝利公司的小股东。他们那里主要是做艺术材料买卖，他们的大名会写在装满油漆的盒子上，他有了些钱，在六十一岁那年退休。他想在路易萨姆度过晚年，所以买了一栋房子在那里，很多人都觉得以后他不会为生活而奔波。”

“没错，他的生活确实没问题。”

这时，只见他很快扫了一眼他在文件后面作的记录。

“华生，此人于1896年退休，1897年初和一个女人结婚，这个女人比他小20岁。假如照片没有拍坏，可以看出这个女人十分美丽动人。生计不用发愁，既有时间又有钱，还有老婆，这种日子无疑对他而言是不错的。但是好景不长，大约两年，你也看见了，他就变成了让人怜悯同情的人，过得如此困苦不堪。”

“那么究竟什么事使他变成这样的？”

“华生，仍旧是人们常说的，一个不讲道德的朋友和一个不能安分守己的妻子就让他变成了这样。他这一辈子就喜欢下棋，在他住的那个镇，在他家附近有一个大夫很年轻，这个人也喜欢下棋，我记住了他的名字叫雷·欧内斯特。他常去安贝利家串门，时间一长，很自然他和安贝利太太有了关系，我们看得出，这位委托人很倒霉，不管他是好人还是坏人，单从表面上看实在不够好。就在上周，那两个人拿着装满他一生中大量家私的契约箱跑了，到现在仍然不知去向。我们能找到那女人，并把钱追回来吗？至少现在看这事不严重，但对乔赛亚·安贝利却异常重要。”

“那么你想如何处理呢？”

“嘿，华生，现在重要的是你怎么看这事？——假如你能帮助我就太好了。你知道我现在正在查两位科普特主教的案子。今天这件事要有眉目了，我的确离不开，确实没空去路易萨姆，但是到现场收取证据又的确重要。那个老头一定要我去，我对他说了我脱不开身的原因，他已答应让我派个人去。”

“不管怎样，我都承认，我自己实在是能力平平，但我会努力做好一切。”

在一个天气炎热的夏日下午，我就去了路易萨姆。却绝没料到这件案子会在全英国轰动一时，而恰恰这是我办的。

当天深夜，我赶回了贝克街向福尔摩斯报告一天的情形。只看见福尔摩斯坐在他那张扶椅里，他疲惫的身体似乎得以休息，那烟圈从他嘴中慢慢吐出，他看上去好像要睡着了一样，假如我将这事一股脑儿全说出来，在中间不停顿的话，那么他那微睁的眼睛会让我认为他睡着了。

“乔赛亚·安贝利先生住在叫黑温的房子里。你会对它感兴趣的，就像一个没钱没势的贵族似的，已经不得不住在那破旧的房子里。那种地方你知道，街道上铺满随处可见的石头，郊区的公路实在让人讨厌。他的家在这个破烂不堪的地方，好像一个有悠久历史而又宁静安全的岛屿一样。那栋很古老且很旧的房子被黑黑的墙给挡住了，在墙上长着很多各种各样的苔藓，这种墙——”。

“别再说这个了，华生，你说说那堵高墙。”他说。

“是的，假如我没有向别人打听我一定找不到黑墙。我问一个在街上抽着烟无所事事的人，他长得很高，很黑，还长着很密的胡子，有点像军人。他将头点了点，同时还用一种很奇怪的眼光看了看我，后来我才又回忆起来。

“我还没有进他的家门就正好看见安贝利在车道上来回地走。今天上午我只是不经意地看了看他，便让我很在意了，在阳光照耀下，他让人一看就不对劲。”

“我也注意到这点了，但我想听听你的意见。”

“我想他似乎背上受了重伤，好像是为了生活。但又不是我最初想象的那样，他很瘦，两条腿又细又长，不过他肩膀和胸前的骨架却很宽。”

“左脚穿的鞋有点皱，但右边的鞋却没有皱。”

“这点我没注意。”

“是的，你没有在意，但是我看出他有一条腿是假肢，你往下说。”

“给我印象最深刻的就是他的白发，在旧草帽下露出来的，像蛇似的。还有脸上长满了皱纹，凶巴巴的。”

“好，华生，他说了什么？”

“一开始他就告诉我关于他的苦难经历。我们在那条车道上走着，与此同时我对周围事物作了观察。在以前我没有见到这么让人心烦的地方，杂草长满了花园，一看就知道没人修理，任其发展。我认为假如是一个正派的女人一定不会让家中这样的。那房子也是脏得不得了，好像那老头也知道那里很差劲，似乎正在维修整理。我刚进屋时，看到有一桶绿漆放在大门的中央，而他正拿着刷子，在给这木头屋子上漆。

“我跟着他进了书屋，房间很暗，我们就在那里说了很久的话。当然他很失望，因为你没有去。他对我说：‘我不盼着像福尔摩斯这样的大人物能对我这个要钱没钱，要地位没地位的人有多少注意。’

“我让他相信你并不是因为经济上的事而没去做。

“他说：‘假如我们站在另一个立场来研究，你会知道这事很有值得注意的地方。华生医生，人最坏之处也就是忘恩负义了！我从来没有拒绝过她什么，有什么样的女人会受到这种宠爱呢？还有那个年轻的医生，我对他那么好，就像对自己的儿子，他能随意出入我家，但是你看到的他们又是如何对我呀！啊，华生医生，这个世界真让人不想活了，太令人害怕了。’

“他就这样反复地说了这些话，近一个多小时。这样看来他从来没有察觉那两个人私通。有一个女仆每天白天在他家，到晚上六点才走，这个家只剩下他们两个了。在出事的晚上，他为了让他妻子高兴，特地在马克特剧院的楼上定了两个位子，但就要出门的时候，她却说她头痛得厉害而借故没去。这样只好他自己去了。他还拿了那张他为妻子买的因为没有使用而完整的戏票作证明，看来没有什么可疑之处。”

“应该注意这点，值得特别注意。”这些话让福尔摩斯很感兴趣，“华生，你说下去，我觉得你说的事很有意思，不过你有没有亲自看看那票？你有没有注意座位号？”

“我特别看了那个号，”我很自豪地说，“座号和我在学校上学时的学号一样，因此我记得很清楚。”

“太好了，华生！这样一来，他自己不是坐在 30 号就是 32 号。”

“对，没错。”我有些不明白地答道“并且是在第二排。”

“这样就太好了，我很满意，他还说了什么？”

“他把我带去看了那个他说是保险库的房间，那的确是一个真正的保险库，就像银行似的，有铁门铁窗，他说是为了防止有人偷盗，但那个女人好像有一把配制的钥匙，把门打开了，还把他七千英镑的现金和债券拿走了。”

“债券？那么他们会把债券怎样来处理？”

“他说他已经把清单交给警察局了，希望那些债券不要被卖出去。大约在半夜的时候，他从剧院回家，发现家里被人偷了，门窗都开着，已不见小偷的踪迹，也没有什么信件字条之类的东西。从那以后，他就没有收到任何消息，他就去报警了。”

福尔摩斯想了一会儿。

“你说他当时在刷油漆。他在给什么刷油漆？”

“嗯，他在刷过道呢，不过，我提到的那间房子的门和木头结构已被他刷好。”

“你认为他在这时候做这些活很正常吗？”

“为了减轻内心的苦闷，人得找点事做呀！他自己对我这样解释的。不过他这样做的确不太正常，他明显就是个怪人，另外他还在我面前一气之下撕掉了他妻子的照片，并尖叫着说，我今后再也不想她那张该死的脸。”

“还有其他的吗，华生？”

“有，另外一件事给我留下很深的印象。我坐车到了布莱克希火车站，坐上了回来的火车，但火车马上就要开时，我看见了我隔壁车厢冲进去一个人。福尔摩斯，你了解我的认人眼力很不错，不用说我也能看出那人和我在街上遇到的是同一个人。果然，在伦敦桥我再一次看到了他，后来，他就在人流中不见了，我可以很肯定地说，他一定是在跟踪我。”

“一点都没错！”福尔摩斯说，“这个人长得个子很大，皮肤发黑，又有胡子，是不是戴一副灰色墨镜？”

“福尔摩斯，你真是神了！我还没说他戴了眼镜。但是他的确戴的是一副灰色墨镜。”

“还带着一个领带夹，是互助会的？”

“你真行！福尔摩斯！”

“这并不难，华生。让我们具体谈谈实际情况好吗？我得承认，原来，我认为这个案子是个没什么意思的案子，但事实却将不寻常的事露了出来。不管你是否在这个过程忽视了一些情节，但就你所说的也让我有了不同的看法。”

“我忽略了情节？”

“噢，不要伤心，我的朋友。你知道我做事不随主观臆测，这件事你去办理比别人都合适，不过你却将很重要的一点忘记了。那就是他们的左邻右舍对安贝利和他妻子怎么看？这点非常重要。欧内斯特医生的为人怎么样？他是不是像别人说的那样不拘束呢？华生，凭你的能力让女人都帮助你并不是件难事。像邮局里的姑娘和卖蔬菜水果的太太她们又是如何对他评价呢？我可以想象得到，你在布鲁安克商店和那些很年轻的女人们说着那些废话，一定能从中得到一些真实可靠的材料，但你却没这么做。”

“这还是能做到的。”

“这些有人已做了，是伦敦警察署帮的忙，我很多时候没有出门就能了解一些事情。实际上我们掌握的情况也证实了那个老头所反映的事。他周围的人都觉得他不仅小气，另外他对妻子非常粗鲁并且很刻薄。他确实是在保险库中有很多钱。那个欧内斯特医生很年轻还没有结婚，他经常与安贝利玩棋或许也会与安贝利的妻子开玩笑，这一切都很明显了，人们都认为这不重要，但是，恰恰——”

“就在这里出差错了吧？”

“或许这是我的想象。噢，好了，华生，我们别再管这个事了，让我们去消除这一天的劳累吧，去听听音乐，卡琳娜今晚在阿尔伯特音乐厅举行演唱会，我们来得及收拾衣服并吃饭。”

第二天早上，我起床很准时，桌子上有面包屑和两个空鸡蛋壳，说明我的朋友在我之前已经起床了。我在桌上看见一张条。

亲爱的华生：

我有几件事需要找乔赛亚·安贝利先生聊聊，接着我们再看看要不要接手这个案件，请在三点钟之前准备好一切，我想我会到那时请你帮忙。

S.H.

我一天都没有见到福尔摩斯，但在三点钟他回来了，看他脸色很凝重，不说话，一直在考虑什么问题，这种情况下最好不要惹他。

“安贝利来这了吗？”

“没有。”

“啊？好，那我等他。”

他并没有失望，一会儿，那个老头果然来了，脸上满是不安和疑惑的表情。

“福尔摩斯先生，有件事我不明白，我收到了这样一封电报。”

他把电报递给了福尔摩斯。福尔摩斯大声读了起来。

“请一定快点来。事关你最近损失的情况——埃尔曼牧师住宅。”

“这份电报是从小帕林顿发过来的，时间两点十分。”福尔摩斯说道，“小帕林顿在埃塞克斯，离弗林顿不远，你马上去。这个人一定是让人值得相信的牧师，我的名人录呢？啊，我找到了，在这儿，J·C·埃尔曼文学硕士，主管莫斯莫尔和小帕林顿教堂区。华生，你赶紧查一下列车表。”

“利物浦街有一趟五点二十始发的火车。”

“太好了，华生，你和他一块去会合点，他会需要的，看来我们遇到了重要的事了。”

但是看起来这个老头不急着立刻就走。

“这太离谱了，先生。”他说道，“这个人又怎么知道发生的事呢？这趟去一定只是浪费金钱和时间的。”

“您说，假如他对此一无所知，他会给你打电报吗？赶紧回电告诉他你马上去。”

“我不想去。”

此时福尔摩斯的脸看上去很严厉。

“安贝利先生，假如你不想去对这个重要线索作调查，那么这样就会使警察局和我本人都认为您不是想真正查案，您态度不诚恳。”

他一说完，那个老头显然有些顺从。

“好吧，既然你觉得我有必要去，那我就去一趟。”他说道，“从表面上来分析我觉得这事和那人有关，很可笑，不可能，但是假如您觉得——”。

“我确实是这样想的。”福尔摩斯的口气很硬。于是我们便各自准备，打算马上走，在临行前，福尔摩斯把我叫到一旁说了一些话，可以看出他非常重视此事，也说明此事非同一般。“不管怎样，你一定得确保他到达目的地。他假如逃跑了或者回来了，你必须马上到最近的邮局打电话通知我，只说：‘跑了’就行，我会将此事在这安排好，不管怎样我都能知道的。”

小帕林顿这个地方，因为它在支线上，交通特别不方便，很不容易去。我很清楚地记得那次出行很不好受，天热得很，火车又走得慢，而那个老头只是偶尔将这次旅行的无用性发发牢骚，一直都不太高兴，很少说话。终于我们来到这个小车站了，接着又坐上马车大约走了两英里，我们到了那个牧师家里。这人个头很高，表情严肃，看来很自以为是。牧师在他的书房中和我们谈话。我们把那份电报放在了他面前。

“先生们，请问，找我有何贵干？”

“我们来的原因就是收到了您发的一封电报。”我说。

“啊，我的电报？我没有发给别人电报呀？”

“我是说您给乔赛亚·安贝利先生拍的有关他妻子和钱财的事的电报。”

“先生，假如这是闹着玩的，这就很难让人理解了，”牧师很生气地说，“我根本就不知道您刚才说的那位先生，何况我没有给别人发过电报。”

我和我们的委托人听了这话后都很吃惊。

“或许这有误会。”我说，“您这里是不是有两处牧师住宅呢？你看，电报上是埃尔曼的名字，发自牧师住宅。”

“这里只有一处牧师住的地方，并且也就我一个牧师，很显然这电报是假的。关于此事，请马上和警察联系调查一下，另外我觉得我们没什么可谈了。”

接着我和安贝利先就到了英格兰最落后村子的路旁。我们走着到了电报局，可是已经不再营业，关门了，幸亏铁路警站有电话，我得以和福尔摩斯联系上了。这种情况让他也很意外。

“很奇怪呀！太让人想不到了！亲爱的华生，我最着急的是今天晚上没有能回来的火车。万万没有想到会使你在乡下的旅店里不安地住一夜，但是不要悲观，你和大自然是有缘的，它会和安贝利与你做伴。”但就在把电话挂断那一瞬间我却听见他在咯咯地暗地里笑。

很快我就体会到了这个旅伴的小气。刚出发时，他就发牢骚，原因是此次出行的花费，并且一定要坐三等车厢，接着因为对旅店的账单不满意而大发牢骚。第二天上午，我们终于回到了伦敦。此时，我也不知道是谁的心情更糟了。

“我们会从贝克街经过，你也顺路去看看，或许会有什么新的进展。”我说。

“假如他说的建议和上次一样没价值，那就是没用的建议。”安贝利沉着脸恶狠狠地说。无论如何，说着牢骚话的他还是和我去了那里，我已经将我们何时到达发电报告诉了福尔摩斯，可我们到他那里却只见到一张便条，告诉我们他去路易萨姆了，并且让我们也去那，这倒很奇怪。更让我不解的是在安贝利的起居室还有一个人和福尔摩斯在一起等候我们。只见那个男子面部表情严肃、冷酷，皮肤很黑，戴着一副灰色眼镜，那个互助会领夹在领带上非常引人注意。

“这是巴克先生，我的朋友。”福尔摩斯说，“乔赛亚·安贝利先生，他对您的事也颇感兴趣，我们都在分头查案，不过我们都有一个同样的问题要问你。”

安贝利先生坐了下来，心情很沉重，他神色紧张，五官抽动着，看来他已经感觉到了事态的严重性。

“有什么问题，先生们？”

“只有一个问题，您是怎样把尸体处理掉的？”

突然，安贝利跳着起来，并用尽全力地大喊大叫，干瘦的双手狂舞着，好像变成了一只被网困住的可怕的鹰。一时间，他那可憎的面目就在我们面前暴露无遗了，就像他的灵魂一样丑陋无比。这时，他一边往椅子上靠，一边用手捂住嘴唇，那样子似乎是要压抑咳嗽一样。福尔摩斯就像一只迅猛的老虎扑向安贝利，并用手掐住了他的喉咙，将他的脸按到了地上，只看见从他的嘴里吐出了一粒白药丸。

“不能这么容易，乔赛亚·安贝利，什么事都要有个规矩，巴克你怎么想？”

“我的马车在门口呢。”不太喜欢说话的巴克终于说了句话。

“车离这并不远，也就是几百码，我和他一块去。华生，你在这等着，半小时后我会回来。”

这个老头固然身体健壮，不过对这两个头脑反应灵敏和有丰富经验的探案高手，他仍是无力反击，他被拉扯着拖进了已等候在门外的马车，而我只能一个人在这倒霉的宅子守候，但是还不到半小时，福尔摩斯就回来了，和他一起来的还有一位看上去精明干练的年轻的警官。

“我让巴克去把手续办好了再来。”福尔摩斯说，“华生，你不知道巴克，我在萨雷海滨最恨的对手就是他。因此，当你说到这个人的外貌时我就很轻松地把你没说的先说了，他也干净利落地办了好几个案子，是吗警官？”

“是的，他确实帮助办了几件案子。”警官说。

“可以看出，他和我的办案方法一致，都不要守条框，要明白，不按规矩办事，有时还是有必要的。就以您为例，您常常向那些罪犯说，他所说的每句话都会成为他的供词，但是这种话并不能让罪犯害怕，也不能让他因为这句话而供认罪状。”

“或许这不能让他招供，但我仍然达到了一个目的，不要认为我们没有自己的想法，假如是那样，我们就不会接手此案。但是当你用你的方式来管这个案子时，而我们又不能用您那种方法，此时您不但把我们的荣誉夺走了，而且使我们面子上过不去，我想这种心情您能理解。”

“我向你保证，麦金农，没人要把你的荣誉抢走，以后我永不再出头露面，自行消失，还有巴克，除了我让他做的事以外，他什么都没干。”

这些话让这个警官轻松了许多。

“福尔摩斯先生，您可真是海涵。赞誉也好指责也罢，对于您都不重要，但对我们来说意义就不同了，特别是那些记者提问的时候，这个重要性就特别明显了。”

“没错，那些记者一定会向你提问的，所以您还是早有准备的好。例如，有个头脑伶俐的记者问您，究竟是什么让你有了怀疑，并且让您找到了原凶，你怎么回答呢？”

这个警官似乎有些不知如何作答。

“从现在看，我没有什么确凿的证据。您说那个罪犯在三位证人的面前要自杀，其实这样一来就表明他已经承认自己的罪行，除了这点您还有别的证据吗？”

“您有没有让人来搜查？”

“有三个警察马上就来这儿。”

“我相信，用不了多久您就能查到真相了，尸体一定在附近，不妨去地下室和花园找一找，到可疑的地方挖一挖，这用不了多久。这所房子历史悠久，在这周围一定会有不用了的水井，可以去那里试试。”

“那么您又是如何知道的？这件案子怎么是这样的呢？”

“我先说一说这个案子是如何发生的，然后再作解释，更为重要的是，我要向我那不辞辛苦、起了重要作用的朋友说一说。但是你们首先应想一下这个人的心理。这个老头的心理很不健康。因此我觉得他要面临的是绞刑架并不准确，应是精神的枷锁，更深一点说，他的性格还停留在中世纪的意大利，却不在现代的英国。他那么爱钱，像生命一样珍惜，这让他的妻子不能忍受，这样她就打算找个胆大的人和她一起逃走，而那个年轻的医生正如她心愿。华生，安贝利有很好的棋艺，这一点证明他善于用心计。他像其他的小气鬼一样，有强烈的嫉妒心，这使他变得不再理智，他不管真假，就认为他妻子对他不忠，因此为了向他们表示报复他就将计划设计得自认为天衣无缝！来这里看看！”

福尔摩斯在前面领我们穿过走廊，看他胸有成竹的样子，好像他对这里非常熟悉，就像是在这里住过一样。他在敞开的保险库门前停了下来。

“噢！这里的油漆味可是太难闻了！”警官大叫着。

“这就是我们第一个线索。”福尔摩斯说道，“您得感谢华生，因为是他发现了这个线索，虽然他并没有明显地提出来，却让我们有了可以追踪的线索。此时这个老头为什么要把满屋子都弄得油漆味十足呢？很明显，他是想借助这种气味来掩盖另一种味道或许就是恶臭味。后来我又联想到现在看到的这个铁窗和铁门的房间完全密封，将这两条线索联系起来会有什么结果呢？我就想要来检查检查这个房间。我因为检查了海马克特剧院和票房的售票表，这里华生已立了功。我查到了那晚第二排座位号的32和30两个包厢都没人，这样我意识到这个案子的严重性。因此可以证明安贝利并没去剧院，这样一来证明他不在现场的证据就有了。他犯了一个最大最严重的错误，就是让我的朋友、精明的华生记住了他的戏票号，接下来就是怎样才能检查房间了。我派了一位助手去了与这件案件一点关系都没有的村子，让他打电报把这个老头骗去，这样可以让他在一段时间内不能回来。为了防止出差错，我又让华生在他身边跟着他，而那位牧师的名字又是我从名人录上查到的，你明白我说的一切了吗？”

“这种破案方法真是高深莫测呀！”警察特别佩服地说。

“因为我没有了后顾之忧，所以我要去看一看这屋子，假如让我重新选择职业，那我一定会干夜间偷窃这行，那是因为我肯定自己一定会成为这行的佼佼者。请留意我所说的情况，你瞧这条管道很奇怪！它沿着墙角往上边通去，有一个开关在这个角落，就像看见的一样，这根管延伸到了保险库里面，但这个管道的末端却被埋进了用水泥做的软管里面，全都被天花板盖住了。但管子的末端并未加封，不论什么时候，只要将屋外的开关打开，那么煤气就会充满这间屋子，在这个门窗都被密封的情况下，将阀门全部打开，被关在里面的人只需两分钟就会精神恍惚。但我却不知道他是用什么样的方法将他们骗进屋子的。我想只要他们一进这扇铁门里，那就只有任人摆布，听天由命了。”

警官对这个很感兴趣，又检查了一下那根管道。“我们警察局也有位警官说曾闻到有煤气味，他说此话时，门窗是开的，并且已经有一部分油漆已经涂到了墙上，据老头说，在前一天就已经刷油漆了，那么后来又怎样了，福尔摩斯先生！”

“噢，接下来有件让我意想不到的事发生了，一大早，我刚从食品室的窗口爬出来，却被一只手揪住了我的衣领，只听见说：‘好呀，你这个小偷，在这干什么？’我转过身一看才知道原来是我的朋友也是对手戴着墨镜的巴克先生。这次真奇特，让我们在这相遇，我们不禁笑了。他好像是雷·欧内斯特医生的家人请的，也在调查此案，他和我一样得出蓄意谋杀的结论，他对这所宅子已监视了几天，还把来此的华生医生也当作可疑的人并且进行了跟踪。他没有办法将华生抓起来，但当他看见有人从食品室的窗户向外爬，他就忍不住了。于是我就将这事和他说清楚了，接着我们就一块合力侦破这个案子。”

“那么您为什么要和他却不和我们一块办这件案子呢？”

“因为我准备做小实验，我怕你们不干，但现在看来实验结果还是很好的。”

这时，听完这话的警官笑着说：“的确，我们不能这么做，福尔摩斯先生，听您的意思，您现在是不想再理会这案子了！希望把您查的结果给我们。”

“是的，我一向是这样。”

“好吧，我代表警方谢谢您。依您看来，这件案子已经破了，并且尸体也能找到。”

“我把更为有力的证据告诉你，我能肯定或许就是安贝利本人也不可能想到我发现这一点。”福尔摩斯说道。接着他又说：“假设一下，如果您被关在房子里你会怎么做呢，这要有想象力才行，不过应该试一试。假如你被关在这个房子里了，不到两分钟，这时您想要报复置于你死地的魔鬼，你会有什么反应呢？”

“写张字条。”

“对了，您想将死因告诉世人，但假如写在纸上会被人看到，就没用了。另外写在墙上同样会让人发现，好吧，看这儿！在墙角的上方果然有字，是用紫色的铅笔快速写下来的，并且擦不掉，上面写着‘我们是——’就没了。”

“您有什么看法吗？”

“噢，这太简单了。这一定是被煤气熏得躺在地板上的人临死前写的。不过没有写完他便不行了。”

“他是想写：我们是被人谋杀的。”

“我也认为是这样。你们若能在尸体上发现有紫色铅笔的痕迹的话——”

“好，请您放心，我们会全力寻找，还有那些证券的事如何处理呢？显而易见，这里根本就没有被窃，不过我们已查过，的确他有些证券。”

"你想，他肯定会将证券收好放在安全的位置，等时间久了，人们对此漠然了，他才会突然找到那些证券或许会说是那两个不知廉耻的人将此物送还了回来，也许会说他们把这些东西扔到了路上。"

"这样一来，您把所有的疑点都解决了，那么他去我们那报案是正常的，但我不明白他又来找您干什么呢？"

"就是自认很高明嘛！"福尔摩斯说，"他对自己的计划很有信心，认为无人能破此案。这样，他就能向那些有疑问的人说：'您看我已报了案，甚至还找了福尔摩斯侦探，我已经采取了行动。'"

听完后警官大笑不止。

"我们很理解你说'甚至'二字，这件案子的侦破方法让我大开眼界，以前从不知道。"

又过了几天，我的朋友给我看了一本名叫《北萨里观察家》的双周刊的书籍。其中的一个标题很醒目，它是以"可怕的黑"开头，以"警方不凡的破案"为结尾。有整个一大段内容都是讲述这件案子的破案过程的，文章最后一段在全文中最有价值，内容如下：

> 麦金农警官具有非常机敏的洞察力，利用这点他推断出这油漆味是为了掩盖其他气味，例如煤气；另外还准确地判断出行凶的场所就是保险库，继而他又在一口拿狗窝当掩体的废弃水井中找到了那两具尸体，这些都会成为警官们超越常人智慧的见证而镌刻到犯罪学研究的丰碑之上。

"噢，麦金农可真不错。"气度不凡的福尔摩斯微笑着说，"华生，你可以将此事写进我的案例中并存档，我想总有一天它会被世人所知晓的。"

福尔摩斯探案全集

被称为推理小说中的『圣经』畅销世界各地

姜忠喆／编译

辽海出版社

壹

图书在版编目（CIP）数据

福尔摩斯探案全集 /（英）柯南·道尔著；姜忠喆编译．— 沈阳：辽海出版社，2014.12（文化百科）

ISBN 978-7-5451-3236-6

Ⅰ.①福… Ⅱ.①柯…②姜… Ⅲ.①侦探小说—小说集—英国—现代 Ⅳ.①I561.45

中国版本图书馆 CIP 数据核字（2014）第 259283 号

福尔摩斯探案全集

责任编辑：柳海松
责任校对：丁 雁
装帧设计：马寄萍
出 版 者：辽海出版社
地 址：沈阳市和平区十一纬路 25 号
邮政编码：110003
电 话：024-23284473
E - mail：dszbs@mail.lnpgc.com.cn
http://www.lhph.com.cn
印 刷 者：北京一鑫印务有限责任公司
发 行 者：辽海出版社
开 本：787mm × 1092mm 1/16
印 张：80
字 数：1280 千字
出版时间：2015 年 1 月第 1 版
印刷时间：2020 年 3 月第 3 次印刷
定 价：498.00 元（全四册）

《福尔摩斯探案全集》编委会

前　　言

柯南道尔（Arthur Conan Doyle）1859年生于英国苏格兰的爱丁堡。他青少年时代在教会学校上学，后在爱丁堡大学获得医学博士学位，1902年封爵。他从1886年写作《血字研究》开始，到他1930年去世，共创作过60多篇以私人侦探福尔摩斯为主人公的中短篇小说。这些小说结集出版时，取名为《福尔摩斯探案全集》。除此之外，他还曾写过多部其他类型的小说，如科幻小说、历史小说、爱情小说、戏剧、诗歌等。

柯南道尔在29岁时写出《血字研究》，次年出版。两年之后，他出版了《四签名》。从1891年至1894年的3年中，柯南·道尔先后写出了《波希米亚丑闻》、《红发会》、《身份案》、《波斯科姆伯溪谷的秘密》、《五个桔核》、《歪嘴男人》、《银色马》等24个短篇，并结集出版。1894年底，柯南道尔在《最后一案》中让福尔摩斯死去。在读者的呼吁下，他又在1901年写出《巴斯克维尔的猎犬》。1903年，柯南·道尔写出了《空屋》，让福尔摩斯死而复活，再次活跃在读者面前。并先后写出了《归来记》、《恐怖谷》、《最后的致意》、《新探案》等侦探故事。

柯南·道尔创作关于福尔摩斯的故事，一共有56个短篇和4个中篇小说，这些故事在40年间陆陆续续在《海滨杂志》上发表。故事主要发生在1878年到1907年间，最晚的一个故事是以1914年为背景。这些故事中两个是以福尔摩斯第一口吻写成的，还有两个以第三人称写成，其余都是华生的叙述。

阿·柯南道尔是世界上最有名的侦探小说家，被誉为“英国侦探小说之父”，著名的剧作家，世界最畅销书作家之一。他的《福尔摩斯探案全集》是近百年来世上最畅销的书，他创作的福尔摩斯这个形象，深受全世界青少年的喜爱。

柯南道尔在创作侦探小说中取得的文学成就，主要表现在四个方面：

第一，小说结构严谨。柯南·道尔在构思与布局上都加入曲折离奇、引人入胜的情节。看似不可思议，但一经推理分析，结果出人意料而又入情入理。在写法上，并非单线发展，而是几条线索相互交织，在悬念中掀起高潮，在高潮中得出结论，有很强的逻辑概念。

第二，塑造了鲜明的文学典型。福尔摩斯这一私人侦探形象的塑造，柯南道尔写出了他独特的个性。毫无疑义，给读者一个强烈而鲜明的印象，华生医生与其他罪犯也成了文学画廊中的人物。

第三，把犯罪与政治制度、道德观念结合起来。柯南道尔创作的侦探小说，从多侧面反映了英国社会存在的问题，如谋财害命、通奸情杀、行凶作恶、巧取豪夺、背信弃义……这些社会犯罪现象，无一不与政治制度与道德观念有关，揭示了英国法律存在的漏洞和不合理。这类作品还宣扬了人道主义、善恶报应与"天网恢恢，疏而不漏"的理想主义观点，无疑受到了读者的欢迎，也显示了柯南·道尔小说的社会意义。

第四，在情节与语言方面，形成了侦探小说的独特的风格。柯南道尔的文笔十分流畅，交代细腻而不拖沓，对话扣住中心，把一些破绽巧妙地放在读者面前，又用扑朔迷离的情节把读者引入歧途。这些文学手法，可以说开创了侦探小说的基本模式，也形成了柯南·道尔侦探小说独特艺术风格。柯南·道尔还把社会学、病理学、地理学、心理学和逻辑学引入侦探艺术之中，显示了侦探小说的社会性、科学性和文学性。

柯南道尔的作品谴责了各种犯罪和不道德行为，宣扬善恶有报和法网难逃的思想，在普通公众中引起心理共鸣，福尔摩斯作为一个文学形象已经深入人心。

柯南道尔死于1930年。他的主要文学成就是塑造了福尔摩斯这个文学形象。虽然他的作品缺乏深刻的、真正的社会意义，但是由于作品合乎逻辑，情节惊险，引人入胜，结构起伏跌宕，人物形象鲜明，涉及当时英国社会现实，以至于风靡欧洲，在世界上有广泛的影响。对于其艺术成就，英国著名小说家毛姆曾说："和柯南·道尔所写的《福尔摩斯探案全集》相比，没有任何侦探小说曾享有那么高的声誉。"

目　　录

血字研究

四签名

冒险史（上）

血字研究

1. 歇洛克·福尔摩斯先生

1878年，我获得伦敦大学的医学博士学位后去了内特里进修军医的必修课程。在那里完成学业后，被分派到诺桑伯兰第五火枪团任军医助理。那个团当时驻在印度。在我还没赶到部队报到前，第二次阿富汗战役爆发了。我在孟买登岸时，听说我所属的那个团已通过各个关口，开拔到敌人后方去了。尽管如此，我还是跟着和我一样掉队的军官们追了上去，平安到达坎大哈后，我找到了我的部队，马上开始了我的工作。

这场战争让很多人得到了提升和荣誉，但带给我的却是不幸和灾难。我被借调到巴克州旅后，就和他们一起参加了迈旺德决战。在这次战役中，一粒捷则尔[①]枪弹击碎了我的肩胛骨，并把锁骨下面的动脉也擦伤了。如果不是我那勇敢的勤务兵摩瑞抓起我扔到一匹驮马的背上，我就不能安全回到自己的部队，而会被那些凶残的格吉人[②]俘虏了。

枪伤和长期的辗转劳顿让我身体消瘦、虚弱不堪。我只有和大批伤员一起转移到波舒尔的后方医院。在那里，我的身体慢慢康复了起来，可是当我刚能够在病房中稍稍走动，能挪到阳台上晒一会儿太阳的时候，我又染上了印度伤寒症，再一次病倒了。一连几个月，我都是昏迷不醒，奄奄一息。最后我终于挺了过来，身体逐渐好转，只是体质还是很虚，医生们会诊后，决定马上送我回英国。于是，我就乘运兵船“奥仑梯兹号”回国。一个月以后，我在朴次茅斯码头登陆了。那时，我的身体糟糕透了，政府给了我九个月的长假让我好好康复。

我在英国无亲无友，所以挺逍遥自在。我很自然地去了伦敦——那个大英帝国所有游手好闲之徒汇聚的地方。

我在伦敦河滨路的一家公寓里租住了一些时日，过着既不舒适又很无

① 捷则尔是一种笨重的阿富汗枪的名称。——译者注

② 回教徒士兵。——译者注

聊的生活，钱一到手就花光了，入不敷出，腰包一下子就空了。我很快醒悟过来了：我必须住到乡下的什么地方去，要不就得彻底把我的生活方式给改变掉。我选择了后一种活法，决心离开这家公寓，搬到一个简陋一点、便宜一点的地方去住。

就在我做出这个决定的那天，当我站在克莱梯利安酒吧门前时，忽然有人拍了拍我的肩膀。我回头一看，原来是小斯坦弗。他是我在巴茨时的一个助手。对于一个孤独的人来说，在伦敦城的茫茫人海中，碰到一个熟人，确实是一件很高兴的事情。斯坦弗当时并不和我特别要好，但能再见到他，我还是很激动。他似乎也很高兴。一阵狂喜之后，我请他一同乘车去侯本餐厅吃午饭。

车子穿行在伦敦街道上时，他很吃惊地问我："华生，你最近怎么了？看你面黄肌瘦，只剩一把骨头了。"

我简单地把我的经历跟他说了一下。话还没说完，侯本餐厅就到了。

他听完后，同情地说："不幸的人啊！你以后打算怎么办呢？"

我回答说："我想找个价钱不多而又舒服点的房子，不过不知道能不能找到。"

他说："这可真怪，今天你是第二个对我说这样的话的人了。"

"第一个是谁？"我问道。

"他是在医院搞化验的。今天早上他还唉声叹气呢，他说他找了几间好房子，但租金比较高，他一个人支付不起，又一时找不到人合租。"

我说："太好了，如果他真想找个人合租，那就找我吧。两个人住总比一个人住要好得多。"

小斯坦弗端起酒杯很吃惊地望着我，他说："你还不知道歇洛克·福尔摩斯吧，要不你怎么愿意跟他住在一起呢？"

"怎么啦，难道他这人不好吗？"

"不，他并没有什么不好的地

方。只不过他有点古怪——他老是不停地研究一些东西。据我了解，他人倒是蛮正派的。”

我说：“他是个医生吧？”

“不是的，我一点都不清楚他钻研的是什么。不过，他精于解剖学，又是第一流的药剂师。但是，他好像从没系统地学过医。他所研究的东西很乱，不成系统，并且也很离奇；他积累了很多稀奇古怪的知识，足以使他的教授都感到惊讶。”

我问道：“难道你从没问他在钻研些什么吗？”

“没有，他很难说出心里话，虽然他高兴的时候，也爱滔滔不绝地说个不停。”

我说：“我倒想见见他，我现在身体还不大好，受不了吵闹和刺激，因此，我要与人合住的话，得挑个好学而又安静的人。请问，我怎样才能找到你这位朋友？”

斯坦弗回答说：“他现在肯定在化验室里。他要么几星期都不去，要么整天都待在那儿。如果你愿意，我们吃了饭就一块坐车去。”

“当然愿意！”我说，随后我们又谈了些别的。

在去医院的路上，斯坦弗又给我讲了些关于那位先生的详细情况。

他说：“如果你和他合不来可别怪我。我只是偶尔在化验室里见过他，稍稍知道他一点情况；他别的情况，我就一无所知了。你是自己要跟他住在一起的，到时可没我的事了。”

“要是我们合不来，散伙就是了。”我盯着斯坦弗继续说道：“我看，斯坦弗，你这么担心这事，里头肯定有原因。是不是那人的脾气真的很坏，还是别的原因？有话直接说嘛！”

他笑了笑说：“要想把他介绍清楚可真不容易。我看他那人有点机械化，近乎冷血动物。有一回，他拿了一小撮植物碱让他的朋友品尝。虽然他并没有恶意，只是想了解这种药物对不同人的效果而已，而且我想他自己也会品尝的，但这总有点不近人情，他的求知欲太强了。”

“这种精神是很好的嘛。”

“好是好，但也太过分了些。后来，他甚至在解剖室里用棍子打尸体，你说怪不怪？”

“打尸体！”

“是啊，他说为了看看人死以后还能造成什么模样的伤痕。我亲眼看见他打过。”

“你不是说他不是学医的吗？”

“是呀，鬼知道他研究的是些什么东西。好了，我们到了，他到底是什么样的人，你自己看吧。”他说着，就和我下了车。

我们走进一条狭窄的胡同，又从一个侧门走进了一所大医院的侧楼。这地方我很熟悉。我们登上白石台阶，穿过长长的一条走廊。走廊两壁刷得雪白，两旁有很多褐色的小门。走廊尽头有一个低低的拱形过道，一直通向化验室。

化验室是一间高大的屋子，屋里杂乱地摆放着很多瓶子。几张又矮又大的桌子纵横排列着，上边放着很多蒸馏器、试管和一些闪动着蓝色火焰的小煤气灯。屋里只有一个人在较远的一张桌子旁全神贯注地工作着。他听到脚步声后回头看了一眼，然后突然跳了起来，“我发现了一种试剂，它只能用血红蛋白来沉淀，别的都不行！”我想，即使发现了金矿，他也不一定会有现在这么高兴。

斯坦弗给我们介绍说：“这位是华生医生，这位是福尔摩斯先生。”

“您好。”福尔摩斯热情地握着我的手说。我简直不能相信他会有这么大的力气。

“我想，您到过阿富汗。”

我吃惊地说：“您怎么知道的？”

“这很简单，”他格格地笑了笑，“现在要谈的是血红蛋白的问题。您没看出我这发现很有用吗？”

我回答说：“从化学上说，是很有意思，但它的实用性……”

“怎么，先生，难道你还没看出这种试剂能使我们万无一失地鉴别血迹吗？这可是目前实用法医学的最大发现了，请到这边来！”他一把拉住我的袖口，把我拖到他刚才工作的那张桌子旁。“先弄点血。”他说着，用一根长针把自己的一根手指刺破了，然后用吸管吸了一滴血。

“现在把这滴血和一公升水混合。你看，混合后跟清水一样。血在混合液中所占的比重还没到百万分之一。尽管这样，我相信我们还是能够看到一种特别的反应。”说着，他把几颗白色结晶物放进了混合液中，随后又滴了几滴无色液体。很快，混合液就呈现暗红色了，一些棕色颗粒慢慢沉到了瓶底。

“哈哈！”他像个得到新玩具的小孩子一样拍着手高兴地喊道，“您看怎样？”

我说：“这个实验看来很不错。”

“这简直太妙了！过去用愈创木液试验的方法和用显微镜检验的方法都不太好，如果血迹凝干了，显微镜就起不了作用了。现在，不管新旧血迹，用这种新试剂都会起作用。要是这种检测方法早就有了，那么，世上就不会有那么多人逍遥法外了。”

我喃喃地道：“确实是的。”

“很多刑事案件都那样，案子发生好几个月后，好不容易查出一个嫌疑犯，在他的衬衣或其他衣物上发现有褐色的斑点，但这些斑点，到底是血迹，还是泥迹、铁锈、果汁的痕迹，或者是别的什么东西呢？很多专家都不好下判断，因为他们没有可靠的检验方法。现在，我们有了这个歇洛克·福尔摩斯检验法，事情就好办多了。”

他说话时，两眼炯炯有神。他边说边把一只手按在胸前，好像是对给他鼓掌的观众致谢似地鞠了一躬。

他那兴奋的样子很让我惊奇，我说：“向你祝贺。”

“法兰克福去年发生过冯·彼绍夫一案。当时要是用这个方法去检验的话，那他早就判绞刑死了。另外还有布莱德弗的梅森，臭名远扬的摩勒；茂姆培利耶的洛菲活和新奥尔良的赛姆森等二十几个案子，要是它们都用这个方法，案子就会彻底解决。”

斯坦弗不禁大笑起来，“你好像是犯罪案件的活档案。你可以去办一份报纸了，报名就叫‘警务新闻旧录报’吧。”

“这样的报纸读起来肯定很有意思。”福尔摩斯边说边把一小块橡皮膏贴到手指破口上，“我得小心一点，因为我经常和毒品打交道。”说着他就伸出手让我看，只见他的手上几乎到处都贴着橡皮膏，并且由于遭到强酸的侵蚀，手上的肤色都变了。

“我们有点事要和你商量，”斯坦弗边说边在一只三脚高凳上坐下，然后用脚把另一只凳子推向我这边，“我这位朋友要找个住处，而你正愁找不到合住的人，所以我想给你俩介绍一下。”

福尔摩斯听说我要和他合住，好像很高兴，他说：“我看中了贝克街一所公寓，我俩住进去很合适——如果你不讨厌烟味的话。”

我回答说：“我爱抽‘船’牌。”

“那太好了。我会经常在家里摆弄一些化学药品，偶尔也做做试验，你不介意吗？”

“不会的。”

“让我想想——我的其他缺点有——我有时心情不好，好几天都不说话，你千万别以为我这样是生气，我自己慢慢会好起来的。你的缺点呢？我想，我们合住之前，最好能彼此先了解一下对方的缺点。”

听他这么一说，我不由地笑了起来，说：“我养了条小虎头狗。我的神经受过刺激，最怕吵闹。我很懒，经常赖床。在我身体健壮起来以后，可能还有别的坏习惯，目前主要的缺点就这些。”

“你认为拉拉提琴也算是吵闹吗？”他急忙问道。

我回答说：“那要看他拉得怎样了。如果拉得好，那就有如仙乐一般好听，如果拉得不好……”

“嗯，这就好了。”福尔摩斯高兴地说，“如果你满意那房子的话，我们的事就这样定了。”

“我们什么时候去看房子？”

他回答说：“你明天中午到这儿来找我，我们一起去，把事情给定下来。”

我握着他的手说：“行，那我们明天中午见。”

我们走的时候，他还忙着他的试验。我便和斯坦弗一起向我所住的公寓走去。

“对了，我得问一下，”我突然停住脚步对斯坦弗说道，“真奇怪，他怎么会知道我是从阿富汗回来的呢？”

斯坦弗笑了笑说：“这就是他的与众不同之处，很多事情都不知道他是怎么看出来的。”

“嗯，真有意思。”我搓着手说，“很感谢你让我们认识，要知道‘研究人类最好的办法是从具体的人着手’。”

“你一定得好好研究他，”斯坦弗分别时和我说，“你会发现，他是个研究不透的人物，我敢保证，他了解你要比你了解他高明得多。再见吧！”

“好，再见！”我说，然后慢慢向我的公寓走去，我觉得新结识的这个朋友很有趣。

2. 演绎法

按照约定，第二天中午我们又见面了。我们到他提到的贝克街 221 号乙去看了看房子。这是所两室一厅的房子，室内的装饰让人感觉愉快，因为有两扇宽大的窗子，所以屋里光线充足，很明亮。总之，这房子挺让人满意的。我们合租以后，租金也不贵。因此我们当场交了钱，租下来了。当晚，我就收拾好行李搬了进去。第二天一早，福尔摩斯也跟着把几只箱子和旅行包搬了进来。我们忙着收拾屋子，忙了一两天后，一切摆设好了，我们也就安定了下来，慢慢熟悉了这个新环境。

说实话，福尔摩斯并不是一个很难相处的人。他为人文静，生活起居很有规律。晚上一般是十点钟前就睡觉了。早上，我还没起床他就吃了早饭出去了。有时，他一整天都待在化验室或解剖室里；偶尔也步行到很远的地方去，通常是伦敦城里的贫民区。在他工作得起劲的时候，没有谁的精力有他那么旺盛；但无事可做的时候，他整天在起居室的沙发上躺着，从早到晚，几乎一言不发，一动不动。每当这时，他的眼里就有那么一种茫然若失的神色。如果不是他平常生活严谨而有节制，我会怀疑他是个瘾君子。

几个星期过去后，我对他越来越有兴趣，好奇心也越来越大了。单他的相貌和外表，就足以引人注意。他身高六英尺多，又非常的瘦削，看起来显得格外修长；他目光锐利(茫然若失的时候除外)，鹰钩鼻细长，给人以机警、果断的印象；他往外突出的方下颚说明他是个很有毅力的人。他的两手虽然斑斑点点地到处是墨水和化学药品的痕迹，但动作起来非常麻利、细致——他摆弄那些精致易碎的化验仪器时，我在一旁注意到了。

我承认福尔摩斯大大引起了我的好奇心，我也老想着把他的所想所做从他嘴里套出来。读者朋友，你也许认为我这样是个不可救药的很多事的人吧。不过，请你体谅一下我的处境，我的生活是多么空虚无聊啊！即使天气特别好，我的身体状况也不允许我到外面去，而且也没什么朋友来看我。在这种情况下，我自然会对身边的福尔摩斯和他的一些秘密很感兴趣，并且，我的绝大部分时间都在试图揭开这些秘密上打发掉了。

他并不是在研究医学。有一次他回答我的一个问题时，他承认斯坦弗在这一点上的说法是正确的。他搞研究既不是为了获得学位，也不是为了在学术界崭露头角。但他却有着惊人的工作热情。在一些稀奇古怪的知识领域里，他的学识渊博得让人叹为观止。可以很肯定地说，要不是为了某种目的，没谁会这么辛勤地工作，没谁会这么认真细致。一个读书很广、很杂的人是博而不精的。除非有某种既定目标，要不是没人会在一些细节问题上花那么多的精力的。

和他知识丰富的那面相同，他知识贫乏的一面也同样惊人。关于现代文学、哲学和政治，他几乎是一无所知。当我引用托马斯·卡莱尔① 时，他竟傻里傻气地问我卡莱尔是什么人，干过些什么事情。最让我吃惊的是，他对哥白尼的学说和太阳系的构成也一无所知——都十九世纪了，一个有知识的人居然不知道地球是绕着太阳转的，真是咄咄怪事。

他见我这么吃惊，很开心地说："很奇怪吗？即使我知道这些，我也会尽力把它忘掉的。"

"把它忘掉？"

他解释说："是的。我认为人的大脑就像一间空屋子，应该有选择地把一些家具摆进去。只有傻瓜才会不管碰到什么都往里面装。这样一来，那些对他有用的东西反而会被挤出去；即使没被挤出去，也会因为和其他东西混在一起，在取用的时候也就有些难。所以，一个会工作的人，他会有选择性地吸收知识，他会非常小心仔细地选择，除了对他有用的东西外，他什么也不带进去，而他带进去的东西，则有条有理。请相信我的话，当你学习新知识的时候，多少会忘掉一些旧的知识的。所以，最要紧的是，别让那些无用的知识把有用的给挤出去。"

我申辩道："可这是太阳系的问题啊！"

他不耐烦地把我的话打断了："这跟我有什么关系？你说我们是绕着

① Thomas Carlyle(1795—1881)：英国散文家、历史学家和哲学家，著有《英雄与英雄崇拜》等书。——译者注

太阳走，但这对于我和我的工作又有什么关系呢？”

我本想问问他的工作究竟是什么，但又怕惹他不高兴，只好好好思索了一番，想努力从中找出点什么线索。他说他不想接触与他工作无关的知识，那他所拥有的知识，当然都是对他有用的。于是，我在心中把他所精通的学科列了出来，然后用铅笔写了出来。写完一看，我不由得笑了起来，原来是这样的：

歇洛克·福尔摩斯的学识范围：

1. 文学知识——无。

2. 哲学知识——无。

3. 天文学知识——无。

4. 政治学知识——很少。

5. 植物学知识——不全面，但对莨菪制剂和鸦片却很了解。对毒剂无所不知，而对实用园艺学却一无所知。

6. 地质学知识——偏于实用方面，虽然有限，但能一眼分辨出不同的土质。有一次他散步回来，曾指着溅在他裤子上的泥点给我看，并且根据泥点的颜色和坚实程度告诉我是在伦敦的什么地方溅上的。

7. 化学知识——精通。

8. 解剖学知识——精通，但毫无系统。

9. 惊险文学——很了解，似乎他对近一个世纪以来发生的所有恐怖事件都了如指掌。

10. 提琴拉得很好。

11. 善使棍棒，并精通刀剑拳击。

12. 关于英国法律方面，他具有很多实用知识。

看完这张纸条，我很失望地把它

扔到了火里面，自言自语地说：“要想通过这张纸条来探究出他的职业，那实在是太难了，不如趁早作罢。”

我在前面曾提到过他会拉提琴。确实，他的提琴拉得很出色，但也像他的其他本领一样，也有些古里古怪。我知道他能拉一些很难拉的曲子，在我的要求下，他曾为我拉过几支门德尔松的短歌和一些他所喜爱的曲子。可是当他一个人拉的时候，拉出来的曲子就很不像样了。傍晚，他靠在扶手椅上，眯上眼睛，信手弹弄着平放在腿上的提琴。琴声时而欢快高亢，时而忧郁低沉。显然，这些琴声都是他当时心情的反映。不过，这些曲子是他一时兴之所致，还是那种心情久而久之的结果，我就不知道了。对于他的那些刺耳的独奏，我非常讨厌；如果不是在这些难听的曲子后面，又给我连拉几支我喜爱的曲子作为补偿，我真会跟他翻脸。

开头的一两个星期，没人拜访我们。我还以为我的伙伴也和我一样，孤单单没什么朋友。但很快我发现认识他的人很多，而且各个社会阶层的人都有。其中有个面色黄黄、尖嘴猴腮的名叫雷斯垂德的先生，每个星期都要来那么三四次。有一天早上，来了个时髦的年轻姑娘，坐了半个多钟头才走。当天的下午，又来了个很像是犹太小贩的客人，他头发灰白，衣服破旧，看起来神色很紧张，在他身后还跟着个邋邋遢遢的老妇人。还有一次，一个白发绅士来拜访了我的伙伴。还有，一个穿棉绒制服的火车上的茶房也来找过他。每当这些形形色色的客人来拜访的时候，福尔摩斯总是请我到卧室去回避，把起居室让给他使用。他经常为此向我道歉，他说：“请原谅我占用这间起居室来办公，这些人都是我的顾客。”本来，这是我直接问他到底从事什么职业的好机会，但为了谨慎起见，我又没有勉强让他告诉我。我当时想，他不跟我说他的职业，肯定有什么原因。没想到，没过多久，他出人意料地主动跟我谈起了这个问题。

那是3月4日，我记得很清楚，我起得比平时要早一些，福尔摩斯正在吃早餐。房东太太知道我有晚起的习惯，因此，餐桌上没有为我准备食品，连咖啡也没预备好。我一时没来由地就发火了，让房东太太马上给我准备早餐。随后，我拿起一本杂志边看边等，而福尔摩斯却一声不响地只顾吃他的面包。杂志上有篇文章的标题下让人画了一道铅笔线，我自然而然地先看起了这一篇。

文章的标题有点故弄玄虚，叫什么“生活宝鉴”。这篇文章企图说明：一个善于观察的人，如果精确而系统地观察他所接触到的事物，他就会有很大的收获。我觉得这篇文章很特别，既有见解独到之处，也有荒唐可笑之处。文章推理严密紧凑，但结论却有点牵强附会。作者说从每个人每一瞬间的表情，甚至肌肉的每一牵动和眼珠的每一转动，都可以推测出这个人到底在想些什么。按照作者的说法，对于一个在观察和分析上训练有素的人来讲，是没人能骗到他的，他做出的结论简直和欧几里得的定理一样准确——这对不明白怎样去推理的门外汉来说，难免不把他视为未卜先知的天人。

文章说："一个逻辑学家能凭一滴水推测出大西洋或尼亚加拉瀑布的存在，即使他并没亲眼见过。总之，整个生活其实是一条环环相扣的链条，只要看到了其中的一环，整个链条的情况也就知道了。推断和分析的科学和手艺一样，只有经过长期和耐心的钻研才能掌握，有些人即使为它呕心沥血了一辈子，也未必能够达到得心应手的境地。初学者，在研究比较难的心理方面的问题前，可以先从简单的事情上入手。比如碰到了某个人，马上就推测这个人的来历和职业。这样的训练，看起来是有些幼稚无聊，但它确实能让一个人的观察能力变得敏锐起来，并且能告诉人们从哪些地方去观察。一个人的指甲、衣袖、鞋和裤子的膝盖部分，拇指和食指间的茧子等等，这些小部位都能显露出他的职业来。如果一个办案的人，不能从这些东西上看出点什么，那真是不可思议。"

我看到这里，忍不住把杂志往桌上一扔，大声说道："这简直胡说八道！我还从没见过这么无聊的文章。"

"哪篇文章？"福尔摩斯问道。

"就是这篇文章。"我一边坐下来吃早餐，一边用小匙子指着那篇文章说，"我想你已经看过了，下边还画了一条铅笔线呢。我承认这篇文章写得好，但我看了后，还是忍不住要生气。显然，这是哪个吃饱了饭没事做的人在胡编瞎造，一点都不切实际。我倒想把他关到火车的三等车厢里试试，看他能不能把同车人的职业一个个都说出来。我敢跟他打赌，一千对一的赌注都行。"

"那你输定了，"福尔摩斯平静地说，"这篇文章是我写的。"

"是你？！"

"是我。我在观察和推理这两方面都有不一般的才能。我在这篇文章中所提出的这些理论，你可能会觉得荒谬绝伦，但它非常实用，实用到我就是靠它来吃饭的。”

“靠它吃饭？”我不禁问道。

“是啊，这就是我的职业，我是个咨询侦探，我想这世上干这行的恐怕就只我一个，也许你明白这个职业是干什么的吧。在这伦敦城里，有很多官方侦探。他们一有困难就来找我，我帮他们指点迷津。他们把所有的证据提供给我，而我凭着我对犯罪史的了解，纠正他们的错误。其实很多犯罪行为都有类似的地方，如果你对一千个案子的细节了解得如数家珍，而不能破解第一千零一个案子的话，那就怪了。雷斯垂德是一位很有名的侦探。最近他为一个伪造案而头痛，所以他不得不找我帮忙。”

“那别的人呢？”

“他们多半是由私人侦探介绍的，都是遇到了麻烦，请我给他们出主意的。我仔细地听他们讲述各自的麻烦事情，他们则听从我的指点。我从中收取应得的报酬。”

我说：“你是说别人亲眼目睹的事情都解决不了，而你足不出户却能把问题给解决了？”

“正是这样。因为我有那么一种利用直觉分析事物的能力。有时也会碰到一些稍微复杂的案件，那么，我就得出门亲自去侦查了。你知道，我有很多特殊的知识，把它们运用到案件上去，问题就能迎刃而解了。那篇文章中提到的几个推断法虽然让你笑话了，但实际运用上，却是非常有用的。因为我有很强的观察能力。还记得我们第一次见面时，我说你是从阿富汗来的吗？我记得当时你好像很惊讶哩。”

“是的，不过，有人事先告诉了你。”

“没有那回事。我之所以一眼就看出你是从阿富汗来的，这是长久以来的习惯原因，当时一系列的思索飞快地掠过我的脑际，因此在我得出结论时，我还没察觉到它是怎么得出来的，但这中间是有着一定的步骤的。我当时是这么推理的：‘这位先生，既有医生风度，又有军人气质，无疑他肯定是位军医。他脸色黝黑，手腕的皮肤黑白分明，说明他刚从热带回来；他面容憔悴，说明他久病初愈，而且历尽了艰苦。他左臂受过伤，现在动起来还有些僵硬不便。试问，一个英国的军医在热带地方历尽艰苦，而且手臂受过伤，那他曾去过哪儿呢？自然就只有阿富汗了。’这一连串的推理，不到一秒钟就完成了。因此我一下子就脱口而出说你是从阿富汗来的。”

我微笑着说：“听你这么一说，这事还挺简单的呢。你让我想起了埃德加·爱伦·坡的作品中的侦探人物杜班来了。我真想不到除了小说以外，现实中竟会真有这样的人物存在。”

福尔摩斯站了起来，点燃了烟斗，“你以为把我和杜班相提并论就是佩服我了。可是，在我眼中，杜班只是个微不足道的家伙。他要先默想一刻钟，然后才猛地说出他朋友的烦恼事，这种伎俩未免太做作，太愚蠢了。不错，他确实有分析的能力，但他绝不是爱伦·坡心中的超人。”

“你看过加波利奥的书吗？”我问道，“你认为主人公勒高克怎样，他能算得是一个侦探吗？”

福尔摩斯轻蔑地哼了一声后，恶声恶气地说：“勒高克是个不中用的傻瓜。他除了旺盛的精力外，一无是处。那本书简直糟透了，它只谈了怎样去识别不知名的罪犯，这样的问题，我能在二十四小时内解决，可勒高克却用了半年左右的时间。有这么长的时间，可以给侦探们写一本教科书了，教导教导他们应当避免些什么。”

我听到他把我很钦佩的两个人物贬得一文不值，不由非常恼怒地走到窗子旁，对着繁华的街道，自言自语地说：“这个人虽然很聪明，但也太自负了！”

他有些不满地说：“这些天来没什么案子发生，我都快成了没用的人了。我知道我的才能足以让我成名，从古到今，还没有人像我这样，既有侦破罪行的天赋又有对罪行的细致研究。可到头来呢？竟没案可查，即使有，也不过是些简单幼稚的案子，犯罪动机一目了然，连警察厅的人也能一眼看破。”

我烦透了他这种大言不惭的谈话，于是想换个话题。

“那个人在找什么呢？”我指着街上一个身材魁梧、衣着朴素的人说。他在街那边慢慢地走着，焦急地找着门牌号码。他手上拿着个蓝色大信封，好像是给谁送信的。

福尔摩斯说：“你是说那个退伍的海军陆战队的军曹吗？”

我心想：“又吹牛说大话了。他明知道我没办法去证实那个人的身份。”刚这么一想，就见那个人看见了我们的门牌号码后，就飞快地从街对面跑了过来。一阵急促的敲门声过后，有人在楼下用低沉的声音说着什么，接着，楼梯上便响起了沉重的脚步声。

这个人一走进我们的房间，就把那封信递给了我的朋友。他说："这是给福尔摩斯先生的信。"

这正是挫挫福尔摩斯傲气的好机会——我想，他刚才是信口胡说的，绝没想到会有这么一步——我尽量用温和的声音问道："先生，请问你是干什么的？"

"当差的，先生，"那人粗声粗气地回答说，"我的制服拿去修补了。"

"你以前干过什么？"我一边问，一边略带嘲笑地瞥了福尔摩斯一眼。

"我在皇家海军陆战轻步兵队中当过军曹。"接着他转向福尔摩斯，"先生，你没有回信吗？好吧，再见。"

他立了个正，举手敬礼，然后走了出去。

3. 劳瑞斯顿惨案

福尔摩斯的推测又一次得到了证实，我得承认，这又让我大吃了一惊，但我还是有些怀疑，怀疑这是他事先布置好来捉弄我的圈套，至于为什么要捉弄我，我就不知道了。当我看他的时候，他已看完了来信，两眼茫然出神，一副若有所思的样子。

"你是怎么推测出来的？"我问他。

他粗声粗气地问："推测什么？"

"嗯，你是怎么推测出他是个退伍的海军陆战队的军曹的呢？"

"我没时间谈这些鸡毛蒜皮大的小事，"他粗鲁地回答说，然后又笑了，"请原谅我的无礼。你把我的思路打断了，但这没关系，你，你真没看出他曾是个海军陆战队的军曹吗？"

"真的没看出。"

"其实这很简单，但要我解释是怎么推测的，就不那么简单了。就像要你证明二加二等于四一样，你明知道这是不容置疑的事实，但还是很困难。我隔着街看见那个人手背上纹着一只蓝色的大锚，这是海员的特征。

何况他不仅留着军人式的络腮胡子，而且一举一动很有军人气质，因此，我敢肯定他是个海军陆战队员。你一定也看到他昂首挥杖的那副姿态吧，像是发号施令似的，挺神气，挺自高自大，但又不失稳健和庄重——因为这些情况，所以我断定他当过军曹。”

“真神了！”我情不自禁地喊出声。

“这也没什么。”福尔摩斯说。但看得出来，他见我对他感到十分惊讶和钦佩而得意。“我刚才还说没案可查，现在就有了——你看看这个！”他说着就把送来的那封信扔到我的面前。

“哎呀，”我粗略地看了一下，不由吃惊地叫了起来，“真恐怖！”

他很镇静地说：“这个案子的确很不寻常。请你大声地给我念一念信好吗？”

我拿起信念了起来：

亲爱的福尔摩斯先生：

昨晚，布瑞克斯顿路的尽头，劳瑞斯顿花园街3号发生了一宗凶杀案。今晨两点钟左右，巡逻警察发现这个地方有灯光，因为该巡警知道这房子一向无人居住，所以怀疑出了事。他走近后，发现房门开着，大厅空荡荡的，躺着一具男尸。该尸衣着齐整，口袋中有写着“伊瑙克·J·瑞伯，美国俄亥俄州克利夫兰城人”等字样的名片。经查，除发现屋内的几处血迹外，未见死者身上有伤痕，现场也没有抢劫迹象。死者是怎样进入空屋的，我们百思不得其解，对此案束手无策。斗胆请你在十二点前去一趟现场，我将在那里恭候你。在你到来前，我们将保护好现场。如果你不能来，我将给你汇报全部详细情况，如能给我指点一二，不胜感激。

特白厄斯·葛莱森

福尔摩斯说道：“葛莱森在伦敦警察厅算是首屈一指的能人。他和雷斯垂德是那帮蠢货中的佼佼者。他们两个本来也算是眼明手快、机警干练的人，但都太因循守旧了，何况他们还明争暗斗，就像两个卖笑的妇人一样互相猜忌、钩心斗角。如果他俩都插手这个案子的话，就有好戏看了。”

看到福尔摩斯还在不慌不忙、若无其事地侃侃而谈，我非常着急，不由大声地叫道：“别再耽误时间了，我去给你叫辆马车来吧！”

“我还没决定去不去呢，你急什么？虽然有时我很勤快，但懒起来的时候比谁都懒。”

“什么？你不是一直在等着这一天的到来吗？！”

“是啊，但这事与我无关，我是个非官方人士，即使我把案子给解决了，功劳也会被葛莱森和雷斯垂德那帮人捞走的。”

“但他们现在请了你帮忙呀。”

“这是他们知道我比他们强，但他们不想让别人知道这一点。好了，尽管这样，我们也得去瞧瞧，即使我什么也得不到，我也要一个人单独把这案子给破了，好让他们出出丑。”

他匆忙披上大衣，一副急于跃跃欲试的样子。

“戴上你的帽子。”他对我说。

“你让我也去吗？”

“是的，你要是没别的事的话。”一分钟以后，我们坐上了一辆马车，急急忙忙地往布瑞克斯顿赶。

这是个阴沉的早晨。福尔摩斯一路上颇有兴趣地大谈特谈意大利克里莫纳[①]出产的提琴以及斯特莱迪瓦利[②]提琴和阿玛蒂[③]提琴的区别，而我却因为这突发的事件和阴郁的天色而闷闷不乐，一言不发地听着。

最后我终于忍不住打断了福尔摩斯在音乐方面的谈论，我说：“好像你对这个案子漫不经心似的。”

他回答说：“哪能呢，只不过我有在没掌握全部材料前不随便下判断的习惯。因为那样常常会产生错误的判断。”

“你很快就能得到些材料了。”我指着前面说，“如果我没弄错的话，布瑞克斯顿路就到了，而那里就是出事的那幢房子。”

“对，就这儿，停车，车夫，快停！”在离那幢房子还有一百码左右的地方，他就坚持要下车，剩下的那段路，我们就步行。

劳瑞斯顿花园街3号，看起来就像一座凶宅。这里一连有四幢离街稍远的房子，两幢有人居住，两幢空着，3号就是空着的一幢。它临街的一

---

① 克里莫纳为意大利著名提琴产地。——译者注

② 斯特莱迪瓦利(Antonio Stradivari)：克里莫纳提琴制造家，死于1737年。——译者注

③ 16—17世纪时克里莫纳的阿玛蒂家族以制造上好提琴闻名于世。——译者注

面有三排窗子，尘封的玻璃上到处贴着“招租”的字样，景况极为凄凉冷清。每幢房子前面都有个小花园，把它们与街道隔开。小花园里有一条用黏土和石子铺成的黄色小道，它被昨晚的大雨弄得泥泞不堪。花园周围有约三英尺高的矮墙，墙头装有木栅。一个身材高大的警察倚墙而立，墙外有几个人伸着脖子往屋里张望，但什么也看不到。

福尔摩斯并不像我想象的那样马上进屋去侦查，他似乎并不着急，甚至有点儿漫不经心，我见他这模样，觉得他有点儿装腔作势。他在人行道上走来走去，一会儿看看地面，一会儿抬头看天和看对面的房子与墙头的木栅。后来他又慢慢地从路边的草地上走过去，仔细察看着泥泞的小路。他停下过两次，有一次我还看见他露出了笑容，并且听到他欢呼了一声。这泥泞不堪的黏土路上，由于警察来来往往不知踩过多少回了，留下了很多脚印，我真不明白他能从上面辨认出什么。然而我还是相信他敏锐的观察力，相信他一定发现了很多我没发现的东西。

一个头发浅黄脸色白皙的高个子站在房子的门口迎接我们，他手里拿着笔记本，他跑上来热情地握住福尔摩斯的手说：“你来了就好办了，我们把现场保护起来了，一切都保持原样。”

“但那个没保护好！”福尔摩斯指着那条小路说：“那里比被一群水牛踩过还要糟。葛莱森，看来你已经得出了结论，要不你不会让别人这样做吧？”

葛莱森推托地说：“我在屋里忙着呢，外边的事我全托付给我同事雷斯垂德了。”

福尔摩斯瞥了他一眼，挤了挤眉毛，说：“有你和雷斯垂德这两位人物在，第三个人当然发现不了什么了。”

葛莱森得意地搓了搓手说：“我想我已经尽力了，这案子的确很离奇，很适合你的胃口。”

“你没坐马车来吧？”福尔摩斯问道。

“没坐，先生。”

“雷斯垂德呢？”

“他也没有。”

“那么，我们进屋看看。”

福尔摩斯问完这无头无脑的话后，大踏步进了屋。葛莱森有些惊讶地跟在后面。

有一条短短的过道通向厨房，过道上没铺地毯，积满了灰尘。过道两边各有一扇门。其中一个显然已经很久没开过，另一个是餐厅的门，惨案就发生在这个餐厅里。福尔摩斯走了进去，因为看见死尸，跟在他后面的我，心情异常沉重。

这是间方形大屋子，因为没有家具陈设，所以更显宽大。墙壁上贴着廉价的壁纸，有些地方斑斑点点起了霉，有些地方还大片大片地剥落，里面黄色的粉墙都露了出来。正对着门的，是一个漂亮的壁炉，壁炉框是用白色的假大理石料做的，炉台上有一段红色蜡烛。整个屋子只有一扇窗子，而且还是灰蒙蒙的，所以屋里的光线很暗。

上面这些都是我后来才看到的。我刚进去的时候，注意力全集中在那具非常恐怖的尸体上。他僵卧在地板上，翻白的眼睛盯着褪了色的天花板。死者四十三四岁的样子，中等身材，一头乌黑鬈发，短硬胡子，宽肩膀，身穿厚厚的黑呢礼服和背心，装着白净的硬领和袖口，浅色裤子。耳旁有一顶整洁的礼帽。死者双拳紧握，两臂大张，两腿交叠，看来他死前曾痛苦地挣扎过。死者面貌凶恶、龇牙咧嘴，看来他非常愤恨和恐惧。他前额低削、鼻子扁平、下巴外突，有些像怪模怪样的扁鼻猴。我曾见过各种各样的死人，但没见过比这还恐怖的。

向来瘦削而且有侦探风度的雷斯垂德，站在门口向我们打招呼。

他说："这案子一定会轰动全城的，先生，我也不是办案的新手了，可我还真没见过这么离奇的事。"

葛莱森问道："有什么线索吗？"

雷斯垂德回答说："一点也没有。"

福尔摩斯走到尸体跟前，蹲下身仔细地检查着。

"你们敢肯定死者没有伤痕吗？"他指着周围的血迹问。

两个侦探异口同声地说："绝对没有。"

"那么，这些血迹一定是另一个人的了，也许是凶手留下的。如果这是凶杀案的话，这倒让我记起了一八三四年修垂克特的范·坚森死时的情况。葛莱森，那个案子你还记得吗？"

"忘记了，先生。"

"你应该看一下那个案子的记录。有好多所谓的新鲜事其实并不新鲜。”

他边说边用灵敏的手指这摸摸，那按按，一会儿又解开死者的衣扣，检查一番。眼睛里又流露出茫然的神情。最后，他嗅了嗅死者的嘴唇，又看了一下死者的靴底。

“尸体一直没动过吗？”他问。

“除了必要的检查外，没有动过。”

“现在可以把他拉走埋了，”他说，“没什么需要再检查的了。”

葛莱森早就准备了一副担架和四个抬担架的人。他一招呼，他们就进来把死者抬了出去。当他们把尸体抬起来时，一枚戒指滚落到了地板上。雷斯垂德连忙拾起它，吃惊地看着。

“一定有个女人来过。这是一枚女人的结婚戒指。”

他一边说，一边把托着戒指的手伸给大家看。我们围了上去。果然是新娘戴用的金戒指。

葛莱森说：“如此一来，案子更复杂了。”

福尔摩斯说：“也许这枚戒指能使这案子简单一些呢！这样傻呆呆地看它是没有用处的。你在死者衣袋里都发现了些什么东西？”

“都在这儿，”葛莱森指着楼梯最后一级的一小堆东西说，“一块伦敦巴罗德公司制的97163号金表，一条又重又结实的艾尔伯特金链；一枚刻着共济会会徽的金戒指；一枚金别针，别针上有个虎头狗脑袋，狗眼是两颗红宝石。还有俄国皮料的名片夹，里面装有克利夫兰伊瑙克·J·瑞伯的名片，名字和衬衣上‘E·J·D’三个缩写字母相符。没有钱包，只有七英镑十三先令零钱。一本袖珍版的卜迦丘[1]写的《十日谈》，扉页上写着约瑟夫·斯坦节逊的名字。另外还有两封信——一封是给瑞伯的，另一

① 卜迦丘(Boccacil，1313—1375)：意大利小说家。——译者注

封是给约瑟夫·斯坦节逊的。”

“是寄到哪里的？”

“河滨路美国交易所留交本人自取。信是从盖恩轮船公司寄来的，信里告诉了他们轮船什么时候从利物浦出发。看来这个倒霉的人正准备回纽约。”

“你们调查过斯坦节逊吗？”

“先生，我当时马上就调查了。”葛莱森说，“我已经把寻人启事送到各家报社去刊登，还派了人到美国交易所去打听，人还没回来呢。”

“你们跟克利夫兰方面联系了吗？”

“今天一早我们就给那边发了电报了。”

“电报上说了些什么？”

“我们把案子的情况详细说了一下，并且请他们提供一些有用的情报。”

“你没有着重提到你认为很关键的问题吗？”

“我提到了斯坦节逊这个人。”

“没再问别的？难道整个案子里一个关键性问题都没有？你不能再发个电报吗？”

葛莱森没好气地说：“在电报上我把该说的都说了。”

福尔摩斯暗暗笑了笑，正想说些什么，这时雷斯垂德又来了，他洋洋得意地搓着双手。我们刚才和葛莱森在屋里谈话的时候，他在前面的大厅。

“葛莱森先生，我刚刚发现了一件非常重要的事情——幸亏我仔细检查了墙壁，否则就漏掉了。”这个小子说话时，眼睛炯炯有神，显然他是在炫耀他的重大发现。

“请跟我来。”他一边说，一边快速地回到了前厅。由于尸体抬走了，屋里的空气好像清新了很多。

“好，就站那里吧！”

他把火柴划亮，举起来照着墙壁。

“看看这个！”他得意地说。

前面说过，墙上不少壁纸都剥落了。雷斯垂德指着的那个墙角上，壁纸剥落在地，黄色的粉墙露了出来。上面有个用血写就的草字：“瑞契

(RACHE)”。

“怎么样？”雷斯垂德像马戏团老板夸耀自己的把戏一样大声说，“谁都没看到它，因为它在屋里最暗的角落里，谁都不会想到到这里看看。这是凶手蘸着自己的血写上的。看，墙上还有血往下流的痕迹呢！可见，死者绝不是自杀。为什么写在这个角落里呢？你们看看壁炉上的那段蜡烛吧，把它点着了，这个墙角就是最亮而不是最暗的地方了。”

葛莱森轻蔑地说：“可是，这个字能说明什么呢？”

“说明什么？这说明凶手要写一个女人的名字‘瑞契儿’(Rachel)，但因为某种原因，凶手来不及写完。你先记住我的话，到案子破了后，你肯定会发现有个叫‘瑞契儿’的女人和本案有关联。当然，福尔摩斯先生，尽管你断案如神，你尽可以笑话我，但姜还是老的辣。”

福尔摩斯听他这么一说，忍不住放声大笑起来，这一笑就把那小个子给激怒了。福尔摩斯说：“真对不起！确实是你第一个发现这个字的，你立大功了。而且正如你所说，这字确实是昨晚惨案中另外一个人写的。刚才我还来不及检查这屋子，如果你不介意的话，我想现在开始检查。”

福尔摩斯说着，很快地从口袋里把卷尺和一个大的圆形放大镜拿了出来，然后在屋里走来走去，时而立住，时而蹲下，有一次还趴在地上了。他专心致志地工作着，好像我们不存在似的，他一直自顾自地低声说着什么，时而惊呼，时而叹息，时而吹起口哨，时而高兴地小声叫起来。看到他这种模样，我不由想起了那种训练有素的纯种猎犬，它在丛林中跑来跑去，狺狺吠叫，不嗅出猎物的踪迹绝不罢休。他一直检查了二十分钟，小心仔细地测量了一些痕迹之间的距离，而那些痕迹，凭肉眼是看不出来的。他偶尔也让人莫名其妙地测量墙壁。后来，他从地板上的什么地方捏了一小撮灰色尘土，小心翼翼地把它装入到一个信封里。接着又用放大镜一个字母、一个字母地把墙上的血字很仔细地检查了一遍，然后很满意地把卷尺和放大镜放回衣袋。

他微笑着说：“有人说勤奋出天才。虽然这个定义下得有些武断，但用在侦探工作上，倒确实如此。”

葛莱森和雷斯垂德很好奇又很有几分轻蔑地看着福尔摩斯的一举一动，显然他们还不明白福尔摩斯——我已经看出来了——其实，他的每个、哪怕最细微的动作，都有着实际而又明确的目的。

“先生，你看出什么来了吗？”他们两个一起问道。

“要是我插手的话，就免不了要和你们争功。你们现在进展得很顺利，不需要人来插一手。”福尔摩斯有些讥讽地说：“如果你们随时告诉我侦查的进展情况，我会尽力协助的。现在我还想和发现这具尸体的巡警谈谈，你们知道他的姓名和住址吗？”

雷斯垂德看了看他的记事本说：“他叫约翰·兰斯，家住肯宁顿花园门路奥德利大院 46 号。他现在下班了，你可以去那里找他。”

福尔摩斯把地址记了下来。

“走吧，医生，我们找他去。”他先是跟我说话，接着又回过头对两个侦探说：“告诉你们对这个案子有些帮助的事情吧，这是宗谋杀案。凶手是个六英尺多高的中年男子，他的脚有点小，穿一双方头的粗皮靴子，抽印度雪茄。他是和死者坐同一辆马车来的，拉这辆马车的那匹马有三只蹄铁是旧的，只有右前蹄的蹄铁是新的。这个凶手可能是个红脸汉，他的右手指甲很长。就这么一点儿，希望能对你们有所帮助。”

雷斯垂德和葛莱森面面相觑，有些怀疑地笑了笑。

雷斯垂德问道，“如果他是被人害死的，那么他是死于什么手段呢？”

“毒死的。”福尔摩斯简单地回答，然后大步向门外走去，走到门口时，又回过头补充说：“补充一点，雷斯垂德，在德文中，‘瑞契’这个字是复仇的意思，请别再浪费时间去找什么‘瑞契儿小姐’了。”

福尔摩斯说完就转身走了，剩下两位侦探目瞪口呆地待在那里。

4. 警察兰斯的叙述

我们是在下午一点钟离开劳瑞斯顿花园街 3 号的，福尔摩斯和我先到附近的电报局发了封电报。然后叫了辆马车，赶往兰斯家里。

福尔摩斯说：“直接取得的证据比什么都重要，虽然我对这个案子已经胸有成竹了，但我还是把情况查个一清二楚的好。”

“福尔摩斯，你真让人莫名其妙。刚才你说的那些细节，你真那么肯定吗？”

“当然了。”他回答说，“我一到那里就看到了马路石沿旁有两道马车车轮的痕迹，因为在昨晚下雨前晴了一星期，所以留下这个很深的车辙肯定是昨晚到那里的。另外，还有马蹄的印子。其中有一个比其他三个要清晰得多，无疑这说明那只蹄铁是新装的。既然车子是雨后到那里的，而且葛莱森也说过，整个上午又没马车经过，所以，凶手和死者是坐那辆马车到那幢空屋去的。”

“听你这么一说，好像挺简单的。”我说，“但你又是怎么知道凶手的身高的呢？”

“这个嘛，也很简单。一个人的身高，可以根据他步伐的大小测出来，不过我现在把方法教给你也没有用。我是在屋外泥泞小路和屋里地板的尘土上量出那个人步伐大小的。接着我又用另一个方法验证了我的计算结果——人们在墙上写字的时候，通常会很自然地写在和视线平行的地方——而那墙上的字迹刚好离地六英尺高，非常凑巧。”

“他的年龄呢？”我又问道。

“这也简单——如果有个人能很轻松地跨过四英尺半宽的水洼，那他不可能是一个老头，小花园的甬道上就有个这么宽的水洼，他是一步迈过去的，而穿漆皮靴子的死者却是绕着走过的——这一点也不神秘，只不过是我那篇文章中提出的一些观察和推理的方法在实际中的应用而已。你还有什么不明白的吗？”

“指甲和印度雪茄呢？”我继续问。

“墙上的字是一个人用食指蘸血写的，写字时刮下了不少墙粉——这是我用放大镜看出来的——如果凶手的指甲修剪过，就不会这样了。我还从地板上发现了一些烟灰，这些烟灰颜色很深，而且呈片状。我专门研究过雪茄烟灰，并且写过这方面的论文，无论是什么牌子的雪茄或纸烟的烟灰，我都能分辨出来，所以，我一看就知道这是印度的雪茄。一个干练侦探与葛莱森、雷斯垂德之流的不同就体现在这些细枝末节上。”

“红脸是怎么推测出来的呢？”我又问道。

“嗯，那是一个更大胆的推测，不过我相信我是对的。在案子还没弄清前，请先别问我这个问题吧。”

我摸了摸脑袋说：“我越来越摸不着头脑了——那两人到底是怎么进

的屋子，送他们去的车夫又怎么样了？一个人怎能迫使另一个人服毒？血又是从哪里来的？凶手既然不是为谋取钱财而杀人，那他的目的又是什么？女人的戒指又是从哪儿来的？最主要的是，凶手在离开之前为什么要用德文在墙上写下‘复仇’的字样呢？——我没法把这些问题联起来一块想。”

福尔摩斯赞许地微笑着。

他说：“你把案子的疑点总结得很好，简明而扼要。虽然我现在还有很多地方不够清楚，但大体上我已有了眉目。至于雷斯垂德发现的那个血字，只不过是一个圈套而已，企图让警察误以为它是什么秘密党团干的。其实那字并不是德国人写的，真正的德国人写‘A’用的是拉丁字体，而他不是。所以我敢肯定，这字绝不是德国人写的，而是一个自作聪明的人模仿着写的，这种伎俩有点类似画蛇添足。好了，医生，我只能给你讲到这里了，要知道，魔术家的戏法一旦说穿，就得不到别人的赞赏了。同样，我把我的秘诀告诉你的话，你会认为我福尔摩斯只不过是个很平常的人罢了。”

“这哪能呢。”我说，“我觉得你差不多把侦探术发展成一门精确的科学了。”

福尔摩斯听我态度诚恳地说了这么一句话，高兴得脸都红了，就像一个姑娘听到别人称赞她漂亮时一样。

“我再跟你说一点，”他说，“死者和凶手是同乘一辆马车来的，而且还很友好似的，互挽着胳膊走过了花园小路。他们进屋后，穿漆皮靴子的死者是站着没动的，而穿方头靴子的人却在屋里不停地来回走动——我从地板的尘土上看出了这些情况——他越走越激动，步子也越来越大了。他边走边说着什么，最后狂怒起来，于是惨剧就发生了。现在我把所知道的一切都告诉你了，其余的都是些猜测和臆断。好在我们有了着手下一步的好基础，咱们得抓紧时间，下午阿勒还有场音乐会呢，听说是诺尔曼·聂鲁达的，我想去听听。”

在我们说话的过程中，车子不断地在昏暗的大街小巷穿行。最后，在一条最脏、最凄凉的巷口，车夫把车停了下来，“奥德利大院就在那边，”他指着一条黑砖墙的胡同说，“我在这等你们。”

奥德利大院是一个大杂院。我们穿过那条狭窄的胡同，便到了这个方形大院，院内是石板铺就的地面，四周有一些肮脏简陋的住房。我们从穿着破烂的孩子堆里穿过后，又钻过了几排晒着的褪了色的衣服，然后才来到46号门前。46号的门上钉了个写着“兰斯”字样的小铜牌。我们一打听，知道兰斯警察正在午睡，我们便在前边的小客厅里等他出来。

兰斯很快就出来了，不过，因为我们打搅了他睡觉，他有些不高兴地说：“我把我知道的都给局里报告过了。”

福尔摩斯从衣袋里掏出一个半镑的金币，有所暗示地在手中玩弄着。他说：“我想请你把事情从头到尾再说一遍。”

兰斯两眼盯着小金币说：“我很乐意把我知道的一切奉告给你们。”

“我想知道事情的经过，越详细越好。”

兰斯在马毛呢的沙发上坐了下来，他皱起眉头，好像在下决心不让他的叙述有一点遗漏。

“这事得从头说起。”他说，“我值的是晚班，从晚上十点到第二天早上六点。晚上十一点钟时，白哈特街有人打架，除此外，我巡逻的地区非常平静。凌晨一点钟，天开始下雨。这时我遇到了亥瑞·摩切，他是在荷兰树林区一带巡逻的。我俩就站在亨利埃塔街的拐角处聊天。到大约两点钟时，我想该去转一圈了，看布瑞克斯顿路有事情发生没有。这是条又偏又烂的路，路上一个人也没有，只有一辆马车从我身边驶过。我慢慢走着，心想，要有一壶热酒喝喝那该多好。正想着，忽然发现那幢房子有灯光。我早知道劳瑞斯顿花园街有两幢空房子，其中一幢的最后一个房客患伤寒病死了，房东还是不愿把阴沟修修。所以我一看到那幢房子有灯光，就吓了一大跳，心想，肯定出事了。等我走到屋门口——”

“你就停住了脚步，转身又回到了小花园的门口。”福尔摩斯突

然插话说道，“你为什么要转身呢？”

兰斯跳了起来，惊讶地瞪圆了大眼盯着福尔摩斯。

“天哪，确实是这样，先生，您是怎么知道的——唉！当我走到屋门口的时候，我突然觉得太冷清了，我想还是找个人和我一起进去的好。人世上的东西我并不怕，天晓得怎么回事，我突然想起了那个患伤寒病死去的房客，也许是他来检查那条害他致死的阴沟了吧。这么一想，吓得我转身就走，退回到花园的大门口，看能不能望见摩切的灯，可是什么也没看见。”

“街上一个人都没有吗？”

“一个人都没有，先生，连狗都没看到。我只好鼓起勇气走了回去，把门推开。屋里静悄悄的，于是我就走进了那间有灯光的房间。只见壁炉台上点着一支红蜡烛，烛焰摇摆不定，烛光下——”

“先打住。你看见的那些情况我都知道了。你在屋里走了几圈后在尸体旁边跪了下来，接着，你又走过去推厨房的门，然后——”

兰斯听到这里又突然跳了起来，一脸的惊惧和怀疑的神色。他大声说道：“你当时躲在哪儿，看得这么清楚？我想，这些事都是你不该知道的。”

福尔摩斯笑着拿出了他的名片，扔给桌子对面的这位警察。“你可别把我当作凶手逮住，”他说，“我们其实是自己人，这一点葛莱森和雷斯垂德先生都会证明的——你接着讲下去吧，以后你又干了些什么？”

兰斯重新坐了下来，脸上仍然还有些怀疑的神色。他接着说：“我跑到大门口，吹响了警笛，摩切和另外两个警察闻声赶来了。”

“当时街上没别的人吗？”

“没有，凡是正经点的人早就回家了。”

“这话是什么意思？”

兰斯笑了笑说：“这辈子我见过不少醉汉，可还没见过像那个家伙那样烂醉如泥的。我跑出来的时候，他正靠着门口的栏杆，大声唱着考棱班[①]的那段小调，他醉得连站都站不稳了，这种人真拿他没办法。”

“他是个什么样的人？”福尔摩斯问道。

① 考棱班 (Columbine) 为一出喜剧中的女角。——译者注

福尔摩斯这一打岔让兰斯有些不高兴，他说：“他是个很少见的醉鬼。如果当时我有空的话，我肯定会把他带到警察局去。”

“他的脸和衣服，你注意到了吗？”福尔摩斯又忍不住插嘴问道。

“我当时注意到了，我和摩切还搀扶过他呢。他是个高个子，红脸，长着一圈——”

“好了，够了。”福尔摩斯大声说道，“后来他怎样了？”

“我们当时太忙了，没工夫照看他。”他说。

接着，这位警察又很不高兴地说：“我敢打赌，他肯定还认识回家的路！”

“他穿什么衣服？”

“一件棕色外套？”

“他手里拿马鞭了吗？”

“马鞭？没有。”

“他一定把马鞭给扔了，”福尔摩斯嘀咕着，“后来你没有见过或听到过一辆马车驶过去吗？”

“没有。”

“好了，这块半镑金币归你了，”福尔摩斯说着，站了起来，戴上帽子，“兰斯，我想你一辈子都得不到提升了。你那个脑袋真是白长了。本来你可以捞个警长干干的。知道吗，昨晚在你手上溜走的那个醉鬼，是这个案子的重要线索，我们正在找他。现在说什么都白搭。好了，就这样子。走吧，医生。”

说完，我们一起出来找我们的那辆马车，剩下那个警察半信半疑地待在那儿。

在坐车回家的路上，福尔摩斯很气愤地说：“真是个蠢货！这么千载难逢的升迁好机会，竟让他白白放过了。”

“我还是弄不明白。当然那个警察说的醉鬼与你所想的凶手的情况正好符合，但他为什么要去而复返呢？”

“戒指，先生，他回来是为了戒指。要是我们没别的办法的话，可以拿这个戒指做饵，引他上钩。我一定能逮住他的，医生，我敢跟你打个赌，二比一都行，我一定能逮住他——这一切我得感激你呢，要不是你，我才不会管这个案子呢，这个从没遇到过的最好的研究机会也就错过了。

我们把这次行动叫‘血字研究’吧？在这平淡无奇的生活中，谋杀案就像贯穿其间的一根红线。我们的任务就是去找到它，把它清理出来，彻底地给以暴露。我们先去吃饭吧，然后再去听诺尔曼·聂鲁达的音乐会。她的指法简直没得说，她把肖邦的那段什么小曲子真是演奏得妙极了：特拉——拉——拉——利——利拉——莱。”

看着福尔摩斯云雀般在马车上唱个不停，我不禁想到，人类的头脑真是无所不能啊。

5. 广告引来了不速之客

忙了一上午后，我的身体有些吃不消了，所以，福尔摩斯去听音乐会后，我非常疲倦地躺到了沙发上，想睡它一两个小时，可怎么也睡不着。上午发生的事情让我静不下心来，满脑袋的胡思乱想。只要我一合眼，死者的歪扭得像猴子一样的脸就浮现在我眼前。他长得太丑恶了，如果相貌真能说明一个人的罪恶的话，我还真会感谢那个凶手，把伊瑙克·瑞伯这么丑恶的人给杀了。尽管这样，我还是认为处理问题应当公平点，因为在法律上，被害人的罪行并不能把凶手的罪行抵消。

福尔摩斯推测说，死者是被毒死的，我越想越觉得这个推测很大胆。我记得福尔摩斯曾嗅过死者的嘴唇，他肯定是嗅出什么来了，否则他不会这么说的。何况，尸体上既没跌打的伤痕，又没勒死的迹象，如果不是中毒而亡，那致死的原因又是什么呢？不过，从另一方面来看，地板上大滩的血迹是谁的呢？屋里没有厮打的迹象，也没有凶器留下。如果这些问题得不到解决，我想，不管是我还是福尔摩斯，谁都睡不安稳。从他那种镇静自如的样子看来，他已经胸有成竹了，只不过我还一时想不明白而已。

福尔摩斯很晚才回来。我想，他不可能是听音乐会听到这么晚的。他回来的时候，晚饭都准备好了。

“今天的音乐真棒！”福尔摩斯说着坐了下来，“你记得达尔文的那句话吗？他说，人类还不会说话之前，就有了创造音乐和欣赏音乐的能力了。在我们的心灵深处，还遗留着对远古时代的一些朦朦胧胧的记忆，这也许就是人类容易被音乐感染的原因。”

我说：“这种说法太广泛了些吧？”

福尔摩斯说：“一个人要描述大自然，那么，他的想象就得像大自然一样广阔——你怎么了？布瑞克斯顿路的案子把你弄得心神不宁了吧？”

“老实说，是这样的。”我说，“经过阿富汗的那次战斗，我本该变得坚强起来。在迈旺德战役中，我曾亲眼看到战友们血肉横飞的情景，可我并没害怕过。”

“我能理解你。这个案子有点神秘，容易引起想象，一想象，恐惧也就跟着来了。你看过晚报了吗？”

“没有。”

“晚报很详尽地报道了这个案子，但它没提到抬尸时有枚女人的结婚戒指掉到地板上，不过，没提更好。”

“为什么？”

“你看看这个，”福尔摩斯说，“我们分别后，我把这则广告送到了各家报社，让他们给登上。”

他把报纸递了过来，我看了一眼他指着的地方。这是“失物招领栏”的第一则广告。广告是这样写的：

> 今晨在布瑞克斯顿路，白鹿酒馆和荷兰树林之间拾到结婚戒指一枚。请失主今晚 8 时至 9 时到贝克街 21 号乙华生医生处认领。

“请别介意，”福尔摩斯说，“我用你的名义打了广告。我想，用我的名字的话，可能会被一些笨蛋侦探识破我的计谋，从而插手这个案子。”

“这没什么关系，”我说，“不过，有人来领的话，我可没戒指给呀。”

“不，你有，”他说着就给了我一枚戒指，“这枚能应付过去，它几乎和原来的一模一样。”

“那么，来领取戒指的人会是谁呢？”

“唔，肯定是那个穿棕色外套的男人——我们那位穿方头靴子的红脸朋友。即使他自己不来，他也会打发一个人来的。”

“难道他不会觉得这有些冒险吗？”

“绝不会。如果我没看错的话——我有很多种理由相信我没看错。那个人为了这枚戒指会冒任何危险的。我想，戒指是他俯身察看死者尸体时掉下的，他当时并没发觉。直到离开那幢房子以后，他才察觉戒指不见了，于是又急忙回去。但是，这时他发现，由于他的粗心大意，忘记熄掉蜡烛，把警察引进了屋里。他怕暴露自己，不得不装成一个大醉鬼。你不妨设身处地替他想想：他很有可能会以为戒指是在他离开现场后，掉在路上了。所以，他自然会急急忙忙地搜寻晚报上的招领栏目，希望有所发现。他看到我们的广告后一定会高兴得喜出望外的，怎么会想到这是一个圈套呢？他不会把戒指和谋杀案联系在一起的。所以，他会来的，一小时内你准会见到他的。”

“他来了后我们怎么办呢？”我问道。

“嗯，到时候我来应付他。你有什么武器吗？”

“我有一支旧的军用左轮手枪，还有一些子弹。”

“你把它擦干净，装好子弹吧，这家伙是个亡命之徒，尽管我们可以出其不意捉住他，但还是防备一下好。”

我按他的意思，回到卧室做好了准备。当我拿着手枪出来的时候，餐桌已经收拾干净了，福尔摩斯正在信手拨弄他心爱的提琴。

“案情越来越明朗了——我给美国发的电报有回音了，刚才那边的来电证明了我对这个案子的推测是正确的。”

我急忙问：“真的吗？”

“我的提琴换上新弦后更好了，”福尔摩斯答非所问，“你把手枪放衣袋里吧。那个家伙进来的时候，你要若无其事地跟他说话，别的由我来应付。千万别大惊小怪，以免打草惊蛇。”

"现在八点了。"我看了一下表说。

"几分钟后，他就该到了。你把门稍微打开些。好了。把钥匙插在门里边。好，谢谢。你看看这本珍贵的古书，我昨天在书摊上偶然买到的，书名是《论各民族的法律》，用拉丁文写的，比利时列日出版社一六四二年出版。这本棕色封面的小书出版的时候，查理一世[①]的脑袋还没掉呢。"

"作者是谁？"

"是菲利普·德克罗伊，不知是怎样的一个人。扉页上写着'威廉·怀特藏书'，字迹褪色了。这个威廉·怀特也不知道是谁，可能是17世纪的一位实证主义法律家吧，连他的字里都蕴含着一种法律家的风格——那个人来了，我想。"

话音刚落，门铃就大响起来。福尔摩斯轻轻站起身，把他的椅子向房门口移近了一点儿。接着，我们听到女仆走过走廊，打开门闩的声音。

"华生医生住这儿吗？"一个态度粗鲁但语音清楚的人问道。我们没听到女仆的回答，只听到大门关上的声音，接着，有人上楼了，慢吞吞地，像是拖着脚走。福尔摩斯竖起耳朵听着，显得有些吃惊。慢慢地，脚步声沿着过道缓慢地走了过来，接着，门被轻轻地叩响了。"请进。"我大声说道。

出人意料的是，应声而入的并不是一个凶神恶煞似的人物，而是一位满脸皱纹的老太婆，她蹒跚着走了进来。她刚进门时，被强烈的灯光映花了眼。她行了礼后，站在那儿，老眼昏花地看着我们，一只手颤个不停地在口袋里掏着什么东西。我看了一眼福尔摩斯，只见他非常失望，一副怏怏不乐的样子。而我装出一副若无其事的样子。

老太婆好不容易掏出一张报纸，用手指着我们登的那个广告说："先生们，我是为这个来的。"说着，她深深地鞠了一躬，"广告上说，在布瑞克斯顿路捡到一个结婚戒指。这是我女儿赛莉的，她去年这时嫁给一个英国船上的会计。他回来要发现我女儿的戒指掉了，我简直不知道他会怎样对待我女儿。他这人是个急性子，喝了点酒后，脾气暴得不得了——对不起，事情是这样的，昨晚她去看马戏，和——"

---

① 指英王查理一世。1649年1月30日，他经议会组织的法庭审判后，以民族叛徒的罪名被处以死刑。——译者注

“这是她的戒指吗？”我问道。

“就是这枚！”老太婆叫了起来，“谢天谢地！赛莉今晚可要高兴死了。”

我拿起一支铅笔问：“您住哪儿？”

“红兹迪池区，邓肯街13号。离这儿远着呢。”

福尔摩斯突然说：“布瑞克斯顿路并不在红兹迪池区和什么马戏团之间呀。”

老太婆转过头，用她的小眼睛敏锐地看了福尔摩斯一眼，说：“那位先生刚才问的是我的住址。我女儿赛莉住培克罕区，梅菲尔德公寓3号。”

“请问您贵姓？”

“我姓苏叶，我女儿姓丹尼斯，她丈夫叫汤姆·丹尼斯。在船上，他是个又漂亮又正直的好小伙子，是出了名的会计；可一上岸，又喝酒，又乱玩女人——”

“给您戒指，苏叶太太，”我按福尔摩斯的暗示把她的话打断，“看来它确实是您女儿的，很高兴它终于物归原主了。”

老太婆叽里咕噜地说了些千恩万谢的话后，颤颤地包好戒指，装进口袋，然后蹒跚着下楼。她刚出我们的房门，福尔摩斯就站了起来，冲进他的卧室，几秒钟后，他就穿上大衣，系好围巾出来了。福尔摩斯匆匆地说：“我得跟踪她。她一定是凶手的同党，她会把我带到凶犯那里去的。你先别睡，等我回来。”老太婆出大门后刚把大门砰地关上，福尔摩斯就下了楼。我隔窗向外望去，只见那个老太婆有气无力地在前边走着，福尔摩斯尾随在她后边的不远处。这时，我想，如果真如福尔摩斯所料的话，他现在就要深入虎穴了。即使他不让我等他，在不知道他冒险的结果前，我也会睡不着觉的。福尔摩斯是快到九点钟时出门的。我不知道他要去多长时间，只好待在房里抽烟，看一本昂利·穆尔杰的《波亥米传》[①]。十点钟时，我听见女仆回房睡觉了。十一点钟，房东太太也拖着沉重的脚步回房睡觉了。快到十二点钟了，我才听到福尔摩斯开下面大门上的弹簧锁的声音。他走进屋来，表面上既不高兴也不懊恼。过了一会儿，他忽然高兴地放声大笑起来。

---

① 《波亥米传》是19世纪法国剧作家昂利·穆尔杰的剧本。——译者注

“说什么我也不能让警察局的人知道这件事。”福尔摩斯说着就在椅子上坐了下来，“我以前老嘲笑他们，要是这回让他们知道了这件事肯定会讥笑我的，不过，我也不在乎，我迟早会把面子挽回来的。”

“到底怎么了？”我问。

“这事跟你说倒没什么。那家伙没走多远，就装作脚痛的样子一拐一拐地走路。突然，她拦了一辆路过的马车。我靠近了她一些，想听听她去哪儿。其实，我用不着这么急躁，因为她说话的声音很大，隔着马路都能听清楚。她大声说：‘去红兹迪池区，邓肯街 13 号。’当时，我竟信了她的鬼话。我见她上车，就赶紧跳上了马车的后部——这是每个侦探都必须掌握的功夫——我们就这样向前行进。马车一路不停地驶着，快到 13 号时，我先跳下马车，装作在街上闲逛。我看见马车停了，车夫也跳下来把车门打开了，可老太婆并没有下来。我走到马车面前，车夫一边在黑黑的车厢中摸索着，一边用最难听的话骂骂咧咧。老太婆早就不见了，要她付车费已是不可能的了。我们到 13 号去问了一下，那里住着一个叫凯斯维克的老实的裱糊匠。他从没听过叫苏叶或丹尼斯的什么人在那里住过。”

我很吃惊地说道：“你的意思是那个步履蹒跚的老太婆居然在你和车夫的眼皮底下跳下去，而你们全然不知？”

福尔摩斯自嘲地说：“什么老太婆，我们才是老太婆呢，被人家骗得团团转。我想那人肯定是个很精明的小伙子，而且演技肯定错不了，可以说是一个非常出色的演员。显然，他肯定知道有人跟着他，因此来了这么一招金蝉脱壳。看来我们要抓的那个人绝非等闲之辈，他有很多肯为他冒险的朋友。好了，医生，你好像累得快不行了，听我的话，你睡去吧。”

我的确累极了，所以我就听他的话回房了。留下福尔摩斯一个人坐在微微燃烧着的壁炉边。他那忧郁的琴声在深夜里低低地拉响，我知道，他仍在思考着这个案子。

6. 葛莱森大显身手

第二天，每家报纸都大篇幅地刊登了所谓“布瑞克斯顿奇案”的新闻。此外，有的还特别写了社论。其中一些消息连我都不知道。至今我还保存着不少有关这个案子的剪报。现在我从中摘录一些附在下面：

《每日电讯报》报道：在犯罪史上，没有比这个惨案更为离奇的了。不知凶手出于什么动机，在墙上用德文写下了‘复仇’这个狠毒的字样。可见这是流亡的政治犯或社会党干的。美国有很多派别的社会党，死者显然是因为触犯了它们的内部法律，而被人追到这里，最后惨遭毒手……这篇报道在简略地提到过去发生的德国秘密法庭案、矿泉案、意大利烧炭党案、布兰威列侯爵夫人案、玛尔萨斯原理案和瑞特克利夫公路谋杀案等案后，于结尾处向政府提出忠告，建议今后应严密监视在英国的外国人。

《旗帜报》评论说：自由党执政的时候，经常发生这种骇人听闻的暴行，因为民心不稳，政府措施不力。死者是一位在伦敦住了几个星期的美国绅士。他生前曾在坎伯韦尔区陶尔魁里的夏朋婕太太的公寓住过。他是和他的私人秘书约瑟夫·斯坦节逊先生一起来英国旅行的。他们于本月四日辞别女房东后，去了尤斯顿车站，准备乘快车去利物浦。当时有人在车站月台上看见过他们，此后就下落不明了。后来，巡警在离尤斯顿车站几英里远的布瑞克斯顿路的一幢空屋中发现了瑞伯先生的尸体。他是怎样来到这里以及怎样被害等情况仍是一个谜。斯坦节逊至今不知所终。据悉，伦敦警察厅的著名侦探雷斯垂德和葛莱森同时侦查此案，相信不久该案便会水落石出。

《每日新闻》报道说，这无疑是一件政治案。由于欧洲大陆各国政府的专制及其对自由主义的憎恨，很多人被驱逐到我们国家。如果我们不去追查他们的来历，还以为他们全是遵纪守法的公民。在这些流亡者之间，有一种很严格的“法规”，如有触犯，必死无疑。为查清死者生前的情况，必须把他的秘书斯坦节逊给找到。死者生前在伦敦寄住的地方已经调查清楚，案情已有重大进展。据悉，这是伦敦警察厅的葛莱森先生善于办案的结果。

福尔摩斯和我边吃早饭边看完了这些报道，福尔摩斯似乎觉得这些报道挺好笑。

"我早跟你说了，无论情况怎样，功劳总是雷斯垂德和葛莱森这两人的。"

"案子还没结束呢。"

"唉，这又有什么关系呢。要是把凶手逮住了，当然是因为他们办案有方；要是凶手跑了，他们又会说，他们已经尽力了，但……无论怎样，便宜的是他们，吃亏的是别人。即使他们没干什么，也会有人为他们歌功颂德的。法国有句俗话说得好——笨蛋虽笨，但还有更笨的笨蛋为他喝彩。"

我们正说着，忽然听见过道里和楼梯上突然响起了一阵杂乱的脚步声，我不禁喊道："这是怎么了？"

"这是贝克街的侦查分队。"福尔摩斯故作正经地说完后，六个流浪街头的小孩冲了进来，他们一个个衣衫褴褛，脏得不像样。

"立正！"福尔摩斯大声喝道。这六个小流浪汉听到口令后立即像六个小泥人似的站成一排。

"以后让维金斯一个人上来报告就行了，其他人在街上等着。维金斯，找到了吗？"

一个孩子答道："还没有找到，先生。"

"我估计你们现在还没找到，继续找吧，直到找到为止。这是你们的工资。"福尔摩斯给了他们每人一个先令，"好了，下去继续找吧，我等着你们给我报告好消息。"

福尔摩斯把手挥了挥，孩子们就像一窝小老鼠似的溜下楼了。

接着，街上响起了他们尖锐的喧闹声。

福尔摩斯说："这些小家伙每个人哪儿都能去，什么事都能打听到，他们机灵得很，像针尖一样，无缝不入。不过，就是没人把他们组织起来。"

"你雇他们是为了布瑞克斯顿路的这个案子吧？"我问。

"是的，我只想弄清一个问题，不过，这需要等一段时间。啊！我们快要听到些新消息了！你看，葛莱森在街上正朝我们这边走来。看他满脸高兴的样子，肯定是有什么要炫耀给我们看的。你看，他站住了。就是他！”

门铃一阵猛响后，很快地，这位发型蛮好的侦探就一步三级地上了楼，闯进了我们的客厅。

“亲爱的朋友，”他不顾福尔摩斯的冷淡，紧紧握着他的手大声说道，“快给我道喜吧！我已经把这个案子弄得一清二楚了。”

听他这么一说，福尔摩斯显露出一丝焦急的神色。

“你是说你已经把案子破了？”福尔摩斯问道。

“是的！老兄，真是这样的，凶手都让我捉到了！”

“他叫什么名字？”

“他叫阿瑟·夏彭捷，皇家海军的一个中尉。”葛莱森边得意地搓着他那双胖手，边挺起胸傲慢地说。

福尔摩斯听到这，如释重负地吁了口气，脸上又笑了起来。

“请坐，抽支雪茄吧。”他说，“我们很想知道你是怎么破案的，给你来点儿威士忌兑水行吗？”

“来点儿就来点儿吧，”葛莱森说，“这两天可把我累坏了。你知道，这虽然不是很费体力的活，但头脑很紧张，这其中的辛苦你是知道的，福尔摩斯先生，我们都是用脑子干活的。”

福尔摩斯一本正经地说：“你过奖了。还是给我们说说你是怎样可喜可贺地把这案子给破了的吧！”

葛莱森在扶手椅上坐了下来，很得意地一口口地抽着雪茄，忽然，他高兴地拍了一下大腿说：

“雷斯垂德那个傻瓜真是太好笑了，他还以为他有多高明呢，结果，他全错了。他还在为斯坦节逊的下落奔波呢，而那家伙就像一个还没出世的孩子一样和这个案子没丁点儿关系。我敢说他现在已经找到那个家伙了。”

说到这里，他得意地呵呵大笑起来，一直笑到差点喘不过气。

“请问你是怎么找到线索的？”

“嗯，我都告诉你们吧，华生医生，虽然这是绝对机密，但我们是自己人，可以谈。破这个案子的第一步是弄清这个美国人的来历。有些人会登个广告，等知情人前来报告，或者等死者生前的亲朋好友来报告。我却不这样做，你还记得死者身旁的那顶帽子吗？”

“记得，”福尔摩斯说，“那是从坎伯韦尔路 229 号约翰·安德乌父子帽店买的。”

葛莱森一听这话，就变得非常沮丧起来。他说：“没想到你也注意到这一点了。你有没有去过那家帽店。”

“没有。”

“哈！”葛莱森放下心了，“不管可能性有多么小，你都不能让这机会白白浪费。”

“对一个伟人来说，没有一件事是微不足道的。”福尔摩斯像是在引用谁的至理名言似的说。

“接着，我去找了店主安德乌，我问他是不是卖过这么一顶帽子。他们查了查售货簿，很快就查到了，这顶帽子被一位住陶尔魁里夏朋捷公寓的瑞伯先生买走了。这样，我就找到了死者的住址。”

“漂亮，干得真漂亮！”福尔摩斯低声赞道。

“后来，我就去夏朋捷太太那里了。”葛莱森继续说，“我发现她脸色苍白，神色非常不安。她的女儿也在家里——她是位非常漂亮的姑娘。我和她说话的时候，她的眼睛红红的，嘴唇不停地颤抖，这些我都注意到了。因而，我开始怀疑起来。福尔摩斯先生，你知道，当你发现正确线索时，心里有多高兴。我问：‘你们知道你们以前的房客克利夫兰城的瑞伯先生被人暗杀的消息吗？’

“夏朋捷太太好像激动得话都说不出来了，她只是点了点头。而她女儿更是禁不住流下了眼泪。我越看越觉得她们肯定知道些什么。

“我问道：‘瑞伯先生是几点钟离开这儿去车上的？’

“‘八点，’她不停地咽口水，企图把激动的情绪压下去，‘他的秘书斯坦节逊先生说，有两趟火车去利物浦，一趟是九点十五分，一趟是十一

点，他坐的是第一趟。’

“‘这是你们最后一次见面吗？’

“那个女人听我提出这个问题，一下子变得面无人色。过了好久，她才告诉我是最后一次，但她说话时声音是哑着的，很不自然。

“沉默了一会儿后，那位姑娘开了口。她态度很镇静，吐词也清楚。

“她说：‘说谎是没有用的，妈妈，我们，我们跟这位先生坦白了吧，我们后来还见过瑞伯先生。’

“‘愿上帝饶恕你！’夏朋捷太太喊了一声后，双手一伸，身体倒在椅背上，‘你可害了你哥哥！’

“‘阿瑟也会让我们说实话的。’这位姑娘态度坚决地说。

“我连忙说道：‘你们最好把全部情况告诉我，别吞吞吐吐的。我想你们还不知道我们到底掌握了多少情况吧？’

“‘都怪你，艾丽思！’她妈妈大声对她说，然后又转身对我说，‘我都告诉你吧，先生。你别以为我着急是因为他和这个命案有什么关系。他是清白无辜的。我所担心的是，在你们或是别人看来，他好像是有嫌疑的，但这是绝无可能的，他的高贵品格，他的职业，他的过去都能证明他的清白。’

“我说：‘你最好把事实都告诉我，相信我好啦，要是你儿子当真清白无辜，他就会没事的。’

“她把她女儿打发出去后接着说：‘先生，我本来不想告诉你的，但我女儿已经说破了，没办法，我只好跟你全说了吧，一点儿也不保留。’

“‘这就对了嘛！’我说。

“‘瑞伯先生住我们这里快有三个星期了。他和他秘书斯坦节逊先生是来欧洲旅游的。我发现他们每个箱子上都贴着哥本哈根的标签，可见他是从那儿来的。斯坦节逊是个不爱说话有涵养的人；但他的主人——却很坏，跟他完全不一样，他言语粗野，行为下流。他们住进来的头天晚上，瑞伯就喝得大醉，到第二天上午十二点都没醒过来。他对女仆们的态度更让人恶心，轻佻、下流极了。最让人痛恨的是，他竟然也用这种态度对待我女儿艾丽思。他不止一次地对她胡说八道。幸亏我女儿还年轻，不懂事。有一回，他居然把我女儿拉到怀里，紧紧抱着她。他太无法无天了，连他的秘书都骂他太无耻，简直不是人。’

"'可是，你为什么要忍受这些呢？'我问道，'只要你愿意，你随时可以把他撵走。'

"夏朋捷太太被我问得满脸通红，她说：'要是我一开始就把他拒绝就好了。但他开出来的条件太诱人了。他们每人每天的房租是一镑，一个星期我就得十四镑，何况现在是客人稀少的淡季。我是个寡妇，儿子在海军服役，花费很大。我实在舍不得白白错过这笔收入，所以，我就尽量忍着。直到最近这次，他闹得太不像话了，我才把他赶走，这就是他们搬走的原因。'

"'后来呢？'

"'我看他坐车走了，才放了心。我儿子现在正在休假。但这些事我都瞒着他，因为他不但脾气暴躁，而且非常疼爱他妹妹。他们搬走后，我赶紧把大门关上。可是，还不到一钟头，老天啊，又有人叫门了，原来是瑞伯又回来了。他喝了不少酒，样子很兴奋。当时，我和我女儿在房里坐着，那家伙一头闯进来后，就驴唇不对马嘴地说他没赶上火车。后来，他竟敢当着我的面建议艾丽思和他一起逃走。他说什么我女儿已经长大成人了，谁也管不了，还说他有的是钱，不必管我这个老婆子，他说只要我女儿马上跟他走，就可以像一个公主那样享福。可怜的艾丽思非常害怕，一直躲着他。但那家伙一把抓住我女儿的手腕，硬往外拉，我吓得大叫起来。这时，我儿子阿瑟进来了。以后的事我就不知道了。我只听到乱成一片的叫骂扭打声，把我给吓坏了，吓得我连头都不敢抬。后来抬头看的时候，阿瑟拿着根棍棒站在门口大笑。阿瑟告诉我说那个坏蛋再也不会来找我们的麻烦了。还说他要出去跟着那坏蛋，看那坏蛋会干些什么。说完后，他就戴好帽子，跑到街上去了。第二天早上，我们就听说瑞伯被人谋杀了。'

"上面是夏朋捷太太亲口跟我说的话。虽然她说话时喘一阵，停一阵，而且声音低得差点让我听不清，但我还是把她的话全都速记了下来，一点不差。"

福尔摩斯打了个呵欠后说："这的确很有意思，后来呢？"

葛莱森继续说下去："夏朋捷太太说完后，我看出了全案的关键所在。于是，我用一种对女性行之有效的眼神紧盯着她，追问她儿子是什么时候回的家。

"'我不清楚。'她回答说。

"'不清楚?'

"'确实不清楚。他有钥匙,他自己能开门进来。'

"'他是在你睡了以后才回来的?'

"'是的。'

"'你几点睡的。'

"'大概是十一点。'

"'如此说来,你儿子至少出去了有两个小时。'

"'是的。'

"'有没有出去四五个小时的可能?'

"'也有可能。'

"'在这几个小时里他都做些什么?'

"'我不清楚。'她这么回答的时候,嘴唇都白了。

"当然,话都说到这个地步了,别的就不用问了。我带着两个警官找到夏朋捷中尉后,就把他逮住了。

"当我拍他的肩头,警告他老老实实跟我们走的时候,他竟肆无忌惮地说:'你们抓我是认为我和瑞伯那个坏蛋的被杀有关吧。'我们还没向他提起这件事呢,他自己倒先说出来了,这就更可疑了。"

"确实可疑。"福尔摩斯说。

"他那个时候手里还拿着他母亲所说的追打瑞伯用的那个大棒呢,那是一根很结实的木棍。"

"你认为事情是怎样的呢?"

"嗯,我是这么推测的。他一直把瑞伯追到了布瑞克斯顿路后又争吵了起来,争吵间,瑞伯狠狠地挨了一棒,也许正巧打在心窝,所以尽管打死了,却什么伤痕也没留下。因为当晚雨下得很大,而且附近又没有人,夏朋捷就把尸体拖到了那幢空房。而那些蜡烛、血迹,墙上的字迹和戒指等等,只不过是他糊弄警察的花招而已。"

福尔摩斯假装称赞他说:"做得好!葛莱森,你真是很有长进了,看来你出头之日不远了。"

葛莱森洋洋自得地说:"我自以为这件事还算干得干净利落。可那个小伙子却声称他在追了一程后,瑞伯发现了他,于是瑞伯先生坐上一辆马车逃走了，而他只好回家，在回家的路上，他遇到了一位曾经在船上共事过的老同事，这位老同事陪他走了很久。可我问他那位老同事住哪儿时，他却说不上来。我认为这个案子前后情节非常吻合。可笑的是雷斯垂德，他一开始就弄错了。我想他是弄不出什么名堂的。嘿！说曹操，曹操就到了。”

进来的人果然是雷斯垂德。我们正说话的时候，他就上楼了，接着他就进屋了。他平常的那种洋洋自得和信心十足的样子不见了，替而代之的，是一个神色慌张的他，愁容满面的他，衣冠不整的他。他一看到他同事便忸怩不安、手足无措起来，显然他是有事来向福尔摩斯求教的。他站在屋子中间，两手不停地摆弄着帽子。最后，他说道：“这确实是个很离奇的案子，简直不可思议。”

葛莱森得意地说：“你真这么认为吗，雷斯垂德先生？我早知道你会这么认为的。你找到那个秘书斯坦节逊先生了吗？”

雷斯垂德心情沉重地说：“那位秘书今天早晨六点钟左右被人暗杀在郝黎代旅馆了。”

7. 一线光明

雷斯垂德带来的消息既重要又突然，完全出乎我们的意料。我们听了后全都惊得目瞪口呆。

葛莱森猛地站了起来，手中的酒不小心全都泼洒在地。我默默地注视着福尔摩斯，只见他双唇紧闭，眉毛紧锁。

福尔摩斯喃喃地说：“斯坦节逊的死让案情更复杂了。”

“开始就很复杂，”雷斯垂德抱怨地说，又坐了下来，“我就像参加什么军事会议一样，连头绪都摸不着。”

葛莱森结结巴巴地问道：“你，你这消息，可靠吗？”

雷斯垂德说：“我刚从现场过来，我是第一个发现他被谋杀了的人。”

福尔摩斯说：“刚才葛莱森还在跟我们谈他对这个案子的高见呢，不知道能不能请你把你看到的和你做过的一些事告诉我们？”

“当然能。”雷斯垂德坐了下来，“我得承认，我原以为瑞伯的被害肯定和斯坦节逊有关。但这突发事件证明我完全弄错了。我按照我最初的想法，开始追查这位秘书。有人告诉我他曾在三号晚上八点左右看见他们两人在尤斯顿车站。四号凌晨两点，瑞伯的尸体就在布瑞克斯顿被人发现了。于是，我想弄清楚从八点半以后到谋杀案发生的那段时间里，斯坦节逊他到底在哪里，到底干了些什么。我给利物浦发了个电报，告诉他们斯坦节逊的长相，让他们监视美国船。然后到尤斯顿车站附近的每家旅馆和公寓里查找。当时我是这么想的，如果瑞伯和斯坦节逊那晚分手了，按理说，斯坦节逊应该会在车站附近找个地方住下，第二天早上他才会再到车站去。”

福尔摩斯说：“他们很可能事先把会面地点约好了。”

“事实确实这样。我昨天跑了一整晚去打听他的下落，但一无所获。今天早上我又早早地就去打听。八点钟，我来到了小乔治街的郝黎代旅馆。我问他们是不是有个叫斯坦节逊的住这里，他们立刻就说有。

“他们说：‘你一定就是他等的那位先生了，他等你两天了。’

“‘他现在在哪里？’我问道。

“‘他还在楼上睡呢，他要我们到九点钟再叫醒他。’

“‘我要上去找他。’我说。

“我当时想，我出其不意地出现肯定能让他大吃一惊，他在惊慌失措之下也许会吐露出什么来。一个擦鞋的杂工自愿带我去找。他在三楼住，一条不长的走廊直通到他房门口。杂工把房间指给我看后，就要转身下楼，这时，我突然看到一种令人非常恶心的景象，虽然我有很多这种经历，但那一刹那我还是忍不住想要呕吐——一条弯弯曲曲的血迹从房门下边流了出来，一直流过走廊，在对面墙脚下积成一滩——我尖叫了一声，杂工听到我的尖叫又转身走了回来，他看见这副景象后，几乎吓晕了。房门反锁着，我们用肩撞开，闯进屋内。只见敞开着的窗下有一具男人的尸体，他穿着睡衣，蜷成一团，四肢僵硬冰凉，看来断气有一段时间了。把尸体翻过来后，杂工一眼就认出他就是住这房间的斯坦节逊。

"他是被人用刀杀死的，左胸被人狠狠捅了一刀，捅到心脏了。最奇怪的是，你们猜猜看，死者脸上有什么？"

我听到这里，不觉毛骨悚然，一点儿反应也没有。福尔摩斯却立刻答道："是'瑞契'，血写的'瑞契'。"

"正是的。"雷斯垂德有些恐惧地说。一时间，我们都沉默了下来。

这个凶手的暗杀行动似乎早就安排好了，让人一时摸不着头脑，因此更显得恐怖。我虽然经过死尸成堆的战争的考验，但一想到这个案子，竟忍不住不寒而栗。

雷斯垂德接着说："有人看见过那个凶手。一个去牛奶房送牛奶的小孩，经过旅馆后面的那条通往马车房的小胡同时，他看到平常在地上放着的那个梯子竖了起来，架在三楼的一个窗子上，那个窗子是敞开着的。这个孩子走过之后，曾经回头看了看。他看到有个人不慌不忙、大模大样地走了下来。这孩子以为他是在旅馆里干活的工匠，所以他也没特别去注意这个人，只是觉得这时上工未免太早了些。他好像记得那个人是个红脸大汉，身穿一件棕色的长外衣。他杀人之后，肯定还在房里待过一会儿。因为我发现脸盆的水中有血，显然凶手洗过手；床单上也有血迹，可见他杀人之后还从容地擦过凶器。"

我听到凶手的身形面貌与福尔摩斯推断很吻合，就瞥了他一眼，并没有发现他有一丝得意的样子。

福尔摩斯问道："你在屋里没发现一点儿有助于破案的线索吗？"

"没发现。斯坦节逊身上带着瑞伯的钱包，一切开支都由他掌管，这钱包平常就是他带着的。钱包里有现款八十多镑，可见凶手杀人不是冲钱来的。死者身上没有文件或日记本，只有一份一个月前发自克利夫兰城的电报。电文是'J·H. 现在欧洲'，这份电文没有署名。"

福尔摩斯问道："没什么别的东西了？"

"没什么重要的东西了。床头还有一本小说，看来是死者睡前读的，床边的一把椅子上有他的烟斗。桌上还有一杯水。窗台上有个盛药膏的木匣，有两粒药丸在里头。”

福尔摩斯猛地立起，高兴得眉飞色舞地说：“这是最后一环了，我的论断现在总算完整了。”

两个侦探都惊奇地看着他。

福尔摩斯很自信地说：“案子的每个环节我都弄清楚了，当然，还有些细节有待补充。但从瑞伯和斯坦节逊在火车站分手起，直到斯坦节逊的被杀，这期间的所有主要环节，我都了如指掌，如同亲眼所见一般。我要把我的看法证明给你们看。雷斯垂德，那两粒药丸带来了吗？”

“带来了，”雷斯垂德说着，拿出了一只白色的小匣子，“药丸、钱包、电报都拿来了，我本想把它们放在警察局里比较稳妥的地方的，但因为急着到这里来，就都带在身上。不过，我认为这些东西都不重要。”

“请拿给我吧。”福尔摩斯对雷斯垂德说完后转向我，“喂，医生，这是平常的药丸吗？”

这些药丸的确不平常。它们又小又圆，灰珍珠般，迎着亮光看去，简直是透明的。我说：“从它的轻和透明这两个特点来看，我想它能在水中溶解。”

“正是这样，”福尔摩斯回答说，“请你下楼把那条可怜的狗抱上来好吗？那条狗一直病着，房东太太昨天还请你把它弄死，免得让它活受罪呢。”

我下去把狗抱上来了。这条狗呼吸困难，两眼呆滞，活不长久了。我在地毯上放了一块垫子，把狗放到上面。

“我现在把一粒药切成两半，”福尔摩斯说着，拿出小刀把药丸切开了，“这半粒放回盒里以备后用，这半粒我把它放在水杯里。大家请看，我们这位医生的话是对的，它溶了。”

“这真有意思，”雷斯垂德有些生气地说，他以为福尔摩斯在捉弄他，“但这和斯坦节逊的死又有什么关系呢？”

“耐心点吧，我的朋友！很快你就会明白它是很有关系的了。现在我给它加上些牛奶，然后把它摆在狗的面前，狗会把它舔光的。”

他说着就把杯里头的液体倒到盘子里，刚放到狗面前，狗便三下两下就把它舔了个干净。福尔摩斯的认真态度让我们深信不疑了，我们都静静地坐着，仔细盯着那条狗，看它有什么反应。但结果，一切正常，它依然躺在垫子上，很困难地呼吸着。显然，那半粒药丸对它既没什么好处，也没什么坏的影响。

福尔摩斯老早就把表掏出来看了，时间慢慢地过去了，可狗毫无反应，他开始懊恼、失望起来。他咬紧嘴唇，用手指敲着桌子，非常焦急。看见他这个样子，我也不由替他难过起来。而那两个官方侦探却一脸讥讽的微笑，他们因福尔摩斯受到挫折而感到很高兴。

“这不可能！”福尔摩斯大声地说，一面站了起来，很烦躁地踱着步，“这不可能仅仅是由于巧合。我一直怀疑瑞伯是被某种药丸毒死的，现在，这种药丸在斯坦节逊死后真的发现了。但它为什么连一条狗都毒不死呢？我相信，我的推论绝没差错，绝对没有！但那可怜的狗竟没一点儿反应。啊，我知道了！我知道了！”福尔摩斯高兴地叫着，把另外一粒药拿出来，切成两半，把半粒溶在水里后兑上牛奶，放到了狗的面前。这条不幸的狗甚至连舌头都还没完全沾湿，它的四条腿就痉挛起来，很快就像被雷电击中一样，直挺挺地死去了。

福尔摩斯长长地吁了口气，擦了擦额头上的汗珠。“看来我还不够自信，我刚才就该想到，如果出现了和整个推论相矛盾的某种情况，那么，这种情况肯定有别的解释方法。那小匣里的两粒药丸，一粒含有剧毒，另一粒则没毒。这一步，在没看到这匣子之前，我就该想到的。”

福尔摩斯后面那段话让人听了吃惊，让人怀疑他是否神智清楚。但躺在地上的死狗又证明他的推断是正确的。我心里头的疑云逐渐消失，隐隐约约地对这个案子有了新的认识。

福尔摩斯继续说道：“你们听来可能会奇怪，因为你们一开始就没有抓住那个唯一正确的线索。幸亏我把这个线索给抓住了，此后所发生的每一件事都证明了我最初的设想是符合逻辑的。因此，有些事情让你们大感不解，并让你们觉得案情更加复杂，但我却能从中有所启发，更加完善我的推论。你们把奇怪和神秘混为一谈是错误的，往往那些貌似奇怪的案件都很平淡，没一点神秘可言，因为普通、平淡的案子让人很难找到特别的地方作破案线索。假如这个案子的死者是在大路上发现的，而且又没什么特别的、骇人听闻的地方，那么，这个谋杀案就很难解决了。所以说，越奇特的案子，破起来越容易。”

福尔摩斯一开始发表这番议论时，葛莱森就有些不耐烦，这时，他再也忍不住了，他说："福尔摩斯先生，我们都承认你精明能干，你有你特别的一套工作方法。但我们现在需要的不是你的空谈理论和说教，而是逮住凶手。我已经把我所做的说给你听了，看来我抓错人了，夏朋捷这小子，不可能跟第二个谋杀案有关。雷斯垂德查那个斯坦节逊看来也查错了。你这说一点儿，那说一点儿，好像知道的要比我们多。现在是你把所知道的全说出来的时候了，我想我们有权利要求你全说出来。你能告诉我凶手是谁吗？"

雷斯垂德跟着说道："先生，葛莱森说得对，我们两人的行动都失败了。自到你这里后，我就不止一次听你说你已经获得你所需要的一切证据。你现在该把它告诉我们了。"

我说："如果还不把凶手捉拿归案，他很有可能会再行凶的。"

福尔摩斯被我们这样一逼，反而犹豫不决起来。他不停地在房里踱来踱去，低垂着脑袋，双眉紧锁，他正在思考着什么。

"他不会再去暗杀谁的，"最后，他突然站定了，面对我们说，"这一点你们尽管放心吧。至于凶手姓甚名谁，我是知道，但仅仅知道凶手是谁，那算不了什么，把凶手抓到了才算真有本领。我想我很快就能把他抓住了。我要亲自去抓他，我得小心翼翼，因为我们面对的是一个既凶狠又狡猾的家伙。而且，有情况表明，还有一个和他一样机警的人在帮他。只有他感觉不出有人盯上他，我们才有可能把他逮住。但只要他一有怀疑，他就会隐姓埋名，很快消逝在这个有四百万人口的大城市中。不是我小看你们，你们得明白，我只是认为官方侦探绝不是他们的对手，这就是为什么我没请你们帮忙的原因。如果我失败了，当然，我愿意一个人承担责任。现在我向你们保证，只要不妨碍我的行动，到时候，我一定会立刻告诉你们。"

葛莱森和雷斯垂德对福尔摩斯的这种保证以及他对官方侦探的瞧不起，感到非常不满。葛莱森气得连脖子都红了。雷斯垂德又惊又怒地瞪圆了双眼。他们正要开口发泄心头的不满时，有人敲门了，接着，小维金斯，那个街头流浪儿的代表进来了。

维金斯举手敬了个礼说："请吧，先生，我把马车叫来了，就在下边。"

“好孩子，”福尔摩斯温和地说。“你们警察局为什么不采用这样的手铐呢？”他一面说，一面从抽屉里拿出一副钢手铐，“多好的锁簧呀，一碰就铐住了。”

雷斯垂德说：“只要我们把犯人抓住了，老式的手铐也能用。”

“很好，很好。”福尔摩斯说着笑了起来，“最好让马车夫来帮我搬箱子。去叫他上来，维金斯。”

我听了这话不禁奇怪起来，福尔摩斯的意思好像是要出远门，但他却一直没跟我说起过。房间里只有一只小小的旅行皮箱，福尔摩斯把它拉了出来。在他忙着系箱子上的皮带时，马车夫进来了。

“车夫，帮我把这个皮带扣扣好。”福尔摩斯蹲在那里摆弄着皮箱，头也不回地说。

车夫紧绷着脸，不大情愿地向前走去，伸出两只手正要帮忙，说时迟，那时快，只听得钢手铐“咔嗒”一响，福尔摩斯猛地跳了起来。

“先生们，”他两眼炯炯有神地说，“我来给你们介绍介绍这位杰费逊·侯波先生吧，他就是杀死瑞伯和斯坦节逊的凶手。”

事情发生得太快了，我一时还没反应过来。但在那一瞬间，福尔摩斯脸上那胜利的表情，他那洪亮的声音和马车夫眼看着自己被闪亮的手铐耍魔术似的铐住时那种茫然、凶蛮的面容，我至今还记忆犹新、历历在目。当时，我们木头人般呆了一两秒钟之久。此后，马车夫怒吼了一声，挣脱了福尔摩斯，冲向窗子，把窗框和玻璃撞得粉碎。就在马车夫快要跳出去的时候，葛莱森、雷斯垂德和福尔摩斯就像猎狗似的一齐冲了过去，把他给揪了回来。一场激烈的打斗开始了。这个人凶猛极了，就像疯了一样，我们四个人一再被他击退。在跳窗时，他的脸和手给割破了，血一直流个不停，但他仍然顽强地和我们打斗着。直到雷斯垂德卡住了他的脖子，他喘不过气时，他才明白再怎么挣扎都没用了。尽管这样，我们还是有点担心，直到把他的手脚都捆好后，我们才站起身不停地喘气。

“他的马车在下面，”福尔摩斯说，“就用他自己的马车把他送到警察局去吧。好了，先生们，这个小小的有些出奇的案子到这里总算告一段落了，现在你们有问题尽管提吧，我会给你们一个满意的答复的。”

8. 沙漠中的旅客

北美大陆的中部，从内华达山脉到尼布拉斯卡[1]，从北部的黄石河到南部的科罗拉多[2]，完全是一片荒凉的区域，它一直是文化发展的障碍。这里有常年积雪的大雪山，有阴森幽暗的深谷，有夹在山石林立的峡谷间奔流的河流，有冬天是茫茫积雪，夏天是一片灰色的盐碱地的荒原。不过，总的来说，这是一片不毛之地。

在这片一望无垠的荒漠上，渺无人烟。只是偶尔有波尼人和黑足人[3]结队经过这里，前往其他猎区。即使是最勇敢、最坚强的人也巴不得早日走出这可怕的荒原，重新回到大草原中去。在这里，只有躲躲藏藏的山狗在矮矮的灌木丛中穿行，蠢笨的大灰熊在幽暗的峡谷里搜寻食物，巨雕在天空盘旋，除此而外，别无生机显出。

站在布兰卡山脉[4]上远望过去，可以看见一条蜿蜒的小道，弯弯曲曲地在沙漠上延伸，最后消逝在遥远的地平线上。这条小路是很多年来无数冒险家的践踏和无数车辆的辗轧慢慢形成的。在这条小道上，东一堆，西一堆，烈日下到处都有闪闪发光的白森森的东西。走近一看，白色的东西原来是一堆堆的白骨：大而粗的是牛骨，小而细的是人的骨头。这长达一千一百英里的商贾之路，是人们沿着倒在路旁的前人的遗骨走出来的。

1847 年 5 月 4 日，一个孤单的旅客在山上望到了这可怕的一切。这个孤单的人看起来像是历尽劫难的孤魂野鬼。即使是眼力再强的人，都难看出他到底是四十岁还是快六十岁了。他的脸瘦削憔悴，干羊皮样的棕色皮肤下只剩一把突出的骨头了。他长长的棕色须发已然斑白，双眼深陷，

① 均为美国中西部地名，现均为州。——译者注

② 均为美国中西部地名，现均为州。——译者注

③ 波尼人、黑足人均为美国西北部地区原有印第安人的部落名称。——译者注

④ 布兰卡山脉是美国洛矶山脉的一支，在科罗拉多州境内。——译者注

目光呆滞。他拿着来复枪的那只手上，也没什么肌肉。他站着的时候，用枪支撑着身体。但从他高高的身材，魁伟的体形来看，他本来是一个十分健壮的人。而现在，他瘦削的面庞和大口袋般罩在骨瘦如柴的身体上的衣服，使他显得老迈不堪。看来这人由于过度饥渴，行将就木了。

他是强忍着饥渴的折磨，沿着山谷一步步挣扎到这片高地上来的，他希望能够找到一点水源。但是，展现在他面前的是无边无际的盐碱地和远在天边的一带荒山，连一棵树的影子都看不到，更不要说能使树木赖以生存的水源了。在这片广袤的高地上，一点希望都没有。他睁大疯狂、困惑的眼睛四望了一周后，清楚地认识到，他已走到生命的尽头了。他就要葬身在这荒崖上了。“死在这里，和二十年后死在鹅绒被的床上又有什么区别呢？”他一边喃喃地说着，一边往一块突出的大石的阴影里坐下去。

在他还没坐到地上之前，他先把那把无用的来复枪扔在地上，又把右肩上用一大块灰色披肩裹着的大包袱放了下来。看来他已精疲力尽，拿不动了。他放下包袱时，着地很重，以至于灰色包袱里发出了哭声，一张受惊的、长着明亮的棕色眼睛的脸钻出来了，两只胖胖的长着雀斑的小手也伸出来了。

“你把我摔痛啦。”这个孩子用稚嫩的声音埋怨道。

“是吗？”这个男人很抱歉地说，“我不是有意的。”他说着把灰色包袱打开了，抱出一个漂亮的小女孩。这是个五岁左右的小女孩，脚穿精致的小鞋，身穿漂亮的粉红色上衣，围着麻布围嘴。从她的打扮上可以知道，她妈妈对她有多么疼爱。尽管她的脸色有些苍白，但她那结实的胳膊和小腿都说明她基本上没经受什么苦难。

“现在好些了吗？”男人看见她还在揉脑后蓬乱的金发便很关切地问道。

“你吻吻这里就好了。”她认真地说着，并且把头上碰着的地方指给男人看，“妈妈总是这样做的。妈妈呢？”

“妈妈走了，我想我们不久就能见到她了。”

小女孩说：“什么，她走了？真的吗？她还没和我说再见呢。以前她每次去姑妈家喝茶前都要和我说再见的。现在她都走了三天了。喂，你是不是也口干得要命？这里难道没一点儿吃的喝的吗？”

“没有，什么都没有，亲爱的。你暂时忍一忍吧，等下就会好的。把头靠到我身上来吧。嗯，这样你就会舒服些了。我的嘴唇干得像皮子一样了，连说话都费劲，但我还是把真实情况跟你说了吧。你手上拿的是什么？”

小女孩把两块云母石片拿给男人看，高兴地说：“你看，多漂亮啊！回家我把它们送给鲍伯弟弟。”

男人很确信地说：“你不久就能看到比这还要漂亮的东西了。对了，刚才我想跟你说，你还记得我们离开的那条河吗？”

“嗯，记得。”

“当时我们估计很快就要遇到另一条河的。可是，你知道吗，不知道是罗盘出了毛病，还是地图或者别的什么东西出了毛病，我们再也没有遇到河了。水喝得差不多了，只剩一点点儿，留给你们孩子喝。再后来——后来——”

“连脸都不能洗了。”小女孩一脸严肃地打断了他的话。同时，抬头望着男人那张肮脏的脸。

“不但不能洗脸，喝的水都没了。本德先生第一个走了，紧接着是印第安人皮特，再就是麦克格瑞哥太太、江尼·宏斯，再后来，亲爱的，就是你妈妈了。”

“你的意思是，妈妈也死了。”小女孩说着，用围嘴捂着脸痛哭起来。

“是的，他们都死了，只剩下你和我。开始我还以为到这里能找到水，就背着你一步一步地走到这里来了。结果这里也没有水，看来我们也很难活下去了！”

孩子听到这，停住不哭了，仰起满是泪水的脸问道：“这么说，我们也要死了吗？”

“我想快了。”

“为什么你不早点告诉我呢？”小女孩开心地笑了起来，“害得我吓了一跳。死了不是更好吗？我们就又能和妈妈在一起了。”

“是的，小宝贝，一定能。”

“你也会见到她的。我要告诉妈妈，你对我很好。我敢保证，她肯定会在天堂门口迎接我们的。嗯，她手上还提着一大壶水，还有好多热气腾腾的荞麦饼，两面都烤得焦黄焦黄的荞麦，就像我和鲍伯爱吃的那样。可是，我们要等多久才能死呢？”

“我不知道——不会很久的。”男人边说边眺望着北方的地平线。原来在远处的天边，出现了三个小黑点，黑点来势极快，越来越大。很快，就可以看出那是三只褐色的大鸟，它们在这两个可怜的人的头上盘旋着，最后落到一块大石头上。这是三只巨雕，也就是美国西部称为秃鹰的鸟，它们是死亡即将来临的预兆。

“公鸡和母鸡，”小女孩指着这三只巨雕高兴地说，并且不停地拍着小手，企图让它们惊得飞起来，“你说，这个地方也是上帝造的吗？”

“当然是的。”男人对孩子的这一问很是吃了一惊。

小女孩接着说：“那边的伊里诺州是他造的，密苏里州也是他造的。我想这里肯定不是他造的，那个造这里的人造得一点儿都不好，连水和树都忘记造了。”

男人有些不安地说：“我们做做祈祷，好吗？”

“可是，还没到晚上呢。”小女孩回答说。

“没关系，什么时候都可以祈祷，放心吧，上帝不会怪罪我们的。你现在就祈祷一下吧，就像以前每天晚上在篷车里做的那样。”

“你自己为什么不祈祷呢？”小女孩睁圆眼睛问。

男人说：“我忘记祷文了。我长到那枪一半高的时候就再也没祈祷过。但我想现在再祈祷也还来得及。你把祷文念出来就会感觉好些的。”

只有巨雕看到了这幅奇特的景象：两个流浪者并排跪在狭窄的披肩上，一个是天真无邪的小女孩，一个是魁伟、坚强的冒险家。他们一起抬起脸，抬头仰望着无云的天空，虔诚地面对神灵祈祷着。一个声音清脆细嫩，一个声音低沉沙哑，他们乞求上帝的怜悯和饶恕。祈祷结束后，他们又重新坐到大石下的阴影中，孩子靠在男人宽阔的胸膛里慢慢地睡着了。他开始瞧着她睡，但过了一会儿，他也抵不住疲倦的侵袭——他已经有三天三夜没合眼休息过了——眼皮慢慢下垂，终于闭上了眼，他的头也渐渐耷拉在胸前。他的发白的胡须和小孩金黄的头发混在一起，两人都沉沉入睡了。

如果这个男人再坚持半个小时，他就能看到这一幕了：一片烟尘在这片盐碱地的尽头扬了起来，开始的时候，很难将烟尘与远处的雾气分清楚。后来烟尘越飞越高，并且不断地扩散，在天空中形成一团浓云，显然，这是大队的马群扬起来的。如果这里是肥沃的草原，人们会以为这是大队牛群正奔跑而来。但在这片不毛之地，显然是没有牛群的。滚滚烟尘越来越逼近这两个可怜的人睡觉的这块峭壁了。漫漫烟尘中，出现了帆布为顶的车和武装骑士的身影，原来这是往西去的大篷车队。这支篷车队真是浩浩荡荡啊！就在这无边的荒原上，双轮车、四轮车络绎不绝，有的男人骑在马上，有的男人在马下步行着。断断续续的行列里，无数妇女肩背沉重的包袱蹒跚着前进，大多数孩子踮着小脚跪在车旁，还有些小孩子坐在车上，在白色的车篷里向外张望。显然，这不是一般的移民队伍，而像是一支游牧民族，因为环境所迫，不得不迁移，另寻乐土。在这寂静的荒原上，人喊马嘶和车子的隆隆声响震天宇，但那两个沉睡的可怜人却并没有因此惊醒。

走在队伍最前面的是二十多个表情严肃、果敢坚毅的骑马人。他们身穿朴素的手织布做的衣服，带着来复枪。他们在山脚下，停下来简短地商议了一小会儿。

一个嘴唇紧绷、胡子刮得很净、头发斑白的人说："右边有井，弟兄们，往右边走。"

另一个说："让我们沿布兰卡山的右侧前进，这样就可以到达利欧·葛兰得。"

第三个人大声喊道："别担心没水，能够把水从岩石中引出来的神是不会舍弃他的信民的。"

"阿门！阿门！"几个人异口同声地祈祷。

就在他们要重新赶路的时候，一个眼力最好的小伙子突然指着他们头上面那片高耸的峭壁大叫了一声。原来他看见有件很小的粉红色的东西在上面飘荡着，这粉红色的东西在灰色岩石的衬托下，更加鲜艳显眼。骑手们看到这个东西后，一齐把马勒住，举起了枪。同时，更多的骑手从后面飞快地打马过来增援。他们大声叫道："有红人了！"

“这里不可能有红人，”一位年长的看来是领袖的人说，“我们早已越过波尼红人区了，在翻越前面那座大山之前，不会再碰到任何部落。”

其中有个人说：“我上去察看一下吧，斯坦节逊兄弟？”

“我也去，我也去。”又有十几个人自告奋勇地说道。

“好吧，把马留在这里，我们在下面接应你们。”那位长者说。

年轻人得到指示后，立刻翻身下马，把马拴好后，就沿着陡峭的山坡，攀向那个引起他们注意的目标。

他们悄无声息地迅速前进，一个个动作敏捷，显然是训练有素。山下的人们只见他们在山石间如履平地，很快就到山巅了。跟在年轻人后面的人向前一看，都被眼前的情景给惊呆了。

在这峭壁上的一小块平地里，耸立着一块单独的大石头。石头旁，躺着个高大的男子。只见他须发长长、面容枯槁憔悴。从他那安详的神色可以看出，他睡得很沉。在他旁边还睡着一个小女孩。小女孩又圆又白嫩的小手臂搂着大人黑瘦的脖子。她金发散披的小脑袋在穿着棉绒上衣的男人的胸前倚着，红红的小嘴微微张开，露着两排整齐雪白的牙齿，满含稚气的脸上挂着顽皮的微笑；白白胖胖的小腿穿着白色短袜，干净的鞋子，鞋子的扣子闪闪发光。这些和那个手足长大而干瘦的男子形成鲜明的对比。在这两个人上方的岩石上，立着三只虎视眈眈的巨雕，它们一见来了这么多人，便失望地啼着，无可奈何地飞走了。

巨雕的啼声把两个熟睡的人惊醒了，他们惶惑地瞧着面前的人们。男人摇晃着站起身，往山下望去。他看见在他睡前还是一片寂静的荒原上，现在却有了无数的人马。他简直不敢相信这一切，他举起枯瘦的手搭在眉头上仔细观望。他喃喃地说道：“我该不是神经错乱了吧。”小女孩偎在他身旁，紧紧地抓住大人的衣襟，她惊得说不出话来，四下呆望着。

来救他们的人很快就让这两个濒临死境的人相信这一切并非出于他们的幻觉。其中一个人把小女孩抱了起来，让她骑在自己肩上，那个瘦弱不堪的男子被另外两人搀扶着，他们一同走向车队。

“我叫约翰·费瑞厄。”男人自报家门，“我们一行二十一人就剩我和这个小家伙，他们因为没吃没喝，都死了。”

有人问道：“这孩子是你的吗？”

这个男人大胆地认了下来，他说：“我想，这孩子是我的了，她应该是我的了，我救了她，谁也不能把她从我身边带走，从今天起，她就是露茜·费瑞厄了。请问，你们是谁呀？”他好奇地瞧了瞧救他的这些高大健壮、皮肤黝黑的恩人，接着说：“你们好像有很多人。”

“差不多有一万，我们都是遭受迫害的上帝的儿女，天使梅罗娜的子民。”

男人说：“这位天使的情况我没听说过，可我有幸遇到了你们——她的忠诚、善良的子民。”

另外一个人严肃地说道：“谈神的事不准随便说笑。我们信奉摩门经文，这些经文是用埃及文写在金叶上的，在派尔迈拉交给了神圣的约瑟·史密斯。我们来自伊利诺伊州的瑙伏城。在那里，我们有自己的教堂。为了逃避那个专横的史密斯和那些对神不敬的人们，我们即使是流落荒漠也心甘情愿。”

一听到瑙伏城，费瑞厄很快地想起了一些东西，他说：“我知道了，你们是摩门教徒[①]。”

“对，我们是摩门教徒。”

“那么，你们现在要到哪里去呢？”

“我们自己也不清楚，上帝通过我们的先知指引我们。我们现在带你去见先知，看他怎么安置你。”

他们说着，已到了山脚下，立刻有一大群人一拥而上，把他们围在中间，围上来的有温柔善良的妇女，有嬉笑健康的孩子，还有目光诚恳的男人。大家都对这一小一弱两个陌生人感到同情而叹息起来。但护送的人们并没有停住脚步，他们排开围观的人群向前走着，一大群摩门教徒跟在后边。他们一直来到一辆高大华丽的马车前。这辆马车和别的马车大不相同，别的马车一般套有两匹马，最多的也不过四匹，但它套有六匹马。在马车夫的旁边，坐着一个不过三十来岁的人，从他那硕大的头颅和坚毅的

① 摩门教是约瑟·史密斯于1830年在美国纽约州所创立的基督教的一个流派。该教于1840年在伊利诺伊州建立瑙伏城后，俨然成为一个独立王国。史密斯后来以叛乱罪下狱，不久为暴徒所杀，摩门教遂告分裂，卜瑞格姆·扬出任该教首领。1846年摩门教被迫向美国西部迁移至犹他州盐湖城一带定居。摩门教盛行一夫多妻制，以后被正式定为该教教规之一。一夫多妻制在教内一直有争论，在教外也引起普遍的反感，1890年该项教规终于废止。——译者注

神情来看，他是他们的领袖。当人群来到他车前时，他把正在读着的一本棕色封面的书搁在一边，仔细地听取人们的汇报。听完后，他看着这两个可怜的落难者。

他严肃认真地说："你们只有信仰我们的教义，才能跟我们一块走。我绝不允许非本教人士混入我们的队伍。与其让你们两个异教徒日后为祸我们，那还不如让你们暴尸荒野。你们愿意接受跟我们走的这个条件吗？"

"只要能跟你们一起走，我什么条件都愿意。"费瑞厄说得那么坚定，把那些稳重的长老们都逗得笑了起来，但那位首领仍然十分庄严、肃穆。

他说："斯坦节逊兄弟，你把他收留了吧，给他和这个孩子东西吃，还要负责给他讲授我们的教义，我们已经耽搁很久了，起身吧，向郇山[①]前进！"

"前进，向郇山前进！"摩门教徒们一齐喊了起来，命令波浪般一个接一个传了下去，渐渐消失在远处。随后马鞭挥起，车声隆隆，整个移民队伍又行动起来，蜿蜒前进了。斯坦节逊长老把两个落难者带到自己的车里，车里头早已给他们预备好了吃食。

他说："你们就住这里吧，不久你们就会恢复好的。你们要记住，从今天起，你们就是我们教的教徒了。卜瑞格姆·扬是这样指示的，他的话也就是约瑟·史密斯的话，也就是上帝的旨意。"

9. 犹他之花

我不打算在这里一一记述摩门教徒们在最后定居前的迁移中所遭受的苦难。他们以前人从未有过的百折不挠的奋斗精神在密西西比河两岸直到洛矶山脉西麓这片土地上行进着。正是他们这种类似盎格鲁萨克逊的顽强意志，使他们克服野兽、饥渴、疾病等上苍降给他们的一切苦难。不过，

① 郇山是耶路撒冷的地名，是基督教圣地。此处代指摩门教徒们行将择居之地。——译者注

即使是他们中间最坚强的人也难免不为长途跋涉和无尽的恐怖而胆寒。所以，当他们沐浴在阳光中的广阔的犹他山谷，并听到他们的领袖宣布这块处女地就是神赐给他们的乐园，而且永远属于他们的时候，一个个都高兴地跪在地上，虔诚地膜拜。

很快，事实就证明扬不但是一个行事果断的领袖，而且还是一个干练的行政官。他把犹他谷的规划图制出来后，未来的城市有了基本的轮廓。城市外围的全部土地，按教徒的地位高低，以一定的比例分了下去。以前经商的依旧经商，以前做工的依旧做工。城里的街道、广场要魔术般先后出现了。在农村，农民开荒引渠，播种栽培，一片热火朝天的生产气象；到第二年夏天，田野里麦浪涌涌，一片金黄。在这个偏僻的移民区里，万事万物都欣欣向荣。他们在市中心建造的大教堂也一天天高耸起来。教堂里的斧锯声每天从早到晚都响个不停，教堂是他们为纪念引导他们历尽艰险，终于找到乐土的上帝而建造的。

约翰·费瑞厄和小女孩相依为命。不久，费瑞厄正式把小女孩收为义女了。这两个落难者随着这群摩门教徒也来到了犹他山谷。小露茜·费瑞厄寄居在长老斯坦节逊的篷车里，非常让人怜爱。和她同住一起的，有斯坦节逊的三个妻子，还有他那调皮任性、早熟的十二岁的儿子。由于露茜非常乖巧，而且小小年纪便没了母亲，所以很快就得到了斯坦节逊的三个妻子的宠爱。没多久，小露茜便恢复了健康，她对于这四处漂泊、以帐篷为家的新生活也逐渐习惯了。与此同时，费瑞厄的身体也恢复了，他不但显示出他是一个好的向导，而且还是个勤勤恳恳、任劳任怨的猎人。因此，很快地，他就获得了新伙伴们的尊敬。所以，当他们决定定居犹他山谷时，大家都赞成除了先知扬和斯坦节逊、肯鲍、约翰和瑞伯等四个长老外，费瑞厄应该和其他移民一样，分得一大片肥沃的土地。

于是，费瑞厄也获得了一份土地。他在自己的地上建筑了一座坚实的木屋，并且每年都将大屋增建一点。渐渐地，小木屋最后成了一幢宽敞的别墅。费瑞厄是一个非常务实的人，他处世精明，技艺超群，再加上他体格健壮，能一天到晚不知疲倦地耕种和改良土地。因此，他的庄园很快兴旺起来。三年之后，他的家境就赶超了他的邻居；六年之后，他就过上小康生活了；到第九年，他就十分富有了；十二年后，整个盐湖城[①]，没几户人家能和他相比了。从盐湖这个内陆海到遥远的瓦撒齐山区，就数他约翰·费瑞厄的名声最大。

费瑞厄只有一件事让同教人感到不愉快——不管别人怎么劝他、开导他，他都不肯像其他教徒那样娶妻成家，他一再拒绝解释不再娶妻的理由，他只是一味地坚持已见。因此，就有人指责他不忠于摩门教；也有人认为他是个吝啬鬼，不肯破费财物；还有些人猜测他以前肯定有过一番刻骨铭心的恋爱经历，或许大西洋彼岸曾经有位金发女郎为他憔悴而死。但不管是因为什么，费瑞厄仍我行我素过着单调的独身生活。除此以外，摩门教的其他教规，他都严格遵守、奉行，并被人们公认为是一个笃信教义、作风正派的人。

露茜·费瑞厄在这个木屋中慢慢成长，帮义父干一些力所能及的活。山区里清新的空气和松木香气慈母般地抚育着这个天真的少女。时间一年年过去，露茜一年年长大，她出落得亭亭玉立，非常美丽。她面颊红润，步态轻盈。很多路人经过费瑞厄庄园旁的大道时，都忍不住要特意看看露茜穿过麦田的轻盈身影，或者她骑在她父亲的马上时，显露的西部少女所具有的那种娴熟优美的姿态。想起往事，人们不由在心里感叹，当年的蓓蕾如今已绽开成一朵美丽的花。这些年来，就在她父亲变成农民中最富裕的人的同时，她也成长为太平洋东岸的山区里一个难得的美少女。

但是，最先发觉露茜已长大成人的并不是她父亲——这种事情很少是由父亲第一个发现的，这种变化非常神秘、微妙，而且其变化过程非常缓慢，不能以时间来衡量——对这种变化最难察觉的，还是少女本身，她要到听了某人的话，或碰触了某人的手而感到心头突然乱跳，有一种既骄傲又恐惧的心情袭来时，她才知道，一种新的、更加奔放的人的本性已在她内心深处觉醒了。人们通常都能清楚地记得自己情窦初开时的一些细微琐事。至于露茜·费瑞厄，糟糕的是，她当时根本不知道这件事会对她和其他人的命运产生怎样的影响。

6月里的一个早晨，阳光明媚，摩门教徒们开始像蜜蜂一样忙碌起来——他们就是以蜂巢作他们的标志的。无论农村还是市区，到处都有人们

① 盐湖城是美国犹他州首府，在盐湖旁边。——译者注

劳动发出的嘈杂声。尘土飞扬的大道上，满载重荷的骡马络绎不绝地往西进发。这是加利福尼亚州采金狂潮期。一条横贯东西，通往太平洋东岸的大道在依雷克特这座新城穿城而过。在道上有从远方牧区走来的成群的牛羊，也有一队队的移民，他们在长途跋涉后，都疲惫不堪了。骑技高明的露茜·费瑞厄在人畜混杂的大道上策马而行。她漂亮的面庞因为用力而涨红了，栗色长发随风飘起。她是奉她父亲的命令，到城里去办事的。她像平常一样，艺高人胆大地一边催马前进，一边想着她要去办的事情。那些风尘仆仆的淘金的冒险家们，一个个惊奇地望着她；那些做皮革生意的冷漠的印第安人，看到这个美貌无比的少女，也惊愕地把一向板着的面孔松弛了下来。

到城郊时，露茜发现六个粗鲁的牧民赶来的一群牛把道路挤得水泄不通。她在一旁等不及了，打着马往牛群中挤去，企图闯过牛群。但是，她刚进入牛群，后面的牛就围了上来，她立刻便陷在牛的包围中了。到处都有鼓着眼睛，长着长角的庞然大物在攒动。她平常和牛群相处惯了，因此，即便如此，她也毫不惊慌，仍然瞅准空隙策马前进。可是，糟糕的是，马在侧腹被一头牛的角猛地顶了一下后狂怒起来。它腾起前蹄，狂嘶不已，接着又不停地颠簸，如果不是露茜马技高明，早就被摔下马来了。受惊的马每跳动一次，腹部就免不了被牛角再顶一次，而这更让它暴跳不已。这时的露茜只好紧贴马鞍，因为稍一松手，就会被马颠落蹄下，踩个粉碎。露茜还从未经历过这种情况，挺过一段时间后，便头昏眼花起来，紧拉缰绳的手有些拉不住了。更要命的是，她被飞扬起来的尘土和从拥挤的牛群里散发出来的臭气给憋得喘不过气来。就在这危急时刻，要不是她听到一个亲切的声音，使她确信有人来救她，恐怕她就会绝望地松开手了。只见一只强劲的棕色大手一把抓住了惊马的嚼环，并且在牛群中挤开一条小路，很快就把她拉出了牛群的包围圈。

这位救星很关切地问道：“小姐，你没受伤吧？”

露茜抬头看了眼他那黝黑粗犷的脸，大笑着说：“真把我吓了一跳，没想到这匹娇宠惯了的马竟会被一群牛吓成这模样！”

“谢天谢地，幸亏你抱紧了马脖子。”小伙子诚恳地说。这是一个身材高大、面目粗犷的小伙子，他身穿结实的粗布猎服，肩背长筒来复枪，胯下骑着匹身带灰白斑点的骏马。他接着说：“我想，你是约翰·费瑞厄的女儿吧。我看到你是从他的庄园里出来的。你见到他时，请问问他还记不记得圣路易的杰费逊·侯波这一家人。他要是记得的话，那他就是和我父亲非常要好的那位费瑞厄了。”

“你亲自去问他不是更好吗？”露茜认真地说。

小伙子对这个建议似乎感到很高兴，他的黑眼睛里闪现着快乐的光芒。他说：“我会去问他的。不过，我们在大山里头待了两个月了，现在这个样子不便去拜访。我想，他要看到我们，肯定会招待我们的。”

她回答说：“他肯定会好好地感谢你哩，我也要感谢你。他很疼我，如果我刚才被那些牛踩死了的话，他不知会有多伤心。”

小伙子说：“我也会很伤心的。”

“你？你怎么会伤心呢，你还不算是我们的朋友呢。”

小伙子听她这么一说，黝黑的面孔不由阴了下来。露茜见他这副模样，不禁又大笑起来。

“你误会我的意思了。”她说，“当然我们现在是朋友了。我现在要走了，不然，父亲就不会叫我去办事了。你有空一定要来看我们。好了，再见！”

“再见。”小伙子说着，摘下他那顶墨西哥式的宽檐帽，低头吻了一下她的小手。露茜掉转马头，快马加鞭，一下子消逝在烟尘滚滚的大道尽头。

小杰费逊·侯波和他的同伴继续赶路。一路上，他都情绪低落，一言不发。他们刚从内华达探寻银矿回来，他们现在是返回盐湖城筹集钱款去开采他们所发现的那些矿藏的。以前，他和他的同伴一样很热衷于采矿，但他现在，刚刚遇到的那个姑娘，使他的思想有所转变。这个美丽的姑娘，山风一样清纯的姑娘，把他心里头沉睡的火山给触发了。当她从他的视线中离开后，他猛然觉得，银矿也好，其他任何别的东西也好，都没有那个姑娘重要。他觉得，他到了要做出重大选择的时候了。现在，他心灵深处产生的这种感情，不是年少无知时那种来得快去得也快的变化不定的幻想了，而是一个性格刚毅的成熟男人的那种强烈奔放的激情。他长这么大，还没做过一件称心如意的事。所以，他暗暗发誓，他要通过不懈的努力和永恒的爱心去获得他的爱情。

他当晚就去拜访了约翰·费瑞厄。后来，他又拜访了好多次，一来两往，大家都很熟悉了。约翰·费瑞厄十二年来一直深居山谷，只在他的庄园里一心一意地劳作，对外面的事几乎一无所知。而侯波对外面近几年发生的事却清楚得很，他经常把他的所见所闻一件件地讲给费瑞厄听。他讲得绘声绘色，不仅费瑞厄爱听，露茜也听得蛮有兴趣。侯波是当年最先到达加利福尼亚的一个，因此，他能很清楚地说出在那到处是黄金、到处充满暴力的土地上，有多少人发财致富，又有多少人倾家荡产。他干过侦探，捕过野兽，寻过银矿，当过牧场工人。只要是冒险的事，他就想去试一试。费瑞厄很快就喜欢上他了，他不断地夸奖侯波。每当这时，露茜总是默默无言。但从她略带红晕的脸蛋，明亮、充满幸福的眼睛，都可以很清楚地看出，她情窦初开的心早已不属于她自己了。她那老实的父亲并没看出女儿的变化，但赢得了她芳心的小伙子却清清楚楚地看到了。

一个夏天的黄昏，侯波打马奔向费瑞厄家。露茜站在门口等着他。他把马拴在树桩上后，就沿着门前的小路大踏步走了过来。

“我要走了，露茜。”他说着，握住她的两手，含情脉脉地望着她的脸，“我不要求你立即跟我走，但我回来后，你能跟我一起走吗？”

“可是，你什么时候才能回来呢？”她害羞地笑着问道。

“最多两个月，亲爱的，那时，你就是我的了，谁也别想把我们分开。”

“可是，父亲他同意吗？”

“他早就同意了，只要我们的银矿能开采得顺利，这绝不是问题。”

“嗯，这就好了。我听你们的。”露茜轻轻说着，把头依偎在侯波的胸膛上。

“感谢上帝！”他激动地说，一面低头去吻她，“那我们就这样定了。

我不能再待了，否则我会舍不得离开你的。我的同伴在峡谷里等着我呢。再见吧，亲爱的，不到两个月，我们就会再见的。”

他边说边松开拥抱她的双手，翻身上马，头也不回地急驰而去，好像一回头他就会动摇决心似的。她站在门口久久地望着，直到他的身影再也看不见，才转身进屋，她现在可以说是犹他地区最幸福的姑娘了。

10. 厄运降临

杰费逊·侯波和他的同伴离开盐湖城已经三个星期了。约翰·费瑞厄每每想到这个年轻人一回来，他就要失去他的义女这件事，便非常痛苦。但女儿那张充满幸福的脸又让他不得不顺从他们。他早已暗下决心，无论如何，他都不让他女儿嫁给一个摩门教徒。他认为，摩门教一夫多妻制的婚姻根本不能算是婚姻，而是一种耻辱。不管他对摩门教的其他教义的看法究竟怎样，但在这一点上，他是始终持反对意见的。但是，他始终把这个问题闷在肚子里，因为在摩门教的范围里，发表违反教义的言论是十分危险的。

的确，这是十分危险的，甚至一些在教会中有头有脸的人为免招横祸，即使有意见，也只有老老实实地暗地里偷偷谈论，生怕泄露出去。摩门教有一个非常恐怖的组织，这个组织与塞维尔的宗教法庭、日耳曼人的叛教律和意大利秘密党所拥有的那些庞大的行动组织相比，是有过之而无不及的。

这个无形的组织神出鬼没，虽然人们既看不到，也听不到这个组织是怎样行动的，但它似乎是无所不知、无所不能的。谁要是胆敢反对教会，谁就会突然失踪。谁说话稍有不慎，谁行动有失检点，他就会有杀身之祸。这个组织太神秘了，以至于谁都不知道在他们头上笼罩着的可怕的势力到底是什么，谁都为此惊慌恐惧，就连在无人的旷野中也没人敢对压迫他们的这种势力表示不满。

起初，这个可怕的神秘组织只是用来对付叛教者的。但过了段时间后，它的势力范围越来越广了。随着成年妇女越来越不够供应，一夫多妻制的教条很快就会形同虚设的。于是，就有了各种奇怪的传闻：在印第安人还从未到过的地方，不少移民中途被谋杀，过路旅客的帐篷遭劫，而摩门教长老的屋子里却出现了陌生女人。她们神色憔悴，哭个不停，脸上还留着一时难以消去的恐惧。据山里回来很晚的游民说，他们在天黑之前曾看见一支戴着面具的武装骑兵队，悄悄地从他们身边疾驰而过。这些传言开始是东一鳞，西一爪的，但后来却越来越清楚了，经过一些事情的印证后，大家都知道这是什么人做的了。直到今天，西部大草原上，还流传着“丹奈特帮”[①]和“复仇天使”等罪恶的帮派名称。

人们对这个罪恶的组织的情况知道得越多，就越恐怖，因为谁都不明白这个恐怖组织里到底有谁。这些打着宗教的幌子去杀人的刽子手的姓名都是绝对保密的。没人敢把自己对先知及其教会的不满讲给他的朋友听，因为这个朋友很有可能就是恐怖组织的一员。因此，人人都对自己的邻居小心提防着，谁也不对谁说心里话。

一天早晨，天气晴朗，约翰·费瑞厄正打算到麦田里去。忽然，他听到院门的门闩“咔嗒”响了一下，他从窗口望去，只见一个身强力壮、长有一头淡茶色头发的中年男人沿着小道走了过来。他吓了一跳，因为这个人不是别人，正是先知卜瑞格姆·扬。他非常害怕，因为他知道，扬是无事不登三宝殿的。费瑞厄连忙跑到门口迎接这位摩门教首领。但扬对他的迎接显得很冷淡，他板着脸随费瑞厄进了客厅。

“费瑞厄兄弟，”扬说着坐了下来，目光严峻地盯着费瑞厄，“上帝忠实的信徒一直对你很友好，你在沙漠里行将待毙的时候，是我们把你救了，我们把自己的食物分给你，把你平安地带到这个上帝选定的山谷中，还分给你一大片土地，让你在我们的保护下慢慢地富了起来，你说是这样的吗？”

“是这样的。”费瑞厄回答说。

“在救你的时候，我们提出过一个条件，要你信奉我们这个纯正的宗教，并且遵守我们所有的教规。你当时也接受了这个条件。可是，如果大家反映的情况属实的话，你一直没有遵守我们的教规。”

---

① 丹奈特帮是摩门教的一个秘密、险恶的流派。——译者注

费瑞厄伸出双手申辩道："我怎么没遵守呢？难道我没按规定缴纳公共基金吗？难道我没去教堂礼拜吗？难道我……"

"那么，你的妻子呢？"扬问道，四处看了一眼，"把她们叫出来吧，我要见见她们。"

费瑞厄回答说："我没娶妻是事实，但女人已经不多了，有很多人比我更需要女人。另外，我也不是孤身一人，我有我女儿侍奉。"

这位摩门教的头领说："我就是为你女儿来的。她已经长大成人了，而且她可以称得上是我们犹他地区首屈一指的美女。很多有地位的人物都看中了她。"

约翰·费瑞厄听到这里，不禁暗暗叫苦。

"外面有人传说她和某个异教徒订了婚，我不相信这些谣言。圣约瑟·史密斯经典中的第十三条是怎么说的？'让摩门教的每个少女都许配给上帝的选民，如果她嫁给了某个异教徒，她就是犯了弥天大罪。'经书上这么说。你既然信奉神圣的摩门教，就该遵守它的教义。"

约翰·费瑞厄没有说话，两手不停地摆弄着他的马鞭。

"现在到了考验你到底是不是摩门教徒的时候了，这件事，四圣会就这样定了。你女儿还年轻，我们不会让她嫁给老头子的，我们会让她有所选择的。我们这些做长老的，老婆够多了，可我们的孩子们还不够。斯坦节逊有个儿子，瑞伯也有一个，他们都很乐意你把女儿嫁到他们家去。你叫露茜在他们两人中选择一个吧。他们年轻又有钱，而且都是忠实的信徒，关于这件事你还有什么要说的吗？"

费瑞厄双眉紧锁，一声不响地沉默着。

最后他说道："给我们一些时间吧，我女儿还小，还没到结婚的年龄呢。"

“行，我给她一个月时间去选择。”扬说着就站起身，“一个月到了，她就要给我答复。”

扬走到门口又突然回过头，涨红脸，眼露凶光恶狠狠地说：“约翰·费瑞厄，你要胆敢违抗四圣的命令，无异于鸡蛋碰石头，不会有好果子吃的！”

他威胁地挥了挥拳头，掉头大踏步走了。

扬走后，费瑞厄一直抱膝坐在原地，考虑着该怎么跟女儿去说这件事。正想着，忽然有一只柔软的手握住了他的手。费瑞厄抬头一看，露茜已站到他身边了。露茜一脸的苍白、惊恐，显然刚才的那番话，她都听到了。

她看着父亲，有些焦急地说：“我都听到了，他说得那么大声，整个屋子都听得到。噢，爸爸，我们该怎么办呢？”

“别害怕，”费瑞厄边说边把她拉到身边，抚摸着她的头发，“我们会有办法的。你不会对那个小伙子变心吧？”

露茜没有回答，只是紧紧地抓着父亲的手，低低地啜泣着。

“不会的，当然不会的。我不想听到你说你会，他是很有前途的小伙子，而且他还是个基督教徒，就凭这点，他就强过他们。明天早上，有人要到内华达去，我想给侯波捎封信，把我们现在的情况告诉他。如果我没把他看错的话，他看了信后，一定会像拍电报那么快，飞似的赶回来。”

露茜被她父亲的这番话逗得破涕而笑。

“他回来后，肯定会给我们想个好办法的。不过，爸爸，我最担心的是你，我听说——听说谁要是违抗先知，谁就会遭到迫害。”

费瑞厄回答说：“但是，我们还没违抗他呢。不过，我们得提前防备一下，我们还有整整一个月的时间，我打算在这一个月内逃出这个鬼地方。”

“逃出这里？”

“只有这样了。”

“那，我们的庄园呢？”

“能变卖的，我们就尽量卖掉，卖不掉的也只好算了。说实话，露茜，其实我早就想离开这里了。我是一个自由的美国人，我不想屈服于任何人，我看不惯这里的一切，我绝不能像这里其他人那样屈服于那位该死的先知。尽管我老了，但他真要敢在我的庄园里胡作非为的话，我会让他尝尝猎枪子弹是什么滋味的。”

“可是，他们是不会让我们走的。”

“侯波一回来，我们就能逃出去了。在他回来之前，我的好女儿，你千万别自寻烦恼，别把眼睛给哭肿了，不然的话，他看见你变成这副模样，肯定会找我算账的。记住，别害怕，我们不会有什么危险的。”

约翰·费瑞厄的这番安慰话，说得很坚定、很有信心。但当天晚上，露茜就看到她父亲和平时不一样了，他不仅把门窗一一加闩关好，而且把挂在卧室墙上的那支生锈的旧猎枪也取了下来，擦拭干净后，把子弹也给装上了。

11. 逃　命

约翰·费瑞厄第二天一早，就到盐湖城里去了。他找到了那个要去内华达山区的朋友，把写给侯波的信交给了他，让他捎去。他把威胁着他们幸福的危急情况写在了信里，并且让侯波赶快回来。把信让人捎走后，他才松了口气，怀着比较愉快的心情往家赶。

当他快到他的庄园里时，他很惊奇地看到大门两旁的门柱上各拴着一匹马。更让他惊奇的是，他进屋后，发现客厅里有两个年轻人。苍白长脸的那个躺在摇椅上，两只脚高高跷起，跷到了火炉边。高大丑陋的那个盛气凌人地站在窗前，他把两手插在裤袋里，嘴里哼着流行的赞美诗。他们见费瑞厄进屋便点了点头，躺在摇椅上的那个最先开了口。

他说：“你可能不认识我，我先给你介绍一下，他是瑞伯长老的儿子，我是约瑟夫·斯坦节逊。当我们摩门教把你从荒漠上救起来的时候，我们就认识你了。”

那个长相丑陋的人带着很重的鼻音说：“上帝迟早会把他的子民聚在一块的，虽然这个进程很慢，但上帝不会把任何一个人给遗忘的。”

约翰·费瑞厄冷冷地鞠了一躬，他已经明白这两个人是什么人了。

斯坦节逊继续说道：“我们都是奉父命来向你女儿求婚的，请你和你的女儿从我们中间挑一个你们满意的。我呢，有四个老婆，瑞伯兄弟有七个，因此，我想我比他更需要你的女儿。”

“不能这样说，斯坦节逊兄弟。”另一个大声争辩，“问题不在于我们有了多少老婆，而在于我们能养活多少老婆，现在我父亲已经把他的磨坊给了我，所以，我比你更有钱得多。”

斯坦节逊激烈地说：“但以后我会比你更有钱的。等我家老头子去见上帝的时候，他的硝皮场和制革厂就是我的了。”

小瑞伯一面照镜子，一面满脸堆笑地说：“我们还是让这位姑娘自己去决定，她选谁就是谁吧。”

约翰·费瑞厄站在门边听得肺都快气炸了，他差点忍不住要用马鞭抽这两个该死的家伙。

最后，他实在忍不住了，大踏步走到他们跟前喝道：“你们听着，只有我女儿叫了你们，你们才能到这里来，如果她没叫，谁也别想跨进我的家门！”

两个年轻的摩门教徒见费瑞厄这样，都大吃一惊，他们瞪大了眼睛盯着费瑞厄。他们原以为，他们这样争着向他女儿求婚，无论对他女儿，还是对他本人来说，都是一种天大的荣幸。

费瑞厄喝道：“要想从这儿出去，有两种选择，一是门，一是窗户，你们选择哪样？”

费瑞厄棕色的脸变得十分难看，双手青筋暴露，模样挺凶狠吓人。两个年轻人见势不妙，跳起来，拔腿便跑。

费瑞厄把他们追到大门后挖苦说：“你们自己选一个人出来吧，到时通知我就行了。”

“你这是自讨苦吃！”斯坦节逊气白了脸，大声嚷道，“你竟敢违抗先知，违抗四圣会议的决定，你会后悔一辈子的！”

小瑞伯也嚷道：“上帝会重重地惩罚你的，他既然能够让你生，也就能让你死！”

“看我们谁先死！”费瑞厄咆哮着，要不是露茜使劲拉住他的胳膊，他早就冲上楼把他的枪拿出来了。他快要从露茜手里挣脱出来时，马蹄声响了起来，斯坦节逊他们骑上马跑了，追也来不及了。

他气呼呼地一面擦额头上的汗，一面大声说："这两个混账东西！我女儿就是死也不会嫁给他们。"

露茜激动地表示赞同："是的，爸爸，我死也不嫁给他们。不过，还好，杰费逊马上就要回来了。"

"是的，他马上就要回来了。回来越早越好，不知道那些坏蛋会怎样对付我们。"

的确，这个坚强的老农和他义女到了最危急的时刻，他们很需要一个能够为他们出谋划策、帮助他们的人。在他们这个地方，还从来没人敢这么公然违抗四圣的决议。在这里，连犯一点小错都会受到严厉的惩罚，那么，像他们这样大逆不道，会有怎样的下场呢？费瑞厄明白，他的财富，他的地位现在都无济于事了。在此之前，曾有些和他一样有钱又有名望的人都被暗杀了，他们的财产也被教会没收了。虽然他是个勇敢的人，但一想到即将降临的莫名的恐怖，他就不寒而栗。任何摆在明处的危险，他都可以咬牙勇敢地面对。但是，这种提心吊胆的日子，他实在难以忍受。尽管如此，他还是小心地把他的恐惧给隐藏起来，不让女儿知道。可是，虽然他一直装着若无其事，他聪明的女儿还是看出他内心一直在忐忑不安。

他已经预料到，他这样做会招来扬的某种警告。果然，不出所料，第二天早晨，费瑞厄起床时，很吃惊地发现，被子盖在胸口的地方，贴着一张纸条，纸条上歪歪斜斜地写着一行力道粗重的字：

"限你二十九天内改邪归正，否则——"

后面的这一横比任何明示的恐吓都要令人害怕。这个警告是怎样贴到他被子上来的，约翰·费瑞厄对此百思不解。因为他的仆人是睡在另一幢房子里的，他这幢房子所有的门窗又都关得好好的。他把这个纸条揉成一团，没有告诉女儿。可是，这件事的发生，使他更胆战心寒起来。纸条上说的“二十九天”是指扬所限定的一个月期限所剩下的日子。对付扬这样拥有神秘组织的敌人，单凭匹夫之勇是行不通的。来贴警告的那个人，本可以一刀把他杀死的，而且，他永远都不会知道杀他的人是谁。

第二天早上的事更让费瑞厄感到吃惊。当他们坐下来吃早餐时，露茜忽然指着天花板尖叫了起来。原来，天花板的中央，有一个用烧焦的木棒画的“28”。他女儿不知道这个数字是什么意思，他也没告诉她。那天晚上，他没有睡觉，拿着枪守了一晚，他什么动静也没发现。但第二天早晨，一个大大的“27”又出现在他家门上了。

一天一天就这样过去了，他每天早晨都能发现暗藏的敌人写下的数字，这些令人恐怖的数字，有时出现在墙上，有时出现在地板上，还有几次是写在小纸片上后，贴在花园的门上和栏杆上。约翰·费瑞厄虽然严加警戒，但他还是没发现这些警告是什么时候降临的。他一看到这些警告，就像中了邪似的恐怖。为此，他天天坐卧不安，他一天天憔悴起来，就像被追逐的野兽一样惊惶失措。现在他唯一的希望，就是盼着侯波早些从内华达回来。

二十天变成了十五天，十五天又变成了十天，侯波还是杳无音信。限期一天天逼近，侯波还是不见踪迹。每当马蹄声在大路上响起的时候，或者马车夫吆喝起来的时候，费瑞厄就不禁要赶紧跑到大门口张望，以为是侯波回来了。直到最后，眼看着期限从五天变成四天，又从四天变成三天，他终于不得不失望了，把逃跑的念头放弃了。他一个人孤独无助，对这个移民区四周环绕着的大山的情况又不熟悉，他们是逃不出去的。而通行大道有人严密把守，没有“四圣会”的允许，谁都不能通过。他差不多是走投无路了，这场临头大祸，看来是躲不过去了。不过，费瑞厄仍没有屈服，他宁愿拼掉老命，也不能让他女儿蒙受这场污辱。

一天晚上，他一个人独坐着，不停地琢磨着，但左思右想，还是想不出该怎么躲避这场灾难。在这天的早上，屋里的墙上被人写了个“2”字。明天就是期限的最后一天了，到时事情会怎样呢？好多种模糊不清而又令人可怕的情景出现在他脑海里。在他死后，他女儿怎么办呢？这道无形的天罗地网真的就逃不出吗？他一想到自己竟这样无能为力，便禁不住趴在桌子上啜泣起来。

这是什么声音，寂静的黑夜里传来一丝轻微的抓爬声。声音很轻，但在这万籁俱静的深夜，却听得非常清晰。这是从大门那边传来的声响，费瑞厄蹑手蹑脚地走进客厅，他屏住呼吸，凝神听着。过了一会儿，这个轻微的，令人毛骨悚然的声音又响了起来。接着有人轻轻叩门了。是秘密法庭派人来暗杀了吗？还是哪个狗腿子来警告到期限的最后一天了呢？约翰·费瑞厄这时觉得与其这么令人胆战心寒地受折磨，不如去痛痛快快死了的好。

于是，他冲到门前，拔下门闩，打开了门。

门外一片寂静。晴朗的夜空，有几颗星星在一闪一闪。费瑞厄看见的只是庭前花园，花园周围的篱笆和一个门，不管是花园里，还是路上，一个人影都没有。费瑞厄左右都看了一下后，轻轻地吁了一口气，放心了。但是，他接着无意中往脚下一瞧时，不禁大吃了一惊：只见地上趴着一个人，手脚直挺挺地伸展着。

看到这副情景，费瑞厄恐惧极了。他靠在墙上，用手卡着自己的喉咙，才没有喊出声来。一开始，他还以为地上趴着的可能是个受了伤，快要死了的人，后来，他仔细一瞧，才看见那人手足并用，蛇一样悄无声息地爬进了客厅。这人一到屋里便立刻站了起来，把门给关上了。吓得目瞪口呆的费瑞厄这才发现这人正是他期盼已久的杰费逊·侯波。

“天哪！”约翰·费瑞厄气喘吁吁地说，“你吓死我了，你为什么要这样进来？”

“快找点吃的给我，”侯波有气无力地说，“我有两天两夜没吃东西了。”他说着，瞥见费瑞厄一家当天吃剩的晚餐还放在桌上没收拾掉，便跑到桌旁，抓起冷肉、面包就狼吞虎咽地吃起来。“露茜还好吗？”侯波吃饱后问。

“她很好。她并不知道危险已经来临。”费瑞厄回答说。

“那就好，这屋子四面都有人监视，这便是我为什么要爬着进来的原因。他们很会监视，但想抓住我，还差那么一点儿。”

约翰·费瑞厄像换了个人似的，他一把抓住这个智勇双全的救星的大手，很激动地说：“你真是个很了不起的人，只有你才能帮我们脱离险境。”

侯波回答道：“您说得对，先生。为了您和我们的露茜，我就是上刀山、下火海也毫不含糊。我想，在那些坏蛋动手之前，我们早就远走高飞了，犹他州从此再没有姓侯波的人家了。”

“我们现在该怎么办呢？”

“明天就是最后期限了，我们今晚就得走，否则就来不及了。我在鹰谷那边藏好了一头骡子和两匹马。您有多少钱？”

“两千块金洋和五千元纸币。”

“这足够了，我这儿还有一些钱，我们把钱放在一起吧，我们得穿过大山到卡森城去。你快去把露茜叫醒吧，谢天谢地，幸亏仆人没睡在这屋子里，省了不少事。”

费瑞厄去叫露茜准备上路的时候，侯波把他能找到的所有可以吃的东西都打在一个包里，又灌了满满一瓷瓶水。他很有经验，知道山中水井很少，即使有也离山路很远。他刚收拾好，费瑞厄就和他女儿一起出来了，准备出发。这对恋人很亲热地互相问候了一番，因为时间宝贵，还有很多事要做，他们只亲热了一会儿。

“我们马上就得走，”侯波声音低沉而又坚决地说，他这时是明知山有虎偏向虎山行了，“前门和后门都有人在把守。不过，我们可以小心地从旁边窗户爬出去，然后再穿过农田逃走。只要上了大路，再走那么两里地，我们就到鹰谷了。我的马匹就藏在那。天亮之前，我们至少得赶到半山腰。”

费瑞厄问道：“要是被人拦住了，我们怎么办？”

侯波拍了拍露出衣襟的左轮手枪的枪柄，狞笑着说：“即使我们对付不了，也得干掉他们两三个。”

屋里的灯早就吹熄了。费瑞厄从漆黑的窗口望出去，眼前这片属于他的土地，现在就要永远地放弃了，虽然他有点舍不得，但事关他女儿的荣誉和幸福，即使是倾家荡产，他也毫不在乎。沙沙作响的树林和一望无际的平静的田野，那么宁静，那么让人感到幸福。谁能想得到，这里竟然是那些杀人不眨眼的恶魔们出没的地方。从侯波那苍白的脸色和紧张的表情可以看出，他刚才爬进来的时候，已经领教过周围的危险情况。

费瑞厄提着钱袋；杰费逊·侯波带着不多的食品和水；露茜也提了个小包，包里头是她的一些珍贵物品。他们慢慢、慢慢地，很小心谨慎地推开窗子，直等到一片乌云把月亮遮住时，他们才一个跟着一个越窗而出，走进了那个小花园。他们屏声静气，弯着腰，蹑手蹑脚地穿过花园，来到花园篱垣的暗处。他们沿着篱垣走到一个通向麦田的缺口。他们正要再往前走，侯波猛地一把抓住费瑞厄父女，把他们拖回暗处。他们一声不响地蹲在那儿，吓得浑身颤抖。

幸亏侯波在草原上待过一段时间，练就了一双山猫般灵敏的耳朵。他们刚刚蹲下，就听见离他们几步远的地方响起了一声猫头鹰的啼声。一会儿，不远的地方，立刻也呼应着啼了一声。随后就在那个缺口处，隐隐约约地有一个人出现了，他又发出一声这种凄惨的啼叫暗号，很快，另外那个人应声从暗处走了出来。

“明天半夜，怪鸱叫三声时下手。”第一个出现的人说。显然，他是这次行动的头目。

另一个回答道：“好的，有什么要我传达给瑞伯兄弟的吗？”

“告诉他，让他传达给其他的人。九到七！”

“七到五！”另一个接着说。随后，他们两个便分头悄然离去了。他们最后说的两句话，显然是一种暗号。等到他们走远了，听不到他们的脚步声时，侯波立刻站了起来，扶着费瑞厄父女，穿过缺口，随后带着他们以最快的速度越过农田。这时，露茜有些跑不动了，侯波马上半拖半拉地带着她飞跑。

“快点，快！”他气喘吁吁地一次又一次地催促着，“我们已经闯过警戒线了，现在就看我们的速度了，快跑！”

到了大路上后，他们又飞快地跑了起来。路上，他们碰到人就马上闪进麦田去躲避，害怕被人发现。他们快到城边时，侯波把他们带上了一条通往山上的崎岖小道。两座黑压压的大山耸立在眼前，他们正走着的这条狭窄的小道就是鹰谷，马匹就藏在这里。侯波凭着他多年的经验穿过一片乱石后，又沿着一条干涸了的小溪走了一段，最后在一块大山石的后面，把马和骡子牵了出来。露茜骑上了一匹骡子。费瑞厄背着钱袋，骑上了一匹马。侯波骑上另外一匹马。侯波领着他们在崎岖的山道上行进。

对于一般人来说，这么崎岖的山路他们是不敢走的。山路的一边是悬崖万丈，山石林立，黑压压的，阴森吓人；悬崖上一条条石梁活像魔鬼化石身上的根根肋骨。另一边则乱石纵横，无路可走。只有这条弯弯曲曲的小道夹在这中间。这条小道，有些地方很窄，只能容得下一个人通过。尽管如此，这三个逃亡者的心情却是愉快的，因为他们每前进一步，就远离他们刚逃出来的那个魔窟一步。

但没走多久，他们便发现仍没逃出摩门教的势力范围。当他们走到山路上最荒凉的地段时，露茜突然惊叫了一声，用手指着上面。原来在一块突兀而出的、可以俯瞰山路的大黑石上，有一个人在站岗。他们发现他时，他也看见了他们。于是，寂静的山谷里响起了一声吆喝："谁在下面？"

"是去内华达的旅客。"杰费逊·侯波回答道，同时抓住马鞍旁的来复枪。

他们看见这个站岗的已扣着扳机，向下看着他们，好像对侯波的回答有些怀疑。

"是谁准许的？"站岗的哨兵又叫道。

费瑞厄回答说："四圣准许的。"根据他在摩门教的经验，他知道，教中四圣的权力最大。

哨兵叫道："九到七。"

"七到五。"杰费逊·侯波马上接着说——他想起了他在花园中听到的这句口令。

哨兵说："走吧，上帝保佑你们。"过了这关后，前面的道路就宽阔起来了，马匹可以放开脚步，小跑着前进了。他们回头一看，那个哨兵倚着他的枪，仍孤零零地站在那儿。这时，他们知道，他们已经闯过了摩门教区的边防要隘了，自由就在前面。

12. 复仇天使

他们这晚走过的全是些错综的小路和崎岖难行、乱石纵横的山道。他们有几次差点迷路了，多亏了侯波熟悉山中的情况，才使他们重新回归正道。天亮后，他们看见眼前的景色虽然有些凄凉，但总体上来看，却是壮丽无比的。他们置身于一片白雪封顶的群山中，一层一层的山直延到遥远的地平线。山道两旁全是悬崖绝壁，悬崖上垂挂着的落叶松就在他们头顶不远的地方，好像一阵风就能吹落下来压在他们头上。这也不是不可能的事，因为在这个荒凉的山谷中，草木丛生，乱石遍地，曾经有树石这样滚下来过。他们往前走了一段，突然一块巨石雷鸣般滚落下来，静静的峡谷里立刻回荡着一阵隆隆之声。本已走累了的马和骡子被吓得跑了起来。

太阳从东方的地平线慢慢升起的时候，群山像张灯结彩似的一个接一个地点亮了，最后所有的山峰都披上了微红的薄纱，明亮耀眼。这种奇景让三个逃亡者的精神为之一振，跑得更有劲了。他们在一个溪水奔腾的谷口停了下来，让马喝足了水，同时，他们匆匆忙忙吃了点东西作早餐。露茜和他父亲想多歇一会儿，但侯波坚持要走。他说："说不定这时他们正沿着我们的足迹追了过来。我们能否逃脱就看我们的速度了，只要我们能平安到达卡森城，想休息一辈子都行。"

他们在山道上奔波了整整一天。黄昏时他们算了算行程，已经把敌人抛开三十多英里了。天黑后，他们安顿在寒风吹不到的一块悬岩下。为了更暖和些，他们三人紧紧挤成一团，瞌睡了几个小时。未等天亮，他们又动身上路了。他们一直没有发觉有人追来的迹象，因此，侯波便以为他们可能逃离了魔爪，那个要迫害他们的恐怖组织现在是鞭长莫及了。可惜，他一点儿都不清楚这只魔爪究竟能伸出多远，他更没想到，这只魔掌正在迫近他们，就要把他们抓得粉碎了。

他们逃亡的第二天，快到中午的时候，他们的食品只剩一点点儿了。不过，侯波并没有因此而不安，因为这大山里，有的是可以打来充饥的飞禽走兽。他以前就常常靠他的来复枪打猎来维持生活。他选了个比较隐蔽的地方，拾了些枯枝把火生了起来，让费瑞厄父女暖和一下。因为他们现在是在海拔五千英尺的高山上，非常冷。他拴好马匹和骡子，告别了露茜后，就背上来复枪去打猎了。他走出一段路后回头看了看，他们父女俩正围着火堆取暖，坐骑动也不动地站在他们后面。他再往前走了几步后，就被巨石挡住了视线，看不见他们了。

他翻山越岭，走了两英里远了，可还是什么也没见着，然而，从树上的痕迹或其他一些迹象来看，附近是有野熊出没的。但他找了两三个小时，却还是不见猎物的踪影。最后，他正准备空手回去的时候，忽然抬头一看，不由高兴起来。他看见在离地三四百英尺高的一块突出来的悬岩边上，站着一只很像是羊的野兽，它长着一对巨大的长角，因此被人们叫作“大犄角”。它现在可能正为侯波看不到的它的同伴放哨。“大犄角”是背对着侯波的，并没有发现有人瞄上它了。侯波趴在地上，把枪在一块岩石上架好，他慢慢瞄准后扣动扳机。这只野兽跳了起来，在悬岩上挣扎了几下，便滚落下来了。

这只野兽重得很，一个人背不起，侯波将死兽的一只腿和一些腰肉割了下来。这时，天快黑了，他连忙背起猎来的东西沿着来路往回走，但是，他举步要走时才发现自己迷路了——他一门心思寻找野兽的时候，已经远远走出了他所熟悉的山谷，现在要走回去，却不是一件容易的事。他现在所在的这个山谷，到处都是沟壑，到处都差不多，根本辨不出是从哪条沟来到这里的。他沿着一条山沟走了一英里远后，遇到了一个流水淙淙的山涧，他来的时候并没见过这个山涧，他知道自己是走错了。于是，又走另一条，结果还不是。夜色很快就降临了，当他终于找到来时的小道时，天已经完全黑下来。虽然路找到了，但要摸黑沿着这条小道一直走下去不再走错，也不是件很容易的事。月亮还没升起，小道两边绝壁高耸，使得道路格外暗。侯波背着沉重的东西，压得差点喘不过气来，他感到非常累了。但他仍蹒跚着一步步地往前走，当他想到每往前走一步就靠近了露茜一步，而且这些食物足够他们今后路上吃时他就精神振奋起来。

现在，他已经回到了留下费瑞厄父女烤火的那个山谷的入口处了，他在黑暗中认出了遮在入口处的那些巨石的轮廓。他想，他们肯定等得很着急了，因为他差不多离开五个小时了。他高兴地把两只手放在嘴边，借着峡谷的回音，大声喊了起来，告诉他们他回来了。他停了一下，倾听回答。可是，除了他自己的呼声不断地撞在这片沉寂、荒凉的峡谷石壁上形成的无数回音外，什么也没听到。他又叫了一声，声音喊得更大。但还是没听到费瑞厄父女的回答。他莫名地有了一种恐惧，急急地跑进山谷，慌乱中，他把好不容易猎到的兽肉都给扔了。

转过一个弯，他看到了刚才生火的地方。那里的那堆炭火虽然还在闪烁发光，但很明显，他离开后，火堆就没有料理过。山谷一片死寂。他恐惧的东西变成了现实。他急忙冲上前去。除了火堆，什么都不见了，马、骡子，老人和露茜都不见了。显然，他离开后这里发生了什么可怕的灾难，使他们无一幸免，而且连痕迹都没留下。

这个意外的打击，让侯波惊慌失措，目瞪口呆。他只觉得一阵天旋地转，他赶紧用来复枪支撑着自己，以免跌倒下去。不过，侯波到底是一个意志坚强的人，他很快就清醒了过来。他捡起火堆里的一根烧得半焦的树枝，把它吹燃了。他借着这个光亮，在火堆周围仔细察看了一番，地上到处都是马蹄印子，显然摩门教的人骑马追到这里来了。从蹄印看来，他们又转回盐湖城了。他们是不是被摩门教给抓走了呢？侯波这样想，可是，当他的目光落到一件东西上时，他吓得毛骨悚然起来——就在离火堆没几步远的地方，有一堆不高的红土，而原来是没有这红土堆的，这分明是一个新掘成的坟墓。侯波走近一看，发现土堆上面还插着根木棒，木棒裂缝里还夹着一张纸，纸上潦草地写着：

约翰·费瑞厄

生前居于盐湖城，死于一八六〇年八月四日

他才离开不久的那位健壮的老人就此离开了人世，而这几个字就是他的墓志铭。杰费逊·侯波又到处寻找，看是否还有第二个坟墓，但没找到。看来露茜是被那帮恶魔给抓回去了，她是逃不脱她命中注定的厄运，要被迫嫁给长老的儿子做小妾了。当侯波想到露茜的悲惨命运，而他又无法把她救出来时，他真想和费瑞厄一样长眠不醒。

但最终，他的复仇心理战胜了悲伤绝望。他想，即使他无法挽回一切，他也可以在剩下的日子里，去为他们报仇雪恨。杰费逊·侯波有着坚强的意志和不屈不挠的精神，因此，他的复仇心理就更加坚决。他的这种复仇心理，可能是在和印第安人相处的日子里，跟印第安人学来的。他站在奄奄一息的火堆旁，觉得只有亲手杀死仇人才能减轻他的悲痛。他下定了决心，非彻底、干净、痛快地报仇不可。他一脸凄白，狰狞可怕，一步一步地沿着来路往回走，找到了他扔下的兽肉。他把快要熄灭的火堆挑燃了，把兽肉放在火上烤着，烤熟后，他把兽肉捆成一包。这时，他虽然很疲惫，但仍踏着摩门教徒的足迹，一步一步往山下走去。

他艰难地沿着先前走过的山路走了五天，直走得脚痛难忍，疲惫不堪。夜里，他就躺在乱石中，胡乱睡上几个钟头。天还未亮，又起身赶路。第六天，他到了鹰谷，他们就是从这里开始他们不幸的逃亡的。他站在鹰谷远望过去，摩门教徒们的田舍家园清晰可见。现在，他已经形销骨立、憔悴不堪了。他倚着他的来复枪，狠狠地向脚下这片宽广而安静的城市挥舞起他瘦削的拳头。他远远看见这个城市的一些主要街道挂着旗帜和其他庆贺节日的标志。他正为此纳闷的时候，忽然听到一阵蹄响，只见一个人正打马向他这边跑来。当骑马的人走近时，侯波认出这是一个名叫考波的摩门教徒。以前，侯波曾帮过他好几次忙，所以，当考波走近时，侯波主动给他打了个招呼，想从他那里打听一下露茜的消息。

他说："我就是杰费逊·侯波，你还认得我吗？"

这个摩门教徒非常惊讶地望着他，眼前这个面色苍白、双目深陷、衣衫褴褛的流浪汉很难让他相信这就是当初那个年轻英俊的猎人。最后，当他终于认出这确实是侯波时，他便由惊讶变得恐怖起来。

他叫了起来："你是不是疯了，竟然还敢跑到这里来？！要是有人看见我和你说了话，我的小命也没了。你知道吗？因为你帮费瑞厄父女逃跑的事，四圣已经下令通缉你了。"

侯波坚定地说："我不怕他们，他们通缉我我也不怕。考波，你一定听说了这件事情，你告诉我吧，我们是朋友，请你看在上帝的分上，别拒绝我。"

这个摩门教徒胆怯地问道："赶快告诉我你想知道什么问题吧，摩门教徒到处都有耳目哩。"

"露茜·费瑞厄怎么样了？"

"小瑞伯昨天和她成婚了。喂，你给我站稳些，站稳。你没事吧？"

"我没事，"侯波有气无力地说。他万念俱灰地跌坐在身旁的石头上，嘴唇都白了，"他们结婚了？"

"昨天结的，街上挂的旗就是为了庆祝他们结婚。为了谁娶她的问题，小瑞伯还和斯坦节逊争吵了一番呢。他们两人都参与了追捕露茜的行动，露茜的父亲是斯坦节逊开枪打死的，他认为他更有资格得到露茜。但在四圣会议上决定露茜的归属时，因为瑞伯的势力大一些，先知就把露茜判给了瑞伯。可是，不管谁得到她，都不会长久的，因为我昨天看见她时，她脸色灰白，哪里还像个女人，折磨得像个鬼了。你要走了吗？"

"是的，我要走了。"杰费逊·侯波说着就站了起来。他刚毅冷峻的

脸庞就像是大理石雕刻出来的，两眼凶光逼人。

“你要去哪里？”

“你别管。”他一面回答，一面背起来复枪，大步走进山谷，直往野兽出没的大山深处走去。侯波从此成了一个比猛兽还要危险的人。

露茜的命运被考波说中了。可怜的她不知是为了父亲的惨死，还是由于不幸的婚姻，一直萎靡不振，郁郁寡欢，没过一个月，她便含恨而死。该死的瑞伯娶露茜主要是为了得到约翰·费瑞厄的财产，因此，对于露茜的死，他一点也不伤心，倒是他的大小老婆们都为露茜哀悼，并且按摩门教的风俗在下葬前为她整夜守灵。露茜死后的第三天早晨，她们在灵床边围坐着，突然，房门被撞开了，一个衣衫褴褛、面目粗野、饱经风霜的男人闯了进来。她们吓得缩成一团，张嘴结舌。这个人进来后好像没看见这些吓呆了的妇女一样，径直走向露茜的遗体。他弯下腰，虔诚地在她那冰冷的额上吻了一下。接着，又拿起露茜的一只手，取下了还戴在手上的结婚戒指。他凄厉地叫道：“她绝不能戴着这个东西下葬！”他没等人们反应过来，就飞身下楼，消失了。事情发生得这么突然、出奇，要不是露茜手指上那枚婚戒确确实实不见了，就连那些守灵的人都不会相信这是事实，别人就更不用说了。

杰费逊·侯波在大山里流浪了几个月，过着原始人一样的生活，他时刻谋划着该怎样报仇雪恨。当时，盐湖城里到处都传说有一个从大山里来的怪人，他时常在城外徘徊。有一次，一粒子弹击穿了斯坦节逊的窗户，射在离他不到一英尺远的墙壁上。还有一次，瑞伯在悬崖下经过时，上面有块大石头砸了下来，要不是他躲得快，早就没命了。这两个年轻的摩门教徒很快察觉有人要谋杀他们。他们曾几度带领人马到山里头去抓企图谋杀他们的人，要把其抓住杀死，但他们总是无功而返。于是，他们非常谨慎起来，不敢一个人出门，天黑后就足不出户了。不仅如此，他们还在住宅周围布下了不少警卫。这样过了段时间后，他们才有所放松，因为侯波杳无音讯了，于是他们就希望侯波的复仇决心随着时间的推移最终给消磨掉。

但事情恰恰相反，侯波的复仇决心更加强烈了，意志坚定的侯波心里头只装着复仇这件事。不过，侯波是一个很实际的人，他很快便意识到，尽管他体格强壮，但经常的风餐露宿、饥寒交迫和过度的操劳会把他的身体给整垮的，如果他像野狗一样死在山中，那么，谁替他报仇呢？这不正是瑞伯他们一直期盼的吗？于是，他振作精神回到了内华达，回到他过去待过的矿山，好在那里恢复身体，赚足钱，以便以后复仇行动不会受制于贫困。

他原来计划挖一年矿就回去报仇，但由于各种意外的发生，他一直脱不开身，在内华达待了五年。虽然过去了五年的时间，但往日的一点一滴仍记忆犹新，他的复仇决心和当年他站在约翰·费瑞厄墓边的那个晚上一样强烈。他乔装打扮、更名换姓后，潜入盐湖城。他为了复仇早就把自己的生命置之度外了。他到了盐湖城后，才知道在几个月前，摩门教闹了内讧，教中年轻的一派企图推翻长老们的统治，于是有很多造反的人脱离了教会。他们离开犹他后，变成了异教徒。瑞伯和斯坦节逊也成了异教徒。据说，瑞伯的大部分财产早就设法变卖了，因此，他离开时，已是腰缠万贯的大富翁；而他的同伴斯坦节逊与之相比，却穷得要命。但他们离开后，到底去了哪里，却没有人知晓。

在这种报仇无门的情况下，一般人难免会灰心丧气，把复仇的打算给放弃了，但杰费逊·侯波却一刻也没动摇过。他带着他那笔为数不多的钱出发了，他一个城市一个城市地在美国各地找着他的仇人。钱用完了，就随便找个事做糊糊口，时间一年年过去了，他的一头黑发也白了，但他仍四处寻觅，就像一只不找到猎物绝不罢休的猎犬一样。他把他的全部心智都用在了复仇这件事上，他为了复仇，已经付出了他的大半生。后来皇天不负有心人。一天，在克利夫兰城里，他偶然瞥见他的仇人在一个窗子旁，他高兴了，他寻找已久的两个仇人就在这里。他连忙赶回他寄住的破旧的住处，谋划好了该怎样去复仇。但是，不巧的是，瑞伯那天望向窗外的时候也认出了在大街上流浪的侯波，而且发现他仍然眼藏杀机。所以，他在斯坦节逊的陪同下（斯坦节逊已是他的私人秘书了），急急忙忙地找到了负责当地治安的一位法官，说他被一个以前的情敌盯上了，他们的生命受到了严重的威胁。当晚，侯波被捕了，由于他找不到保人，只有老老实实地被监禁了几个星期。等到放出来的时候，他发现瑞伯的住处空无一人，瑞伯和斯坦节逊已经到欧洲去了。

这一次，侯波的复仇计划又落空了。但他的复仇决心再一次激励着他，让他继续追踪下去。然而，因为没有路费，他又不得不做了一个时期的事，为了复仇计划得以实现，他尽量节省着每一块钱。最后，他积蓄了一笔足够到达欧洲的钱后，就动身了。他在欧洲各国，一个城市一个城市地寻找他的仇人。没钱了的时候，他什么活都做。尽管这样，他还是没能追上这两个坏蛋。当他赶到圣彼得堡时，他们却在去巴黎的路上。当他赶到了巴黎时，他们却刚刚动身往哥本哈根去了。当他追到丹麦首都哥本哈根时，他又晚了，他们几天前就往伦敦去了。他终于在伦敦把他的仇痛快淋漓地报了。至于此后发生在伦敦的事情，我们最好还是引用医生华生日记中详细记载的这个复仇者自己所讲述的故事吧。

13. 再录华生回忆录

侯波的疯狂抵抗显然对我们并没什么恶意，因为当他发觉他逃脱不了时，他便温和地微笑了起来，并且很担心地说，希望刚才他挣扎时，没伤到我们。随后他又对福尔摩斯说："我想，你是要把我送到警察局去吧。我的马车就停在门口。如果你们把我的腿松开，我可以自己走下去上车。我不想劳驾你们把我抬下去。"

葛莱森和雷斯垂德交换了一下眼色，觉得这种要求最好还是别答复。福尔摩斯却立刻接受了侯波的这个要求，立即把绑在他脚上的毛巾给解开了。侯波站起身，把两条腿舒展了一下，好像是要看看它们是不是真的获得了自由似的。我现在还记得，当时我一面打量他，一边暗自惊叹：他的魁伟健壮真是世间少有，而他饱经风霜的黑脸所表现出的那种果敢而有活力的神情跟他的体力一样令人惊异。

侯波用衷心钦佩的眼神盯着福尔摩斯说："我想，警察局长让你去当，是最合适不过了。如果不是你，谁也抓不住我。"

福尔摩斯对那两个警方侦探说："我们最好还是一块去吧。"

雷斯垂德说："我来赶车。"

"行，那么葛莱森和我们一起坐车。还有你，医生，既然你对这个案子有了兴趣，那就跟我们一块走一趟吧。"

我很高兴地同意了，于是我们一起下了楼。侯波一点儿逃跑的企图都没有，他老老实实地坐到了他的马车里，我们也跟着上了车。雷斯垂德爬上了车夫的座位打马前进，没多久，便把我们拉到了警察局。我们被领进了一间小房间，坐在那里的那个警察把嫌疑犯侯波的姓名和他杀死的两个仇人的名字记录了下来。这个警察是个肤色很白、表情冷漠的人，他很机械地履行着职责。他说："犯人将在本周内移交法庭审讯，杰费逊·侯波先生，你在审讯之前有话要说吗？不过，我得事先告诉你，你所说的每句话都有可能成为呈堂证供。"

侯波慢慢地说："先生们，我有很多话要说，我愿意把事情的原委都告诉你们。"

那个警察问道："你为什么不等到审讯时再说呢？"

"也许我等不到那一天了，你们别大惊小怪，我不是要自杀。"侯波说着，又把他那双凶悍而黝黑的眼睛转向我，"你是医生吗？"

我说："是的，我是医生。"

"那么，请你按按我这里。"他说着笑了一下，用他被铐着的手指了一下胸口。

我按了按他的胸部，立刻觉察到里边的跳动很不正常。他的胸腔微微震动，就像在一个不牢固的房子里头，开动了一架大马力的机器一样。在这间静静的房间里，我甚至听到他的胸膛里有一阵轻微的嘈杂之声。

我叫道："怎么，你有动脉血瘤症！"

侯波平静地说："他们都这么说，上个礼拜，我看过一次医生，他说过不了几天，血瘤就会破裂。我得这个病好多年了，一年比一年糟糕。我这个病是当年在盐湖城的大山里头风餐露宿，吃不饱、歇不好引起的，现在我把仇都报了，随便什么时候死都行。不过，我想在死之前，把这件事交代清楚，我不想在我死后让别人把我当成一个普通的杀人犯。”

警官和两个侦探匆匆协商了一下，讨论这个时候让他交代案情是否恰当。

“医生，你看他的病有突发的可能吗？”

我回答说：“很有可能。”

这位警官马上说道：“既然这样，为了维护法律，我首要的职责显然是尽快给他录口供。侯波先生，你想说就说吧，不过，我得再告诉你一次，你所交代的都会成为呈堂证供。”

“请允许我坐着说吧。”侯波一面说，一面不客气地坐了下来，“我的这个病使我很容易就疲劳了，何况几小时前我们还打斗了一番，就更加累了，我是一个快死的人了，我没必要对你们撒谎。我说的每句话都千真万确。至于你们究竟如何处置我，那是你们的事。”

杰费逊·侯波说完这番话后，就靠在椅背上，说出了下面这篇惊人的供词。他交代的时候不急不缓，讲得有条有理，就像说一件很平常的事一样。我乘机从雷斯垂德的笔记本上把侯波的供词全抄了下来，而雷斯垂德是逐字逐句地按侯波所说记录下来的，因此，我敢保证，下面的供词和侯波的原供词没有丝毫出入。

他说：“我恨这两个人的原因，对你们来说，是可知可不知的。他们罪大恶极，害死过两个人——一个父亲和一个女儿。因此，他们死在我手上，也是罪有应得。从他们犯罪到现在，过了好多年了，我也找不出什么罪证到法庭去控告他们。但是，他们有罪，这点我确定了，于是，我决定，我要把法官、陪审员和行刑的刽子手的任务一个人担当起来。我想，你们要真是一条汉子的话，而且处于我那个境地，你们也一定会像我这样干的。

“我刚才提到的那个姑娘，二十年前，她本来是要嫁给我的，最后却被迫嫁给了那个瑞伯，她因此含恨而终。我从她遗体的手指上取下了这枚戒指，我当时就发誓，一定让瑞伯看着这枚戒指死去——让他在临死前认识到，他是自取灭亡的。我为了追踪瑞伯和他的帮凶，千里迢迢地找遍了两大洲，这枚戒指一直随身带着。他们打算东躲西藏，把我给拖垮，但他们是枉费心机。就算我明天就死——这很有可能，我也死而无憾，因为我出色地完成了我的复仇任务，他们两人都死了，都是我亲手杀死的，我的这一生已经别无他求了。

“当然，他们是有钱人，而我却是一个穷光蛋，到处追踪他们，确实很不容易。到达伦敦城的时候，我差不多是身无分文了。当时我想，得立刻找个工作，好维持我的生活。赶车、骑马对我来说，是很拿手的。所以我到一家马车行去找事做，结果，车主当天就要了我，我每个礼拜给车主缴纳一定数目的租金，剩下的就归我自己。但是，赚的钱也不多，不过，我总是能设法维持生活。最困难的事情是不熟悉道路。我认为在所有城市里，没有比伦敦的街道更复杂难认的了。我随身带了张地图，直到我熟悉了一些大旅馆和几个主要车站后，我的复仇行动才进展得顺利起来。

“过了好久，我才找到那两个坏蛋的住处。我是在东查西问的时候，无意中碰上他们的。他们住在泰晤士河对岸坎伯韦尔的一家公寓里。只要我找到了人，我知道，他们是逃不了的了。我已经蓄了胡须，他们是认不出我来的。我紧紧地跟着他们，伺机下手。我发了誓，这次绝不能让他们再逃脱了。

“尽管这样，他们还是差点儿溜掉了。他们走到哪儿，我就跟到哪儿，有时，我赶马车跟在他们后面，有时步行跟着。不过，赶马车是最好的办法，因为这样他们就摆不脱我了。我只在清晨和深夜才做点生意，赚点钱，但这样一来我就不能及时向车主缴纳租金了。不过，这无所谓，只要能亲手杀死仇人，别的我什么都不管。

“但是，他们狡猾得很。他们意识到了可能会有人跟踪他们，所以他们从不单独外出，也绝不在晚上出门。两个礼拜以来，我每天都赶着马车在他们后面跟着，但他们总是在一起。瑞伯经常喝得醉醺醺的，而斯坦节逊却小心谨慎。我起早摸黑地盯着他们，但总是没有下手的机会。我并没有因此灰心丧气，我总感觉到，复仇的时刻就快来了。我唯一担心的是我胸口里的这个病，怕它过早地破裂，使我的复仇大业功亏一篑。

“最后，一个傍晚，当我赶着马车在他们住着的叫陶魁里的地方徘徊时，我忽然看见一辆马车停在他们公寓门前。而且，有人拿着些行李出来了，没多久，瑞伯和斯坦节逊也出来了，他们一同上了马车。我赶紧打马跟上去，远远地在他们后面跟着。我当时很担心他们又要离开伦敦。他们在休斯敦车站下了车。我找了个小孩帮我看马车后，就跟着他们到了月台。我听到他们在打听去利物浦的火车，车站的人告诉他们刚刚开出去一趟，第二趟车还要等那么几个钟头。斯坦节逊为此很懊恼，但瑞伯却非常高兴。我夹在离他们很近的人群中，他们的一字一句，我都听得比较清楚。瑞伯说他要去办一点儿私事，要斯坦节逊等他一下，他很快就会回来。斯坦节逊不让他去，并且提醒他说，他们曾经决定过彼此要始终在一起的，谁也不准单独行动。而瑞伯坚持说这是件比较微妙的事，他得单独去。我没听得很清楚斯坦节逊又说了些什么，后来听见瑞伯破口大骂了，他说斯坦节逊只是他雇用的仆人而已，竟然装腔作势地反而指责起雇主来了。斯坦节逊听他这么一说，觉得自讨了一场没趣，就没再劝阻他了，只是说如果他回来晚，万一耽误了最后一趟火车，就可以到郝黎代旅馆去找他。瑞伯回答说，他在十一点钟前绝对可以回到这里，然后，他就往车站外面走。

“我期待已久的千载难逢的时刻终于到了。我的仇人是逃不了的了。他们在一起的时候，可以互相照应；而一旦分开，他们就在我的掌握中了，尽管这样，我还是小心翼翼。很早以前我就决定在报仇的时候，我一定要让仇人明白到底是谁要杀他，如果让他死得不明不白，那我这仇就报得不能令人称心满意。我一定要让他有时间明白，现在是结束他恶贯满盈的生命的时候了。恰巧，几天前有个顾客坐我的车到布瑞克斯顿路去看房屋，把其中一处房屋的钥匙掉在我车里。虽然他当晚便将这把钥匙拿了回去，但是，在他拿回以前，我早就弄了一个它的模子，并照样配制了一把。这样，在伦敦，我终于有了一个可靠的地方，可以毫无拘束地复仇，而不会受到别人的干扰。现在要解决的难题是如何把瑞伯引到那幢房子里去。

“他出了车站，进了两家酒店。他在最后那家酒店待了半个多小时。他走出酒店时，走路歪歪斜斜的，显然他醉得很厉害。在我前面正好停了辆双轮小马车，他坐了上去，我一路紧紧跟着。我们过了滑铁卢大桥后，在大街上跑了好几英里路，让我感到很奇怪的是，他竟然又回到了他原来居住的地方。我不知道他回那里干什么，但我还是跟了下去，在离他原来住处约一百码的地方停了下来。他走进了那座房子，拉他的马车走开了。请给我一杯水吧，我说得口干了。”

我给他递过一杯水，他一饮而尽。

他说：“这下好多了——我等了一刻钟，或者等了更久，突然屋子里传来一阵打架似的吵闹声。接着，大门忽然打开了，出来了两个人。一个是瑞伯，另一个是个年轻人，这个年轻人我不认识。他一把抓住瑞伯的衣领，当他们走到台阶边的时候，他用力推了瑞伯一把，跟着又踢了一脚，把瑞伯一直踹到了大街上。他挥着手中的木棍冲瑞伯大声喝道：‘狗东西，我要教训你，你竟敢污辱良家妇女！’他怒不可遏，要不是那个坏蛋逃得快，我想，那年轻人肯定会痛打他一顿的。瑞伯跑到转弯的地方时，看到我的马车了，他招呼着，跳上我的车，他要我把他送到郝黎代旅馆去。

“我见他上了我的车，简直高兴坏了，我的心跳得快了起来，我很害怕就在这关键时刻，我的血瘤会迸裂。我赶着马车慢慢地往前走，心里盘算着究竟该怎么办才好。我完全可以一直把他拉到郊区，在偏僻无人的小道上跟他算账。我正这么想的时候，他忽然替我解决了这个难题。他的酒瘾又发作了，他让我在一家酒店外面停下来。他吩咐我在外面等他，然后进去了，他在里面一直待到酒店打烊才烂醉如泥地出来。我看到他这个样子，知道报仇是没问题的了。

“你们别以为我会趁他不小心，一刀把他结束了，我绝不会这样做的，因为这只是一般的复仇方法而已。我决定给他一个机会，如果他幸运的话，他还能有一线生机。我在美洲流浪的时候，干过各种各样的差事。我曾经做过一段时间的约克学院实验室的看门人和扫地工友。有一天，教授讲解毒药，他拿出一种叫生物碱的东西给学生看。这生物碱是他从一种南美土著人制造毒箭的毒药中提炼出来的。它的毒性很猛，一小点儿就能把人毒死。我记住了那个盛放毒药的瓶子，并偷了些出来，把它做成了两颗容易溶解的小丸子。我把它们放到两个盒子里，每个盒子同时放上一粒模样相同但没毒的丸子。当时我想，总有一天，我会给那两个坏蛋每人一盒，让他们每人挑一粒吃下去，剩下的由我吃。这样子，对大家都比较公平。从那天起，我就一直把这两个装着药丸的盒子带在身边，随时准备用它们。

“当时过了午夜，快凌晨一点了。这是一个风雨交加的夜晚，狂风暴雨，天气坏透了，但我却很高兴，我高兴得要叫起来了。先生们，要是你为一件事朝思暮想了二十几年，现在终于唾手可得了，你就不难理解我当时的心情了。我点了支雪茄抽了起来，以此平静我心头的兴奋。但还是因为过分激动，拉车的手不停地颤抖着，太阳穴也跳得突突响。我开始出现幻觉了，我看见老约翰·费瑞厄和可爱的露茜在黑暗中朝我微笑。我看得清清楚楚，就像我现在看见你们一样。一路上，他们总走在我眼前，一边一个地走在马的两侧，一直领着我来到了布瑞克斯顿路的那幢空屋。

“四周一个人都没有，除了雨声外，也没别的什么声音。我下车往里一看，瑞伯在里面蜷成一团，睡着了。我摇着他的手臂说：‘该下车了。’

“他说：‘好的，车夫。’

“我想，他肯定是以为到了郝黎代旅馆，因为他二话没说就下车跟我走进了空屋前的花园。他头重脚轻，走路一摇三晃。我怕他摔跤就扶着他走。走到门口，我开了门引他进了前厅。说实话，我当时清清楚楚感觉到，是费瑞厄父女引我走进那屋子的。

“‘这里太黑了。’他跺着脚说。

“‘马上就不黑了，’我说着便划亮了一根火柴，把我带来的那支蜡烛点上了。我向他转过身，把蜡烛举近我的脸。接着说：‘好了，伊瑙克·瑞伯，现在让你好好看看我是谁！’

“他迷迷糊糊地看了我好久，最后，他的脸色变得恐惧起来，痉挛起来，他认出我来了。他吓得要命，歪歪斜斜地后退着。大颗大颗的汗珠渗出他的额头，他的牙齿也打战了，格格作响。我见他这副熊样，不禁靠到门上哈哈大笑。报仇是一件很痛快的事情，这我早就知道，但我没想到会这么痛快。

“我说：‘你这个狗东西！我从盐湖城一直追到圣彼得堡，可是总没追上。现在你可以不再到处逃命了，因为，今天不是你死就是我死。’我说话的时候，他又退后了几步。我从他的脸上可以看出，他认为我疯了。那时，我的确跟疯子一样，太阳穴跳个不停，一起一伏，像铁匠手中的铁锤一起一落，幸好当时一股血从我鼻子里涌了出来，使我轻松了一下，要不我的病就会发作。

“‘你说露茜·费瑞厄现在怎么样了？’我一面叫着，一面把门锁上，举起钥匙在他眼前晃了几晃，‘君子报仇，十年不晚。今天看你往哪儿逃？！’在我说话的时候，我看见他的两片嘴唇哆哆嗦嗦，他知道，他磕头求饶是没用的了。

“他结结巴巴地说：‘你要谋杀我吗？’

“我回答说：‘什么谋杀不谋杀的，杀一只疯狗也算是谋杀吗？当你把我可怜的露茜从他惨死的父亲身旁抢走，抢到你那肮脏的新房中的时候，你有没有想过那才是真正的谋杀？！’

“他叫道：‘我没杀她父亲！’

“‘但你杀死了她那颗纯洁的心！’我大声喝道，把毒药盒拿到他面前，‘让上帝来裁决吧。这里有两粒药丸，一粒有毒，一粒无毒。你挑一粒吃吧，剩下的给我吃。我要好好瞧瞧这世上到底有没有公道！’

“他吓得躲到一旁，大喊大叫起来。我拔刀架到他脖子上他才乖乖地挑了粒吞下去，我也立即吞下了另一粒。我们面对面站着，谁也没说话，都等着看究竟谁死谁活。一两分钟后，他的脸开始痛苦地扭曲起来，显然他吞下去的是毒药。他当时的那副嘴脸我记得清清楚楚，我看到他那副模样，高兴地大笑了起来，并且把露茜的婚戒举给他看。可惜他受痛苦的时间太短了，生物碱的毒效来得太快，他的脸痉挛着，很快就扭曲变形了，他两手向前乱抓，接着就惨叫了一声，倒在地板上。我用脚把他翻转身，伸手去摸他的胸口，他的心不跳了，他死了！

“这时，我鼻孔里的血一直流个不停，但我没去管他，我当时实在是觉得太痛快淋漓了。突然，不知怎的，我竟想起了一个德国人在纽约被人谋杀的事件，凶手在死者的身上写着‘瑞契’这个字，当时的报纸评论说，这是秘密党干的。我接着想，当年这个让纽约人迷惑不解的字，说不定也能迷惑伦敦人，甚至能把警察引入歧途。于是，我用手指蘸着我自己的血，在墙上找了个适合的地方写下了这个字。后来，我回到了我的马车上，我发觉周围还是一个人都没有，风雨还是那样大。我赶着马车走了一段路后，伸手摸了摸放着露茜婚戒的那个衣袋，这才发觉它不见了。我大吃了一惊，因为这个东西是她唯一留下的纪念物。我想，它可能是在我弯腰看瑞伯是否死了的时候掉下去的。于是，我又赶着马车往回走。我把马车停在附近的一条横街上，壮着胆向那幢房子走去。为了捡回这枚婚戒，我可以冒任何危险。我走到那房子门口时，和从里面出来的警察撞了个满怀。为了不让他怀疑我，我只好装成一个大酒鬼。

“这就是伊瑙克·瑞伯死的全过程。我接着要做的，就是用同样的办法来对付斯坦节逊，这样我就可以替约翰·费瑞厄报仇雪恨了。我知道斯坦节逊当时住在郝黎代旅馆里。我在旅馆附近徘徊了一整天，但他一直没露面。我想，大概是瑞伯的失踪让他觉察到什么了。斯坦节逊是个很狡猾的家伙，他一直很小心谨慎。但是，如果他认为他待在房子里就可以万事大吉，他就大错特错了。很快，我就弄清了他的卧室的窗户。第二天清晨，我竖起旅馆后面胡同里的那个梯子，趁着天还没大亮，爬进了他的房间。我弄醒了他，说现在是该他为很久以前他杀死过的那人偿命的时候了。我告诉了他瑞伯是怎样死的，并让他挑一粒药丸吃。他不愿接受我给他的这个活命机会，他从床上跳了起来，想扼住我的喉咙。为了自卫，我捅了他一刀。但不管怎样，他都是要死的，上帝是不会让他那只罪恶的手捡起那粒没毒的药丸的。

"我还有几句话要说，说完了就好，因为我也快完了。事后我又赶了一两天马车，因为我想尽快赚足路费回美洲。我把车停在广场上，忽然有个穿得很破烂的小孩打听是否有个叫杰费逊·侯波的车夫，他说，贝克街221号有位先生要雇他的马车。我丝毫没有怀疑地就跟着来了。接着，我就被这位先生把手给铐上了，我真没想到，他会铐得这么干净利落。先生们，这就是我的全部经历。你们可以说我是一个凶手，但我自己却认为我和你们一样是执法的法官。"

他讲述的故事惊心动魄，我听得出了神，连那两位阅历颇深的侦探也都听得有滋有味。他讲完后，我们还一声不响地坐在那里，沉默了一会儿，屋里头静得可以听见雷斯垂德速记供词的最后几句铅笔落纸的沙沙声。

福尔摩斯最后说道："我还想知道一件事。我的广告登出来后，帮你领取戒指的那个同党究竟是谁？"

侯波顽皮地对福尔摩斯说："我只能供出我自己，我是不会让别人受到连累的。我知道你的广告或许是个圈套，但我朋友见我确实很看重那枚婚戒，他便自告奋勇地代我取了回来。我想，你一定会承认，这件事他办得很漂亮吧。"

"确实很漂亮。"福尔摩斯老老实实地说。

这时，那位警官很严肃地说："那么，先生们，请你们遵守法律手续。在本周四，这个嫌疑犯送交法庭审讯时，你们一定要出席。开庭以前，他交由我负责。"说完，他按了一下铃，进来两个看守把侯波带走了。福尔摩斯和我也就离开了警察局，坐马车回贝克街了。

14. 尾　声

我们事先都接到了要我们本周四出庭的通知。可是，到星期四的时候，我们不用去法庭作证了，原来，就在侯波被捕的当天晚上，他的动脉血瘤就迸裂了，上帝把他叫到天堂里去了。第二天早上，狱警发现他死在狱中的地板上。他的脸上流露着笑容，显然，他临死前，因大仇已报而心满意足。

第二天傍晚，当我们聊天说到这件事时，福尔摩斯说道："侯波的死会让葛莱森和雷斯垂德气得发疯的。因为他们吹牛的本钱没了。"

我接着他的话说："我真看不出他们在这个案子里究竟做了些什么。"

福尔摩斯挖苦地说道："在这个世界上，最要紧的，不是你到底做了些什么，而是如何让人们相信你做了些什么。"他稍停了一会，又无所谓地说："不过没关系。不管怎样，我是不会放过这个案子的。我还没遇到过比这更精彩的案子呢。尽管它简单，但其中也还有几点值得记住的东西。"

"简单！"我情不自禁地叫了起来。

"是的，除了'简单'二字外，我不知道还有什么别的字可以形容它。"福尔摩斯说。他见我很惊讶的样子，不禁微笑了起来，"你想想看，我在没有任何人帮助的情况下，只是凭着一番寻常的推理，便在三天内把侯波给抓住了，这不是很简单吗？"

我说："说来也是的。"

"我跟你说过，但凡异乎寻常的事物，一般来说，不但不是阻碍，反而是一种线索。解决这类问题时，关键要善于推理，一层层来回推理。这种推理很有用，也很容易，不过人们很少用这种方法，平常人们习惯了向前推理，而忽略了往回推理这个方法。如果说从事物的各个方面加以综合推理的人有五十个的话，那么用分析法进行推理的，最多就那么一两个人而已。"

我说："老实说，我还是不太懂你的意思。"

"你不懂也没多大关系。我尽量说得明白些吧，很多人都是这样的：

如果你把一系列事实告诉他们后，他们就能把可能导致的结果告诉你，因为他们能够比较容易地把这些事实联在一起去思考。但也有极少数人，如果你把结果告诉他们，他们就能通过其内在的缘由，推断出之所以导致这种结果的各个步骤是什么。这就是我所说的‘往回推理’或‘分析法’。”

我说：“现在我懂了。”

“现在这个案子就是一个例子。你只知道结果，别的要靠自己去发现。好，现在我干脆把我对这个案子进行推理的各个步骤全告诉你吧。我从头说起。你知道，我是走到那座屋子去的。当时，我对这个案子的细节问题一无所知。所以，很自然地，我要从检查街道着手。我曾经跟你说过，我在街道上很清楚地看到了一辆马车的痕迹，经过仔细比较，我确定这个痕迹是夜间留下的。因为车轮之间的距离比较小，所以我断定这是一辆出租的四轮马车而不是自用马车，伦敦所有出租的四轮马车都要比自用马车小一些。

“这就是我观察推理的第一步。接着，我慢慢走上了花园小路。碰巧，这是条黏土路，很容易留下印迹。显然，你认为那只是一条被人践踏得一塌糊涂的烂泥路而已。但在我这双火眼金睛看来，这条路上的每个痕迹都有用。侦探学中，最容易被人忽略，但又最重要的就是对足迹的研究。幸亏我是很重视足迹的，经过多次实践运用，我已经很好地掌握了这门学科。我不仅看到了警察们深深的靴印，还看到最初来到花园的那两个人的足迹。但是，他们的某些脚印被警察踩得乱七八糟了，这说明他们比警察先来。这样，我完成了我的第二个推理——当夜一共来了两个人，一个很高大，这是量了他的步伐长度后推算出来的；另一个则穿戴得很时髦，他留下的小巧精致的靴印说明了这点。

“进屋一看，我的推断得到了证实。穿漂亮靴子的那位先生就躺在我的面前，显然，如果这是一件谋杀案，那凶手无疑就是那个大高个。死者身上没有伤痕，但死前的表情很恐惧、紧张，说明在死之前，他已料到自己会死。如果是因为心脏病突发，或其他病发造成的自然死亡，那么，死者的脸上是绝不会有这么恐惧、紧张的表情的。我嗅了嗅死者的嘴唇，闻到了一点儿酸味，因此，我断定他是服毒而死的。另外，他脸上还有一种表情——忿恨，因此，我进一步断定他是被迫服毒的。我是排除了很多和事实不相吻合的假设才最终这么推理的。你别以为强迫服毒是什么稀奇古怪的事，据犯罪年鉴记载，早在敖德萨的多尔斯基一案和茂姆培利耶的雷吐里耶一案就有这种事情，所有毒物学家都知道这事，因此，这绝不是什么新闻。

"现在我们来谈谈谋杀动机吧。死者身上的东西一点未少，说明这不是抢劫案。那么，这是件政治案还是件仇杀案？当时，我想可能是仇杀案。因为在政治暗杀中，凶手得手后一般会立即逃走，但这件谋杀案却恰好相反，凶手干得非常从容不迫，而且从现场他满屋子的脚印来看，说明他自始至终都在现场。因此，这肯定不是政治谋杀，只有仇杀才会这么处心积虑地采取行动。当墙上的血字发现后，我更肯定我的推断了——那血字显然是凶手故意布下的疑阵。接着，戒指的发现，证实了我的推断是正确的。很明显，凶手曾经利用这枚戒指使死者想起了某个死去的或是不在场的女人。我曾就这一点问过葛莱森，问他在拍往克利夫兰的电报中是否提到瑞伯过去的经历中有没有什么特别的事情。你还记得吧，当时他说没提到这个问题。

"接着，我开始对这间屋子仔细检查了一番。检查结果，除了再次肯定凶手是大高个外，还发现了其他一些细节：例如印度雪茄烟，凶手的长指甲等等。因为屋里没有打斗的痕迹，因此我断定地板上的血是凶手太激动时流出的鼻血。我发现，凡是有血迹的地方，就有他的脚印。只有血液旺盛的人才会在感情激动时这样大量地流血，所以我就大胆地推断，这个凶手可能是个身强体壮的红脸汉。后来的事实果然是这样。

"离开现场后，我就去做葛莱森疏忽未做的事了。我拍了个电报给克利夫兰的警察局长，特意询问伊瑙克·瑞伯的婚姻问题。回电说瑞伯曾指控过一个叫杰费逊·侯波的旧情敌，并且请求过法律保护，这个侯波目前正在欧洲。这个电报使我掌握了这个秘密案件的线索，剩下的任务就是逮住凶手了。

"我当时就已断定：和瑞伯一同进屋的那个人不是别人，正是那个赶马车的。

"我从留在街上的一些痕迹看出拉车的马曾随便行动过，如果有人照看着，是不会发生这种情况的。马车夫要不是进了那屋子，他又去了哪里呢？再一个，神经正常的人是绝不会在第三者面前明目张胆地复仇的。何况，一个人要想在伦敦城里到处跟踪另一个人，最好的办法莫过于扮作马车夫了。这样一想，我就很清楚了，杰费逊·侯波肯定隐藏在城里头众多的出租马车车夫中间。

“如果凶手曾是马车夫，他不会就此就不做马车夫了。相反，他为了人们不怀疑他，还会做一段时间的马车夫的。他也不会更名改姓的，异国他乡没人知道他的真名实姓，也没必要更名改姓。于是，我召集一些街头流浪儿组成了我的侦查队，有步骤地分别把他们派到伦敦城的各家马车行去打听，要他们找到侯波为止。我的这支侦查队伍的工作效率有多高，他们办得有多漂亮，这些你都已知道。至于谋杀斯坦节逊这事，完全出乎我的意料。但是，有些意外是很正常的。你知道，在斯坦节逊的房子里，葛莱森找到了两粒药丸。我早就知道一定会有什么药丸存在的。你看，这案子里头有一根链条毫无间断地前后连着。”

“真绝了！”我不禁拍腿叫好，“应当把你的本领公布出来让大家都知道。你应该把这个案子写出来发表。你要是不想写的话，我来替你写。”

“你看着办吧，医生，”他回答说，“你先看看这个！”他说着，递给我一张报纸。

报上这样说：由于侯波的突然死去，使人们失去了一些可供谈论的话题。侯波是谋杀伊瑙克·瑞伯先生和约瑟夫·斯坦节逊的嫌疑犯。虽然我们从有关当局获悉，这是件积怨已久的命案，其中牵涉到爱情和摩门教等问题，但是案子的具体内幕，可能永远是个谜。据悉，这两个被害者年轻时都曾是摩门教徒。已死的凶手侯波，也是来自盐湖城。要说这案子没其他意义的话，是不负责任的，它至少可以说明我们的警探破案非常神速，足以令外国人等引以为戒——他们的纷争最好还是在他们本国解决的好，带到不列颠来是没什么好下场的。本案的神速侦破，归功于伦敦警察厅的知名侦探雷斯垂德和葛莱森这两位先生，这是众所周知的。凶手是在一个名叫歇洛克·福尔摩斯的先生家被捕的。歇洛克·福尔摩斯是一名私家侦探，在侦探方面有一定的才能，相信他在这样的两位导师的教诲之下，将来也一定会有所成就。按惯例，这两位警官将因他们的卓越业绩而荣膺某种奖赏。

歇洛克·福尔摩斯大笑着说：“我不是早就跟你说过吗，我们对血字的研究结果，果然给他们挣来了褒奖！”

我回答说：“这没关系，我把事情经过全记在笔记本里头了，人们一定会知道事实真相的。既然案子已经了结了，你就可以心满意足了。”

四　签　名

1. 演绎法的研究

歇洛克·福尔摩斯从壁炉台的角上取出一瓶药水，再从一只皮匣里拿出皮下注射器。他用白皙而有力的长手指装好了针头，挽起他左臂的衬衫袖口。他静静地对自己肌肉发达却满布针眼的胳膊看了一会儿，然后把针尖扎进肉里，把药推进去，接着躺在安乐椅里，像是得到很大满足似的喘了一口气。

每天，他要注射这样的药水三次。几个月来，我已经对他这样习以为常了。日子一天天地过去，他这个样子对我的刺激日渐增加。由于我没有勇气阻止他，每当夜深人静，想起此事就感到心里不安。我多次想把心里话告诉他，可他性格孤僻，不肯接受别人的建议，若是让他能顺利听取朋友的忠告，不是件容易的事。他的毅力，他那自以为是的态度和我所体验的他许多奇特的性格，都使我胆怯而不愿惹他不高兴。

但是，这一天下午，可能是我在吃饭时喝了点酒，也可能是他的态度让我生气了，我认为得向他提出警告了。

我问他道："今天注射的是什么，吗啡还是可卡因？"

他原是想看看那本旧书，听了我的问话，无力地抬起头来说："可卡因，百分之七的溶液，你不想试试吗？"

"不想。我的身体因为参加那次对阿富汗的战争，还没有全部好。我不愿受到别的伤害。"我毫不客气地对他说。

他没有理会我的不礼貌，轻声笑着说："华生，或许是你说的对吧。我明白那东西是对身体有害的，不过有利就有弊，这东西会让人兴奋异常，还能提神，对它的副作用我没多考虑。"

我真诚地说："你得考虑到利害得失吧。你说，你的大脑因为药物的刺激而兴奋起来，但这也会让你的大脑受到损害。它会不断加剧器官组织的变质，还会使大脑长期衰弱。你懂得它会给你身体带来副作用，真是得不偿失呀。可你怎么还图一时的快感呢，这只能损害你过人的精力。这些话，我不仅是作为好朋友，也是作为一个称职的医生，对你的健康负责。”

他听了我的推心置腹的话，没有生气，他把十个手指对顶到一起，又把两个胳膊肘放到椅子的扶手上，做出了一个像是对我的话很有兴致的动作。

他说：“我天性好动。一旦没有事可做，我就心绪不定。我感到人们给我难题，给我工作，让我破解最深奥的密码，最复杂的分析，那样会让我感到最舒服。有事做的时候，我就用不着这东西来刺激我。我从事的这份特殊的职业，可以说是这个行当的开创者，我想在这世上我是唯一做这工作的。我讨厌过安安稳稳的生活，只想着让自己每时每刻都处于刺激中。”

我无奈地听着他的话，抬眼问道：“唯一的私人侦探，是吗？”

“独一无二。我就是侦探里的最高裁决者。当葛莱森、雷斯垂德或埃瑟尔尼·琼斯碰到困难的时候，他们就会向我请教了。我是这方面的专家，对他们的材料，我会及时审查并拿出意见。案件结束，歇洛克·福尔摩斯的名字也不会出现在报纸上。我不会居功自傲，破案时的快乐才是对我工作的奖赏。你还记得杰费逊·侯波的案子吧，这桩案子我用的方法给你带来一些经验了吗？”

我热情地说：“怎么没有呢，我记得特别清楚。我今生头一回碰到这样的奇案。现在，我把经过写成了一本小册子，给它起名为《血字的研究》。”

福尔摩斯不满意地晃晃头，说：“我约略看了一遍那本册子，对这，我不便说什么。你明白吗？侦探学其实是一门非常精深的学科，人们得学会用极其冷静的大脑钻研，而不能单纯感情用事。你把这件事情写成小说，给事件增加了许多艺术色彩。这就像几何定理里掺杂进了小说中的恋爱故事一样。”

我并不赞成他的说法，就反驳他说：“就是根据事实来写也是这样的，案情本身和小说情节很有些接近。”

“每件事并不是让你记账似的都记下来，你可以省略一些事，有些事则需要你详写。这样，事情的重点才能突出。这桩案子值得提出来的正是我怎样从事实的结果找出原因，再经过谨慎细致的分析、判断，从而破案的这一过程。”

我原本想让他高兴才写那本册子，没料到他竟能一而再再而三地批评我，我心里很不好受。是他的自大让我恼怒，他的要求像是我在书里必须全部描写他一个人的行为。我同他在贝克街合租了一所房子已经有几年了。在这段日子里，福尔摩斯在默默无语的时候，或是跟人说话时，总是流露出一股傲气，我多次发觉过。我不愿多说了，只是坐着抚摩我的伤腿。我的腿以前曾被枪弹打穿过，虽然不妨碍走路，但一遇天气变化就疼痛得厉害。

停了一会儿，福尔摩斯装满了烟斗，慢慢说道："近来我的业务已经发展到了欧洲大陆。上周就有一个叫作福朗斯凡·勒·维亚尔的人向我讨教。可能你会晓得他的一些情况。如今在法国侦探界里，这个人已经开始出手不凡了。他有着凯尔特民族具有的敏感，但缺乏广博的知识，这对他提高断案能力很关键。他请教的是一桩有关遗嘱的案件，很有趣味。我拨开了 1857 年里加城的两个案子的迷雾。你瞧，这是我早上才收到的他的致谢信。"一边说着，他把已经有些折皱的信纸抛给我。我简略看了看，信里到处写着"伟大""高超的手段""有力的措施"等类似的颂扬的话，以此来表达这位法国侦探对同行的称赞。

我说："他像是一个和老师讲话的小学生。"

歇洛克·福尔摩斯轻轻地说道："他把我所给他的帮助抬举得太高了，他低估了自己的实力。一个好的侦探家所必需的条件，他大多都具备，他有细心观察和正确推断的能力，只是少了些广博的实用知识，他会在以后的工作中填补的。现在他正在把我的几篇作品译成法文。"

"你的作品，是吗？"

"你怎么会不知道？真不好意思。我写过几篇专论，都是技术方面的。记得有一篇叫《论各种烟灰的辨认》，在那篇文章里，我列举了 140 种雪花烟、纸烟和烟斗丝的烟灰，并且用彩色插图说明它们之间的区别。这是刑事案件中常出现的证据，有可能是最重要的线索。若是你回忆一下杰费逊·侯波案件，你就会知道，烟灰的辨认，对于破案会起作用的。比如说，你能够区别烟灰，就能在一个案子里知道凶手吸的是何种烟，这样就缩小了你的侦探范围。在训练有素的人看来，印度雪茄烟和'鸟眼'烟的白灰的不同，就如同区别白菜和土豆一样简单。

"我发觉细微的事物对于案件的确很重要。这是我写的关于跟踪脚印的专论，里面还提到了用熟石膏保存脚印的方法。我这儿还有一篇小论文，说明一个人的职业可以影响到他的手形的插图。这些对于科学地侦探有很大的实际用处。尤其是遇到无名尸体的案件和探索罪犯身份时都用得着。呀，我只顾说我的侦探学，让你心烦了吧？”

我恳切地回答道：“不，我一点不觉得，正好相反，我认为挺有兴趣。我亲眼见到过你对于这些方法的运用。你刚才谈到观察和推断，在一定程度上来说，这两方面彼此相联。”

他随意地躺在椅背上，从烟斗中喷出一股浓浓的蓝烟说道：“没什么关联，举例来说，通过对你的观察，我知道今天清晨你到韦格摩尔街邮局去了。我可以断定，你在那儿发了一封电报。”

“没错。这是今天早晨，我临时决定的，但真让人不明白，你是怎么知道的？”我有些困惑地问他。

看着我惊奇的样子，他很得意地笑了：“这并不难，还用得着解释吗？为了让你分清观察和判断的范围，我还是解释一下吧。你的鞋面沾有一小块红泥，韦格摩尔街邮局对面正在修路，从那儿掘的泥都在便道上堆着。走进邮局的人，肯定得踩过红泥。据我了解，附近找不到这样颜色的泥土了，这种红泥很特殊，这是我观察的结论，其余的都是想出来的。”

“那你又怎么知道我发了一封电报呢？”

“我坐在你的对面已经一上午了，没见你写信，你的桌子上又有一大张整的邮票和一叠明信片，据此我想你一定是去发电报。除去一些无关紧要的因素，剩下的必是事实。”

我略想了一会儿说：“是这样的。你所说的方法很简单。若是我现在考考你，不会觉得我鲁莽吧？”

“怎么会呢？我希望你提出问题，这好比给我又注射了一次可卡因。”福尔摩斯的脸上露出了喜悦。

“我经常听你讲，在每一件日用品上都有它的使用者留下的痕迹，受过这方面训练的人会很快辨认出来。现在我这儿新得了一只旧表，你能不能从这只表上发现它的旧主人的性格及爱好呢？”

我把表递给他，心里禁不住好笑。我觉得这是没办法估摸的，权且给他独断的作风一个教训吧。他把表放在手上，认真地看着，瞅了瞅表盘，又打开表盖，细心地察看着里面的零件，他起初用肉眼看，接着用高倍放大镜瞧着。我看着他失望的表情，几乎要笑出来。最后，他关上了表盖，把表还给了我。

他说："这里主要的痕迹都抹掉了，是不是最近才擦了油泥，所以找不到什么。"

"对，这只表是擦了油泥后才得来的。"我心里想，他莫不是找个借口来掩饰他的窘态。若是表从未修过，又怎能找出什么有助于推断的痕迹呢？他用半闭着的无神的眼睛仰望着天花板说："遗痕虽不多，我还是从中发现了一点东西，你听听。我想这只表是你哥哥的，是你父亲留给他的。"

"不错。你是从表的背面上所刻的 H·W 知道的吧？"

"是这样，W 代表你的姓。这只表可能是 50 年前制造的。表上刻的字和制表的时期差不多，据此，我知道这是你上一辈的遗物。按照习惯，凡是珠宝一类的东西，多传给长子，长子又往往袭用父亲的名字。若是我没记错的话，你父亲已去世多年，这表我断定是你哥哥的。"

"对，你说的不错。还有别的吗？"

"你哥哥是一个放浪不羁的人。起初他本前途光明，可他丢掉了好机会，所以常常生活困难，偶尔也有宽裕的日子，最终因为好喝酒而死。这是我从表上看出来的。"

"福尔摩斯，这可是你的不是了。"我很气愤地说，"我真无法相信，你会用这一套。你一定早就知道了我哥哥的悲剧，要不，你光凭这只表，是绝不能推测到这些情况的。我对你不敬了，你的那些话在骗人。"

他和气地说："亲爱的医生，请原谅，我向你保证，我怎么会调查你的哥哥。在我看到这只表以前，我一点都不清楚你还有一位哥哥。我只是猜想出来的，没想到会给你带来痛苦。”

“你说的和事实差不多。你真是个神仙，竟能从一块旧表上感觉出来。”

“这没有什么，我只是把设想的情况说出来，没想到会这么正确。”

“那么，你能告诉我你是怎么猜出来的吗？”

“可以。我这人从不胡乱猜测。那样做，只能有害于逻辑推理。你觉得奇怪，是因为你不了解我想问题的方法，没观察到能推断出大事来的小问题。我说你哥哥不拘小节是有原因的。你看，这只表下面的边上有两处凹痕，整个表的面上还有许多碰撞的痕迹，只有习惯于把表与钱币、钥匙之类硬东西放在一起的人才会这样。对于生活谨慎的人，怎会对价值50英镑的表这么不谨慎。单纯这只表就这么贵，可见他的那笔遗产的数目也挺多，是这样吗？”

我点点头表示领会了他说的话。

“伦敦当铺有个惯例，每收起一只表，他们就用针尖把当票的号码刻在表的里面，这个方法比挂一个牌子好，不会出现号码丢掉或混乱的事。刚才打开表盖时，我通过放大镜发现，那里面至少有四个那样的号码。若是你的哥哥景况好，是不会去当铺的。但有时他的生活也不错，不然他怎么拿钱去赎表呢？最后，你瞧，这是钥匙孔的里盖，在钥匙孔的周围有很多小洞，这是和钥匙摩擦才这样的。你想想，清醒的人插钥匙，怎会像喝醉的人那样，连插好几下呢？到了晚上，手表需要上弦，而醉汉的手哆哆嗦嗦，所以在表上留下手腕颤抖的痕迹。这没有什么太玄妙的。”

我说道：“你真厉害。真抱歉，我刚才对你的冒犯，请多原谅，我应当坚信你有绝顶的破案能力，目前你有案子吗？”

“还没有，因为这我才找刺激呢。整天不用大脑考虑，有啥趣味呢？真活得没劲。来窗子这边瞧瞧这惨痛无奈的世界吧。看见什么了？只有雾气沿街飘散，擦着那些暗褐色的房屋飘浮而过，还有比这更无聊的吗？医生，你想，英雄无用武之地，有本事又有什么用呢？人们生活在世界上，有人从事犯罪勾当，这很寻常。在这个世界上，除了寻常的事情还有什么呢？”

我正要回答他的激烈的言论，忽然传来急促的敲门声。房东太太手里托着一个托盘走进来，托盘上放着一张名片。

她对福尔摩斯说：“有一位年轻的女人想见您。”

他看了看名片，说：“梅丽·摩斯坦小姐。这名字很陌生，哈德森太太，请她进来吧。华生，我的医师，你在这坐，别走。”

2. 案情的陈述

摩斯坦小姐迈着稳健的步伐，沉着冷静地走进屋里。她是一个浅发女郎，体态轻盈，穿着颜色调和的西服，戴着颜色相搭配的手套。衣服是暗褐色的毛呢料，没有花边和装饰，头上戴着一顶同样暗色的帽子，边上插着一根白翎毛。她的衣着朴素，可以看出她的生活不怎么宽裕。她谈不上漂亮，但她长得很温柔可爱。一双蔚蓝色的大眼睛，炯炯有神。我到过三大洲和很多国家，却从未见到有她这样聪慧面容的女人。摩斯坦小姐坐下时，她的嘴唇和双手轻微地颤动，看样子还处在紧张和不安的状态中。

她说：“福尔摩斯先生，您以前解决过一次希瑟尔·福里斯特夫人的家庭纠纷。为这，我极钦佩您，今天我特地向您请教。”

他略一沉思，说：“希瑟尔·福里斯特夫人，我记得她的案子没什么，很简单。”

“她并不这么想。最起码，我所请教的案子，您不能说简单。我想再也没有任何事情比我的境遇更让人费解了。”

福尔摩斯搓着双手，双目灼灼放光。他的上身向前微倾，脸上现出兴致盎然、精神高度集中的样子。他郑重地说：“您说说案情吧。”

我觉得在此有些不便，于是起身说道：“很抱歉，我失陪了。”

我没想到年轻的姑娘用戴手套的手止住我，说道：“您多坐会儿，说不定会给我不少帮助呢！”

我不好推辞，重新坐下。

她继续说：“简短地说，事情是这样的：我父亲是驻印度的军官，我很小的时候就被送回英国，我母亲去世得早，国内没有亲戚，于是把我送

到爱丁堡城读书。那是一个环境舒适的寄宿学校，我一直到十七岁那一年才离开那儿。1878 年，我父亲是那团里资格最老的上尉，他请了一年的长假，返回祖国。他从伦敦拍来电报告诉我，他已来到伦敦，住在朗厄姆旅馆，催促我快些去相聚。我还记得，在他的电文里充满了慈爱。我一到伦敦就坐车去了朗厄姆旅馆。司事告诉我，摩斯坦上尉确是住在那里，但已经出去两天了，至今未归。我等了一天，还没消息。在夜里，我听从旅馆经理的建议，报告到警察局，之后又在各类报纸刊登了寻人启事。可是，至今没有一点儿消息。他原想这次回家好好享享清福，可谁知……”她用手摸着喉部，话还没有说完，已经泣不成声了。

福尔摩斯打开记事本，问她：“你还记得失踪的日期吗？”

“记得，是 1878 年 12 月 3 日那天，到现在快 10 年了。”

“你父亲的行李呢？”

“在旅馆里。他的那些东西里，找不出什么线索，就是些书和衣服，以前他在安达曼群岛是个管犯人的军官，他那儿还有从岛上带来的古玩。”

“在伦敦，你父亲有朋友吗？”

“有，驻孟买陆军第 34 团的舒尔托少校，同我父亲在一个团里，我只知道他。他退伍较早，住在上诺伍德。我向他打听过这件事，他压根儿不知我父亲回国了。”

福尔摩斯说：“真是奇怪。”

“更奇怪的事在后面呢。大约六年前，也就是 1882 年 5 月 4 日，我在《泰晤士报》上发现了一则广告，征询我的住址，那上面说若是我回复他，会对我有好处。可是广告下面既没署名也没地址。那时，我是希瑟尔·福里斯特夫人家的家庭教师。根据她的建议，我把地址登在报纸上。奇怪的事发生了，当天邮递员送给我一个小纸盒。我打开盒盖，发现里面有一颗上等的珍珠，盒里却没有一个字。从这之后，我每年都会在这一天收到珠子，而且是一样的珠子，一样的纸盒。我却一直没有找到寄珠人的线索。行家们都说这些珍珠很昂贵。你们看，确实不错。”摩斯坦小姐一边说，一边打开了她随身携带的盒子，里面放着我今生从未见到过的炫目的珍珠。

福尔摩斯说：“很有趣，还有别的情况吗？”

“有，这正是来向您求教的原因。今天早上，我接到这封信，请您自己看看。”

福尔摩斯说：“谢谢，请您把信封也给我吧。邮戳，伦敦西南区的。日期，9 月 7 日。哦，角上有一个大拇指印，可能是邮递员的。纸很好，这样的信封，一扎得六个便士，写信人对信纸和信封都挺讲究的，可惜没有发信人的地址。信上写：‘请在今晚 7 点钟到莱希厄姆剧院处左边第三个柱子前等我。若您怀疑，请偕友二人同来。您受了委屈，定将得到公道。千万别带警察，带来恕不相见。您的未署名的朋友。’很有趣，摩斯坦小姐，您准备怎么办呢？”

“我正是要向你讨个主意的。”

“怎么不去呢？信上说，两位朋友，您和我，还有华生，我和华生一直在一起工作。”

她望着我，脸上带着恳求的样子，向福尔摩斯说：“可是，他愿意去吗？”

我赶紧说：“为您效力，我感到很荣幸。”

她说：“我没有别的朋友可帮忙，能有你们二位助我，真是太谢谢了。我六点钟来这儿，可以吗？”

福尔摩斯说：“最晚六点钟，我们等你，还有一件事，信上的笔迹和寄珠子的纸盒上的笔迹是一个人的吗？”

摩斯坦小姐取出一张纸说：“都在这呢。”

“你考虑得很周全，在我的委托人里，您确实是模范了。好了，咱们比较一下吧。”他把信纸全铺在桌面上，一张一张地对比着继续说道：“除了这个信封之外，笔迹全是仿写的，但是都出于一个人的手笔，这一点毫无疑问。您瞧，这个希腊字母‘e’是突出的，而字末的字母‘s’

是弯曲的。摩斯坦小姐，我不想伤害您，我想了解这笔迹和您父亲的笔迹相像吗？”

“不一样，一点都不像。”

“我觉得也是这样。那好吧，六点钟，我们在这儿等您。现在刚好三点半，信放在这吧，我想再看看，可以吗？再会。”

“再见。”摩斯坦小姐用柔和的大眼睛望着我们，拿着放珍珠的盒子，走出了房间。我立在窗前，看着她轻快地走向街头，直到她的身影消失在人群中。

我回头对福尔摩斯说：“她真是位美丽的女郎。”

他靠在椅背上，又点上了他的烟斗，闭着双眼，没精打采地说：“是吗？我没留神。”

我冲他嚷道：“你真是个机器人！你一点感觉都没有嘛！”

他也轻轻地笑了：“请不要让一个人的形象制约了你的判断力。对我而言，委托人只是一个单位，问题里的一个因素。感情用事会干扰大脑的正确判断。我曾经见到的最美丽的女人，残害了她的三个孩子，她的目的仅是为了得到保险金，结果处以绞刑；我认识的一位男子，他的脸面看了让人难受，他却给伦敦贫民捐献了 25 万英镑。”

“可是，这回……”

“这回我也不例外。定律没有例外。你也曾研究过笔迹的特征吗？对于这个人的笔迹，你怎么看？”

我答道：“写得挺清楚的，可能这个人性格坚定，并且有商业经验。”

福尔摩斯摇摇头，说：“你瞧这人写的字母比一般的字母矮，‘d’字母像‘a’，性格强的人无论怎么写，长字母也会高过一般字母。信中的‘k’字母不一致，大写的字母还行。现在我出去一趟，去了解一些情况。给你拿本温伍德的《成仁记》参考一下，这是本很不错的书。一个小时后，我就回来。”

我坐在窗前拿着书，思想并没有放在研究这本优秀的著作，却溜到方才来访的客人身上——她的音容笑貌和她的奇怪遭遇。若是她父亲失踪那年她是十七岁的话，现在她已经二十七岁了，如今她正是从年少迈向成熟的阶段。我坐在那儿胡乱想着，直到脑中出现危险的预兆。我急忙坐到桌前，用一本病理学论来堵住进一步的狂想。我是个怎样的人呢？一个陆军军医，伤着一条腿，又没钱，又怎好敢有那痴想。再说，她只是这件案子的委托人，一个单位，除此再没什么了。我劝自己别傻想了，最好担负起责任，扭转自己的命运吧。

3. 寻求解答

一直等到五点半，福尔摩斯才回来。他兴致勃勃，看上去，他说不定找到本案的一些线索了。

他端起我给他倒的茶，说:“这案子其实并不神秘，把情况综合起来只有一种说法。”

“怎么，你已经查出点东西来了吗？”

“现在还不能这么说。不过我发现了一个有价值、有提示的线索。当然还需要把一些细节连在一块，我刚从旧的《泰晤士报》找到了上诺伍德的前驻孟买陆军第 34 团的舒尔托少校的消息，他在 1882 年 4 月 28 日去世了。”

我问:“福尔摩斯，可能是我太愚蠢了，我不明白，他死对这案有什么提示作用呢？”

“你真不明白吗？我没料到。那我们来看看这问题吧。摩斯坦上尉回到伦敦，很有可能只找过舒尔托少校，他失踪后，舒尔托少校说没见到他，并不清楚他在伦敦。过了四年，舒尔托死了。之后不到一周，摩斯坦小姐收到了第一颗珍珠，从这之后每年她都会收到一颗。现在有这样一封信，说她受了委屈。她受的委屈除了十年前她的父亲失踪，还有什么呢？让我不解的是，那个不透露真相的人为何在舒尔托死后才开始给她寄珍珠。这是不是舒尔托的后代知道父辈的秘密，在替前辈用这些珠子偿还以往的不义。你觉得呢？”

“真无法理解，怎么会这样偿还罪责呢？六年了，他怎么直到现在才写信呢？他还说要还她一个公道，他会如何还给她公道呢？把她父亲还给她吗？不太可能。但他又怎么知道她受了委屈？”

“是有些不容易，让人无法弄清楚。”福尔摩斯平静地说，“今天晚上我们去一趟，就会知道了。马车来了，一定是摩斯坦小姐到了。时候挺晚了，准备好了吗，赶快出去吧。”

我戴上帽子，随手拿了一根粗手杖。福尔摩斯把手枪放进衣兜里，他也许觉得今晚的会面有点冒险。

摩斯坦小姐围着围巾，穿了一身黑衣服，她苍白的脸上竭力要保持着沉稳，她的意志力很强。看得出，她控制住自己激动的情绪，利落地回答了福尔摩斯提出的几个问题。

她说：“我父亲的来信常提到舒尔托少校，他俩是好朋友。他俩在安达曼群岛当指挥官时，相处得不错。噢，我带来了一张纸条，我在父亲的书桌里找到的，也不知上面写的是什么意思，也许您会感兴趣。”

福尔摩斯轻轻地打开纸条，在膝盖上铺平，拿着放大镜按顺序认真地看了一遍。

他说：“这纸是印度产的，以前在板上钉过的。纸上的图像是一个大建筑的一部分，上面有许多房间和走廊。中间一点用红墨水画的十字，在这上面用铅笔写着模糊的字样：‘从左边 3 · 37’。纸的左上角有一个神秘意味的怪字，像四个连接的十字形。旁边用极粗疏的笔法写着：‘四个签名——琼诺赞 · 斯茂，莫郝米特 · 辛格，埃波德勒 · 可汗，德斯特 · 阿克波尔’。我实在不能断定这和本案有什么关联！这无疑是一个重要文件。这张纸以前在皮夹里小心地收藏过。”

“这是我从他的皮夹里找到的。”

“摩斯坦小姐，这个会对我们有用处，好好保存起来吧。现在我们再思考一下这个案子。它比我想象的要复杂得多。”说着，他往后倒在座位的靠背上。从他紧皱着的眉毛和发呆的目光，我可以看出，他正在专心地思索。摩斯坦小姐和我静静地交谈着这次的行动和会产生的后果，不知怎的，我们的伙伴一直到这次行动的目的地都未说话。这是9月的一个傍晚，不到七点钟，天气阴沉沉的，浓浓的迷雾笼罩着整个城市。街道上一片泥泞，乌云低悬着从空中压了下来。伦敦河边的马路上，灯光稀落，微弱的光芒照到人行道上，只看见满目的泥浆。路两边的店铺从玻璃窗射出了点点黄光，射在人来人往的路上。我心想：在这闪闪的灯光辉映下的人流，他们的脸上带着各自不同的表情，这其中一定存在着好多怪异、神秘的事情，好比人的一生，在黑暗和光明的路上行走。

我不是一个情感丰富的人，但这个沉闷的夜晚和我将要体验的怪事，都让我兴奋不已。我从摩斯坦小姐的神情里，可以看出她也有同感。福尔摩斯一边打着手电筒，一边在本子上记录着什么，像是除此而外一切都与他无关似的。

在莱希厄姆剧院的入口处，观众们挤作了一团。各样马车来来往往。穿着考究衣服的先生、小姐，三三两两地从车上下来。我们离第三根柱子很近时，一个长相一般、穿着马车夫衣衫的壮男人冲着我们走过来。

他问我们："摩斯坦小姐和你们一块来的吗？"

摩斯坦小姐回答道："我在这儿，这两位是我的朋友。"

那人瞧我们的目光有些特别，他礼貌地问道："请谅解，您敢保证您的同伴中不会有警察吗？"

摩斯坦小姐回答说："我敢保证没有。"

壮男人吹了声口哨，紧跟着一个流浪汉模样的人赶着辆四轮马车来到我们跟前，把车门打开。刚才和我们说话的男人回到马车夫的座位上，我们也跟着上了车，马车很快地在烟雾朦胧的街道上奔跑起来。

这时候，我们的处境不由让我产生奇想。我坐在马车上，不知道即将会发生什么事。想着会被人骗了，又不太可能，心里一直觉得这次出行会获取一些线索。摩斯坦小姐神情坦然。我不想为即将发生的事情而担忧什么，我向她讲述着我在阿富汗的冒险经历，我讲得含含糊糊，只是想安慰她的心。我给她讲的那些故事，直到现在她还当笑话说呢！我在深夜里怎样用双管枪打死了一只钻进帐篷里的小老虎。马车开始奔跑时，我还能认出经过的地方，没过多久，因为路远多雾和对伦敦地域的不熟悉，我不知东南西北了，模糊地记得经过了一条很长的路。福尔摩斯的头脑却很清楚，他对一路经过的地方都能念出地名。

他说：“我们行驶在洛思特路，这是温森特广场。我们走的路可能是到萨利区的，现在正走在桥面上，你们瞧，河水在闪着亮光呢。”

正像他说的，我们看见泰晤士河在灯光的掩映下，波光闪闪。马车继续向前。一会儿，就把我们带到了对岸让人不易辨别的街道上。

福尔摩斯接着说：“沃梓沃丝路、修院路、刺科豪尔胡同、洛伯特街还有冷冈胡同，我们可能正往贫民区行驶呢。”

我们到了一个看上去有些可怕的地方。街道两旁是一间挨着一间的砖房，角落里可以瞧见一些简陋粗俗的酒吧，接着是几排两层小楼，楼前有一个小花园。楼房之间有些砖造的新楼房夹杂其中。这是扩建的伦敦新区。马车终于在这个胡同的第三个门前停下来。这个地方除了眼前的房子外，别的房子没亮灯，陷在一片黑暗中，我们要进去的房子也只是从厨房的窗户露出点亮光。敲过门后，一个印度佣人出现在我们面前，他包着黄头巾，穿着又肥又大的衣服，腰里缠着一条黄带子。这个来自东方的佣人和这里的普通三等郊区的住宅区看上去有些不相称。

印度人说：“主人正等着你们呢。”正说着，就听见有人在屋里喊：“吉特穆特迦，领他们到我屋里来。”

4. 秃头人的故事

我们随着印度人走进去，穿过一条不太干净、家具简陋、灯光微弱的甬道，走到靠右边的一个门。印度人把门推开，暗黄的光亮从屋里射出来，灯光下站着一个身材偏矮的尖头顶的男人。

他的头顶已秃，只在周围生着一圈红头发，就像枞树丛中冒出一座光秃秃的山顶一样。他站在屋里搓着双手。他脸上的神情不稳，一会儿微笑，一会儿皱眉。他的嘴唇往下耷拉着，露出黄色歪斜的牙齿，就是他用手挡住脸的下半部，也遮不住他的丑陋。他脑袋虽已秃顶，年岁并不大，看上去三十岁的样子。

他接连大声地说了几句话："摩斯坦小姐，愿意为你效劳。""先生们，愿意为你们帮忙。来，快进来，这房子不大，但是我喜欢这个样式。小姐，你看它像一个地处偏僻的伦敦南郊的文化绿洲吧。"

对这个屋子的摆设，我们感到有些奇怪。刚打量时，像有一颗昂贵的钻石镶在不起眼的柱子上。它的建设样式和陈放的物什不太相称，挂毯和窗帘极其豪华，中间露出东方式的花瓶和雅致的镜框。又厚又软的琥珀色和黑色的地毯很舒服，踩在上面像是走在松软的绿草地上。两张虎皮横披在地毯上面。一个印度产的大水烟壶放在屋角的席上，显得这个房间更富东方韵味。有一根金线隐约穿过屋顶，屋顶上悬挂着一盏银色的鸽子式的挂灯。灯光燃亮时，屋子里弥漫着一股清香味。

矮个男人仍旧神情不安，他笑着介绍道："我叫塞迪亚斯·舒尔托，摩斯坦小姐，这两位先生怎么称呼呢？"

"这位是歇洛克·福尔摩斯先生，这位是一个大夫，华生先生。"

他神情亢奋地喊："呀，大夫！您身上带了听诊器了吗？麻烦您给我听听好吗？我的心脏不好，大动脉还行，您给查查心脏吧。"

我听着他的心脏，除了他紧张得浑身颤动外，找不出任何病况。我说："没什么大毛病，心脏很正常，您放心好了。"

他变得轻松地说："请原谅，摩斯坦小姐，我太焦急了。我时常感到难受，我总怀疑心脏不好。大夫说没事，我很高兴。摩斯坦小姐，若是您父亲有很好的克制力，保护好他的心脏，说不定他现在还活得好好的呢！"

我听了他这样不加考虑的话，很气愤，恨不得揍他一顿。摩斯坦小姐坐了下来，她面容惨白地说："我心里早已明白我父亲不在人世了。"

他说："请放心，我会尽可能地告诉您一切，还您一个公道，无论我哥哥怎么说，我都要为你主持公道。我很欢迎这两位先生的到来，他们现在既是你的保护人，又是这件事的证人。这事用不着官方出面干涉，咱们几个人就能对付我哥哥了。这件事，不用外人参与，咱们就能很好地解决。巴瑟洛谬肯定不愿意这件事公开。"他坐在一个很矮的靠椅上，用泪汪汪的蓝眼睛望着我们，期待着我们的回答。

福尔摩斯对他肯定地说："我可以向您保证，不会对外界说的。"

我点点头算是回答他了。

他说："好！这样就好！摩斯坦小姐，向您敬一杯香槟酒还是透凯酒？我这儿再没别的了。我开一瓶好不好？不喝，那好吧。你不介意我抽支烟吧？我这种烟有柔和的东方式的香味。这支烟会让我放松一些。"他点着了水烟壶，烟从烟壶里的玫瑰水里慢慢冒出来。我们三个人坐成一个半圆形，把这个人围在中间。这个神色紧张的矮男人，光着头，有点不自然地吸着烟。

他开始说话了："我下定决心给你写信时，原想写上地址，可又怕这样招惹来警察。所以，我吩咐我的人先同你们见面。我相信他有灵活处事的能力。我告诉他，若是出现情况，就不要带你来。望你们谅解我事先的布置。我的性格孤僻，很少同外边的人交往，更不用说警察了。我对警察的印象不好，他们有些粗鲁，我不喜欢同粗陋的人打交道。你们瞧，我的周围有着雅致的气氛。我爱好艺术，你们看，那风景是高罗特的手笔，那是萨尔瓦多·罗萨的作品，可能有人看出那是假的，那幅布盖的画是真的。"

摩斯坦小姐说："舒尔托先生，真抱歉，我来是听您说事的。现在已挺晚了，我希望咱们的谈话能够简单一点儿。"

他说："咱们还得去尚诺伍德找我哥哥，恐怕得耽搁时间。我希望咱们都能去，一起战胜他。昨天晚上，我同他争吵了很久，他不赞成我的意见。你们想不出他发怒的时候，会变得多么令人难以说服！"

我忍不住地说道："若去尚诺伍德，现在就走吧。"

他突然笑得红了耳根，说："不太对劲吧。若是我和你们到他那儿，他会对你们什么态度？我把所知道的事先对你们说一说。不过，这事有几处我也不太明白，我只有尽我所能说吧。"

“我的父亲，也许你们已经猜到了，他就是驻军印度的约翰·舒尔托少校。在印度，他赚了笔钱财，大约十一年前，他退休后带回来很多珍贵的古董和几个印度仆人，在尚诺伍德购置了樱沼别墅，过上了富裕的生活。我父亲只有我和巴瑟洛谬一对孪生子。

“我至少还记得摩斯坦上尉失踪一案在社会上引起的反响，在报纸上我们了解了一些事情。他是父亲的朋友，所以我们经常在父亲面前无拘无束地谈这件事。他有时也和我们推测这件事是怎么发生的，我们从没怀疑这件事同父亲有关。——只有他清楚爱阿瑟·摩斯坦的结局。

“可是我们大概知道有些秘密——恐怖的事一直困扰着父亲。平时他不敢独自出门，他雇了两个拳击手做保镖。今天为你们赶车的威廉就是其中的一个，他过去是英国轻量级拳赛的冠军。我父亲没对我们说过他的心事。他对装着木腿的人尤其加倍地防备。有一回，他用枪打伤了一个装木腿的人，后来证实这人是个来兜揽生意的普通商贩，为这事我们赔了一大笔钱才了结。开始，我们哥俩以为我父亲只是一时冲动而那样，可后来我改变了看法。

“1882 年春天，我父亲接到了一封来自印度的信。这封信对他是次不小的打击。在餐桌旁，他读完信后，几乎昏倒，从那之后，他就病倒了，直到去世。他的脾脏多年来一直肿大不退，这次打击使他的病情迅速恶化。信的内容写的什么，我们从未发现，可是在他拿着这封信的时候，我从旁边瞧见信很短，而且字迹潦草。到了那年 4 月底，医生认为他的病势没救了，叫我们到他面前听最后的嘱托。

“当我们走进房间时，他呼吸急促地倚在一个大高枕上。他叫我们锁上门，站到他的两边，他紧握我们的手，因为病痛的折磨他情绪激动，说的话很不连贯，告诉我们的事情让我们颇感吃惊。现在我试着用他的原话重复说说。

“他说：‘我快不行了，可是我遗憾终生的是对摩斯坦女儿的事，一直像有块大石头压在我心里。我让人不能原谅我一时的贪心，她是应该得到这些宝物的。这宝物至少有一半是她的。我从来没用它们，贪心真是愚昧至极呀！我只有看着这些宝物在我身边，我才吃得香、睡得着，怎么也舍不得拿出来给别人。你们瞧，挂在金鸡纳霜旁边的那串珍珠项链，是我专门挑选出来送给那女孩的，可我没能送出去。孩子们，你们一定要把阿

格拉宝物分给她一半。不过在我咽气前绝不要给她，就是那串项圈也不要给她，我虽然现在不行了，说不定还能痊愈。’

“他接着说：‘我告诉你们摩斯坦是如何死的，这些年来，只有我一个人知晓。他的心脏很不好。在印度时，我俩经过一番奇遇，得到了一批宝物，后来由我把它们带回了英国。摩斯坦到了伦敦的那天晚上，就上我这儿来了，准备要回他的那一份。他从车站走到这，老仆拉尔·乔达给他开了门。我们俩为分宝物意见不合，发生了激烈的争吵。摩斯坦恼怒地从椅子上跳起来，突然他把手放到左胸上，脸色铁青，身子朝后倒下，脑袋撞在箱子的棱角上。我急忙弯腰去扶他，他竟然死了。

“‘我的大脑一片模糊，这怎么办呢？开始，我想要去报警，但按当时的情形，我可能被指控为凶手——他是在我俩争吵声中死亡的，可他头上的伤口对我很不利。若是法庭询问这宝物从哪来的，我该怎么说呢？摩斯坦对我说，谁都不知道他到这儿来了，我没有必要把这个秘密告诉别人。

“‘正当我在考虑如何处理时，一抬头，仆人拉尔·乔达偷偷走了进来。他闩上门，对我说：‘主人，不用怕，把他藏起来，除了咱俩，谁都不会知道你把他害了。’我反驳说：‘我没害他。’拉尔·乔达摇摇头，笑着说：‘主人，我在门外听见你们吵得激烈，接着他倒下了。放心吧，家里的人都休息了。我不会对任何人说的，咱俩把他埋了吧。’他的话让我做出了决定。我自己忠实的仆人能信不过，我还能盼着十二个陪审员宣布我无罪吗？那天晚上我同拉尔·乔达把他的尸体埋了。之后，没过几天，伦敦的各大报纸就刊登了摩斯坦上尉失踪的消息。我对你们说了这些事，你们说，摩斯坦的死是我的错吗？我只是不该掩埋尸体，把宝物独吞。我把摩斯坦的那份占为己有，我希望将那份财宝还给他的女儿，你们把耳朵凑过来，宝物就藏在……’

“话还没有说完，他脸色大变，眼睛向外注视，下颏下坠，大声喊着：‘把他赶走，一定……一定要把他赶走！’他那喊叫的声音，我无法忘记。我们回头看见玻璃上贴着一张脸，正往这边看，我们瞧见了他那由于挤压而变白的鼻子。一张多毛的脸，瞪着两只凶狠的眼睛。我们兄弟俩赶紧冲到窗前，晚了一步，那人不见了，再回来看我们的父亲，他已经没有了脉搏。

“当晚，我们搜查了花园，除了窗下花床上的一个鲜明的脚印外，这个不速之客并未留下别的痕迹。但是只根据这一点迹象，我们或许怀疑那张脸是出于我们的幻想。不久，我们进一步地得到确切的证明，我们周围有不少人正在侦查我们呢。第二天早晨，我们发现了父亲卧室的窗户大开，他的房间被翻了个遍。我们发现箱子上钉着一张纸条，上面写着‘四个签名’，字迹潦草。至今，我们也不知道纸条是什么意思，那个来过这的人是谁。我们只能断定，虽然屋子被翻过，但父亲的财物并没有被盗。我俩都想到，这件事可能同他平时的谨慎有关，但搞不清楚具体怎么回事。”

矮男人又点着了他的水烟壶，连吸了几口。我们全神贯注地听他讲这个谜一样的故事。摩斯坦小姐听到他叙述她父亲猝死的那段话，面色变得煞白。我轻轻地从放在桌上的一个威尼斯式的水瓶里倒了一杯水，她方才恢复过来。歇洛克·福尔摩斯靠在椅子上闭目深思。当我看到他的时候，我不由地想到，就在今天早上，他还慨叹人生无聊呢。看来，这儿有几个问题在等待着他去解决，塞迪亚斯·舒尔托先生看看这人，望望那人，他对自己叙述的这个故事很满意。他吸了几口水烟后，继续说了下去。

他说：“你们可以想象，我们哥俩听说家里有宝物，都感到很兴奋。几个月过去了，我们挖遍了花园的边边角角，仍是未能发现一点痕迹。我们再也不能从父亲的口中得到宝物埋藏的地方。想到那宝物，很是让人为之发狂。从那项链身上，我们可以推测出这批宝物价值连城。我哥哥和我曾商量过这串项链怎样处理。他也想过，若是把项链送人，别人肯定会起疑心，会给我们带来麻烦。我只好尽力说服我哥哥先由我负责找到摩斯坦小姐的地址。这样，我每隔一段日子给她寄一颗珍珠，让她能用这来维持生活。”

我们诚恳地夸赞他：“真是个好心人，您这样做真让人感动。”

矮男人不太在意地挥挥手，说：“我觉得，我们只是保管着这些财宝。但我哥哥另有想法。我们已经有很多钱了，也不希望再多。再说对这位年轻小姐做出卑鄙的事也是情理难容的。法国谚语说‘鄙俗为万恶之源’，这很有道理。正因为我俩观点不同，到最后，我带了一个印度仆人和威廉离开了别墅。昨天，我发现他已经找到了宝物，我把我的意见对他说了，无论他会不会欢迎我们，他还是答应等着我们。”

塞迪亚斯·舒尔托先生说完后，坐在那儿手指不停地抖动着。我们悄然无语，把注意力都放到了事件的发展上，福尔摩斯站起来说："先生，我认为你从头至尾做得都非常好。也许作为回报吧，我们会告诉一些您还不清楚的事情。但正像摩斯坦小姐所说的，时间不早了，我们赶紧去办正事吧。"

我们的新朋友盘起水烟壶的烟管，从帐子后面取出一件又长又厚的羔皮大衣。今晚的气温不低，他却从上到下捂了个严严实实，他戴的是一顶兔皮帽子，帽檐拉过耳朵。他把浑身上下遮了个遍，只露出他瘦削的面孔。他一边带我们走出过道，一边对我们解释说他的体质太差了，只好把自己当病号了。

我们的车子在外面等候着，对我们的出行早已做好准备了，我们刚进去时，车夫立即赶车出发了。塞迪亚斯在马车上大声说话，音量大得盖过了马车声。

他说："我哥哥特聪明，你猜他是怎样找到宝物的？他最后得出的结论宝物藏在屋里。他计算出房子的容积，每个角落都小心地量过了。他算出楼房高度为 74 英尺，然后测出各个房间的高度。接着又用钻探法，确定了楼板的厚度，厚度加上室内高度，不过 70 英尺，余下的 4 英尺只有到房顶上去找了。房屋最高一层的天花板是用板条和灰泥修砌的，他在上面打了一个洞。很幸运，他发现了一个谁都不知晓的封闭的屋顶室。放宝物的箱子架在天花板中央的两根椽木上。他把箱子拿下来，打开后发现里面的珠宝，他估计珠宝的总价值不下五十万英镑。"

听到这个惊人的数字，我们睁大了眼睛。若是我们的索宝计划顺利的话，摩斯坦小姐就会由一个一贫如洗的家庭女教师很快变成英国最富有的继承人。她的好朋友是该为她高兴的。我的心里却像是压了块千斤巨石，说不出的难受。我勉强表示了对她的祝贺，然后坐在那里，一言不发，无精打采地听着朋友们聊着那些话。

看得出，我们的新朋友患有忧郁症，我依稀记得他说出一连串的病症，又从他的皮夹里拿出不少秘方，让我说出它们的疗效。我真希望他忘记我说了什么。福尔摩斯说，我曾告诫他最多用两滴蓖麻油或者用大剂量的番木鳖碱作镇静剂。不管怎么说吧，直到马车突然停下来，马车夫从座位上跳下来把车门打开的时候，我才稍稍松了一口气。

塞迪亚斯·舒尔托先生主动扶着摩斯坦小姐下车，他指着前方说："摩斯坦小姐，那就是樱沼别墅了。"

5. 樱沼别墅的惨案

我们到达这次探险目的地时，已快十一点钟了。伦敦的雾气已经消失了，夜色幽静，和煦的西风吹开了乌云，半圆的月亮从云际里露了出来。远处的景物可以看清了。塞迪亚斯·舒尔托还是拿下一个车灯，给我们照亮前面的路。

樱沼别墅矗立在一片广场上，四周环绕着高耸的石墙，墙头上面插着碎玻璃片。入口处的门不大，上面钉着铁夹板。向导在门上砰砰敲了两下。

里面传出一个男人粗暴的问话："谁？"

"是我，迈克默多。还会有谁在这个时候来这儿？"

这时，从门里传来了牢骚声，接着是开锁声。一个干练的男人手里提着射出幽幽黄光的灯笼走了出来。

"塞迪亚斯先生吗？你带的这些人是干什么的？他们是谁？没有主人的允许，我不能放他们进来。"

"怎么？迈克默多，岂有此理！昨天晚上他同意我陪几个朋友过来。"

"塞迪亚斯先生，他今天一天未出屋子，也没对我说过什么，您最清楚我主人的脾气了。这样吧，您先进来，您的朋友暂时在外面等等。"

塞迪亚斯·舒尔托没料到会是这样，他的眼睛圆睁，很是生气。他喊道："在干什么！能让一位小姐深更半夜地在外面等吗？难道我还不能保证他们是好人吗？"

守门人态度坚决地说："很抱歉，塞迪亚斯先生。我确实不知这些人是不是主人的朋友。这些人我一个也不认识，再说我拿了主人的工钱就得负分内的责任。"

福尔摩斯温和地说："迈克默多，你怎么不认识我呢？还记得四年前在艾理森场你的个人拳击赛上，有位业余选手同你斗了三个回合吗？”

守门人嚷道：“哎呀，您不是歇洛克·福尔摩斯先生吗？刚才您不早说，若是您打出您最拿手的那拳我肯定会认出来。您拳击天赋很高，怎么没坚持下去，若是继续练下去，说不定会当上冠军呢。”

福尔摩斯转过脸对我说：“华生，你瞧我还有别的谋生技能呢。看来，咱们进去有希望了。”

老拳击手热情地说：“先生，请进来吧！您的朋友都请进来吧。塞迪亚斯先生，请原谅，主人的命令很严，只有搞清楚您的朋友是谁，才能将他们请进去。”

我们沿着一条弯弯曲曲的石子小路，向前走着，小路穿过空地，直通到里面的一座普普通通的大房子。这处房子被茂密的枝叶遮蔽得异常阴森，只看见一缕月光照到房子的一角，照在顶楼上的窗上。这么大的房子，阴沉沉的感觉让人不寒而栗，就连很熟悉这儿的塞迪亚斯·舒尔托也有些紧张，车灯在他颤抖的手里晃来晃去。

他说：“真怪，他怎么不开灯呢？我告诉我哥哥咱们今晚过来，是不是出事了？”

福尔摩斯问：“他平常也是这样吗？”

“是的，他继承了我父亲的习性，父亲疼他，我有时想，父亲对他说的话比对我说得多。那被月亮照着的就是巴瑟洛谬的窗户，里面没点灯。”

“里面是没点灯，但门旁的那个小窗里有灯光亮着。”福尔摩斯说。

“那是女管家泊恩丝通太太屋里的灯光。她会告诉我们一些情况的，咱们现在别把她吓着，她不知道咱们来了这么多人。唉！那是什么？”

他把灯高高地提着，发抖的手使得灯光摇摆不定。摩斯坦小姐紧握着我的手腕，我们都有些紧张地站在那里，心跳得厉害。这时，从那漆黑的房子里传来女人悲凉恐怖的惊叫声。

塞迪亚斯说:“这是泊恩丝通太太在叫，这所宅子里只有她一个女人。等会儿，我去瞧瞧。”

他急忙跑到门口，习惯地敲了两下门。一会儿，我们看见一个身材高大的妇人，像是见了亲人一般迎他进去。

“哦，塞迪亚斯先生，您来得太好了，真是太好了!”这些喜出望外的话，一直到关上门还能隐约听到。

福尔摩斯提着那盏车灯，缓缓地而又仔细地查看堆在房子周围的垃圾。摩斯坦小姐紧握着我的手，我俩站在一起。爱情是一件不可言说的事。在前一天，我俩并不认识，到今天也没有说过一句情话，却能将手不约而同地紧握在一起，共同征服未知的灾难。后来我一想起这件事就回味无穷。她也常对我说，当时的感觉是只有靠着我才能得到宽慰和保护。我俩手拉着手，面对潜在的险恶，心里很是坦然。

她向四周望了望说:“这地方好奇怪!”

“这里好像藏着全英国的鼹鼠，我只在柏拉探矿的时候，才看见过类似的场景。”

福尔摩斯说:“你们不知他们为了那批宝物，找了六年，不定挖了多少次呢，怎么会不像沙坑呢!”

房门突然大开，塞迪亚斯·舒尔托张着两条胳膊，边跑边喊:“真吓人，巴瑟洛谬出事了，我受不了。”他的神情紧张得像个四处求救的孩子，那件羔皮大衣领掩不住他变得惨白的脸。

福尔摩斯坚定地说:“咱们进屋去。”

塞迪亚斯恳求着说:“快请进去吧，我都不知如何是好。”

我们跟着他进了女管家的房间，泊恩丝通太太正惊魂不定地来回踱步。她瞧见摩斯坦小姐，就像看见了救星，她激动地哭诉着:“天哪，看您多安静呀!我可受不了，真好，见到您，我就好些了。”

摩斯坦小姐一边拍着她的手，一边轻声宽慰她。过了一阵子，老太太的脸色恢复过来了。

泊恩丝通太太说:“今天主人在房里锁了一天也不说话，我就在这儿等他。他有这个习惯，可是一个小时前，我从锁眼里望了望他，把我吓坏了，我在这几十年了，也未见过他脸上有这种表情。塞迪亚斯先生，您自己上去瞧瞧吧！”

歇洛克·福尔摩斯提着灯在前面带路，我扶着被惊吓得颤抖不已的塞迪恶斯爬上楼，两个女人留在下面。福尔摩斯一边往楼上走，一边掏出放大镜，察看着留在楼梯毯上的泥印。他把车灯放低，一会儿左一会儿右慢慢地观察着。

上了第三节楼梯，前面是一条很长的甬道，右面墙上悬挂着一幅印度地毯，左边墙有三个门。福尔摩斯仍旧用心地察看着，我们在他后面紧跟着。到第三个门时，我们停了下来。福尔摩斯用力敲门，没有回音，转动门把，使足力气推门，门还是没有开。我们把灯贴近了门缝，瞧见里面是用很粗的门锁倒闩着的。钥匙已经被扭过，所以钥匙孔没有整个地封闭起来。歇洛克·福尔摩斯弯下腰从钥匙孔往里一看，立即站起来，倒吸了一口凉气。

“我从来未见过他这样的。”他对我说，“华生，你过来瞧瞧，真是有些害怕。”

我从钥匙孔往里一瞧，吓得我马上缩了回来。淡淡的月光射到屋里，隐约中有一张好像挂在夜空中的脸在向我们注视着，这张脸和塞迪恶斯先生的脸一样。同样的红头发，秃顶和毫无血色的脸，可是表情是死板的，露出一种可怕的狞笑，牙齿往外龇着。在这样沉寂的月光之下的屋里，看到一张这样的笑脸，比看到愁眉苦脸的样子更令人毛骨悚然。屋里的脸同我们的朋友很像，我不免回过头来看看他是否还在身边。我忽然想起来他哥俩是孪生兄弟。

我问福尔摩斯：“这真是太可怕了，我们该怎么办呢？”

他说：“别急，先把门打开。”然后他用尽全身力气去对付那把锁，门响了几声，还是没开。于是我们俩一块向门上撞击，砰的一声，锁开了。我们冲进巴瑟洛谬的屋里。

这间屋子像个化学试验室。对面墙上摆着堵着口的玻璃瓶，煤气灯、试验管、蒸馏器等摆满了桌面，墙角有许多盛着酸类的瓶子，外面笼着藤络，其中一瓶似乎已经破漏，流出来一股黑色的液体。刺骨的板油味弥漫了屋子。屋的一边，在一堆散乱的板条和灰泥上，立着一个梯子，上面的天花板上有一个容得下人出入的洞口。梯子下面乱卷着一条长绳。

巴瑟洛谬坐在桌边有扶手的椅子上，头歪向左肩，面露惨笑。他已经变得僵硬，显然死了很久。除了他脸上的怪笑，他的四肢蜷缩着，他那扶在桌子上的一只手旁边，放着一个奇怪的锤子样的东西，那是在一个不太精致的木棒头上用粗麻线系着块石头。旁边放着一张从记事簿上撕下来的破纸，上面潦草地写着字。福尔摩斯看了后，递给了我说："你瞧瞧。"借着灯光，我看见了几个字："四签名"。

我惊讶地问："天呀，这是怎么了？"

福尔摩斯弯腰检查尸体，对我说："这是谋杀。正像我预料的，你瞧。"说着，他指着一根黑色长刺，这根长刺隐藏在死者的耳朵里，刺入了头皮。

我说："这像是一根荆棘。"

"是的，你可以把它拔出来，小心一些，这根刺上有毒。"

我刚刚将荆棘取出，伤口很快就合上了，除去残留的一点血迹，别的痕迹一点也看不出。

我说："这个凶杀案太离奇了，我现在一点都不明白。"

福尔摩斯说："这事没什么难的，只要再进一步搞清楚几个细节，就会查清真相的。"

塞迪亚斯先生还是哆嗦不止地站在门口。进屋后，我们几乎把他忘记了。突然，他失望地高叫着："宝物全丢了！他们把宝物都抢走了！昨天，我们就是从那个洞口把宝物拿出来的，我清楚地记得，我离开他下楼时，他把门锁上了。"

"那时是什么时候？"

"大约十点吧。现在他死了，警察一定会认为是我杀了他。你们不会起疑心吧？若是我把他害死，我还会请你们来吗？天呀，这真倒霉！该怎么办呀！"他急得跺着脚狂喊着。

福尔摩斯和蔼地拍着他的肩，说："舒尔托先生，您根本不用害怕，先去报案吧，我们在这里等您回来。"

他不知怎么办好，只好茫然地听从了福尔摩斯的话，身子摇摆着下了楼。

6. 福尔摩斯作出判断

福尔摩斯搓着两手对我说："华生，咱们得好好利用这半个钟头。我对你说了，这个案子基本上有眉目了，但咱们别太自信，以免出差错。这桩案子看着没什么，其实里面玄奥的事可不少。"

"没什么？"我忍不住问他。

他像是一位老教授对学生讲解似的说："对，没什么。请你坐到边角上去，小心脚印，别把现场破坏了。开始工作吧。首先，我想搞清这些人是怎么进来的又是怎么出去的，昨天晚上，这扇门一直没打开过呀，从窗户吗？"他像在自言自语，提灯向前走了一段，接着他大声说："窗户是从里面关牢的，窗框很坚固，两边没有合叶。来，帮我打开它。这儿离房顶挺远，附近又没有漏水管子。华生，你看，昨晚下了场小雨，窗台上有个脚印。这表明曾有人在上面站着。这还有一个圆的泥印，桌子旁边、地板上都有一个。真不错，这是一个很好的证据。"

我看了看那些圆泥印，说道："这不是脚印。"

"这比一个脚印还重要。看这印迹，可以断定这是根木桩的印迹，窗台上还有靴子印，这人穿了一个加了宽铁掌的靴子，你能看出什么来吗？"

"这个人一定是装着一条木腿。"

"是这样，另外还有一个人，那个人的身手很敏捷。华生，你试试能不能爬过那面墙？"

我探头向窗外瞧了瞧，借着月光，我看清那面墙高约六丈，墙壁很光滑，以至于踩脚的地方都找不到。

我说：“这怎么能爬进来。”

“没人帮忙自然爬不进来了，如果屋里有人把粗绳系住墙上的铁环，把另一头扔出去，只要有足够的劲头抓住绳子，就是装着木腿的人也能爬进来。照这个办法，他们也会收回绳子后堆到地上，然后关上窗子，插牢，再按原路返回。另外，”他指着绳子说，“怎么说，这个装木腿的人手脚不太利落，他爬墙的技术还行，但你瞧这绳子的末端血迹斑斑。这说明，他抓着绳子往下走的时候，下滑的速度太快，把他的手磨破了。”

我说：“是这样的，他的同伙又是谁呢？是从哪儿进来的呢？我真是搞不明白。”

福尔摩斯眉头紧锁，他接着说：“我觉得，这个同伙会给本案增添几分神秘，说不定他会给英国的犯罪方式开辟一条新路子呢。可惜，我记得印度的森尼干比亚有过类似的案件。”

“真奇怪，门锁着，窗也是关着的，他是从哪儿进来的呢，不会是从烟囱里爬进来的吧？”我反复地问他。

“这方面我也考虑过，但这不可能，烟囱多窄呀。”

“那究竟是怎么进来的呢？”

他摇摇头说：“你总是照你自己的方式思考。我不是多次对你说过吗，你排除了所有不可能的情况，不管剩下的是什么，无论结果怎样让人难以置信，那都是实情！你可以这么想，咱们把他从门、窗户、烟囱进来都排除掉，也不可能事先藏在屋里，这屋里不可能藏人，他又是怎样进来的呢？”

我猛然醒悟，叫道：“是从那个洞！”

“就是这样！你把灯拿一下，咱们去上面那间藏宝物的房里瞧瞧。”

他登上梯子，双手攀住椽木，翻身上了屋顶室。他回身接过灯去，我也跟着上去了。

这间屋子大约有十英尺长，六英尺宽。椽木架成的地板中间铺了层灰泥。屋顶呈尖状。这间屋里没有一样家具，多年的尘土积得很厚。我在上面走的时候，得踩着一根根的椽木。

歇洛克·福尔摩斯伸出手扶住斜坡上的墙，说：“你瞧，这是个暗门，把门打开，外面就是坡度不大的屋顶，这就是进来的人的出入口，看看他有没有留下痕迹。”

我们把灯靠近地板，今晚我又第二次看见出现在他脸上的惊讶神情。随他的目光望去，我被吓得有些发冷。地上清晰可见赤足脚印，很完整，大小没有平常人的一半大。

我放低声音说：“福尔摩斯，这是个小孩子干的。”

他的神情稳定下来说：“起初我也有点吃惊，其实没有什么，这是我该想到的，但一时忘了。好了，咱们下去吧，这儿没事了。”

我下来后，忍不住问他：“你对那些脚印怎么看？”

他可能有点不耐烦了，简短地说：“华生，按照我的推理，好好思考、实践一下，咱们再交换一下意见，这样可以取长补短。”

“我可是想不出什么来。”

“但你就快明白了。这里还可以再看一看。”说完，他拿出放大镜和皮尺，像一只猎犬似的，跪到地上，脸部贴到地面，在屋里来回地摸索、察看。他的动作轻巧无声。我忍不住想：“若是他用这么充沛的精力和智力去犯罪，那他将是一个多么高明难以制伏的罪犯啊！”他一边察看着，一边自言自语，忽然他惊呼道：“华生，真不错，那人正好踩在木馏油上了。你瞧，那破瓶子里的油都流出来了，他的一个脚印在右边。”

我问：“那会起什么作用呢？”

“咱们就要捉到他了。狼循着气味能找到食物，狗凭着嗅觉能寻到味源，那么一只经过特别训练的狗呢？那气味又挺重，一定会……警察来了。”

随着一阵脚步声，谈话声和关门声传了上来。

福尔摩斯说：“趁他们还没上来，你摸摸这尸体还有感觉吗？”

我说：“没什么感觉了，比平常的‘死后僵直’还硬，这说明他收缩得很严重，你再看他变形的脸和凄惨的笑容，你觉得这是什么？”

我说：“这是一种能致破伤风症状的毒物，很有可能是类似番木鳖碱的剧毒生物碱。”

“我一瞧见他脸上的可怕样子，就猜想中了剧毒。进屋之后我就立即想法弄清这毒物是如何进入体内的。我发现了那根不费力气就能扎进或是说射入人的头皮的荆棘。死者当时像是坐在这把椅子上的，扎刺的地方正对着天花板的洞。华生，你再仔细看看这根刺。”

我小心地把它捏住放在灯光下细心看着，这是根又长又尖的黑刺，尖上裹着一层发亮的像是一种干了的胶质的东西。较钝的那一头，看上去被刀削过。

他问：“这是英国本土的荆棘吗？”

“绝对不是。”

“具备了这些材料，你会总结出一个合乎情理的结论了。别的都是次要的，也容易解决。”

我们正在说着，从甬道那儿传来了脚步声。一个穿着灰衣裳的胖子往这儿走来，他的面容泛红，身材高大，从肿胀的凸眼泡中露出了一双闪烁不定的小眼睛。紧随其后的是一个穿警服的警长和吓得浑身抖个不停的塞迪亚斯·舒尔托先生。

胖子喊道：“这些人是谁？这地方怎么这么热闹，都快成养兔场了。”

福尔摩斯不紧不慢地说：“埃瑟尔尼·琼斯先生，您不认识我了吗？”

“怎么不认得。您是大理论家歇洛克·福尔摩斯先生。您上次向我们讲解过主教门珍宝案的起因和推论结果呢。您把我们引入正轨，但我觉得，您那次是交了好运，并不是靠什么理论的指导才破了案。”

“那桩案子并没有什么，很简单。”

“得了，别不好意思承认。咱们不谈那事了，那次根本用不着推理，来说说这桩案子。我是为了别的案子来到尚诺伍德！报案时，我正在分署。您认为他是怎么死的呢？”

“您刚才不是说用不着我的推理吗？”福尔摩斯的口气很冷淡。

“并不是绝对的，有时我得承认，您的推测极准确。报案人说，房间的门紧锁着，价值五十万镑的宝物却不见了。窗户有没有开着？”

“窗户也关得很严实，窗台上发现有鞋印。”

“窗户关得严实，有没有脚印无所谓了。我想被害人一定是在气愤至极时死去的，接着珠宝就被人拿走了。啊，我想可能是这样。警长，舒尔托先生，你们先在外面待会儿，这位大夫留在这吧。福尔摩斯先生，我觉得会不会是舒尔托先生昨晚同他哥哥在一起谈话时，他的哥哥因气恼突然死去，于是他就带走了宝物。您认为呢？”

“这么说，门是死者起来插上的。”

“对，这的确是个需要解决的问题，昨晚上，舒尔托先生的确和他哥哥发生了争吵，后来，他哥哥死了，珠宝不见了。他是最后一个见到他哥哥的人，他哥哥的床也没人睡过。你看他那么慌张的样子，要我看，不用多审讯，他就会承认是他作的案。”

福尔摩斯摇了摇头说：“你对一些情况并不了解。我们从死者的头皮下取出一根刺，伤痕现在还能看得见，我敢说这是根毒刺。另外，你看桌子上写着字的纸，旁边还有一根少见的系着石块的木棒。这些东西说明什么呢？”

“假如有人能用这根毒刺去杀人，塞迪巫斯肯定也会，这张纸片不过想迷惑我们，这是定下来的事情。可他又是怎么出去的呢？嗯，不错，房顶上有个洞，他可以爬出去嘛。”胖警官富有表演才能地说着。

他费力地往梯子上爬去，接着挤过洞口，进了屋顶室。于是，我们听见他在上面兴致盎然的叫喊声，原来他发现了暗门。

福尔摩斯抖抖肩，不以为然地说：“他有时也会找出证据，总结出含含糊糊的结论。法国有句老话这样说，‘和缺乏思考能力的笨蛋相处更困难。’”

胖警察一脸不服气地说：“各方面都已证明我的说法是正确的，你看那上面有个暗门可以通到外面，看，那暗门开了一半呢。”

福尔摩斯不疼不痒地说：“那是我开的。”

“是嘛，您开的暗门。无论怎样，这暗门正是凶犯逃出去的通道。警长！”他神情有些沮丧，装作挺神气地说。

“有，警官。”外面过道里传来一个声音。

“把舒尔托先生带进来。舒尔托先生，您哥哥死了，我有责任告诉你，可能这些有损于你的利益，现在我有权代表政府逮捕您。”

“这是怎么了，你们看，我就料到我要倒霉的。”那个可怜的矮男人举着双手，望着我俩说。

福尔摩斯宽慰他：“舒尔托先生，别上火。我肯定会洗清你的冤屈的。”

“我们的大侦探，千万别吹牛，这事不是您想象的那么简单。”

“琼斯先生，别这样，我给你说一下我所了解的罪犯的情况。昨晚，有两个人偷偷进了这间房。其中一个人叫琼诺赞·斯茂。这家伙文化程度很低，矮个子，右腿装了一只木腿。他身手灵活，左脚的靴子下面加了块方形前掌，后跟上钉着铁掌。右腿的木桩靠里的一侧磨了一块。我估计他是中年人，皮肤很黑，他从前是个犯人，我想这人的手掌蹭去不少皮。这些情况会对你有所帮助。还有一个——”

“不错，另外那个人又怎样呢？”胖警官对自己的决定有些动摇了，但他依然不服气。

福尔摩斯转用身，说：“我认为那人很怪，用不多长时间我就会把我知道的告诉您。华生，你过来一下。”

我走到楼梯口，他说：“真是的，这件意外的事把我俩搞得都忘记来干什么了。”

我说：“是这样，摩斯坦小姐不能待在这险恶的地方。”

“咱们这就送她回去，让她住在夏坎泊锐尔的希瑟尔·福里斯特夫人家吧，她家离这儿不远。华生，你愿意再来，我可以在这儿等你，你是不是有些累了？”

“我怎么会不来呢，我很想了解这事情的真相。说真的，今晚乱七八糟的事情，把我弄得有些不明白。已经来到这了，我愿意帮助你破案。”

他说：“那太好了，有你帮助我就省力多了。咱们单独行动，让那个胖琼斯上一边去吧。华生，你送摩斯坦小姐回去以后，请你到莱姆贝丝区的品沁里三号，就是那个做鸟标本的铺子右边的第三个门，去找一个叫谢尔曼的人。他的窗上画着一只鼬鼠抓住一只小兔子，向他借透毕用一用。”

“透毕是一条狗的名字吗？”

“嗯，那是一条嗅觉灵敏的混血狗。这条狗比全伦敦的警察都有用。”

我说：“我一定会把它带到这儿来，现在已是一点钟了，若是换匹新马，在三点之前就可以返回。”

福尔摩斯说：“我去女管家和印度仆人那儿了解些情况，塞迪亚斯告诉我，那个仆人住在旁边那间屋顶室。然后再听听胖琼斯会给我们怎样的嘲讽。歌德有句名言：‘有的人总是对他们不明白的事情指责，对这些人的行为，我们早已习惯了。’”

7. 木桶的插曲

摩斯坦小姐像天使一样。在危险降临时，毫不畏惧地关心着比她还怯弱的人。但是我把她接到了马车上时，她的勇敢就找不到了。她坐上马车后就晕倒了，之后不停地哭泣，像是要把这一夜的遭遇诉尽。在这一点儿也看不到她在女管家身边时所保持的那份坦然了。事后她责备我那一晚上的态度太冷淡无情。她怎么会知道我心里的痛苦呢？正是那晚的许多事情，让我了解了她是个勇敢、善良的好女子，对这样的印象，在当时我又怎能开口。一个是由于她正身陷困境，身边没有可依靠的亲人，我若是在这时向她表达爱慕之情，未免有些乘人之危。另一个原因，假如她真能得到这批宝物，她就成了很有钱的人了，可我仅是一个普通的医生，在这时向她求爱，人们会觉得我另有企图。我不能让她把我看成一个粗俗的淘金者……看来正是这批宝物暂时阻挡了我迈进的步伐。

我们到了希瑟尔·福里斯特夫人家时，已将近凌晨两点。佣人们都就寝了，福里斯特夫人对摩斯坦小姐接到怪信的事很关心，这晚她一直坐在灯下等她，是夫人亲手给我们开的门。夫人已近中年，举止大方，她亲热地搂着摩斯坦小姐的腰，像慈母一样宽慰她。看得出，摩斯坦小姐在这儿，不仅是一个被雇用的家庭老师，还是一位很受人尊重的朋友。简单介绍后，福里斯特夫人诚恳地请我进屋把今晚发生的事告诉她。由于我另外有别的事，不能在这久坐，答应她今后会把案情的进展随时讲给她听。当我告辞出来后，忍不住回头望着她们，她们站在台阶上手拉手的身影依稀可见；隐约可以见到她们身后的门半敞着，透过玻璃射出的灯光柔和而温情。一刹那间，我觉得在心情郁闷的时候，这样温馨恬静的家真让人畅快。

我在坐着马车赶路时，又自然地想起了这桩让人头疼的案子，越考虑越摸不清头绪。如今我们已经对摩斯坦上尉的死、寄来的珍珠、报上的广告和摩斯坦小姐收到的怪信大致搞清楚了，但是，这已有了眉目的事实把我们带进了更富神秘性、悲剧性的境界。比如说印度的宝物，摩斯坦上尉行李中的怪图，舒尔托上校临死前的怪状，宝物的发现，紧跟而来的谋杀和被害者的惨相，屋顶室的脚印，奇怪的凶器，另外发现的那张纸条和摩斯坦上尉的图样上的字相同。这一件件事接连不断，我想只有具备超人才能的福尔摩斯才会发现深藏的案情，换了别人无法找到线索。

品沁里位于莱姆贝丝区尽头，那儿有排窄小破旧的两层楼房。在三号门前，我敲了半天门才有人应声。接着屋里出现了光亮，从楼窗处露出一个人的脑袋。

那个探出头的人大喊："快滚，醉鬼，你再吵吵，我就放出四十三条狗来咬你。"

我说："我不要那么多，你放出一条狗就行了。"

那声音又嚷道："怎么还不滚，小心我用锤子砸死你，我这袋子里就有一把。"

我大声说："我只要狗，不要锤子，听明白了吗？"

"给我站远点，别多说了，我数到三，就要扔锤了。"

于是我赶忙说："歇洛克·福尔摩斯先生……"这句话有了神奇的效果，我还没说完，门就打开了。从门里走出一个有些驼背高个子的老头，他脖子上青筋暴露，鼻子上架着副蓝光镜，我想他就是谢尔曼了。

这老头说："只要是福尔摩斯先生的朋友，我永远欢迎。小心点，这儿养了只爱咬人的獾。"正说着，笼子里伸出了一个有着一对红眼睛的鼬鼠的脑袋。他赶忙说："你这小淘气，别碰这位先生。先生，你不用害怕，那是只拔了毒牙的蜥蜴，我让它在这儿吃虫子的。你不知道，我这儿总是有顽皮的小孩把我吵醒，刚才太对不起您了，我以为您……对了，歇洛克·福尔摩斯怎么对您说的？"

"他想借您的一条狗使一下。"我回答。

"哦，他要的肯定是透毕。"

"没错，要的就是它。"

"透毕就在往左数第三个栏里。"谢尔曼端着蜡烛在前面带路，我们缓慢地从稀奇古怪的动物群中穿过。在摇曳不定的烛光下，我瞧见周围像是有许多的眼睛盯着我们。我们的到来惊动了睡得正香甜的野鸟们，它们懒洋洋地换了个姿势站着。

透毕的长相很难看，长毛垂过耳朵，身上长着黄白两色，它是只混血狗，走路不大稳。谢尔曼递给它一块糖就让透毕信任了我，跟我上了车。刚刚三点钟，我们就到了樱沼别墅。可惜看门人迈克默多和舒尔托先生都被当作嫌疑犯押走了。看门的换成了两个警察，对他俩一提福尔摩斯，我就顺利进去了。

福尔摩斯正站在台阶上，叼着烟斗，双手叉腰，等着我回来。

他说："太好了，你把这样一条好狗带来了。我刚才同埃瑟尔尼·琼斯狠吵了一气，他竟把这儿的看门人、管家和仆人，还有我们的朋友都带走了，只把一个警长留下了。你看，在这院里，成了咱们的天下了。来，把狗拴这儿，咱们上去看看吧。"

我把狗拴到门内的桌腿上，然后同他一起上楼了。一瞧，这屋里除了死者身上的床单外，就是那个斜倚在角落里的警长。

福尔摩斯说："警长，我用一下您的牛眼灯，为了让这块纸板垂在前面，你帮我把它系在脖子上。华生，记住等我脱了鞋袜，你把纸板带下去。我就要飞檐走壁了。来，把我的毛巾蘸点木馏油，和我一块去屋顶室走走。"

我俩爬进了屋顶室，福尔摩斯又一次认真地察看那几个脚印。他说："细心看看那些脚印，你发现了有什么特殊的吗？"

我说："这像是孩子留下的，但也有可能是个小个子的妇女。"

"就这些吗，再呢？"

"剩下的自然和平常人差不多了。"

"不，并不一样，你看，这儿留下一个右脚印，我把我的右脚印上来，你再仔细看，一样吗？"

"这人的五个脚趾是分开的，一般人的脚趾都是并在一块的，是不一样。"

"正是这样。请记住这点。来，我现在拿着毛巾站在这边，你到那边去，闻闻吊窗的木框什么味？"

我这样做了，闻到了一股浓烈的木馏油味。

"那人往外逃走时，他的脚踩到这，你能闻出来，透毕更没问题了。行了，你现在下去领着透毕等等我。"

我走回院子时，回头瞧见福尔摩斯已快捷地上了屋顶。他在上面慢慢地走着，胸前挂的灯，看上去像一个萤火虫在跳跃。一会儿出现在烟囱前，一会儿又隐约地在后面闪现。我把透毕带到后面，发现他正坐在房檐的角上。

福尔摩斯问道："华生，你也来了吗？"

"来了。"

"你看，我站的地方就是凶犯逃走的路。下面黑乎乎的东西是什么？"

"是个木桶。"

"你看上面有盖吗？"

"有呀。"

"桶旁有没有梯子呢？"

"没看见。"

"这家伙竟选中这么危险的地方。不过，他能上来，我也能下去。看这水管挺结实，不管了，我得下去了。"

随着一阵轻微的响声，他提着灯顺着墙边慢慢地滑下去，接着，他咚的一声踩到木桶上，又一用力，蹦到地上。

他拿来鞋袜边穿边说："单纯寻找凶犯的踪迹不难，顺着他踩松的瓦就可以找到。他急急忙忙中掉了一样东西。按你们医生的说法就是它证实了我的诊断没错。"

他拿给我看的是一个用有颜色的草编成的纸烟盒大小的口袋，外面装饰着几颗不值钱的小珠子，里面装着六根黑色的木刺，一头是尖的，一头是圆的，和刺巴瑟洛谬的那根一样。

他说："这是危险的凶器，当心别刺着你。我拾到这个太好了，可能他们就有这些了，咱们可以放心了，我宁愿叫枪击中，也比受这个罪好。华生，你有力气跑六英里的路吗？"

我说："当然，没问题。"

"你的腿有伤，不碍事吗？"

"没关系。"

他把浸过木榴油的毛巾放在透毕的鼻子上，说："喂，好透毕！嗅一下这个。"透毕的腿叉开，鼻子向上翘着，好像酿酒家在品佳酿一般。福尔摩斯扔掉毛巾，往狗脖子上系了一根绳子，然后把它带到木桶下面，透毕一下子就狂叫起来，同时在周围的地上闻着，它的尾巴高高地翘着，接着，透毕循着气味向前跑去。我们拽着绳子，紧跟其后。

这时，东方渐渐地露出了光芒，远处的景物依稀可见。我的背后是一所孤零零的大房子。窗里暗淡无光，围墙光秃秃的，院里垃圾到处都是，这凌乱凄惨的景况暗示了昨晚的惨案。

我们穿过院里杂乱不堪的坑坑洼洼，来到了高墙下，透毕一路直奔，碰到这障碍急得直嚎。我们终于找到了一处有棵小山毛榉树的墙角，人们可能经常在这地方爬上爬下，砖缝已被磨损，砖的棱角也被磨平了。福尔摩斯爬上去后从我手里把狗接过去，又从另一面将狗放了下去。等我爬到墙上时，他说："墙上还留有木腿人的一个手印，你瞧白灰上的血迹。昨晚幸好没有大雨，虽然已过了 28 个小时，仍能闻到马路上的气味。"

当我们经过热闹的伦敦大马路时，我开始有些怀疑透毕能不能追着气味查出凶手。然而，透毕却在毫不迟疑地嗅着，摇晃而又坚定地在前带路，打消了我的担心。显然这木馏油味很重。

福尔摩斯说："我掌握了几个破获这桩案件的方法。我选取了最简单、实效的那种，利用他的脚沾上了木馏油，从而追踪这种气味，这省了很大的力气。我们把一个复杂难解的问题简单化了。但只用一个简单线索就可以解决此案，这很难显示我们的功劳。"

我说："福尔摩斯，你的功绩已经很大了。我认为这比你在杰费逊·侯波谋杀案里所用的手法更要高明。举例说，你曾肯定地说出那个装着木腿人的重要特征，你是怎么推断出来的呢？"

"唉，老兄，这太简单了，不用夸张地说，整个过程很明白。首先，两个军官在驻军负责指挥看守囚犯时了解了宝藏的秘密，一个叫琼诺赞·斯茂的人给他们画了一张简单的地图。这个名字就写在摩斯坦上尉的图上。他自己签了名，还代他的同伙签了名，这就是‘四签名’的意思。接下来，这两个军官，其中一个找到宝物后带回了英国。我猜想这个人可能是违背了当初的约定。琼诺赞·斯茂没能拿到宝物的原因很简单，当初他画图时，摩斯坦正在印度当指挥官，而琼诺赞·斯茂同他的三个同伙都是囚徒，没有人身自由。”

我说：“这又是你推理假设的。”

“这不仅仅是假设，这是唯一恰当的推断。你看推断的结果和前面发生的有差别没有。舒尔托上校把宝物带回后，在家中安享晚年，直至接到一封来自印度的信，这让他深感不安，这是怎么一回事呢？”

“也许信上告诉他：和他一起签名的几个人已经重获自由了。”

“我觉得说越狱更准确一些。舒尔托少校清楚他们的刑期，若是刑满释放，他就不会格外担忧了。你再想想在这之后他的反应，他曾误伤了一个装木腿的人。这能看出他格外戒备着装木腿的人。而那张图上的四签名上，只有琼诺赞·斯茂这个名字是白人，别的人名像是印度人或信仰伊斯兰教的人的名字。你觉得这样分析清楚吗？”

“是很清楚，很简练。”

“那好，我们换个角色，站在琼诺赞·斯茂的立场上来分析。他返回英国是有目的的：首先他要拿回他的那份宝物，另外他要为他的同伙报仇。他找到舒尔托的住处后，很有可能买通了他家的一个仆人。泊恩丝通太太对我说，有个叫拉尔·拉奥的仆人品行恶劣。这个藏宝的地方只有舒尔托少校和一个已死的忠实的仆人清楚，斯茂不会找到财宝。他很怕少校会把这个秘密带到另一个世界。所以，他一听说少校病危，就冒着生命危险，跑到少校的窗前偷听。若不是见到少校的儿子在里面，他真会闯进屋的。就在这晚，对少校恨之入骨的他潜入房里，东翻西找，企图找到宝物的痕迹，结果什么都没捞到，没办法，留下了‘四签名’的字条。这么说吧，他原想杀死舒尔托少校后，在其尸体旁留个这样的字条作为标记，用来为他和他的朋友们伸张正义。他用的这种杀人方式并不少见，这样做还会给我们提供凶手的一些情况。我这么说，你有些眉目了吗？”

“明白多了。”

“接着他会干什么呢？他只会悄悄偷看别人的举动了。或许他有时出国，有时回到这儿来打听消息，当这个秘密被揭开后，立即就有人告诉了他。这也证明了另一种说法，有人接应他。琼诺赞带着一条假腿怎么能从舒尔托家的高墙爬过去？于是他找了一个同谋，让他的同伙先爬过楼去。可是这家伙的脚丫不小心踩到了木馏油，我们让透毕去寻找他的行踪，连你这位只领一半工资的军官都有兴致地用伤腿跑了六英里。”

“照您这样的推测，凶手不是斯茂，是他的同谋干的了。”

“不错。或许他反对那人作案，他因为这在屋里不停地跺脚。琼诺赞同死者没有多少仇恨，杀人偿命，他不愿意以身试法。他没料到他的同伙竟残忍地用毒刺刺死了巴瑟洛谬。最后，他只好带着宝物，留下张纸条，和他的同伙一起溜走了。这些情况都是我根据经验推测出来的。至于他的年纪、外貌，会是已到中年，肤色黝黑。他在酷热难耐的安达曼关押多年，能不晒黑吗？我根据他步子的大小可以知道他的身高。另外，塞迪亚斯·舒尔托亲眼见过他脸上有胡子。

“他那个同伙长得什么样呢？”

“这并不难，你不久就会明白了。抓紧时间吸一口伦敦的清新空气吧。你瞧，太阳光穿透云层，照得云彩多漂亮呀，像是红鹤的美丽羽毛。在阳光下忙碌的人们许许多多，但像咱俩这样身担重任的可就太少了。宇宙浩远广阔，同它相比，咱们的雄心壮志又算什么呢？你读过约翰·保罗的书有心得吗？”

“多少知道一些，我在看过卡莱尔的著作后才读他写的书。”

“这就像是河流回溯到湖泊一样。他说过，‘一个人的真正伟大之处在于他能够认识到自己的渺小’。他的这句话很深刻，这里谈到比较和辨别的力量，这力量本身就具备崇高的证明。在保罗的作品里，你会获得许多精神养分。华生，你拿手枪了吗？”

“没拿手枪，我带了根拐杖。”

“我们找到匪窝就得动用防身武器了。斯茂那家伙你来对付，假如另一个坏蛋太厉害，我只得开枪了。”说着，福尔摩斯往左轮手枪里装上子弹，之后又把枪放回口袋里。

我们跟着透毕一路小跑地来到了通向伦敦市区的路上，穿过路两边半村舍式的别墅后，便是一条繁华的大街。这阵子，工人们起床活动了，一些妇女正在开门打扫台阶。街角上四方屋顶的酒馆刚刚开始营业，粗壮的汉子们从酒馆里出来，他们用袖子擦去胡子上的酒水。街头的野狗向我们瞪着眼，透毕毫不理会，依旧低着头往前跑，鼻子不时发出一两声低吼，这表明它对木馏油的气味兴趣不减。

我们经过了斯特莱塞姆区、福瑞克斯屯区、坎伯韦尔区，又绕道穿过一些不知名的小胡同，一直走到奥费尔区的东面才到达肯宁顿路。我们追寻的人像是怕人跟踪，专门挑选弯曲的小路，尽量避开大路。从肯宁顿路的尽头，再向左，经过证券街、威尔斯路，来到了骑士街。透毕忽然不动了，一只耳朵竖着，另一只耳朵向下垂着来回打转，像是犹豫不定。后来，它打了几个转后抬起头，似乎在向我们求助。

福尔摩斯呵斥它："这是怎么了？罪犯不会上车跑的，更不会乘气球逃跑。"

透毕转了一阵后又前进了。福尔摩斯的兴致又好了。这回，透毕往四周仔细闻了一阵，然后下了决心，义无反顾地向前冲去。这只猎犬不再用鼻子嗅着气味，干脆牵直了绳子飞奔。福尔摩斯双目炯炯有神，仿佛已抵达贼窝。

我们穿过九榆树到了白鹰酒店附近的普罗德立克和那尔逊大木场。透毕兴奋地窜过角门，冲进锯木工人已经开工的木场，它穿过成堆的锯末和刨花，在堆满木材的小路上飞跑。最后，它得意地跳上一只还在手推车上的木桶，伸着舌头，眨着眼睛瞧着我们。木桶上和推车的轮上都沾满了黑色的油渍，空气中有浓烈的木馏油气味。

我和歇洛克·福尔摩斯面面相觑，忍不住仰面大笑起来。

8. 贝克街的侦探小队

我问他："我们接着怎么办呢？透毕已尽其所能了。"

福尔摩斯把透毕抱下来，带着它出了木场，说："透毕做出的行动是按照它的判断方式。如今，市内用木馏油的地方不少，尤其是在木材防腐方面更多，我们来算算伦敦每天的木馏油运输量，就会知道透毕怎么会失误。我们应当谅解透毕。"

“咱们最好回到出现失误的地方。”

“对呀，透毕刚才在骑士街左边犹豫不定，可能是在那儿出现了差错。走，咱们现在顺着另外一条路找吧。”

我们牵着透毕回到骑士街，这回，透毕不费力气地向另一个方向奔去。

我说：“要当心透毕，不要让它把咱们引到那家木场去。”

“这事我想过了，运油的车在马路上走，我们跟透毕在人行道跑，就不会有事了。”

我们跟着透毕跑过贝尔蒙特路、太子街，来到宽街河边的一个很小的用木材修成的码头上。站在岸上，河水呜呜的声音在耳边回荡。

福尔摩斯惋惜地说：“真不走运，他们从这里上船了。”几只小平底船和小艇停在岸边，透毕在它们中间嗅着，没做出什么反应。

在靠近码头的一座砖房上，我们发现有张写着“茂迪凯·史密司”的木牌挂在第二个窗口上。木牌下面用小字写着：“按日按时计价均可。”门上另有一块牌子介绍说这儿另备有小汽船。码头上堆放的焦炭可能就是汽船的燃料。福尔摩斯往四周看了看，脸上现出不悦的表情。

他说：“看起来不太妙。他们事先已想好了对策，做得很隐蔽，想不到真挺机灵的。”

福尔摩斯正要往那间屋子走去时，从里面跑出来一个五六岁头发微卷的小男孩，他的身后紧跟着一个拿着海绵的胖妇人。

她冲着小男孩喊：“杰克，你这个小淘气，快回来洗澡，你爸爸等会儿回来，看你没洗澡，准会揍你。”

福尔摩斯急忙说：“小朋友，你的小脸红扑扑的，真可爱。好孩子，你想要什么？”

那个叫杰克的小男孩想了想：“给一个先令吧。”

“你不觉得有比这个更好的吗？”

小男孩歪着头想了想说：“那就给我两个先令，好吗？”

“乖孩子，给你，别丢了。史密司太太，你的孩子真可爱。”

“是吗，他就是太顽皮了，先生，你不知道他爸爸整天不在家，我对他真是没办法。”

福尔摩斯装作失望的样子，说：“真是不巧，他出去了吗？我找史密司先生谈件事。”

“先生，对您说实话，他昨天一早出去到现在还没回来呢。我有些不放心了。先生，您若想租船，对我说好了。”

“是的，我想租他的汽船。”

“真不巧，他开汽船走的。他如果乘大平底船出去，我就放心了，有时他还会坐这船到更远的地方去呢。让我担心的是，汽船上的煤不够从丛尔维奇到这儿来回的。若是他有事耽搁了，汽船没有煤烧可怎么办呀？”

“说不定他会在半道上买些煤呢。”

“也有可能，但他从不这样，他嫌零买太贵。那个装木腿的人，这几天不知因为什么事，总是往这跑，我不爱看他那张丑脸和那身外国派头。”

福尔摩斯惊奇地问她：“一个装木腿的人？”

“是呀，先生。他来过几次了，就在昨天晚上他把我丈夫带出去的。我丈夫像是在等着他，他提前将汽船上的火点着了。先生，和您说实话，我真是有些担心。”

“不会出什么事的，我亲爱的史密司太太。我有点不明白，您是如何确定昨晚来的人是那个装木腿的人呢？”福尔摩斯耸耸肩，问道。

“他那公鸭嗓子，一听就知道。昨晚三点左右吧，他往窗上弹了几下，说：‘伙计，快起来，咱们出发吧。’接着，我老伴叫醒我大儿子，一句话都没说，带着他一块出去了。我还听见他的那只木腿发出的声音呢。”

“就他一个人吗？有没有同伴？”

“这说不准，先生，我没听见还有别人。”

“史密司太太，我一直想租用这条船，让我想想，它叫——”

“‘曙光’号，先生。”

“对了，就是这个名字。船身

是不是绿色的，船帮画着宽宽黄线的旧船？”

“先生，您说错了。我们的船和一般的汽船一样，黑色的船身，上面有两条红线，这几天刚刷的油呢！”

“哦，谢谢您，我希望史密司先生早点回家。我现在准备到下游去，若是碰到‘曙光’号汽船，我会嘱托他快些回来。您刚才说，那条船的烟囱是黑的吗？”

“黑烟囱上画着白线。”

“那船身是黑色的，我想起来了。史密司太太，再见了。华生，咱们雇一条舢板，去河对岸吧。”

我们上船后，福尔摩斯说：“同这种人说话，你要想法一步步地引出你想知道的事情，让他们不知不觉地告诉你。不然的话，他们知道你要了解情况，肯定不会告诉你。”

我说：“你说的对，咱们接下来的行动已定下来了。”

“下一步，咱们应当采取什么步骤呢？”

“雇一艘汽船到下游去找‘曙光’号。”

“哎呀，你知道从这儿到格林威治有好多的码头，桥那边的几十里内都可以靠船。如果咱们一个一个地去找，不知得花费多长的日子呢？”

“请警察协助能快一些吧？”

“算了，案子已到了最关键的时候了，我不想让他们帮助。若是咱俩的力量不够，把胖琼斯叫上，那人还不错，我不愿看到他因为这桩案子不能提升。”

“咱们干脆在报纸上登份广告吧，可以从码头老板那儿探听到‘曙光’号的下落。”

“这个方法也行不通，登了广告就会让歹徒知道咱们正在追捕他们，他们会想法赶紧逃离英国。若是他们还以为别人不清楚他们作的案，他们就不急于逃走。琼斯对这桩案子的结论每天都登在报纸上，这无疑让罪犯盲目庆幸，苟且偷生。”

我们的船行驶到密尔班克停了下来，下船时，我问福尔摩斯：“咱们现在要做什么？”

“别着急，咱们先坐车回去，吃完早饭，睡上个把钟头，说不定今晚会有行动。我们暂时把透毕留在身边，会用着它的。对了，车夫，请在电报局停一停。”

福尔摩斯下车后在电报局发了封电报，回来后，他问我：“你猜猜我给谁发了电报？”

“猜不准。”

“你对贝克街侦探小队有印象吧？我们在杰费逊·侯波的案子用过他们。”

“原来是他们呀。”我不由得笑了。

“这桩案子，他们会有用武之地，但是他们如果不行，我再想别的办法。那封电报是发给小队长韦金森的，他一定会领着他的队伍在咱们吃完早饭前赶到。”

这时候正是早晨八九点钟，一夜的折腾，使我感到疲倦极了，走起路来一拐一拐的。透过这桩案子的侦查过程，我感受到了福尔摩斯对工作的高度热情与敏感，让我受益匪浅。对于死者巴瑟洛谬，我没有多大惋惜，因为他周围的人对他没有好感，这让我不怎么愤恨凶手。谈到宝物箱，那就另当别论了。按理说，那些宝物的一部分是该属于摩斯坦小姐的。我愿倾尽所能，将宝物找回来，还给摩斯坦小姐。的确，如果她拥有了这些宝物，我很有可能失去她。可是真正的爱情是神圣的，不应该被物质所阻隔。福尔摩斯能找到凶手的话，我一定要付出十倍的努力去找回宝物。

在贝克街的家中，我洗了个澡，换了件衣服，感觉精神不错。等到下楼时，那里早饭已准备好，福尔摩斯正在那里喝咖啡。

他笑着指着一张打开的报纸，对我说：“你瞧瞧这个笨家伙琼斯和一个同样愚蠢的记者对本案下的结论。唉，这案子把你搞烦了，还是先吃你的火腿蛋吧。”

我接过《旗帜报》，上面有一篇《尚诺伍德奇案》的介绍：

“昨夜十二点左右，尚诺伍德樱沼别墅主人巴瑟洛谬·舒尔托先生被杀身亡。本报获悉，死者身上无伤痕可寻，但死者所继承的一批印度宝物全部丢失。死者之弟塞迪亚斯·舒尔托与同来拜访死者的歇洛克·福尔摩斯先生和华生医生首先发现了被害人。报案后半个小时，在尚诺伍德警察分署执行公务的警官埃瑟尔尼·琼斯就迅速赶到现场。埃瑟尔尼·琼斯先生是本市著名的侦探专家，他的工作经验丰富，本领超群，当晚就发现了线索，及时逮捕了犯罪嫌疑人塞迪垩斯·舒尔托，同时被拘留的有管家泊恩丝通太太、仆人拉尔·拉奥、守门人迈克默多。现已查明凶手对房室构造相当熟悉。琼斯先生凭着熟练的技术和精细的观察，已证实凶手没有从门窗进入，而是从屋顶的一个暗门出入的。从这个明显的事实可以得出结论，这并不是一般的盗窃案。案件顺利的进展情况说明，工作扎实的警官参与警署的侦破是不可缺少的；同时也说明，全市警备力量分散到各地驻守，以便及时赶到现场侦查的措施，是行之有效的。”

福尔摩斯喝着咖啡笑着对我说：“怎么样？这胖警官够神气了吧？”

“嘿，咱们也险些被当成凶手呢。”

“可不，只要他脑筋一转，说不定咱俩正在监狱里蹲着呢。”

话音未落，忽然门铃响彻耳际，紧接着传来房东太太和男人争吵的声音。

我有些惊讶，半站起来说：“老天，莫非真的是那帮蠢货来抓咱们了。”

“不会的，这是咱们的非官方部队——贝克街的杂牌军来了。”

随着赤足踩地和大声说话的声音，推门走进来十多个破衣烂衫的街头小孩。别看他们吵吵闹闹的，还是能瞧得出他们挺有规矩。进门后，他们很快在我们面前站成一排，一个大些的男孩站在前面，摆出神气十足的样子，像是队长。但再看他那副寒酸打扮，禁不住让人发笑。

“先生，我接到您的吩咐后，立刻把他们带来了，车费用了三先令六便士。”

福尔摩斯把钱给了他，说：“韦金森，我对你说过，有什么事你一个人来就行了，我的屋子容不了这么多人。这次，都来了也好，可以听我的命令。现在，我要找一艘叫‘曙光’号的汽船。船主叫茂迪凯·史密司，船身黑色有两条红线，黑烟囱上有一道白线。这艘船可能在河的下游。我需要一个孩子在史密司的码头上守着，就是密尔班克监狱对面的码头，船一旦开过来，赶紧来报告。余下的孩子分散行动，在河的下游分头查找，一有情况，立刻来告诉我们。听明白了吗？”

韦金森带头说：“是，司令，我们接受任务。”

“付给你们的报酬和以前一样，先找到船的再加一个畿尼。这是预付给你们的工资，现在行动吧。”说着，他给了每个孩子一个先令。孩子们欢天喜地地冲下楼去，不一会儿，就消失在人行道上了。

福尔摩斯离开桌子站了起来，点着他的烟斗，说：“可别小看了这些孩子，他们可以到处跑，可以看到各种各样的事情，偷听到任何人的谈话。这艘船只要还浮在水面，他们一定会找到。我估计，他们在黄昏前就可以把寻到汽船的消息告诉我们，现在咱们抓紧时间休息吧。船找不到，下面的行动无法进行。”

“行，福尔摩斯，你再睡会儿吧，让透毕吃咱们的剩饭好了。”

“我不累。你知道我这人有了工作就不知道疲倦，倒是没事做总是提不起精神。我现在要细心地想一想这件奇事。按说，这事并不复杂。伦敦城内装了木腿的人很少，另外那个人，更是罕见了。”

“另外那个人，你又提到他了。”

“华生，或许你有一番高见，我不会向你保守秘密。现在考虑一下我们掌握的情况，小脚印、没有穿过鞋的光脚板，一头装着石头的木棒，敏捷的身手，再加上那根有毒的木刺，你从这些线索里找到了什么吗？”

我想了想，喊道：“一个生番，他可能是和琼诺赞·斯茂一块回来的印度人。”

“不一定，起初我见到那件奇特的武器，也这样想过。可是我发现那特殊的脚印时，就改变了看法。印度人的脚又细又长，穿凉鞋的回教人因为鞋带紧勒在靠大拇指的趾缝里，拇指和其他脚趾是分开的。尽管印度人的个子不高，但他们不会留下这样的脚印。另外，这些木刺是通过吹管向外射出去的。这样的人，从哪儿能找到呢？”

“一定是从南美洲。”我想起来了，回答他。

他从书架上拿下一本厚书，说：“这是本新版的地理辞典第一卷，可以说是权威著作了。这里写的‘安达曼群岛位于孟加拉湾，距苏门答腊三百四十英里’。啊，这还有‘气候潮湿、珊瑚暗礁、鲨鱼、布勒尔港、囚犯营、罗德兰德岛、白杨树……’在这儿，‘安达曼群岛的土人，可以称得上世界上最矮小的人了，尽管有的人类学者认为非洲的布史人或美洲的迪格印第安人和火地人最矮小。这里的人平均高度不到四英尺，有不少成年人还没有这高度。他们生性凶狠，易怒而又倔强，但是只要同他们建立了信任和感情，他们就会至死不渝。’华生，再看这，‘他们天生相貌丑陋，头颅极大，凶狠的小眼睛，外貌古怪，手脚极小。英国官方多次想把他们争取过来，均告失败。对于船只遭难的水手来说，往往被他们用绑着石头的木棒击碎头颅，或用毒箭刺死。残害结束后他们常以人肉宴为乐。’华生，你真是个好人，幸好有人看管这小子，若叫他自由行动，可就惨了。我觉得，就是琼诺赞·斯茂雇用他，也是出于一种无奈吧。”

“他为什么要找一个这么怪异的同谋呢？”

“这就说不准了。斯茂是从安达曼群岛来的，这个土人和他在一起，并不稀奇。对这件事，咱们会越来越明白。看来你确实太累了，华生，来，我给你催眠，你在那张沙发上躺着吧。”

他从屋角里拿出小提琴，开始奏起一支他自编的催眠曲。直到今天，他演奏时的情景仍依稀出现在我的脑海里，他脸上诚恳的表情、瘦削的手和上下颤动的弓弦。我沉浸于轻柔起伏的乐曲中，渐渐进入梦乡，我在梦中看见了摩斯坦小姐向我甜甜地笑着。

9. 线索的中断

下午醒来的时候，时间已不早了，我的精力完全恢复过来。福尔摩斯把小提琴放在一旁，坐在那里用心地读着一本书。他见我醒来，脸色忧郁地说：“你睡得正香，是我们说话的声音把你吵醒了。”

“我什么也没有听到，谁来过？有什么新消息吗？”

“不幸得很，还没有。我真的很失望，我原想到这时候总应当有个结果了。韦金森刚才来过说，没找到一点儿踪影，能不让人焦急吗？现在每一秒钟都很宝贵。”

“我能帮忙吗？我的体力已恢复了，就是再出去一夜也没事。”

“不，现在咱们不能盲目行动。万一有新的情况传到，而我们不在这儿，岂不误事。你有事就去处理，我必须在这儿守候。”

"那我去拜访希瑟尔·福里斯特夫人了，昨天我同她约好了。"

福尔摩斯眼里含着笑意，问道："就是为了拜访希瑟尔·福里斯特夫人？"

"当然还有摩斯坦小姐，她们很想了解这件案子的情况。"

"不要告诉她们太多，女人，不值得信赖。"

我不想对他的偏见多说什么，只是说："我在两个小时内就会回来。"

"好吧，祝你走好。你若是过河去的话，顺便带上透毕，把它送到主人那儿吧，我们现在不再用它了。"

我把透毕带回它的主人家，给了谢尔曼半个英镑作为酬劳。我又到了夏坎泊锐尔，见到了摩斯坦小姐。她经过昨夜的冒险，还有些疲乏。她和福里斯特夫人一样有着好奇心，等着我们的消息。我向她们述说了所有的经过，保留了一些凶险的地方没有说。谈到舒尔托先生被害时，我省去了那些可怕的情况和凶手所用的凶器。尽管说得简单，她们依然颇有兴致。

福里斯特夫人说："这真像是小说中的情节。一个被冤屈的姑娘，五十万镑的珠宝，一个吃人的黑生番，再有一个装着木腿的凶犯，这比一般的小说精彩得多。"

"梅丽，这桩案子侦破后，你就会有二十五万英镑的财富，怎么你对这并不感兴趣呢？这是件令人高兴的事情啊！"

她的头摇了摇，似乎对这件事不太热心。我看到她对宝物不感兴趣，心里略微轻松了些。

她说："我关心的是塞迪亚斯·舒尔托先生的安全，别的我不去想。舒尔托先生是个心地善良、正直的人，我们应当替他洗清冤屈。"

我告别摩斯坦小姐回到家中的时候已经很晚了。福尔摩斯的书和烟斗还放在他的椅子旁，可是他不知上哪去了，我往四周瞧了瞧，没见他留下字条。哈德森太太进屋把窗帘放下，我问她："福尔摩斯先生呢？"

哈德森太太悄声对我说："先生，他在自己的屋里，你快去看看他吧，他恐怕得病了。"

"您是怎么知道他病了的？"

"先生，您走了之后，他一直在屋里走来走去，真有些怪，我对他的脚步声都听烦了。我又听见他自言自语。我只好劝他吃点药，他没好气地瞪了我一眼，吓得我慌里慌张地出来了。先生，他不会得什么病吧？"

我说："哈德森太太，您放心好了，他原来就是这个样子。他有麻烦事的时候，心情就烦得厉害。"我宽慰着哈德森太太。福尔摩斯整整在房间里走了一夜，寻找"曙光"号汽船的事还是没有消息。

第二天清晨，我发现他的脸颊微红，看上去有些疲倦。

我说："老兄，你昨夜走个不停，这样对你的身体没好处。"

"我实在睡不着，这个讨厌的问题把我折腾坏了。咱们克服了那么多的困难，碰到这不算挫折的小问题就要退缩吗？我们已经掌握了罪犯的名字、船的名字和别的情况，却偏偏找不见船的踪影。我费尽心计，用尽办法，河的两岸都搜遍了。史密司太太那里一直没有丈夫的消息。我宁愿相信他们把船沉到河里，但又不太可能。"

"咱们也许让史密司太太骗了。"

"不会的，我了解他们那儿只有一艘那样的汽船。"

"也许汽船开到河的上游去了。"

"我也考虑过，我也派了一拨人到瑞哥门一带去找了。若是今天没有确切消息的话，明天我自己出去找汽船，想法抓到凶犯。我想他们今天会有情况汇报的。"

一天过去了，仍然没有任何消息。我们见到不少报纸报道了尚诺伍德惨案，言辞激烈地批评了让人同情的塞迪亚斯·舒尔托。报纸上除了登出第二天验尸外，别无其他消息。临近黄昏时，我步行到夏坎泊锐尔，把我们焦灼等待的事告诉了两位女士。回来后，我看见福尔摩斯神情依然沮丧，也不理睬我。他晚上没有休息，一直在忙着一个深奥的化学实验。实验过程中散发出来的臭气，让我不得不离开这间屋子。快到天亮的时候，屋里试管碰撞的声音还不时传出来，他的试验整整做了一夜。

我清晨醒来的时候，竟发现福尔摩斯站在我的床前。他看上去要准备外出，里面穿着一套水手服，外面罩了件短大衣，脖子上围了条红围巾。

他说："华生，我考虑多次，我得试一下最后一招，我得到下游去瞧瞧。"

"我和你一起去吧。"

"算了，你还是替我守在这儿吧。我原本不想去的。昨天韦金森和他的伙伴真没用，但我觉得今天就不一样了。你就帮忙拆开我的信件、电报，以便行事，好吗？"

“行，我会尽力的。”

“那就好。我说不准在哪，你就不用给我拍电报了，若是进展顺利的话，我会很快赶回来的。”

快到吃早饭时，他还没回来，我打开《旗帜报》，上面登了这个案子的最新情况：

关于尚诺伍德案件，已有新的变化。据悉，案情不像预料的那么简单。新的发现证明，塞迪垩斯·舒尔托先生已无杀人嫌疑，他已于昨晚被释。同时释放的还有管家泊恩丝通太太。目前警署方面已有新线索抓获真凶。此案现由伦敦警察局的埃瑟尔尼·琼斯主管，预计日内即可破案。

我对洗清了舒尔托先生的冤屈很是宽慰，新线索是什么呢？可能又是他们托辞掩饰错误的老办法。

我将报纸扔到桌子上，忽然在报纸上看见一则寻人启事，上面写着：

“寻人：‘曙光’号船主茂迪凯·史密司及其长子吉姆于星期二清晨三时左右，驾船驶离史密司码头，至今未归。此船船身黑色，两道红线，黑色烟囱，有一道白线。如有知其二人与‘曙光’号的下落者，请与史密司码头史密司太太或贝克街221号联系，必有重谢。”

这个启事显然是福尔摩斯登的，一看贝克街的地址就知道。上面措辞恰当，即使罪犯们看到它，也不会想到别的，以为那是妻子在寻找丈夫的普通广告。

时间不紧不慢地走着，我一听到有人敲门或是街上传来沉重的脚步声，就以为福尔摩斯回来了，或是看到报纸来报信的人来了。我试着静下心来读书，很可惜，我忍不住想起那两个奇特的罪犯。我在想，福尔摩斯推断是否证据不足，是他的理论缺乏实践还是他太自信了。他的推测从未有过失误，但是，有句话说“智者千虑，必有一失”，也许是他过于肯定自己，把一个简单的案子搞成极其复杂的大案，从而一误再误。但让我信服的是亲眼看见的这些证据。即使是这些怪异的事实中，有的无关紧要，但确实指向了一个方向。我得承认，就是福尔摩斯出了差错，这案子的确很奇特复杂。

下午三点钟的时候，门铃突然响了起来，楼下传来有命令式的高声谈话，我没料到来拜访的竟是埃瑟尔尼·琼斯。他的态度同在尚诺伍德时不大一样，他不再以专家自傲，而让人觉得谦虚之外有些内疚。

他说："先生，您好。福尔摩斯先生出去了吗？"

"他出去了，不知何时才能回来。您坐下来等一会儿吧，先吸支雪茄烟。"

"谢谢。"他边说边用红绸巾频频地擦他的额头。

"来一杯加苏打的威士忌吧？"

"半杯好了。到这时候了，天气还这么热，我心里烦躁得很。您记得我对尚诺伍德案子的看法吗？"

"还记得。"

"唉，我现在不得不重新考虑了。我把舒尔托先生拘捕了，他提出一个不容驳斥的事实，就是他同其兄道别后一直有人和他在一起，有人证明从暗门进入室内的不是他。这样，他无罪释放了。我却在警署里有些丢面子。我一个人很难破这案子，我想请求得到你们的帮助。"

"每个人都有需要别人帮助的时候。"

他赞叹道："先生，歇洛克·福尔摩斯先生真是料事如神。我见他办过不少案子，哪件他都查得一清二楚。他的办案手段奇妙无穷。虽然他有时急于求成，但总的来说，他有能力成为一个出类拔萃的好警官。说真的，我望尘莫及。今早，我接到他的电报，上面说舒尔托的案情已有了新的线索。瞧，这就是那封电报。"

他掏出电报递给我。电报是十二点钟从白杨镇发出的。电文上写：

请即刻到贝克街去，如果我不在，请稍等。我发现了舒尔托案的踪迹。你愿意见到本案的尾声的话，我们今晚可一同去。

我说："这真是令人高兴的事，他一定又重新发现了线索。"

琼斯不服气地说："我们的侦查能手说不定只会白跑，也有时会出错。但是有一线希望，我们也不能放过，这是我们的职责。听，有人敲门，可能是福尔摩斯先生回来了。"

这时候，从楼板上传来沉重的上楼声，伴着很重的喘息声。听得出，这个人呼吸困难，上楼时在中间又休息了两次。他走进屋里时，证实了我的猜测。眼前站着的是一位穿着水手衣的老人，外面套着大衣，上面的纽扣一直扣到脖子下。老人弯着腰，两腿颤抖，气喘得很急促。他手拄着一根粗木棍，两肩耸动不止，呼吸也很吃力。他的面容被围巾遮住了，只露出灰白的眉毛和胡须，他的眼睛炯炯有神，看来他像是一位受人尊重但境遇艰难的航海家。

我问他："您有事情要告诉我们吗？"

他用老年人特有的习惯，慢腾腾地说："歇洛克·福尔摩斯先生在家吗？"

"他出去了。我可以把您的话转告给他。"

他说："我只能对他本人讲。"

"我对您说，我可以转告他。您想说的不就是茂迪凯·史密司汽船的事吗？"

"没错，我说的就是这事。我清楚那只船去哪了，也知道他要找的人在哪儿，那些宝物藏在哪儿啦，我也知道。"

"您对我说说吧，我很想知道这些事。"

"不行，我只能对他说。"他以老年人固有的执拗脾气坚持说。

"那您在这儿等他一会儿吧。"

"我怎能在这儿等他一天，这多浪费我的时间。

"福尔摩斯先生真的不在家的话，只好让他自己想办法了。你们两人的样子，我都不喜欢，我不想对你们说一个字。"

他站起来就要出门，埃瑟尔尼·琼斯跑到他跟前，拦住他说：

“老先生，请等一等。您不能带着重要的消息离开这儿。无论你是否愿意，望您一定要留下来，我们一块等他回来。”

老人想要夺门而出，琼斯动作敏捷地靠在门上，挡住了老人的去路。

老人用木棍在地板上狠敲着喊道：“真是岂有此理，我原是来这儿拜访一位朋友的，我同你们第一次见面，就强行把我留下，你们怎能对我这么无礼？！”

我说：“您别着急，您所浪费的时间，我们会给您报酬的。您先坐在那边沙发上，福尔摩斯先生不久就会回来了。”

他快快不乐地坐在沙发上，用手捂着脸。琼斯和我一边吸着雪茄烟，一边继续我们的谈话。让我有点深感意外的是，耳边竟响起福尔摩斯的声音：“拿给我一支雪茄烟，可以吗？”

我们二人惊讶地跳了起来，发现旁边坐着的竟是笑容满面的福尔摩斯。

我吃惊地喊：“福尔摩斯，原来是你，那个老人上哪了？”

他拿出一把白发，说：“他没跑。假发、胡子、眉毛都在这儿。我真没料到我的化装术竟能把你骗了，我对我的化装技术很有信心。”

琼斯兴奋地说：“啊，福尔摩斯，你简直是个了不起的演员。凭着你的本事，学老人的咳嗽，还有你腿部的表演，每周都能挣到十镑工钱了。可是我看出你的眼神来了，你并没有把我们骗得完全相信。”

福尔摩斯点燃了雪茄烟，说道：“我这打扮已装了一天了。你清楚，咱们这位朋友把我的那点儿事写成书出版后，很多罪犯渐渐认识我了。没办法，我只好出去行动时简单装扮一下。你接到我的电报了吗？”

“我才接到。”

“你对承办的这桩案子怎么看的？”

“还没有一点儿线索。由于缺乏证据，我释放了两个人，还剩两个，也没有充足的证据。”

“这没有什么，若是你依照我的安排，过一会儿，我就会有两个人替换他俩。功劳都可以归你，但怎么行动得听我指挥，可以吗？”

“完全愿意，只要能把罪犯捉拿归案，怎样安排都行。”

“行。首先，我要一艘快艇，一只汽船，今晚上七点钟开到西敏士特码头待命。”

“可以，那里经常停着一艘快艇，到时我再用电话联系一下就成了。”

“为了防止歹徒拒捕，我还需要两个身强力壮的警察。”

“快艇内经常有两三个警察准备着。另外还有别的吩咐吗？”

“我们能逮住凶犯，那宝物就找到了。这其中的一半应当属于一位年轻的姑娘，我想让华生医生把宝物送到她手上。华生，你看怎样？”

“我深感荣幸。”

琼斯摇摇头说：“这个计划未免和规矩有点不合，不过咱们可以通融一下，但是看完之后，必须送政府查验。”

“那可以。还有一点，我很希望听到琼诺赞·斯茂亲口说出这一案件的详细情况。你知道，我向来就需要把一个案子的详情充分地了解，我准备在警察的看守之下，对凶犯进行一次非正式审问。你对这有什么意见吗？”

“可以，我虽然不清楚是否有斯茂这个人存在，但你掌握着本案的全部情况，当然可以先对他审问。”

“这么说，你同意了？”

“对，我完全同意。除此以外，还有别的要求吗？”

“还有的就是，咱们共进晚餐吧。一会儿就会好的，我准备了生蚝、野鸡和一些白酒。华生，你知道吗？我还是个做家务能手呢。”

10. 凶手的末日

我们这顿饭吃得很香甜。福尔摩斯在兴致高涨的时候，向来特别能讲。今晚，他就东拉西扯地说个不停。我很少见到他这么高兴过。他从神话剧到中世纪的陶器，再到佛学、音乐和军舰等方面，他几乎无所不晓，对什么都大谈特谈。很快这几天的郁闷之气烟消云散了。埃瑟尔尼·琼斯先生在空闲时也容易接近，喜欢说笑。让我庆幸的是案件的结果今晚就可以知晓了。我们三人都非常兴奋，对于饭后的行动谁都没提。

饭后，福尔摩斯看看表，然后往三个杯子里倒满红葡萄酒，说：“咱们一起举起杯来，预祝今晚一切顺利。对了，华生，你那儿有手枪吗？”他像想起什么似的对我说。

“我以前在部队时用过一支，现在放在抽屉里。”

“拿着它吧，说不定会用上的。我六点半预定的马车来接咱们了，现在正在门外等着咱们呢。”

我们到达西敏士特码头时已过了七点，汽船已在那儿等着了。福尔摩斯细心地看着，问道：“这船上有警察局的标志吗？”

“有，船边上有一个绿灯。”

“把灯摘下去。”

我们先后上了船，坐在了船的尾部，我们的前面是两个身材结实的警长，另外一人掌舵，一人管机器。

琼斯问：“我们把船开到什么地方去？”

“告诉他们到伦敦塔，把船停在杰克波森船坞的对面去。”

我们的快艇越过了不少满载货物的平底船，又甩开了一只小汽船，快速地前行着。福尔摩斯满意地笑着。

他说：“照这样的速度，我们会超过河上任何一艘船。”

琼斯说：“那不一定。不过咱们目前的速度的确不多见。”

“‘曙光’号的船速很有名，我们必须超过它。华生，趁现在没事，我对你说说这桩案子的进展情况。我不甘心会被这小小的困难吓倒，你还记得这件事吗？”

“记得。”

“我记得一位政治家说过：‘最好的休息，最能改变工作。’一点儿没错，为了我的大脑彻底休息，我开始做化学试验。这个试验做成后，我就又回到舒尔托的案子来，重新来考虑。那些孩子们搜遍了河的上下游，却找不到船的影子，就是说，它没有在任何码头上停靠，也未回家，另一方面也无沉船的迹象。当然不排除找不着的可能性。不过，斯茂没有多少文化，他再狡猾，也不会想得很周全。他观察了樱沼别墅很久，证明他在伦敦已住了很长时间，他不可能不做任何准备立即逃离伦敦。我想，他至少需要一天的时间安排一下。”

“他也有可能在开始行动之前，就准备好了要逃出伦敦。”

“我并不这样认为，如果老窝对他有用，他不会轻易抛弃的。另外，琼诺赞·斯茂肯定会认识到，无论给他的同伴怎么化装，人们也会注意那张脸，并且会让人想到尚诺伍德惨案。以斯茂的机智，他不会忽略这一点的。他们一定昼伏夜出，怕引起别人注意。据史密司太太说，他们可能在凌晨三点上的船。再过一个小时，就天亮了，行人自然也多了。这样他们距离这不会太远。他预先给了史密司足够的定金，租用他的汽船，告诫他别声张，得手后就逃到他们的老家去。接下来的一两天，他们在老巢里等候事态变化，等风声不紧了，准备在某个晚上，从格雷夫赞德或肯特大码头乘上他们已经订好舱位的大船，逃往美洲或别的地方。”

“他不可能把船带在身边呀。”

“是不能。尽管我们没能找到那只船，但我想在附近就会发现。凭着斯茂的能力，他不会把汽船开回去，可能停在哪个码头上，他很害怕他们的行踪让警察发现。那么，他们怎样才能让汽船既能存放，又能随时使用它呢？我考虑过，最好的办法是把船开进一个船坞里进行小修，这样既可达到躲藏的目的，又能随时使用它。”

“我想，没有这么简单。”

“正因为没什么，才容易被忽略。今天上午，我扮成一个上了岁数的水手沿着这个途径进行查找，挨个船坞去询问，前十五个都说没有，问到第十六个，就是杰克波森船坞，他们对我说两天前有艘‘曙光’号汽船来此维修，是一个装木腿的人送来的。工头告诉我：‘那艘船船舵上画了红线，其实汽船一点儿毛病也没有。’正说着，失踪了两天的茂迪凯·史密司先生从那边周身酒气地走过来。我自然不认识他，是他说出自己的名字和船的名字。他说：‘今晚八点钟我们的船要出发。记住，是八点，别耽搁了，有两位先生要坐船。’他说话的时候，不时地拍着装满银币的口袋，看上去，他得到了不少钱。我跟着他，他拐进了一家酒馆。我又往回走时碰见个帮手，我让他盯住那艘汽船。我们约定好了，船一开，他就在船坞的出口处向咱们晃手巾。我们在河上先等会儿，这次一定要堵住他们的去路，来个人赃俱获，才叫棒呢。”

琼斯说：“无论他们是不是真的凶手，单瞧你的计划，真是无懈可击。要换成我，我会派几个得力的警察，他们一出现，我们立即抓获他们。”

“这个想法我不敢赞同，斯茂狡猾得很，他肯定会先派人打听情况，一旦有动静，他会再躲上一段时间。”

我说："只要我们不放过茂迪凯·史密司，我们肯定会找到他们的老巢。"

"那可说不上。我估计，史密司十有八九并不知道他的住处，他需要的是钱和酒，别的他都不管。斯茂找他有事时，就会派人告诉他。我整体地考虑一番，我的办法最有效了。"

谈话之间，我们的船穿过了几座桥。当我们出了市区时，落日的余晖照得圣保罗教堂顶上金光闪闪。我们到达伦敦塔时，天色已接近黄昏了。

福尔摩斯指着远处靠近萨利区河岸桅樯密立的地方说："瞧，那就是杰克波森船坞。咱们凭着这些驳船的掩护，在这儿待会儿吧。"他举着望远镜往对岸看去，说："我找到了那个帮手，他还没挥毛巾。"

琼斯忍不住地说："咱们干脆开到下游去堵他们吧。"除他之外，我们也有些不耐烦。那几个警察和船夫虽不知内情，都禁不住摩拳擦掌，跃跃欲试。福尔摩斯说："他们有可能往下游去，咱们也不能忽视往上游的可能性。在这儿可以看到对面船的出入，他们却无法看到我们，这是个好位置。今晚没有云雾，月光很亮，咱们耐心等吧。你瞧那边煤气灯光下，来往的人可真拥挤呀。"

"那都是刚完工的船坞工人。"

"你瞧那些人的外表虽然粗俗一些，他们内心有着对生活不灭的向往。这是人的天性，人生真是一个难解的谜。"

我说："有人说，人是会思考的高级动物。"

福尔摩斯接着说："温伍德·瑞德对这个问题解释得很好。他说，单纯一个人来看是个谜，若是汇合成人类，就有定律了。比方说，你很难了解一个人的个性，却能认识人类的共性。统计学家说过：个性不同，而共性却可以永恒……不说了，你们瞧见了吗？那边有一个白色的东西在挥动。”

我喊道：“不错，我看清楚了，是你派的小帮手在挥白手巾呢！”

福尔摩斯兴奋地喊道：“看，那就是‘曙光’号，它的速度真不慢。机师，咱们加速前进，一定要追上那只有黄灯的汽船。若是追不上，我得后悔一辈子。”

“曙光”号已经行进了很远，一会儿便被几条船遮挡得看不见了。等到我们再次看见它的时候，它的速度已经相当迅猛了。它以飞快的速度向河的下游奔去。琼斯望着远去的汽船，摇着头说：“那船太快了，咱们怎么会追上呢？”

福尔摩斯叫道：“必须追上它。火夫，赶紧加煤！尽力赶过去，就是咱们的船烧了，也要超过它。”

我们的船在后面紧追，锅炉火势凶猛，引擎已达到了最大马力，发出的声音像是一个巨大的钢铁心脏在铿锵作响，快速前行的船头划破了平静的河面，船的两边掀起了滚滚的浪花。随着引擎的每次颤动，汽船焕发了活力。船舷上的一盏黄灯向远处射着光芒。我们紧紧地盯着前方，前面浪花托着一个逃命的“曙光”号在疯狂地前行。这时候，河上的一些船只挡住了我们前面的路，我们的船左冲右突地飞快前进，快要追上“曙光”号了。

福尔摩斯冲着机器房喊道：“快加煤，努把力，就要超过他们了！”他焦灼的面孔在机器房熊熊烈焰的照射下显得坚定昂扬。

琼斯看着前边的“曙光”号，欣喜地喊道：“就差一点儿，咱们就追上了。”

我说：“是的，不用几分钟，咱们就有收获了。”

真是出乎意料，这时，一只汽船拖着三只货船突然横到前面，幸好我们一个急转弯，才没出事。但是，就这么一刹那间，“曙光”号竟离我们已有二百米远了。这时，星斗点缀的夜晚代替了夕阳西下的暮色。汽船的锅炉已烧到了极限。船身由于驱船前行强大的力量，摇晃不止。脆弱的船板吱吱作响。汽船从伦敦桥的中央穿过，又经过了西印船坞、长长的代德福德河区以及狗岛。原来的那个小黑点似的“曙光”号现在已经看得很清楚了。琼斯将探照灯射向他们，我们看见船上的人影。一个人坐在船尾，两腿跨着一个黑东西，旁边蹲着一团黑影，像是一条纽芬兰狗。我们看着锅炉里射出的灯光，看见一个男孩掌舵，船主史密司在拼命地往里加煤。开始时，他们还不能断定我们是在追他们，后来他们见我们尾随“曙光”号，接着加快了时速。到了格林威治时，两船的距离约有三百步，再到布莱沃尔时，已不足二百五十步。我奔波一生，去过不少国家打猎，追逐猎物，都没有今晚在河上追人这么刺激。我们和“曙光”号越来越近了。在寂静的夜里，可以清楚地听到前面船上机器的响声。我们瞧见在船尾的那个人不停地挥手，不时地抬头目测两船的距离。我们相隔的距离仅有四只船的长短。这时，两船已驶近河口，一边岸上是巴克英平地，另一侧则是普拉姆斯迪德沼泽。琼斯大声命令前面的船停下。船尾的人听见喊声，站了起来朝我们怒骂，他的身子结实高大，叉开两腿站在那儿。他身旁蜷着的黑影，听见他的声音，也慢慢地站了起来。那是一个奇矮无比的黑人，长着一颗怪异的大头，头发乱蓬蓬的。看到这个可怕的黑家伙，福尔摩斯和我掏出了手枪。这家伙除了露出一张丑脸，浑身围着一条黑毯子。只看这张脸，就让人厌恶透了。我从没见过有这样恶相的人，他那两个小眼睛凶光闪闪，厚厚的嘴唇从牙根处向外翻着。他在向我们发出一种野兽般的狂喊乱叫。

福尔摩斯轻声地对我说：“只要他一抬起手来，咱们就开枪。”这时两船靠得更近了，彼此看得格外清楚。那两个人仍旧向我们狂吼乱骂。

这时我们清楚地看到那个矮个的黑人从毯子里掏出一个像是木尺的短圆的木棒，放在嘴边。我们立即扣动扳机，两弹齐发。那个黑人的身子晃了晃，高举着两手掉进了河里，他的那双狠毒的眼睛很快地被白色的漩涡淹没了。那个装木腿的人冲向船舵，竭尽全力扳动舵柄，使汽船向南岸冲去，仅几尺之差，我们的汽船躲开了它的船尾。我们接着改变方向追上去。这时“曙光”号已经接近了南岸，岸上是一片荒凉的旷野，月光照着空旷的沼泽地，地面上汇聚着一片片的死水和一堆堆的腐烂植物。那只汽船冲到岸上就不动了，船头耸向空中，船尾没在水里。那歹徒跳到岸上，他的那条腿却陷进了泥里，尽管他奋力挣扎，可是怎么也拔不出来。等我们靠了岸，他已经像被钉在那里一样寸步难行了。我们把他的肩膀用绳子套住，像拽鱼似的把他拉上了船。船主父子俩垂头丧气地坐在船上。我们命令他俩过来，他俩很不情愿地离开了“曙光”号。甲板上放着一个精美的印度产铁箱，不用问这就是使遇害者遭祸的宝箱。我们小心翼翼地把宝箱搬回舱里，箱子特别重，上面没带钥匙。我们的汽船拖着“曙光”号，慢慢地往回走。一路上，我们不停地用探照灯往四处照，总是不见黑矮人的影子，他早已葬身泰晤士河底了。

福尔摩斯指着船口说着：“看这里，我们险些没命了。”一根毒刺正插在我们刚才在船板上站着的地方，大概是在我们开枪时射过来的。福尔摩斯对那根毒刺并未在意，他和平时一样耸耸肩笑了笑，可是我每次回想那惊心动魄的一刹那，都禁不住地神情紧张起来。

11. 大宗阿克拉宝物

我们的犯人坐在船舱里，面对着他费尽心力得来的宝箱。他闪烁的眼睛里有着过人的胆量，长着很多胡须的下巴向外突出，显示出他那倔强的性格。曝晒而变黑的皮肤和满脸的皱纹，告诉人们他曾做过苦力。他大约五十多岁了，长着一头弯曲灰白的头发。他的相貌不算难看，但由于恼怒，他的浓眉和下巴很让人感到凶狠。他戴着手铐坐在那儿悄然无语，不断地用他那双锐利的眼睛盯住使他犯罪的宝箱。我感觉他是在气愤，更是在无比痛恨。有一次他抬头向我望了一眼时，我发觉他的眼神里竟有些幽默的意味。

福尔摩斯点燃了一支烟后，说：“真没料到，琼诺赞·斯茂会落到这种地步。”

斯茂坦率地回答道：“先生，我不愿这样呀，这条命我是逃不过去了。是那个坏蛋童克害死了舒尔托先生，用他的毒刺射死的，我向您发誓我不想伤害他的。因为这，我用鞭子狠揍了他一顿，可人死不能复生，有什么办法呢？对舒尔托先生的死，我非常内疚。”

福尔摩斯关心地说：“瞧，你浑身都湿透了，先喝点酒，抽支烟，暖暖身子吧。我来问你，你是后来攀着绳子进屋去的，可你怎么相信那小矮人能制伏舒尔托先生呢？”

“先生，真像你亲眼见到似的，我对那里的生活摸得很清楚，那时，舒尔托先生本来会下来吃晚饭的，我认为屋里肯定没人。现在，我最好对您说真心话。若是当时坐在屋里的是那个老少校，我会毫不犹豫地掐死他。我杀了他和抽这雪茄一样。但遗憾的是，我同小舒尔托无冤无仇，却为了他的无辜被杀，得走进牢房。”

“你现在已经是伦敦警察局埃瑟尔尼·琼斯先生的犯人了。我将在我家对你询问口供。你必须老实回答我的每一个问题，这样，我也许会帮助你。我想我有证据证明，在你进屋之前，舒尔托先生已经中毒死了。”

“是的，先生，他那时已死了。我刚爬进窗口看见他歪在一边怪笑的脸，真把我吓傻了。幸好童克动作快，要不当时我就宰了他。因为这，他慌里慌张地弄丢了木棒和那袋毒刺。我想这些东西一定给你们提供了透露我们行踪的线索，至于你是如何把这些线索连起来的，我就不清楚了。这只能怪我自己，与您无关。”他苦笑了一声，说：“这件事情说来有些离奇古怪。原本，我应当享受这五十万英镑，不幸的是我的前半生却在安达曼群岛修筑河堤，恐怕后半生又要被发送到达特沼地去挖沟了。那天碰到了商人阿奇麦德，因而和这宝箱扯上了，从那时起，我就倒霉了。其实，不仅是我，和这宝物沾边的人没有不倒霉的，那商人因宝物而丧命，舒尔托少校一直处于惊惧和邪恶之中，我呢，又将做终身的苦役。”

说着，埃瑟尔尼·琼斯往舱内瞧了瞧，对我们说：“你们真像是一家人在团聚。福尔摩斯，拿些酒喝，咱们庆贺一下。可惜，那个矮子没有活捉。福尔摩斯，你幸好早下手，要不差点就丧命了。”

“结果还是令人喜悦的。我没有料到‘曙光’号的速度那么快。”

琼斯说：“史密司夸自己的‘曙光’号是泰晤士河上速度最快的汽船，若是再有一个人给他做帮手，咱们根本无法追到它。他还一次次强调他对尚诺伍德的事一点儿不知情。”“是这样，他什么也不知道！”这时斯茂高声喊道，“我们得知他的船很快，才租他的船。我们只是出了个高价钱，关于案子，我什么也没对他说。我们要求他只要把我们送上停在格力赞特到巴西去的翡翠号轮船，他还会得到一大笔额外的报酬。”

琼斯说：“他有罪无罪，我们自会处理。我们抓人时迅猛了些，但具体量刑，我们会慎重的。”琼斯的言行中带出了他傲慢的天性。从福尔摩斯的微笑里，我看出来琼斯的一番话引起他的注意。

琼斯接着说：“船快到沃克斯豪尔桥了。华生大夫，您可以带着宝物从这儿下去了。你该明白我对这次行动肩负多大的责任，这是很不合法的。但我说到做到，不过，这箱东西太贵重了，我派一个警长和您一块去更好一些。您准备坐车去吗？”

“我准备坐车去。”

“可惜这里没有箱子钥匙，要是能打开箱子的话，咱们最好先清点一下，要不您还得砸开箱子。斯茂，箱子钥匙呢？”

斯茂简短地说：“掉河底里了。”

“你真是给我们制造麻烦，我们已经够累了。大夫，我不再叮嘱您多加小心了。您回来的时候把箱子带到贝克街来，在去警署之前，我们在那儿等你。”

我们在沃克斯豪尔下了船，带着沉重的宝箱，由一个温和质朴的警长陪着，十五分钟后，来到希瑟尔·福里斯特夫人的家。前来开门的女仆对我这半夜来访的客人相当吃惊，她说福里斯特夫人不在，得很晚才能回来，摩斯坦小姐在客厅里等着。我让警长在车上等着，自己拎着箱子进了客厅。

摩斯坦小姐坐在窗前，周身穿着半透明的白色衣衫，在腰间和脖子上系着一条红色的带子。她的一条雪白的手臂搭在藤椅背上，在柔和的灯光映照下，她的面庞带着庄重的神情，蓬松的秀发也被灯光映成了金黄色。她的姿态和神情都显出她似乎有不尽的忧愁郁积在心中。她听到我的脚步声就站了起来，惊喜的脸上现出了红晕。

她说：“我听到门外的马车声，以为是福里斯特夫人提前回来了呢。真没想到是您，有什么好消息吗？”

我把箱子放在桌子上，心中虽然烦闷，我仍是欣喜地对她说：“看见了吗？我带来了比所有的消息都要好都要宝贵的东西，我给您带来了属于您的财富。”

我没有料到她毫不留心地瞅了那箱子一眼，说："这就是那些宝物吗？"

"是的。箱里是一大宗阿克拉宝物，一半是您的，一半属于塞迪巫斯·舒尔托先生的。你们二人各得二十五万英镑，每年仅利息就有一万镑。您不久就会是英国妇女中最有钱的。这不是值得庆贺的事情吗？"

可能是我的庆贺方式有点不对劲儿，她瞧出了我说这些话是很勉强的。她微抬眼梢看着我说："即便是我得到了这宝物，也是您的功劳啊。"

我说："怎能说是我呢，这完全是歇洛克·福尔摩斯破获了此案，才有了好的结果。就连他那聪明脑袋也费尽了脑汁，险些让罪犯逃掉。若是我来侦破，什么线索也搞不到。"

她说："华生大夫，快坐下来吧，给我讲讲这桩案件怎么破获的。"

我把上次和她见面以后发生的事，尽可能详尽地告诉她：福尔摩斯的新理论，"曙光"号的发现，埃瑟尔尼·琼斯的拜访，今晚的探险和泰晤士河上的追击。她平静地听着，当说到我们险些被毒死时，她的面容突然变得惨白，似乎要晕倒了。

我赶忙给她倒了些水，她说："我没事，就是有点紧张，听说你们差点遇难，我真是担心。"

我说："那些事都过去了，真没有什么。咱们换个话题，高兴起来吧。这里是我为您带来的宝物，您一定愿意亲手打开它的。"

她说："那太好了。"但我听她的口气并不高兴。或许这宝物是我们费尽心血才得来的，她不得不应付一下，要不让我觉得她太不领情了。

她看着箱子说："太好看了。这是印度产的吗？"

"这是印度著名的比纳里兹金属制品。"

她试着把箱子抬了抬，说："真够重的，仅这箱子就很值钱吧。钥匙在哪呢？"

"斯茂那家伙把它扔进泰晤士河了。我们得借助福里斯特夫人的铁钳把它撬开。"箱子前有一个又粗又重的铁环，铁环上有一尊佛像。我把铁钳插进铁环下，用力向上撬起，铁环应声打开了。

我用颤抖的手把箱盖打开，结果，让我们大吃一惊，箱子里什么都没有。

难怪箱子这么重，箱子四周是三分之二英寸厚的铁板，制造得相当精巧、坚固，也异常精致。用做收藏宝物的箱子很合适。

摩斯坦小姐平静地说："宝物已经丢失了。"

我听了她说的话，领会了其中的含义。这些天来一直压在我心头的石头终于随着宝物的丢失而挪开了，我知道这想法很不应该，很自私。可现在我的脑海里只想着金钱的障碍已经消除了，太好了。

我耐不住内心的喜悦，不禁脱口而出："感谢上帝！"

她听见这话，脸上现出不解的神情，笑着问："您刚才说什么了？"

我忍不住上前握住她的手，她没有抽回去。我说："我终于敢向你诉说恋情了，过去，我俩之间隔着一笔巨大的钱财，可现在没有了。梅丽，我爱你，和世界上所有男人爱女人一样，我真心实意地爱你。因此我才说'感谢上帝'。"

我把她轻轻地揽到身边，她轻轻地说："那么我也应当说'感谢上帝'。"

我庆幸自己，不管是谁在那天晚上丢掉了一笔财富，而我却真正得到了珍贵的财富。

12. 琼诺赞·斯茂的离奇故事

那个警长极有耐心地在车上等候着我，我回到车上时，时间已经很晚了。我拿着空箱子给他看了，他感到特别地失望。

他无精打采地说："这箱子里没有财宝，我们谈不上领奖金了。今晚的行动可以让我和同伴山姆·布朗每人得十镑奖金呢。"

我说："塞迪亚斯·舒尔托先生很有钱，人又大方，不管箱子里有没有财宝，他都会给你们报酬的。"

警长仍是沮丧地说："埃瑟尔尼·琼斯先生会认为这事干得差劲呢。"

正像警长说的，我们回到贝克街后，把空箱子摆到他面前时，他的脸色很难看。福尔摩斯和琼斯，以及被抓的凶犯刚到这里，他们改变计划先去警署报了到。福尔摩斯懒洋洋地坐在椅子上，神情同平时一样。其对面是傲气难改的凶犯斯茂，他的那条木腿搭在好腿上。当我把空无一物的箱子拿给大伙看的时候，他倚着椅子放声大笑起来。

埃瑟尔尼·琼斯恼怒地说：“斯茂，准是你做了手脚！”

斯茂忍不住笑道：“不错，这是我的杰作，我把宝物藏到一个你们永远无法找到的地方。那财宝是我的，我要拥有它，你们谁也甭想得到。告诉你，除了我和安达曼岛牢营里的三个伙计外，你们谁都没权利享受。现在既然我们都不能拥有它，我就有权把它处理了，这正符合我们四个人签名时发的誓，我们永远保持一致。我相信他们也会这么去做的，宁可让宝物沉到泰晤士河河底，也不能落到别人的手里，尤其是舒尔托或是摩斯坦的后代手里。我们杀掉那商人不是给他们创造财富。当我看到你们的船将要超过我们后，我决定把珠宝藏到别人无法找到的地方。你们这趟连一个卢比也捞不到了。”

埃瑟尔尼·琼斯愤怒地喊：“斯茂，你这骗子！你怎么不把箱子连同宝物一块扔进河里，不是更省事吗？”

斯茂狡猾地斜眼瞧着他说：“对于你们来说，我扔了省事，你们捞着也省事。我想你们有耐心将我抓获，你们就能有耐心捞一只铁箱子。但是若把宝物散投在长达五英里的河道里，再捞起来就费事了。我是铁下心才这样做的。就在你们的船越来越近时，我真的被逼疯了。我这一生有高峰，也有低谷，但我向来不后悔我曾做过的事。”

琼斯说：“斯茂，你这样做性质很恶劣，你如果协助我们不扔掉宝物，那么，在依法判刑的时候有可能从轻发落。”

听了这句话，罪犯吼叫着：“法律，多么神圣的法律呀！这笔财宝不是我们的是谁的？财宝不是他们搞来的偏要给他们，这叫什么公平？你们知道我是付出多大的代价才把这批宝物弄到手里的？整整二十年，我在那热病猖狂的潮湿地里住着，白天整日在红树下做苦工，晚上又被锁到脏乱不堪的棚子里，镣铐加身，被蚊子咬着，被疟疾折磨着，受那些喜欢折磨人的黑狱卒的种种凌辱。我用这样的代价交换到了阿克拉宝物，你们却要跟我谈什么公平。若是把我历尽千辛万苦换回的宝物，送给别人去享用，你们就觉得这是公平的了？我就是被处死，或是让那黑矮人射我一根毒箭，也不想别人再拿着我的钱挥霍，而我却在监狱里过着非人的生活。”这时的斯茂同原先的默默无语大不相同，他的这些话滔滔不绝地倾泻而出。他两眼发亮，手铐随着激动的双手不断地作响。看见他这气愤的样子，我明白了舒尔托少校为什么一听到囚犯越狱的消息，就极度慌张。看来，这很自然。

福尔摩斯和气地对他说："斯茂，我们对你的事一点儿都不清楚。你没有把事情的整个经过告诉我们，我们怎能判断财宝一定是属于你的呢？"

"先生，您说的话公平合理。尽管是您给我戴上了手铐，但我并不怨恨你……这是我罪有应得吧。您如果愿意听我的故事，我绝不隐瞒实情，我所要说的句句都是实话。谢谢您，请把杯子放在我身边吧，我口渴了，会把嘴唇凑近杯子喝水的。

"我原是位斯特尔州人，住在波舒尔城附近。我们那儿的斯茂族人很多，我很想回去看看，但我平时不很检点，我的族人不一定欢迎我。他们是虔诚的教徒，在乡里都是受人尊敬的老实的农民，我却一直是个流浪汉。我十八岁那年，因为恋爱惹了祸，家里不能存身，只好另谋生计。当时正赶上步兵三团要被派往印度，为了生存，我就入伍了，选择靠吃军饷为生的路。

"可是，我的军队生活先天注定不能长久，在我刚学会鹅步操，学会使用步枪的时候，一天，我到恒河里去游泳，一条鳄鱼把我的整条小腿都咬掉了，就和做外科手术一样干脆。当时我由于惊吓过度和失血过多昏了过去，游泳好手约翰·侯德及时赶到抓着我上了岸，要不我就淹死了。我在医院里住了五个月后才装上木腿，一瘸一拐地出了院。我因为残疾被取消了军籍，因此就更难找到就业的机会了。

"你们很难想象，那时我不到二十岁就成了无用的瘸子，境遇是多么地悲凉。过了不久又时来运转了，恰巧有一个新来印度经营靛青园子的名叫阿勃怀特的园主正在找一个监工，他是我原来所属部队团长的朋友。团长因为我的残疾很照顾我，竭力推荐我。这个工作骑在马上就能完成，我虽然残废了，两腿还能夹住马肚子骑马。我走马上任后，工作内容就是监督工人的工作情况，及时地反映给园主，园主给我不少工资，住得也不错，我渐渐地产生就这样了此一生的念头。我的东家为人和善，他同那儿的白人之间来往甚密，有时把我叫到他的小屋去抽支烟，说说话。

"但是，境况不久就发生了变化。印度大叛乱突然爆发了，前一个月，人们还是各行其事，一个月后，二十多万的印度人就转眼间失去约束，把印度乱成了地狱。这些事，你们几位通过报纸了解的情况比我这不识字的要清楚。我只知道我身边发生的事，我们的靛青园地处西北省的边缘，叫穆特拉。一到晚上，烧房子的火焰照得满天通红。每天都有小队的欧洲士兵保护着他们的家小过去，逃到驻有军队的阿克拉去避难，那儿近一些。阿勃怀特先生对胜利抱有信心，他固执地认为传来的消息都是虚夸的，叛乱不久就会结束，因此他不顾蔓延四周的战火，依旧到凉台上吸烟喝酒。我同一个管账的叫道森的先生及他妻子，一直对园主忠心耿耿，我们三人同他生死不离。可是，灾难还是降临了。那天我到远处的一个园子去办事，黄昏时我骑马回来途中看见一堆东西，在陡峭山谷的谷底下堆着。我赶过去一看吓呆了，那不是别人的，竟是道森妻子的尸体，那女人被人用小刀割成了一条条，又被野狗叼走了一半。道森的尸体就趴在不远处，手里还握着一把已经放空了的枪，他的前面有四个印度兵的尸体叠在一起。我左右不定地在那儿徘徊，一抬头，看见那边冲天而起的火苗，园主的房子被人放火烧着了。我知道，这时候我冲进去肯定无济于事，只会搭进去一条命。从那儿，我瞧见被点着的房子前，有上百个穿红衣的黑鬼子在胡乱蹦跳着，他们中有几个人扭身朝我的方向指了一下，接着就有两粒子弹从我脑袋旁过去了。我拨转马头狂奔，到深夜时赶到了阿克拉城。

"阿克拉并不安全，那时整个印度都乱糟糟的。聚拢到一处的英国人，竭尽全力地保护枪炮射程内的小块土地，别的地方的英国人都成了落难人。这是几百人对几百万人的战争。最让人失望的是：我们的敌人无论是步兵、骑兵还是炮兵，都是当初经我们训练过的好士兵，他们的武器是我们的，军号的调子也和我们吹得一样。在阿克拉驻有孟加拉第三火枪团，其中有印度兵，两队马队和一连炮兵。除此之外，还有由商人和公务员新组成了一支义勇军，我也拖着木腿参战了。七月初，我们开到沙根吉，将那里的叛军打退过多次，后来由于弹药缺乏不得不退回城里。四周传来的消息，糟糕透顶了。看看地图，你就会知道造成这种局面的原因。我们这地方正处于大暴乱的中心地带，往东 100 多英里外，就是拉克瑙，坎普城离那儿也和这距离差不多，四处充斥着杀戮。

"阿克拉城的面积很大，里面住着形形色色的人，他们信仰各种宗教。英国人很难在狭窄弯曲的街道严密布防。司令官把军队调到河对岸的阿克拉古堡里，把那块地方作为阵地。

“你们也许听说过这座古堡的历史记载或者传闻吧？我这一生去过很多地方，然而，这个古堡是我一生中见到的最神秘奇特的地方。它的面积庞大，占有很多土地，我们的军队家属和辎重安排在较新的地带，当然新的地带比旧的部分要小得多。旧城堡是蝎子和蜈蚣的领地，没人敢到那里去。那旧古堡的大厅连个人影都找不到。许许多多的走廊迂回曲折，错综复杂，人进去很容易迷失方向。因为这些原因，很少有人进去，偶尔也有胆子大的人带着火把去那里探险。

“从旧堡前面流过的小河，形成了一道天然的护城河。在城堡的两侧和后面有许多出入的门，自然，在这里和我们军队居住的地方都得有人防守。我们的人数太少，不可能分布到全堡的每个角落和全部的炮位，最后，我想出了一个办法，在城堡中心处设置一个警卫室，一个白人带两三个印度兵把守。我被派到堡垒西南面的一个孤立的小堡门，每天夜里负责那里的安全。两个锡克教徒兵听我指挥。上级给我的命令是遇到危急，立即放枪，中心警卫室就会有人来接应。从中心警卫室到那个堡门，大约二百步的距离，并且还需经过迷宫似的曲折长廊和甬道。若是发生危急情况，增援军能及时赶到吗？我对援军的到来，很有些怀疑。

“我是一个新入伍的残疾兵，当个小头目，我真挺得意。前两夜我和那两个来自旁遮普省的印度兵把守堡门。他俩分别是莫郝米特·辛格和埃波德勒·可汗，他们都是久经沙场的老战士了。他俩个子挺高，相貌凶狠。两人的英语说得很棒，但他俩在一块时用古怪的锡克语整夜闲谈，我插不上一句话，只好一个人站在门外，望着远处的灯火和下面蜿蜒的河流。咚咚的鼓声和铜锣声以及叛军们吸足鸦片后的声音，从对岸不断地传来。值勤的军官为了防止发生意外，每过两个钟头到各处巡查一次。

“我值勤的第三天晚上，天空阴沉，飘起了小雨。在这种天气里，一站几个小时，真是心烦意乱。我试着同这两个印度兵聊天，可他俩对我不理不睬的。下半夜两点时，例行巡查稍微打破了这里的沉寂，之后又和先前一样。他们又不愿意同我交谈，没办法，我只好自己放下枪默默地吸烟。不料，这两个印度兵竟突然扑过来，一个抢过我的枪，打开保险，并把枪口对准我的脑袋；另外一个用一把大刀架在我的脖子上，他威胁我说，只要我动一下，就扎破我的喉咙。

“我那时涌出的念头是：他们一定和叛军一伙，这就是他们突击的开始。如果他们占据了这个堡垒，就一定会落入敌人手中，城堡里的老人孩子会再次流离失所。你们大概不信，觉得我是在自夸，我发誓，当时刀架在我脖子上，我立刻要喊出来，哪怕是最后的一声，说不定会让中心警卫室的人知道这边出事了。那拿刀的印度人猜出我的心思，就在我要大喊的时候，他低声说：‘别出声，我们不是叛兵，堡垒不会发生危险。’我从那人的棕色眼睛里看出，只要我喊一声，马上命就丢了。但我有点相信他的话。我沉默着，只是等着看他们要什么把戏。

“埃波德勒·可汗，是他们中最高最凶的，他对我说：‘先生，听我说，现在您只有两条路可走，一条路是和我们合作，另外一条就是你再也看不见太阳了。也就是说，一条是你向上帝发誓，真心实意同我们合作到底；不然的话，就把你的尸体扔进沟里，我们到叛军弟兄那儿去投降。此外，绝无别的路供你选择，是生是死，你必须在三分钟内做出选择。事情太大，我们谁都不能犹豫了，快想想吧，在下一次巡逻到来之前，必须把事情办妥。’

“我对他们说：‘我一点儿都不明白，这是怎么回事？你们到底叫我选择什么呢？不过可以向你们声明一点，如果这事牵连到堡垒的安全，我是不会同你们合作的，那样的话，干脆把我一刀砍死吧。’

“他说：‘这事和堡垒毫无关系，我们要你做的只有一件事，就是你们英国人到印度来的目的不是为了发财吗，我们的目的也是这样。若是你决定和我们合作，我们会把财宝的四分之一给你，这很公平。我们以这把刀向你起誓，锡克教徒从不违背誓言。’

“高个印度人说：那么‘你起誓吗？用你父亲的身体，你母亲的名誉和你的宗教信仰起誓，今后绝不做不利于我们的事，不说不利于我们的话。’

“我答道：‘只要堡垒没有危险，我愿意这样起誓。’

“‘我和我的同伴都对你发誓，给你宝物的四分之一，就是四个人平均一人一份。’

“我说：‘可是咱们只有三个人呀。’

“‘还有一份必须给德斯特·阿克波尔。在等候他的这段时间里，我把经过讲给你听听吧。莫郝米特·辛格，请你到外面等着，他们来了后通知我。先生，我们信任你，我知道欧洲人恪守诺言。若你是个惯于撒谎的印度人，不管你怎么对神起誓，我们都不会相信你，早把你的尸体扔进河里了。我们相信你们英国人，当然，也相信你们也是信任我们的。还是来说说这个故事吧。

“‘我们印度北部有一个土王，他的领地不大，财产却很多。其中一半是他父亲留给他的，另一半是搜刮来的。他既贪财又小气。叛乱爆发后，他处于两难境地，土王听说杀了不少的人，一面附和着叛军反抗白人，可又怕白人一旦得手，自身会遭不利。反复考虑后，想出了一个折中的办法，他把所有的财产一分为二，金银钱币类的都放在宫中的保险柜里；珍贵的珠宝钻石类的，另外放进一个铁箱里。他派一个亲信假扮成商人，准备把铁箱藏到阿克拉堡来。这样，叛军胜了，他的金银钱币保下了；要是白人胜了呢，他又保住了珠宝钻石。他那边，叛军的势力强大，他只好投靠了叛军。先生，你想想，他的财产是否应当属于忠心于他那个地方的人所有呢？

“‘这个被装扮的商人化名叫阿奇麦特，他就在阿克拉城里。今天晚上，他就要到堡里来。他的同伴是我的盟弟德斯特·阿克波尔，他知道这个秘密。他清楚我们看守这个堡门，就和我们商量好放他从这个堡门进来。一会儿他们就会来了。这地方僻静得很，没人会知道他们的到来，从此世界上再也没有阿奇麦特这个商人了，土王的财产就要到咱们几个人的手里了。先生，您觉得怎样？’

“在伍斯特尔州，生命被看得极其神圣，但那时到处残杀焚掠，人们就不再那么看重生命了。当时，我真的为那批财宝动心了，对于商人阿奇麦特的生死，我并未放在心上。我脑子里满是今后如何使用这笔财富的念头，想着我这个品行欠佳的人带着大量的金币回归故里时，人们一定会惊呆的。想到这些，我暗暗下了决心。这时，埃波德勒·可汗以为我还在考虑呢，又追问我。

“他说：‘先生，你明白，若是指挥官抓住这个人，结果还是被处死，宝物也会充公，谁也甭想搞到一个钱。咱们怎么不可以把他处决了，然后把宝物咱们四个人平分了呢？我们会变成有钱人。其实，宝物充公和给了咱们，都是一样。这儿再没有别人，也没有外人看见。我这个主意如何？先生，请您再表一下态，您是与我们合作呢，还是让我们把你当成敌人。’

“我对他说：‘我的人和我的灵魂都和你们站在一起。’

“他把枪还给我，对我说：‘太好了，我相信您和我们会永远遵守许下的诺言。我们现在要做的事情只有耐心地等待那两个人的到来。’

“‘德斯特·阿克波尔了解这次的计划吗？’

“‘这都是他一个人谋划出来的。咱们还是和莫郝米特·辛格在外边一块站岗吧。’

“那时正是雨季来临，天上的雨下个不停，片片乌云在空中飘荡。浓重的夜色，肉眼很难看清一箭之外的东西。门前战壕里存着一些积水，有的地方差不多都干了，很容易走过去。我默不作声地在那儿等着那个来送死的人。

“没多久，我看见战壕的对岸有一抹若隐若现的灯光，慢慢地向这边靠近。

“我叫了一声：‘他们来了。’

“埃波德勒轻声地说：‘你和往常一样询问他，可别把他吓呆了，然后你把他交给我们，我们会安排他的。你在外面点着灯守着，免得认错了人。’

“这时候一闪一闪的灯光，忽而前进又忽而停住，离我们更近了，可以看清有两个黑影到了战壕的对岸。他们从那边蹚水过来，爬上岸后，我压低了嗓音问这两人：‘干什么的？’

“他们赶紧回答说是自己人。我举灯靠近他们，见对面是个高个子的印度人，一脸的黑胡子长到腰间，我真没见过真实生活中这么长胡子的人。后边紧跟着他的人胖得出奇，个子很矮，头上裹着大黄包头巾，手里提着一个用围巾包着的包。他像只钻出洞外的耗子，东观西望着，害怕得浑身颤抖，两只手也抖个不停，只有双目亮闪闪的，显得精神极度紧张。我想亲手杀掉他，真有些下不了狠心，但那宝物的诱惑力使我定了心神。他瞧见我是白人，立刻欣喜地跑过来。

“他气喘吁吁地说：‘先生，我这个正在逃难的商人阿奇麦特需要您的保护。我从奇布特诺到阿克拉城的路上，总是有人侮辱我，就是因为我以前跟英国军队的关系好。谢天谢地，现在，我和我带的东西终于没有危险了。’

“我问他：‘包里装的什么？’

“他回答：‘箱子里有两件祖宗留下来的东西。在别人眼里，它不值

多少，对我，这可是扔不得的宝贝。我不是来讨饭的，先生，求您让我在这儿暂住两天吧，以后我会报答您的。’

“我看着他那令人同情的小胖脸，真不忍心杀了他。我真的不敢同他再说了，干脆让他早早见上帝吧。

“我对他说‘把他送到总部去’。两个印度兵一左一右地把他带进了里面的甬道，那个高个子在后面紧跟着。我未见过像这样被严密包围的人。外面，只留下我一个人提着灯笼在站岗。

“这时，从里面传来他们走在长廊上的声音，接着，声音消失了，传来了拼命厮打的声音。一会儿，一个气喘吁吁的声音往这边越来越近。我提灯往里一看，大吃一惊，满脸是血的商人正往这边跑，高个子在后面紧追不舍。这商人竟跑得飞快，我明白，若是他逃出我这儿，他就能活命。瞧他那样子，我真动了同情心，但那诱人的财富又让我起了邪恶。他一跑近我，我就用步枪向他的两腿之间狠命抡去，他像是被枪击中了一样向前滚去。还没容他从地上爬起，印度人从后面追上去，两刀结果了他的性命。他未来得及哼一声，躺在地上不动了。可能我那一绊他就昏死过去了。先生们，不管这对我有没有好处，我照实说了。”

说到这儿，他用那双戴着手铐的手接过递给他的加水威士忌。我们从他叙述这事时不在乎的神情里，可以看出这人凶残的本性。无论对他用尽什么刑罚，也不会对他产生同情心。歇洛克·福尔摩斯和琼斯，坐在藤椅上，双手搭着膝盖。他俩对斯茂都不怎么喜欢。斯茂可能看出了我们的想法，他在继续往下说时，声音和动作带着不服输的样子。

他说：“我知道，那事是不能做的。可是我想说，在当时的形势下，谁愿意丢掉性命而不要那宝物呢？他一过来，就注定我同他必须有一个得死。若是他逃跑了，结局是我们四个都得抓起来，会被军事法庭处以枪决。在当时的情况下，处罚很严。

“接着我和埃波德勒·可汗、德斯特·阿克波尔三个人抬着死尸来到了里面，别看这个人不高，分量却挺重。莫郝米特·辛格在外边放哨。我们走过一条弯曲的甬道，穿过空荡荡的大厅，走到大厅角落里一个陷下去的大坑边，算是他的归宿吧。这地方我们早已找好，它离着堡门很远。我们把死者抬进坑里，埋上碎砖。一切都收拾利落后，我们就去看宝物了。

“那个铁箱就放在刚才死者躺过的地方，也就是你们现在看见的这个。

在箱子刻花的柄上，挂着一把钥匙，它用丝线系着。打开箱子，在灯光映照下，五光十色的珠宝耀眼极了，真和我想象的一样，仿佛我在波舒尔童年时读过的故事一样。这么诱人的珠宝，真让我们过足了眼瘾。当然，我们没忘给珠宝列了一张清单。箱内有 143 颗上等钻石，97 块上等翡翠，170 块红宝石（包括小块的），40 块红玉，210 块青玉，61 块玛瑙。其中有一块名叫大摩克尔的钻石号称世界第二大。剩下的是些数不清的绿玉、纹玛瑙、猫眼石、土耳其玉和我叫不出名字的宝石，后来我慢慢把它们认全了。箱子下面是三百颗上好的珍珠。其中有十二颗珍珠串成了一条珍珠项链。那天我从樱沼别墅拿回箱子后，仔细查找了一番，发现那串项链不见了。

“我们把珠宝清点后放回箱里，又拿到堡外给莫郝米特·辛格看了一遍，我们又重新郑重地宣誓：要团结一致，严守秘密。我们决定先把箱子藏起来，等局势稳定了，再拿出来平分。这批珠宝极贵重，若是带在身边很不安全，容易被别人怀疑。我们当时也找不到隐藏的地方，于是我们把箱子搬到埋着尸体的那间屋子里，从最完整的一面墙上卸下几块砖来，把宝箱放了进去，用砖封好。我们默默地用心记住了藏宝的地方。第二天，我给每人画了一张地图，在上面签上我们四个人的名字，作为我们起誓的标记：从此以后，我们的一举一动全要代表四个人的利益，不得私自独吞。先生，我可以对天起誓，我从未做过不利于我们四个人的事。

“后来，印度暴乱的最后结果怎样，你们也知道了。威尔逊占领了特里，考利爵士收复了拉克瑙后，这次叛乱就瓦解了。新的军队纷纷赶赴印度。那诺·撒希普在国境线上乘机逃走了，克雷特海德上校带着一个急行军纵队把阿克拉的叛军肃清了，至此，印度又恢复了战前的和平状态。我们四个人都梦想着不久就可以平分宝物，远走高飞，可是转眼间我们的梦幻消失了，我们都以杀人罪被捕入狱了。

“经过是这样的：那土王因为信任阿奇麦特才让他来我们这埋藏珠宝，但土王的疑心重，他又派了一个仆人跟踪阿奇麦特，并让仆人紧紧盯住。那天晚上，仆人在后面亲眼看见阿奇麦特进入堡门，以为肯定把财宝藏好了。第二天，他也设法进入堡内，却没看见阿奇麦特。他觉得很纳闷，于是就告诉了守卫班长。班长又报告给了司令。司令下令在全堡内进行一次周密的搜查，结果找到了阿奇麦特的尸首。在我们还以为安全的时候，就被以谋杀的罪名逮捕了，我们三人当时在值岗，另外一人是和被害者同来的。那时土王被罢免并被逐出印度，已经没有人与宝物有直接的关系了，可是案情确凿，判定我们四人为凶手。三个印度人被判终身监禁，我被判死刑，后来得到减刑，和他们一样。

“我们四人都被判了无期徒刑，恐怕今生再难恢复自由，尽管这样，我们都保守着一个秘密，我们仍然梦想着只要获得宝物，很快就会成为富翁。可最令人难以接受的是，我们清楚宝物的埋藏地，却无法把它取出来，还得吃糙米饭，喝生水，忍受看守的百般凌辱，我对监狱生活真是无法忍受。幸好我的性情坚强，耐心地期望着时机到来。

“好机会真的到来了。一天，我从阿克拉城的监狱转到马特拉斯，又转到安达曼群岛的普雷尔岛。那个地方，白人囚犯很少，我表现得又好，不久我就有了一间属于自己的小屋子，就在海锐阿特山的好望城。那个岛上流行着一种可怕的热病，离我不远处还有吃人的原始部落，他们经常朝我们放毒刺。我们开垦荒地、挖沟、种薯蓣，还干好多杂事，整天忙个不停，到了夜晚才有点空闲。我在那儿学会了为外科大夫调配药方，对外科手术也学了一点，我时刻寻找逃跑的机会。可是那个孤岛离任何大陆都有几百英里远，而且在附近一带的海面上几乎没有风，根本不可能逃出去。

“外科大夫萨莫顿是个活泼贪玩的青年，一到晚上，驻军的年轻军官都爱到他家去耍牌赌钱。我配药的外科手术室和他的客厅只有一墙之隔，有一个小窗相通。我在手术室里待着没啥事的时候，就熄掉屋里的灯，趴在小窗前看他们玩牌，听他们说笑。我本来也喜欢玩牌，看他们赌钱，在一旁看着也觉得过瘾。他们中，经常有率领着一支土人军队的舒尔托少校、摩斯坦上尉和普罗姆立·普劳恩中尉，另外还有两三个司狱的官员。这几个官员是玩牌的行家，他们几个凑成一桌，玩得挺痛快。

“不久我发现了一件怪事，每次玩牌都是司狱官员们赢，军官输钱。我想可能是司狱官员们到达安达曼岛后，闲着没事打牌的日子久了，水平练得高了。军官们的打牌本领不怎么样，每赌必输，越输越急，压得赌注越大，最后他们的钱少得可怜了。舒尔托少校输得最惨。他先是用钱，现钱用光了，就用期票。他有时也会赢点，再接着下更大的赌注，结果输得更惨，因为这他整天郁郁寡欢，借酒浇愁。

“有天晚上他比往常输得更多。他同摩斯坦上尉往营地慢慢地走。我当时正在屋子外头纳凉，听见少校边走边向上尉抱怨他的晦气。他和上尉的感情不错，整天待在一块。

“经过我房间的时候，少校说：‘摩斯坦，我可怎么办好呢，看来我得辞职了。’

“上尉拍着他的肩宽慰他说：‘老兄，没事。我经历过比这更糟糕的事呢。不过……’我未听到接下来的话，这些已经够我动脑筋想了。

“过了两天，舒尔托少校在海边散步时，我走到他身边说：‘少校，我想对您说件事。’

“他把嘴里的雪茄烟拿在手里，问：‘斯茂，有事吗？’

“我对他说：‘先生，如果给你一批珠宝，你是把珠宝交给政府呢，还是交给别人？我晓得有一个地方埋着价值五十万镑的珠宝。可我这个样子，无法把它挖出来，我准备把它交给政府，说不定会给我减刑呢。’

“他长长地吸了一口气，双眼紧盯着我，像是要射到我的心里，瞧一瞧我的话是真是假：‘怎么，五十万镑？’

“‘是的，先生，价值五十万镑的珠宝。它的主人已经畏罪潜逃，第一个挖出他的人就是这批财宝的主人。’

“他稍微口吃地说：‘这应当给政府，交给政府。’听那口气坚决的成分不多。我晓得，少校已上了我的圈套了。

“于是我又慢吞吞地试探他：‘您说我是不是该将这事报告给总督呢？’

“‘先别这么急，要不你会后悔的。我还是想，斯茂，对我说说这事的经过吧。’

“接下来，我如实地把经过告诉了他，不过为了避免泄露藏宝的地方，我对其中部分作了删改。少校听了我的话，呆站了很久，他的嘴唇一直在微微颤抖，可以看出，他思索这事时思想波动很大。

“他对我说：‘斯茂，这事情非同小可，千万别告诉任何人。过两天，我再对你谈这件事。’

“两天后，他带着摩斯坦上尉一起提着灯来到我的屋子。

“他说：‘斯茂，摩斯坦上尉很想听你讲讲这事。’

“我又把原先的话复述了一遍。

“少校听了后，说：‘像是真的，怎么样？还值得冒险吧？’

"摩斯坦上尉点点头，默许了。

"少校说：'斯茂，我想我们该这样做。我和我的朋友对这件事情认真考虑后，认为这个秘密属于你个人。对于你的财宝，你有权作任何处理。现在的问题是你的条件是什么？倘若我们能够达成协议，我们可以代你办理，至少也会代你查实一下。'说这些话时，他极力装出毫不在乎的样子，可是他的眼睛里闪动着兴奋和贪婪的光泽。

"那时，我极力装出镇定，我的心里其实正在翻江倒海，我对他说：'要说条件，在目前的情况下，只有一个，你们能帮助我和我的三个朋友恢复人身自由。然后，我们会和你们合作，把宝物的五分之一拿出来作为对你们的报答。'

"'就五分之一，太少了，这不值得我们冒险。'少校不满意地说。

"'你想想，每人平均能得五万英镑呢。'

"'我们没办法答应你的条件，没法让你们逃走。'

"'这没有什么难的，我都已经想好了。只要你们能从加尔各答或马特拉斯弄来一艘适于航行的小船，这两个地方小快艇和双桅快船多的是，再置备足够的粮食，我们再趁着夜黑上船，到达印度沿海的某个地方，就可以离开这鬼地方。'

"少校说：'若是就你一个人，那没问题！'

"'不行。我们曾经发过誓，四个人生死都在一起。少一个都不行。'

"他对上尉说：'你看，摩斯坦，我们尽可以相信他，斯茂对朋友多仗义呀。'

"摩斯坦说：'这事真有些见不得人，不过干成了能改善咱们的困境。'

"少校说：'斯茂，在我们答应你的条件之前，我们先确定一下你说的话是否当真。你干脆把藏宝的地点告诉我们，等到定期来船的时候，我顺便到那里找一下。'

"他越是着急想知道，我越是不紧不慢。我说：'先别急。我得向我那三个朋友问问是否同意这件事，只有我们四个都同意，这事才能继续干下去。'

"'这叫什么事呢？我们白人订的协议，和那三个黑家伙有什么关系？'上校不屑地说。

"'黑的也好，蓝的也罢，他们既然和我已发下誓言，我就一定要遵守。'

“等到第二次见面的时候，我把莫郝米特·辛格、埃波德勒·可汗和德斯特·阿克波尔也叫来了。我们再度协商，最后把这事就定下来了。我们给两位军官每人一份阿克拉城的藏宝图，并且标出了藏宝的地方，以便让舒尔托少校到印度顺利找到宝物。他找到宝箱后，先不能带走，得到罗特莱岛接我们，准备快艇和粮食把我们送出去。我原来计划少校立即赶回营地，再由摩斯坦上尉请假去阿克拉城，和我们一块平分那宝物。上尉代表他领取他俩应得的。所有这些条件都经过我们共同发出庄重的誓言，保证共同遵守，绝不背叛。我在灯下又花了一夜工夫画出两张藏宝图，两份上面都签上莫郝米特·辛格、埃波德勒·可汗、德斯特·阿克波尔和我四个人的名字。

“先生们，听了我讲这些，你们厌烦了吧。琼斯先生不想让我在这儿，急着要把我送到拘留所吧。我简短地说吧，舒尔托去印度后，再没回来。没过几天，摩斯坦上尉给我们带来了一张从印度开往英国邮船的旅客名单，其中有舒尔托的名字。听说他的伯父给他留下许多遗产，所以他退伍去继承遗产了。他真是卑鄙下流，不但把我们四个人骗了，还欺骗了他的好朋友。不久，正如我们所料，摩斯坦到阿克拉城去查找，珠宝果然没有了。这个家伙把宝物全都拿走了，他一点儿也没有遵守我们的条件。当时，我脑海里只留下一个念头，就是要报仇，不管方式是否合法。我在那儿唯一想的就是找机会逃跑，找到舒尔托，一定要掐死它。同复仇的念头相比，阿克拉的宝物在我心里已不显得重要了。

“我的一生曾许下不少愿望，都尽力地去完成。但是在寻找舒尔托的几年里，我真是历尽艰难。我对你们说过，在安达曼群岛，我学到一点儿医药知识。一天，岛上的一个生番生了重病，只好到树林里等死，去树林干活的犯人们把他带了回来，他患了热病而卧床不起。那时正好莫顿大夫不在，我尽管知道生番性情凶狠，出于同情心，我还是精心照顾他两个月，他的病逐渐痊愈了。因为这，他对我产生了好感，很少再回树林一次，整日在我的茅屋里待着。我向他学会了一些土话，这更加深了他对我的那份难得的感情。

“这个原始部落人就是童克，他自己有一个很大的独木船，他的驾船本领特别高。他对我忠心耿耿，我察觉到这点后，决定要寻找机会逃跑。我准备让他把船划到一个没人看守的小码头去等着，我上船后连夜逃走。我把这个计划对他说了，嘱咐他准备好船和水，再弄一些椰子、白薯、薯蓣等东西吃。

“诚实可靠的童克，真让我感动，他果然在那天晚上把船划到码头上。

很凑巧，一个平时最爱欺负我的狱卒在码头上站岗，我正苦于一直没机会揍他呢，现在老天爷把他送到我面前，让我在逃离前能报仇。当时他背朝着我，挎枪站在海岸上，我想用块石头砸烂他的脑袋，可身边一块也找不到。这时我猛地想起我身上有一件最锐利的武器。我趁着夜黑，摸索着解下木腿，往前猛地跳了三下，窜到他身后，猛劲朝他的脑袋砸去，几下子就把他的头骨砸得粉碎。我这木腿上的裂纹，就是我当时行动的有利见证。由于我一只脚失去重心，和他同时摔倒。等我爬起来后，他还纹丝不动。我接着就上了船，一个小时后，我们终于远离了那块土地。童克把所有的财产、兵器和他的神像都搬到船上。其中有一根竹制的长矛，还有用安达曼岛的椰树叶子编成的席子。我就用这做成了桅杆和船帆。我们在海上漫无方向地漂泊。十天后，我们碰见一艘从新加坡开往吉达的客船，船上满载着马来西亚朝圣的香客，把我们救了上去，船上的人都很奇特，不久我们和大家都混熟了。他们有一个很好的习惯，能让我们安静地待着，从不追问我们的来历。

“如果准确地叙述我们的航海经历，恐怕到天亮也说不完。我们从世界的这儿流浪到那儿，就是很难漂泊到伦敦。即使这样，我从未忘记报仇雪恨，就连梦中都无数次梦到追杀他。三四年前，我回到了英国，在伦敦，我顺利地找到他的住址。接下来的就是想办法知道那箱珠宝是否在他手里，他是不是真的拿走了宝物。在寻找珠宝下落的过程中，我同一个一直帮助我的人成了朋友。我不会说出他的名字的，也绝不想牵连别人。过了不久，我得知那批宝物真的在他手里。但是舒尔托太狡猾了，我费尽心力去想法报仇都泡汤了。他家除了有两个儿子和一个印度仆人外，他雇佣的两个拳击手白天黑夜地守护着他。

“一天，我听说他病重得就要死了，让他就这样死了太便宜他了，我真是好不甘心。我不顾残疾，急匆匆地跑进他的花园，透过窗户，看见舒尔托躺在床上，他的两个儿子站在床边。当时，我真忍受不住要冲进去掐死那个老家伙。正在这时，我发现老舒尔托的下巴猛地往下垂去，这说明他死了，就是贸然地闯进去也只会给自己带来麻烦。那天晚上，我悄悄地溜进他的屋子，搜查了一番，结果关于珠宝的线索一点儿都没有找到。我愤怒之余，就把标有四个签名的图放到他的胸前，以此作为报仇的标志，日后我会把报了仇的事告诉给我那三个伙伴。他欺骗了我们，劫去了我们的财宝，却平平安安地入了天堂，真让人心里气愤。

“打那之后，我在集市或别的一些地方，依靠童克作资本赚点钱维持生计。童克跳战舞吃生肉的能耐，总能使我们收入满满一帽子铜板。几年来，樱沼别墅不时有消息传来，除了说他们在庄园内到处挖宝外，再没别的新鲜事了。最后，我们终于等到了一个可靠的消息，巴瑟洛谬·舒尔托在他的化学实验室屋顶室找到了宝物。若是没有木腿的障碍，我真想爬进窗户里去看个究竟。后来，我又得知屋顶室有个暗门，舒尔托先生每天准时地吃晚饭，我决定让童克帮助我把箱子偷走。我带着一条长绳和童克一同去了樱沼别墅。我把绳子系到他的腰上，他灵巧地和猫一样爬上房进了屋里。没有料到巴瑟洛谬·舒尔托在屋里，童克自作主张，把他给杀了。我顺着绳子爬进去后，他正沾沾自喜地走来走去。我愤怒地用绳子抽打他，骂他是吸血鬼，他才知道自己做了傻事。我把宝箱拿走之前，在桌子上留下了一张写着四个签名的纸条，表示宝物已归还原主。我先用绳子把箱子绑好，坠到地上，然后我也顺着绳子滑下去。童克把绳子收好，关上窗户，仍由原路爬下来。

“我想要说的就这些了，事先我就准备乘‘曙光’号外逃，我听一个船夫说过，那只快艇的速度惊人。因为这，我对船主史密司讲明只要他能安全地把我们送到大船上，我们会付他一大笔酬金。他并不了解内情，但他也许觉得这事不太正常。我讲的都是真的。我这样做，并不是为了得到你们的谅解，我觉得说实话对我来说是最好的辩护。另外，我要让世人了解舒尔托是怎样卑鄙地欺骗了我们的信任。你们没有对我优待多少，关于他儿子的被害，我没有过失。”

福尔摩斯说：“你的故事挺有意思。这个案子的结局很适当。你在叙述后半段故事时，除了我没考虑到绳子是你带来的之外，和我的推测差不多。可我有点不太明白，童克在作案时，他的毒刺应该全丢了，但后来在船上怎么又吹出一个呢？”

“先生，正像您说的全弄丢了，但是吹管里还剩下一个。”

“啊，真是的，我怎么没考虑到这一步呢？”

斯茂又讨好似的问道：“您还有什么要问的吗？”

福尔摩斯摇摇头，说：“没有要问的了，谢谢你讲了这些。”

埃瑟尔尼·琼斯说：“福尔摩斯，我们都知道您是犯罪的鉴定专家，我们应当听从您的教导。可是我有公务在身，还要尽我的职责。我今天为您和您的朋友已经够通融的了，现在只能将斯茂押回牢里去。两个警长在楼下等着，马车就在外面，对于你们二位的协助我衷心感谢。到开庭的时候，还要请你们去作证。祝二位晚安。”

琼诺赞·斯茂也说："祝二位先生晚安。"

警惕性很强的琼斯，在走出屋门时说道："斯茂，你在前面走。我得注意你别像对待安达曼岛的先生那样，用木腿打我。"

他们走后，我和福尔摩斯静悄悄地抽烟默坐了一会儿，我说："这出戏终于结束了，恐怕以后我向你学习的机会要少了，我已同摩斯坦小姐订婚了。"

他表情淡然地哼了一声说："我早就想到了，很抱歉，我不能向你祝贺。"

我有些失望地问他："你对我的选择感到不满意吗？"

"怎么会呢，我一直认为摩斯坦小姐是我见到的女孩中最可敬最可爱的，并且她会帮助我们这类人的工作。她在这方面是有天赋的，从她收藏那张阿克拉藏宝的位置图和她父亲的那些文件的事就可以看出来。我想爱情是一种情感的事，和我认为最重要的冷静思考是相互矛盾的。我永远不想涉及情感的事，以免影响我的判断力。"

我笑道："我坚信我的选择会经得住考验，看你，好像有些疲倦了。"

"是有一点儿，恐怕一周也恢复不过来。"

我说："真纳闷，怎么一个有时候很懒散的人，会时不时地充满惊人的活力呢？"

他说道："是这样，我原本就很懒，但同时又很好活动。我时常想到歌德的那句话：'上帝只给你造成了一个人形，原来是体面其外，慵懒其中。'"

接着，他转移话题说："在尚诺伍德的案子中，我怀疑樱沼别墅有一个奸细，他可能就是被琼斯抓捕的印度仆人拉尔·拉奥。无论怎么说功劳都属于琼斯一个人了。"

我不平地说："这样太不合理了。整个案子是你一个人侦破的，最后，我找到了中意的人，琼斯立了大功，而你又获得了什么呢？"

歇洛克·福尔摩斯说："我嘛，获得了一次冒险的刺激，不是也很愉快吗？"他说着，满足地笑了。

冒险史（上）

1. 波希米亚丑闻

每次提到安娜·阿德勒，福尔摩斯都称她为“那位”女士，好像她没有别的称呼似的。福尔摩斯心中的“那位”女士，才貌双全，是所有女人中最出色的一个。但这并不表明福尔摩斯对她怀有爱情，因为福尔摩斯是个很古板、冷静的人，他是世上用来进行最精密的观察与推理的机器，要他去做情人，真是强人所难。他对情感，特别是爱情，是很不“感冒”的。他说话的语气不是讥讽就是挖苦，从没听他说过脉脉含情的话。对观察家来说，甜言蜜语能揭示一个人的行为和动机，可对于受过训练的推理专家来说，这种情感会分散他的注意力，他的推理会遭到干扰。受干扰的程度比精密仪器落入沙粒或高倍放大镜裂了缝还严重。但是，有一个女人，唯一的一个女人，已经去世的安娜·阿德勒，在他的心目中留下了朦胧的印象。

最近我很少见到福尔摩斯，我结婚后，和他来往的次数就越来越少了。完美的婚姻和初次当家的乐趣，深深地吸引了我。而福尔摩斯，依旧厌恶一切世俗，豪放不羁。因此，他仍然埋头于贝克街那所房子的旧书堆中。他服用可卡因，然后再疯狂工作，一周又一周，他就处在这样一种由药物带来的昏睡状态和充满旺盛精力的工作状态的交替中。他依然沉迷于犯罪行为的研究，用他那超常的智力与观察力去搜寻线索，侦破官方警察认为无法解破的案件。我时不时地了解到关于他的一些情况，比如说他被请到奥德萨去侦破德雷帕夫暗杀案，他侦破了特伦柯马利的艾德金森兄弟惨案，以及出色地完成了荷兰王室交予的使命等等。这些事，我也是和读者一样，是从报纸上了解到的。除此以外，老朋友福尔摩斯的别的情况，我也不太清楚。

一天晚上，1888 年 3 月 20 日晚上，我出诊归来 (我那时又开始行医了)，刚好路过贝克街。当我又一次看到那熟悉的房门时，以前的情景不由浮现在眼前，在我心中，它总是和我的追求以及在“血字的研究”

一案中的神秘事情联系在一起。我突然想和福尔摩斯叙叙旧，很想知道他最近在忙什么。灯光从他屋子里溢出来，我抬头望去，窗帘上，他的背着手的瘦高身影来回走动。他什么样的情绪有什么样的行为举止，我早已了如指掌，因此，我想，他肯定刚从药物带来的昏睡中清醒过来，此刻正沉迷于一个新出现的案件的推理中。我按了按门铃，福尔摩斯把我领进了曾属于我的房间。

尽管福尔摩斯看到我的那一刹那还是很高兴的，但我发觉，他不像以前那么热情了。他一言不发地用手示意我坐到那张有扶手的椅子上，然后，扔给我一盒雪茄。他站在壁炉前面，指了指放在屋角的酒精瓶和小型煤气炉，用独特的神情打量着我。

“你结婚后很好，”他开口了，“华生，上次见面到现在，你又重了七磅半。”

“七磅。”我回答说。

“不，我看有七磅多，华生，应该有七磅多。看你的样子，你又开始行医了，可我没听你说过要重操旧业。”

“你怎么知道我又行医了？”

“当然是我见了你之后，推理出来的。如果我没说错的话，你最近经常淋雨，而且，你雇用的女仆笨手笨脚的。”

“哦，我亲爱的福尔摩斯，”我说，“你太神了，你要是生活在几个世纪以前，肯定会被用火刑活活烧死。没错，我星期四到乡下去了，走路去的，回来的时候让雨淋透了。可我换过衣服了，真不知道你是怎么看出来的。那个女仆，玛丽珍，简直蠢得无可救药，我妻子把她炒鱿鱼了。可我还是不知道，你到底是怎么推断出来的？”

他笑了起来，边笑边高兴地搓着他细长的手。

“很简单，”他说，“我刚才借着炉火看到你左脚皮鞋的内侧有六条几乎平行的划痕，这显然是刮沾在鞋上的泥疙瘩时，粗心大意弄成的。所以，我由此推出两个结论：一是你曾经在下雨天外出过，二是皮鞋上的划痕是伦敦女仆造成的。至于说你重操旧业，这么说吧，要是有一个人，他满身碘酒味，右手食指上有硝酸银腐蚀的黑斑，高顶黑礼帽的右侧鼓起一大块，像是藏着听诊器，这样的人走进我的房间，我还看不出他是个医生，那我不是太蠢了吗？”

他把推断过程说得轻而易举，我忍不住笑了起来。“每次听你推理，”我说，“总觉得什么事都简单得滑稽可笑，好像我也能推断出来。可在你解释之前，我总弄不懂你下一步的推理是什么，不过，我还是相信我的眼力不比你差。”

“确实这样，”他点燃了一根雪茄，非常舒服地半躺在扶手椅上，“你是在看，而我是在观察，这就是区别。比如说，你经常走通到这个房间的楼梯吧？”

“是的。”

“你走了多少次了？”

“至少有上千次了吧。”

“那你知道有多少级梯子吗？”

“多少级？我不清楚。”

“这就是了！你只是看，而没有观察。我们的区别就在这里。我知道一共有十七级，我观察过了。顺便说一下，既然你对这些小问题有兴趣，又经常把我的一两次微不足道的经验记录下来，那你可能对这个东西会有兴趣的。”他拿起桌上的一张厚厚的粉红色便条递了过来。

“是邮差送过来的，”他说，“你大声念念。”

这是一张没有署名，也没有落日期和地址的便条，上面写着：

> 今晚七时三刻会有某先生造访，有至关重要之事与阁下相商。阁下最近曾为欧洲的某王室效力，表明阁下足可担当大事。阁下盛名，天下广布，我等甚知。届时望阁下勿外出，如来访者佩戴面具，请勿见怪。

“这挺神秘的，”我说，“你说会是怎么回事呢？”

“我还没找到任何根据。在这种情况下随便推测，会歪曲事实的，这是最大的错误。现在我们只有一张便条，你能推断出什么？”

我仔细地观察着那张便条。

“写这便条的人很有钱，”我尽力像福尔摩斯那样推理着，“这种纸一克朗买不到两叠，纸质特别结实硬挺。”

“对，特别结实，”福尔摩斯说，“这根本不是英国出产的纸，你把它举起来，对着光看看。”

我对着光把便条举起来，发现纸张的纹理中有一个大写的“E”，一个小写的“g”，一个“P”，以及一个大写“G”和一个小写的“t”交织在一起。

“你知道这是什么意思吗？”福尔摩斯问。

“不用说，这是制造商的名字，更确切地说，是他名字的缩写。”

“不对，你连边都没沾到。大写‘G’和小‘t’代表的是‘Gesellsdaft’这个词，是德语中的‘公司’，就像我们常用的缩写语‘Co’一样。当然‘P’是指‘Papier’。至于‘Eg’，我们来查一下《大陆地名词典》。”他从书架上取下一本厚厚的棕色封面的书。“Eglow，Eglozitz——有了，是‘Egria’。这是德语国家波希米亚的一个地名，离卡尔斯拜德不远，因为瓦伦泰恩死于那里而闻名于世，也以林立的玻璃厂与造纸厂著称。哈哈，老伙计，你现在有什么想法？”他的眼睛炯炯有神起来，他得意地吐出轻雾般的烟圈。

“你是说这纸是波希米亚造的。”

“完全正确，而且写便条的人肯定是德国人。你注意没有——‘阁下盛名，天下广布，我等甚知’——法国人和俄国人绝不会这么写，只有德国人才会这么乱用动词。现在，我们要做的是，弄清楚那个用波希米亚纸写字，还要戴面具掩饰身份的德国人有什么目的——如果我没弄错的话，你听，给我们解开谜团的人，他已经来了。”

他正说着，外面传来了清脆的马蹄声和车轮滚动的轧轧声。接着，门铃拉响了。福尔摩斯高兴地吹了声口哨。

“听声音，是辆双套马车，”他说着，往窗外瞄了一眼，“啊，没错，一辆精致的布鲁姆马车和两匹骏马。一匹马值一百五十畿尼呢。华生，我们要遇到大主顾了。”

“我想我该走了，福尔摩斯。”

“你说什么呀，华生，你就待在这。看起来，这个案子很有意思，你要错过了，那就太遗憾了。”

“可你的委托人——”

“别管他，也许我和他都需要你帮忙呢。好了，他来了，华生，你就坐在那，好好地听我们说就行了。”

缓慢而沉重的脚步声从楼梯上、走廊上传了过来，一直到门口才停下。接着，我们听到了敲门声。

“请进！”福尔摩斯说。

一位先生走了进来，他身高六英尺六英寸左右，胸膛宽厚，体魄强健。他的穿着很华丽，但他的装束在英国却显得有些庸俗。他身穿双排纽扣的上衣，袖子和前襟开叉处镶着宽宽的羊皮；肩披猩红色丝绸做衬里的深蓝色大氅；领口上别着一枚镶有绿宝石的胸针；齐膝的高统靴子口上滚着厚厚的棕色毛皮。这身打扮给人以粗野、奢华的印象。他手里拿着大檐帽，脸上戴着面具，黑面具，把脸的上半部遮住了。他刚进屋时，手还放在面具上，显然是刚用手整理过。从他的下半部脸来看，他厚厚的嘴唇下垂着，下巴又直又长，像一个个性很强，或者说有点顽固的人。

“你看了便条吗？”他问，声音略显低沉、沙哑，而且带着很浓的德国口音，“我说过要来拜访您的。”他轮番打量着我们，不知该跟谁说话。

“请坐，”福尔摩斯说，“这是我的朋友和搭档华生先生，我破案的得力助手。请问阁下，我该怎么称呼您呢？”

“你叫我冯·克拉姆伯爵吧，我是波西米亚贵族。我想你这位朋友也该是一位值得尊敬的正直谨慎的人，我也可以把重要的事交给他吧，不然的话，我想跟您单独谈。”

我听到这，起身要走，但福尔摩斯一把将我抓住，让我又坐回到扶手椅上。“要么当着我俩一起谈，要么什么也别谈。”他对神秘客人说，“在我朋友面前，你什么都可以说。”

伯爵耸了耸宽厚的肩膀，说：“那在讲之前，我得先和你们约定，这事两年内要绝对保密。因为这事重要得足以影响整个欧洲，而两年后，就无关紧要了。你们能给我保密吗？”

“我保证。”福尔摩斯回答他。

“我也一样。”

“请原谅我戴着面具。”德国客人接着说，“派我来的人不想让你们知道我是谁，所以，我必须跟你们坦白，我刚才告诉你们的名字是假的。”

“这我知道。”福尔摩斯冷冷地说。

“这事很糟糕，我们得想办法不让这件事发展成大丑闻，使欧洲一个王族免受伤害。说白了，这件事牵涉到伟大的奥姆斯泰恩家族，也就是波希米亚的世袭国王。”

“这我也知道。”福尔摩斯说着，往椅背一靠，眯上了眼睛。

来访的客人非常惊讶地看了一眼福尔摩斯这副无精打采、懒洋洋的样子。因为在他心目中，福尔摩斯是欧洲最精明的推理专家和精力最旺盛的侦探。福尔摩斯慢慢地又睁开了眼睛，不耐烦地看着这位来访者。

“只有陛下能屈尊把事情说清楚，”福尔摩斯说，“我才能更好地为您效力。”

客人听后猛地站了起来，他情绪激动，不停地在房间里来回踱步。接着，他有点绝望地扯下面具，把它扔到地上。

他大声嚷道：“你说对了，我是国王，我没必要再隐瞒下去了。”

“是啊，何必呢？”福尔摩斯说，“陛下开口之前，我就知道和我说话的是卡士耳——沸耳士泰英大公，波希米亚的世袭国王，威廉·哥德莱西·西吉士蒙德·冯·奥姆思泰因。”

“但你要体谅我，”国王——奇怪的客人又坐了下来，摸了摸又高又白的额头，说，“你应该知道我不能亲自办这种事。可这件事太重要了，我从布拉格来到这里就是为了征求你的意见。”

“那就请你说吧。”福尔摩斯说着，又眯上了眼睛。

“事情是这样的，五年前，我到华沙作长期访问的时候，认识了一位很有名的女冒险家，她就是安娜·阿德勒。我想，这个名字你不会感到陌生吧？”

“医生，请帮我在资料索引中查安娜·阿德勒。”福尔摩斯眯着眼睛说。这些年来，他采用了这样一种方法，把很多人和事的材料贴上标签备案，以便查找。所以，很少有他不知道的人或者事。我很快就找到了关于那个女人的资料，它夹在犹太法学博士和写过一篇有关深海鱼类论文的参谋官这两份材料之间。

“让我看看，”福尔摩斯说，“嗯，她1858年生于新泽西州。女低音、意大利歌剧院——嗯，华沙帝国歌剧院首席女歌手——退出了舞台——对了，她现在住在伦敦——好，据我所知，陛下和这个女人有点关系。您曾给她写过几封使自己受连累的信，现在急着把信要回来。”

“正是这样。可是，怎么才能……”

“你们秘密结过婚吗？”

“没有。”

“有法律文书或证明吗？”

“没有。”

“这我就不明白了，陛下，如果她想用那些信件要挟你，或者达到别的什么目的，她怎样才能证明那些信件不是伪造的呢？”

“信上有我的亲笔字。”

“呸！伪造的！”

“那是私人信件。”

“偷的。”

“有我的印签。”

“伪造的。”

“有我的相片。”

“买的。”

“我们两个都在那张相片里。”

“啊？这就麻烦了。陛下，您太糊涂了。”

“我那时真糊涂了——精神有问题。”

“你是自己害自己。”

“那时，我不过是很年轻的王储；现在，我也才三十岁。”

“如此说来，必须把相片收回来。”

“我已经试过，可没有成功。”

“您可以出重金把那张相片买回来。”

“她不会卖的。”

“那么只好去偷了。”

“我偷过五次了。有两次派两个小偷去搜她的房间，还有一次在她旅行时调换了她的行李，还在路上抢劫过两次，可什么也没得到。”

“连在哪里的迹象都没有？”

“一点都没有。”

福尔摩斯笑了起来，说：“小事一桩嘛。”

“可对我却很严重。”国王有些生气了。

“确实严重。她想用这张相片干什么呢？”

“把我毁掉。”

“把你毁掉？”

“我快结婚了。”

“我知道。”

“我要和斯堪迪那维亚国王的二公主克罗娣尔德·罗德曼·冯·札克思麦宁恳结婚。你可能听说过她家那套很严格的规矩吧，她自己也是个很敏感、细心的人，如果她怀疑我的德行有问题，那婚事就泡汤了。”

“那安娜·阿德勒呢？”

“她说她要把相片寄给他们，她一向说到做到。你可能不知道，她个性很强。她既有女人完美的容貌，又有男人般坚强的心智。只要我和别的女人结婚，她什么事都做得出来。”

“你敢肯定相片还在她手上吗？”

“我敢肯定。”

“为什么？”

“因为她说过，要在婚约公布的那天把相片寄出去，也就是说，在星期一。”

“哦，还有三天时间呢。”福尔摩斯不紧不慢地打了个哈欠，“您运气真好，眼下我只有一两个案件要查。陛下要在伦敦住一阵子吧？”

“当然，你可以在朗罕姆旅馆找到我，我用的是冯·克拉姆伯爵的名字。”

“我会及时把事情的进展情况禀报给你的。”

“那太好了，否则我会急死的。”

“那么，钱的事怎么说？”

“随你要多少。”

“随我要多少？”

“跟你直说吧，只要把相片弄回来，我可以割一个省给你。”

“目前我的开支呢？”

国王从他的大氅下面拿出一个沉甸甸的羊皮袋放在桌子上。“这里面有三百镑金币和七百镑现钞。”国王说。

福尔摩斯在笔记本上草草地写了张收条，撕下来递给国王。

“那位小姐的地址呢？”福尔摩斯问。

“圣乔伍特，赛彭泰恩大街，普里奥尼大院。”

福尔摩斯把地址记了下来。“还有个问题，”他说，“相片是六英寸大的吗？”

“是的。”

“那就再见吧，陛下。很快就会有好消息给您的。”

当国王的马车已经走远的时候，他接着说：“再见了，华生，我想让你明天下午三点钟来，我有事跟你说。”

第二天下午三点整，我到了贝克街，可福尔摩斯还没有回来。房东太太说，他早上八点左右就出去了。尽管这样，我还是在壁炉旁坐了下来，耐心地等他回来。因为我对这件事非常有兴趣了——虽然它没有我记录过的两件案子那么残忍与不可想象，可它的性质和其委托人的身份，使它特别起来——此外，福尔摩斯敏锐的观察力和严密精确的推理，以及他办事的速度和方法都让我很有兴趣去研究。他的成功对我来说，已是司空见惯了，所以，我从没想过他可能会失败。

快到四点时，门开了，一个酒气冲天的马夫闪了进来，他满是络腮胡子的脸涨得通红，一身衣服破破烂烂。尽管我早已熟知福尔摩斯神奇的化装术，但还是在再三打量后，才确定是他。他向我点了个头后就到卧室去了。过了五分钟，他出来了，像平常一样身穿花呢衣服，风度翩翩，他把手插在口袋里，然后在壁炉前站直了，尽情地大笑起来。

“哈哈哈，这是真的吗？！”他嚷着，突然呛住了，接着又大笑起来，一直笑到四肢无力地瘫倒在椅子上。

“到底怎么了？”

“太有意思了！你绝对猜不出我一上午干了些什么，或者忙出了什么结果。”

“我猜不出来，我想你可能在观察安娜·阿德勒的住所和她的生活习惯吧。”

“是这样，可结局却很不一样。我会告诉你全部经过的。今早八点多，我就装扮成一个失业的马车夫离开了这里。马车夫中间有种令人神往的同情心和默契，一旦你成了他们的一分子，你就能打听到你想知道的一切。我很快就找到了普里奥尼大院。那是幢非常别致的两层楼的小别墅，后面有一个花园，前面就是马路，门上一把洽伯锁，右边是装修华丽、宽敞明亮的客厅，高大的窗户几乎落到地面，窗闩连小孩都能打开。除了能够得到过道窗户的马车房顶外，后面就没什么值得特别注意的了。我仔细察看了房子的四周，没发现什么有价值的东西。

“接着，我沿着街道走，在靠近花园一侧的小巷里，我发现了一排马房。我帮那里的马车夫梳洗马匹，作为报酬，他们给了我两个便士，一杯鸡尾酒和两烟斗烟丝，并且告诉我很多关于阿德勒小姐的事情。此外，他们还给我讲了附近其他六七个人的事情，因为我不感兴趣，所以没认真听，可又不得不耐心听完。”

“安娜·阿德勒的情况怎样？”我问。

“啊，那一带的男人全被她的美丽迷倒了。在赛彭泰恩大街的马房，她是公认的世上最美的女人。她过着平静的生活：每天早上五点钟出去，到音乐会上演唱，晚上七点回家吃饭。除了去演唱，她平时很少出去。她只和一个男人来往，而且关系亲密。那个男人皮肤黝黑，长相英俊，有朝气。他每天至少来看她一次，一般是两次。他叫戈德弗雷·诺顿。你知道作为心腹车夫的好处吗？为他赶车，从赛彭泰恩大街送他回家，知道他很多事。听他们说完后，我又在普里奥尼大院附近徘徊，考虑下一步的行动方案。

“这个戈德弗雷·诺顿很关键，他是一位律师，这有点麻烦。他们究竟什么关系，他为什么经常去看她？她是他的委托人、朋友还是情人？如果是委托人，那么相片有可能交给他了；如果是情人，那相片就不会给他。这个问题要解决了，我就能决定是继续调查普里奥尼大院，还是调查那位先生在坦普尔的住处。这是个马虎不得的问题，要不就会扩大我的调查范围。你对这些小事不耐烦了吗？如果你想了解清楚，我就必须把我碰到的难题告诉你。”

“我在认真听着呢。”我说。

“就在我为此琢磨的时候，正好有辆双轮马车进了普里奥尼大院，车上跳下位年轻绅士，皮肤黑黑的，鹰钩鼻子，小胡子，显然就是那位律师。他好像很急，一边大叫让车夫在门外等他，一边和给他开门的女仆擦身而过，好像到自己家一样。

“他在屋里待了大概半个小时，通过客厅的窗户，我看见他在来回走动，非常激动地边说边挥舞手臂。但是，我没有看到那个女人。半个小时后，他出来了，看起来比刚才还要急。他上车时掏出金表看了看，急急地说：‘快，快点！先到摄政街格路士·汉基旅馆，再到艾奇维尔路的圣牧尼柯教堂。你要能在二十分钟内赶到，我付给你半个畿尼。’

“他们很快就不见了。我正在想该不该去跟踪的时候，小巷里又来了辆十分漂亮的小马车。马车夫的上衣纽扣只扣了一半，领带也歪了，马具上的金属箍头都从带扣中突了出来。车还没停稳呢，一个女人就从屋里跑了出来，一头钻进车厢。刹那间，我看到她了，她确实是绝色美女，她的美貌倾国倾城。

“‘约翰，去圣牧尼柯教堂！’她大声说，‘要是你在二十分钟内赶到，我赏你半镑金币。’

“华生，这真是天赐良机啊，我正想追上去的时候，一辆出租马车恰巧经过。马车夫还在打量我的寒酸相呢，我没等他开口，就跳上了车。‘圣牧尼柯教堂，’我说，‘你要能在二十分钟内赶到，我给你半镑金币。’当时是十一点三十五，下面即将发生什么，我心里很清楚。

“车跑得很快，我从来没坐过这么快的车，可那两辆马车还是比我先赶到教堂。当我赶到的时候，他们的车早就停在那里了。拉车的马在大口大口地喘气。我付了车费，急急忙忙地跑进教堂。教堂里除了我跟踪的两个人，就只有穿白色法衣的牧师了。他们围在圣坛前，牧师好像在跟他俩说着什么。我装作是偶尔到教堂的流浪汉。我正沿着旁边的通道向前走，圣坛前的三个人突然转过头来看着我。戈德弗雷·诺顿先生急忙向我跑来。

“‘上帝保佑！’他大声喊道，‘你来得太好了，来，来吧！’

“‘来干什么？’

“‘老兄快来，只耽误你三分钟，要不，我们就不合法了。’

“他半拖半拽地把我拉上了圣坛。我还不明白自己站哪儿呢，就对他在我耳边的恳求作了答复，为我一无所知的事情作了证。说明白点，就是帮未婚女子安娜·阿德勒和单身汉戈德弗雷·诺顿结合在一起。所有这些事一眨眼就完成了。接下来是律师和那位女人对我表示感谢，而牧师则站在我对面冲我微笑。我被弄糊涂了，我从未碰到过如此荒唐的事情。这就是我刚才哈哈大笑的原因，我一想起就好笑。他们想结婚，但又不合乎规矩，因为没有任何证人，牧师拒绝为他们证婚。幸好我来了，解了他们的围，要不新郎得到大街上去找证人。对了，新娘高兴得赏给我一镑金币，我想把它系在表链上，作个纪念。”

“结局的确出乎我的意料，”我说，“那后来呢？”

“唉，我觉得我的计划要失败了。他们看来可能会马上离开伦敦，所以，我必须采取迅速有效的行动。他们在教堂门口分开了，男的坐车回坦普尔，女的回到了她自己的住处。‘我五点钟还和平时一样去公园。’临走时，她对律师说。接着他们就朝不同的方向分头走了，我也离开那里另作打算。”

“你想怎么办？”

“几块卤牛肉和一杯啤酒。”他按响了电铃，“我忙得连饭都没吃，今晚会更忙。对了，华生，我需要你的配合。”

“那太好了。”

“你不怕违法吗？”

“不怕。”

“也不怕万一会被捕吗？”

“为了一个崇高的目的，我不怕。”

“对，这目的是崇高。”

“一切都听你的了。”

“我就知道你能帮我。”

“你打算怎么办呢？”

“等哈德森太太把饭端来我再跟你说。不过现在，”他一副很饿的样子，一边转向房东太太端来的简单食品，一边说，“时间不多了，我边吃边说吧。我们时间不多了，现在快五点了，我们必须在两小时内赶到行动地点。安娜小姐，不，是诺顿太太，七点钟回到家。我们必须在普里奥尼大院和她碰面。”

“然后呢？”

“这以后的事我来办。我已经准备好了怎样去应付将要发生的事，我先提醒你，无论发生什么事，你都别插手，明白吗？”

“难道我什么事都不用做吗？”

“什么事也别做，可能会有一些麻烦，你千万别插手，我会被抬进屋子，可能在五分钟后，会有人把卧室的窗户打开，你守在窗子旁边就是了。”

“好。”

“你得盯着我，我会让你看见我的。”

“好的。”

“我一举起手——就像这样子——你就把我给你的东西扔进来，并且大喊‘着火了’，你记住了吗？”

“记住了。”

“那就好了，”他说着，从口袋里掏出雪茄一样的一根卷筒，“这是烟火筒，管道工用的，两头有盖，可以自燃。你的任务就是用好这个东西。你喊‘着火了’后，肯定会有很多人来救火，你就趁乱跑到大街的那一头，我十分钟后会和你会合。你已经完全明白我的意思了吗？”

“我一直做个旁观者，紧挨窗户，盯着你，见到你举手就把烟火筒扔进去，并且大喊‘着火了’，然后到街头去等你。”

“对，就是这样。”

“那你就等着瞧吧。”

“好了，我得去扮演新的角色了。”

他进了卧室，没几分钟，中年牧师出来了，他头戴一顶宽檐黑礼帽，打着洁白领带，裤子宽松直挺，脸上堆满微笑、仁慈，显得和蔼可亲，只有著名的喜剧演员约翰·海尔才能装得那么像——福尔摩斯不仅仅是换衣服，他的神情、态度以及灵魂都发生了改变。他成为侦破专家后，舞台上就失去了一位出色的演员，科学界也因此而少了一位科学家。

我们在六点一刻离开了贝克街。到达赛彭泰恩大街时，七点还差十分钟。天快黑了，街灯已经亮起来了。我们在普里奥尼大院外徘徊着。这所房子和福尔摩斯描述的一模一样，但不像我想象的那么安静，相反，和安静的邻近的街区相比，它十分地热闹。街头拐弯处，一群衣衫褴褛的人在吸烟说笑，旁边有一个人用脚踏磨轮磨剪刀，两个警察在和保姆调情，还有几个年轻人，衣着时髦，叼着雪茄，一副吊儿郎当的样子。

我们在房子前面徘徊时，福尔摩斯说："你看，他们一结婚，事情就简单了。那张相片成了一柄双刃剑，我们的委托人怕它让公主看见，而安娜也怕相片被她丈夫看见。眼下的问题是，我们到哪里才能找到相片。"

"是啊，到哪儿找呢？"

"她肯定没带在身上，那张相片有六英寸长，女人的衣服里藏不了的，而且国王派人搜查过两次，她早就提防了，所以我想她不会随身带着的。"

"那会在哪里呢？"

"有两种可能，在银行或者在律师手上，可我又觉得，这又不大可能，因为女性天生就爱保密。她们喜欢亲自把东西藏起来。她们信任自己的守护能力，所以不会把相片交给别人保藏。但是，对一个很精明的女人，这就不一定了。

"再说，别忘了，她这几天还想利用这张相片，所以，相片一定藏在她随手能拿到的地方，一定在她屋里。"

"但房子已经搜了两次了。"

"那是他们不知道怎么去找。"

"你知道怎么找？"

"根本不用我找？"

"那怎么回事？"

"我要让她亲手指给我看。"

"不可能。"

"她肯定会的，我听见马车声了，是她的车，你要记住，一定要按我说的去做。”

正说着，马车车灯射出的灯光在街道拐角处出现了。一会儿，一辆漂亮的小马车向普里奥尼大院驶过来。马车还没停稳呢，不知从哪个角落冲出一个流浪汉，他想去开车门赚一两个赏钱，另一个有同样想法的流浪汉用肘把他挡开了，他们争吵起来，那两个警察支持其中的一个流浪汉，而磨剪刀的站在另一个流浪汉那边。

两边越吵越凶，突然，有人动手了。刚从车上下来的夫人被这群乱糟糟的人给包围了。那些人满脸通红地打起来了。福尔摩斯猛然冲进人群去保护那位夫人。可是，刚挤到她身边，福尔摩斯大叫一声，满脸是血地倒在地上，打架的人一看有人受伤了，一下子就拔腿溜掉了。这时，几个衣着整洁、看热闹的人靠了过来，照料受伤的福尔摩斯。安娜·阿德勒——我愿意这么称呼她——急忙跑上了台阶，在台阶顶端，她突然站住了，大厅的灯光勾勒出她美妙的身影，她回头望着街上。

“那可怜的先生伤得重吗？”

“他死了。”有几个人喊道。

“不，他还有气！”又有个人大叫，“可是，恐怕还没送到医院，他就会断气。”

“他是个勇敢的人，”一个女人说，“要没有他，那伙流氓早抢掉那位夫人的钱包和表了。他们是一伙的，非常粗暴野蛮的一伙。啊，他现在能呼吸了。”

“不能让他躺在街上，夫人，我们把他抬到你家里去行吗？”

“当然行。把他抬到客厅的沙发上吧，他会舒服点的。请跟我来吧。”

大家小心翼翼地把他抬进夫人家里，把他放到了客厅的沙发上，灯早就点亮了，窗帘没拉上，我紧挨窗户站着，看着事情的发展。我不知道当时福尔摩斯在想些什么。反正，我不能把福尔摩斯交给我的事丢在一边，那样太卑鄙了。我狠了狠心，从风衣里拿出烟火筒——我们并不想伤害她，只是阻止她去伤害别人而已。

福尔摩斯半躺在沙发上，奄奄一息，好像很需要空气的样子，一个女仆赶忙把窗户打开。就在这一刹那，我看见他举起了手。我一见到这个信号，立刻把烟火筒扔进客厅，并大声喊了起来：“着火了！”喊声刚落，所有看热闹的人——绅士、马车夫和流浪汉们——都齐声高呼：“救火啊！”客厅里浓烟滚滚，并从打开着的窗户往外冒。我瞥见有一个身影在匆匆跑动。过了一会儿，我听见福尔摩斯在安慰大家，说只是一场虚惊。我悄悄穿过慌乱的人群，朝街道拐角处走去，不到十分钟，福尔摩斯令我兴奋万分地出现了。他拉着我的胳膊，我们一起逃离了慌乱的现场。他一声不吭，急匆匆地走着，直到通往艾奇维尔路，他才开口。

“华生，你干得真漂亮。”他说，“简直再好不过了，一切顺利。”

“你拿到相片了吗？”

“没有，但我知道它在哪儿。”

“你怎么知道的？”

“我不是跟你说过吗，她指给我看的。”

“我还是不明白。”

“事情并不神秘，”他笑着说，“很简单，你应该看出来了，街上的每个人都是我们的同党。他们是我雇来演刚才那出戏的。”

“我看出来了。”

“他们扭打起来的时候，我手里拿着一块湿润的红颜料。我冲进去，故意摔倒在地，然后把颜料捂在脸上，别人就以为出血了。这是我的老把戏。”

“这个我也看出来了。”

“接下来，他们把我抬进屋，她一定会让我进屋的，在那种情况下，她只有让我进屋才行。而且让我躺在客厅，这正是我想的。那张相片要没放在客厅里，那就在卧室，我想知道它到底在哪。我躺在沙发上，做出需要空气的样子，他们只好打开窗户，于是，你就可以下手了。”

“这样做有什么用呢？”

“太有用了。一个女人发现房子着火后，她就会抢救她认为最珍贵的东西。这是人的本能，我已经不是第一次利用它了。在达林顿冒名顶替案中我用过，艾恩维斯城堡案中也用过。结过婚的女人首先抱出的是她的孩子，未婚女子会赶紧抓住首饰盒。我很清楚，在那屋子里，对于那位夫人来说，最珍贵的当然是那张相片。你那火警弄得太妙了，滚滚浓烟和人们慌乱的呼叫简直就是真的着火了一样。相片藏在右边门铃拉绳上方一块嵌板的后面，那块嵌板是可以移动的。她马上冲到那里，并且抽出一半，我看见了。当我说这是一场虚惊后，她又把相片放了回去。她看了一眼喷烟器后，就跑了出去。此后，我就没看见她。我站了起来，找了个借口溜出来了。本来我想把相片偷出来的。但一个马车夫走了进来，他紧盯着我，我怕一着不慎全盘皆输，所以决定等一个好时机再动手。”

“现在该怎么办呢？”我问。

“我们的调查到这里已经结束了。明天我和国王到她家去拜访，你要想去的话，我们一起去。会有人把我们引进客厅等候夫人的，可等她出来的时候，我们已拿着相片走了。国王肯定会为能亲手拿回相片而倍感高兴。”

“我们什么时候去拜访呢？”

“明早八点，那时她还没有起床，我们就有机会下手了。另外，我们得赶快行动。她结婚以后，生活习惯可能会有所改变。我马上给陛下发电报。”

发完电报，我们回到了贝克街。当福尔摩斯掏钥匙准备开门时，街上有个过路的人向他打招呼：“歇洛克·福尔摩斯先生，晚安！”

大街上有好几个人，同他打招呼的，好像是一个穿长外套的瘦高个年轻人。

“这声音有点熟悉，”福尔摩斯说，“可我记不起是谁。”

那天晚上，我是在贝克街过的夜。第二天早晨，我们正在吃早餐，波希米亚国王突然闯了进来。

“你真的把相片拿回来了？”他抓住福尔摩斯的双肩，急切地大声嚷着。

“还没有。”

“但是，你有拿回的把握吗？”

“有把握。”

“那就走吧，我等不及了。”

“我们得雇一辆马车。”

“不用了，我的马车在外面等着呢！”

“那太好了。”

我们下了楼，向普里奥尼大院赶去。

“安娜·阿德勒结婚了。”福尔摩斯说。

“结婚？！什么时候？”

“昨天。”

“跟谁？”

“一个叫戈德弗雷·诺顿的律师。”

“她不会爱他的。”

“我倒希望她爱他。”

“为什么？”

“如果安娜爱他，陛下就不用担心有麻烦了。她爱她的丈夫就不会爱陛下了，不爱陛下，就不会干涉你的生活了。”

“这也是，不过——唉，要是她的身份和我一样该有多好！那她将是一位了不起的王后。”国王说完这些，就陷入了沉思中。我们到赛彭泰恩大街了，他还是一言不发。

普里奥尼大院的大门开着，一位上了年纪的女仆在门前的台阶上站着。她不屑地看着我们从马车上下来。

“请问谁是福尔摩斯先生？”

“我就是。”我的朋友吃惊地看着她说。

“你果然来了。我主人告诉我说你今天会来拜访的，让我在这儿等着你，她一大早乘五点一刻的火车去查林克洛恩了。她要从那里去欧洲大陆。”

“什么！”福尔摩斯被这个意外的消息吓了一大跳，“你是说她已经离开英国了吗？”

“她再也不会回来了。”

“那张相片呢？”国王绝望地说，“这下全完了！”

“我去看一下。”福尔摩斯冲进客厅，我和国王也跟着跑了进去。屋里的家具凌乱不堪——拆散的架子，拉开的抽屉，显然女主人在出走前翻过一遍。福尔摩斯直奔门铃的拉绳处，猛然掀开一块能移动的板子，把手伸了进去，从里面掏出一张相片和一封信。相片是身穿晚装的安娜·阿德勒一个人的，信封上写着：“歇洛克·福尔摩斯先生亲启。”福尔摩斯一把把信拆开，我们三人围着看了起来，信是今天凌晨写的，信里这样写道：

亲爱的歇洛克·福尔摩斯先生：

您确实干得很漂亮，火警出现前我上了您的当，我一点儿都没怀疑您。可后来，当我发现我的秘密已经暴露之后，我就开始怀疑了。几个月前就有人提醒我要提防您。他们说国王要是雇侦探的话，那肯定是您，而且他们还把您的地址给了我。即使这样，您还是知道了我的秘密。即使当我产生怀疑时，我还是有点顾虑，我不相信那么一位上了年纪、和蔼可亲的牧师会有什么恶意。我想，您应该知道我是一个受过训练的女演员，我经常女扮男装。我让马车夫约翰去监视您，然后上楼，换上男装。正好您离开的时候，我下了楼。

我一直跟着您到您家门口，那时，我才证实我成了著名的福尔摩斯侦探的行动目标。我冒失地向你道了个晚安后，就去找我的丈夫去了。

我们两个都认为被这么一位侦探盯着，最好的摆脱办法是逃走。因此，您到这里的时候房子是空的。说到那张相片，请您的委托人放心，我已经爱上一位比他好的人，而这个人也爱我。国王想做什么就做什么吧，不用担心他曾经伤害过的人会妨碍他。那张相片我会留着，这只不过是为了保护我自己。它是防护武器，以免他将来用什么手段来伤害我。我留给他一张我的相片，或许他愿意收藏。最后，谨向亲爱的歇洛克·福尔摩斯先生致意。

您诚挚的

安娜·阿德勒

“多了不起的女人——多了不起啊！”我们三人看完信后，国王喊了起来，“我不是跟你们说过，她是个机智、果断的女人吗？我不是说过她可以成为一位了不起的王后吗？真可惜她的身份和我不一样！”

“她确实和陛下不一样。”福尔摩斯冷冷地说，“我很遗憾没能把事情做得更漂亮些。”

“不，亲爱的福尔摩斯，刚好相反，”国王说，“没有比这更漂亮的结局了，她会说话算数的，那张相片现在就像烧掉一样没事了。”

“陛下这么说，我很高兴。”

“我非常感谢你，请告诉我，我该怎样酬谢你，这只戒指……”他从手指上取下一枚蛇形翡翠戒指递给福尔摩斯。

“陛下，我想有一件东西比这更珍贵。”福尔摩斯说。

“你说吧，我给你。”

“这张相片。”

国王听后吃了一惊。

“安娜的相片。”他说，“如果你真想要，当然可以。”

“那就谢谢您了，陛下，这件事全都了结了，我谨向您告辞。”福尔摩斯给国王鞠了一躬，对国王伸过来的手理都不理，转身就和我走了。

这就是波希米亚受到一桩丑闻的威胁，而福尔摩斯的计划被一个女人挫败的全部经过。福尔摩斯以前老是对女人的才智嗤之以鼻，此后，他再也没有嘲笑过女人了。当他提到安娜·阿德勒或那张相片时，总是尊敬地称她为“那位女士”。

2. 红头发协会

去年秋天的一天，我去拜访老朋友福尔摩斯先生，他正和一位矮矮胖胖、满脸通红且长着一头红发的老先生说着什么。我为自己的贸然到访深感抱歉。正想退出的时候，福尔摩斯却一把将我拉进屋里，并随手把门给关上了。

“亲爱的华生，你来得真是时候。”他高兴地说。

“你们正忙着吧？”

“是忙着，非常忙。”

“那我到隔壁房间去等一会儿。”

“不用了。威尔逊先生，这位先生是我朋友，也是我搭档，他帮我成功地破获了不少重要案件，毫无疑问，在你的这个案件中，他也会给我很大的帮助。”

矮胖的红发老先生在椅子上欠了欠身，向我点头致意，可那双肥胖的小眼睛却闪过一丝怀疑的目光。

“你坐下吧。”福尔摩斯说着又坐到了扶手椅上，手指并拢——这是他思考问题时的习惯动作。“亲爱的华生，我知道，你和我一样，对日常生活中单调无聊的那一套毫无兴趣，而对那些稀奇古怪的东西有着特别的兴趣。你非常细心地记录了那些离奇的案件，你的所作所为，为我的冒险事业添了不少光彩。”

“我对你经手的案子很有兴趣。”我说。

“你应该没忘记前几天我们讨论玛丽·萨瑟兰小姐提出的那个简单的问题之前，我非常感慨地说出的话吧：为了取得奇特的成功和非常默契的配合，就必须深入到生活中去，它比任何大胆的想象都具有冒险性。”

“我不赞同你的说法。”

“是吗，华生？但你最好和我的看法一致，不然，我将不停地举例说明，直到你认输为止。好了，这位加贝兹·威尔逊先生，今早专程赶来给我讲了一个故事。我很久没听过这样稀奇古怪的故事了。我以前说过，最离奇独特的事件往往和一些轻微的犯罪有关联，与较大的犯罪倒没什么关联，甚至这些事件根本和犯罪无关。现在，我还不能推断这事与犯罪有关，但它的经过非常离奇古怪，威尔逊先生，请你把事情的经过从头到尾再讲一遍，这事太古怪了。我想从你的讲述中获取一些更详细的细节。一般情况下，一个能说明事情经过的细节，能让我想起几千个类似的案例，并由此引导我的推断，可这次，我得老实承认，这件事很不一般。”

那位矮胖的老先生有些自豪地挺起胸，他从大衣口袋里掏出一张又脏又皱的旧报纸。他把报纸放在膝盖上，伸长了脖子在广告栏里查找着。趁着这个机会，我开始仔细地打量他，希望能和福尔摩斯一样，从他的外表上看出什么东西来。

可是，我几乎没看出什么东西来。这位老先生表面上看，是一个很普通的英国商人，他肥胖、自负、动作迟缓，一条肥大的裤子上面是一件有些脏了的燕尾服，因为衣服没扣上，里面褐色的马甲就露了出来，马甲上系着一条粗重的怀表链，链上坠着一个晃晃荡荡、中间钻着方孔的金属装饰。他旁边的椅子上放着一顶旧礼帽和一件褪了色的棕色大衣，大衣的领子压得起了褶皱。总之，这位老人除了一头鲜红的头发和那满脸的懊恼与不满外，就没什么特别之处了。

敏感的福尔摩斯立刻看出了我在干什么，他看到我疑惑的样子时，微笑着摇了摇头。“他曾经干过体力活，吸鼻烟，是共济会会员，他去过中国，最近写过不少东西，除了这些一看就知的东西，我也没发现别的什么。”

加贝兹·威尔逊先生一听这些，立刻坐直了身体，两眼紧盯着福尔摩斯。

“哦，上帝！福尔摩斯先生，你怎么知道得这么清楚？”他吃惊地说道，“比如，你怎么知道我干过体力活？这是真的，我以前在船上做过木匠。”

“亲爱的威尔逊先生，你看看你的手吧，右手明显比左手要大，而且肌肉也比较发达，这说明，你用右手干过重活。”

“吸鼻烟和共济会会员呢，你怎么看出来的？”

“我要告诉你的话，那显得你的理解力太低了，何况，你还不遵守你们团体的规定，别了一个弓形指南针模样的别针呢？”

“啊，是的，我确实忘了这个，那么写东西呢，你怎么知道的？”

“那还用说吗？你右手袖子有一块五寸长光亮的地方，左袖肘关节的地方还打了块补丁，这都是与桌面摩擦的结果。”

“那中国呢？”

“你右手腕上有条鱼的文身，这肯定是在中国文刺的。我研究过文身，甚至还写过相关的文章。能够细腻地给大小不同的鱼鳞着上粉红色，只有在中国才能做到。另外，你怀表链上吊着的中国钱币，更能证明这一点。”

加贝兹·威尔逊先生忍不住笑了起来。他说：“哎呀，我怎么没这么想，一开始我还以为你神机妙算呢。可说出来后，事情原来这么简单！”

福尔摩斯说：“华生，我真不该说出来，我应该大智若愚才对。你知道，我的能耐就那么回事。如果尽说实话，很快就会名声扫地的。威尔逊先生找到广告了吗？”“找到了，在这里。”他说着，粗红的手指指着广告栏，“就在这儿，所有事情都是它引起的。先生，你们自己看看吧。”

红　发　会

因原住美国宾夕法尼亚州的已故黎巴嫩人埃基亚·霍普金斯之遗赠，红发会现有一每周四镑、纯系挂名职务之职位空缺，凡红发男性，年满二十一岁，身体健康，智力正常者均可前来应聘。应聘者请于周一上午十一点亲临舰队街教皇院7号红发会办公室楼向邓肯·罗斯提出申请。

“这到底是怎么一回事？”我把这个奇怪的广告读了两遍后，情不自禁地说。

福尔摩斯在椅子上笑得哈哈直抖，他高兴时总这样。“这广告很奇怪，是吗？”他说，“好啦，威尔逊先生，你就从头讲起吧，把你的一切——你的家人和这个广告带来的运气都讲出来听听吧。华生，请先把报纸的名称和日期记下来。”

“这是一张《记事晨报》，1890年4月24日的，正好是两个月以前。”

“很好，威尔逊先生，请讲吧。”

“噢，福尔摩斯先生，我刚才说过，”威尔逊一边擦着额头上的汗一边说，“我在市区的科伯格市场附近开了家小当铺，这是小买卖，几年来，我靠它勉强过日子。以前，我雇了两个伙计，可到了现在，我只能雇一个，本来这一个伙计我也雇不起，多亏了他为了学会做这种买卖，情愿只拿一半薪水。”

“这个伙计叫什么名字？”

“他叫温森特·斯波尔丁，我不知道他年龄多大。福尔摩斯先生，这伙计非常精明能干，凭他的能力，我知道，完全可以挣到更多的钱，但是，既然他自愿，我又何必给他加薪水呢？”

“是的，何必呢，你能以这么少的薪水雇一个这么好的伙计，可真够幸运的，像你这样幸运的雇主，恐怕没几个，不知你雇的伙计有什么缺点呢？”

威尔逊先生说：“他也有缺点。他是个摄影迷，拿着相机到处跑，一点儿上进心都没有。照完相以后，就到地下室去冲洗，一冲就老半天。不过，虽然他毛病很大，但还算是一个很好的伙计，没有坏心眼。”

“我想，他还和你住一块吧。”

“是的，先生，除了他，还有一个十四岁的小女孩，这小女孩负责做饭，收拾房间。我是个老光棍，没结过婚，所以，我们就这几个人住一起。

“打破我们平静生活的就是这个广告。两个月前的今天，斯波尔丁拿着这张报纸走进当铺，他说：‘威尔逊先生，我真想让上帝把我变成红头发的人。’

“我不解地问：‘为什么？’

“他说：‘为什么？红发会又有一个空缺了！谁要得到这个职位就发财了，听说要填补这个空缺的人很多，所以受委托招聘的人都不知道怎么办了。假如我的头发变成红色的了，我或许能够得到这个肥差。’

“我又问他：‘这到底怎么回事？’福尔摩斯先生，你知道，干我们这行的，是送上门的买卖，所以，我通常很长时间不出门，对外面的事一无所知，能听到点新闻总是挺高兴的。

“‘你没听说过红发会的事？’他问我。

“‘从没听过。’我说。

“‘哎呀，怎么这样？你完全有资格去申请这个职位呀！’

“‘值得去申请吗？’我问他。

“‘年薪有两百多镑，工作轻松又不影响自己另外的工作。’

“事情就这样，你们应该知道，额外的两百多镑收入对买卖一直不景气的我来说，真是天大的喜事。

“于是，我要他把事情的原委说清楚些。

“‘喏，’他把广告指给我，‘你自己看吧。红发会有职位空缺，还写明了招聘的地址。听说，红发会是由一个叫埃基亚·霍普金斯的美国百万富翁创建的，他长了一头红发。这是一个非常古怪的人，他对所有红头发的人都怀有深厚的感情。他死后，人们发现，他把所有财产交给了托管人，他立下遗嘱要用遗产的利息为红头发男人找个好的工作。听说薪金很

可观，而且不用做什么事。’

“我说：‘可是，申请这个职位的红发男人肯定也不少。’

“‘没有你想象的那么多，’他告诉我，‘你看，这个美国人是在伦敦发迹的，所以这个职位只限于伦敦人，而且必须是成年男子。我还听说，申请人的头发必须是火红色，深红或浅红都不行。威尔逊先生，你要想申请就赶快去。不过，你也许看不起这区区几百英镑。’

“先生们，你们看，我的头发正是火红色，没错吧，因此，我想，要是我去申请这个职位，肯定会比别人有希望得多。温森特·斯波尔丁好像很了解这件事，所以我让他和我一起去，以便到时帮我一把。于是我叫他关了店门和我一起去，他很高兴能放一天假。就这样，我们向广告上说的那个地址出发了。

“我从来没见过那种场面，福尔摩斯先生，舰队街到处都是来自各个地方的长着红头发的人，教皇院看起来像堆满了橘子的推车。我怎么也没想到一则广告竟然招来这么多人。他们的头发五花八门——砖红色、橙色、棕红等等。斯波尔丁说得对，像我这样火红色头发的人并没几个。我一看那么多人来应聘，觉得自己没什么希望，打算放弃，可斯波尔丁不让。真没想到，他会那么卖力地把我连拉带拽地从人群中挤了进去，一直挤到了红发会办公室的台阶上。楼梯上有两股人流——一些人灰心丧气地下楼，另一些人满怀希望地上楼。我们拼命往上挤，不一会儿，我发现我已经进了办公室了。”

威尔逊说到这里停了下来，把鼻烟拿了出来，使劲吸着。

福尔摩斯说：“你的经历可真逗，接着说下去吧。”

“我发现办公室很简陋，只有几把椅子和桌子，桌子后面坐着一个头发比我还要红的矮个子男人。每个应聘的人走到他面前，他都先说几句，然后把他们不够资格的那些毛病挑出来，看来想得到这个职位并不容易。可轮到我的时候，这个小个子男人对我特别客气，我们进去后他还特别关上了房门，以便与我们单独交谈。

“我的伙计向他介绍我，‘这是加贝兹·威尔逊先生，他愿意补红发会的空缺。’

“‘他简直太合适了！’矮个子男人说，‘他符合我们的要求！没有哪个应聘者的红头发有他的这么好。’他说完退了一步，歪着脑袋打量我的头发，把我看得都有些不好意思了。过了一会儿，他一把握住我的手，很热情地祝贺我申请成功。

“‘你要是推辞的话就太令人失望了，’他说，‘不过我得以防万一，相信你不会介意的。’说完，他就紧紧地揪我的头发，直到我痛得大喊大叫，他才放手。‘你疼得眼泪都出来了，’他说，‘你的头发是真的，请原谅我的谨慎，我们上过当，两次是假发，一次是染红的，所以，我们必须小心些。’他说着就走到窗前，扯着嗓子告诉下面已经有人补缺了。窗外一片叹息，人群很失望地散开了。他们走了以后，红头发的人就剩下我和那位矮个子经理了。

“‘我叫邓肯·罗斯，’矮个子男人说，‘我也是红发会巨额基金的受益者，威尔逊先生，你结婚了吧？’

“我回答说没有，他的脸就沉下来了，神情严肃地说：‘老天，这就坏了，你真让我失望，这个基金会就是为保护红发人的数量，让他们繁衍后代而设立的，可你是个光棍，这太让人失望了。’

“福尔摩斯先生，我一听这话就灰了心，以为没希望了。可他想了一会儿后又说：‘没关系。换了是别人，就得走人，可你有一头特别的红发，我们可以通融一点儿。你什么时候能来上班？’

“‘这就有点麻烦了，我自己开了家当铺。’我告诉他说。

“温森特·斯波尔丁这时说：‘威尔逊先生，你放心吧，我会帮你看好铺子的。’

“‘上班的时间是几点到几点？’我问。

“‘上午十点到下午两点。’

“福尔摩斯先生，你知道，当铺的生意大多都在晚上，特别是周四、周五的晚上，这两天正是发工资的时间。所以，能在这之前多赚几个钱我当然乐意，何况，我很清楚我的伙计，他是个好人，会把铺子看好的。

“我就说了，‘我接受这个工作，工资多少？’

“‘每周四英镑。’

“‘都干些什么呢？’

“‘只不过是做做样子而已。’

“‘这话是什么意思？’

“‘嗯，就是说，上班时间你必须始终待在办公室里，不能出这幢楼。

只要你离开一步，就等于你自动放弃这个工作。这一点，遗嘱上说得很清楚。上班时间离开了就得走人。'

"'每天不过四个小时嘛，我不会离开的。'

"'不许以任何借口离开，'邓肯说，'即使生病也不许。你必须好好待在这儿，否则就是自炒鱿鱼。'

"'那我到底做些什么事情呢？'

"'抄《大英百科全书》，我这有第一卷，你得自备墨水、笔和纸，我们只提供桌椅。明天你就来上班吧。'

"'行。'我说。

"'那好，威尔逊先生，我再次祝贺你得到这个职位，再见。'他向我鞠了一躬，我们就离开办公室回家了，我被自己的好运喜昏了头脑。

"我每时每刻都在想这件事。可到晚上，我的情绪又低落下来了。我担心这是一个大骗局，可又想不出他们到底要干什么。有人立下这样的遗嘱，为抄写《大英百科全书》这么简单的事付这么大的价钱，太不可思议了！温森特·斯波尔丁说了很多让我放心的话。睡觉前我决定了，不管怎样，我明天一定要到那儿去看看。第二天早上，我花了一便士买了一瓶墨水、一支羽毛笔和七张大的书写纸，然后去了教皇院。

"让我吃惊的是，一切正常，办公室里桌椅早就摆好了。邓肯先生也在那里了，他让我从字母'A'开始抄，然后就走了。可他不时地来看我工作的进展情况。下午两点，我离开时，他还夸我抄得又快又好，我走出办公室后，他就把门锁上了。

"福尔摩斯先生，就这样，我每天上午十点上班，下午两点下班，到星期六，邓肯来了，他付给我四英镑作我一周的工资。后来，每星期都这样。我照常上班下班。我发现邓肯先生来得越来越少，起初，每天来一次，后来，他几乎不来了。不过，我还像往常一样，一刻也不离开办公室。因为我知道他什么时候会来，这个工作很好，我不想丢掉它。

"这样，一晃过了八个星期。我已经抄完了 Abbots，Archere，Armour，Archilecture 和 Attica 等辞目。正想继续努力，争取早日抄到以字母'B'为首的词，我甚至花了很多钱买来了大量的书写纸，可突然间，这件事令人吃惊地全结束了。"

"结束了？"

“是啊，先生，就在今天早上。我像往常一样去上班，发现办公室的门锁着，门板上钉了张小卡片。喏，就是这张卡片，你们看看吧。”

他拿出那张便条纸般大的卡片，上面写道：

红发会业已解散，此启。

1890年10月9日

我和福尔摩斯看看这张卡片，又看看满脸愁容的威尔逊，觉得这件事太滑稽可笑了，一时间两人忍不住笑了起来。

“有什么好笑的！”威尔逊先生大声说着，脸涨得通红，“如果你们除了取笑我外别无他招的话，我可以另请高明！”

威尔逊先生起身要走，福尔摩斯一把把他按回到椅子上，“我一定接下你的案子，不过，这个案子太古怪，我们从没听说过，请你别介意，这事情确实很古怪。对了，你发现这张卡片后，都做了些什么？”

“我当时惊呆了，不知所措。后来我向办公室附近的人打听，可他们对这事一无所知。最后，我找了房东，他在一楼住，是个会计。我问他红发会到底怎么了，可他说他根本不知道有这么一个组织。我又问他邓肯·罗斯是什么人，他说他不认识这个人。

“我说，‘就是那个红头发的先生呀！’

“‘什么，那个红头发的男人？’

“我说，‘是啊。’

“‘哦，’他说，‘他叫威廉·莫里斯，是个律师，住爱德华国五街17号，圣保罗大教堂附近。’

“于是我就赶紧动身去那里，可到了之后，才发现那是一个护膝制造厂，厂里没人认识威廉·莫里斯或邓肯·罗斯。”

“后来你怎么办了呢？”福尔摩斯问。

“我只好回家，我的伙计安慰了我大半天，他让我耐心地等一段时间，可能会收到什么信的。可是，我不想听他那些话，我不想就这么失去一个好好的工作。我听别人说，你足智多谋，经常给别人解决难题，所以，我马上来找你了。”

“你做得对，”福尔摩斯说，“你的事情不同寻常，我很乐意接手。根据你刚才所说，我想事情可能非常严重。”

威尔逊先生说：“当然严重了！你看，我每周要损失四英镑。”

“就你个人来说，你不应该对这个异乎寻常的红发会有什么抱怨。”福尔摩斯说，“相反，你不仅赚了三十多镑，还通过抄书获得了不少知识，你没有吃亏。”

“我是没吃亏，先生。我只想弄清他们是谁，玩这套把戏要弄我的目的是什么？这玩笑可真昂贵，他们花了三十二英镑呢。”

“我们会为你解开疑团的，不过，威尔逊先生，我得先问你几个问题。是你的伙计让你看到那张广告的吗？他在你那儿干了多久？”

“当时才一个月。”

“他怎么来的？”

“他看了我登的招聘广告后找来的。”

“他是唯一来应聘的吗？”

“不，有十多个人来应聘。”

“你是怎么选中他的？”

“因为他挺机灵，要的工资也不多。”

“这个温森特·斯波尔丁长什么模样？”

“个儿不高，但很健壮，手脚麻利，年纪在三十岁左右，没长胡子，前额有块被硫酸烧伤留下的疤痕。”

福尔摩斯有些激动地坐直了身子：“这些我都预料到了，不知你有没有注意到，他扎了耳孔没有？”“是啊，先生，他说那是小时候被一个吉卜赛人给扎的。”

“哦。”福尔摩斯又靠到椅子上，陷入了沉思。过了一会儿，他说：“他现在还在你那儿吗？”

“是的，我来时他还在那儿。”

“你不在的时候，当铺由他照管？”

“是的，先生。我对他很信任，而且，上午没什么生意。”

“好啦，威尔逊先生，我会在两天内把调查结果告诉你，今天是星期六，我想到星期一就能给你个答复了。”

“喂，华生，”威尔逊走后，福尔摩斯问我，“你怎么看这件事？”

“我没看出什么，”我老实地说，“这事太古怪了。”

福尔摩斯说：“一般说来，越是离奇古怪的事，真相大白之后它就越简单。就像一张很普通的面孔让人很难辨认一样，没有特征的案子侦破起来也挺让人头疼。现在，我们得马上行动。”

“那你现在从何下手？”我问。

“先抽烟。”他回答道，“这事得好好想想。请你五十分钟内别和我说话。”说完他就蜷起身子，曲着的膝盖快要碰到他的鼻子了。他眯了眼睛坐在那儿，叼在嘴里的黑色陶制烟斗像是某种鸟类又尖又长的喙。我以为他睡着了，而我自己也禁不住打起了瞌睡。突然间，福尔摩斯跳了起来，看起来已经胸有成竹了。

他把烟斗放到壁炉台后说：“今天下午在圣·詹姆斯有萨拉沙蒂的演出，华生，你没什么事吧！”

“我今天没什么事，我的工作并不忙。”

“那就戴上帽子跟我走吧，我们先到市区吃午饭，我看到节目单上有很多德国音乐。我觉得德国音乐比意大利的或法国的音乐都好听得多，它能让人有所领悟。我正好需要好好领悟，走吧。”

我们乘地铁到了阿尔得斯盖特，然后没走多远，就到了科伯格广场——那个离奇的故事就发生在这儿。这是一个简陋的小巷，狭窄破落，在一个铁栏杆围成的墙里面，是四排灰暗破旧的两层楼的砖房。旁边杂草丛生的草坪上有几簇要枯萎的月桂。拐角处的房子上挂着三个镀金圆球和一块棕色的招牌，上面写着“加贝兹·威尔逊”几个白色大字，看到这个招牌，我们就知道这是威尔逊开的当铺。福尔摩斯在那幢房子前面仔细地观察着。然后，他沿着街道徘徊着。最后，我们回到当铺那儿，他用手杖使劲地戳了戳人行道后才走到当铺门口去敲门。一个小伙子把门打开了，他看上去精明能干，他请我们进去。

福尔摩斯说：“对不起，请问到斯特兰特怎么走？”

“到第三个路口往右拐，往右走到第四个路口再向左拐。”那伙计很快地说完后就把门关上了。

“好精明的伙计！”我们离开那儿后，福尔摩斯说，“据我所知，他是伦敦第四精明的人，而他的胆大妄为，我还不能肯定是不是排在第三。我以前就对他有一些了解。”

“很明显，”我说，“这个伙计在这个神秘的红发会一案中是个关键人物，我想你去问路，不只是想看一看他吧。”

“不是看他。”

“那你看什么呢？”

“看他的裤子，膝盖那一部分。”

“看到什么了没有？”

“我看到了我想看到的东西。”

“那你干吗用手杖使劲戳人行道呢？”

“华生，现在不是我们聊天的时候，还是细心去观察吧，就像在敌国侦察一样，我们知道科伯格广场有问题，现在得查清它背后隐藏着的东西。”

我们离开了偏僻的科伯格广场，转过街角，我们看到了与先前的街道完全不同的景象，这是一条繁华的大街，是贯通市西和市北的交通要道，路上车水马龙，人行道上黑压压一群来来往往的人。当那一排排华丽的商店和豪华的商业楼呈现在眼前时，我简直无法相信它真的紧挨着我们刚刚离开的那个萧条破落的广场。

福尔摩斯在街道拐角处沿着那些商铺一路望了过去。“让我好好看看，”他说，“我必须记住这些房子的顺序，希望能一清二楚地了解伦敦——先是墨地兰烟草店，再是报亭，再往那边是城郊银行科伯格支行、素食馆、麦可法兰马车行，往下就是另一条街了。好了，华生，我们的工作已经完成了，该休息了。先来一份三明治和一杯咖啡吧，然后再去听小提琴演奏会，那里只有悦耳动听的音乐，而没有什么麻烦打扰我们。”

福尔摩斯是一个对音乐充满了热情的家伙，他不仅善于演奏，而且还是一个具有很强创作能力的作曲家。整个下午，他在观众席上，完全陶醉在一种幸福中——他修长的手指随着音乐的节奏轻轻挥舞，他满脸微笑，目光痴迷。此时此刻的他和那个断案如神、敏锐机智的大侦探判若两人。在他异乎寻常的个性中，双重性格交替出现。他的机智、敏锐和多愁善感的诗人气质真是鲜明的对比。这双重性格一会儿使他精力旺盛，一会儿使他疲惫不堪。而且我很熟悉的是，他会一连几天懒洋洋地靠在他的扶手椅上，终日冥思或创作，在这种时候，他会突然地产生一种强烈的欲望——追捕罪犯的欲望。那个时候，他的推理能力会上升到直觉的程度，以至于不了解他的人不敢正视他，认为他无所不知。所以，当我看见他沉醉在音乐中时，我就感觉到他要捉的人肯定得倒霉了。

听完音乐走出来时，福尔摩斯说："华生，你要回家了吧？"

"是的，也该回去了。"

"我还要办几个小时的事，科伯格广场的事是一件大案。"

"怎么说是大案呢？"

"有人策划了一宗大的犯罪，我相信我能及时制止他们，可惜今天星期六，事情难办了些。我希望今晚你能帮我。"

"晚上什么时候？"

"十点。"

"好，那我十点钟到贝克街。"

"太好了，华生，不过这次可能有危险，你最好带上你那把在军队里用过的手枪。"

说完，他挥手向我告别，然后一转身消失在人群中。

我相信我并不笨，可和福尔摩斯在一起，我总觉得我还是太笨了。就说这件事吧，他看见的我也看见了，他听到的我也听到了，从他的话里面，我明显地感到他不仅对已经发生的事了如指掌，对将要发生的事也一清二楚；而我呢，什么也没有觉察出来，对这件事还是一无所知。在回家的路上，我又把整个事情从头到尾想了一遍。从抄写《大英百科全书》的那位红发老先生离奇的经历，到对科伯格广场的勘察，到临分别时福尔摩斯给我的那番暗示。晚上会发生什么事？为什么让我带上枪？到底要去哪儿，干什么？从福尔摩斯的话中，我觉出当铺的那个伙计肯定很难对付，他可能会耍一些花招。我总想把这些谜给解开，可最终还是绝望地放弃了。反正到晚上事情就会水落石出，所以我把这事搁到了一边。

我九点十五分从家里出来，先穿过公园，再穿过牛津街，贝克街就到了。有两辆双轮双座马车停在了福尔摩斯的家门口。过道里传来楼上说话的声音，进门看见他正和两个人说得挺热闹。其中的一个我认识，警察局的侦探彼特琼斯；另一个男人是个瘦高个，头上戴着闪光的帽子，身穿很考究的礼服大衣。

“哈，我们的人都到了。”福尔摩斯边说边系粗呢大衣的扣子，然后从架子上拿下了那根打猎的鞭子，“华生，我想你应该认识伦敦警察厅的琼斯先生吧？我来给你介绍这位，梅里维瑟先生，我们这次冒险行动的搭档。”

“你看，医生，我们又一起行动了。”琼斯还是那副很神气的样子。“我们这位朋友是个猎神，他需要我这样的狗去帮他捕获猎物。”

“希望我们今晚的行动别白费了。”梅里维瑟先生嘟哝着。

琼斯说：“先生，你应该相信福尔摩斯，他总是很有办法的，尽管他那些办法有些不可思议，但他具备侦探的素质，有时比官方警察的推断都正确，真的，我没夸张，比如在侦破萧尔掩凶杀案和阿克拉珍宝盗窃案中就这样。”

陌生的梅里维瑟先生不屑地说：“琼斯先生，你这样说我也不反对。不过，我错过了一场牌局，二十七年来我可是第一次在周六晚上不打桥牌。”

“我想，”福尔摩斯说，“你很快就会发现今晚不仅赌注下得很大，而且牌会打得更精彩激烈。梅里维瑟先生，你今天的赌注大约有三万英镑。琼斯先生，你呢，你的赌注就是你一直要抓的那个人。”

“约翰·克雷！这个杀人犯、强盗、小偷、骗子，梅里维瑟先生，他年龄不大，却是一个犯罪团伙的头头。抓住他比任何事情都重要，我们必须对他高度警惕。他祖父是皇家公爵，他在伊顿公学和牛津大学读过书，头脑相当灵活，尽管我们知道他到处作案，可就是抓不住他。他这个星期还在苏格兰撬门盗窃，下星期却跑到科维尔筹集资金兴办孤儿院。我注意他好多年了，可连他的影子都没见到过。”

“我想今晚我能给你介绍一下，我也曾和他打过一两次交道，你说的没错，他确实是一个盗窃集团的头子。好了，现在十点多了，我们该行动了。你们两位坐前面那辆车，我和华生坐后面那辆跟上。”

一路上，福尔摩斯没说什么话。他背靠在座位上，嘴里哼着下午刚听过的乐曲。马车在迷宫般闪烁着煤气灯的街道上穿行，直到法林顿街，福尔摩斯才开了口。

“快到了，”福尔摩斯说，“梅里维瑟是银行的董事长，对这个案子很有兴趣；而我把琼斯带上，是因为他还不错，他最大的特点是，尽管他有点笨，但对他要抓的人，他会像猎狗一样凶猛，像龙虾一样顽强。好了，我们该下车了，他们在等着呢！”

我们到了上午去过的那条繁华的街道。把马车打发走后，梅里维瑟先生领着我们走过一条狭窄的通道，闪进一扇侧门后，里面又有一条小走廊，走廊尽头是一扇巨大的铁门。梅里维瑟打开铁门，带着我们下了一段旋转式石头阶梯，最后来到一扇看了让人有几分恐惧的大门前面。梅里维瑟先生点亮一盏提灯，又领着我们走上一条散发着泥土气息的通道。把第三道门打开后，我们便进入了一个庞大的拱形地下室，地下室里堆满了大箱子。

“要从上面打入这里还真不容易呢。”福尔摩斯举起灯四下打量着说。

“从下面也很难进来。”梅里维瑟先生说着，用拐杖狠狠地捅了捅地板石，“哎呀，上帝，听起来下面是空的！”

“请你小声点！”福尔摩斯很严肃地说，“别给我们的行动添麻烦，劳驾你坐到一个箱子上去行吗？”

梅里维瑟先生委屈地坐到了一个箱子上。福尔摩斯跪到地上，借着灯光，用放大镜仔细查看石板间的缝隙，只一会儿，他就满意地站了起来，把放大镜放进口袋。

“我们还得等一个小时，”他说，“在那个当铺老板沉睡之前他们不会行动的，他一睡着，他们就会很快地行动起来，他们干得越快，逃跑的时间就越多。华生，我看你已经猜出来了，我们这是在伦敦一家大银行的分行地下室。梅里维瑟先生就是这家银行的董事长，他会告诉你为什么那些胆大包天的家伙对这个地下室那么有兴趣。”

“这里有法国的黄金，”这位董事长轻声对我说，“我们已经接到警报，有人在打它的主意。”

“法国的黄金？”

“是的，几年前，我们为加强资金来源，向法国银行借了三万法国金币。你们现在都看到了，我们至今连箱子都没打开，金币原封不动地放在这儿。我坐的这个箱子里就有两千个用锡箔纸包着的法国金币。我们这儿库存的黄金量比任何一家分行的储备量都大得多。没想到竟然走漏了风声，董事们对此一直忧心忡忡。”

福尔摩斯说：“你们的担忧是有道理的，现在我们得准备一下，我估计一小时内事情就会弄清楚的。梅里维瑟先生，我们得把提灯用灯罩罩上。”

“在黑暗里等吗？”

“恐怕只好这样了。我本来带了一副牌，我们四个人正好可以打牌，你也就不会错过牌局了。可我们的敌人恐怕快要动手了，所以我们不能亮灯，以免发生意外。首先我们要选好各自的位置，这些家伙都是胆大包天的人，我们要趁他们不及防备突然袭击。我们必须格外小心，否则很危险。我就站在这个箱子后面，你们到那些箱子后面去躲着吧。等我把灯照到他们身上，你们就扑上去。要是他们开枪，华生，你就别手软，干掉他们几个。”

我拿出枪，上好了膛，把它放在我前面的木箱上。福尔摩斯把提灯给罩上了，我们突然陷入一片漆黑之中——这么大了，我还从未经历过这种黑暗。我闻到一股烧焦的金属味，这说明灯还亮着，一有动静福尔摩斯就会把灯罩拉开。我们在紧张的气氛中等候着，突如其来的黑暗，地下室阴冷潮湿的空气，让人有一种压抑感。

“他们只有一条路，”福尔摩斯把声音压得很低，“那就是退回科伯格广场的那家当铺，琼斯，你已经按我的要求去布置了吗？”

“我已经派了一个警官和两名警员守在大门外了。”

“这样我们就把他们的退路堵死了，我们好好等着吧！”

时间过得真慢！我事后对了一下表，我们只不过等了一小时十五分，但我当时却觉得等了一夜。我手脚麻木了，都不敢活动一下，我的神经高度紧张，我的听觉异常灵敏起来，我不仅能听出福尔摩斯轻微的呼吸声，还能分辨出粗重的呼吸声是琼斯的，而那位董事长发出的是微弱的叹息。从我藏身的箱子向前望过去，能够看到石板。突然间，我看到了隐约可见的一丝光亮。

开始还只是火花般零零星星地漏了出来，然后，这些一点点的光亮连成一条光线了。地板上无声无息地裂了一条缝，一只手伸了上来，在光亮的地方四下摸着，这只手白白的，活像是女人的手。这手摸了一会儿又缩回去了，四周又是一片黑暗，只有一丝微弱的光亮从石板缝里透出来。

那只手消失一会儿后，随着一声刺耳的迸裂声，中间一块宽大的石板翻了过来，一个四方形洞口出现了。灯光从洞口射了上来，紧接着，一张清秀的脸在洞口边露了出来。他四周扫视了一遍后，两手扒着洞口往上爬，不一会儿就爬上来了。他站在洞口边拉下面的同伙，那个同伙也身手敏捷，个子不高，面色苍白，一头乱蓬蓬的火红头发。

“一切正常。”他低声说，“带凿子和口袋没有？——天哪！阿奇，快逃，跳下去！别的我来对付！”

歇洛克·福尔摩斯从藏身的地方跳了出来，一把抓住那人的领子。另一个则猛地往下跳，只听“嘶”的一声，琼斯只抓住了他的衣服下襟。慌乱中一支左轮手枪伸了出来，福尔摩斯的猎鞭猛地一抽，手枪掉到地上了。福尔摩斯不急不慢地说：“没用的，约翰·克雷，你跑不了。”

“我看是的。”对方竟也非常平静地说，“不过，我的朋友会逃掉的，你们只抓住了他的衣襟。”

福尔摩斯说：“我们有另外三个人在那边等着他呢！”

“噢，是呀？！你们布置得很周密，我得向你们表示敬意！”

“彼此，彼此，”福尔摩斯说，“你出的那个红发会的主意，也挺周密的。”

“你很快就会见到你的同伙的，尽管他钻洞的动作比我快。”琼斯说，“把手伸出来，让我铐上！”

“别用你的脏手碰我！”把他铐上时，我们的猎物说，“你也许还不知道我有皇家血统吧，跟我说话的时候，最好用‘阁下’和‘请’字！”

“行啊！”琼斯瞪了他一眼，嘲笑着说，“那么，阁下，请你上楼吧，然后我们用马车把阁下送到警察局去，这样行吗？”

“这还像话。”约翰·克雷说着，向我们三个鞠了一躬，在琼斯的监护下默默地走了。

我们跟着也离开了地下室。“果真如此，福尔摩斯先生！”梅里维瑟先生说，“我真不知道该怎么代表银行方面感谢您，毫无疑问，是您挫败了一起精心策划的银行盗窃案。我还从未见过这样的案子呢！”

福尔摩斯说：“我为这个案子花了一点儿钱，我想银行会帮我付账的。除此而外，我已经得到丰厚的回报了，破获这起案子独特的经历给了我很宝贵的经验，就是光听一个红发会不平凡的故事，我也长不少见识。”

天亮后，我们在贝克街喝威士忌对苏打水时，福尔摩斯向我解释说：“华生，不知你看出来没有，这事从一开始就很明显，荒唐的红发会和抄写《大英百科全书》的工作后面，只有一个目的，就是要把那个糊里糊涂的当铺老板每天支开几个小时。这个办法虽然有点古怪，但很管用。毫无疑问，克雷是因为他同伙那头红发而想出这个绝妙主意的。每周四镑对当铺老板是个不小的诱惑，但对想得到几万金币的他们来说，根本小菜一碟。所以他们先在报纸上登广告，然后由一个坏蛋去租办公室，另一个坏蛋怂恿当铺老板去应聘。这样一唱双簧戏，老头很容易地就支开了，他们就有时间干他们想干的事。当初我一听到那学徒只要一半工资时，我就觉得这肯定有什么阴谋。”

“你是怎么知道他的真实动机的呢？”

“假如当铺里有女人，那么我可能会认为他只不过是想做些风流快活的勾当，可事情并不是这样。店里的生意又小，没什么值得如此费心费力费时的东西，由此看来，他们的目标是店外的东西。那会是什么呢？我想到那个伙计喜欢照相，成天往地下室跑，那么，问题肯定在地下室。随后我又询问了一些那个伙计的情况，结果发现他是全伦敦最冷静、最聪明、最胆大妄为的罪犯之一。他在地下室的勾当——是件每天要花几个小时，总共要用几个月的时间去完成的事。这会是什么事呢？除了挖一条通往其他地方的地道外，我想不出还有比这更费时的事。

“我们到现场去侦察的时候，我想到的就是这个。你很奇怪我用手杖戳地面，其实我是为了弄清楚地道是通向前面的，还是通向后面的。当我知道它不是通向前面的后，我就去按门铃，结果，正好是我想见到的那个伙计来开门。以前我们有过较量，但从没有面对面看过对方。我没去看他的脸，而是低头看他的膝部。你可能也看到了，他裤子的膝部又脏又破，那是长时间跪着挖地道弄成的。这样一来，就只剩一个疑问了，他们挖地道是想干什么？后来，我在它的周围查看，发现他们的铺子和城郊银行相隔不远。谜底彻底解开了。当你在听完音乐回家后，我去了趟伦敦警察厅，又拜访了银行董事长。最后的结局，你全看到了。”

“那你怎么知道他们会在今晚动手呢？”我又问。

“哦！红发会解散是一个信号，这说明，他们不在乎当铺老板是否在家了，也就是说，地道已经挖好了。重要的是他们得赶紧使用地道，否则时间长了就会被发现。黄金也可能会转移。星期六比其他日子更合适，他们有两天逃跑的时间。所以，我觉得他们会在当晚行动。”

“你的推理真绝了！”我禁不住赞叹起来，“这么长的一连串推理，竟然全被你说中了。”

“这样可以让我不感到无聊。”他打了个哈欠说，“我又无聊起来了，我需要在忙碌中过日子，这些案子真帮了我的忙。”

“你真是我们的福分呢！”我说。

“也许是吧，”他耸了耸肩，“多少有一点点用，就像居斯塔夫·福楼拜在给乔治·桑的信中所说的那样——‘人是渺小的，造物主才是一切。’”

3. 身份案

我和福尔摩斯对坐在贝克街他寓所的壁炉前。他说：“老兄，生活比人们想象的不止要奇妙千百倍；现实中的事，我们连想也不敢想。要是我们可以手拉手地飞出那个窗户，翱翔在这个大城市的上空，轻轻掀开那些屋顶，准能看到里边正在发生的不平常的事情：奇怪的巧合、秘密的策划、闹别扭以及令人惊奇的一连串事件，它们不断发生着，导致稀奇古怪的结果。这些会使得一些老一套的、一看开头就知道结局的小说变得索然无味而失去销路。”

“我可不这么认为。”我回答说，“报纸上的那些案件都单调的很，而且俗不可耐；警察的报告是很现实的吧，但一样是又无艺术性又没趣味。”

福尔摩斯说道："要产生实际的效果得做些选择和判断。警察的报告，重点放在检察官的陈词滥调上了，并没有记录旁观者所感兴趣的细节。相信吧，没有什么比平平常常的事情更千变万化的了。"

"我很理解你，"我笑着摇了摇头，"作为非官方的警探，所有有麻烦的人都来找你帮忙，你有机会接触很多稀奇古怪的人和事。可是这儿——"我从地上捡起一份晨报——"我们来验证一下吧，这有个新闻：《丈夫对妻子的虐待》，它占了半个版面，我不看就知道里边写的是什么玩意，第三者插足呀，酗酒呀，吵架呀，打呀，伤痕累累以及富有同情心的姐妹或房东太太这一类，即使最差劲的作者都会写出这么粗制滥造的东西。"

福尔摩斯拿过报纸，粗略地扫视了一下，说："很遗憾，你举的例子不能证明你的论点。这是杜达斯夫妇的离婚案，我恰巧整理过这个案子的一些材料。丈夫是绝对的禁酒主义者，也没有别的女人插足；他被指控是因为他有一个坏习惯，每次吃完饭，总是取下假牙砸他老婆。你觉得这样的事小说家能编得出来吗？医生，来点鼻烟吧，从你举的例子来看，是我赢了。"

他把他用旧了的镶有一颗大宝石的金质鼻烟盒递了过来，鼻烟盒的贵重与他简朴的生活作风形成鲜明对照。

"啊，"他说，"我不记得有多久没看见你了。这是波希米亚国王为感谢我在安娜·阿德勒相片案中的帮忙而赠送给我的小纪念品。"

"那戒指呢？"我指着他戴在手上的光彩夺目的钻石戒指问他。

"荷兰王室送我的，我给他们破的这个案件关系很微妙，所以即使对你这样忠诚的朋友，我也不能透露一点儿。"

"那你手头现在有什么案件

吗？”我不想就此作罢。

“有那么一些，但没有一件有趣，尽管它们都重要。我早就发现往往那些不重要的案件里倒真正需要你仔细观察和细心推理，这样的案子办起来很有趣。而越是大案要案，就越简单没味。现在，除了马赛的那个案子比较复杂外，其他的都很简单。不过，再过一会儿，可能就会有很有趣的案子送上门来，如果我没猜错的话，现在有位委托人来了。”

说完，他站到拉开了的窗帘前，向那条灰暗而萧条的老街望去。我从他肩上望出去，看见对面人行道站着一个高大的女人，她围着厚毛皮围巾，宽边帽上插着一根又长又弯的羽毛，一幅文郡人卖弄风骚的样子。她神情紧张而又犹豫不决地望着我们的窗子，她不停地用手指拨弄手套上的纽扣，她有点站立不安。突然，像游泳者从岸上一跃入水那样，她急速地穿过马路，我们听到了一阵刺耳的门铃声。

福尔摩斯把烟头扔到壁炉里，说：“我以前见过类似情况，在人行道上站立不安意味着有桃色事件，她想征求别人的意见，可又拿不定主意。因为这样的事情不好开口。可并不是都这样，当一个女人被伤得很深时，她就不再犹豫了，她会急得把你的门铃线给拉断。这肯定是一宗爱情事件，这位女士并不激愤，只是迷茫和忧伤。她快来了，谜底可以迎刃而解了。”

话音刚落，就有人轻轻敲门，身穿黑制服的男仆告诉我们是玛丽·萨瑟兰小姐来访。还没通报完呢，这位小姐就站到了矮仆人身后，就像一艘商船跟在领港的小船后面一样。福尔摩斯很大方而又很礼貌地欢迎了她，鞠躬请坐后，随手关上门，片刻间，福尔摩斯就不露声色地把她打量了一番。

“你眼睛近视，打那么多字不觉得累吗？”福尔摩斯说。

“开始有点累，但现在可以盲打了。”她说着，突然意识到了什么，非常吃惊地抬起了头。她宽阔而温和的脸上露出敬畏的神情，“福尔摩斯先生，您听说我的事了吗？要不，你怎么知道这些的？”

福尔摩斯笑着说道：“别紧张，我的工作就是要了解多种情况的。也许我练成了火眼金睛吧，要不，你也不会来找我。”

“先生，我是从阿瑟瑞奇太太那里听说您的。当初警察和其他所有人都说她丈夫已经死了，不用再找，而您很快就把他找到了。福尔摩斯先生，希望您也能这样帮我。我并不是很有钱，除打字所挣的那点钱外，还继承了一笔财产，每年有一百英镑的收入，我愿意全都给你，只要你帮我打听到霍斯莫·安吉尔先生的消息。”

“你是从家里急匆匆地跑出来的吗？”福尔摩斯问道，他把手插在一起，眼睛望着天花板。

玛丽·萨瑟兰小姐那张满是惊讶的脸又愣了起来：“是的，我是从家里跑出来的。因为我父亲温迪班克先生对这事一点儿都不关心，我气坏了。他不让我报警，也不让我找您，他只是一个劲儿地说：‘没事，没事。’我气得不得了，穿上外衣就来找您了。”

“你父亲一定是你继父吧，”福尔摩斯说，“你们不是同姓。”

“对，是我继父，很可笑，他竟然是我父亲，他只比我大五岁零两个月。”

“你母亲还健在吗？”

“是的，她还健在，我父亲刚死不久，她就又结婚了，而且丈夫比她小十五岁，这让我很恼火。父亲生前在托特纳姆法院路做管道生意，他留下一个相当大的企业，由母亲和哈迪先生继续经营。温迪班克先生一来就强迫母亲卖掉这个企业，温迪班克是个推销酒类的旅行推销员，很高人一等的模样，他们把产权和经营权全卖掉了，只得了四千七百英镑，要是父亲还活着，准能卖个比这好得多的价钱。”

我本以为福尔摩斯对这样无头无脑的叙述会厌烦的，不料，他竟听得很认真。

“你的那点收入是从这个企业得来的吗？”福尔摩斯问。

“不是的，先生。那是另一笔收入，奥克兰的奈德伯父遗留给我的。是利率为四分五的新西兰股票，股票金额有两千五百英镑，但我只能动用利息。”

福尔摩斯说：“我对你的所说很感兴趣，既然你除了工作挣的钱外，还能提取一百英镑的巨款，你完全可以外出旅游，过很舒服的生活，我知道，一位独身女士每年有六十英镑就可以过得很好了。”

“哪怕没六十英镑，我也能过得很好。不过，福尔摩斯先生，你不知道，我不想成为他们的负担，所以我在家里住的时候，他们就用我的钱。当然，这是暂时的。温迪班克先生把我每季度该得的利息，准时提出来交给我母亲，我觉得光用打字挣的那点钱就能过得很好。每打一张挣两便士，一天往往能打十五到二十张。”

“你已经把你的情况说清了。”福尔摩斯说，“这位华生大夫是我朋友，在他面前，你不必拘束，请你把同霍斯莫·安吉尔先生的事情全告诉我们吧。”

萨瑟兰小姐害起羞来，手不停地搓着外衣的镶边。“第一次遇见他是在煤气装修工的舞会上，”她说，“我父亲在世的时候，他们总要送票给他。父亲去世后，他们就把票送给我母亲。温迪班克先生不让我去跳舞，他从不让我们到任何地方去。他甚至对我去教堂做礼拜也会很生气的。可那一次我下决心要去。我就是要去，他凭什么不让我去？他说，那里会有父亲的朋友，我们遇到那些人会尴尬。他还说，我没有合适的衣服，而我那件紫色绒衣，一直放在柜子里。后来，他出公差到法国去了。母亲和我，还有从前是我们工头的哈迪先生，我们一起去了舞会。就是那次舞会，我遇到了霍斯莫·安吉尔先生。”

“我想，”福尔摩斯说，“温迪班克先生从法国回来后，对你们去过舞会的事很恼火吧。”

“啊，他还不错，我记得他笑了起来，耸着肩膀说不让女人做她想做的事是白费力气，她总是随心所欲。”

“我明白了，就是说，你是在煤气装修工的舞会上遇见霍斯莫·安吉尔先生的。”

“是的，先生，那晚我认识了他。他第二天来我家，看我们是否平安到家了。后来，我们还见过面……福尔摩斯先生，我是说，我们一起散过两次步。后来，我继父回来了，霍斯莫·安吉尔就不能再到我家来了。”

“不能吗？”

“是的，我父亲不喜欢我们来往，只要可能，他总是尽量不让任何客人来访，他老说女人应该安于和家里人在一块。不过，我常跟母亲说，一个女人首先要有自己的小圈子，而我却没有。”

“霍斯莫先生没再想办法来看你吗？”

“父亲过一星期又要去法国，霍斯莫来信说，为了保险，在他走之前我们最好别见面，还说这期间我们可以通信，他每天都写，我每天一早就去取信，这样，父亲就不知道了。”

“你那时和那位先生订婚了吗？”

“嗯，订了，福尔摩斯先生。第一次散步后我们就订了婚。霍斯莫·安吉尔先生……是莱登霍尔街一家事务所的出纳员，而且……”

“什么事务所？”

“福尔摩斯先生，问题就出在这里，我不知道。”

“那他住哪里呢？”

“就住办公室。”

“你竟然不知道他的地址？”

“不知道，只知道是莱登霍尔街。”

“那你怎么给他寄信呢？”

“就寄莱登霍尔街邮局，他自己去取。要是寄到办公室，他说，其他同事会笑话他和女人通信。因此，我提出用打字机把信打出来，像他给我的信那样，但他不同意，他说，看我亲笔写的信就像直接和我往来，而打出来的信，总觉得我俩中间隔着打字机似的。福尔摩斯先生，这正好表明他很喜欢我，这些小事情他都想得很周到。”

福尔摩斯说：“这最能说明问题了，我一直认为小事情是最最重要的，你还记得霍斯莫·安吉尔先生的其他小事情吗？”

“福尔摩斯先生，他非常腼腆，只在晚上和我散步，不愿白天和我出去，他说他不想引人注意。他举止文雅、彬彬有礼，说话细声细气。他说他小时候患过扁桃腺炎和大脖子病，以后嗓子就一直不好，说话含糊不清，像说悄悄话一样。他很讲究穿着，衣服整洁素雅，但他眼睛不好，所以，同我一样，他也戴着浅色眼镜，好把刺眼的光线遮挡住。”

“那么，你继父温迪班克去法国以后的事情呢？”

“霍斯莫·安吉尔先生又到我家来了，他提议，让我们在继父回来前把婚给结了。他很认真，他要我把手放在《圣经》上发誓，以后不管发生什么，我都要永远忠实于他。母亲说，他要我发誓是正确的，说明他对我有感情。母亲一开始就赞成我们的亲事，甚至比我还要喜欢他。当他们说要在一周内举行婚礼时，我就说要等父亲回来，但他们都说，不用考虑父亲，事后告诉他一声就行了。母亲还说，她会让父亲满意的。福尔摩斯先生，我并不喜欢这样。尽管只因为他比我大几岁，就一定得得到他的允许，这说起来是很好笑，但我不想偷偷摸摸的。所以，我给父亲写了一封信，寄到他公司驻法国波尔多的办事处。但就在我结婚的那天早上，信被退了回来。”

“也就是说，他没有收到这封信？”

“是的，先生，因为信寄到那里时，他刚好已经动身回英国了。”

“啊哈，太不巧了！你的婚礼是预定星期五在教堂举行的吗？”

“是的，先生。我们悄悄地举行，一点儿也不张扬。我们的婚礼定在皇家十字路口的圣救世主教堂举行，随后在圣潘克拉饭店吃早餐。霍斯莫乘一辆双轮双座马车来接我们。但我们一共有三个人，他让我和母亲登上了他的马车，他自己上了刚好路过的另一辆马车。我们先到了教堂，他坐的马车紧接着也到了，我们以为他会马上下来，但他迟迟没有。马车夫从赶车的座位上下来看时，车座里什么人也没有，他不见了！车夫说他不知道人到哪里去了，不过，他是亲眼看到霍斯莫坐进车厢的。福尔摩斯先生，那是上周五的事，从那以后，他什么消息都没有了。”

福尔摩斯说：“要我说，这是对你极大的侮辱。”

“不，先生，不是的。他对我很好，他不会就此离开我的。他很早就对我说，要我不管发生什么事都要忠于他，哪怕有什么不可预测的事把我们分开了，我也该牢记对他发的誓。在结婚当天早上说这样的话未免有点不可思议，但从此后发生的事情看来，这话是很有含义的。”

“当然很有含义，那么，你认为他是遇到什么不测了吗？”

“是的，先生。他要不是预见到某种危险就不会讲这样的话了，所以，我想一定是他预见的事终于发生了。”

“不过，你难道没想过发生的会是什么事情吗？”

“没有。”

“还想问一下，你母亲是怎样看待这件事的？”

“她气坏了，并且要我永远别提这件事了。”

“你父亲呢？你告诉他了吗？”

“告诉他了，他也认为霍斯莫出了什么事，但他认为我该耐心等霍斯莫的消息。他说，在教堂门口离我而去，他会得到什么好处呢？如果他借了我的钱，或者，我们已经结婚了，财产转给他了，似乎还说得过去。但霍斯莫在经济上是很独立的。我的钱，哪怕是一先令，他都不要。可是，到底发生什么事了呢？为什么信都不写一封？唉，我想起来就疯疯癫癫，睡不着觉。”接着，她从皮手笼里拿出一方手帕，捂着脸哭了起来。

福尔摩斯站了起来：“我接手了你的案子，就一定会给你一个答复的，这毫无疑问。现在一切看我的，你不用再操心了。首先，把霍斯莫先生给忘掉吧，就像他的突然消失一样。”

“你是说我不会再见到他了吗？”

“恐怕不会了。”

“那他到底怎么了？”

“这个问题就交给我了，我现在想看看他写给你的信件。”

“我在上周六的《记事报》上登过寻人启事，就在这。这里还有他写给我的四封信。”

“好，你的地址呢？”

“坎伯韦尔区，里昂街 31 号。”

“我知道你不知道这安吉尔先生住哪里，那么，你父亲在哪里工作？”

“他是法国红葡萄酒大进口商韦斯特豪斯·马班克公司的旅行推销员。”

“好的，情况已经说得很清楚了，把这些文件留给我吧。请记住我对你的劝告，事情已经结束了，不要让它影响你的生活。”

“福尔摩斯先生，你真好，可我忘不掉他，我要忠实于他，他什么时候回来，我们就什么时候结婚。”

尽管玛丽小姐头上有一顶古怪的帽子，她的神情也怅然若失，但她的纯朴和对爱情的忠诚，却值得我们敬佩。她把文件放在桌上就离开了，临走说如果需要，她马上来。

福尔摩斯还是手指尖顶着手指尖，两腿伸直，眼睛盯着天花板。他沉默了一会儿后，从架子上取下他的陶制烟斗，这是一只他用了很多年，满是油腻的烟斗，这烟斗对他来说，简直是一个老参谋。他点燃烟丝，靠在椅背上，一边思考着什么，一边吐着蓝色的烟圈。

“这个姑娘本身就很值得研究，她比她的案子更有意思。”福尔摩斯说，“其实，她的案子很简单、平常。如果查一下我的档案中 1877 年安多弗索引，就能找到类似的例子，而且去年海牙也发生过这样的事。那都是老掉牙的故事了，我看这里面只有那么两个情节比较新鲜。不过，这位姑娘本人值得我们去深思。”

我说：“你好像从她身上看出了很多我看不出的东西。”

“华生，不是你看不出，是你没主意。你不知道该看哪里，所以会忽略很重要的东西。你不知道袖子的重要性和如何从大拇指中、鞋带上去发现问题。好，你来描述一下你所看到的吧。”

“嗯，她头戴蓝灰色宽边草帽，上面插有一根砖红色羽毛。她身穿灰黑色短外套，外套上缀着黑珠子，边上镶有小小的黑玉饰物。她的上衣是比咖啡还要深的褐色，领部和扣子上镶着紫色的长条毛绒。浅灰色的手套食指磨破了。她的鞋我没注意到。她有点胖，戴着金耳坠。总的看来，她是位长相一般、自由自在的阔小姐。”

福尔摩斯边听边微笑着轻拍手掌。

“华生，不是我夸你，你进步很大。你观察得很仔细。虽然你忽略了一些重要的东西，但方法还是掌握了。你对颜色的辨别能力很强，但是，老兄，我们应该集中注意细节，不能只看大体的印象。我首先着眼的总是女人的袖子、男人的膝盖。你看到了，这位姑娘的袖子上有长条毛绒，这是很能说明问题的。她手腕上面有两条纹路，说明她是打字员。纹路是打字时在桌上压出来的。手摇式缝纫机也能形成类似的痕迹，但那是在左臂，离大拇指最远的一边，而且不像打字痕迹那样正好横过最宽的部分。随后我看了她的脸，发现宽鼻梁两边都有夹鼻眼镜留下的凹痕，所以，当我说她是打字员和有点近视的时候，她觉得很吃惊。”

“我也一样吃惊。”

“可我没说错。我接着往下看，很吃惊又很好笑地发现她穿的靴子，尽管不是完全不同，但确实不是一对，一只靴尖上是带花纹的皮包头，另一只却不是；一只靴子的五个扣子中只扣了下面两个，而另一只只有第二和第四个扣子没扣。华生，当你看到一位穿戴很整齐的姑娘，脚上却穿着只扣上一半而且不配对的靴子时，会不会很容易就推测出她是匆匆忙忙从家里出来的呢？”

“还有呢？”我问道，对他的推理，我非常有兴趣。

“我还知道她离家之前写了一张纸条，而且是在穿戴好之后写的。你只看到她右手套手指那个地方破了，不过你显然没发现她的手套和食指都沾了些墨水，说明她写得很急，蘸墨水时笔插得太深了。这肯定是今早的事，否则，墨迹不会留在她手指上。这些虽然很简单，但非常有趣。好了，我们言归正传，华生，帮我念一念那个寻找霍斯莫·安吉尔的启事好吗？”

我拿着那张报纸凑到灯前，启事写道：

“十四日晨，一位名叫霍斯莫·安吉尔的先生失踪了。此人身高五英尺七英寸，身材高大，肤色淡黄，头发乌黑，头顶略秃，留有浓密漆黑的颊须和胡子，戴浅色墨镜，讲话低声细语。失踪前身穿丝镶边黑色大礼服，黑色背心，哈里斯花呢灰裤，褐色绑腿，两边有松紧带的皮靴。背心上挂一条艾伯特式金链。此人曾在莱登霍尔街的一个事务所任经理。若有人……”

“好了，”福尔摩斯说，“至于这些信件，”他看了一眼，接着说，“除了引用过一次巴尔扎克的话以外，其他很一般，没有任何关系到霍斯莫先生的线索。不过，有一点很值得注意，你会很奇怪的。”

“这些信是打字机打的。”我说。

“不仅如此，连签名也是打的，你看，信末那几个打得很工整的小字：‘霍斯莫·安吉尔’。有写信日期，但地址只是‘莱登霍尔街’，这很不明确。这个签名很有问题，甚至是决定性的问题。”

“针对哪一方面？”

“我的好伙伴，难道你还没看出这个签名在本案中的关键作用吗？”

“我不敢说我已看出来了，也许他只是想不让别人找到他违约的凭据而已。”

“不，这不是问题的关键。现在，我来写两封信，一封给伦敦的一个大公司；另一封给年轻的继父温迪班克先生，让他明晚六点到这里来，我们不妨跟她的男亲属打打交道，说不定问题能就此弄清。好了，华生，在收到回信之前，我们没什么事要做了，这个小小的问题可以暂时放一边去。”

我相信我朋友的推理能力和旺盛的精力，他面对各种疑案时胸有成竹、从容不迫的原因就在于此。他只在波希米亚丑闻案中失败过一次。可是，当我想起“血字的研究”和“四签名”等那些不寻常的案件时，就觉得要是连福尔摩斯都拿不下的案子，那真是太神奇的疑案了。

我走的时候，他还在抽烟，我想等我明晚再来时，他肯定已经找到了有关失踪新郎是何身份的线索。

我当时有一个病情严重的病人，第二天我在病床边忙碌了一整天。快到六点钟时，事情忙完了，我跳上一辆双轮小马车直奔贝克街，生怕去晚了，帮不上福尔摩斯的忙。我赶到时，只有他一个人在家，他半睡半醒地蜷在深陷的扶手椅中，旁边的一排排烧瓶与试管发出令人害怕的盐酸味，看来，他又做了一天化学试验。

“喂，事情解决了吗？”我一进门就问。

“解决了，是硫酸氢钡。”

“不，我说的是那个案子！”我叫道。

“哦，那个呀，我还以为是问我做的试验呢。我昨天已经说过，这个案子很简单，有些细节倒蛮有意思。我现在唯一遗憾的是没有哪条法律能惩处那个坏蛋。”

“他到底是什么样的人，为什么要抛弃玛丽小姐呢？”

我刚把话问完，福尔摩斯还没来得及开口作答，一阵沉重的脚步声就在楼道里响了起来，接着，有人敲门了。

“是那位姑娘的继父温迪班克先生。”福尔摩斯说，“他写信告诉我他六点钟来。请进吧！”

一个中等身材的男人走了进来，他三十来岁，身体健壮，肤色淡黄，胡须刮得光光的，一副殷勤、拍马屁的样子。他询问似的扫视了我们一眼后，把圆式帽子搁到了衣帽架上。他向我们微微鞠了一躬，就侧身坐到了就近的椅子上。

“晚安，温迪班克先生，”福尔摩斯说道，“我想这封信是你打的吧，信中约定六点钟我们见面，是吗？”

“是的，先生。我可能来迟了一点儿，不过我没办法。我很抱歉我女儿拿这种小事情来打扰你，我总觉得家丑还是不外扬的好。她是背着我来找你们的。你们也都知道了，她是个容易冲动的大脾气姑娘，喜欢由着性子做事。当然，我对你们并不介意，因为你们和官方警察没有联系。可把这种家丑张扬到社会上总是不太好，而且，也没什么用，你们怎么可能把霍斯莫·安吉尔这人找到呢？”

“不，”福尔摩斯平静地说，“我很有把握把霍斯莫·安吉尔找到。”

温迪班克先生一听，身子抖了抖，手套掉了下去，他说道：“听到你这番话，我很高兴。”

“奇怪的是，”福尔摩斯说，“打的字也能像手写的一样可以表现出一个人的特性。除非是新打字机，不然没有两台打字机打出来的字会是一模一样。有的字母比别的字母磨损得更厉害，有的只磨损了一边。温迪班克先生，请你看自己打的这张短笺，字母‘e’总有点模糊，字母‘r’的尾巴也有缺损，还有别的十四个更明显的特征。”

“我们的信函都是用公司的那台打字机打的，当然，它有点儿磨损了。”我们的客人边说边用发亮的小眼睛瞥了一下福尔摩斯。

“温迪班克先生，现在我给你讲一个有趣的研究吧，”福尔摩斯继续说，“我最近想写一篇有关打字机与犯罪的论文。这是我比较注意的一件事情。我这儿有四封信，全是那个失踪的霍斯莫打的。不但每封信中的字母‘e’都是模糊的，字母‘r’都是缺尾巴的，而且，你用我的放大镜去看一看，我提到的其他十四个特征也都有。”

温迪班克先生跳了起来，拿起帽子，说：“福尔摩斯先生，我没空听你的无稽之谈。你要能抓到那个人，就把他抓住好了，到时请告诉我一声。”

福尔摩斯抢上前去，把门给锁上，说：“现在我告诉你，我已经抓到他了。”

“哦，在哪里？”温迪班克先生喊道，脸都白了，眼睛瞪得老大，像被逮住的老鼠一样。

“你还是别嚷嚷吧，嚷也没用，”福尔摩斯温和地说，“温迪班克先生，你赖不掉的，事情很清楚。你竟然说我解决不了这么简单的问题，你太小看人了。这只不过是个很简单的问题！你给我坐下，我们好好谈谈。”

温迪班克瘫在椅子上，脸色苍白，额头满是汗水，他吞吞吐吐地说：

“这……这还没到提出诉讼的程度。”

“是的，确实还没到。但是，温迪班克先生，我还从没见过像你这么自私、卑鄙、残忍的人。下面，让我把你的鬼把戏从头到尾抖搂出来，不对的地方你可以指出来。”

温迪班克在椅子里蜷成一团，耷拉着脑袋，一副被彻底击垮了的样子。福尔摩斯把脚搭在壁炉壁角上，手插在口袋里，身子向后仰着，自言自语般说了起来。

“有个男人为了贪图钱财而跟一个年龄比他大很多的女人结了婚，”他说道，“只要女儿跟他们住一起，他就可以花她的钱，而且，对他们来说，这笔钱很可观，失掉它，生活会大不相同，所以得想方设法维持现状。他女儿心地善良、温柔多情，而且收入颇丰，显然，像她那样的姑娘是不会没有人爱的。她一嫁走就意味着每年少收入一百多英镑。这个男人怎样才能不让女儿嫁出去呢？他一开始想尽办法让她待在家里，禁止她和其他人交往。后来，他发现这不是长久之计。他女儿开始不怎么听话了，而且越来越有主见，最后竟然要去参加舞会。这种情况下，这个诡计多端的继父怎么办呢？他想了一个卑鄙的计谋。在妻子的默许和帮助下，他把自己伪装成另一个人，他给敏锐的眼睛戴上浅色墨镜，脸上戴着假络腮胡子，说话时把声音压低变细，由于女儿近视，他的伪装成功了。他以霍斯莫·安吉尔的名字出现，为让女儿不爱上别的男人，他自己向女儿求爱。”

“我只不过想跟她开开玩笑而已，”温迪班克支支吾吾地说，“我没想到她会那么痴情。”

“根本不是开玩笑。可那位年轻姑娘确实被爱情冲昏了头脑，满以为她继父在法国，根本没察觉自己上了大当。那位先生的殷勤奉承让她高兴，她母亲的赞同更让她高兴。安吉尔先生来访后，事情就继续下去了。会过几次面，订了婚后，姑娘的心开始忠实于他了。但骗局不能永远继续下去，装着去法国出差也很麻烦，所以他干脆让事情彻底结束，好让年轻姑娘永远忘不了他，这样，她就不会看上别的男人了。于是，手按《圣经》发誓白头偕老的一幕导演出来了。婚礼那天早晨的暗示也预先设计好了。詹姆斯·温迪班克希望玛丽小姐对霍斯莫·安吉尔忠贞不渝，而对他的生死则含糊其辞，总之，这可以让她至少十年内不嫁出去。霍斯莫陪她到了教堂门口后，就耍了花招，从马车的这扇门钻进去，又从另一扇门出来，偷偷溜了。这就是事情的全部经过，温迪班克先生！”

温迪班克听着听着，精神逐渐恢复了过来，他站起身，脸上露出不屑的表情。

“或真或假，福尔摩斯先生，”他说道，“你真是绝顶聪明啊，不过，你还应该聪明点才好。这样你就会知道，触犯法律的人是你，而不是我。我始终没有违反法律，而你把门锁上，这足以起诉你‘人身攻击和非法拘禁’。”

“你说对了，法律奈何不了你，”福尔摩斯说着，开锁推门，“但你比任何人都应该受到惩罚。要是那位年轻姑娘有兄弟朋友的话，他们会用鞭子抽你的，你真该挨揍！”看到那男人无耻的冷笑，福尔摩斯气得满脸通红：“我的委托人并没有让我这样做，但我手边正好有条猎鞭，我想我得抽……”他快步去拿鞭子，但鞭子还没拿到，温迪班克就没命地跑下楼，接着大厅门“砰”地关上了，我们从窗子里望出去，只见温迪班克逃命似的在马路上飞跑。

“真是个畜生！”福尔摩斯边说边笑，一屁股又坐进他的扶手椅，“这家伙总有一天会遭到报应的。唉！总算又碰到了一个有趣的案子！”

“不过，我还是不全明白你是怎样推断出来的。”我说。

“嗯，显然首先应该想到的是，这个霍斯莫·安吉尔先生的奇怪行为肯定是有什么企图的。同时应该想到，只有她的继父才能从这件事中得到好处。而且，最重要的是，霍斯莫和她继父从没同时出现过。至于戴墨镜和奇怪的说话声、满脸络腮胡，都表明那是在伪装。甚至，他为了怕他继女认出自己的笔迹，连信中的署名都是用打字机打的——如此一来，我更怀疑他了。你看，所有这些貌似不沾边的小事都指向了同一个方向。”

“你是怎么去证实你的推理的？”

“知道谁是罪犯后，要证实就很容易了。我知道她继父的公司。我把那份寻人启事中的络腮胡、眼镜、细嗓音等我认为是伪装的部分给去掉了，然后把它寄给了那家公司，问他们是否有员工和去掉那些东西的人长相很像。同时，我注意到那些打出的信件的特点，又给他写了封信，直接寄到他办公室，问他是否能到这儿来一趟。正如我所料，他回信了，回信也是用打字机打的，而且有和那几封信同样的一些特征。我还收到了寄自同一个邮局的那个公司的回信，信中说他们的雇员温迪班克和启事中的人长得很像——这就是我的证实过程。”

“现在萨瑟兰小姐怎么办呢？”

“即使我告诉她事情的真相，她也不会相信的。波斯有句话说得好——‘打消女人心中的妄想，比虎口拔牙还难’。我看，不如编个故事，骗骗她算了吧！”

4. 波斯科姆伯谷奇案

有一天清晨，我同夫人正在吃早餐，女佣人递过来一封电报。电报是歇洛克·福尔摩斯发来的，里面这样写着：

> 能不能抽出两天时间？刚收到英格兰西部发来的电报，内容和波斯科姆伯谷惨案有联系。能同您一块去，我非常高兴。那儿的空气好，景色也不错。我们十一点一刻从帕丁敦起程吧。

“你愿意去吗，亲爱的？”老婆冲我眨了一下眼睛，问道，“怎么样？”

“这事，我没有决定好，眼前的好多事情还要去做呢。”

“哦，安思特路瑟帮你做好啦。看看你最近难看的脸色，换个地方会对你有好处，你不是一直很热心于歇洛克·福尔摩斯先生的案子吗？”

“是呀，若是不去我心里可不好受。我每次同他在一块办案，总能学到不少东西呢。我得赶快收拾行装，只差半个小时就要出发了。”

在阿富汗的军营生活时，我就养成了雷厉风行的好习惯。随身带的东西收拾好，不到半个钟头，我提着行李包，很快地坐上一辆出租马车，朝着帕丁敦车站奔去。我赶到时，歇洛克·福尔摩斯在站台上正来回迈着方步。一件灰色的旅行长披风穿在他身上，一顶便帽紧紧地扣在他的头上。这装扮使他原本就不壮实的身材显得更加瘦长。

“华生。你能准时赶来，简直太好了，”他说，“和你这么一个头脑灵活的人一块去，情形会好多啦。那边人的协助要不要都行，他们动不动还同咱们闹意见。华生，你去那两个座位，我去买票。”

车厢里除了我和福尔摩斯，就是他带来的一大堆破烂报纸。他像寻找宝贝似的，盯着报纸，一会儿做点笔记，一会儿又在思考什么。车过了理町时，福尔摩斯突然把那堆报纸卷成个大球，扔到行李架上。

“这个案子，你听说过吗？”他回过头，问我。

“我没看这几天的报纸，对这案子一点儿都不知道。”我如实回答。

“刚才我一直想从近期的报纸上寻找到一些线索，可惜伦敦报界对这个案子的报道不清楚。我搜集到相关的部分资料，我觉得这个案子看似简单，侦破起来并不难。”

“我怎么不大明白呢？”

“我是这样想的，离奇性的案情往往线索只有一条；而平平常常的案情，解决起来就难了。这起案子，已经认定是儿子谋杀父亲的严重犯罪案件。”

“这么说是一桩谋杀案喽。”

“那边的人是这么认定的。我还没有调查过，对这事需仔细推测。我把所了解的案情简单地对你说一下。”

“波斯科姆是个农村，在希尔福得郡，离若斯不远。约翰·特讷先生是那里最大的农庄主，他在澳洲发的财，回到故乡有几年了。他把自己的哈瑟雷农庄租给了查理斯·麦卡瑟先生。麦卡瑟也是从澳洲回来的，他和特讷在殖民地时期的澳大利亚就认识，俩人定居英国时，住的地方离得不远，这很正常。特讷比麦卡瑟有钱得多，麦卡瑟是个佃户，这并不影响他们平等相处的关系。麦卡瑟的儿子十八岁了，特讷有个年龄相仿的独生女，两人的老婆都去世了。麦卡瑟父子对体育运动特喜欢，时常在附近的赛马场显显身手，但他们两家很少同英格兰家庭有来往，生活也较古板。麦卡瑟家有一男一女两个仆人；特讷家就多得多，至少有 10 人。两家的大概情况，我就了解这些。我再谈谈发生的事。

“六月三号那天，就是上周一，麦卡瑟从哈瑟雷家中出来时下午三点左右，他去了波斯科姆伯池塘。那儿其实是个小湖，是从波斯科姆溪谷流下来的溪水汇集成的。那天上午，他同一个男佣到了若斯一趟，一路上挺忙，他急着要去赶下午三点的重要约会。没料到，他去赴约以后就死了。波斯科姆伯池塘距离哈瑟雷农庄有四分之一英里路程，有两个人在这段路上见过他：一位是年长的妇女，不知道她的名字；另一位是特讷家的猎场看守人威廉·克劳德。两个目击者都发誓说麦卡瑟是一个人出行的。狩猎场的人还看见在麦卡瑟走过几分钟后，麦卡瑟先生的儿子腋下夹着一支长枪从这条路走过。当时，他还能看到麦卡瑟先生的背影，他儿子紧随其后。他没怎么在意，到了晚上听说发生了惨案，看场人想起了这件事。

“麦卡瑟父子从看场人威廉·克劳德的视线中消失后，别人也看见过他们。被茂密的树木环绕着的波斯科姆伯池塘，周围长满了杂草和芦苇。就在当时，有个叫裴欣丝·茉润的14岁的小女孩，是波斯科姆谷庄园看门人的闺女，在树林里摘花。小女孩瞧见麦卡瑟先生和他儿子在离池塘不远处的树林边站着，看样子双方在争吵着什么，老麦卡瑟先生气愤地叫骂着，小麦卡瑟扬起了手，像要对父亲不客气。小女孩被眼前发生的吓呆了，转身跑回家告诉她母亲，就在她急忙逃离树林时，麦卡瑟父子争吵很激烈，怕要动起手来。不一会儿，小麦卡瑟一脸焦灼的样子，进了他们的小屋，痛苦地诉说他的父亲在树林里突然死了，望看门人能给予帮助。他神情异样，没拿枪也没戴帽子，衣袖和右手上沾满了暗红的血迹。看门人跟着他去了树林，看到池塘边的草地上躺着死者，死者的头部凹了下去，像是被又重又钝的东西猛砸造成的，很显然是枪托砸的。靠近尸体旁，有支枪扔在草地上。他们采取措施，把小麦卡瑟抓起来了。案子进展顺利。上周二，当地法庭裁定年轻人犯了‘蓄意谋杀罪’；周三被提交若斯地方法官审理；地方法官又将这个案件递交下一轮巡回审判庭。这些就是法医和治安法庭处理此案的主要情况。”

“天哪，我难以想象世上还有比这更心毒手黑的案子，”我说，“若用现场证据指控罪犯，理由挺充分。”

“不能这么简单地去看，”福尔摩斯想了想说，“这些情况看起来较充足，换一个思维方式想想，就会出现另外一种截然不同的情形。当然，不可否认这个案件中那个年轻人显然很让人怀疑，他可能就是凶手。但他的邻居中有不少人说他没犯罪，农庄主的女儿特讷小姐也这么说。正是这些人找到雷斯垂德，让他为小麦卡瑟辩护。雷斯垂德曾参与侦破‘血字的研究’一案。他觉得这案件不好办，推到我手里，咱们两个中年绅士只好以每小时50英里的速度赶来，要不早在家里慢腾腾地吃早饭了。”

“证据太充足了，”我说，“咱们这次来怕要空手回去。”

“越明显的案情越容易出差错，”他笑着回答，“这次来，说不定会发现一些线索。对于雷斯垂德的推理，我们想办法证实或推翻，但我考虑了多次，不知从何入手。你很了解我，我的猜想你不认为是在夸大其词吧。举个例子说，我能断定你家卧室的窗户是在右边，雷斯垂德恐怕连这个显而易见的事都没有发觉。”

“你怎么这么认为——”

“我的好兄弟，我了解你。我知道你有着军人爱清洁的好习惯。每天早晨，你都刮胡子。在这个季节，你只能借着太阳的光线刮。你往左边脸刮，越向下刮得越不好，到了下巴底下时就更不干净了。这是由于光线不足的原因，我想像你这种人，不会在两边光线一样的情况下把胡子刮成这样。拿这个小事来说明观察和推理的关系，这是我擅长的，这想法会有助于我们展开调查。对于传讯中提出的小问题也要考虑考虑。”

“什么问题？”

“看来小麦卡瑟是回到农庄之后才被逮捕的。当他从警官那儿得知宣布逮捕他的消息时，他没怎么害怕，他说这是报应。他这样说自然让法官认定他就是凶手。”

“他自认了。”我接着说。

“并不是，在这之后就有人提出相反意见，说他没有杀人。”

“不会吧，这案件很明显是他动手杀人，还有人质疑，这怎么回事？”

“感到不明白吧，”福尔摩斯说，“我目前也为此感到不解。小麦卡瑟不管是否清白，他不可能想不到当时的情形对他很不利。如果说抓捕他时，他很气愤的话，我会认为这案情值得怀疑。在当时的情况下，对于蓄意杀人的罪犯，吃惊和愤慨可能会是为自己解脱。小麦卡瑟接受了当时的状况，这表明他是个有自制力、沉稳的人，或者说他没有犯罪。至于他说的报应的话，咱们考虑当时的情形就不觉得奇怪了：当时他站在父亲的尸首旁，想着才同父亲大声争吵，忘记了要尊敬父亲，甚至要扬手打父亲。他说这话时可能是内疚，谴责自己，这让我们感觉出他是个思维正常的人，不能简单以为是认罪伏法。”

我叹了口气说：“许多被判死刑的人还没他这么多证据呢。”

“死刑犯中，有不少是错判的。”

“小麦卡瑟对自己的案子是怎么看的？”

“同情他的人对他的辩护并不乐观；从提供的资料看，有一两点很具启发性，你看看吧。”

福尔摩斯从那捆报纸中找出一份当地报纸，把其中一张折起来，指着其中一个段落，对那个不幸的年轻人在这个消息中发生的事说了一下。我坐下来认真地看起这段报道。报道是这样写的：

被害人的儿子詹穆斯·麦卡瑟被传入法庭，他的证词如下：“在布里斯托尔，我待了三天，直到上周一早上才回家，就是三号那天。到家时，我父亲不在，女佣告诉我他和车夫约汉考伯到若斯去了。一会儿，就听到他的轻便双轮马车跑进了院子。从窗口我看见父亲急忙下了车，走出了院子，可不知道他是往哪个位置走的。我拿上枪，紧跟着向波斯科姆伯池塘的方向走去，想到池塘对面的养兔场瞧瞧。我在路上遇到威廉·克劳德，他的证词是这样定的，可他误以为我在跟踪我父亲。我一点不知道父亲离我很近。等我走到离池塘约有100米远左右时，我听到父亲叫了一声‘库依’，那是父亲和我之间常用的信号。我急忙走去，看见父亲一个人站在池塘边。他见到我时，挺吃惊的样子，且大声地问我到那里做什么。我俩说了几句，由于父亲脾气粗暴，我们争吵起来，就差动拳头了。我怕他怒火大得刹不住了，就转过身向哈瑟雷农庄的方向走去。可是没走出150米远，突然听到身后传来一声吓人的叫喊，我赶紧跑过去。我发现父亲躺在地上，头部受了重伤。我把枪放在一边，一把将他抱到怀里，他当时就停止了呼吸。我在他身旁跪了一阵子，而后找特讷先生家的看门人求助，他家离出事地点最近。我返回来的时候没发现他身边有人，也不清楚他竟然伤成那样。尽管他对人的态度不好，让人挺害怕的，不讨人喜爱，但据我了解，他并没有致他死命的仇人。我就知道这些。”

验尸官：“你父亲遇害前对你怎么说的？”

证人：“他嚷嚷几句，我听他像是说‘阿莱特’什么的。”

验尸官：“你对这话的含义怎么看的？”

证人：“我没觉出有什么深的含义，我觉得他当时神志不太清醒。”

验尸官：“你怎么和你父亲争论起来的，因为啥事？”

证人：“我不想回答。”

验尸官：“你必须回答。”

证人：“我不愿告诉你，但我可以肯定地对你说吵架和随后发生的惨案没有关系。”

验尸官：“具体的事由法庭裁判。我想你也明白，你不愿回答问题，会很不利于以后你的起诉。”

证人：“我还是不愿回答。”

验尸官：“据我了解，‘库依’是你们父子间常用的信号，是吗？”

证人：“是的。”

验尸官：“那你父亲怎么在不知道你已从布里斯托尔回来的情况下，并没有见到你时这样叫呢？”

证人（很是困惑的样子）：“我不清楚。”

一个陪审团成员：“你听到你父亲在喊叫，跑回去看见他受了致命创伤时发现别的可疑东西了吗？”

证人：“没发现什么值得怀疑的东西。”

验尸官：“这话什么意思？”

证人：“我快速地奔向那块空地时，相当紧张、吃惊，一心只念着父亲。我想起来了，就在我朝前跑时，在那地上像是有啥东西。灰颜色的，像是大衣这类的东西，可能是件彩格呢披风。我从父亲身边站起来时，往四周看了看，那东西看不见了。”

“这么说，在你去找人求救之前，那东西就没有了，是吗？”

“是的，看不着了。”

“你能肯定那是什么嘛？”

“不能，我只能认为那里有样东西。”

“距离尸体多远？”

“大概有 10 米。”

“离树林边有多远？”

“差不多。”

“这么说，若是有人将它拿去，就是离你10米远的距离，是吗？”

“对。不过当时我是背朝着它的。”

对证人的审讯过程到此结束了。

“我看啦，”我一边阅读这个栏目一边说：“验尸官结束审讯时的话对证人不利，他显然在提醒人们证词中有自相矛盾的地方：他父亲还不清楚他回家了却叫他；小麦卡瑟拒绝说出他和死者谈话的细节，他对父亲死前所说的话的怪异描述。这些正像验尸官所说，对小麦卡瑟极为不利。”

听了我的话，福尔摩斯暗自笑了笑，在软绵绵的靠垫上舒展着身体。“你和验尸官都用心良苦，”他说，“对小麦卡瑟有利的证据被排除了。你没觉得他富于想象，或者是缺乏想象能力？他没能编出个理由说清他和父亲的争吵，用来争取陪审团的同情，真没有想象力；但他从内心感应中产生了种种古怪说法，例如死者临终前提到‘阿莱特’以及那件失踪了的衣服什么的，这表明他有丰富的想象力。我想从另一个角度去调查，就是小麦卡瑟说的全是起初的情况，我们来看看假设会得出什么结论吧。我这儿有一本比得拉齐诗集的袖珍本，你拿着读吧。在到达案发现场前，我不想谈这个案子。我们一起到斯云敦吃午饭，再有二十来分钟就该到了。”

四点左右，列车穿过风景秀丽的斯特劳得峡谷和波光闪烁的塞文河，到达了若斯这个美丽的乡村小镇，一个看上去清瘦、狡黠的男人已经在站台上等候了。尽管他按照当地风俗穿了件浅棕色的风衣，打着皮绑腿，我一眼就认出他就是伦敦警察局的雷斯垂德警探。我们三人一起乘车赶到希尔福得郡的阿姆斯旅店，他在那里给我们订了一间房。

在一起喝茶的时候，雷斯垂德说：“我要了一辆马车，您精力充沛，不马上破案就不痛快吧。”

“真是太棒了。不过，先得看看天气预报。”福尔摩斯提醒道。

雷斯垂德有些不解，说：“这是什么意思呢？”

“今天温度多少，29度，知道了。没有风，天上也没有云。幸好我这儿有一盒烟可以抽，这里的沙发比农村普通旅馆的强多了。今晚不用上马车了。”

雷斯垂德朗声笑了起来，“不容置疑，您已从报纸上的报道得出结论。

这个案子的案情很清楚，越是深一步调查，越明确。当然，我不会拒绝一个女士的请求，何况她是位很不错的女士。她久仰您的大名，尽管我一再对她说，凡是您能做到的，我都会尽心尽力去做的，可她还是要听听您的高见。您听，她的马车已经在门口啦！”

他刚说完，一个年轻女子就急急忙忙地走进房间。她的两只蓝眼睛颇有灵气，微张双唇，两颊绯红，我感觉她很可爱。可是由于精神忧郁，一紧张，天生的端庄找不到了。

“您好，歇洛克·福尔摩斯先生！”她把我们轮番瞅了一遍之后，凭借女性敏锐的直觉盯住我的同伴，提高声音说，“我特高兴能看到您来这里。我这么快赶来就是让您知道我有多喜悦。我知道詹穆斯没作案，希望您在开始侦破前清楚这一点。您记住这一点，我同他是一块长大的，他的缺点我最了解。可他心软，连只苍蝇都不轻易伤害。真正了解他的人都会觉得他的确很冤枉。”

“我会为他澄清的，特讷小姐，你该相信我会尽全力的。”福尔摩斯和气地说。

“那些证词您看过了，是不是有了自己的结论？发现有什么漏洞和缺陷？您不觉得他是受冤枉的？”

“我觉得他很可能是冤枉的。”

年轻女子把头往后一扬，轻蔑地看着雷斯垂德大声说：“听到了吧，你听好了，他给了我信心！”

“恐怕我同事这结论未免下得过早啦。”雷斯垂德耸耸肩膀说。

“詹穆斯说的没错，我清楚他是对的。他绝对不会干那种事的！至于他和父亲的吵架，他未在验尸官前露出一个字，是因为那事情牵涉到我，他才不说呢。”

“这怎么能说牵涉到你呢？”福尔摩斯问。

“已到这一步了，我不想隐瞒什么了。我和詹穆斯的事情上，他和他父亲没能沟通。麦卡瑟先生特别愿意我们成亲，因为我和詹穆斯一直像兄妹一样相亲相爱。当然，他年轻没什么生活经验，他不希望现在就结婚成家。为成亲的事，他们总是争吵。我敢肯定地这么说。”

“你父亲愿意你们俩成亲吗？他是怎么看的？”福尔摩斯问。

“不愿意。只有麦卡瑟先生愿意。”福尔摩斯锐利的目光投向她时，一道红晕掠过她那张充满活力的脸。

福尔摩斯接着说："谢谢你说了这些，明天去登门拜访你父亲，可以吗？"

"恐怕医生不让去。"

"医生，这怎么回事？"

"是这样的，我可怜的父亲已病了好多年了，这桩案子更把他的身体搞垮了。他已经起不来了，维娄思医生说他的身体受到了严重打击，神经系统都乱了，麦卡瑟先生是活着的唯一一个早年在维多利亚就认识我父亲的人，可如今……"

"哈，维多利亚！这提醒了我，是在采矿场吧。"

"嗯，是在采矿场。"

"确切地说是在金矿。据我了解，特讷先生是在那里致富的。"

"没错，是在那个地方。"

"特讷小姐，谢谢你，你提供了很好的线索。"福尔摩斯真诚地说。

"您肯定会去监狱里探望詹穆斯的，对吧？你有什么消息明天一定要告诉我。你去的话，福尔摩斯先生，请您一定要告诉他我相信他是冤枉的。"

"特讷小姐，我会这样做的。"

"我该回家了，我爸爸病得厉害，他会想我的。再见。"她匆忙地走了出去，那匆忙的样子和来时一样，接着就听见马车远去的声音。

"我真替你不好意思，福尔摩斯，"雷斯垂德沉默了一会儿后说，"你为什么要说他是冤枉的？我的心软不下来，我觉得还是尊重事实吧。"

"我想我会有办法替詹穆斯·麦卡瑟洗清罪名的。你有没有探监许可证？"

"有，不过只能我俩去。"

"既然这样，我得再考虑一下是否出门的事了。今晚时间绰绰有余，还来得及赶火车到希尔福得那儿去看他。"

"华生，我去两个小时就回来了，你恐怕会觉得时间难挨吧？"福尔摩斯对我说。

我陪着他俩一块走到火车站，然后在小镇上遛了遛，回到旅馆后就躺在沙发上看一本廉价的小说。这本小说的情节太简单了，和我们正在调查的案情无法相比。我的注意力一再从小说集中到案情，最后我把书向对面一扔，干脆静下心思考虑起当天的种种事情来。假设这个不幸的小伙说的全部属实，那么从他离开父亲到听见他父亲的喊叫，急着赶回那片空地这段时间里，到底发生了怎样让人迷惑不解、惊人的事情呢？一定是可怕、置人于死地的事。我猜测着，凭借所有送来的报纸，上面有审讯的详细记录。法医的验尸报告写着：死者后脑左边第三块顶骨和枕骨半边被钝器重击，致使粉碎性骨折。我在自己头上比量出被击中的地方，发觉这一击来自死者身后。这点发现对被告有利，因为有人看见他们父子俩在面对面争吵。但这不能说明全部问题，因为老麦卡瑟也可能背过身。再者，死者临死前提到“阿莱特”，这让人纳闷。这是什么意思？不可能是脑子不清醒时说的话，因为突然受到攻击而命在旦夕的人不会不清醒。很有可能他是想说出谁是凶手。可是这到底怎么回事呢？我翻来覆去地想琢磨出一个恰当的解释。另外，小麦卡瑟看见的那件灰色衣服的事。如果这属实，那么可以肯定是凶手在慌忙逃离时，从身上脱落下的，也许是件披风，凶手竟然敢在小麦卡瑟跪在父亲身边时的一刹那间，从相隔不过十米远的地方将那件衣服取走。这一连串不可思议的事是多么令人不解！我对雷斯垂德的态度并不感到奇怪，对福尔摩斯的洞察力我更相信，正是每一个事实使他的信念坚实有力，他相信小麦卡瑟是冤枉的。

福尔摩斯很晚了才赶回来。他一个人回来的，雷斯垂德已经在镇上住下了。

“温度计上的温度还这么高，”他坐下来说，“咱们去现场验证前千万别下雨，这顶关键了。换一个角度讲，做这种谨慎的查看工作得保持最好的状态。咱们大老远地来到这儿，已经很累了，我不想就这个样子开始工作。今晚，我见到小麦卡瑟了。”

“你从他那儿有收获吗？”

“什么也没得到。”

“一点儿线索都没透露？”

“一点儿都没说。我原以为他清楚谁是凶手，可他想隐瞒他或者她。到现在我坚信他和别人一样并不知情。小麦卡瑟长得不错，心地善良的样子，但不怎么聪明。”

“你想想，他竟然不想同特讷小姐那样出色的女孩成亲！真不敢说他有品位。”我在一旁都替他失望。

“并不是这样的，这可是个令人伤心的故事。小伙子对她很痴情，在他岁数不大的时候，对特讷小姐不怎么了解，因为她在寄宿学校念书已五年了，这傻小子就在布里斯托尔和一个酒吧女郎好上了，还同她到婚姻登记处登记结婚了。这情况谁都不知道，他们父子俩最后一次碰面时，做父亲的又劝儿子去向特讷小姐求婚。俩人争吵得厉害，小伙子举起了胳膊。另外，年轻人并没有自立，而他父亲在各方面都挺小气。若是他知道了结婚的事，准会和他断绝关系。案发前三天，在布里斯托尔，小麦卡瑟和他那个当酒吧女郎的老婆在一起。他父亲怎么会知道这些。这一点很重要，请你记住。坏事又变成了好事，那个吧女得知小伙子要遭殃了，很可能判死刑，就给他来了封信，说自己已有家室，丈夫在百慕大码头上干活，她和小麦卡瑟并没有真正的夫妻关系等，直截了当地同他吹了。我想这信对经受过打击的小麦卡瑟来说倒是一种欣慰。”

“如果小伙子是无辜的，又会是谁下手的呢？”

“是谁呢？你得特别注意这两点：一是死者和某人要在池塘边会面，这个人显然不是他儿子，小伙子出门在外，不定什么时候回来；二呢，有人听到被害人在并不知儿子已经回家时大声喊‘库依’。这两点在本案中很关键。如果你愿意，咱们现在就聊聊吧。那些可疑的事情明天再谈。”

第二天，就像福尔摩斯所言，没有下雨。一大早就阳光明媚，天空晴朗无云。九点钟，雷斯垂德坐着马车来接我俩，于是我们一块向哈瑟雷农庄和波斯科姆伯池塘出发了。

“今天早晨有重大新闻，”雷斯垂德说，“听说特讷先生病得厉害，快不行了。”

“我想他岁数挺大吧？”

“可能六十岁了，他早年住在国外时身体就差。他的健康状况越来越不行了，已经有些年岁，这个案件更加剧了他的病情。他同老麦卡瑟是老朋友，而且，我再补充一句，也是他的恩人，我听说他把哈瑟雷农庄免费租给了麦卡瑟。”

“是吗？真是个挺好的人。”福尔摩斯说。

“很不错，特讷总是救助他。在这地方，他对麦卡瑟好人人都清楚。”

“是这样呀！这位麦卡瑟先生几乎什么都没有，一直受到特讷先生的帮助。可他还想让他的儿子同特讷的女儿成婚。那女孩很可能继承庄园呢！他谈起这门亲事骄横得就像只要他儿子有意，其他的事都好说了。你觉得他这个态度挺怪吧？更令人琢磨不透的是，特讷本人反对这门亲事。这是特讷小姐告诉我们的，你觉得其中有什么可推断的吗？”

“我们已经下了结论。”雷斯垂德对着我眨眼睛，“我发现，就是不像你这样大谈什么理由，想入非非，要查清这案子可不简单。”

“不管怎么说，我已经掌握了一个您不太可能发现的情况。”雷斯垂德有点激动地说。

“说说看——”

“那自然是老子死于儿子手里。其他的种种说法都不可能。”

“不能这么早下结论，”福尔摩斯笑着说，“如果我没弄错的话，左边就该是哈瑟雷农庄了吧？”

“是的，你猜对了。”

这是一栋占地面积很大、外面令人舒服的石板瓦房，灰色的墙壁上长满了黄色的苔藓。然而，没有拉开的窗帘，没有炊烟的烟囱却给人以悲凉的感觉，好像这场悲剧产生的惨痛仍紧紧地笼罩着农庄。我们把门叫开，女佣听从福尔摩斯的吩咐，把她主人遇害时穿的靴子取出来，让我们看看；同时她还拿了一双小麦卡瑟穿的靴子，当然不是他父亲遇害那天穿的那双。福尔摩斯从七八个角度比量了那双靴子后，又要求女佣领他到院子里去。我们就从那里出发，沿着一条曲折的小路，走到波斯科姆伯池塘边。

每当歇洛克·福尔摩斯认真地搜索这类线索时，他就换了个人。对那些只知道贝克街那个冷静的思想家和推理专家的人来说，他现在的神态，没人会认识他。他的面颊时而涨得紫红，时而又板得铁青。两道紧锁的眉毛像是两条浓黑的绳子，眉毛下晶亮的眼睛射出冷冷的光芒。他弓着背，低着头，双唇紧闭，脖子上的青筋暴出。他的鼻孔张得大大的，很像是一副猛兽捕猎的模样。他专注于眼前的搜查，谁要是问他点什么或是对他说点什么，他都没反应，顶多不耐烦地吼一声。他默不作声地轻捷地沿着那条穿过草地的树林的小路朝前走，一直走到波斯科姆伯池塘边。那里湿润、松软犹如沼泽地，在小路上和草地上都有很多脚印。福尔摩斯有时紧走，有时站住不动，有一会儿他又到草地里兜着圈子。雷斯垂德和我跟在后面，这位官方警探一副不理不睬的样子，而我却很有兴致地察看着好友的一举一动，坚信他的每个举动都有确定的意向。

波斯科姆伯池塘四周芦苇丛生，方圆大约五十米，地处哈瑟雷农庄和大富豪特讷家私人花园之间的边界。从池塘对面排列整齐的树梢望过去，我们看见了红色的尖顶，那是地主庄园的标志。靠近哈瑟雷农庄的一边，树木繁茂。这片树林的边缘和池塘边的芦苇间有块狭长地带，大约有二十米宽，长了很多青草。雷斯垂德将发现尸体的具体位置指给我们，那里十分潮湿，死者卧在那里留下的印迹仍然可以辨认。我从福尔摩斯热情的表情中看出，他从被踩倒的草丛中发现了很多可疑痕迹。他就像只追捕猎物的猎狗那样绕着那地点转圈，又转向雷斯垂德，问：

“你去水塘里干什么？”

“我原以为会有武器或别的线索，就用筢子在里面捞。可是，老天！你这是——”

“哦，我可不想向你解释，到处是你那只内八字脚的印子。连鼹鼠都能跟踪你的脚印，走到芦苇那儿就没有了。若是我早点来，他们还没像一群水牛那样在这儿乱踩，侦破该多简单！和看门人一块来的人就是从这里过来的，他们抹去了死者六到八个脚印。不过这里还有同一双脚留下的三个单独的痕迹。”他掏出放大镜，俯身在地上铺上防水布，以便看得清楚。就在同时，他不停地说话，与其说是对我们说，还不如说是自言自语。“这些是小麦卡瑟的脚印。两次在走，一次是在飞快地跑，所以脚板踏出来的印迹很深，脚后跟几乎看不见了。这说明他的供词没假。这些是他父亲的，他在来回踱步。那么，这又是什么呢？这是小麦卡瑟听到喊声后扔枪托留下的印迹。这个呢？哈！瞧，我们找到什么啦？脚尖！脚尖的印子！也是方方的，肯定不是一般的靴子！它们走过来，又回去了——当然，是来取那件披风的。我们来瞧瞧它们是从啥地方出现的。”他翻来覆去地查找，时而脚印消失了，时而又出现了。我们一直找到树林旁，最后来到一棵山毛榉树下，这是附近最大的一棵树。福尔摩斯一直搜查到那棵树对面，又再次趴到地上，发出一声惊喜的欢呼。他在那儿待了一段时间，不停地翻着树叶、枯枝；把那些看似泥土的东西装进信封，他拿出放大镜，不仅察看地面，就连那些树枝都认真翻看了一遍。青苔里有一块锯齿状的石头，他也仔细检查了，然后放了起来。他又沿着一条小路穿过树林来到公路边，所有的脚印在那里找不到了。

“这个案件真有趣，”他恢复了常态说，“我想右边这幢灰色房子就是门房吧，我准备进去和茉润谈谈，再做点记录。忙完这事我们就可以回去吃午饭了。你们先去马车那儿吧，我一会儿就到。”

大约过了 10 分钟，我们又都上了马车，赶着车进了若斯小镇。一路上，福尔摩斯把从树林里捡来的石头一直带在身边。

“雷斯垂德，你也许对这东西感兴趣，”他拿起那块石头说，“这就是凶手用的凶器。”

“我怎么看不出来有痕迹？”

“是没有痕迹。”

“你是怎么知道的？”

“这下面的草还活着，说明石头在那里才几天，草上面没有石头拿走后该留下的痕迹。它的样子和伤痕完全吻合，再说并没发现有别的凶器。”

“杀人犯呢？”

“凶手是个高个子的男子，他左撇子，右脚不好使，蹬一双厚底狩猎皮靴，套件灰色披风，抽印度雪茄，并使用雪茄烟嘴，上衣口袋常揣把很钝的小折刀。另外还有别的迹象，但凭这些就足以帮我们查清楚了。”

雷斯垂德哈哈乐了。“我还是保持怀疑，”他说，“口头上说得过去，可我们面对的是顽固的英国陪审团。”

“等着看吧，”福尔摩斯平静地说，“你按你的方式去做，我照我的想法去干。今天下午我会很忙，可能会坐晚上的火车回伦敦。”

“让案子就这样啦？”

“已经处理完了。”

“我怎么搞不清楚？”

“咱们已经破解开了呀。”

“你说谁是凶手？”

"我刚才描述的那个有钱的人。"

"他会是谁呢？"

"要知道这人是谁不怎么难吧，这儿的人口挺少嘛。"

雷斯垂德抖了抖肩膀，说："我是个着重实际的人。我不可能在这地区查找腿瘸、左撇子的男人，那样我会让人笑话的。"

"是吗，"福尔摩斯和气地说，"这是我给你的一个机会。你的住址到了，再会吧。我在走前会给你留张便条。"

把雷斯垂德留在他的住处后，我们便驱车回到了下榻的旅馆。刚一到，午饭就摆到桌子上了。福尔摩斯默不作声地在思索，脸上出现忧郁的神情，人只有在茫然若失时才这样。

"华生，"饭桌收拾好后，他对我说，"你在这椅子上坐着，我来同你聊聊。我有点不明白，想听听你怎么说。抽支雪茄，说说看。"

"好吧。"

"是这样的，我们在解决这个案件时，小麦卡瑟的诉说有两处立即引起我们的注意，我说的这两点尽管对他有利，而你不觉得这样。第一处是，据他所言，他父亲在见到他之前就高喊'库依！'；第二处是，死者临死前怪异地提到'阿莱特'这个词。你清楚他模糊地说了几句话，可他儿子只听清这几个字。我们只好从这两点开始破案，我们不妨认为这个小伙子说的是真实的。"

"这个'库依'是啥意思呢？"

"嗯，我想他不是冲他儿子喊的，死者只知道儿子在布里斯托尔。他儿子听到父亲大喊'库依'很偶然，他这喊声恐怕是引起约见的那个人的注意。'库依'是澳洲一种典型的用语，只在澳大利亚主仆之间使用。据此，我们可以极有把握地推断：麦卡瑟在池塘会晤的那个人曾在澳洲住过。"

"'阿莱特'又怎么讲呢？"

福尔摩斯从口袋里拿出一张叠好的纸铺在桌上，"这是我昨天打电报到布里斯托尔要的，"他接着说，"这是维多利亚殖民地的地图。"他用手挡住部分地图问："这几个字怎么读？"

我说："是阿莱特。"

他把手挪开后，又问："现在呢？"

“巴拉莱特。”

“说的对。这几个字就是死者临终前说的，他儿子只听清后面两个音节。他想说出凶手的名字，是巴拉莱特来的。”

“太棒了！”我惊叹道。

“这已经很明确了。你看，我又把调查圈子大大减小了。有件灰色披风这一点已经证明那小伙子说的没错，是实话。这回我们就不是模糊的概念了，而是扎实的目标：凶手一定是从澳洲巴拉莱特来的男人，有件灰色披风。”

“会是这样的！”

“另外还有我们今天的侦查。我对地面进行了周密察看，发现了蛛丝马迹，我连凶手长什么样都告诉雷斯垂德那个笨蛋了。”

“你又是怎样推想出来的呢？”

“你不了解我的想法吗，不就是对小细节的查看嘛！”

“我清楚你是从他迈的步子来判断他的个子，对那双靴子的推断也许是从脚印发现的。”

“是这样呀，这并不很难。”

“他走路摇晃，你又是怎么想出来的呢？”

“他的右脚印总是比左脚的模糊，这说明他的重心在左脚上。从这一点看，他肯定是个瘸子。”

“你说他是个左撇子又怎么回事？”

“你该记得在审讯中法医对伤势的记录吧！打击来自正后方，而且伤在左脑，若不是个左撇子，怎么会这样呢？那父子俩会面时，凶手就站在那棵树后，抽着烟，因为我发现了雪茄的烟灰。你知道我对烟灰做过一些研究，并写了篇专题论文论述了140多种不同的烟灰，包括烟斗、雪茄和香烟。我对烟灰的特殊经验让我知道那是印度雪茄。发现雪茄后，我就到四周去找，最后在草丝里找到了他随手扔在那里的烟蒂。确切地说是印度雪茄，和在鹿特丹生产的那种一样。”

“你是怎么知道他使用雪茄烟嘴的呢？”

“我瞧出烟蒂没进过嘴，因此可断定他用了雪茄烟嘴；烟头被削掉了，但削得不平，因此可断定他口袋里的刀子不快。”

“福尔摩斯，”我说，“你简直成神仙了。凶手准会抓住，你又救了一个小伙子的命，这就像你砍断了套在他脖子上的绳索一样。我清楚这一切是谁做的，凶手就是——”

“特讷先生来啦！”旅馆服务员一边大声通报，一边推开客厅的门，把客人领了进来。

本来是个陌生的面孔，但令人记得住！他走路特慢，一瘸一拐的，弯着背，一副老态龙钟的样子；但他那遍布皱纹、轮廓分明的五官以及强壮的四肢，可以看出他力大过人，个性独特。他的胡子卷曲，头发灰白，那下垂的眉毛让人感到高贵、有权有势。可是他脸色苍白，嘴唇发乌，鼻孔两边发青，一看就知道他患有慢性病，已经很严重了。

“这么说您收到我的便条了，请在沙发上坐吧。”

“我收到了，看门人送来的，说是您想在这儿见我，免得引起别人传言。”

“若是我直接到您那儿拜访，我怕别人说这说那。”

“你为什么要见我呢？”他眼中充满绝望的神色看着我的同伴，像是他的事情已让人知道了。

“是这样的，”福尔摩斯说，他没有直接回答他的问题，而像是在回答他的目光，“麦卡瑟的事我全都明白了。”

老人用双手挡住了脸部。“愿上帝帮助我。”他大声说，“我不想让那小伙子受冤屈的，我向你保证，如果巡回审判庭判他有罪，我会把实情说出来替他澄清的。”

“您这样说我真高兴。”福尔摩斯沉重地说。

“若不是我那宝贝女儿，我早就说了。如果我被捕，她会伤透心的。”

“可能不至于到那一步吧。”福尔摩斯说。

“你说什么？”

“我不是官方侦探，是您女儿请我来的，我在为她做事。不过小麦卡瑟得无罪释放才行。”

“我是个快要死的人了，”特讷说，“我患糖尿病已经好多年了，我的家庭医生说我不一定能活过一个月。可我情愿死在自己家里，不愿死在大牢里。”

福尔摩斯站起身，拿着他的笔坐到桌前，在面前放了一叠纸。“只管把实情告诉我们，我把案情记录下来。然后您在上面签个字，华生先生可以当证人。这样，为了小麦卡瑟，在处境不利的情况下我会出示这份供词。我向您保证，不到危急关头，我不会出示这份供词。”

“这不要紧，”老人说，“我能否活到巡回审判还是个事呢，这对我没多大关系，我不愿看到艾莉丝难过。我今天就把实情一五一十地告诉你们。为这事我已经想了好长时间了，说起来也简单。

“对麦卡瑟这死鬼你们不了解，他简直是个恶鬼！这是实话，愿上帝保佑你们永远别受到这类人的伤害。二十年来，他的魔爪狠狠抓住我不肯放松，我这一生都让他毁了。我跟你们说说这是怎么一回事。

“那还是60年代在矿上的时候，当时我是个一身血性的小伙子，活泼好动，凡事都想去做。后来，我交了几个坏朋友，开始酗酒，由于开矿不景气，我们当了这里人所说的抢劫犯。我们一伙六个人，过着浪荡的生活，时不时抢劫车站，或拦截那些到金矿去的马车。我有个称号叫巴拉莱特的黑杰克，我们这帮贼被当地人称为巴拉莱特帮。直到今天，那里的人还有知道的。

“有一次，一支黄金押运队从巴拉莱特驶向墨尔本，我们埋伏在路边偷袭了他们。押运队中有六个士兵，我们也是六个人，可以说阵容相当。我们是排射过去的，一下子就从马上摔下四个卫兵。我们赢了，可我们的人也死了一个。我用枪顶着押运队车夫的脑袋，这个车夫就是麦卡瑟，要是我当时一枪把他打死就好了。我瞧见他那双小眼睛不怀好意地盯着我，像是要记住我长的啥样，我心一软就饶了他一命。我们带着这些黄金逃走了，很快就成了有钱人，而后来到英国，没有受到任何责难。我同老伙伴分手了，决心过一种平静、有品位的生活。我买下了刚好在市场上出售的庄园，再用一些钱做了点好事，用来弥补我以前的罪恶。我成了家，妻子早逝，给我留下了唯一的爱女艾莉丝。她还在婴儿时就用娇嫩的小手引导我走正路，这是我以前想不到的事。总之，我和过去不一样了，尽力做力所能及的事。本来一切都好好的，没想到麦卡瑟会突然闯进我平静的生活。

“那天我到城里办一件投资方面的事，不料在摄政街碰到他。他穿得破破烂烂，光着脚。

“‘杰克，我们来了，’他往我的胳膊上碰了一下，说，‘我们就两个人，我和我儿子，你收留我们吧，我们会亲如一家的；要不，英国的治安很严，随便喊一声，警察就来找事。’

“就这样，他们跟我来到了西部农村，再也甩不掉了。从那之后，我让他租种一块最好的土地，租金不用交。做了好事的我却无法安宁，无论走到哪里，他那狡诈狞笑的面孔总在我身边。艾莉丝长大以后，情况更不好了，他知道我怕艾莉丝了解我的过去胜过怕警察，他就敲诈我，不达目的就绝不松手。我几乎满足他的一切要求：土地、金钱、房子，后来他跟我要我的女儿，那是我怎么也不会应允的。

“你瞧，他儿子长大成人了，我女儿也不小了。大家都了解我身体很不好，他认为他儿子一定会继承我的财产，他盘算得很美。我在这点上不肯服输，并不是我对那小伙子不喜欢，可他身上流着他父亲的血。我无法忍受让他该死的血统和我的混在一起。我一百个不答应，麦卡瑟就威胁我。我骂他狗胆包天，我们约好那天中午在两家房子之间的那个池塘边解决此事。

“我赶到那儿时他正在和儿子说话，我在一棵树后边抽烟边等着，等到他一个人的时候再说。当我听到他和儿子谈的话后，我的内心就鼓起了邪恶的风暴。他在催促他儿子和我女儿成亲，一点儿不想想她会不会愿意，就像我女儿是街边的妓女一样。一想起自己和最疼爱的女儿竟然会遭到这种人的控制，我受不了，气得发疯了。怎么不能摆脱呢？我快要死了，不怕什么，尽管我头脑还清醒，身体还强壮，可我明白这一辈子没什么意思了。我还有女儿和财产！我知道只要能堵上这张臭嘴，一切会好起来的。于是我要行动了。福尔摩斯先生，我真想和从前那样。我曾有罪，并为此遭受磨难。要让我女儿也落入那张逼我于死地的魔网，我无法忍受。我一下子就把他打翻到地上，就像打一只恶狠狠的狗。他儿子听到他的嚎叫就赶了回来，那时我及时地在树林里藏了起来。不过后来我又得回去，慌乱中掉下的披风又被我捡了回来。先生，这就是整个事件的真相。”

“行啦，我无权参与对您的审判，”当老人在那份口供上签名的时候，福尔摩斯说，“乞求上帝不要让我们受到类似的威胁。”

“是这样，先生。那你准备怎么做呢？”

“您的身体状况不好，我不准备采取任何行动。您自己心里明白，在不远的日子，您将为此受到巡回审判更高一级的审判。您的供词我会保存好，万一小麦卡瑟被处罚，我不得已会出示这份口供。可要是他被无罪释放，这就不会让外人知道，我们对您的秘密，无论您的身体怎样，都会守口如瓶的。”

“我们就再见了，”老人郑重地说，“将来您自己在临终前，想起曾经让我平静地死去，您会有很大的安慰的。”说完，他高大的身躯慢腾腾地站起来，步履艰难地走出了房间。

“真要感谢上帝哇！”福尔摩斯默不作声了半天后说，“怎么命运总爱捉弄那些可怜、寻求帮助的人们呢？这次听到类似案件，我就想起了巴可思特所说的话，并对自己说：‘要不是上帝保佑，就没有我福尔摩斯。’”

在巡回审判庭的审判中，由于歇洛克·福尔摩斯起草并提交给辩护律师几份申诉书，小麦卡瑟终于被宣布无罪释放。老特讷先生在我们会面之后又平静地活了七个月，现在已经去世有些日子了。我猜测以后的日子会是这样：麦卡特的儿子和特讷的女儿一起过着幸福美满的日子，而对于他们父辈间的恩恩怨怨压根不会知道。

5. 五个桔核

当我粗略地浏览我保存的 1882 年至 1890 年间福尔摩斯侦探案的笔记和记录时，我竟不知从何入手，摆在我眼前的离奇有趣的材料实在太多了。有的案子经过报道已经众所周知了，而有些案子因为不能展示出我朋友的杰出才智而没有报道出来。还有些案子使得他的擅长于分析的本领无法施展，就像某些故事一样，变成有头无尾了。又有些案子，他只弄清了一部分，对其情节的剖析只是出于推测，而不是以他所看重的、准确无误的逻辑论证为依据。在上述最后一类案件中，有一个案件不仅情节离奇，结局也离奇，使我禁不住想重新叙述一下，虽然与之有关的一些真相还未弄清楚——也许永远也弄不清楚了。

1887年我们接手了一系列很有趣和趣味不大的案件，这些案件的记录，我都保存着。在这些记录中，有关于下面各案的记载：“帕拉多尔大厦案”“业余丐帮案”，这个业余丐帮在一个家具店的地下室拥有一个豪华奢侈的俱乐部；“美国帆船‘索菲·安德森’号失事真相案”“格拉斯·彼得森在乌法岛上的奇案”“坎伯韦尔投毒案”。记得在最后一案里，当福尔摩斯给死者的表上发条时，发现该表两小时前就被上紧了发条，从而表明死者在那段时间里已经上床睡觉。这个推论对澄清案情至关重要。所有案件，也许有一天我都会给大家讲个大概，但没有一个比我现在就要执笔描述的案件更扑朔迷离和荒诞不经的了。

那是九月下旬，秋分时节的暴风雨异常猛烈。狂风暴雨一整天不停地击打着窗子，尽管我们身在用人类智慧的双手建造起来的伦敦城内，但此时此刻，我们也不由失去了平时工作的心情，不得不感叹自然界的威力——它就像一头未经驯服的猛兽，透过人类文明的栅栏向人类怒吼。随着天色将晚，狂风暴雨更加肆虐了。风时而狂啸，时而低吟，好像壁炉烟囱里发出的婴儿的哭叫。福尔摩斯在壁炉旁心情忧郁地坐着编制罪案记录的互见索引；我坐在壁炉的另一旁，正看着克拉克·拉塞尔写的一本有关海洋的精彩小说。屋外的狂风和瓢泼的大雨有如滚滚海浪，这一切和小说的主题正好互相呼应，融为一体。当时，我妻子回娘家去了。所以，我那几天又成了我在贝克街故居的常客了。

“嘿，”我抬头对我的同伴说，“确实是门铃在响，今晚还会有谁来呢？或许是你的哪位朋友吧？”

“除了你，我没什么朋友了，”他回答说，“而且，我从不鼓励别人来访。”

“那一定是委托人了。”

“如果是委托人，那肯定是很严重的案子，否则，谁肯在这个时候出来呢？我想这个人很有可能是房东太太的亲密朋友。”

福尔摩斯猜错了，因为脚步声正逼近我们，接着有人敲门。福尔摩斯把照亮他自己的那盏灯转向客人将要就坐的那张椅子的一边，然后说：

“进来吧。”

进来的是一个二十二岁左右的年轻人，他的穿着考究而整洁，举止大方，彬彬有礼。他手上的雨伞不停地滴着水，身上的长雨衣闪闪发亮。他在灯光里四下打量。这时，我发现他脸色苍白，两眼无神，显然他被某种巨大的忧虑压得喘不过气来。

“对不起，”他说着，将一副金丝夹鼻眼镜戴上，“我从暴风雨中带来的泥水弄脏了您的房间。”

“把您的雨衣和伞给我吧，”福尔摩斯说，“把它们挂在钩子上，很快就会干的。我看您是从西南来的吧。”

“是的，从霍尔舍姆来的。”

“你鞋上的泥土很清楚地告诉我您是从那里来的。”

“我是专程来请教您的。”

“这我很容易做到。”

“而且还想请您帮忙。”

“那可就不怎么容易了。”

“我久仰您的大名，福尔摩斯先生。普伦德加斯特少校给我说过，您是怎样把他从坦克维尔俱乐部丑闻案中拯救出来的。”

“哦，是有这回事。有人诬告他用假牌行骗。”

“他说没有您解决不了的问题。”

“他太夸张了。”

“他还说您是常胜将军。”

“我也曾失败过——其中三次败于几个男人，一次败给一个女人。”

“可您取得的胜利更是数不胜数。”

“不错，我成功的时候是多一些。”

“那么，我这件事，您可能也会成功的。”

“请您把椅子靠近壁炉一些，讲讲您这件案子。”

“这不是一般的案子。”

“我接手的都不是一般的案子，我这里成了最高上诉法院了。”

“可是，先生。我想问一下，在你经手的案子中，有没有比我的家族中所发生的那一连串更神秘、更难解的事故？”

“我对您的案子很有兴趣，”福尔摩斯说，“但您得先告诉我大概情况，然后我再问您一些重要的细节。”

年轻人往前挪动了一下椅子，把淋湿的脚伸向壁炉。

“我叫约翰·奥彭肖，”他说，“我想我本人与这个可怕的事没多大关系。那是上一代遗留下来的问题，为了让您对这事有个大概的了解，我得从头说起。

“我祖父有两个儿子——我伯父伊莱亚斯和我父亲约瑟夫。我父亲在康文特里开了一家小工厂，自行车发明后，他的工厂扩大了，并享有奥彭肖防破车胎的专利权，因而生意很火，使得他后来能够凭出让工厂所得的那笔巨款过着很富裕的退休生活。

“我伯父伊莱亚斯年轻时侨居美国，是佛罗里达州的一个种植园主，据说经营得很好。南北战争期间，他在杰克逊麾下作战，后来在胡德麾下升任上校。南军统帅罗伯特·李投降后，他离开军队，返回了种植园，在那里又住了三四年。大约在 1869 年或 1870 年，他回到欧洲，在苏塞克斯郡霍尔舍姆附近买了一小块地。他在美国发过大财，他因为厌恶黑人，不喜欢共和党给予黑人选举权的政策而离美返英。他是个很怪的人，凶狠暴躁，发怒时言语粗鄙，性情很孤僻。他定居霍尔舍姆后，一直深居简出，我怀疑他没进过城。他有一座花园，房子周围有两三块地，他可以在那里锻炼身体，但他经常几个礼拜都不出门。他喜欢狂饮白兰地酒，烟瘾也很大，他不喜欢社交，没有任何朋友，甚至和自己的弟弟也没有来往。

“他并不关心我，其实，他是蛮喜欢我的。他第一次看到我的时候，我还是一个十一二岁的小孩，那是 1878 年，他已回国八九年了。他恳求我父亲让我和他住在一起，他用他自己的方式来疼爱我。他清醒的时候，喜欢和我一起斗双陆、下象棋。他还让我代表他跟佣人和一些生意人打交道。因此我到十六岁时，俨然就是一个小当家的了。我掌管着所有的钥匙，我可以去任何我想去的地方，做任何我想做的事，只要不影响他的隐居生活就行。但是，也有一个奇特的例外，那就是，阁楼那层的很多房间中，有一间堆放着破旧杂物的房间，常年加锁，无论是我还是别人，他都不让进去。我曾非常好奇地从钥匙孔窥视屋内，但除了一大堆破旧箱子和大小包袱外，什么也没看到。

“1883 年 3 月的一天，一封贴着外国邮票的信放在我伯父的餐盘前面。对他来说，一封来信是很不一般的事，因为他的账单都是现款支付，他一个朋友都没有。‘从印度来的！’他拿起信诧异地说，‘邮戳却是本地的，这是怎么回事？’他急忙拆开信，五个又干又小的桔子核忽地蹦落到盘子上。我正想笑，却笑不出来，只见他大张着嘴，双眼圆睁，面如死灰，拿着信封的手颤抖起来了。‘K.K.K.!’他尖叫着，‘上帝，真是罪孽难逃呀！’

“我叫道：‘怎么啦？伯伯！’

“‘死亡！’他说着，离开餐桌到他自己的房间去了，剩下我一个人在那里心惊肉跳地害怕着。我拿起信封，发现在信封封口盖的里边，涂胶水的上面，有三个很潦草的用红墨水写成的‘K’字。信封里除了那五个干瘪的桔核外，没别的东西。是什么东西让他怕成这样呢？我离开餐桌上楼时，他正好下楼，他一手拿着一枚生锈了的钥匙，另一只手里是一个钱盒一样的小黄铜匣。

“‘他们想怎么做就怎么做吧，我还是会战胜他们的。’他赌咒般地说道，‘叫玛丽今天把壁炉的火生起来，再让人把霍尔舍姆的福德姆律师请来！’

“我按他的吩咐去做了。律师到了后，他把我叫到他房间里。炉火很旺，旁边的炉栅里有一堆黑色蓬松的纸火烬。小黄铜匣子打开着放在一旁，里头什么东西都没有。我瞥了那匣子一眼，很吃惊地发现匣子盖上印着我上午在信封上所看到的那样的三个‘K’字。

“‘约翰，我希望，’我伯父说道，‘你能做我的遗嘱见证人。我把我的产业，不管好坏，都留给你的父亲。当然，以后你父亲又会留给你的。如果你能平安地享用它们，当然好。不过，如果你发觉不能，孩子，我劝你把它留给你的敌人。我很遗憾给你留下这样一个有双重意义的东西，可

我也不知道事情会向哪个方向发展。你在福德姆律师于遗嘱上指给你的地方把你的名字签上吧！'

"我在律师所指之处签了名，律师就把遗嘱带走了。你可以想得到，这事给我的印象多么深刻。我思来想去，还是不明白到底怎么了。可这事留下来的模模糊糊的恐怖感，始终在我心里，虽然随着时间的过去，这种感觉渐渐淡漠，而且也没有发生什么干扰我们生活的事。即使这样，我还是看出我伯父从此举止异常。他酒酗得更厉害了，并且更加不愿意去任何社交场所。他老待在他自己的房间里，而且还上了锁；但他有时发酒疯似的冲出屋子，手拿左轮手枪到花园里狂奔乱跑，尖声叫喊，说他谁都不怕，还说什么人也好鬼也好，谁也别想把他像圈绵羊一样圈起来。等到激动过去后，他又慌里慌张地跑回房间，插闩上锁，好像一个极为恐惧的人，再也不能装腔作势地硬撑下去了。每当这种时候，他的脸都是汗津津的，虽然是寒冬腊月，但看上去像刚从水盆里出来的。

"哦，福尔摩斯先生，不能让你再等下去了，现在我来说说事情的结局吧。有天晚上，他发酒疯跑了出去，这一去就再也没能回来了。我们找到他时，他头朝下栽在花园一角泛着绿色的污水坑里。现场没有任何暴力的迹象，坑里的水也不过两英尺深，因而，鉴于他往常的古怪行径，陪审团认定他是自杀。但我知道，他是个怕死的人，他是不会去自寻短见的。尽管如此，事情过去后，我父亲继承了他的地产和一万四千镑左右的银行存款。"

"请等等，"福尔摩斯说，"我想您说的这个案子是我听到的最出奇的一件。请您把您伯父接到那封信的日期和他的死亡日期告诉我。"

"收到信的那天是 1883 年 3 月 10 日，他的死是 5 月 2 日，七个星期之后。"

"谢谢，您继续说吧。"

"我父亲接收了霍尔舍姆那座房产后，他在我的建议下仔细检查了长年累月上着锁的阁楼。那个黄铜匣子仍在那里，尽管匣子里的东西早已毁掉。匣盖里面贴着纸标签写着的'K.K.K.'三个大写字母。下边是'信件、备忘录、收据和一份记录'等字样。我们推测：这可能表明了我伯父奥彭肖上校销毁的文件的性质。除了很多散乱的文件和记有我伯父在美洲的生活情况的笔记本外，没什么重要的东西了。这些散乱的东西，有关于战争时期的情况和他忠于职守、荣获英勇战士称号的记述，也有战后南方各州重建时期的很多和政治有关的记录，显然，我伯父曾积极参与了反对北方的斗争。

“我父亲是 1884 年初搬到霍尔舍姆去住的，直到 1885 年元月，一切都很顺利。元旦后的第四天，我们围着餐桌吃早餐时，我父亲忽然一声惊叫，只见他一手拿着一个信封，一手拿着五个干瘪的桔核。以前我给他说伯父的遭遇时，他老嘲笑我荒唐，而当他自己遇到同样的事时，却也吓得大惊失色，神色不安。

“‘啊，这到底是怎么一回事，约翰？’他结结巴巴地问。

“我心情沉重地告诉他，‘这是 K.K.K.。’

“他看了看信封的内层。‘是的，’他叫了起来，‘就是这几个字母。这上面又写了些什么？’

“‘把文件放在日晷仪上，’我在他肩膀后面望着信封念道。

“‘什么文件？什么日晷仪？’他又问道。

“‘就是花园里的日晷仪，别的地方没有，’我说，‘文件肯定是毁掉的那些。’

“‘呸！’他壮着胆子说，‘这是文明世界，不许有这种蠢事发生！这东西从哪儿来的？’

“我看了看邮戳回答：‘从敦提来的。’

“‘荒唐！’他说，‘日晷仪啦，文件啦，和我有什么关系？我才不理这种无聊的事呢。’

“‘要是我的话，我就去报警。’我说。

“‘不行，让他们来讥笑我，我不干。’

“‘那让我去报警吧？’

“‘不，你也不许去。只有傻瓜才会为这种荒唐事担惊受怕。’

“和他争下去是没用的，他非常顽固，我只好惴惴不安地走开，我感到一场大祸就要来了。

“收到信后的第二天，我父亲去看他的一位老朋友弗里博迪少校，朴次当山一处堡垒的指挥官。他的出访让我很高兴，我想，他离开了家就离开了危险，可我错了。他出门的第二天，少校给我拍来一封电报，让我立即到他那里去。我父亲摔在一个很深的白垩矿坑里，这种矿坑在那一带有很多。他的头骨跌碎了，不省人事。

“我匆忙跑去看他，可他再也没有恢复知觉，从此离开了人世。显然，他黄昏前从费尔哈姆回家时，由于不熟悉乡间的道路，白垩坑又没栏杆遮挡，所以，验尸官很果断地认为这是‘意外致死’。我仔细而又谨慎地检查与他的死有关的事情，但没有发现任何含有谋杀意图的事实。现场没有暴力迹象，没有脚印，没有抢劫事件发生，也没有人看见路上有陌生人出现。可我的心情很不平静，我敢断定：这一定是有人精心策划的卑鄙的阴谋。

“我在这种不祥的情况下继承了遗产。您可能奇怪我怎么不把它卖掉，我的回答是：我认为我家的灾难在一定程度上是由我伯父生前的某些事情引起的，所以不管在哪里，祸事都会同样紧紧地威胁着我们。

“我父亲是在 1885 年 1 月遭遇不幸的，到现在有两年八个月了。在这段时间，我在霍尔舍姆的生活还是幸福的。我甚至想：灾祸已经远离我家，它已与我的上一代人一起告终了。谁知我这样的自慰还为时尚早。昨天早上，灾祸又来了，情况和我父亲当年的经历一模一样。”

那年轻人从背心口袋里取出一个揉皱了的信封，走到桌旁后，他把五个又干又小的桔核摇落在桌上。

“这就是那个信封，”他说道，“邮戳盖的是伦敦东区。信封里还是这几个字：‘K.K.K.’，然后是‘把文件放在日晷仪上’。”

“你有没有采取什么措施？”福尔摩斯问道。

“没有。”

“没有？！”

“老实说，”他低着头，消瘦苍白的双手捂着脸，“我束手无策。我觉得自己像面对着一条毒蛇的可怜的兔子。我好像陷入了不可抗拒的、残酷无情的恶魔的魔爪中，而这魔爪是谁也防范不了的。”

“不，不！”福尔摩斯嚷道，“你得采取行动啊，先生，不然您就完了！现在除了振作起来外，没什么可以挽救您的了。您没有唉声叹气的闲工夫啊！”

“我找过警察了。”

“哦！”

“可他们听我说完后，只是笑了一下。我想他们都固执地认为那些信纯属恶作剧，我的两位亲人之死诚如验尸官所说，完全是意外事故。所以不能和那些前兆联系到一块。”

福尔摩斯挥起拳头吼着：“他们可真愚蠢！”

“可他们派了一个警察和我一同住在我家里。”

“他今晚和您一起出来了吗？”

“没有，他奉命只待在房子里。”

福尔摩斯又愤怒得挥舞起拳头来。

“那么，您为什么来找我？”他叫道，“真让人气愤，您为什么一开始不找我？”

“我不知道啊。直到今天，我向普伦德加斯特少校谈了我的困境，他才劝我来找您。”

“您接到信后过了整整两天了，我们应该马上采取行动。我想除了那些您已给我提供的情节外，没有更进一步的凭证——没有什么对我们有用的，带启发性的细节了吧？”

“有一件。”约翰·奥彭肖说着，从上衣口袋里掏出一张褪了色的蓝纸，摊开放在桌上。“我还记得，”他说，“那天，我伯父烧毁文件时，我看见纸灰堆里有一些小的没有烧尽的文件的纸边就是这种颜色的。我在伯父屋里的地板上发现这张纸。我想它肯定是从一叠纸中掉下来的，所以没被烧掉。纸上只提到了桔核，恐怕它对我们没多大帮助。它可能是我伯父日记中的一页。”

福尔摩斯把灯移了一下，我们弯下腰仔细看那张纸。纸边参差不齐，的确是从一个本子上撕下来的。上面写有“1869年3月”的字样，下面是一些莫名其妙的记载，内容如下：

四日：赫德森来。抱着同样的旧政见。

七日：把桔核交给圣奥古斯丁的麦考利、帕拉米诺和约翰·斯温。

九日：麦考利已清除。

十日：约翰·斯温已清除。

十二日：访问帕拉米诺。一切顺利。

"谢谢您！"福尔摩斯说着把那张纸叠好还给了客人，"您现在一分钟都不能耽搁了，我们没有时间来讨论您告诉我的情况。您得立即回家开始行动。"

"我该做些什么呢？"

"您只要做一件事，而且得立即去做。您必须把给我们看过的这张纸放进您说过的那个黄铜匣子里去，而且还得放一张便条，说明文件都被您伯父毁掉了，这是仅剩的一张。然后，您必须马上把黄铜匣子按信封上所说的那样放在日晷仪上。您明白了吗？"

"完全明白。"

"您先别想着报仇，我认为我们可以通过法律达到报仇的目的，既然他们早有预谋，我们也该采取相应措施。现在首先要做的是把您迫在眉睫的威胁给消除掉，其次才是揭穿秘密，惩处罪恶集团。"

"谢谢您，"那年轻人说着站起身来，把雨衣穿上，"您让我看到了活下去的希望，我一定按您所说的去做。"

"您必须抓紧。而且，您首先得照顾好自己。我想，有一种危险正逼近。您怎样回去呢？"

"从滑铁卢车站坐火车回去。"

"现在九点钟不到，街上还有人，所以您也许能平安无事。不过，您还是多加小心才好。"

"我带了武器。"

"那就好了，明天我就开始办您的案子。"

"那么，我就在霍尔舍姆等着您？"

"不，您这案子的关键在伦敦，我要在伦敦寻找线索。"

"那么，我过一两天再来告诉您关于那铜匣子和文件的消息。我将遵照您的指点一一去做。”他和我们握手告别。屋外依旧是狂风呼啸，瓢泼的大雨不停敲打着窗户。这个离奇、凶险的故事似乎是随着狂风暴雨来到我们这里的——它仿佛是强风吹到我们身上的一片落叶——现在又被暴风雨给卷走了。

福尔摩斯一言不发地坐着，身体前倾，一动不动地盯着壁炉里红彤彤的火焰。过了一会儿，他又点燃了烟斗，背靠座椅，望着一个一个的蓝色烟圈袅袅升向天花板。

“华生，我想没有比这更稀奇古怪的案子了。”他终于做了这么一个判断。

“‘四签名’一案除外。”

“对，除此之外，就数它离奇了。但我想，这个约翰·奥彭肖面临着的危险比舒尔托的更大。”

“但是，你对这是什么样的危险是不是有了些明确的认识？”我问道。

“它们的性质是毫无疑问的了。”他回答说。

“那么，到底怎么回事呢？ K.K.K. 是谁？他为什么要不停地纠缠这个不幸的家庭呢？”

福尔摩斯眯上了眼睛，两肘在椅子的扶手上靠着，指尖并在一起。“通常，一个理想的推理家，”他说道，“一旦有人提供了事实的一方面后，他就能从这一方面不断推出这个事实的其他方面，而且还能推断出将要由此引发的一切后果。就像生物学家居维叶凭一块骨头就能准确地描绘出一个完整的动物一样。一个推理家，既然了解了事件中的一个环节，就应该能推断出前前后后所有的环节。我们还没有掌握只有理性才能获得的结果。只有研究才能解决问题，单凭直觉做事的人肯定会失败的。不过，要使推理艺术达到尽善尽美的地步，推理家必须得善于利用他自己了解的全部事实。你是知道的，推理家得掌握一切知识，而这一点，即使是在有了免费教育和百科全书的今天，也还是一种很难得的成就。一个人要掌握对他工作有用的全部知识，倒也不是绝对做不到的，我一直在努力。如果你还记得的话，我们认识不久的时候，你有一次曾十分精确地指出了我的局限性。”

“对，”我不禁笑了起来，“那是一张很有趣的记录表。哲学、天文学、政治学，打零分；植物学，说不准；地质学，就伦敦方圆五十英里的泥迹而言，算是造诣很深；化学，很独特；解剖学，没有系统；对惊险文学和罪行记录的了解，无与伦比；是小提琴演奏家、拳击手、剑术运动员、律师；是可卡因和吸烟的自我毒害者。我想，我没记错吧。”

福尔摩斯听到后面那一项，嘻嘻地笑了。“嗯，”他说，“就像我过去说过的那样，一个人应该给自己的脑袋里面装满他可能用得着的一切东西。其余的东西可以在书房里放着，需要时再去取。现在，为了今晚的这宗案件，我们得把一切资料集中起来。麻烦你把书架上的美国百科全书里‘K’字部的那一册取出给我。谢谢，让我们考虑考虑，看能不能从中推断出什么。首先，我们可以从一个有充分根据的假定开始——奥彭肖上校是因为某种复杂的原因而离开美国的。像他这样年纪的人是不会随便改变全部生活习惯的，更不会心甘情愿放弃佛罗里达的宜人气候而回到英国来过寂寞的乡村生活的。他对在英国的孤独生活那么喜爱，这表明他惧怕着什么，因此我们不妨做出一个有用的假设，他是出于对某人、某事的恐惧而被迫离开美国的。至于他怕的是什么，我们只能凭他和他的两个继承人所接到的那可怕的信件来推断。你有没有注意到那几封信上的邮戳？”

“第一封是从本地治里寄出的，第二封是敦提，第三封伦敦。”

“准确地说是从伦敦东区寄出的。你能由此推出什么来呢？”

“这些地方都是海港，写信的人可能在船上。”

“对极了，我们有线索了。毫无疑问，写信的人当时很可能——极其可能——一定是在某条船上。现在我们再来考虑第二点。就本地治里来说，收到恐吓信到出事时，前后是七个星期。至于敦提，仅仅过了三四天。这意味着什么呢？”

“前者路程较远。”

“但信件也要经过较远的路程呀？”

“这我就不明白了。”

“至少可以这样假设：那个人或那一伙人乘的是帆船。他们奇特的警告信号看来总是在他们出发前发出的。你看，信号从敦提发出后，事情接着就发生了，你说有多快。如果他们是从本地治里乘轮船来的，那他们会和信同时到达，可事实上，事情发生在七周后。所以我想信件是由邮轮运来的，而写信的人是乘帆船的，那七周是两者的时间差。”

“很有可能。”

“不是可能，事实大概就是这样。现在你明白了这宗案子的紧迫性和为什么我要小奥彭肖提高警惕了吧。发信人的旅程一结束，灾祸就来了。因为这一回信是从伦敦发出的，所以我们一分钟也不能耽搁了。”

“老天！”我叫了起来，“这意味着什么？这种无情的迫害！”

“奥彭肖上校所销毁的文件显然对帆船里的某个人或某伙人有着生死攸关的重要性。事实表明，他们肯定不止一个人。单独一人不可能接连使两人死于非命，而且，采用的手段竟然骗过了验尸官。这里头肯定有好几个同伙，并且他们有勇有谋。他们不管文件在谁手上，都非要弄到不可。因此，可以肯定，‘K.K.K.’不是人名的缩写，而是一个团体的标志。”

“是什么团体的标志呢？”

“你没有——”福尔摩斯说着，俯身向前把声音压低了，“你从没听说过三 K 党吗？”

“从没听说过。”

福尔摩斯一页页地翻着放在他膝上的书。“你看，”他对着书念道：

“克尤·克拉克斯·克兰，是一个象声词，它来源于枪子击铁的声音。这是由南方州的前联邦士兵在南北战争后成立的秘密团体，在美国各地都有分会。其中在田纳西、路易斯安那、卡罗来纳、佐治亚和佛罗里达更为引人注目。它是有着政治目的的团体，经常对黑人选民使用恐怖手段，将反对他们观点的人或谋杀或驱逐出国。他们通常的做法是，在使用暴力前先给受到敌视的人寄上某种形状奇怪但能辨别的小东西，例如，一小根带叶的橡树枝、几粒西瓜子或几个桔核作警告。受到敌视的人接到警告后，可以公开宣布放弃原有观点或逃往国外。如果对此不屑一顾，那一定会遭到杀害，而且手段奇怪，往往让人意想不到。那个团体组织严密，使用的方法很有系统，以至于在这类案件中，还没有一个与之抗衡的人能够幸免于难，作案的人也未能追查到。尽管美国政府和南方上层社会努力制止，但这个团体还是到处发展壮大。最后，到 1869 年，这个三 K 党突然垮台，但此后还有不少此类暴行发生。”

福尔摩斯放下了手中的书，“你可能看出来了，这个团伙的突然垮台和奥彭肖上校带着文件逃离美国是同时发生的。很可能两件事互为因果。难怪奥彭肖和他的家人，总被死对头盯着。我们可以肯定，奥彭肖上校的文件牵涉到美国南方的某些头面人物。不找回这些东西，有些人是睡不稳觉的。”

“那么，我们所见过的那页……”

“正如我们所料。我要没记错的话，那上面写的是‘送桔核给 A、B 和 C。’这意味着把警告送给他们。后面又接着写道：A 和 B 已清除或已出国；最后还说访问过 C，我想这肯定给 C 造成了不祥的后果。喂，医生，我想我们能够让一切都水落石出的，同时我相信，小奥彭肖的唯一机会就是按我所说的去做。今晚没什么事了，请你把小提琴递给我，让我们暂时忘掉这恼人的天气和我们同胞的不幸遭遇吧！”

第二天早上，雨过天晴，太阳在这个大城市的上空透过云雾发出柔和的光芒。我下楼时，福尔摩斯已在吃早餐了。

“请原谅我没有等你，”他说，“我估计，为小奥彭肖的案子我得忙碌一整天。”

“你准备怎么行动？”我问道。

“这首先得看我初步调查的结果了。总之，也许我不得不去霍尔舍姆一趟。”

“你先不去那里吗？”

“不，我得从城里开始。你只要拉一下铃，女佣就会给你端杯咖啡来的。”

我趁咖啡还没到，拿起桌上还没有打开的报纸浏览起来。我的目光突然在一个标题上凝住了，心里不由颤了起来。

“福尔摩斯，”我大叫起来，“你晚了！”

“啊？”他放下了杯子，“我最担心这个，怎么搞的？”他虽然故作平静，但我知道他其实很不安。

我是被奥彭肖的名字和“滑铁卢桥畔的悲剧”这一标题吸引住的。这个报道的内容如下：

昨晚九至十点之间，八班警士库克值勤到滑铁卢桥附近时，忽闻有人呼救和落水之声。当时伸手不见五指，风雨肆虐，因而虽有几位路人援助，亦无法营救。警报发出后，经水警协同努力，终于捞获尸体一具。该尸乃一名年轻绅士。据其衣袋内的信封所示，此人是约翰·奥彭肖，生前在霍尔舍姆居住。据推测，死者可能因急于赶搭发自滑铁卢车站之末班火车，匆忙间迷失于一片漆黑中，误踩一轮渡小码头之边缘而失足落水。尸体没有任何暴力痕迹。无疑，死者是意外遇难，此事足以唤起市政当局应注意河滨码头的安全。

我们默坐了几分钟，福尔摩斯异常沮丧和震惊。

"这件事伤了我的自尊心，华生，"他终于开口说话了，"虽然自尊心是一种狭隘的感情，但它的确受到伤害了。现在这是我个人的事了。如果上帝让我多活几年，我要亲手解决这帮家伙。他跑来向我求救，我竟然把他打发到死路上！……"他从椅子里一跃而起，在房中踱来踱去，情绪激动得难以抑制。他一脸的羞愧，两只瘦长的手不安地一会儿交叉在一起握着，一会儿又松开。

最后，他大声说道："狡猾透顶的魔鬼，他们怎么把他骗到那儿去的？那堤岸并不直达车站呀！而且对他们的行动来说，即使是这样的一个黑夜，在那座桥上无疑也是人太多了。唉，华生，你看着吧，看到底谁能取得最后的胜利，我现在就要行动了！"

"去找警察吗？"

"不，我要自己当警察。等我把网结好了，苍蝇就很好捉了。"

这天我一直在忙我的医务工作，天色很晚了才回到贝克街。福尔摩斯还没有回来。快十点钟了，他才面色苍白、精疲力尽地回来了。他打开碗柜，撕下一大块面包，狼吞虎咽地嚼着，然后喝了一大杯水。

"你饿了。"我说。

"饿死我啦，早餐后就没吃一点儿东西，我忘记吃了。"

"事情进展怎样？"

"不错。"

"有线索了吗？"

"他们已经在我的掌握中了，小奥彭肖的仇一定得报。嘿，华生，我们以其人之道还治其人之身吧，我已经想好了。”

“你是说——”

他从碗柜里拿出一个橘子，剥了后，把桔核挤到桌上，从中选了五个装到一个信封里。然后又在信封口盖的反面上写上“S.H. 代 J.O”。他封上信封，在上面写上“美国，佐治亚州，萨凡纳，孤星号三桅帆船，詹姆斯·卡尔霍恩船长收”等字样。

“他还没进港信就在那等他了，”他得意地笑着说，“这封信会让他夜不安眠的，他会认为这封信是他死亡的预兆，就像奥彭肖从前那样。”

“这个卡尔霍恩船长是什么人？”

“是那帮混蛋的头头。我还要搞其他几个人，不过，先搞他。”

“那么，你是怎样看出来的？”

他从衣袋里拿出一张写满了日期和姓名的大纸。

“我一整天，”他说，“用在查阅劳埃德船舶登记簿和旧文件的卷宗，追查 1883 年 1、2 月在本地治里港停靠过的每艘船离港后的航程。从登记上看，在这两个月中，共有三十六艘吨位较大的船到过那里。其中有艘叫‘孤星号’的引起了我的注意，因为它虽然是在伦敦入关的，但它来自美国的一个州。”

“我想，是得克萨斯州吧。”

“到底哪一州，我还不清楚，不过我知道它一定是艘美国船。”

“然后又怎样呢？”

“我查阅了敦提的记录。当我看到 1885 年 1 月三桅帆船‘孤星号’抵达那里的记录时，我的猜想就得到证实了。接着我又查询了停泊在伦敦港内船只的情况。”

“结果呢？”

“那‘孤星号’是上周到这里的。我又在艾伯特船坞了解到这船今早上已趁着早潮顺流而下，我给格雷夫森德港发电报，得知它不久前驶过去了。因为风向朝东，所以我相信它这时已过了古德温斯，离怀特岛不远了。”

“那么，你想怎么办呢？”

“我要把他捉住，还有他的两个副手——那条船上仅有的美国人，其他人是芬兰人和德国人。我还听装货的码头工人说，他们三个昨晚都离船上岸了。等他们的帆船到达萨凡纳时，邮船早就把信带到那里等了，而且我也早用电报通知了萨凡纳的警察，说这三位先生是正在通缉的杀人犯。”

然而，人算不如天算。谋杀约翰·奥彭肖的凶手永远收不到那几个桔核了，而且也不知道世界上有一个和他们同样机灵果断的人在追捕他们。那年秋分时节的风刮得异常持久和凶猛。我们一直在等萨凡纳“孤星号”的消息，却一直没有。后来，我们终于听到，在遥远的大西洋某处，一次海浪退潮后，人们发现沙滩上有一块破碎的帆船尾柱，上面刻着“L.S”两个字母，我们所能知道的“孤星号”的消息仅此而已。

6. 歪唇男人

圣乔治大学神学院已去世的院长伊阿亚斯·惠特内有个弟弟叫艾瑟·惠特内，他迷上了鸦片，整天陶醉在烟雾中。他在读大学时，看过德·昆茜对梦幻和激情的描述，他就想从鸦片酊里浸泡过的烟草那儿找到预想中的梦幻和激情。时间长了，他这个痴迷的念头让他患了吸鸦片的坏毛病。后来他觉得自己上瘾快，但戒掉却很难，和大多数人一样，许多年来他吸毒成癖难以摆脱，他的亲朋好友对他既讨厌又同情。他时常保持这样一副神情：青黄的脸色，眼皮往下垂，两眼没精神，身体缩成一团，蜷曲在一把椅子上，看上去真像一个失魂落魄的穷鬼，对这我至今还记得。

那是 1889 年 6 月，有天晚上，大多数人都准备休息了，门铃骤然响起。听门铃响了，我立刻从椅子里坐起身来。我的妻子正在做针线活，她放下手里的活，脸上现出很不高兴的样子。

“一定是来看病的，”她说，“你又要出诊了。”

我忙了一天，刚又累又乏地从外面回家，听到这声响不禁叹了口气。

我听到开门声和着急的说话声，接着快步走过地毯的声响传来。很快，我们房间的门被推开，一个女人走进屋里。她的头部蒙着黑纱，身上穿着深色呢绒衣裳。

“真对不起，我这么晚来打扰您！”她开始说，随后她禁不住快步紧走，搂住了我老婆的脖子，趴在她的肩上哭了起来。“唉，我真是糟糕透了！”她哭着说，“我真想得到一点儿帮助呀！”

“哦！”我的老婆说着，掀开她的面纱，“原来是凯特·惠特内啊。你可把我吓晕了，凯特！刚才你进来时，我一点儿都没料到是你！”

“这么晚跑来找你，请别见怪，我实在不知怎么办才好。”这种事挺多，人们一旦碰到难事，就像暗夜里的飞鸟扑向灯塔一样扑向我的老婆，盼着从她那儿得到一些安慰。

“你的到来，我们很高兴，你先喝一点儿兑水的酒，把心情放平静了，再和我们谈谈发生了什么事。若不然，我先让詹姆斯去睡觉，你看如何？”

“噢！别这样，我需要大夫的关心和指点呢。我说的是艾萨的事，他两天没有回家了，我为他担心透了。”

对我来说作为一个大夫，对妻子来说是她的老朋友和老同学，我们已有好几次听她诉说她丈夫给她带来的担忧了。平常我们怎么会知道她丈夫上哪去了？我们又能为她把他找回来吗？我们只好找一些话来安慰她。

看来事情挺简单。她得知近来他的烟瘾一发作，就跑到老城区最东边的一个鸦片馆去满足，这消息很准确。他要到晚上才颤抖着身体很疲倦地回家，他在外面游荡的时间从不超过一天。但这次不一样了，他鬼使神差地在外面待了 48 个小时。现在准是和那些在码头上的二流子一起躺在什么地方吞云吐雾呢。可能为了从鸦片的兴奋中积攒精神而沉睡不醒。去了那个鸦片馆就一定能够找到他，她相信会找到的。那个鸦片馆位于天鹅闸巷的黄金酒店。她知道那个地方又怎样呢？作为一个年轻的少妇，她怎么会闯进那种地方，把她的丈夫从一群烟鬼里找出来呢？

摆在眼前的事实是让人把他找回来，开始我想和她一块去那个地方，转念一想，何必让她跑一趟呢，我自己就会把她的丈夫找回来。再者，我是艾瑟·惠特内的医药顾问这层关系，我相信他会听我的话。何况，假如我一个人去，也许事情就会好办一些。我向她保证，只要她的丈夫在她所说的那个位置，我就会在两个小时内雇辆出租马车把他送回家。10分钟后，我乘了一辆双轮小马车，朝着东面疾驶而去。我有点不情愿地离开扶手椅和那温馨的家。这趟出行，我当时就有点预感，但压根不会想到会遇上那么离奇的事。

这件事刚开始时，我并没感到有什么困难。天鹅闸巷藏在伦敦桥东沿河北岸的高大码头建筑物后面，小巷污浊不堪。我要找的那家旅馆，挤在一家出售廉价成衣的商店和一家杜松子酒店之间，门面是一个黑乎乎的洞穴状的豁口。这豁口紧挨着一条陡峭的阶梯。我顺着那条阶梯走了下去，让马车在外面等着。来往男人的双脚已把这石阶的中部踩磨得凹陷下来了。门上悬挂着油灯，借着那闪烁不定的灯光，我摸着门闩，走入一个又深又矮的房间，屋里飘散着浓重的呈棕褐色的鸦片烟的烟雾，仿佛眼前是移民船前甲板下的水手舱一样，屋内靠墙处放着一排排的木床。

透过暗红的灯光，可以勉强瞅见那些人东倒西歪地躺在木床上，他们有的垂着头，有的弯着腿，有的仰着头，有的下巴朝天，他们无精打采地从每一个角落里望着刚来的客人，在金属的烟斗锅里燃烧着的鸦片被人吮吸时发出的红色小光环，在一个个黑影里闪烁点点亮光。这儿的人有的自言自语，有的用一种奇怪的喑哑、简单的语调交谈着，小声地嘀咕着——这样的谈话大多喋喋不休，含含糊糊，说的几乎全部是自己的事情，而别人对他说的事丝毫没有反应。大多数人都静悄悄地躺在床上。远处一头放着一个炭火燃得挺旺的小灰盆。灰盆旁边有一只三条腿的木板凳，上面坐着一个老头，这人身材瘦高，双拳托腮，两只胳膊肘撑在膝盖上，两眼专注地盯着炭火。

我刚进屋里就有一个脸上毫无血色的马来人很有兴致地走来，递给我一杆烟枪和一份烟剂，热情地邀请我到里面的一张空床上去。

“谢谢，但我不想在这长待下去。”我说，“艾瑟·惠特内先生是我的朋友，他在这儿吧。”

我听见我右边有人动了一下并发出喊声。我借着暗红的灯光看见面色苍白的惠特内正极为憔悴，睁大双眼盯着我。

“老天！是你呀，华生！”他说着，那样子显得既让人同情又鄙夷，他的每一根神经好像都处于紧张之中。“哎，华生，现在什么时候了？”

“快11点钟了。”

"礼拜几的 11 点钟？"

"礼拜五，今天都 6 月 15 号了。"

"我的老天！我一直认为今天刚刚礼拜三。今天是礼拜三，你为什么要诈我？"他垂着头，把脸深深埋进两条胳臂之间，开始扯着嗓子哭起来。

"真的是礼拜五，我跟你说，你的老婆已在家里一直等了你两整天，你不为此感到愧疚吗？"

"是的，我应该为此感到内疚，可是你弄错了，华生，因为我在这里才待了几个小时，吸了三锅，四锅……我记不清吸了多少锅了。我会很快和你回去。小凯特已很可怜了，我不该再让他担惊受怕，请扶我一把，你雇了马车了吗？"

"是的，我雇的那辆马车在外面等着我们呢。"

"好，我这就坐车回去吧。可是，你替我去瞧瞧我到底欠了多少钱，我没有一点儿精神了，我都不能照料自己了。"

我四处寻找店主，在两排躺着人的木床间窄窄的过道穿行，为了避免闻到那鸦片令人作呕和难受的臭气只得屏住呼吸。当我从炭火房那个高个子老头旁走过时，我感到有一只手突然用力拉了我的上衣下摆一下，有人低声对我说："走过去再回头看我！"这句话听得很清晰。我低头查寻话音来自何处，只有那老头靠我最近，我认为这话音肯定是他说的。可是，这时他和刚才一样，专心致志地坐在那里。他瘦骨嶙峋，脸上满是皱纹，苍老得佝偻着背，一支烟枪无精打采地放在他的双腿间。我往前走出几步，回过头看他时，猛吃了一惊，若不是我尽量克制自己，一定会失声喊出来。当他转过身来时，除我之外谁也不能看见他。他佝偻的身体已经伸直，一脸的皱纹突然不见了，刚才恍惚的双眼放出光芒。他怎么会是歇洛克·福尔摩斯，这时他正坐在炭火旁望着一脸惊讶的我咧嘴发笑呢。我照着他的意思走近他身边时，他立刻背转身，侧面朝着那些人，这阵，他又显出开始那个哆哆嗦嗦，胡言乱语的老态样子。

"福尔摩斯！"我小声地说，"你到这个烟馆来干什么？"

"声音再放小点儿，"他回答着，"我耳朵灵着呢。你肯帮我一把的话，就先把你那个烟鬼朋友打发走，我很愿意同你说上几句。"

"我雇了一辆小马车在外面正等着呢。"

"就让他坐车先回去吧！他不会再有精神去捣乱了，对此你放心好了。

我想让你给你老婆写个便条，告诉她，说你和我又要合作办一件案子。然后你到外面等着我，5 分钟后我出去找你。”

歇洛克·福尔摩斯的请求很明确，他总是以一种巧妙的、和气的态度提出来，让人怎么也不能拒绝。这样，我认为只要把惠特内安全地送上马车，我这回出门的任务就可以完成了。至于以后的事，我很愿意和我的老朋友一块去进行一次超乎寻常的探奇涉险的。这种事情对他来说很平常。几分钟后，我写完便条告知我的去向，随后代惠特内付清欠账，带他出去，望着他乘车在黑暗中消失。过了一会儿，一个年岁很大的人从那鸦片烟馆里出来，于是我和歇洛克·福尔摩斯走在街上。他驼着背，摇摇晃晃，步履艰难，大约走过两条街，他才向四处快速地扫了一遍，而后站直了身子，接着他禁不住欢畅地大笑起来。

“华生，我估计，”他说，“我除了有注射可卡因和你们医学观点并不反对的一些小毛病外，你是不是以为我又添了一个好化装的癖好呢？”

“你在那种地方，我自然会感到很吃惊的。”

“我在那里能见到你，比你看到我更惊奇呢。”

“我是去找一个朋友的。”

“可我正在寻找一个敌人。”

“敌人？”

“正是，我的一个天敌，可能在不久以后，我会称他为我的一个猎物。华生，照直说，我正在进行一场与以往不同的侦查。我准备从那些瘾君子的胡说八道中找到痕迹，我以往没干过这类事情。那烟馆里一旦有人认出我来，我有可能会丢了性命。那开烟馆的无赖印度阿三曾一度发誓要干掉我，因为我曾为了我自己的事到那儿侦查过。在保罗码头旁边拐角的地方那所房子后面有一个活板门，它能说出一些在月黑风高之夜从那儿经过的东西怪异的故事呢。”

“什么！你说的不是一些尸体吗？”

“是的，华生。在那个烟馆里每个被致死的倒霉蛋身上都能得到一千镑，如是我们拿到这笔钱，我们就变成有钱人啦。沿河一带最凶狠的图财害命的地方就是这儿啦。纳维尔·圣克莱尔好让我担心进得去出不来呀。不过，我们就应当把圈套设在那儿。”他把两个食指放在上下唇中间，吹出一声尖锐的哨声，同样信号的哨声在远处回响着，不多时一阵辘辘的车轮声和马蹄的得得声从远及近而来。

“现在，华生，”福尔摩斯说，“你能同我一块去一趟吗？”

此时一辆高大的单马车从黑夜中驶出，两旁吊灯射出黄色的灯光。

“可以，我愿帮你做些事情的。”我回答道。

“哦，值得信赖的朋友总会帮忙的，善于做事的人更好了。现在我有两张床铺在杉园的房里，咱们去那儿吧。”

“杉园？”

“是的，我侦查此案时就住在那里，那房子是圣克莱尔先生的。”

“那么，它在啥地方呢？”

“在凯特郡，离李镇很近。我们得赶二十多里地的路程。”

“我对这不怎么了解呀！”

“是吗，不过，你不久就会知道所有的事，跳上来吧。不打扰你了，约翰，这是半克朗。明天十一点左右再见面，松开马缰绳，再见。”

他轻轻甩了那马一鞭子，马车便快速地穿过一条条寂静无人的街道，接着路面变得宽阔，最后飞驶过一座大桥，桥两侧镶着栏杆，浑黑的河水从桥下缓缓地流过。往前看，是一片空荡的荒地，堆满砖瓦和灰泥。有时巡警那沉重而有规律的脚步声打破这儿的沉静，有时有些乐不思归的狂欢者在返回的路上大喊大叫。一堆散开的云朵飘过天空，一两颗星星在云缝里这儿那儿地闪烁着微弱的光芒。马车在一片宁静中奔驶着。福尔摩斯一直不说话，头垂在胸前，像是沉浸在思索中。我坐在他的旁边不想打断他的思路，尽管我很想了解这个新案到底是怎样一回事，为什么耗费他这么大的精力。马车已经跑出好几里地了，两边是郊外别墅区的围墙，这时他才从沉思中醒过来，摇晃了几下，抖抖肩膀，点燃了烟斗，显出一副了不起的样子。

“华生，你天生就善于保持沉默，”他说，“这是我之所以和你交朋友的原因之一。同别人交往，对我来说十分重要，因为我个人的思路不是很正确的，能令人完全信服的，对于这一点，我向你保证就是这样。我想不出当那位可爱的妇女在门口迎接我时，我该怎样对她说清楚。”

“别忘了，我对这件事什么也不知道。”

“在我们到达李镇之前，我有足够时间来对你说清这件事的前前后后。尽管看上去没有什么，但我却有些糊涂，为此闹不清。不用怀疑，没有多少线索，可我却理不清一个头绪。现在，我把大概的案情对你简单地说说，华生，也许你会让我在黑夜里看到一线光亮。”

“那么，你说说呗。”

“这是几年前的事了，确切地说，是在1884年5月里——有位叫纳维尔·圣克莱尔的有钱人来到李镇。他买了一座大别墅，把院落修整得很漂亮，生活极为铺张，这人显然是个阔佬。他陆续地同周围的许多人交上朋友。1887年，他娶了一位酿酒商的女儿，而后有了两个孩子。他在几家公司都有投资，他却没有工作。他有个习惯，每天清晨进城，下午5点14分坐火车从坎农街回来。圣克莱尔先生37岁了，没有什么不良的爱好，是个很称职的好丈夫、好父亲，和别人也没有什么恩怨。另外，他目前的全部债务，我已调查明白，共有88镑10先令，他的存款在首都市郡的银行里就有220镑。因此，他不是为财务上的烦恼而出事的，这也是不可能的。

“上周一，由于圣克莱尔先生有两件要紧的事情要办，另外，他还要给小儿子买一盒积木，于是他比平时进城要早得多。说起来挺碰巧的，就在那天，他离家后不久，他的太太接到一封电报，上面说有一个贵重的小包裹已经寄到亚柏厂运输公司办事处，让她去取。这是她一直盼着的包裹。可以了，若是你对伦敦的街道很熟悉，你就会知道那家公司的办事处在弗洛斯诺街。那条街有一个岔道和天鹅闸巷相接，天鹅闸巷也就是今天你看到的那个地方。吃过午饭后，圣克莱尔太太便进城了，在商店买了些东西之后，她到运输公司办事处去领包裹。回到车站时，经过天鹅闸巷时正好是下午4点35分，你听清楚了吗？”

“听明白了。”

“可能你还记得，那是一个天气很热的星期一，圣克莱尔太太一边慢慢走一边往四周看，但她厌恶周围的那些街道，她特希望尽快租到一辆小马车。她正要走过天鹅闸巷时，猛地一声喊叫，或者说是哭号传来，循声望去，她看到她的丈夫正从三层楼的窗口向下望着她，并且向她做出招手的样子，当时她惊吓得出了一身的冷汗，手脚发凉。据她说，她丈夫激动的神情非常吓人，由于窗户是敞开的，她看到丈夫的脸色十分清晰，当时他拼命地向她挥手，转眼间他消失在那窗口里，真像是一种不可抵挡的力量在他背后猛地拽了一把。但是，由于她那女人所具有的极为敏锐的眼睛，在那一刻间已看到一个超乎寻常的地方：他穿的居然是进城时的那件黑色上衣，但是，在他的脖子上并没见到硬领，胸前也没有领带。

“她想到丈夫肯定是出了什么事，当她穿过屋子，冲向二楼楼梯时，我讲过的那个印度人把她堵在了楼梯口，并且推着她不让进。接着过来一个丹麦助手，他们一起往街上推她。怀着从未有过的困惑和震惊，她赶紧沿着小巷冲了出去，真不错，她很幸运，在佛莱斯诺的街头迎头碰到一位正要去上班的警官和几名警察。很快，他们听完她的诉说后，那警官同两名警察同她返回烟馆。尽管那烟馆老板百般阻拦，他们仍然进入了那间刚才发现圣克莱尔先生的房间。可是，在那房间里并没发现任何他待过的迹象。事实上，在那层楼上根本没有见到别的人，除了一个瘸着腿，面目令人厌恶的人之外。那人可能在那儿住，这个家伙同那个印度人都异口同声地发誓说，那天下午，没有任何人到过那层楼的前屋。由于他们一口否认，警官被搞得有点糊涂，有些认为圣克莱尔太太可能看错人了。就在这时，她突然大叫了一声，猛地扑向放在桌子上的一个小松木盒前，她把盒子掀开，从里面哗地倒出一大堆的儿童玩具和积木，这正是她丈夫曾答应送给孩子的玩具。

"她的这一发现，使那瘸子立刻变得很慌张，事态的严重性已非常明显了。这使得警官更加怀疑，对那儿所有的房间进行了认真的搜查。结果证实，发现的一切都与一件可恶的罪行有关。作为起居室的前屋摆设极为简朴，这房间通向另一间背对着码头的小卧室，从小卧室里，可以看到码头上的情景。码头和空房之间是一块狭长的地段，在退潮时这里没有水，涨潮时这里就被至少四尺深的河水淹没。卧室里有一扇从下边开的很宽敞的窗户。在检查的过程中，在窗框上发现了斑斑血迹，在地板上也发现了一样的几滴血。从前屋的一块帷幕后发现了圣克莱尔先生的全套衣服，他的靴子、袜子、帽子和手表都放在那里，唯独找不到那件上衣。这些衣服上没有留下任何暴行的痕迹，圣克莱尔先生不知到哪儿去了。由于找不到别的出路，很显然他只能从窗口逃出去。从窗框上那些来历不明的斑斑血迹上看，他是想游泳逃生，但这时是不可能的，因为当这幕惨剧发生时，正赶上涨潮，潮水正涨到了顶点。

"再回过头来看看那些与本案有牵扯的歹徒吧。那个印度阿三是远近闻名的坏蛋，但是，圣克莱尔太太曾说，她的丈夫在窗口出现一刹那后，那印度人已经在楼梯口等她了。从这看出，他在案中只不过充当一个帮凶的角色。但他不承认，说他不明白怎么回事，他对楼上租房的休·卜恩的事情一点儿都不知道。并且，他对那位下落不明的先生的衣服怎么会出现在那屋子里也说不出个所以然来。

"这些就是那个印度阿三老板的情况。至于那个住在三层楼的阴险的瘸子，他一定是最后亲眼见到圣克莱尔先生的人。那人名叫休·卜恩，常到伦敦城区的人都熟悉那张丑陋的脸。他以乞讨为生。为了避免警察管制，他有时装作卖蜡烛的小商贩。沿着针线街走不远，你就会注意到，靠左边有一个小墙角，这个乞丐每天盘着腿坐在墙角，把那少得不能再少的几盒火柴放在膝盖上。在他身边的过道上，他放着一顶油迹斑斑的皮草帽子，凭着他那副让人可怜同情的相貌，人们接济给他的小钱就如雨点般地投进他的破帽子里。他引起过我的注意，我曾试图了解他的乞讨生活，在这想法之前，我多次暗察过这家伙；但是，我对他的乞讨生活大致了解之后，我感到很惊讶，因为他在短时间内收获不小。你清楚，他那副奇特的相貌让每一个从他身旁经过的人都不得不瞧他一眼。一头蓬松的棕红色的头发；那张没有一点血色的面孔让一块吓人的伤疤搞得更加不好看，这块伤疤每当收缩时，便把上嘴唇的外部边缘反卷着拉上去；一副像是巴儿狗样的下巴；一双黑眼睛目光锐利，他的两只眼睛同头发的颜色对比鲜明。他的样子和别的乞丐迥然不同。另外，他的智商也是超过一般人的，无论过路人扔给他什么破烂东西，说什么话，

他都能接受并从容回答。现在，我们已搞明白他是那个在烟馆里居住的人，并且也是最后唯一看到那个下落不明的有钱人的人。”

“他是一个有残疾的人，”我说，“他独自一个人怎么能对付得了一个力气大的年轻人呢？”

“是这样，看他走路一瘸一拐，像是个残废人；不过，别的地方，他显然占优势，而且营养充分。当然，你的医学经验也足以证明，华生，你知道一个人有一肢不灵活的弱点，往往其他肢体会格外结实，以此来弥补自身的缺陷。”

“您继续说下去。”

“圣克莱尔太太一见到窗框上的血迹后便昏了过去，一位警察用车把她送回家里，因为她留下来对侦查不利。负责本案的警官相当认真地检查了所有的房间，可是没能发现任何有利于侦破此案的东西。当时，他们忽略了一件事，未能将休·卜恩立刻逮捕，这让他有了几分钟的准备，在这短短的几分钟里，他很可能和他的印度同伙相互串供。好在这一失误立即就得以纠正，休·卜恩马上被抓捕并受到搜查，没能发现任何能判他犯罪的证据。的确，他的汗衫右袖上的一些血足以引起人的怀疑，但他的左手第四指靠近指甲处被刀割破了一块，他指着那伤口说血是从那里流的；还说，他去过窗户那边，真的，据他所说可断定，那里的血迹是他留下的。

他坚决不承认见过圣克莱尔先生，并且发誓肯定地说他对那些在他房间里发现的东西，他和他们一样感到十分不解。他认为圣克莱尔太太说她的丈夫肯定在窗前出现过，是由于她神经不正常，或是在梦游。他最终被关押起来，尽管他一直大声地说自己是冤枉的。另一方面，警察仍旧在那所房子里守着，希望潮水退了能从中找到一些新的东西。

"让人兴奋的是，竟然找到了一线希望，虽然他们在那泥滩上并没找到他们不愿发现的东西——纳维尔·圣克莱尔的尸体，但是他们找到了他的上衣。这件上衣在退潮后的泥滩上全部暴露着，在他的上衣口袋里发现了让人意想不到的东西，你能猜到吗？"

"我一时想不出来。"

"是的，真是让人难以猜到。他的每个口袋里塞满了一便士和半便士，一共 420 个便士和 270 个半便士。也难怪那上衣没被潮水卷走。这对于人的躯体来说就是另一回事了。在那房子和码头之间的退潮，每次都潮水汹涌，这样来看，也许他的身体卷进了河里，却在泥滩上留下了这件沉甸甸的衣服。"

"不过，从我所掌握的情况看，他们发现这位先生别的衣服都放在屋里，难道他的身上只穿着一件上衣吗？"

"不，华生。这件事可以这样分析，假设卜恩在别人没有看到的情况下，将纳维尔·圣克莱尔推出窗外，那么，他紧跟着最想干的是什么呢？自然是把那些容易泄露真相的衣服，必须消灭干净。当时的情形，他完全会抓起衣服，扔到窗外。他正要往外扔衣服时，他会想到那衣服很轻，会随水漂浮。这时，他立即做出反应，他已经听到那位太太要抢上楼来和印度人在争吵着；也许，他已经从他的同伴那里知道，有一帮警察正从大街上朝这个方向跑过来，留给他的时间很少了。他就会想到那些从乞讨中拿来的钱，于是便冲到那个密藏的地方，随手抓起一把把的硬币，往衣袋里塞去，这样才能使那件上衣不会被水托起漂浮在水面上。扔出这件衣服后，他原想以同样的方法把其他的衣服也处理掉，但楼下已传来了急匆匆的脚步声。警察的快速赶到，迫使他放弃了自己的计划，只好先慌忙把窗户关上。"

"听起来，这样的解释倒也说得过去，但可能有点勉强。"

"哪里，咱们找不到一个更合乎逻辑的假设罢了，就先把这个假设定为最有价值的吧。我刚才说过了，休·卜恩已经抓进了警察局，但是警官却拿不出任何有利的证据来证实他以前犯过什么罪，甚至连这方面的嫌疑也找不到。多年以来，他是没人不知道的依靠乞讨为生的人。他的生活看上去很平静，对别人毫无伤害。事实就摆在面前，那些值得解决的疑问像过去一样远远没有得到解决。这些问题是：纳维尔·圣克莱尔到那家烟馆去干什么？他在那儿碰到了什么事？现在，他在哪儿？休·卜恩在这桩案件中到底扮演了一个什么角色？我承认，在我的经验中，没有哪一个案件，乍一看似乎很简单，可是却出现了这么多的困难。”

当歇洛克·福尔摩斯细说这一连串怪事情的时候，我们的马车飞快地将我们带出这座大城市的郊区，直到最后把那些零零散散的房子甩在后面。接着马车顺着两旁有篱笆的乡间道路辚辚地前行。当他刚讲完时，我们正从那个疏疏落落的村庄穿过，有几家窗户里闪烁着微弱的灯光。

“现在快到李镇了，”我的同伴说，“我们这算不上长途旅行，一路上竟穿过了英格兰的三个郡县，从米特尔塞克斯出发，经过萨里郡的一隅，最后到达凯特郡。你看见那树丛中的灯光了吗？那就是杉园。那儿坐着一位忧心忡忡的妇女，在静听外面的风吹草动，她听到得得的马蹄声了吧。”

“可是你为什么不在贝克街办这案子呢？”

“因为有许多事情要在这里进行侦查。圣克莱尔太太已经盛情地安排了两间房子供我们居住。你完全可以放心，她肯定对我的朋友光临感到高兴。华生，说实在的，在没有落实她丈夫的情况之前，我真怕见到她。看，咱们到她家了。”我们的马车停在一座大别墅前，这座别墅坐落在庭园之中。这时一个马童跑了过来，拉住马头。我跳下车来，跟着福尔摩斯一起走上了一条通往楼前的、小小弯曲的碎石道。我们走近楼前时，楼门洞开，穿着一身浅色纱布衣服的白肤金发的小妇人站在门口，她的衣服很合体，在衣服的领口和腕口处镶着少许蓬松透明的丝织薄纱边。她在灯光辉映下，亭亭玉立，一手扶门，一手半举，对我们很热情，显然已等待很久了。她微微弯着腰，探首向前，渴望的目光凝视着我们，两唇微张欲语，好像是在提出询问的样子。

“啊，”她喊道，“怎么样？”随后，她看出是我们两个人，起初还满怀希望地叫喊，当看到福尔摩斯摇头耸肩的样子，便禁不住痛苦地哭泣了。

“没有好消息吗？”

“没有。”

“那么，是坏消息啦？”

“也不是。”

“谢天谢地！快进来吧，你们一定很辛苦了，跑了这么远的路。”

“这是我的朋友，华生医生。在过去的几个案件中，他对我的帮助很大，我很幸运能把他请来和我一块进行侦查。”

“我很高兴见到您，”她说着和我热情地握手，“请原谅我照顾不周的地方，我们近来所受的打击那么突然，望您多多谅解。”

“亲爱的太太，”我说，“我是经历过多次战争的战士了，请您不必对我这么客气。如果我能够有所帮助的话，我将会感到很高兴。”

我们走进一间灯光明亮的餐室，这时桌上早已摆好了冷餐，圣克莱尔太太说：“我很想问你们两个直截了当的问题，望你们能坦率地告诉我，行吗？”

“怎么不行呢？太太。”

“您别担心我的情绪，我会控制住自己的，也不会说晕倒就晕倒。我仅仅想听听您的实实在在的意思。”

“哪一方面的？”

“您别蒙我，您觉得纳维尔还在人间吗？”

歇洛克·福尔摩斯一时找不到词来回答了。

“说实话吧！”她站在地毯上着急地重复着，目光向下紧盯着福尔摩斯，这时他仰着身坐在一把柳条椅里。

“亲爱的太太，说真话，我并没有那么去想。”

“你觉得他已经死了？”

“是这样。”

“被暗害了？”

“我不觉得这样。不过，也不排除这种可能。”

“他在哪一天被谋杀的？”

“礼拜一。”

“福尔摩斯先生，我今天收到他的来信，也许您对此事感兴趣，这怎么解释呢？”福尔摩斯听到这话，惊讶地从椅子上一跃而起。

“是吗？”他大声喊道。

“是的，就在今天。”她微笑地站在那儿，手里擎着一张小纸条。

“我可以看看吗？”

“怎么不可以呢？”

福尔摩斯快速地抓住那纸条，把灯移到跟前，在桌子上铺开那纸条，专心致志地看着。我离开椅子，从他的身后盯着那张纸。信封的纸很粗糙，盖有格莱夫森特地方的邮戳，发信日期就是当天，或者说是前一天，因为现在已过了午夜。

“字迹潦草，”福尔摩斯喃喃自语后提高了声音，“这不会是您先生的笔迹，您先生的字会这么潦草吗？”

“可是，信却是他写的。”

“我这样想，不管写信的人是谁，他都得先搞清地址。”

“您怎么能这样认为？”

“您想，这人名是用黑墨水写的，写出后自行阴干。别的字写后用吸墨纸吸过的，所以看上去呈灰黑色。如果一气呵成，再用吸墨水吸干，那么，它的颜色就不会是深黑色的了。这个人是先写人名，过了一会儿，才写地址。这就只能说明他不熟悉收信人的地址，这自然是小事，但往往小事却值得重视。现在，让咱们来看看他的信。不错！随信还附件东西呢！”

“是，那东西是他的图章戒指。”

“您能认定这是您丈夫的笔迹么？”

“这是他的一种笔迹。”

“一种？”

“这是他在急匆匆时使用的一种笔迹，和他平时写得不一样，可是我完全认得出来。”

亲爱的：

不要害怕。一切都会好起来的。已经铸成了一个大错误，就需要花费一段时间来加以纠正。

请耐心地等待。

纳维尔

“这信是用铅笔写在一张八开本书的扉页上的，纸上没有水纹。嗯！他是一个大拇指很脏的人。从格莱夫森特把信寄出来的。哈，信封口是用胶水粘的，如果我没有弄错的话，这人在封信口时，一直在嚼着烟草。太太，你敢肯定这笔迹是您丈夫的吗？”

“我敢肯定，这一定是纳维尔的字。”

“信物还是今天从格莱夫森特寄出的。哦，太太，乌云已散去了，但我还不敢下结论说危险已过去了。”

“可是他一定活在世上，福尔摩斯先生。”

“除非这笔迹是一种巧妙的伪造，来引诱我们转移视线。那枚戒指，到底说明了什么呢，它可以是从您丈夫手上取下来的嘛！”

“不，不，这一定是他亲笔写的啊！”

“不错。不过还有一种可能，它也许是在礼拜一写的，到今天才发出来。”

“这有可能。”

“若是这样的话，这段时间，可能会发生一些事情。”

“哎，您别总是给我泼冷水，福尔摩斯先生。我知道他准没事。我们两口子之间，有一种敏锐的同感力。假如他遇到不幸，我一定会感觉出。就在我最后见到他的那一天，他在卧室里不小心将手割破了，我当时在餐厅里，心里就知道准是出了什么事，于是我就立即跑上楼。您想，这么一件小事都能引起我的反应，对于他的生命大事，我不会连一点儿感应都没有吧？”

“我经历的事情多了，据我所知，一位妇女的感应似乎有时比一位分析推理家的论断更准确。从这封信来看，你确实得到一个有力的证据来证实您的看法。不过，如果您丈夫还在世，并且还可以自由写信，那为什么不回家，何必在外边呢？”

“我想不出这是为什么。”

“礼拜一那天，他在离家之前对你说了什么吗？”

“没有。”

“您在天鹅闸巷瞧见他时，是不是挺惊奇？”

“可吃惊了。”

“那窗户是敞开的吗？”

“是的。”

“他是在呼唤您吗？”

“是这样。”

“据我了解，他仅是发出不清楚的呼叫声。”

“我不这样认为，他挥动了双手。”

“但是，那也可能是一声吃惊的叫喊。他是由于惊奇地看到您而发生的，以至于他举起了双手，你不觉得是这样吗？”

“也有可能。”

“您觉得他是被别人从窗口硬拽回去的吗？”

“他一眨眼就不见了，真是太快。”

“他可能是一下子就跳了回去，您没有看见房间还有别人吗？”

“没有，但是那个可怕的人承认他曾在那里，还有那印度阿三。”

“正是这样。当时您所见到的，您丈夫穿的是平时那件衣服吗？”

“是的，不过没有了硬领和领带，我清清楚楚地看到他光着脖子。”

“你察觉他抽过鸦片吗？”

“从来没有。”

“圣克莱尔太太，谢谢您。这些正是我要弄清楚的。让我们先来吃点东西，然后去就寝，明天我们还要忙碌一天呢。”

圣克莱尔太太为我们准备的房间很舒适，里面放着两张床铺供我们使用。我很快就钻进被窝，准备睡觉。因为这一夜的奔波之后太疲倦了。可是歇洛克·福尔摩斯却精力十足，他是这样一个人，当有一个问题解决不了，困扰他心头时，他就会废寝忘食一连几天，甚至反复思考一星期。他在头脑里重新梳理自己已经掌握的各种信息，并从不同的角度探索，直到水落石出，才肯罢休。我对我的朋友这种务实的性格已十分熟悉了。我想，今晚他又要熬一个通宵了。他把上衣和背心脱下来，换上一件宽大的蓝色睡衣，接着他找遍屋子里的每一个角落，将那些床上的枕头和沙发上的靠垫全都收拢起来。然后，他用这些东西做了一个简单的东方式的沙发。他在沙发上盘着腿，在面前放着一盎司强味的板烟丝和一盒火柴。在幽暗的灯光下，只见他端坐着，两眼茫然地凝视着天花板的一角，蓝色的烟雾从他的嘴边盘旋缭绕，冉冉上升。他沉静无声，纹丝不动。灯火闪耀着，正照着他那山鹰般的坚定面容。我早已进入了梦乡，我的朋友却一直那样坐着，陶醉在他的世界里。有时，我大叫一声从噩梦中惊醒，他还是保持原来的姿态，静静地坐着。最后，我睁开眼睛，夏日的煦阳正照进房内。那烟斗依然在他的嘴里叼着，轻烟仍然缭绕盘旋，冉冉上升。浓重的烟雾弥漫满屋，前夜所看到的一堆烟丝，已找不到了。

“华生，你睡醒了吗？”他问道。

“醒了。”

“你愿意早上出去赶车玩玩吗？”

“怎么不愿意？”

“那好，快些准备。现在还没起床。不过，我知道小马僮睡觉的地方，我去把他叫醒。”他的神色同昨晚那个紧锁着眉头思考的样子大不相同，他边说边开心地笑着，两眼炯炯有神。

我穿衣时看了一下表，刚好四点二十五分。我穿好衣服时，福尔摩斯走进来告诉我，马车已经准备好了。

“我要验证一下我的小小的推论，”他说着穿上他的靴子，“华生，我认为你现在正站在一个全欧洲最大的笨蛋面前！应当找个人把我踹到查里克洛斯去！不过，我已找到了开启这个案子的锁的钥匙了。”

“在哪里？”我笑着问道。

“在洗手间，”他回答说，“哦，我不是在开玩笑。”他看见我有点不相信的样子，继续说，“我刚去过那里，已经把钥匙拿出来了，放进克拉特斯通制造的软提包里。走吧，朋友，让我们试一下能否打开那把锁。”

我们一块下了楼梯，怕惊醒了别人，就小心翼翼地放轻脚步。一出房门，浑身便洒满明媚的晨曦。他衣服还未穿好，马童已把马套好了，站在马头的一边静静地等着他。我们两人一跃上车，就顺着伦敦大道飞奔而去。路上有几辆农村大车在走动，它们是运载蔬菜进城的。道路两侧一排排的别墅仍然寂静无声，死气沉沉，犹如梦中的城市。

“这桩案子看上去显得复杂，”福尔摩斯说着，朝马抽了一鞭，催促它向前疾驰，“我承认我曾经傻得像鼹鼠。不过，即使聪明得晚了些，但总比在迷圈里乱转好得多。”

当我们驱车经过萨里一带的街道时，这座城里起床最早的人正睡眼惺忪地望着窗外的晨光。马车驶过滑铁卢大桥，急速地穿过威灵顿大街，然后向右急转弯，来到布街。门旁站着的两个巡捕都认识福尔摩斯。他们一个把马牵了过去，另一个便引我们进去。

“谁值班？”福尔摩斯问道。

“布莱斯特・里特警官，先生。”

“啊，布莱斯特・里特，你好！”福尔摩斯和一个警察打着招呼，“我们想和你单独谈点事。”一位身材高大魁伟的警官从石板铺的通道上走下来，他的头上戴着一顶鸭舌便帽，身上穿着一件夹克衫，那衣服上带有盘花的纽扣。

“不错，福尔摩斯先生。上我的房间来坐一坐，谈谈情况。”

我们走进一间小小的类似办公室的房间，桌上放着一本厚厚的分类登记簿，对面墙上安装着一部电话。警官在桌边坐下了。

“我能帮你什么吗，福尔摩斯先生？”他问。

“我是为休・卜恩案子来的，就是那个乞丐。这个人被指控与李镇纳维尔・圣克莱尔先生的失踪案有关。”

“是的，他是被押到这里来候审的。”

“这我已知道了。他现在在这里吗？”

“在单人牢房里。”

“他守规矩吗？”

“哦，一点儿也不捣乱。不过这坏蛋太脏了。”

“脏得很？”

“对，我们做到的只能让他洗洗手。他的脸黑得像个补锅匠一样。哼，等他的案件审判了以后，他得按照监狱的规定洗个澡。我想，您看见了他，您会同意我所说的他需要洗澡的看法。”

“我很想见见他。”

“想见见他吗？那很容易。我领您去，不过这提包得放在这里。”

“不，我想，还是放在我身边吧。”

“好吧！请跟我来吧！”他领着我们走下一条甬道，打开一道上闩的门，从一条盘旋式的楼梯走下去，我们来到一处刷着白色的走廊，两侧各有一排牢房。

“他的牢房就在右手第三个门。”警官说着往里看了看。“他正睡觉呢，”他说，“你可以看得很清楚。”

我们俩从隔栅往里瞧，那囚犯脸朝着我们，呼吸缓慢而又深沉，睡得正香。他的身材适中，穿着一件粗料子衣服，他破烂的上衣裂缝处露出了件染了色的衬衫，这身打扮和他的行当很相称。他真的像警官所说的那样，肮脏得到了没法形容的地步，那令人厌恶的面容远不能让脸上的污垢遮盖，从眼边到下巴有一道宽宽的旧伤疤，这伤疤收缩后把上唇的一边往上吊起，三颗牙齿露在外面，像是一直在嗥叫，一头蓬松光亮的红发挡住了他的两眼和前额。

“是个漂亮人吧？”警官调笑着说。

“他真的该洗一洗，”福尔摩斯说，“为了让他干净一点，我有了个主意，并自作主张把这些东西拿来了。”他边说边打开随身带来的软皮包，从里面掏出一块很大的洗澡海绵。

“嘻，嘻！您在开什么玩笑！”警官笑着说。

“喏，请你悄悄打开牢门，我会很快让他现出一副更体面的样子，那您就做了件大好事了。”

“我愿意给你帮助，”警官说，“他这模样不会给看守所增添什么光彩。”他把钥匙插进门锁里面，我们轻轻地走进牢房，那家伙正侧着身子酣睡。福尔摩斯用海绵蘸着水罐里的水，往囚犯的脸颊上上下下擦了几下。

“让我来给你们介绍介绍，”他喊道，“这位就是凯特郡李镇的纳维尔

·圣克莱尔先生。”

我一生中从没见过这种场景。这人的脸就像剥树皮一样被海绵剥了一层皮。那粗糙的棕色不见了！他脸上横着的那道吓人的伤疤没有了！那显得令人生厌的歪唇也不见了！那一堆乱蓬蓬的红色头发也全掉了。这时在床上坐起来的是另一个人，他面色苍白、眉头紧锁、容貌俊秀、头发油黑、皮肤光滑。他揉搓着双眼，凝神看着周围，不知怎么回事。等他忽然明白事已败露时，他不禁尖叫一声扑在床上，把脸埋在枕头里。

“天啊！”警官叫道，“那个失踪的人怎么在这儿，我从相片上能认出来。”

那囚犯转过身，摆出一副听天由命、不在乎的样子。“我这样怎么了？”他说，“请问，你们能控告我犯了什么罪？”

“控告你犯了杀人罪，杀了纳维尔·圣……哦，除非他们把这案件定为自杀未遂案，你不会因为这犯罪的。”

警官咧嘴笑着说：“哼，我当警察足足二十七年了，还从没得到一个立功机会，这一次，可真该受到奖励了。”

“若我是纳维尔·圣克莱尔，那么你们拘禁我是非法的，因为我什么罪也没犯。”

“你确实没有犯罪，但你却犯了一个最大的错误！”福尔摩斯说，“假如你对你的妻子信得过的话，你会干得更出色。”

“倒不是因为我的妻子，而是我的子女，”那囚犯发出呻吟的声音，“上帝保佑，我不愿看到他们为他们的父亲所做的事而感到耻辱。天哪！讲出去多么丢人哪！我怎么办呀？”

福尔摩斯坐在他的身边，和蔼地拍了拍他的肩膀。

“假如你愿意让法庭来查清这件事，”他说，“那难免会传扬出去。可是，只要你能使警方相信，这件事情就不足以向你提出控告，更没有必要把案子的实情公诸报纸。我相信布莱斯特警官会把你对我们所说的记录下来交给有关当局的，这样，这案子根本不会提到法庭上去了。”

“上帝保佑您！”那囚犯情绪高涨地叫起来，“我宁愿受拘禁，唉，就是枪决我也不愿让这令人痛苦和羞耻的秘密成为家庭的污点，留给孩子们。

“你们是唯一听到我身世的人。我的父亲是切斯德弗尔特的小学校长，在那所小学我受到很好的教育。我年轻的时候，特别热爱旅行，很喜欢演戏，后来我在伦敦的一家晚报当了一名记者。有一天，总编辑想组几篇反映大都市里乞讨生活的报道，我自告奋勇来写这方面的稿件。我没料到这会改变我的一生，我的历险就从这开始了。我只有装扮成乞丐才能收集到写文章所需的一些基本材料。我以前当演员时，学过一些关于化装的技巧，并且我的化装水平闻名于剧场后台。我的这种本领在这时派上了用场。我往脸上涂了层油彩，为了能让人同情，我用一小条肉色的橡皮膏，做出一个惟妙惟肖的伤疤，把嘴唇一边向上扭卷起来，戴上一头红头发，配上适当的衣服，就在市商业区的一个地方，表面上是卖火柴的小贩，实际上是个乞丐。这样干了 7 个小时，晚上回到家中一清点，我为收获 26 个先令 4 个便士而感到吃惊。

“我写完这几篇报道，也忘记了这回事。可后来又出现了别的事，有一天，我给一位朋友做担保在票据上签了字，谁知后来法庭要求我赔偿 25 镑，我因拿不出这么多钱，急得没办法。在我走投无路的时候，我想起了那件事。我请求债主宽限半个月让我去凑钱，又去央求雇主请几天假。而后，我重又把自己装扮起来，到城里当乞丐。我乞讨了 10 天就把钱凑齐了，还清了这笔债。

“哦，这么一来，你们可以想到，当我知道只要我在自己的脸上抹上些油彩，把帽子放在地上，静静地坐着，一天之内，就能挣两英镑，而我辛辛苦苦工作一周也只能挣这么多时，再让我回去，是多么不容易。是要自尊心还是要钱，我思想斗争了很久。最后是金钱占了上风，我辞去了记者的工作，日复一日地坐在我第一次选定的那条街的拐角，凭着一副吓人的面容引起人们的同情心，铜板塞满了我的口袋。只有一个人知道我的秘密，那就是天鹅闸巷那家下等烟馆的老板，因为我在那儿睡觉。我每天白天便是一个肮脏的乞丐，到了晚上，我变成了一个衣冠楚楚的浪荡公子。这个印度阿三会替我严守秘密，他收了我高价房租。

“不久，我攒了大笔的钱财。我不是说大话，任何在伦敦街道上的乞丐，一年之内都能挣到 700 英镑（这还够不上我的平均收入），但由于我善于化装和巧于应答，我成了城里为人所赏识的人物，整天都有各种各样的银币流水般地进入我的囊中，我运气不好时也能乞讨两英镑。

“我的野心随着财富越多越来越大，我在郊区买了所房子，后来结婚成家。没有一个人怀疑我真正的职业。我的老婆只知道我在城里做生意，她却一点儿不清楚我在城市里到底干些什么事。

“上周一，就是出事那天，我刚结束一天的营生，正在烟馆楼上的房间里换衣服，我不经意地往窗外一瞧，没有料到，我的老婆正站在街心，并且她瞧见了我。我心里很害怕她知道真相，大叫一声，赶忙用手臂挡住自己的脸，跳离了窗口，去找我的老朋友——那个烟馆老板印度阿三，求他把上楼的人堵在门口。我听到我老婆同印度阿三的吵闹声，我清楚她不能很快地冲上楼。我极快地脱下刚换上的衣服，以最快的速度穿上那身乞丐服，又涂上油彩，戴上假发，我变成了休·卜恩。我相信，我老婆也认不出我高妙的化装。但是，我很快想到这屋子或许会搜查。那样，我的秘密就会让那些衣服揭破。我赶紧打开窗户，由于用力过猛，我早上在家里割破的创口又被碰破了。我从一个皮袋里掏出大把的铜钱往上衣口袋里塞(平时我要来的钱都放在那个皮袋里)。我抓起那件沉甸甸的塞满铜板的上衣，把它扔出窗外，泰晤士河的河水很快把它淹没了。我正要把其他衣服扔下去，这时一些警察转眼间冲了上来。

“不多一会儿，我感觉出，没有人认出我是纳维尔·圣克莱尔先生，这让我感到有些许安慰。接着，他们把我当成谋害纳维尔·圣克莱尔的嫌疑犯拘捕起来。

“我还有什么别的地方向你们说明吗？我当时就决定长期保持这副化装的样子。正因为这，我心甘情愿地脏下去，我知道我老婆肯定很焦急，就趁警察不在意的时候，摘下戒指，交给那个印度阿三，急匆匆写了几行字，劝我老婆不用为我担心，一切都会和过去一样。”

“你的信她昨天才收到。”福尔摩斯说。

“我的天！我真不知道这一周她怎么过的！”

“那个印度阿三，警察一直在监视他，”布莱斯特·里特警官说，“我知道，他很难把那封信寄出去。可能他把那封信托付给一个当海员的顾客，那家伙差点把这事给忘了。”

“事情就是这样的，”福尔摩斯说，点点头表示同意，“我认为就是这么一回事。可是你从来没有因为行乞而被控告过吗？”

“有过多次了，但是，一点儿罚款又算得了什么。”

“不过以后你不要再当乞丐了，”布莱斯特警官说，“若是要警察局对这事不传出去，那么，首先得让休·卜恩从此消失了。”

“我为此会做最郑重的发誓。”

“若是这样，我想对于这件事就不要追究下去了。可是，你若是再去乞讨，我们就会把这件事全盘说出。福尔摩斯先生，我非常感谢你帮助我们澄清了这个案件。但我不知道你是怎么想得出是这么回事呢？”

“这样的，”福尔摩斯说，“我是靠坐在五个枕头上，抽完一盎司板烟才想出来的。哎呀，华生，我们得乘车赶回贝克街，我还没来得及吃早饭呢。”

7. 蓝宝石案

圣诞节后的第二天，我去拜访老朋友福尔摩斯并祝他节日快乐。我到的时候，他穿着件紫色睡衣懒洋洋地半躺在沙发上，右边放着烟斗，前面一大堆刚读完的各种晨报，沙发旁边的木椅椅背的拐角上挂着顶又脏又破根本没法戴了的硬毡帽，椅子上的那把放大镜和一把镊子表明是为了方便检查才把帽子这么挂着。

“你正忙呀？”我说，“没打扰你吧？”

“没有。我很高兴有位朋友来和我聊聊检查的结果。尽管事情很小，”他指了指那顶旧毡帽，“但与它相关的一些问题并不枯燥无味，甚至还能给我们一些教益呢。”

当时已经下霜了，窗子上结着一层厚厚的霜花，挺冷的。我靠壁炉坐下，把手伸到烧得很旺的炉火跟前取暖。“我猜呀，”我说道，“尽管这顶帽子看起来没什么，可它肯定关联到什么生死攸关的事——它是能帮你解开某个谜团、帮你逮住罪犯的线索。”

“不，不关系到犯罪，”福尔摩斯笑着说，“只不过是件怪怪的小事而已。四百多万人挤在就那么几万平方英里的地方，互相撞一下是很平常的事，在那些尔虞我诈、你争我抢的人们中，不管发生什么事都很正常，而其中很多小事情看起来稀奇古怪，但不一定就是犯罪。我们有过类似的经历了。”

“是的，”我说，“我新近记录的六个案件中就有三个算不上犯罪。”

“确实如此。你让我想起了安娜·阿德勒相片事件，玛丽·萨瑟兰小姐的离奇经历以及那个歪唇男人的冒险故事。我肯定，现在这件小事也算不上法律范畴内的犯罪。彼得森你认识吧？在警察局门口值班的那个？”

“认识。”

“这帽子是他拿来的。”

“帽子是他的吗？”

“不，这帽子不知是谁的，他是捡来的。你别只把它当破帽子看，把它当作一道智力题吧。我先给你说说它的来历。事情是这样的：圣诞节凌晨四点，彼得森从一个小宴会出来，正沿拖腾汉姆法院路回家。你是知道彼得森的，他为人很老实。借着煤气街灯的灯光，他看见有个背着一只白鹅的高个子男人一踉一跄地走着。走到古基街拐弯的地方，高个子突然和几个流氓打起来了。一个流氓把他的帽子打落在地。为了自卫，他操起棍子四下挥舞着。结果棍子碰到了身后商店的橱窗，把玻璃打碎了。彼得森冲上去想帮这个高个子一把，结果那人因为打破了玻璃惊慌不已，一看见有个穿警服的人冲过来了，扔下东西拔腿就跑，很快就跑到法院路后面那条弯弯曲曲的小巷里头不见了。那些小流氓看见彼得森后也溜了。这样一来，现场只剩下他和两样东西，一顶破毡帽和一只上等的圣诞大肥鹅。”

“他肯定物归原主了吧？”

“老兄，问题就出在这。这只鹅的一只脚上拴着张小卡片，上头写着‘至贝克夫人’；帽子里头也有姓名的缩写‘H·B’。可在这座城里面，姓贝克的成千上万，叫亨利的也成千上万，要把东西还给失主可真难哪！”

“那彼得森怎么办？”

“他知道我即使是芝麻大的事情也是有兴趣的，所以他当天一大早就把鹅和帽拿到我这儿来了。我们把鹅留到了今天，尽管天冷，但为了别让它坏掉还是吃了的好。所以彼得森拿走了鹅，而我把那位丢了圣诞美味、尚不知来历的先生的帽子给留下了。”

“他没登遗失启事？”

“没有。”

“那你现在有线索了吗？”

“只能凭帽子推测了。”

“就凭这顶帽子？”

“对。”

“你开玩笑吧！凭这顶破帽子你能推测出什么？”

“给你放大镜，你是知道我的方法的，看你能从这顶帽子推测出它主人的个性不？”

我拿起帽子仔细打量，但一无所获。这是一顶普通的黑色圆毡帽，又硬又脏，变了色的红色丝质衬里上没印厂商的牌号，却草草地写着人名的缩写字母“H·B”，帽檐上虽然有用来系松紧带的洞洞，但松紧带却没看见。最滑稽的是，几个补丁上面涂了墨水作掩饰。总之，这是顶很破的帽子，积了一层厚灰的帽子。

“我看不出什么东西。”我把帽子递给福尔摩斯。

“不，华生，你全看见了。只是你推测不出什么，你应该大胆地提出自己的看法。”

“还是请你来告诉我，你推论出了什么吧。”

他拿起帽子，用他独特的眼光盯着。“这帽子能给予的启示可能是少了点。”他说，“但有几点是很明显的，另外几点也很有可能。我一眼就能看出帽子的主人很有学问。尽管他现在景况不好，但三年前他的生活还是很富裕的。这人以前很有眼光，如今不行了。他家道中落，精神也振作不起了，似乎是因为某种不良的影响，或者养成了酗酒的恶习。这说明他妻子不再爱他了。”

“行了，亲爱的福尔摩斯！”

“可不管怎样，他还是有点自尊心。”他装作没听见我的抗议，“他是个深居简出的中年人，过着隐居生活，很少运动，灰白的头发洗过不久并且打了点柠檬油。这些都能从帽子上很明显地看出来，再补充一点，他家里肯定没装煤气灯。”

“你开玩笑吧，福尔摩斯。”

“绝不是开玩笑。我都告诉你推断结果了，难道推断过程你还不清楚吗？”

“我知道我很迟钝，老实说，我实在跟不上你的思路。比如吧，你是怎么推断这个人很有学问的？”

福尔摩斯把帽子扣到自己脑袋上，帽子正好把他的前额给罩住，“这是个脑容量的问题。这么大的脑袋里面准装了不少东西。”

“那他的家道中落又怎么解释呢？”

“这帽子是三年前买的，这种帽檐平、帽边卷的帽子当时很流行，而且它质地一流。瞧瞧这丝带和华贵的衬里！这人三年前能买得起这么贵的帽子，此后竟然没买过别的帽子了，当然是家道中落了。”

“好啦，这点我知道了。你说的这人‘有远见’‘精神振作不起’又是怎么看出来的？”

“看这里，这表明他有远见。”福尔摩斯笑着指着钉松紧带用的小圆盘上，“这帽子本来没有这东西，是他怕帽子被风吹走，自己加上去的，这说明他有一定的远见；可松紧带掉了之后，他换都没换，这说明他今不如昔，心灰意冷。而他把墨水涂到补丁上，说明他还有一点儿自尊心。”

“说得倒也有理。”

“至于别的——中年人，头发灰白，刚洗不久，打了柠檬油之类的，全是由仔细检查帽子的衬里后发现的。用放大镜可以看到许多刚剪下的发屑，它们有点柠檬油的味道。还可以看到，帽子上的灰尘不是街上夹有沙粒的尘土，而是房里那种绒毛似的灰尘，这表明帽子大部分时间是在墙上挂着的。帽子衬里上的湿印子表明他曾大量出汗，说明他以前很少运动。”

“那他妻子——你说她不爱他了，怎么解释？”

“这帽子不知有多久没刷了。假如哪天我看见你时，亲爱的华生，你帽子上积了好多灰尘，而你太太竟让你这么戴着出来，恐怕你是不幸失去了她的爱了。”

“说不定他是个单身汉呢？”

“不可能。因为那天晚上他正准备把那只鹅带回家给妻子，以表示爱意。你难道忘了系在鹅脚上的那张卡片？”

“所有的问题你都解决了，但你到底凭什么说他家没安煤气灯呢？”

“一两滴蜡烛油可能是偶尔沾上的，但我至少发现了五滴，显然他是经常接触蜡烛的。也许他经常一手拿蜡烛一手拿帽子上楼什么的，总之他的帽子在有煤气灯的情况下不会沾这么多蜡烛油。满意了吧？”

“嗯，思维够巧妙的。”我笑了起来，“可你说这算不上犯罪，只不过是丢了一只鹅而已，你这样说是不是有点武断？”

福尔摩斯刚要回答，门猛然被推开了，那个站岗的彼得森满脸通红、惊慌失措地冲了进来。

“那只鹅，福尔摩斯先生！”他上气不接下气地说。

“鹅？怎么了？是不是它复活了，从窗口飞走了？”福尔摩斯转过身看着那张很激动的脸说。

“先生，你看我太太在鹅肚子里发现了什么？”他把手掌摊开，一颗比黄豆稍小、闪闪发光的蓝宝石光芒四射，电光一样在他黝黑的掌心闪烁。

福尔摩斯打了个呼哨站了起来。“天哪！彼得森！”他说，“这可是件珍品啊，我想你一定知道这是什么吧？”

“是钻石吧，先生？那种切玻璃就像切泥的宝石。”

“不但是宝石，而且是——”

“是莫夫伯爵夫人的那颗蓝宝石！”我惊叫着。

“就是它。最近的《泰晤士报》

每天都有这颗宝石的一些故事，看得我连它的形状和重量都了如指掌了。这是颗举世无双的宝石，它的价值不好估量，但作为悬赏的一千英镑肯定还不及它实际价值的二十分之一多。”

“一千英镑！老天！”彼得森跌坐在椅子上，眼睛瞪得大大的。

“那不过是赏钱而已。我想，只要能找回这颗宝石，伯爵夫人把一半家产送给找到宝石的人都愿意。”

“如果我没记错，”我说，“这宝石是在世界宾馆丢失的。”

“是的，而且是在12月22日，也就是五天前。一个叫约翰·霍纳的管道工被起诉，说他从伯爵夫人的珠宝箱里偷走了这颗宝石。因为有人作证，这个案子很快就到法庭审理了。我想，我应该有关于这事的报道。”他在那堆报纸中翻找着，最后终于找到一张，把它压平，对折起来，他拿起念道：

“‘世界宾馆’宝石盗窃案。约翰·霍纳，现年26岁，管道工，因本月22日盗窃莫夫伯爵夫人一贵重蓝宝石而被起诉。宾馆领班詹姆斯·赖德证明说，案发当天，他曾带约翰·霍纳到楼上莫夫伯爵夫人的化妆室去焊接有些松动的壁炉栅栏。他再次进入化妆室时，发现霍纳已经离开，而梳妆台已被撬开，台上有一个空空的摩洛哥首饰盒。他后来才知道伯爵夫人的宝石一直是放在里头的。赖德立刻报了案，霍纳当晚被捕，但未发现其身上和家中藏有宝石。伯爵夫人的女仆凯瑟琳证明，她曾听到赖德发现梳妆台被撬时发出的惊叫，并说她跑进房间，看见的现场和证人说的一样。警察局二队巡官布拉兹特里特证明说，霍纳归案前拒捕过，并竭力申辩自己是无辜的。但有人指证他有偷窃前科，因而情况对该犯极为不利。地方法官为谨慎行事，已将此案交巡回审判庭处理。霍纳在审理过程中紧张异常，宣布判决时昏了过去，最后被抬出法庭。

“哼，警察局和法院就提供了这点情况。”福尔摩斯把报纸甩到一旁，若有所思地说，“那头是首饰盒失窃，这头是托腾汉姆法院路捡到的肥鹅肚里发现了宝石。我们得把连在这两头中间的事情经过给弄清楚。华生，你知道了吗，我们原先的推理突然涉及了一个非常重大而且非常复杂的问题了。这就是那颗被盗的宝石，它是从鹅肚子里找到的，鹅是亨利·贝克先生的，也就是这顶破帽的主人的。不知他在这个案子里扮演了什么角色。我们得把这位先生找到，找他的最简单的办法莫过于在所有晚报上登一则启事了。要是这招不灵，就只好再另想办法了。”

“启事上写些什么呢？”

“把笔给我，还有纸。就这么写：‘本人于古基街拐角处拾到白鹅一只，黑毡帽一顶。请亨利·贝克先生于今晚六时到贝克街认领。’够简明扼要的吧？”

“是的，可他能看到吗？”

“当然。他肯定会留意报纸的，对一个穷人来说，这损失太惨重了。虽然他砸了玻璃，闯了祸，让彼得森给吓得不顾一切地跑了，但事后他肯定会为丢了那只鹅而非常懊恼。还有，报纸把他的名字登了出来，所有认识他的人都会提醒他去看报的，所以他一定能看到。彼得森，给你，你赶紧把这个启事送到报社去，一定得登在今天的晚报上。”

“哪家报社，先生？”

“嗯，《环球》《明星报》《蓓尔美尔报》《圣詹姆斯报》《新闻晚报》随便哪家都行。”

“好的，先生。那宝石呢？”

“哦，宝石先放我这儿。谢谢你了，彼得森，另外，你回来的时候买只鹅带到我这儿来，我得弄只鹅给那位先生以顶替你家正吃着的那只。”

彼得森走后，福尔摩斯拿起宝石，对着光仔细地看着，“真是举世无双啊！”他说，“它多晶莹剔透！当然，它也是罪恶的根源。每颗珍贵的宝石都是魔鬼的诱饵。多棱体的每一面都可能沾着罪恶的血腥。这颗宝石是二十年前在中国的厦门发现的，它非常奇妙，虽然有红宝石的一切特性，但它却不是红色，而是蓝色的。虽然问世不久，但已经沾染了不少罪恶，为了得到这颗四十克拉重的宝石，已经发生了两起谋杀案，一起毁容案，一起自杀案，另外还有几起抢劫案。谁会想到，这么一个小玩意儿竟然成了绞刑架和监狱的供应商呢！我得把它锁到保险柜里，然后给伯爵夫人写封信，告诉她宝石已经找到了。”

“你认为霍纳是清白的吗？”

“我现在还不能肯定。”

“那你是否认为别的人，比如说亨利·贝克和宝石有牵连呢？”

“我认为亨利·贝克也有可能是清白的。他没想到手里的鹅会价值连城，即使是纯金的鹅也比不上。只要我的启事有了作用，我做一个小小的测验就可以证实这一点了。”

“在那之前就什么也不做吗？”

"什么也不做。"

"既然这样，那我就忙我的活去了。不过我今晚六点会回来的，我很想看看这桩毫无头绪的事情最后是怎么了结的。"

"我很高兴你来。我晚上七点开饭，餐桌上会有只山鹬。对了，因为今天的事情，我得叫哈德森太太好好检查一下山鹬的嗉子，看里面有没有宝石一类的东西。"

我被一个病人耽误了些时间，等我回到贝克街时已经六点半了。我走上楼，看见一个高个子男人正站在门外，从扇形窗户透出来的光正好照在他头上。他身穿带有苏格兰小帽的上衣，纽扣扣得紧紧的。我到门口时，门开了，我和他一起走进了福尔摩斯的房间。

"我想您就是亨利·贝克先生吧，"福尔摩斯说着，站了起来，一副对客人表示欢迎的平易近人的样子，"请坐靠壁炉的那张椅子吧，贝克先生。今晚真冷啊，我想你的血液循环在夏天会好一些。这是您的帽子吧，贝克先生？"

"是的，先生，是我的帽子。"

他身材高大，虎背熊腰，头大，脸宽，灰白的山羊胡，鼻子和脸颊微微泛红，手伸出时微微颤抖，完全和福尔摩斯的推断相符合。他扣得严严的大衣的领子竖立着，袖口露出一双细细的手腕。他谈吐谨慎，一副落魄文人的样子。

"东西我们留好几天了，"福尔摩斯说，"一开始我们还以为你会登遗失启事呢！你为什么不登启事呢？"

"我的腰包不像几年前那么满了，"我们的客人尴尬地笑了笑后说，"我以为我的鹅和帽子被那伙流氓拿走了呢，我根本没想过还能找回，所以也懒得花钱登启事。"

"原来这样。哦，对了，鹅已经被我们吃了。"

"吃了？"客人激动地坐直了身子。

"是啊，要不吃，放到这个时候，准会坏的。不过，我想餐柜上的这只也能满足您的需要吧，重量和您那只差不多，挺新鲜的。"

"能，当然能。"贝克先生长舒了一口气。

"当然，您那只鹅的羽毛、爪子和内脏等东西我们还留着，你是否要——"

那人大笑起来。"除了当我那次历险的见证，"他说，"我看它们没什么别的用处了。所以，如果您同意，先生，我只想带上餐柜上的那只肥鹅。"

福尔摩斯飞快地和我交换了一下眼色，微微耸了耸肩。

“那好吧，这是您的帽子，那是您的鹅。”他说，“顺便问一下，您的鹅是从哪儿买的？我对家禽的饲养很有兴趣，而这么肥的鹅很少见。”

贝克先生把鹅夹在腋下，说：“我和几个人经常光顾阿尔法餐馆——博物馆附近那家。要知道，我们的白天是在博物馆度过的。今年，我们好心的店主，他叫温迪盖特，办了个俱乐部，会员每周交几个便士，到圣诞节，每人都能拿到一只鹅。我每次都按时付了钱，后来的事您都知道了。先生，我真得谢谢您。”他给我们一本正经地鞠了躬，神情滑稽自负，然后大步流星地走了。

“亨利·贝克没事了。”福尔摩斯把门关上后说，“他与这事无关。你饿了吧，华生？”

“不是很饿。”

“那我们把正规的晚饭改成吃便餐吧，然后趁热打铁，沿这条线索追踪下来。”

“行。”

那天晚上，寒风刺骨，我们穿上长大衣，围好围巾，出发了。晴朗的夜空有几颗星星冷冷地闪烁着；路上行人呼出的气凝成白雾，就好像开枪后飘散的烟雾一样。我们大踏步穿过医生住区，威姆波尔街、哈雷街、格莫街、牛津大街。十五分钟后，我们赶到了博物馆附近的阿尔法餐馆，这是在霍尔波恩街拐角的一家小酒馆。福尔摩斯推开门走了进去，向红光满面，围着白围裙的店老板要了两杯啤酒。

“您的啤酒肯定和您的鹅一样好。”他说。

“我的鹅？”店老板有些惊讶。

“是啊，半小时前亨利·贝克先生跟我说的，他是你的肥鹅俱乐部会员。”

“哦，我明白了！但是，先生，它们可不是我们的鹅。”

“是吗？那是谁的？”

“我是在科温特花园市场的一个推销员手上买来的。”

“推销员？我认识几个，请问他是谁？”

“布瑞金利基。”

“布瑞金利基？我不认识。好啦，祝您身体健康，生意兴隆。再见。”

“现在立即找布瑞金利基，”袭人的寒风中，他边扣扣子边说，“要记住，虽然我们这头仅仅是一只鹅这样的小事，但另一头却关系着一个人是否蹲五年牢的大事。只有我们证实他清白无辜了，他才有可能得到自由。

当然，我们的调查也可能最终证实他确实有罪。但不管怎样，既然我们碰巧得到一条警方错过了的好线索，就得把它一查到底。朝南走，快！”我们穿过霍尔波恩街，沿因得尔街直往前走，穿过七弯八拐的贫民区后进入了科温特花园市场。市场内一个最大的摊档上方写着布瑞金利基的名字。我们进去时，看见瘦长脸、络腮胡的店老板正和伙计们收拾摊子。

“晚上好！今晚真冷啊！”

店老板点了点头，用怀疑的目光看着我们。

“看来鹅全卖完了。”福尔摩斯看了看大理石柜台后说。

“明早就可以给你五百只。”

“那太晚了。”

“哦，那家亮煤气灯的摊档上还有几只。”

“可别人是介绍我到你这儿买。”

“谁介绍的？”

“阿尔法餐馆的老板。”

“哦，他呀，我给他送过两打。”

“很肥的两打。告诉我，你是从哪儿进的货？”

这句话一下子惹恼了店主。

“得了吧，先生，”他脖子一歪，双手叉腰，“直说吧，你到底想干什么？”

“我已经直说了，我不过想问一下，你卖给阿尔法餐馆的那些鹅是从哪儿进的货？”

“就问这个吗？我就不告诉你，怎样？”

“不怎样，可我不明白你为什么会为这种小事发这么大的火？”

“发火？你要像我一样被人纠缠着，你也会发火的。我卖鹅是我自己的事，凭什么别人老来问？！一会儿是‘那些鹅在哪儿？’一会儿又‘你卖给谁了？’一会儿又是‘要以怎样的代价才能换回这些鹅？’这么唠唠叨叨地问个不停，好像世界上没别的鹅了。”

“对不起，我和问这些话的人毫不相干，”福尔摩斯一点儿都不生气，“既然你不肯说，那我也不问了。不过我还是坚持我的看法，我赌五英镑，赌我吃的那只鹅是在农村养的。”

“嘿嘿，你输定了。那是城里养大的鹅。”店老板说。

“不可能的。”

“我说是就是。”

“我不信。”

“别以为你对家禽比我在行。我还是伙计的时候就和家禽打交道了。老实告诉你，卖给阿尔法餐馆的那些鹅，全是在城里养大的。”

“我还是不信。”

“你真要打赌？”

“我想从你这弄点钱，我相信我是对的。我情愿赌一个金镑，好好教训你一下，以后别那么固执。”

店老板笑了，“比尔，给我把账本拿来。”他喊道。

小伙计把一个薄薄的小账本和一个大大的、封皮全是油迹的大账本拿来了，翻开后摆在油灯下面。

“好啦，固执的先生，”店老板说，“我赢定你了。看见小账本了吗？”

“怎么了？”

“这是我的进货清单。看见了吗？喏，这一页记的全是乡下人，名字后面的数字是他们记在总账上的序号。再看看另外这页，看见红墨水写的字了吗？这是我在城里的供应商名单。你给我念念第三个名字。”

“欧可夏特太太，普里克斯敦路 117 号 –249。”福尔摩斯念道。

“好啦，现在到总账后查相应的那一页吧。”

福尔摩斯翻到了相应的那一页，“在这儿，欧可夏特太太，普里克斯敦路 117 号，家禽供应商。”

“再看最后一项记的是什么？”

“十二月二十二日，二十四只鹅，每只七先令六便士。”

“好了，那下面一行呢？”

“转卖给阿尔法餐馆的温迪盖特，每只十二先令。”

“你现在信了吗？”

福尔摩斯很气恼地掏出一个金镑往柜台上一扔后，转身就走。没走多远，他在路灯灯柱下停了下来，以他独有的方式无声地笑着。

“你以后要是遇到不肯把事情真相告诉你的人，就和他打个赌，他准会把你想知道的东西泄露出来。”他说，“我敢说，刚才我给他一百镑，他也不一定会把这么完整的信息给我。华生，我想我们的调查接近尾声了。我们是连夜赶到欧可夏特太太那里去呢，还是明天再去？从店老板刚才所说的话来看，显然，除了我们，还有人对这件事很着急，我该——”

从我们刚离开的那个摊子传来的一阵吵闹声把福尔摩斯的话打断了。我们回头一看，只见一个贼眉鼠眼的男人在昏黄色的吊灯灯光里站着；而那个店老板在柜台口堵着，气势汹汹地向那个缩头缩脑的男人举起拳头。

“你和你的鹅让我烦透了！”他大声吼道，“你见鬼去吧！要再胡说八道，我就把狗放出来！你把欧可夏特太太找来吧，我跟她说！我的鹅是她卖给我的，跟你有什么关系！”

“但是，其中有一只是我的。”那小矮个男人快要哭了。

“那你找欧可夏特太太要去！”

“可她让我来找你。”

“那好，干脆找国王要去吧，我才不管呢！我受够了。你滚！”他猛地冲了出来，矮个男人拔腿就跑。

“哈！我们不用去普里克斯敦了。”福尔摩斯压低声音对我说，“来吧，看我们能不能从这家伙身上得到什么。”我们穿过那些看热闹的人，他追上那个人了，拍了一下那人的肩膀，那人立刻转过身来，我借着煤气灯看见他的脸一下子白了。

“你是谁？你想干嘛？”他声音一颤一颤地问。

“对不起，”福尔摩斯温和地说，“我听到你和那个老板的话了，我想我能帮你。”

“你？你是谁？你怎么能知道是什么事？”

“我叫歇洛克·福尔摩斯。我的职业是了解别人所了解不到的事。”

“可你不会知道这件事吧？”

“请原谅，我什么都知道。你在找布瑞金利基从普里克斯敦路的欧可夏特太太那买的鹅；他把它们转卖给了阿尔法餐馆的温迪盖特老板，温迪盖特又把鹅给了俱乐部，最后会员亨利·贝克先生得到了其中一只。”

“哎呀，先生，您就是我要找的人。”矮个男人伸出颤抖着的双手喊道，“我简直无法跟你们解释这事对我的重要性。”

福尔摩斯拦了一辆正好路过的四轮马车。“既然如此，与其在这么冷的街上谈话，不如找个舒适的地方去谈。”福尔摩斯说，“但在动身前，我想问一下先生您尊姓大名？”

那个人瞥了我们一眼后，有些犹豫地说：“我叫约翰·罗宾逊。”

“不，不是，我想知道你的真实姓名。”福尔摩斯平和地说，“办事可不能用化名。”

矮个男人的脸腾地红了，“我，我叫詹姆斯·赖德。”

“这就对了。世界宾馆的领班，上车吧，很快你就可以知道事情的一切了。”

矮个男人轮番打量着我们，眼神中半是害怕，半是希望。最后，他还是和我们上了马车。虽然我们一路沉默，但从矮个男人粗重的呼吸，时而紧握又时而松开的手可以看出，他紧张极了。半小时不到，我们就到了贝克街的公寓。

“到了！”福尔摩斯打开门高兴地说，“这炉火真好。赖德先生，你好像很冷。来，坐到这个围椅上来，我换上拖鞋就来处理你的事。现在好啦，你是想知道那些鹅的下落吧？”

“是的，先生。”

“或许我该说你那只鹅。我想你只是对其中一只感兴趣，尾巴上有一条黑斑的那只吧？”

“哦，先生，您能把它的下落告诉我吗？”赖德激动地喊了起来。

“它到我这儿来了。”

“这儿？”

“是的，它真是一只了不起的鹅。你对它那么关心，我毫不奇怪。它死后还下了个蛋——天底下最漂亮、最贵重的蓝色小蛋。我把它藏起来了。”

福尔摩斯打开保险柜，把蓝宝石拿了出来，宝石寒光四射，晶莹若星。赖德右手扶着壁炉角战战兢兢地站起来，惊愕的脸拉得老长，他不知道该放弃还是该声明宝石属于他。

“这场戏该收场了，赖德。”福尔摩斯说，“站稳点，别掉到火炉里去。华生，你扶他坐下吧，然后给他一点儿白兰地，看来他还不是猖狂之徒。行了，现在看起来有点活人样了。老天，他真瘦小啊！”

赖德喝了点白兰地后，脸上有了些血色。他坐了下来，惶恐不安地盯着福尔摩斯。

“现在我几乎了解了这个案子的全过程，也掌握了可能用得着的一切证据，所以我们其实不需要你说什么。不过，为了使这个案子更完整，我还得问你一两个问题。赖德，你以前就听说过伯爵夫人的这颗蓝宝石吧？”

“凯瑟琳·库萨克告诉我的。”他大声说。

“哦，是夫人的女仆。就像它以前引诱过好多比你还要好的人那样，它对你也很有诱惑力，可你怎么不用高明点的方法呢？赖德，我想你天生就是个狡猾的坏蛋。你知道那个叫霍纳的管道工以前犯过类似案件，所以人们很容易怀疑是他。你和你的同谋在伯爵夫人的房间做了点手脚，然后想法把霍纳叫到房间来；等他一走，你就撬开首饰盒，然后贼喊捉贼，使那个倒霉的家伙被捕了。而你——”

赖德扑通跪到地上，一把抱住福尔摩斯的双脚。“看在上帝的分上，你饶过我吧！”他尖声喊道，“我还有老父老母，他们会很伤心的。我以前从没干过坏事，今后也绝不会再犯了！我发誓，我以《圣经》的名义发誓。千万别起诉我，看在基督的分上，千万别这样！”

“坐回去！”福尔摩斯呵斥道，“现在你知道求饶了，你有没有想过那个倒霉的霍纳？他很冤枉地被送上了被告席！”

“我会逃走的，福尔摩斯先生。只要我离开这个国家，先生，对霍纳的起诉自然就撤销了。”

“哼！这个问题我们等下再谈，现在你先向我们交代你的罪行。宝石怎么进了鹅肚？鹅又怎么弄到市场上了？从实招来或许还有活命的希望。”

赖德使劲舔着干裂的嘴唇。“我一定老实交代，先生。”他说，“霍纳被捕以后，我想得马上带上宝石逃跑，因为警察随时可能搜查我的房间。宾馆里没什么可藏东西的地方，所以我假装出去办事，去了趟我姐姐家。她家在普里克斯敦路，她丈夫叫欧可夏特，以饲养家禽为生。一路上，我觉得警察或侦探无处不在。尽管那天晚上很冷，可我赶到普里克斯敦路时，已经满头大汗了。姐姐问我为什么脸色这么苍白，是不是出事了，我说宾馆里发生了盗窃案，弄得我心神不宁。然后我抽着烟斗走到后院，盘算着怎么办才好。

“我以前有个叫莫兹力的朋友，在基尔本，他后来变坏了，最近才从本顿维尔监狱放出来。有一天他碰到我，和我谈起了如何偷盗和销赃。他干了一两件坏事，被我抓住了把柄，所以我相信他不会出卖我。于是我决定找到他，让他做我的同谋，他肯定会帮我把宝石变成现金的。可是怎样才能平安抵达他那里呢？我想起到姐姐家来的路上是如何的害怕，我随时都会被警察拦住搜查，而蓝宝石就放在我的马甲口袋里。我靠着院墙这样想的时候，那些鹅在我脚边走来走去，突然，我有办法了，我想只有这样才能逃避最精明的警察或者侦探。

“早在几周前，我姐就跟我说过，圣诞节我可以从她养的鹅里任选一只作礼物。我知道她说话算数，于是决定立即挑一只出来，好把这宝石藏在它肚子里带到基尔本去。院里有个小棚，我把其中一只鹅赶到棚里，抓住了，撬开嘴后，用手把宝石尽可能深地塞进它的喉咙。那只鹅使劲一吞，把宝石吞了下去。我摸了摸，感到宝石顺着它的食道滑到了嗉子里。那只鹅翅膀扑棱扑棱地挣扎起来，我姐姐听到后赶紧跑了出来。就在我转过身和我姐说话的刹那，那畜生竟挣脱了我的手，跑回鹅群中间去了。

"'你抓鹅干什么，杰姆？'她问。

"'你不是说要送一只给我作圣诞礼物吗？'我说，'我在摸哪只最肥呢。'

"'哦，'她说，'我们已替你选好另外关起来了——我们叫它杰姆的鹅——是只大白鹅。我总共喂了二十六只，一只给你，一只自己吃，剩下二十四只拿去卖。'

"'谢谢你，麦琪。'我说，'假如你不介意，我就要我刚才抓的那只。'

"'我们给你留的比你刚抓的那只重三磅多呢！'她说，'是专门养肥了送你的。'

"'没关系，我还是拿我自己挑的那只好些。'

"'随你，'她有点不高兴了，'你挑中哪只了？'

"'那只尾巴上有条黑纹的，就是正中间那只。'

"'行，杀了再拿吧。'

"我按她的吩咐把鹅宰了，然后把它带到基尔本。我把所有事情跟莫兹力说了，谈这事找他可真是找对了。他听了就大笑起来，直到呛住了才打住。我们拿刀把鹅剖开后，我的心一下子就凉了：宝石根本就不在里面，连影子都没有！我这才意识到出了多大的差错。我急忙跑回我姐家的后院，可那里连一只鹅都没有了！

"'那些鹅呢，麦琪？'我问她。

"'卖给经销商了，杰姆。'

"'哪家经销商？'

"'布瑞金利基，科温特花园市场的那家。'

"'那里头有没有一只尾巴上有条黑斑的鹅，'我问，'和我挑的那只一样的？'

"'有。那两只带黑斑的鹅，我从来就分不清楚。'

"我一听马上明白了，连忙跑到那个布瑞金利基那里。可他把那些鹅也给卖了，而且死活不告诉我到底卖到哪里去了。您今晚都听到了，他一直这么对我。我姐以为我疯了，我有时候自己也这么认为。现在，我因为这只不过碰了碰的财富就把人格卖了，烙上了窃贼的印记。上帝帮帮我吧！帮帮我！"他双手捂脸，哭得涕泪直流。"

好长一段时间里，我只听到赖德的抽泣声和福尔摩斯的手指有节奏地敲打桌子的声音。后来，福尔摩斯猛地站起来，把房门一把推开。

“你给我滚！”他说。

“滚？先生！哦，上帝保佑您！”

“少啰唆，快滚！”

赖德不敢再说什么，一阵急促的扑通扑通的脚步声在楼梯上响过后，大门接着砰地响了一下，然后马路上传来清楚的奔跑声。

“华生，”福尔摩斯拿起了他的陶瓷烟斗，“毕竟警方没请我帮忙了解案情。当然，如果霍纳有危险，就另当别论了。可这个家伙不会出庭作证了，到时，案子就会不了了之。我想，我隐瞒事实可能也是犯罪，但我也可能拯救了一个灵魂。这家伙不会再干坏事了，这次把他吓坏了。把他送进监狱的话，那他下半辈子就得以罪犯的面目出现，更何况现在正是宽恕的时节。机遇把这么一个离奇的事件交给我们，解决了就算了吧。”

8. 花斑带之谜

过去的八年里，我记录了我的朋友福尔摩斯侦破的形形色色的案件七十多起，我仔细研究了他的破案方法。我看了看那些记录，其中有悲剧的、喜剧的、离奇古怪的，平淡无奇的却一个也没有。他很爱他的侦破工作，与其说是为了挣钱，还不如说他是个工作狂。

在所有案件中，我觉得没有哪个案子比萨利郡斯托克莫兰有名的罗伊拉兹家族案更有特色了。这事发生在我刚认识福尔摩斯后不久，我们当时都是光棍，合租在贝克街的一所公寓里。本来我可以早点把这个案子的记录公之于世的，但当时我立了保证，要严守秘密。直到上个月，我为之作保证的那位女士不幸去世，我的承诺才得以解除。现在是披露事实真相的时候了，因为外界对格莱姆斯比·罗伊拉兹医生的死因众说纷纭、谣言四起，使事情听起来更加骇人听闻。

那是 1883 年 4 月初。有天早上，福尔摩斯穿戴整齐地站在我床边，叫醒了我。他一向起得很迟，而当时才七点四十五分，所以我有些吃惊地看了他一眼，我有点不高兴，因为我自己的生活是很有规律的。

“很抱歉，华生，”他说，“今早真不走运。先是哈德森太太早早地就被人叫醒了，她又发疯似的叫醒了我，而我又不得不把你叫醒。”

“出什么事了——着火了吗？”

“没有，是来了个委托人，一个情绪激动的年轻女士，她非要见我不可。现在她正在客厅里等着呢。你想，一位年轻女士一大早就奔走在大都市里，甚至不惜把还在睡梦中的人叫醒，那肯定是有什么十万火急的事情。如果这案子有意思，我想你肯定愿意从头听起。所以我把你叫醒了，听不听由你。”

“老兄，我说什么都不会错过的！”

我最大的乐趣就是随福尔摩斯一起做调查了，我非常欣赏他推理的果断。他的推断看起来像是全凭直觉，实际全是在逻辑思考的基础上作出的。然后依靠推断，解决委托人委托的种种事情。我飞快地套上衣服，洗漱好，几分钟后，我们一起到了楼下的客厅里。一位一身黑色衣服，脸上蒙着厚厚面纱的女士坐在窗前，她见我们下来了，就赶紧站了起来。

“早上好，小姐，”福尔摩斯说，“我叫歇洛克·福尔摩斯，这是华生医生，我的朋友和助手。哈！哈德森太太做事真周到，已经把火生上了。你的手在发抖，请你靠近壁炉坐吧，我叫人给你端杯热咖啡来。”

“我不是因为冷而发抖。”那女人一边坐近壁炉，一边低声说。

“那是为什么？”

“是害怕和恐惧，福尔摩斯先生。”说着，她揭开面纱，她那苍白的脸露了出来，像被紧追的猎物一样眼中充满焦急和恐惧的神色。从她的身材和五官来看，她不过三十来岁，可她头上已经有了几缕白发，而且面容憔悴，一副未老先衰的样子。福尔摩斯非常同情地飞快打量了她一番。

“你别害怕，”福尔摩斯轻轻拍了拍她的肩膀，安慰她说，“别担心，事情很快就会解决的。你是今早坐火车过来的吧？”

“怎么，你看见了？”

“不，是你左手手套里的那张回程车票告诉我的。你一定很早就动身了，到火车站前肯定坐着双轮单座马车在高低不平的泥泞小道上走了很长一段路。”

那女人惊讶地望着我的朋友。

“没什么奇怪的，小姐，”他微笑着说，“你外套的左臂上至少有七处新溅上去的泥巴，除双轮单座马车外，别的车一般不会溅起这样的泥的，而且只有你坐在车夫的左边才可能这样。”

“你说得很准。”她说，“我早上六点动身，六点二十赶到莱瑟赫德车站，然后坐上了开往滑铁卢的第一班火车进城。我再也受不了啦，先生，再这样下去我非发疯不可。没有人帮我——只有一个可怜的人关心我，可他也是有心无力。我听法琳托喜太太说起过你，她说是你在她最困难的时候救了她一把，你的地址还是她给我的。哦，先生，你一定也能帮我是吗？至少，你能给我一点点儿希望吧？目前我没法支付酬金，可我不是忘恩负义的人，一个月或者六个礼拜后我就要结婚了，到那时，我就能有一笔钱了，我再补给你。”

福尔摩斯走到书桌前，打开抽屉，拿出记录案件的一个小本子翻了翻。

“法琳托喜，”他说，“对，我记起来了。是那个猫眼宝石的案子。华生，那时你还没来。小姐，我很愿意为你效劳，就像我曾为你的朋友效劳一样。至于报酬，你给我事做，这就是报酬。不过，只要你方便，随你什么时候支付我破案可能要花费的费用就行了。现在，你把你的事情给我们说说吧。”

“唉，”客人回答说，“恐怕我要说的事太朦胧、太抽象了，我的担心和害怕全是由一些很小的事情引起的。在别人看来，这些事微不足道，就连最该帮我的那个人都把我告诉他的一切当作一个神经质的女人的幻觉。他虽没这么说，可我从他安慰我的那些话和回避的眼神中看出来了。福尔摩斯先生，我听说一切邪恶都逃不过你的眼睛。请你告诉我，我该怎么面对周围的危险？”

“我在认真听呢，小姐。”

“我叫海伦·斯通纳，跟继父一起住，他是萨利郡西部斯托克莫兰有名的罗伊拉兹家族的后代，也是英国最古老的撒克逊家族的最后一个幸存者。”

“我知道这个家族。”福尔摩斯点点头说。

“这个家族以前是英国最富裕的家族之一，北起伯克郡，西至汉普郡，都是他们的地产。但从上个世纪起，连续四代继承人都穷奢极欲，到摄政时期，出了个倾家荡产的大赌棍。现在，除了几顷土地和一座两百年历史的古宅外，别无他物。就连那幢古宅也被典押得差不多了。这个家族的最后一位地主在那里过着穷困潦倒的生活。而他的独生子，也就是我继父，为了自食其力，从亲戚那里借钱学医，获得了医学学位后去了印度的加尔各答行医。由于他医术高明，请他治病的人很多。可因为家里好几次被盗，他认为是管家的失职，一气之下，把当地人出身的管家给打死了，差点判了死刑。坐了好多年牢后，他回到了英国，从此脾气暴躁，觉得什么事都不顺心。

“我继父在印度时娶了我母亲，当时我母亲是孟加拉炮兵司令斯通纳少将年轻的遗孀。母亲再婚时，我和孪生姐妹朱莉娅才两岁。母亲每年有上千英镑的收入，这是相当可观的财产。母亲立下遗嘱，我们和罗伊拉兹同住的时候，财产全部给他，但有个条件，我们姐妹结婚后，他每年得付给我们一定数量的钱。回英国不久，母亲便在克鲁附近的一次火车事故中遇难了。此后罗伊拉兹放弃了在伦敦开业行医的打算，带着我们姐妹两个来到斯托克莫兰祖宅中生活。母亲的遗产够我们的花销了，本来我们可以过得很好。

“但是，继父的脾气发生了很大的变化。我们一开始回去的时候，邻居们都为罗伊拉兹的后裔能返归故土而高兴，可他不仅不去结交邻居，还把自己锁在家里，深居简出，一出门就找茬跟人吵。这种暴戾性格是家族遗传，因为继父曾长期旅居热带地区，这种坏脾气就更加严重了。他和邻居有那么几次很不体面的争吵，其中还有两次闹到法庭去了。最后村里人见了他就怕，因为他力大无比，发起脾气来没人能够制伏他，一个个都躲着他。

“上周，他把村里的铁匠推到了河里，我把能找到的钱都赔给人家，才摆平这事。他除了和那些到处流浪的吉普赛人有来往外，再没别的朋友了。他让吉普赛人安营扎寨在象征家族地位的那几亩荆棘丛生的地里头。每当他到吉普赛人的帐篷去，他们都很好地款待他。有时，他甚至和吉普赛人一起流浪，一走就好几个礼拜。他对印度的动物也很迷恋，一位记者送了他一头猎豹和一只狒狒。它们在主人的领地上乱跑乱窜，害得村里人像怕它们的主人一样怕它们。

“从我的诉说中您能想象得到，我和可怜的姐姐的生活中没有丝毫乐趣可言。仆人都不愿意到我家干活，很长时间，家里没一个仆人，我和姐姐操持了所有家务。姐姐死时才三十岁，可她的头发却白了许多，像我现在这样。”

“你姐姐已经死了？”

“她死了两年了，我要说的就是她的死。你知道，像我们那样的生活是没什么机会和年龄及身份相近的人交往的。幸好还有个姨妈，叫霍诺莉娅·韦斯特费尔，在哈罗附近住，她是母亲的妹妹，终生未嫁。继父偶尔也让我们到她那里小住。两年前的圣诞节，我姐姐在那里认识了一位海军陆战队的少校，后来他们订了婚。姐姐回家后，继父知道这件事，他没表示反对。但就在婚礼前的两周，可怕的事情发生了，我唯一的伴侣永远失去了。”

福尔摩斯开始是眯着眼睛，半躺在椅子里，他听到这里半睁开眼睛，看了一眼坐在对面的客人。

“请你详细地把事情经过说一说。”他说。

“那段可怕的日子所发生的每件事我都记得清清楚楚。我刚才说过，祖屋非常古老了，现在只有一边侧房能住人。一楼是卧室，起居室位于房子的中间位置。这些卧室中，第一间是继父罗伊拉兹医生的，第二间是姐姐朱莉娅的，第三间是我的。这些房间互不相通，但房门都开向同一条走廊。我这样说，你明白吗？”

“明白。”

“三间卧室的窗户都朝着草坪。出事那晚，罗伊拉兹医生很早就回了房间，但他并没睡觉。姐姐被他抽的印度雪茄熏得够呛，所以她跑到我房里坐了一阵。十一点钟，她起身回屋，但到门口又站住了。

“‘海伦’，她说，‘夜深人静的时候你听到过口哨声吗？’

“‘从没听到过。’我说。

“‘我想你不会睡着了还能吹口哨吧？’

“‘当然不会。你问这个干什么？’

“‘这几晚，每到早上三点钟左右，我都听到了一声很低但很清楚的口哨声。我睡得很浅，所以每次都被惊醒了。我说不准声音从哪儿来的，可能是隔壁，也可能来自外面的草坪。我只想问你听见没有？’

“‘没有。准是草坪上那些讨厌的吉普赛人干的。’

“‘有这种可能。但如果是从草坪上传来的，你怎么听不到呢？’

“‘啊，可能我睡得比较死吧。’

“‘好了，这没什么大不了的。’她回头笑了笑，然后关上门出去了。过了一会儿，我就听到她锁门的声音。”

“怎么？”福尔摩斯说，“你们习惯锁门睡觉吗？”

“我们总是上锁的。”

“为什么？”

“我想我刚才说过，我继父养了一只猎豹和一只狒狒。不锁门，我们就觉得不安全。”

“原来如此。你继续说吧。”

“那晚，我怎么都睡不着，隐隐约约觉得大难临头了。我们是孪生姐妹，所以有种很微妙的东西让我们心心相通。那是个天气很坏的夜晚，窗外狂风大作，雨点噼啪地打着窗户。突然，一声女人恐惧的尖叫破空而来，我听出那是姐姐的声音。我一下子跳下床，裹上披巾，跑到了走廊上。这时，我听见一声口哨，和姐姐说的一样。过了一会，哐当一响，好像有金属砸在地上的声音。我跑过去，只见姐姐的门锁已经打开，门在慢慢地动。我吓坏了，紧盯着门，不知道会有什么可怕的东西冲出来。借着走廊的灯光，我看到姐姐出现在门口，她吓得脸色苍白，两手胡乱抓着，想找人帮她，身体则像醉酒似的摇摇晃晃。我冲上去抱住她，她双腿一软，跌倒在地，在地上不停翻滚，四肢不停抽搐，好像非常痛苦。开始我以为她没认出我，但我弯腰去抱她时，她突然尖叫着说：'哦，海伦！天哪！是那条带子，带花纹的带子！'我永远都忘不了那声音。她举起手，指着继父的房间想说些什么，但一阵抽搐让她说不出话来。我赶紧跑去喊继父，正好碰到他穿着睡衣匆匆跑出来。他来到我姐姐身边时，姐姐已不省人事了。继父往她嘴里灌白兰地，并且立刻让人到村里叫医生。但一切努力全都徒劳，她一点一点变沉，再也没有醒过来。我亲爱的姐姐就这样悲惨地死去了。”

“停一下，”福尔摩斯说，“你肯定听到了那声口哨和金属的声音吗？”

“郡里的验尸官也这么问过我。它给我的印象太深刻了，我的确听到了。那晚风雨很大，祖屋也嘎吱嘎吱乱响，我也有可能听错了。”

“你姐姐当时还穿着白天的衣服吗？”

“不是，她换上睡袍了。她右手捏着一根划过的火柴，左手拿着火柴盒。”

“这说明她听到声音后划过火柴，查看四周。这很重要。验尸官得出的结论呢？”

“他检查得很仔细，因为罗伊拉兹医生在郡里臭名远扬。但他最终没找出任何令人信服的死因。房门是从里面锁着的，窗子是用老式插销闩住的，每晚都关得严严实实。他们检查过墙和地板，也检查过烟囱，但都没问题。可以肯定，她遇害时，房间里没有别人。而且，她身上没有暴力留下的痕迹。”

“会不会是中了毒？”

“医生也这么怀疑，但没发现什么。”

“那你认为你可怜的姐姐是怎么死的呢？”

“虽然我不知道她为什么那么恐惧，可我相信她肯定是因为恐惧过度而死的。”

“那时候庄园里住着吉普赛人？”

“嗯。”

“从她提到的花纹带子，你能联想到什么吗？”

“有时我也认为那不过是神志不清的人说的胡话，但有时我又想，这会不会是指那些人，那些吉普赛人，他们很多人都头戴有斑点的头巾，她会不会是用花纹带子指代他们。”

福尔摩斯摇了摇头，“问题没这么简单，你继续往下说。”

“两年过去了，这两年我比任何时候都孤单寂寞。一个月前，情况有了转机，有位认识多年的朋友向我求婚。他是阿米提奇的二儿子，叫珀西·阿米提奇，住在霍丁附近的克兰瓦特。我继父没对这件婚事表示反对，我们准备春天结婚。两天前，祖屋的西厢要维修，我卧室的墙打了些洞，所以只好搬到姐姐生前住的那个房间，睡在她曾经睡过的床上。昨晚，我睁着眼睛躺在床上，想起姐姐可怕的遭遇。突然，我听到了一声口哨——这可是姐姐死亡的先兆啊！你可以想象我当时是多么惊恐！我赶紧起来点灯，可房间里没有异样。尽管这样，我还是吓得睡不着了，于是穿好衣服坐着。天一亮，我就悄悄溜了出来，在我家大院对面的克朗旅店租了马车赶到莱瑟赫德车站，又从那里乘车赶到你这里向你求教。”

“你这样做很聪明，”我朋友说，“你把所有事情都说了吗？”

“是的，都说了。”

“没有吧，罗伊拉兹小姐。你袒护了你的继父。”

“哎呀，你这话从何说起？”

福尔摩斯拉起挡住客人放在膝上的那只手的黑色花边袖，并向上推了一点儿，白皙的手腕上露出了五个清晰的印记，是四个手指和一个大拇指的指痕。

“他虐待你。”

女人一脸通红，把受伤的手腕又遮了起来，“他可能不清楚自己到底有多大力气。”

室内一阵长时间的沉默。福尔摩斯托着下巴，两眼望着燃烧的炉火。

“这事很复杂，”他终于开口说，“在采取行动前，我还要了解更多的细节问题。但我们不能耽搁时间了，假如我们现在去斯托克莫兰，可不可以在不被你继父知道的情况下察看那些房间？”

“可以，刚巧他今天要进城办一两件事，很可能要待一两天，所以你们去不会有问题。现在家里只一个管家，她又老又糊涂，支开她很容易。”

“太好了。你乐意走一趟吗，华生？”

“当然乐意。”

“那我俩一起去。罗伊拉兹小姐，你现在打算怎么办？”

“既然进了城，我想办一两件事，但我会坐中午十二点的火车赶回去，以便及时在家里等候你们的光临。”

“我们下午会早点到的。我也还有点事情要办。你愿意等一等，吃了早餐再走吗？”

“不啦，我得立刻走。把事情跟你们说了后，我感觉轻松多了。我下午会等着你们的。”她把厚厚的面纱又拉上了，走出了房间。

“你怎样看待这件事，华生？”福尔摩斯往后一仰，又靠到了扶手椅的靠背上。

“我想这是一个非常毒辣的阴谋。”

“是够阴险毒辣的。”

“如果真像那位女士说的那样，地板和窗户全都仔细敲打检查过了，而门窗和烟囱也被封住了，那她姐姐莫名其妙地死去的时候确实是一个人在房间里。”

“那夜半的口哨声，朱莉娅临死前那些奇怪的话又如何解释？”

“我不知道。”

“半夜口哨声，和医生关系密切的吉普赛人的在场，都能证实医生想阻止继女结婚。她姐姐临死前提到的带子和金属的碰撞声（也许是那些扣紧百叶窗的铁条落回原处时发出的）这些事实，当你把它们联系在一起后，我想，沿着这些线索就能把谜给解开了。”

“那些吉普赛人又充当了什么角色？”

“我现在还不清楚。”

“我看，这样推理有很多地方说不通。”

“我也这么认为。但正因为这样，我们今天就必须到斯托克莫兰去。我想去看看这些说不通的地方是不是真的说不通，或者，通过另一些细节可以去说通。到底怎么了？真是见鬼！”

福尔摩斯最后的那声喊叫是因为房门突然被撞开了，一个彪形大汉站在门口。他的穿着既像农夫又像学者，头顶黑礼帽，身穿长礼服，脚蹬高统靴，手里还挥着一根猎鞭，模样不伦不类。他个头很高，礼帽都擦着门楣了；块头也大，几乎把房门给堵住了。一张黄色大脸上布满皱纹，一脸的邪恶，凶狠的眼睛深陷着，高高的鹰钩鼻，这让他看起来活像一只残暴的猛禽。他看看我，又看看福尔摩斯。

“你们谁是福尔摩斯？”

“我是，先生。请问，你是谁？”

“我是斯托克莫兰的格莱姆斯比·罗伊拉兹医生。”

“哦，久仰。”福尔摩斯很客气地说，“你请坐。”

“少来这套！我一直在跟踪我继女，我知道她来过这儿。她都胡说了些什么？”

“现在天气还不怎么暖和。”福尔摩斯说。

“她到底跟你们说了些什么？”老头大喊大叫起来。

“不过听说藏红花快要开了。”我的朋友从容不迫地说。

“哼！你想敷衍我，是吗？”这位新客人挥舞着猎鞭，向前跨了一步，“我知道你这个混蛋！我早就听说过你，福尔摩斯，一个爱管闲事的家伙！”

我朋友微微一笑。

“福尔摩斯，你这个爱管闲事的混蛋！”

我的朋友笑得更厉害了。

“福尔摩斯，你这个伦敦警察厅的自以为是的小人！”

福尔摩斯忍不住笑出声来了。“你真幽默，”他说，“你出去时麻烦把门带上，冷风吹进来怪凉的。”

“我说完了自然会走的。你竟敢管到我头上来了！我知道我女儿到过你这儿，我一直跟着她！我可不是好欺负的！你瞧瞧吧！”说着，他快步向前走了几步，抓起火钳，用他那双粗壮的褐色手一下子就把它拗弯了。

“当心别栽到我手上！”他气呼呼地把弯了的火钳扔进壁炉，大踏步地走了。

“他可真和气！”福尔摩斯哈哈地笑着说，“我块头是没他大，可他要是再多待一会儿，就会知道我的手劲并不比他小。”说着，他捡起那把钢火钳，猛一使劲，火钳又直了。

“他认为我跟那些警察一样，真好笑！不过，这段小插曲会让调查更有趣的。希望我们那位小姐小心点，让他跟上了，可有点麻烦。好了，华生，我们开始叫早餐吧。饭后我得去一趟律师协会，希望能在那里找些有助于我们的资料。”

福尔摩斯回来时快一点钟了，手里拿着张潦草地写了些字和数的蓝纸。

“我查了查他妻子的遗嘱，”他说，“为了弄清她到底留下多少遗产，我必须先计算出他们能从哪些投资中获多少利。那女人去世时，总收入稍稍低于一千一百英镑，但现在，因为农产品贬值，这笔收入每年还不到七百五十英镑。但每个女儿结婚后，都有权每年得到二百五十英镑。很显然，要是她们都结了婚，我们这位可爱的继父就只有三分之一的收入了。即使只一个女儿嫁出去，他的收入也会大大减少。我一上午的工作没有白费，这些资料能证明医生阻止女儿结婚的目的。华生，事情非常严重，一分钟都不能耽搁了，何况那家伙已经知道我们要插手这件事。你要是准备妥当了，我们这就去叫马车赶往滑铁卢车站。把你的左轮手枪带上吧，会有用的。用埃雷二号手枪去对付能把钢火钳弄弯的家伙应该没问题。另外，再把牙刷带上就行了。”

我们到滑铁卢时正好赶上一趟开往莱瑟赫德的火车。到了目的地后，我们租了辆双轮轻便马车，沿萨里风景优美的大道行驶了五六英里。天空晴朗，阳光明媚，朵朵白云自由自在地飘在空中，道路两边的灌木嫩芽初绽，空气中荡漾着湿润的泥土气息。这融融春意，与我们正在调查的险恶案件形成了鲜明的对比，福尔摩斯坐在马车前部，抱着双臂，帽子遮在眼睛上，脑袋都埋到胸前了。突然，一路沉思不语的他猛地拍了拍我的肩膀，指着对面的草地。

“你瞧，那边。”他说。

一片葱郁的树木沿着缓和的坡地一直向远处伸延，到最末端，形成了密密的丛林，一座古老的建筑矗立其中。

“斯托克莫兰？”他说。

“不错，先生，正是格莱姆斯比·罗伊拉兹医生的房子。”车夫说。

“那里正在维修，我们就是去那里。”

“村子在那边，”车夫指了指左边一些房屋说，“如果你们想到医生那儿去，走篱笆边那条小路会近一点儿，就是那儿，那位小姐正走的那条路。”

我们下了车，把钱付了后，马车便按原路返回了。

我们登上台阶时，福尔摩斯说：“马车夫肯定把我们当成建筑师了，这样子很好，免得他闲话不断。下午好，斯通纳小姐，看，我们还准时吧。”

我们早上见过的那拉委托人高兴地迎了上来。“我一直在焦急地等着，”她热情地和我们握了握手，“一切顺利，我继父进城去了，估计天黑前回不来。”

“我们已经很荣幸地见过了医生。”福尔摩斯说，然后把早上发生的事简单地说了一下。斯通纳小姐听着听着，脸和嘴唇渐渐变白。

“老天！他一直跟着我！”

“是的。”

“他太狡猾了，我每时每刻都在他的监视中。他回来后怎么对付我呢？”

“他首先会想法保护他自己的，因为他已经知道有个更狡猾的人在盯他。今晚你一定得把自己锁进房里，别和他碰面。如果他对你动粗，我们就把你送到你姨妈家去。现在我们得抓紧时间，请你这就带我们去看那些房间。”

房子是用大灰石砌成的，墙壁上长满了青苔。房子中部高耸，两侧是弧形的厢房。其中一厢的窗户玻璃都没有，钉着宽宽的木板，有些墙已经朝内塌陷，一副破败的景象；房子的中间部分修缮得比较好；唯一有生机的是右厢房，窗子挂着窗帘，烟囱里蓝色炊烟袅袅上升，很显然，这家人是住在这边的。山墙边立着几个脚手架，墙壁被凿穿了，可我们到那的时候并没有工人在干活。福尔摩斯慢慢地在乱糟糟的草坪上来回走着，十分仔细地检查窗户外边的情况。

“我想，这是你以前的卧室，中间是你姐姐的，靠主楼那是罗伊拉兹医生的。”

“是这样的，但我现在睡中间那间了。”

“是因为修房子吧，不过，我看不出那堵墙有什么修的必要。”

“我也觉得没必要，只不过是借此让我搬出来。”

“嗯，这里头肯定有问题。这厢房的另一侧是走廊吧，三间卧室的门都是朝走廊开的，里面有窗户吧？”

“有，不过很窄，窄得钻不进人。”

“就是说，你们晚上把门插上后，没人能从窗子进去，是吧？好啦，请你回你房里去，把门闩上，好吗？”

斯通纳小姐照做了。福尔摩斯仔细检查了一番小窗户后，又想方设法去打开门闩，可一切都是徒劳，门上连可以让刀片插进去拨开门闩的缝都没有。他又用放大镜检查门的合页，合页是铁铸的，牢牢地嵌在石壁上。“嗯，”他困惑不解地挠着下巴说，“看来我的推理有点站不住脚了。门闩上后，没人能进去，希望房里头有一些帮我们解开谜团的线索。”

我们进入了斯通纳小姐现在住着的、她姐姐遇害的房间里。房间小而简朴，天花板不高，壁炉是开口式的，完全是老式农舍的风格。房间的一角竖着一个带抽屉的橱柜，另一角放着张罩白色床罩的小床，梳妆台在窗户左侧。此外，还有两张柳条椅子，地板上铺着威尔顿地毯。房间的墙壁是棕色橡木做的，到处是虫眼，并且褪了色，看来年代已经很久了。福尔摩斯搬过一把椅子，在角落里坐着，前后、左右、上下不停地打量着，把房里的每个地方都看了个仔细。

“这根拉铃绳通往什么地方？”他指着床边那根粗粗的拉铃绳问，绳子床边这头实际上是搭在枕头上的。

“通往管家的房间。”

“看上去它比别的东西要新一点儿？”

“是的，这是两年前才装的。”

“是你姐姐要装的？”

“不是，她从没拉过铃，我们要什么东西总是自己去拿。”

“这么说来，装这么好的一根拉绳干什么呢？对了，我要检查一下地板。”

他说着趴到地上，手里拿着放大镜，来回爬动，仔仔细细地察看木板上的每条裂纹，他又同样仔细地检查了墙壁，最后猛地拉了下拉铃绳。

“嘿，这玩意不过是个摆设。”他说。

“不响吗？”

“不响，根本就没接在铃上。你看，多怪呀，它那头是系在通风孔上的那个钩子上的。”

“真荒唐！我以前一直没注意到呢。”

福尔摩斯拉着拉铃绳喃喃地说，“这房间有一两个地方太古怪了。例如，盖这房子的人完全可以把通风孔开到朝外的墙上的，但他却开在通向隔壁的墙上，多蠢啊！”

“这也是后来开的。”小姐说。

“和装铃铛的拉绳一起吗？”福尔摩斯问。

“是的，那次还改了几个地方。”

“这些东西太有趣了——拉不响的拉铃绳和不通风的通风孔。你如果不介意，斯通纳小姐，我想看看你继父的房间。”

格莱姆斯比·罗伊拉兹医生的房间比他继女的要大，但陈设同样简朴。一张行军床，一个摆满了技术性书籍的小木书架，一把扶手椅放在床边，墙脚还有一把普通的木椅，一张圆桌和一个大大的铁质保险柜。房间里就这些东西了。福尔摩斯在房间里踱了一圈，将房里的大小东西都逐一细细检查了一遍。

“这里头装着什么？”他拍了拍保险箱问。

“是我继父业务上的一些文件。”

“哦？这么说你见过里头的东西？”

“只见过一次，那是好多年以前的事了，我记得里头全是纸。”

“会不会有只猫在里头？”

“当然不会，你怎么会这么想呢？”

“喏，你看看这个！”他指了指保险柜上的一小碟牛奶。

“不，我家没养猫，只养了一只猎豹和一只狒狒。”

“嗯，是的，一只印度猎豹和一只大猫差不多大。不过，一碟牛奶恐怕喂不饱一只豹吧。嗯，还有一点，我得弄清楚。”他在那把木椅前蹲了下去，仔细地把它检查了一遍。

“好了，基本没问题了。”他说着把放大镜放回口袋，“哦，这还有件很有意思的东西。”

引起他注意的是一根打狗鞭，它挂在床头，卷成一个小环。

“你怎么看那东西，华生？”

“一根普通鞭子而已，不过我不明白为什么要把它绕成圈子。”

“没那么简单，华生。哦，老天！这真是个邪恶的世界，如果一个聪明人把他的聪明用于犯罪，可真糟糕！我想要看的都看过了，斯通纳小姐，你愿意的话，我们到外面的草坪上走走吧。”

自接手这个案子以来，我还从没见过我朋友的脸色有这么阴沉过，他的眉毛拧得紧紧的。我们在草地上走了好几个来回，我和斯通纳小姐都不想打断他的思路。

“斯通纳小姐，”他说，“你一定得按我的话去做，千万千万。”

“我听你的。”

“情况非常严重，不能出一点儿差错。你的命全在你手上，这就看你的了。”

“我保证，一定听你的。”

“首先，我和我朋友今晚得待在你的卧室里。”

我和斯通纳小姐吃惊地看着他。

“必须这样，我来解释一下。我想那就是你们村里的旅店吧？”

“是的，那是克朗旅馆。”

“从那儿能看见你的窗户吗？”

“能看见。”

“你继父回来后，你就装头疼，关在房间里别出来。到晚上你听到他进卧室后，你就把百叶窗打开，在窗口上点盏灯作信号，随后你带上必备的东西，偷偷回到你以前睡的卧室里去。虽然那里在维修，但凑合一晚还行吧？”

“行，没问题。”

“其他的事我们会料理好的。”

“可你们打算怎么办呢？”

“我们会在你房间里待一晚，把惊扰你的那种声音调查清楚。”

“福尔摩斯先生，我想你肯定知道是怎么一回事了。”斯通纳拉着我朋友的袖子说。

“也许吧。”

“那么，求求你告诉我，我姐姐她是怎么死的？”

“在掌握了更确凿的证据后我会告诉你的。”

“你至少可以告诉我，她是不是因为突然受惊而死的？”

“不，我认为不是那样的。我想有某种更直接的原因在里头。好，我们得走了，要不罗伊拉兹回来，发现了我们，那我们就白跑了一趟。再见，勇敢点吧。只要照我的话去做，我们很快就会把你的危险给除掉的。”

福尔摩斯和我在克朗旅馆的二楼要了一套房间。从窗户望出去，可以看见斯托克莫兰庄园的林荫道旁的大门和住了人的那边厢房。黄昏时分，罗伊拉兹医生坐着马车经过这里，他庞大的身体在瘦小的马车夫的衬托下，显得格外突出。一个男仆因为开沉重的大铁门时动作不够快，罗伊拉兹就骂骂咧咧地举起拳头。马车进入院子后不久，起居室就点上灯了，灯光从树丛中透了过来。

“你知道吗，华生？”当天黑下来后，我们在一块交谈时，福尔摩斯说，“我还在考虑今晚该不该让你和我一起去，因为确实有点危险。”

“我能帮上忙吗？”

“有你在场，可能会帮我很大的忙。”

“那我一定得去。”

“谢谢。”

“你说会有危险，那你是不是在房间里看到了我没看到的东西？”

“不能这么说，我们看到的东西是一样多的，我只不过稍微多作了些推断而已。”

“除了拉铃绳外，我好像没看出什么特别的东西，就是那根绳子，我也想不出其中的奥秘。”

“你看到那个通风孔了吗？”

“看到了，不过我觉得俩房子之间开通风孔没什么稀奇，它小得连老鼠都钻不过去。”

“还没来斯托克莫兰之前我就料到有这么个通风孔。”

“是吗？我亲爱的福尔摩斯！”

“是的，我早料到了。你还记得吧，她曾提到过她姐姐能闻到罗伊拉兹医生抽雪茄的烟味。这说明两个房间之间必定有一个孔相通，而且这孔肯定很小，否则警察肯定会注意到。所以，我推测这一定是通风孔。”

“但那个孔起了什么作用呢？”

“嗯，你想想这些很凑巧的时间吧：开通风孔，装拉铃绳，然后睡在那屋里的小姐死了。你难道不觉得奇怪吗？”

“我还是想不出其中有什么联系。”

“你注意到那张床有什么特别之处吗？”

“没有。”

“它是用螺钉固定在地板上的，你以前见过这样的床吗？”

“好像没见过。”

“那张床是移不动的，它总在那儿，总对着那个通风孔和那根从未被人拉过的所谓的拉铃绳。”

“福尔摩斯，我有一点儿明白你的意思了。”我叫了起来，“我们还来得及阻止一桩阴险毒辣的犯罪。”

“是很阴险毒辣。如果哪个医生要干坏事，那他准会成为一流的罪犯。他有胆有识，帕尔莫和普利特查得就是这样的人物，可这个家伙更狡猾些。不过，华生，我们比他还要高明。天亮前会有不少可怕的事发生，看在上帝的分上，让我休息休息，静静地抽上一斗烟，想点令人高兴的事情吧！”

大约九点钟，树丛里的光没有了，斯托克莫兰庄园漆黑一片。时间过得真慢啊！十一点钟的时候，我们的正前方突然亮起一盏灯。

“是发给我们的信号！”福尔摩斯跳了起来，“是从中间那个房间里发出来的。”

我们走出旅馆的时候，福尔摩斯和旅店老板交代了几句。他跟老板说我们要去看一位老朋友，可能在那里过夜。不一会儿，我们就走进了漆黑的夜色中，凛冽的寒风吹在脸上，昏黄的灯光在前面闪烁着，引导我们去完成危险的使命。

因为庄园年久失修，院墙上到处是缺口，所以我们轻而易举地翻入了院里头。我们穿过树丛和草坪，刚准备从窗口爬进去时，忽然从一丛月桂树中蹿出一个畸形婴儿一样的动物，四肢一纵跳到草坪上，随后飞快地跑过草坪，在黑暗中消失了。

“天哪！”我低低地惊呼道，“你看到了吗？”

那时，福尔摩斯也吓了一大跳，他激动地抓住我的手腕，随后又轻声笑了笑，凑近我的耳朵说：“真是绝妙的一家子，这就是狒狒。”

我把医生宠爱奇特动物的事给忘了。福尔摩斯一说我才想起他还养了只印度猎豹！它随时都会跳到我们肩上来。我跟福尔摩斯一样，脱下鞋进了卧室。我承认，直到到了卧室我才稍微放心了些。福尔摩斯悄无声息地关上了百叶窗，把灯挪到桌上，扫视了一下四周。室内的一切和白天一样。他蹑手蹑脚地走到我跟前，把手圈成喇叭状，对着我的耳朵低声说：“别弄出什么声响来，否则我的行动就完了。”

我点点头表示听清楚了。

“我们得吹熄灯，在黑暗里坐着，否则他会从通风孔发现我们的。”

我又点了点头。

“千万别睡着，不然命就没了。把枪掏出来，以防万一。我坐床边，你在那把椅子上坐着。”

我把手枪掏出来放在桌子角上。

福尔摩斯把带来的一根又细又长的藤鞭放在身边的床上，旁边还放着盒火柴和一支蜡烛。他吹灭了灯后，我们便被黑暗淹没了。

那是怎样一个恐怖的夜晚哪！四周什么声音都没有，连呼吸的声音都细弱得听不到。但我知道，我的同伴就坐在那儿，我们只有几步远的距离，他也和我一样紧张地圆睁着双眼。百叶窗遮得严严实实，什么光线都透不进来。我们就在这漆黑中等待着。屋外偶尔响起一两声猫头鹰的叫声。有一次，就在我们窗外，传来一声长长的猫叫似的哀鸣，显然是那只印度猎豹在到处乱跑。远处教堂的钟声，每刻钟敲响一次。但每一个间隔却显得异常的漫长！零点，一点，两点，三点。我们默默地等待着随时可能出现的一切情况。

突然，一道亮光在通风孔那边闪现了一下又立刻消失了，接着传来的是煤油点着和金属加热散发的气味。隔壁房里点亮了一盏遮光灯。我听到有东西挪动的声音，很轻，然后一切又安静如初。那气味却越来越浓了。我竖起耳朵坐了大概半小时后，突然听到另一种声音——就像烧开水的水壶的嘶嘶喷气一样，非常轻柔。福尔摩斯一听到这声音立刻一跃而起，划燃一根火柴，用那根藤鞭狠狠地抽了那根拉铃绳一下。

“看见什么了吗，华生，”他大声说，“看见什么没有？”

我什么都没看见。福尔摩斯划燃火柴的刹那，我清楚地听到了一声口哨。猛然亮起的光芒弄花了我的眼睛，所以根本没看见他拼命抽打的是什么东西。不过，我倒看到了他充满恐怖和憎恶的死一般苍白的脸。

他停止了抽打，抬头望着那个通风孔。突然，一声令人毛骨悚然的号叫在沉寂的黑暗中爆发出来，这号叫充满恐惧和愤怒。据说，这号叫把村里，甚至更远的教区里熟睡的人们全都惊醒了。这叫声也把我们吓得胆战心惊。我和福尔摩斯面面相觑，直到叫声彻底消失，四周又恢复原有的沉寂。

“这是怎么回事？”我心神不定地问。

“这表明事情全结束了。”福尔摩斯说，“这也许是最好的结局。带上枪，我们去罗伊拉兹医生的房间。”

他神色严峻地点上灯，领着我穿过走廊到了医生的门口。他敲了两下门，没听到回答，就拧动把手，进了房间。我紧跟在他身后，把打开了保险的枪举了起来。

一幅奇特的场面出现在我们眼前：桌上遮光灯的挡光板半敞着，一束耀眼的光照到虚掩着的保险柜上；罗伊拉兹医生披着长长的灰色睡衣坐在桌边的木椅上，他赤裸的脚脖子露出了睡衣，脚上趿着双土耳其的无跟拖鞋，他的膝盖上放着我们白天看到的那根短柄长鞭，他的头向上仰着，两眼盯着天花板，目光恐怖而僵直，一条样子特别、带有褐色斑点的黄带子紧紧箍住了他的脑袋。我们进屋的时候，他既没作声，也没动一下。

“带子！带花纹的带子！”福尔摩斯低声惊呼。

我向前迈了一步，只见那根很特别的带子蠕动起来，医生的头发里竟然立起一条又粗又短的毒蛇。它的头尖成钻石状，脖子鼓胀着，模样令人恶心。

“这是条沼泽虫蝰蛇！”福尔摩斯大声说，“印度最毒的蛇。医生被咬后十秒钟内就死了，真是害人先害己，罪有应得！我们先把这东西弄回它的窝里去，然后把斯通纳小姐安置好，再告诉警察发生的一切。”

说着，他解下死者膝盖上那根鞭子，飞快地套住蛇头，将它提了起来，然后猛地把它甩进保险柜，锁住了。

罗伊拉兹医生的死亡真相就是这样。至于我们怎样把这可怕的经过告诉那吓坏了的小姐，如何第二天一早把她送到她在哈罗的善良的姨妈家，警方又如何调查并得出医生是在不明智地把玩危险宠物而丧生的结论等等，我不想细细叙述了。这个案子我还不甚明了的地方，福尔摩斯第二天回城时告诉了我。

“亲爱的华生，”他说，“好险啊，因为调查不全面，我做了完全错误的推断。那些吉普赛人的出现，那可怜的小姐临死前说的‘band’这个词(说明她在火柴中匆匆看到了那条像花斑带的蛇)，这些东西让我得出了一个错误的线索。幸好我及时重新考虑了我的推论，当我发现那致命的危险既不能从窗户进来，也不能从门口进来时，我马上想到那个通风孔和那根拉铃绳。因为那绳子只是种摆设，而床固定在地上移动不了，所以，它的作用肯定是相当于桥梁，某种东西从通风孔那里顺着它来到床上。这样我立刻想到了蛇，因为医生养了些来自印度的动物。我把两件事联系起来，觉得自己的推理很可能是对的。用一种能发作而无法用化学试验检测出来的毒素杀人是一种很聪明很残忍的手段，只有他这种受过东方式训练的人才能想得到。他以为会瞒天过海。确实，如果哪个验尸官能发现那两个毒牙咬出的小洞，并由此得到致命原因，那他的眼力就非常了不起了。随后，我想到了那声口哨，他用那碟牛奶把蛇训练好了，只要他一吹口哨，蛇就会回来。他必须把它召回来，不然就会被发现。他在他认为最恰当的时候把蛇放出去，让它从通风孔顺着拉铃绳溜到床上。它也许会咬人，也许不会咬。受害人可能好几天都没事，但迟早会在劫难逃。

“还没进医生的卧室之前我就这么想了。等走进去一看，我发现那张靠墙的椅子有践踏的痕迹，这恰好证明他是为够得到通风孔才踩在上面的。再加上保险柜、那碟牛奶、鞭子，这些把我心中仅有的那点怀疑给一扫而空了。斯通纳小姐听到的金属撞击声，显然是她继父匆忙把蛇关进保险柜时发出的。你知道，我一向是用实际行动去证实我的推论的。我听到嘶嘶的响声时，我就马上点亮灯，并使劲抽打它。

“结果让它从通风孔打道回府了。

“不仅如此，它在另一头咬了它的主人。我那几下抽打激怒了它，所以不管第一个遇到的人是谁，它都会咬的。因此，我对格莱姆斯比·罗伊拉兹医生的死负有间接责任。不过，说实话，我是不会为此而内疚的。”